W0288618

DER LEDERSTRUMPF

James Fenimore Cooper

Der Lederstrumpf

ERSTER BAND

Der Wildtödter
Der letzte Mohikaner

Mit 28 Illustrationen nach
Steinzeichnungen von Max Slevogt

Ellermann Verlag

Der Ausgabe liegt die zeitgenössische
Übersetzung der von Christian August
Fischer in den Jahren von 1826 bis 1859 herausgegebenen »Sämtlichen Werke« zugrunde.
Der Text ist vorsichtig überarbeitet und
von unwesentlichen Längen befreit worden.
Alle Rechte, auch für die Illustrationen,
vorbehalten.

© 1939 Verlag Heinrich Ellermann
© 1992 Verlag Heinrich Ellermann München
Veränderte Neuauflage in zwei Bänden
2. Auflage 1993
ISBN für diesen Band 3-7707-6341-6
Printed in Germany
ISBN für die Kassette 3-7707-6332-7

INHALT

DER LEDERSTRUMPF

Der Wildtödter

Erstes Kapitel

Derjenige, der viel gereist und gesehen hat, glaubt wohl leicht, daß er lange gelebt habe, und die Geschichte, die die meisten Ereignisse umfaßt, wächst für den Betrachtenden scheinbar schnell auf Jahrhunderte an. Wir können uns auf keine andere Weise den ehrwürdigen Eindruck erklären, den die Annalen Amerikas auf uns machen. Die frühesten Zeiten in der Geschichte der Kolonien scheinen sich in den Nebeln des Altertums zu verlieren, und doch würden vier Lebensalter genügen, um in der Überlieferung von Mund zu Mund alles mitzuteilen, was der zivilisierte Mensch seit dem Bestehen der Republik unternommen und ausgeführt hat. Obgleich Neuyork heute an Bevölkerung die Schweiz schon bedeutend übertrifft, so gründeten doch die Holländer erst vor wenig mehr als zwei Jahrhunderten die Niederlassung. Aber was uns so durch die schnelle Entwicklung ehrwürdig erscheint, wird uns vertraut und alltäglich, wenn wir uns nur ernsthaft in Verbindung mit der Zeit setzen. Es ist historisch bekannt, daß die Niederlassungen an den östlichen Ufern des Hudson, wie Claverack, Kinderhook und selbst Poughkeepsie, vor einem Jahrhundert nicht sicher gegen die Einfälle der Indianer waren, und es steht noch jetzt an den Ufern des Flusses nur einen Musketenschuß von den Werften von Albany entfernt ein Wohngebäude von einem jüngeren Zweige der Familie derer van Rensselaers, das Schießscharten zur Verteidigung gegen diesen listigen Feind hat.

Die Ereignisse dieser Geschichte fallen zwischen die Jahre 1740 und 1745, als die bewohnten Teile der Kolonie von Neuyork sich auf die vier atlantischen Grafschaften, auf einen kleinen Landstrich an jeder Seite des Hudson, von dessen Mündung bis zu den Wasserfällen in der Nähe seiner Quelle, und auf einige vorgeschobene sogenannte ›Nachbarschaften‹ an den Ufern des Mohawk und des Schoharie beschränkten. Breite Landstriche der Wildnis erreichten nicht nur die Ufer des Hudson, sondern zogen sich auch über ihn hinaus nach Neuengland und gewährten den geräuschlosen Mokassins des eingeborenen Kriegers, wenn er auf geheimen und blutigen Kriegspfad zog, Schutz und Sicherheit in den dichten Wäldern. Ein Blick aus der Vogelperspektive über die ganze Gegend östlich vom Mississippi zeigte damals weite, ausgedehnte Wälder, durchbrochen von den glänzenden Flächen der Seen und den gewundenen Flußläufen. Nur längs der Küste gab es einen schmalen schon bebauten Streifen Landes.

Aber welche Veränderungen auch der Mensch verursachen mag, stets bleibt doch der ewige Wechsel der Jahreszeiten gleich. Sommer und Winter, die Zeit der Saat und Ernte kehren in ihrer bestimmten Ordnung in ewigem Wechsel wieder. Jahrhunderte von Sommern hatten die Gipfel derselben hohen Eichen und Fichten erwärmt und ihre Glut zu den starken Wurzeln gesendet, als man eines Tages Stimmen im Dickicht des Urwaldes einander rufen hörte. Die Wipfel der Bäume badeten in dem glänzenden Licht eines wolkenlosen Junitages, während die Stämme im Schatten des Laubdaches gewaltig aufragten.

Die Stimmen riefen in verschiedenem Ton und gehörten anscheinend zwei Männern, die ihren Weg verloren hatten und nun in verschiedenen Richtungen ihren Pfad suchten. Endlich verkündete ein Ruf, daß es geglückt sei, und gleich darauf bahnte sich ein Mann seinen Weg durch das fast undurchdringliche Pflanzengewirr eines kleinen Sumpfes und trat auf eine Lichtung, von wo man einen Teil des Himmels übersehen konnte. Der freie Platz lag am Abhang eines niedrigen Berges. Solche Hügel waren häufig in der ganzen Umgebung.

»Hier ist Luft zum Atmen«, rief jetzt der Mann. »Hurra, Wildtödter, hier haben wir endlich Tageslicht, und da ist auch der See!«

Jetzt wurde auch der zweite Waldbewohner sichtbar. Er bog die Büsche des Sumpfes auseinander und erschien auf dem offenen Platz.

»Kennst du diesen Ort?« fragte der Mann, der ›Wildtödter‹ genannt wurde, »oder begrüßtest du nur die Sonne?«

»Beides! Ich will nicht ›Hurry Harry‹ heißen, wenn dies nicht der Platz ist, auf dem die Landsucher im letzten Sommer kampierten und eine Woche zubrachten. Sieh dort das abgestorbene Buschwerk ihrer Hütte, und hier ist die Quelle. So lieb mir auch die Sonne ist, ich brauch' sie doch nicht, um zu wissen, daß wir Mittag haben. Mein Magen ist eine gute Uhr. Er zeigt schon auf halb eins. Öffne daher den Quersack, damit wir den pünktlichen Magen wieder für sechs Stunden aufziehen.«

Beide Männer ließen sich nieder und begannen ihr einfaches Mahl zu verzehren. Hurry Harry war eine kräftige männliche Erscheinung. Sein wirklicher Name war Heinrich March, aber da die Grenzbewohner von den Indianern die Gewohnheit angenommen hatten, sich Beinamen zu geben, wurde er ›Hurry‹ genannt, oder auch ›Hurry Skurry‹, ein Beiname, den er wegen seines wilden, unruhigen Wesens erhalten hatte. Hurry Harry war größer als sechs Fuß und sehr kräftig. Sein Gesicht war gutmütig und schön, sein Benehmen offen und frei, und die rauhen Sitten des Grenzerlebens wirkten an ihm nicht roh.

Wildtödter, wie Hurry seinen Gefährten nannte, war ungefähr sechs Fuß groß. Er erschien verhältnismäßig leicht und schlank, und seine Muskeln verrieten Kraft, aber auch vor allem ungewöhnliche Behendigkeit und Gewandtheit. Sein Gesicht war nicht schön, aber der Ausdruck einfacher, unbefangener Aufrichtigkeit, der Ernst und die Kraft des Gefühls machten es sehr anziehend. Wenn dieser Mann beim ersten Anblick fast einfältig erschien, so verschwand dieser Eindruck doch bald, wenn man ihn näher kennenlernte.

Die beiden Grenzbewohner waren noch jung. Hurry konnte höchstens sechsundzwanzig oder achtundzwanzig Jahre alt sein, während Wildtödter noch etwas jünger war. Beide trugen einfache Kleider aus Wildleder, die schon recht mitgenommen waren. Nur Wildtödter legte anscheinend Wert auf etwas gefälligeres Aussehen. Seine Flinte war sehr gut erhalten, der Handgriff seines Jagdmessers war zierlich geschnitzt, sein Pulverhorn war mit leicht in das Material eingeschnittenen Verzierungen versehen, und seine Jagdtasche war mit Wampumstickerei geschmückt. Hurry Harry dagegen trug alles nachlässig und sorglos ohne jeden Schmuck.

»Komm, Wildtödter, greif zu und beweise, daß du einen Delawarenmagen hast, wie du sagst, und daß du eine Delawarenerziehung gehabt hättest«, sagte Hurry. »Du hast die Damhirschkuh erlegt. Steh jetzt auch beim Essen deinen Mann.«

»Nein, Hurry, es war nicht sehr männlich, eine Damhirschkuh zu töten, und noch dazu außer der Jagdzeit«, erwiderte der andere. »Die Delawaren haben mir meinen Namen gegeben, nicht wegen meines kühnen Herzens, sondern wegen meines schnellen Auges und meines schnellen Fußes.«

»Die Delawaren sind keine Helden«, murmelte Hurry mit vollem Mund, »sonst würden sie nie den elenden Landstreichern, den Mingos, erlaubt haben, sie zu Weibern zu machen.«

»Die Sache ist nicht richtig aufgefaßt worden, sie wurde nie richtig aufgeklärt«, sagte Wildtödter ernst. »Die Mengwe erfüllen die Wälder mit ihren Lügen und entstellen Worte und Verträge. Ich habe jetzt zehn Jahre mit den Delawaren gelebt und weiß, daß sie so männlich sind wie irgendein anderer Stamm.«

»Höre, Meister Wildtödter, da wir schon von der Sache sprechen, beantworte mir eine Frage. Du hast so viel Glück mit dem Wild gehabt, daß du einen Beinamen davon erhieltest. Hast du aber je auf einen Menschen geschossen?«

»Ich tat es, die Wahrheit zu sagen, nie«, antwortete Wildtödter nach kurzem Zögern, »weil sich bisher keine rechte Gelegenheit bot. Die Delawaren haben sich seit meinem Aufenthalt bei ihnen friedlich gehalten, und es ist ungesetzlich, einem Menschen das Leben zu nehmen, außer in offenem und ehrlichem Kampfe.«

»Wie! Fandest du nie einen Burschen, der deinen Biberfallen und Häuten nachstellte und dem du mit eigenen Händen sein Recht konntest widerfahren lassen, ohne die Behörden hier zu behelligen?«
»Ich bin kein Biberfänger, Hurry«, erwiderte der junge Mann stolz, »ich lebe von der Flinte und nehme es in dieser Waffe mit jedem Manne meiner Jahre zwischen dem Hudson und dem Sankt-Lorenz-Strome auf.«
»Einen Indianer aus einem Hinterhalt erschießen, heißt nach seinen eigenen Grundsätzen handeln. Je schneller du jetzt, da wir einen ehrlichen Kampf vor uns haben, dein Vorurteil aufgibst, desto gesünder wird dein Schlaf sein, schon, weil du weißt, daß ein Feind weniger im Gebüsch auf dich lauert. Ich werde nicht lange in deiner Gesellschaft bleiben, Freund Natty, wenn du mit deiner Flinte nur auf vierfüßige Tiere zielen willst.«
»Unsere Reise ist bald beendet, Meister March, und wir können uns heute abend trennen, wenn du willst. Ich habe einen Freund, der mich erwartet und der es für keine Schande halten wird, daß ich noch nie einen Menschen getötet habe.«
»Ich möchte wohl wissen, was diesen lauernden Delawaren so früh im Jahre in diesen Teil des Landes geführt hat!« murmelte Hurry für sich. »Wo wird der junge Häuptling mit dir zusammenkommen?«
»An einem kleinen, runden Felsen in der Nähe des Seeufers, wo die Stämme sich versammeln werden, um ihre Verträge abzuschließen und ihre Kriegsbeile zu begraben. Der Bezirk wird von den Mingos und von den Mohikanern beansprucht. Es ist eine Art von gemeinschaftlichem Gebiet.«
»Gemeinschaftliches Gebiet?« sagte Hurry lachend. »Ich möchte wohl wissen, was der ›schwimmende Tom Hutter‹ dazu sagen würde? Er betrachtet den See als sein Eigentum, und er wird ihn ohne Kampf weder den Mingos noch den Delawaren überlassen.«
»Und was würde die Kolonie zu einem solchen Kampfe sagen? Die Gegend hier muß irgendeinen Besitzer haben, denn die Kolonisten maßen sich überall Ansprüche an die Wildnis an.«
»Das mag in andern Teilen der Kolonie angehn, Wildtödter, aber hier geht es nicht. Niemand kann einen Fußbreit Land in dieser Gegend sein Eigentum nennen. Es wurde nie über die Hügel oder Täler hier umher ein Vertrag abgeschlossen, wie der alte Tom mir mehr als einmal sagte.«
»Nach dem, was ich von dir gehört habe, Hurry, muß dieser schwimmende Tom ein ganz ungewöhnlicher Mensch sein, weder ein Mingo noch ein Delaware, noch ein weißes Gesicht. Kennst du die Geschichte dieses Mannes?«
»Der alte Tom ist wie eine Bisamratte. Einige glauben, er sei in seiner Jugend ein Freibeuter gewesen und in diese Gegend gekommen, weil er glaubte, er könne sich in diesen Wäldern ruhig seiner Beute erfreuen.«

»Dann hatte er unrecht, Hurry, sehr unrecht. Ein Mann kann sich nirgends ruhig seiner Beute erfreuen.«

»Der alte Tom erfreut sich aber seiner Beute mit seinen Töchtern sehr behaglich und wünscht sich weiter nichts.«

»Ja, er hatte auch Töchter, ich hörte die Delawaren von den jungen Frauenzimmern erzählen. Ist keine Mutter da, Hurry?«

»Sie war natürlich einmal da, doch ist sie schon seit zwei Jahren gestorben. Ich werde sie aber immer in Ehren halten, da sie die Mutter von Judith Hutter ist.«

»Ja, Judith war der Name, den die Delawaren erwähnten. Ich glaube aber nicht, daß das Mädchen mir gefallen würde.«

»Judith hat seit ihrem fünfzehnten Jahre Männer unter ihren Verehrern, und sie wird einen Knaben kaum eines Blickes würdigen«, sagte Hurry aufgebracht. Dann fügte er aber mit einem gutmütigen Lachen hinzu: »Komm, Wildtödter, wir sind geschworene Freunde und wollen uns nicht wegen eines leichtfertigen Mädchens überwerfen, weil es gerade hübsch ist. Um dir die Wahrheit zu sagen, Wildtödter, ich würde das Mädchen vor zwei Jahren geheiratet haben, wenn mich nicht zwei besondere Gründe abgehalten hätten; der eine war ihre Leichtfertigkeit.«

»Und welches war der andere Grund?« fragte der Jäger.

»Der andere Grund war die Ungewißheit, ob sie mich haben wollte. Sie ist schön, und sie weiß es. Kein Baum, der auf diesen Hügeln wächst, ist schlanker. Und doch schwöre ich bisweilen, daß ich den See nie wieder besuchen will.«

»Und warum kehrst du immer wieder zurück?«

»Ach, Wildtödter, du bist ein Neuling in solchen Dingen. Wenn du alles wüßtest, was ich über Judith weiß, so würdest du meinen Schwur berechtigt finden. Die Offiziere kommen bisweilen von den Forts am Mohawk über den See, um zu fischen und zu jagen, und dann scheint das Geschöpf ganz außer sich zu sein!«

»Das ist unschicklich für die Tochter eines armen Mannes«, erwiderte Wildtödter. »Die Offiziere sind vornehme Männer und können gegen ein Mädchen wie Judith keine ehrlichen Absichten haben.«

»Das ist eben die Unsicherheit und das Schlimme an der Sache. Wenn ich mich wegen der Offiziere beruhigen könnte, so würde ich das Mädchen mit Gewalt nach dem Mohawk entführen und heiraten. Der alte Tom hat noch seine andere Tochter, die nicht so schön wie ihre Schwester ist, doch einen viel besseren Charakter hat.«

»Ist noch ein anderer Vogel im Nest?« fragte Wildtödter. »Die Delawaren sprachen nur von einem.«

»Das ist verständlich. Hetty Hutter ist gegen ihre Schwester ein einfältiges Geschöpf.«

»Die Rothäute achten und ehren solche Menschen«, erwiderte Wildtödter ernst.

»Der alte Tom ist sehr gut zu ihr und auch Judith, sonst würde ich nicht für ihre Sicherheit bürgen unter den Leuten, die bisweilen am Seeufer zusammenkommen.«

»Ich glaubte, diese Gewässer seien ganz unbekannt und wenig besucht«, sagte Wildtödter, unruhig bei dem Gedanken, dem Leben der Welt zu nahe zu sein.

»Allerdings haben sie wohl nicht mehr als zwanzig weiße Männer gesehen, aber zwanzig echte Grenzbewohner – Jäger und Biberfänger und Späher – können schon Schaden genug anrichten. Es wäre schrecklich für mich, Wildtödter, wenn ich Judith jetzt nach sechs Monaten verheiratet finden sollte.«

»Du würdest doch dem Mann, den sie sich erwählt hätte, nichts zuleide tun, Hurry?«

»Weshalb nicht? Wenn mir ein Feind in den Weg tritt, werde ich ihn zurückschlagen!«

»Wenn dieser Mann der Ehegatte von Judith Hutter sein sollte, könnte ich viel erzählen, um die Kolonie wenigstens auf die richtige Spur zu bringen.«

»Du? Ein halb erwachsener, Wild jagender Sprößling? Du wolltest es wagen, gegen Hurry Harry etwas auszusagen?«

»Ich würde es wagen, die Wahrheit gegen dich, Hurry, oder gegen jeden andern Mann auszusagen.«

March sah seinen Gefährten einen Augenblick verblüfft an, dann ergriff er ihn mit beiden Händen an der Kehle und schüttelte ihn heftig. Seine Augen funkelten in wildem Zorn.

»Schüttle, Hurry, solange du willst«, ließ sich Wildtödter trotzdem hören, »du wirst nichts als die Wahrheit aus mir herausschütteln. Ich werde auch das Mädchen von deiner Drohung benachrichtigen.«

March ließ den andern los und sah ihn in stillem Erstaunen an.

»Ich glaubte, wir wären Freunde«, sagte er endlich, »aber du hast das letzte Geheimnis von mir erfahren, das du je vernommen hast.«

»Ich will keine Geheimnisse wissen, wenn sie so sind wie dieses. Ich weiß, daß wir in den Wäldern leben, Hurry, und daß man glaubt, wir seien außer dem Bereich menschlicher Gesetze; aber es gibt ein Gesetz und einen Gesetzgeber, der über die ganze Welt regiert. Wer gegen ihn ist, den mag ich nicht meinen Freund nennen. Judith Hutter ist aber sicher noch unverheiratet, und du sprachst nur, was die Zunge wollte, und nicht, was das Herz fühlte. Da ist meine Hand, und wir wollen nicht mehr darüber reden.«

Hurry ergriff die dargebotene Hand, gutmütig lachend, und sie wurden wieder Freunde.
»Ich bin auch gar nicht neugierig«, sagte nun Wildtödter, »deine Schönheit zu sehen, mag sie auch unverheiratet sein. Aber es rührt mich, an ihre junge Schwester zu denken. Gott weiß, Hurry, daß solch ein armes Geschöpf ohne jede Hilfe ist.«
»Wildtödter, du kennst die Jäger und Biberfänger und die Pelzhändler, und doch glaube ich nicht, daß es in dieser ganzen Gegend einen Mann gibt, der Hetty Hutter etwas zuleide tun würde, nicht einmal eine Rothaut.«
»So läßt du wenigstens den Delawaren einmal Gerechtigkeit widerfahren. Die Indianer wissen, daß solche Menschen unter Gottes besonderen Schutz gestellt sind. – Wir täten jetzt aber besser daran, unsre Spur wieder zu verfolgen und uns zu beeilen, damit wir Gelegenheit haben, diese merkwürdigen Schwestern zu sehen.«
Die Wanderer nahmen ihre Bündel auf den Rücken, ergriffen die Waffen und verschwanden darauf in den tiefen Schatten des Waldes.

Zweites Kapitel

Die beiden Abenteurer hatten nicht weit zu gehen. Hurry erkannte die Richtung, sobald er den freien Platz und die Quelle gefunden hatte, und er ging jetzt mit dem zuversichtlichen Schritt eines Mannes voran, der seiner Sache gewiß ist.
Der Wald war dunkel, aber sie hatten kein verwachsenes Gebüsch mehr zu durchdringen, und der Boden war fest und trocken. Nachdem sie fast eine halbe Stunde gegangen waren, blieb March stehen und sah sich forschend um.
»Dieses muß der Ort sein, Wildtödter«, sagte er endlich. »Hier ist eine Buche neben einer Schierlingstanne, mit drei Fichten in der Nähe, und da ist eine weiße Birke mit abgebrochener Spitze, doch seh' ich noch keinen Felsen, auch keine abgebrochenen Zweige.«
»Gebrochene Zweige sind unsichere Zeichen. Aber sieh dorthin, Hurry, hier, in einer Linie mit der schwarzen Eiche, siehst du nicht das krumme junge Bäumchen? Es war einst mit Schnee bedeckt und beugte sich unter der Last; aber Menschenhand hat es wieder aufgerichtet.«
»Das war ich selbst«, sagte Hurry sich erinnernd. »Ich muß gestehen, Wildtödter, daß du einen ungewöhnlich guten Blick in den Wäldern hast.«
»Er bessert sich, Hurry, das will ich zugeben; aber es ist nur ein Kinderauge im Vergleich zu einigen, die ich kenne. Da ist zum Beispiel Unkas, der

Vater von Chingachgook, der gesetzliche Häuptling der Mohikaner. Es ist fast unmöglich, ungesehen bei ihm vorbeizuschleichen.«

»Und wer ist dieser Chingachgook, von dem du so viel sprichst, Wildtödter?« fragte Hurry. »Im besten Falle eine umherstreifende Rothaut.«

»Aber der Beste von ihnen, Hurry. Wenn ihm sein Recht widerführe, so würde er ein großer Häuptling sein, aber jetzt ist er nur ein tapferer und ehrlicher Delaware. Ach, Harry March, es würde dich rühren, wenn du an einem Winterabend in ihren Hütten säßest und die Geschichten von der früheren Macht und Größe der Mohikaner mit anhörtest.«

»Diese Rothäute sind als prahlerische Burschen bekannt. Ich glaube, mehr als die Hälfte ihrer Geschichten sind nichts als eitles Geschwätz.«

»Sie prahlen allerdings. Das ist eine Naturgabe bei ihnen, und es ist Sünde, gegen die Natur zu handeln. – Doch sieh, wir sind an Ort und Stelle.«

Diese Bemerkung unterbrach das Gespräch. Die beiden standen jetzt vor einer gestürzten alten Linde, deren mächtiger hohler Stamm auf der Erde lag.

»Hier haben wir, was wir brauchen«, sagte Hurry, indem er in den breiten Baumstamm hineinsah. »Alles ist so sauber, als wäre es in dem Schrank einer alten Frau aufbewahrt worden. Komm, hilf mir, Wildtödter. Wir wollen in einer halben Stunde auf dem Wasser sein.«

Die beiden zogen jetzt ein Kanu von Baumrinde hervor, mit Sitzen, Rudern und allem Zubehör, bis auf Fischruten und Angeln. Das Boot war keines=

wegs klein, aber verhältnismäßig leicht. Hurry nahm es ohne Mühe auf die Schulter.
»Geh voran, Wildtödter«, sagte March, »und biege die Zweige auseinander, alles andere kann ich selbst tun.«
Der junge Jäger gehorchte. Nach ungefähr zehn Minuten traten sie plötzlich in das glänzende Licht der Sonne, an einer niedrigen, mit Kiessand bedeckten Stelle, die vom Wasser bespült wurde.
Vor ihnen lag ein großer See still und durchsichtig zwischen den Hügeln und Wäldern. Seine Länge betrug ungefähr sieben Meilen. Die Breite war verschieden. Das Ufer war unregelmäßig, mit Buchten und vielen vorspringenden niederen Landzungen. Der Charakter der Gegend war im ganzen gebirgig, die Berge traten auf neun Zehntel des Ufers dicht an das Wasser heran. Über dem See lag eine feierliche Stille. Auf allen Seiten war nichts als Wasser, Himmel und Wald zu sehen. Die Hand des Menschen hatte noch nie diese Gegend berührt und entstellt.
»Es ist großartig«, sagte Wildtödter, indem er sich auf seine Flinte lehnte und sich rechts und links umsah. »Kein Baum, soviel ich entdecken kann, wurde von der Hand einer Rothaut berührt. Alles blieb in der Ordnung, wie der Herr es geschaffen hat.«
Plötzlich bemerkte Wildtödter mitten im See etwas wie ein großes Boot oder eine Insel.
»Das nennen die Offiziere aus den Forts die ›Biberburg‹«, antwortete Hurry auf seine Frage, »und der alte Tom grinst immer über den Namen. Es ist das feste Haus, denn er hat zwei. Mit dem anderen schwimmt er umher auf dem ganzen See, und sie nennen es die ›Arche‹.«
»Von der Arche ist keine Spur zu sehen.«
»Sie ist vielleicht unten im Süden oder liegt in einer der Buchten vor Anker. Aber das Kanu ist bereit, und in fünfzehn Minuten sind wir bei der Burg.«
Sie brachten das Boot zu Wasser, und Hurry setzte sich nach hinten, während Wildtödter vorn saß. Mit bedächtigen, aber kräftigen Schlägen glitt das Kanu über die stille Fläche dem seltsamen Gebäude zu, das Hurry Harry das ›Kastell der Bisamratte‹ nannte. Die Männer hörten einige Male mit Rudern auf und sahen sich um, von der Schönheit der Landschaft betroffen.
»Ich beneide diesen Tom Hutter«, sagte Wildtödter nach einer solchen schweigsamen Pause.
»Du brauchst nur Hetty zu heiraten, um das halbe Besitztum zu erben«, sagte Hurry lachend. »Das Mädchen ist ganz hübsch, und dann hat sie so wenig Verstand, daß du sie leicht zu allem bereden kannst.«
»Gibt es hier viel Wild?« fragte plötzlich der andere, der den Spott von March nur wenig beachtete.

»Die ganze Gegend ist voll. Die Biberfänger besuchen diesen Landstrich nicht häufig. Ich würde selbst nicht so viel hier sein, aber Judith und auch der Biber sind die Magneten.«
»Besuchen die roten Männer oft diesen See, Hurry?« fuhr Wildtödter fort, indem er seinen eigenen Gedankengang verfolgte.
»Nun, sie kommen und gehen, bisweilen in größeren Gruppen und bisweilen einzeln. Das Land scheint keinem eingeborenen Stamm zu gehören. Der alte Hutter erzählte mir, daß einige schlaue Burschen die Mohawks bearbeitet haben, ihnen Besitzanrechte zu geben, bisher ohne Erfolg. Die Jäger haben noch immer hier eine gute Pacht auf Lebenszeit.«
»Desto besser, Hurry. Es freut mich sehr, daß Chingachgook diesen See für unsre Zusammenkunft bestimmte.«
Beide ruderten nun kräftig, bis sie noch etwa hundert Schritte von der Burg entfernt waren. Da bemerkte Hurry, daß das Gebäude für den Augenblick unbewohnt war. Sie hielten an, und Wildtödter betrachtete jetzt das merkwürdige Bauwerk eingehend.
Die ›Bisamburg‹ stand im See ungefähr fünfhundert Schritt von dem nächsten Ufer entfernt. Das nördliche und das östliche Ufer waren noch weiter entfernt. Das Haus stand auf Pfählen über dem Wasser, und da Wildtödter bereits entdeckt hatte, daß der See sehr tief sei, fragte er, wie das Haus gebaut sei. Hurry löste das Rätsel, da er wußte, daß an dieser Stelle eine lange, schmale Sandbank, die sich einige hundert Schritte in nördlicher und südlicher Richtung hinzog, nur sechs oder acht Fuß unter der Oberfläche des Sees lag. Hutter hatte Pfähle hineingetrieben.
»Der alte Bursche ist dreimal zwischen den Indianern und den Jägern abgebrannt, und in einem Gefecht mit den Rothäuten verlor er seinen einzigen Sohn; seitdem sucht er Sicherheit auf dem Wasser. Niemand kann ihn hier angreifen, ohne in einem Boot zu kommen, und die Beute und die Skalpe würden kaum der Mühe wert sein, Kanus zu erbauen. Das starke Holzbollwerk des Hauses hält übrigens ganz gut die Kugeln ab.«
Wildtödter sah, daß Hurry die Stärke dieser Stellung aus militärischen Erwägungen richtig einschätzte.
»Der alte Tom weiß sich immer zu helfen«, sagte Hurry; »er hatte sich in den Kopf gesetzt, einen Schornstein zu bauen, und jetzt hat er wirklich einen ganz behaglichen Kamin.«
»Du scheinst die ganze Geschichte des Kastells zu kennen, Hurry«, sagte Wildtödter lächelnd.
»Ich habe es ja bauen helfen«, erwiderte Hurry lachend. »In dem Sommer, als der alte Bursche damit anfing, waren mehrere von uns am See, und wir gingen ihm kräftig zur Hand. Tom Hutter ist nicht geizig mit Essen und

Trinken. Ich habe manche gute Mahlzeit bei ihm bekommen. Wenn auch Hetty schwach im Kopf ist, sie weiß doch mit der Bratpfanne und dem Rost sehr gut umzugehen.«

Das Kanu näherte sich allmählich dem Haus, das vor dem Eingang eine Plattform als Landungsplatz hatte.

»Der alte Tom nennt das seinen ›Vorhof‹«, bemerkte Hurry, als er das Kanu festband. »Es ist niemand zu Haus, die ganze Familie scheint unterwegs zu sein.«

Während Hurry auf dem Vorhofe die Fischruten und Netze betrachtete, trat Wildtödter in das Haus. Es war innen rein und sauber. Der ganze Raum, etwa zwanzig Fuß breit und vierzig Fuß lang, war in mehrere kleine Schlafkammern eingeteilt. Das erste Zimmer schien die Wohnstube und zugleich die Küche zu sein. In einer Ecke stand eine Wanduhr mit einem schönen Gehäuse aus schwarzem Holz. Man sah zwei oder drei Stühle um einen Tisch und eine Kommode. Das Küchengerät war sehr einfach, und alles hatte seinen eigenen Platz.

Nachdem Wildtödter sich in dem äußeren Zimmer umgesehen hatte, drückte er auf eine hölzerne Türklinke und trat in einen engen Gang, der das Innere des Hauses in zwei Hälften teilte. Er öffnete eine zweite Tür und befand sich in einem Schlafzimmer. Ein einziger Blick genügte, um ihm zu zeigen, daß es von Frauen bewohnt werde. An einer Seite hingen an hölzernen Pflöcken verschiedene Kleider mit auffälligen Bändern und ähnlichem Putz. Er entdeckte kleine Schuhe mit schönen silbernen Schnallen, wie sie damals wohlhabende Mädchen trugen. Eine mit Bändern aufgeputzte Haube hing über dem einen Bett, und ein Paar lange Handschuhe lag auffällig da.

Wildtödter beobachtete alles mit einer Genauigkeit, die den Delawaren Ehre gemacht hätte. Er bemerkte sofort, daß die Kleider an der Seite des zweiten Bettes einfach und anspruchslos waren. Seit mehreren Jahren war er in keinem Raum gewesen, den Frauen seiner Farbe und seiner Rasse bewohnten. Er erinnerte sich seiner Kinderjahre und verweilte in dem Zimmer mit einer Rührung, die er lange nicht gefühlt hatte. Er dachte an seine Mutter, verließ schließlich das Zimmer und kehrte langsam und nachdenklich auf den Vorhof zurück.

»Der alte Tom hat sich einem neuen Berufe gewidmet und versucht sein Glück mit dem Biberfang«, sagte Hurry.

Aber Wildtödter schwieg und redete lange Zeit nichts. Dann wandte er sich plötzlich aus tiefer Versonnenheit an seinen Gefährten.

»Es freut mich, daß der See keinen Namen hat, wenigstens keinen, den ihm die Weißen gegeben haben, denn damit beginnt die Zerstörung und Ver-

wüstung. Die Rothäute kennen den See, und auch die Jäger und Biberfänger. Wie nennen sie ihn?«
»Unter den Stämmen hat jeder seine eigene Sprache und seine eigene Art, die Dinge zu benennen. Wir pflegen ihn den ›Flimmerspiegel‹ zu nennen, weil er ganz von Bäumen und Bergen eingefaßt ist, die sich darin spiegeln.«
Wildtödter erwiderte nichts, sondern er stand da, an seine Flinte gelehnt, und freute sich des Anblicks. Er fühlte unbewußt die tiefe Ruhe, die Einsamkeit dieser Natur, die noch unberührt war von den Händen der Menschen.

Drittes Kapitel

Hurry Harry hatte längere Zeit durch ein Schiffsfernrohr gesehen und sagte jetzt: »Der alte Bursche treibt sich bei diesem schönen Wetter im südlichen Teil des Sees umher. Hier kann ich ihn nirgends entdecken. Wir wollen die Familie suchen.«
»Hält Meister Hutter es für notwendig, sich an diesem See zu verstecken?« fragte Wildtödter, als er seinem Gefährten in das Kanu folgte. »Meinem Gefühl nach ist er in dieser Einsamkeit ganz sicher.«
»Du vergißt deine Freunde, die Mingos.«
»Ich hörte auch nichts Gutes von ihnen, Freund Hurry. Die Delawaren haben sie als sehr blutgierig geschildert.«
»Das sind sie, wie übrigens alle Wilden.«
Dies wollte Wildtödter nicht zugeben, und als sie den See hinabruderten, erörterten sie lebhaft die verschiedenen Charaktere der Rothäute. Hurry sprach wie gewöhnlich laut und heftig und blieb hartnäckig in seinen Behauptungen. Wildtödter dagegen bewies durch seine richtigen Ansichten ein starkes angeborenes Gerechtigkeitsgefühl.
»Du wirst zugeben, Wildtödter, daß ein Mingo mehr als ein halber Teufel ist«, sagte Hurry, »wenn du mich auch überreden möchtest, daß der Stamm der Delawaren fast aus Engeln besteht.«
»Ich leugne nicht, daß es unter den Indianern Stämme gibt, die von Natur schlecht und verdorben sind. Aber solche Menschen findet man auch unter den Weißen«, antwortete Wildtödter. »Wir wollen uns aber lieber nach deinem Freunde umsehen, der sich an diesem buschigen Ufer versteckt hat.«
Längs des Sees hingen die kleineren Bäume über das Wasser, so daß die Zweige die Oberfläche oft berührten. Jedesmal, wenn das schnelle Kanu um eine Landspitze kam, wandte sich Hurry um, da er glaubte, die Arche in der Bucht zu sehen. Doch wurde er immer enttäuscht, obwohl sie schon zwei Stunden gerudert waren.

»Es ist möglich, daß der alte Bursche den Fluß hinabgefahren ist«, sagte Hurry.
»Wo hat der See seinen Abfluß?« fragte Wildtödter. »Ich sehe keine Öffnung am Ufer, durch die der Susquehannah hindurchströmen könnte.«
»Du siehst den Abfluß nicht, Wildtödter. Der Fluß ist schmal und fließt zwischen hohen, steilen Ufern hindurch, die die Fichten und Schierlingstannen verdecken. Wenn der alte Tom nicht im ›Rattenloch‹ ist, so muß er den Fluß hinabgefahren sein. Wir wollen ihn erst bei den Ratten suchen und dann zum Abfluß rudern. Das Rattenloch ist eine seichte Bucht hier in der Nähe, ein Lieblingsaufenthalt der Bisamratte. Hutter hält sich gern dort auf, weil die Bucht versteckt liegt.«
»Wir werden bald die Arche sehen«, sagte Hurry nach einer Weile, als das Kanu um das Ende einer Landspitze bog, wo das Wasser so tief war, daß es eine viel dunklere Farbe hatte; »er versteckt sich gern unter dem Buschwerk, und wir werden in fünf Minuten in seinem Nest sein, wenn der alte Bursche selbst auch gerade nach seinen Biberfallen sehen sollte.«
Die Prophezeiung bestätigte sich nicht. Das Wasser bewegte sich in leichten Bogenlinien gegen das Ufer, die Zweige beugten sich darüber, aber die Bucht war völlig einsam. Das Kanu glitt geräuschlos über das Wasser, da die Grenzbewohner immer an Vorsicht gewöhnt sind. Da hörte man plötzlich auf dem schmalen Landstrich, der die Bucht von dem offenen See trennte, ein kurzes Geräusch im Gehölz, wie das Krachen eines trockenen Zweiges. Die beiden Abenteurer griffen nach ihren Flinten.
»Das war kein Tier«, flüsterte Hurry, »es klang wie der Tritt eines Mannes.«
»Rudere das Kanu zu jenem Baum«, erwiderte Wildtödter, »ich will ans Land springen und dem Kerl den Rückzug abschneiden.«
Der junge Jäger war bald am Ufer und drang leicht und vorsichtig ohne jedes Geräusch in das Dickicht. In einer Minute war er im Mittelpunkt der schmalen Landzunge und bewegte sich langsam nach ihrem Ende hin. Gerade als er die Mitte des Dickichts erreichte, knackten die trockenen Zweige wieder, und das Geräusch wiederholte sich in kurzen Zwischenzeiten. Hurry hörte ebenfalls das Knacken und stieß das Kanu vom Ufer ab, ergriff seine Flinte, um den Ausgang abzuwarten. Nach einer Minute trat ein großer Rehbock aus dem Dickicht, ging mit ruhigem Schritt zum sandigen Ufer der Landzunge und begann seinen Durst aus dem Wasser des Sees zu löschen. Hurry zögerte einen Augenblick, dann hob er schnell seine Flinte, zielte und schoß. Das Echo des Schusses rollte längs der Hügel von einer Höhe zur andern. Der Rehbock sprang, mehr vom Echo als vom Schusse selbst erschreckt, ins tiefe Wasser und begann in den See zu schwimmen. Hurry sprang ihm sofort nach, und kurze Zeit schäumte das Wasser um

den Verfolger und den Verfolgten. Hurry war schon an der Landspitze, als Wildtödter auf dem Sande erschien und ihm zurief, er möge ans Land kommen.

»Es war unvorsichtig zu schießen, ehe wir das Ufer untersucht und uns überzeugt hatten, daß keine Feinde hier verborgen sind; soviel habe ich von den Delawaren gelernt und von ihren Erfahrungen mir angeeignet, wenn ich auch noch nie auf dem Kriegspfade war.«

»Es war recht ungeschickt, daß ich den Rehbock verfehlte«, sagte Hurry, indem er mit den Fingern durch seine triefenden Locken fuhr. »Solch ein Pech ist mir seit meinem fünfzehnten Jahre nicht begegnet.«

»Mach dir darüber keine Sorgen. Das Echo ist mir viel unangenehmer«, erwiderte Wildtödter.

»Das Echo wirst du hier oft hören, wenn du lange in dieser Gegend bleibst«, sagte der andere lachend. »Es wiederholt fast alles, was in diesem stillen Sommerwetter hier am See gesagt oder gerufen wird. Selbst wenn ein Ruder fällt, so kannst du oft mehrmals den Widerhall hören.«

»Desto vorsichtiger muß man sein. Ein einziger Schuß genügt hier, um einem ganzen Stamm unsere Ankunft zu verraten.«

»Na schön, aber auf jeden Fall wird das Echo den alten Tom auffordern, den Topf ans Feuer zu stellen, denn er wird sich denken, daß Gäste in der Nähe sind. Komm ins Boot, wir müssen die Arche finden, solange es hell ist.«

Die Entfernung bis zum gegenüberliegenden Ufer des Sees betrug nicht ganz eine halbe Stunde, da sie schnell ruderten. Als sie ungefähr den halben Weg zurückgelegt hatten, zog ein kleines Geräusch ihre Blicke nach dem zurückliegenden Ufer, und sie sahen den Rehbock, der eben zum Ufer watete. Eine Minute später schüttelte das edle Tier das Wasser ab und verschwand im Walde.

Nachdem die beiden Männer eine Zeit schweigend gerudert hatten, näherte sich das Kanu der südöstlichen Ecke des Sees. Sie waren jetzt nahe an der Stelle, wo der See seinen Abfluß haben mußte, und beide sahen sich neugierig danach um.

»Ich bin seit zwei Sommern nicht hier am Ende des Sees gewesen«, sagte Hurry, der sich aufrecht in das Kanu stellte, um besser sehen zu können. »Dort bei dem spitzen Felsen über dem Wasser muß der Fluß beginnen.«

Die Männer ruderten kräftig auf den Felsen zu, der nicht groß war und nur drei Fuß über den See hervorragte. Das Wasser hatte ihn so abgeschliffen, daß er einem großen Bienenkorb glich.

»Hier ist der Fluß, Wildtödter«, sagte Hurry. »Er ist ganz durch Bäume und Büsche verborgen.«

Die hohen Ufer waren hier zwanzig Meter voneinander entfernt, aber von der westlichen Seite her schob sich ein schmaler Landstreifen weit vor und sperrte so die Öffnung um die Hälfte ab. Da der Uferwald hier sehr dicht war, konnte man in geringer Entfernung kaum die Öffnung im Ufer entdecken. Das Kanu folgte jetzt langsam der Strömung und gelangte unter ein Laubgewölbe, durch das das Licht des Himmels nur spärlich drang. Es schien fürs erste unmöglich zu sein, daß hier ein großes Boot durchfahren könnte. Kaum aber waren sie an den Ufergebüschen des Sees vorüber, als sie sich in einem engen Fluß befanden mit tiefem, klarem Wasser, das in schneller Strömung dahinschoß. Die beiden Jäger ließen die Ruder ruhen und hielten nur den leichten Kahn in der Mitte der Strömung. Beide beobachteten jede Wendung des Flusses mit eifriger Wachsamkeit. Sie waren schon eine Strecke gefahren, als Hurry sich plötzlich an einem Busch festhielt. Wildtödter griff unwillkürlich nach seiner Flinte.

»Da ist der alte Bursche«, flüsterte Hurry, »er steht gerade sehr beschäftigt bis zu den Knien in Schmutz und Wasser. Er sieht nach seinen Biberfallen. Aber die Arche ist nicht zu sehen. Die schöne Judith wagt sich mit ihrem hübschen kleinen Fuß sicher nicht in die Nähe dieses schwarzen Schmutzes. Sie denkt sicher nicht gut von solcher Männerbeschäftigung.«

»Du beurteilst das junge Mädchen zu streng, Hurry. Sie wird ihrem Vater im Hause nützlich sein.«

»Es ist ein Vergnügen, die Wahrheit aus dem Munde eines Mannes zu hören«, sagte plötzlich eine angenehme, volle und sanfte weibliche Stimme ganz nah dem Kanu. Die beiden Jäger fuhren erschreckt auf. »Von Euch, Meister Hurry«, fuhr die Stimme fort, »habe ich nichts anderes erwartet. Es freut mich aber, Euch in besserer Gesellschaft zu sehen. Es ist ein Trost, daß die, die wissen, wie man Frauen zu achten und zu beurteilen hat, sich nicht schämen, in Eurer Gesellschaft zu reisen.«

Jetzt sahen die beiden auch ein ungemein schönes jugendliches Gesicht in einer Öffnung zwischen dem Ufergebüsch. Das Mädchen lächelte Wildtödter freundlich zu und blickte dann anscheinend böse und doch kokett den verdutzten Hurry an. Die Männer lagen, ohne es zu merken, dicht an der Arche, die in den Büschen verborgen war. Judith Hutter hatte nur die Blätter vor einem Fenster beiseite geschoben, um die unerwarteten Gäste zu begrüßen.

Viertes Kapitel

Die Arche war ein sehr einfaches Bauwerk. Eine breite Fähre bildete den schwimmenden Teil des Schiffes, und in dessen Mittelpunkt stand, die ganze Breite und ungefähr zwei Drittel der Länge einnehmend, ein niedriger Aufbau. Das Ganze glich einem heutigen Wohnboot, obgleich es etwas roher gearbeitet war. Das Innere war in zwei Zimmer geteilt, von denen das eine als Wohnraum und als Schlafkammer des Vaters diente. In dem anderen schliefen die Töchter.

Sobald das Kanu an der Arche angelegt hatte, sprang Hurry an Bord und war gleich darauf in einer muntern Unterhaltung mit Judith begriffen, die ihn so fesselte, daß er die übrige Welt zu vergessen schien. Wildtödter betrat die Arche mit einem langsamen vorsichtigen Schritt und untersuchte jede Einrichtung mit neugierigen und forschenden Augen. Er ging, nachdem er Judith nur kurz begrüßt hatte, ohne Umstände durch die Zimmer, wie er es vorher in der Burg getan hatte. Schließlich trat er an das Ende der Fähre und fand hier die andere Schwester, mit einer weiblichen Arbeit beschäftigt.

Der junge Jäger lehnte sich mit beiden Händen auf seine Flinte und sah das Mädchen voll Teilnahme an. Sie hatte viel Ähnlichkeit mit ihrer Schwester und schien ein bescheidenes und anspruchloses Gegenbild zu sein. Ihr Gesicht war nicht so lebhaft wie das der Schwester. Ihre Züge aber verrieten Einfalt und Güte. Die ganze Gestalt drückte eine heilige, unverletzbare Unschuld aus.

»Du bist Hetty Hutter?« sagte Wildtödter schließlich. »Hurry Harry hat mir von dir erzählt.«

»Ja, ich bin Hetty Hutter«, erwiderte das Mädchen mit leiser, süßer Stimme. »Judith Hutters Schwester und Thomas Hutters jüngere Tochter.«

»Ich weiß, du bringst den größten Teil deines Lebens auf dem See zu, Hetty?«

»Ja. Die Mutter ist tot. Der Vater ist auf dem Biberfang, und Judith und ich bleiben zu Haus. — Wie heißt du?«

»Die Frage läßt sich nicht so leicht beantworten, da ich trotz meiner Jugend schon mehr Namen gehabt habe als einige Häuptlinge der Indianer.«

»Sage mir deine Namen«, erwiderte Hetty, indem sie unbefangen zu ihm aufsah, »und ich kann dir vielleicht deinen Charakter sagen.«

»Nun gut, ich habe nichts dagegen, du sollst sie alle hören. Mein Vater wurde Bumppo genannt und ich natürlich auch. Mein Taufnahme war Nathaniel, oder Natty, wie man zu sagen pflegt.«

»Natty — und Hetty«, unterbrach ihn das Mädchen schnell, indem sie mit einem Lächeln von ihrer Arbeit aufsah, »du bist Natty, und ich bin Hetty, obgleich du Bumppo bist und ich Hutter. Bumppo ist nicht so hübsch wie Hutter, nicht?«

»Nun, das kommt auf den Geschmack an. Ich behielt ihn aber nicht lange, denn die Delawaren fanden, daß ich nicht lügen könne, und nannten mich zuerst ›Wahrheitszunge‹.«

»Das ist ein guter Name«, unterbrach ihn Hetty in ernstem und bestimmtem Ton, »sage nicht, daß die Namen keine Bedeutung haben.«

»Später fanden sie, daß ich schnell zu Fuß sei, und nannten mich die ›Taube‹.«

»Das war ein hübscher Name«, sagte Hetty, »Tauben sind schöne Vögel.«

»Das war mein Name, bis ich mir eine Flinte kaufte«, fuhr der Jäger fort. »Jetzt sah man, daß ich eine Hütte mit Wildbret versorgen konnte, und mit der Zeit erhielt ich den Namen ›Wildtödter‹, den ich jetzt noch führe.«

»Der Name gefällt mir viel besser als Natty Bumppo.« Das junge Mädchen machte eine Pause und fragte dann: »Hast du Judith schon gesehen? Wenn nicht, so geh gleich hin und sieh sie an. Selbst Hurry Harry gefällt mir nicht so gut, obgleich er doch ein Mann ist.«

Wildtödter sah das Mädchen voll Teilnahme an. Ihr bleiches Gesicht hatte sich etwas gerötet, und ihr Auge verriet ihre Gefühle Hurry Harry gegenüber.

In diesem Augenblick erschien das Kanu mit dem Besitzer der Arche. Wie es schien, hatte Hutter oder ›der schwimmende Tom‹ das Boot von Hurry erkannt, denn er zeigte kein Erstaunen, als er ihn begrüßte.

»Ich erwartete dich in der letzten Woche«, sagte er, »und es tat mir sehr leid, daß du nicht kamst. Es war ein Mann bei uns, der den Auftrag hatte, allen Biberfängern und Jägern zu sagen, daß zwischen der Kolonie und den Indianern wieder Streitigkeiten herrschen. Ich fühle mich mit drei Skalpen und nur ein paar Händen, um sie zu beschützen, etwas einsam in diesen Bergen.«

»Das ist verständlich«, erwiderte March.

»Du kommst ja auch nicht allein jetzt, da du weißt, daß die Wilden aus Kanada wahrscheinlich wieder umherschwärmen«, erwiderte Hutter, indem er einen forschenden Blick auf Wildtödter warf.

»Warum auch nicht? Der schlechteste Begleiter verkürzt die Reise, und diesen jungen Mann halte ich für einen ganz guten Gefährten. Es ist Wildtödter, alter Tom, ein berühmter Jäger unter den Delawaren, aber christlich erzogen, wie du und ich. Sollten wir Gelegenheit haben, unsere Biberfallen und unser Reich hier zu verteidigen, so wird er uns alle ernähren können, denn er ist ein ausgezeichneter Jäger.«

»Willkommen, junger Mann«, sagte Tom und streckte ihm eine harte, knochige Hand hin. »In diesen Zeiten ist ein weißer Mann ein Freund, und ich rechne auf deine Hilfe. Kinder machen manchmal ein kühnes Herz schwach. Diese beiden Töchter machen mir mehr Sorgen als alle meine Biberfallen und Häute und Rechte im Lande.«

»Das ist verständlich«, sagte Hurry. »Was Judith betrifft, alter Tom, so erkläre ich mich gleich für ihren Beschützer, und hier ist Wildtödter, der sich Hettys annehmen wird.«

»Schönen Dank, Meister March«, erwiderte Judith. »Sollte es nötig sein, den Wilden entgegenzutreten, so schiffe dich nur mit meinem Vater ans Land, statt dich unter dem Vorwand, uns Mädchen zu verteidigen, in der Kajüte zu verkriechen, und — «

»Judith«, unterbrach sie der Vater, »schwatze nicht dummes Zeug! Es sind schon Wilde am Seeufer, und niemand kann sagen, wann wir mehr von ihnen hören werden.«

»Wenn das wahr ist«, sagte Hurry, »so sind wir hier in der Arche sehr gefährdet.«

»Ich denke wie du, Hurry, und wäre in diesem Augenblick lieber irgendwo anders als in diesem engen Strom. Die Wilden sind übrigens ganz in unserer Nähe, und wir müssen versuchen, aus dem Fluß zu kommen, ohne totgeschossen zu werden.«

»Seid Ihr sicher, Meister Hutter, daß die Rothäute, von denen Ihr sprecht, wirklich aus Kanada sind?« fragte Wildtödter.

»Ich habe Zeichen bemerkt, daß sie in der Nähe sind, aber ich sah noch keinen von ihnen. Ich war etwa eine halbe Stunde den Strom hinabgefahren, um nach meinen Biberfallen zu sehen, als ich eine frische Spur bemerkte, die an einem Sumpf vorbei nach Norden ging. Der Mann konnte erst vor einer Stunde dagewesen sein. Ich erkannte die Spur eines Indianers an der Größe des Fußes und der Zehen, noch ehe ich einen ganz abgetragenen Mokassin fand.«

»Das sieht einer Rothaut auf dem Kriegspfade nicht sehr ähnlich«, erwiderte Wildtödter. »Ich könnte aber etwas Bestimmteres aus dem Mokassin schließen, wenn Ihr vielleicht daran gedacht habt, ihn mitzubringen. Ich kam selbst hierher, um mit einem jungen Häuptling zusammenzukommen. Vielleicht war es seine Spur.«

»Hurry, du bist doch hoffentlich genau bekannt mit diesem jungen Mann?« fragte der Alte jetzt mißtrauisch. »Der Verrat ist eine indianische Tugend, und die Weißen, die lange unter diesen Stämmen leben, wenden bald ihre Kunstgriffe an.«

»Das ist freilich wahr, alter Tom, aber es trifft nicht auf Wildtödter zu. Ich will mich für seine Ehrlichkeit verbürgen, seinen Mut im Kampfe müssen wir freilich erst kennenlernen.«

»Was führt ihn aber in diesen entfernten Teil des Landes?«
»Das ist bald gesagt, Meister Hutter«, erwiderte Wildtödter ruhig. »Ich war bisher noch nie auf dem Kriegspfade. Als aber die Delawaren Nachricht erhielten, daß der Wampum und ein Kriegsbeil den Stämmen zugeschickt werden sollte, wünschten sie, daß ich zu den Leuten meiner eignen Farbe gehe und mich genau nach allem erkundige. Dies tat ich, und nachdem ich bei meiner Rückkehr den Häuptlingen Bericht erstattet hatte, begegnete ich am Schoharie einem Beamten der Krone, der Geld an einige befreundete Stämme, die weiter im Westen wohnen, zu schicken hatte. Dies schien eine gute Gelegenheit für Chingachgook – ein junger Häuptling, der noch nie einen Feind getötet hat – und für mich zu sein, gemeinschaftlich auf unseren ersten Kriegspfad zu gehen, und ein alter Delaware bezeichnete einen Felsen am untern Ende dieses Sees als den Ort unserer Zusammenkunft. Ich werde morgen abend eine Stunde vor Sonnenuntergang mit Chingachgook zusammentreffen, und wir werden dann weiterziehen, ohne jemanden zu beunruhigen, es sei denn die Feinde des Königs, die auch die unsrigen sind. Da ich Hurry schon von früher kannte, beschlossen wir, zusammen zu reisen.«
»Und du glaubst, daß die Spur, die ich sah, von deinem Freunde herrühren könnte?« fragte Hutter.
»Das ist meine Vermutung, die wahr oder falsch sein kann. Wenn ich aber den Mokassin sähe, so könnte ich gleich sagen, ob er nach der Art der Delawaren gemacht ist oder nicht.«
»Hier ist er«, sagte Judith, die bereits nach dem Kanu gegangen war, um ihn zu holen. »Sag uns, was du davon denkst – Freund oder Feind. Du siehst ehrlich aus, und ich glaube dir alles, was auch mein Vater denken mag.«
»Das ist so deine Art, Judith, immer Freunde zu finden, wo ich mißtrauisch bin«, murmelte Tom.
»Der ist nicht von den Delawaren gemacht«, erwiderte Wildtödter, indem er die abgetragene Fußbekleidung musterte. »Dieser Mokassin scheint von jenseits der großen Seen zu kommen.«
»Wenn das der Fall ist, so dürfen wir nicht eine Minute länger hierbleiben«, sagte Hutter. »In einer Stunde etwa wird es schon dunkel, und wir kommen dann nicht fort, ohne ein Geräusch zu machen, das uns verraten würde. Hörtet Ihr vor einer halben Stunde etwa das Echo eines Schusses in den Bergen?«
»Ja, alter Tom, ich hörte es«, antwortete Hurry betroffen – »denn ich selbst habe geschossen.«
»Ich fürchtete, es wären die französischen Indianer gewesen. Doch sind sie vielleicht dadurch aufmerksam geworden und können so auf unsere Spur kommen.«

Hutter hielt jetzt eine lange Beratung ab mit seinen beiden Gästen. Er erklärte ihnen, wie schwer es sein würde, die Arche im Dunkeln aus einem so schnellen und engen Strom zu bringen.
»Wer in die Nähe kommt«, sagte er, »wird sich am Fluß oder am See aufhalten. Im Dunkeln wird uns jedes Geräusch, das wir nicht vermeiden können, verraten. Ich ziehe mich nie in dieses Versteck zurück, ohne daß ich dafür sorge, wieder hinauszukommen. Mein Anker liegt jetzt oberhalb des Ausflusses im See, und hier ist eine Leine, an der wir uns hinaufziehen können. Judith weiß mit dem Steuerruder umzugehen wie ich selbst, und wenn wir keinen Feind fürchten, so ist es nicht schwer, in den See zu kommen.«
»Gut, alter Tom«, sagte Hurry, »wenn wir fort wollen, so müssen wir uns beeilen.«
Die drei Männer begannen jetzt die Arche in Bewegung zu setzen. Die leichten Befestigungen wurden schnell gelöst, und als sie an der Leine zogen, bewegte sich das schwere Fahrzeug langsam aus dem Versteck. Es war kaum von den Zweigen befreit, als es durch die Kraft der Strömung nach dem westlichen Ufer getrieben wurde. Alle hörten das Rauschen der Zweige, als die Kajüte gegen die Büsche und Bäume stieß. Allmählich wurde aber das breite Boot flott, und sie zogen es mit vereinten Kräften wie eine Fähre den Strom aufwärts. An jeder Biegung war die Zugleine mit einem Stein, der als Anker diente, beschwert, so daß die Arche immer in der Mitte des Flusses blieb. Als sie den Ausfluß des Susquehannah erreichten und die breite Fläche des Sees sahen, fühlten alle eine Erleichterung. Hier wurde der letzte Stein emporgehoben, und sie zogen sich jetzt an der Leine zum Anker hin, der oberhalb der Strömung im See lag.
»Gott sei Dank!« sagte Hurry, »hier ist es noch hell. Wir werden bald unsere Feinde sehen können, wenn sie überhaupt da sind.«
»Kein Ort ist so günstig zu einem Angriff wie das Ufer um den Abfluß«, sagte Hutter, »sobald wir unter diesen Bäumen fort im offenen See sind, haben wir die gefährlichste Stellung, denn der Feind hat Deckung. Judith, überlaß das Steuerruder jetzt sich selbst und geh mit Hetty in die Kajüte. Zeigt eure Gesichter nicht am Fenster. Hurry, wir wollen selbst in das vordere Zimmer gehen und durch die Türe an der Leine ziehen, um so gesichert zu sein. Wildtödter, der jetzt nicht mehr an der Leine nötig ist, späht während der Zeit aus den Fenstern.«
Der junge Jäger war zum ersten Male in seinem Leben in der Nähe von Feinden. Als er sich an ein Fenster stellte, kam die Arche gerade durch den engsten Teil des Stromes. Nachdem er sich am östlichen Ufer des Flusses umgesehen hatte, ging er durch das Zimmer, um aus dem gegenüberliegen=

den Fenster nach dem westlichen Ufer zu sehen. Kaum hatte er vorsichtig hinausgesehen, als er auch schon einen jungen Baum bemerkte, der weit über das Wasser hing. Auf diesem Baume aber waren bereits nicht weniger als sechs Indianer, und andere standen bereit, ihnen zu folgen. Sie wollten

anscheinend auf das Dach der Arche springen, sobald sie unter ihnen vorbeigleiten würde.
»Zieh, Hurry«, rief Wildtödter, »wenn du dein Leben liebhast!«
Die beiden Männer an der Leine merkten sofort die Gefahr, und die Geschwindigkeit der Arche verdoppelte sich. Die Indianer, die sich entdeckt sahen, stießen den furchtbaren Kriegsruf aus und sprangen verzweifelt von dem Baum, um auf das Boot zu kommen. Es waren sechs, aber alle, außer dem Anführer, fielen ins Wasser. In diesem Augenblick stürzte Judith aus der Kajüte und stieß den Indianer, der sich halb bewußtlos an das Fahrzeug klammerte, über Bord. Dies geschah in wenigen Sekunden. Wildtödter, der sofort nach hinten eilte, zog das Mädchen schnell in die Kajüte, und schon erscholl der Wald vom Geschrei. Kugeln schlugen gegen die Balken, während die Arche in schneller Bewegung blieb, so daß sie bald außer Gefahr waren. Die Wilden hörten auf zu schießen, um ihre Munition nicht vergeblich zu verschwenden. Die Fähre trieb über ihren Anker, den Hutter schnell einholte, in den offenen See hinaus. Hutter und March nahmen jetzt zwei breite Ruder, und durch den Aufbau gedeckt, trieben sie die Arche weit genug vom Ufer ab, um vor den Indianern wenigstens im Augenblick sicher zu sein.

Fünftes Kapitel

Nachdem sie einige Zeit gerudert hatten, fand eine Beratung in dem vorderen Teil der Fähre statt, bei der Judith und Hetty zugegen waren. Hutter fühlte wohl den Ernst ihrer Lage am meisten, als er sagte: »Wir haben dadurch, daß wir auf dem Wasser sind, einen großen Vorteil vor den Irokesen. Es ist kein Kanu am See, von dem ich nicht weiß, wo es versteckt liegt, und jetzt, da deins hier ist, Hurry, gibt es nur noch drei auf dem Lande, und zwar so in hohlen Stämmen verborgen, daß die Indianer sie wohl nicht finden werden.«
»Das kann man nicht wissen«, sagte Wildtödter, »ein Hund ist nicht sicherer auf der Spur als eine Rothaut.«
»Du hast recht, Wildtödter«, sagte Harry March »Ich glaube, daß sie vor morgen abend alle Kanus gefunden haben werden, wenn sie dich wirklich angreifen wollen, alter Tom.«
Hutter erwiderte nichts, sondern sah sich eine Minute lang schweigend um, indem er den Himmel, den See und die Ufer beobachtete. Die Wälder lagen in tiefster Ruhe, der Himmel war noch von dem Lichte der untergegangenen Sonne erhellt, und der See lag so still wie schon den ganzen Tag über.

»Judith«, sagte der Alte dann, »gib uns etwas zu essen, unsre Gäste werden Hunger haben. Bereite mit deiner Schwester das Abendessen. Ich habe mit den Männern zu sprechen.« Sobald seine Töchter ihn nicht mehr hören konnten, fuhr er fort: »Ihr seht, in welcher Lage ich bin, und ich möchte eure Meinung hören.«

»Meine Ansicht ist, alter Tom, daß Ihr mit Eurem ganzen Besitztum in der größten Gefahr seid«, erwiderte Hurry, der es für unnötig hielt, die Wahrheit zu bemänteln.

»Und ich habe Kinder!« fuhr der Alte fort, »gute Mädchen, wie ich wohl sagen kann, obgleich ich ihr Vater bin.«

»Ein Mann darf alles sagen, Meister Hutter, besonders wenn er in bedrängter Lage ist«, erwiderte Hurry etwas ablehnend.

»Ich höre, Harry March, daß ich auf dich anscheinend nicht rechnen kann«, erwiderte der alte Tom stolz.

»Ihr habt Hurry falsch verstanden«, sagte Wildtödter jetzt, »und tut ihm unrecht. Wir würden nie eine Familie unserer eigenen Rasse in solcher Gefahr verlassen.«

»Darf ich also auf Euch rechnen, Wildtödter?« fragte der alte Mann besorgt.

»Darauf könnt Ihr rechnen, schwimmender Tom«, antwortete Wildtödter, und Hurry nickte schweigend dazu.

Der Alte fuhr darauf beruhigt fort: »Ihr wißt, es wurden von beiden Parteien hohe Preise für Skalpe angeboten. Es ist vielleicht nicht recht, Gold für Menschenblut zu nehmen, oder was meinst du, Hurry?«

»Daß du dich irrst, alter Tom, wenn du das Blut der Wilden Menschenblut nennst. Ich gebe nicht mehr auf den Skalp einer Rothaut als auf ein paar Wolfsohren.«

»Das ist eine männliche Haltung«, erwiderte Tom. »Dieser Angriff der Rothäute bringt uns vielleicht noch viel ein. Wildtödter denkt doch hoffentlich wie du, daß nämlich Geld, das man auf diese Weise einnimmt, ebensogut ist, als wenn man es mit dem Biberfang oder auf der Jagd verdient hätte.«

»Das ist nicht meine Ansicht«, erwiderte der junge Jäger. »Ich will euch in der Arche oder in der Burg oder in den Wäldern treu helfen, aber ich will dabei ein Mensch bleiben. Führt diesen Kampf, wie ihr wollt, ich werde mich zurückhalten und kann die Mädchen in meinen Schutz nehmen.«

»Das ist eine Lehre, die ihr euch merken könnt«, sagte plötzlich die sanfte Stimme Judiths, die von der Kajüte aus alles gehört hatte.

»Schweige, Judith!« rief der Vater zornig. »Geh fort hier, wir reden von Männerangelegenheiten!«

»Der junge Mann hat recht, Hurry«, sagte er dann, »und wir können die Mädchen seinem Schutze überlassen. Wir werden uns inzwischen ein gutes

Stück Geld machen. Ich habe deutlich bemerkt, daß bei den Indianern Weiber sind, und wo Weiber sind, da sind auch Kinder, und Kleine und Große haben Skalpe. Die Kolonie bezahlt für alle gleich viel.«
»Es ist schändlich, daß sie es tut«, unterbrach ihn Wildtödter aufgebracht.
»Sei vernünftig, Wildtödter«, erwiderte Hurry, »die Wilden skalpieren deine Freunde, die Delawaren oder Mohikaner so gut wie alle andern, und weshalb sollen wir ihre Skalpe nicht nehmen?«
Wildtödter erwiderte darauf nichts. Er saß schweigend und ablehnend da, während die beiden anderen leise ihre Pläne besprachen. Nach einiger Zeit erschien Judith mit dem einfachen, aber kräftigen Abendessen. March bemerkte mit einigem Erstaunen, daß sie Wildtödter die besten Bissen vorlegte. Da er aber die Launen des Mädchens schon gewöhnt war, machte ihm diese Entdeckung wenig Sorge, und er aß mit gutem Appetit.
Eine Stunde später hatte sich die Szene völlig verändert. Der See war noch still und glatt, aber die Finsternis war dem milden Zwielicht des Sommerabends gefolgt, und die Landschaft lag in der schweigenden Ruhe der Nacht. Es herrschte überall feierliche Stille, und der einzige Ton, den man vernahm, war das regelmäßige Eintauchen der Ruder. Hurry und Wildtödter bewegten die Arche langsam gegen die Burg zu. Hutter stand am Steuerruder, doch als er fand, daß die jungen Männer gleichmäßig ruderten und das Fahrzeug immer in derselben Richtung hielten, verließ er das Steuerruder wieder und setzte sich an das Ende der Fähre.
Nach einigen Minuten kam Hetty verstohlen aus der Kajüte und ließ sich wie gewöhnlich zu seinen Füßen nieder. Der Alte beachtete sie nicht weiter, sondern legte nur seine Hand freundlich auf ihren Kopf. Nach einer Weile begann das Mädchen zu singen. Ihre Stimme war leise und zitternd, aber ernst und feierlich. Worte und Melodie waren sehr einfach, es war ein frommes Lied, das sie von ihrer Mutter gelernt hatte. Hutter hörte nie dieses einfache Lied, ohne gerührt zu werden. Auch die beiden Männer vorn an den Rudern hörten auf zu arbeiten und lauschten der einfachen Stimme, die über den dunklen See scholl.
»Du bist heute abend traurig, mein Kind«, sagte der Vater, als Hetty aufgehört hatte. »Wir sind eben den Feinden entgangen und sollten eher froh sein.«
»Du wirst es nicht tun, Vater«, sagte Hetty leise, indem sie seine harte, rauhe Hand ergriff. »Du hast lang mit Harry March gesprochen, aber ihr werdet es doch nicht tun, nicht wahr?«
»Davon verstehst du nichts«, sagte der Alte betroffen, »du hast gehorcht, das darf ein Mädchen niemals tun.«
Hetty schien sehr lange nachzudenken, dann schüttelte sie mehrmals leise

den Kopf, sagte aber nichts mehr. Der alte Mann saß noch eine Weile ebenfalls schweigsam da, stand dann aber beunruhigt auf und ging nach vorn, um Wildtödter beim Rudern abzulösen. Er wollte noch einmal allein mit Hurry sprechen. Der junge Jäger begab sich darauf nach hinten ans Steuer.

Als Wildtödter seinen neuen Posten einnahm, war Hetty verschwunden. Aber er war nicht lange allein, denn Judith kam aus der Kajüte zu ihm. Die schönen Augen des jungen Mädchens waren noch gerade im Sternenlicht zu erkennen, und sie sah den Jüngling freundlich an.

»Ich habe vorhin innerlich lachen müssen«, begann sie scherzend, »als ich den Indianer ins Wasser stieß. Ob seine Farben echt waren?«

»Ich fürchtete, die anderen Indianer würden dich erschießen, Judith«, erwiderte Wildtödter ernst, »es war eine große Gefahr für ein Mädchen.«

»Bist du mir deshalb zu Hilfe geeilt?« fragte das Mädchen.

»Wenn ein Mann eine Frau in Gefahr sieht, so muß er ihr zu Hilfe kommen, selbst ein Mingo weiß das«, erwiderte Wildtödter.

»Ich sehe, daß du ein Mann der Tat bist, Wildtödter«, fuhr Judith lächelnd fort. »Ich glaube, daß wir sehr gute Freunde werden können. Hurry Harry hat eine böse Zunge, und trotz seiner riesenhaften Gestalt schwatzt er mehr, als er tut.«

»March ist dein Freund, Judith, und Freunde sollen nur Gutes voneinander reden.«

»Wir kennen schon Hurrys Freundschaft! Ich bin ihm nicht sonderlich gewogen, Wildtödter, und ich glaube, er denkt nicht besser von mir als ich von ihm.«

Wildtödter wurde etwas verlegen, antwortete aber nicht. Judith deutete sein Schweigen auf ihre Weise und fuhr fort: »Ich glaube, Hurry wird seine Zunge nicht in Schranken halten, wenn er über Judith Hutter und ihre Schwester spricht. Aber Meister March mag uns verleumden, er wird es früher oder später bereuen.«

»Nein, Judith, du nimmst es zu ernst. Hurry hat nie ein Wort gegen den guten Namen Hettys gesagt, und wenn —?«

»Ich sehe, wie es ist«, unterbrach ihn das schöne Mädchen heftig. »Er erlaubt sich, mich mit seiner bösen Zunge anzuschwärzen — also Hetty! — die arme Hetty!« fuhr sie leiser fort, »sie hält er nicht für wert, mit seiner verleumderischen Bosheit zu verfolgen! — Arme Hetty! — Wenn Gott ihr einen schwachen Verstand gab, so schützt sie diese Schwäche vor manchen Irrtümern, von denen sie nichts zu wissen scheint. Es lebte nie ein reineres Wesen auf Erden als Hetty Hutter.«

»Das glaube ich«, sagte Wildtödter ernst, »und ich weiß, daß man dasselbe von ihrer schönen Schwester sagen kann.«

»Wildtödter«, sagte Judith jetzt aufstehend, »es freut mich, daß das Eis zwischen uns gebrochen ist. Ich weiß nicht, wie es kommt, aber von den Männern, die ich bisher kennenlernte, bist du der erste, zu dem ich Vertrauen habe.«

Sie drückte ihm fest die Hand und ließ ihn dann schnell allein.

Der junge Mann blieb erstaunt zurück und stand lange bewegungslos am Steuer.

Sechstes Kapitel

Bald nachdem Judith den jungen Jäger am Steuer verlassen hatte, erhob sich ein leichter Südwind, und Hutter spannte ein großes Segel auf, das einst zu einer Schaluppe gehört hatte. Die Arche kam jetzt vorwärts, ohne daß gerudert werden mußte, und nach ungefähr zwei Stunden sah man die Burg in einer Entfernung von etwa hundert Schritten in der Dunkelheit aus dem Wasser ragen. Das Segel wurde niedergelassen, und die Fähre trieb allmählich gegen das Gebäude und wurde befestigt. Niemand war hier gewesen, seitdem Hurry und sein Gefährte das Haus verlassen hatten. Da man wußte, daß ein Feind in der Nähe sei, verbot Hutter seinen Töchtern, Lichter anzuzünden.

»Bei hellem Tage würde ich hinter diesen dicken Balken Tausende von Wilden nicht fürchten«, erklärte Hutter, »denn ich habe drei bis vier Gewehre immer geladen, und es sind Waffen, auf die ich mich verlassen kann. Aber bei Nacht ist es gefährlicher. Ein Kanu könnte sich im Dunkeln unbemerkt nähern, und die Wilden haben so viele schlaue Angriffsarten und Kriegslisten, daß ich es schon für schlimm genug halte, wenn man bei hellem Tage mit ihnen zu tun hat.«

Die beiden Mädchen zogen sich gleich zurück, und Hutter winkte seinen beiden Gefährten, ihm wieder in die Fähre zu folgen. Hier eröffnete der alte Mann seinen Plan.

»In unserer Stellung«, begann er, »müssen wir das Wasser beherrschen. Solange wir jedes andere Fahrzeug von dem See verbannen können, hat ein Kanu von Baumrinde für uns so viel Wert wie ein Kriegsschiff. Die Burg kann schwimmend nicht leicht angegriffen werden. Nun sind nur fünf Kanus in dieser Gegend, von denen zwei mir gehören und eins Hurrys Eigentum ist. Drei davon haben wir bei uns. Die beiden andern sind am Ufer in hohlen Baumstämmen verborgen, und die Wilden, die so giftige Feinde sind, werden gewiß am Morgen jeden Ort untersuchen, wo etwas zu vermuten ist, wenn sie –«

»Die Indianer, Freund Hutter«, unterbrach ihn Hurry, »werden gewiß kein Kanu finden, das gut versteckt ist. Ich habe meine Erfahrungen schon früher darüber gemacht, und Wildtödter weiß, daß ich ein Kanu so verbergen kann, daß ich selbst es kaum mehr finde.«
»Sehr wahr, Hurry«, bemerkte Wildtödter, »aber du übersiehst, daß du es zwar nicht finden konntest, ich selbst es aber fand. Ich stimme mit Hutter überein, daß wir diese beiden Kanus nach der Burg bringen, je schneller, desto besser. Ich bin bereit, dabei zu helfen.«
»Das ist vernünftig, Wildtödter«, sagte Hurry. »Du hast zwar noch nie den Knall einer Flinte gehört, die gegen dich selbst abgeschossen wurde, und ich weiß nicht, ob du ein guter Krieger werden wirst. Auf jeden Fall wissen wir, daß du das Rudern verstehst, und das ist alles, was wir in dieser Nacht von dir verlangen. Laßt uns keine Zeit mehr verlieren.«
Hutter ging voran, und das Boot war bald bereit. Hurry und Wildtödter griffen zu den Rudern. Bevor der alte Mann einstieg, ging er noch einmal in das Haus und sprach mehrere Minuten mit Judith, dann kehrte er zurück und nahm seinen Platz im Kanu ein, das gleich darauf von der Arche abgestoßen wurde.
Die Dunkelheit hatte zugenommen, obgleich der Himmel ohne Wolken war und das Licht der Sterne ein wenig leuchtete. Die Stellen, wo die beiden Kanus verborgen waren, kannte nur Hutter, und er lenkte das Fahrzeug, während seine beiden Gefährten ihre Ruder vorsichtig hoben und senkten, damit die Feinde in der Stille der Nacht kein Geräusch hörten. Sie näherten sich ungefähr nach einer halben Stunde dem Ufer.
»Zieht jetzt eure Ruder ein«, sagte Hutter in leisem Ton. »Wir wollen uns einen Augenblick umsehn. Wir müssen jetzt ganz Auge und Ohr sein, denn diese Indianer haben Nasen wie Bluthunde.«
Die Ufer des Sees wurden genau beobachtet, um zu entdecken, ob etwa in einem Lager noch ein glimmendes Licht sei, und die Männer strengten ihre Augen aufs äußerste in der Dunkelheit an. Sie konnten nichts Ungewöhnliches entdecken, und da sie sich ziemlich weit entfernt von dem Fluß befanden, wo sie ihr erstes Abenteuer mit den Wilden erlebt hatten, so hielten sie es für sicher, zu landen. Sie griffen zu den Rudern, und bald darauf stieß das Kanu mit einem kaum hörbaren Laut auf den Kiessand des Ufers. Hutter und Hurry sprangen sofort ans Land und ließen Wildtödter zur Bewachung des Kanus zurück. Der hohle Baumstamm lag in geringer Entfernung an der Seite des Berges, und der alte Mann ging voran, indem er vorsichtig immer beim dritten oder vierten Schritt still stehenblieb, um zu lauschen, ob irgend etwas die Nähe eines Feindes verrate. Es herrschte aber immer die gleiche Totenstille, und sie erreichten ohne Hindernisse ihr Ziel.

»Hier ist es!« flüsterte Hutter und stellte einen Fuß auf den Stamm eines auf der Erde liegenden Lindenbaums. »Ziehe das Boot vorsichtig heraus!«
»Halte meine Flinte bereit«, antwortete March, »und fühle, ob Pulver auf der Pfanne ist.«
»Alles in Ordnung!« murmelte Tom, »gehe langsam, wenn du das Boot auf der Schulter hast.«
Das Kanu wurde mit äußerster Vorsicht aus dem Baumstamm gezogen, Hurry hob es sich auf die Schulter, und die beiden gingen langsam und vorsichtig zum Ufer zurück. Die Entfernung war nicht groß, doch ehe sie das

Ufer erreichten, war Wildtödter genötigt zu landen, um das Kanu durch das Gebüsch tragen zu helfen. Mit seiner Hilfe war das Werk schnell geschafft, und das leichte Fahrzeug lag bald an der Seite des andern Kanus.
Am Ufer war alles ruhig geblieben, und Hutter steuerte nun dem Mittelpunkt des Sees zu. Als er weit genug vom Ufer entfernt war, band er das andere Kanu los, da er wußte, daß es mit dem leichten Südwind langsam den See hinauftreiben würde. Er konnte es bei seiner Rückkehr mitnehmen. Dann lenkte er auf die Stelle zu, wo Hurry den Rehbock gefehlt hatte. Da sie hier dem Ausfluß des Sees ziemlich nahe waren und sozusagen in das Gebiet des Feindes kamen, war jetzt doppelte Vorsicht notwendig. Sie erreichten das Ende der Landzunge und landeten sicher in der kleinen Bucht. Die mit hohen Bäumen bedeckte Halbinsel war zwar ziemlich lang, erhob sich aber wenig über das Wasser und war auf eine ziemliche Strecke hin nur wenige Schritte breit. Hutter und Hurry landeten und ließen wieder ihren Gefährten bei dem Boot zurück.
Der gestürzte Baum, in dem das Kanu verborgen war, lag ungefähr auf der Mitte der Landzunge. Es war nicht schwer, die Stelle zu finden, und die beiden schoben das Kanu an der nächsten günstigen Stelle ins Wasser und stießen wieder zu Wildtödter. Da sie jetzt alle Boote am See in ihrem Besitze hatten, wurden sie zuversichtlicher.
»Wenn die Rothäute jetzt die Burg besuchen wollen«, sagte Hurry, »müssen sie waten oder schwimmen!«
»Rudern wir jetzt zum südlichen Ufer«, sagte Hutter. Wir wollen sehen, ob wir nicht Spuren eines Lagers entdecken können. Doch erst muß ich mich genauer in der Bucht umsehen, damit wir von dieser Seite ganz sicher sind.«
Alle drei gingen darauf nach der Richtung hin, die Hutter angegeben hatte. Kaum konnten sie die ganze Bucht übersehen, als sie plötzlich gleichzeitig stehenblieben. Sie sahen zwischen den Bäumen einen erlöschenden Feuerbrand mit seinem flackernden und ersterbenden Licht. Es blieb nicht der mindeste Zweifel, daß sie vor einem Lager der Indianer standen. Hutter, der wußte, daß hier eine der günstigsten Stellen für den Fischfang am ganzen See sei und daß auch eine Quelle in der Nähe liege, schloß daraus, daß sich Weiber und Kinder in dem Lager befinden müßten.
»Hier sind nicht nur Krieger«, flüsterte er Hurry zu. »Um das Feuer liegt Beute genug für uns. Schicke Wildtödter zu den Kanus, denn bei einer solchen Sache wird er uns nicht viel nutzen.«
»Dein Vorschlag ist gut, alter Tom«, erwiderte Hurry laut. »Wildtödter, geh du zurück in das Kanu, rudere es mit dem andern Boot in den See, und laß es mit dem Winde forttreiben, wie das erste, dann halte dich längs dem Ufer an der äußeren Seite der Halbinsel, aber in der Nähe der Bucht. Wir

wollen rufen, wenn wir dich brauchen. Wenn du Schüsse hörst und Mut hast, so kannst du dich uns anschließen und zeigen, ob du ebensogut mit den Wilden fertig werden kannst wie mit den Hirschen.«
Der junge Jäger entfernte sich schweren Herzens. Er kannte die Vorurteile der Grenzbewohner zu gut, um noch Einwendungen zu machen. Er ruderte daher das Kanu schweigend und vorsichtig fast bis zur Mitte des Sees und ließ dann das Boot mit dem leichten Südwind in der Richtung der Burg treiben. Um irgendeinen Indianer zu hindern, daß er sich der leeren Boote bediene, wenn er sie durch Schwimmen erreiche, wurden alle Ruder zurückbehalten. Nach zehn Minuten näherte sich Wildtödter wieder dem Lande, und als er die Binsen, die im Wasser, etwa hundert Schritte vom Ufer entfernt, wuchsen, sehen konnte, hemmte er die Bewegung des Kanus und hielt sich an den harten Halmen fest. Hier blieb er und wartete gespannt auf den Erfolg dieses gefährlichen Streifzuges.
Der See lag schweigend und dunkel da, die Stille der Nacht war vollkommen. Wildtödter saß allein in seinem Kanu und lauschte auf die leisesten Töne, die ihn über den Verlauf der Dinge am Ufer hätten unterrichten können. Er konnte das Lagerfeuer der Indianer von der Stelle aus, wo das Kanu lag, nicht sehen, und er mußte sich ganz auf sein Gehör verlassen. Einmal glaubte er, das Krachen eines trocknen Zweiges zu hören, aber seine Erwartung war so gespannt, daß er sich leicht täuschen konnte. So verging eine Minute nach der andern, bis schon eine Stunde um war, seitdem seine Gefährten ihn verlassen hatten.
Plötzlich wurde Wildtödter durch einen Ton aufgeschreckt. Er hörte einen Ruf und erkannte Hurry, der als Signal die Stimme eines in den Wäldern sehr häufigen Vogels mit ihm verabredet hatte. Wenn er dem Rufe folgte, mußte er sich von der verabredeten Stelle entfernen, was für alle gefährlich werden konnte. Er beschloß abzuwarten, ob der Ruf nicht wiederholt werden würde. Nach einigen Minuten ertönte er wieder, und zwar von derselben Richtung her. Schon wollte er hinrudern, als er einen durchdringenden Schrei vernahm, den entweder eine Frau oder ein Knabe ausgestoßen haben mußte. Es lag in dem Schrei etwas Schreckliches. Wildtödter ließ die Binse los und tauchte sein Ruder in das Wasser, um zu Hilfe zu eilen. Er wußte nicht, wohin. Jetzt hörte er deutlich das Krachen trockner Zweige und zugleich Schritte. Der Lärm schien sich dem Wasser zu nähern, doch etwas weiter nördlich von der Stelle, an der er warten sollte. Er ruderte nun sofort los und erreichte eine Stelle, an der das Ufer hoch und steil wurde. Von oben drangen anscheinend Menschen durch das Gebüsch, die der Richtung des Ufers folgten, als ob die vor ihnen Fliehenden eine günstige Stelle zum Hinabsteigen suchten.

Gerade in diesem Augenblick fielen fünf oder sechs Schüsse, und die gegen=überliegenden Berge gaben den scharfen Ton in langen, rollenden Echos zurück. Gleich darauf hörte man Geschrei und Geräusch in dem nahen Buschwerk. Es schien jetzt Mann gegen Mann zu kämpfen.

»Schlüpfriger Teufel!« hörte Wildtödter Hurry rufen, »er hat seine Haut mit Fett beschmiert. Ich kann ihn nicht festhalten!«
Den Worten folgte der Fall eines schweren Körpers unter die kleinen Bäume, die am Ufer standen, und es schien Wildtödter, als habe sein Gefährte einen Gegner weit von sich geschleudert. Flucht und Verfolgung wurden aber erneut hörbar. Der junge Mann sah jetzt jemand die Anhöhe hinab bis auf mehrere Schritte ins Wasser kommen. In diesem kritischen Augenblick war das Kanu der Stelle so nahe, daß Wildtödter diesen Vorgang gut sehen konnte. Er wußte sofort, daß er hier seine Gefährten aufnehmen müsse, und ruderte sein Kanu nach der Richtung zu. Kaum kam er aber in Bewegung, als er die Stimme Hurrys hörte, der fluchend und mit Feinden beladen zum Ufer hinabrollte. Der Mann im Wasser schien plötzlich seine Flucht zu bereuen und eilte zurück, um seinem Gefährten Hilfe zu leisten, wurde aber sofort von einem halben Dutzend neuer Verfolger, die von der Anhöhe hinabsprangen, überwältigt.
Wildtödter wußte jetzt, daß seine Freunde Gefangene seien und daß er ihr Schicksal teilen würde, wenn er landen wollte. Er war dem Ufer bereits bis auf etwa fünfzig Schritt nahe, aber einige richtig angewendete Ruderstöße entfernten ihn bald sechs- bis achtmal so weit von seinen Feinden. Zum Glück für ihn hatten die Indianer während der Verfolgung ihre Flinten fortgeworfen, sonst hätte er diesen Rückzug nicht ohne Gefahr machen können.
»Halte dich vom Lande entfernt, Wildtödter«, hörte er Hutter rufen. »Die Sicherheit meiner Töchter ruht jetzt ganz auf dir. Gott segne dich und helfe dir, meine Kinder beschützen.«
Der junge Mann hatte bisher wenig Zuneigung zu Hutter fassen können, aber jetzt rief er ihm doch entschlossen über das Wasser zu: »Seid ohne Sorge, ich werde die Mädchen und das Haus verteidigen, so gut ich kann.«
Der Lärm am Ufer verstummte jetzt. Die Wilden waren mit ihren Opfern anscheinend im Walde verschwunden. Der Entfernung und der Dunkelheit wegen hatte Wildtödter kaum die Gruppe unterscheiden und ihren Rückzug beobachten können. Obgleich er sich im Boot vorbeugte, um zu lauschen, hörte er nichts mehr. Die Stille der Nacht war vollkommen und schien niemals unterbrochen gewesen. Er ruderte langsam das Kanu der Mitte des Sees zu. Als er ungefähr die Stelle erreichte, wo er das letzte Boot hatte forttreiben lassen, veränderte er seine Richtung nach Norden und hatte so den leichten Wind im Rücken. Nachdem er einige hundert Meter in dieser Richtung gerudert war, bemerkte er zu seiner Rechten einen dunklen Gegenstand auf dem See und konnte bald das leere Kanu an seinem eigenen befestigen. Er beobachtete jetzt den Himmel, die Richtung des Windes und

die Stellung der beiden Kanus. Da er nichts bemerkte, legte er sich nieder, um einige Stunden zu schlafen, damit seine Kräfte den Anstrengungen des nächsten Tages gewachsen sein möchten.

Es verging einige Zeit, bis Wildtödter einschlief. Er verweilte in Gedanken bei dem, was geschehen war, und die Ereignisse der Nacht gestalteten sich zu einer Art von Wachtraum. Plötzlich sprang er auf und war wieder munter, denn er glaubte, das verabredete Signal Hurrys zu hören. Doch alles war still. Die Kanus trieben langsam nach Norden zu, die Sterne funkelten in ihrem milden Glanz über ihm, und der von den Wäldern eingeschlossene See lag so still und dunkel zwischen den Bergen, als sei er nie von Winden bewegt oder von der Mittagssonne erhellt worden. Der Vogel, dessen Stimme Hurry nachgeahmt hatte, erhob wieder sein gellendes Geschrei am Ufer, und Wildtödter erkannte seinen Irrtum. Darauf legte er sich wieder in das Kanu und schlief jetzt fest ein.

Siebentes Kapitel

Der Tag war schon angebrochen, als Wildtödter seine Augen wieder öffnete. Er sprang auf und sah sich mit einem Blick um. Sein Schlaf war tief und ungestört gewesen, und er erwachte mit hellem Geist und frischen Kräften. Die Sonne war zwar noch nicht aufgegangen, aber die Morgenröte erglühte schon am Himmel. Die ganze Luft war vom Gesang der Vögel erfüllt. Dabei erinnerte Wildtödter sich wieder der Gefahr, die ihn umgab. Der Wind wehte noch nicht stark, aber er hatte während der Nacht etwas zugenommen, und die leichten Kanus waren so weit getrieben worden, daß sie sich dem Fuß des Berges, der sich steil von dem östlichen Ufer erhob, sehr genähert hatten. Das dritte Kanu aber, das dieselbe Richtung genommen hatte, trieb langsam auf eine Landspitze zu, die es unfehlbar berühren mußte, wenn es nicht durch eine Veränderung des Windes oder durch menschliche Hände abgewendet wurde. Die Arche lag noch an der Wasserburg, von der Wildtödter selbst nicht mehr weit entfernt war. Er wendete natürlich zuerst seine Aufmerksamkeit dem Kanu zu, das der Landspitze schon sehr nahe war, und einige Ruderstöße genügten, um ihn zu überzeugen, daß es das Ufer berühren würde, ehe er es einholen konnte. Er beschloß, sich nicht durch unnötige Anstrengung zu erschöpfen, und ruderte langsam und vorsichtig in einem kleinen Bogen der Landspitze zu.

Das andere Kanu blieb schließlich drei bis vier Schritte vom Ufer entfernt an einem kleinen Felsstück hängen. Wildtödter band jetzt das andere Boot, das er im Schlepptau hatte, los, um in seinen Bewegungen nicht gehindert zu sein. Das verfolgte Kanu blieb aber nur einen Augenblick liegen, dann erhob es sich ein wenig, da sich der Spiegel des Sees leise bewegte, und wurde an das Ufer getrieben. Wenn jemand die Ankunft des Kanus erwartete, so mußte auch Wildtödter gesehen werden. Die äußerste Vorsicht wurde bei der Annäherung an das Ufer nötig. Da die Landzunge dem Indianerlager fast diagonal gegenüberlag, so hoffte er, unbemerkt zu bleiben. Je mehr er sich dem Land näherte, desto mehr strengte er seinen Blick an, um irgendeine verborgene Gefahr zu entdecken. Als er ungefähr noch hundert Schritte vom Ufer entfernt war, erhob er sich in dem Kanu, tat drei bis vier kräftige Stöße mit dem Ruder, welche genügten, das Fahrzeug bis zum Lande zu bewegen. Er wollte eben die Flinte erheben, als einem Schuß das Pfeifen einer Kugel folgte, die so nahe an seinem Körper vorbeiging, daß er unwillkürlich zusammenfuhr. Im nächsten Augenblick taumelte Wildtödter und fiel seiner ganzen Länge nach in den Boden des Kanus. Ein Schrei — er kam von einer einzelnen Stimme — folgte, und ein Indianer sprang aus dem Gebüsch auf eine freie Stelle der Landspitze und eilte dem Kanu zu. Auf diesen Augenblick hatte Wildtödter gewartet. Er erhob sich schnell und legte die Flinte auf seinen Feind an, der aber schnell in sein Versteck zurücksprang. Wildtödter trieb nun sein Boot mit ein paar Ruderschlägen ans Ufer und sprang sofort, um sich zu decken, in das Ufergebüsch.

Wildtödter wußte, daß sein Gegner beschäftigt war, seine Flinte wieder zu laden. Der junge Mann hatte sich kaum hinter einen Baum gestellt, als er den Indianer sah, der eben die Kugel in den Lauf stieß und sich hinter einer Eiche verborgen hatte.

Der Wilde war so beschäftigt, daß er von der Gegenwart seines Feindes im Walde nichts ahnte. Er fürchtete nur, das Kanu könne wieder genommen und fortgebracht werden. Die Entfernung zwischen ihm und seinem Feinde betrug ungefähr fünfzig Schritt. Seine Flinte war kaum geladen, als der Indianer sich umsah und vorsichtig vortrat. Wildtödter kam jetzt auch hinter seinem Baum hervor und rief ihm zu:

»Hierher, Rothaut, hierher, wenn du mich suchst. Es hängt von dir ab, ob wir Frieden oder Krieg zusammen haben sollen!«

Der Wilde erschrak über diese plötzliche Gefahr. Er verstand jedoch etwas Englisch und begriff den Sinn der Worte. Er stellte jetzt mit zutraulicher Miene, wenn auch vorsichtig, seine Flinte vor sich auf die Erde.

»Zwei Kanus!« sagte er in den tiefen Kehllauten der Indianer, indem er zwei Finger emporhielt. »Eins für dich! Eins für mich!«

»Nein, nein, Mingo, das geht nicht. Dir gehört keins von beiden, und du sollst keines haben, solange ich es verhindern kann. Ich weiß, daß Krieg zwischen deinem und meinem Volke ist. Geh aber jetzt deinen Weg und laß mich den meinigen gehn. Die Welt ist groß genug für uns beide, und wenn wir im ehrlichen Kampf zusammentreffen, dann wird der Herr das Schicksal von jedem von uns bestimmen.«

»Gut!« sagte der Indianer, »mein Bruder Missionar.«

»Das nicht. Ich bin nicht gut genug für die Mährischen Brüder, und ich bin zu gut für die meisten von den andern Landstreichern, die in diesen Wäldern umherziehen. Nein, nein, ich bin nur ein Jäger. Ich will aber nur einen ehrlichen Kampf und nicht einen Zank um ein elendes Kanu.«

»Gut! Mein Bruder sehr jung – aber sehr weise. – Kleiner Krieger – großer Redner. – Häuptling – spricht bisweilen im Rat.«

»Das sage ich nicht, Rothaut«, erwiderte Wildtödter, »ich will nur ein friedliches Leben in den Wäldern führen. Ich fordere dich jetzt auf, deinen Weg zu gehen, und ich hoffe, daß wir als Freunde scheiden werden.«

»Gut! Mein Bruder hat zwei Skalpe – graues Haar unter dem andern. Alte Weisheit – junge Zunge!« Bei diesen Worten näherte sich der Wilde mit Zutrauen, indem er lächelnd seine Hand darbot. Wildtödter kam ihm ebenso freundlich entgegen, und sie schüttelten sich die Hände, indem jeder von ihnen sich bemühte, dem andern seine Aufrichtigkeit zu versichern.

»Jeder das Seinige haben«, sagte der Indianer, »mein Kanu mein, dein Kanu dein. Ist es dein, du behalten – ist es mein, ich behalten.«

»Das ist billig, Rothaut, aber du mußt im Irrtum sein, wenn du glaubst, das Kanu sei dein Eigentum. Doch: ›Sehen ist Glauben‹, und wir wollen zum Ufer gehen, wo du dich mit deinen eigenen Augen überzeugen kannst.«

Der Indianer erwiderte mit seinem Lieblingswort: »Hugh!«, und dann gingen sie zusammen zum Ufer. Der Indianer ging voran, als wolle er seinem Begleiter zeigen, daß er keine Besorgnis vor seinen Absichten hege.

Als sie die freie Stelle erreichten, zeigte er auf Wildtödters Boot und sagte: »Nicht mein, weißen Manns Kanu. Dies roten Manns Kanu. Keines andern Mannes Kanu wollen, sein eigenes wollen.«

»Du bist im Irrtum, Rothaut. Dies Kanu hat der alte Hutter aufbewahrt, und es ist nach dem Gesetz sein Eigentum, bis der Besitzer kommt, um es zurückzuverlangen. Aus der Arbeit an dem Boot sieht man auch, daß es kein Indianer gemacht haben kann.«

»Gut! Mein Bruder wenig alt – viel Weisheit! Indianer es nicht gemacht – weißen Manns Arbeit.«

»Es freut mich, daß du das einsiehst, denn sonst hätte es böses Blut zwischen uns gegeben, da jeder das Recht hat, sein Eigentum in Besitz zu nehmen. Ich will nur gleich das Kanu aus dem Bereich des Streites schieben.«

Während Wildtödter noch sprach, setzte er einen Fuß auf das Ende des leichten Bootes und gab ihm einen kräftigen Stoß, der es wohl hundert Fuß weit in den See trieb, wo es durch die Strömung verhindert werden mußte, wieder an die Landspitze oder an diesen Teil des Ufers zu kommen. Dieses schnelle und entschiedene Verfahren schien auf den Wilden großen Eindruck zu machen, und Wildtödter bemerkte, daß er einen hastigen und wilden Blick auf das andere Kanu warf, in dem die Ruder lagen. Dann schien er sich zu besinnen und sagte schließlich: »Gut! Junger Kopf, alter Geist. Kann Streit schlichten. Leb wohl, Bruder. Nach dem Hause im Wasser — ›Bisamrattenhaus‹ — Indianer ins Lager gehn, Häuptling sagen, kein Kanu finden.«

Wildtödter freute sich, diesen Vorschlag zu hören, denn er war besorgt um die Frauenzimmer, und er schüttelte die dargebotene Hand des Indianers. Die Abschiedsworte waren freundlich, und während der rote Mann ruhig mit der Flinte im Arme nach dem Walde ging, ohne sich ein einziges Mal mißtrauisch umzusehen, begab sich der weiße Mann nach dem noch zurückgebliebenen Kanu und trug zwar sein Gewehr in derselben friedlichen Art, beobachtete aber genau die Bewegungen des andern. Dieses Mißtrauen schien jedoch ganz unbegründet zu sein, und er wendete nun den Blick ab und ging unbefangen zu seinem Boot. Er begann es vom Ufer zu schieben und mochte etwa eine Minute so beschäftigt gewesen sein, als er sein Gesicht zufällig dem Lande zuwendete. Sein schnelles und sicheres Auge entdeckte auf einen Blick die drohende Gefahr. Die schwarzen, wilden Augen des Indianers sahen wie die eines lauernden Tigers durch eine kleine Öffnung im nahen Gebüsch, und der Lauf der Flinte war eben auf seinen Körper gerichtet.

Wildtödter spannte und legte seine Flinte an in einem einzigen Augenblick. Es war eine Bewegung. Beide Gegner schossen ihre Gewehre in demselben Augenblick ab. Man hörte nur einen einzigen Knall. Wildtödter setzte seine Flinte ab und stand abwartend mit emporgerichtetem Haupt. Der Wilde stieß einen Schrei aus und drang, durch das Gebüsch einen Tomahawk schwingend, auf seinen Feind zu. Als er ungefähr noch zwanzig Schritte von ihm entfernt war, schleuderte er die gefährliche Waffe, aber mit so unsicherer und schwacher Hand, daß der Jäger sie einfach auffing. Im gleichen Augenblick taumelte der Indianer und fiel zu Boden.

Wildtödter lud seine Flinte wieder, und nachdem er den Tomahawk in das Kanu geworfen hatte, ging er zu dem gefallenen Indianer hin. Es war das erste Mal, daß er einen Menschen im Kampfe fallen sah; es war der erste Mitmensch, gegen den er seine Hand erhoben hatte. Der Indianer war noch nicht tot. Er lag bewegungslos auf dem Rücken, aber seine Augen, jetzt voll Bewußtsein, beobachteten jede Handlung seines Siegers. Der Mann erwartete wahrscheinlich den tödlichen Streich, der dem Verlust seines Skalpes vorhergehen würde, oder er glaubte vielleicht, die letzte grausame Hand=lung würde noch vor seinem Tode vollzogen werden. Wildtödter erriet seine Gedanken und bedeutete ihm mit einer Geste, daß er nichts zu fürch=ten habe. »Wasser!« rief jetzt der vom Durst gequälte Sterbende, »gib armem Indianer Wasser.«

»Ja, Wasser sollst du haben, soviel du trinken willst.« Wildtödter nahm mit diesen Worten den Indianer in seine Arme und brachte ihn zum Ufer. Hier half er ihm eine Stellung einnehmen, in der er seinen brennenden Durst löschen konnte. Dann setzte er sich auf einen Stein, nahm den Kopf seines verwundeten Gegners auf seinen Schoß und bemühte sich, so gut er konnte, ihm Trost zuzusprechen.

»Gut!« sagte plötzlich der Wilde zu ihm – »gut! – junger Kopf auch junges Herz. – Altes Herz zähe – nicht weinen – was Namen?«

»Wildtödter ist der Name, den ich jetzt führe, aber die Delawaren haben gesagt, wenn ich von diesem Kriegspfade zurückkäme, sollte ich, im Fall ich es verdiene, einen bessern haben.«

»Das guter Name für Knaben – nichts für Krieger. – Bald bessern haben. – Keine Furcht da.« Der Wilde hatte noch Kraft genug, eine Hand zu erhe=ben und dem jungen Jäger auf die Brust zu klopfen. »Auge sicher – Finger schnell – Ziel, Tod – großer Krieger bald. – Nicht Wildtödter – ›Falken=auge‹! – Falkenauge! – Hand schütteln!«

Wildtödter oder Falkenauge, denn in seinen späteren Jahren war er in der ganzen Gegend unter jenem Namen bekannt – nahm die Hand des Wilden, der bewundernd seine letzten Blicke dem Fremden zuwendete.

Nach einer Weile erhob sich Wildtödter und lehnte den toten Mann in sit=zender Stellung mit dem Rücken gegen den kleinen Felsen. In seinen Ge=danken wurde der Jäger plötzlich durch die Erscheinung eines zweiten In=dianers an dem Ufer des Sees, einige hundert Schritte von der Landspitze, gestört. Der Wilde, offenbar auch Späher, trat mit so wenig Vorsicht aus dem Walde, daß Wildtödter ihn erblickte, bevor er selbst gesehen wurde. Als dies einen Augenblick später der Fall war, stieß der Wilde einen lauten Schrei aus, der von einem Dutzend Stimmen an verschiedenen Punkten des Bergrückens erwidert wurde. Er durfte jetzt nicht länger zögern, und eine Minute darauf entfernte er durch kräftige Ruderschläge das Kanu vom Ufer.

Sobald Wildtödter in einer sicheren Entfernung zu sein glaubte, hörte er auf zu rudern, um die weiteren Dinge zu beobachten. Das Boot, das er zu=erst hatte in den See treiben lassen, wurde vom Winde einige hundert Schritte von ihm entfernt getrieben, und zwar dem Ufer etwas näher, als ihm lieb war, da er jetzt wußte, daß mehrere von den Wilden in der Nähe seien. Das von der Landspitze fortgestoßene Boot befand sich jetzt nur einige

Schritte von ihm. Der Indianer, der sich außerhalb des Waldes gezeigt hatte, war bereits verschwunden, und die Wälder schienen ganz still und scheinbar verlassen. Plötzlich aber drangen die Feinde aus dem Dickicht auf die freie Stelle auf der Landspitze und erfüllten die Luft mit wütendem Geschrei, sobald sie ihren toten Gefährten entdeckten. Sie brachen jedoch in einen Freudenruf aus, als sie zu der Leiche kamen, und versammelten sich um sie. Das Geschrei war die gewöhnliche Klage über den Verlust eines Kriegers, der Freudenruf ein Zeichen der Zufriedenheit darüber, daß es dem Sieger nicht möglich gewesen war, den Skalp mitzunehmen.

Wildtödter machte jetzt Anstalten, seine Kanus zusammenzubringen, um sie mitzunehmen. Das nächste hatte er bald im Schlepptau, und er ruderte nun auf das andere zu, das die Zeit über auf dem See umhergetrieben war. Das Boot war dem Ufer merklich näher gekommen, und er begann den Einfluß irgendeiner Strömung im Wasser zu vermuten. Als er sich näherte, schien es ihm, das Kanu bewege sich auffällig schnell dem Lande zu, und plötzlich bemerkte er die Bewegung eines nackten menschlichen Arms. Ein Indianer lag im Fahrzeug und bewegte es langsam zum Ufer, indem er mit seiner Hand ruderte.

Da Wildtödter glaubte, der Mann in dem Kanu könne seine Flinte nicht bei sich haben, ruderte er schnell zu dem Boote, ohne daß er sein eigenes Gewehr bereithielt. Sobald der Wilde das Rauschen des Wassers hörte, sprang er auf und stieß einen überraschten Ruf aus.

Einen Augenblick später war sein nackter Körper im Wasser verschwunden. Erst mehrere Schritte vom Kanu tauchte er wieder auf, um Atem zu holen, und der scheue Blick, den er zurückwarf, bewies, wie sehr er einen Schuß aus der Flinte seines Feindes fürchtete. Wildtödter zeigte jedoch keine feindlichen Absichten, sondern befestigte das Kanu an die andern, und als der Indianer das Land erreicht und sich wie ein Hund geschüttelt hatte, war er schon außerhalb der Schußweite.

Er ruderte jetzt schnell auf die Wasserburg zu. Die Sonne war aufgegangen, stand bereits über den östlichen Bergen und verbreitete eine Flut von Lichtstrahlen über den See.

Als Wildtödter dem Gebäude näher kam, bemerkte er Judith und Hetty. Sie standen vor der Türe und erwarteten mit großer Spannung und Besorgnis seine Ankunft. Die ältere Schwester hatte von Zeit zu Zeit durch das alte Schiffsfernrohr nach ihm und den Kanus gesehen. Sie mochte nie schöner gewesen sein als in diesem Augenblick. Besorgnis und Unruhe erhöhten noch die Farbe ihrer Wangen, und ihr Blick hatte einen schmerzlichen Ausdruck. Dem jungen Jäger erschien Judith wie in einem anderen Licht, als er an der Arche anlegte und alle drei Kanus sorgfältig befestigte.

Keins von den Mädchen sprach, als Wildtödter vor ihnen stand und sie besorgt ansah.
»Wo ist der Vater?« fragte Judith endlich.
»Er hat Unglück gehabt, ich kann es nicht leugnen«, antwortete Wildtödter in seiner einfachen und aufrichtigen Art. »Er und Hurry sind in den Händen der Mingos, und nur der Himmel weiß, wie das enden wird. Ich habe die Kanus mitgebracht, und das ist ein Trost, denn die Wilden können sich uns jetzt nur durch Schwimmen oder auf Flößen nähern. Gegen Sonnenuntergang wird Chingachgook zu uns stoßen, wenn es mir möglich ist, ihn in einem Kanu abzuholen, und dann werden wir beide die Arche und die Burg verteidigen können, bis einige Offiziere in den Garnisonen von den Ereignissen hier Nachricht erhalten, was früher oder später der Fall sein muß, und wir können dann von jener Seite auf Hilfe rechnen.«
»Die Offiziere!« sagte Judith ungeduldig, »wer denkt jetzt an diese oberflächlichen Menschen? Wir können selbst das Gebäude verteidigen.«
Wildtödter schilderte kurz auf die weiteren Fragen der Mädchen alle Ereignisse der Nacht. Sie hörten beide mit gespannter Aufmerksamkeit zu, aber keine von ihnen schien sich zu fürchten. Sie waren an die Gefahren in dem Grenzgebiet gewöhnt.
Nach seinem Bericht gingen sie schweigend daran, das Frühstück zu bereiten. Nachdem sie ebenso schweigend gegessen hatten, sagte Judith plötzlich mit schmerzlichem Gefühl: »Der Vater würde gern von diesem Fisch gegessen haben. Er sagte immer, der Lachs aus unserm See sei fast so gut wie der aus dem Meere.«
»War dein Vater früher Seemann?« erwiderte fragend der junge Jäger, »Hurry Harry sagte mir, dein Vater habe viele Abenteuer auf dem Meere gehabt.«
Judith sah anfangs verlegen aus, dann wurde sie aber plötzlich gesprächig.
»Wenn Hurry etwas von der Geschichte meines Vaters weiß, so wollte ich, er hätte es mir erzählt«, sagte sie. »Bisweilen glaube ich auch, daß mein Vater früher zur See gefahren ist. Wenn der Kasten da offen wäre oder sprechen könnte, so würden wir bald alles wissen.«
Wildtödter sah sich den Kasten, auf den Judith wies, zum erstenmal genauer an. Er war sehr groß, und seine Ecken waren mit sorgfältig bearbeiteten Stahlplatten versehen. Drei mächtige Schlösser deuteten auf einen wichtigen Inhalt hin, und als Wildtödter aufstand und ihn an dem massiven Handgriff emporzuheben suchte, stellte er fest, daß er sehr schwer war.
»Vater hat ihn nie in meiner Gegenwart geöffnet«, sagte jetzt wieder Judith.

»Der Vater hat ihn allerdings schon geöffnet, Judith«, fiel Hetty ein, »ich selbst habe es gesehen. Der Vater öffnet ihn oft, wenn du fort bist.«
Judith und Wildtödter sahen sich erstaunt an. Das Mädchen gewann seine Fassung aber schnell, wendete sich von seiner Schwester achselzuckend ab und fragte den Jäger nach den weiteren Ereignissen der verhängnisvollen Nacht. Sie sprach schnell, ohne weiter auf Hetty zu achten. Schließlich fragte sie ihn auch nach Chingachgook.
»Chingachgook ist ein Mohikaner«, erklärte Wildtödter, »der sich bei den Delawaren aufhält, wie die meisten seines Stammes. Er gehört der Familie der großen Häuptlinge an, denn Unkas, sein Vater, war der berühmteste Krieger und Ratgeber seines Volkes. Sein Stamm ist aber jetzt so zerstreut, daß die Würde der Häuptlinge unter ihnen nur noch dem Namen nach besteht. Ich verabredete mich mit dem Delawaren hier am See, um zum erstenmal gegen die Mingos auf den Kriegspfad zu gehen. Weshalb wir gerade hierher kommen, das ist unser Geheimnis, aber ihr könnt uns vertrauen.«
»Ein Delaware kann keine feindlichen Absichten gegen uns haben«, sagte Judith nach einer kleinen Pause bestimmt, »und wir wissen, daß du es gut mit uns meinst.«
Dies unbedingte Vertrauen konnte Wildtödter nur mit völliger Offenheit beantworten, und so sagte er: »Ich glaube, ich kann dir und Hetty das Geheimnis mitteilen, da ich mich darauf verlassen kann, daß ihr es ganz für euch behaltet. Chingachgook liebt das schönste Mädchen unter den Delawaren, die Tochter eines Häuptlings, und sie liebt ihn wieder. Chingachgook wurde natürlich nun von allen jungen Häuptlingen mit neidischen Augen angesehen. Wah-ta-Wah, so heißt das Mädchen, begab sich mit ihrem Vater und ihrer Mutter vor zwei Monaten nach den westlichen Strömen, um zu fischen, und hier verschwand das Mädchen plötzlich. Wir konnten mehrere Wochen lang nichts von ihr erfahren, aber vor zehn Tagen kam ein Bote durch das Land der Delawaren, der uns sagte, Wah-ta-Wah sei entführt worden. Sie wird bei den Feinden festgehalten und soll einen jungen Mingo heiraten. Der Bote berichtete, daß dieser Stamm, ehe er nach Kanada zurückkehre, einen oder zwei Monate in dieser Gegend jagen wolle. Darauf beschlossen wir, uns hier zu treffen, um das Mädchen zu befreien.«
Da die Stunde, in der Chingachgook erwartet wurde, noch nicht da war, hatte Wildtödter Zeit genug, den Zustand der Verteidigungsmittel zu untersuchen. Die Entfernung zwischen der Wasserburg und dem nächsten Punkt des Ufers war so groß, daß Flintenkugeln vom Lande her keinen sonderlichen Schaden tun konnten. Das Haus lag allerdings noch in der Schußweite, ohne jedoch ernstlich gefährdet zu sein. Sie waren daher in Sicherheit, solange sie im Besitz ihrer Festung blieben. Gegen Feuersgefahr hatte

Hutter alle möglichen Vorkehrungen getroffen, und das Gebäude selbst war, außer dem Dach von Baumrinde, nicht sehr brennbar. Der Fußboden hatte an mehreren Stellen Falltüren, und es standen stets einige Eimer an Stricken bereit. Eins von den Mädchen konnte leicht jedes Feuer löschen. Während des Tages war wenig zu befürchten, da sie im Besitz aller Kanus waren. Wildtödter wußte aber, daß ein Floß bald gemacht sei. Die Wilden setzten oft in Flößen über Ströme. Die folgende Nacht würde entscheidend sein. Wildtödter wünschte daher, Chingachgook wäre schon da, und er sah mit zunehmender Spannung der Zeit des Sonnenuntergangs entgegen.

Endlich kam die Stunde. Wildtödter hatte seinen Plan den beiden Mädchen mitgeteilt, und alle drei begannen gemeinschaftlich die Ausführung. Hetty ruderte zwei der Kanus, die noch an der Arche befestigt waren, durch eine Art Torweg in den Palisaden, die das Gebäude umgaben, und schloß sie neben dem Hause mit Ketten an. Diese Palisaden waren fest in den Schlamm getriebene Baumstämme. Die Kanus wurden so dem Blick fast ganz entzogen, und der Eingang konnte gut verschlossen werden. Bevor jedoch das Tor geschlossen wurde, brachte Judith auch das dritte Kanu in den kleinen Hafen, während Wildtödter damit beschäftigt war, die Türen und die Fenster innerhalb des Hauses zu verschließen. Dann begaben sich alle drei in dem letzten Kanu durch das Tor, das sie fest verschlossen, zur Arche. Sie befestigten das Boot und stiegen in das große Fahrzeug. Wildtödter beobachtete jetzt durch das Fernrohr, das sie mitgenommen hatten, das ganze Ufer des Sees, so weit er es übersehen konnte. Kein lebendes Wesen war sichtbar.

»Es regt sich noch nichts«, sagte er, als er endlich das Fernrohr absetzte. »Aber wir müssen vorsichtig sein, denn obgleich die Wilden nichts von Chingachgook und der verabredeten Zusammenkunft am Felsen wissen, so können sie doch sehen, welche Richtung wir einschlagen, und werden sicher zu Lande folgen. Ich will versuchen, sie zu täuschen, indem ich mit der Fähre bald nach diesem Teil des Ufers, bald nach jenem wende, bis sie es müde werden, umherzulaufen.«

Wildtödter hielt sein Wort, so gut er konnte. Es wehte ein leichter Wind aus Norden, und der junge Jäger zog das Seil auf und steuerte das schwere Fahrzeug in eine Richtung, in der es das Ufer etwa eine Stunde weiter unten an der östlichen Seite erreicht haben würde. Die Arche segelte nie sehr schnell. Die Entfernung vom Haus bis zum Felsen betrug etwas mehr als zwei Stunden. Da Wildtödter die Pünktlichkeit eines Indianers kannte, so hatte er seine Berechnungen genau gemacht und sich etwas mehr Zeit gelassen.

Als er das Segel aufspannte, stand die Sonne über den westlichen Hügeln.

Es war ein herrlicher Junitag. Der leichte Wind berührte kaum die Oberfläche des Sees. Die Wälder schienen in der Sonne zu schlafen, und einige leichte Wolken standen unverändert am nördlichen Horizont. Zuweilen flogen einige Wasservögel vom Ufer auf, oder ein einzelner Rabe flatterte hoch über den Bäumen.

»Müssen wir gerade im Augenblick des Sonnenuntergangs bei dem Felsen ankommen?« fragte Judith, als sie neben Wildtödter stand, der das Steuerrad hielt. »Wir werden uns großer Gefahr aussetzen, wenn wir bei jenem Felsen lange in der Nähe des Ufers bleiben.«

»Das ist eben die Schwierigkeit, Judith! Der Felsen liegt in Schußweite vom Lande, und es wird nicht ratsam sein, uns lange dort aufzuhalten. Du siehst, Judith, daß ich jetzt gar nicht auf den Felsen zusteuere, sondern nach Osten, wodurch die Wilden nach dieser Richtung hingezogen werden und sich unnötig ermüden.«

»Du glaubst also, daß sie uns beobachten, Wildtödter?«

»Ein Indianer läßt nie in seiner Wachsamkeit nach, wenn er auf dem Kriegspfade ist, und es sind jetzt viele Augen auf uns gerichtet. Wir müssen uns bemühen, die Mingos auf eine falsche Spur zu leiten.«

Als die Sonne hinter den hohen Fichten auf den westlichen Hügeln erglühte, hatte die Arche schon fast die Landzunge erreicht, wo Hutter und Hurry gefangengenommen worden waren. Wildtödter beabsichtigte dadurch, daß er seine Richtung erst nach der einen Seite des Sees einschlug und dann nach der andern, die Wilden glauben zu machen, er wolle mit ihnen in Unterhandlung treten, und man konnte erwarten, daß sie daraufhin auf die Halbinsel eilen würden. Diese Finte war gut ausgedacht. Die Arche konnte so den Felsen erreichen, bevor ihre Verfolger, wenn sie sich wirklich auf der Halbinsel versammelten, Zeit hatten, den Umweg zu Lande dorthin zu machen. Wildtödter hielt sich dem westlichen Ufer so nahe, als irgend ratsam war. Dann ließ er Judith und Hetty in die Kajüte gehen, und er selbst bückte sich vorsichtig, während er plötzlich die Richtung der Arche änderte. Das Manöver wurde durch den etwas stärker wehenden Wind begünstigt.

Neuntes Kapitel

Als Wildtödter noch zwei- bis dreihundert Fuß vom Ufer entfernt war, zog er sein Segel ein und warf den Anker aus. Die Bewegung der Fähre wurde jetzt etwas aufgehalten, denn Wildtödter wagte es nicht, sich dem Ufer zu sehr zu nähern, ohne Vorsichtsmaßnahmen für einen schnellen Rückzug zu treffen. Er hielt die Ankerleine in der Hand, und Judith mußte sich an einem Fenster der Kajüte aufstellen, von wo aus sie die Bucht und die Felsen übersehen konnte. Hetty wurde angewiesen, die Bäume über ihnen im Auge zu behalten, falls ein Feind sich dort verborgen halten sollte. Die Sonne war bereits aus dem Tale verschwunden, als Wildtödter die Arche anhielt. Es fehlten aber noch einige Minuten bis zum Sonnenuntergang. Die Frage

war nur, ob der Freund den zahlreichen Feinden an den Ufern des Sees entgangen war. Die Ereignisse der letzten vierundzwanzig Stunden mußten ihm ein Geheimnis sein, und Chingachgook war noch jung auf dem Kriegspfad. Er war vorbereitet, um den feindlichen Indianern Widerstand zu leisten, die ihm seine versprochene Frau geraubt hatten, aber er konnte nicht die wirkliche Größe der Gefahr übersehen.
»Ist etwas von dem Delawaren zu sehen, Judith?« fragte jetzt Wildtödter.
»Es ist nirgends ein Mensch zu sehen, weder auf dem Felsen noch am Ufer.«
»Sei vorsichtig, Judith, und auch du, Hetty, vorsichtig und wachsam. Es würde mir sehr leid tun, wenn . . .«
Wildtödter wurde durch einen leisen Ausruf des Mädchens unterbrochen.
»Was gibt's, Judith?« fragte er schnell. »Ist jemand zu sehen?«
»Es steht ein Mann auf dem Felsen, ein indianischer Krieger. Er ist bewaffnet.«
»Wo trägt er seine Falkenfeder?« fragte Wildtödter, indem er gleichzeitig die Leine etwas nachließ, um die Arche näher an den Felsen treiben zu lassen.
»Er hat sie über dem linken Ohr, und er lächelt.«
»Gott sei Dank, es ist die ›Schlange‹«, sagte der junge Mann, indem er die Leine schnell durch seine Hände gleiten ließ, um ganz nahe an den Felsen zu kommen. Im gleichen Augenblick wurde die Türe der Kajüte aufgerissen, ein indianischer Krieger stürzte durch den kleinen Raum und stand sofort an Wildtödters Seite. Im nächsten Augenblick schon schrien Judith und Hetty auf, und gleichzeitig vernahm man das Kriegsgeschrei von zwanzig Wilden, die durch das Gebüsch am Ufer hinabsprangen und von denen einige kopfüber ins Wasser fielen.
»Schnell ans Ruder, Wildtödter«, rief Judith, indem sie hastig die Tür verschloß, durch die der Delaware gekommen war, »der See ist voller Indianer, die durch das Wasser waten.«
Die jungen Männer — denn Chingachgook half seinem Freunde sofort — strengten ihre Kräfte übermenschlich an, um das schwere Fahrzeug in Bewegung zu bringen.
»Schnell, Wildtödter, um Himmels willen!« rief Judith. »Sie dringen in das Wasser wie Hunde, die ihre Beute verfolgen! Doch die Fähre bewegt sich! — Jetzt geht das Wasser dem vordersten schon bis an die Schultern — aber sie dringen dennoch vor.«
Die Fähre kam jetzt allmählich in schnellere Fahrt und glitt in tieferes Wasser.
Einen Augenblick später rief Judith den Rudernden zu: »Sie sind verschwunden, Gott sei Dank! Der letzte verschwindet gerade im Ufergebüsch.«

Die beiden Männer ruderten die Arche schnell weiter bis zum Anker, zogen ihn in die Höhe, und als sie die Fähre noch eine Strecke fortbewegt hatten, warfen sie ihn wieder aus. Jetzt erst waren sie außer Gefahr.

Die Art, wie die beiden Freunde jetzt einander begrüßten, war sehr charakteristisch. Chingachgook, ein großer, schöner und kräftiger junger indianischer Krieger, untersuchte zuerst sorgfältig seine Flinte, indem er die Pfanne öffnete, um zu sehen, ob das Pulver nicht naß sei. Dann sah er sich schnell beobachtend um, aber er sprach und fragte noch nichts.

»Judith und Hetty«, sagte Wildtödter mit unbefangener, natürlicher Höflichkeit, »dies ist der Mohikanerhäuptling Chingachgook, die ›Große Schlange‹, so genannt wegen seiner Klugheit, List und Vorsicht, mein bester Freund. Ich erkannte an der Falkenfeder über dem linken Ohr, daß er es sein mußte, denn die meisten Krieger tragen sie an der Skalplocke.«

Der indianische Krieger, der wohl Englisch verstand, aber ungern sprach, schwieg auch jetzt noch und erwiderte nur höflich die Begrüßung der beiden Mädchen. Wildtödter sprach deshalb weiter: »Der Wind wird sich jetzt bald legen, und wir haben nicht nötig, gegen ihn anzurudern. In einer halben Stunde etwa wird entweder eine Windstille eintreten, oder wir werden Südwind haben und werden so leicht die ›Wasserburg‹ erreichen können.«

Die Mädchen zogen sich jetzt in die Kajüte zurück, um das Abendessen zu bereiten, während die beiden jungen Männer sich an das Ende der Fähre setzten und ihre Unterhaltung begannen, die in der Sprache der Delawaren geführt wurde. Wildtödter berichtete zuerst ausführlich über die letzten Ereignisse. Dann erst sprach der Delaware mit großer Würde. Sein Bericht war deutlich und kurz. Er hatte sich schon einige Stunden in der Nähe des Sees aufgehalten und hatte auch Spuren seiner Feinde gefunden. Als er die Arche bemerkte, wußte er unfehlbar, daß Wildtödter in dem Fahrzeug sei, und hielt sich bereit, um an Bord zu gelangen. Obgleich Chingachgook seine Feinde stundenlang genau beobachtet hatte, kam ihm ihre plötzliche Verfolgung ebenso unerwartet wie seinem Freunde. Er konnte sie sich nur dadurch erklären, daß sie zahlreicher sein müßten, als er anfangs geglaubt hatte, und daß sie Späher ausgeschickt hätten. Das Lager der Indianer war nicht weit von der Stelle, wo Hutter und Hurry in ihre Hände gefallen waren.

»Gut, Schlange«, sagte Wildtödter, als der andere seinen Bericht beendet hatte, »hast du nichts von den Gefangenen der Mingos erfahren, von dem Vater dieser jungen Mädchen und seinem Begleiter?«

»Chingachgook hat sie gesehen«, erwiderte der Indianer.

»Waren die Männer gebunden und wurden sie grausam behandelt?« fragte Wildtödter, der die jungen Mädchen gern beruhigt hätte.

»Es ist nicht so, Wildtödter. Die Mingos sind so zahlreich, daß sie es nicht für nötig halten, ihre Gefangenen zu fesseln. Einige wachen, andere schlafen, einige sind als Späher beschäftigt, andere jagen. Die Gefangenen werden heute wie Brüder behandelt, morgen wird man ihnen ihre Skalpe nehmen.«

»Ja, das ist nun einmal die Natur der Rothäute, und es läßt sich nichts dagegen tun! – Judith und Hetty«, rief er dann, »hier sind tröstliche Nachrichten für euch, denn der Delaware erzählt mir, daß euer Vater und Hurry Harry nicht grausam behandelt werden. Man läßt sie natürlich nicht aus dem Lager, sonst aber können sie nach Belieben umhergehen.«

»Würden die Wilden den Vater gehen lassen, wenn Judith und ich ihnen alle unsere besten Sachen gäben?« fragte Hetty gleich auf ihre unschuldige, milde Art.

»Ihre Weiber würden sie dazu bereden, gute Hetty. Aber sage mir, Schlange, haben sie viele von ihren Weibern und Töchtern mit sich in dem Lager?«

Der Delaware hörte und verstand alles, doch er saß ernst mit abgewendetem Gesicht da. Als er angeredet wurde, antwortete er seinem Freunde in seiner kurzen, bestimmten Art:

»Sechs«, sagte er, indem er alle Finger der einen Hand und den Daumen der andern emporhob, »außer dieser.« Er meinte damit die ihm versprochene Frau und legte dabei die Hand auf sein Herz.

»Hast du sie gesehen, Häuptling?« fragte der Jäger, »kamst du ihrem Ohre so nahe genug, um ihr die Worte zuzuflüstern, welche sie so gern hört?«

»Nein, Wildtödter, es waren der Bäume zu viele, und Blätter bedeckten ihre Zweige wie Wolken, die während eines Sturmes den Himmel verbergen. Aber« – und der junge Krieger wendete sich seinem Freunde mit einem Lächeln zu, das die von Natur strengen Züge des in grellen Farben bemalten Gesichts mit menschlichem Gefühl erhellte – »aber Chingachgook hörte das Lachen von Wah-ta-Wah, er erkannte es unter dem Lachen der Weiber der Irokesen. Es erklang in seinen Ohren wie das Zwitschern des Zaunkönigs.«

»Ja, das Ohr eines Liebenden ist scharf, und das Ohr eines Delawaren unterscheidet die Stimme seiner Geliebten von allen Stimmen, die je in den Wäldern gehört werden.«

»Und du, Wildtödter«, sagte Judith mit mehr Gefühl, als ihr gewöhnliches munteres Wesen vermuten ließ, »hast du nie gefühlt, wie angenehm es ist, die Stimme der Geliebten zu hören?«

»Ich habe nie lange genug unter Frauen von meiner Farbe gelebt, um diese Art von Gefühlen kennenzulernen. Mir ist aber das Rauschen des Windes in den Baumwipfeln und das Rieseln einer Quelle die schönste Musik.«

»Ist der junge Jäger schon lange an diesem See?« fragte der Delaware, nachdem er mit indianischer Höflichkeit gewartet hatte, ob der andere nicht doch weitersprechen würde.

»Erst seit gestern mittag, Schlange, und es gab Zeit genug, viel zu sehen und zu tun.«

Der junge Mann teilte jetzt seinem Freunde einen kurzen, eingehenden Bericht über die Ereignisse des Morgens mit, indem er aber mit großer Bescheidenheit von sich selbst sprach. Chingachgook drückte seine Zufriedenheit über den errungenen Sieg aus. Dann erhoben sich beide, da es Zeit war, die Arche weiter vom Lande zu entfernen. Es war jetzt ganz dunkel. Der Himmel bewölkte sich immer mehr, und man sah keine Sterne. Der Nordwind hatte aufgehört, und es erhob sich ein leichter Wind aus Süden. Wildtödter zog den Anker empor, und die Fähre begann mehr in den See zu treiben. Das Segel wurde aufgezogen, und da der Wind das Fahrzeug schnell bewegte, setzten sich Wildtödter, Chingachgook und Judith in den hinteren Teil der Fähre, denn es brauchte jetzt nur gesteuert zu werden. Hier berieten sie sich über ihre weiteren Pläne und über die Mittel, ihre Freunde zu befreien.

An diesem Gespräch nahm Judith wesentlichen Anteil. Der Delaware verstand leicht alles, was sie sagte, während seine eigenen Antworten ihr gelegentlich von Wildtödter in englischer Sprache mitgeteilt wurden. Judith erwarb sich in der nächsten halben Stunde die Achtung ihrer Gefährten, da sie von festem und entschiedenem Charakter war. Sie machte gute Vorschläge, und das schöne Vertrauen, das sie Wildtödter gegenüber hatte, ließ sie alle weiblichen Koketterien vergessen. So verging eine halbe Stunde, während die Arche langsam über das Wasser glitt. Die Dunkelheit nahm zu, doch konnte man noch sehen, wie der Wald sich am südlichen Ende des Sees immer mehr entfernte, während die Berge von beiden Seiten näher traten. Ein schmaler Streifen des Wassers mitten im See schimmerte noch etwas heller im schwachen Licht des Himmels, und in dieser Spur hielt Wildtödter den Lauf der Fähre.

»Es ist ein dunkler Abend«, sagte Judith, nachdem das Gespräch eine Zeitlang gestockt hatte. »Ich hoffe, es wird uns gelingen, die Richtung nach dem Haus zu finden.«

»Wir können es nicht verfehlen, wenn wir diese Spur mitten im See verfolgen«, erwiderte der junge Mann.

»Hörst du nichts, Wildtödter? Es schien mir, als wenn sich etwas im Wasser bewege.«

Alle drei beugten sich jetzt vor und lauschten. Plötzlich zeigte der Delaware in das Dunkel hinaus, als habe irgend etwas plötzlich seine Aufmerksamkeit erregt. Wildtödter und Judith folgten mit ihren Blicken der Richtung, und beide sahen im gleichen Augenblick ein Kanu mit einer Gestalt darin, die aufrecht stand und ruderte. Wie viele noch im Fahrzeug verborgen lagen, das konnte man nicht wissen! Die Männer griffen gespannt zu ihren Flinten.

»Ich könnte die Gestalt leicht treffen«, flüsterte Wildtödter, »aber wir wollen sie erst anrufen und fragen, was sie will.« Dann schrie er gegen das Kanu zu: »Halt! Wenn du näher kommst, muß ich schießen. Höre auf mit Rudern und antworte!«

»Schieße und töte ein armes, unbeschütztes Mädchen«, erwiderte eine sanfte weibliche Stimme, »und Gott wird es dir nie verzeihen, Wildtödter!«

»Hetty!« rief Judith, und der Jäger sprang auf, um nach dem Kanu zu sehen, das er an die Arche befestigt hatte. Es war fort, und er begriff jetzt alles. Hetty hatte erschreckt aufgehört zu rudern und glich in der Dunkelheit einer in gespenstischen Umrissen auf dem Wasser stehenden menschlichen Gestalt. Im nächsten Augenblick wurde das Segel niedergelassen, damit die Arche nicht an dem Kanu vorüberfahre. Es war jedoch zu spät, die Bewegung des schweren Fahrzeugs konnte nicht so schnell gehemmt werden, Hetty blieb hinter ihnen zurück.

»Was kann das bedeuten, Judith?« fragte Wildtödter. »Weshalb hat deine Schwester das Kanu genommen und uns verlassen?«

»Du weißt, daß das arme Mädchen schwachsinnig ist, und sie macht sich immer ihre eigenen Gedanken. Sie liebt ihren Vater mehr, als die meisten Kinder ihre Eltern lieben — und dann — dann fürchte ich auch, daß es der armen Hetty der schöne Hurry Harry angetan hat. Sie spricht im Schlaf von ihm und verrät sich bisweilen auch in hellen Augenblicken.«

»Du glaubst, Judith, daß deine Schwester jetzt irgendeinen abenteuerlichen Plan hat, ihrem Vater und Hurry zu helfen?«

Judith nickte nur. Man konnte das Kanu noch gerade sehen, es durfte aber offenbar keine Zeit verloren werden, damit es dem Blick nicht ganz entschwinde. Die beiden Männer griffen zu den Rudern und begannen die Fähre umzuwenden. Judith eilte an das Steuerruder. Hetty erschrak anscheinend bei diesen Vorbereitungen und glitt wie ein Vogel schnell davon. Nach einiger Zeit rief Judith den beiden jungen Männern zu, sie möchten aufhören zu rudern. Sie hatte ihre Schwester ganz aus den Augen verloren. Die größte Stille herrschte jetzt auf dem See, während die drei in der Arche die Dunkelheit mit ihren Blicken zu durchdringen suchten. Judith lehnte sich über den Rand der Fähre in der Hoffnung, einen Ton zu vernehmen, der die Richtung verraten könnte, in der ihre Schwester sich entfernte.

Nachdem die beiden Männer in der Sprache des Indianers ihre Meinung ausgetauscht hatten, griffen sie wieder zu den Rudern und bewegten die

Arche fast geräuschlos. Sie steuerten westlich, ein wenig gegen Süden in der Richtung des Lagers der Feinde. Als sie eine Stelle nicht weit vom Ufer erreicht hatten, wo die Dunkelheit wegen der Nähe des Landes sehr groß war, warteten sie fast eine Stunde auf die Ankunft Hettys. Sie glaubten, sie würde, wenn sie die Gefahr der Verfolgung nicht mehr fürchte, hier landen, da es doch anscheinend ihre Absicht war, an Land zu kommen. Doch nichts rührte sich.

Schließlich beschloß man, zum Haus zurückzukehren, bevor der Feind sich dessen bemächtigen könne. Wildtödter war sehr besorgt, da jetzt alle seine Bemühungen, die Kanus in Sicherheit zu bringen, durch die unvorsichtige Handlung Hettys vergeblich waren.

Zehntes Kapitel

Hetty, die mit Rudern aufgehört hatte, um sich ihren Verfolgern nicht zu verraten, griff wieder, als sie von der Arche nichts mehr hörte, zum Ruder und fuhr vorsichtig nach dem westlichen Ufer. Sie brauchte mehr als eine Stunde für den Weg nach einer bestimmten Landspitze. Als sie aber kaum auf dem Kies des Ufers stand, entschloß sie sich, das Kanu in den See zu stoßen. Sie wußte genau, daß es nicht in die Hände der Wilden fallen durfte, und hoffte, es würde mit dem Wind zur Wasserburg treiben.

Plötzlich hörte sie leise Stimmen, die aus den Bäumen hinter ihr zu kommen schienen. Erschreckt wollte sie wieder in das Kanu springen, um zu fliehen, als sie Judiths Stimme zu erkennen glaubte. Sie beugte sich lauschend vor und stellte fest, daß sich wirklich die Arche von Süden her näherte. Sie kam dicht ans westliche Ufer heran und mußte ungefähr dreißig Schritt entfernt an der Landspitze vorüberfahren. So stieß sie beruhigt das Kanu in den See und blieb allein auf der schmalen Halbinsel stehen. Das Laub der überhängenden Bäume und Gebüsche würde sie selbst bei Tage dem Blick entzogen haben, in der Dunkelheit der Nacht war sie durchaus sicher. Auch die Flucht war leicht, da der Wald nur zwanzig Schritt entfernt war. Sie blieb daher stehen und wartete in größter Spannung auf die Arche. Das Fahrzeug näherte sich bald mit aufgespanntem Segel. Wildtödter stand mit Judith vorn, und der Delaware hielt das Steuer.

Plötzlich hörte Hetty die bekannte Stimme Wildtödters.

»Judith, da ist ein Kanu. Halte die Fähre in gerader Linie, Delaware — so, jetzt habe ich das Boot schon.«

Das Kanu wurde sofort wieder an der Seite der Arche befestigt, und im nächsten Augenblick wurde das Segel niedergelassen.

»Hetty!« rief jetzt Judith besorgt, »kannst du mich hören, Schwester? Um Gottes willen, antworte, Hetty! Liebe Hetty!«
»Ich bin hier, Judith, hier am Ufer, aber ihr sollt mir nicht folgen.«
»Oh, Hetty, was willst du tun? Bedenke, es ist fast Mitternacht, und in den Wäldern sind Indianer und wilde Tiere.«
»Einem armen schwachsinnigen Mädchen wird niemand etwas tun. Ich gehe, meinem Vater zu helfen und dem armen Hurry Harry, die man martern und töten wird, wenn ihnen nicht jemand hilft.«
Bei diesen Worten rauschten die Ufergebüsche. Dann blieb alles still. Hetty war anscheinend in den Wald gelaufen. Es würde vergeblich gewesen sein, ihr zu folgen. Die Dunkelheit und der dichte Wald machten es fast unmöglich, sie zu finden. Auch war die Gefahr im Augenblick zu groß. Nach einer kurzen Beratung wurde daher das Segel wieder aufgezogen und die Arche zum Haus zurückgesteuert. Wildtödter freute sich im stillen über die Wiedererlangung des Kanus und brütete Pläne für den nächsten Tag. Der Wind erhob sich, als sie die Landspitze verließen, und in weniger als einer Stunde erreichten sie das Gebäude. Hier fanden sie alles, wie sie es verlassen hatten, und sie begaben sich bald zur Ruhe. Judith konnte fast die ganze Nacht nicht schlafen, denn sie dachte fortwährend an ihre unschuldige Schwester. Wildtödter und der Delaware schliefen fest und traumlos in der Arche. —
Als Hetty das Ufer verließ, lief sie, in der Furcht, verfolgt zu werden, in den dichtesten Wald. Die Nacht war so dunkel unter den Bäumen, daß sie nur langsam vorwärts kam. Sie stolperte oft und fiel auch einige Male, jedoch ohne sich Schaden zu tun. Nachdem sie zwei Stunden lang gelaufen war, fühlte sie sich so erschöpft, daß sie nicht weiter konnte. Sie bereitete sich ohne Furcht ein Lager. Sie wußte, daß wilde Tiere in dem Walde lebten, aber die, die Menschen angreifen, waren selten. Gefährliche Schlangen gab es nicht. Dies hatte sie von ihrem Vater gehört, und was ihr schwacher Geist einmal aufnahm, das haftete mit so festem Zutrauen, daß keine Zweifel dagegen aufkommen konnten. Sobald sie trockenes Laub genug gesammelt hatte, kniete sie nieder, faltete ihre Hände in tiefer Andacht und betete mit sanfter, leiser, aber hörbarer Stimme das Vaterunser. Dann legte sie sich nieder, um zu schlafen. — Im Walde ist es immer kühl, und in jener hohen Gegend des Landes ist die Luft, selbst im Sommer, in den Nächten sehr frisch. Daran aber hatte Hetty gedacht und einen schweren Mantel mitgenommen, mit dem sie sich zudeckte. Dann schlief sie in einigen Minuten fest und ruhig. Nicht ein einziges Mal öffneten sich ihre Augen, bis der graue Schimmer der Morgendämmerung durch die Wipfel der Bäume drang.
Gewöhnlich war Hetty auf, bevor die Strahlen der Sonne sie weckten, aber diesmal war sie so erschöpft, daß sie länger schlief. Sie murmelte im Schlaf,

lächelte freundlich, und als sie eine Bewegung mit ihrem Arme machte, berührte ihre Hand einen Gegenstand, der sich warm anfühlte. Sie glaubte, wie gewöhnlich, in ihrem Bette neben der Schwester zu schlafen. Im nächsten Augenblick erfolgte aber ein rauher Angriff gegen ihre Seite, als ob ein Tier mit seiner Schnauze sie verdrängen wolle, und sie erwachte. Erschrocken richtete sie sich auf und bemerkte, daß etwas Dunkles von ihr fortsprang. Als sie sich von ihrer ersten Verwirrung erholt hatte, sah sie einen jungen, braunen Bären, der sich auf den Hinterbeinen wiegte und sie ansah, als sei er unentschieden, ob er sich wohl wieder in ihre Nähe wagen dürfe. Hetty, die schon mehrere junge Bären besessen hatte, wollte ihn fangen, aber ein lautes Brummen warnte sie vor einer Gefahr. Einige Schritte zurückweichend, sah sie sich schnell um und bemerkte, daß eine Bärin in nicht weiter Entfernung alle ihre Bewegungen mit wilden, funkelnden Augen beobachtete. Die Tiermutter näherte sich ihr bis auf zehn Schritte, erhob sich dann auf die Hinterbeine, wiegte ihren Körper zornig brummend, kam aber nicht näher. Glücklicherweise entfloh Hetty nicht, sondern kniete, wenn auch sehr erschrocken, mit ihrem Gesicht gegen das Tier gewendet, nieder und wiederholte mit gefalteten Händen ihr Abendgebet. Als das Mädchen sich von seinen Knien erhob, ließ sich die Bärin wieder auf ihre Füße und duldete ihre Jungen, die sich saugend an sie drängten. Hetty sah entzückt die Liebe dieser Tiermutter, wandte sich aber dann von der Gruppe ab und setzte ihren Weg längs des Sees fort, den sie zuweilen zwischen den Bäumen erblickte. Sie war sehr erstaunt, als sie sich umsah und bemerkte, daß die Bärenfamilie ihr in einiger Entfernung folgte.
Nach einer halben Stunde erreichte sie einen Bach, der sich tief in die Erde eingewühlt hatte und zwischen steilen und hohen, mit Bäumen bedeckten Ufern in den See stürzte. Hier wusch sich Hetty, und nachdem sie von dem reinen Bergwasser getrunken hatte, setzte sie erfrischt und mit leichterem Herzen, immer noch mit jenem seltsamen Gefolge, ihren Weg fort. Nachdem sie eine Zeitlang durch den dichten Uferwald gegangen war, blieben die Bären zurück, und plötzlich wurde sie durch eine Hand, die sich ihr leicht auf die Schulter legte, angehalten.
»Wohin gehen?« sagte eine leise weibliche Stimme, die hastig und besorgt sprach. »Indianer – rote Männer – grausame Krieger – dort!«
Diese unerwartete Begrüßung beunruhigte Hetty nicht. Sie war auf irgendein solches Zusammentreffen vorbereitet, und das Indianermädchen, das sie so anhielt, war keinesfalls furchterregend. Sie war nicht viel älter als Hetty und lächelte freundlich. Sie trug einen Mantel von Kattun und einen kurzen Unterrock von blauem Tuch, mit Goldtressen eingefaßt, der nur bis an die Knie reichte, Gamaschen vom gleichen Stoff und Mokassins von Hirsch=

leder. Ihr Haar hing in langen dunklen Flechten die Schultern und den Rük-ken hinab und war über der niedrigen glatten Stirn gescheitelt. Ihr Gesicht war zart und regelmäßig gebildet, und das Lächeln des Mundes war zärtlich und traurig zugleich.

»Wohin gehen?« fragte die Indianerin noch einmal, »schlimme Krieger dort – gute Krieger weit von hier.«

»Wie heißest du?« fragte Hetty jetzt.

»Wah-ta-Wah. Ich keine Mingo – gute Delaware – Freunde der Engländer. Mingos sehr grausam, Skalpe des Blutes wegen nehmen – Delaware der Ehre wegen. Komm hierher, wo keine Augen sind.«

Wah-ta-Wah führte jetzt ihre Gefährtin dem See zu. Sie stiegen den Ab-hang hinab, bis die überhängenden Bäume und Gebüsche sie ganz verbar-gen, und setzten sich dann nebeneinander auf einen Baumstamm, der zum Teil im Wasser lag.

»Weshalb kommst du?« fragte jetzt die junge Indianerin, »woher kommst du?«

Hetty erzählte ihre Geschichte in ihrer einfachen aufrichtigen Art.

»Weshalb dein Vater in der Nacht ins Lager der Mingos kommen?« fragte das indianische Mädchen. »Er wissen, daß Krieg ist, und er kein Knabe, er wissen, daß Irokesen Tomahawk und Messer und Flinte haben. Weshalb er kommen bei Nacht, mich am Haar fassen und den Skalp eines Delawa-renmädchen nehmen wollen?«

»Dir wollte er deinen Skalp nehmen?« sagte Hetty, bleich vor Schrecken.

»Weshalb nicht? Delawarenskalp so gut bezahlt wie Mingoskalp, Gouver-neur keinen Unterschied machen. Sehr schlecht von weißen Männern, Skalpe nehmen. Nicht ihre Gaben, wie der gute Wildtödter immer sagte.«

»Wie, kennst du Wildtödter?« fragte jetzt Hetty erfreut. »Ich kenne ihn auch. Er ist jetzt in der Arche mit Judith und mit einem Delawaren, den man die Große Schlange nennt, ein kühner und schöner Krieger.«

»Chingachgook?!« flüsterte die junge Indianerin fragend, beugte sich vor und sah Hetty gespannt an. »Sein Vater Unkas, großer Häuptling der Mo-hikaner. Kennst du die Schlange?«

»Er kam gestern abend zu uns und war zwei bis drei Stunden mit mir in der Arche, ehe ich sie verließ. Ich fürchte, Wah, daß er nach Skalpen gekom-men ist, so wie mein armer Vater und Hurry Harry.«

»Weshalb nicht sollen? Chingachgook roter Krieger, sehr rot. Skalp ihm Ehre machen, gewiß welche nehmen.«

»Dann ist er ebenso schlimm wie die anderen«, erwiderte Hetty. »Gott wird einem roten Manne nicht verzeihen, was er einem weißen Mann nicht ver-zeiht.«

»Das nicht wahr sein«, erwiderte die junge Indianerin mit einer Wärme, die fast zum Zorn wurde, »das nicht wahr sein! Der Manitu sich freuen, wenn er junge Krieger vom Kriegspfad zurückkommen sehen, mit zwei, zehn, hundert Skalpe auf einer Stange! Der Vater von Chingachgook Skalpe nehmen, Großvater Skalpe nehmen, alle alten Häuptlinge Skalpe nehmen, und Chingachgook so viel Skalpe nehmen, wie er bekommen kann.«

»Ist das seine Absicht hier? Kam er wirklich so weit her über Berge und durch Täler, über Flüsse und Seen, um seine Mitmenschen zu martern?« fragte Hetty entsetzt.

Diese Frage bewegte die Indianerin sichtlich. Zuerst sah sie sich mißtrauisch um, als fürchte sie, belauscht zu werden, dann blickte sie Hetty mit schlauer, bedeutsamer Miene an, und schließlich bedeckte sie ihr Gesicht mit beiden Händen und kicherte. Dann sah sie wieder auf, und plötzlich umschlang sie Hetty zärtlich und drückte sie an ihr Herz.

»Du gut!« flüsterte sie, »du gut, ich wissen — Wah-ta-Wah seit so lange keine Freundin haben — keine Schwester — niemand, um mit Herz zu sprechen — du Wahs Freundin sein, nicht wahr?«

»Ich hatte nie eine Freundin«, antwortete Hetty. »Ich habe eine Schwester, aber keine Freundin. Judith liebt mich, und ich liebe Judith, doch das ist natürlich und wie es in der Bibel steht, aber ich möchte wohl eine Freundin haben. Ich will von Herzen gern deine Freundin sein, denn deine Stimme gefällt mir und dein Lächeln und alles, was du sagst, außer von den Skalpen —«

»Nicht mehr daran denken — nicht mehr von Skalp sprechen«, unterbrach sie Wah beruhigend, »du weiß, ich rot, wir andre Gebräuche haben. Wildtödter und Chingachgook große Freunde und nicht dieselbe Farbe, Wah und — wie heißt du?«

»Ich heiße Hetty, doch wenn sie den Namen in der Bibel lesen, sagen sie immer Esther dafür.«

»Wozu das? Nicht nutzen, nicht schaden. Nicht nötig, Namen lesen. Mährische Brüder Wah-ta-Wah lesen lehren wollen, aber nicht mochte. Nicht gut für Delawarenmädchen, zu viel wissen—nicht mehr wissen als Krieger. Ich dich Hetty nennen.«

Als dieser Punkt zu ihrer gegenseitigen Zufriedenheit festgestellt war, begannen die beiden Mädchen, sich über ihre verschiedenen Pläne zu unterhalten. Hetty machte ihre neue Freundin genau bekannt mit ihren Absichten. Plötzlich beugte sich die junge Indianerin vor, sah der andern schalkhaft in die Augen und fragte: »Hetty auch Bruder haben, so wie Vater, weshalb nicht vom Bruder sprechen, so gut wie vom Vater?«

»Ich habe keinen Bruder, Wah. Ich hörte wohl, daß ich einen hatte, aber er ist schon seit vielen Jahren tot und liegt in dem See neben der Mutter.«

»Nicht Bruder — junger Krieger, ihn lieben fast wie deinen Vater — wie? Sehr schön und kühnes Gesicht, Häuptling werden, wenn so gut sein als aussehen.«

»Ich glaube fast«, antwortete Hetty errötend, »wenn Hurry so oft an den See kommt, werde ich ihn beinah so sehr lieben müssen wie den Vater. Ich muß dir die Wahrheit sagen, liebe Wah, weil du mich fragst, aber ich würde vor Scham in die Wälder fliehen, wenn er es wüßte.«

»Weshalb er nicht selbst dich fragen? Kühnes Gesicht, weshalb nicht kühn sprechen? Junger Krieger muß junges Mädchen fragen, nicht junges Mädchen zuerst sprechen lassen. Das auch Schande für Mingomädchen.«

»Was soll er mich fragen?« sagte das erschrockene Mädchen. »Soll er mich fragen, ob ich ihm ebenso gut bin wie meinem Vater? Oh, ich hoffe, das wird er mich nie fragen, denn ich müßte ihm antworten, und das würde mich töten.«

»Nein, nein — nicht töten — nur beinah töten«, erwiderte die andere, indem sie wider Willen lachen mußte. »Rot werden im Gesicht — auch sich schämen, aber nicht lange. Dann glücklicher als je. Junger Krieger muß jungem Mädchen sagen, er sie zu seiner Frau haben wollen, sonst junges Mädchen nie in seinem Wigwam leben kann.«

»Hurry wird mich nicht heiraten wollen, niemand wird mich heiraten wollen.«

»Wie kannst du wissen? Vielleicht jeder junger Krieger dich heiraten möchte und dann Zunge sagen, was Herz fühlen. Weshalb niemand dich heiraten wollen?«

»Sie sagen alle, daß ich schwachsinnig bin. Der Vater sagt mir es oft und auch Judith bisweilen, wenn sie böse auf mich ist, aber die Mutter hat es auch einmal gesagt, und dabei weinte sie, als wenn ihr das Herz brechen wolle.«

Wah sah das sanfte, einfache Mädchen wohl eine Minute an, ohne zu sprechen, dann schien sie plötzlich zu begreifen. Mitleid, Achtung und Zärtlichkeit erfüllten sie, und indem sie plötzlich aufstand, bat sie ihre Freundin, sie in das Lager der Indianer zu begleiten. — Sie wußte, daß kein Indianer ein Wesen kränken würde, das der ›Große Geist‹ entwaffnet hatte. Bei einigen Stämmen wurden die Schwachsinnigen und Wahnsinnigen mit einer Art religiöser Ehrfurcht behandelt.

Hetty begleitete ihre neue Freundin ohne Widerstreben. Es war ihr Wille, in das Lager zu gehen, und sie fürchtete sich nicht. Als sie langsam am Ufer fortgingen, das von überhängendem Gebüsch beschattet wurde, setzte Hetty das Gespräch fort.

»Aber du bist doch ganz bei Verstand«, fragte sie kindlich, »und es ist da=her kein Grund vorhanden, weshalb die Schlange dich nicht heiraten sollte.«
»Wah Gefangene sein, und Mingos große Ohren haben. Nicht von Chin=gachgook sprechen, wenn sie dabei sind. Das versprechen müssen, gute Hetty.«
»Ich weiß«, erwiderte Hetty flüsternd. »Ich weiß, Wildtödter und die Schlange wollen dich aus den Händen der Irokesen befreien, und du willst mir von diesem Geheimnis nichts sagen.«
»Wie du wissen?« unterbrach Wah sie schnell, und sie wünschte in dem Augenblicke fast, daß ihre Freundin noch weniger bei Verstand sein möge, als es wirklich der Fall war. »Wie du wissen? Besser von niemand sprechen wie von Vater und Hurry, Mingo verstehen das, aber nicht verstehen das andere. Nicht sprechen, was nicht verstehen.«
Hetty verstand und versprach dem indianischen Mädchen, nichts von Chin=gachgook zu erwähnen.
»Vielleicht die Schlange Hurry und deinen Vater so gut befreien wie Wah, wenn ihn gewähren lassen«, flüsterte Wah-ta-Wah, als sie dem Lager schon so nahe waren, daß sie die Stimmen mehrerer Indianerinnen hören konnten. »Daran denken, Hetty, zwei Finger auf den Mund legen, besser zwanzig Finger. Dein Vater und Hurry nicht frei werden ohne die Schlange.«
Hetty nickte nur bedeutungsvoll, denn sie hatten das Lager der Irokesen erreicht.

Elftes Kapitel

Daß der Trupp Indianer, zu dem Wah wider Willen gehörte, nicht regel=recht auf dem Kriegspfade war, ging aus der Gegenwart der Weiber hervor. Es war ein kleiner Teil von einem Stamme, der innerhalb des englischen Gebiets gejagt und gefischt hatte. Der Anfang der Feindseligkeiten zwi=schen Engländern und Franzosen – ein Kampf, in den alle Stämme gezogen werden mußten, die unter ihrem Einfluß lebten – überraschte sie hier, und nachdem sie den Winter und Frühling von dem gelebt hatten, was eigent=lich Eigentum ihrer Feinde war, beschlossen sie, bevor sie sich zurückzogen, womöglich noch Beute zu machen. Da das Lager nicht zu einem längeren Aufenthalte bestimmt war, glich es einem Biwak, nur durch die üblichen Vorkehrungen der Indianer geschützt. Ein Feuer, das unter einer Eiche an=gezündet war, diente zum Kochen. Um diesen Mittelpunkt lagen fünfzehn bis zwanzig niedrige Hütten, in die die Wilden des Abends krochen und die auch den Zweck hatten, vor stürmischem Wetter zu schützen. Die Hüt=

ten waren aus kunstreich verschlungenen Baumzweigen gebaut und mit Baumrinde bedeckt. Hausgerät enthielten sie fast gar nicht. Kochgeschirr der einfachsten Art stand um das Feuer, einige Kleidungsstücke sah man vor den Hütten, Flinten, Pulverhörner und Jagdtaschen waren gegen die Bäume gelehnt oder hingen neben mehreren getöteten Hirschen an den niedrigen Ästen. Da das Lager sich mitten im dichten Wald befand, konnte man es nicht ganz übersehen. Es gab keinen Versammlungsplatz, wenn man das Feuer nicht so nennen wollte, wo die Bewohner dieses ärmlichen Dorfes sich zusammenfinden konnten. Einige Kinder tummelten sich von einer Hütte zur anderen, und nur das unterdrückte Lachen und die leisen Stimmen der Mädchen und Weiber unterbrachen bisweilen die tiefe Stille. Die Männer aßen oder schliefen, oder sie untersuchten ihre Waffen. Sie sprachen nur wenig zusammen und dann meist in Gruppen, die sich von den Weibern entfernt hielten.

Als die beiden Mädchen sich dem Lager näherten, stieß Hetty einen leichten Ausruf der Überraschung aus, denn sie sah ihren Vater mit dem Rücken gegen einen Baum gelehnt auf der Erde sitzen. Harry Hurry stand neben ihm. Anscheinend erfreuten sie sich ebenso vieler Freiheit wie alle andern in dem Lager, und wer mit indianischen Gebräuchen nicht bekannt war, mußte sie für Gäste halten.

Wah-ta-Wah führte ihre neue Freundin auf sie zu und zog sich dann bescheiden zurück. Hetty näherte sich aber nur und stand an der Seite ihres Vaters, ohne ein Wort zu sagen. Der alte Mann zeigte in seinen Mienen weder Besorgnis noch Erstaunen über ihr plötzliches Erscheinen. Er hatte sich in dieser Beziehung den Stoizismus der Indianer angeeignet, denn er wußte, daß es das sicherste Mittel sei, sich ihre Achtung zu erwerben. Auch die Wilden verrieten nicht das mindeste Zeichen der Verwunderung über diese plötzliche und unerwartete Ankunft einer Fremden. Einige Krieger nur traten zusammen, und aus den Blicken, die sie auf Hetty warfen, als sie zusammen redeten, ging hervor, daß sie über das Mädchen sprachen. — Diese Ruhe ist ein eigentümlicher Charakterzug des nordamerikanischen Indianers. Man war natürlich davon unterrichtet, daß mehrere Personen in der Arche seien, nur wußte man noch nichts von der Großen Schlange. Kein anderer Stamm und keine Truppen waren in der Nähe, und wachsame Augen beobachteten den ganzen See bei Tag und bei Nacht.

Hutter war durch das Benehmen Hettys sehr gerührt, wenn er auch gleichgültig erschien. Er erinnerte sich ihrer freundlichen Warnungen, als er die Arche verlassen hatte. Er kannte die einfache, treue Liebe seines Kindes.

»Du hättest nicht hierherkommen sollen, Hetty«, sagte er besorgt. »Dies sind wilde Irokesen, und sie verzeihen keine Beleidigung.«

»Sage mir, Vater«, erwiderte das Mädchen, indem sie sich verstohlen umsah, als fürchte sie, belauscht zu werden, »gab Gott es zu, daß du die grausame Handlung ausführtest, weshalb du hierher kamst? Ich möchte dies wissen, damit ich mich deutlich gegen die Indianer erklären kann.«

»Du hättest bei deiner Schwester bleiben sollen, Hetty, diese rohen, wilden Menschen werden deine Absichten nicht begreifen.«

»Wie war es, Vater? Ihr habt doch die Skalpe nicht genommen?«

»Wenn dich das beruhigt, Kind, so kann ich dir antworten: nein. Ich hatte das junge Mädchen schon ergriffen, mit dem du hierher kamst, aber ihr Geschrei führte bald einen solchen Trupp von den Wilden herbei, daß ich ihnen nicht widerstehen konnte.«

»Das ist mir sehr lieb, Vater! Jetzt kann ich offen mit den Irokesen sprechen und mit leichtem Gewissen. Ich hoffe, Hurry ist auch nicht fähig gewesen, den Indianern etwas zuleide zu tun.«

»Nun, was das betrifft, Hetty«, erwiderte der junge Mann ironisch, »so bin ich allerdings nicht fähig dazu gewesen, das ist die ganze Geschichte.«

»Es ist am besten, Hurry«, sagte sie, »daß du und der Vater euch still und ruhig verhaltet, bis ich mit den Irokesen gesprochen habe, dann wird alles gut und glücklich werden. Ich wünsche, daß keiner von euch mir folgt, sondern daß ihr mich allein gehen laßt. Sobald alles abgemacht ist und es euch freisteht, zurückzukehren, will ich kommen und es euch wissen lassen.«

Hetty sprach mit so einfachem Ernst und schien des Erfolges so sicher zu sein, daß der alte Tom und Hurry ihr fast glauben mußten.

Inzwischen kam Wah-ta-Wah bei einigen von den älteren Kriegern vorüber, die sich während ihrer Gefangenschaft am freundschaftlichsten gegen sie gezeigt hatten. Der Angesehenste unter ihnen wollte sie sogar als sein Kind adoptieren, wenn sie sich entschloß, eine Irokesin zu werden. Sie legte es jetzt darauf an, über ihre neue Freundin befragt zu werden, und Hetty war kaum zu ihrem Vater getreten, als auch das Delawarenmädchen in den Kreis der Krieger berufen wurde. Hier fragte man sie nach ihrer Gefährtin. Wah erzählte sofort, wie sie die Verstandesschwäche Hettys entdeckt habe, und dann sprach sie sehr allgemein über den Zweck, der das junge Mädchen zu ihren Feinden geführt habe. Die Wirkung hatte Wah erwartet: Hetty wurde jetzt mit großer Achtung angesehen, die sie bei allem schützen würde. Als die junge Indianerin ihren Zweck erreicht hatte, zog sie sich zurück und machte Anstalten, ein Mahl zuzubereiten, wozu sie ihre neue Freundin einladen wollte.

Als Hetty sich jetzt den Häuptlingen näherte, öffneten sie ihren kleinen Kreis mit großer Höflichkeit. Ein umgefallener Baum lag in der Nähe, und der älteste von den Kriegern gab dem Mädchen ein Zeichen, darauf Platz zu

nehmen, indem er sich freundlich wie ein Vater neben sie setzte. Die anderen versammelten sich um sie mit ernster Würde, und jetzt begann Hetty den Zweck ihres Besuches zu erörtern. Sobald sie anfing zu reden, winkte ihr der alte Häuptling freundlich zu, sie möge noch schweigen, sagte einem jüngeren Häuptling einige Worte und wartete dann geduldig, bis Wah-ta-Wah in den Kreis trat. Der Häuptling brauchte einen Dolmetscher, denn wenige von den Huronen verstanden die englische Sprache. Wah-ta-Wah war sehr zufrieden. Sie war sich allerdings der Gefahr bewußt, wenn sie versuchen würde, die Indianer zu täuschen. Aber sie war entschlossen, auf jeden Fall zu verbergen, daß ihr Verlobter in der Nähe sei. Sobald sie an der Seite Hettys saß, forderte der alte Häuptling sie auf, die Weiße zu fragen, welcher Zweck sie unter die Irokesen geführt habe und was sie tun könnten, um ihr nützlich zu sein.
»Sage ihnen, Wah, wer ich bin. Und dann sage ihnen auch, daß ich hierhergekommen bin, um sie zu überzeugen, daß sie dem Vater und Hurry nichts zuleide tun dürfen, sondern sie mehr als Brüder wie als Feinde behandeln und sie in Frieden gehen lassen müssen. Sage ihnen alles deutlich, Wah, und fürchte nichts für dich oder für mich, denn Gott wird uns beschützen.«
Wah-ta-Wah bemühte sich, die Worte ihrer Freundin so genau wie möglich in die Sprache der Irokesen zu übertragen. Die Häuptlinge vernahmen diese einleitende Erklärung ernst und würdig. Die beiden, die etwas Englisch verstanden, sprachen ihre Zufriedenheit mit der Übersetzung durch bedeutsame Blicke aus.
»Und jetzt, Wah«, nahm Hetty wieder das Wort, sobald ihr angedeutet wurde, daß sie fortfahren möge, »und jetzt wünsche ich, daß du diesen roten Männern Wort für Wort mitteilst, was ich dir sagen werde, nämlich erst, daß der Vater und Hurry in der Absicht hierherkamen, so viele Skalpe mitzunehmen, als ihnen möglich sei, denn der gottlose Gouverneur und die Provinz haben Geld für Skalpe angeboten. Die Liebe zum Golde war zu stark für meinen Vater und Hurry.«
Wah-ta-Wah zögerte, Hettys Worte genau zu wiederholen. Sie tat es aber doch, da sie wußte, daß zwei der Häuptlinge Englisch verstanden. Die Erklärung der Beweggründe nahmen die Wilden stumm auf. Sie hielten wahrscheinlich die Handlungsweise für männlich und verstanden sie aus ihren Ansichten heraus.
»Und jetzt, Wah«, fuhr Hetty fort, »kannst du ihnen noch mehr sagen. Sie wissen, daß dem Vater und Hurry die Absicht nicht gelang, und deshalb können sie weiter keinen Groll gegen sie hegen. Dann frage sie, ob sie wissen, daß es einen Gott gibt, der die ganze Erde regiert und alle beherrscht, die darauf leben.«

Wah-ta-Wah sah bei dieser Frage etwas erstaunt aus, sie teilte sie jedoch wörtlich mit und erhielt eine ernste, bejahende Antwort.
»Das ist recht«, fuhr Hetty fort, »und meine Pflicht wird jetzt leicht sein. Dieser Große Geist, wie ihr unseren Gott nennt, hat ein Buch schreiben lassen, und in diesem Buche stehen alle seine Gebote und sein heiliger Wille. Hier ist eins von diesen heiligen Büchern, und du mußt dem Häuptling sagen, was ich ihnen daraus vorlesen werde.«
Hetty nahm jetzt ehrerbietig eine kleine englische Bibel aus einem groben Tuch. Die Krieger beobachteten jede ihrer Bewegungen mit aufmerksamen Blicken, und als sie das kleine Buch sahen, stießen einige von ihnen einen leichten Ausruf des Erstaunens aus. Hetty hielt ihnen die Bibel triumphierend hin, als erwarte sie, der Anblick werde ein sichtbares Wunder bewirken; dann wendete sie sich, ohne daß der Stoizismus der Indianer sie zu befremden oder zu kränken schien, ihrer neuen Freundin zu und begann zu lesen. Sie war jetzt durch ihren frommen Eifer so aufgeregt, daß ihre Wangen glühten, und ihre sonst so leise Stimme wurde stärker und ausdrucksvoller. Mit der Bibel war sie schon seit ihrer Kindheit durch ihre Mutter vertraut, und sie blätterte jetzt mit erstaunlicher Schnelligkeit von einer Stelle des Buches zur andern, indem sie sich bemühte, solche Verse zu wählen, welche die erhabensten Lehren christlicher Milde und Versöhnlichkeit aussprechen. Auch nur die Hälfte von ihren Worten zu übertragen, würde Wah-ta-Wah unmöglich gewesen sein, wenn sie es überhaupt versucht hätte. Aber das für ihren Glauben begeisterte Mädchen war schon fast erschöpft, bevor die andere sich entschloß, zu reden. Sie teilte jetzt eine kurze Übersetzung des Wesentlichen, was vorgelesen und gesagt worden war, mit.
Glücklicherweise hatte die Mitteilung über den Geisteszustand Hettys die Huronen auf etwas Ungewöhnliches vorbereitet, und das meiste von dem, was ihnen als töricht und paradox erschien, wurde dadurch für sie erklärlich. Es waren aber einige alte Männer da, die ähnliche Lehren von den Missionaren gehört hatten.
»Dies ist das gute Buch der weißen Menschen«, bemerkte einer von diesen Häuptlingen, indem er die Bibel aus der Hand Hettys nahm, die mit gespannter Aufmerksamkeit in sein Gesicht sah. »Dies ist das Gesetz, wonach meine weißen Brüder zu leben behaupten. Sage meiner jungen Schwester«, sprach der Häuptling weiter, zu Wah gewendet, »daß ich meinen Mund öffnen und einige Worte sagen will.«
»Der Irokesenhäuptling sprechen wollen. Meine Freundin zuhören«, sagte Wah-ta-Wah.
»Dies ist das Gesetz der weißen Männer«, fuhr der Häuptling fort. »Es sagt ihnen, daß sie denen, welche sie beleidigen, Gutes tun sollen, und wenn ein

Bruder eine Flinte verlangt, gebietet es, ihm auch das Pulverhorn zu geben. Das ist das Gesetz der weißen Männer!«

»Nein, nein!« rief Hetty, als ihr das mitgeteilt war. »Es steht kein Wort von Flinten in dem ganzen Buche, und Pulver und Kugeln sind dem Großen Geist durchaus zuwider.«

»Weshalb bedient sich denn der weiße Mann der Flinten, des Pulvers und der Kugeln? Wenn ihm geboten wird, denen, die etwas von ihm verlangen, doppelt soviel zu geben, weshalb nimmt er denn den armen Indianern alles, die doch nichts von ihm verlangen. Er kommt von jenseits der aufgehen=den Sonne mit seinem Buche in der Hand, und er lehrt die roten Männer, es zu lesen, aber weshalb vergißt er alles, was darin steht? Was ihm der Indianer gibt, damit ist er nie zufrieden, und jetzt bietet er Gold für die Skalpe unserer Weiber und Kinder, obgleich er uns wilde Tiere nennt, wenn wir den Skalp eines im offenen Kampfe getöteten Kriegers nehmen. Mein Name ist Rivenoak.«

Als diese Worte Hetty mitgeteilt waren, wurde sie sehr verlegen. Klügere Köpfe als dieses arme Mädchen konnten schon häufig auf Fragen ähnlicher Art nichts erwidern. Sie wurde immer verwirrter, bis sie schließlich in Trä=nen ausbrach, von der Besorgnis erfüllt, daß sie ihren Zweck verfehlt habe und durch irgendeinen Irrtum das Leben ihres Vaters und Hurrys in Gefahr bringe. Wah-ta-Wah umschlang das betrübte Mädchen mit ihrem Arm und bemühte sich, sie zu trösten. Plötzlich bemerkte sie, daß einer der Krieger, der die Gesellschaft verlassen hatte, mit Hutter und Hurry zurückkehrte. Sie entnahm daraus, daß die beiden ebenfalls befragt werden sollten.

»Tochter«, sagte darauf der älteste Häuptling zu Wah, »frage diesen Grau=bart, weshalb er in unser Lager kam.«

Die Frage wurde verdolmetscht. Hutter war von Natur zu hartnäckig, als daß er vor den Folgen irgendeiner seiner Handlungen hätte zurückweichen wollen. Zugleich war er vertraut mit den Ansichten der Indianer und sah ein, daß durch unmännliche Furcht nichts zu gewinnen sei. Er gestand da=her ohne Zögern die Absicht ein, die ihn in das Lager geführt habe. Ja, er rechtfertigte sich damit, daß die Regierung der Provinz einen hohen Preis auf Skalpe gesetzt habe. Dieses aufrichtige Geständnis wurde von den Iro=kesen mit offenbarer Zufriedenheit aufgenommen. Es bewies ihnen, daß sie einen würdigen Feind gefangengenommen hatten. Hurry gestand ebenfalls, als er befragt wurde, die Wahrheit ein. Sobald die Häuptlinge die Antwor=ten auf ihre Fragen vernommen hatten, entfernten sie sich schweigend, als hielten sie die Angelegenheit für erledigt.

Hetty und Wah waren jetzt mit Hutter und Hurry allein, und obgleich ihnen kein Zwang auferlegt zu sein schien, beobachtete man sie doch fortwährend sorgfältig. Die Männer suchte man nur zu hindern, sich einer der Flinten zu bemächtigen, die umherstanden. Die beiden kannten aber nur zu gut die Wachsamkeit der Indianer, um sich durch diese scheinbare Sorglosigkeit täuschen zu lassen. Obgleich sie fortwährend an die Mittel zur Flucht dachten, so sah doch jeder ein, wie nutzlos jeder Versuch wäre, der nicht vorsichtig und schnell ausgeführt werden könnte. Sie waren lange genug in dem Lager gewesen, um sich überzeugt zu haben, daß auch Wah in einer Art Gefangenschaft gehalten wurde. Hutter sprach sich in ihrer Gegenwart deshalb freier aus, als er es sonst für ratsam gehalten hätte.

»Ich will dich nicht tadeln, Hetty, daß du in dieser Absicht gekommen bist, die gut gemeint war, wenn sie auch nicht klug ausgeführt wurde«, begann der Alte, indem er sich neben seine Tochter setzte und ihre Hand nahm, »aber Predigten und Bibel sind nicht die Mittel, um einen Indianer zu bekehren. Hat Wildtödter dir einen Auftrag gegeben, oder hat er irgendeinen Plan entworfen, durch den er uns zu befreien hofft?«

»Ja, das ist die Hauptsache«, fiel Hurry ein, »wenn du uns zu etwa tausend Schritten Freiheit verhelfen kannst, so will ich mich für das übrige verbürgen.«

Hetty sah traurig von dem einen zum andern, aber sie wußte auf die Frage keine Antwort zu geben. »Vater«, sagte sie endlich, »weder Wildtödter noch Judith erfuhren etwas davon, daß ich hierherkommen wollte, bis ich die Arche verlassen hatte. Sie befürchten, daß die Irokesen ein Floß bauen und sich bemühen werden, das Haus zu erobern, und sie denken mehr daran, es zu verteidigen, als dir zu Hilfe zu kommen.«

»Nein, nein«, unterbrach Wah schnell, mit leiser Stimme, damit man nicht bemerken sollte, daß sie mit den Weißen spreche. »Wildtödter nicht daran denken, sich selbst zu verteidigen, wenn ein Freund in Gefahr sein. Einer dem anderen helfen und alle nach dem Haus.«

»Das klingt gut, alter Tom«, sagte Hurry, indem er ihm zuwinkte und lachte, obgleich er ebenfalls die Vorsicht beobachtete, leise zu sprechen. »Gebt mir nur eine schlaue Indianerin zur Freundin, und ich glaube, ich könnte dem Teufel Trotz bieten, wenn auch nicht einem Irokesen.«

»Nicht laut sprechen«, sagte Wah, »einige Irokesen englische Zungen haben und alle englisches Ohr.«

»Willst du uns zu unserer Flucht behilflich sein?« fragte Hutter die junge Indianerin. »Wenn es der Fall ist, so kannst du auf eine gute Belohnung rechnen, und nichts würde leichter sein, als dich zu deinen Eltern zurückzuschicken, wenn wir dich in die Wasserburg mitnehmen könnten. Haben wir nur die Arche und die Kanus, so können wir den See beherrschen. Nichts als schweres Geschütz kann uns aus der Burg vertreiben.«

»Dann wohl wieder ans Ufer kommen, um Skalpe zu holen?« erwiderte Wah mit kaltem Spott.

»Das ist uns schlecht bekommen, aber die Klagen nutzen nichts und noch weniger der Spott.«

»Vater«, sagte Hetty, »Judith will den großen Kasten aufbrechen, denn sie hofft, etwas darin zu finden, um von den Wilden deine Freiheit erkaufen zu können.«

Hutter machte ein finsteres Gesicht, als er dies hörte, und murmelte unzufrieden vor sich hin.

»Weshalb alten Kasten nicht aufbrechen?« sagte Wah, »das Leben besser sein als alter Kasten. Skalp auf dem Kopf behalten besser sein als alter Kasten. Wenn der Tochter nicht sagen, Kasten aufbrechen, Wah-ta-Wah ihm nicht helfen, fortlaufen.«

»Ihr wißt nicht, was ihr verlangt, ihr seid einfältige Mädchen, und das beste, was ihr beide tun könnt, ist, von dem zu sprechen, was ihr versteht. Die Gleichgültigkeit der Indianer will mir nicht gefallen, Hurry, es ist ein Beweis, daß sie schlimme Absichten mit uns haben, und wenn wir etwas unternehmen wollen, so muß es bald geschehen. Glaubst du, daß wir uns auf dieses junge Frauenzimmer verlassen können?«

»Hört«, unterbrach ihn Wah schnell und mit einem Eifer, der bewies, wie sehr ihre Gefühle beteiligt waren, »Wah-ta-Wah keine Irokesin, ganz und gar Delawarin, Delawarenherz, Delawarengefühl. Sie auch Gefangene sein. Gefangene sich helfen müssen. Nicht gut, jetzt mehr sprechen. Tochter beim Vater bleiben – Wah-ta-Wah kommen und Freundin besuchen – dann sagen, was tun sollen.«

Damit erhob sich das Mädchen, verließ die Weißen und begab sich ruhig zu der Hütte, die sie bewohnte, als habe sie weiter kein Interesse an der Unterhaltung.

Zwölftes Kapitel

Wildtödter und der Delaware standen im Laufe der Nacht ein- oder zweimal auf und sahen hinaus auf den stillen See, doch da sie alles ruhig fanden, kehrten sie zu ihrem Lager zurück. Beim Anbruch des Tages erhob sich der junge Jäger zuerst und traf seine Vorbereitungen für den Tag. Sein Freund, der in der letzten Zeit nur wenig und unruhig geschlafen hatte, erhob sich erst, als die Sonne ganz aufgegangen war. Auch Judith stand an jenem Morgen später als gewöhnlich auf, denn die ersten Stunden der Nacht hatte sie wenig geschlafen. Chingachgook wollte sich gerade anziehen, als

Wildtödter in die Kajüte der Arche trat und ihm eine leichte Sommerkleidung, die Hutter gehörte, zuwarf.
»Judith hat mir das für dich gegeben, Häuptling«, rief er, »denn es ist gegen alle Vorsicht, daß du dich in deinem Kriegsschmuck und deinen Kriegsfarben zeigst. Wasche nur alle bunten Streifen von deinem Gesicht, ziehe diese Kleider an, und hier ist auch ein Hut. Bedenke, daß Wah in der Nähe ist und daß wir das Mädchen befreien müssen. Ich weiß, daß es gegen deine Natur ist, Kleider zu tragen, wenn sie nicht nach der Art eines roten Mannes zugeschnitten sind, du mußt aber aus der Not eine Tugend machen.«
Chingachgook sah die Kleider widerwillig an, aber er überzeugte sich von der Nützlichkeit der Verkleidung. Wenn die Irokesen einen roten Mann in dem Kastell oder in dessen Nähe bemerkten, konnte es sie allerdings veranlassen, mehr auf der Hut zu sein. Gleichzeitig würde ihr Verdacht auf die Gefangene fallen, die sie entführt hatten.
Die Ungeschicklichkeit, mit der sich der Delaware später in diesem neuen Anzuge bewegte, veranlaßte seinen Freund, mehr als einmal zu lächeln. Als die drei Belagerten sich später beim Frühstück zusammenfanden, waren alle still und nachdenklich. Judith war noch müde, und die beiden Männer dachten an die Zukunft mit ihren unbekannten Ereignissen. Wildtödter und das junge Mädchen wechselten nur einige Worte der Höflichkeit, aber es wurde von ihrer jetzigen Lage nicht gesprochen. Endlich begann aber Judith nach längerem Schweigen:
»Es wäre schrecklich, Wildtödter«, sagte sie plötzlich, »wenn meinem Vater und Hetty ein ernstliches Unglück widerfahren sollte. Wir dürfen hier nicht untätig bleiben und sie in den Händen der Irokesen lassen, sondern wir müssen an Mittel denken, ihnen zu helfen.«
»Ich bin selbstverständlich bereit, Judith. Es ist keine Kleinigkeit, in die Hände von Rothäuten zu geraten. Hast du irgendeinen Plan entworfen, den die Schlange und ich ausführen könnten?«
»Ich weiß kein anderes Mittel, den Gefangenen ihre Freiheit zu verschaffen, als daß wir ein bedeutendes Lösegeld anbieten. Die Indianer würden vielleicht lieber irgend etwas mitnehmen, was Reichtum für sie bedeutet, als arme Gefangene fortschleppen, wenn sie das überhaupt beabsichtigen.«
»Dieser Plan ist allerdings gut, Judith, wenn die Feinde darauf eingehen und wir Dinge finden können, die ihre Habsucht reizen. Dein Vater hat eine gute Wohnung, und sie ist schlau genug angelegt, aber sie scheint nicht gerade Reichtümer zu bergen. Da ist eine gute Flinte, die schon einigen Wert für die Wilden haben kann, und ich höre, daß ihr noch ein Faß Pulver habt, aber zwei kräftige Männer kann man nicht für eine Kleinigkeit loskaufen, und überhaupt –«

»Was meinst du?« fragte Judith ungeduldig, als sie bemerkte, daß Wildtödter zögerte.
»Nun, Judith, die Franzosen haben ebenfalls Preise auf die Skalpe gesetzt: Mit dem Gelde, das für zwei Skalpe gezahlt wird, könnte man ein Faß Pulver kaufen und eine Flinte.«
»Es ist schrecklich!« murmelte das Mädchen. »Aber ich glaube auch, daß die Indianer ihre Gefangenen selbst nicht für meinen Putz und die Flinte meines Vaters und das Pulver ausliefern, sondern größere Forderungen stellen werden. Da ist allerdings noch der Kasten.«
»Ja, da ist noch der Kasten, Judith«, erwiderte Wildtödter zögernd. »Wenn man zwischen einem Geheimnisse und seinem eigenen Skalp zu wählen hat, so würden die meisten Männer es doch wohl vorziehen, ihren Skalp zu behalten. Hat dein Vater dir je verboten, den Kasten zu öffnen?«
»Niemals. Er schien immer die Schlösser für den besten Schutz des Kastens zu halten.«
»Es ist ein schöner Kasten«, sagte Wildtödter und setzte sich auf die merkwürdige Truhe, die jedem im Zimmer Hutters auffiel. »Chingachgook, dies ist kein Holz aus unseren Wäldern.«
Der Delaware näherte sich, befühlte das Holz, prüfte seine Härte mit einem Nagel und besah sich neugierig die Stahlplatten und die schweren Vorlegeschlösser. Wildtödter fragte nach einem Schlüssel.
»Ich habe nie einen gesehen«, sagte Judith, »und doch muß ein Schlüssel vorhanden sein, denn Hetty hat ja den Kasten geöffnet gesehen.«
»Wenn ein Schlüssel da ist, so muß er doch irgendwo verwahrt sein. Chingachgook, du hast Augen wie ein Luchs und ein Urteil, das selten sein Ziel verfehlt. Kannst du uns behilflich sein, den Schlüssel eines Kastens zu finden, den der Besitzer so geheimhält wie diesen hier?«
Der Delaware hatte bisher keinen Anteil an dem Gespräch genommen. Er verließ jetzt auf die Frage den Kasten, der ihn sehr interessiert hatte, und sah sich nach der Stelle um, wo ein Schlüssel unter diesen Umständen versteckt sein könnte. Schließlich wurde das äußere Zimmer von allen dreien genau, aber erfolglos durchsucht, und dann gingen sie in die Schlafkammer Hutters, aber auch hier konnten sie den Schlüssel nicht finden.
Sie gingen jetzt in das Schlafzimmer der Töchter. Dem Delawaren fiel sogleich der Gegensatz in der Einrichtung des Zimmers auf. Er sah sofort, welche Sachen Judith und welche ihrer Schwester Hetty gehörten.
»Die Schwachsinnige sah den Kasten geöffnet?« fragte er mit Neugierde in seinem Blick. »Der Schlüssel wird also nur vor der ›Wilden Rose‹ verborgen gehalten?« Denn so nannte Chingachgook Judith in den Gesprächen mit seinem Freunde.

Wildtödter nickte, und der Indianer fuhr fort: »Wo könnte ein Schlüssel vor der Wilden Rose besser verborgen werden als unter den groben Kleidungsstücken hier?«

Wildtödter wendete sich bewundernd dem Delawaren zu und lachte in seiner geräuschlosen, aber herzlichen Art über den Scharfsinn dieser Schlußfolgerung. Chingachgook untersuchte schon die Kleiderhaken und fand schließlich einen Schlüssel, in einem groben Beutel verborgen, der unter einigen Röcken hing. Wildtödter, dem der Indianer den Schlüssel eingehändigt hatte, ging schnell voran in das benachbarte Zimmer und überzeugte sich, daß es wirklich der rechte Schlüssel sei, denn jedes von den drei Vorlegeschlössern ließ sich leicht mit ihm öffnen. Wildtödter hob den Deckel des Kastens etwas auf, um zu sehen, ob er lose sei. Dann wollte er sich mit seinem Freunde, da es sich um Familiengeheimnisse handelte, zurückziehen. Judith bat ihn aber zu bleiben.

»Wir wollen bei dir bleiben«, sagte er, »aber erst laß uns den See und die Ufer beobachten, denn es wird einige Zeit dauern, um diesen Kasten zu leeren.«

Die beiden Männer gingen auf die Plattform, und Wildtödter beobachtete das Ufer mit dem Fernrohr, während der Indianer seine ernsten Blicke dem Wasser und den Wäldern zuwendete, um irgendein Zeichen zu entdecken. Nichts war sichtbar. Da sie sich nun für einige Zeit beruhigt halten konnten, gingen sie wieder zu dem Mädchen zurück.

Judith hatte vor diesem Kasten und seinem unbekannten Inhalt seit ihrer frühesten Kindheit eine Art von Ehrfurcht. Weder ihr Vater noch ihre Mutter hatten ihn je in ihrer Gegenwart erwähnt. Zwischen Hutter und seiner ältesten Tochter war nie ein vertrautes Verhältnis gewesen, und das Mädchen fürchtete ein wenig die Vorwürfe ihres Vaters wegen ihrer eigenmächtigen Handlung. Aber sie wollte ihm ja helfen und schob ihre Bedenken zurück. Wildtödter hob jetzt mühsam den schweren Deckel auf, und Judith zitterte, als sie den ersten Blick in das Innere warf, und sie fühlte einige Erleichterung, da sie sah, daß ein Stück grober Leinwand den Inhalt noch verbarg. Der Kasten schien aber ganz gefüllt zu sein, denn die Leinwand lag etwa nur einen Zoll unter dem Deckel.

Wildtödter begann jetzt das Stück Leinwand zu entfernen. Dies geschah so vorsichtig, als vermute er, daß gebrechliche Gegenstände darunter verborgen lägen. Die ersten Dinge, die sich zeigten, waren verschiedene Kleidungsstücke für einen Mann, sehr vornehm gearbeitete Stücke aus feinem Stoffe. Ein Rock war von scharlachrotem Tuch und hatte mit Goldtresse besäumte Knopflöcher. Es schien keine Uniform zu sein, sondern ein Kleidungsstück eines vornehmen Mannes. Chingachgook konnte sich eines Ausrufs der Bewunderung nicht enthalten, als Wildtödter diesen Rock aus=einanderbreitete.

»Ich glaube, dies wird uns nützlich sein können«, sagte der Jäger, »denn das indianische Herz ist wohl kaum in ganz Amerika zu finden, das Farben wie diesen und einem Glanze wie diesem widerstehen kann.«

Das prachtvolle Kleidungsstück, das gewiß nie für Hutter bestimmt gewe=sen war, wurde beiseite gelegt und die Untersuchung fortgesetzt. Der männ=liche Anzug, dessen einzelne Teile dem Rock an Pracht und Reichtum ent=sprachen, war bald besichtigt, und jetzt folgten für eine Frau bestimmte Kleidungsstücke. Zuerst fanden sie ein schönes Kleid von Brokat, das durch nachlässige Behandlung etwas gelitten hatte, und diesmal brach Judith in einen Ausruf der Bewunderung aus. Sie hatte noch nie einen so feinen Stoff und so gleichmäßig schöne Farben gesehen wie die, die ihr jetzt unerwartet vor Augen gelegt wurden. Ihr Entzücken war fast kindlich, und sie nahm das Kleid und kam nach kurzer Zeit damit angetan zurück.

»Ich weiß kein besseres Mittel, mit den Mingos zu unterhandeln, Judith«, sagte Wildtödter, der sie bewundernd ansah, »als dich an das Ufer zu schicken, so wie du jetzt bist, und ihnen zu sagen, daß eine Königin zu ihnen gekommen sei. Sie werden bei einem solchen Schauspiel den alten Hutter ausliefern und auch Hurry und Hetty.«

»Meinst du, Wildtödter, daß wir diese Kleidungsstücke den Irokesen als Lösegeld anbieten sollen?« fragte Judith errötend.

»Gewiß. Dieser Scharlachrock allein wird den ersten Häuptling der Wilden für uns gewinnen können, und wenn sein Weib oder seine Tochter zufäl=lig bei ihm sein sollten, so würde das prachtvolle Kleid, das du anhast, das Herz eines jeden Mädchens, das zwischen Albany und Montreal zu finden ist, erweichen. Ich glaube nicht, daß wir mehr zu unserem Handel nötig haben.«

»Ich will das Kleid gleich wieder ausziehen, Wildtödter«, sagte das Mäd=chen rasch entschlossen, indem sie aufsprang und das Zimmer verließ. Die beiden jungen Männer berieten sich noch, ob es wohl richtig sein möchte, den weiteren Inhalt des Kastens zu untersuchen, als Judith in ihrem ein=fachen leinenen Kleide wieder erschien.

»Wenn uns der Inhalt des Kastens ganz bekannt wäre, Wildtödter«, sagte das Mädchen jetzt, »so könnten wir unseren Entschluß reiflicher erwägen.«

Die beiden Männer stimmten dieser Ansicht zu, und so nahm Wildtödter das zweite Stück Leinwand fort. Man sah jetzt zuerst ein Paar kunstreich mit Silber eingelegte Pistolen. Ihr Wert würde in einer Stadt bedeutend ge=wesen sein, doch in den Wäldern wurde diese Art Waffen nur selten be=nutzt, außer etwa von Offizieren aus Europa, welche die Kolonien besuch=

ten. Wildtödter nahm die Pistolen aus dem Kasten und zeigte sie dem Delawaren.
»Kinderflinte!« sagte der Indianer lächelnd, während er eine dieser Waffen in die Hand nahm und sie wie ein Spielzeug betrachtete.
»Das nicht, Schlange«, sagte Wildtödter. »Diese Waffe ist für einen Erwachsenen bestimmt, und sie kann einem Riesen genügen, wenn sie richtig behandelt wird. Aber da fällt mir ein, die weißen Männer sind sehr nachlässig mit ihren Feuerwaffen. Laß mich sehen, wie es mit dieser ist.«
Während Wildtödter sprach, nahm er die Pistole aus der Hand seines Freundes und öffnete die Pfanne. Sie war noch mit Pulver gefüllt, das aber durch Feuchtigkeit und im Lauf der Zeit zu einem verhärteten Körper geworden war.
Eine Untersuchung mit dem Ladestock ergab, daß beide Pistolen geladen waren, obgleich sie wahrscheinlich jahrelang in dem Kasten gelegen hatten. Das Erstaunen des Indianers bei dieser Entdeckung war sehr groß, da er die Gewohnheit hatte, die Ladung seiner Flinte sehr oft zu untersuchen.
»So nachlässig sind die weißen Männer mit ihren Feuerwaffen«, sagte Wildtödter kopfschüttelnd. »Wir müssen die Pistolen abschießen, damit sie nicht Unheil anrichten. Wir wollen uns gegen ein Ziel versuchen, Schlange. Schütte Pulver auf die Pfanne, und dann wollen wir sehen, wer am besten mit der Pistole schießt.«
Wildtödter lachte herzlich über seinen Einfall, und bald darauf standen beide auf der Plattform, um sich irgendeinen Gegenstand in der Arche zum Ziel zu wählen. Judith trat neugierig zu ihnen.
»Tritt etwas zurück«, sagte Wildtödter zu ihr, »diese Pistolen sind lange geladen gewesen, und es könnte dir etwas geschehen.«
»Dann sollst du nicht damit schießen! Gib sie beide dem Delawaren, oder es wäre noch besser, die Ladung herauszuziehen.«
»Das ist gegen die Sitte«, erwiderte Wildtödter.
Judith, die im Grunde recht mutig war, trat jetzt etwas zurück neben Wildtödter, während der Indianer vorn auf der Plattform stand. Chingachgook erhob die Pistole mehrere Male, versuchte sie mit beiden Händen in die Richtung zu bringen, nahm eine ungeschickte Stellung nach der anderen an und drückte endlich mit verzweifelter Gleichgültigkeit los. Die Folge war, daß er die Arche verfehlte. Die Kugel sprang wie ein flach geworfener Stein auf dem Wasser weiter.
»Du hast den See getroffen, Schlange«, sagte Wildtödter mit seinem lautlosen Lachen und hob jetzt selbst die Waffe. Er zielte schnell und sicher, und der Schuß folgte unmittelbar darauf, aber die Pistole zersprang, und es flogen Stücke nach allen Richtungen. Judith schrie laut auf, und als die bei=

den Männer sich ihr besorgt zuwendeten, war sie bleich wie der Tod und zitterte an allen Gliedern.
»Das arme Mädchen ist verwundet, Chingachgook«, rief Wildtödter.
»Ich bin unverletzt, Wildtödter«, stammelte das Mädchen. »Es war nichts als der Schrecken, und Gott sei Dank, ich sehe, daß keiner von euch verwundet ist.«
Judith hatte sich bald von ihrer Aufregung erholt, und die Untersuchung des Kastens wurde fortgesetzt. Der nächste Gegenstand war in ein Tuch gehüllt, und als es entfernt wurde, fand sich eins der mathematischen Instrumente, die damals unter Seeleuten im Gebrauch waren. Wildtödter und Chingachgook äußerten ihre Bewunderung und ihr Erstaunen über das unbekannte Instrument, das sauber und glänzend aussah.
»Das geht noch über die Instrumente der Geometer, Judith«, sagte Wildtödter, »ich habe alle ihre Werkzeuge oft genug gesehen, und sie sind schlecht und herzlos genug, denn sie kommen nie in den Wald, ohne Zerstörung und Verwüstung anzurichten, aber keins von ihnen hat ein so verdächtiges Ansehen.«
»Vater ist kein Geometer, Wildtödter, und ebensowenig weiß er mit diesem Instrument umzugehen. Glaubst du, daß Thomas Hutter je den Scharlachrock getragen hat? Er ist ihm viel zu groß, und dieses Instrument geht über seine Gelehrsamkeit.«
»Das ist's, Delaware, der alte Bursche ist auf unbekannte Art der Erbe eines anderen Mannes geworden. Man sagt, er sei ein Seemann gewesen, und ohne Zweifel war dieser Kasten und alles, was er enthält — doch was haben wir hier?«
Wildtödter hatte eine kleine Schachtel geöffnet, aus der er nach und nach die Figuren eines Schachspiels nahm. Sie waren von Elfenbein, größer als gewöhnlich und vortrefflich gearbeitet. Jede Figur stellte irgendeinen Gegenstand dar, nach dem sie benannt wird, die Springer saßen auf Pferden, die Türme standen auf Elefanten, und selbst die Bauern hatten die Köpfe und Büsten von Menschen. Das Spiel war nicht vollständig, und einige Figuren waren zerbrochen. Chingachgook vergaß ganz seine indianische Würde in Bewunderung und Entzücken. Er nahm jede Figur und untersuchte sie mit unermüdlicher Aufmerksamkeit, indem er dem Mädchen die feinen Teile der Arbeit zeigte. Die Elefanten machten ihm das meiste Vergnügen.
»Das Tier mit dem Turm scheint dir zu gefallen, Delaware«, sagte schließlich Wildtödter.
»Es ist ein Elefant«, rief jetzt Judith. »Ich habe oft Bilder von solchen Tieren in den Garnisonen gesehen, und die Mutter hatte ein Buch mit einer

Beschreibung von ihnen. Der Vater verbrannte es mit allen anderen Büchern, denn er sagte, die Mutter liebe das Lesen zu sehr. Das war kurz vor ihrem Tode, und ich habe manchmal geglaubt, daß der Verlust der Bücher ihr Ende beschleunigt hat.«
»Das Tier ist gut für die Irokesen«, sagte Chingachgook, indem er mit Widerstreben einen der Türme hingab, als sein Freund ihn in die Schachtel zurücklegen wollte. »Der Elefant könnte den ganzen feindlichen Stamm erkaufen, ja vielleicht selbst den der Delawaren.«
Alle drei waren übereinstimmend der Ansicht, daß wohl nichts die Begierde der Irokesen mehr reizen könne als die Elefanten. Glücklicherweise waren noch alle Türme des Spiels vorhanden, und es wurde beschlossen, diese vier Figuren sollten das dargebotene Lösegeld sein. Sobald dies verabredet war, wurden alle Figuren, außer den Elefanten, wieder in die Schachtel gelegt und auch die anderen Gegenstände in den Kasten getan und zugedeckt, wie sie gefunden worden waren. Ein halbes Dutzend Pakete unten im Kasten wurden gar nicht mehr geöffnet. Als dies geschehen war, klappten sie den Deckel zu, legten die Vorlegeschlösser vor und schlossen sie wieder. Der Schlüssel wurde hierauf in den Beutel zurückgelegt.
Mehr als eine Stunde war vergangen, während sie sich beratschlagt und alles wieder an seine frühere Stelle gebracht hatten. Judith unterhielt sich jetzt mit Wildtödter, der gern in ihr schönes Gesicht sah, während Chingachgook in Hutters Schlafkammer war, um die Elefanten genau und ausgiebig zu betrachten.
Plötzlich hörte man einen leichten Schritt auf der Plattform, und gleich darauf erschien eine menschliche Gestalt in der Tür. Es war Hetty. Wildtödter stand sofort auf, und Judith stieß einen leichten Schrei aus, denn jetzt wurde auch ein indianischer Jüngling, etwa fünfzehn Jahre alt, neben Hetty sichtbar. Beide waren mit Mokassins an den Füßen und fast ohne Geräusch eingetreten. Wildtödter rief schnell in delawarischer Sprache seinem Freunde zu, er möge sich nicht sehen lassen und auf seiner Hut sein. Dann trat er an die Tür, um sich von der Größe der Gefahr zu überzeugen. Es war jedoch weiter niemand gekommen, und ein einfaches, kleines Floß, das an der Seite der Arche lag, erklärte, wie man Hetty hierhergebracht hatte: Zwei trockene Fichtenstämme waren mit Weidenzweigen zusammengebunden, und auf ihre Oberfläche hatte man einige starke Bohlen aus Kastanienbaumholz gelegt. Für Hetty war ein Sitz auf einigen Holzkloben bereitet worden, und der junge Irokese hatte das einfache und sich langsam bewegende, aber vollkommen sichere Fahrzeug vom Ufer herübergerudert. Als Wildtödter sich dieses Floß genau angesehen und sich überzeugt hatte, daß weiter nichts in der Nähe sei, schüttelte er mit dem Kopfe und murmelte vor sich

hin: »Das kommt davon, wenn man in anderer Leute Kasten umherwühlt! Wären wir wachsam gewesen, so hätten wir nicht so überrascht werden können.«

Judith zeigte, als ihre erste Besorgnis sich etwas gelegt hatte, eine herzliche Freude über die Rückkehr ihrer Schwester. Sie drückte sie an ihre Brust und küßte sie.

Hetty schien weniger bewegt zu sein, sie war noch zu sehr von der Reinheit und Heiligkeit ihrer Aufgabe erfüllt. Als sie jetzt von ihren Erlebnissen zu erzählen begann, kehrte Wildtödter zurück und hörte aufmerksam zu, während der junge Irokese an der Tür stand und sich anscheinend gleichgültig gegen alles, was vorging, zeigte.

»Als ich den Häuptlingen die Stellen aus der Bibel vorlas«, sagte Hetty schließlich, »konnte man nicht merken, daß sie irgendeinen Eindruck auf sie gemacht hätten, aber wenn die Saat gesät ist, muß sie aufgehen.«

»Und konnte sich das bei den Wilden bestätigen, arme Hetty?« fragte Judith.

»Ja, Judith, und schneller, als ich selbst es gehofft hätte. Ich blieb nicht lange beim Vater und bei Hurry, sondern ging mit Wah, um mit ihr zu frühstücken. Nachher kamen die Häuptlinge zu uns und sagten, was ich ihnen aus dem guten Buche vorgelesen habe, sei wahr — es müsse wahr sein — es klinge wie Wahrheit, wie der wohltönende Gesang eines Vogels in ihren Ohren, und sie sagten mir, ich möge zurückkehren und dies dem großen Krieger sagen, der einen ihrer Tapferen erschlagen habe, und wie glücklich sie sein würden, wenn sie hier im Kastell zur Kirche kommen und mich noch mehr aus dem heiligen Buche vorlesen hören könnten, und ich soll dir auch sagen, sie ließen dich bitten, ihnen einige Kanus zu leihen, damit sie den Vater und Hurry und ihre Weiber nach dem Kastell bringen könnten, dann wollten sie sich alle auf die Plattform hier setzen und dem Gesange des Manitu der weißen Männer zuhören.«

Hetty wollte noch weiter sprechen, aber Wildtödter winkte ihr ab und fragte sie: »Wurde dieses Floß gemacht, nachdem du gefrühstückt hattest, und bist du vom Lager bis zum Ufer hier gegenüber gegangen?«

»Nein, Wildtödter. Das Floß war schon fertig und im Wasser. Es lag in der Nähe des Lagers am Ufer, und die Indianer führten mich dorthin. Sie zogen dann das Floß längs des Ufers bis hier gegenüber, und dann sagten sie dem jungen Mann, er möchte hinüberrudern.«

»Und die Wälder sind voll von den Landstreichern, und sie warten nur darauf, wie wir ihren Vorschlag aufnehmen. Ich will erst diesen jungen kanadischen Blutsauger entfernen, ehe wir unseren Plan entwerfen. Laßt mich mit ihm allein, aber erst bringe mir die Elefanten, Judith, die die Schlange noch bewundert, denn es wird nicht ratsam sein, diesen jungen Landstreicher auch nur eine Minute allein zu lassen.«

Judith erfüllte seinen Wunsch. Wildtödter hatte einige Kenntnis von den meisten indianischen Dialekten jener Gegenden und wußte genug von dem Irokesischen, um sich in dieser Sprache verständlich zu machen. Er winkte den jungen Indianer zu sich, lud ihn ein, sich auf den Kasten zu setzen, und stellte plötzlich zwei von den Türmen vor ihn hin. Bis zu diesem Augenblick hatte der Jüngling nicht die geringste Neugierde gezeigt. Es war vieles in dem Haus, das ihm neu und unbekannt sein mußte, aber er hatte seine Selbstbeherrschung mit philosophischer Fassung behauptet. Wildtödter bemerkte zwar, daß er sein dunkles Auge auf die Verteidigungsmittel und die Waffen richtete, aber es geschah mit einer solchen Miene der Unschuld, in so gaffender, träger, kindischer Art, daß nur ein Mann, der in einer ähnlichen Schule erzogen worden war, eine Absicht vermutet haben würde. Aber sobald der Blick des Wilden auf die elfenbeinernen Figuren der wunderbaren unbekannten Tiere fiel, konnte er sein Erstaunen und seine Bewunderung nicht mehr verbergen. Er stieß einen Ruf des Entzückens aus, und dann wurde er etwas verlegen, als sei er sich einer Verletzung des Schicklichen bewußt. Seine Blicke hefteten sich aber weiter auf die Elefanten, er nahm einen sogar nach kurzem Zögern in die Hand.

Wildtödter ließ ihn wohl zehn Minuten lang gewähren, denn er wußte, daß der Jüngling die Merkwürdigkeiten genau genug untersuchen werde, um bei seiner Rückkehr seinem Häuptling einen ausführlichen Bericht darüber zu erstatten.

Schließlich aber legte er einen Finger auf das nackte Knie des Indianers und sagte: »Höre, ich will mit meinem jungen Freunde aus Kanada sprechen. Er möge das Wunder eine Minute lang vergessen.«

»Wo ist der andere weiße Bruder?« fragte der Jüngling aufblickend und indem er unwillkürlich den Gedanken verriet, der seinen Geist am meisten erfüllt hatte, bevor er die Figuren zu Gesicht bekam.

»Er schläft, oder wenn er nicht eingeschlafen ist, befindet er sich doch in dem Zimmer, wo die Männer schlafen«, erwiderte Wildtödter. »Wie wußte mein junger Freund, daß noch ein anderer da ist?«

»Ihn vom Ufer aus sehen, Irokesen lange Augen haben, bis hinter die Wolken sehen, bis auf den Grund der großen Quelle sehen.«

»Gut, der Irokese ist willkommen. Höre, zwei weiße Männer sind Gefangene in dem Lager deiner Väter.«

Der junge Indianer nickte, indem er den Umstand mit scheinbarer Gleichgültigkeit zu behandeln schien, doch einen Augenblick darauf lachte er, als freue er sich der überlegenen Schlauheit seines Stammes.

»Kannst du mir sagen, was deine Häuptlinge mit diesen Gefangenen beabsichtigen, oder haben sie noch keinen Beschluß gefaßt?«

Der Jüngling sah einen Augenblick Wildtödter mit einigem Erstaunen an, dann berührte er kaltblütig mit der Spitze seines Zeigefingers seinen Kopf gerade über dem linken Ohr und beschrieb eine Kreislinie um seine Haare mit einer Schnelligkeit und Genauigkeit, aus der sich deutlich ergab, wie vollkommen er schon in den eigentümlichen Kunstgriffen seiner Stammesgenossen unterrichtet war.

»Weshalb wollt ihr sie dann nicht mit zu euren Wigwams nehmen?« fragte Wildtödter empört.

»Weg zu lang und voll weißer Männer. Wigwam voll und Skalpe teuer verkaufen. Kleiner Skalp, viel Gold.«

»Ja, das erklärt es, es braucht nicht deutlicher gesagt zu werden. Du weißt, daß der Älteste von euren Gefangenen der Vater dieser beiden jungen Frauen hier ist, und der andere hat sich mit einer von ihnen verlobt. Die Mädchen wünschen natürlich, die Skalpe ihrer Freunde zu retten, und sie wollen für jeden Skalp zwei solcher elfenbeinerner Tiere als Lösegeld geben. Kehre zurück, und sage dies deinen Häuptlingen, und bringe mir die Antwort vor Sonnenuntergang.«

Der junge Indianer ging eifrig auf diesen Vorschlag ein, und es ließ sich nicht bezweifeln, daß er seinen Auftrag schnell und genau ausführen werde. Für einen Augenblick vergaß er alle feindseligen Gesinnungen in dem Wunsch, seinem Stamme einen solchen Schatz zuzuwenden, und Wildtödter war mit dem Eindruck, den er hervorgerufen hatte, zufrieden. Der Jüngling schlug zwar vor, einen der Elefanten zur Ansicht seinem Häuptling mitzunehmen, aber Wildtödter war zu vorsichtig, denn er wußte, daß die Figur nie ihren Bestimmungsort erreichen würde. Diese kleine Schwierigkeit wurde indes bald beseitigt, und der junge Indianer bereitete sich jetzt zur Abreise vor. Als er auf der Plattform stand, um in die Fähre zu steigen, zögerte er und bat Wildtödter, ihm ein Kanu zu leihen, um die Unterhandlungen zu beschleunigen. Der Jäger schlug ruhig die Bitte ab, und nachdem der Jüngling noch etwas gezögert hatte, ruderte er fort und schlug die Richtung nach einem Dickicht am Ufer ein, das weniger als eine Viertelstunde entfernt war.

Wildtödter setzte sich auf einen Stuhl und beobachtete den Abgesandten, als dieser sich entfernte. Auch sah er sich scharf das Ufer an, soweit er es überblicken konnte, dann stützte er einen Ellenbogen auf sein Knie und blieb, mit dem Kinn an seine Hand gelehnt, lange nachdenklich sitzen.

Hetty hatte inzwischen nach dem Delawaren gefragt, und als sie erfuhr, wo er sich verborgen habe, ging sie zu ihm. Chingachgook empfing sie freundlich und mit viel Achtung. Seine Neigung für sie wurde noch durch die Hoffnung vergrößert, Nachrichten von seiner Verlobten zu erhalten. Als das Mädchen eintrat, nahm sie einen Stuhl und lud den Indianer ein, sich neben sie zu setzen. Sie schwieg eine Weile und fragte dann: »Du bist Chingachgook, die Große Schlange der Delawaren, nicht wahr?«

»Chingachgook«, erwiderte der Delaware mit großer Würde. »Das Große Schlange heißen, in Wildtödters Sprache.«

Dann schwiegen wieder beide, bis der Indianer fragte: »Keine Zunge Chingachgook genannt haben, ›Welkende Lilie‹?« Denn so hatte der Häuptling die arme Hetty genannt. »Sein Name nicht von einem kleinen Vogel unter den Irokesen gesungen?«

Sie antwortete nicht, sondern ließ ihren Kopf hängen und errötete. Dann blickte sie schelmisch zu dem Indianer auf, und in ihrem Lächeln lag die Unschuld eines Kindes.

»Meine Schwester, die Welkende Lilie, solchen Vogel hören?« fragte wieder Chingachgook mit sanfter Stimme.

»Du bist Chingachgook, du mußt es sein, denn es ist kein anderer roter Mann hier, und sie glaubte, Chingachgook würde kommen.«

»Chin-gach-gook!« wiederholte er, indem er den Namen langsam aussprach und jede Silbe betonte.

»Chin-gach-gook!« sagte Hetty in derselben bedächtigen Art. »Ja, so sprach Wah den Namen, und du mußt der Häuptling sein!«

»Meine Schwester nicht sagen wollen, wie Vogel singen? Was am meisten singen? Wie aussehen? Oft lachen?«

»Sie sang den Namen Chingachgook öfter als irgend etwas anderes, und sie lachte herzlich, als ich ihr erzählte, wie die Irokesen hinter uns im Wasser herwateten und uns nicht erreichen konnten. Es kann uns doch niemand belauschen, Schlange?«

»Schwester in anderen Zimmer sein. Jungen Irokesen Augen und Ohren vollstopfen mit ausländischen Tieren.«

»Ich verstehe dich, Schlange, und ich konnte Wah auch immer verstehen. Ich will dir alles erzählen.«

Hetty machte eine Pause und fuhr dann fort: »Wah sagte mir, ich möge dir sehr leise zuflüstern, du sollest den Irokesen in keiner Weise trauen. Ferner sagte sie, es gebe einen großen glänzenden Stern, der ungefähr eine Stunde nach Sonnenuntergang über den Hügel komme, und sobald dieser Stern erscheint, will sie an der Landspitze sein, wo ich das Ufer betrat, und dorthin mögest du in einem Kanu zu ihr kommen.«

»Gut, Chingachgook gut genug verstehen, aber er noch besser verstehen, wenn meine Schwester noch einmal singen wollen.«

Hetty wiederholte noch einmal ihre Worte, dann schilderte sie die jetzige Lage des Feindes und die Bewegungen, die seit dem Morgen stattgefunden hatten, denn in ihrer Naivität beobachtete sie doch scharf. Wah war mit ihr auf dem Floß gewesen, bis es das Ufer verließ, sie war jetzt, wie Hetty sagte, irgendwo in den Wäldern, dem Haus gegenüber und beabsichtigte, erst gegen Abend zum Lager zurückzukehren, denn sie hoffte, es werde ihr dann gelingen, von ihren Gefährten auf dem Rückweg längs dem Ufer des Sees fortzuschleichen und sich an der Landspitze zu verbergen. Niemand schien nach Hettys Bericht im Lager zu vermuten, daß Chingachgook in der Wasserburg sei, obgleich es doch bekannt sein mußte, daß ein Indianer sich an dem Abend des vereitelten Überfalls in die Arche begeben habe, und man glaubte auch, ihn seitdem im Kastell und in dessen Umgebung in den Kleidern eines weißen Mannes bemerkt zu haben.
Nachdem Hetty ihren Bericht beendet hatte, erhob sich der Indianer und ging zu Wildtödter hinaus. Hetty begab sich zu ihrer Schwester.

Dreizehntes Kapitel

Das erste, was der Delaware tat, als er wieder zu seinem Freunde trat, war, daß er den europäischen Anzug entschlossen auszog. Er stand jetzt wieder als ein indianischer Krieger da. Den Einsprüchen Wildtödters begegnete er mit der Nachricht, daß die Gegenwart eines Indianers den Irokesen bekannt sei. Chingachgook hörte dann die Geschichte wegen des Lösegeldes und Wildtödter die Nachrichten Hettys. Der Jäger freute sich über die Hoffnungen, die sein Freund hegte, und versprach ihm alle Hilfe.
»Die Befreiung deiner Verlobten«, sagte er, »ist unser Hauptzweck, die Verteidigung der Wasserburg und der Töchter des alten Hutter können wir damit vereinigen.«
»Ich will ins Lager der Irokesen«, erwiderte der Delaware in ernstem Tone; »niemand außer Wah kennt Chingachgook, und ein Vertrag über Skalpe sollte nur von einem Häuptling abgeschlossen werden. Gib mir die ausländischen Tiere, und laß mich ein Kanu nehmen.«
Wildtödter spielte mit dem Ende einer Fischrute im Wasser, während er seine Beine über den Rand der Plattform herabhängen ließ, wie ein Mann, dem plötzlich ein neuer Gedanke kommt. Statt den Vorschlag seines Freundes zu beantworten, begann er halblaut vor sich hin zu sprechen: »Ja, das muß Liebe sein! Ich habe gehört, daß sie bisweilen die Vernunft gänzlich trübt, daß sie einen Mann so hilflos werden läßt wie ein unvernünftiges Tier. Wenn nun auch der Delaware seine Vernunft und seine Schlauheit und

Klugheit verlöre?« Er machte eine Pause und wandte sich dann direkt an den Häuptling: »Es kann nicht dein Ernst sein, Chingachgook, und deshalb will ich dich nur eins fragen: Du bist ein Häuptling und wirst bald an der Spitze vieler Krieger gegen die Feinde geschickt werden, willst du deine Macht in ihre Hände geben, ehe ein Kampf stattgefunden hat?«
»Wah!« sagte der Indianer.
»Jawohl, Wah! Ich weiß allerdings, daß es Wah heißt und immer Wah! Ich bin wirklich besorgt um dich, Chingachgook! Ich hörte nie einen so unvorsichtigen Plan von einem Häuptling. Ein Kanu sollst du nicht haben, solange die Stimme der Freundschaft noch etwas gilt.«
»Wildtödter hat recht«, erwiderte der Indianer besonnen. »Eine Wolke verhüllte das Gesicht Chingachgooks, und Schwäche erfüllte seinen Geist, während seine Augen blind waren. Mein Bruder hat ein gutes Gedächtnis für gute Taten und ein schwaches Gedächtnis für schlechte Taten. Er wird es vergessen.«
»Ja, das ist leicht genug. Sage nichts mehr davon, Häuptling, aber wenn dir wieder eine solche Wolke zu nahe kommt, so suche ihr aus dem Wege zu gehen. — Jetzt setze dich her zu mir, und laß uns unsere Pläne überlegen. Du siehst, daß die Landstreicher Flöße machen können, und es wird ihnen nicht schwer werden, uns in großen Scharen anzugreifen. Ich habe daran gedacht, ob es nicht ratsam wäre, alle Lebensmittel des alten Tom in die Arche zu bringen, dann das Gebäude zu verschließen und uns alle zusammen in das Fahrzeug zu begeben, denn das ist beweglich, und wenn wir das Segel aufspannten und unsere Stellung oft veränderten, könnten wir uns viele Nächte lang halten, ohne daß es diesen kanadischen Wölfen möglich wäre, einen Weg in unsere Schafhürde zu finden.«
Chingachgook hörte diesen Plan zustimmend an. Blieben die Unterhandlungen ohne Erfolg, so war jetzt wenig Hoffnung, daß die Nacht ohne einen Angriff vorübergehen würde. Irgendeine Vorsichtsmaßregel schien durchaus notwendig, denn die Irokesen waren so zahlreich, daß man kaum hoffen konnte, gegen einen nächtlichen Angriff mit Erfolg Widerstand zu leisten. Es war so leicht für die Indianer, Baumstämme an das Ufer zu bringen und ein Floß in jeder Größe zu bauen. Nachdem sie alle Umstände in Betracht gezogen hatten, teilten sie Judith das Ergebnis der Beratung mit. Sie hatte keinen Einwand dagegen zu machen, und alle vier beschäftigten sich jetzt mit den nötigen Vorbereitungen.
Einige Betten, Kleidungsstücke, Küchengerätschaften, die Waffen und die Munition, schließlich der geheimnisvolle und erst halb untersuchte Kasten, das alles wurde in die Arche gebracht, die an der östlichen Seite des Gebäudes befestigt war, so daß man sie vom Ufer aus nicht beobachten konnte. Da

große Vorsicht nötig war und sie die meisten Gegenstände zu einem Fenster hinausbrachten, um ihren Plan zu verbergen, so brauchten sie zwei bis drei Stunden zu dieser Arbeit. Gerade als sie fertig waren, näherte sich wieder das kleine Floß vom Ufer her. Wildtödter sah durch das Fernglas und bemerkte, daß sich zwei anscheinend unbewaffnete Krieger auf dem Fahrzeug befanden. Es bewegte sich langsam vorwärts, so daß sie Zeit genug hatten, um Vorbereitungen für die Aufnahme der beiden gefährlichen Gäste zu treffen.

So war alles schon fertig, als diese nahe genug gekommen waren, um angerufen zu werden. Chingachgook und die Mädchen zogen sich in das Gebäude zurück. Der Indianer postierte sich mit mehreren Flinten an der Tür, während Judith durch eine Schießscharte das Floß beobachtete. Wildtödter hatte sich einen Stuhl an den Rand der Plattform gestellt, auf dem er, die Flinte nachlässig neben sich gelehnt, Platz nahm. Als das Floß noch etwa fünfzig Fuß entfernt war, rief er den Huronen zu, sie möchten aufhören zu rudern. Die beiden Krieger standen sofort auf, aber das Floß trieb weiter langsam auf die Plattform zu.

»Seid ihr Häuptlinge?« fragte jetzt Wildtödter ernst und gewichtig, »oder haben die Mingos mir Krieger ohne Namen mit einem solchen Auftrag gesendet? Wenn das der Fall ist, so wird, je schneller ihr euch entfernt, wahrscheinlich desto schneller der kommen, mit dem ein Krieger unterhandeln kann.«

»Hugh!« rief der Ältere von den beiden auf dem Floß. »Mein Bruder ist sehr stolz, aber Rivenoak ist ein Name, der einen Delawaren erbleichen lassen kann.«

»Das kann wahr sein, oder es kann eine Lüge sein, Rivenoak, je nachdem. Was ist eure Absicht, und weshalb kommt ihr auf Baumstämmen?«

»Die Irokesen sind keine Enten, die auf dem Wasser schwimmen können. Wenn die weißen Männer ihnen ein Kanu geben wollen, so werden sie in einem Kanu kommen.«

»Das wird wahrscheinlich nicht geschehen, aber ihr seid willkommen auf euern Baumstämmen, Irokesen.«

»Wir danken, mein junger Krieger, er hat doch einen Namen, wie nennen ihn die Häuptlinge?«

Wildtödter zögerte einen Augenblick, doch konnte er schließlich nicht widerstehen. Er lächelte, murmelte etwas vor sich hin und sagte dann: »Mingo, ich war wie alle, die jung sind, zu verschiedenen Zeiten unter verschiedenen Namen bekannt. Einer eurer Krieger, dessen Geist erst gestern morgen dem glücklichen Jagdgebiet eures Volkes zugesendet wurde, meinte, ich verdiene den Namen Falkenauge, weil mein Blick schneller war als der seinige, da es Tod und Leben zwischen uns galt.«

Die Wirkung auf diesen rohen Krieger war ein Ausruf des Erstaunens, dem ein Lächeln der Höflichkeit folgte, das einem asiatischen Diplomaten Ehre gemacht haben würde. Die beiden Irokesen sprachen dann leise zusammen, und beide näherten sich schließlich dem Ende des Flosses, das der Plattform am nächsten war.

»Mein Bruder Falkenauge hat eine Botschaft an die Huronen geschickt«, sagte Rivenoak, »und sie hat ihre Herzen sehr erfreut. Sie hören, daß er Gestalten von Tieren mit zwei Schwänzen besitzt. Will er sie seinen Freunden zeigen?«

»Feinden würde wahrer sein«, erwiderte Wildtödter, »aber der Klang der Worte ist nicht ihr Sinn und macht wenig Schaden. Hier ist eins der Tiere, ich werfe es euch auf Treu und Glauben zu. Wenn ich's nicht zurückerhalte, so wird die Flinte zwischen uns entscheiden.«

Der Irokese schien auf die Bedingung einzugehen, und Wildtödter warf schnell entschlossen einen der Elefanten zum Floß hinüber. Die kleine, elfenbeinerne Figur wurde glücklich aufgefangen, und jetzt erfolgte wieder eine Szene, in der Erstaunen und Entzücken den indianischen Stoizismus überwältigten. Mehrere Minuten vergingen mit einer genauen Untersuchung, die die beiden Indianer einer so trefflichen Arbeit, einem so feinen Material und einem so wunderbaren Tiere widmeten. Je mehr sie es betrachteten, desto größer wurde ihr Erstaunen.

»Hat mein weißer Bruder noch mehr solcher Tiere?« fragte schließlich der ältere der beiden Irokesen.

»Es sind noch mehr da, Mingo«, war die Antwort, »aber ein solches Tier genügt, um fünfzig Skalpe abzukaufen.«

»Einer meiner Gefangenen ist ein großer Krieger, schlank wie eine Tanne, stark wie das Elentier, schnell wie der Hirsch, wild wie ein Panther! Er wird dereinst ein großer Häuptling werden und die Armee des Königs George anführen.«

»Still, Mingo, Hurry Harry ist Hurry Harry, und du wirst nie mehr aus ihm machen als einen Korporal. Du wirst seinen Skalp nie für mehr ausgeben können als für einen wohlbehaarten Schädel mit wenig Gehirn darunter.«

»Mein alter Gefangener ist sehr weise, der König des Sees, ein großer Krieger, ein weiser Ratgeber.«

»Nun, es gibt Leute, die dem auch widersprechen könnten, Mingo. Ein sehr weiser Mann hätte sich nicht so leicht fangen lassen wie Master Hutter, und wenn er einen guten Rat gibt, so muß er bei jener Gelegenheit auf schlechten gehört haben. Es gibt nur einen König dieses Sees, und der ist weit entfernt. Ein Tier mit zwei Schwänzen ist doch gewiß zwei solche Skalpe wert.«

»Aber mein Bruder hat noch ein solches Tier! Er wird zwei« – und der Indianer hielt ebenso viele Finger empor – »für den alten Vater geben.«
»Der schwimmende Tom ist nicht mein Vater, aber es soll ihm deshalb nicht schlimmer ergehn. Doch zwei Tiere für einen Skalp zu geben, und jedes Tier noch dazu mit zwei Schwänzen, das ist zuviel verlangt. Du kannst sehr zufrieden sein, Mingo, wenn du einen viel schlechteren Handel machst.«
Die Selbstbeherrschung Rivenoaks kehrte jetzt zurück, und er nahm zu seinen gewöhnlichen Kunstgriffen seine Zuflucht, um den möglichst besten Handel abzuschließen. Er stellte sich selbst, als hege er Zweifel, ob ein solches Tier, wie die Figur darstellte, wirklich irgendwo lebe, und behauptete, der älteste Indianer habe nie etwas davon gehört. Er wurde etwas heftig im Verlauf des Handelns, denn Wildtödter begegnete allen Beweisgründen und Einwürfen seines Gegners mit seiner unerschütterlichen Wahrheitsliebe und Aufrichtigkeit. Was ein Elefant war, davon wußte er selbst wenig mehr als der Wilde. Er hielt es für ratsam, anfangs nicht zuviel zu bewilligen, denn selbst wenn man sich über die Bedingungen geeinigt hatte, blieb noch die Schwierigkeit des Austausches bestehen. Er hielt die andern Figuren noch im Rückhalt, um sie für den Augenblick der Not als beschwichtigendes Mittel benutzen zu können.
Endlich erklärte der Wilde, eine weitere Unterhandlung sei nutzlos, und er bereitete sich schon zur Abfahrt vor. Beiden Parteien war es im Grunde nicht recht, den Handel wegen allzu großer Hartnäckigkeit abzubrechen. Es dauerte einige Zeit, um die Baumstämme wieder in Bewegung zu setzen, und solange das geschah, betrachtete Rivenoak mit scharfem Blick die Wasserburg und seine Gegner. Einmal sprach er leise und schnell mit seinem Gefährten und bewegte zugleich seine Füße wie ein wildes Tier in den Zweigen, die auf dem Floß lagen. In diesem Augenblick paßte Wildtödter nicht scharf auf, denn er dachte über Mittel nach, die Unterhandlung wieder in Gang zu bringen. Es war vielleicht ein Glück für ihn, daß die scharfen Augen Judiths diesmal so wachsam waren, denn sie rief ihm warnend zu:
»Nimm dich in acht, Wildtödter, ich sehe mit dem Fernrohr Flinten unter den Zweigen, und der Irokese macht sie mit seinen Füßen los.«
Der Feind verstand offenbar die Worte des Mädchens, denn die Bewegung seiner Füße hörte sofort auf, und seine Züge gingen ebenso schnell von wildem Zorne zu einem Lächeln der Höflichkeit über. Er winkte seinem Gefährten zu, er möge mit Rudern innehalten, trat dann noch einmal an das Ende des Floßes und sagte:
»Weshalb sollen Rivenoak und sein Bruder eine Wolke zwischen sich lassen? Sie sind beide weise, beide tapfer und beide großmütig. Sie sollen sich als Freunde kennen. Ein Tier soll der Preis eines Gefangenen sein.«

»Mingo«, antwortete Wildtödter, welcher sich freute, die Unterhandlung wieder aufnehmen zu können, »du sollst sehn, daß ein weißer Mann einen vollen Preis zu bezahlen pflegt, wenn er mit einem offenen Herzen und einer offenen Hand handelt. Behalte das Tier, das du vergessen hattest, mir zurückzugeben, als du dich entfernen wolltest, und das ich wieder zu verlangen vergaß, weil es mich betrübte, im Zorne von dir zu scheiden. Zeige es deinen Häuptlingen. Wenn du uns unsere Freunde bringst, will ich dir noch zwei solche Tiere geben, und« — hier zögerte er einen Augenblick — »und wenn unsere Freunde noch vor Sonnenuntergang uns wieder zugeführt werden, so füge ich vielleicht noch ein viertes Tier hinzu, um die Zahl gerade zu machen.«
Jede Spur von Unzufriedenheit verschwand jetzt aus dem Gesichte des Irokesen, und sein Lächeln wurde freundlich. Er besah abermals die Figur des Elefanten, und ein Ausruf des Vergnügens zeigte, wie sehr ihn dieser unerwartete Abschluß der Angelegenheit freute. Nachdem die beiden Indianer die Bedingungen nochmals anerkannt hatten, entfernten sie sich mit dem Floß langsam zum Ufer hin.
»Darf man diesen Wilden Vertrauen schenken?« fragte Judith, als sie mit Hetty auf die Plattform kam und die langsame Bewegung der Baumstämme beobachtete. »Werden sie nicht behalten, was sie haben, und uns blutige Beweise schicken, daß wir von ihnen überlistet wurden?«
»Judith, ich glaube, wenn ich die Rothäute nur einigermaßen richtig beurteile, daß dieses Tier mit zwei Schwänzen den ganzen Stamm in große Aufregung versetzen wird. Sie werden sagen: ›Wenn die weißen Männer diese merkwürdigen Tiere mit zwei Schwänzen haben, wer weiß, ob sie dann auch nicht welche mit drei Schwänzen oder meinethalben auch mit vier besitzen‹, und sie werden sich nicht beruhigen, bis sie sich davon überzeugt haben.«
»Glaubst du, Wildtödter«, fragte Hetty in ihrer unschuldigen Art, »daß die Irokesen den Vater und Hurry nicht werden gehen lassen? Ich las ihnen viel aus der Bibel vor, und du siehst, wie verwandelt sie sich schon gezeigt haben.«
Der Jäger hörte Hettys Bemerkungen freundlich an, wie immer, dann dachte er einen Augenblick schweigend nach und schüttelte leise den Kopf.
»Nein, ich glaube nicht, daß die Irokesen ein Tier mit zwei Schwänzen über einigen Versen aus der Bibel vergessen werden. Ich erwarte, daß sie die Gefangenen zwar ausliefern, aber neue Kunstgriffe ersinnen werden, um sie — mit uns und mit allem hier wiederzuerobern. Wir müssen jetzt die Landstreicher noch glimpflich behandeln, um deinen Vater und Hurry aus ihren Händen zu retten und auch damit der Friede zwischen uns nicht gestört werde, bis es Chingachgook gelungen ist, seine Verlobte zu befreien.«

Die Aussichten auf Erfolg waren aber im Augenblick recht gut. Man konnte wieder hoffen, obgleich die nötige Wachsamkeit auf alle Bewegungen des Feindes nicht nachließ. Doch eine Stunde verging nach der anderen, und schon begann die Sonne sich den westlichen Hügeln zuzuneigen, ohne daß man eine Spur von einem Floß bemerken konnte. Wildtödter entdeckte endlich mit dem Fernrohr eine Stelle in dem dichten Uferwald, wo anscheinend die Irokesen sich in bedeutender Anzahl versammelt hatten. Es war in der Nähe des Gebüsches, von wo das Floß gekommen war und wo ein kleiner Bach die Nähe einer Quelle verkündete. Hier hielten sie wahrscheinlich ihre Beratung ab. Trotz der Verzögerung war dennoch ein Grund zur Hoffnung vorhanden. Nicht lange bevor die Sonne gänzlich verschwunden war, sah man das Floß wieder aus dem Dickicht hervorkommen, und als es sich näherte, verkündete Judith, ihr Vater und Hurry lägen gebunden auf den Baumzweigen in der Mitte. Die Indianer waren wegen der Verzögerung mit den rohgearbeiteten Rudern sehr eifrig, so daß das Floß in kurzer Zeit ankam.
Selbst nachdem die Bedingungen so genau festgelegt waren, bot die wirkliche Auslieferung der Gefangenen viele Schwierigkeiten. Die Irokesen sahen sich gezwungen, großes Vertrauen in ihre Feinde zu setzen, wozu sie sich nicht ohne Widerstreben entschließen konnten. Sobald Hutter und Hurry freigelassen waren, verhielt sich die Anzahl der Gegner zu ihnen wie zwei zu eins, und die Flucht konnte schwierig werden. Beide Parteien sahen das ein, und die Angelegenheit würde vielleicht nicht so bald erledigt worden sein, wenn das ehrliche Gesicht Wildtödters nicht seine gute Wirkung auf Rivenoak gehabt hätte.
»Mein Bruder weiß, daß ich ihm Vertrauen schenke«, sagte der Indianer, als er mit Hutter vortrat, dessen Beine entfesselt worden waren, damit der alte Mann die Plattform hinaufsteigen konnte. »Ein Skalp, noch ein Tier!«
»Halt, Mingo!« unterbrach ihn der Jäger, »behalte deinen Gefangenen noch einen Augenblick. Ich muß erst das Lösegeld holen.«
Diese Entschuldigung war zum Teil begründet, aber Wildtödter ging auch in der Absicht in das Haus, um Judith zu sagen, daß sie alle Waffen in ihrem Zimmer verbergen solle. Er sprach dann einige Worte mit dem Delawaren, der wie früher in der Nähe des Eingangs die Feinde beobachtete, dann steckte er die drei noch übrigen Türme des Schachspiels in seine Tasche und kehrte auf die Plattform zurück.
»Du bist willkommen in deiner alten Wohnung, Meister Hutter«, sagte Wildtödter, als er dem Alten auf die Plattform half und zugleich Rivenoak verstohlen einen der Türme einhändigte. »Deine Töchter werden sich sehr freuen, dich wiederzusehen, und hier ist Hetty schon gekommen, um dich zu begrüßen.«

Der Jäger hielt hier plötzlich inne und brach in sein geräuschloses, ihm eigentümliches Lachen aus. Hurrys Beine waren eben entfesselt, und er wurde auf seine Füße gestellt. Er hatte aber seine Glieder, weil er zu fest gebunden gewesen war, nicht gleich in seiner Gewalt. Der junge Riese bot in seiner Hilflosigkeit einen lächerlichen Anblick, besonders sein verlegenes Gesicht wirkte erheiternd.

»Du siehst aus wie eine Tanne, die der Sturm bewegt«, rief der Jäger. »Es freut mich aber zu sehen, daß die Irokesen bei deinem letzten Besuch im Lager dir deine Haare gelassen haben, wie sie waren.«

»Höre, Wildtödter«, erwiderte der andere ärgerlich, »es dürfte ratsam für dich sein, wenn du bei dieser Gelegenheit weniger deinen Witz als deine Freundschaft zeigtest.«

Wildtödter band die Arme seiner Freunde los, als sie beide auf der Plattform angelangt waren, und sie stampften und sprangen jetzt mit wilden Verwünschungen umher, indem sie sich bemühten, ihr stockendes Blut wieder in Bewegung zu bringen. Das Floß war schon hundert Schritte entfernt, als Hurry, der zufällig auf den See sah, entdeckte, wie schnell es seiner Rache entging. Er konnte sich schon leichter bewegen, wenn er auch immer noch sehr ungeschickt war. Ohne aber daran zu denken, ergriff er die Flinte, die an der Schulter Wildtödters lehnte, und versuchte den Hahn zu spannen. Doch der junge Jäger war zu schnell für ihn. Er entwand die Waffe seinen Händen, und während des Ringens ging der Schuß los, als die Flinte gerade aufwärts gerichtet war. Da Hurry seine Rache vereitelt sah, setzte er sich auf einen Stuhl und war, wie auch Hutter, eine halbe Stunde lang nur damit beschäftigt, das Blut wieder in Umlauf zu bringen. Nach dieser Zeit war das Floß verschwunden, und der Abend begann jetzt den See wieder in seine Schatten zu hüllen. Noch ehe es ganz dunkel wurde, während die Mädchen das Abendessen zubereiteten, erstattete Wildtödter dem alten Hutter einen kurzen Bericht über die bisherigen Ereignisse.

Vierzehntes Kapitel

Die Ruhe des Abends hatte sich über den See gesenkt. Die Sonne war untergegangen, und ihre Strahlen vergoldeten nicht mehr die Wolken. Der Himmel war schwer und düster, und ein leichter Wind strich über das Wasser.

Die Menschen in der Wasserburg waren still und in sich gekehrt. Die beiden befreiten Gefangenen fühlten sich beschämt und gedemütigt, und doch dachten sie sofort wieder an Rache. Wenn ihr Gewissen sie auch mahnte, so häuften sie doch lieber alle Vorwürfe auf ihre Feinde. Die anderen waren

nachdenkend und schweigsam. In dieser Stimmung setzten sie sich alle zum Abendessen.
»Alter Tom«, sagte Hurry nach einer Weile lachend, »du sahst wie ein gebundener Bär aus, als du auf den Zweigen lagst, und es wundert mich nur, daß du nicht auch gebrummt hast. Gut, es ist alles vorüber, und Klagen und Verwünschungen können jetzt zu nichts nutzen. Der Schuft Rivenoak, der uns hierherbrachte, hat einen guten Skalp, und ich würde gerne ebensoviel dafür geben wie die Kolonie. Ja, ich bin in dieser Beziehung jetzt ebenso freigebig wie der Gouverneur, und ich will Dublone gegen Dublone hinlegen. Wir waren allerdings eine Zeitlang sehr besorgt. Ich kann noch nicht begreifen, wie es dir möglich war, uns aus den Klauen dieser Teufel loszukaufen, Wildtödter. Wirklich, ich verzeihe es dir für diesen Dienst, daß du mich verhindert hast, meine Rache an den Landstreichern zu nehmen. Sage uns das Geheimnis unserer Befreiung!«
»Wir zahlten ein Lösegeld für euch, und zwar einen so hohen Preis, daß ihr euch vor einer abermaligen Gefangenschaft hüten müßt, denn sonst dürfte unser Vermögen nicht ausreichen.«
»Ein Lösegeld! Dafür muß der alte Tom geradestehen. Ja, Gold ist Gold, und man kann ihm schwer widerstehen, Indianer oder weiße Männer, es ist in dieser Beziehung so ziemlich dasselbe.«
Hutter erhob sich jetzt und winkte Wildtödter, ihm zu folgen. Er führte ihn in ein anderes Zimmer und erfuhr, für welchen Preis er seine Freiheit erhalten habe.
Der alte Mann war weder erstaunt noch zornig über die Durchsuchung seines Kastens, und die beiden kehrten nach einem kurzen Gespräch in das andere Zimmer zurück.
»Ich bin doch neugierig, ob wir Frieden oder Krieg mit den Wilden haben werden«, sagte Hurry nach einem längeren Schweigen.
Wildtödter, der einige Augenblicke vor die Tür getreten war, warf jetzt, hereinkommend, als Antwort ein kleines Holzbündel auf den Tisch, das aus einem Dutzend Stöcke bestand, die mit einem Riemen aus Hirschleder fest zusammengebunden waren. March nahm das Bündel und hielt es dicht an den glühenden Fichtenkloben, der auf dem Herde lag und von dem das spärliche Licht im Zimmer ausging. Er stellte fest, daß die Enden mehrerer Stöcke in Blut getaucht waren.
»Wenn das auch nicht für jeden Engländer verständlich ist«, sagte er, »so ist es doch deutlich genug in der Sprache der Indianer. Das nennen sie da unten in York eine Kriegserklärung. Wie kamst du dazu, Wildtödter?«
»Es lag noch vor einer Minute auf der Plattform draußen.«
Wildtödter war an ein Fenster getreten und warf einen Blick auf den dunk-

len See. Dann näherte er sich Hurry, nahm das Holzbündel in die Hand und untersuchte es aufmerksam.
»Ja, das ist allerdings eine indianische Kriegserklärung«, sagte er, »und zugleich ein Beweis, Harry March, wie wenig wachsam du bist, sonst würdest du ein Geräusch gehört haben, als der junge Indianer auf seinen zwei Baumstämmen wieder fortruderte. Sein Auftrag war, diese Stöcke vor unsere Türe zu werfen und uns dadurch den Krieg zu erklären.«
»Gib mir die Flinte, Judith, ich will den Landstreichern mit ihren Boten eine Antwort zurücksenden.«
»Nicht, solange ich dabei bin, Meister March«, sagte Wildtödter ruhig. »Das gegebene Wort muß man halten, sei es nun gegen eine Rothaut oder gegen einen Christen. Der junge Indianer kam mit einem angezündeten Holzspan, und niemand darf ihn verwunden, solange er einen Auftrag ausführt. Es läßt sich auch jetzt weiter nichts machen, denn der Bursche ist zu schlau und hat jetzt, da sein Geschäft erledigt ist, den Holzspan ausgelöscht. Die Nacht ist schon zu dunkel, um mit einer Flinte sicher zu schießen.«
»Aber man kann ihn mit einem Kanu verfolgen und seinen Skalp mit zurückbringen. Je mehr wir von dieser Brut in den Eiern vertilgen, desto weniger werden uns in den Wäldern auflauern.«
Judith zitterte wie Espenlaub bei diesem Auftritt. Hurry lief hinaus, wo das Kanu befestigt war, aber Wildtödter rief schnell einige Worte in delawarischer Sprache Chingachgook zu, der draußen auf der Plattform stand. Der Häuptling stieg in das Kanu und entfernte schnell die Ruder. Hurry war wütend, als er es bemerkte, und machte dem Indianer heftige Vorwürfe. Er ballte seine kräftigen Fäuste und ging auf den Indianer zu. Alle erwarteten, er würde versuchen, ihn zu Boden zu schlagen, aber Hurry wurde anscheinend durch die kaltblütige Gleichgültigkeit des Häuptlings zur Besinnung gebracht. Er wußte, daß dieser Mensch sich nicht ungestraft beleidigen lassen würde.
In die Stille hinein, die entstanden war, sprach jetzt Wildtödter: »Ich würde der Gerechtigkeit untreu geworden sein, wenn ich nicht so gehandelt hätte. Der Knabe kam in einem ehrlichen Auftrag, und der hinterlistigste Indianer, der in den Wäldern umherstreift, würde sich schämen, einem Boten mit solchem Auftrage etwas zuleide zu tun.«
Wildtödter wendete sich mit diesen Worten ab, während Hurry von dem Alten beim Ärmel gezogen und in die Arche geführt wurde. Dort saßen sie lange heimlich redend. Der Indianer und sein Freund berieten sich zu gleicher Zeit. Obgleich noch drei bis vier Stunden bis zum Aufgang des Sternes fehlten, wollte Chingachgook seinen Plan noch einmal erörtern. Judith saß mit Hetty zusammen und hörte die einfache Erzählung ihrer Abenteuer an.

Endlich erschien Hutter wieder auf der Plattform. Er billigte den von Wildtödter eingeleiteten Plan, das Gebäude während der Nacht zu verlassen und sich in die Arche zu begeben. Jetzt, da die Wilden ihre Aufmerksamkeit dem Bau von Flößen zugewendet hatten, konnte kein Zweifel mehr darüber herrschen, daß sie wenigstens einen Versuch machen würden, das Haus zu erobern. Der alte Mann glaubte, daß schon in der bevorstehenden Nacht wahrscheinlich ein Angriff erfolgen werde, und er forderte alle auf, sich so schnell wie möglich fertigzumachen. Darauf wurden alle nötigen Maßregeln schnell und umsichtig betrieben, die Wasserburg wurde verschlossen und gesichert, die Kanus wurden hinter den Palisaden hervorgezogen und an der Arche befestigt, die wenigen Sachen, die man im Hause gelassen hatte, wurden in die Kajüte gebracht, das Feuer ausgelöscht, und schließlich bestiegen alle die Arche.
Die Nacht war so finster, daß die Abfahrt der Arche vom Ufer aus kaum bemerkt werden konnte. Als Hutter das Fahrzeug von der Plattform abstieß, konnte er nicht bestimmt sagen, aus welcher Richtung der Wind kam. Er zog aber seine Segel auf, da es gefährlich werden konnte, länger in der Nähe des Hauses zu bleiben. Die Arche setzte sich bald in Bewegung und, wie sich herausstellte, in südlicher Richtung.
Wildtödter beobachtete aufmerksam alle Bewegungen Hutters und Hurrys. Anfangs wußte er nicht, ob die Richtung, die sie eingeschlagen hatten, dem Zufall oder einer Absicht entsprang. Noch ehe zwei Stunden vergangen waren, stand es für ihn fest, daß sich die Arche dem Indianerlager gerade gegenüber befand. Hurry, der einige Kenntnis der Algonkinsprache hatte, redete lebhaft mit dem Indianer, und das Ergebnis dieser Unterredung hörte Wildtödter von dem Häuptling.
»Mein alter Vater und mein junger Bruder, die ›Große Tanne‹«, denn so wurde March von dem Delawaren genannt, »möchten Huronenskalpe an ihren Gürteln sehn«, sagte der Indianer. »Es ist Raum für einige Skalpe an dem Gürtel Chingachgooks, und sein Volk wird nach ihnen sehn, wenn er in sein Dorf zurückkommt. Ihre Augen dürfen nicht lange in einem Nebel bleiben, sondern sie müssen sehn, was sie zu erwarten haben. Ich weiß, daß mein Bruder eine weiße Hand hat. Er wird selbst die Toten nicht berühren. Er wird auf uns warten, und wenn wir zurückkehren, wird er sein Gesicht nicht zornig von seinem Freunde abwenden. Die Große Schlange der Mohikaner muß würdig sein, mit Falkenauge auf dem Kriegspfade zu wandeln.«
»Ja, ja, Schlange, ich sehe, wie es ist, der Name soll nur bleiben, und mit der Zeit wird man mich Falkenauge statt Wildtödter nennen. Was deinen Plan betrifft, so gehört er schon zu deinen Ansichten; und ich sehe kein Unrecht darin. Wären uns nicht die blutigen Stöcke zugeworfen worden, so

zöge in dieser Nacht niemand gegen die Mingos, denn das würde unserem Charakter keine Ehre machen, aber wen es nach Blut dürstet, der kann sich nicht beklagen, wenn Blut vergossen wird.«
»Mein Bruder wird mit der Fähre hier bleiben. Wah wird bald am Ufer warten, und Chingachgook muß sich beeilen.«
Der Indianer trat jetzt zu Hutter und March, und nachdem sie das Segel niedergelassen hatten, stiegen sie alle drei in ein Kanu und verließen die Arche. Weder Hutter noch March sprachen mit Wildtödter über ihre Absichten oder über die wahrscheinliche Dauer ihrer Abwesenheit. Sobald das Kanu nicht mehr zu sehen war, traf Wildtödter Anordnungen, um die Arche möglichst in ihrer Stellung zu halten. Dann setzte er sich an das Ende und hing seinen eigenen Betrachtungen nach. Nach einer Weile setzte sich Judith zu ihm, da sie gerne mit ihm sprach.
Hutter und Hurry wurden auch diesmal bei ihrem Unternehmen von der herzlosen Gier nach Geld getrieben. Es war bekannt, daß ein großer Teil der Krieger gegenüber der Wasserburg ihr Nachtlager aufgeschlagen hatte, und sie hofften demnach, die Skalpe hilfloser Schlachtopfer zu erbeuten. Hutter besonders erwartete außer Weibern und Kindern eigentlich niemand in dem Lager. Er steuerte das Kanu, Hurry hatte mutig seinen Posten vorn gewählt, und Chingachgook stand in der Mitte. Sie näherten sich dem Ufer mit großer Vorsicht und landeten glücklich. Sie nahmen ihre Flinten in Anschlag und begannen, sich vorsichtig dem Lager zu nähern. Der Indianer ging voran, und seine beiden Gefährten folgten fast geräuschlos. Öfters knarrte ein trockener Zweig unter dem schweren Gewicht des riesenhaften Hurry oder dem unsicheren Schritt des alten Mannes, aber wäre der Indianer auf Luft gegangen, so hätte sein Gang nicht leichter sein können. Man mußte zuerst das Feuer entdecken, das der Mittelpunkt des ganzen Lagers war. Endlich erspähte Chingachgook einen Schimmer. Das Feuer erglühte in einiger Entfernung zwischen den Baumstämmen. Man sah keine Flamme, sondern nur einen einzelnen glühenden Holzkloben, wie gewöhnlich in dieser Stunde, da die Wilden nach Sonnenuntergang schlafen gehen.
Sobald sie dieses Ziel entdeckt hatten, gingen sie schneller und sicherer. Nach wenigen Minuten waren sie nicht mehr weit von dem Feuer entfernt. Sie blieben jetzt stehen, um genau zu beobachten und sich zu besprechen. Es war so dunkel, daß sie fast nichts unterscheiden konnten als den glühenden Holzkloben, die Stämme der nächsten Bäume und die Blättergewölbe, die den bewölkten Himmel verbargen. Sie überzeugten sich bald, daß eine Hütte in der Nähe sei, und Chingachgook unternahm es, sie zu untersuchen. Die Art, wie er sich dem Feinde näherte, glich dem verstohlenen Schleichen einer Katze. Als er näher kam, kroch er auf Händen und Knien. Bevor er sich mit

seinem Kopf hineinwagte, horchte er lange auf das Atmen der Schlafenden. Kein Laut war hörbar, und er blickte schließlich hinein. Es war aber erfolglos, denn, nachdem der Indianer vorsichtig mit einer Hand umhergetastet hatte, fand er die Hütte leer. Er untersuchte noch andere, und da er in ihnen ebenfalls nichts fand, kehrte er zu seinen Gefährten zurück und benachrichtigte sie, daß die Huronen ihr Lager verlassen hätten. Das bestätigte sich schließlich, und es blieb ihnen nichts anderes übrig, als zum Kanu mehr oder weniger verärgert zurückzukehren.

Wildtödter, der mit den beiden Mädchen in der Arche zurückgeblieben war, lauschte angespannt in die dunkle Nacht. Er sprach nur leise mit Judith, die neben ihm saß und in ihrem aufrichtigen Gefühl dem Jäger gegenüber eine seiner Hände im Schoß hielt. – Es mochte eine Stunde vergangen sein, als Wildtödter plötzlich den Schlag eines Ruders hörte. Er hatte merkwürdigerweise das Gefühl, daß die Skalpjäger unverrichteterdinge zurückkehren würden. Er hatte das Segel herabgelassen, so daß die Arche nicht weit abgetrieben war, und nach einigen Minuten hörte er Chingachgook in leisem, ruhigem Tone Hutter Anweisungen geben, wie er steuern müsse, um das Fahrzeug zu erreichen. Bald darauf stieß das Kanu an die Fähre, und die drei kamen herein. Weder Hutter noch Hurry sprachen von dem, was vorgefallen war.

Als aber der Delaware an seinem Freunde vorüberkam, murmelte er nur die Worte: »Das Feuer ist aus!«

Wildtödter verstand.

Es erhob sich jetzt die Frage, welche Fahrtrichtung sie wählen sollten. Hutter entschied, daß es das beste sein würde, mit der Arche überhaupt in Fahrt zu bleiben, da sie dadurch wahrscheinlich jeden Versuch eines Überfalls vereiteln könnten. Dann legte er sich mit Hurry schlafen, denn die beiden hatten nach den Ereignissen dringend Ruhe nötig. Da noch ein leichter Wind wehte, konnte man segeln, nur durfte die Arche nicht gegen das Ufer treiben. Hutter und Hurry halfen noch das Segel setzen, dann warfen sie sich auf zwei Decken und überließen es Wildtödter und seinem Freunde, das Fahrzeug zu steuern. Judith und Hetty blieben ebenfalls auf.

Einige Zeit lang trieb die Fähre mehr, als sie segelte, längs dem westlichen Ufer. Das Fahrzeug bewegte sich langsam, aber die beiden jungen Männer stellten fest, daß sie auf jene Landspitze, die sie erreichen wollten, stoßen würden, und zwar noch zur rechten Zeit. Es wurde wenig gesprochen. Der Indianer war scheinbar ruhig, aber als eine Minute nach der anderen verging, wurde er doch aufgeregter. Wildtödter hielt das Fahrzeug meist in den Buchten, soweit es ratsam war. Sie blieben so im Schatten der Wälder und konnten vielleicht Zeichen eines Lagers entdecken.

Sie waren noch etwa eine Viertelstunde von ihrem Ziel entfernt, als Chingachgook zu seinem Freunde trat und auf eine Stelle am Ufer deutete. Ein kleines Feuer glimmte dort im Gebüsch an der südlichen Seite der Landzunge. Ohne Zweifel hatten die Indianer plötzlich ihr Lager auf dieselbe Landzunge verlegt, die von Wah für das Treffen mit ihrem Verlobten bestimmt war.

Fünfzehntes Kapitel

Die Arche bewegte sich langsam weiter, und es konnte noch eine Viertelstunde vergehen, bis sie die Landspitze erreichte. Die Indianer hatten ihr Lagerfeuer nahe dem südlichen Ufer der Landzunge angelegt, so daß es schwer wurde, das Fahrzeug auf dem See durch das Ufergebüsch in Deckung zu halten. Wildtödter veränderte oft die Richtung der Fähre und hoffte damit, seinen Zweck zu erreichen.

»Es scheint so«, sagte er, während er vorsichtig steuerte, »daß die Mingos glauben, wir wären noch in der Wasserburg. Es ist ein Glück, daß Harry March und Tom Hutter schlafen, sonst würden sie wieder auf Abenteuer nach Skalpen ausgehen. – Siehst du, das Feuer wird jetzt durch die Büsche hier verdeckt.«

Wildtödter gab das verabredete Zeichen, und Chingachgook warf den Anker aus und ließ das Segel nieder. Die Stellung, in der die Arche sich jetzt befand, hatte Vorteile und Nachteile. Das Ufer lag nun fast zu nah. Es war aber anzunehmen, daß kein Floß in der Nähe sei, und wenn auch die Bäume in der Dunkelheit sich fast über die Fähre zu neigen schienen, so würde es doch schwer sein, ohne ein Boot heranzukommen. Die dunkeln Schatten des Waldes verbargen sie gut, und es war kaum eine Entdeckung zu befürchten, solange sie sich hüteten, ein Geräusch zu machen.

»Jetzt ist es Zeit, daß der Delaware und ich das Kanu nehmen«, sagte Wildtödter schließlich. »Der Stern ist zwar noch nicht aufgegangen, aber die Zeit ist bald da, wenn wir ihn auch wegen der Wolken nicht werden sehen können. Ich wette aber, daß Wah-ta-Wah weder zwei Minuten zu spät kommt, noch uns nicht genau an der verabredeten Stelle erwartet, es sei denn, die Mingos hätten Verdacht geschöpft und wollten sie als Locktaube benutzen, um uns zu fangen.«

»Wildtödter«, unterbrach ihn das Mädchen ernst, »das ist ein gefährliches Unternehmen. Weshalb müssen zwei ihr Leben und ihre Freiheit aufs Spiel setzen?«

»Du vergißt, Judith«, antwortete Wildtödter, »daß uns beide dieser Zweck an den See geführt hat. Es wäre nicht gut, das so schnell zu vergessen. Der Delaware kann allerdings selbst ein Kanu rudern und kann Wah selbst her= bringen, und doch ist es gut, einen zuverlässigen Freund bei sich zu haben. Nein, Judith, du würdest in einem solchen Augenblick auch nicht einen Freund verlassen!«

»Ich fürchte, du hast recht, Wildtödter. Versprich mir aber, dich nicht unter die Wilden zu wagen.«

Wildtödter lachte auf seine eigene, geräuschlose Art, ohne zu antworten. Dann gab er Chingachgook ein Zeichen, ihm zu folgen. Als der junge Mann in das Kanu trat, stand das Mädchen unbeweglich in der Arche und blickte dem Boot wortlos nach.

Chingachgook und sein Freund begannen ihr gefährliches Unternehmen mit einer Kaltblütigkeit, die erfahrenen Männern Ehre gemacht haben würde. Der Indianer saß in der Spitze des Kanus, während Wildtödter am Ende ru= derte. So konnte der junge Häuptling als erster das Land betreten und sei= ner Geliebten begegnen. — Bis jetzt hatte Chingachgook noch nie auf einen Menschen geschossen, und die erste kriegerische Tat Wildtödters lag noch nicht lange zurück. Der Indianer hatte zwar einige Stunden lang bei seiner ersten Ankunft das Lager der Feinde beschlichen, aber ohne irgendeinen Er= folg. Statt in gerader Linie auf die Landspitze zuzusteuern, die von der Arche nicht viel mehr als tausend Schritte entfernt sein konnte, führte Wildtödter das Kanu schräg zur Mitte des Sees, um eine Stelle zu finden, von der aus sie, wenn sie sich dem Ufer näherten, die Feinde gerade vor sich haben wür= den. Die Dunkelheit nahm immer mehr zu, man konnte gerade noch die Umrisse der Berge unterscheiden. Der Delaware wendete vergebens seinen Kopf nach Westen, um den Stern zu sehen, denn Wolken bedeckten fast den ganzen Himmel. Die Landspitze lag tausend Fuß entfernt vor ihnen, von der Wasserburg war nichts zu sehen. Von der Arche her hörten sie kein Ge= räusch, sie lag jetzt auch fast zwei Stunden entfernt von ihnen.

Die beiden Männer besprachen sich mit leiser Stimme. Wildtödter glaubte, es fehlten noch einige Minuten bis zum Aufgang des Sternes. Der Häupt= ling aber war schon ungeduldig, und sie steuerten der Landzunge zu. Die äußerste Vorsicht war jetzt bei der Bewegung des Kanus nötig. Die Ruder wurden ebenso geräuschlos gehoben wie eingetaucht, und ungefähr hun= dertfünfzig Schritte vom Ufer entfernt zog Chingachgook sein Ruder ganz ein und griff zur Flinte. Als sie noch weiter in den Schatten der Wälder glitten, bemerkten sie, daß sie zu weit nach Norden gesteuert waren. Sie änderten die Richtung, und die Bewegungen des Kanus wurden immer vor= sichtiger, bis es schließlich auf den Kies des Ufers stieß, an derselben Stelle, wo Hetty gelandet war.

Chingachgook sprang an das Land und untersuchte vorsichtig das Ufer auf einige Entfernung. Er mußte öfters bis an die Knie im See waten, aber Wah-ta-Wah war nicht zu finden. Als er zurückkehrte, fand er seinen Freund ebenfalls am Ufer. Sie besprachen sich flüsternd; der Indianer fürchtete, sie hätten den Ort der Zusammenkunft verfehlt. Wildtödter glaubte, daß sie zu früh gekommen seien. Während er noch sprach, ergriff er den Arm des Delawaren und zeigte nach den Spitzen der östlichen Berge. Die Wolken hatten sich dort etwas geöffnet, und der Abendstern funkelte zwischen den Zweigen einer Tanne. Das war auf jeden Fall eine glückliche Vorbedeutung, und die jungen Männer lehnten sich auf ihre Flinten und lauschten auf den Ton sich nähernder Schritte. Sie hörten oft Stimmen, unterdrücktes Geschrei von Kindern und das leise Lachen indianischer Weiber. Die beiden vermuteten, daß sie dem Lager sehr nahe wären. Man konnte leicht bemerken, daß im Walde ein Feuer sei, weil einige hohe Zweige der Bäume beleuchtet waren. Einige Male schien es ihnen, als ob sich jemand von dem Feuer her nähere, aber sie mußten sich entweder getäuscht haben, oder derjenige war zurückgekehrt, ohne bis an das Ufer zu kommen. Als sie eine Viertelstunde gewartet hatten, schlug Wildtödter vor, im Kanu weiterzurudern, bis sie das Lager sehen könnten. Chingachgook weigerte sich aber, die Stelle zu verlassen. Wildtödter fand die Besorgnis seines Freundes gerechtfertigt und erbot sich, längs der Landspitze umherzurudern, während der andere sich in den Büschen verborgen halten sollte. Mit dieser Verabredung trennten sie sich.

Sobald Wildtödter wieder im Kanu war, verließ er das Ufer langsam, vorsichtig und geräuschlos. Er entfernte sich nicht weit vom Lande, da die Büsche ihn hinreichend deckten. Wildtödter war fast mit dem Lager und der Arche in einer Linie, bevor er etwas von dem Feuer erblicken konnte. Das geschah dann plötzlich und etwas unerwartet, und er befürchtete anfangs, daß er sich zu unvorsichtig in den Lichtstreifen, den die Flammen auf das Wasser warfen, gewagt haben könnte. Aber er bemerkte sofort, daß er ziemlich sicher vor Entdeckung sei, solange die Indianer selbst, wie jetzt, um das Feuer saßen.

Von dem Kanu aus konnte man das Lager deutlich übersehen. Die Indianer hatten ein großes Feuer angezündet, um ihre Abendmahlzeit zu bereiten, und gerade in diesem Augenblick flammte es hell auf. Das Laubgewölbe des Waldes wurde beleuchtet, und der ganze Umkreis, den das Lager einnahm, zeigte sich in hellem Licht. Wildtödter sah auf einen Blick, daß viele der Krieger abwesend waren. Er bemerkte jedoch seinen Bekannten Rivenoak im Vordergrund. Das ernste, wilde Gesicht des Häuptlings war von den Flammen beleuchtet, während er einem andern Indianer einen der Elefanten zeigte. Ein Knabe blickte neugierig über seine Schulter. Mehr im Hintergrunde lagen acht bis zehn Krieger auf der Erde oder lehnten sich mit dem

Rücken gegen die Bäume. Sie hatten alle ihre Waffen in der Nähe. Doch die Gruppe, die am meisten die Aufmerksamkeit Wildtödters erregte, war die der Weiber und Kinder. Sie lachten und schwatzten in ihrer verstohlenen und heimlichen Art. Eine Alte aber saß mit wachsamem, mürrischem Blick da, aus dem der Jäger gleich entnahm, daß sie von einem der Häuptlinge irgendeinen unangenehmen Auftrag erhalten haben müsse. Er sah sich eifrig und besorgt nach Wah um. Sie war nirgends zu sehen. Einige Male glaubte er, ihre Stimme zu erkennen, aber seine Ohren waren durch die sanften Töne, die den Indianerinnen so eigentümlich sind, getäuscht worden. Endlich sprach die alte Frau laut und zornig, und bald bemerkte er auch einige dunkle Gestalten im Hintergrund der Bäume. Zuerst zeigte sich ein junger Krieger, dann folgten zwei Mädchen, von denen Wildtödter die eine als die Verlobte des Delawaren erkannte. Der Jäger begriff jetzt alles. Wah wurde bewacht, vielleicht von ihrem jungen Gefährten, gewiß von der alten Frau. Der junge Mann bewarb sich wahrscheinlich um sie. Es war dem Mädchen offensichtlich nicht möglich gewesen, sich zu entfernen, um zur bestimmten Zeit an dem verabredeten Ort zu erscheinen. Wildtödter bemerkte ihre Unruhe daran, daß sie einigemal nach den Zweigen der Bäume hinaufblickte, als wolle sie nach dem Stern sehen. Nachdem die beiden Mädchen mit scheinbarer Gleichgültigkeit noch etwas im Lager umhergegangen waren, verließen sie ihre Begleiter und setzten sich zu den anderen Frauen.

Wildtödter ging jetzt mit sich zu Rate. Er war überzeugt, daß Chingachgook sich nicht werde überreden lassen, zur Arche zurückzukehren, ohne vorher irgendeinen verzweifelten Versuch zur Befreiung seiner Geliebten zu wagen. Er glaubte an einigen Zeichen zu bemerken, daß die Indianerinnen beabsichtigten, sich zur Ruhe zu begeben, und er beschloß, zu seinem Freunde zurückzukehren. Zehn oder fünfzehn Minuten, nachdem er das Ufer verlassen hatte, legte er mit dem Kanu an der gleichen Stelle an.

Wildtödter fand den Indianer noch auf seinem Posten. Der Jäger machte seinen Freund mit der Lage der Dinge im Lager bekannt. Der Umstand, daß Wah von einer alten Frau bewacht wurde, verriet, daß die Indianer besonders vorsichtig geworden waren.

Die jungen Männer zogen jetzt kurz entschlossen das Kanu so ans Land, daß Wah-ta-Wah es sehen mußte, wenn sie vor ihrer Rückkehr hierherkommen sollte, dann setzten sie ihre Flinten instand, weil sie in den Wald eindringen wollten. — Die Landzunge hatte ungefähr in der Mitte eine mäßige Erhebung und wurde so in eine nördliche und eine südliche Hälfte geteilt. Nach Süden hin hatten die Huronen ihr Feuer angelegt, um es vor ihren Feinden zu verbergen, da sie diese noch in der Wasserburg vermuteten, die in nördlicher Richtung lag. Auch ergoß sich ein Bach an der süd=

lichen Seite der Landzunge in den See, der ziemlich nah nach Westen zu am Lager vorbeifloß.
Die kleine Erhöhung hinter dem indianischen Lager begünstigte die unbemerkte Annäherung der beiden Abenteurer. Wildtödter drang nicht unmittelbar neben dem Kanu in das Ufergebüsch, sondern er folgte der Bucht nördlich, bis er fast an der gegenüberliegenden Seite der Landzunge war, wo er ganz im Schutz der Anhöhe war. Sobald die beiden Freunde aus den Büschen traten, blieben sie stehen. Das Feuer warf sein Licht aufwärts in die Wipfel der Bäume. Die beiden jungen Männer gingen vorsichtig der Anhöhe zu, und zwar Wildtödter vor dem Delawaren, damit sich dieser nicht in seiner Aufregung zu einer Unvorsichtigkeit verleiten lasse. Sie hatten bald den Abhang erreicht, und jetzt begann der gefährlichste Teil des Unternehmens. Der Jäger bewegte sich mit außerordentlicher Vorsicht und nahm seine Flinte in den Arm, damit der Lauf nicht etwa sichtbar werde und er trotzdem die Waffe für den Fall der Not sofort bereit habe. So schlich er langsam vor, bis er hoch genug war, um über die Anhöhe sehen zu können, und zwar so, daß nur sein Kopf im Licht war. Chingachgook war jetzt an seiner Seite, und beide blieben stehen, um das Lager genau zu beobachten. Um sich jedoch den Rücken im Falle eines Angriffs von hinten zu sichern, lehnten sie sich gegen den Stamm einer Eiche.
Das Feuer flammte noch hell, und herum saßen auf Baumstämmen dreizehn Krieger. Sie sprachen sehr lebhaft, während die Figur des Elefanten von Hand zu Hand ging. Die Indianerinnen waren fast noch ebenso versammelt, wie sie Wildtödter vom See aus gesehen hatte. Die Entfernung von der Eiche bis zu den Kriegern betrug ungefähr vierzig Schritte, die Frauen dagegen waren etwa nur halb so weit entfernt. Die äußerste Vorsicht wurde notwendig. Obgleich die Indianerinnen sich in ihren leisen, sanften Tönen unterhielten, so war es doch in der tiefen Stille des Waldes möglich, einzelnes von ihrem Gespräch zu verstehen, und das muntere Lachen der Mädchen hätte vielleicht dann und wann selbst bis zum Kanu dringen können.
Wildtödter fühlte das Zittern seines Freundes. Er legte mahnend eine Hand auf die Schulter des Indianers, und sie hörten beide gespannt den Reden zu, von denen sie einiges verstanden. Der Häuptling erkannte die Stimme Wah-ta-Wahs. Er veranlaßte plötzlich seinen Freund, sich niederzubeugen, so daß sie ganz im Schatten waren, und dann machte er ein Geräusch, das so genau dem zirpenden Geschrei der kleinsten Art des amerikanischen Eichhörnchens ähnlich war, daß selbst Wildtödter glaubte, das Geschrei rühre wirklich von einem der kleinen Tiere her. Der Ton ist in den Wäldern so bekannt, daß ihn niemand unter den Huronen beachtete. Wah jedoch hörte plötzlich auf zu sprechen und saß bewegungslos da. Doch behielt sie Selbst=

beherrschung genug, um sich nicht umzusehen. Das Zeichen, mit dem ihr Geliebter sie so oft vom Wigwam zu der geheimen Zusammenkunft berufen hatte, war von ihr gehört worden.
Chingachgook war überzeugt, daß seine Gegenwart bekannt sei. Dadurch hatte er schon viel erreicht. Er zweifelte jetzt nicht, daß Wah sich bemühen werde, ihm bei dem Versuche, sie zu befreien, behilflich zu sein. Wildtödter erhob sich, sobald das Zeichen gegeben war. Er bemerkte die Veränderung im Benehmen des Mädchens. Sie beteiligte sich nur noch oberflächlich an dem Gespräch. Nach längerer Zeit erst wagte sie, ihr Gesicht der Richtung zuzuwenden, von wo der Laut des Eichhörnchens gekommen war. Ihre Bewegungen waren natürlich, aber vorsichtig. Sie dehnte die Arme und gähnte, als ob sie sehr schläfrig sei.
Das Geschrei des Eichhörnchens war jetzt wieder zu hören, und das Mädchen wußte, wo ihr Geliebter sich befand. Es wurde Zeit für sie, zu handeln. Sie schlief in einer kleinen Hütte aus Laub, die ganz in ihrer Nähe war. Ihre Begleiterin war die alte Frau. War sie einmal in der Hütte, vor deren Eingang sich die Alte, die gewöhnlich nachts nur wenig schlief, zu legen pflegte, so war ihre Flucht fast vereitelt. Glücklicherweise rief gerade jetzt ein Krieger die Alte bei Namen und wollte Wasser zum Trinken haben. Es gab eine Quelle an der nördlichen Seite der Landzunge, und die Alte nahm sofort eine Kürbisflasche, rief Wah und ging auf die Anhöhe zu.
Die beiden Männer sahen und begriffen alles und traten in das Dunkel zurück. Wah wurde von der Alten fest an der Hand gehalten, und als sie an dem Baum vorbeikamen, hinter dem Chingachgook und sein Freund standen, griff der Indianer nach seinem Tomahawk, um der Frau den Schädel einzuschlagen. Wildtödter sah jedoch die gefährlichen Folgen, denn ein einziger Schrei konnte alle Krieger herbeiziehen. Er verhinderte daher den Hieb. Als die beiden vorüber waren, wurde das Geschrei des Eichhörnchens wiederholt. Die Alte blieb stehen und sah auf den Baum. Sie war in dem Augenblick nur sechs Fuß von ihren Feinden entfernt. Sie sprach erstaunt davon, daß ein Eichhörnchen so spät in der Nacht noch in Bewegung sei, und fügte hinzu, daß es nichts Gutes bedeute. Dann gingen die beiden Frauen weiter zur Quelle, während die jungen Männer verstohlen dicht hinter ihnen folgten. Die Kürbisflasche wurde gefüllt, und die alte Frau wollte schon zurückkehren, als sie plötzlich so heftig an der Kehle gepackt wurde, daß sie ihre Gefangene losließ und nur einen gurgelnden Laut hervorbringen konnte.
Chingachgook ergriff die Hand seiner Geliebten und lief mit ihr durch die Büsche auf die nördliche Seite der Landzunge. Hier liefen sie längs dem Ufer weiter zum Kanu.
Wildtödter hielt die Alte an der Kehle fest und ließ sie nur dann und wann

Atem holen. Aber es gelang ihr doch, einige Male zu schreien und ihre Leute im Lager aufmerksam zu machen. Man hörte deutlich einige Krieger näher kommen, und im nächsten Augenblick erschienen drei oder vier oben auf der Anhöhe, die sich gegen den Hintergrund des Lichtes wie die dunkeln Figuren eines Schattenspiels ausnahmen. Es war jetzt hohe Zeit für den Jäger, sich zurückzuziehen. Er stieß seine Gefangene heftig zu Boden und verschwand schnell im dichten Unterholz.

Sechzehntes Kapitel

Trotz der dringenden Gefahr — die Wilden schienen über die ganze Landzunge auszuschwärmen — zögerte Wildtödter einen Augenblick, bevor er in das Ufergebüsch drang. Vier dunkle Gestalten standen vor dem hellen Glanz des Feuers auf der Anhöhe. Die Indianer waren stehengeblieben, um sich nach der schreienden Alten umzusehen. Der Jäger hätte leicht einen von ihnen treffen können. Obgleich er die Flinte schon auf den vordersten angelegt hatte, schoß er doch nicht, sondern verschwand im Dickicht. Einen Augenblick später erreichte er das Ufer und fand gleich darauf Chingachgook, der mit Wah schon im Kanu stand. Wildtödter reichte schnell seine Flinte hinüber und beugte sich vor, um das Boot vom Ufer zu stoßen. Fast im gleichen Augenblick aber sprang ein riesenhafter Indianer aus den Büschen wie ein Panther auf seinen Rücken. Alles hing jetzt an einem Haar, ein einziger falscher Schritt hätte alles vereitelt. Wildtödter sammelte seine ganzen Kräfte zu einer verzweifelten Anstrengung, stieß das Kanu plötzlich weit in den See und fiel selbst mit dem Gesicht nach vorn ins Wasser. Sein Gegner mußte ihm natürlich folgen.
Obgleich das Wasser einige Schritte weiter sehr tief war, reichte es doch so dicht am Ufer den Kämpfenden nur bis an die Brust. Wildtödters Hände waren frei, und der Wilde sah sich genötigt, ihn loszulassen, um sein eigenes Gesicht über Wasser zu halten. Eine halbe Minute lang fand ein verzweifelter Kampf statt, wie wenn ein Alligator eine sich kräftig verteidigende Beute gefaßt hat, dann standen sie beide aufrecht und hielten einander die Arme fest. Gleich darauf sprangen ein halbes Dutzend Indianer in das Wasser, um ihrem Freunde beizustehen, und Wildtödter fügte sich in seine Gefangenschaft.
Der Gefangene wurde schnell zum Lagerfeuer geführt. Seine Feinde waren alle so beschäftigt, daß sie das Kanu gar nicht bemerkten, obgleich es dem Ufer noch nahe genug war. Wildtödters Gegner fand erst nach einiger Zeit seinen Atem und sein Gedächtnis wieder, denn er war fast bis zum Erstik=

ken von dem Jäger gewürgt worden. Dann erzählte er, wie das Mädchen entflohen sei. Es war jetzt zu spät, die Flüchtlinge noch zu verfolgen, denn der Delaware hatte, sobald sein Freund im Gebüsch verschwand, sich schnell mit dem leichten Kanu entfernt und glitt geräuschlos nach der Mitte des Sees zu, bis es außer Schußweite war, und dann erst steuerte er auf die Arche zu. Als Wildtödter am Feuer ankam, fand er sich von nicht weniger als acht Wilden, unter denen auch sein alter Bekannter Rivenoak war, umgeben. Sobald der Häuptling dem Gefangenen ins Gesicht gesehen hatte, sprach er schnell mit seinen Gefährten, die einen leisen Ausruf des Vergnügens ausstießen. Sie wußten jetzt, daß der Besieger ihres Freundes, der am gegenüberliegenden Ufer des Sees getötet worden war, in ihren Händen war, ihrer Gnade oder Rache unterworfen. In den wilden Blicken, die sie auf den Gefangenen warfen, sprach sich zugleich eine Bewunderung aus, die ebensosehr seiner gegenwärtigen Kaltblütigkeit als auch seinen früheren Taten galt.

Die Arme Wildtödters waren nicht gefesselt. Man ließ ihm den freien Gebrauch seiner Hände, nachdem man sein Messer genommen hatte. Die einzige Vorsichtsmaßregel war eine unermüdliche Wachsamkeit und ein starkes Seil aus Baumrinden, das von einem Knöchel des Fußes zum andern ging. Es hinderte ihn nicht am Gehen, aber er konnte nicht an Flucht denken. Diese Vorsichtsmaßregel wurde erst angewendet, als man den Gefangenen an das Licht gebracht und erkannt hatte. Es war wie eine Anerken=

nung seiner Kühnheit, und er fühlte einigen Stolz über diese Auszeichnung. Er hatte vermutet, daß er gebunden werden würde, wenn die Krieger schliefen, aber im Augenblick der Gefangenschaft gebunden zu werden, bewies, daß er bereits einen guten Ruf hatte. Die Irokesen, die nichts von den Bewegungen der Arche wußten, schrieben die Auffindung ihres neuen Lagers der Wachsamkeit dieses schlauen Feindes zu. Die Art, wie er sich auf die Landzunge gewagt hatte, die Entführung und Flucht und vor allem die Selbstaufopferung des Gefangenen und die Schnelligkeit, mit der er das Kanu vom Ufer stieß: das alles begründete seinen wachsenden Ruhm. Man gestattete ihm, sich auf das Ende eines Baumstammes an das Feuer zu setzen, um seine Kleider zu trocknen, während der Krieger, der noch vor kurzem sein Gegner gewesen war, ihm gegenüberstand und bald einige seiner ärmlichen Kleidungsstücke an die Glut hielt, bald nach seiner Kehle fühlte. Die anderen Krieger berieten sich in der Nähe. Nach einer Weile trat die alte Frau, die ›Bärin‹ genannt wurde, mit geballten Fäusten und funkelnden Augen auf Wildtödter zu. Bisher hatte sie geschrien, ausdauernd und erfolgreich. Da es ihr gelungen war, wirklich alle im Lager in Aufregung zu bringen, wendete sie jetzt ihre Aufmerksamkeit dem Gefangenen zu.

»Auswurf der weißen Männer«, schrie sie wütend und hielt ihre Faust unter die Nase des kaltblütigen Jägers. »Du bist nicht einmal ein Weib! Deine Freunde, die Delawaren, sind Weiber, und du bist nur ihr Schaf. Deine eigenen Landsleute wollen dich nicht anerkennen, und noch weniger will es irgendein Stamm der roten Männer. Du willst unseren tapferen Freund erschlagen haben, der uns verlassen hat? Nein, sein großer Geist verschmähte es, mit dir zu kämpfen, und ließ lieber seinen Körper zurück, als daß er sich die Schande antun wollte, dich zu töten. Aber das Blut, das du vergossen hast, als der Geist nicht dabei war, ist nicht in die Erde versunken. Du wirst während deines Todesröchelns daran erinnert werden! Welche Musik höre ich? Dies sind nicht die Wehklagen eines roten Mannes, kein roter Krieger grunzt wie ein Schwein. Sie kommen aus der Kehle eines Weißen, aus der Brust eines Engländers, und sie klingen so angenehm, als wenn Mädchen sängen: ›Hund, Stinktier, Marder, Igel, Schwein, Ferkel, Kröte, Spinne, Engländer‹ – «

Als die Alte ihren Atem und ihre Schimpfwörter erschöpft hatte, hielt sie einen Augenblick inne und schüttelte nur beide Fäuste vor dem Gesicht des Gefangenen. Wildtödter blieb ganz gleichgültig bei diesen ohnmächtigen Versuchen, ihn zu beschimpfen. Er wußte, daß die Zunge eines alten Weibes nie einen Krieger verletzen kann. Er wurde aber vor weiteren Geifereien durch das Dazwischentreten Rivenoaks bewahrt, der die Alte beiseite schob. Er forderte sie auf, sich zu entfernen, und setzte sich neben seinen Gefange=

nen. Die Alte zog sich zurück, aber der Jäger wußte wohl, daß sie, solange er in der Gewalt seiner Feinde blieb, alles mögliche tun würde, um ihn zu kränken und zu beleidigen. Nach einer kleinen Pause begann Rivenoak ein Gespräch.

»Mein Freund ist sehr willkommen«, sagte er mit einem vertraulichen Kopf=nicken und einem verstohlenen Lächeln, »er ist willkommen. Die Huronen unterhalten ein lebhaftes Feuer, um die Kleider des weißen Mannes daran zu trocknen.«

»Ich danke dir, Hurone oder Mingo, wie ich euch am liebsten nenne«, er=widerte der Jäger, »ich danke für dein Willkommen, und ich danke dir für das Feuer. Beides ist gut in seiner Art, und das letztere ist besonders wohl=tuend, wenn man aus dem kalten Wasser kommt.«

»Der weiße Mann — aber mein Bruder hat doch einen Namen? Ein so gro=ßer Krieger wird doch gewiß einen Namen haben«, sagte der Indianer nach einer Pause.

»Euer Krieger nannte mich Falkenauge, wegen meines schnellen und siche=ren Blicks, als er mit seinem Kopf in meinem Schoß lag, bevor sein Geist nach dem glücklichen Jagdgebiet berufen wurde.«

»Es ist ein guter Name! Der Falke ist seines Hiebes sicher. — Falkenauge ist kein Weib, weshalb lebt er bei den Delawaren?«

»Ich verstehe dich, Mingo, aber das sind alles Verleumdungen. Die Vor=sehung führte mich sehr jung unter die Delawaren, und ich hoffe, in ihrem Stamm zu leben und zu sterben. Ich will aber nicht meinen angeborenen Rechten ganz entsagen, sondern ich werde mich bemühen, die Pflichten eines weißen Mannes in der Gemeinschaft der Rothäute zu erfüllen.«

»Gut, ein Hurone ist eine Rothaut, so gut wie ein Delaware. Falkenauge hat mehr von einem Huronen als von einem Weibe.«

»Ich glaube, Mingo, daß du deine eigene Meinung verstehst, wenn nicht, so wird sie dem Satan wohl bekannt sein. Willst du etwas von mir, so sprich deutlicher, denn ein Handel kann nicht mit geschlossenen Augen oder mit gebundener Zunge abgemacht werden.«

»Gut, Falkenauge hat keine gespaltene Zunge und sagt immer gerne, was er denkt. Er ist ein Bekannter von der ›Moschusratte‹« — dies war der Name, mit dem alle Indianer Hutter bezeichneten —, »er hat in seinem Wigwam gelebt, aber er ist nicht sein Freund. Er will keine Skalpe, wie ein Indianer, sondern kämpft wie ein kühner weißer Mann. Die Moschusratte ist weder weiß noch rot, weder Vogel noch Fisch. Er ist eine Wasserschlange, biswei=len im See und bisweilen auf dem Lande. Er ist begierig nach Skalpen, wie ein von den weißen Männern Ausgestoßener. Falkenauge kann zurückkeh=ren und ihm erzählen, daß er die Huronen überlistet hat, daß er entflohen ist. Wenn dann seine Augen in einem Nebel sind, wenn er nicht so weit sehen kann wie von seinem Hause im See bis zu den Wäldern, dann kann Falkenauge die Tür für die Huronen öffnen. Und wie wird dann die Beute geteilt werden? Nun, Falkenauge wird das meiste behalten, und die Huronen werden nehmen, was er ihnen zurücklassen will. Die Skalpe können nach Kanada geschickt werden, denn ein weißer Mann hat keine Ehre von ihnen.«

»Gut, Rivenoak, das ist deutlich genug. Ich verstehe jetzt alles, was du meinst, und muß gestehen, daß es selbst die Teufeleien der Mingos überteufelt! Es wird ohne Zweifel leicht sein, zurückzukehren und der Moschusratte zu sagen, ich wäre euch entwischt.«

»Gut, das wünsche ich, möge es Falkenauge tun.«

»Ja, es ist deutlich genug. Ich verstehe, was du verlangst. Wenn ich im Hause des Alten bin und sein Brot esse und mit seinen hübschen Töchtern lache und scherze, so soll ich seine Augen in einen so dichten Nebel hüllen, daß er selbst die Türe seiner Kajüte nicht sehen kann, viel weniger das Land.«

»Gut! Falkenauge sollte als ein Hurone geboren worden sein! Sein Blut ist nicht mehr als halb weiß!«

»Da irrst du dich, Hurone. Da irrst du dich so sehr, als wenn du einen Wolf mit einer Pantherkatze verwechselst. Ich bin ein weißer Mann, meinem Herzen, meiner Natur und meinen Gaben nach. Wenn aber die Augen des alten Hutter in dichten Nebel gehüllt sind und seine hübschen Töchter vielleicht in tiefem Schlafe liegen und Hurry Harry, die Große Tanne, wie ihr Indianer ihn nennt, von seinen Abenteuern gegen die Huronen träumt, und wenn alle glauben, Falkenauge sei ein treuer Wächter, so habe ich nichts zu tun, als irgendwo eine Fackel aufzustellen, die Tür zu öffnen und die Huronen einzulassen, damit sie ihre Feinde umbringen.«

»Mein Bruder irrt sich gewiß, er kann nicht ein weißer Mann sein! Er ist würdig, ein großer Häuptling unter den Huronen zu sein.«

»Ja, das könnte wahr sein. Jetzt höre aber einige aufrichtige Worte, Hurone, aus dem Munde eines ehrlichen Mannes. Ich bin als Christ geboren und kann mich zu solcher Schlechtigkeit nie entschließen. Kriegslisten sind zu rechtfertigen, aber Täuschung und Verrat unter Freunden werden nur von den Teufeln unter den weißen Männern ausgeübt. Kein rechtschaffener weißer Mann kann tun, was du vorschlägst, und meiner Ansicht nach ein Delaware auch nicht. Mit einem Mingo kann es freilich anders sein.«

Der Hurone hörte diese Weigerung mit unverkennbarem Widerwillen an, aber er behielt seine Zwecke im Auge und war zu schlau, sein Ziel schon jetzt aufzugeben. Er erzwang ein Lächeln, schien aufmerksam zuzuhören und dachte dann über alles nach, was er gehört hatte.

»Liebt Falkenauge die Moschusratte?« fragte er plötzlich, »oder liebt er eine der Töchter?«

»Keins von beiden, Mingo. Der alte Tom ist nicht der Mann, den ich achten könnte, und die Töchter sind zwar schön genug, um jedem jungen Mann zu gefallen, aber ich liebe sie nicht. Hetty ist ein gutes Mädchen, doch die Natur hat eine schwere Hand auf ihren Geist gelegt!«

»Und die Wilde Rose?« fragte der Hurone, denn der Ruf von Judiths Schönheit hatte sich nicht nur unter den weißen Grenzbewohnern, sondern auch unter den Indianern verbreitet. »Ist sie nicht schön genug, um an die Brust meines Bruders gesteckt zu werden?«

Wildtödter schwieg auf diese Frage, und der Hurone verstand den Beweggrund nicht richtig.

»Falkenauge spricht mit einem Freunde«, fuhr er fort. »Er weiß, daß Rivenoak ein Mann ist, der sein Wort hält, denn sie haben zusammen einen Handel abgeschlossen, und der Handel öffnet die Herzen. Mein Freund ist wegen einer kleinen Schnur hierhergekommen, die ein Mädchen hält, das damit den kräftigsten Krieger leiten kann.«

»Du bist jetzt der Wahrheit näher, Hurone, als vorhin. Es ist wahr, aber das eine Ende dieser Schnur war nicht an meinem Herzen befestigt, noch hielt die Wilde Rose das andere Ende.«

»Das ist wunderbar! Liebt mein Bruder im Kopfe nur und nicht in seinem Herzen? Und kann die Schwachsinnige einen so kräftigen Krieger an sich ziehen?«

»Da haben wir's wieder, zum Teil wahr und zum Teil unwahr! Die Schnur, die du meinst, ist an dem Herzen eines großen Delawaren befestigt, eigentlich eines Mohikaners, der aber jetzt unter den Delawaren lebt. Er heißt Chingachgook und wurde durch die Schnur hierhergezogen, und ich bin ihm gefolgt, oder ich kam vielmehr schon früher an, durch nichts Stärkeres gezogen als durch die Freundschaft.«

»Aber eine Schnur hat zwei Enden, das eine ist im Herzen des Mohikaners befestigt, und das andere —?«

»Nun, das andere war noch vor einer halben Stunde hier dicht am Feuer. Wah-ta-Wah hielt es in ihrer Hand, wenn es nicht etwa auch in ihrem Herzen befestigt war!«

»Ich verstehe, was du meinst, mein Bruder«, erwiderte der Indianer in ernstem Tone, als er so zum erstenmal Aufschluß über die Ereignisse des Abends erhielt: »Da die Große Schlange am stärksten ist, so zog sie auch am stärksten, und Wah war gezwungen, uns zu verlassen.«

»Ich glaube nicht, daß sie dazu gezwungen werden mußte«, antwortete Wildtödter, indem er auf seine geräuschlose Art so herzlich lachte, als sei er kein Gefangener und als ständen ihm nicht vielleicht Martern und der Tod bevor, »nein, ich glaube nicht, daß es nötig war, sie zur Flucht zu zwingen. Er liebt das Mädchen, und das Mädchen liebt ihn, und es konnte selbst den Huronen nicht gelingen, zwei junge Leute voneinander fernzuhalten, die ein so starkes Gefühl zueinander hinzog.«

»Durch welches Zeichen wurde dem jungen Mädchen bedeutet, daß ihr Geliebter in der Nähe sei?« fragte jetzt der alte Hurone mit mehr Neugierde, als er sonst zeigte.

Wildtödter lachte lautlos und schien sich des gelungenen Streiches herzlich zu freuen.

»Ja – aber eure Eichhörnchen, Mingo«, sagte er, »laufen sehr viel umher. Wenn anderer Leute Eichhörnchen zu Hause sind und schlafen, dann springen die eurigen noch von einem Baume auf den andern und zirpen und schreien so laut, daß selbst ein Delawarenmädchen ihre Sprache verstehen kann. Gut, es gibt vierbeinige Eichhörnchen und vielleicht auch zweibeinige.«

Der Hurone sah mürrisch aus. Er verließ bald seinen Gefangenen und trat zu den anderen Kriegern, denen er das Wesentliche von dem Gespräch mitteilte. Drei oder vier von ihnen begaben sich daraufhin auf die kleine Anhöhe und besahen den Baum, an dem die Entführer sich aufgestellt hatten, und einer von den Kriegern untersuchte selbst die Fußtapfen in der Nähe, um sich zu überzeugen, ob die Behauptung auch wahr sei. Die Erzählung des Gefangenen fand sich bestätigt, und sie kehrten alle mit noch größerer Achtung gegen ihn zum Feuer zurück. Der Bote, der vor kurzem mit Nachrichten von der anderen Abteilung der Wilden, die sich am oberen Ufer des Sees befand, angekommen war, wurde jetzt mit einer Antwort zurückgeschickt.

Der junge Indianer, den Wildtödter früher mit Wah-ta-Wah und einem anderen jungen Mädchen gesehen hatte, hielt sich schon die ganze Zeit über, von seinen Freunden entfernt, in der Nähe der jüngeren Frauen, die sich leise über die Flucht unterhielten. Eins von den Mädchen lachte über die mürrische Miene des jungen Mannes, dem die Schöne davongelaufen war. Der junge Indianer wandte sich ab und ging auf den Baumstamm zu, auf dem der Gefangene noch saß, um seine Kleider zu trocknen.

»Dies ist die Pantherkatze!« fing er an, indem er sich mit der Hand auf die nackte Brust schlug.

»Dies ist Falkenauge!« erwiderte ruhig Wildtödter, indem er sich endgültig diesen Namen gab. »Mein Auge ist scharf – kann die Pantherkatze weit springen?«

»Von hier bis zu den Dörfern der Delawaren. Falkenauge hat mein Weib

gestohlen, er muß sie zurückbringen, oder sein Skalp wird auf einer Stange hängen und in meinem Wigwam trocknen!«
»Falkenauge hat nichts gestohlen, Hurone. Er ist nicht von diebischer Herkunft, noch hat er diebische Gaben. Dein Weib, wie du Wah-ta-Wah nennst, wird nie das Weib einer Rothaut aus Kanada sein, ihr Geist ist in dem Herzen eines Delawaren, und ihr Körper hat ihn jetzt gefunden. Die Pantherkatze ist schnell, wie ich weiß, aber sie wird die Wünsche eines Weibes nicht einholen.«
»Die Schlange der Delawaren ist ein Hund, er ist eine Kröte, die sich im Wasser hält, sie scheut sich, an das Land zu kommen, weil sie einem tapferen Indianer zu begegnen fürchtet.«
»Das sind Lügen, Hurone, denn erst vor einer Stunde stand der Delaware nur fünfzig Schritt von dir entfernt und würde die Dicke und die Zähigkeit deiner Haut mit einer Flintenkugel geprüft haben, wenn ich ihm nicht Vorsicht empfohlen hätte. Du kannst mit deinen hochtrabenden Redensarten vielleicht leichtgläubige Mädchen in den Niederlassungen täuschen, aber die Ohren eines Mannes können Wahrheit von Lüge unterscheiden.«
»Wah lacht über ihn! Sie weiß, daß er lahm ist und ein ungeschickter Jäger und daß er noch nie auf dem Kriegspfade war. Sie wird einen Mann heiraten und nicht einen Narren!«
»Wie kannst du das wissen, Pantherkatze?« erwiderte Wildtödter lachend. »Sie hat sich auf den See geflüchtet, und vielleicht zieht sie eine Kröte der Katze vor. Befolge meinen Rat, Pantherkatze, und suche dir ein Weib unter den jungen Mädchen der Huronen, denn unter den Delawarinnen wirst du nie eine finden, die dir gutwillig folgt.«
Der junge Krieger griff nach seinem Tomahawk, und seine Finger umfaßten krampfhaft dessen Handgriff. In diesem Augenblick näherte sich Rivenoak und winkte dem jungen Mann, sich zu entfernen, während er sich selbst neben Wildtödter auf den Baumstamm setzte.
»Falkenauge hat recht«, begann er endlich nach längerem Schweigen, »sein Blick ist so scharf, daß er die Wahrheit in dunkler Nacht sehen kann, und unsere Augen waren verblendet. Er ist eine Eule, denn die Dunkelheit verbirgt nichts vor ihm. Er darf seinen Freunden nicht untreu werden. Er hat recht.«
»Es freut mich, daß du das einsiehst, Mingo«, erwiderte Wildtödter, »denn ein Verräter ist meiner Ansicht nach noch schlimmer als ein Feigling. Ich kümmere mich so wenig um die Moschusratte, wie ein weißer Mann sich um den anderen zu kümmern hat, aber es geht gegen meine Grundsätze, ihn zu verraten.«
»Mein weißer Bruder hat recht, er ist nicht wie viele Indianer, daß er seinen

Großen Gott und seine Farbe vergessen könnte. Die Huronen wissen, daß sie einen berühmten Krieger zum Gefangenen haben, und sie werden ihn demgemäß behandeln. Wenn er gemartert werden soll, werden seine Qualen der Art sein, daß kein gewöhnlicher Mann sie ertragen könnte, und wenn er als Freund behandelt werden soll, so wird es die Freundschaft von Häuptlingen sein.«

Als der Hurone dies aussprach, blickte er verstohlen auf das Gesicht Wildtödters. Der Jäger fühlte wohl sein Blut bei der Androhung erstarren, zeigte aber eine kaltblütige Miene, so daß der scharfe Blick seines Feindes kein Zeichen von Schwäche entdecken konnte.

»Gott hat mich in eure Hände gegeben, Hurone«, erwiderte er, »und ich weiß, daß ihr mich nach euren Gebräuchen behandeln werdet. Ich will mich nicht rühmen, wie viele Qualen ich ertragen kann, denn ich wurde noch nie geprüft, aber ich will mich bemühen, meinem Brudervolke, den Delawaren, keine Schande zu machen. Wir wurden alle mit mehr oder weniger Schwächen geboren, und ich fürchte nur, die weißen Männer unterliegen großen körperlichen Qualen, während eine Rothaut Triumphlieder singen und den Feinden ins Gesicht sich seiner Taten rühmen kann.«

»Wir werden uns davon überzeugen. Falkenauge hat ein gutes Gesicht, und er ist von fester und zäher Natur. Weshalb sollte er aber gemartert werden, da die Huronen ihn doch lieben? Er wurde nicht als Feind geboren, und der Tod eines ihrer Krieger wird nicht für immer eine Wolke zwischen ihnen lassen.«

»Desto besser, Hurone. Ich wünsche jedoch nicht, irgend etwas einem Mißverständnis zu danken. Ich bin den Delawaren befreundet ...«

Wildtödter hielt inne, denn Hetty Hutter stand plötzlich so ruhig neben dem Feuer, als ob sie zu dem Stamme gehöre.

Sobald Rivenoak das Mädchen bemerkt hatte, erkannte er sie und rief zwei bis drei von den jüngeren Kriegern, damit sie die nächste Umgebung durchstreiften. Er fürchtete einen abermaligen Angriff. Dann winkte er Hetty, näher zu treten.

»Ich hoffe, Hetty, dein Besuch ist ein Zeichen, daß Chingachgook und Wah in Sicherheit sind«, sagte Wildtödter, sobald das Mädchen bei ihm war. »Warum bist du gekommen?«

»Judith bat mich darum, Wildtödter«, antwortete Hetty, »sie ruderte mich selbst in einem Kanu an das Ufer, sobald der Delaware sie mit Wah bekannt gemacht und uns von deiner Gefangennahme berichtet hatte. Judith verlangte von mir, ich solle die Wilden überreden, noch mehr Elefanten anzunehmen und dich freizulassen, aber ich habe die Bibel mitgebracht, die wird mehr ausrichten.«

»Und dein Vater, gute Hetty, und Hurry, wußten sie etwas von deinem Auftrag?«
»Nein. Beide schliefen noch, und Judith und der Delaware hielten es für ratsam, sie nicht zu wecken. Judith wollte mir nicht Ruhe lassen, bis ich hierhergekommen wäre, um zu sehen, wie es dir geht.«
»Das ist merkwürdig. Weshalb ist sie so besorgt um mein Schicksal? Sie fürchtet wohl, Hurry würde, wenn er erwacht, dem Feinde hier wieder in die Hände laufen, um mich zu retten.«
»Judith kann Hurry nicht leiden«, erwiderte Hetty unschuldig, aber bestimmt.
Wildtödter antwortete nicht darauf. Er sah sich vorsichtig um.
»Ich merke, was diese Landstreicher mit mir beabsichtigen«, flüsterte er Hetty zu. »Rivenoak spricht dort mit den jungen Männern. Sie erhalten den Auftrag, dich zu beobachten und ausfindig zu machen, wo das Kanu dich wieder aufnehmen soll. Es tut mir leid, daß Judith dich geschickt hat, denn ich vermute, sie wird dich wieder zurückholen wollen.«
»Alles ist schon verabredet, Wildtödter«, erwiderte das Mädchen leise und vertraulich, »du kannst mir glauben, daß ich den klügsten von allen diesen Indianern überlisten werde. Ich werde zurückkehren, sobald mein Auftrag ausgeführt ist.«
»Ach, arme Hetty, ich fürchte, das ist leichter gesagt als getan. Die Indianer sind schlau genug. Es freut mich aber, daß es dem Delawaren gelang, das Mädchen zu entführen.«
Es entstand eine Pause, bis Hetty eifrig fortfuhr: »Judith sagte mir, ich möchte dich fragen, was die Huronen mit dir beginnen werden, wenn du nicht ausgetauscht werden kannst. Das war ein wichtiger Teil meines Auftrags.«
»Das glaubst du, Hetty, aber es hat nichts zu bedeuten. Wenn du zur Arche zurückkehrst, so sage ihnen, sie sollen wachsam sein und fortwährend mit dem Fahrzeug in Bewegung bleiben, besonders in der Nacht. Es kann nicht mehr viel Zeit vergehen, bis die Truppen am Fluß von den Ereignissen hier unterrichtet sind, und dann haben wir Hilfe zu erwarten. Es ist nur ein Tagesmarsch von hier bis zur nächsten Garnison. Das ist mein Rat, und du kannst auch deinem Vater und Hurry sagen, sie sollen nicht auf Skalpe ausgehen, denn die Mingos wären wachsam und vorsichtig.«
»Was soll ich Judith von dir sagen, Wildtödter? Ich weiß, daß sie mich wieder zurückschicken wird, wenn ich ihr nicht die Wahrheit von dir sagen kann.«
»Dann sage ihr die Wahrheit. Ich sehe nicht ein, weshalb Judith Hutter nicht ebensogut die Wahrheit von mir hören sollte wie eine Lüge. Ich bin

ein Gefangener in den Händen der Indianer, und nur die Vorsehung weiß, welche Folgen das haben wird. Höre, Hetty, ich bin in ihren Händen, und sie versuchen schon durch Drohungen, mich zu verleiten, daß ich deinen Vater und alle in der Arche verraten soll. Doch sage deinem Vater und Hurry, daß es ihnen nicht gelingen wird. Chingachgook weiß das ohnedies.«

»Was soll ich aber Judith sagen? Sie wird mich gewiß wieder zurückschikken, wenn ich ihre Fragen nicht genau beantworten kann.«

»Nun, sage Judith dasselbe. Die Wilden werden ohne Zweifel versuchen, mich durch Martern zu demütigen und den Tod ihres Kriegers zu rächen, aber ich werde, so gut ich kann, den Schmerzen widerstehen. Sage Judith nur, sie möge meinetwegen nicht besorgt sein. Ich hoffe, es wird mir gelingen, mich selbst zu beherrschen, und sie kann sich darauf verlassen, wenn ich auch durch Jammern und Klagen und selbst durch Tränen beweisen sollte, daß ich ein weißer Mann bin – nie werde ich so tief sinken, meine Freunde zu verraten. Wenn mit glühenden Ladestöcken Löcher in das Fleisch gebrannt werden und der Körper verstümmelt wird, dann mag der Jäger vielleicht sein Recht behaupten, aber damit wird der Triumph der Landstreicher ein Ende haben.«

Hetty hörte aufmerksam zu, und ihre milden, ausdrucksvollen Züge verrieten lebhafte Teilnahme mit den Leiden, die Wildtödter schilderte. Anfangs schien sie unentschieden zu sein, was sie zunächst tun solle, dann nahm sie eine Hand Wildtödters und sagte, sie wolle ihm ihre Bibel leihen, und er möge darin lesen, wenn die Wilden ihn marterten. Als der junge Mann ehrlich eingestand, daß er nicht lesen könne, erbot sie sich, bei ihm zu bleiben und diese heilige Pflicht selbst zu erfüllen. Das Anerbieten wurde freundlich abgelehnt, und da Rivenoak sich ihnen wieder näherte, bat Wildtödter das Mädchen, ihn zu verlassen. Hetty entfernte sich jetzt und näherte sich der Gruppe der Indianerinnen mit so viel Zutrauen und Unbefangenheit, als sei sie eine der Ihren. Der Hurone setzte sich wieder neben den Gefangenen und bedrängte diesen abermals mit seinen Fragen, die er mit der schlauen Gleichgültigkeit eines erfahrenen Indianers vorbrachte.

Siebzehntes Kapitel

Die jungen Männer, die ausgeschickt worden waren, als Hetty so plötzlich und unerwartet unter den Indianern erschien, kehrten bald zurück und berichteten, daß sie kein Fahrzeug am Ufer oder im See entdeckt hätten. Einer von ihnen war längs der Bucht bis zu einer Stelle des Ufers gegangen, die der Arche gegenüber lag, aber er hatte das Fahrzeug nicht entdeckt. Andere

waren in verschiedenen Richtungen umhergestreift und hatten nichts gefunden. Man glaubte daher, das Mädchen sei allein gekommen, wie bei ihrem ersten Besuch und in ähnlicher Absicht. Es wurde daher nur eine Wache ausgestellt, und alle andern begaben sich zur Ruhe. Man versicherte sich des Gefangenen, ohne ihm unnötige Leiden aufzuerlegen, und Hetty gestattete man, sich den indianischen Mädchen anzuschließen. Sie wurde zwar nicht so freundlich aufgenommen wie früher von Wah, doch ließ man es ihr an keiner Bequemlichkeit fehlen. Man gab ihr Felle zum Zudecken, und sie machte sich ihr Bett auf einem Haufen Reiser in der Nähe der Hütten. Hier lag sie bald, wie die andern, in tiefem Schlaf.
Es waren dreizehn Männer im Lager, und drei hielten immer zugleich Wache, einer von ihnen blieb nicht weit vom Feuer im Schatten. Er mußte den Gefangenen bewachen und das Feuer unterhalten, daß es weder aufflammte noch ganz erlosch. Ein anderer ging von der einen Bucht zur anderen, während der dritte sich langsam um die Landzunge bewegte. Diese Anordnung war keineswegs gewöhnlich unter den Wilden, da sie sich sonst mehr auf die Heimlichkeit ihrer Bewegungen verließen, aber ihre Feinde kannten diesmal die Stellung, wie sie voraussetzen mußten, und sie konnten ihr Lager nicht in der Nacht verändern. Vielleicht setzten sie auch das meiste Zutrauen auf die Ereignisse, die nach ihrer Meinung jetzt oben am See stattfinden mußten.
Mitten in der Nacht, als das ganze Lager im Schlaf lag, erwachte Hetty plötzlich und verließ ihr Lager von Reisern. Sie ging unbefangen zu dem noch glimmenden Feuer, das sie anschürte, weil es sie fror. Als das Feuer wieder emporflammte, beleuchtete es das düstere Gesicht des wachenden Huronen, dessen Augen wie die eines Panthers funkelten. Hetty empfand aber keine Furcht, sondern näherte sich ihm unbefangen. Ihre Bewegungen waren so natürlich, daß er glaubte, sie sei nur wegen der Kühle der Nacht aufgestanden. Hetty sprach mit ihm, aber er verstand nicht Englisch. Sie blickte dann fast eine Minute auf den schlafenden Gefangenen und entfernte sich langsam mit trauriger und schwermütiger Miene. Das Mädchen bemühte sich nicht, leise zu gehen, doch ihr Schritt war immer leicht und kaum hörbar. Als sie die Richtung zur Spitze der Landzunge einschlug, sah der Indianer ihre zarte Gestalt allmählich in der Dunkelheit verschwinden, ohne Verdacht zu schöpfen. Er wußte, daß seine beiden Gefährten am Ufer umherstreiften, und er glaubte nicht, daß ein junges Mädchen, das zweimal freiwillig ins Lager gekommen war, fliehen würde.
Hetty kannte die Umgebung nicht genau, aber sie fand ihren Weg zur Bucht. Als sie dem Ufer in nördlicher Richtung folgte, begegnete sie bald dem Indianer, der hier umherging. Es war ein junger Krieger, der bei ihrem leich=

ten Schritt auf dem Kies schnell, doch ohne irgendeine drohende Bewegung auf sie zukam. Es war so dunkel, daß man im Schatten der Bäume in einer Entfernung von zwanzig Schritt niemand erkennen konnte. Der junge Hurone zeigte sich befremdet, als er sah, wem er begegnet war, denn er erwartete seine Freundin, die versprochen hatte, die Langeweile seiner mitternächtlichen Wache zu vertreiben. Er verstand nicht Englisch, aber es schien ihn nicht zu befremden, daß das Mädchen zu dieser Stunde aufgestanden sei, denn in einem indianischen Lager ist der Schlaf so unregelmäßig wie die Mahlzeiten. Der junge Krieger winkte unwillig dem Mädchen, weiterzugehen, und folgte ihr am Ufer. Hetty ging langsam und sprach laut in ihrem gewöhnlichen sanften Ton vor sich hin.
Als sie schließlich an die Stelle kam, wo die Kanus ans Ufer gekommen waren, konnte sie der Indianer der Büsche wegen nicht mehr sehen. Das Geräusch eines anderen Fußtritts hatte ihn zudem umkehren lassen. Hetty, die nur mit ihren eigenen Gedanken beschäftigt war, fuhr fort zu reden: »Hier bin ich, Judith«, sagte sie plötzlich, »und es ist niemand bei mir. Der Hurone ist seiner Liebsten entgegengegangen.«
Sie wurde durch ein »Pst!« unterbrochen, das vom Wasser herkam, und bemerkte die undeutlichen Umrisse eines Kanus, das sich geräuschlos näherte und bald ans Ufer stieß. Sobald Hetty in das kleine Fahrzeug gestiegen war, entfernte es sich, wie durch einen eigenen Instinkt bewegt, bis auf etwa hundertfünfzig Schritte vom Ufer. Dann machte es einen weiten Bogen, um aus dem Bereiche des Lagers zu kommen, und schlug die Richtung zur Arche ein. Mehrere Minuten lang wurde nichts gesprochen.
Endlich begann Judith, die das Kanu mit vieler Geschicklichkeit ruderte: »Hier sind wir sicher, Hetty«, sagte sie, »und können sprechen, ohne zu fürchten, daß man uns belauscht. Du mußt aber doch leise reden, denn in einer stillen Nacht hört man weit über das Wasser hin. Ich war der Landspitze schon vorhin so nahe, daß ich die Stimme der Krieger erkannte, und ich hörte auch deine Fußtritte auf dem Kies am Ufer.«
»Ich glaube, die Huronen wissen nicht, daß ich sie verlassen habe, Judith.«
»Wahrscheinlich wissen sie es nicht, denn ein Verliebter ist keine gute Schildwache. Sage mir, Hetty, hast du Wildtödter gesehen und mit ihm gesprochen?«
»O ja, er saß am Feuer mit gebundenen Beinen«, erwiderte Hetty.
Ihre Schwester fragte nun weiter, und allmählich erfuhr sie die Erlebnisse Hettys, und das Wesentliche schälte sich aus viel Nebensächlichem heraus. Die Ältere stellte ihre Fragen ungeduldig, und es schien ihr das Schicksal Wildtödters sehr am Herzen zu liegen. Als Judith befriedigt war, ruderte sie das Kanu der Stelle zu, wo sie die Fähre verlassen hatte. Die Dunkelheit der

Nacht und die tiefen Schatten, die die Hügel und Wälder auf das Wasser warfen, machten es schwer, das Fahrzeug zu finden. Das Mädchen verstand, ein Kanu sehr gut zu bewegen. Sie ruderte das kleine Boot schnell übers Wasser. Doch es war keine Arche zu entdecken. Mehrere Male glaubten die Schwestern, sie wie einen niedrigen dunkeln Felsen über dem See zu sehen, doch sie hatten sich immer wieder getäuscht. Nachdem die Mädchen eine halbe Stunde lang vergebens nach der Arche gesucht hatten, waren sie überzeugt, daß sie nicht mehr in dieser Gegend ankere.

»Es ist nicht möglich, Hetty«, sagte Judith schließlich, »die Indianer können nicht mit einem Floß gekommen sein und unsere Leute im Schlaf überrascht haben. Wir hätten auch ein Geräusch hören müssen in einer so stillen Nacht. Nein, es ist unmöglich, daß die Arche eingenommen wurde. Erst vor einer Stunde verließ ich sie, und ich habe die ganze Zeit über auf den leisesten Ton gehorcht.«

»Vielleicht glaubte der Vater, wir schliefen in unserer Kammer, Judith, und er hat mit der Arche nach Hause fahren wollen. Du weißt, daß wir schon oft in der Nacht dorthin zurückgekehrt sind.«

»Das ist wahr, Hetty. Es wird so sein, wir haben jetzt etwas mehr Südwind als vorhin, und sie werden –«

Judith hielt inne, denn als sie das letzte Wort kaum ausgesprochen hatte, leuchtete plötzlich ein Blitz auf, dem der Schuß einer Flinte folgte. Fast im gleichen Augenblick hörte man das gellende Geschrei einer Frau. Die schreckliche Stille, die darauf folgte, war fast noch unheimlicher als die plötzliche Unterbrechung der tiefen, mitternächtlichen Ruhe. So kühn und entschieden Judith von Natur aus war, konnte sie doch kaum atmen, während die arme Hetty ihr Gesicht verbarg und heftig zitterte.

»Das war ein Schrei der Todesangst«, sagte Judith schließlich. »Wenn die Arche sich entfernt hat, so kann sie sich mit diesem Winde nur nach Norden bewegt haben, und der Schuß und das Geschrei kamen von der Landspitze. Sollte Wah ein Unglück widerfahren sein?«

»Laß uns schnell hinrudern, Judith, sie braucht vielleicht unsere Hilfe.«

Es war keine Zeit zum Zögern, und die beiden Schwestern griffen schnell zu den Rudern. Judith bemerkte einen Lichtschimmer zwischen dem Ufergebüsch und lenkte das Kanu ohne jede Vorsicht darauf zu. Ziemlich nah am Ufer hielten sie an, da sie die Stimmen der Indianer hörten. Sämtliche Bewohner des Lagers waren versammelt, und sechs oder acht trugen Fackeln von Fichtenspänen, die ein helles Licht unter den Bäumen verbreiteten. Mit dem Rücken gegen einen Baum gelehnt und an der einen Seite von einem jungen Krieger gehalten, saß eine junge Indianerin. Beim Schein der Fackel, die vor ihr Gesicht gehalten wurde, sah man, daß sie im Sterben lag. Der scharfe Geruch von Schießpulver hatte sich in der schweren feuchten Nachtluft verbreitet. Es konnte kein Zweifel sein, die Indianerin war erschossen worden. Judith begriff alles auf einen Blick. Die Flinte war entweder von einem Kanu in der Nähe des Ufers oder von der vorüberfahrenden Arche aus abgeschossen worden. Ein unvorsichtiger Ausruf des Mädchens, das seinem jungen Freund die Zeit der Wache vertrieb, hatte anscheinend den Schuß veranlaßt. Der Körper der Getroffenen glitt bald steif zu Boden. Jetzt wurden alle Fackeln bis auf eine ausgelöscht, und der Trauerzug, der die Leiche in das Lager begleitete, war kaum in dem undeutlich schimmernden Lichte zu unterscheiden.

Judith seufzte tief und schauderte entsetzt zurück. Dann wendete sie das Kanu vorsichtig um die Landspitze. Sie hatte in dem hellen Schein aller Fakkeln die aufrechte Gestalt Wildtödters bemerkt, der mit Mitleid und, wie es schien, auch mit Scham neben der Sterbenden stand. Er zeigte weder Furcht noch Besorgnis, aber aus den Blicken der Krieger sah man deutlich, daß man an ihm die hinterlistige Tat rächen würde. Das schreckliche Bild blieb Judith die ganze Nacht vor Augen. Das Kanu glitt lautlos in die Dunkelheit. Die Arche war nicht zu sehen. Es herrschte vollkommene Stille, als sei die Ruhe des Waldes nie gestört worden. Es blieb den Mädchen nichts weiter übrig, als einen sicheren Ort zu suchen. Sie ruderten also schweigend in die Mitte des Sees, ließen das Kanu nach Norden treiben und legten sich dann zur Ruhe, so gut es eben gehen wollte. –

Hutter und March waren nach einem mehrstündigen Schlaf erwacht, wenige Minuten später, als Judith zum zweitenmal die Arche verlassen hatte, um ihre Schwester abzuholen. Chingachgook und seine Verlobte waren bereits an Bord. Der alte Mann hörte durch den Delawaren von der Stellung des Lagers und den letzten Ereignissen, er erfuhr auch die Abwesenheit seiner Töchter. Er war aber nicht besorgt, denn er rechnete auf die Klugheit der Ältesten und auf die Rücksicht, mit der die Jüngere bisher von den Wilden behandelt worden war. Er hatte sich auch seit langer Zeit an Gefahren so gewöhnt, daß sie nicht mehr viel Eindruck auf ihn machten. Die Gefangenschaft Wildtödters schien er ebenfalls wenig zu bedauern, denn obgleich er wußte, wie wichtig seine Hilfe bei einer Verteidigung sein könnte, hatte doch der Unterschied in ihren Ansichten sie nicht gegenseitig nahegebracht. Er setzte sich an die Spitze der Fähre, wo Hurry sich bald zu ihm gesellte, während Chingachgook und Wah allein im hinteren Teil des Fahrzeugs blieben.

»Wildtödter hat sich sehr ungeschickt benommen, daß er sich jetzt unter die Wilden wagte und ihnen in die Hände lief wie ein Bär, der in eine Wolfsgrube fällt«, sagte der alte Mann nach einer Weile. »Wenn er seine Torheit

mit seinem Blut bezahlen muß, so kann er niemandem darüber Vorwürfe machen.«
»Das ist der Lauf der Welt, alter Tom«, erwiderte Hurry, »jeder muß seine eigenen Schulden bezahlen und für seine eigenen Sünden leiden. Weißt du nicht, alter Tom, wohin die Mädchen verschwunden sind? Ich sehe nichts von Judith oder Hetty, obgleich ich sie überall in der Arche gesucht habe.«
Hutter erzählte mit kurzen Worten, seine Töchter hätten sich mit dem Kanu entfernt.
»Das kommt von seiner glatten Zunge, schwimmender Tom«, sagte Hurry jetzt wütend. »Du solltest die Sache nicht so ruhig mit ansehen. Wir beide waren Gefangene, und doch tat Judith nicht das geringste, um uns zu befreien. Sie ist von diesem schlanken Wildtödter bezaubert worden. Ich bin nicht der Mann, der sich so etwas ruhig gefallen läßt. Wir wollen die Fähre der Landspitze näher bringen, alter Tom, und sehen, was es dort gibt.«
Hutter hatte nichts dagegen einzuwenden, doch suchte man, Geräusch zu vermeiden. Der Wind wendete sich nach Norden, und das Segel trieb die Fähre bald den See so weit hinauf, daß die dunklen Umrisse der Bäume an der Landspitze sichtbar wurden. Der alte Tom steuerte und hielt das Fahrzeug nahe am Lande. Es war unmöglich, irgend etwas zu unterscheiden. Doch das Segel und die Kajüte wurden von dem wachhabenden Krieger bemerkt, der in seiner plötzlichen Überraschung einen tiefen, heiseren Schrei ausstieß. Hurry griff schnell zu seiner Flinte und schoß sie in jener Richtung ab. Die Kugel wurde durch den Zufall geleitet, und die Indianerin sank zu Boden.
In dem Augenblick, als Hurry diese Handlung unüberlegter Grausamkeit beging, war das Kanu, in dem sich Judith mit ihrer Schwester befand, etwa hundert Fuß von der Stelle entfernt. Der Schrei verkündete, daß Hurry eine Frau getroffen hatte. Er war betroffen über diese unerwartete Folge, und für einen Augenblick kämpften in ihm widersprechende Gefühle. Anfangs lachte er in roher, grausamer Schadenfreude, und dann machte ihm sein Gewissen Vorwürfe. Schließlich aber stieß er den Kolben seiner Flinte mit einer Art von wildem Trotz auf den Boden der Fähre und begann ein Liedchen vor sich hin zu pfeifen. Die Arche war die ganze Zeit über in Bewegung geblieben und verließ das Ufer immer mehr.
Hutter sprach seine Unzufriedenheit aus, denn die Tat führte zu keinem Vorteil, während sie den Kampf blutiger als je zu machen drohte. Der alte Tom beherrschte jedoch seinen Zorn, weil die Gefangenschaft Wildtödters ihm die Hilfe und Unterstützung Hurrys in diesem Augenblick doppelt wichtig machte. Chingachgook erhob sich, und für einen Augenblick war die alte Feindschaft der Stämme in einem aufbrausenden Gefühl des Hasses ge=

gen die weißen Männer vergessen, aber er gewann zur rechten Zeit seine Fassung wieder. Mit Wah jedoch verhielt es sich nicht so. Sie stand unerwartet an Hurrys Seite mit einer Furchtlosigkeit, die ihrem Herzen Ehre machte.

»Weshalb du schießen?« sagte sie. »Was Huronenmädchen tun, daß du töten? Was du denken, Manitu sagen? Was Irokesen tun werden? Nicht Ehre haben, nicht Lager erobern, nicht Gefangene machen, nicht Skalpe nehmen, nichts, gar nichts. Blut macht Blut kommen! Wie du fühlen, wenn dein Weib töten? Wer dich trösten, wenn weinen über Mutter oder Schwester? Du groß, wie große Tanne – Huronenmädchen kleine, zarte Birke. Weshalb du sie zur Erde stürzen? Du glauben, Huronen vergessen werden? Nein, Rothäute nie vergessen! Nie Freund vergessen, nie Feind vergessen, rote Mann Manitu darin. Weshalb du so schlecht sein?«

Hurry war nie so gedemütigt worden, aber er entfernte sich mit einer Miene, als verschmähe er es, sich mit einem Weibe auf Erörterungen einzulassen.

Während dieser Zeit blieb die Arche fortwährend in Bewegung, und als die Fackeln unter den Bäumen erschienen, hatte sie schon den offenen See erreicht. Eine Stunde verging in düsterem Schweigen, und niemand schien geneigt, es zu unterbrechen. Wah hatte sich zur Ruhe begeben, und Chingachgook schlief im vorderen Teil der Fähre. Hutter und Hurry allein hielten Wache.

Die Nacht blieb ruhig. Es war nicht die Jahreszeit der Stürme. Die Spitze der Arche zeigte mehrere Male nach Osten, und einmal war sie sogar wieder nach Süden gewendet, im ganzen bewegte sie sich aber nach Norden, indem Hutter immer den leichten Luftstrom ausnutzte, der von den Bergen kam. – Er war nur etwas um seine Töchter, und vielleicht ebensosehr um das Kanu, besorgt. Allmählich dämmerte der Morgen, und man hörte die ersten Vögel. Auf Hutter und Hurry machte das aber keinen Eindruck. Sobald das Licht hell genug war, um den See und besonders seine Ufer zu übersehen, wendete Hutter die Spitze der Arche seiner Wasserburg zu, um sie für den Tag wenigstens als den günstigsten Ort für die Zusammenkunft mit seinen Töchtern und die Ausführungen seiner Pläne gegen die Indianer in Besitz zu nehmen.

Chingachgook war jetzt schon aufgestanden, und Wah hörte man unter den Küchengerätschaften hantieren. Das Gebäude war nur etwa eine halbe Stunde entfernt, und der Wind zeigte sich günstig. In diesem Augenblick sah man auch das Kanu Judiths in dem offenen Teil des Sees nach Norden zu treiben. Es war in der Dunkelheit an der Fähre vorübergekommen. Hutter nahm sein Fernrohr, um sich zu überzeugen, ob seine Töchter in dem leichten Fahrzeug seien, und er stieß einen leichten Ausruf der Freude aus, als er

Judiths Kleidung über dem Rand des Kanus bemerkte. Im nächsten Augenblick erhob sich das Mädchen und schaute nach allen Seiten um, als wolle es sich von der Stellung des Fahrzeugs überzeugen. Eine Minute darauf kniete Hetty am anderen Ende des Kanus nieder und wiederholte die Gebete, die sie in ihrer Kindheit von einer unglücklichen Mutter gelernt hatte. Als Hutter das noch ausgezogene Fernrohr niedergelegt, nahm es der Delaware, hielt es an sein Auge und wendete es dem Kanu zu. Aus seinem »Hugh!« und dem Ausdruck seiner Züge sah man, daß er zum erstenmal ein Fernrohr benutzte. Als dann der junge Häuptling das Fernrohr in eine Linie mit dem Kanu brachte und Wah ihr Auge an das andere Ende halten mußte, sprang das Mädchen beunruhigt zurück. Dann schlug sie entzückt ihre Hände zusammen und lachte. Sie verstand aber schon nach einigen Minuten gut, mit dem Instrument umzugehen. Die beiden sahen jetzt abwechselnd nach den Ufern des Sees, nach den Hügeln und endlich nach der Wasserburg. Wah blickte lange und scharf nach dem Gebäude und sprach dann leise und eifrig mit dem Delawaren. Dieser sah ebenfalls mit gespannter Aufmerksamkeit durch das Fernrohr. Sie sprachen abermals vertraulich zusammen und schienen ihre Ansichten zu vergleichen, worauf der junge Krieger die Kajüte verließ.

Die Arche war ungefähr noch eine Viertelstunde vom Kastell entfernt, als Chingachgook zu den beiden weißen Männern trat.

»Nicht gut nach dem Kastell fahren«, sagte er ernst, »Huronen dort!«

»Den Teufel auch! Wenn sich das bestätigen sollte, alter Tom, so hätten wir in eine schöne Falle geraten können«, rief Hurry. »Huronen dort! Gut, es mag wahr sein, aber ich kann an der alten Hütte und in ihrer Nähe nichts sehen.«

Hutter ließ sich das Fernrohr geben und stellte genaue Beobachtungen an, fand aber nichts Auffälliges.

»Du hast wahrscheinlich das falsche Ende nach vorn gehalten, Delaware«, sagte Hurry lachend. »Weder der alte Mann noch ich können irgendeine Spur im See bemerken.«

»Keine Spur, Wasser keine Spur machen«, fiel Wah lebhaft ein. »Fähre anhalten – nicht zu nahe kommen, Huronen dort!«

»Keinen Mokassin sehen?« fragte sie nach einer kleinen Pause.

»Gib mir das Fernrohr, Harry«, unterbrach Hutter sie, »und lasse das Segel herab. Ein indianisches Frauenzimmer stellt selten eine Behauptung auf. Ich sehe allerdings, daß ein Mokassin gegen einen der Pfeiler angetrieben wird, und es kann ein Zeichen sein, daß das Haus während unserer Abwesenheit besucht worden ist. Mokassins sind übrigens keine Seltenheiten.«

Hurry hatte das Segel niedergelassen, und jetzt war die Arche nur noch etwa hundertfünfzig Schritte vom Gebäude entfernt und näherte sich jeden Augenblick mehr, doch so langsam, daß keine Besorgnis erregt werden konnte. Sie sahen jetzt abwechselnd durch das Fernrohr und unterwarfen das Kastell mit seiner Umgebung einer noch schärferen Beobachtung. Der Mokassin lag allerdings da und schwebte so leicht auf dem Wasser, daß er kaum naß geworden zu sein schien. Es ließ sich jedoch auf mehr als eine Art erklären, wie er dorthin gekommen sei, ohne vorauszusetzen, daß irgendein Feind das Haus besucht habe. Er konnte zum Beispiel von irgendwoher den See hinauf- oder hinabgetrieben und zufällig am Pfeiler hängengeblieben sein.

Wah erklärte sich jetzt bereit, mit einem Kanu nach den Palisaden zu fahren und den Mokassin zu holen. Man werde dann aus den Zieraten sehen, ob er aus Kanada käme. Die beiden weißen Männer wollten darauf eingehen, aber der Delaware fürchtete Gefahr für seine Verlobte, und er winkte ihr kurz, aber bestimmt ab.

»Roten Mann hinfahren lassen, bessere Augen haben wie weiße Männer – Huronenschliche auch besser kennen«, sagte er und stieg schnell ins Kanu.

Wah-ta-Wah sah schweigend und besorgt ihrem Verlobten nach. Der Ernst und die Entschiedenheit des Indianers waren sehr wohl begründet. Wenn der Feind sich wirklich des Gebäudes bemächtigt hatte, so war er dessen Schüssen ohne irgendeine Deckung ausgesetzt. Es ist kaum möglich, sich eine schwierigere Lage zu denken, und wäre sein Freund Wildtödter zugegen gewesen, so würde er sich ihr vielleicht nicht ausgesetzt haben. Aber der Stolz eines Indianerhäuptlings, sich vor weißen Männern auszuzeichnen, war in ihm erregt worden. Er ruderte schnell auf die Palisaden zu, indem er die Fenster und Schießscharten des Gebäudes genau beobachtete. Jeden Augenblick erwartete er, irgendwo den Lauf einer Flinte zu sehen oder einen Schuß zu hören, aber er erreichte die Pfeiler sicher. Hier war er einigermaßen geschützt, da er die Palisaden zwischen sich und dem Haus hatte. Das Kanu hatte die Pfeiler mit der Spitze nach Norden zu und in geringer Entfernung vom Mokassin erreicht. Der Delaware ruderte langsam um das ganze Gebäude und beobachtete alles genau. Es herrschte Totenstille, alles war noch verschlossen, und an keinem einzigen Fenster ließ sich irgendeine Veränderung bemerken. Die Türe war noch in demselben Zustand, wie man sie verlassen hatte, ebenso das Tor, das zu dem inneren Raum der Palisaden den Eingang bildete.

Der Delaware war für den Augenblick unentschieden, was er zunächst beginnen solle. Einmal, als er an der vorderen Seite des Gebäudes war, wollte er schon auf die Plattform steigen und durch eine der Schießscharten sehen, aber er wußte zuviel von indianischen Kriegslisten. Er hatte daher seine Absicht aufgegeben und langsam seine Fahrt um die Palisaden fortgesetzt.

Als er sich wieder dem Mokassin näherte, warf er ihn mit einer geschickten und fast unmerklichen Bewegung seines Ruders in das Kanu. Er war jetzt zur Rückkehr bereit, doch er wußte wohl, daß dies noch gefährlicher sei als die Herfahrt, weil er nicht mehr die Schießscharten beobachten konnte. Wenn wirklich jemand im Kastell war, so war am ratsamsten, sich scheinbar unbesorgt, als ob aller Verdacht durch die Untersuchung beseitigt worden war, zurückzuziehen. Der Indianer ruderte also auf die Arche zu, ohne seine Bewegungen zu beschleunigen.

»Nun, Schlange«, sagte Hurry, als Chingachgook anlegte, »was gibt's Neues von den Moschusratten? Zeigten sie ihre Zähne, als du um das Kastell rudertest?«

»Mir nicht gefallen«, erwiderte der Delaware. »Zu still. So still, daß Stillschweigen sehen können.«

»Das ist ganz indianisch gesprochen. Wenn du nicht Besseres mitzuteilen hast als das, so kann der alte Tom sein Segel aufspannen und hinfahren. Was ist aus dem Mokassin geworden?«

»Hier!« versetzte Chingachgook, indem er seine Beute zur allgemeinen Besichtigung emporhielt.

Der Mokassin wurde genau betrachtet, und Wah erklärte, nach der Art, in der die Stacheln des Stachelschweins vorn geordnet seien, müsse er einem Huronen gehören. Hutter und auch der Delaware traten dieser Ansicht bei. Wenn man dies auch zugab, so folgte noch nicht unbedingt daraus, daß der Indianer, der ihn verloren hatte, im Haus sein müsse.

Hutter und Hurry waren nicht die Männer, die sich durch so wenig Beweise abschrecken ließen. Sie zogen das Segel wieder auf. Es wehte nur ein leichter Wind, und er trieb sie so langsam vorwärts, daß sie das Gebäude mit Muße beobachten konnten. Es herrschte noch dieselbe Totenstille. Die Sonne stand noch nicht über dem Horizont. Die Wälder und der See lagen noch in der Dämmerung. Die Fähre trieb langsam auf das Haus zu und stieß schließlich an die Palisaden.

Hutter hatte ein Kanu an die Spitze der Fähre gezogen und war gleich dabei, das Tor der Palisaden zu öffnen, um das leichte Fahrzeug in den inneren Raum zu bringen. March war schon auf die Plattform gestiegen, um mit seinem Mut zu prahlen. Dann begab er sich zu Hutter in das Kanu und begann, ihm das Tor öffnen zu helfen. Hutter hatte, als er in das Kanu trat, dem Delawaren eine Leine gegeben, damit er die Arche an der Plattform befestigen möge, und hatte ihn auch aufgefordert, das Segel hinabzulassen. Chingachgook ließ aber das Segel an seiner Stelle, führte das Seil nur über die Spitze einer Palisade und ließ die Arche etwas zurücktreiben, so daß man sie nur mit einem Boot oder über die abgestumpften Palisaden errei-

chen konnte. Die Palisaden, die dicht vor ihnen lagen, bildeten eine Art Brustwehr, etwa von Manneshöhe. Der Delaware zeigte sich mit dieser Anordnung sehr zufrieden, und als das Kanu Hutters durch das Tor in den inneren Raum fuhr, glaubte Chingachgook, daß er seine Stellung einige Zeit gegen eine Besatzung im Kastell zur Not verteidigen könnte.
Das Kanu war durch einen einzigen Stoß von dem Tor zur Falltür unter dem Kastell geschoben worden. Hier fand Hutter alles noch befestigt, wie er es verlassen hatte. Er öffnete mit dem Schlüssel, den er bei sich hatte, die Schlösser, und dann wurde die Falltür aufgestoßen. Hurry steckte seinen Kopf in die Öffnung, die Arme folgten, und die kolossalen Beine wurden ohne Anstrengung nachgezogen. Im nächsten Augenblick hörte man ihn stampfend oben in dem Gange, der die Zimmer des Vaters und der Töchter trennte.
»Komm mir nur nach, alter Tom!« rief er hinab, »deine Wohnung ist frisch und gesund und überdem so leer wie eine Nuß, die eine halbe Stunde in den Klauen eines Eichhörnchens gewesen ist. Komm, alter Bursche, steige hinauf, wir wollen Türen und Fenster öffnen und frische Luft hereinlassen!«
Ein Augenblick des Stillschweigens folgte. Plötzlich hörte man ein Geräusch,

wie den Fall eines schweren Körpers, und einen heftigen Fluch Hurrys, und nun schien das ganze Innere des Gebäudes lebendig zu werden. Einige Male hörte man den Schrei eines Indianers, aber er erschien unterdrückt, als komme er aus gepreßter Kehle. Es schien, als ob menschliche Körper fortwährend heftig zu Boden geworfen würden.

Chingachgook wußte im ersten Augenblick kaum, was er beginnen sollte. Alle Waffen waren in der Arche, denn Hutter und Hurry hatten ihre Flinten zurückgelassen, aber er konnte sie weder alle benutzen noch ihren Besitzern zukommen lassen. Die Kämpfenden waren völlig abgesperrt. Da der Delaware keine Möglichkeit sah, seinen Freunden nützlich zu sein, durchschnitt er die Leine und entfernte mit einem kräftigen Stoß die Fähre wohl zwanzig Fuß weit von den Pfeilern. Dann griff er zu den großen Rudern, und es gelang ihm, eine kurze Strecke gegen den leichten Wind vorwärts zu kommen. Als er mit Rudern aufhörte, war die Arche hundert Schritte von der Plattform entfernt. Auch Judith und Hetty, die langsam herumruderten, hatten jetzt Verdacht geschöpft und blieben mit ihrem Kanu etwa tausend Fuß weit ruhig liegen.

Der wütende Kampf im Hause währte die ganze Zeit über fort. Plötzlich flog die Türe auf, und der Kampf wurde auf der Plattform fortgesetzt. Ein Hurone hatte die Tür gewaltsam gesprengt, und drei bis vier seiner Gefährten drangen schnell, anscheinend fliehend, hinter ihm her auf den engen Raum. Dann folgte der Körper eines anderen, der mit furchtbarer Gewalt, den Kopf nach vorn, durch die Tür geworfen wurde. Jetzt erschien March wie ein wütender Löwe. Hutter war bereits ein Gefangener und gebunden. Es trat jetzt eine Pause im Kampf ein, die Kämpfenden beobachteten sich gegenseitig mißtrauisch.

Die Huronen hatten durch ihre Späher einen deutlichen Begriff von der Bauart des Kastells und den Verteidigungsmitteln des Feindes. Trotz aller Vorsichtsmaßregeln war ihnen die Abfahrt der Bewohner in der Arche bekannt geworden, denn es befanden sich Späher am östlichen und am westlichen Ufer des Sees, und es war ihnen nichts entgangen. Sobald es dunkel wurde, hatten sich von beiden Ufern her kleine Flöße dem Gebäude genähert, das man, wie erwartet, ganz leer fand. Die Flöße wurden sofort wieder zum Ufer geschickt, um Verstärkungen zu holen, während zwei von den Wilden zurückblieben. Diese stiegen auf das Dach, und es gelang ihnen, indem sie einen Teil der Baumrinde entfernten, in das Gebäude einzudringen. Als ihre Gefährten zurückkehrten, wurde mit Beilen ein Loch durch die Baumstämme gehauen, durch das acht der kräftigsten Indianer in den unteren Raum hinabsprangen. Hier wurden sie, wohlversehen mit Waffen und Lebensmitteln, zurückgelassen. Beim Anbruch des Tages bemerkten sie durch die Schießscharten die näherkommende Arche. Sobald sie sich überzeugt hatten, daß die beiden weißen Männer im Begriff waren, durch die Falltüre zu steigen, traf der Häuptling seine Anordnungen. Er entfernte alle Waffen, auch die Messer, und verbarg sie an einer Stelle, wo sie nicht leicht gefunden werden konnten. Dann wurden Seile aus Baumrinde gewunden, und indem die Indianer ihre Stellungen in den drei verschiedenen Zimmern einnahmen, erwarteten sie alle das Zeichen zum Angriff. Der Kampf war dann schnell ausgebrochen und war mit verbissener Heftigkeit geführt worden bis zu dem Augenblick, als Hurry auf der Plattform erschien.

Achtzehntes Kapitel

Hurry, der in der Tür der Wasserburg einen Augenblick verschnauft hatte, fiel die Indianer auf der Plattform wütend an und trieb sie anfangs alle vor sich her. Den ihm zunächststehenden Huronen hob er über die Plattform und schleuderte ihn in das Wasser, als sei er ein Kind. In einer halben Minute waren zwei andere an seiner Seite, von denen einer sich schwer verletzte, da er sehr unglücklich über seinen Freund fiel, den der starke Gegner eben im großen Bogen hinausgeworfen hatte. So blieben nur noch vier Feinde, und in einem Handgemenge, in dem keine Waffe benutzt wurde, glaubte Hurry, es mit dieser Anzahl von Rothäuten aufnehmen zu können.
»Hurra! alter Tom!« schrie er. »Die Schurken sollen in den See. Ich werde sie bald alle schwimmen lassen!« Mit diesen Worten stieß er einen der Indianer, der sich am Rande der Plattform festhielt, in das Wasser. Einen andern stieß Hurry so heftig auf den Magen, daß er sich wie ein getretener Wurm krümmte. Es waren schließlich nur noch zwei kampffähige Feinde übrig. Einer von ihnen war nicht nur der größte und stärkste von den Huronen, sondern auch der erfahrenste. Dieser Mann kannte genau die gigantische Kraft seines Gegners, aber er war auch am besten für einen Kampf mit ihm gerüstet, da er nur mit einer leichten Bedeckung um die Hüften dastand. Hurry zögerte nicht, ihn anzugreifen, und der Kampf wurde in der Tat schrecklich. Die Bewegungen der beiden wechselten so schnell, daß der andere noch kampffähige Wilde seinen Gefährten nicht unterstützen konnte und nur staunend, wie von einem Zauber gefesselt, zusah. Es war ein unerfahrener Jüngling, und sein Blut erstarrte bei diesem erbitterten Kampf auf Leben und Tod.
Hurry versuchte anfangs, seinen Gegner niederzuwerfen, indem er ihn an der Kehle und am Arm packte, doch der Hurone, der einen besseren Halt an den Kleidern seines Feindes hatte, wußte ihm durch geschickte Bewegun-

gen immer zu entschlüpfen. Beide preßten sich jetzt fest aneinander, und ihre Körper wechselten in so vielen Stellungen, daß der Blick ihnen kaum fol= gen konnte. Dieser Kampf dauerte weniger als eine Minute, denn Hurry machte eine verzweifelte Anstrengung und schleuderte mit aller Gewalt den Huronen gegen die Baumstämme des Hauses, daß er für den Augenblick die Besinnung verlor und vor Schmerzen aufstöhnte. Er drang dennoch wie= der vor, aber Hurry faßte ihn um den Leib, hob ihn von der Plattform auf und fiel mit seinem eigenen schweren Gewicht auf den Körper seines Geg= ners, der dadurch so betäubt wurde, daß er jetzt ganz in der Gewalt Hurrys war. Der umfaßte jetzt mit den Händen die Kehle seines Opfers, preßte sie mit der Kraft eines Schraubstockes zusammen und drückte den Kopf des Huronen über den Rand der Plattform, bis das Kinn nach oben stand. Die Augen des Indianers traten hervor, und seine Zunge hing aus dem Munde. In diesem Augenblick aber wurde ein Seil von Baumrinde mit Schlingen an den Enden zwischen die beiden Arme Hurrys gelegt, und seine Ellenbogen wurden hinter seinem Rücken mit einer Gewalt zusammengeschnürt, der er nicht mehr widerstehen konnte. Fast in demselben Augenblick wurden seine Füße ebenso zusammengebunden, und sein Körper wurde nachlässig mitten auf die Plattform gerollt. Der von ihm befreite Gegner erhob sich noch nicht. Er begann wieder zu atmen, sein Kopf hing aber noch immer über dem Rand der Plattform. Er erholte sich nur allmählich und konnte erst nach einigen Stunden wieder gehen.

Die Niederlage und Gefangenschaft Hurrys wurde dadurch veranlaßt, daß er alle seine Kräfte dem gefallenen Feinde zugewendet hatte. Während er sich mit ihm beschäftigte, waren die beiden von ihm in das Wasser geschleuderten Indianer auf die stumpfen Spitzen der Pfeiler gestiegen, auf denen sie entlanggingen und so zu ihrem Gefährten auf der Plattform kamen. So hatte sich plötzlich das Spiel gewendet. Hurry hatte sich so wütend und dabei von so furchtbarer Kraft gezeigt, daß er auch jetzt von den Indianern mit Achtung und nicht ohne Furcht betrachtet wurde. Als sie nach ihrem in den See geschleuderten Gefährten sahen, den sie in der Aufregung des Kampfes aus den Augen verloren hatten, erblickten sie seine leblose Gestalt auf dem seichten Grund. Seine Hände hielten die Wasserpflanzen noch umklammert.

Chingachgook und seine Verlobte hatten den ganzen Kampf von der Arche aus mit angesehen. Als die drei Huronen die Seile um die Arme Hurrys legen wollten, griff der Delaware zur Flinte, aber bevor er schießen konnte, war das Unglück schon geschehen. Ein Blick auf Wah und der Gedanke an die Folgen einer Unvorsichtigkeit unterdrückten jeden weiteren Wunsch nach Rache. Er sah ein, wie gefährlich es für ihn und Wah sein würde, wenn die Huronen das noch unter der Falltüre liegende Kanu in Besitz nehmen sollten, um einen Angriff gegen sie zu unternehmen. Er beabsichtigte schon, mit Wah in dem neben der Arche liegenden Kanu zu entfliehen, denn er hoffte, die Dörfer der Delawaren über die östlichen Berge sicher erreichen zu können. Doch mehrere Rücksichten hielten ihn von diesem gewagten Schritte ab. Es konnte kein Zweifel sein, daß der See an beiden Seiten von Spähern beobachtet wurde und daß kein Kanu sich dem Ufer nähern konnte, ohne von den Hügeln aus gesehen zu werden. Dann ließ sich auch eine Spur vor indianischen Augen nicht verbergen, und die Kräfte seiner Verlobten

waren einer Flucht nicht gewachsen, auf der eine Verfolgung durch erfah=rene Krieger zu befürchten war. In diesem Teile Amerikas kannte man noch nicht den Gebrauch der Pferde, und alles hing von der körperlichen Kraft und Ausdauer der Flüchtlinge ab. Schließlich aber und hauptsächlich wurde der Delaware durch die Lage Wildtödters abgehalten, denn er wollte einen Freund nicht in der Not verlassen. Wah dachte weniger an ihre eigene Gefahr als an die ihrer beiden weißen Schwestern. Das Kanu, in dem Hetty und Judith sich befanden, war, als der Kampf auf der Plattform aufhörte, etwa vierhundert Schritte von dem Gebäude entfernt. Die Mädchen hatten mit dem Rudern aufgehört. Sie standen beide aufrecht und bemühten sich, zu entdecken, was vorgefallen war, doch dieses gelang ihnen nicht, weil sie die Plattform nicht sehen konnten. Es war aber von der äußersten Wichtigkeit, daß Judith und ihre Schwester sofort in der Arche, wo die Verteidigungsmittel wenigstens einige Sicherheit gewährten, Zuflucht suchten. Der Delaware beriet daher mit Wah, wie man sie dazu veranlassen könne. Das Mädchen trat an die Spitze der Fähre und suchte durch viele Zeichen und Bewegungen den Mädchen anzudeuten, daß sie einen Umweg machen möchten, um die Wasserburg zu vermeiden und sich der Arche von der Ostseite zu nähern. Doch diese Zeichen wurden nicht verstanden, und wahrscheinlich konnte Judith zu wenig den Zustand der Dinge beurteilen, als daß sie vollkommenes Zutrauen zu einer der beiden für sie anscheinend feindlichen Parteien hätte fassen können. In diesem Augenblick trat die Sonne über die Tannen der östlichen Berge, und es erhob sich ein leichter Südwind.

Chingachgook verlor keine Zeit, um das Segel aufzuziehen, und dieser Anblick schien die Huronen aus ihrer Untätigkeit zu erwecken. Als die Spitze der Fähre durch den Wind gewendet wurde, unglücklicherweise in der falschen Richtung, kam sie der Plattform bis auf einige Schritte näher, und Wah warnte ihren Verlobten vor den Flinten seiner Feinde. Dies war eine Gefahr, die unter allen Umständen vermieden werden mußte. Chingachgook überließ deshalb die Fähre ihren eigenen Bewegungen, drängte Wah in die Kajüte und sah sich dann nach den Gewehren um.

Die Arche lag etwa achtzig Schritt vom Kastell, etwas nach Süden mit geschwelltem Segel und verlassenem Steuerruder. Das Fahrzeug wurde allmählich unter den Wind gedrängt, trieb langsam vorwärts, bis die Spitze des Fahrzeugs zwischen zwei Pfeilern der Palisaden hängenblieb. In diesem Augenblick wartete Chingachgook, der durch eine Schießscharte spähte, auf eine Gelegenheit zum Schießen, während die Huronen in ähnlicher Absicht sich innerhalb des Gebäudes hielten. Der von dem Kampf mit Hurry noch erschöpfte Huronenkrieger lehnte sich gegen das Haus, weil man nicht Zeit gehabt hatte, ihn hereinzutragen. Hurry lag gebunden in der Mitte der Plattform.

Der Delaware hätte den Indianer draußen leicht erschießen können, aber sein Skalp war ihm nicht sicher, er verschmähte eine Tat, die ihm weder Ehre noch Vorteil bringen konnte.

»Ziehe einen der Pfähle aus, Delaware«, rief Hurry ihm zu, »und schiebe die Spitze der Fähre ab.«

Die Aufforderung Hurrys wurde nicht befolgt, nur Wah-ta-Wah wendete sich ihm aufmerksam zu. Das kluge Mädchen begriff seine Lage mit einem Blick. Seine Beine waren mit einem starken Seil in mehreren Windungen zusammengebunden und auch seine Arme über den Ellenbogen hinter dem Rücken. Er konnte nur die Hände etwas bewegen. Sie flüsterte ihm durch eine der Schießscharten leise, aber deutlich zu: »Weshalb nicht hierher rollen und in die Fähre fallen lassen? Chingachgook Huronen erschießen, wenn verfolgen.«

Das wurde in einem günstigen Augenblick gesagt, denn die Indianer schossen gerade gleichzeitig ihre Flinten ab, ohne jemanden zu verletzen, obgleich mehrere Kugeln durch die Schießscharten einschlugen. Wah öffnete die Tür der Kajüte nach vorn zu, wagte aber nicht, sich den Blicken der Indianer auszusetzen. Die ganze Zeit über hing die Fähre vorn fest, während das andere Ende sich langsam drehte und der Plattform immer näher kam. Hurry, der sein Gesicht der Arche zugewendet hatte und sich dann und wann in Schmerzen krümmte und wand, beobachtete jede Veränderung und bemerkte endlich, daß das ganze Fahrzeug frei war und sich langsam an den Palisaden entlangschob. Der Rettungsversuch war sehr gefährlich, aber er bot jetzt die einzige Aussicht, dem sicheren Tode zu entgehen, und entsprach ganz seinem kühnen Charakter. Er wartete bis zum letzten Augenblick, bis die Spitze der Fähre dicht an die Plattform streifte. Dann wand und krümmte er sich wieder wie in unerträglichen Schmerzen, verwünschte alle Indianer und wälzte sich plötzlich schnell der Fähre zu. Unglücklicherweise hatte er, als er den Rand der Plattform erreichte, seine Richtung etwas verändert, so daß er die Arche verfehlen mußte. Er ließ sich entschlossen in das Wasser fallen. Wah beobachtete die Bewegungen Hurrys, und mit einer instinktartigen Schnelligkeit öffnete sie die Tür in dem Augenblick, als die Indianer gerade wieder ihre Flinten abgeschossen hatten. Sie war, durch die dazwischenliegende Kajüte geschützt, noch rechtzeitig vorn an der Fähre, um den Fall Hurrys zu sehen. Sie trat unwillkürlich auf ein Ende des Segels, das hier befestigt war, und sie warf kurz entschlossen die daran befindliche Leine dem hilflosen Hurry zu. Die Leine fiel auf seinen Kopf, und es gelang ihm, sie mit seinen Zähnen zu fassen. Hurry war ein geschickter Schwimmer, statt sich durch heftige Bewegungen über Wasser zu halten, ließ er sich sinken, bis sein Gesicht nur noch hervorragte. In dieser Lage konnte er seine freien Hände wie Flossen bewegen. Die Bewegung der Arche zog das Seil bald stärker an, und er wurde mit ihr fortgeschleppt.

Die Huronen waren eifrig darauf bedacht, den Delawaren zu töten. Sie schossen durch die Schießscharten und Öffnungen der Kajüte und dachten nicht an ihren Gefangenen, der so fest gebunden war. Sie beobachteten nur die Arche, die an den Pfeilern vorüber drängte. Chingachgook war ebenfalls von der Lage Hurrys nicht unterrichtet. Die kleinen Rauchwolken der Schüsse zeigten sich an mehreren Stellen, aber die Blicke und Bewegungen beider Parteien waren zu schnell, es wurde niemand verletzt. Endlich entfernte sich die Fähre ganz von den Pfeilern und wendete sich schneller nach Norden zu.

Chingachgook erfuhr jetzt durch Wah die gefährliche Lage Hurrys. Der Delaware löste jetzt die Leine vorsichtig vom Segel, und Wah begann sie einzuziehen. Hurry war noch fünfzig bis sechzig Fuß vom Fahrzeug entfernt, und nur sein Gesicht war auf dem Wasser zu sehen. Die Huronen bemerkten ihn erst, als er durch die Pfeiler nicht mehr gedeckt wurde. Sie erhoben ein schreckliches Geschrei und begannen ein wildes Feuer. Die erste Kugel traf das Wasser gerade an der Stelle, wo die breite Brust des Riesen sichtbar war, und würde sein Herz durchbohrt haben, wenn der Winkel, in dem sie abgeschossen wurde, nicht zu scharf gewesen wäre. So drang sie nicht in den See, sondern sprang von der glatten Oberfläche ab und fuhr in die Baumstämme der Kajüte. Eine zweite, dritte und vierte Kugel verfehlten auch ihr Ziel, wenn auch Hurry den Luftdruck unmittelbar über seiner Brust schmerzhaft fühlte. Einen Augenblick später war der Körper Hurrys schon hinter der Fähre. Der Delaware und Wah waren durch die Kajüte ganz gedeckt, und es gelang ihnen bald, den schweren Körper Hurrys etwas hinaufzuziehen. Chingachgook stand mit seinem scharfen Messer bereit und durchschnitt die Stricke. Nicht so leicht war es, den Geretteten so hoch zu heben, daß er den Rand des Fahrzeugs erreichen konnte. Er konnte seine Arme noch nicht gebrauchen. Doch es gelang nach einiger Zeit, und er sank endlich völlig erschöpft auf den Boden der Fähre.

Sobald die Huronen den Körper Hurrys aus den Augen verloren hatten, brachen sie in ein Wutgeschrei aus, und drei von ihnen liefen zur Falltür und sprangen in das Kanu. Doch Hurry war jetzt in der Fähre, und der Delaware hielt seine Flinte in Bereitschaft. Da die Arche mit dem Winde segelte, war sie schon dreihundert Schritte von der Wasserburg entfernt und wurde immer weiter abgetrieben.

Das Kanu mit den Töchtern Hutters war fast eine Viertelstunde von der Arche entfernt. Da sie nicht wußten, was vorgefallen war, schienen sie nicht näher kommen zu wollen. Sie hatten die Richtung nach dem östlichen Ufer eingeschlagen und hielten sich so zwischen den beiden Parteien. Die Mädchen waren aus langer Gewohnheit sehr gewandt mit den Rudern, und Judith hatte oft in scherzhaften Wettfahrten mit jungen Männern, die bis=

weilen den See besuchten, gesiegt. Als die drei Huronen hinter den Palisaden hervorkamen und sich auf dem offenen See der Arche ungeschützt nähern sollten, ließ ihr Eifer merklich nach. Sie waren ganz ohne Deckung, und es entsprach der indianischen Vorsicht nicht, ihr Leben dem mehr gesicherten Delawaren auszusetzen. Statt daher der Arche zu folgen, lenkten die drei Krieger dem östlichen Ufer zu.

Judith begann sofort den Rückzug in südlicher Richtung in nicht sehr großer Entfernung vom Ufer. Sie wagte es nicht, zu landen, dazu hätte sie sich nur in der äußersten Not entschließen können. Anfangs beachteten die Indianer das andere Kanu nur wenig, da sie sahen, wer darin war. Nachdem fast eine Stunde in wechselnden Bewegungen in sicherer Schußweite vergangen war, schienen die Huronen plötzlich einen Entschluß gefaßt zu haben und begannen, das Kanu der Mädchen eifrig zu verfolgen. Die Stellungen aller Parteien hatten sich jetzt wesentlich verändert. Die Arche war fast eine Viertelstunde fortgetrieben und befand sich nördlich vom Haus. Sobald der Delaware bemerkte, daß die Mädchen die Arche vermieden, zog er sein Segel ein, weil es ihm nicht möglich war, mit seinem schweren Fahrzeug schnelle Bewegungen auszuführen, so daß die Flucht vor einem leichten Kanu erfolglos sein würde. Er hoffte, die Schwestern dadurch zu veranlassen, ihren Plan zu ändern und ihre Zuflucht in der Fähre zu suchen. Das Kanu Judiths war ungefähr eine halbe Viertelstunde südlich von dem der Huronen, dem östlichen Ufer ein wenig näher.

In dem Augenblick, als die Huronen so plötzlich ihre Angriffsart änderten, befand sich ihr Kanu nicht im besten Zustand zu einer Wettfahrt. Es waren nur zwei Ruder vorhanden, so daß der dritte Indianer unbeschäftigt blieb. Beide Boote konnten sich fast gleich schnell bewegen, aber keine von beiden Parteien bot schon anfangs alle Kräfte auf. Einige Minuten genügten, um den Huronen zu beweisen, daß sie alle Kraft und Geschicklichkeit anwenden müßten, wenn sie das Kanu mit den beiden Schwestern einholen wollten.

Judith hatte sich beim Beginn der Verfolgung dem östlichen Ufer zugewendet, um im Fall der höchsten Not in die Wälder zu fliehen. Aber als sie sich dem Lande näherte, gab sie ihren Plan auf und lenkte das Kanu von den dunklen Schierlingstannen weg und wendete sich wieder mehr der Mitte des Sees zu. Dies schien den Huronen ein günstiger Augenblick für die Verfolgung zu sein, da sie die ganze Breite des Sees dazu vor sich hatten. Die Kanus glitten jetzt mit der größten Schnelligkeit über das Wasser. Nach einer Viertelstunde hatten die Indianer noch keinen wesentlichen Vorteil erreicht. Sie verfielen jetzt darauf, daß einer von ihnen sich ausruhen könnte, wenn sie sich im Rudern abwechselten. Judith sah zufällig hinter sich und bemerkte es. Sie zweifelte jetzt an einem günstigen Ausgang, weil ihre

Kräfte früher erschöpft werden mußten als die von Männern, die sich ab=lösen konnten. Bis jetzt war es den Indianern nicht gelungen, dem anderen Kanu mehr als hundertfünfzig Schritte nahe zu kommen, obgleich sie in gerader Linie hinter ihm waren und derselben Wasserspur folgten. Aber Judith konnte doch bemerken, daß die Huronen allmählich näher kamen, bevor sie die Mitte des Sees erreicht hatte. Obgleich sie nicht so leicht in Verzweiflung geriet, beabsichtigte sie doch einen Augenblick lang, sich von den Huronen einholen zu lassen, um nach dem Lager gebracht zu werden, wo Wildtödter als Gefangener war. Aber die Hoffnung, ihn befreien zu können, spornte sie wieder an. Der Unterschied in der Bewegung der beiden Kanus war während der nächsten fünf Minuten so bedeutend, daß die Hu=ronen einsahen, sie müßten alle ihre Kräfte aufbieten, wenn sie sich nicht der Schande aussetzen wollten, eine Verfolgung von Frauen ohne Erfolg aufzugeben. Als einer der Stärksten unter ihnen jetzt eine übermäßige An=strengung machte, zerbrach sein Ruder. Das war entscheidend, denn ein Kanu mit drei Mann, die nur ein Ruder hatten, konnte unmöglich Flücht=linge, wie die Töchter von Thomas Hutter, einholen.

»Siehst du, Judith«, sagte Hetty, die es bemerkt hatte, »ich denke, du wirst jetzt wohl zugeben, daß mein Beten nützlich ist.«

»Ich habe nie geleugnet, daß das Beten nützlich ist, gute Hetty. Wir sind jetzt sicher und wollen uns etwas nach Süden wenden, um uns zu erholen und auszuruhen.«

Das geschah, denn der Feind gab seine Verfolgung schnell auf. Statt Ju=diths Kanu zu folgen, fuhren die Huronen zur Wasserburg zurück. Die Mädchen fürchteten, daß etwa im Gebäude noch ein Ruder gefunden wer=den könnte, und setzten daher ihre Anstrengungen fort. Sie hielten nicht an, bis sie so weit von ihren Feinden entfernt waren, daß sie ihnen jederzeit leicht entfliehen konnten. Die Wilden schienen indessen diese Absicht auf=gegeben zu haben. Etwa nach einer Stunde sah man alle Indianer im Kanu das Haus verlassen und dem Ufer zurudern. Die Mädchen hatten nichts zu essen bei sich, und sie näherten sich jetzt mehr dem Gebäude und auch der Arche, da sie nach deren Bewegungen doch vermuteten, daß Freunde in ihr seien.

Judith näherte sich aber der Wasserburg, obgleich sie ganz verlassen zu sein schien, mit der größten Vorsicht. Die Arche war jetzt eine halbe Stunde nördlich, fuhr aber langsam auf das Gebäude zu. Als die Mädchen noch hundert Schritte vom Haus entfernt waren, begannen sie rundum zu rudern, um sich zu vergewissern, daß es leer sei. Es war kein Kanu zu sehen, und das ermutigte sie, sich immer mehr zu nähern, bis sie die Plattform erreichten.

»Geh du in das Haus, Hetty«, sagte Judith, »und sieh, ob die Wilden fort sind. Sie werden dir nichts zuleide tun, und wenn noch einer von ihnen da sein sollte, so kannst du mich schnell warnen. Ich glaube nicht, daß sie auf ein armes, hilfloses Mädchen schießen werden.«

Sobald Hetty auf der Plattform war, zog sich Judith etwas zurück, um zur Flucht bereit zu sein. Aber das war unnötig, denn Hetty erschien bald wieder und rief ihr zu, daß alles sicher sei.

»Ich bin in den Zimmern gewesen, Judith«, sagte sie, »sie sind leer, außer das des Vaters. Er schläft darin, aber er scheint keinen ruhigen Schlaf zu haben.«

»Sollte dem Vater etwas widerfahren sein?« fragte Judith, als sie jetzt auf die Plattform trat. Hetty erschien verlegen und sah sich verstohlen um, als fürchte sie, behorcht zu werden.

»Du weißt, in welchem Zustande der Vater bisweilen ist«, sagte sie endlich. »Wenn er zuviel starke Getränke zu sich genommen hat, weiß er nicht immer, was er sagt oder tut, und er scheint auch jetzt wieder betrunken zu sein.«

»Das ist seltsam! Sollten die Wilden mit ihm getrunken und ihn dann zurückgelassen haben?«

Ein Stöhnen drang aus dem inneren Zimmer, und die beiden Mädchen wagten sich in die Nähe des Vaters. Er saß in einer Ecke des kleinen Zimmers, und sein Kopf war auf die Brust hinabgesunken. Judith trat, von einem unheimlichen Gefühl ergriffen, auf ihn zu und nahm ihm seine Mütze ab, die so tief auf den Kopf gezogen war, daß sie sein Gesicht fast verbarg. Da zeigten sich das zitternde und rohe Fleisch, die entblößten Adern und Muskeln. Man hatte ihm, obgleich er noch lebte, seinen Skalp genommen.

Neunzehntes Kapitel

In dem Kampfe mit den Huronen hatte Hutter einen Stich mit dem Messer des alten Kriegers erhalten, der so vorsichtig gewesen war, alle Waffen, außer den seinigen, zu entfernen. Als der Indianer durch diesen hartnäckigen Feind zu sehr bedrängt wurde, hatte er zum Messer gegriffen. Das geschah in dem Augenblick, als die Tür gesprengt wurde und Hurry auf die Plattform drang. Der alte Krieger blieb zurück, weil er sich nicht mit den Spuren von Blut zeigen wollte, nachdem er seinen jüngeren Gefährten befohlen hatte, ihre Feinde lebend zu überwältigen. Als die drei Huronen von der Verfolgung zurückkehrten und sich entschlossen, das Haus zu verlassen, wurde der Skalp Hutters genommen, um Hutter dann eines langsamen Todes sterben zu lassen. Wäre die Verletzung nur auf Hutters Kopf be=

schränkt gewesen, so hätte er wohl wiederhergestellt werden können, aber der Messerstich war tödlich.
»O Judith«, sagte das schwachsinnige Mädchen, nachdem beide dem Leidenden einige Erleichterung verschafft hatten, »der Vater ging selbst nach Skalpen aus, und wo ist jetzt seiner?«
»Still, Hetty! Er öffnet seine Augen, er hört und versteht dich vielleicht. Es ist zu entsetzlich, um davon zu sprechen.«
»Wasser!« schrie Hutter jetzt mit verzweifelter Anstrengung. »Wasser, alberne Mädchen! Wollt ihr mich vor Durst umkommen lassen?«
Es wurde Wasser gebracht, das erste, das der Leidende in den Stunden seiner Qualen zu trinken bekam. Er fühlte sich etwas erfrischt und öffnete seine Augen mit einem starren Blick.
»Vater«, sagte Judith aufs tiefste ergriffen, »können wir etwas für dich tun?«
»Vater!« wiederholte langsam der alte Mann. »Nein, Judith, nein, Hetty, ich bin kein Vater. Sie war eure Mutter, aber ich bin kein Vater. Seht nach in dem Kasten, ihr werdet dort alles finden. Gebt mir noch Wasser!«
Sein Wunsch wurde erfüllt, und Judith, deren Erinnerungen aus der Kindheit weiter zurückgingen als die ihrer Schwester, fühlte eine unwiderstehliche Freude, als sie die Worte des Sterbenden vernahm. Es wäre zuviel gesagt, daß sie ihn nie geliebt habe, aber sie freute sich, daß es nicht länger ihre Pflicht sei. Hetty dagegen, die nicht fähig war, so deutlich zu unterscheiden, hatte ihren angeblichen Vater geliebt, wenn auch weniger zärtlich als ihre Mutter, und fühlte nun doppelten Schmerz. Das arme, von seinen Gefühlen überwältigte Mädchen trat zurück und weinte. Judith reichte dem Leidenden oft Wasser, aber sie vermied es, ihn mit Fragen zu belästigen. Hetty trocknete endlich ihre Tränen und setzte sich auf einen Stuhl neben den Sterbenden, den die beiden Mädchen auf den Fußboden gelegt hatten.
»Vater!« sagte Hetty, »du wirst dich von mir weiter Vater nennen lassen. Soll ich dir aus der Bibel vorlesen? Die Mutter sagte immer, die Bibel gibt Trost in allem Unglück. Sie fühlte sich oft unglücklich, und dann mußte ich ihr aus der Bibel vorlesen.«
Das arme Mädchen blätterte eine Weile in ihrem kleinen schwarzen Buch, und dann las sie langsam mit leiser klagender Stimme ein Kapitel aus der Geschichte Hiobs.
»Fühlst du dich jetzt besser, Vater?« fragte Hetty, als sie das Buch zumachte.
»Wasser!« flüsterte Hutter. »Gib mir Wasser, Judith. Meine Zunge ist mir so heiß!«

Hetty kniete jetzt an der Seite ihres Vaters und betete andächtig das Vaterunser. Judith hörte auf das Gestammel des Sterbenden und verstand mehrmals das Wort Seeräuber. Beide Schwestern dachten kaum an die Huronen, es schien, als ob ihre Verlassenheit und ihr Schmerz sie vor jeder Gefahr schützten. Als sie endlich den Ton von Rudern hörten, erschrak auch Judith nicht, die allein Gründe hatte, den Feind zu fürchten, sondern vermutete gleich, daß die Arche in der Nähe sei. Sie ging ohne Besorgnis auf die Plattform und sah Chingachgook, Wah und Hurry nicht weit ab in der Fähre stehen und vorsichtig das Gebäude beobachten. Einige Worte genügten, um zu erklären, daß keine Gefahr sei, und die Arche war bald wieder an ihrer alten Stelle befestigt.

Judith sagte kein Wort über den Zustand ihres Vaters. Hurry ging in das Haus, weniger kühn und übermütig als sonst, und fand Hutter auf dem Rücken liegend und Hetty an seiner Seite. Er war nicht erschüttert, als er den alten Hutter in dieser schrecklichen Lage sah. Während des Kampfes im Gebäude war er selbst viel zu sehr beschäftigt gewesen, als daß er hätte bemerken können, was mit seinem Kameraden geschah. Da die Feinde keine Waffen gebraucht hatten und ihn unverletzt gefangennehmen wollten, so glaubte er natürlich, Hutter sei nur überwältigt worden.

»Wie, alter Tom«, sagte er endlich, »haben die Landstreicher dich so zu Boden geworfen, daß du nicht wieder aufkommen kannst?«

Hutter öffnete seine Augen und starrte ihn wild an. Seine Gedanken hatten anscheinend keinen Zusammenhang mehr.

»Wer bist du?« fragte er heiser flüsternd. »Du siehst aus wie der Bootsgehilfe unserer Schaluppe.«

»Ich bin Hurry Harry, alter Tom, kennst du mich nicht mehr?«

»Ja, ich kenne dich. Hast du noch deinen Skalp?«

»Was meint der Alte, Judith? Weshalb habt ihr ihm den Kopf verbunden? Haben ihm die Wilden am Ende ... ?« Hurry vollendete seinen Satz nicht.

»Sie haben ihm das getan, was ihr auch tun wolltet. Sie werden für seinen Skalp Geld vom Gouverneur von Kanada erhalten, wie ihr die Skalpe der Huronen an den Gouverneur von York verkaufen wolltet.«

»Solche Worte hätte ich nicht von Hutters Tochter erwartet, noch dazu jetzt, da Thomas Hutter sterbend vor ihren Augen liegt!« erwiderte Hurry.

»Gott sei Dank, ich bin nicht Thomas Hutters Tochter«, erwiderte Judith sehr erregt.

»Nicht Thomas Hutters Tochter! Verleugne deinen Vater in den letzten Augenblicken seines Lebens nicht, Judith, das ist Sünde! Wenn du nicht Thomas Hutters Tochter bist, wessen Tochter bist du denn?«

»Ich kann dir nicht sagen, Harry, wer mein Vater war«, antwortete das

Mädchen bestimmt, »ich hoffe, daß er wenigstens ein ehrlicher Mann gewesen ist.«
»Was du wohl von dem alten Hutter nicht glaubst? Nun, Judith, ich weiß, daß schlimme Gerüchte über den schwimmenden Tom im Umlauf waren, aber wer wird nicht von seinen Feinden verleumdet?«
Hutter öffnete jetzt wieder seine Augen und versuchte, mit einer Hand um sich zu fühlen. Eine Minute später stöhnte er tief auf, und dann hörte er für immer auf zu atmen.
Der Tag verging ohne weitere Unterbrechung. Die Huronen, obgleich sie jetzt ein Kanu besaßen, schienen mit ihrem Erfolge im Augenblick zufrieden zu sein. In der Wasserburg wurden die Vorbereitungen zur Beerdigung Hutters gemacht. Ihn am Lande zu begraben, war nicht möglich, und Hetty wünschte, daß er neben ihrer Mutter im See ruhen möge. Man wollte den Toten bei Sonnenuntergang versenken, eine gute Stunde, um jemand die letzte Ehre zu erweisen. Die Leiche lag in der Fähre und war in eine Decke gehüllt, in die man vom Herde Steine getan hatte, damit der Körper untersinken möge. Andere Vorbereitungen waren nicht nötig, nur hatte Hetty ihre Bibel unter dem Arm. Als alle in der Arche waren, wurde die merkwürdige Wohnung des nun toten Mannes in Bewegung gesetzt. Hurry handhabte die Ruder, und die Bewegung der Arche war langsam und feierlich. Die Oberfläche des Sees war glatt wie ein Spiegel, und die weiten Wälder lagen still im Umkreis. Judith wurde zu Tränen gerührt, und auch Hurry fühlte sich bewegt. Hettys Gedanken hatten so viel von der Reinheit einer besseren Welt, daß es ihr leicht wurde, die Erde ganz zu vergessen und nur an den Himmel zu denken. Wah-ta-Wah war bei der Feierlichkeit ernst und aufmerksam, sie hatte zwar oft die Beerdigung weißer Männer gesehen, aber noch nie eine solche wie diese. Der Delaware bewahrte eine stoische Haltung. Hetty versah den Dienst eines Lotsen, damit Hurry jene Stelle finde, die sie »das Grab ihrer Mutter« nannte.
Die Wasserburg stand nahe am südlichen Ende einer Sandbank, die sich fast eine halbe Viertelstunde nach Norden zu erstreckte. Am äußersten Ende dieser Untiefe hatte Thomas Hutter einst die irdischen Überreste seiner Frau und seines Kindes versenkt. Jetzt sollte seine Leiche daneben gelegt werden. Hetty fand gewöhnlich die Stelle durch Zeichen am Lande, und nach einiger Zeit bedeutete sie Hurry, anzuhalten. March ließ den Anker fallen und hielt die Fähre an. Hetty, die am Vorderteil des Fahrzeugs stand, zeigte in das Wasser, und Tränen strömten ihr über die Wangen. Hurry verhielt sich ernst und ruhig, weil er an die Wiedervergeltung dachte, die seinen ehemaligen Gefährten heimgesucht hatte, und an die schreckliche Gefahr, in der noch vor kurzem sein eigenes Leben geschwebt hatte. Er brachte die Leiche

zum Ende der Fähre, es wurden Seile unter die Schultern und Beine gelegt, und dann wurde der Körper von Thomas Hutter langsam in den See versenkt.

»Das ist also das Ende des alten Tom!« sagte Hurry, indem er sich über den Rand der Fähre beugte und in das Wasser hinabsah. »Er war ein tapferer Gefährte und ein geschickter Biberfänger. Weint nicht, Judith und Hetty, denn wir alle müssen sterben. Euer Vater wird ein schmerzlicher Verlust für euch sein, aber es gibt Wege, und ihr seid beide jung und schön. Wenn du anhören willst, Judith, was ein ehrlicher Mann zu sagen hat, so will ich einige Worte mit dir allein sprechen.«

Judith weinte bei der Erinnerung an die frühere Zärtlichkeit der Mutter, doch sie schien plötzlich einen Gedanken zu fassen, sah den jungen Mann aufmerksam an, wischte sich die Tränen aus den Augen und ging zum anderen Ende der Fähre. Hurry folgte ihr. Sie setzte sich hin und winkte ihm, neben ihr Platz zu nehmen. Ihr Ernst schüchterte Hurry etwas ein, so daß er schwieg.

»Du willst mit mir vom Heiraten sprechen, Harry March«, begann sie endlich.

»Du weißt, daß ich dich schon seit langer Zeit für das schönste junge Mädchen halte, das ich je sah«, sagte er nun zögernd und verlegen.

»Ich weiß, Hurry. Ich verstehe dich gut, du ziehst mich anderen Mädchen vor und willst mich zur Frau haben, aber ich will jetzt aufrichtig sein. Es ist ein Grund vorhanden, March, weshalb ich nie deine Frau werden darf. Ich liebe dich nicht genug, und ich bin überzeugt, daß ich dich nie genug lieben werde. Kein Mann kann sich eine Frau wünschen, die ihn nicht allen anderen Männern vorzieht.«

»Ach, Judith, die Offiziere aus den Garnisonen mit ihren Scharlachröcken und Federhüten haben das angerichtet!«

»Vergiß nicht, Hurry, daß ich ein Mädchen bin, das weder einen Vater noch einen Bruder hat, die deine Worte rächen können.«

»Gut, das läßt sich hören, ich will auch nichts mehr sagen. Nimm dir Zeit, Judith, und überlege es dir besser.«

»Ich habe mich längst entschieden, und ich wartete nur, bis du dich deutlich aussprechen würdest, um dir deutlich zu antworten.«

Der Eifer des jungen Mädchens erschreckte Hurry, denn er hatte sie noch nie so ernst und entschieden gesehen. Früher wich sie immer seinen Anträgen aus oder nahm sie scherzhaft auf, doch er hatte es nur für weibliche Koketterie gehalten. Wenn er selbst auch bisher unentschieden gewesen war, so hatte er es doch nie für möglich gehalten, daß Judith sich weigern werde, die Frau des schönsten Mannes im ganzen Grenzgebiet zu werden.

Jetzt war er etwas beschämt und sehr erstaunt. Nach einer kleinen Pause sagte er schließlich achselzuckend: »Der alte Tom ist nicht mehr da, die Huronen schwärmen am Ufer und in den Wäldern, was soll ich eigentlich noch hier?!«
»Verlaß uns, noch heute abend, wenn du willst«, sagte Judith darauf kurz.
»Wenn ich weggehe, Judith, so wird mir deinetwegen das Herz schwer. Ich möchte dich lieber mitnehmen.«
»Davon kann nicht die Rede sein, March. Ich will dich, sobald es dunkel ist, in einem Kanu ans Land setzen, und dann kannst du dich nach der nächsten Garnison durchschlagen.«
»Wenn ich sicher in das Fort komme, werde ich euch Hilfe gegen die Landstreicher schicken. Ich werde selbst mitkommen, denn ich möchte dich und Hetty in Sicherheit bringen, ehe wir uns für immer trennen.«
»Sobald es dunkel ist, will ich dich ans Ufer bringen, oder der Delaware wird es tun. Du kannst dich dann an den Mohawk und in die nächste Garnison begeben und so viel Hilfe schicken, wie dir möglich ist. Wir sind jetzt wieder Freunde, Hurry, und ich darf dir vertrauen, nicht wahr?«
Hurry nickte nur, und Judith fuhr fort: »Du wirst einen Hauptmann Warley auf dem nächsten Posten finden. Ich halte es für wahrscheinlich, daß er die Truppen, die uns zu Hilfe geschickt werden, befehligen wird. Ich würde es sehr vorziehen, wenn es ein anderer sein könnte.«
»Das ist leichter gesagt als getan, Judith, denn diese Offiziere lassen sich keine Vorschriften machen. Ich kenne den Hauptmann Warley, es ist ein rotbackiger, lebenslustiger Herr, der gern Madeira trinkt und allen Mädchen den Hof macht.«
Judith errötete, schwieg aber und stand auf, um zu ihrer Schwester zu gehen.

Zwanzigstes Kapitel

Hetty hatte die ganze Zeit über an der Spitze der Fähre gesessen und traurig in das Wasser hinabgeschaut. Judith trat zu ihrer Schwester mit einem feierlichen Wesen, das man sonst selten an ihr bemerkte.
»Schwester«, sagte sie freundlich, »ich habe dir viel zu sagen. Wir wollen in einem Kanu etwas abseits rudern, um allein zu sein.«
Das war bald geschehen, die Arche wurde mit regelmäßigen Ruderschlägen etwa hundert Schritte zurückbewegt, und die beiden Mädchen blieben in ihrem Kanu über den Gräbern der Toten.
»Der Tod von Thomas Hutter«, begann Judith nach einer kurzen Pause, »hat alle unsere Aussichten verändert, Hetty. Wenn er auch nicht unser

Vater war, so sind wir doch Schwestern, und wir müssen uns lieben und zusammen leben.«
»Wenn wir auch nicht Thomas Hutters Töchter sind, Judith, so wird uns doch niemand unser Recht an seinem Eigentum streitig machen. Wir haben das Haus und die Arche und die Kanus und den See und die Wälder, was kann uns hindern, hierzubleiben und unser Leben wie bisher zu führen?«
»Nein, arme Hetty, das geht nicht! Wir würden hier nicht sicher sein, wenn es den Huronen auch nicht gelingen sollte, uns in ihre Gewalt zu bekommen. Wir müssen von hier fort in die nächsten Niederlassungen gehen.«
»Das tut mir leid, Judith«, erwiderte Hetty, indem sie ihren Kopf vorbeugte und nachdenklich in das Wasser sah. »Ich möchte lieber hierbleiben, wo ich mein Leben zugebracht habe, wenn ich auch nicht hier geboren bin. In den Niederlassungen gefällt es mir nicht, sie sind voll Sünde und Schlechtigkeit. Ich liebe die Bäume und die Berge und den See, und es würde mir sehr schmerzlich sein, alles das zu verlassen. Du bist schön und klug und wirst einen Mann bekommen und ich einen Bruder, der sich unserer annimmt.«
»Ja, wenn das sein könnte, Hetty, dann würde ich jetzt tausendmal glücklicher in diesen Wäldern leben als in den Niederlassungen.«
»Harry March liebt dich, Schwester«, erwiderte die arme Hetty sanft und errötete tief.
»Ich habe mich eben gegen Harry March ausgesprochen. Von ihm kann keine Rede mehr sein. Es gibt einen anderen — aber genug davon! Wir müssen uns über unsere weiteren Pläne klarwerden. Allein hierbleiben können wir nicht, und es ist auch Zeit, Hetty, daß wir über unsere Verwandten und über unsere Familie etwas zu erfahren suchen. Die Mutter war so sehr verschieden von Thomas Hutter, daß ich gern wissen möchte, wer unser Vater gewesen ist. Es sind gewiß Papiere in dem Kasten, aus denen wir es ersehen können.«
»Gut, Judith, du mußt es am besten wissen, denn du bist klug, wie die Mutter immer sagte. Wenn du Hurry, der der schönste Mann ist, den ich kenne, nicht heiraten willst, so sehe ich keinen anderen Mann für dich, und wir müssen hier fort.«
»Was meinst du zu Wildtödter, Hetty?« fragte Judith plötzlich.
»Wildtödter!« wiederholte Hetty erstaunt, »er ist ja gar nicht schön, Judith.«
»Er ist aber auch nicht häßlich, Hetty, und die Schönheit hat für einen Mann keine Bedeutung.«
Hetty verstand nun nichts mehr und begann wieder von Harry March zu sprechen, den sie grenzenlos zu verehren schien.
»Gut, Hetty, sage nichts mehr davon«, unterbrach Judith sie. »Ich höre dich

nicht gerne von solchen Dingen reden. Harry March verläßt uns heute abend.«

»Ach, Judith, das habe ich längst befürchtet, und ich hoffte so sehr, daß er mein Schwager werden würde!«

»Laß uns lieber von unserer armen Mutter und von Thomas Hutter reden, liebe Hetty. Ich will noch heute abend den Kasten untersuchen, und der morgige Tag soll entscheiden, was wir weiter beginnen wollen. Die Huronen werden jetzt, da wir unser Eigentum ohne Furcht vor Thomas Hutter benutzen können, leicht zu erkaufen sein. Ich will nur erst Wildtödter aus ihren Händen befreien, dann wird alles für unsere Zukunft geordnet sein.«

Judith legte jetzt ihr Ruder beiseite, während Hetty auf die Knie sank und laut betete. Als sie sich erhob, waren ihre Züge so verklärt, daß Judith, die seit längerem nicht mehr gebetet hatte, sie betroffen ansah. Als sie dann das Kanu langsam zurückruderte, saß Hetty nachdenklich und schweigsam im Boot. Plötzlich sagte Judith: »Siehst du nicht hinter dem Haus ein Kanu? – Hier, in der Richtung der Landspitze.«

»Ich sah es schon einige Zeit«, antwortete Hetty ruhig. »Es wird von einem einzelnen Mann gerudert, es scheint Wildtödter zu sein.«

»Wildtödter!« rief Judith aufgeregt. »Das kann nicht sein.«

Das leichte Boot war jetzt an dem Gebäude vorüber und näherte sich der Arche. Dort versammelte man sich bereits, um den Gast zu empfangen. Judith sah, daß ihre Schwester recht hatte: Wildtödter saß allein im Kanu. Er näherte sich in völliger Ruhe.

Der Tag ging zur Neige, und die Ufer waren schon undeutlicher. Auf dem Wasser lag noch das Licht des Sonnenuntergangs. Die Baumstämme des Hauses und der Arche schimmerten dunkelrot, und als die beiden Kanus sich einander näherten, erschienen Boote und Menschen wie in Gold getaucht.

»Willkommen, Wildtödter!« rief Judith jetzt, »wir hatten einen schrecklichen Tag! Doch deine Rückkehr bedeutet Glück! Sind die Huronen menschlicher geworden, oder bist du ihnen durch deinen Mut und deine Klugheit entflohen?«

»Keins von beiden, Judith«, sagte Wildtödter.

»Wie kamst du dann aber hierher?« fragte Judith erstaunt.

»Das ist sehr einfach, Judith. Ich bin auf Urlaub!«

»Urlaub? Ich weiß, was das Wort bei den Soldaten bedeutet, aber bei einem Gefangenen?«

»Es bedeutet dasselbe. Ein Mann bekommt Erlaubnis, das Lager oder die Garnison auf eine bestimmte Zeit zu verlassen. Später muß er zurück, seine Muskete schultern oder sich den Martern unterwerfen, das ist ganz einfach.«

»Welche Sicherheit haben die Huronen für deine Rückkehr?«

»Mein Wort!« erwiderte der Jäger. »Das habe ich ihnen gegeben, und sie wären alberne Toren gewesen, wenn sie mich ohne diese Sicherheit hätten gehen lassen.«

»Ist es möglich, daß du dich in diesem Fall durch dein Wort für gebunden hältst?«

»Niemand wird mich zurückhalten«, sagte Wildtödter sehr ernst. »Der Delaware hat gewiß nichts dagegen einzuwenden, denn er kennt die Pflicht und die Ehre eines Mannes. Harry ist nur an sich selbst gelegen, er wird nicht viel Worte darüber machen. Er denkt nur an seinen eigenen Vorteil.«

Judith schwieg lange Zeit. Alle Gefühle kämpften in ihr, sie wußte aber, daß Gründe hier zwecklos sein würden.

»Wann ist dein Urlaub zu Ende, Wildtödter?« fragte sie, als beide Kanus zur Arche ruderten.

»Morgen um die Mittagsstunde, und du kannst dich darauf verlassen, Judith, daß ich keinen Augenblick früher zurückkehren werde. Die Indianer fürchten einen Besuch von den Garnisonen her und wollten die Zeit keinen Augenblick verlängern. Sie scheinen sich so ziemlich verständigt zu haben. Wenn ich den Zweck meiner Sendung nicht erreiche, sollen die Martern schon am Nachmittag beginnen, damit sie ihren Rückzug nach Hause einschlagen können, sobald es dunkel geworden ist.«

»Sind die Huronen entschlossen, den Tod ihrer Gefährten zu rächen?« fragte Judith leise.

»Gewiß, wenn ich die Absichten der Indianer nach äußern Anzeichen richtig zu beurteilen vermag. Ich habe bemerkt, daß die Weiber der Huronen sehr wütend darüber sind, daß Wah entführt wurde. Noch mehr hat sie aber der schreckliche Mord an dem jungen Mädchen in der vergangenen Nacht empört.«

»Ach, Wildtödter, die Huronen werden es sich überlegen, da sie dir bis morgen Zeit gegeben haben.«

»Ich will dazu nichts sagen, Judith. Ein Indianer ist ein Indianer, und man darf nicht hoffen, ihn zu täuschen. Ich habe einen der besten und kühnsten Krieger erschlagen, und sie werden sich rächen wollen. – Doch ich spreche nur von mir, Judith, du wirst Sorgen genug haben, und vielleicht willst du einen Freund um Rat fragen.«

»Ja, Wildtödter«, antwortete Judith fast unhörbar. »Harry Hurry will uns verlassen. Hetty und ich wissen nicht, was wir beginnen sollen.«

Die Kanus legten jetzt an der Arche an, und sie beschlossen, das Gespräch später fortzusetzen.

Die Begrüßung zwischen Wildtödter und seinen Freunden in der Arche war ernst. Der Delaware erriet aus seinem Benehmen, daß er seinen Feinden

nicht entronnen sei, und einige kurze Worte genügten, um seine Annahme zu bestätigen. Es fing jetzt an, dunkel zu werden, und es wurde beschlossen, die Arche zum Haus zu rudern und dort zu befestigen. Wildtödter versicherte, daß vorläufig von den Huronen nichts zu fürchten sei. Er hatte sich überzeugt, daß sie keine Feindseligkeiten während der Nacht beabsichtigten. Er hatte einen Vorschlag von ihnen mitzuteilen, und wenn er angenommen würde, sollte der Kampf zwischen den Parteien beendet sein.
Sobald die Arche befestigt war, beschäftigten sich alle erst auf verschiedene Art. Die Mädchen bereiteten traurig und still das Abendessen. Hurry setzte seine Mokassins beim Licht eines brennenden Fichtenspans instand, Chingachgook saß in düsterm Nachdenken da, während Wildtödter ruhig und unbefangen die Lieblingsflinte Hutters genau besichtigte. Die Waffe war etwas länger als gewöhnlich und kam offenbar aus der Werkstätte eines ausgezeichneten Büchsenmachers. Sie hatte einige silberne Zierate, aber ihr größter Vorzug lag in der Genauigkeit ihres Ziels. Der Jäger legte den Kolben immer wieder an seine Schulter und zielte über das Visier. Er hob die Waffe langsam, um ihr Gewicht zu prüfen, und stellte fest, ob die Flinte sich zu einem schnellen und genauen Schuß eigne.
»Es ist eine treffliche Waffe, Hurry«, sagte Wildtödter endlich, »und man möchte fast bedauern, daß sie jetzt nur den Mädchen gehört. Die Jäger haben mir schon viel davon erzählt.«
»Behalte sie, Wildtödter, und werde König der Wälder!« sagte Judith, die die Worte gehört hatte und deren Blick sich von dem ehrlichen Gesicht des Jägers nicht abwandte. »Sie kann nie in besseren Händen sein, und ich hoffe, daß sie noch fünfzig Jahre darin bleiben wird.«
»Das kann dein Ernst nicht sein, Judith«, sagte Wildtödter überrascht.
»Es ist mein vollkommener Ernst, Wildtödter, der Wunsch und das Geschenk!«
»Nun, wir werden Zeit finden, weiter darüber zu sprechen. Du mußt nicht niedergeschlagen sein, Hurry, denn Judith ist ein verständiges Mädchen, und sie weiß, daß der Ruf der Flinte ihres Vaters sicherer in meinen Händen ist als möglicherweise in den deinigen.« Hurry murmelte nur unzufrieden vor sich hin und war ganz mit den Vorbereitungen zur Abreise beschäftigt. Bald darauf war das Abendessen fertig, und es wurde schweigend gegessen. Hinterher versammelten sich alle auf der Plattform, um die Mitteilung Wildtödters zu hören. Es wurden Stühle gebracht, und alle sechs setzten sich im Kreis in der Nähe der Tür. Am Ufer unter den Bergen war es wie gewöhnlich dunkel, aber in der Mitte des Sees bewegten sich unzählige Sterne auf dem dunklen Wasser.
»Meine Botschaft ist nicht angenehm, und ich weiß, daß sie nutzlos sein

wird«, begann Wildtödter endlich. »Als die Mingos von hier zurückkamen, berieten sie untereinander, und ich konnte deutlich sehen, daß sie Rachepläne hegten. Niemand läßt sich gern besiegen, noch dazu, wenn er seinem Feinde an Zahl überlegen ist. Nachdem sie geraucht und ihre Reden gehalten hatten, wurde der Entschluß bekannt. Die Häuptlinge glauben, ich sei ein Mann, dem man eine Botschaft anvertrauen könne. Der See und alles, was sich auf ihm befindet, ist, wie sie glauben, in ihrer Gewalt. Thomas Hutter ist gestorben, und, was Hurry betrifft, so bilden sie sich ein, er sei heute dem Tode nahe genug gewesen. Sie halten daher alle Streitkräfte auf Chingachgook und die beiden jungen Mädchen beschränkt, und obgleich sie wissen, daß der Delaware einer angesehenen Familie angehört, so ist ihnen doch bekannt, daß er jetzt seinen ersten Kriegspfad betritt. Nun schicken sie durch mich diesen Wampumgürtel mit folgenden Worten: ›Sage der Schlange, daß er sich für einen Anfänger gut genug benommen habe, er kann jetzt über die Berge nach seiner Heimat zurückkehren, und niemand wird seine Spur verfolgen. Wenn er einen Skalp gefunden hat, so soll er ihn mitnehmen. Die Tapferen der Huronen haben Herzen und können es einem jungen Krieger nicht verargen, wenn er nicht mit leeren Händen heimkehren will. Wah muß aber zurück zu den Huronen, denn als sie sich in der Nacht wegstahl, nahm sie etwas mit, was ihr nicht gehörte.‹«

»Das kann nicht wahr sein«, sagte Hetty ernst. »Wah ist gewiß ein Mädchen, welches jedem das Seine läßt.«

»Du verstehst die Botschaft der Mingos nicht, Hetty«, fuhr Wildtödter fort. »Wah hat die Liebe eines jungen Huronen mitgenommen, und man wünscht sie zurück, damit der arme junge Mann sie wiederfinden möge. Die nächste Botschaft ist für dich, Judith. Sie sagten, die ›Moschusratte‹, wie sie deinen Vater nennen, sei in den See hinuntergetaucht, er werde nie wieder heraufkommen, und seinen Töchtern werde es bald an Wigwams und an Nahrung fehlen. Die Hütten der Huronen sind besser als die Hütten von York. Sie wünschen, du sollst zu ihnen kommen und dich davon überzeugen. Sie sagen, deine Farbe sei allerdings weiß, aber sie glauben, junge Frauenzimmer, die so lange in den Wäldern gelebt haben, würden in den Niederlassungen nicht heimisch werden. Ein berühmter Krieger unter ihnen hat vor kurzem sein Weib verloren, und er würde gern die Wilde Rose auf die Bank an seinen Herd setzen. Und Hetty wird immer von den roten Kriegern geehrt und gut aufgenommen werden. Sie glauben, daß das Besitztum deines Vaters dem Stamme zufallen müsse, doch dein Eigentum solle, wie das aller Weiber, dem Wigwam des Mannes überwiesen werden.«

»Konntest du dich entschließen, mir eine solche Botschaft mitzuteilen, Wildtödter?« sagte Judith traurig.

»Du darfst es mir nicht übelnehmen, daß ich die Botschaft mit denselben Worten mitteile, in denen sie mir übertragen worden ist. Das war eine Bedingung, unter der ich meinen Urlaub erhielt. Ich habe mitgeteilt, was sie sagten, aber noch nicht, zu welcher Antwort ich raten würde.«

»Ja, laß uns das hören«, unterbrach ihn Hurry.

»Auch meine Antwort auf die verschiedenen Punkte, Hurry. Wenn ich an deiner Stelle wäre, würde ich erwidern: ›Wildtödter, sage ihnen, daß sie Harry March nicht kennen! Er ist menschlich gesinnt, und da er eine weiße Haut hat, so hat er auch weiße Gaben, die ihm nicht gestatten, Angehörige seiner Farbe in ihrer größten Not zu verlassen.‹«

»Freundliche Worte begründen lange Freundschaften, Meister Wildtödter«, erwiderte Hurry darauf fast drohend. »Du bist noch ein unerfahrener Jüngling, und du weißt am besten, was dir bevorsteht. Da du ein Zwischenträger bist, den die Wilden uns Christen schicken, so kannst du ihnen sagen, daß sie Harry March ganz richtig beurteilt haben. Er sieht ein, wie töricht es sein würde, wenn ein einzelner Mann es mit einem ganzen Stamm von Indianern aufnehmen wollte. Wenn aber die Mädchen ihn verlassen, so werden sie auch von ihm verlassen.«

»Der Punkt ist also erledigt«, fuhr Wildtödter fort, ohne die Leidenschaftlichkeit des anderen zu beachten. »Hurry Harry muß für sich selbst handeln. Jetzt richte ich die Frage an Wah-ta-Wah: Willst du auch deiner Pflicht entfliehn, indem du zu den Mingos zurückkehrst?«

»Weshalb mit Wah so sprechen?« fragte das Mädchen empfindlich. »Du denken, ein Rothautmädchen wie Kapitänsfrau sein, lachen und scherzen, mit allen Offizieren, die kommen?«

»Was ich denke, Wah, darauf kommt es hier nicht an. Ich muß den Huronen deine Antwort mitteilen.«

Die Indianerin zögerte nicht länger. In ihrer Aufregung stand sie auf und redete in ihrer eigenen Sprache.

»Sage den Huronen, Wildtödter, daß sie so einfältig wie Maulwürfe sind, sie wissen den Wolf nicht vom Hunde zu unterscheiden. Unter meinen Landsleuten verblüht die Rose, wo sie emporgeknospet ist, die Tränen des Kindes fallen auf die Gräber seiner Eltern, das Getreide wächst, wo die Saat ausgesät war. Die Delawarenmädchen sind nicht Boten, die man von einem Stamm zu einem andern senden kann. Die jungen Männer ihres eigenen Stammes tragen sie an ihren Busen fort, wenn sie noch duften. Was ist ein Huronenjüngling einem Mädchen aus dem Stamm der Lenni-Lenape? Er mag schnell sein, aber ihre Augen folgen ihm nicht im Wettlauf, sie schauen zurück nach den Hütten der Delawaren. Wah-ta-Wah hat nur ein Herz, und das kann nur einen Mann lieben.«

Wildtödter hörte diese Worte mit unverhohlenem Entzücken: »Das ist alle Wampums in den Wäldern wert«, sagte er. »Du wirst die Worte nicht verstanden haben, Judith, aber wenn du nach deinen eigenen Gefühlen urteilst, wirst du ihren Sinn erraten können. Da wir nun die Antwort eines Mädchens von den Rothäuten gehört haben, Judith, so muß ich mir auch die eines weißen Gesichtes ausbitten.«

»Es ist noch nicht Zeit, daß ich antworte«, erwiderte Judith. »Chingachgook hat noch nicht gesprochen.«

»Chingachgook! Ich weiß, was er antworten wird, wenn ich auch kein Wort davon hören sollte!«

Der junge Häuptling erhob sich aber jetzt von seinem Sitz, um die Antwort mit der erforderlichen Würde zu erteilen. Er streckte ruhig seinen Arm vor sich aus, um seinen Worten Nachdruck zu geben.

»Ein Wampum muß für das andere geschickt werden, eine Botschaft muß man durch eine andere beantworten. Höre, was die Große Schlange der Delawaren den ›Wölfen von den großen Seen‹, wie sie sich nennen und die durch unsere Wälder heulen, zu sagen hat. Sie sind keine Wölfe, sie sind Hunde, die hierherkamen, um ihre Schwänze und Ohren von den Händen der Delawaren verstümmeln zu lassen. Sie sind gut, um junge Mädchen zu stehlen, aber schlecht, um sie zu behalten. Chingachgook nimmt das Seinige, wo er es findet, ohne einen ›Hund aus Kanada‹ erst um Erlaubnis zu fragen. Wenn er ein zärtliches Gefühl in seinem Herzen hat, so geht das den Huronen nichts an. Er behält Wah-ta-Wah bei sich, damit sie ihm seine Speisen zubereite. Sie beide werden Delawaren genug sein, um alle Huronen in ihre Höhlen zurückzuscheuchen.«

»Das ist eine gute Depesche, wie die Offiziere so etwas nennen«, sagte Wildtödter. »Alle Huronen werden in Feuer und Flammen geraten. Doch stolze Worte sind nicht immer große Taten! Der Himmel gebe, daß wir nur die Hälfte von dem ausführen können. Jetzt ist die Reihe an dir, Judith, denn die Landstreicher erwarten von jeder Person eine Antwort, vielleicht nur mit Ausnahme der armen Hetty.«

»Und weshalb nicht von ihr, Wildtödter? Die Indianer achten vielleicht ihre Worte am meisten.«

»Das ist wahr, Judith, die Rothäute achten allerdings derartiges Unglück. Wenn du etwas zu sagen hast, Hetty, so will ich es den Huronen getreulich berichten.«

Das Mädchen zögerte einen Augenblick, dann antwortete sie: »Die Huronen können den Unterschied zwischen den weißen Leuten und sich selbst nicht einsehen, sonst würden sie nicht von Judith und mir verlangen, daß wir zu ihnen kommen und in den Dörfern leben sollen. Gott hat ein Land dem roten Manne und das andere uns gegeben, er wollte daher, daß wir getrennt leben sollen. Ich will, wenn sie es wünschen, wieder zu ihnen kommen und ihnen noch mehr aus der Bibel vorlesen, aber ich kann die Gräber des Vaters und der Mutter nicht verlassen.«

Als Wildtödter, nachdem Hetty gesprochen hatte, die ältere Schwester wieder fragend ansah, entschloß sie sich zu reden.

»Sage mir, sage uns zuerst, Wildtödter«, begann sie, »welche Folgen werden unsere Antworten für dein Geschick haben? Wenn du das Opfer unseres Mutes werden solltest, so wäre es besser, wir hätten uns alle etwas vorsichtiger ausgesprochen.«

»Du könntest mich ebensogut fragen, Judith, von welcher Seite der Wind in der nächsten Woche wehen wird. Ich kann nur sagen, daß sie mich mit düsteren Gesichtern angesehen haben, aber es donnert nicht immer, wenn der Himmel sich mit Wolken überzieht. Das ist daher eine Frage, die sich leichter stellen als beantworten läßt.«

»Ebenso ist es mit der Botschaft der Irokesen an mich«, antwortete Judith, indem sie sich erhob, als habe sie für jetzt nichts mehr zu sagen. »Meine Antwort wird erfolgen, Wildtödter, nachdem du und ich allein darüber gesprochen haben werden.«

Es lag etwas so Entschiedenes in dem Benehmen des Mädchens, daß sich alle damit abfanden.

Sie trennten sich jetzt, da Hurry sie bald verlassen wollte. Es war neun Uhr, als Hurry aufbrach. Statt freundlich Abschied zu nehmen, sprach er nur einige mürrische Worte. Judith gab ihm ihre Hand, doch mehr in freudigem als in bedauerndem Gefühl, während der Delaware und Wah seinen Abschied kaum beachteten. Nur Hetty verriet ihr wahres Gefühl.

Als das Kanu mit Wildtödter und Hurry abstieß, rief sie dem letzteren nach: »Lebe wohl, Hurry. Nimm dich in den Wäldern in acht und halte dich nirgends auf, bis du die Garnison erreicht hast.«

Hurry hatte bei seiner Abreise so wenige Beweise der Teilnahme erhalten, daß diese Worte Eindruck auf ihn machten. Er hielt das Kanu an und brachte es mit einem einzigen Stoß seines kräftigen Armes wieder an die Seite der Arche zurück.

»Du bist ein gutes Mädchen, Hetty, und ich kann dich nicht verlassen, ohne dir die Hand zu geben«, sagte er freundlich. »Wenn wir wieder zusammenkommen, Hetty, wirst du einen Freund in mir finden, mag deine Schwester sich auch benehmen, wie sie will. Ich war kein großer Freund deiner Mutter, aber der alte schwimmende Tom Hutter war im Grunde ein guter Bursche, und ich werde ihn gegen alle seine Feinde auch um deinetwillen verteidigen!«

Mit diesen Worten stieß er das Kanu wieder ab, und einige Zeit ruderten er und Wildtödter schweigend. Sie wollten zu derselben Landspitze fahren, von der aus sie zuerst auf den See kamen. Es war zu erwarten, daß dieser Ort weniger von den Huronen bewacht sei. In weniger als einer Viertelstunde hatten sie ihr Ziel erreicht und hielten im Schatten des Ufers.

»Du wirst die Offiziere in der Garnison veranlassen, daß sie gleich nach deiner Ankunft eine Abteilung Soldaten gegen die Landstreicher abschikken«, begann Wildtödter, »und es wird noch gut sein, wenn du dich erbietest, die Truppen zu führen. Du kennst die Wege hierher, den See und das Land.«

»Und was geschieht mit dir?« fragte Hurry mit mehr Teilnahme, als er gewöhnlich zu verraten pflegte.

»Nur der Herr in seiner Weisheit kann es wissen, Harry March! Die Wolken sehen düster und drohend aus, und ich habe mich auf das Schlimmste vorbereitet.«

»Du kannst dich doch nicht den Händen der grausamen Wilden wieder überliefern, Wildtödter?« sagte Hurry jetzt zornig. »Es ist unsinnig und dumm!«

»Es gibt einige, denen es dumm scheint, ein gegebenes Wort zu halten, Hurry Harry. Aber keine Rothaut soll sagen können, daß ein Mingo sein Wort besser hält als ein Mann von weißen Gaben. Ich bin nur auf Urlaub, und ich werde morgen zur bestimmten Zeit zurückkehren.«

»Was hat ein gegebenes Wort zu bedeuten, wenn man mit solchen Geschöpfen, wie die Indianer, zu tun hat?«

»Wer glaubt, er könne in seinem Unglück sagen, was er will, und es würde alles für nichts gelten, weil es etwa im Walde und zu Rothäuten gesagt wurde, der weiß zuwenig von einem echten, frommen Mann. Lebe wohl, Harry, wir sehen uns vielleicht nicht wieder.«

March freute sich jetzt, daß er schnell weg konnte. Er riß sich mit Ungeduld los, da er die Torheit verwünschte, die einen Mann veranlassen konnte, in sein eigenes Verderben zu rennen. Doch Wildtödter zeigte keine Aufregung. Von seinen Grundsätzen erfüllt, unbeugsam in dem Entschluß, nach ihnen zu handeln und jeder unmännlichen Furcht unzugänglich, betrachtete er alles, was ihm bevorstand, wie ein Naturgesetz. Er stand ruhig am Ufer, horchte auf das Geräusch, das Hurry im Ufergebüsch machte, und schüttelte unzufrieden mit dem Kopf über diesen Mangel an Vorsicht. Dann trat er wieder in das Kanu zurück. Bevor er das Ruder in das Wasser tauchte, sah er sich noch einmal um. Hier war die Stelle, wo er zum erstenmal den schönen See gesehen hatte. Damals war es ein herrlicher Anblick in dem hellen Lichte des Sommertages, jetzt brachten die verhüllten Schatten der Nacht eine traurige und schwermütige Stimmung. Die Berge erhoben sich düster, und nur ein bleicher Schimmer lag noch auf der Mitte des Sees. Er seufzte tief auf, stieß das Kanu vom Lande ab und ruderte schnell zurück.

Einundzwanzigstes Kapitel

Judith erwartete die Rückkehr Wildtödters ungeduldig auf der Plattform. Wah und Hetty lagen schon in tiefem Schlaf, und der Delaware hatte sich auf dem Fußboden des Nebenzimmers mit der Flinte an seiner Seite, unter einer Decke ausgestreckt. In der Arche brannte eine Lampe, was nur bei außergewöhnlichen Gelegenheiten der Fall war. Sobald das Mädchen das Kanu bemerkte, stand es bereit, den jungen Mann zu empfangen. Es half ihm, das Kanu befestigen, und sagte ihm, daß die anderen bereits schliefen. Er hörte aufmerksam zu, denn das Benehmen des Mädchens war ernst, und er wußte, daß sie ihm etwas Wichtiges mitzuteilen habe.
»Du siehst, Wildtödter«, fuhr Judith fort, »daß ich die Lampe angezündet und in die Kajüte gestellt habe. Willst du mir folgen und anhören, was ich dir zu sagen habe?«
Der Jäger verriet einiges Erstaunen, folgte ihr aber sofort in die Arche. Hier waren zwei Stühle neben den Kasten gestellt, die Lampe stand auf einem anderen, und es war auch ein Tisch herbeigerückt.
»Ich vermute wohl, was das alles zu bedeuten hat«, bemerkte Wildtödter, »aber weshalb ist Hetty nicht dabei? Nach dem Tode von Thomas Hutter hat sie doch auch ein Anrecht darauf.«
»Hetty schläft«, antwortete Judith schnell, »und sie hat mir heute abend ihren Anteil an allem, was der Kasten enthalten mag, abgetreten.«
Wildtödter war zögernd mit dieser Erklärung einverstanden, und Judith fuhr fort: »Setze dich und hebe den Deckel des Kastens auf, diesmal wollen wir ihn ganz untersuchen. Es würde mir unangenehm sein, wenn sich nicht etwas fände, woraus ich mehr über die Geschichte von Thomas Hutter und meiner Mutter erfahren könnte.«
»Weshalb nennst du ihn Thomas Hutter, Judith, und nicht deinen Vater?« fragte Wildtödter verwundert.
Judith berichtete ihm darauf von den letzten Worten Thomas Hutters und von ihren frühesten Kindheitserinnerungen. Dann machten sie sich daran, den Kasten auszuräumen. Zuerst kamen wieder die schon bekannten Dinge zum Vorschein, und dann fanden sie, in ein Segeltuch eingeschlagen, eine Flagge, die von einem englischen Schiff zu stammen schien. Wildtödter entdeckte nun weiter ein Kästchen von schöner Arbeit, das verschlossen war.

Da man keinen Schlüssel finden konnte, öffnete Wildtödter das Schloß mit einem eisernen Haken. Es fanden sich viele Briefe darin, einige unvollständige Manuskripte, Notizen und Rechnungen. Judith nahm die Papiere an sich und sah die Briefe möglichst schnell durch, um die gesuchten Aufschlüsse zu erhalten.

Es handelte sich um die Korrespondenz ihrer Mutter mit einem anscheinend sehr vornehmen englischen Offizier. Judith ersah aus den Briefen, daß dieser Mann sowohl ihr wie auch Hettys Vater war. Diese Verbindung war jedoch, wie die späteren Briefe verrieten, nie legalisiert worden, und auch der Name jenes Mannes war aus der Korrespondenz nicht zu ersehen. Überall, wo er auftauchte, hatte ihn eine Hand sorgfältig entfernt. Auch fehlten alle näheren Andeutungen, die etwa zum Ziele geführt hätten. Ein zweites Konvolut von Briefen enthielt die Korrespondenz ihrer Mutter mit Thomas Hovey, wie anscheinend der richtige Name von Hutter lautete. Die Originale waren sorgfältig geordnet, und aus ihnen ging die frühere Geschichte der Verbindung dieses ungleichen Paares viel deutlicher hervor, als Judith sie zu erfahren wünschte. Ihre Mutter hatte zuerst Heiratsanträge, zum Erstaunen ihrer Tochter, gemacht. Judith fühlte sich erst etwas erleichtert, als sie in den späteren Briefen dieser unglücklichen Frau Spuren von Wahnsinn fand. Die Antworten Hoveys waren kurz und verrieten seine Unbildung. Er hatte diese vornehme und gütige Frau anscheinend nur geheiratet, um in den Besitz ihres Vermögens zu kommen. Daß sie zwei Kinder mit in die Ehe brachte, hatte ihn wenig gestört. Den Briefen lag noch eine alte Zeitung bei, die eine Aufforderung enthielt, worin eine Belohnung für die Auslieferung gewisser namentlich genannter Seeräuber, unter denen auch Thomas Hovey war, zugesagt wurde. Sonst fand sich nichts unter den Papieren, das zu der Entdeckung des Mädchennamens oder des früheren Aufenthaltes ihrer Mutter hätte führen können. Alle Namen waren abgeschnitten oder ausradiert und die Adressen nicht mehr vorhanden. Wo ein Wort im Text vorkam, das eine Andeutung hätte geben können, war es ebenfalls sorgfältig ausradiert. Judith hatte für die Durchsicht der Korrespondenzen fast zwei volle Stunden gebraucht. Wildtödter hatte sie aber nicht gestört, sondern nur schweigend bei ihr gesessen.

»Die Briefe enthielten Nachrichten von meinen Eltern, Wildtödter«, sagte das Mädchen, zum erstenmal aufblickend, »und sie haben die Pläne für mein ferneres Leben bestimmt. Es tut mir leid, daß ich dich so lange warten ließ.«

»Das hat nichts zu sagen. Es kommt wenig darauf an, ob ich schlafe oder wache«, antwortete der junge Jäger bescheiden.

Das Mädchen bat nun ihren Gefährten, die Untersuchung des Kastens zu beenden. Dies erforderte einige Zeit, in der Judith ihre Gedanken sammelte, so daß sie ihre Fassung wiedergewann. Sie sah gleichgültig auf die verschiedenen Gegenstände, die sich noch fanden. Die Hauptsachen waren einige Degen, wie sie damals von vornehmen Herren getragen wurden, einige Schnallen, die entweder von Silber oder so reich plattiert waren, daß sie wie Silber aussahen, und einige Teile eines Damenkleides von schöner Arbeit und reichem Stoff.

»Jetzt laß uns von dir selbst reden, Wildtödter«, sagte Judith schließlich, »und von den Mitteln, dich aus den Händen der Huronen zu befreien. Hetty und ich wollen zu diesem Zwecke einen Teil von dem, was du im Kasten gesehen hast, oder auch alles, wenn es nötig ist, opfern.«

»Das ist freundlich gehandelt, und ich erkenne es mit Dank an. Die Mingos denken aber, der Kasten sei schon so gut wie in ihren Händen, und sie werden niemand für den Schlüssel danken.«

»Ich verstehe, Wildtödter, aber wir können uns doch auf dem See halten, bis Hurry Truppen schickt, um den Feind zu vertreiben. Das wird gewiß möglich sein, wenn du bei uns bleiben willst, statt zurückzukehren und dich wieder als Gefangenen auszuliefern.«

»Suche mich nicht zu überreden, daß ich mein Wort nicht halte, Judith! Ein Urlaub ist eine heilige Angelegenheit unter Kriegern und unter Männern, die ihr Leben gegenseitig in den Händen tragen wie wir in den Wäldern, und wie schmerzlich müßte es dem alten Tamenund sein und Unkas, dem Vater von Chingachgook, und meinen anderen Freunden bei den Delawaren, wenn ich mir auf meinem ersten Kriegspfade Schande zuzöge?«

»Ich glaube, daß du recht hast, Wildtödter«, erwiderte das Mädchen nach einigem Nachdenken traurig, »ein Mann wie du darf nicht handeln wie die Gewissenlosen. Du sollst nicht sagen, daß Judith – ich weiß kaum, welchen Namen ich mir jetzt geben soll –«

»Das ist seltsam!« sagte Wildtödter, indem er das Mädchen mit festem Blick ansah. »Thomas Hutter war nicht Thomas Hutter, und seine Töchter sind nicht seine Töchter! Wer kann denn Thomas Hutter gewesen sein?«

»Hörtest du nie Gerüchte über das frühere Leben dieses Mannes, Wildtödter?« fragte Judith. »Man sagte doch überall, daß er ein Seeräuber gewesen sei. Unter Freunden kann man so etwas geradeheraus sagen. Lies dies, Wildtödter, und du wirst dich überzeugen«, damit gab sie ihm den Zeitungsausschnitt.

»Ja, Judith«, antwortete der junge Mann lachend, »du könntest mich ebensogut auffordern, das zu drucken. Ich bin in den Wäldern aufgewachsen und kann weder lesen noch schreiben.«

»Ich muß dich um Entschuldigung bitten, Wildtödter«, sagte Judith beschämt errötend, »ich hatte das vergessen und wollte dich nicht kränken.

Also, Hutter war ein Seeräuber, diese Zeitung beweist es. Er war nicht mein Vater, und ich will auch nicht mehr seinen Namen tragen.«
»Du kannst ja den Namen deiner Mutter annehmen, Judith«, schlug Wildtödter vor.
»Ich kenne ihn nicht und habe ihn auch nicht in diesen Papieren gefunden. Mir bleibt nur mein Vorname, wenn mich nicht bald ein Mann heiratet und mir seinen guten Namen gibt.« Judith sah bei diesen Worten den Jäger fragend an. Dann errötete sie tief und wandte sich ihm entschlossen zu. »Ich will die Scham überwinden, die die Mädchen in vielen Fällen schweigen läßt«, fuhr sie fort, »und aufrichtig gegen dich sein. Glaubst du, Wildtödter, daß du glücklich mit mir leben könntest, wenn du mich zur Frau nähmst?«
»Ein Mädchen wie du, Judith! Wie kannst du mit so etwas Scherz treiben? Ein Mädchen, das schön genug ist, um eine Kapitänsfrau zu werden, und klug und gebildet, kann nicht daran denken, mich zu heiraten.«
Wildtödter nahm die Frage Judiths, hinter der so viel Ernst stand, nicht einen Augenblick wirklich für sich in Anspruch. Sie sprachen eine Weile über das Thema, stritten scherzhaft über die Frage, ob den Mädchen ein schöner oder zuverlässiger Mann lieber sei, aber Judith erfuhr von dem jungen Jäger nicht das, was sie heimlich wünschte zu hören.
»Judith«, sagte Wildtödter endlich abschließend und drückte ihre Hand freundschaftlich und aufrichtig, »es ist besser, jetzt nicht mehr davon zu sprechen. Morgen hat alles ein anderes Ansehen. Wenn deine Eltern Fehler begingen, so sollst du sie vermeiden. Du bist noch jung und kannst auf bessere Zeiten hoffen. Doch jetzt ist es Zeit zu schlafen, denn morgen ist auch noch ein Tag.«
Wildtödter erhob sich, der Kasten wurde wieder zugemacht und verschlossen, und sie trennten sich schweigend. Der junge Jäger lag bald in tiefem Schlaf, aber Judith blieb noch lange wach.

Zweiundzwanzigstes Kapitel

Wah-ta-Wah und Hetty standen vor Anbruch des Tages auf. Die Delawarin verließ ihre mit Hausarbeiten beschäftigte weiße Freundin und ging auf die Plattform hinaus. Hier fand sie Chingachgook, der die Ufer des Sees, die Berge und den Himmel mit dem Scharfblick eines Mannes aus den Wäldern beobachtete. Die Verlobten begrüßten sich schweigend. Ihre tiefe Zuneigung sprach sich nur in ihren Blicken aus. Chingachgook stellte jetzt zwei Stühle gegen die Wand des Hauses, setzte sich und winkte Wah, Platz zu nehmen. Nach kurzem Schweigen streckte der junge Krieger seinen Arm aus und deutete langsam auf den See, die Hügel und den Himmel. Das Mädchen folgte den Bewegungen und lächelte bei jeder neuen Schönheit, die ihrem Blick begegnete.

»Hugh!« sagte der Häuptling in Bewunderung, denn dies war der erste See, den er je gesehen hatte. »Dies ist das Land des Manitu! Es ist zu gut für Mingos, Wah, aber die Hunde jenes Stammes heulen scharenweise in den Wäldern. Sie denken, daß die Delawaren hinter den Bergen schlafen.«

»Alle schlafen, außer einem, Chingachgook. Einer von ihnen ist hier, und er ist von dem Blut der Unkas!«

»Was ist ein Krieger gegen einen ganzen Stamm! Der Pfad nach unseren Dörfern ist sehr lang und gekrümmt, und wir werden unter einem bewölkten Himmel dorthin wandern müssen. Ich fürchte auch, ›Geißblattblüte von den Hügeln‹, daß wir allein werden gehen müssen.«

Wah verstand die Andeutung und wurde traurig, obgleich es ihren Ohren angenehm klang, von dem Krieger, den sie liebte, mit der wohlriechendsten und lieblichsten aller wilden Blumen in jenen Wäldern verglichen zu werden. Aber sie schwieg, wie es sich für sie schickte.

»Wenn die Sonne dort steht«, fuhr der Delaware fort und zeigte nach dem Zenit, »wird der berühmte Jäger unseres Stammes zu den Huronen zurückkehren, um wie ein Bär behandelt zu werden, den sie schinden und braten.«

»Der Große Geist möge ihre Herzen besänftigen und nicht dulden, daß sie sich so blutgierig zeigen! Ich habe unter den Huronen gelebt und kenne sie! Sie haben Herzen und werden ihre eigenen Kinder nicht vergessen, da diese auch in die Hände der Delawaren fallen könnten.«

»Ein Wolf wird immer heulen, ein Schwein will immer fressen. Sie haben Krieger verloren, selbst ihre Weiber werden um Rache schreien. Mein weißer Freund hat die Augen eines Adlers und kann in das Herz eines Mingos sehen, er sieht dort kein Erbarmen. Eine Wolke verhüllt seinen Geist, wenn sie auch nicht vor seinem Gesicht schwebt.«

Es folgte wieder ein langes nachdenkliches Schweigen, während Wah verstohlen die Hand des Häuptlings nahm.

»Was will der Sohn von Unkas tun?« fragte endlich das Mädchen schüchtern. »Er ist ein Häuptling und obgleich so jung, dennoch schon berühmt bei den Beratungen der Krieger. Was sagt ihm sein Herz, und spricht der Kopf auch dieselben Worte wie das Herz?«

»Was sagt Wah-ta-Wah, da mein Freund in großer Gefahr ist? Die kleinsten Vögel singen am schönsten, es ist immer angenehm, auf ihren Gesang zu lauschen. Ich wünschte den ›Zaunkönig der Wälder‹ zu hören, seine Stimme würde tiefer eindringen als in das Ohr!«

»Wah-ta-Wah sagt, daß weder sie noch die Große Schlange je wieder lachen oder, ohne von den Huronen zu träumen, schlafen könnten, wenn Wildtödter unter dem Tomahawk eines Mingos sterben sollte und sie nichts getan hätten, um ihn zu retten. Sie würde lieber zurückkehren und allein auf dem langen Pfade wandern, als eine so dunkle Wolke vor ihr Glück treten zu lassen.«

»Gut! Der Mann und die Frau werden nur ein Herz haben, sie werden mit den gleichen Augen sehen, und ihre Gefühle werden dieselben sein!«

Nach dieser Einleitung senkten die beiden ihre Stimmen und berieten in allen Einzelheiten einen Plan zur Rettung ihres Freundes.

Etwas später trat Wildtödter aus der Kajüte der Arche auf die Plattform. Er sah zuerst nach dem unbewölkten Himmel, umfaßte mit einem Blick den ganzen See und begrüßte dann mit einem freundlichen Kopfnicken den Häuptling und seine Verlobte.

»Wer die Sonne im Westen untergehen sieht«, sagte er ruhig, »und früh genug am andern Morgen erwacht, wird sie im Osten wieder aufgehen sehen. Das ist eine beruhigende, feststehende Tatsache.«

»Wo wird mein Bruder morgen sein, wenn die Sonne wieder an dem Wipfel jener Tanne steht?« fragte Chingachgook.

Der Jäger sah seinen Freund scharf, aber ruhig an. Dann gab er ihm ein Zeichen, daß er ihm folgen möge, und führte ihn in die Arche.

»Es war unvorsichtig von dir, Schlange«, sagte er, »daß du in Gegenwart von Wah und als die jungen Mädchen im Zimmer deine Worte hätten hören können, davon anfingst. Die Frage ist übrigens leichter gestellt als beantwortet. Aber wo wirst du bei Sonnenaufgang sein?«

»Chingachgook wird bei seinem Freunde sein. Wenn er in dem Lande der Geister ist, wird die Große Schlange an seiner Seite kriechen, wenn er noch an dieser Sonne ist, werden sich beide ihrer Wärme und ihres Lichtes erfreuen!«

»Ich verstehe dich, Delaware«, erwiderte der Jäger gerührt. »Du darfst aber auf keinen Fall Wah-ta-Wah verlassen, weil unerwartet eine Wolke, wenn sie auch dunkler als gewöhnlich sein mag, zwischen mir und dir steht.«

»Wah ist eine Tochter der Mohikaner, sie weiß, wie sie ihrem Manne zu gehorchen hat, wohin er geht, wird sie ihm folgen.«

»Dies sind wahnsinnige Gedanken, Häuptling! Werden deine zornigen Blicke oder Wahs Tränen einen Wolf in ein Eichhörnchen verwandeln? Nein, Schlange, du mußt dir das besser überlegen und mich in den Händen Gottes lassen. Übrigens ist es auch noch nicht ganz sicher, ob die Landstreicher mich martern werden. Wir müssen aber die Dinge nehmen, wie sie sind, und nicht unnötiges Blut opfern.«

Sie stritten eine Weile über diesen Punkt, bis Chingachgook abschließend sagte: »Die Delawaren sind vorsichtig. Wildtödter kann überzeugt sein, daß sie nicht mit geschlossenen Augen in ein fremdes Lager laufen werden.«
In diesem Augenblick rief auch Hetty zum Frühstück, und alle hatten sich bald um das einfache Mahl versammelt. Judith erschien zuletzt. Sie war bleich, und ihre Züge verrieten, daß sie eine traurige, schlaflose Nacht hinter sich hatte. Während des Essens wurde kaum eine Silbe gesprochen. Es war noch früh, als sie sich erhoben, und es fehlten noch einige Stunden, bis es für den Gefangenen Zeit wurde, seine Freunde zu verlassen. Wildtödter war anscheinend ganz ruhig. Er unterhielt sich freundlich und unbefangen, und nach einer Weile bat er Judith, ihm in die Arche zu folgen. Das Mädchen erhob sich sofort, ging in die Kajüte und setzte sich auf einen Stuhl, während der junge Mann die von ihr zum Geschenk erhaltene Flinte aus einer Ecke holte. Nachdem er die Waffe liebevoll untersucht hatte, legte er sie weg und wandte sich Judith zu.
»Ich habe diese Flinte von dir angenommen, Judith«, sagte er, »weil ein junges Mädchen Feuerwaffen nicht benutzen kann. Dieses Gewehr hat einen großen Ruf, und es verdient ihn. Aber wie lange werde ich es behalten können?«
Judith hörte ihm scheinbar gefaßt zu, während der innere Schmerz sie überwältigte. Dann fragte sie ihn entschlossen: »Was soll ich mit der Flinte tun, wenn ... wenn ...«, aber sie konnte nicht zu Ende sprechen.
Wildtödter sah sie erstaunt an, dann sagte er aber nur: »Bitte, gib sie Chingachgook. Er ist mein bester Freund und wird ihr Ehre machen.«
Judith nickte nur stumm, und beide gingen auf die Plattform zurück. Dort zog Wildtödter den Delawaren beiseite und sagte ihm, daß die berühmte Waffe sein Eigentum sein werde, wenn er selber nicht zurückkommen sollte.
»Komm, Chingachgook«, rief er dann laut, »wir wollen dieses berühmte Gewehr prüfen. Hole deine eigene Flinte, und wir wollen uns ein Ziel suchen!«
Dieser Vorschlag wurde angenommen, und die Mädchen brachten alle Feüerwaffen aus dem Hause, denn Hutter hatte mehrere Flinten, die fast alle immer geladen waren. Es war nur nötig, Pulver auf die Pfannen zu schütten, und das war bald geschehen. Beide Freunde nahmen zuerst mit den weniger guten Büchsen einige Wildenten aufs Korn, die in Schußweite um die Wasserburg schwammen. Wildtödter schoß um ein weniges besser als Chingachgook, der Häuptling aber erkannte das neidlos an. Schließlich deutete Wildtödter auf einen Fischadler, der in bedeutender Höhe über dem Gebäude kreiste. Chingachgook richtete schweigend eine andere Flinte auf diesen Vogel und schoß, nachdem er sorgfältig gezielt hatte. Der Adler zog

einen größeren Kreis in der Luft, woraus sich entnehmen ließ, daß die Kugel in seiner Nähe vorbeigegangen war, ihn selbst aber verfehlt hatte. Wildtödter zielte jetzt schnell und sicher, aber auch sein Schuß schien den Adler nicht getroffen zu haben.

»Ich glaube, ich habe nur seine Federn gestreift, Schlange, aber er hat noch kein Blut verloren. Das alte Gewehr war nicht brauchbar für ein so schweres Ziel. Schnell, Delaware, nimm eine bessere Büchse, und Judith, bringe jetzt die berühmte Flinte deines Vaters.«

Dann standen die beiden Schützen bereit, und die Mädchen erwarteten neugierig den Erfolg. Der Adler zog noch immer seine Kreise und schwebte nur noch in größerer Höhe über dem Gebäude. Chingachgook meinte, es sei unmöglich, einen fast senkrecht so hoch über ihnen schwebenden Vogel zu treffen. Er schoß dann auch ohne Erfolg, der Adler veränderte seinen Flug nicht, sondern kreiste in fast verächtlicher Ruhe über ihnen.

»Jetzt wollen wir sehen, Judith«, sagte der junge Jäger lachend, »ob die berühmte Flinte deines Vaters ihren Ruf hält.«

Wildtödter zielte lange und scharf, während der Adler immer höher stieg. Dann folgte plötzlich der Schuß. Der Vogel hob sich noch ein Stück aufwärts, im nächsten Augenblick aber flatterte er unstet und stürzte dann im Kreise wirbelnd herunter und fiel schwer auf das Ende der Arche. Als man ihn untersuchte, fand man, daß die Kugel ihn zwischen einem Flügel und dem Brustbein durchbohrt hatte.

Dreiundzwanzigstes Kapitel

Als es Zeit war, daß sich Wildtödter auf seinen schweren Weg machte, verabschiedete er sich nicht ohne schmerzliche Gefühle von seinen Freunden. Judith, die mühsam die Tränen bezwang, bestand darauf, daß ihn Hetty begleite, denn sie hoffte auf den Einfluß, den das schwachsinnige Mädchen auf die Wilden zu haben schien. Der Jäger willigte schließlich ein, da auch Hetty darum gebeten hatte, und er wußte, daß man ihr nichts antun würde. Beide bestiegen ein Kanu, und während die Freunde schweigend zurückblieben, ruderten sie langsam dem Ufer zu.

Die Sonne brauchte nur noch zwei bis drei Minuten, um den Zenit zu erreichen, als Wildtödter an der Landzunge ankam, wo die Huronen ihr Lager aufgeschlagen hatten.

Die Landzunge der Wasserburg gegenüber wurde ihrer Lage und der Quelle wegen von den Wilden und den Jägern häufig besucht, und da das Gras oft abgebrannt war, fand man größere freie Stellen, was in den Urwäldern un=

gewöhnlich ist. Das Ufer war hier auch nicht mit Gebüschen eingefaßt, und man konnte fast die ganze Fläche der Landzunge übersehen.
Als Wildtödter die Landspitze betrat und mit festem Schritt auf die Häuptlinge zuging, die mit ernster Würde auf einem Baumstamm saßen, deutete der Älteste von ihnen erstaunt auf die Sonne, die in diesem Augenblick gerade den Zenit erreichte. Es folgte ein leiser Ausruf des Staunens, und die Huronen sahen sich bedeutungsvoll an. Sie waren in ihren Ansichten über die Wahrscheinlichkeit der Rückkehr ihres Gefangenen geteilter Meinung gewesen. Die meisten von ihnen hatten es nicht für möglich gehalten, daß ein weißer Mann freiwillig zurückkehren werde. Aber einige von den älteren Häuptlingen hofften etwas Besseres von einem Mann, der sich schon so kaltblütig, tapfer und ehrlich gezeigt hatte. Der Entschluß, ihm auf sein Wort Urlaub zu geben, war gefaßt worden in der Hoffnung, Schande über die Delawaren zu bringen, wenn man ihnen die Wortbrüchigkeit eines in ihren Dörfern aufgewachsenen Mannes zum Vorwurf machen könne. In dieser Hoffnung nun sah man sich getäuscht.
Die Häuptlinge erwarteten Wildtödter mit ernster Würde. Rechts standen die jungen Krieger bewaffnet, links die Weiber und Kinder. In der Mitte war ein großer, offener Raum, den man sorgfältig von allem Laub und trockenem Holz gesäubert hatte.
Rivenoak und der Panther, zwei rivalisierende Häuptlinge, saßen nebeneinander und erwarteten die Ankunft ihres Gefangenen, aber keiner von beiden bewegte sich oder sprach eine Silbe, bis der Jäger in die Mitte des Platzes getreten war.
»Hier bin ich, Mingos«, rief Wildtödter jetzt in dem Dialekt der Delawaren, den die meisten verstanden. »Hier bin ich, und da ist die Sonne! Ihr habt jetzt euren Gefangenen wieder, beginnt mit ihm, was ihr wollt.«
Ein Gemurmel des Beifalls belohnte seine Anrede, und fast alle hatten den gleichen Wunsch, einen Mann mit so kühnem Geist in den Stamm aufzunehmen. Rivenoak erhob sich, streckte seinen Arm aus und begrüßte den Gefangenen.
»Du bist ehrlich«, sagte er. »Es freut uns, daß wir einen Mann gefangen haben und nicht einen hinterlistigen Fuchs. Wir kennen dich jetzt, wir werden dich wie einen tapferen Krieger behandeln. Wenn du einen von uns erschlagen hast, so bist du mit deinem eigenen Leben bereit, es zu büßen. Einige unserer jungen Krieger glaubten, das Blut eines Bleichgesichts sei zu dünn, es werde sich weigern, unter dem Messer der Huronen zu fließen. Du wirst ihnen zeigen, daß es nicht der Fall ist, dein Herz ist so gut wie dein Körper! Ich habe gesprochen, du weißt, was ich gesagt habe.«
»Ich bin hier und bereit, das Urteil zu empfangen, wenn die Sache nicht

schon unter euch beschlossen wurde, ehe ich zurückkehrte«, antwortete Wildtödter kurz.
»Meine alten Männer wollten sich nicht über einen weißen Mann beraten, ehe sie ihn wieder unter sich sähen«, antwortete Rivenoak, indem er sich ironisch umsah. »Sie sagten, es sei sonst, als wolle man über die Winde zu Rat sitzen, die gehen, wohin sie wollen.«
Rivenoak gab nun ein Zeichen, und es folgte eine kurze Beratung der Häuptlinge. Sobald sie beendet war, entfernten sich drei bis vier junge Männer aus der bewaffneten Gruppe. Es wurde jetzt dem Gefangenen mitgeteilt, er dürfe auf der Halbinsel umhergehen, bis man sich über sein Geschick beraten habe. Man behielt ihn aber natürlich streng im Auge. Wildtödter war von seiner Lage genau unterrichtet. Hätte er irgend Aussicht zu einer Flucht gehabt, so würde er den Versuch keine Minute aufgeschoben haben. Aber er wußte, daß es ihm jetzt unmöglich sein würde, unverletzt in die Wälder zu kommen. Der See konnte ihm auch nicht dienen, da das Kanu im Besitz seiner Feinde war. Sonst wäre es ihm leicht möglich gewesen, bis zur Wasserburg zu schwimmen. Während er auf der Landzunge umherging, sah er sich um, ob er sich nirgends verbergen könne, aber die offene Lage und die hundert wachsamen Blicke erlaubten es nicht.
Mittlerweile schien im Lager alles seinen regelmäßigen Gang zu gehen. Die Häuptlinge berieten und ließen niemanden als Sumach an ihren Beratungen teilnehmen. Sie war die Witwe des von dem Jäger getöteten Kriegers und hatte ein Recht, angehört zu werden. Die jungen Männer trieben sich müßig umher, während die Weiber das Mahl zubereiteten. Niemand verriet Teilnahme mit dem Gefangenen. Nach einer Stunde ungefähr wurde er aufgefordert, wieder vor seinen Richtern zu erscheinen.
»Wildtödter«, redete ihn Rivenoak an, »meine alten Männer haben weise Worte angehört. Sie sind bereit, zu sprechen. Du bist ein Mann, dessen Väter von jenseits der aufgehenden Sonne kamen, wir sind Kinder der untergehenden Sonne. Wir wenden unsere Gesichter den großen süßen Seen zu, wenn wir nach unseren Dörfern blicken. Es mag ein schönes Land und voll Reichtümer gegen Morgen sein, aber angenehmer ist es gegen Abend. Wenn wir nach Osten blicken, fühlen wir Besorgnis, denn ein Kanu nach dem andern bringt mehr und mehr von deinem Volk auf der Spur der Sonne, als wäre ihr Land so voll, daß es überläuft. Der roten Männer sind nur noch wenige, sie bedürfen der Hilfe. Eine unserer besten Hütten wurde vor kurzem durch den Tod ihres Besitzers leer, es wird lange Zeit währen, bis sein Sohn groß genug ist, um seine Stelle einzunehmen. Da ist die Witwe, sie wird Wildbret brauchen, um sich und ihre Kinder zu ernähren, denn ihre Söhne sind noch wie die Jungen des Rotkehlchens, ehe sie ihr Nest verlas-

sen. Dies große Unglück ist ihr von deiner Hand widerfahren. Skalp für Skalp, Leben für Leben, Blut für Blut ist ein Gesetz; ihre Jungen zu ernähren, ein anderes. Wir kennen dich, Wildtödter. Du bist ehrlich. Wenn du etwas sagst, ist es so. Du hast nur eine Zunge, und sie ist nicht gespalten wie die einer Schlange. Dein Kopf ist nie im Grase verborgen, alle können ihn sehen. Was du sagst, das wirst du auch tun. Du bist gerecht! Hier ist die Sumach, sie lebt allein in ihrem Wigwam, und ihre Kinder schreien um Nahrung. Da ist eine Flinte, sie ist geladen und zum Abschießen fertig. Nimm sie, gehe hinaus und schieße ein Wild, bringe es der Witwe, ernähre ihre Kinder, nenne dich ihren Mann. Dann wird dein Herz nicht mehr das eines Delawaren, sondern eines Huronen sein, die Ohren der Sumach werden nicht mehr das Geschrei ihrer Kinder hören, und mein Volk wird wieder dieselbe Anzahl von Kriegern haben.«

»Mingo, ich bin ein weißer Mann und ein Christ«, sagte Wildtödter ernst. »Es würde sich schlecht für mich schicken, unter Heiden eine Frau nach den Gebräuchen der roten Männer zu nehmen. Eure eigenen jungen Männer müssen Sumach mit Wildbret versorgen, und wenn sie sich wieder verheiratet, soll sie einen Mann nehmen, dessen Beine nicht so lang sind, um in ein Gebiet zu laufen, das ihm nicht gehört. Er ist im offenen Kampf mit mir gefallen, das muß ein Tapferer immer erwarten und darauf gefaßt sein. Nein, Hurone, meine Gaben sind weiß in allem, was die Weiber betrifft, sie sind delawarisch in allem, was auf Indianer Bezug hat.«

Wildtödter hatte diese Worte kaum ausgesprochen, als ein allgemeines Gemurmel die Unzufriedenheit verriet. Die alten Weiber zeigten sich am zornigsten, und Sumach, eine Frau, die die Mutter des Jägers hätte sein können, sprach am lautesten ihre Verwünschungen und Drohungen aus. Ihr Bruder aber, der Panther, der für den Tod Wildtödters gestimmt hatte, schleuderte außer sich vor Wut den Tomahawk auf den Gefangenen. Der Jäger hatte aber die schnelle Bewegung beobachtet und fing geschickt die Waffe aus der Luft auf. Der Wurf war so heftig, daß seine Hand ein Stück mitgerissen wurde. Aber ehe sein Gegner es sich versah, hatte er alle seine Kraft zusammengenommen und schleuderte die Waffe auf den Panther zurück. Die scharfe kleine Axt traf ihn unmittelbar zwischen den Augen, und so wurde ihm das Gehirn eingeschlagen. Vorspringend fiel der schwere Körper des kräftigen Mannes der Länge nach zu Boden und zuckte noch krampfhaft. Alle stürzten zu ihm hin, so daß der Gefangene einen Augenblick allein blieb. Sein Wort hatte er nach Beendigung des Urlaubes zurück, und so benutzte er diesen Augenblick entschlossen zur Flucht. Kaum sahen ihn seine Feinde in langen Sätzen davonlaufen, als sie ein furchtbares Geschrei erhoben und ihm nachsetzten.

So unerwartet das Ereignis auch eintrat, das Wildtödter zu diesem verzweifelten Versuch einer Flucht veranlaßt hatte, war er doch vorbereitet auf diese Möglichkeit. Während er scheinbar frei auf der Landzunge umhergegangen war, hatte er alle Aussichten des Erfolges und des Mißlingens berechnet. Er kannte das Terrain genau und die Stellen, wo Wachen ausgestellt waren, so daß er unverletzt aus dem Bereich des Lagers kam, wenn er auch die ganze Meute der Verfolger hinter sich hatte. Er wandte sich zuerst zum See und lief am Ufer entlang, sechzig bis achtzig Schritte im Wasser, das ihm

nur bis an die Knie ging. Sobald er eine günstige Stelle bemerkte, drängte er sich durch das Gebüsch und entkam in den Wald. Einige Flinten wurden auf ihn abgeschossen, während er noch im Wasser watete, und es folgten ihm noch mehrere Schüsse, aber die allgemeine Verwirrung verhinderte, daß er getroffen wurde. Mehrere Kugeln pfiffen dicht bei ihm vorüber, und einige rissen Zweige von den Bäumen, aber keine einzige berührte ihn. Wildtödter hatte mehr als hundertfünfzig Schritte selbst vor den vordersten seiner Verfolger voraus. Die Huronen sahen ein, daß es zwecklos sei, und die schnellsten Läufer unter ihnen warfen die Büchsen fort und riefen den Weibern und Knaben zu, sie möchten sie aufnehmen und wieder laden.

Wildtödter kannte genau die verzweifelte Art des Kampfes, der ihm bevorstand, und er wußte auch, daß er nur in gerader Linie laufen dürfe, denn die Zahl der Verfolger zwang ihn dazu. Er lief die Anhöhe hinauf, die in dieser Gegend weder sehr hoch noch sehr steil, aber doch schwer genug zu ersteigen war, besonders für jemand, der so schnell fliehen mußte. Er mäßigte hier etwas seine Eile, um Atem zu holen. Die Huronen schrien und liefen hinter ihm her, aber er beachtete sie nicht. Er befand sich jetzt nicht mehr weit von der Höhe des Hügels und bemerkte, daß zwischen diesem und einem zweiten Hügel eine tiefe Schlucht lag. Er lief ruhig weiter und sah sich in jeder Richtung nach einem Versteck um. In der Nähe lag ein umgefallener Baum, und verzweifelte Umstände verlangten verzweifelte Mittel. Dieser Baum lag parallel zur Schlucht am Abhang des Hügels, und es war das Werk eines Augenblicks, daß er auf ihn zusprang und sich dann so dicht wie möglich unter den Stamm preßte. Ehe er aber vor den Augen seiner Verfolger verschwand, stieß er von der Höhe herab ein lautes Geschrei aus, wie im Triumph über den Anblick der Schlucht, die vor ihm lag, und im nächsten Augenblick war er unter dem Baum verborgen.

Kaum hatte er sich verborgen, als er an der Heftigkeit seiner Pulsschläge merkte, wie verzweifelt seine Anstrengungen gewesen waren. Er konnte sein Herz schlagen hören, und sein Atem ging schwer und stoßweise. Er erholte sich aber bald. Die Schritte, die an der anderen Seite der Anhöhe hinaufeilten, wurden jetzt hörbar, und gleich darauf erschallten die Stimmen der Feinde. Die vordersten schrien laut, als sie die Höhe erreichten, dann sprang jeder auf den gestürzten Baum und eilte die Schlucht hinab, in der Hoffnung, den Verfolgten noch zu erblicken. Wildtödter glaubte schon, sie seien alle vorüber, aber es kamen immer noch mehr, bis er etwa vierzig gezählt hatte. Endlich waren alle in der Tiefe der Schlucht etwa hundert Fuß unter ihm, und einige hatten schon eine Strecke den gegenüberliegenden Hügel erstiegen, als sie nachforschten, welche Richtung er eingeschlagen hatte. Das war ein kritischer Augenblick, ein weniger entschlossener Mann würde ihn benutzt haben, um schnell wieder zu entfliehen. Wildtödter aber verhielt sich noch ruhig und beobachtete mit gespannter Aufmerksamkeit jede Bewegung unten im Tal, während er sich wieder erholte und zu Atem kam. Die Huronen glichen jetzt einer Schar Hunde, die die Spur verloren haben. Es wurde wenig gesprochen, aber jeder lief umher und untersuchte die trockenen Zweige und die abgefallenen Blätter. Die große Anzahl von Mokassins, die eine Spur hinterlassen hatten, machte die Untersuchung schwierig, wenn auch der Gang eines Indianers leicht von dem Schritt eines weißen Mannes zu unterscheiden ist.

Als Wildtödter glaubte, daß keine Verfolger mehr hinter ihm seien, schwang er sich plötzlich über den Baum auf die andere Seite. Diese Bewegung gelang zu seiner Zufriedenheit, und die Hoffnung erfaßte ihn wieder. Nachdem er einen Augenblick auf die Stimmen in der Schlucht gehorcht hatte, um sich zu überzeugen, ob er etwa gesehen worden sei, kroch er auf Händen und Füßen auf die Höhe zurück, denn er wollte den Hügel zwischen sich und seine Verfolger bringen. Auch dies gelang, und er ging jetzt aufrecht und schnell, aber ruhig in der entgegengesetzten Richtung davon. Die Stimmen in der Schlucht beunruhigten ihn aber, und er eilte wieder auf die Höhe, um seine Verfolger zu beobachten. In diesem Augenblick wurde er gesehen, und die Verfolgung begann von neuem. Er blieb oben, da er auf der Anhöhe schneller entfliehen konnte. Die Huronen glaubten, der Hügel werde sich bald in die Schlucht hinabziehen, und hielten sich unten, um den Flüchtling schneller erreichen zu können. Einige wandten sich nördlich, um seine Flucht in dieser Richtung zu verhindern, während andere südlich dem Ufer des Sees zuliefen.

Die Lage Wildtödters war jetzt gefährlicher geworden. Er wurde von drei Seiten umzingelt, und an der vierten lag der See. Als er daher an der Abdachung des Hügels bemerkte, daß er sich wieder nach der Schlucht hinabziehe, wandte er sich plötzlich nach links und sprang den Abhang hinab, dem Ufer zu. Einige von seinen Verfolgern eilten keuchend auf dem Hügel hinter ihm her, während die meisten sich noch in der Schlucht hielten. Wildtödter hatte einen verzweifelten Plan im Sinne. Er gab alle Gedanken an seine Flucht in die Wälder auf und wollte sich des Kanus bemächtigen. Er wußte, wo es lag; konnte er es erreichen, so hatte er nur einige Flintenschüsse zu befürchten, und traf man ihn nicht, so war seine Rettung sicher.

Als Wildtödter sich der Landzunge näherte, lief er an mehreren Weibern und Kindern vorbei. Sie bemühten sich wohl, trockene Zweige zwischen seine Beine zu werfen, aber der Schrecken über seine kühne Tat gegen den gefürchteten Panther war so groß, daß niemand es wagte, ihm nahe zu kommen. Er lief an allen triumphierend vorüber und erreichte die Ufergebüsche.

Gleich darauf befand er sich am See und etwa fünfzig Fuß von dem Kanu entfernt. Hier hörte er auf zu laufen, um sich einen Augenblick auszuruhen. Er trat vor, beugte sich nieder und schöpfte Wasser in seiner Hand, um zu trinken. Doch die Minuten drängten, und er stand bald an der Seite des Kanus. Er sah sofort, daß man die Ruder fortgenommen hatte. Das war eine schreckliche Enttäuschung nach all den Anstrengungen, und einen Augenblick dachte er schon daran umzukehren und sich seinen Feinden auszuliefern. Doch ein teuflisches Geschrei verkündete jetzt gerade ihr Kommen, und sein Lebenstrieb trug den Sieg davon. Er wendete die Spitze des Kanus der Mitte des Sees zu, gab dem leichten Fahrzeug einen gewaltigen Stoß und schwang sich schnell hinein. Ohne die Bewegung zu hemmen, fiel er auf den Boden des Bootes und blieb auf dem Rücken liegen, um wieder Atem zu holen und vor den feindlichen Schüssen gedeckt zu sein. Die Leichtigkeit des Kanus wirkte jetzt ungünstig. Das Boot hatte wenig Schwerkraft, sonst würde es der Stoß in dem glatten und stillen Wasser weiter vom Ufer weggebracht haben. Außer Schußweite hätte er mit den Händen rudern können, und es wäre möglich gewesen, die Aufmerksamkeit Chingachgooks und Judiths zu erregen, die ihm mit den anderen Kanus hätten zu Hilfe kommen können. Während er auf dem Boden lag, beobachtete er die Bewegung des Bootes an den Baumwipfeln, die über dem Wasser hingen. Er hörte jetzt viele Stimmen am Ufer, und seine Lage war gefährlicher denn je und stellte seine Geduld hart auf die Probe. Er lag zwei bis drei Minuten ganz ruhig und lauschte angestrengt, ob sich jemand durch Schwimmen

nähere. Einigemal schien es ihm wirklich, als höre er Schwimmbewegungen im Wasser, aber es war nur das Rauschen der Wellen über die Steine am Ufer.

Nach einer Weile hörte er die Stimmen nicht mehr. Das Kanu war jetzt so weit getrieben, daß er nichts sehen konnte als den blauen Himmel über sich. Es war ihm nicht möglich, die Ungewißheit länger zu ertragen. Er wollte schon mit seinem Messer ein Loch durch die Bootswand, die leicht genug war, schneiden, als ein Schuß fiel. Die Kugel drang durch beide Seiten des Kanus, etwa achtzehn Zoll über der Stelle, wo sein Kopf lag. Wildtödter verhielt sich noch eine halbe Minute ruhig, dann sah er plötzlich den Wipfel einer Eiche langsam in seinen Gesichtskreis treten. Besorgt krümmte er seinen Körper mit aller Vorsicht und legte sein Auge an die Öffnung, wo die Kugel durchgegangen war. Er konnte glücklicherweise die Landzunge ziemlich übersehen. Das Kanu hatte sich nach Süden gewendet und trieb langsam den See hinab. Es war ein Glück, daß Wildtödter ihm einen kräftigen Stoß versetzt hatte, um es über das Ende der Landzunge hinauszutreiben, sonst hätte es jetzt wieder an das Ufer stoßen müssen. Aber eine leichte Luftströmung aus Südwesten begann es langsam vom Ufer abzutreiben.

An jedem Ende des Kanus lag als Sitz wie üblich ein großer, runder, glatter Stein. Wildtödter erreichte den einen vorsichtig mit den Händen und rollte ihn an die Seite des andern, während er seinen Körper möglichst weit zurückdrängte. Als er das Ufer verließ, hatte er einen trockenen Zweig in das Kanu geworfen, der sich jetzt im Bereich seines Armes befand. Er nahm seine Mütze ab, steckte sie auf das Ende des Stocks und ließ sie dann über dem Rande des Kanus so fern als möglich von seinem Körper erscheinen. Diese Kriegslist wurde durchschaut, und eine Kugel schlug dicht an seinem Arm durch die Bootswand und verletzte ihn leicht. Als er die Mütze noch einmal jetzt über seinem Kopf zeigte, blieb alles ruhig. Er lag darauf noch einige Minuten still und sah durch das Kugelloch, daß das Boot allmählich immer weiter vom Ufer abgetrieben wurde. Als er aufsah, waren die Baumwipfel verschwunden. Das Kanu wendete sich langsam, so daß er nun die beiden äußersten Enden des Sees durch die Öffnung erblicken konnte. Er dachte jetzt wieder an seinen Stock, mit dem er sich vielleicht etwas fortrudern könne. Dies gelang ihm schließlich besser, als er gehofft hatte, aber er wußte nicht, wie er das Kanu in gerader Linie halten sollte. Daß diese Bewegung gesehen wurde, ergab sich bald aus dem Geräusch am Ufer, und eine neue Kugel schlug durch die Spitze des Kanus und pfiff zwischen den Armen Wildtödters hindurch. Mit einem zweiten Schuß wurde der Stock zerschmettert. Er mußte sich nun auf die Eigenbewegung des Kanus verlassen. Da es ihm schien, als ob die Stimmen entfernter klängen, beschloß er, das Fahrzeug treiben zu lassen, bis er außer Schußweite war.

Wildtödter befand sich schon zwanzig Minuten in dem Kanu und begann etwas ungeduldig auf die Hilfe seiner Freunde zu warten. Durch die Stellung des Bootes konnte er nur den See hinauf oder hinab sehen, und die Wasserburg Hutters lag nicht in seinem Gesichtskreis. Die tiefe Stille beunruhigte ihn ebenfalls. Endlich legte er sich, ermüdet von seiner Wachsamkeit, auf den Rücken, machte seine Augen zu und erwartete ruhig den Ausgang. Zehn Minuten mochten etwa verflossen sein, als Wildtödter ein leichtes Geräusch, wie ein leises Reiben gegen den Boden des Kanus, zu hören glaubte. Er öffnete seine Augen und erwartete, das Gesicht oder den Arm eines Indianers zu sehen, aber er erblickte nur ein grünes Laubgewölbe unmittelbar über seinem Kopfe. Er sprang auf und sah Rivenoak, der langsam das Boot ans Land zog. Das Kanu war wegen der schnell wechselnden Luftströmungen und einiger Strudel im Wasser wieder zurückgetrieben worden.
»Komm«, sagte der Hurone mit einer ruhigen, gebieterischen Bewegung, »mein junger Freund ist umhergesegelt, bis er müde wurde, er wird vergessen zu entfliehen, bis er sich seiner Beine wieder bedienen kann.«
»Ihr habt freilich den Vorteil davon!« erwiderte Wildtödter, indem er ruhig aus dem Kanu trat. »Die Vorsehung ist euch unerwartet zu Hilfe gekommen.«
»Mein junger Freund ist ein Elch«, sagte der Hurone, »seine Beine sind sehr lang, sie haben meinen Männern Mühe gemacht. Aber er ist kein Fisch, er kann seinen Weg im Wasser nicht finden. Wir haben ihn nicht geschossen, denn Fische werden in Netzen gefangen und nicht mit Kugeln getötet.«
»Ich bin euer Gefangener, behandelt mich nach eurem Willen!« antwortete der Jäger kurz, der deutlich den Hohn in den Worten Rivenoaks spürte.
»Mein Bruder ist lange auf den Hügeln umhergelaufen und auf dem Wasser gesegelt«, erwiderte der Häuptling lächelnd, »er hat die Wälder gesehen, er hat das Wasser gesehen. Vielleicht hat er genug gesehen, um seinen Entschluß zu ändern und vernünftige Vorschläge anzuhören.«
»Sprich, Hurone!«
»Meines Bruders Ohren sind jetzt weiter geöffnet als vorhin, und seine Augen sind nicht geschlossen. Die Sumach ist ärmer als je. Einst hatte sie einen Bruder und einen Mann. Sie hat auch Kinder. Die Zeit kam, und ihr Mann begab sich in das glückliche Jagdgebiet, ohne Lebewohl zu sagen, er ließ sie allein mit seinen Kindern. Der Panther folgte dem Mann seiner Schwester auf dem Todespfad. Sie prüfen jetzt ihre Kräfte, wer zuerst das glückliche Jagdgebiet erreichen wird. Wer soll aber Sumach und ihre Kinder ernähren? Der Mann, der dem ›Luchs‹ und dem Panther sagte, sie möchten ihre Hütten verlassen, damit Raum für ihn darin sei. Er ist ein berühmter Jäger, und wir wissen, daß er die Frau ernähren könnte.«

»Ich habe gehört, daß einige ihr Leben auf diese Art retteten«, antwortete Wildtödter, »aber ich habe auch manche gekannt, die den Tod einer solchen Gefangenschaft vorziehen würden. Ich suche nicht den Tod, aber auch keine Heirat.«

»Mein Bruder wird darüber nachdenken, während mein Volk sich zur Beratung versammelt. Es wird ihm gesagt werden, was ferner geschehen soll.«

Dieses Gespräch hatte nur zwischen den beiden stattgefunden, von der ganzen Bande war nur Rivenoak sichtbar. Die übrigen schienen den Ort verlassen zu haben. Hausgerät, Kleider, Waffen, alles war verschwunden. Eine so unerwartete Veränderung erregte die Besorgnis Wildtödters, denn unter den Delawaren hatte er noch nie etwas Derartiges erlebt.

Rivenoak ließ ihn jetzt allein und begab sich in den Wald. Wildtödter zeigte sich gleichgültig und ging auf dem offenen Platz umher. Allmählich näherte er sich der Stelle, wo er ans Land gestiegen war. Als er vorn an die Bucht trat, war das Kanu fort. Der Jäger konnte seine Lage jetzt übersehen. Er war ein Gefangener auf der engen Landzunge, ohne Zweifel sorgfältig bewacht, und es blieb ihm kein anderes Mittel zur Flucht, als zu schwimmen. Aber der unsichere Erfolg und die Gewißheit, daß man ihn im Kanu verfolgen werde, hielten ihn zurück. Er wandte sich wieder dem offenen Platz zu, wo er zu seinem Erstaunen Hetty fand, die offenbar auf seine Rückkehr wartete. Sie hatte ihre Bibel unterm Arm und schien sehr traurig zu sein.

»Weshalb hast du den Huronen getötet?« fragte das Mädchen vorwurfsvoll. »Kennst du nicht das Gebot: ›Du sollst nicht töten!‹? Ich hörte, daß du auch den Mann des Weibes erschlagen hast.«

»Es ist wahr, meine gute Hetty. Ich will nicht leugnen, was geschehen ist, aber wir sind im Kriege, und die Huronen trachten nach meinem Leben.«

»Ich weiß, aber es tat mir doch sehr leid, denn ich glaubte, du würdest Böses mit Gutem vergelten.«

»Ja, Hetty, das mag unter den Missionaren möglich sein, aber in den Wäldern würde man mit solchen Ansichten zugrunde gehen.«

Hetty schwieg eine Weile nachdenklich, dann sagte sie: »Wildtödter, willst du Sumach jetzt heiraten?«

Wildtödter schüttelte seinen Kopf und nahm dann Hettys Hände.

»Sage mir, Hetty«, sprach er ruhig, »wo sind die Huronen geblieben? Weshalb lassen sie dich auf der Landzunge umhergehen, als wenn du auch gefangen wärst?«

»Ich bin keine Gefangene, Wildtödter, ich kann gehen, wohin ich will. Die Huronen sind dort in den Sträuchern, und sie beobachten uns beide genau.«

In diesem Augenblick versammelten sich alle Huronen um Wildtödter in einem großen, geschlossenen Kreis. Rivenoak erschien zuletzt und nahm seinen Ehrenplatz ein. Mehrere von den älteren Kriegern standen neben ihm, aber er war nach dem Tode des Panthers der anerkannte Häuptling des Stammes.

Als die ganze Bande um den Gefangenen versammelt war, trat ein allgemeines Stillschweigen ein. Wildtödter bemerkte, daß die Weiber und Knaben Späne von harzigen Tannenwurzeln vorbereitet hatten, die später in sein Fleisch gebohrt und angezündet werden sollten. Ein naher Rauch zeigte, daß die Feuerbrände schon bereit seien, und mehrere von den älteren Kriegern fuhren mit den Fingern über die Schneiden ihrer Tomahawks, als wollten sie ihre Schärfe prüfen.

»Wildtödter«, sagte Rivenoak mit Ruhe und Würde, »es ist Zeit, daß mein Volk weiß, was es zu tun hat. Die Sonne steht nicht mehr über unsern Häuptern. Sie eilt dem Lande unserer französischen Väter zu. Der umherschwärmende Wolf hat seine Höhle, und er sucht sie auf, wenn er seine Jungen zu sehen wünscht. Die Irokesen sind nicht ärmer als die Wölfe. Sie haben Dörfer, Wigwams und Getreidefelder. Die guten Geister werden müde sein, sie allein zu bewachen. Mein Volk muß zurückkehren. Es wird Freude in den Hütten sein, wenn sie unser Geschrei aus dem Walde hören! Aber es wird ein trauriges Geschrei sein. Wir haben den Skalp der Moschusratte, sein Körper ist unter den Fischen. Zwei Hütten sind leer, wir müssen vor jeder Tür einen Skalp haben, sei er lebend oder tot!«

»So nimm ihn denn tot, Hurone!« rief der Gefangene.

Rivenoak befahl darauf, den Gefangenen zu binden. Wildtödter leistete keinen Widerstand. Sobald er gefesselt war, wurde er zu einem jungen Baum getragen und so daran gebunden, daß er sich weder bewegen noch zu Boden fallen konnte. Seine Hände legte man flach gegen die Beine, und er wurde dann mit Riemen fest an den Baum geschnürt.

Vierundzwanzigstes Kapitel

Kaum waren die jungen Männer benachrichtigt, daß die Martern beginnen könnten, als auch schon einige der kühnsten unter ihnen mit dem Tomahawk in der Hand in den Kreis traten. Hier bereiteten sie sich vor, die gefährliche Waffe zu schleudern. Sie mußten den Baum so nah wie möglich am Kopf des Gefangenen treffen, ohne ihn selbst zu verwunden. Dies war eine schwierige Aufgabe, und nur die Geschicktesten wurden zugelassen, damit nicht ein vorzeitiger Tod des Opfers die Unterhaltung etwa abkürze. Alle, die jetzt in die Schranken traten, wollten nur ihre Geschicklichkeit zeigen. Den ersten nannte man den ›Raben‹. Er hatte noch keine Erfahrungen

auf dem Kriegspfade. Wildtödter glaubte, seine Stunde sei gekommen. Der junge Hurone schwang die Axt drohend in der Luft und schleuderte sie dann gegen sein Opfer. Die Waffe streifte den Baum, an den der Gefangene gebunden war, nah an seiner Wange und fuhr dann in eine große Eiche mehrere Schritte hinter ihm. Das war kein sonderliches Probestück. Die Kaltblütigkeit des Gefangenen erregte ein unterdrücktes Murmeln der Bewunderung. Der Kopf war der einzige Teil seines Körpers, den er bewegen konnte, aber Wildtödter hatte nicht um einen Millimeter gezuckt.
Auf den Versuch des Raben folgte der ›Elch‹, ein Krieger, der besonders geschickt mit dem Tomahawk war. Er stellte sich ruhig in die Mitte des Kreises, hob die kleine Axt, trat schnell einen Schritt vor und schleuderte sie ab. Wildtödter sah die scharfe Waffe gegen sich wirbeln und glaubte schon, alles sei vorüber. Aber er war nicht verletzt, doch sein Kopf war an den Baum geheftet, da der Tomahawk seine Haare erfaßt hatte und dann tief in die weiche Rinde gedrungen war. Ein allgemeines Beifallsgeschrei erfolgte auf diese Leistung. Dem Elch folgte der ›Springende Knabe‹, der wie eine spielende Ziege in den Kreis sprang. Er war tapfer und geschickt und hatte sich die Achtung seines Stammes durch Taten im Kriege und als glücklicher Jäger erworben. Er hüpfte vor dem Gefangenen umher und bedrohte ihn mit seinem Tomahawk bald von dieser, bald von jener Seite, um ihn zu erschrecken. Endlich war Wildtödters Geduld zu Ende, und er sprach zum ersten Male, seitdem die Martern begonnen hatten.
»Los, Hurone«, rief er, »sonst wird dein Tomahawk sein Ziel vergessen. Weshalb springst du umher wie ein Hirschkalb, das seiner Mutter zeigen will, was für Kunststücke es machen kann? Wirf, oder die Huronenmädchen werden dir ins Gesicht lachen!«
Die Worte reizten den springenden Krieger, und er warf seine Axt mit aller Kraft. Sie flog an der Wange des Gefangenen vorbei und verwundete leicht seine Schulter. Es folgten nun andere Krieger, die zum Teil auch mit Messern warfen, ein viel gefährlicheres Spiel, aber alle bemühten sich, den Gefangenen nicht zu treffen. Wildtödter wurde zwar mehrere Male gestreift, aber er hatte keine gefährliche Wunde. Sein Mut, besonders als alle zum Schluß gleichzeitig ihre Waffen warfen, wurde allgemein anerkannt. Rivenoak erklärte, der weiße Mann habe sich gut benommen, und wenn er auch mit den Delawaren gelebt habe, sei er doch kein Weib unter ihnen geworden. Er rief jetzt vier bis fünf von den besten Schützen zu sich und überließ ihnen den Gefangenen zur Prüfung mit der Flinte. Wildtödter kannte die Indianer als schlechte Schützen und wußte, daß er diesen Teil der Martern nicht überleben werde. Sein Trost war es, durch seine Lieblingswaffe zu fallen.

Bevor die Indianer aber anfingen, trat Hetty in den Kreis und rief laut: »Weshalb quält ihr Wildtödter, Huronen? Was hat er euch getan? Als der Vater und Hurry Harry nach euren Skalpen gingen, weigerte er sich, sie zu begleiten, und blieb in dem Kanu zurück. Ihr martert einen Freund!«
Die Huronen hörten mit ernsthafter Aufmerksamkeit zu, und einer von ihnen, der Englisch verstand, übersetzte, was sie gesagt hatte.
»Meine Tochter ist sehr willkommen!« antwortete Rivenoak sanft. »Die Huronen freuen sich, ihre Stimme zu hören. Der Große Geist verkündet oft den Menschen seinen Willen durch solche Zungen. Diesmal sind aber ihre Augen nicht weit genug geöffnet gewesen, und sie haben nicht alles gesehen. Wildtödter kam nicht nach unseren Skalpen, das ist wahr, aber weshalb kam er nicht? Hier sind sie auf unseren Köpfen, die Kriegslocken sind bereit, um die Beute daran festzuhalten, ein kühner Feind sollte seine Hand ausstrecken und sich ihrer bemächtigen. Die Irokesen sind eine zu berühmte Nation, als daß sie Männer bestrafen sollte, die Skalpe nehmen. Möge meine Tochter sich umsehen und meine Krieger zählen. Es fehlen zwei, und das Bleichgesicht hat sie getötet!«
»Du weißt, Häuptling, daß es nicht Wildtödters Schuld war. Euer Krieger trachtete ihm nach dem Leben, und er verteidigte sich. Wenn ihr wissen wollt, wer von euch am besten schießen kann, so gebt Wildtödter auch eine Flinte!«
»Meine Tochter spricht nicht wie ein Häuptling am Beratungsfeuer«, erwiderte Rivenoak, »sonst würde sie dieses nicht gesagt haben. Zwei meiner Krieger wurden von diesem Gefangenen erschlagen, ihr Grab ist zu klein, um einen dritten aufzunehmen. Die Huronen wollen nicht gern ihre Toten anhäufen. Geh, Tochter, und setze dich zu Sumach, die in Trauer ist, laß die Huronenkrieger zeigen, wie gut sie schießen können.«
Hetty, die von jeher gewöhnt war, dem Willen anderer nachzugeben, setzte sich auf einen Baumstamm neben Sumach und wendete ihr Gesicht von der schrecklichen Szene ab. Die Schützen begannen sofort mit ihrer Aufstellung. Das Gesicht Wildtödters war nur so weit von den Flintenläufen entfernt, daß es vor den unmittelbaren Wirkungen des Schusses geschützt blieb. Er konnte gerade in die Läufe sehen, und die Huronen wußten dies, und kaum einer von ihnen hob seine Waffe, ohne sie erst der Stirn des Gefangenen möglichst nahe zu bringen. Jeder von ihnen hütete sich aber, ihn zu verletzen. Ein Schuß nach dem andern folgte, und alle Kugeln schlugen ganz in die Nähe von Wildtödters Kopf ein, ohne ihn zu berühren. Er zuckte mit keiner Muskel, was die Wilden offensichtlich bewunderten. Der Jäger aber beobachtete ihr Zielen scharf und wußte von vornherein, wo die Kugeln einschlagen mußten.

»Ihr mögt das schießen nennen, Mingos«, sagte er schließlich voll Verachtung, »aber wir haben Squaws unter den Delawaren, und ich habe holländische Mädchen kennengelernt, die euch bei weitem übertreffen würden. Bindet meine Arme los, gebt mir eine Flinte, und ich will die dünnste Kriegslocke von einem unter euch an jeden Baum heften, den ihr mir zeigt, und zwar auf hundertfünfzig Schritte, ja selbst auf dreihundert, und bei zwanzig Schüssen könnt ihr neunzehn Treffer zählen!«

Ein leises drohendes Gemurmel folgte dieser kaltblütigen Erklärung. Aber Rivenoak trat mitten unter die aufgeregten Krieger und redete sie an: »Ich sehe, wie es ist«, sagte er, »wir haben uns benommen wie die weißen Männer, wenn sie des Nachts ihre Türen aus Furcht vor den roten Männern verschließen. Sie legen so viele Eisenstangen vor, daß sie, wenn Feuer ausbricht, verbrennen, ehe sie hinaus können. Wir haben den Gefangenen zu fest gebunden. Er kann seine Glieder nicht rühren und seine Augen nicht schließen. Bindet ihn etwas loser, damit er sich freier bewegen kann.«

Man stimmte ihm zu, und Wildtödter wurde entfesselt. Er brachte sein Blut durch Stampfen mit den Füßen wieder in Bewegung, und seine Kräfte kehrten bald zurück. Plötzlich bemerkte er unter den Indianerinnen eine große Aufregung, während die Krieger sich ernst und abwartend an ihre Flinten lehnten. Er sah sich befremdet um und entdeckte schließlich Judith, die langsam in den Kreis trat. Sie trug das Brokatkleid aus dem Kasten und gab sich wie eine der Damen aus der Garnison.

Die Wirkung dieser Erscheinung war von ihr nicht falsch berechnet worden. Sobald sie in den Kreis trat, wurde sie mit Erstaunen und Bewunderung betrachtet. Viele Krieger stießen ihr »Hugh!« aus, alle aber musterten sie gespannt.

»Welcher von diesen Kriegern ist der Häuptling«, fragte Judith Wildtödter, »meine Fragen sind zu wichtig, als daß ich sie einem geringen Krieger vorlegen könnte. Erkläre den Huronen, was ich gesagt habe, Wildtödter, dann beantworte meine Frage.«

Der junge Mann erfüllte ihren Wunsch, und die Huronen hörten ernst und aufmerksam zu. Dann stellte sich Rivenoak als Häuptling mit gemessenen Worten vor.

»Ich glaube dir, Hurone«, sagte Judith, indem sie ihre Damenrolle mit Sicherheit und Würde spielte. »Ich lese in deinen Zügen die Beweise des Nachdenkens und der Klugheit. An dich muß ich daher meine Mitteilung richten.«

»Möge die Blume des Waldes sprechen«, erwiderte der alte Häuptling höflich, als ihre Anrede übersetzt worden war, »wenn ihre Worte so angenehm sind wie ihre Blicke, so werden sie nie meine Ohren verlassen, ich werde sie noch lange vernehmen, wenn auch der Winter von Kanada die Blumen getötet und alle Stimmen des Sommers zu Frost erstarrt hat.«

»Hurone, höre auf meine Worte«, antwortete Judith unwillkürlich lächelnd. »Deine Augen sagen mir, daß ich keine einfache Frau bin. Ich will mich nicht für die Königin dieses Landes ausgeben, sie ist in einem weit entfernten Reich. Aber es gibt viele Rangstufen an dem Hofe meines Königs. Du weißt und siehst, daß eine Frau zu dir spricht, die deine Freundin oder deine Feindin werden kann, je nachdem wie du sie behandelst.«

»Meine Tochter ist schöner als die wilde Rose am Ontario«, antwortete Rivenoak ernst, »ihre Stimme ist dem Ohr so angenehm wie der Gesang des Zaunkönigs. Meine Tochter hat ohne Zweifel ein sehr großes Wigwam irgendwo am See, die Huronen haben es ihrer Unwissenheit wegen nicht gefunden!«

»Mein Haus, Häuptling, ist weit von hier. Du darfst deinen Augen trauen; wo gibt es einen roten Mann, der nicht sehen könnte? Dieses Kleid, das ich trage, ist nicht das einer gewöhnlichen Squaw, diesen Schmuck tragen nur die Weiber und Töchter der Häuptlinge. Jetzt höre, weshalb ich hierhergekommen bin. Die Engländer haben junge Männer, so gut wie die Huronen, und zwar sehr viele.«

»Der Engländer sind so viele wie Blätter an den Bäumen. Dies weiß jeder Hurone.«

»Ich verstehe dich, Häuptling. Hätte ich mein Gefolge mitgebracht, so würde es Unruhen gegeben haben. Meine jungen Männer und deine jungen Männer hätten sich zornig angesehen, besonders, wenn es von meinen jungen Männern bemerkt worden wäre, daß ihr den weißen Mann dort martern wollt. Er ist ein berühmter Jäger und in den Garnisonen bekannt und geehrt. Es würde seinetwegen einen Kampf gegeben haben, und die Spur der Irokesen nach Kanada würde mit Blut bezeichnet worden sein.«

»Es ist schon jetzt so viel Blut darauf«, erwiderte der Häuptling düster, »daß unsere Augen fast davon erblinden. Meine jungen Männer sehen, daß es alles Huronenblut ist.«

»Aber noch mehr Huronenblut würde vergossen werden, wenn ich, von weißen Männern umgeben, gekommen wäre. Ich habe von Rivenoak gehört, und ich glaubte, es würde besser sein, ihn in Frieden nach seinem Dorfe zu schicken. Er hat Tiere gern, aus Elfenbein geschnitzt, und kleine Flinten. Sieh, ich habe einige mitgebracht, um sie ihm zu zeigen. Ich bin seine Freundin. Wenn er diese Dinge unter seine Sachen gepackt hat, wird er den Pfad nach seinem Dorfe einschlagen, ehe einer von meinen jungen Männern ihn einholen kann. Ich will diesen berühmten Jäger mit mir nehmen, denn er soll mein Haus mit Wildbret versorgen.«

Judith, die bekannt genug mit den Redensarten der Indianer war, bemühte sich, in ihren Bildern zu sprechen. Wildtödter unterstützte sie noch bei seiner Übersetzung.

»Möge meine Tochter ihr doppeltgeschwänztes Schwein zum Essen aufbewahren, falls das Wildbret selten wird«, antwortete jetzt aber Rivenoak trocken, »und auch die kleine Flinte mit zwei Mündungen. Die Huronen werden Wild töten, wenn sie hungrig sind, und sie haben lange Flinten zum Kampf. Dieser Jäger kann meine jungen Männer jetzt nicht verlassen, sie wollen wissen, ob er den Mut hat, dessen er sich rühmt.«

»Das leugne ich, Hurone«, unterbrach ihn Wildtödter zornig. »Niemand hat mich prahlen hören, und niemand wird es hören, wenn ihr mich auch lebendig schinden solltet.«

»Der junge weiße Mann rühmt sich, daß er kein Prahler ist«, erwiderte der schlaue Häuptling, »er muß recht haben. Ich höre einen seltsamen Vogel singen. Er hat sehr bunte Federn. Noch nie sah ein Hurone solche Federn! Die Huronen werden sich schämen, nach ihrem Dorfe zurückzukehren und zu erzählen, sie hätten ihren Gefangenen wegen des Gesanges dieses seltsamen Vogels gehen lassen, wenn sie nicht einmal den Namen des Vogels wissen. Sie können nicht sagen, ob es ein Zaunkönig ist oder was sonst für ein Vogel. Das würde eine große Schande sein.«

»Du kannst meinen Namen von deinem Gefangenen erfahren«, erwiderte das Mädchen, »ich heiße Judith, und in dem Buche der weißen Männer, in der Bibel, steht eine lange Geschichte von Judith.«

»Nein«, antwortete der schlaue Hurone plötzlich englisch. »Ich Gefangenen nicht fragen. Er müde, Ruhe nötig haben, ich meine Tochter fragen mit dem schwachen Geist. Sie Wahrheit reden. Komm her, Tochter, du antworten. Dein Name Hetty?«

»Ja, so nennen sie mich«, erwiderte das schwachsinnige Mädchen.

»Was ist ihr Name?«

»Sie heißt Judith. Es ist meine Schwester Judith, Thomas Hutters Tochter.«

Ein Lächeln des Triumphes verzerrte die harten Züge des Häuptlings. Judith wußte jetzt, daß es vergebens sein würde, den Wilden als Tochter der Moschusratte eine Prinzessin oder vornehme Dame vorzuspielen. Ihr kühner und sinnreicher Plan für die Befreiung des Gefangenen war gescheitert. Sie sah Wildtödter an, als erwarte sie von ihm, daß er sie beide retten werde.

»Es geht nicht, Judith«, sagte der junge Mann. »Es war ein kühner Gedanke, und er hätte einer Generalsfrau Ehre gemacht, aber dieser Mingo« – Rivenoak hatte sich etwas entfernt, so daß er seine Worte nicht hören konnte – »ist ein ungewöhnlicher Mann und läßt sich nicht leicht täuschen.«

Auf ein Zeichen Rivenoaks sollte jetzt mit den Martern fortgefahren werden,

Wildtödter wurde wieder gefesselt, und selbst Weiber und Kinder waren eifrig beschäftigt, trockene Zweige herbeizubringen. Die Flamme erhob sich schon, als eine Indianerin in den Kreis drang und mit ihrem Fuß die bren=nenden Zweige auseinanderstieß. Es folgte ein allgemeines Geschrei des Unwillens, aber als die Indianerin sich dem Kreise zukehrte und man Wah erkannte, begrüßte man sie freudig. Jeder Gedanke an die Martern war für

einen Augenblick vergessen, und man drängte sich um das Mädchen. Wah sprach zuerst leise zu Judith und drückte ihr verstohlen einen kleinen Gegenstand in die Hand und begrüßte dann die Huronenmädchen. Judith fand ihre Selbstbeherrschung wieder und handelte schnell. Das kleine, scharfe Messer, das Wah ihr eingehändigt hatte, gab sie unbemerkt Hetty, weil sie glaubte, daß diese am sichersten und ohne Mißtrauen zu erregen auf Wildtödter zutreten könnte, der schon wieder am Marterpfahl stand. Statt aber seine Hände zu befreien und ihm dann das Messer zuzustecken, damit er es im dringendsten Augenblick bereit habe, zerschnitt Hetty die Riemen, mit denen sein Kopf an den Baum gebunden war. Man bemerkte aber das Mädchen und verhinderte noch rechtzeitig ihr Tun. Diese Entdeckung aber erregte das Mißtrauen gegen Wah, und als sie befragt wurde, leugnete sie zu Judiths Erstaunen nicht, daß sie das Messer gebracht habe.

»Weshalb sollte ich Wildtödter nicht beistehen?« fragte die Delawarin stolz. »Er ist der Bruder eines Delawarenhäuptlings, mein Herz ist ganz delawarisch. Komm hervor, Elender«, rief sie dann plötzlich laut, »und wasche die irokesischen Kriegsfarben von deinem Gesicht, erscheine vor den Huronen als die ›Krähe‹, die du bist! Du würdest lieber an den Leichen deiner eigenen Toten nagen als verhungern. Stellt ihn Wildtödter gegenüber, Häuptlinge und Krieger, ich will euch zeigen, welchen Verräter ihr in eurem Stamme aufgenommen habt.«

Alle sahen den Mann an, der Wah-ta-Wah geraubt hatte und den man als abtrünnigen Delawaren in den eigenen Stamm aufgenommen hatte. Er trat in der fremden Kriegsbemalung in den Kreis, aber das Mißtrauen der Huronen hatte ihm gegenüber nie aufgehört. Er rief jetzt laut in abfälligem Ton, was gegen ihn vorgebracht werde.

»Frage dich das selbst«, fuhr Wah zornig fort, obgleich sie eine innere Unruhe nicht ganz unterdrücken konnte. »Frage das dein eigenes Herz, schleichender Hund. Komm nicht hierher mit dem Gesicht eines unschuldigen Mannes! Geh hin und schau in die Quelle, sieh die Farbe deiner Feinde auf deiner lügnerischen Haut, dann komm zurück und rühme dich, wie du deinem Stamm entlaufen bist und den Feinden deine Dienste verkauft hast.«

»Wer spricht hier?« fragte der abtrünnige Delaware. »Wenn der weiße Mann seines Lebens müde ist, wenn er die indianischen Martern fürchtet, so sprich, Rivenoak. Ich will ihn den Kriegern nachsenden, die wir verloren haben!«

»Nein, Rivenoak«, unterbrach ihn Wah schnell. »Wildtödter fürchtet nichts, am wenigsten eine Krähe! Laß seine Bande lösen, stelle ihn diesem Nachtvogel gegenüber, dann laß uns sehen, wer seines Lebens müde ist.«

Wah-ta-Wah trat vor und wollte einem jungen Mann sein Messer nehmen und selbst die Bande des Gefangenen zerschneiden, aber ein alter Krieger verhinderte es. Rivenoak beobachtete alles, was das Mädchen tat, mit Mißtrauen. Er vermutete irgendeine List hinter ihrem Benehmen. Er winkte seinen Kriegern, mit den Martern fortzufahren, und der Scheiterhaufen wurde wieder angezündet.

In diesem Augenblick drang ein junger Indianer durch die Reihen der Huronen und sprang mit einer an Tollkühnheit grenzenden Verwegenheit mitten in den Kreis. Fünf bis sechs Späher beobachteten noch den See an verschiedenen Punkten, und der erste Gedanke Rivenoaks war, daß einer von diesen mit wichtigen Nachrichten gekommen sei. Drei Sprünge brachten diesen Krieger an die Seite Wildtödters, dessen Bande schnell durchschnitten wurden. Dann wendete sich der junge Indianer den Huronen zu, und sie erkannten erstaunt einen Delawaren in voller Kriegsbemalung. Er trug in jeder Hand eine Flinte, und während er die eine davon Wildtödter gab, redete er die schweigenden feindlichen Krieger an.

»Huronen«, sagte er, »die Erde ist sehr groß. Jenseits der Großen Seen ist Raum für die Irokesen und diesseits für die Delawaren. Ich bin Chingachgook, der Sohn von Unkas und aus der Familie von Tamenund. Dies ist meine Verlobte, der weiße Mann da ist mein Freund. Mein Herz wurde mir schwer, als ich ihn vermißte, ich folgte ihm in euer Lager, um zu sehen, ob ihm kein Unglück widerführe. Alle Delawarenmädchen warten auf Wah, sie wundern sich, daß sie so lange bleibt. Komm, laß uns Lebewohl sagen und unsern Pfad weiterverfolgen.«

»Huronen, das ist euer Feind, die Große Schlange der Delawaren«, rief schnell der abtrünnige Stammesgenosse Chingachgooks. »Wenn ihr zugebt, daß er entflieht, so wird den Spuren eurer Mokassins von hier bis nach Kanada Blut folgen. Ich bin ein echter Hurone!«

Mit diesen Worten warf der Verräter sein Messer gegen die nackte Brust des Delawaren. Eine schnelle Bewegung von Wah ließ aber die Waffe mit der Spitze in den Stamm einer Tanne fahren. Im nächsten Augenblick schleuderte der junge Häuptling sein Messer, und es blieb zitternd im Herzen seines Gegners stecken. Ein lautes Geschrei folgte dieser Handlung, und die ganze Bande kam in Bewegung. – Plötzlich hörte man in den Wäldern einen schweren gleichmäßigen Ton. Die Huronen gerieten in neue wahnsinnige, fast furchtsame Hast, und nach wenigen Minuten schon sah man zwischen den Bäumen die roten Uniformen englischer Soldaten. Die Abteilung rückte schweigend in geschlossener Linie vor und riegelte die Huronen auf der Landzunge ab. Mit wütendem Geschrei suchten sie verzweifelt Deckung. Kein Schuß fiel, nur die Bajonette der Engländer blitzten in den schrägen Strahlen der Abendsonne.

In der allgemeinen Verwirrung behielt Wildtödter seine Kaltblütigkeit. Er riß Judith und Wah hinter einen Baum und sah sich nach Hetty um, aber sie war von den indianischen Weibern mit fortgerissen worden. Dann verfolgte er die Huronen, die nach dem südlichen Ufer der Landzunge flohen. Er paßte eine Gelegenheit ab, und als zwei Krieger, die ihn noch vor kurzem gemartert hatten, in einer Schußlinie standen, unterbrach seine Flinte zuerst das Schweigen. Die Kugel traf beide Gegner auf einen Schuß. Jetzt begann ein wildes Feuer der Huronen, und in dem Lärm ertönte das Kriegsgeschrei der Schlange. In den Reihen der heranrückenden Engländer hörte man die Rufe und die Flinte Hurrys, aber die Soldaten feuerten nicht. Wenige Minuten später begann der Bajonettkampf, und die furchtbare Waffe verrichtete ihr blutiges Werk.

Fünfundzwanzigstes Kapitel

Als am anderen Morgen die Sonne aufging, schien die Landschaft um den See herum fast unberührt, und nur schwer hätte man die Zeichen des gestrigen Kampfes entdecken können. Nur auf der Wasserburg merkte man deutlich eine Veränderung. Eine Schildwache, in der Uniform eines königlichen Regiments der leichten Infanterie, ging auf der Plattform auf und ab, und etwa zwanzig Mann desselben Regiments trieben sich hier und da umher oder saßen in der Arche. Ihre Gewehre waren ordentlich aufgestellt, und zwei Offiziere beobachteten das Ufer des Sees mit einem Fernrohr. Ihre Blicke wendeten sich der Landspitze zu, wo man einige Scharlachröcke zwischen den Bäumen sah, die die Leichen der Getöteten begruben. Der jüngste der beiden Offiziere trug den einen Arm in der Binde. Ein Sergeant näherte sich, um eine Meldung zu machen. Er redete den älteren Offizier als Kapitän Warley an, den jüngeren als Fähnrich Thornton. Warley war ein Mann von etwa fünfunddreißig Jahren, mit harten Zügen und roten Wangen.
»Craig verflucht uns bestimmt!« sagte er jetzt zu dem jungen Fähnrich. »Er hat sicher nicht unrecht. Es ist angenehmer, sich hier mit Miss Judith Hutter zu unterhalten, als Indianer auf der Landzunge eines Sees zu begraben. Sagen Sie, Wright, lebt Davis noch?«
»Er starb vor ungefähr zehn Minuten, Euer Gnaden«, erwiderte der Sergeant. »Ich wußte es vorher, sobald ich fand, daß die Kugel den Magen getroffen hatte. Ich habe noch nie einen Menschen gekannt, der es lange aushalten konnte, wenn er ein Loch im Magen hatte.«
»Es muß allerdings sehr unbequem sein«, bemerkte Warley gähnend. »Zwei Nächte hintereinander zu wachen, Artur, das wird doch zuviel! Ich bin so

stumpf wie einer von den holländischen Pfarrern am Mohawk. Ihr Arm schmerzt Sie doch nicht?«

»Ich muß manchmal Gesichter schneiden, Sir, wie Sie bemerken werden«, antwortete der junge Mann lächelnd, »aber es läßt sich noch ertragen. Ich denke, Graham wird wohl etwas Zeit haben, um nach meiner Wunde zu sehen.«

»Diese Judith Hutter ist wirklich ein reizendes Mädchen, Thornton, und es soll nicht an mir liegen, wenn sie in den Parks bei uns nicht gesehen und bewundert wird!« sagte Warley, der wenig an die Wunde des andern dachte. »Ihr Arm? Jawohl. Gehen Sie in die Arche, Sergeant, und sagen Sie dem Doktor Graham, ich wünschte, er möge nach der Wunde des Herrn Thornton sehen. – Ein reizendes Geschöpf! Und sie sah wie eine Königin in dem Brokatkleide aus. Ich finde alles verändert hier. Der Vater und die Mutter sind fort, die Schwester liegt im Sterben, wenn sie nicht schon tot ist, und von der ganzen Familie ist niemand mehr da als die Schöne.«

»Darf ich vermuten, Sir, daß Sie im Begriff stehen, Ihre Fahnen in dem großen Korps der Junggesellen zu verlassen und den Feldzug mit einer Ehe abzuschließen?«

»Ich, Tom Warley! Nein, Sie scheinen wenig das Korps zu kennen. Ich glaube schon, daß es Frauenzimmer in den Kolonien gibt, die ein Kapitän der leichten Infanterie nicht verachten würde. Aber sie sind nicht hier an dem Bergsee zu finden, auch nicht unten an dem holländischen Fluß, wo wir in Garnison liegen. Mein Onkel, der General, wollte einmal eine Frau für mich in Yorkshire wählen, aber sie war nicht schön, und ich würde selbst eine Prinzessin nicht heiraten, wenn sie nicht schön wäre.«

Warley lachte, weil der junge Offizier sein Gesicht schmerzlich verzog, und sagte: »Ihr Arm schmerzt Sie, wie ich sehe, wir wollen selbst feststellen, was aus Graham geworden ist.«

Der Wundarzt, der die Abteilung begleitet hatte, war nicht so beschäftigt, wie der Kapitän vermutet hatte. Als das Scharmützel vorüber war und die Toten und Verwundeten fortgebracht wurden, fand man die arme Hetty mit einer schweren Verletzung. Eine Flintenkugel hatte ihren Körper durchbohrt. Die Wunde war tödlich. Niemand wußte, wie sie verwundet wurde, wahrscheinlich war es ein Zufall. Sumach, wie überhaupt alle älteren Frauen und mehrere von den Huronenmädchen, war durch das Bajonett getötet worden, weil es schwer war, im Kampf die Geschlechter bei den Indianern zu unterscheiden. Der bei weitem größere Teil der Krieger fand den Tod auf der Stelle. Nur einige waren entflohen, und zwei bis drei wurden unverletzt als Gefangene fortgeführt. Rivenoak war unter den Gefangenen. Als der Kapitän Warley und sein Fähnrich in die Arche traten, kamen sie an ihm vorüber. Er saß in würdigem Schweigen an einem Ende der Fähre, mit verbundenem Kopfe, denn er war verwundet worden, aber er verriet keine Zeichen von Schmerz oder Verzweiflung. Die beiden Offiziere fanden den Wundarzt in dem Hauptzimmer der Arche. Er verließ eben das Lager Hettys. Alle Bemühungen waren vergeblich, und er sah sich gezwungen, die Hoffnung aufzugeben. Doktor Graham war an Sterbeszenen gewöhnt, und sie machten nur wenig Eindruck auf ihn, aber die fromme Ergebenheit Hettys hatte ihn doch berührt.

»Hier haben wir eine merkwürdige Erscheinung«, bemerkte er mit entschiedenem schottischem Akzent, als Warley und der Fähnrich eintraten. »Ich hoffe, meine Herren, daß wir uns nicht mit ebenso viel Resignation wie hier dieses arme schwachsinnige Mädchen auf den halben Sold eines anderen Daseins werden setzen lassen.«

»Ist keine Hoffnung mehr, ihr Leben zu retten?« fragte Warley.

»Nicht mehr Hoffnung als für Charlie Stuart!« Der Wundarzt und der Fähnrich zogen sich zurück, und Warley hatte Gelegenheit, sich unter der im Zimmer versammelten Gruppe umzusehen. Die arme Hetty war auf ihr einfaches Bett gelegt worden und lehnte sich in halb sitzender Stellung zurück. Judith und Wah waren in ihrer Nähe. Wildtödter stand am Ende des Lagers. Chingachgook stand im Hintergrund, aufrecht und bewegungslos, und Hurry saß auf einem Stuhle in der Nähe der Tür wie jemand, der sich in einer solchen Umgebung nicht wohlfühlt.

»Wer ist das in dem Scharlachrock?« fragte Hetty, als sie die Uniform des Kapitäns bemerkte. »Sage mir, Judith, ist es ein Freund Hurrys?«

»Es ist der Offizier, der die Truppen befehligt, die uns aus den Händen der Huronen befreit haben«, antwortete die Schwester leise.

»Ich denke, Judith, du kennst einige von den Offizieren? Du kanntest ja früher so viele von ihnen.«

Judith erwiderte nichts, sie bedeckte ihr Gesicht mit den Händen und schluchzte. Hetty suchte ihre Schwester freundlich zu trösten.

»Sei unbesorgt um mich, teure Judith«, sagte sie, »ich habe keine Furcht vor dem Tode, der Vater und die Mutter sind beide tot, und du weißt, an meinem Tode ist weniger gelegen. Es werden nicht viele an mich denken, wenn ich im See liege.«

»Nein, nein, arme gute Hetty«, schluchzte Judith, »ich werde immer an dich denken. Wollte Gott, ich könnte mit dir gehen!«

Bis jetzt hatte der Kapitän Warley sich gegen die Tür des Zimmers gelehnt, doch nun ging er langsam und nachdenklich fort und beachtete selbst den Fähnrich nicht, der eben von dem Wundarzt verbunden wurde.

Judith erhob sich, verbarg ihr Gesicht in ihrer Schürze und weinte. Mehr als zwei Stunden vergingen in Schweigen. Warley kam mehrere Male ins Zimmer und ging wieder hinaus, denn er war von einer beständigen Unruhe beherrscht. Er erteilte mehrere Befehle, und es gab viel Bewegung unter den Soldaten, besonders als der Leutnant Craig die unangenehme Pflicht der Beerdigung der Toten beendet hatte und vom Ufer aus anfragen ließ, was er mit der Abteilung weiter tun solle.

Während dieser Zeit schlief Hetty ein wenig, und Wildtödter und Chingachgook verließen die Arche, um ihre weiteren Pläne zu beraten. Endlich kam der Arzt auf die Plattform und verkündete mit einem Grade von Gefühl, den man früher noch nie bei solchen Gelegenheiten an ihm bemerkt hatte, daß Hetty ausgelitten habe. Jeder der Freunde trat nun ein letztes Mal an ihr Lager und verweilte dort im Gebet oder in stillem Gedenken. Judith aber hatte sich ganz zurückgezogen und wollte niemanden sprechen.

Am Abend des folgenden Tages, der mit Vorbereitungen zum Abmarsch und mit vielfältigen Beschäftigungen hingegangen war, wurden der armen Hetty Hutter die letzten Ehren erzeigt. Ihr Körper wurde in den See neben ihre Mutter versenkt, die sie so geliebt und verehrt hatte. Der Arzt, obgleich sonst ein Freigeist, gab den äußeren Formen des Lebens so weit nach, daß er über ihrem Grabe die üblichen christlichen Gebräuche verrichtete. Judith und Wah-ta-Wah trauerten weinend um die Verstorbene, und selbst Wildtödter sah mit feuchten Augen in das durchsichtige Wasser. Der Delaware aber wandte sich ab, um seine Schwäche zu verbergen. Die Soldaten hielten sich in ehrerbietiger Entfernung, um die Gefühle der Freunde dieses seltenen Mädchens nicht zu stören. Wildtödter sah, als die Kanus langsam zurückruderten, schweigend über den See, der im Abendlicht ruhig dalag, und umfaßte mit einem Blick die einsame Landschaft, die dem armen Geist Hettys die Welt bedeutet hatte.

Auf Befehl des kommandierenden Offiziers begaben sich alle früh zur Ruhe, denn mit Tagesanbruch sollte die Abteilung ihren Rückmarsch antreten. Ein Detachement mit den Verwundeten, den Gefangenen und den Siegeszeichen hatte schon gegen Mittag unter Leitung Hurrys den See verlassen. Judith sprach auch jetzt nur mit Wah, ehe sie sich zur Ruhe begab. Man achtete ihre Trauer und ließ die beiden jungen Mädchen ungestört. Das Wirbeln der Trommel nur unterbrach die Ruhe des Sees, und man hörte das Echo des Zapfenstreichs an den Hügeln.

Eine einsame Schildwache ging während der Nacht auf der Plattform hin und her, und am Morgen wurde wie gewöhnlich die Reveille geblasen. Militärische Pünktlichkeit war jetzt an der Reihe, und nachdem die Soldaten schnell ein einfaches Frühstück zu sich genommen hatten, begann das Übersetzen zum Ufer. Von den Offizieren war nur Warley zurückgeblieben.

Craig befehligte das vorausgeschickte Detachement, Thornton und Doktor Graham begleiteten die Verwundeten. Selbst der Kasten Hutters mit den wertvolleren Sachen war fortgeschafft, und man ließ nichts zurück, was des Transportes wert war. Judith war zufrieden, daß der Offizier ihre Gefühle achtete und sich ausschließlich seinem Dienst widmete, bis man den See, wie beschlossen wurde, endgültig verließ.

Die Soldaten schifften sich, mit Warley an der Spitze, in der Arche ein. Als alle an Bord waren, wurden die großen Ruder bewegt, und die Arche fuhr langsam der Landzunge zu. Wildtödter und Chingachgook hoben jetzt zwei von den Kanus aus dem Wasser und brachten sie in das Haus. Die Fenster und Türen wurden verschlossen, und dann verließen sie die Wasserburg durch die Falltür. Wah saß schon im dritten Kanu, in das auch der Delaware stieg. Sie ruderten schon fort, während Judith allein noch auf der Plattform stand. Wildtödter nahm sie dann ins letzte Boot auf und folgte seinem Freunde. Der Weg führte in nicht großer Entfernung an den Gräbern der Toten vorüber. Als das Kanu in diese Gegend kam, sprach Judith zum erstenmal an diesem Morgen mit ihrem Freund, indem sie ihn bat, hier anzuhalten.

»Ich sehe vielleicht diese Stelle nicht wieder, Wildtödter«, sagte sie und wurde von ihrem Schmerz übermannt. Der Jäger verhielt sich schweigend und sah zum Ufer.

»Wildtödter«, sagte das Mädchen nach einer langen Pause, »du weißt, ich bin jetzt ganz allein auf der Welt. Ich habe niemand mehr und weiß nicht einmal, wer mein Vater war. Du bist mein Freund, ich habe es in diesen Tagen erfahren. Ich habe Vertrauen zu dir, und du wirst an dieser Stelle meine Frage nicht mißverstehen, die ich mir oft im stillen schon vorgelegt habe. Ich weiß, du wirst sie mir aufrichtig beantworten, ebenso aufrichtig, wie ich fragen werde.« Sie machte eine Pause, und der Jäger nickte ernst und schweigend. »Glaubst du«, fuhr sie entschlossen fort, »daß wir hier zusammen als Mann und Frau leben könnten?«

Wildtödter schwieg eine ganze Weile, und nur wer schärfer hingesehen hätte, würde eine leichte Röte in seinem verbrannten Gesicht entdeckt haben.

»Ich bin dir von Grund meines Herzens für deine Aufrichtigkeit dankbar, Judith«, sagte er endlich, »aber ich kann einen schwachen Augenblick nicht benutzen, in dem du alle deine Vorzüge und deine Zukunft verkennst und dir die Erde und alles, was sie enthält, in diesem kleinen Kanu denkst. Nein, nein, Judith, es würde unedel von mir sein; was du angeboten hast, kann ich nie annehmen.«

Judith schwieg und sah den Jäger nicht an. Man konnte nicht wissen, was in ihr vorging. Endlich aber bat sie ihn mit fester Stimme, an Land zu ru=

dern, was auch schweigend geschah. Da sie beide nicht stark ruderten, so war die Arche schon angekommen und die Soldaten bereits ausgeschifft, als sie die Halbinsel erreichten. Chingachgook erwartete sie im Walde, an einem Punkt, wo die beiden Wege nach der Garnison und nach den Dörfern der Delawaren sich trennten. Die Soldaten waren schon auf dem Marsch. Als Judith an das Ufer trat, folgte sie sofort der Spur der Truppe. Keinen Blick sandte sie zurück. Selbst an Wah schritt sie vorüber, ohne mit ihr zu sprechen, und das junge Mädchen wich vor dem abgewandten Gesicht Judiths zurück, als sei sie sich eines Unrechts bewußt.

»Warte hier auf mich, Schlange«, sagte Wildtödter, als er bei dem Delawaren vorüberkam. »Ich will nur Judith zu den Engländern begleiten und komme dann gleich zu dir zurück.«

Als die beiden etwa hundertfünfzig Schritte gegangen waren, wendete Judith sich um und sagte in traurigem Ton: »Jetzt danke ich dir für deine Begleitung, Wildtödter. In wenigen Minuten habe ich die Soldaten eingeholt, und ich bitte dich, daß du mich verläßt. Glaube nicht, daß ich dir zürne. Aber hier trennen sich unsere Wege endgültig! Ich kenne meine Zukunft nicht, aber dir wünsche ich im Leben alles Gute.«

Mit diesen Worten ging sie entschlossen zu der Nachhut der Truppenabteilung, die schon auf sie wartete. Wildtödter sah ihr schweigend nach, bis sie zwischen den Bäumen verschwand.

Endlich kehrte er zu dem Delawaren zurück. Die drei übernachteten an den Quellen des Flusses, und am nächsten Abend erreichten sie das Dorf ihres Stammes, Chingachgook und seine Verlobte im Triumph, ihr Gefährte geehrt und bewundert, aber von einem Schmerz ergriffen, den nur die Arbeit vieler Monate mildern konnte.

Der Krieg war heftig und blutig. Der Delawarenhäuptling nahm an Ansehen unter seinem Volke zu, bis sein Name nie ohne Lob genannt wurde, während ein anderer Unkas, der Letzte seines Geschlechts, aufwuchs. Wildtödters Ruf unter dem Beinamen ›Falkenauge‹ verbreitete sich nah und fern, bis das Knallen seiner Flinte den Ohren der Mingos so furchtbar wurde wie das Donnern des Manitu. Seine Dienste wurden bald von den königlichen Offizieren in Anspruch genommen.

Fünfzehn Jahre waren vergangen, ehe Wildtödter wieder an den See zurückkam. Es war Frieden, aber ein neuer Krieg stand bevor, als er und sein treuer Freund Chingachgook zu den Forts eilten, um sich ihren Verbündeten anzuschließen. Ein Jüngling begleitete sie, denn Wah schlummerte schon unter den Tannen der Delawaren, und die drei Überlebenden waren jetzt unzertrennlich geworden.

Sie erreichten den See, als eben die Sonne unterging. Alles war unverändert, der Fluß rauschte noch durch seine Baumgewölbe, die Berge waren mit dunklen Waldungen bedeckt, während der See in seiner Einsamkeit wie ein schöner Edelstein der Wildnis glänzte.

Am folgenden Morgen fand der Jüngling eins der Kanus, das in einem Zustand des Verfalls an das Ufer getrieben war. Sie setzten es instand und ruderten hinaus, um sich in der Gegend umzusehen. Während sie an den Ufern dahinfuhren, zeigte Chingachgook seinem Sohne die Stelle, wo die Huronen zuerst ihr Lager aufgeschlagen hatten, und die Landzunge, von wo es ihm gelungen war, seine Verlobte aus den Händen seiner Feinde zu retten. Dann begaben sie sich zum Kampfplatz, und hier fanden sie noch einige Spuren. Wilde Tiere hatten die Leichen ausgescharrt, und menschliche Gebeine bleichten in der Sonne. Unkas sah alles mit Ehrfurcht an. Von der Halbinsel ruderten sie das Kanu zu der Sandbank, wo die Überreste der Wasserburg noch standen. Die Stürme des Winters hatten längst das Dach zerstört, und die Baumstämme waren hier und da schon verwittert. Alle Schlösser aber waren unberührt, nur die Jahreszeiten verrieten ihren Einfluß. Mehrere Winter noch mit ihren Stürmen, und alles würde im See verschwinden. Die Gräber konnten nicht mehr gefunden werden. Die Arche aber wurde am östlichen Ufer entdeckt, wo sie durch die vorherrschenden Nordwestwinde auf den Strand getrieben worden war. Die Kajüte war ohne Dach, und die Baumstämme waren ihrem Verfall nahe. Es fand sich noch einiges von dem Hausgerät, und Wildtödters Herz schlug heftiger, als er an einem Balken ein Band Judiths flattern sah. Er knüpfte es an den Lauf der berühmten Flinte, die er von dem Mädchen zum Geschenk erhalten hatte. Etwa eine Stunde den See weiter hinauf wurde ein anderes Kanu entdeckt, und an der Landspitze, wo man sich vor fünfzehn Jahren zuletzt getrennt hatte, fanden sie die beiden anderen Boote, die damals dort zurückgelassen worden waren. Das, in dem sie fuhren, und das vom östlichen Ufer, beide waren durch den verfallenen Fußboden der Wasserburg gesunken, bei den umgestürzten Palisaden vorübergetrieben und endlich als Wrack an das Ufer geworfen. Nach allen diesen Zeichen schien es, daß der See seitdem nicht wieder besucht worden war.

Chingachgook und sein Freund verließen die Gegend mit schwermütigen Gefühlen, denn hier hatten sie ihren ersten Kriegspfad begonnen. Sie kehrten schweigend nach dem Mohawk zurück, um neuen Abenteuern entgegenzugehen.

Von Judith Hutter aber hat Wildtödter nie mehr etwas erfahren.

DER LEDERSTRUMPF

Der letzte Mohikaner

Erstes Kapitel

Es war ein eigentümlicher Zug in den Kriegen der nordamerikanischen Kolonien, daß die Gefahren der Wildnis erst überwunden werden mußten, ehe die feindlichen Heere miteinander kämpfen konnten. Weite, anscheinend undurchdringliche Wälder schieden die Besitzungen Frankreichs und Englands. Die kühnen Kolonisten und die militärisch ausgebildeten Europäer, die an ihrer Seite fochten, kämpften oft monatelang mit reißenden Strömen und bahnten sich einen Weg durch die unebenen Gebirgspässe, um eine Gelegenheit zu finden, wo sie ihren Mut in offenem Kampfe zeigen konnten. Sie wetteiferten mit der Geduld und Selbstverleugnung der erfahrenen Eingeborenen und lernten bald jedes Hindernis besiegen. Kein Winkel in den Wäldern schien so dunkel, kein geheimer Platz so einsam zu sein, um vor den Überfällen der Männer verschont zu bleiben, die ihr Blut daran gaben, um ihre Rache zu sättigen oder um für die kalte und selbstsüchtige Politik der fernen Monarchen Europas zu kämpfen. Am grausamsten und kühnsten waren diese Kämpfe jener Zeit in der Gegend, die zwischen den Quellen des Hudson und den benachbarten Seen liegt.

Der langgedehnte Strom des Champlain-Sees erstreckt sich von den Grenzen Kanadas bis tief in die benachbarte Provinz Neuyork hinein und bildet dort einen natürlichen Weg über die halbe Breite des Landes, das die Franzosen behaupten mußten, um ihre Feinde zu schlagen. Nahe an seinem südlichen Ende empfängt er die Gewässer eines anderen Sees, dessen Fluten so klar sind, daß die Missionare der Jesuiten sie zur Taufe wählten. Der See erhielt davon den eigentümlichen Namen ›Lac du Saint Sacrement‹. Die weniger eifrigen Engländer gaben ihm den Namen ihres regierenden Fürsten, des zweiten aus dem Hause Hannover, die Eingeborenen, die in den Wäldern an seinen Ufern lebten, nannten ihn ›Horican‹.

Von Bergen eingeschlossen, breitete sich der ›Heilige See‹ an zahllosen Inseln vorbei ein Dutzend Meilen weiter nach Süden aus. Dort abschließend, beginnt ein langer Bergrücken, der schließlich zu den Ufern des Hudson führt, dort, wo der Fluß zur Zeit der Flut schiffbar wird.

Um ihre Pläne zu verwirklichen, drangen die Franzosen bis in die entfernten und gefährlichen Schluchten der Alleghany-Gebirge und erkannten leicht die natürlichen Vorteile der Gegend. Hier wurden denn auch die meisten Schlachten um den Besitz der Kolonien geschlagen. Forts wurden an den verschiedenen Punkten, die die Straße beherrschten, errichtet. Mit wechseln-

dem Glück wurde um sie gekämpft, sie wurden geschleift und wieder errichtet. Während der Landmann sich von den gefährlichen Pässen in die sicheren Grenzen des Landes zurückzog, sah man starke Heere in jenen Wäldern untergehen. Nur versprengte Reste erschienen wieder, entkräftet und mutlos.
Es war im dritten Jahr des letzten Krieges, den England und Frankreich um den Besitz eines Landes führten, das glücklicherweise weder dem einen noch dem anderen zufallen sollte. Die Schwäche der militärischen Führer und die Unsicherheit der Leitung vom Mutterlande her hatten Großbritannien von seiner stolzen Höhe herabgestürzt. Nicht länger gefürchtet von seinen Feinden, verloren seine Untergebenen fast das heilsame Vertrauen auf Selbstachtung. Die einfachen Kolonisten, unschuldig an dieser Entwicklung, wurden doch mit hineingezogen. Sie hatten erst vor kurzem erlebt, daß ein englisches Heer, das sie für unbesiegbar hielten, von einem ausgezeichneten Feldherrn geführt, durch eine Handvoll von Franzosen und Indianern fast aufgerieben wurde. Ein junger Virginier rettete es vor völliger Vernichtung durch seine Kaltblütigkeit und Geistesgegenwart. Sein Ruhm war seitdem weit verbreitet. Die Grenze war durch diese unerwartete Niederlage weithin offen, und die bestürzten Kolonisten glaubten das Geheul der Wilden mit jedem Windstoß zu hören, der aus den grenzenlosen Waldungen kam. Der furchtbare Charakter ihrer unbarmherzigen Feinde vermehrte die Schrecken des Krieges. Zahllose Gemetzel lebten noch in ihrer Erinnerung. Es gab nicht leicht ein Ohr in den Provinzen, das nicht mit Begier der Erzählung von irgendeiner furchtbaren Mordtat zugehört hätte, bei der die Eingeborenen der Wälder die grausamste Rolle gespielt hatten. Wenn der erschreckte Wanderer die Unsicherheit der Wildnis schilderte, so gerann das Blut des Furchtsamen, und selbst in den sicheren größeren Städten sahen die Mütter ängstlich auf ihre schlummernden Kinder. Kurz, die Furcht begann alle Gründe der Vernunft wegzufegen, und die, die sich ihrer Männlichkeit hätten erinnern sollen, wurden zu Sklaven dieser Furcht. Auch den Mutigsten schien der Ausgang des Kampfes zweifelhaft zu werden, und stündlich wuchs die Zahl derer, die schon alle Besitzungen der englischen Krone in Nordamerika von ihren christlichen Feinden erobert oder zerstört sahen.
Als daher in dem Fort, welches die südliche Grenze des Bergrückens zwischen dem Hudson und den Seen deckte, die Nachricht einlief, daß man Montcalm mit einer Armee, ›zahllos wie die Blätter an den Bäumen‹, den Champlain hinauf habe anrücken sehen, zeigte sich in der widerwilligen Art, wie man die Wahrheit dieser Nachricht aufnahm, nicht mehr die ernste Freude des Kriegers, der die Feinde endlich so nahe sieht, daß er sie mit seinem Schlage erreichen kann. Die Nachrichten waren an einem Sommerabend durch einen indianischen Läufer überbracht worden, der zugleich von

Munro, der das Festungswerk an dem Ufer des Heiligen Sees befehligte, ein dringendes Gesuch um schnelle und mächtige Verstärkung überbrachte. Die Entfernung zwischen diesen beiden Posten betrug nicht ganze fünf Meilen. Der rauhe Pfad, der sie verband, war für Wagen erweitert worden, so daß der Weg, den der Sohn des Waldes in zwei Stunden durchwanderte, von Truppen mit ihrer nötigen Bagage zwischen dem Auf- und Untergang der Sonne an einem Sommertage zurückgelegt werden konnte. Die treuen Diener der englischen Krone hatten die beiden Forts ›William Henry‹ und ›Edward‹ genannt, jedes nach einem Lieblingsprinzen des regierenden königlichen Hauses. Munro, der schottische Veteran, behauptete das erste mit einem Regiment von regulären Truppen und einigen aus den Provinzen – eine Zahl, die in der Tat bei weitem zu klein war, um der furchtbaren Macht, mit welcher Montcalm sich dem Fuß seiner Verschanzungen nahte, widerstehen zu können. In Fort ›Edward‹ lag General Webb, welcher die königlichen Armeen in den nördlichen Provinzen mit einem Korps von mehr als fünftausend Mann befehligte. Durch die Vereinigung der verschiedenen Detachements, welche unter seinem Befehl standen, hätte dieser Offizier beinahe eine doppelte Zahl von Kämpfenden den tüchtigen Franzosen entgegenstellen können, die sich mit einem nicht viel stärkeren Heere so weit von ihren Reserven hinweggewagt hatten. Allein Offiziere und Soldaten wollten kleinmütig ihren furchtbaren Gegner innerhalb ihrer Festungswerke erwarten, ohne den Versuch zu wagen, das weitere Vordringen durch einen kühnen Angriff aufzuhalten.

Nachdem das erste Entsetzen über jene Nachricht sich ein wenig gelegt hatte, verbreitete sich ein Gerücht durch das verschanzte Lager, das sich längs dem Ufer des Hudson erstreckte und eine Reihe von Außenwerken der Hauptfestung bildete. Ein auserwähltes Detachement von fünfzehnhundert Mann, hieß es, sei bestimmt, nach dem Fort ›William Henry‹, dem Posten an dem nördlichen Ende des Bergrückens, mit Tagesanbruch auszurücken. Was anfangs nur Gerücht war, wurde bald zur Gewißheit, da aus den Quartieren des Oberbefehlshabers an die einzelnen Korps die Order erging, sich zum schleunigen Abmarsche bereitzuhalten. Aller Zweifel über die Absicht Webbs verschwand jetzt, und eine oder ein paar Stunden lang sah man nichts als eiliges Hin und Her und bestürzte Gesichter. Erst als die Sonne hinter die fernen westlichen Berge sank und die Dunkelheit ihren Schleier um den einsamen Ort zog, verebbte der Lärm. Das letzte Licht verschwand endlich in dem Blockhaus irgendeines Offiziers; die Bäume warfen ihre dunkleren Schatten über die Verschanzungen und den flutenden Strom, und in dem Lager herrschte bald eine so tiefe Stille wie in der weiten, umgebenden Waldung.

Nach dem am vorigen Abend erteilten Befehle wurde der tiefe Schlaf der Armee durch Trommelwirbel unterbrochen, deren schallendes Echo in der feuchten Morgenluft von jeder Lichtung des Waldes her ertönte, als eben der Tag die rauhen Umrisse der nahegelegenen hohen Tannen an dem lichten und wolkenlosen östlichen Himmel abzuzeichnen begann. In einem Augenblick war das ganze Lager in Bewegung. Die einfache Schlachtordnung der auserwählten Truppen war bald hergestellt. Während die regulären und geübteren Soldaten des Königs stolz nach dem rechten Flügel marschierten, nahmen die weniger ausgebildeten Kolonisten ihre bescheidenere Stellung auf dem linken mit einer Gewandtheit ein, die ihnen durch lange Übung zur Natur geworden war. Die Patrouillen zogen ab; starke Bedeckungen gingen vor und hinter den schwerfälligen Fuhrwerken, auf welche die Bagage gepackt war, und ehe das graue Morgenlicht vor den Strahlen der aufgehenden Sonne verschwand, hatte sich das Hauptkorps der Kämpfer in eine Kolonne zusammengezogen und verließ das Lager in erprobter militärischer Haltung, die die heimlichen Besorgnisse manches Neulings verscheuchte, der sich zum erstenmal in den Waffen versuchte. Die Töne der Querpfeifen erklangen in der Entfernung immer schwächer, und die Marschierenden verschwanden schließlich ganz im Walde.
Als der letzte Nachzügler bereits nicht mehr sichtbar war, bemerkte man Anstalten zu einem weiteren Aufbruch vor einem großen und bequemen Blockhaus, vor dem Schildwachen auf und ab gingen. Man sah ein halbes Dutzend Pferde, von denen wenigstens zwei, nach ihrem Sattelzeuge zu urteilen, für Frauen von vornehmem Rang bestimmt waren, die man selten hier in der Wildnis antreffen konnte. Ein drittes Roß zeigte die Abzeichen eines Stabsoffiziers, während die übrigen Packsättel trugen. In einer ehrerbietigen Entfernung von diesem ungewöhnlichen Anblick hatten sich mehrere Gruppen neugieriger Zuschauer versammelt, von denen einige das rassige, mutige Schlachtroß bewunderten, während andere die Zurüstungen neugierig anstaunten. Einer von diesen Männern fiel durch seine Gesichtsbildung und sein Benehmen auf.
Dieser seltsame Mann hatte Knochen und Gelenke wie andere Menschen auch, nur standen sie nicht im richtigen Verhältnis. Stand er, so ragte seine Gestalt über seine Kameraden hinaus, doch schien er im Sitzen von gewöhnlicher Größe. Derselbe Widerspruch in seinen Gliedmaßen schien durch seinen ganzen Körperbau zu herrschen. Sein Kopf war breit, die Schultern schmal; seine Arme lang und schlotternd, während seine Hände klein, fast zart waren. Seine Schenkel und Beine waren dünn und hager, doch außerordentlich lang. Die unordentliche Kleidung machte seine Unbeholfenheit noch auffallender. Ein himmelblauer Rock mit kurzen und breiten Schößen

und einem niedrigen Kragen entblößte einen langen, dünnen Hals. Er trug Beinkleider aus gelbem Nanking, die sich eng anschlossen und an seinen Knien mit breiten, weißen Schleifen befestigt waren, die abgenutzt und beschmutzt aussahen. Bunte baumwollene Strümpfe und Schuhe, von denen einer einen versilberten Sporn trug, vollendeten das Kostüm dieser Gestalt, an der jeder Mangel und jedes Gebrechen durch die Eitelkeit oder Einfalt des Besitzers absichtlich hervorgehoben war. Ein breiter Krempenhut, wie er von den Geistlichen vor etwa dreißig Jahren getragen wurde, krönte die ganze Figur und gab dem gutmütigen, doch etwas einfältigen Gesicht eine gewisse Würde. Dieser Mann ging vor dem Quartier des Generals Webb stolz unter den Dienern umher, die mit den Pferden warteten, und äußerte freimütig sein Lob oder seinen Tadel über die Tiere.
»Dies Pferd, möcht' ich fast schließen, ist nicht von hiesiger Zucht, sondern ist aus fremden Ländern, vielleicht aus England«, sagte er mit seltsam milder und sanfter Stimme. »Ich kann bei diesen Dingen mitsprechen, und Prahlen ist meine Sache nicht. Nie habe ich ein Tier gesehen, das so völlig dem Kriegsroß in der Heiligen Schrift entsprach, von dem es heißt: ›Es wandelt daher im Tal und jauchzet in seiner Kraft, es geht den gewaffneten Männern entgegen. Es spricht unter den Trommeten: Ha! Ha! Es wittert die Schlacht von fern, den Donnerruf und das Frohlocken der Heerführer.‹ Das Geschlecht der Rosse Israels scheint sich bis auf unsere Zeit fortgepflanzt zu haben, meint Ihr nicht, mein Freund?«
Da keine Antwort auf die ungewöhnliche Anrede erfolgte, die mit lauter und wohlklingender Stimme gesprochen wurde und einige Beachtung verdient hätte, wandte sich der Sprecher, der die Heilige Schrift zitiert hatte, zu der schweigenden Gestalt des indianischen Läufers, die er verwundert betrachtete. Obgleich der Wilde ruhig und gleichgültig die Bewegung und das Geräusch ringsumher betrachtete, mischte sich doch in seine Ruhe ein mürrischer Trotz. Der Eingeborene trug die Streitaxt und das Messer seines Stammes, und doch glich er in seinem Äußern nicht völlig einem Krieger. Im Gegenteil, er schien etwas vernachlässigt wie nach großen, gerade überstandenen Anstrengungen. Die Farben auf seinem nach Art der Krieger bemalten Gesichte hatten sich vermischt und machten seine schwarzbraunen Gesichtszüge noch wilder und abstoßender. Sein Auge allein, das wie ein funkelnder Stern unter düsteren Wolken hervorblitzte, zeigte sich in seiner angeborenen Wildheit. Einen einzigen Augenblick begegnete sein forschender und doch vorsichtiger Blick dem Auge des merkwürdigen Mannes. Dann wandte er sich verächtlich ab und blickte starr ins Leere.
In diesem Augenblick entstand eine allgemeine Bewegung unter den Dienern, Frauenstimmen näherten sich, und ein junger englischer Offizier

führte zwei Damen zu den Pferden. Sie schienen bereit, die beschwerliche Reise in die Wälder zu unternehmen. Die jüngere von ihnen, obgleich beide noch jung waren, ließ einen Augenblick ihr blendend weißes Gesicht sehen, das schöne goldgelbe Haar und die lichten blauen Augen, während ihr grüner Schleier in dem leichten Morgenwind zur Seite wehte. Sie dankte freundlich lächelnd dem jungen Manne, der ihr in den Sattel half. Die andere Dame war dicht verschleiert. Man ahnte unter dem Reisekostüm eine anmutige Gestalt, etwas voller nur und reifer als die ihrer Begleiterin.
Kaum waren die Damen zu Pferde, als ihr Begleiter sich gewandt in den Sattel schwang. Alle drei verbeugten sich vor Webb, der sie höflich bis zur Tür begleitet hatte, wandten ihre Pferde und ritten langsam, von ihren Dienern begleitet, zum nördlichen Tor des Forts. Sie legten diese kurze Strecke schweigend zurück. Nur als der indianische Läufer unerwartet vorbeieilte und auf der Straße voranlief, stieß die jüngere Dame einen leisen Schrei aus. Die andere lüftete nur in der ersten Überraschung ihren Schleier, und ein unbeschreiblicher Blick von Mitleid, Verwunderung und Schrecken folgte den raschen Bewegungen des Wilden. Die Haare dieser Dame waren schwarzglänzend, doch war ihre Haut nicht brünett. Nichts Unedles lag in ihrem Gesicht, das regelmäßig, würdevoll und schön war. Sie lächelte, als bedaure sie ihre augenblickliche Vergeßlichkeit, dann brachte sie ihren Schleier wieder in Ordnung, senkte ihr Antlitz und ritt schweigend weiter, wie jemand, der, in Gedanken verloren, wenig auf das achtet, was um ihn her vorgeht.

Zweites Kapitel

Während die eine der beiden Reiterinnen tief in Gedanken verloren war, hatte sich die andere schnell von dem leichten Schreck erholt, und über ihre eigene Schwäche lächelnd, wandte sie sich scherzend zu dem jungen Manne, der ihr zur Seite ritt.
»Sind dergleichen Gespenster häufig in den Wäldern, Heyward?« fragte sie. »Sollte es der Fall sein, werden Cora und ich unsern oft gerühmten Mut zusammennehmen müssen, noch ehe wir dem gefürchteten Montcalm begegnen.«
»Der Indianer ist ein Läufer unseres Heeres, und in der Meinung seines Volks gilt er für einen Kriegshelden«, erwiderte der junge Offizier. »Er hat sich freiwillig erboten, uns auf einem wenig bekannten Pfade schneller und angenehmer zum See zu geleiten, als wenn wir der langsamen Kolonne folgten.«
»Mir gefällt er nicht«, sagte die Dame und schien wirklich vor Schreck zu=

rückzuschaudern. »Sie kennen ihn vermutlich, Duncan, oder würden Sie sich sonst so freiwillig seiner Führung anvertrauen?«
»Sagen Sie lieber, Alice, daß ich *Sie* dieser Führung nicht anvertrauen würde«, erwiderte der junge Mann mit Nachdruck. »Ich kenne ihn, sonst würde ich ihm mein Vertrauen nicht schenken, am wenigsten in diesem Augenblick. Er soll überdies aus Kanada gebürtig sein, obwohl er unsern Freunden, den Mohikanern, gedient hat, die zu den sechs verbündeten Stämmen gehören. Wie ich gehört habe, wurde er durch einen seltsamen Vorfall zu uns gebracht, bei dem Ihr Vater eine Rolle spielte und wobei der Wilde hart behandelt wurde. Doch habe ich die Geschichte vergessen. Auf jeden Fall ist er jetzt unser Freund.«
»Ist er meines Vaters Feind gewesen, so kann ich ihm noch weniger trauen!« rief das nun wirklich erschrockene Mädchen. »Wollen Sie nicht mit ihm sprechen, Major Heyward, damit ich seine Stimme höre. Es mag töricht sein, aber Sie haben oft gehört, daß ich an die Bedeutung der menschlichen Stimme glaube.«
»Es würde vergeblich sein, Sie würden höchstwahrscheinlich nur einen Ausruf hören. Obgleich er Englisch verstehen kann, wird er doch jetzt die Sprache nicht sprechen, da der Krieg von ihm die äußerste Zurückhaltung fordert. – Aber er steht still! Der unbekannte Pfad, auf dem wir unsere Reise fortsetzen sollen, ist sicher erreicht.«
Die Vermutung des Majors Heyward war richtig. Als sie an die Stelle kamen, wo der Indianer auf sie wartete, wies er in das Dickicht, das die Straße einschloß, und ein schmaler und dunkler Pfad wurde sichtbar, der gerade für einen Menschen breit genug war.
»Hier führt also unser Weg ab«, sagte der junge Mann mit leiser Stimme. »Zeigen Sie kein Mißtrauen, denn Sie locken damit nur die Gefahr herbei, die Sie fürchten.«
»Was meinst du, Cora?« fragte die eine Reiterin ungewiß. »Wenn wir mit den Truppen reisten, würden wir uns trotz verschiedener Unannehmlichkeiten doch sicherer fühlen.«
»Sie kennen die Wilden zuwenig, Alice«, sagte Heyward, »und übersehen die wirkliche Gefahr. Wenn die Feinde überhaupt schon bis zu dem Bergrücken vorgedrungen sind, was unwahrscheinlich ist, da unsere Patrouillen noch umherstreifen, so werden sie sicher die Kolonne angreifen, wo die meisten Skalpe zu erbeuten sind. Der Weg der Truppen ist bekannt, während der unsre, der erst vor einer Stunde festgelegt wurde, noch ein Geheimnis ist.«
»Sollten wir dem Menschen deshalb nicht trauen, weil seine Sitten nicht die unseren sind und seine Haut dunkel ist?« fragte Cora. Alice versetzte als

Antwort ihrem Pferde einen leichten Schlag mit der Reitgerte und brach zuerst in das dichte Unterholz. Sie folgte dem Läufer auf dem dunklen, verschlungenen Pfade. Der junge Offizier sah Cora bewundernd an und versuchte ihr, die er so entschlossen fand, den Weg zu bahnen. Die Diener aber folgten der Straße, die die Kolonne eingeschlagen hatte. Diese Vorsicht ging, wie Heyward feststellte, auf ihren Führer zurück, der so die Spuren verwischen wollte, wenn vielleicht einige Wilde aus Kanada sich so weit von ihrem Heer in den Hinterhalt legen sollten.

Mehrere Minuten ritten sie schweigend durch das Dickicht. Doch bald gelangten sie unter die hohen Laubbäume des Waldes. Hier kamen sie leichter voran, und ihr Führer setzte sich daraufhin in kurzen Trab. – Plötzlich hörten die Reiter das Geräusch von Pferdehufen hinter sich, Heyward und seine Begleiter zogen gleichzeitig die Zügel an und machten halt, um sich über diese plötzliche Unterbrechung zu vergewissern.

Einige Augenblicke darauf sahen sie ein junges falbes Pferd, einem Damhirsch nicht unähnlich, zwischen den Bäumen. Gleich darauf erkannten sie die Gestalt des merkwürdigen Mannes, der im Lager unter den Dienern vor kurzem Aufsehen erregt hatte und der jetzt sein Tier ungebührlich schnell antrieb. Seine Erscheinung war auch zu Pferde sehr auffällig. Er trieb sein Tier ununterbrochen an, das sich in einem kurzen Galopp mit den Hinterbeinen vorwärts bewegte, während die Vorderbeine in zweifelhaften Momenten diese Gangart unterstützten, obgleich sie sich im allgemeinen mit einem hüpfenden Trabe begnügten. Heyward, dessen geübtes Auge leicht den Wert eines Pferdes erkannte, konnte nicht entscheiden, in welcher Gangart der Reiter, der in grotesken Bewegungen sein Pferd selbst übertraf, den verschlungenen Pfad herankam.

»Suchen Sie jemand hier?« fragte Heyward lächelnd, als der Fremde nahe genug war. »Ich hoffe, daß Sie keine schlimmen Nachrichten überbringen!«

»So ist es«, erwiderte vieldeutig der groteske Reiter, indem er seinen dreieckigen Castorhut wie einen Fächer bewegte, um sein Gesicht abzukühlen. Als er wieder Atem geschöpft hatte, fuhr er fort: »Ich hörte, daß Sie nach Fort ›William Henry‹ reiten. Da ich selbst auf dem Wege dahin bin, so nahm ich an, gute Gesellschaft würde unseren beiderseitigen Wünschen entsprechen.«

Heyward, dem dieses Zusammentreffen lästig war, antwortete kurz: »Wenn Sie zum See wollen, so haben Sie Ihren Weg verfehlt. Die Straße liegt wenigstens eine halbe Meile hinter uns.«

»So ist es«, erwiderte unberührt der Fremdling. »Ich habe mich im Fort ›Edward‹ eine Woche aufgehalten, und ich müßte stumm sein, wenn ich mich nicht nach dem Weg erkundigt hätte, den ich einschlagen muß. Doch ist es nicht klug gehandelt für einen meines Amtes, wenn er sich mit denen zu vertraut macht, denen er gute Lehren geben soll. Deshalb folge ich nicht dem Heereszuge und hab' mich entschlossen, einem Gentleman, wie Sie es sind, Gesellschaft zu leisten.«

»Ein höchst eigenmächtiger und recht voreiliger Entschluß!« rief Heyward, der nicht wußte, ob er noch schroffer werden oder dem Fremden gerade ins Gesicht lachen sollte. »Aber Sie sprechen von guten Lehren und von einem Amte; sind Sie vielleicht dem Korps als Fechtlehrer angegliedert?«

Der Fremde antwortete verwundert, während sich jedes Zeichen von Selbstgefälligkeit in einen Ausdruck feierlicher Demut verlor: »Ich mache auf keine höheren Gaben Anspruch als auf meine geringe Kenntnis der glorreichen Kunst, die Bitte und Danksagung in den Psalmen abzusingen.«

»Der Mann ist offenbar ein Schüler Apollos!« rief Alice erheitert, »und ich nehme ihn unter meinen besonderen Schutz. Haben Sie Mitleid mit meiner Neugier, Heyward, und lassen Sie ihn mit uns reisen. Überdies«, fügte sie mit leiser Stimme hinzu, indem sie einen Blick auf die entfernte Cora warf, die dem schweigenden und mürrischen Führer folgte, »überdies haben wir so vielleicht einen Freund erhalten, der uns im Fall der Not helfen kann.«

»Glauben Sie, Alice, daß ich die, die ich liebe, einer Gefahr aussetzen könnte?«

»Nein, nein! Ich denke auch nicht gerade an Gefahr, aber dieser Mann könnte mich mit ein paar Liedern unterhalten.« Sie sah den jungen Offizier bittend an, bis er sein Pferd anspornte und mit ein paar Sätzen wieder an Coras Seite war.

»Es freut mich, Euch zu treffen«, sagte das Mädchen zu dem Fremden, indem sie ihm winkte, weiterzureiten. »Es wird mich während des Rittes freuen, Ansichten und Erfahrungen eines Meisters über Gesang und Musik zu hören.«

»Es erfrischt den Geist wie den Körper, sich zuweilen an der Melodie der Psalmen zu ergötzen«, erwiderte der sonderbare Meister des Gesangs. »Doch vier Stimmen sind für eine vollkommene Melodie nötig. Sie besitzen sicher einen sanften und vollen Diskant; ich kann mit einiger Anstrengung einen reichen Tenor bis zum hohen C hinaufführen. Aber wir brauchen Alt und Baß. Vielleicht könnte der königliche Offizier, der Bedenken trug, mich in seine Gesellschaft aufzunehmen, den Baß übernehmen.«

Alice unterdrückte ein Lachen. »Ich fürchte«, antwortete sie, »er ist mehr dem weltlichen Gesange zugetan. Das unruhige Soldatenleben weckt wenig die Neigung zu ernsthafteren Dingen.«

»Des Menschen Stimme wurde ihm, wie seine übrigen Gaben, verliehen, daß er sie brauchen, doch nicht mißbrauchen solle. Niemand kann von mir

behaupten, daß ich je meine Gaben vernachlässigt hätte. Ich danke Gott, daß seit meiner Jugend nie ein roher Vers meine Lippen entweiht hat.«
»Ihr habt Euch also auf den frommen Gesang beschränkt?«
»So ist es. Ich verweile nie an irgendeinem Ort schlafend oder wachend, ohne ein Exemplar des neuenglischen Gesangbuches bei mir zu haben. Es ist die sechsundzwanzigste Ausgabe, die zu Boston im Jahre unseres Herrn 1744 unter dem Titel erschienen ist: ›Die Psalmen, Hymnen und geistlichen Gesänge des Neuen Testaments, in englische Verse übersetzt, zur öffentlichen und häuslichen Erbauung und zum Troste der Gottesfürchtigen hauptsächlich in Neuengland‹.«
Damit zog der Fremde ein Buch aus der Tasche, und nachdem er eine in Eisen gefaßte Brille auf die Nase gesetzt hatte, öffnete er das Werk mit einer Sorgfalt und Ehrfurcht, die seinem heiligen Inhalt angemessen war. Dann begann er, ohne weitere Einleitung, mit klarer, voller Stimme zwei Strophen eines frommen Liedes zu singen. Während des Gesanges begleitete der Fremde die getragene Melodie mit regelmäßigem Erheben und Senken der rechten Hand. In der Stille des Waldes klang seine Stimme ungewöhnlich laut, so daß der Indianer vorn Heyward einige Worte in gebrochenem Englisch zuflüsterte. Der Offizier winkte dem Fremden, aufzuhören.
»Wenn wir auch nicht in Gefahr sind, so müssen wir doch vorsichtig sein und so ruhig wie möglich reiten. Verzeihen Sie mir daher, Alice, wenn ich diesen Herrn bitte, seinen Gesang bis zu einer besseren Gelegenheit aufzuschieben.«
»Sie nehmen mir mein Vergnügen«, erwiderte das Mädchen spöttisch, »und zerstören wirklich den Zauber meiner Träumereien durch Ihren Baß!«
»Ich weiß nicht, was Sie meinen Baß nennen«, sagte Heyward etwas empfindlich, »aber so viel weiß ich, daß Ihre und Coras Sicherheit mir bei weitem mehr wert ist als eine ganze Symphonie von Händel.«
Er schwieg und wendete sich plötzlich nach einem dichten Gebüsch, sah dann argwöhnisch auf den Indianer, der unverändert ernst weitertrabte. Der Engländer lächelte verächtlich, da er einsah, er habe sich getäuscht und eine hell schimmernde Waldbeere für die glänzenden Augen eines lauernden Wilden gehalten. Er ritt weiter und setzte ruhig das unterbrochene Gespräch fort.
Die Gesellschaft aber war kaum einige Schritte weitergeritten, als die Zweige des Dickichts behutsam niedergebogen wurden und ein menschliches Antlitz voll wilder, ungezähmter Leidenschaft den Reisenden nachsah. Ein Frohlocken ging über die dunkelfarbigen Züge des Waldbewohners, als er der Spur seiner Opfer nachblickte, die arglos weiterritten. Die schlanken und anmutigen Gestalten der Frauen folgten unter den Bäumen den Krümmun=

gen ihres Pfades, und hinter ihnen zeigte sich die männliche Figur Heywards. Der Psalmensänger war verdeckt durch die Baumstämme, die in düsteren Reihen zwischen ihm und den übrigen emporstiegen.

Drittes Kapitel

Am selben Tage saßen zwei Männer an den Ufern eines kleinen, doch reißenden Stroms, etwa eine Tagereise von dem Lager Webbs entfernt. Das weite Laubdach der Wälder dehnte sich bis zum Rande des Flusses hin. Die Strahlen der Sonne fingen bereits an, schwächer zu leuchten, und die Hitze des Tages hatte sich vermindert, als die kühleren Dünste der Quellen aus ihren Laubbetten emporstiegen. Noch immer herrschte aber an dem einsamen Orte das lastende Schweigen, das die drückende Schwüle einer amerikanischen Landschaft im Juli kennzeichnet. Es wurde nur unterbrochen durch die leisen Stimmen der Männer, durch den trägen Schlag eines Waldspechts, durch den unharmonischen Ton irgendeiner munteren Elster oder durch das dumpfe Rauschen eines fernen Wasserfalls.
Diese schwachen und abgebrochenen Töne waren den Waldbewohnern bekannt und konnten ihre Aufmerksamkeit von ihrem Gespräch nicht ablenken. Während der eine von ihnen durch die rotbraune Haut und den wilden Putz deutlich als Indianer zu erkennen war, verriet trotz der rohen und fast wilden Kleidung die lichtere, wenn auch von der Sonne verbrannte Gesichtsfarbe den anderen als Europäer. Der Sohn der Wälder saß auf einem bemoosten Stamme, und er unterstrich seine ernste Sprache durch die ruhigen und ausdrucksvollen Gebärden der Indianer. Sein fast nackter Körper zeigte ein furchtbares Bild des Todes in weißer und schwarzer Farbe, mit der er sich bemalt hatte. Sein kahlgeschorener Kopf trug nur die Skalplocke und als einzigen Schmuck eine Adlerfeder, die über die linke Schulter herabhing. Ein Tomahawk und ein Skalpiermesser, von englischer Arbeit, steckten in seinem Gürtel, während ein kurzes Gewehr, eine Waffe, mit der die Weißen ihre Bundesgenossen unter den Wilden ausrüsteten, nachlässig quer über seinen entblößten Knien lag. Die gewölbte Brust, die kräftigen Glieder und die ernste Haltung dieses Kriegers zeigten höchste Lebenskraft.
Die Gestalt des Weißen verriet seit frühester Jugend ertragene Anstrengungen. Sein muskulöser Körper war eher schwach als stark; aber jeder Nerv und Muskel schien gespannt und abgehärtet zu sein durch unablässige Arbeit und im Kampf mit den Gefahren der Wildnis. Er trug ein grünes Jagdkleid, mit verblichenem Gelb eingefaßt, und eine Sommermütze von glattgeschorenem Fell. In seinem Gürtel steckte ebenfalls ein Messer, jedoch keine

Streitaxt. Seine Mokassins waren nach Art der Eingeborenen bunt verziert, darüber trug er Gamaschen von Bocksleder. Eine Jagdtasche und ein Pulverhorn gehörten noch zu seiner Ausrüstung, und eine sehr lange Büchse, von den Waldbewohnern für das gefährlichste aller Gewehre gehalten, lehnte an einem jungen Stamm. Das Auge des Jägers oder Kundschafters, er konnte beides sein, war klein, lebhaft und unruhig, als ob er ein Wild ausspähe oder das plötzliche Erscheinen irgendeines verborgenen Feindes fürchte. Doch war sein Gesicht dabei ohne Verstellung und trug den Ausdruck offener Redlichkeit.

»Selbst eure alten Überlieferungen sprechen in diesem Falle zu meinen Gunsten, Chingachgook«, sagte er in der Sprache der Delawaren. »Eure Väter kamen von Sonnenuntergang quer über den großen Strom, bekämpften die Bewohner unserer Gegend und eroberten das Land; und meine Vorfahren kamen von dem roten Morgenhimmel über den Salzsee und taten das gleiche. Laßt Gott die Sache entscheiden und Freunde ihre Worte darüber sparen.«

»Meine Väter kämpften mit den nackten roten Männern«, erwiderte der Indianer finster in derselben Sprache. »Ist denn kein Unterschied, Falkenauge, zwischen der steinernen Pfeilspitze unserer Krieger und der bleiernen Kugel, womit ihr tötet?«

»Es ist doch Verstand in einem Indianer, wenn ihm auch die Natur eine rote Haut gab!« sagte der Weiße, den Kopf schüttelnd. »Ich bin kein Gelehrter«, sagte er zögernd, »aber nach dem zu urteilen, was ich auf der Reh- und Eichhörnchenjagd von den Burschen da unten gesehen habe, sollt' ich meinen, ein Feuergewehr in der Hand ihrer Vorfahren wäre nicht so gefährlich als ein Bogen von Nußbaum und ein zugespitzter Pfeil in den Händen der Indianer.«

»Ihr habt die Geschichte von euren Vätern gehört«, erwiderte der andere, mit stolzer Verachtung die Hand erhebend. »Was sagen eure alten Leute? Erzählen sie den jungen Kriegern, daß die Bleichgesichter mit den roten Männern zusammentrafen, die mit den Farben des Kriegers bemalt und nur bewaffnet waren mit dem Beil oder der Flinte?«

»Ich bin kein von Vorurteilen befangener Mann«, entgegnete der Weiße. »Auch gesteh' ich, daß meine Landsleute sich mancher Mittel bedienen, die ich nicht billigen kann. Es gehört zu ihren Gewohnheiten, das, was sie getan und gesehen haben, in Büchern aufzuzeichnen, statt es in ihren Dörfern zu erzählen, wo man einen feigen Prahler ins Gesicht Lügen strafen und der brave Soldat seine Kameraden zu Zeugen aufrufen kann für die Wahrheit seiner Worte. Doch jedes Ding hat seine zwei Seiten. Daher frag' ich dich, Chingachgook, was ereignete sich, als unsere Väter zuerst zusammentrafen?«

Einen Augenblick saß der Indianer schweigend. Dann begann er feierlich:

»Höre, Falkenauge, und dein Ohr soll keine Lügen erfahren. Ich melde dir, was meine Väter erzählt und was die Mohikaner getan haben.« Er hielt einen Augenblick inne, und während er einen vorsichtigen Blick auf seinen Begleiter warf, fuhr er auf eine halb fragende, halb bejahende Weise fort: »Fließt dieser Strom zu unseren Füßen nicht nach dem Sommer hin, bis seine Fluten salzig werden und er wieder aufwärts fließt?«

»Es läßt sich nicht leugnen, daß deine mündlichen Überlieferungen in diesen beiden Dingen wahr sind«, erwiderte der Weiße; »denn ich bin dort gewesen und habe mich selbst davon überzeugt. Warum aber Wasser, das so süß im Schatten ist, in der Sonne bitter wird, weiß ich nicht und konnte mir diesen Wechsel nie erklären.«

»Doch das Zurückfließen?« fragte der Indianer. »Die Väter Chingachgooks haben nicht gelogen!«

»Die Heilige Schrift ist nicht wahrer, und sie ist doch das Wahrste, was es gibt. Man nennt dieses Zurückströmen die Flut, und die Sache ist an und für sich klar. Sechs Stunden lang strömt das Wasser in den Fluß hinein und sechs Stunden wieder heraus, und der Grund ist der: Wenn es höheres Wasser in der See gibt als im Flusse, so ergießt es sich in den Strom so lange, bis der Fluß wieder höher wird, und dann strömt es wieder heraus.«

»Die Gewässer in den Wäldern und in großen Landseen strömen abwärts, bis sie so flach daliegen wie meine Hand«, sagte der Indianer, »und dann fließen sie nicht weiter.«

»Das wird kein ehrlicher Mann leugnen«, versetzte der Kundschafter, etwas empfindlich über das Mißtrauen gegen seine Erklärung des Geheimnisses der Flut. »Doch wenn Wasser sich über eine große Strecke, wie das Meer, ausbreitet, kann es da, wo die Erde rund ist, vernünftigerweise ruhig bleiben? Ebensogut kannst du erwarten, daß der Strom an dem Ufer jener schwarzen Klippen stilliege, von denen wir etwa eine halbe Meile entfernt sind. Und doch sagt dir dein eigenes Ohr, daß er eben jetzt brausend über sie hinwegstürzt.«

Wenn die Philosophie seines Begleiters den Indianer nicht befriedigte, so hielt er es doch unter seiner Würde, seine Zweifel zu verraten. Er hörte ruhig zu und setzte dann seine Erzählung in dem feierlichen Tone fort:

»Wir kamen von dem Orte, wo die Sonne nachts verborgen ist, über große Ebenen, wo die Büffel leben, bis wir endlich den großen Strom erreichten. Dort kämpften wir mit den Alligewis, bis die Erde sich von ihrem Blute rötete. Von dem Rande des großen Stromes bis zu den Ufern des Salzsees begegnete uns keiner mehr. Dann trafen wir die Maquas. Wir sagten, das Land solle unser sein von der Stelle an, wo das Wasser nicht weiter den breiten Strom aufwärts fließt, bis zu einem zwanzig Tagereisen nach dem

Sommer hinströmenden Flusse. Das Land, welches wir als Krieger erobert hatten, behaupteten wir als Männer. Wir trieben die Maquas in die Wälder; sie schmeckten kein Salz als ihre Tränen, sie angelten keinen Fisch mehr aus dem Großen See; wir warfen ihnen nur die Gräten vor.«

»Dies alles hörte ich bereits und glaube es«, sagte der Weiße, »allein das war lange, ehe die Engländer in diese Gegend kamen.«

»Eine Tanne wuchs damals, wo dieser Kastanienbaum jetzt steht. Die ersten Bleichgesichter, die sich uns zeigten, sprachen kein Englisch. Sie kamen in einem großen Kahn. Damals«, fuhr er mit tiefer bewegter Stimme fort, »damals waren wir nur ein Volk, und wir waren glücklich. Der Salzsee gab uns seine Fische, der Wald sein Wild, die Luft ihre Vögel. Wir nahmen Weiber, die uns Kinder gebaren, wir verehrten den Großen Geist und vertrieben die Maquas durch unsere Triumphgesänge.«

»Weißt du irgend etwas über deine eigene Familie in jener Zeit?« fragte der Weiße. »Doch du bist für einen Indianer ein rechtlicher Mann! Deine Väter mögen tapfere Krieger und weise Männer bei den Versammlungsfeuern gewesen sein.«

»Mein Stamm ist der Ahnherr von ganzen Völkern«, sagte der Eingeborene. »Das Blut der Helden fließt in meinen Adern, und da soll es für immer bleiben. Die Holländer landeten und gaben meinen Landsleuten das Feuerwasser; sie tranken, bis Himmel und Erde sich zu begegnen schienen, und glaubten töricht, den Großen Geist gefunden zu haben. Damals verloren sie ihr Land. Sie wurden allmählich von dem Ufer zurückgetrieben, und ich, der ich ein Häuptling bin, habe die Sonne seitdem nie anders als durch die Bäume scheinen sehen, und noch nie habe ich die Gräber meiner Väter besucht.«

»Gräber versetzen den Geist in eine feierliche Stimmung«, entgegnete der Kundschafter bewegt, »und bestärken oft einen Menschen in seinen guten Vorsätzen. Was mich selbst betrifft, so erwarte ich, daß meine Gebeine unbegraben bleiben, um in den Wäldern zu bleichen oder von den Wölfen umhergezerrt zu werden. Doch wo findet man deinen Stamm, der schon eine Reihe von Sommern her zu seinen Verwandten nach Delaware kam?«

»Wo man die Blüten dieser Sommer findet! Sie sind dahin, verwelkt, eine nach der andern! So sind auch alle meines Stamms, einer nach dem andern, in das Land der Geister hinübergegangen. Ich stehe auf dem Gipfel des Berges und muß hinabsteigen ins Tal; und wenn Unkas einst meinen Schritten folgt, so ist niemand mehr übrig von unserem Blut, denn mein Sohn ist der Letzte der Mohikaner.«

»Unkas ist hier!« sagte eine andere Stimme, in demselben Gutturaltone, dicht an seiner Seite. »Wer fragt nach Unkas?«

Der Weiße zog sein Messer aus der ledernen Scheide, und seine Hand fuhr bei dieser plötzlichen Unterbrechung unwillkürlich nach der Büchse. Der Indianer aber saß ruhig da, ohne sein Haupt nach der unerwarteten Stimme zu wenden.

Gleich darauf ging ein junger Krieger zwischen ihnen mit geräuschlosen Schritten hindurch und setzte sich an das Ufer des reißenden Stroms. Kein Ausruf der Verwunderung entfuhr dem Vater, mehrere Minuten lang hörte man weder eine Frage noch eine Antwort. Jeder schien den Augenblick abzuwarten, wo er sprechen konnte, ohne Neugier oder Ungeduld zu verraten. Der Weiße schien sich an ihrem Betragen ein Beispiel zu nehmen; er ließ die Hand von dem Feuergewehr und blieb still und in sich gekehrt. Endlich wandte Chingachgook die Augen langsam nach seinem Sohne und fragte: »Wagen die Maquas wieder, ihre Spuren in diesen Wäldern sehen zu lassen?«

»Ich bin ihnen auf der Fährte gewesen«, erwiderte der junge Indianer, »und ich weiß, daß ihre Zahl so groß ist wie die Finger meiner beiden Hände; allein sie verbergen sich wie feige Memmen.«

»Die Diebe lauern auf Skalpe und auf Beute!« sagte der Weiße. »Jener geschäftige Franzose Montcalm wird seine Späher noch bis in unser Lager senden, um zu erfahren, welchen Weg wir einschlagen.«

»Es ist genug!« erwiderte der Vater, sein funkelndes Auge nach der untergehenden Sonne richtend. »Sie sollen vertrieben werden wie das Wild aus den Gebüschen. Falkenauge, laß uns unser Abendbrot einnehmen und morgen den Maquas zeigen, daß wir Männer sind.«

»Ich bin bereit zu dem einen wie zu dem anderen«, entgegnete der Kundschafter. – »Da bewegt sich ein Paar von den stärksten Hirschgeweihen, die ich in dieser Jahreszeit gesehen habe, den Hügel hinunter! Nun, Unkas«, fuhr er halb flüsternd fort und mit einer Art von innerem Lachen, »ich will meine Tasche, dreimal mit Pulver gefüllt, verwetten, daß ich den Hirsch zwischen die Augen treffe, und zwar näher dem rechten als dem linken Auge.«

»Das ist unmöglich!« sagte der junge Indianer, indem er zu seinen Füßen mit jugendlichem Ungestüm aufsprang. »Man sieht ja nichts als die Spitzen seines Geweihs!«

»Es ist ein Knabe!« versetzte der Weiße, mit dem Kopfe schüttelnd, während er sich zu dem Vater wandte. »Glaubt er, daß ein Jäger, wenn er einen Teil von einem Tier sieht, nicht das verdeckte Ziel treffen könnte?«

Er legte sein Gewehr an und wollte eben einen Beweis von seiner Fertigkeit geben, als der Krieger ihm mit der Hand auf die Waffe schlug und sagte: »Falkenauge, willst du die Maquas herbeirufen?«

»Diese Indianer kennen die Wälder durch Instinkt!« erwiderte der Kundschafter, indem er sein Gewehr sinken ließ und sich wegwandte wie jemand, der seinen Irrtum einsieht. »Ich muß den Bock Eurem Pfeil überlassen, Unkas, sonst könnten wir ein Tier töten, bloß um die Spitzbuben, die Irokesen, damit zu füttern.«

In dem Augenblicke, als der Vater diese Aufforderung durch eine ausdrucksvolle Gebärde der Hand begleitete, warf sich Unkas auf die Erde und näherte sich dem Tier kriechend mit vorsichtigen Bewegungen. Als er sich einige Schritte weit von dem Schlupfwinkel befand, legte er mit der äußersten Sorgfalt einen Pfeil auf den Bogen, während sich das Geweih wie gegen den Feind sichernd bewegte. Gleich darauf hörte man das Schwirren der Sehne, ein weißer Streif fuhr in die Gebüsche, und der verwundete Bock stürzte aus seinem Hinterhalt dicht vor den Füßen seines verborgenen Feindes nieder. Den Hörnern des wütenden Tieres ausweichend, sprang Unkas zur Seite und stach ihm das Messer durch die Kehle, während der Bock am Ufer niederstürzte und die Fluten mit seinem Blute färbte.

»Das war mit indianischer Gewandtheit vollbracht!« sagte der Kundschafter, voll Zufriedenheit innerlich lachend.

»Hugh!« rief sein Gefährte, sich plötzlich umwendend wie ein Jagdhund, der die Fährte des Wildes wittert.

»Bei Gott, da ist ja eine ganze Herde!« sagte der jagdfreudige Kundschafter. »Wenn sie sich so weit nähern, daß eine Kugel sie erreichen kann, so will ich eins von den Tieren schießen, und wenn alle sechs Stämme hier in der Nähe lauerten. Was horchst du denn, Chingachgook? Mein Ohr haben die Wälder taub gemacht.«

»Hier ist nur ein Wild, und das ist tot«, sagte der Indianer, indem er sich mit dem Körper niederbeugte, bis sein Ohr beinahe den Erdboden berührte. »Ich höre aber Fußtritte!«

»Vielleicht haben die Wölfe das Wild in das Gebüsch getrieben und verfolgen nun seine Spur.«

»Nicht doch! Die Pferde der Weißen nahen!« erwiderte der andere, indem er sich selbst mit Würde erhob und wiederum seinen Sitz auf dem Baumstamm einnahm. »Falkenauge, es sind deine Brüder; sprich du mit ihnen.«

»Das will ich«, versetzte der Jäger. »Ja, es sind Tritte, ich hielt es erst für den Sturz des Wassers. Aber da kommen sie selbst.«

Viertes Kapitel

Ein Wildpfad wand sich durch ein kleines Tal und traf mit dem Strom gerade an dem Punkte zusammen, wo der Weiße und seine roten Gefährten sich gelagert hatten. Auf diesem Wege näherten sich die Reisenden, die die Stille des Waldes gestört hatten.

»Wer da?« fragte der Kundschafter und warf seine Büchse nachlässig über den linken Arm. Er legte den Vorderfinger der rechten Hand an den Hahn, obgleich er dabei jede Drohung zu vermeiden suchte.

»Freunde der gesetzlichen Ordnung und des Königs«, erwiderte der, der dem Zuge voranritt. »Menschen, die seit Tagesanbruch in diesen Wäldern ohne Nahrung umhergezogen und erschöpft sind.«

»So habt Ihr Euch verirrt«, unterbrach ihn der Jäger, »und habt gefunden, wie hilflos man ist, wenn man nicht weiß, ob man sich links oder rechts wenden soll.«

»Ihr habt recht. Säuglinge sind nicht abhängiger von ihren Wärterinnen als wir von unserem Führer. Wißt Ihr, wie weit es ist bis zu dem königlichen Fort ›William Henry‹?«

»Ihr seid so weit von der Spur entfernt«, rief der Kundschafter beinah lachend, »wie ein Jagdhund, wenn der Horican zwischen ihm und dem Wild läge! Nach ›William Henry‹! Wenn Ihr Freunde des Königs seid und Geschäfte in der Armee habt, so wär' es wohl am besten, Ihr gingt längs dem Strom hinab nach Fort ›Edward‹ und legtet Webb die Sache vor, der dort zögert, anstatt in die engen Pässe einzudringen und diese frechen Franzosen über den Champlain in ihre Höhlen zurückzutreiben.«

Ehe der Fremde auf diesen unerwarteten Vorschlag etwas erwidern konnte, sprengte ein anderer Reiter seitwärts durch das Gebüsch und lenkte sein Roß auf den Fußsteig.

»Wie weit haben wir denn bis Fort ›Edward‹?« fragte er. »Wir verließen dieses Fort heute morgen, und unser Ziel ist der Quell des Sees.«

»Da müßt Ihr Eure Augen verloren haben, eh Ihr Euren Pfad verlort; denn der Weg über den Bergrücken ist wenigstens zwei Ruten breit im Walde ausgehauen, und es ist eine so prächtige Straße als irgendeine in London.«

»Wir wollen nicht über den Weg streiten«, erwiderte Heyward. »Es ist genug, wenn ich Euch sage, daß wir uns einem indianischen Führer überließen, der uns einen näheren, versteckteren Pfad führen wollte, und daß wir durch seine angebliche Kenntnis der Gegend getäuscht worden sind. Mit einem Wort, wir wissen nicht, wo wir uns befinden.«

»Ein Indianer sollte sich in den Wäldern verirrt haben!« sagte der Kundschafter, zweifelhaft den Kopf schüttelnd. »Die brennende Sonne auf den

Wipfeln der Bäume, die vollen Ströme, das Moos an jedem Uferrand muß ihm ja sagen, wo der Polarstern nachts stehen wird. Die Wälder sind voll Fährten des Wildes, welche nach den Strömen und nach Plätzen hinlaufen, die jedermann kennt. Es ist seltsam, daß ein Indianer sich zwischen dem Horican und dem Hudson verirren sollte. Ist er ein Mohikaner?«
»Nicht von Geburt, aber er ist in diesen Stamm aufgenommen. Ich glaube, sein Geburtsort liegt weiter nördlich, und er gehört zu den Huronen.«
»Hugh!« riefen die beiden Begleiter des Kundschafters, die unbeweglich und gleichgültig dagesessen hatten, jetzt aber mit großer Lebhaftigkeit aufsprangen.
»Ein Hurone!« wiederholte der Kundschafter, abermals sein Haupt bedenklich schüttelnd. »Das ist ein diebisches Gesindel! Man kann aus einem Huronen nie etwas Besseres machen als einen Wegelagerer und Vagabunden. Wenn Ihr Euch der Obhut eines Menschen aus diesem Stamm anvertraut habt, wundere ich mich nur, daß Ihr nicht mit noch mehreren zusammengeraten seid.«
»Damit hat es keine Gefahr, da ›William Henry‹ noch so viele Meilen entfernt ist. Ihr vergeßt, was ich Euch vorhin sagte, daß unser Führer jetzt ein Mohawk ist und daß er in unseren Truppen dient.«
»Und ich sag' Euch, wer als Mingo geboren ist, der stirbt auch als Mingo!« erwiderte der andere mit festem Tone. »Ein Mohawk! Nein, da lob' ich mir einen Delawaren oder einen Mohikaner, ihnen kann man trauen. Und wenn sie fechten wollen, was sie freilich nicht alle tun möchten, da sie sich von ihren Feinden, den Maquas, haben zu Weibern machen lassen – aber wenn sie fechten, dann schaut Euch einen Delawaren oder Mohikaner an, wenn Ihr einen Krieger sehen wollt.«
»Genug«, sagte Heyward ungeduldig; »ich will nicht den Charakter eines Mannes untersuchen, den ich kenne und der Euch fremd sein muß. Ihr habt aber noch meine Frage nicht beantwortet, wie weit wir von der Hauptarmee in Fort ›Edward‹ entfernt sind.«
»Das wird davon abhängen, wer Euer Führer ist.«
»Ich wünsche keinen Streit mit Worten, Freund«, sagte Heyward. »Wenn Ihr mir die Entfernung bis Fort ›Edward‹ angeben und mich dahin geleiten wollt, so soll Euer Dienst nicht unbelohnt bleiben.«
»Wenn ich dies wirklich tue, wie weiß ich, ob ich nicht einen Feind, einen Spion Montcalms zur Armee geleite? Nicht jeder, der Englisch spricht, ist ein ehrlicher Mann.«
»Wenn Ihr unter den Truppen als Kundschafter dient, wie ich glaube, so müßt Ihr das sechzigste Regiment des Königs kennen.«
»Das sechzigste! Ihr könnt mir nur wenig von den königlichen Truppen er=

zählen, was ich nicht schon wüßte, wenn ich auch ein Jagdkleid statt eines roten Rocks trage.«

»Gut! So müßt Ihr auch den Namen des Majors von diesem Regiment kennen.«

»Den Major!« unterbrach ihn der Jäger stolz. »Wenn jemand in dieser Gegend den Major Effingham kennt, so bin ich's.«

»Dies Regiment hat mehrere Majore, der, den Ihr kennt, ist der Rangälteste. Ich spreche von dem jüngsten, der die Besatzung in ›William Henry‹ befehligt.«

»Ja, ja! Ich habe gehört, daß ein junger, sehr reicher Mann aus einer der südlicheren Provinzen die Stelle erhalten hat. Er ist sehr jung – offenbar zu jung, um einen solchen Rang zu behaupten. Doch soll er ein erfahrener und tapferer Soldat sein.«

»Was er auch immer sein mag, er spricht jetzt mit Euch, und so habt Ihr keinen Feind zu fürchten.«

Der Kundschafter betrachtete Heyward einen Augenblick mit Erstaunen; dann zog er seine Mütze und antwortete noch immer zweifelhaft: »Ich habe gehört, daß ein Trupp diesen Morgen aus dem Lager nach dem Seeufer aufgebrochen ist.«

»Ihr habt recht gehört; allein ich zog einen näheren Weg vor, der Kenntnis des Indianers vertrauend.«

»Und er täuschte Euch und entwich dann?«

»Keins von beiden, denn er befindet sich noch hinter uns.«

»Ich hätte Lust, mich nach der Kreatur umzusehen. Ist es ein echter Irokese, so erkenn' ich ihn an dem durchtriebenen Blick und an der Gesichtsbemalung«, erwiderte der Kundschafter, während er an Heywards Pferde vorüber seitwärts auf das Gebüsch zuschritt. Er traf einige Schritte weiter die Frauen, die den Ausgang der Unterhaltung ungeduldig und nicht ohne Besorgnis erwarteten. Hinter diesen hatte sich der Läufer an einen Baum gelehnt und behielt bei der strengen Prüfung des Kundschafters eine feste, unveränderte Miene. Doch war sein Blick so düster und wild, daß er Furcht einflößen konnte. Als der Jäger sich zurückwendend bei den Frauen vorbeikam, blieb er einen Augenblick stehen, um sie bewundernd zu betrachten. Er beantwortete das Lächeln und Nicken Alices mit einem offenbar vergnügten Blick. Dann schritt er auf Heyward zu. »Ein Mingo ist und bleibt ein Mingo, und da ihn Gott einmal so geschaffen hat, so können ihn weder die Mohawk noch irgendein anderer Stamm verändern.« Bei diesen Worten nahm er wieder seinen früheren Platz ein. »Wären wir allein«, sagte er, »könnt' ich Euch den Weg nach ›Edward‹ in einer Stunde zeigen, denn so weit liegt er nur von hier. Aber mit den Damen in Eurer Gesellschaft ist es unmöglich.«

»Weshalb denn? Sie sind ermüdet, aber es kommt ihnen auf einen Ritt von einigen Meilen nicht an.«

»Es ist unmöglich!« wiederholte der Kundschafter entschlossen. »Ich würde, wenn die Nacht einbricht, nicht eine Meile weit in diesen Wäldern in Gesellschaft jenes Läufers gehen, und wenn ich dabei das beste Gewehr in den Kolonien gewinnen könnte. Sie wimmeln von versteckten Irokesen, und Euer zweideutiger Mohawk weiß sie zu gut zu finden.«

»Denkt Ihr so?« sagte Heyward flüsternd und beugte sich in dem Sattel vor. »Ich gestehe, ich bin auch nicht frei von Argwohn geblieben. Eben weil ich ihn in Verdacht hatte, wollte ich ihm nicht länger folgen und ließ ihn, wie Ihr seht, hinter mir.«

»Ich weiß, daß er ein Betrüger ist, seitdem ich ihn sah!« entgegnete der Kundschafter, den Finger bedächtig an die Nase legend. »Der Dieb lehnt am Fuß eines jungen Baums, den Ihr dort über die Gebüsche hervorragen seht. Sein rechter Schenkel läuft in gerader Linie mit dem Stamm des Baums, und« – fügte er hinzu, auf sein Gewehr klopfend, »ich kann ihn von hier zwischen dem Knöchel und dem Knie mit einem einzigen Schuß lahm machen. Ginge ich zu ihm zurück, so würde er etwas Verdächtiges ahnen und wie ein erschrecktes Wild zwischen den Bäumen verschwinden.«

»Ich wünsche nicht, daß Ihr es tut. Er kann unschuldig sein. Wenn ich indes von seiner Verräterei überzeugt wäre –«

»Man kann sicher auf die Schurkerei eines Irokesen rechnen«, sagte der Kundschafter, seine Büchse unwillkürlich erhebend.

»Halt!« unterbrach ihn Heyward; »tut es nicht! Wir müssen einen anderen Plan finden, wenn ich auch glaube, daß der Schurke mich getäuscht hat!«

Der Jäger schien einen Augenblick zu überlegen und winkte dann seinen beiden roten Gefährten. Sie sprachen sehr eifrig miteinander in der Delawarensprache. Gleich darauf verschwanden die beiden Indianer auf entgegengesetzten Seiten des Pfades mit so vorsichtigen Bewegungen, daß ihre Schritte kaum hörbar waren.

»Jetzt geht Ihr zurück«, sagte der Jäger darauf zu Heyward, »und haltet den Burschen im Gespräche fest; diese Mohikaner werden ihn fangen, ohne ihm die Schminke zu verderben.«

»Nein«, entgegnete Heyward stolz, »ich will ihn selbst unschädlich machen.«

»Pah! Was könnt Ihr zu Pferde gegen einen Indianer in dem dichten Buschwerk?«

»Ich werde absteigen.«

»Glaubt Ihr, er würde darauf warten? Reitet also hin und sprecht offen mit ihm und tut so, als ob Ihr ihn für den treuesten Freund haltet, den Ihr auf Erden habt.«

Heyward sah ein, daß er den Plan annehmen mußte. Die Sonne war bereits verschwunden, und die Wälder wurden plötzlich düster. Er war jetzt sehr besorgt und verließ den Kundschafter ohne Antwort, während der sogleich ein lautes Gespräch mit dem Psalmensänger anfing. Im Vorübergehen sprach Heyward seinen Begleiterinnen mit wenigen Worten Mut zu und freute sich, sie zwar ermüdet von den Anstrengungen des Tages, doch von jedem Argwohn frei zu sehen. Gleich darauf kam er an den Platz, wo der trotzige Läufer noch immer an dem Baum lehnte.

»Du siehst, Magua«, sagte er unbefangen, »daß die Nacht einfällt und wir ›William Henry‹ nicht näher als heut früh sind. Du hast den Weg verfehlt, und mir ist es nicht besser gegangen. Doch glücklicherweise haben wir einen Jäger getroffen — du kannst ihn mit dem Psalmensänger sprechen hören —, der die Fährten des Wildes und die Pfade der Wälder kennt. Er verspricht, uns an einen Ort zu führen, wo wir sicher bis zum Morgen lagern können.«

Der Indianer richtete sein funkelndes Auge auf Heyward und fragte in seinem gebrochenen Englisch: »Ist er allein?«

»Allein!« antwortete Heyward zögernd, »nein! Allein sicher nicht, Magua, denn du weißt ja, daß wir bei ihm sind.«

»So kann also le Renard Subtil gehen«, erwiderte der Läufer kaltblütig, »die bleichen Gesichter wollen nur Leute ihrer eigenen Farbe sehen.«

»Gehn? Wen nennst du denn le Renard Subtil?«

»Es ist der Name, den seine Vorfahren aus Kanada Magua gegeben haben«, entgegnete der Läufer mit stolzer Miene. »Nacht und Tag sind le Renard Subtil gleich, wenn Munro auf ihn wartet.«

»Welchen Bericht will dann le Renard Subtil dem Befehlshaber von ›William Henry‹ über seine Töchter geben? Wird er es wagen, dem hitzigen Schotten zu melden, daß seine Kinder ohne Führer sind?«

»Der Graukopf hat eine laute Stimme und einen langen Arm«, versetzte der Läufer, »aber wird le Renard Subtil ihn in den Wäldern hören oder fühlen?«

»Doch was werden die Mohawks sagen? Sie werden ihm Weiberröcke anziehen und ihn heißen, unter den Weibern zu bleiben; denn man kann ihm nicht mehr das Geschäft eines Mannes anvertrauen.«

»Le Renard Subtil kennt den Pfad zu den Großen Seen und kann die Gebeine seiner Väter finden«, antwortete der ungerührte Läufer.

»Genug, Magua!« sagte Heyward. »Sind wir nicht Freunde? Was sollen diese kränkenden Worte zwischen uns beiden? Wenn die Damen sich erfrischt haben, wollen wir unseren Weg fortsetzen.«

»Die bleichen Gesichter machen sich zu Hunden ihrer Weiber«, murmelte der Indianer in seiner Muttersprache, »wenn sie essen wollen, müssen ihre Männer die Streitaxt ablegen.«

»Was sagst du?« fragte Heyward.

»Le Renard Subtil sagt: Es ist gut!«

Der Indianer richtete jetzt seine Augen scharf auf Heywards offenes Ant=

litz; als er seinem Blick begegnete, wandte er sie schnell ab, und während er sich bedächtig auf die Erde setzte, zog er aus einem kleinen Sack den Überrest einer früheren Mahlzeit hervor und fing an zu essen, nachdem er zuvor langsam und vorsichtig rings umhergeblickt hatte.

»So ist's recht!« fuhr Heyward fort; »morgen früh wird le Renard Subtil neue Kräfte und gestärkte Augen haben, um den Pfad zu finden.« Er schwieg, denn das Knistern dürrer Äste und das Rauschen der Blätter ließen sich in dem nahegelegenen Gebüsch hören. Aber dann sprach er schnell gefaßt gleich weiter: »Wir müssen fort, ehe die Sonne aufgeht, oder Montcalm trifft uns auf dem Wege und schneidet uns vor der Festung ab.«

Maguas Hand sank von seinem Munde herab, und obgleich er seine Augen auf den Boden heftete, wandte er den Kopf seitwärts. Seine Nasenlöcher waren weit offen, und seine Ohren schienen sich wie gespannt aufzurichten.

Heyward, der seine Bewegungen wachsam beobachtete, zog nachlässig den einen Fuß aus dem Steigbügel, während er eine Hand nach der Bärendecke seiner Pistolenhalfter ausstreckte. Er konnte aber den Punkt nicht entdekken, auf den sich die Augen des Läufers richteten. Während Heyward zögerte, was er tun sollte, stand le Renard Subtil vorsichtig und geräuschlos auf. Heyward fühlte, daß er jetzt handeln mußte. Er schwang sich daher aus dem Sattel und stieg ab, behielt aber noch immer eine ruhige, freundliche Miene.

»Le Renard Subtil ißt ja nicht«, sagte er. »Ich will einmal sehen, vielleicht findet sich unter meinen eigenen Lebensmitteln etwas, was seiner Eßlust mehr zusagt.«

Magua hielt den Sack hin, um dem Anerbieten zuvorzukommen. Er duldete es, als ihre Hände zusammentrafen, ohne die mindeste Bewegung zu verraten oder seine aufmerksame Stellung zu verändern. Als aber Heywards Finger über seinen nackten Arm hinglitten, schlug er die Hand des jungen Mannes empor. Er stieß einen durchdringenden Schrei aus und stürzte sich mit einem einzigen Sprunge in das gegenüberliegende Dickicht. Gleich darauf erschien Chingachgook in den Gebüschen und eilte quer über den Pfad. Einen Augenblick später erscholl der laute Ruf Unkas, und der Wald wurde von einem plötzlichen Feuerstrahl erhellt, den der durchdringende Knall eines Schusses begleitete.

Heyward blieb einige Augenblicke erstaunt und untätig stehen. Dann aber sprengte er in die nahen Gebüsche, sein Pferd rasch antreibend. Doch hatte er kaum hundert Schritte zurückgelegt, als er die drei Waldbewohner bereits von ihrer fruchtlosen Verfolgung zurückkehren sah.

»Warum habt ihr so schnell den Mut verloren?« sagte Heyward, »der Schurke muß sich hinter einem von diesen Bäumen verborgen haben.«

»Wollt Ihr dem Winde eine Wolke nachschicken?« erwiderte ärgerlich der Kundschafter. »Ich hörte den Satansgesellen über das dürre Laub hinschlüpfen wie eine schwarze Schlange, und da ich ihn gerade über jener hohen Tanne flüchtig zu Gesicht bekam, spannte ich den Hahn und drückte ab, aber — es war nichts. Betrachtet einmal diesen Sumachbaum; seine Blätter sind rot, obwohl er im Juli gelb blüht.«

»Es ist das Blut Subtils. Er ist verwundet und kann vielleicht noch fallen.«

»Nein, nein«, erwiderte der Kundschafter. »Ich verletzte ihm vielleicht nur die Haut, und eine Flintenkugel wirkt auf ein flüchtiges Tier, wenn sie es streift, wie Eure Sporen auf ein Pferd.«

»Wir sind aber vier starke Leute gegen einen Verwundeten.«

»Seid Ihr Eures Lebens überdrüssig?« unterbrach ihn der Kundschafter. »Jener rote Teufel würde Euch nur unter die geschwungenen Streitäxte seiner Stammesgenossen locken. Es war eine unüberlegte Handlung, das Gewehr in der Nähe eines Hinterhalts abzufeuern. Aber die Versuchung war zu groß. Kommt, Freunde, wir wollen jetzt die durchtriebenen Mingos auf eine falsche Spur locken.«

Heyward, dem mit einemmal seine große Verantwortung drückend auf die Seele fiel, fühlte sich gleichsam von aller menschlichen Hilfe abgeschnitten. Seine aufgeregte Phantasie, durch das zweifelhafte Licht getäuscht, verwandelte jedes sich bewegende Gebüsch, jeden umgestürzten Baum in menschliche Gestalten, und mehrere Male glaubte er die furchtbaren Gesichter lauernder Feinde zu erkennen. Er sah empor und bemerkte, daß der letzte Glanz der Abendsonne am Himmel in schnellem Schwinden war. Er konnte den Strom, der hier dicht vorüberfloß, nur an den dunklen bewaldeten Ufern erkennen.

»Was ist nun zu tun?« sagte er hilflos. »Verlaßt mich nicht, um Gottes willen! Bleibt, um uns zu helfen. Jede Belohnung ist euch sicher.«

Die drei Waldbewohner, die sich seitwärts in der Sprache ihres Stammes unterredeten, beachteten ihn nicht. Schließlich aber redete ihn der Kundschafter, fast wie im Selbstgespräch, auf Englisch an:

»Unkas hat recht! Es wäre keine männliche Handlung, diese harmlosen Geschöpfe ihrem Schicksal zu überlassen. – Wollt Ihr diese zarten Blumen vor dem Biß der schlimmsten Schlangen bewahren, Herr, so habt Ihr keine Zeit zu verlieren und müßt rasch einen Entschluß fassen! Dieser Mohikaner und ich wollen tun, was in unseren Kräften steht, um diese schönen Blumen zu bewahren. Wir wollen dafür keinen anderen Lohn als den, welchen Gott rechtschaffenen Handlungen immer verleiht. Zuvor aber müßt Ihr mir zwei Dinge versprechen, sowohl in Eurem als in Eurer Freunde Namen, sonst könnten wir, ohne Euch zu dienen, uns selbst schaden.«

»Nennt diese Punkte!«

»Der eine ist, Euch so still zu verhalten wie diese schweigenden Wälder, was auch immer sich ereignen möge. Der zweite, den Ort, wohin wir Euch führen wollen, auf ewig vor jedem Menschen geheimzuhalten.«

»Ich will mein möglichstes tun, diese beiden Bedingungen zu erfüllen.«

»So folgt mir, denn die Minuten, die wir verlieren, sind kostbar.«

Heyward konnte trotz der wachsenden Schatten der Nacht die ungeduldige Gebärde des Kundschafters unterscheiden und folgte schnell. Als er zu den wartenden, besorgten Frauen trat, machte er sie kurz mit den Bedingungen ihres neuen Führers bekannt. Die Frauen erschraken über seine beunruhigende Mitteilung, nahmen sich aber vor der drohenden Gefahr schnell und mutig zusammen. Sie stiegen sofort schweigend von ihren Pferden und gingen schnell zum Ufer des Stromes hinab.

»Was fangen wir nun mit diesen stummen Geschöpfen an?« flüsterte der Weiße, auf dem die ganze Verantwortung zu lasten schien. »Es wäre Zeitverlust, ihnen die Kehlen durchzuschneiden und sie in den Strom zu stürzen. Lassen wir sie aber hier, so wissen die Mingos, daß wir in der Nähe sind.«

»Sie könnten ja frei in die Wälder laufen«, meinte Heyward.

»Nein, wir müssen die Satansbrut irreführen. Sie sollen glauben, flüchtende Reiter vor sich auf der Fährte zu haben.«

Die Indianer zögerten jetzt keinen Augenblick. Sie ergriffen die Zügel und führten die erschreckten, widerstrebenden Pferde in das Flußbett hinab.

Nicht weit vom Ufer wandten sie sich und verschwanden bald stromauf hinter einem vorspringenden Felsen. Unterdessen zog der Kundschafter einen Kahn von Baumrinde aus einem Versteck unter dem Ufergebüsch und nötigte schweigend die Frauen einzusteigen. Sie folgten ohne Zögern, warfen nur furchtsame und ängstliche Blicke in das wachsende Dunkel, das wie eine schwarze Mauer am Ufer des Stroms lag.

Als Cora und Alice sich gesetzt hatten, ließ der Späher den jungen Heyward die eine Seite des schwachen Bootes halten, er selbst stellte sich an die andere Seite, und langsam brachten sie das Fahrzeug gegen den Strom hinauf,

begleitet von dem niedergeschlagenen Psalmensänger. So fuhren sie eine große Strecke schweigend. Nur das Plätschern des Wassers oder das leise Geräusch, das ihre eigenen behutsamen Schritte verursachten, war zu hören. Heyward überließ die Lenkung des Kahns ganz dem Kundschafter, der sich dem Ufer näherte oder sich wieder entfernte, um die Felsklippen oder tiefere Stellen des Stroms zu vermeiden. Er schien den Weg zu kennen. Dann und wann blieb er stehen, und mitten in der atemlosen Stille, die noch durch das dumpfe anwachsende Rauschen des Wasserfalls unterstrichen wurde, lauschte er mit gespannter Aufmerksamkeit auf jedes Geräusch, auf jeden Ton in den schlummernden Wäldern. Wenn er sich überzeugt hatte, daß alles ruhig und anscheinend kein Feind in der Nähe war, fuhr er wieder langsam und vorsichtig weiter. Endlich erreichten sie eine Stelle im Strom, an der Heyward eine Gruppe von schwarzen Schatten bemerkte, die sich an einer Stelle zusammendrängten, an der das höhere Gestade einen tiefen Schatten auf die dunklen Fluten warf. Zögernd machte er seinen Begleiter darauf aufmerksam.
»Die Indianer haben dort die Tiere verborgen«, erwiderte ruhig der Kundschafter. »Das Wasser läßt keine Spur zurück, und selbst das Auge einer Eule wird in dieser Dunkelheit nichts erkennen.«
Bald fanden sich alle wieder zusammen, und der Kundschafter und seine Gefährten berieten aufs neue. Der Strom war hier von hohen und schroffen Felsen eingeschlossen und schien durch ein tiefes und enges Tal zu führen. Das Boot lag geschützt unter einem überhängenden Felsen. Die Partien unterhalb der Ufer lagen in schattigem Dunkel. Der Ort schien von aller Welt abgeschieden zu sein. Die Schwestern fühlten sich schon sicherer und warfen einen Blick auf die romantische Schönheit dieser Landschaft, die gleichzeitig etwas Abschreckendes hatte. Als aber ihre Führer die Weiterfahrt vorbereiteten, wurde ihnen schmerzlich ihre wirkliche Gefahr bewußt.
Die Pferde waren jetzt durch einige Sträucher verdeckt worden, die in den Felsspalten wuchsen, sie sollten im Wasser stehend die Nacht verbringen. Der Kundschafter bat Heyward und seine trostlosen Gefährtinnen, sich in das vordere Ende des Bootes zu setzen. Er selbst stellte sich aufrecht und fest in das andere, als ob er in einem festen, soliden Fahrzeug segelte. Die Indianer kehrten vorsichtig zurück, während der Jäger sein Ruder gegen einen Felsen stemmte und mit einem mächtigen Stoß das zerbrechliche Fahrzeug in die Mitte des wilden Stromes trieb. Mehrere Minuten lang war der Kampf mit der heftigen Strömung hart und zweifelhaft. Mehrere Male glaubten die Reisenden, die ängstlich stillsaßen, durch wirbelnde Fluten vernichtet zu werden, aber stets wußte die Meisterhand ihres Steuermanns den Kahn geschickt gegen den Strom zu lenken. Eine äußerste, fast verzwei=

felte Anstrengung beendete die Überfahrt. Alice hatte ihre Augen vor Schrecken geschlossen. Sie glaubte von dem Strudel am Fuße des Wasserfalls verschlungen zu werden, als der Kahn an der Seite eines flachen Felsens liegenblieb, der kaum über das Wasser ragte.
»Wo sind wir, und was wird jetzt?« fragte Heyward, als der Kundschafter zu rudern aufgehört hatte.
»Wir sind am Fuße des Glenfalls«, erwiderte der andere mit lauter Stimme, um sich in dem Lärm des Wasserfalls verständlich zu machen. »Wir müssen jetzt schnell landen, damit nicht der Kahn wieder abprallt und wir den anstrengenden Weg noch einmal zurücklegen müssen. Es ist schwer, gegen den Strom anzukommen, und fünf Menschen sind zuviel, um einen kleinen Kahn aus Birkenrinde in den heftigen Wellen hier trockenzuhalten. Steigt jetzt alle auf den Felsen, ich will die Mohikaner mit dem Wildbret heraufbringen.«
Die Reisenden stiegen aus, und der Kahn verließ wirbelnd die Felsenplatte. Man sah die schlanke Gestalt des Kundschafters einen Augenblick über die Fluten dahingleiten, bis sie in dem undurchdringlichen Dunkel über dem Fluß verschwand. Ängstliche Minuten des Wartens vergingen, aber unerwartet schnell kam der Kundschafter mit den beiden Indianern zurück.
»Nun sind wir sicher und verproviantiert!« rief Heyward fröhlich, »und Montcalm und seine Verbündeten können uns kaum etwas anhaben. War übrigens etwas von den Irokesen, oder wie ihr sie nennt, auf dem Ufer zu sehen?«
»Ich nenne sie Irokesen, weil mir jeder Eingeborene, der in einer fremden Sprache redet, als Feind gilt«, antwortete der Kundschafter. »Verlangt General Webb Treu und Glauben von einem Indianer, so soll er sich an die Stämme der Delawaren halten und diese raubgierigen, betrügerischen Mohawks und Oneidas samt ihren sechs Stämmen zu den ausländischen Franzosen schicken, zu denen sie gut passen.«
»Ich hörte doch aber, daß die Delawaren ihre Streitäxte abgelegt haben und nicht widersprechen, wenn man sie Weiber nennt.«
»Die Holländer und Irokesen sollten sich schämen, sie durch ihre Teufelskünste zu einem solchen Friedensvertrag verleitet zu haben! Zwanzig Jahre lang kenne ich sie schon, und einen Lügner nenne ich den, der behauptet, daß feiges Blut in den Adern eines Delawaren fließe. Ihr habt ihre Stämme von dem Seeufer vertrieben und möchtet nun den Berichten ihrer Feinde gern glauben, um nachts ruhiger schlafen zu können. Nein, nein! Mir ist jeder Indianer, der eine fremde Sprache spricht, ein Irokese, gleichviel, ob er aus Kanada oder aus York stammt.«
Heyward sah ein, daß die Freundschaft des Kundschafters für die Delawa=

ren oder Mohikaner (denn beide waren Zweige desselben Volks) wahrscheinlich einen unnützen Wortstreit herbeiführen würde, und versuchte daher, das Gespräch auf einen anderen Gegenstand zu lenken.
»Vertrag oder nicht Vertrag«, sagte er, »ich weiß nur zu gut, daß Eure beiden Begleiter tapfere und wachsame Krieger sind! Haben sie etwas von unseren Feinden gehört oder gesehen?«
»Ein Indianer ist ein Wesen, das man fühlt, bevor man es zu Gesicht bekommt«, entgegnete der Kundschafter. Er stieg den Felsen hinauf und warf das Wildbret auf die Erde. »Ich halte mich an bessere Zeichen als die sichtbaren, wenn ich den Mingos auflaure.«
»Meint Ihr, daß sie unseren Schlupfwinkel aufgespürt haben?«
»Ich glaube nicht, obgleich die Pferde, als ich vorhin an ihnen vorbeiging, sich so zusammendrückten, als witterten sie Wölfe, die sich gern in der Nähe von Indianern aufhalten, weil sie dort den Abfall von erlegtem Wild spüren.«
»Ihr vergeßt den Rehbock, der sie vielleicht gelockt haben kann.«
»Das mag sein«, erwiderte der Kundschafter, »und wir wollen deshalb unser Fleisch zum Abendbrot abschneiden und das übrige den Strom hinuntertreiben lassen. Sonst heult vielleicht bald ein ganzes Rudel hier um die Klippen und mißgönnt uns jeden Bissen, den wir zum Munde führen.«
Der Kundschafter nahm jetzt einige notwendige Dinge zusammen und verließ dann die Reisenden schweigend in Begleitung der beiden Mohikaner, die ohne Worte seine Absicht zu erraten schienen. Alle drei verschwanden hinter einer dunklen Felswand, die sich dicht am Ufer erhob.

Sechstes Kapitel

Heyward und die Frauen blieben besorgt zurück. Wenn sie auch keinen Verdacht hegten, so konnte doch der ärmliche Anzug des Kundschafters, sein rauhes Wesen und sein leidenschaftlicher Haß zusammen mit dem Charakter seiner schweigenden Gefährten einiges Mißtrauen erwecken, zumal sie durch den Verrat des Indianers noch beunruhigt waren. Nur der sonderbare Psalmensänger in ihrer Begleitung schien gleichgültig zu sein gegen alles, was um ihn her vorging. Er saß auf einem Felsenvorsprung und gab kein anderes Lebenszeichen von sich als häufige schwere Seufzer, die seine innere Stimmung ausdrückten.
Da wurden verworrene und dumpfe Stimmen hörbar, wie von Menschen, die unter der Erde einander zuriefen, und plötzlich traf ein blendender Lichtstrahl die Augen der Wartenden, die auf einmal das Geheimnis dieser Stelle erkannten.

Am äußersten Ende einer engen und sehr tiefen Felsenhöhle saß der Kundschafter, einen lodernden Fichtenbrand in der Hand. Der helle Schein der Flamme fiel auf sein gebräuntes Gesicht und auf den Jagdanzug. Die Gestalt dieses Mannes erschien jetzt von romantischer Wildheit. Ein wenig vor ihm stand Unkas, dessen ganze Figur deutlich hervortrat. Die Reisenden betrachteten aufmerksam die aufrechte Haltung und schlanke Gestalt des jungen Mohikaners, dessen natürliche Bewegungen etwas Anmutiges und Ungezwungenes hatten. Er trug ein besetztes grünes Jagdkleid, dem des Kundschafters ähnlich. Sein Auge blickte wildentschlossen und doch ruhig in dem kühnen Umriß seiner edlen und stolzen Züge. Die erhabene gewölbte Stirn trat deutlich hervor, sein schönes und edles Haupt war bis auf die Skalplocke kahl geschoren. Die Europäer betrachteten zum ersten Male die scharfen Züge ihrer beiden indianischen Begleiter näher, und ihr Argwohn verschwand. Die freimütige Alice bewunderte den offenen Blick und die stolze Haltung des jungen Mohikaners, der ihr wie eine zum Leben erweckte griechische Statue erschien, und auch Heyward mußte seine Anerkennung offen aussprechen.
»Ich könnte ganz ruhig schlafen«, flüsterte ihm Alice zu, »wenn dieser tapfere und edle Jüngling mich bewachte. Wirklich, Duncan, die grausamen Mordtaten und die entsetzlichen Marterszenen, von denen wir gelesen und gehört haben, sind sicher nicht geschehen, wenn einer wie dieser dabei war!«
»Ich bin Ihrer Meinung, Alice, und glaube auch, daß diese Stirn und diese Augen nicht betrügen können. Doch hüten wir uns, ihn zu idealisieren. Er ist schließlich doch ein Indianer. Aber wollen wir hoffen, daß sich dieser Mohikaner, wie es sein Blick verspricht, als ein wackerer und beständiger Freund zeigen wird.«
»Nun spricht Major Heyward einmal, wie er sprechen sollte«, murmelte Cora. »Wer denkt noch an die Farbe der Haut, wenn man dieses Naturkind betrachtet?«
Ein kurzes, fast verlegenes Schweigen folgte dieser charakteristischen Bemerkung. Dann rief ihnen der Kundschafter laut zu, hereinzukommen.
»Das Feuer fängt an, hell zu flammen«, sagte er, als sie seiner Aufforderung gefolgt waren, »es könnte den Mingos zu unserem Verderben leuchten. Unkas, laß den Vorhang herab, damit die Schurken die dunkle Seite erblicken. Dies ist freilich keine Abendmahlzeit, wie sie ein Major von den königlichen Amerikanern billig erwarten könnte; doch ich weiß, daß manche Truppenteile schon vergnügt waren, wenn sie nur ihr Wildbret roh essen konnten. Hier ist aber Salz genug, um etwas rösten zu können. Dort sind für die Damen frische Sassafraszweige, auf die sie sich setzen können.«
Unkas ließ die dunkle Decke vor dem Höhleneingang herab, und als

Falkenauges Stimme jetzt schwieg, hörte man das Brausen des Wasserfalls wie das Rollen eines fernen Donners.

»Sind wir völlig sicher in dieser Höhle?« fragte Heyward, »und haben wir keinen Überfall zu befürchten? Ein einziger bewaffneter Mann am Eingange hätte uns alle in seiner Gewalt.«

Eine Gestalt wie ein Geist trat aus der Dunkelheit hinter dem Kundschafter hervor, ergriff einen Feuerbrand und hielt ihn in die Tiefe der Höhle. Alice stieß einen leisen Schrei aus, und auch Cora sprang erschrocken auf, doch dann erkannten sie beruhigt ihren Begleiter Chingachgook, der einen anderen Vorhang hinwegzog und ihnen so zeigte, daß die Höhle zwei Ausgänge habe. Dann schritt er, mit dem Feuerbrande in der Hand, durch eine enge Felsenspalte, die mit der Höhle einen rechten Winkel bildete und nach oben zu offen war. Dort befand sich noch eine zweite ähnliche Höhle.

»Wir alten Füchse«, sagte Falkenauge lachend, »werden nicht leicht in einem Bau mit einem Loch gefangen. Ihr seht, wie günstig dieser Platz liegt. Der Felsen besteht aus schwarzem Kalkstein, der sehr weich ist. Er bietet hier, wo Laubholz und Fichten so selten sind, kein ganz unbequemes Lager. Die Felsen sind voll Spalten und hier und da weicher als an anderen Stellen. Da konnte das Wasser so lange, tiefe Löcher hineinarbeiten. Unsere Höhle liegt auf einer Insel zwischen den Wassern des Hudson. Neben uns auf zwei Seiten liegen die Fälle, und hinter und vor uns ist der Fluß. Wär' es Tag, so lohnte sich schon die Mühe, den Gipfel des Felsens zu ersteigen. Man sieht dort das Treiben des Wassers. Die Bewegung ist völlig regellos; bald braust es in die Höhe, bald stürzt es herab; es springt über die Steine oder schießt schnell zwischen ihnen hindurch; an einer Stelle ist es schneeweiß, an der anderen grasgrün. Dann wieder stürzt es sich in tiefe Höhlen, daß die Erde dröhnt und zittert, oder es rieselt wie ein Bach dahin. Der ganze Fluß erscheint verändert. Anfangs fließt er so ruhig dahin, daß man denken sollte, er werde einen gewöhnlichen Wasserfall bilden. Plötzlich aber verändert er seine Richtung und prallt gegen das Ufer, an einzelnen Stellen scheint er rückwärts zu fließen, anscheinend unwillig, daß er sich mit dem Salzwasser vermischen soll. Aber wozu hilft ihm das alles? Hat das Wasser eine Zeitlang, wie ein eigensinniger Mensch, seinen Willen gehabt, so sammelt es wieder dieselbe Hand, die es erschuf, und ein wenig unterhalb können Sie es ruhig der See zufließen sehen, wie es ihm von Anbeginn der Welt bestimmt war.«

Die Reisenden nahmen jetzt beruhigt die Abendmahlzeit ein. Unkas wartete den Damen auf, jeden kleinen Dienst, der in seinen Kräften stand, mit einem Gemisch von Anstand und Ängstlichkeit verrichtend, was Heyward sehr belustigte. Er wußte, daß das eine gänzliche Abweichung von den Sitten der Indianer war, die es den Kriegern nicht gestatten, sich zu häuslichen Diensten, besonders für Weiber, herabzuwürdigen. Doch das Gebot der Gastfreundschaft wurde unter ihnen heiliggehalten. Die Dienste des jungen Häuptlings waren nicht völlig unparteiisch. Während er Alice die Kürbisflasche mit süßem Wasser und das Wildbret auf dem aus der Wurzel des Pfefferbaums kunstvoll verfertigten Teller mit vieler Freundlichkeit anbot, ruhte sein dunkles Auge, wenn er ihrer Schwester den gleichen Dienst erwies, auf deren schönem, sprechendem Antlitz, und seine stolzen funkelnden Blicke bekamen einen sanften Ausdruck. Wenn er, selten genug, die Weißen anreden mußte, sprach er Englisch, zwar gebrochen und fehlerhaft, aber doch ganz verständlich in den tiefen, schönen Gutturaltönen seiner eigenen Sprache. Beide Mädchen betrachteten ihn jedesmal erstaunt und verwundert. Während der Mahlzeit wurden die Reisenden allmählich mit ihren neuen Freunden vertraut.

Während des Essens hatte Chingachgook sich dem Feuer näher gesetzt, so daß die häufig auf ihn gerichteten unruhigen Blicke seiner Gäste den natürlichen Ausdruck seines Gesichts von den künstlichen, gemalten Schreckenszügen unterscheiden konnten. Vater und Sohn schienen einander sehr ähnlich zu sein. Die Wildheit in dem Gesichte des Älteren schien jetzt zu schlummern. Es zeigte jene untätige Ruhe, die dem indianischen Krieger eigen ist, wenn seine Fähigkeiten nicht von irgendeinem höheren Lebenszweck in Anspruch genommen werden. Aus den Bewegungen aber, die zuweilen über sein dunkles Antlitz fuhren, ließ sich leicht schließen, daß es nur der geringsten Anregung seiner Leidenschaft bedurfte, um der gräßlichen Malerei, die seine Feinde schrecken sollte, ihre volle Wirkung zu geben. Dagegen war das lebhaft umherblickende Auge des Kundschafters nur selten ruhig. Er saß und trank mit einer Begierde, die kein Gedanke an Gefahr stören konnte. Allein seine Wachsamkeit schien deshalb nicht nachzulassen. Mehrere Male, wenn er eben die Kürbisflasche oder ein Stück Fleisch zum Munde bringen wollte, blieb er unbeweglich sitzen, den Kopf seitwärts wendend, als höre er irgendeinen entfernten verdächtigen Ton.

»Kommt, Freund«, sagte Falkenauge zu dem Psalmensänger, als die Mahlzeit zu Ende ging, und zog unter einem Haufen Laub ein Fäßchen hervor, »kostet einmal diesen Fichtennadelschnaps! Er wird Eure trüben Gedanken verscheuchen. Ich trink' auf gute Freundschaft zwischen uns. — Wie heißt Ihr denn?«

»Gamut — David Gamut«, erwiderte der Singemeister, wischte sich mechanisch den Mund, um seinen Kummer mit einem reichlichen Schluck von dem stark duftenden Getränk hinunterzuspülen.

»Ein sehr guter Name«, stellte der Kundschafter fest, »und ich darf wohl sagen, gewiß ererbt von wackeren Vorfahren. Ich bin ein Liebhaber von Namen, obwohl die christlichen Gebräuche in dieser Hinsicht den Sitten der Wilden weit nachstehen. Bei einem Indianer ist das eine Gewissenssache, er ist das, was sein Name bedeutet. Das ist nicht immer wörtlich zu verstehen. Chingachgook zum Beispiel heißt Große Schlange und bedeutet, daß er der menschlichen Natur gemäß sich zu krümmen und zu winden weiß, daß er sich still verhält und seine Feinde trifft, wenn sie es am wenigsten erwarten. — Welchen Beruf übt Ihr aus?«

»Ich bin ein unwürdiger Lehrer in der Kunst, die Psalmen abzusingen.«

»Wie?«

»Ich gebe den Kindern der Miliz von Connecticut Unterricht im Singen.«

»Ihr könntet eine bessere Aufgabe haben. Die jungen Dachse durchstreifen ohnedies nur zu oft lachend und singend die Wälder, in denen sie nicht lauter Atem holen sollten als ein Fuchs in seinem Bau. Könnt Ihr den Degen führen, oder wißt Ihr mit der Büchse umzugehen?«

»Gelobt sei Gott, daß ich nie veranlaßt ward, mich solcher Mordgeräte zu bedienen!«

»So versteht Ihr Euch vielleicht auf Zirkel und Kompaß und könnt die Flüsse und Berge der Wildnis aufs Papier zeichnen, so daß die, die nach Euch kommen, alle Stellen durch die Namen wiederfinden, die Ihr denselben gegeben habt?«

»Das ist nicht mein Amt«, erwiderte der Psalmensänger abweisend.

»Aber Ihr habt doch ein paar Beine, die doch in kurzer Zeit eine tüchtige Strecke zurücklegen können. Ihr reist vielleicht mit Nachrichten für den General?«

»Das ist nie der Fall! Nur meinem eigenen hohen Berufe folge ich, der darin besteht, Unterricht zu erteilen in der heiligen Musik.«

»Ein sonderbarer Beruf!« murmelte Falkenauge, innerlich lachend, »wie ein Spottvogel das Leben hinzubringen und alle hohen und tiefen Töne, die aus einer menschlichen Kehle kommen, durchzuhecheln. Doch, Freund, ich denke so: Es ist nun einmal Euer Talent, und das muß man so gut gelten lassen, als wenn Ihr Euch aufs Schießen oder auf sonst was Besseres verständet. Laßt einmal hören, was Ihr in dieser Hinsicht leisten könnt; das ist die freundlichste Art, gute Nacht zu sagen. Denn es ist Zeit, daß die Damen sich zur Ruhe begeben, damit sie Kräfte sammeln zu der langen und beschwerlichen Reise, die wir morgen mit Tagesanbruch, ehe sich die Maquas regen, antreten wollen.«

»Mit vielem Vergnügen«, sagte David und zog sein Gesangbuch hervor. Dann begann er eine getragene Hymne zu singen, und die beiden Mädchen begleiteten ihn mit ihren schönen Stimmen. Das Rauschen des Wassers zog

sich wie eine dumpfe Begleitung durch die Melodie hindurch, und die Höhle war erfüllt von dem bebenden Klang der biegsamen Stimmen.
Die Indianer blickten starr auf den Felsen hin, mit einer Aufmerksamkeit zuhörend, als wären sie in Stein verwandelt worden. Selbst die Gesichtszüge des Kundschafters, der, das Kinn auf die Hand gestützt, mit einem Ausdruck kalter Gleichgültigkeit dasaß, schienen allmählich heiterer zu werden. Sein finsterer Blick verschwand nach und nach, und als nun ein Vers dem anderen folgte, fühlte er seine eiserne Natur bezwungen und durch die Erinnerung sich zurückversetzt in sein Knabenalter, wo er oft ähnliche Gesänge in den Niederlassungen der Kolonisten gehört hatte.
Die Sänger hielten eben einen jener tiefen dahinsterbenden Akkorde aus, die das Ohr so sehr entzücken, da erfüllte plötzlich ein Schrei von außen her die Luft, der weder menschlich noch irdisch zu sein schien und nicht nur bis in die tiefsten Winkel der Höhle, sondern auch in das innerste Herz aller Hörer drang. Gleich darauf trat eine tiefe Stille ein, als wäre das wildtobende und brausende Wasser selbst durch diesen furchtbaren Schrei aufgehalten.
»Was war das?« flüsterte Alice, nachdem sie eine Minute in furchtbarer Spannung geschwiegen hatte.
»Was war das?« wiederholte Heyward laut.
Weder Falkenauge noch die Indianer gaben irgendeine Antwort. Sie horchten, als erwarteten sie, daß der Ton sich wiederholen werde. Endlich sprachen sie eifrig in der Delawarensprache miteinander, worauf Unkas die Höhle äußerst vorsichtig verließ.
Als er fort war, sagte der Kundschafter langsam auf Englisch: »Das war ein unbekannter Schrei, niemand hat ihn bisher gehört, obwohl wir diese Wälder schon länger als dreißig Jahre durchstreichen. Ich glaubte, es gäbe kein Geschrei, weder von einem Indianer noch von einem Tier, das meine Ohren nicht schon gehört hätten; aber dieser Ton hat mir bewiesen, daß ich töricht und eingebildet war.«
»War es nicht vielleicht ein Kriegsgeschrei?« fragte Cora, indem sie sich mit einer Fassung in ihren Schleier hüllte, die ihrer beunruhigten Schwester unbegreiflich war.
»Nein, nein, dies war schlimmer und schrecklicher! Es war eine Art von übermenschlichem Tone. Nun, Unkas!« sagte er in der Delawarensprache zu dem jungen Häuptling, der wieder in die Höhle trat, »was siehst du? Kann man den Schein unseres Feuers durch die Vorhänge erblicken?« Die Antwort war kurz und bestimmt.
»Es ist draußen nichts zu sehen«, sagte Falkenauge kopfschüttelnd. »Unser Schlupfwinkel ist in Dunkelheit begraben. Geht also in die andere Höhle,

und versucht zu schlafen, denn ihr habt es nötig, da wir lange vor Sonnenaufgang schon wieder auf den Füßen sein und den größten Teil des Wegs nach Fort ›Edward‹ zurücklegen müssen, während die Mingos noch ihren Morgenschlaf halten.«
Cora ging sofort mit gutem Beispiel voran. Ehe sich aber die Frauen aus der Höhle entfernten, flüsterten sie noch Duncan den Wunsch zu, daß er ihnen folgen möge. Unkas hob den Vorhang auf, um sie hindurchgehen zu lassen, und als die Schwestern sich umkehrten, um ihm für diese Aufmerksamkeit zu danken, sahen sie den Kundschafter, der, den Kopf auf die Hand gestützt, vor dem glosenden Feuer tief in Gedanken saß und über den unerklärlichen Schrei nachdachte.
Heyward nahm einen brennenden Ast mit sich, der ein düsteres Licht in die engen Räume der zweiten Höhle warf. Er befestigte ihn und trat dann zu den Frauen.
»Verlassen Sie uns nicht, Duncan«, sagte Alice, »wir können hier nicht schlafen, solange noch der furchtbare Ton in unseren Ohren klingt.«
»Wir wollen die Sicherheit der Höhle untersuchen«, erwiderte er, »und dann das Weitere besprechen.« Er ging zu dem hinteren Ausgang der Höhle, der ebenfalls durch einen Vorhang verdeckt war. Als er die dicke Decke weghob, wehte ihm frische und erquickende Luft vom Wasserfall her entgegen. Ein Arm des Flusses strömte gerade zu seinen Füßen durch eine tiefe und enge Schlucht. Von dieser Seite waren sie vor jeder Gefahr sicher, zumal ein wenig höher der Strom mit äußerster Gewalt von Absatz zu Absatz schimmernd und glänzend herabstürzte.
»Von dieser Seite her sind wir sicher«, sagte Heyward zu den Frauen, als er den Vorhang wieder herunterließ, »und da Sie wissen, daß gute und treue Männer an der anderen Seite Wache stehen, so sollten Sie wirklich versuchen zu schlafen.«
Cora, die sich neben Alice auf einem Lager von Sassafras niedergelassen hatte, antwortete ihm: »Es gibt noch andere Sorgen, die uns den Schlaf verscheuchen. Fragen Sie sich selbst, Heyward, ob Töchter wohl die Angst und Besorgnis eines Vaters vergessen können, der nicht weiß, wo seine Kinder in der Wildnis, umringt von so vielen Gefahren, umherirren?«
»Er ist Soldat und weiß genau, was uns in diesen Wäldern zustoßen kann.«
»Er ist Vater und kann nicht sein Gefühl verleugnen.«
»Wie zärtlich war er«, schluchzte Alice. »Wir waren selbstsüchtig, in dieser gefährlichen Zeit auf unserem Besuch zu bestehen!«
»Es war vielleicht voreilig, doch wollten wir ihm nur zeigen, daß, wenn auch andere ihn in seiner Lage verlassen mögen, seine Kinder doch treu zu ihm stehen.«

»Als er Ihre Ankunft in ›Edward‹ erfuhr«, sagte Heyward freundlich, »war er unentschlossen zwischen Furcht und Liebe. Dann sagte er aber zu mir: ›Das sieht der mutigen Cora ähnlich, ich will ihre Erwartungen nicht täuschen.‹ Wollte Gott, daß er, der die Ehre unseres königlichen Herrn hier verteidigen soll, nur halb so viel Entschlossenheit wie sie besäße.«
»Sprach er denn nicht von mir, Heyward?« fragte Alice.
»Natürlich«, entgegnete der junge Mann. »Er gab Ihnen tausend zärtliche Namen. Einmal sagte er wirklich — «
Duncan schwieg plötzlich, denn während er Alice ansah, die sich mit der ganzen Innigkeit kindlicher Liebe zu ihm gewandt hatte, erklang wieder der starke und furchtbare Ton und ließ ihn verstummen. Eine lange atemlose Stille trat ein, angstvoll sah einer den andern an in der Furcht, daß der entsetzliche Schrei sich wiederholen werde. Endlich wurde der Vorhang langsam emporgehoben, und der Kundschafter stand am Eingang mit einer Miene, die deutlich verriet, daß er bei aller seiner Erfahrung mit diesem furchtbaren Erlebnis nicht fertig werden konnte.

Siebentes Kapitel

»Es hieße eine Warnung vernachlässigen«, sagte Falkenauge, »wenn wir uns hier noch länger verborgen hielten, während diese Schreie sich im Walde hören lassen. Die zarten Damen mögen hierbleiben, indes ich und die Mohikaner auf dem Felsen Wache stehen. Hoffentlich wird uns dort ein Major vom sechzigsten Regiment gern Gesellschaft leisten.«
»Ist die Gefahr so groß?« fragte Cora.
»Nur wer diese seltsamen, anscheinend warnenden Schreie hervorbringt, kennt die Gefahr. Selbst die schwache Seele des Psalmensängers ist so aufgeregt durch jenen Schrei, daß auch er zu kämpfen bereit ist. Käme es nur zu einem Kampf, der ließe sich leicht abmachen. Allein ich habe gehört, daß andere Gefahr droht, wenn sich so furchtbare Töne zwischen Himmel und Erde hören lassen.«
»Wenn diese Schreie übernatürliche Ursachen haben, so dürfen wir uns deshalb nicht sehr beunruhigen«, fuhr das unerschrockene Mädchen fort. »Seid Ihr aber auch sicher, daß unsere Feinde nicht irgendeine neue List ausgesonnen haben, damit ihr Sieg ihnen um so leichter gelinge?«
»Lady«, erwiderte der Kundschafter feierlich, »ich habe seit dreißig Jahren alle Laute in diesen Wäldern gehört. Es gibt kein Winseln des Panthers, kein Pfeifen der Spottdrossel noch irgendeine Erfindung der Mingos, die mich noch täuschen könnte. Ich habe die Wälder wehklagen hören, habe so

oft der Musik des Windes gelauscht, wenn er durch die Zweige der Bäume streicht. Ich habe den Blitz gehört, wie er, dem Krachen eines brennenden Holzstoßes gleich, durch die Luft fuhr. Ich hörte aber immer nur den hohen Willen Gottes, der mit den Werken seiner Hand spielt. Den eben vernommenen Schrei aber kann ich nicht erklären.«

»Es ist seltsam!« rief Heyward und nahm seine Pistolen, »mag es aber ein Zeichen des Friedens oder des Krieges sein, man muß es ergründen. Zeigt mir den Weg, Freund, ich folge Euch.«

Alle, auch die Frauen, traten jetzt aus der Höhle. Ein starker Abendwind strich über die Oberfläche des Stromes hin und schien die herabstürzenden Gewässer in ihre Höhlen zurückzutreiben, aus denen ein heftiges und ununterbrochenes Donnern heraufscholl. Der Mond war aufgegangen, und sein Licht schimmerte schon hier und dort auf der Höhe des Wasserfalls; der Felsen aber, auf dem sie standen, lag noch in tiefem Schatten. Trotz der lärmenden Wasser lag die Landschaft in der Ruhe der Nacht und der Einsamkeit. Aller Augen schweiften vergeblich nach dem jenseitigen Ufer. Aber die ängstlich umherspähenden Blicke täuschte das trügerische Licht.

Da ertönte plötzlich wieder derselbe Schrei, wie aus dem Flußbett kommend. Nachdem er die engen Felsenklüfte verlassen hatte, hörte man ihn im Walde verhallen.

»Vermag irgend jemand unter uns diesen Ton zu erklären?« fragte Falkenauge, »ich bin überzeugt, daß dieser Klang nicht der Erde angehört.«

»Ich kenne diesen Ton sehr gut«, sagte jetzt Duncan, »denn ich habe ihn oftmals auf dem Schlachtfelde gehört. Es ist das furchtbare Angstgeschrei, das ein Pferd im Todeskampf ausstößt. Mein Roß ist entweder schon in den Klauen der Raubtiere des Waldes, oder es sieht die Gefahr nahen. Der Ton konnte mich in der Höhle wohl täuschen, jetzt aber, im Freien, bin ich überzeugt, daß ich mich nicht irre.«

Die beiden Indianer riefen ihr ausdrucksvolles »Hugh!«, da die Wahrheit der Erklärung ihnen einleuchtete. Der Kundschafter aber sagte: »Ich kann Euren Worten nicht widersprechen, da ich mich wenig auf Pferde verstehe. Die Wölfe streichen vermutlich über ihren Köpfen am Ufer umher, und die armen Tiere rufen, so gut sie können, nach menschlicher Hilfe. — Unkas«, sagte er in der Delawarensprache, »fahre im Kanu hinüber und schleudere einen Brand unter die Wölfe, sonst haben wir morgen früh keine Pferde.«

Der junge Eingeborene war bereits zum Fluß hinabgestiegen, als sich ein langes Geheul am Ufer des Stromes hören ließ, daß sich schnell in die Tiefe des Waldes entfernte, als ob ein plötzlicher Schreck die Raubtiere von ihrer Beute vertrieben hätte. Unkas kehrte mit instinktmäßiger Hast zurück, und die drei sprachen leise und ernst miteinander.

»Wir sind wie Jäger, denen die Kennzeichen am Himmel verlorengingen und die Sonne sich tagelang verbarg«, sagte Falkenauge zu den Reisenden. »Setzt euch in den Schatten dort am Ufer, er ist dichter als dort unter den Tannen. Wir wollen ruhig erwarten, was Gott uns zunächst schickt. Sprecht nur flüsternd miteinander; überhaupt wäre es besser, wenn jeder unter uns seinen eigenen Gedanken nachhinge.«
Der Kundschafter sprach ernst und ausdrucksvoll, ohne ein Zeichen von Furcht. Die beiden Indianer suchten sich Plätze, von denen sie beide Ufer überblicken konnten, ohne selbst gesehen zu werden. Heyward holte ein Bündel Sassafraszweige aus der Höhle und legte es in die Felsspalte, die die beiden Höhlen trennte. Dann bat er die beiden Schwestern, sich zu setzen. Die Felsen schützten sie auf diese Weise vor jedem Geschoß. Er selbst nahm seinen Posten so in der Nähe, daß er noch leise mit ihnen sprechen konnte. Auch David hatte sich nach dem Beispiel der Waldbewohner so gut in der Felsenspalte versteckt, daß seine unförmigen Glieder nicht mehr ins Auge fielen.
So waren mehrere Stunden verflossen. Der Mond hatte den Zenit erreicht und verbreitete sein mildes Licht über die lieblichen Gestalten der beiden Schwestern, die Arm in Arm ruhig eingeschlummert waren. Duncan hatte für sein eigenes Haupt ein Lager auf dem Felsen gewählt. David ließ schnarchend Töne hören, die seine musikalischen Ohren beleidigt haben würden, hätte er sie gehört. Nur Falkenauge und die Mohikaner schliefen nicht. Unbeweglich daliegend, ließen sie ihre Augen unablässig über den dunklen Saum von Bäumen schweifen, die die benachbarten Ufer des schmalen Flusses begrenzten. Auch wer sie aufs schärfste beobachtet hätte, würde sie kaum haben atmen hören. Offenbar gründete sich diese außerordentliche Vorsicht auf eine Erfahrung, die durch keine List ihrer Feinde mehr getäuscht werden konnte. Der Mond war untergegangen, und ein blasser Streif über den Wipfeln der Bäume verkündete den Anbruch des Tages. Jetzt zum ersten Male bewegte sich Falkenauge und kroch den Felsen entlang zu Duncan, den er aus seinem tiefen Schlafe weckte.
»Es ist Zeit zum Aufbruch«, flüsterte er, »weckt die Damen und macht Euch bereit, in das Boot zu steigen.«
»Habt Ihr eine ruhige Nacht gehabt?« fragte Heyward, »mich hat der Schlaf überwunden.«
»Alles ist noch ruhig wie die Mitternacht. Seid still und macht schnell.«
Duncan beugte sich, tief berührt von der unschuldigen Schönheit, über die schlafenden Mädchen. Dann flüsterte er ihnen zu: »Cora! Alice! Erwacht! Es ist Zeit aufzubrechen!«
Ein lauter Angstschrei der jüngeren Schwester, während die ältere verwirrt

aufsprang, war die unerwartete Antwort. Denn kaum hatte Heyward seine leise Aufforderung ausgesprochen, als sich ein entsetzliches Gebrüll erhob. Eine Minute lang schien die Luft mit höllischen Dämonen erfüllt. Das Geschrei kam nicht aus einer einzigen Richtung, sondern aus allen Gegenden des Waldes und anscheinend auch aus den Höhlen des Wasserfalls.

David erhob seine lange Gestalt, und indem er bei diesem höllischen Lärm seine Ohren mit beiden Händen zuhielt, rief er: »Woher kommt dieser schneidende Mißton? Hat sich die Hölle aufgetan, daß ein Mensch Töne wie diese hervorzubringen vermag?«

Die hellen Blitze und der schnell folgende Knall von einem Dutzend Büchsen vom entgegengesetzten Ufer des Flusses schmetterten den unglücklichen Singemeister, der sich so unvorsichtig bloßgestellt hatte, ohne Besinnung auf den Felsen. Die Mohikaner erwiderten trotzig das furchterregende Geschrei ihrer Feinde, die ein wildes Triumphgeheul erhoben, als sie Gamut fallen sahen. Die Blitze aus den Büchsen folgten sich schnell und ununterbrochen, allein beide Parteien waren zu erfahren, um auch sich dem feindlichen Feuer auszusetzen.

Duncan lauschte mit ängstlicher Erwartung, ob sich nicht Ruderschläge hören ließen, weil er nur in einer schleunigen Flucht die einzige Rettung sah. Der Fluß strömte schimmernd in gewöhnlicher Schnelligkeit vorüber, aber das Kanu war auf seinen dunklen Wellen nirgends zu sehen. Er bildete sich schon ein, der Kundschafter habe sie in ihrer Not verlassen, als aus dem Felsen unter ihm ein Blitz hervorbrach. Ein gellender Schrei sagte ihm, daß Falkenauges mörderische Waffe ein Ziel gefunden habe. Nach diesem Verlust zogen sich die Angreifenden schnell zurück, und allmählich ward der Platz wieder so still wie vor der wilden Schießerei.

Duncan eilte zu David und trug ihn in die enge Felskluft, die bisher den Schwestern Schutz geboten hatte. Einige Augenblicke später hatten sich alle an diesem Ort versammelt, der wenigstens einigermaßen sicher zu sein schien.

»Der arme Teufel hat diesmal noch seinen Schädel gerettet!« sagte Falkenauge. »Es war unklug von ihm, auf einem kahlen Felsen den raubgierigen Wilden sechs Fuß Fleisch und Blut zu zeigen.«

»Ist er nicht tot?« fragte Cora mit gedämpfter Stimme. »Können wir dem Unglücklichen irgendwie helfen?«

»Nein, nein! Es ist noch Leben in ihm, und wenn er etwas geschlafen hat, wird er wieder zu sich kommen und sich in Zukunft klüger benehmen«, antwortete Falkenauge. »Trag ihn hinein, Unkas, und leg ihn auf den Sassafras. Je länger er schläft, desto besser für ihn; denn ich zweifle, ob er einen sicheren Platz auf diesem Felsen findet; und Singen gilt nicht viel bei den Irokesen.«

»Ihr glaubt also, sie werden den Angriff wiederholen?« fragte Heyward.
»Glaubt Ihr, daß ein hungriger Wolf sich mit einem Bissen begnügen wird? Sie haben einen Mann verloren, und es ist bei ihnen Sitte, sich nach einem Verlust zurückzuziehen. Bald aber werden sie wieder erscheinen und schon neue Mittel finden, uns zu täuschen, um unsere Schädel zu bekommen. – Unsere größte Hoffnung«, fuhr er besorgt fort, »kann nur darin bestehen, daß wir den Felsen womöglich so lange halten, bis Munro uns eine Abteilung Truppen sendet. Wollte Gott, es geschähe bald, und unter einem Manne, der mit den Sitten und Gebräuchen der Indianer genau bekannt ist.«
»Sie hören, worauf unsere Hoffnung allein beruht, Cora«, sagte Duncan, »und Sie wissen auch, daß sich von der Erfahrung Ihres Vaters alles erwarten läßt. Gehen Sie daher mit Alice in die schützende Höhle und nehmen Sie sich der Pflege unseres unglücklichen Gefährten an.«
Die Schwestern folgten ihm in die äußere Höhle, wo David seufzend lag.
»Duncan«, rief Coras zitternde Stimme, als er bereits an den Ausgang der Höhle gekommen war. Er blieb sogleich stehen und wandte sich nach dem Mädchen um. Sie erschien äußerst blaß und blickte ihn mit innigem Vertrauen an.
»Erinnern Sie sich, Duncan«, sagte sie dann, »daß unsere Rettung nur von Ihrer Klugheit und Vorsicht abhängt! Sie sollen es wissen«, fügte sie errötend schnell hinzu, »wie teuer Sie allen sind, die den Namen Munro tragen.«
»Könnte irgend etwas in mir die Liebe zum Leben vermehren«, sagte Heyward und sah unwillkürlich die schweigende Alice an, »so wäre es diese Versicherung. Es wird wieder zum Kampf kommen, aber unsere Arbeit wird sehr leicht sein, da wir uns diese Bluthunde nur einige Stunden lang vom Leibe zu halten brauchen.«
Ohne eine Antwort abzuwarten, verließ er die beiden Schwestern und begab sich vorsichtig zu seinen Kampfgefährten.
»Ich sage dir, Unkas«, sagte der Kundschafter, als Heyward sich ihnen näherte, »du nimmst immer zuviel Pulver. Wenig Pulver, wenig Blei, und den Arm gehörig ausgestreckt! Aber kommt, Freunde, wir wollen uns in unsere Schlupfwinkel begeben.«
Die Indianer verfügten sich schweigend an ihre angewiesenen Posten in den Felsklüften, von wo aus sie alle Wege zu dem Fuß der Wasserfälle übersehen konnten. Mitten auf der kleinen Insel hatte eine kleine Anzahl kurzer, verkrüppelter Fichten Wurzel geschlagen. Hier versteckten sich Falkenauge und Duncan hinter den Gesträuchen und Felsenstücken. Über ihnen stieg ein kahler, runder Felsen in die Höhe, auf allen Seiten vom strömenden Wasser umrauscht. Der Tag war angebrochen, und man konnte jetzt zwischen

den Bäumen hindurchblicken und unter dem dunklen Laubgewölbe der Fichten und Gebüsche einzelne Dinge erkennen.
Sie lagen lange Zeit beobachtend in der Deckung, und Heyward glaubte schon, die Feinde hätten sich zurückgezogen.
Da stieß ihn der Kundschafter plötzlich an: »Seht einmal da oben zum Wasser hin, dort, wo es über die Felsen stürzt. Die waghalsigen Teufel scheinen, weiß Gott, zum Fall herunterzuschwimmen. Still! Verhaltet Euch ruhig, Herr, oder die Haare werden Euch vom Schädel weggeputzt sein, ehe man eine Hand umwendet!«
Heyward hob vorsichtig den Kopf. Der Fluß hatte den Rand des verwitterten Felsens so weit abgespült, daß der erste Absatz nicht so steil und senkrecht war wie bei anderen Wasserfällen. Die feindlichen Indianer hatten sich tatsächlich in den Strom gewagt und schwammen bis zu dieser Stelle herunter, von wo aus sie die Insel bei aller Geschicklichkeit vielleicht erreichen konnten. Heyward, der aufmerksam hinübersah, bemerkte vier Indianerköpfe hinter einigen Treibholzstämmen, die an den kahlen Felsen hängengeblieben waren und die wahrscheinlich die Indianer zuerst auf den Gedanken gebracht hatten, daß ihr kühnes Unternehmen ausführbar sei. Bald darauf sahen die beiden noch einen fünften Kopf über dem äußersten Rande des Wasserfalls, er schwamm weit entfernt von der Insel. Der Wilde kämpfte mächtig, um in Sicherheit zu kommen. Er streckte schon einen Arm aus nach den ihm entgegengereichten Händen seiner Gefährten, als ihn der wirbelnde Strom wieder fortriß und in den Abgrund schleuderte. Ein wilder Schrei übertönte das Rauschen des Wasserfalls, gleich darauf war es wieder still.
»Wir haben eine Ladung Pulver gespart«, sagte Falkenauge finster. »Unsere Munition nimmt schon ab wie der Atem eines gehetzten Wildes! Schüttet frisches Pulver auf Eure Pistolen! Der Wassernebel kann leicht das Zündkraut feucht machen. Haltet Euch bereit zum Handgemenge, ich feure beim ersten Anlauf!«
Er steckte bei diesen Worten den Finger in den Mund, und sein langes, gellendes Pfeifen wurde von den unteren Felsen, wo die Mohikaner Wache standen, beantwortet. Duncan bemerkte, daß bei diesem Ton einige Köpfe über das verstreut umherliegende Treibholz blickten. Dann hörte er plötzlich hinter sich ein leises Geräusch, und als er den Kopf wandte, sah er, daß Unkas sich kriechend näherte. Falkenauge redete in der Delawarensprache mit dem jungen Häuptling, der sich mit außerordentlicher Vorsicht und unerschütterlicher Kaltblütigkeit auf seinen Posten stellte. Für Heyward war dieser Augenblick voll fieberhafter Unruhe und ängstlicher Erwartung, während der Kundschafter jetzt leise belehrend zu seinem jüngeren Gefährten über die Feuergewehre sprach.

Unkas unterbrach ihn aber bald durch sein leises ausdrucksvolles: »Hugh!«
»Ich sehe sie, Knabe, ich sehe sie!« fuhr Falkenauge fort; »sie sammeln sich zu einem Angriff, sonst würden sie wohl ihre schwarzen Rücken noch hinter dem Treibholz verstecken. Doch laß sie nur kommen!« fügte er hinzu, »der Führer soll seinem Tode nicht entgehen, und wenn es Montcalm selbst wäre!«
In diesem Augenblick wurden die Wälder wieder von dem Kriegsgeschrei erfüllt. Vier Wilde sprangen aus ihrem Schlupfwinkel hinter dem Treibholze hervor und kamen mit wildem Geschrei in hohen Sätzen über die schwarzen Felsstücke. Sie waren nur noch eine geringe Strecke entfernt, als Falkenauges Büchse sich langsam aus dem Gebüsch hob und ihre tödliche Ladung abfeuerte. Der vorderste Indianer stürzte mit dem Kopfe voran in die Felsenklüfte der Insel.
»Jetzt, Unkas!« rief der Kundschafter und zog sein langes Messer. »Nimm den heulenden Satan da hinten aufs Korn; die beiden andern sind uns dann sicher!«
Unkas befolgte diesen Befehl, und es blieben nur noch zwei Feinde. Heyward hatte eine seiner Pistolen Falkenauge gegeben, und gemeinschaftlich stürzten sie nun den kleinen Abhang hinunter, ihren Feinden entgegen. Sie schossen zu gleicher Zeit die Pistolen ab, aber beide fehlten. Der Kundschafter schleuderte die kleine Waffe verächtlich weg und murmelte: »Kommt, ihr blutigen Höllenhunde! Ihr trefft hier einen Mann von reiner Rasse!«
Ein Wilder von riesiger Gestalt fiel den Jäger heftig an. Im gleichen Augenblicke befand sich auch Duncan mit dem andern im Handgemenge. Mit der größten Gewandtheit waren Falkenauge und sein Gegner bemüht, den gegenseitig emporgehobenen Arm, dessen Hand das Messer hielt, abzuwehren. Der Arm des Wilden wich allmählich der Kraft des Kundschafters, der plötzlich seine bewaffnete Hand der Umklammerung seines Feindes entriß und ihm den scharfen Stahl durch die nackte Brust ins Herz stieß.
Unterdessen war Heyward in einen gefahrvollen Kampf verwickelt. Sein schwacher Degen war gleich beim ersten Angriff zerbrochen. Glücklicherweise gelang es ihm bald, seinen Gegner zu entwaffnen. Nun begann ein furchtbares Ringen, und jeder bemühte sich, den andern von der schwindelnden Höhe in den nahen Abgrund zu stürzen. Mit jeder neuen Anstrengung kamen sie dem Rande immer näher. Jeder der Kämpfenden gab sein Letztes, und schon taumelten beide dicht am Rande des Abgrundes. Heyward spürte an seiner Kehle den Griff des Wilden, und er fühlte, wie seine Glieder allmählich der unwiderstehlichen Gewalt wichen. Alle Schrecken des Todes gingen in diesem Augenblick an ihm vorüber.
Doch in dieser äußersten Gefahr zeigte sich dicht vor ihm eine dunkle Hand

mit einem Messer. Der Indianer ließ seine Faust sinken, als sein Blut aus den zerschnittenen Sehnen seines Handgelenks strömte. Während Duncan von Unkas von dem Abgrunde fortgezogen wurde, sah er einen Augenblick starr auf die grimmigen, verzweifelten Züge seines Feindes, der ohne einen Laut in den Abgrund stürzte.
»Verbergt Euch!« rief Falkenauge, »wenn Euch Euer Leben lieb ist!«
Der junge Mohikaner stieß ein lautes Triumphgeschrei aus. Dann eilten alle drei hinauf und verbargen sich hinter den Felsen.

Achtes Kapitel

Der warnende Zuruf des Kundschafters war berechtigt. Denn kaum war der Kampf entschieden, als sich auf dem jenseitigen Ufer ein furchtbares und wildes Geheul erhob. Bald darauf folgten zahllose Blitze aus den Büchsenläufen. Die Felsen, die Bäume und Sträucher waren bald an hundert Stellen rings um die Verteidiger zerschossen. Doch sie blieben in ihrem Schlupfwinkel so gut gedeckt und gingen so vorsichtig zu Werke, daß bis jetzt David der einzige Verwundete in ihrem kleinen Trupp war.
»Mögen sie ihr Pulver verbrennen!« sagte der bedächtige Kundschafter. »Das gibt eine reichliche Kugelernte, wenn's vorüber ist. Ich denke, die Satansgesellen sollen ihren Spaß satt kriegen, eh die alten Steine hier um Pardon bitten. – Aber, Unkas, du verschwendest ja nur Pulver, wenn du die Büchse zu stark lädst, und ein Gewehr, das stößt, gibt nie einen sicheren Schuß.«
Ein ruhiges Lächeln ging über die stolzen Züge des jungen Mohikaners, der die englische Sprache wohl verstand.
»Unkas verdient meiner Ansicht nach keinen Tadel«, sagte Duncan. »Er rettete kaltblütig mein Leben. Er ist mein Freund!«
Unkas erhob sich ein wenig und reichte Heyward die Hand, der sie kräftig drückte. Die beiden jungen Männer blickten sich herzlich an.
Falkenauge, der diesen Ausbruch jugendlichen Gefühls nicht unfreundlich betrachtete, sagte sehr ruhig: »Nur zu oft verdanken sich in der Wildnis Freunde gegenseitig das Leben. Ich kann wohl sagen, daß ich selbst Unkas schon mehrere Male diesen Dienst geleistet habe, und ich weiß auch, daß er schon fünfmal zwischen mir und dem Tode gestanden hat; dreimal im Kampf mit den Mingos, einmal als wir über den Horican gingen und ...«
»Die Kugel war gut gezielt!« rief Duncan, indem er unwillkürlich bei einem Schuß emporfuhr, der dicht an seiner Seite von dem Felsen abprallte.
Falkenauge hob das formlose Metall auf und schüttelte bedenklich den Kopf,

als er es untersucht hatte. »Fallendes Blei drückt sich nie platt«, sagte er. Jetzt hob Unkas seine Büchse vorsichtig empor, und während die Augen seiner Gefährten der Richtung folgten, klärte sich das Geheimnis auf. Eine hohe Eiche stand ihnen gegenüber an dem rechten Ufer des Stroms. Sie hatte sich mit ihren Ästen so weit herübergebeugt, daß die oberen gerade über dem Arm des Flusses hingen, der dicht an ihren Wurzeln vorbeiströmte. Im Laube dieser Eiche hatte sich ein Wilder eingenistet, den der Stamm des Baumes gut verbarg.

»Diese Teufel erklettern am Ende noch den Himmel, um uns zu vernichten«, sagte Falkenauge. »Das muß anders werden! Unkas, rufe deinen Vater. Wir brauchen alle unsere Gewehre, um den listigen Schurken herunterzubringen.«

Das Signal wurde sogleich gegeben, und Falkenauge hatte noch nicht seine Büchse geladen, als Chingachgook wieder bei ihnen war. Falkenauge und die Mohikaner beratschlagten sehr angelegentlich einige Minuten lang in der Delawarensprache. Hierauf nahm jeder ruhig seinen Posten ein, um den gegenseitig verabredeten Plan auszuführen.

Der Wilde hatte von dem Augenblick an, wo man ihn entdeckt hatte, ein schnelles, aber unwirksames Feuer unterhalten. Aber seine Schüsse fielen immer mitten unter die Verteidiger, die sich so gut wie möglich zu decken suchten. Heywards Uniform wurde mehrmals durchschossen, und er blutete sogar aus einer leichten Armwunde. Durch die lange und geduldige Wachsamkeit seiner Feinde kühner geworden, bewegte sich der Hurone, um sicherer zu zielen. Die scharfen Augen der Mohikaner entdeckten aber sofort durch das dünne Laub die dunklen Umrisse seiner Beine. Ihre Büchsen wurden zugleich abgefeuert, und während der Wilde auf sein verwundetes Glied zusammensank, wurde ein Teil seines Körpers sichtbar. Falkenauge benutzte schnell diesen Vorteil und jagte sein tödliches Geschoß in den Baumwipfel. Die Blätter rauschten stärker als vorher, die gefährliche Büchse fiel herab, und nach einem kurzen vergeblichen Kampf schwebte die Gestalt des Wilden halb in der Luft, während er einen knotigen, unbelaubten Ast verzweifelt mit seinen Händen umklammert hielt.

Freund und Feind richteten ihre Augen auf den Unglücklichen, der in der hoffnungslosesten Lage zwischen Himmel und Erde war. Endlich ließ die eine Hand des Huronen den Ast los und sank ermattet an die Seite herab. Er bemühte sich verzweifelt, ihn wieder zu fassen, und griff einen Augenblick wild in die Luft. Da fuhr schnell wie der Blitz der Schuß aus Falkenauges Büchse. Die Glieder des Unglücklichen zitterten, sein Haupt sank auf die Brust, und wie ein Bleiklumpen stürzte der Körper in den tiefen Abgrund.

»Es war die letzte Ladung aus meinem Pulverhorn«, sagte der Kundschafter, unzufrieden mit sich selbst, da ihn das Mitleid zu einer unklugen Handlung geführt hatte. »Die letzte Kugel aus meiner Tasche. War es nicht gleichgültig, ob er tot oder lebendig auf den Felsen herunterstürzte? Unkas, Junge, geh hinunter zum Boot und bringe das große Horn mit. Das ist alles Pulver, was wir noch haben, und brauchen werden wir's bis aufs letzte Körnchen.«

Der junge Mohikaner erhob sich sofort. Aber kaum war er fort, als sein durchdringender Schrei neues Unglück ankündigte. Alle dachten sofort an die Frauen und eilten, die schützende Felsenkluft zu erreichen. Auch die beiden Schwestern und der verwundete David hatten bei dem ungewöhnlichen Geschrei ihren sicheren Schlupfwinkel verlassen, und allen wies sich nun auf den ersten Blick die Größe ihres Unglücks.

Nicht weit vom Felsen sahen sie ihr kleines Boot durch den Strudel dem schnellen Strom des Flusses zutreiben, und zwar wie gelenkt von irgendeiner verborgenen Kraft. Im gleichen Augenblick richtete der Kundschafter

instinktmäßig die Büchse und drückte ab. Aber der ungeladene Lauf blieb stumm.
»Es ist zu spät!« rief Falkenauge und ließ die unbrauchbare Waffe sinken. »Der Bursche hat schon die Strömung erreicht.«
Der verwegene Hurone hob jetzt seinen Kopf aus dem Kahn, der ihn verbarg. Seine Hand winkte, während er mit dem Strom schnell davontrieb, und dann stieß er einen Schrei aus. Ein gellendes Gelächter erscholl aus dem Walde.
»Ihr habt gut lachen, ihr Teufelskinder!« sagte der Kundschafter, indem er sich auf einen Vorsprung des Felsens niederließ und sein Gewehr nachlässig vor seine Füße stellte. »Die drei besten und schärfsten Büchsen, die es in diesen Wäldern gab, sind nun nicht mehr wert als Hanfstengel oder die abgeworfenen Hörner eines Rehbocks!«
»Was sollen wir aber nun tun?« fragte Duncan. »Was soll aus uns werden?«
Falkenauge gab keine Antwort. Aber er fuhr mit seinem Finger auf eine bezeichnende Weise um seinen Kopf.
»Unsere Lage ist gewiß noch nicht so verzweiflungsvoll!« rief der junge Mann, »die Huronen sind noch nicht hier; wir können die Höhlen verrammeln – können uns ihrer Landung widersetzen.«
»Aber wie?« fragte der Kundschafter kalt. »Mit Unkas' Pfeilen oder mit Weibertränen? Nein, nein! Ihr seid jung und reich und habt Freunde, und in Eurem Alter wird einem das Sterben schwer, das weiß ich, aber« – er blickte die Mohikaner an – »laßt uns nicht vergessen, daß wir Männer von reiner Rasse sind! Zeigen wollen wir diesen Eingeborenen des Waldes, daß das Blut der Weißen ebenso ruhig fließen kann wie das der Wilden.«
Chingachgook, der in einer feierlichen Stellung auf einem Felsenstücke saß, legte jetzt sein Messer und seine Streitaxt beiseite. Er nahm die Adlerfeder von seinem Haupt und glättete seinen Haarbusch. Sein Antlitz war ruhig, aber nachdenklich, und in seinem dunklen glänzenden Auge verlor sich allmählich das wilde, kampfgierige Feuer. Er sah aus wie jemand, der dem drohenden Schicksal gefaßt entgegengeht.
»Unsere Lage kann nicht so hoffnungslos sein«, sagte Duncan, »vielleicht ist uns schon in diesem Augenblick Hilfe nah. Auch sehe ich keine Feinde.«
»Es kann vielleicht eine Minute, vielleicht auch eine Stunde vergehen«, sagte Falkenauge, »ehe die listigen Schlangen uns umzingeln, und es ist ganz in ihrer Art, daß sie sich selbst noch jetzt verborgen halten. Aber kommen werden sie.« Dann sagte er zu Chingachgook in der Delawarensprache: »Mein Bruder! Wir haben zum letzten Male miteinander gefochten, und die Mingos werden nun über den Tod des Weisen unter den Mohikanern und des weißen Gesichts triumphieren, vor dessen Augen Nacht und Tag gleich

waren und der durch dunkles Gewölk wie durch einen Frühlingsnebel hin-durchblickte.«

»Die Weiber werden weinen über ihre Erschlagenen«, antwortete der Indianer mit dem ihm eigentümlichen Stolze und unerschütterlich. »Die Große Schlange der Mohikaner hat sich in ihre Hütten geschlichen und ihren Triumph vergiftet durch die Wehklage der Kinder, deren Väter nicht wieder heimkehrten. Elf Krieger liegen fern von den Gräbern ihres Stammes eingescharrt, seit der Schnee geschmolzen ist, und niemand wird Auskunft geben können, wo man sie findet, wenn Chingachgooks Zunge verstummt. Laßt sie die schärfsten Messer ziehen, die besten Streitäxte schwingen, denn ihr grimmigster Feind ist jetzt in ihren Händen. Unkas, mein Knabe, du höchster Zweig eines edlen Stammes, rufe den Feigen zu, daß sie eilen möchten, sonst könnten ihre Herzen sich erweichen und sie selbst zu Weibern werden.«

»Sie suchen unter den Fischen ihre Toten«, erwiderte der junge Häuptling mit leiser und sanfter Stimme. »Die Huronen schwimmen mit den schleimigen Aalen; sie fallen von den Eichen wie reife Früchte, die man genießen kann, und die Delawaren lachen!«

»Hm! Hm!« murmelte der Kundschafter, der die Äußerungen der Eingeborenen gespannt verfolgt hatte. »Was mich anlangt«, sagte er dann, »ich werde sterben, wie es einem Weißen zukommt, ohne Spott im Munde und ohne Haß im Herzen.«

»Weshalb denn sterben?« sagte Cora, die jetzt aus der Felsenhöhle hervortrat. »Der Weg steht ja nach allen Richtungen hin offen! Flüchtet Euch in die Wälder und ruft Gottes Beistand an! Geht, wackre Männer, wir verdanken Euch schon zuviel und wollen Euch nicht länger mit in unser Unglück ziehen!«

»Ihr kennt nicht die Schlauheit der Irokesen«, entgegnete Falkenauge, »sonst würdet Ihr nicht glauben, daß sie uns den Weg zum Walde offengelassen haben.« Gleich darauf aber fügte er hinzu: »Die schnelle Strömung würde uns freilich bald dahin bringen, wo uns weder ihre Büchsen noch der Ton ihrer Stimmen erreichen.«

»So versucht es mit dem Strom! Weshalb hierbleiben und die Zahl der Opfer nutzlos vermehren?«

»Weshalb?« versetzte der Kundschafter stolz. »Weil es einem Manne mehr ziemt, mit sich selbst im Frieden zu sterben, als mit einem bösen Gewissen zu leben. Was könnten wir Munro antworten, wenn er uns fragte, wo und wie wir seine Kinder verlassen hätten?«

»Geht hin und sagt ihm, daß Ihr sie mit der Botschaft verlassen habt, ihnen zu Hilfe zu eilen«, erwiderte Cora. »Sagt ihm, daß die Huronen sie nach den nördlichen Gebieten verschleppten, daß Wachsamkeit und Eile sie vielleicht noch retten können. Sollte aber seine Hilfe zu spät kommen, so bringt ihm«, fuhr sie fort, während ihre Stimme immer leiser und erstickter wurde, »die Liebe, den Segen und das letzte Gebet seiner Töchter und sagt ihm, daß er nicht trauern soll über ihr frühes Ende.«

Die rauhen Züge des Kundschafters fingen an sich zu beleben.

»Es ist Vernunft in ihren Worten«, sagte er. »Chingachgook! Unkas! Habt ihr gehört, was das schwarzäugige Mädchen sagte?«

Er besprach sich jetzt mit seinen Gefährten in der Delawarensprache. Der ältere Mohikaner hörte ihm mit feierlichem Ernst zu und schien seine Worte in Erwägung zu ziehen. Nach kurzem Zögern gab er durch einen Wink mit der Hand seine Zustimmung.

Während er sein Messer und seine Streitaxt in den Gürtel steckte, schritt der Krieger schweigend bis zu einem Felsen, der am wenigsten von dem feindlichen Ufer des Flusses aus gesehen werden konnte. Hier blieb er einen Augenblick stehen, zeigte bedeutungsvoll auf die Wälder unterhalb, als wolle er seinen beabsichtigten Weg andeuten.

Nach einigem Schweigen wandte sich der Kundschafter an Cora: »Weisheit wird auch der Jugend verliehen«, sagte er langsam. »Euer Vorschlag war

weise. Führt man Euch in die Wälder, so brecht im Vorübergehen die Zweige von den Gebüschen und macht Eure Spuren groß und deutlich. Ihr habt jetzt Freunde, die Euch bis ans Ende der Welt folgen werden.«
Er schüttelte Cora treuherzig die Hand, hob seine Büchse auf, und nachdem er sie eine Weile kummervoll betrachtet hatte, legte er sie sorgfältig auf die Seite und stieg dort hinab, wo Chingachgook soeben verschwunden war. Er hing noch einen Augenblick am Felsen, schaute sich mit besonderer Vorsicht um und sprach dann noch einmal schmerzlich: »Hätte das Pulver gereicht, so wäre diese Schande nie über uns gekommen!« Dann ließ er sich hinabgleiten, und das Wasser schloß sich über seinem Haupte.
Die Zurückgebliebenen sahen nun Unkas an, der sich ernst an den rauhen Felsen lehnte. Nach einer kleinen Pause deutete Cora zum Fluß hinab und sagte: »Man hat deine Freunde nicht gesichtet, und sie sind jetzt höchstwahrscheinlich schon in Sicherheit. Willst du ihnen nicht folgen?«
»Unkas bleibt hier«, antwortete der junge Mohikaner sehr ruhig in seinem gebrochenen Englisch.
»Du würdest aber die Möglichkeit unserer Rettung vereiteln! Geh«, fuhr Cora fort, und sie war sich vielleicht innerlich bewußt, welchen Einfluß sie auf ihn habe — »geh zu meinem Vater und sei der vertrauteste meiner Boten. Sage ihm, er solle dir das Geld übergeben, um seine Töchter loszukaufen. Geh! Es ist mein Wunsch, ich bitte dich!«
Der gefaßte, ruhige Blick des jungen Häuptlings erhielt einen düsteren, traurigen Ausdruck; doch zögerte er nicht länger. Mit leisem Schritt eilte er über den Felsen und sprang in den rauschenden Strom. Die Zurückbleibenden hörten kaum einen Atemzug, doch sahen sie schon weit unten seinen Kopf einen Augenblick emportauchen, um Luft zu schöpfen, worauf er wieder versank und nicht mehr sichtbar wurde.
»Man hat mir auch Ihre Fertigkeit im Schwimmen gerühmt, Duncan!« wandte sich jetzt Cora an den jungen Offizier. »Folgen Sie dem klugen Beispiel, das Ihnen diese einfachen und treuen Menschen gegeben haben.«
»Ist das die Treue, die Sie erwarten?« entgegnete der junge Mann, schmerzlich lächelnd.
»Es ist jetzt keine Zeit für Spitzfindigkeiten«, sagte sie. »Uns können Sie hier nicht helfen: Ihr teures Leben kann aber noch für andere und nähere Freunde gerettet werden.«
Er erwiderte nichts, aber seine Augen sahen auf die reizende Gestalt Alices, die sich in kindlichem Vertrauen in seinen Arm schmiegte.
»Bedenken Sie vor allem«, fuhr Cora fort, und man merkte ihrer Stimme die heftige Bewegung an, »das Schlimmste, was uns begegnen kann, ist doch nur der Tod, der uns alle einmal erreicht.«

»Es gibt Übel, schlimmer als der Tod«, sagte Duncan fast unwillig über ihre dringenden Vorstellungen; »vielleicht kann ein Mann, der bereit ist, sein Leben für Sie zu opfern, diese Gefahren verhüten.«
Cora verhüllte darauf ihr Antlitz in den Schal und zog die beinah bewußtlose Alice mit sich fort in den tiefsten Winkel der Höhle.

Neuntes Kapitel

Der plötzliche Wechsel zwischen den letzten Ereignissen und der jetzt herrschenden Ruhe wirkte auf Heyward wie ein Traum. Es fiel ihm schwer, sich von der Wirklichkeit des Erlebten zu überzeugen. Noch immer ungewiß über das Schicksal der kühnen Schwimmer, achtete er auf jeden Laut. Aber er hörte weder ein Signal, noch vernahm er irgend etwas Ungewöhnliches. Die waldigen Ufer des Stroms schienen wie verlassen. Verschwunden war das Lärmen, das noch vor kurzem in den Laubgewölben des Waldes widerhallte, und nur das Rauschen der Gewässer klang bald schwächer, bald stärker herüber. Ein Habicht, der auf der Spitze einer abgestorbenen Fichte dem Kampf zugeschaut hatte, schoß jetzt von seinem hohen Sitz herab und schwebte in weiten Kreisen über dem Fluß, während eine scheue Elster sich wieder mit ihrem häßlichen Schrei hervorwagte.
Duncan fühlte die tiefe Einsamkeit und begann wieder einige Hoffnung zu schöpfen.
»Die Huronen sind nicht mehr sichtbar«, sagte er zu David, der sich von der Wirkung des betäubenden Schlages noch immer nicht völlig erholt hatte. »Wir wollen uns in der Höhle verbergen und das Weitere getrost erwarten.«
»Im Getöse des Wasserfalls ist Melodie, und das Rauschen der Gewässer schmeichelt meinen Ohren«, sagte David anscheinend etwas verwirrt. »Ist die Luft aber nicht mit Geheul und Geschrei angefüllt, als ob die abgeschiedenen Geister der Verdammten . . .«
»Nicht mehr!« unterbrach ihn Heyward ungeduldig. »Das ist vorüber. Alles ist jetzt in Ruhe und Frieden. Kommt also herein!«
David lächelte traurig. Dann lehnte er sich auf den Arm seines Begleiters und trat in den engen Eingang der Höhle. Duncan nahm einen Haufen Sassafraszweige und breitete sie so geschickt vor der Öffnung aus, daß man nicht eine Spur mehr von ihr sah. Von innen verhüllte er den Eingang mit den Decken, so daß die Tiefe der Höhle ganz verdunkelt wurde. Nur der vordere Teil erhielt von der engen Schlucht aus, durch die ein Arm des Flusses rauschte, ein trübes und mattes Licht.

Dann wandte sich Heyward an die jungen Mädchen im Hintergrund der Höhle. Er deutete auf die still weinende Alice und sagte zu Cora: »Werden wir sie nicht trösten können?«

»Ich bin ja ruhig, Duncan!« erwiderte das Mädchen, dem die Tränen über die Wangen liefen und das sich trotzdem sehr zusammennahm. »Offenbar sind wir hier ziemlich sicher, verborgen und vor Mißhandlungen geschützt. Wir wollen alles von den Menschen hoffen, die schon so viel für uns gewagt haben.«

»Das war die Antwort einer Tochter Munros!« sagte Heyward. Er setzte sich bei diesen Worten in die Mitte der Höhle, während er seine einzige Pistole fest in die Hand nahm.

»Sollten die Huronen kommen, so wird es ihnen nicht leicht werden, in unseren Schlupfwinkel einzudringen«, sagte er leise vor sich hin. In der Höhle herrschte jetzt eine tiefe und atemlose Stille.

Da die Ruhe um sie her anhielt, fühlten sich die Eingeschlossenen allmählich sicherer. David aber erschien von allen am unbekümmertsten. Ein Lichtstrahl fiel durch die Öffnung auf sein bleiches Antlitz und auf das kleine Buch, in dem er blätterte, als suche er ein Lied, das für ihre Lage passend sei. Endlich schien er etwas gefunden zu haben und präludierte einige Passagen zu der Melodie des Liedes.

»Kann das nicht gefährlich werden?« fragte Cora.

»Seine Stimme ist zu schwach, um bei dem Getöse des Wasserfalls gehört zu werden«, antwortete Duncan. »Außerdem dämpft sie auch die enge Höhle. Lassen Sie ihn seiner Lieblingsneigung folgen, es ist keine Gefahr damit verbunden.«

Die Stimme des Sängers erhob sich anfangs leise murmelnd und wurde dann stärker. Die Melodie, die durch seine Schwäche nichts an ihrer Schönheit verlor, übte allmählich einen sanften Einfluß auf die Gemüter der Zuhörer aus. Alice trocknete unwillkürlich ihre Tränen und sah den Sänger unverwandt an. Auch Cora lächelte David zu, und selbst Heyward sah mit festem, ernstem Blick auf den Sänger. Die Gewölbe der Höhle hallten von schönen und vollen Tönen wider. Plötzlich aber erscholl von draußen ein Geschrei, das den frommen Gesang sofort erstickte.

»Wir sind verloren!« rief Alice und warf sich in Coras Arme.

»Noch nicht!« rief Heyward. »Das Geschrei kam von der Mitte der Insel her. Die Wilden fanden anscheinend ihre toten Gefährten. Wir sind noch nicht entdeckt.«

Ein zweites Geheul folgte jetzt dem ersten, und man konnte das Geräusch mehrerer Stimmen vernehmen, die sich von dem höchsten Punkte der Insel herunterzogen, bis sie endlich den kahlen Felsen über den Höhlen erreichten. Da füllte wieder ein wildes Triumphgeschrei die Luft, das anscheinend von allen Richtungen um sie her aufgenommen wurde. Einige riefen vom Uferrande ihren Gefährten zu, die von oben antworteten. Man hörte in gefahrdrohender Nähe zwischen den beiden Höhlen mehrere Stimmen. Der wilde Lärm hatte sich schnell über den ganzen Felsen verbreitet. Mitten in diesem Lärm ertönte nur wenige Schritte vor dem verborgenen Eingang der Höhle ein Triumphgeschrei. Heyward hielt es für ein Zeichen, daß sie entdeckt seien, und gab jede Hoffnung auf. Er hörte jetzt, daß sich alle in der Nähe des Orts versammelten, wo der Weiße seine Büchse so ungern zurückgelassen hatte.

Mehrere Stimmen brachen zugleich in den Ruf aus: »Die ›Lange Büchse‹!« und das Echo in den Wäldern hallte den Namen des Mannes wider, der noch vor kurzem sein Gefährte gewesen war.

»Die Lange Büchse! Die Lange Büchse!« erklang es jetzt von Mund zu Mund. Der Name ihres Feindes erscholl von allen Seiten. Sie suchten seinen Körper, wie Heyward aus ein paar aufgefangenen Worten schloß, in irgendeiner Felsenkluft der Insel.

»Jetzt ist der gefährlichste Augenblick da!« flüsterte er den Schwestern zu. »Wenn sie uns jetzt nicht finden, sind wir sicher. Auf jeden Fall wissen wir aber, daß unsere Freunde entkommen sind und daß in zwei kurzen Stunden Hilfe von Webb zu erwarten ist.«

Einige Minuten lang herrschte eine fürchterliche Stille. Mehr als einmal konnte Heyward, wenn sich die Wilden dem Sassafras näherten, an dem Brechen der Zweige und dem Rasseln der Blätter ihre Fußtritte deutlich unterscheiden. Endlich gab der aufgetürmte Haufen etwas nach, der Zipfel einer Decke fiel herunter, und ein schwacher Lichtstrahl drang in das Innere der Höhle. Cora schloß Alice voll Todesangst in ihre Arme, und Duncan sprang blitzschnell auf. Im gleichen Augenblick erscholl ein Geschrei wie im Mittelpunkt des Felsens. Die Wilden waren in die benachbarte Höhle eingedrungen. Eine Minute später verrieten die vielen und lauten Stimmen, daß sich die ganze Rotte an diesem verborgenen Ort versammelt habe.

Da die inneren Eingänge der beiden Höhlen dicht nebeneinander lagen, trat Duncan, der jetzt jedes Entkommen für unmöglich hielt, vor David und die Schwestern, um sich selbst dem ersten furchtbaren Anlauf entgegenzustellen. Verzweifelt ging er dann bis dicht an die Scheidewand, die ihn nur einige Fuß weit von seinen grausamen Verfolgern trennte. Er legte sein Gesicht an die Öffnung und betrachtete mit furchtbarer Gleichgültigkeit die Vorgänge.

Dicht vor ihm war die Schulter eines rotbraunen, starken Indianers. Die dumpfe gebietende Stimme erteilte anscheinend Befehle. Hinter ihm konnte

Duncan die nahegelegene Höhle übersehen, die mit Wilden angefüllt war, welche die ärmlichen Gerätschaften des Kundschafters durchwühlten und plünderten. Das Blut aus Davids Wunde hatte einige Sassafrasblätter rot gefärbt. Über dies glückliche Zeichen erhoben sie ein Geheul wie Jagdhunde, die die verlorene Spur wiedergefunden haben. Als dieser Triumph aufgehört hatte, warfen sie die Sträucher auf einen kleinen Haufen, den Duncan vor dem Eingang der zweiten Höhle aufgetürmt hatte, und verschlossen dadurch selbst die Öffnung. Duncan fing an, wieder frei zu atmen. Mit leichterem Herzen begab er sich in die Mitte der Höhle zurück, von wo er den nach dem Flusse zu gelegenen Ausgang der Höhle übersehen konnte. Jetzt verließen auch die Indianer die Felsenhöhle. Man hörte, wie sie sich wieder die Insel hinauf entfernten. Ein zweites wehklagendes Geschrei verriet, daß sie sich noch einmal um die Leichen ihrer erschlagenen Gefährten versammelt hatten.

Jetzt erst wagte Duncan, sich nach seinen Begleiterinnen umzusehen.

»Sie sind fort, Cora!« flüsterte er; »Alice, wir sind gerettet! Dem Himmel sei Dank!«

Die jüngere Schwester kniete in tiefer Dankbarkeit auf dem nackten Felsen nieder und betete. Ihre Augen glänzten, eine schöne Röte färbte ihre Wangen, und ihre ganze Seele schien durch die sprechenden Züge ihren Dank ausdrücken zu wollen.

Da ertönte plötzlich aus nächster Nähe ein wilder Schrei, der den Unglücklichen das Blut erstarren ließ. Heyward fuhr herum und sah über der Schwelle des offenen Ausgangs die wilden Gesichtszüge le Renard Subtils. Der junge Offizier behielt in diesem Augenblick der furchtbarsten Überraschung seine Besonnenheit. Noch hatte der Wilde sie nicht entdeckt, da er vom Licht geblendet das Dunkel der Höhle nicht durchdringen konnte. Heyward wollte gerade mit seinen Begleitern hinter eine vorspringende Felsenwand treten, um sich vielleicht im letzten Augenblick noch zu verbergen. Aber plötzlich leuchteten die Augen des treulosen Führers schadenfroh auf, denn er hatte die Weißen erblickt. Der triumphierende Ausdruck in dem Gesicht des Wilden ließ Heyward alles um sich her vergessen. Er hob seine Pistole und schoß gegen den Ausgang. Bei dem Knall bebte die Höhle wie ein tobender Vulkan, doch als sich der Pulverdampf verzogen hatte, war der Ausgang leer. Heyward stürzte nach vorn, allein er sah nur noch einen Schimmer von der dunklen Gestalt, die sich um eine niedere Klippenwand hinschlich und bald ganz verschwand.

Nach dem lauten Pistolenschuß herrschte jetzt eine furchtbare Stille. Dann aber erhob le Renard seine Stimme und stieß ein langgezogenes Geheul aus, das von allen Indianern gleichzeitig beantwortet wurde. Der tobende Lärm zog sich zur Insel hinunter, und fast im selben Augenblick drangen die Wilden von allen Seiten in die Höhle. Sie schleppten Heyward und seine Gefährten an das Tageslicht, und die ganze triumphierende Rotte der Huronen umringte die Weißen.

Zehntes Kapitel

Kaum war der erste Schrecken vorüber, als Duncan bemerkte, daß die zitternden Schwestern und er selbst von Mißhandlungen verschont blieben. Zwar hatten einzelne Wilde wiederholt die reiche Verzierung seiner Uniform betastet, aber jedesmal wurden sie durch die gebieterische Stimme ihres Anführers zurückgerufen. Heyward schloß daraus, daß man sie für irgendeinen besonders wichtigen Zweck aufsparen würde. Die erfahreneren Krieger setzten in beiden Höhlen ihre Nachforschungen fort, und da sie niemanden entdecken konnten, traten sie vor ihre Gefangenen und riefen mehrmals fragend: »Die Lange Büchse?« Duncan tat, als verstände er nicht den Sinn ihrer Fragen, endlich aber sah er sich nach Magua um, damit er ihm als Dolmetscher diene. Der Wilde stand in einer kleinen Entfernung von den Gefangenen, und seine ruhige und zufriedene Miene bewies deutlich, daß er den großen Zweck seiner Verräterei erreicht hatte.

Heyward bekämpfte seinen Abscheu, und mit abgewandtem Gesicht redete er seinen Feind an.

»Magua ist ein zu guter Krieger«, begann er, »als daß er einem Unbewaffneten nicht sagen sollte, was seine Sieger wollen.«

»Sie fragen nach dem Jäger, der den Pfad durch die Wälder kennt«, erwiderte Magua in seinem gebrochenen Englisch und legte seine Hand mit einem wilden Lächeln auf ein Bund Blätter, mit denen eine Wunde an seiner Schulter verbunden war. »Die Lange Büchse! Seine Büchse ist gut und sein Auge nie geschlossen, aber, wie das kurze Gewehr des weißen Anführers, kann er doch nichts ausrichten gegen le Subtils Leben.«

»Er ist fort«, antwortete Duncan kurz, um seinen Zorn zu verbergen.

Renard lächelte mit kalter Verachtung und antwortete: »Wenn der weiße Mann stirbt, so glaubt er in Frieden zu ruhn; die roten Männer wissen aber selbst die Geister ihrer Feinde noch zu peinigen. Wo ist sein Körper? Die Huronen wollen seinen Schädel sehen!«

»Er ist nicht tot, sondern entflohen.«

Magua schüttelte ungläubig den Kopf: »Ist er ein Vogel, daß er seine Flügel ausbreiten, oder ein Fisch, der schwimmen kann?«

»Er schwamm den Fluß hinab, als das Pulver verschossen war und die Augen der Huronen durch eine Wolke geblendet wurden«, sagte der Major, sich mühsam beherrschend.

»Und weshalb blieb denn der weiße Anführer hier?« fragte der Indianer, noch immer ungläubig; »ist er ein Stein, der im Wasser zu Boden sinkt, oder brennt ihm die Hirnhaut auf seinem Kopfe?«

»Daß ich kein Stein bin, könnte Euer toter Kamerad, der in den Wasserfall stürzte, bezeugen, wenn er noch am Leben wäre«, sagte der junge Mann jetzt zornig. »Der Weiße ist der Meinung, daß nur eine feige Memme seine Weiber verläßt.«

»Können die Delawaren auch so gut schwimmen wie in den Gebüschen herumkriechen? Wo ist die Große Schlange?«

Dieser kanadische Name zeigte Duncan, daß die Feinde seine Begleiter gut kannten.

»Er ist auch mit dem Strom hinuntergeschwommen«, antwortete er zögernd.

»Ist der ›Schnelle Hirsch‹ nicht hier?«

»Meint Ihr den jungen Delawaren? Der ist ebenfalls den Strom hinuntergeschwommen.«

Die Huronen hatten das Ende dieser Unterredung ruhig abgewartet. Als Heyward aufgehört hatte zu sprechen, richteten sich alle Augen fragend auf

Magua. Der Dolmetscher deutete auf den Strom und machte sie teils durch Gebärden, teils durch einzelne Worte mit den Tatsachen bekannt. Als sie völlig verstanden hatten, erhoben sie ein furchtbares Geschrei. Einige rannten wütend zum Ufer und schwangen ihre Arme wie Rasende in der Luft, andere spuckten in das Wasser, einige aber warfen auf die Gefangenen lauernde oder drohende Blicke.

Heyward machte einen verzweifelten Versuch, Alice beizuspringen, als er sah, daß ein Wilder ihr langes Haar mit seiner dunklen Hand faßte und, Furchtbares andeutend, mit dem Messer um ihren Kopf herumfuhr. Doch seine Hände waren gebunden, und bei der ersten Bewegung preßte die Faust des starken Indianers, der den Trupp führte, seine Schultern zusammen.

Während nun Duncan die Schwestern zu trösten versuchte, konnte er sich selbst über ihr Schicksal nicht mehr täuschen. Während er äußerlich ruhig schien, klopfte sein Herz hörbar, wenn einer der Wilden den hilflosen Schwestern nahe trat. Seine Besorgnisse wurden etwas gemildert, als er den Anführer alle zu einer Beratung versammeln sah. Sie war kurz und der gefaßte Entschluß anscheinend einstimmig. Die wenigen, die sprachen, deuteten häufig in die Gegend von Webbs Lager, weil sie wohl von dieser Seite irgendeine Gefahr befürchteten. Sie trugen den Kahn, mit dem sie schließlich die Felseninsel erreicht hatten, von der oberen Spitze des Felsens hinunter und ließen ihn unweit des äußeren Eingangs der Höhle wieder ins Wasser. Sobald das geschehen war, gab der Anführer den Gefangenen einen Wink, hinunterzugehen und in den Kahn zu steigen.

Da Widerstand unmöglich war, ging Heyward voran, und alle vier stiegen schließlich in das Fahrzeug. Die Huronen kannten zwar die engen Durchfahrten zwischen den Strudeln und Strömungen nicht genau, aber sie verstanden doch, ein Boot zu lenken. Als der Steuermann seinen Platz eingenommen hatte, stürzte sich der ganze Trupp ins Wasser; das Fahrzeug glitt den Strom hinunter, und in wenigen Minuten befanden sich die Gefangenen an dem südlichen Flußufer, beinahe der Stelle gegenüber, wo sie gestern das Boot bestiegen hatten. Hier fand wieder eine kurze Beratung statt, während einige die Pferde der Gefangenen aus dem Walde führten. Der Trupp teilte sich jetzt, und der Häuptling bestieg Heywards Pferd, nahm mit dem größten Teile der Rotte den Weg quer durch den Fluß und verschwand im Walde. Die Gefangenen blieben unter der Aufsicht von sechs Wilden zurück, deren Führer Magua war.

Duncan war nach diesen Vorgängen sehr besorgt. Nach der Schonung zu urteilen, die die Wilden gegen ihn beobachteten, glaubte er, Montcalm als Gefangener ausgeliefert zu werden. Aber diese Hoffnung wurde gänzlich

vernichtet durch das Benehmen der Indianer. Der Haupttrupp mit dem Häuptling schlug den Weg zu den Quellen des Horican ein, und er und seine Gefährten hatten nichts anderes als eine hoffnungslose Gefangenschaft zu erwarten. Er beschloß deshalb, mit Magua zu sprechen, und wandte sich an ihn, der sich jetzt das Ansehen und die wichtige Miene eines Mannes gab, dem die Aufsicht über Gefangene anvertraut ist.

»Ich möchte ein paar Worte mit Magua sprechen, die aber ein so großer Häuptling nur allein hören darf.«

Der Indianer wandte seinen Blick verächtlich ab und erwiderte: »So sprecht! Die Bäume haben keine Ohren.«

»Aber die roten Huronen sind nicht taub, und ein Rat, der nur für die großen Männer eines Stammes geeignet ist, würde die jungen Krieger trunken machen.«

Der Wilde sprach gleichgültig mit seinen Kameraden, die jetzt die Pferde für die Schwestern sattelten. Dann ging er auf die Seite und winkte Heyward, ihm zu folgen.

»Der ›Schlaue Fuchs‹ hat sich des Namens würdig erwiesen, der ihm von seinen kanadischen Vätern gegeben wurde«, begann Heyward, »ich erkenne seine Weisheit, ich fühle, was er alles für uns getan hat, und werde mich gewiß erinnern, wenn die Stunde kommt, ihn dafür zu belohnen.«

»Was hat Renard getan?« fragte der Indianer.

»Was? – Sah er nicht, daß die Wälder mit umherstreifenden feindlichen Indianern angefüllt waren? Schlug er nicht deshalb einen falschen Weg ein, um die Augen der Huronen zu täuschen? Gab er nicht vor, zu seinem Stamme zurückzukehren, der ihn schlecht behandelt und wie einen Hund aus der Hütte vertrieben hatte? Und als wir einsahen, worauf er hinauswollte, unterstützten wir ihn nicht durch unsere Verstellung, damit die Huronen sich einbilden sollten, der weiße Mann glaube, sein Freund wäre sein Feind? Blieb er nicht mit den Gefangenen auf der Südseite des Flusses, während die anderen töricht genug nach Norden zogen? Denkt Renard jetzt nicht, wie ein Fuchs auf seiner Fährte umzukehren und dem reichen, schottischen Graukopf seine Töchter zurückzubringen? Ja, Magua, ich sehe alles und habe schon daran gedacht, wie so viel Weisheit und Redlichkeit belohnt werden soll.«

»Was will der junge Häuptling geben, der vom Aufgang der Sonne herkommt?« unterbrach ihn der Hurone.

»Er will das Feuerwasser von den Inseln in dem Salzsee vor Maguas Hütte schneller fließen lassen als der brausende Hudson dort, bis des Indianers Herz leichter sein wird als die Feder eines Kolibris und sein Atem süßer als der Duft des Geißblattes.«

Renard hatte Heyward mit tiefem Schweigen zugehört. Bei der Erwähnung des Unrechts, das den Huronen aus seinem Heimatstamm vertrieben hatte, verriet des Indianers Blick eine so unbezähmte Wut, daß der Weiße deutlich sah, er habe das Richtige getroffen. Der Hurone sann jetzt einige Augenblicke nach und sagte dann, während er seine Hand auf den leichten Verband an seiner Schulter legte: »Machen Freunde solche Zeichen?«

»Würde die Lange Büchse einen Feind mit einem so leichten Merkmal entkommen lassen?«

»Schleichen sich die Delawaren an die, die sie lieben, wie Schlangen heran?«

»Würde die Große Schlange wohl gehört worden sein, wenn er ein wirklicher Feind wäre?«

»Schießt der weiße Anführer stets das Pulver seinen Freunden ins Gesicht?«

»Verfehlte er je sein Ziel, wenn es seine Absicht war zu töten?« antwortete Duncan, verächtlich lächelnd.

Eine lange Pause trat jetzt ein. Duncan sah, daß der Indianer überlegte.

»Le Renard ist ein weiser Häuptling«, sagte der Indianer schließlich. »Man wird schon sehen, was er tut. Geh und verschließe deinen Mund! Es ist Zeit zu antworten, wenn Magua spricht.«

Als alle zum Aufbruch bereit waren, gab Magua das Zeichen und ging selbst dem Zuge als Führer voran. Gleich hinter ihm folgte David, der allmählich die gefährliche Lage erkannte, da die Schmerzen seiner Wunde nachgelassen hatten. Hinter ihm ritten die Schwestern, denen Heyward zur Seite ging, während die Indianer auf beiden Seiten umherschwärmten und die Gefangenen mit ihrer Wachsamkeit dicht zusammenhielten. So bewegte sich der Zug fort. Heyward nur sprach da und dort einige tröstende Worte zu den Schwestern. Der Weg wandte sich nach Süden, in einer Richtung, die der Straße nach dem Fort ›William Henry‹ fast entgegengesetzt war. Eine Meile nach der andern wurde in den ungeheuren Wäldern zurückgelegt. Heyward beobachtete die Sonne, als die Mittagsstrahlen durch die Äste der Bäume kamen, und hoffte auf den Augenblick, da der durchtriebene Magua einen Weg einschlagen würde, der seinen Vorschlägen günstiger wäre. Zuweilen bildete er sich ein, daß der Indianer vielleicht zweifelte, Montcalms Belagerungstruppen umgehen zu können und den Weg nach einer bekannten Niederlassung an den Grenzen einschlage, wo ein ausgezeichneter Offizier der Krone Besitzungen hatte.

Cora allein erinnerte sich auf dem Wege der Ratschläge, die ihnen der Kundschafter beim Scheiden gegeben hatte, und wo sich Gelegenheit bot, streckte sie ihren Arm aus, um irgendwelche Zweige einzuknicken. Doch die Wachsamkeit der Indianer machte das sehr schwierig und auch gefährlich. Einmal ließ sie auch ihren Handschuh fallen. Doch das wurde von einem ihrer Füh=

rer bemerkt, der ihr den Handschuh zurückgab. Er legte dabei seine Hand mit einem so bedeutenden Blick an die Streitaxt, daß alle weiteren Versuche, heimliche Spuren auf dem Weg zurückzulassen, unterbleiben mußten. Da sich bei beiden Abteilungen der Indianer Pferde befanden, war die Hoffnung, daß die richtige Spur von den Rettern entdeckt werden würde, sehr gering.

Magua sah sich während der ganzen Zeit nur wenig um und sprach kein Wort. Sein einziger Wegweiser war die Sonne, falls ihn nicht außerdem besondere Merkmale leiteten, die dem Scharfblick eines Eingeborenen nicht entgehen. Auf diese Weise verfolgte er seinen Weg durch öde Fichtenwälder, durch kleine blühende Täler, über Bäche und kleine Flüsse und über wellenförmige Hügel mit instinktmäßiger Sicherheit und fast in der geraden Richtung des Vogelflugs. Nie war er unsicher, nichts konnte seine Eile hemmen oder Zweifel in ihm erregen. Ermüdung schien ihm völlig unbekannt zu sein. Sooft auch die Gefangenen vom welken Laub des Weges aufsahen, seine dunkle Gestalt schwebte unermüdlich zwischen den Baumstämmen vor ihnen. Sein Kopf war unbeweglich nach vorn gebogen, und die leichte Feder auf seinem Scheitel flatterte in dem Luftzug seiner raschen Bewegung.

Nachdem sie durch ein tiefes Tal gekommen waren, das von einem sich schlängelnden Bach bewässert wurde, stieg der Indianer plötzlich einen Hügel hinauf, der steil und schwierig zu erklimmen war, so daß die Schwestern vom Pferde steigen mußten. Als sie den Gipfel erreicht hatten, befanden sie sich auf einer nur wenig mit Bäumen bedeckten Hochfläche.

Elftes Kapitel

Der Hügel war hoch und abschüssig, sein Gipfel ziemlich abgeplattet. Seine Höhe und Form machten eine Verteidigung leicht und einen Überfall beinah unmöglich. Man ließ die Pferde an den Zweigen der Bäume und Büsche weiden, während die Reste der Lebensmittel unter dem Schatten einer Buche ausgebreitet wurden. Trotz der schnellen Flucht hatte einer der Indianer Gelegenheit gefunden, ein Hirschkalb mit dem Pfeil zu schießen, und ohne jede Kochkunst wurde diese unverdauliche Nahrung jetzt von allen hinuntergeschlungen. Nur Magua nahm an dem Mahl keinen Anteil und schien in tiefes Nachdenken versunken zu sein.

Heyward beobachtete den Indianer und glaubte, der Hurone denke darüber nach, wie er am besten die Wachsamkeit seiner Begleiter täuschen könne, um in den Besitz des Lösegeldes zu kommen.

Um seine Pläne womöglich durch einen Rat zu unterstützen, verließ der junge Offizier die Buche und schlenderte, scheinbar ohne Absicht, zu dem Platz, wo Magua saß.
»Hat nicht Magua die Sonne lange genug im Gesicht gehabt, um aller Gefahr von den Kanadiern zu entgehen?« fragte er, als wäre er nicht länger in Zweifel über das zwischen ihnen bestehende Einverständnis, »und wird es dem Kommandanten von ›William Henry‹ nicht erfreulicher sein, seine Töchter wiederzusehen, ehe eine zweite Nacht vielleicht sein Herz über ihren Verlust abstumpft und ihn weniger freigebig macht in seiner Belohnung?«
»Lieben die Bleichgesichter ihre Kinder weniger am Morgen als am Abend?« fragte der Indianer kalt.
»Keineswegs«, erwiderte Heyward besorgt, seinen Fehler wiedergutzumachen, »der weiße Mann hört zuweilen auf, an die zu denken, die er lieben sollte und die er zu lieben versprochen hat, aber die Zärtlichkeit eines Vaters für sein Kind stirbt nie.«
»Ist das Herz des weißköpfigen Führers sanft, und wird er lange denken an die Kinder? Er ist hart gegen seine Krieger, und seine Augen sind von Stein.«
»Er ist streng gegen die Bösen, aber gegen die Guten ist er gerecht. Ich habe viele zärtliche Väter gekannt, doch nie sah ich einen Mann, dessen Herz sanfter gegen sein Kind war. Ihr habt den Graukopf an der Spitze seiner Krieger gesehen, Magua; aber ich sah seine Augen in Tränen schwimmen, als er mit mir von den Kindern sprach, die jetzt in Eurer Gewalt sind.«
Heyward schwieg, denn er wußte sich den merkwürdigen Ausdruck nicht zu erklären, der plötzlich in die schwarzbraunen Züge des aufmerksam zuhörenden Indianers kam.
»Geh«, sagte der Hurone, dessen beunruhigtes Wesen plötzlich einer todesähnlichen Ruhe wich, »geh zu dem schwarzlockigen Mädchen und sag ihr, Magua wolle sie sprechen. Der Vater wird nicht vergessen, was die Tochter verspricht.«
Duncan, der glaubte, der Indianer wolle noch eine größere Belohnung erhalten, kehrte langsam und zögernd zu den Schwestern zurück und richtete seinen Auftrag an Cora aus.
»Sie wissen, welche Wünsche ein Indianer hat«, sagte er, sie zu Magua führend. »Sie müssen daher freigebig sein mit Pulver, mit Decken, besonders aber mit geistigen Getränken. Auch wird es gut sein, wenn Sie ihm ein Geschenk von Ihrer Hand versprechen. Bedenken Sie, Cora, daß von Ihrer Geistesgegenwart und Ihrem Scharfsinn alles abhängen kann.«
Der Indianer erhob sich jetzt langsam von seinem Sitze und blieb fast eine Minute still und bewegungslos. Dann winkte er Heyward mit der Hand,

sich zu entfernen, und sagte kalt: »Wenn der Hurone mit Weibern spricht, verschließen alle seines Stammes ihr Ohr.«

Während Duncan noch zögerte, sagte Cora mit ruhigem Lächeln: »Hören Sie's, Heyward? Ihr Taktgefühl sollte Sie bestimmen, sich zu entfernen. Gehen Sie zu Alice und geben Sie ihr Trost.« Sie wartete, bis er sich entfernt hatte, und wandte sich dann zu dem Eingeborenen: »Was hat le Renard der Tochter Munros zu sagen?«

»Höre«, sagte der Indianer und legte seine Hand fest auf ihren Arm. Cora aber wich dieser Bewegung ruhig aus. »Magua war ein Häuptling und Krieger unter den roten Huronen der Seen. Er sah die Sonnen von zwanzig Sommern, den Schnee von zwanzig Wintern in die Ströme hinabtauchen, ehe er ein bleiches Gesicht erblickte, und er war glücklich! Da kamen deine Väter von Kanada in die Wälder, lehrten ihn das Feuerwasser trinken, und er wurde ein Bösewicht. Die Huronen trieben ihn fort von den Gräbern seiner Väter, wie sie den wilden Ur gejagt haben würden. Er rannte die Ufer der Seen hinab und verfolgte ihren Ausfluß bis zur Stadt der Kanonen. Dort jagte und fischte er, bis man ihn wieder durch die Wälder jagte, mitten unter die Waffen seiner Feinde. Der Häuptling, der als Hurone geboren war, wurde endlich ein Krieger unter den Mohawks.« Der Indianer hielt erregt inne und fuhr dann wieder leidenschaftlich fort: »Ist le Renard schuld daran, daß sein Kopf nicht aus einem Felsen gemacht ist? Wer gab ihm das Feuerwasser? Wer machte ihn zum Schurken? – Die Bleichgesichter, das Volk deiner Farbe.«

»Bin ich verantwortlich dafür, daß es schlechte Menschen gibt?« fragte Cora ruhig den aufgeregten Wilden.

»Höre«, sagte der Indianer ernst, »als seine englischen und französischen Väter das Beil aus der Erde gruben, schlug le Renard die Vorposten der Mohawks und kämpfte gegen seinen eigenen Stamm. Die Bleichgesichter haben die Rothäute aus ihren Jagdgebieten getrieben, und jetzt führt uns im Kampf ein Weißer an. Der alte Anführer vom Horican, Euer Vater, war der große Hauptmann unserer Kriegspartei. Er sagte zu den Mohawks, sie sollten dieses tun, jenes tun, und sie gehorchten. Er machte ein Gesetz, daß ein Indianer, der Feuerwasser trinkt, nicht ungestraft bleiben soll. Magua öffnete töricht den Mund, und das heiße Getränk führte ihn in Munros Hütte. Was tat der Graukopf? Seine Tochter möge es sagen.«

»Er vergaß nicht seine Worte und übte Gerechtigkeit durch die Bestrafung des Schuldigen«, sagte das Mädchen unerschrocken.

»Gerechtigkeit!« wiederholte der Indianer, »ist es recht, das Böse zu schaffen und dann dafür zu strafen? Magua war nicht mehr seiner mächtig, das Feuerwasser sprach und handelte für ihn, aber Munro glaubte es nicht. Der

Huronenhäuptling wurde in Gegenwart aller Krieger mit bleichem Gesicht an einen Pfosten gebunden und mit Ruten gepeitscht wie ein Hund.«
Cora schwieg, sie wußte nichts zu erwidern.
»Als man Magua an den Pfahl band und ihm die Wunden beibrachte«, fuhr der Indianer fort und legte stolz den Finger auf eine tiefe Narbe seiner Brust, »da lachte der Hurone ihnen ins Gesicht. Sein Geist war damals in den Wolken. Als er aber Munros Hiebe fühlte, da war sein Geist unter der Rute. Der Geist eines Huronen ist nie berauscht, sein Gedächtnis bleibt stets wach.«
»Aber er kann sich besänftigen lassen. Hat mein Vater dir Unrecht getan, so zeige ihm, daß ein Indianer Unrecht vergeben kann, und bring ihm seine Töchter zurück.«
Magua schüttelte den Kopf. »Ein Hurone will Gutes mit Gutem vergelten und Böses mit Bösem. Höre, die lichten Augen können zum Horican zurückkehren und dem alten Häuptling melden, was geschehen ist, wenn das schwarzlockige Mädchen bei dem Großen Geist ihrer Väter schwören will, keine Lügen zu berichten.«
»Was soll ich versprechen?« fragte Cora, noch immer gefaßt.
»Als Magua sein Volk verließ, wurde sein Weib einem andern Häuptling gegeben. Jetzt hat er sich Freunde unter den Huronen erworben und will zurückkehren zu den Gräbern seines Stammes, an den Ufern des großen Sees. Die Tochter des englischen Anführers soll mit ihm gehen und für immer in seiner Hütte wohnen.«
Cora schauderte zurück, antwortete aber immer noch gefaßt: »Welch ein Vergnügen kann Magua daran finden, seine Hütte mit einem Weibe zu teilen, das er nicht liebt, mit einem Weibe von einem andern Volk und einer andern Farbe? Es wäre besser, er nähme Munros Gold und kaufte sich das Herz eines Huronenmädchens durch Geschenke und seinen Edelmut.«
Der Indianer gab ihr fast eine Minute lang keine Antwort, während das Mädchen sich furchtsam in sich zurückzog. Dann sprach er schnell und böse:
»Als die Hiebe auf dem Rücken des Huronenhäuptlings brannten, wußte er schon, wo ein Weib zu finden sei, das für diese Schmerzen büßen sollte. Die Tochter Munros sollte ihm sein Wasser schöpfen, das Feld umgraben, das Wild kochen. Der Körper des Graukopfs mag schlummern unter seiner Kanone, aber sein Herz kann das Messer Subtils erreichen.«
»Ungeheuer!« rief Cora jetzt empört. »Du sollst sehen, daß es wirklich Munros Herz ist, das du in Händen hast.«
Der Indianer beantwortete diesen kühnen Trotz mit einem furchtbaren Lächeln. Cora wandte sich schweigend ab. Heyward eilte ihr besorgt entgegen und fragte sie über den Ausgang des Gesprächs. Sie wich einer be-

stimmten Antwort aus und verriet nur den fehlgeschlagenen Erfolg durch ihre Blässe und durch die unruhigen Blicke, die sie auf die Indianer warf.

Als Magua jetzt die Wilden erreicht hatte, begann er in würdevollem Ton eines indianischen Häuptlings zu sprechen. Seine Zuhörer standen auf, und ihre Stellung verriet ehrfurchtsvolle Aufmerksamkeit. Anfangs schien Magua ruhig und überlegt. Als es ihm gelungen war, die Aufmerksamkeit seiner Gefährten zu wecken, wurde er hastiger und begleitete seine Rede mit ausholenden Gebärden.

Endlich rief er leidenschaftlich: »Sind die Huronen Hunde? Wer wird dem Weibe Menowguas sagen, daß die Fische den Schädel ihres Mannes haben und daß seine Nation nicht Rache genommen hat? Was sollen wir den Greisen antworten, wenn sie uns fragen, wie viele Skalpe wir heimbringen, und wir nicht ein Haar von dem Haupte eines Weißen vorzeigen können? Die Weiber werden mit ihren Fingern auf uns weisen. Es ist ein schwarzer Fleck auf dem Namen der Huronen, und Blut muß ihn verbergen!«

Seine Stimme war nicht länger zu hören bei dem wütenden Geschrei, das jetzt die Luft erfüllte, als wäre nicht ein kleiner Trupp Indianer, sondern ein ganzer Stamm im Wald. Die Wilden sprangen auf und stürzten wie Rasende auf ihre Gefangenen mit bloßen Messern und erhobenen Streitäxten. Heyward warf sich zwischen die Schwestern und ihre Feinde und packte den vordersten mit einer so verzweifelten Stärke, daß er innehalten mußte. Dieser unerwartete Widerstand gab Magua Zeit, dazwischenzutreten. Er lenkte die Spießgesellen von ihrem augenblicklichen Vorhaben ab und forderte sie auf, das Elend ihrer Opfer zu verlängern. Sein Vorschlag wurde mit lautem Freudengeschrei aufgenommen.

Zwei starke Krieger warfen sich gleichzeitig auf Heyward, während ein anderer sich des weniger gefährlichen Singmeisters bemächtigte. Keiner der Gefangenen ergab sich in sein Schicksal ohne verzweifelten, wenn auch fruchtlosen Widerstand. Selbst David warf seinen Angreifer zu Boden, Heyward bezwangen sie erst, als sie den Major mit vereinten Kräften angriffen. Er wurde an den Stamm eines Baumes gebunden. Als der junge Offizier wieder zur Besinnung kam, hatte er die traurige Gewißheit, daß seine Begleiter ein gleiches Schicksal erwarte. Zu seiner Rechten war Cora auf eine ähnliche Weise gefesselt; sie sah bleich und verstört aus, doch ihr Auge verfolgte mit festem Blick jede Bewegung ihrer Feinde. Links von ihm hielten nur die Weiden, mit denen man Alice an eine Fichte gebunden hatte, die Ohnmächtige aufrecht. – Die Rachsucht der Huronen nahm jetzt eine neue Wendung. Sie bereiteten sich mit der barbarischen Grausamkeit vor, die seit mehreren Jahrhunderten unter ihrem Stamm gebräuchlich war. Einige suchten Äste, um einen brennenden Holzstoß zu errichten; ein an=

derer sammelte die Splitter einer Fichte, um sie den Gefangenen brennend ins Fleisch zu stoßen. Andere bemühten sich, zwei junge Fichten mit den Wipfeln zur Erde zu beugen, um Heyward später mit beiden Armen daran anzubinden und die Äste zurückschnellen zu lassen. Maguas Rache aber suchte einen tieferen und boshafteren Genuß. Er näherte sich Cora und machte sie lächelnd auf das Schicksal aufmerksam, das sie erwartete.
»Was sagt die Tochter Munros?« fügte er hinzu. »Ihr Haupt sei zu gut, um sich auf ein Kissen zu legen in Maguas Hütte, wird es ihr besser behagen, wenn ihr Kopf den Hügel hinabrollt, ein Spielwerk für die Wölfe?«
»Was sagt das Ungeheuer?« fragte Heyward in ohnmächtigem Zorn.
»Nichts«, antwortete Cora fest. »Er ist ein Wilder, ein roher, unwissender Wilder, und weiß nicht, was er tut.«
»Das Gedächtnis eines Indianers ist länger«, fuhr der Wilde satanisch fort, »als der Arm der Bleichgesichter; sein Erbarmen ist kürzer als ihre Gerechtigkeit. Sag, soll ich den gelben Lockenkopf ihrem Vater heimschicken, und wollt Ihr Magua folgen zu den Großen Seen, um sein Wasser zu holen?«
»Verlaß mich!« sagte Cora jetzt feierlich.
Der Häuptling wies aber mit verächtlichem Hohn auf Alice und sagte: »Sieh doch! Das Kind weint! Sie ist noch so jung und soll schon sterben! Laß sie zu Munro zurückkehren, um seine grauen Haare zu kämmen und dem Greise das Leben zu erhalten.«
»Was sagt er, liebe Cora?« fragte jetzt Alice mit zitternder Stimme.
»Er will«, sagte Cora leise, »daß ich ihm in die Wildnis folge, daß ich zu den Wohnungen der Huronen gehe, daß ich dort bleibe, daß ich sein Weib werden soll.« Sie schloß die Augen und wandte den Blick von ihren Freunden. »Wenn ich es tue«, flüsterte sie dann, »will er euch freilassen!«
»Nennen Sie nicht noch einmal diese furchtbare Wahl, der Gedanke daran ist schrecklicher als der Tod«, rief Heyward.
»Nein, wir wollen lieber sterben, zusammen sterben, wie wir gelebt haben«, sagte auch Alice weinend und ließ ihren Kopf sinken.
»So stirb!« schrie Magua und schwang seine Streitaxt wütend gegen das wehrlose Mädchen. Die Axt flog an Heyward vorüber durch die Luft, berührte die Locken des Mädchens und fuhr dicht über ihrem Haupt in den Baum.
Dieser Anblick brachte Duncan in Verzweiflung. Alle seine Kräfte zu einer Anstrengung sammelnd, zerriß er die Zweige, die ihn fesselten, und stürzte auf einen Wilden, der mit lautem Geheul einen neuen Streich auf sein Opfer führen wollte. Beide rangen einen Augenblick und fielen zu Boden, ohne sich loszulassen. Den nackten Körper seines Gegners konnte Heyward nicht fassen. Der Hurone entschlüpfte ihm, setzte ein Knie auf seine Brust und

drückte ihn mit Riesenstärke nieder. Duncan sah das Messer schon in der Luft blitzen, als ein zischender Ton an seinem Ohr vorbeipfiff, den der starke Knall einer Büchse begleitete. Er fühlte gleichzeitig seine Brust von der Last befreit, der Indianer sank an seiner Seite auf den welken Blättern tot zu Boden.

Zwölftes Kapitel

Die Huronen standen bewegungslos, als der Tod einen aus ihrer Mitte so plötzlich ereilte. Als sie sich dann aber wild umsahen, riefen sie alle wie aus einem Munde den gefürchteten Namen: »Die Lange Büchse!«, den ein wildes, fast klagendes Geheul begleitete. Es wurde beantwortet aus einem kleinen Dickicht, wo die unvorsichtigen Huronen ihre Gewehre gelassen hatten, und im gleichen Augenblick sah man Falkenauge ihnen entgegenstürzen, der seine Büchse, die er wiedergefunden hatte, in weiten Kreisen durch die Luft schwenkte. Die beiden Indianer folgten ihm. Die Wilden wichen zurück, als sie ihre Feinde mit so schnellen Schritten anrücken sahen. Aber ihr vorsichtiger Anführer war nicht so leicht bestürzt. Mit scharfem Auge auf der kleinen Ebene umherspähend, sah er schnell, wie der Angriff geschehen mußte, und dann zog er sein langes Messer und stürzte mit lautem Geschrei auf Chingachgook.

Das war das Signal zu einem allgemeinen Angriff. Keine Partei hatte jetzt Feuergewehre, und der Kampf mußte durch überlegene Gewandtheit und Körperkraft entschieden werden.

Unkas beantwortete das Kriegsgeschrei und zerschmetterte dem ersten Feind mit einem einzigen, wohlberechneten Hieb der Streitaxt den Schädel. Heyward zog Maguas Waffe aus dem Baum und drang ungeduldig unter die Kämpfenden. Jeder wählte sich in der feindlichen Partei seinen Gegner. Die Hiebe folgten in der Schnelligkeit eines Wirbelwinds. Falkenauge streckte mit einem einzigen Schwung seiner furchtbaren Waffe seinen Gegner zu Boden. Heyward hatte den Tomahawk gegen einen Indianer geschleudert, weil er es nicht erwarten konnte, bis sein Feind ihm nahe genug war. Der Wilde schien zu wanken, und der ungestüme junge Mann stürzte unbewaffnet auf seinen Feind zu. Doch mußte er jetzt seine ganze Kraft und Gewandtheit aufbieten, um den verzweifelten Stößen auszuweichen, die der Hurone mit seinem Messer nach ihm führte. Er schlang schließlich seine Arme um den Gegner, und es gelang ihm, dessen Hände mit einem kräftigen Griff an die Seiten zu pressen. Durch diese Anstrengung war er bald erschöpft, doch im Augenblick der äußersten Not sauste der Kolben von

Falkenauges Büchse auf das nackte Haupt seines Gegners, der sofort bewegungslos niedersank.

Als Unkas seinen ersten Gegner zu Boden gestreckt hatte, wandte er sich um wie ein hungriger Löwe, um einen anderen zu suchen. Der fünfte Hurone, dem bei dem ersten Gefecht kein Gegner gegenüberstand, stürzte auf die wehrlose Cora zu und schleuderte seine Axt nach ihr. Die Streitaxt streifte dicht an ihrer Schulter vorüber und zerschnitt die Fesseln des Mädchens. Jetzt ergriff der Wilde Cora bei den langen Locken und riß sie mit tierischer Gewalt fort. Dann zwang er sie, niederzuknien, und während er ihr Haar mit ausgestrecktem Arm hoch hielt, schwang er sein Messer um ihr Haupt mit höhnischem und wildem Gelächter. Doch er mußte diesen Augenblick grausam büßen. Unkas kam jetzt wie ein Pfeil durch die Luft geflogen und stürzte mit seinem Feinde zusammen zu Boden. Beide sprangen wieder auf und kämpften miteinander. Allein der Kampf war bald entschieden; denn Heywards Tomahawk und Falkenauges Büchse zerschmetterten den Schädel des Huronen in dem Augenblicke, als ihm Unkas sein Messer ins Herz stieß.

Jetzt kämpften nur noch Magua und die Große Schlange und bewiesen, daß sie ihre Namen verdienten. Sie lagen beide am Boden und kämpften wie Schlangen dicht aneinander gepreßt. Die raschen und gewandten Bewegun=

gen der mit Staub und Blut bedeckten Kämpfer schienen ihre beiden Körper in einen zu verschmelzen. Die dem Tod ähnlich bemalte Figur des Mohikaners und die fast schwarze Gestalt des Huronen wechselten so schnell ihre Stellung, daß die anderen nicht in den Kampf eingreifen konnten. Der Kampf hatte sich schon von dem Mittelpunkte der kleinen Hochebene bis an ihren Rand gezogen. Der Mohikaner fand endlich Gelegenheit, seinem Feind einen Stich mit dem Messer beizubringen, und Magua sank rückwärts und blieb leblos liegen. Sein Gegner erhob sich und stieß ein Triumphgeschrei aus.
Aber in dem Augenblick rollte sich der schlaue Hurone schnell dem Abhange zu, und mit einem einzigen Sprung entschlüpfte er in die nahen Büsche. Die Delawaren machten sich aber sofort mit der Schnelligkeit von zwei Windhunden auf, ihn zu verfolgen. Doch ein gellendes Geschrei des Kundschafters rief sie zurück.
»Das sieht ihm ähnlich!« rief der Jäger. »Er ist ein lügenhafter, betrügerischer Schurke! Ein braver Delaware hätte, in ehrlichem Kampf besiegt, sich den Gnadenstreich ohne Widerstand geben lassen, aber diese Mingos haben ein zähes Leben wie wilde Katzen. Laßt ihn gehen! Er ist allein und hat weder Büchse noch Bogen und muß Meilen wandern, wenn er wieder zu seinen französischen Freunden kommen will. – Jetzt wollen wir die Runde machen und untersuchen, wie viele von den Hunden etwa noch atmen, sonst streifen sie wieder durch die Wälder und schreien wie die Elstern.«
Der ehrliche, aber unversöhnliche Kundschafter ging um die Toten im Kreise und stieß jedem sein langes Messer kaltblütig in die Brust. Allein, der ältere Mohikaner war ihm zuvorgekommen und hatte bereits die Kopfhäute als Zeichen des Siegs den wehrlosen Toten abgezogen.
Unkas dagegen eilte mit Heyward den Schwestern zu Hilfe. Alice wurde von ihren Fesseln befreit, und beide Mädchen umarmten sich und weinten herzlich. Während dieser Szene näherte sich Falkenauge David und befreite ihn ebenfalls.
»Ein Dankgebet für den Sieg!« rief der Psalmensänger aufatmend. Er reichte Falkenauge seine kleine und zarte Hand: »Ich danke Euch, daß meine Haare noch auf meinem Kopfe sind.«
Der Kundschafter blieb ungerührt und untersuchte jetzt den Zustand seiner Büchse mit fast väterlicher Liebe und Beharrlichkeit.
»Ich lade euch ein, Freunde«, rief David, der sich durch das Benehmen Falkenauges nicht gekränkt fühlte, »dem Himmel zu danken für die sichtbare Errettung aus den Händen der Barbaren und Ungläubigen und den trostreichen und feierlichen Lobgesang, nach der Melodie ›Northampton‹ genannt,

anzuhören.« Er gab die Seite an, auf der die Verse standen, und brachte die kleine Pfeife an die Lippen, als wäre er in der Kirche. Diesmal fehlte aber seiner Stimme die Begleitung, er mußte allein seinen Gesang andächtig zu Ende führen. Falkenauge hörte zu, während er kaltblütig seinen Feuerstein zurechtmachte und seine Büchse wieder lud. Schließlich ging er fort, um die Waffen der Huronen zu untersuchen. Chingachgook fand die eigene Büchse und die seines Sohnes. Selbst Heyward und David wurden später mit Waffen versehen, und es fehlte nicht an Munition.

Es war jetzt Zeit, aufzubrechen. Gestützt auf Heyward und Unkas, stiegen die Schwestern die Anhöhe hinab. Unten fanden sie ihre Pferde, die an den Büschen weideten. Sie stiegen auf und folgten dem Kundschafter. Ihre Reise war aber kurz. Falkenauge wich von dem Nebenpfade, den die Huronen eingeschlagen hatten, rechts ab, schritt über einen Bach und machte in einem kleinen Tale unter dem Schatten einiger Ulmen halt. Der Kundschafter und die Indianer schienen den einsamen Platz genau zu kennen. Nachdem sie ihre Büchsen an einen Baum gelehnt hatten, fingen sie an, die dürren Blätter wegzuräumen und die bläuliche Tonerde aufzuscharren, aus der bald eine Quelle reinen Wassers hervorsprudelte. Unkas reichte seinem weißen Freunde eine Kürbisflasche, die vorsorglich an einem der Bäume hing. Dieser füllte sie mit Wasser, setzte sich ein paar Schritte weiter, wo der Boden fester und trockener war, und nach einem langen Zuge untersuchte er die Lebensmittel, die die Huronen übriggelassen hatten.

»Unkas«, rief er schließlich, »nimm meinen Stahl und schlage Feuer. Ein Stück Rostbraten wird uns nach den vielen Strapazen neue Kräfte geben.«

Heyward half den Schwestern vom Pferde und setzte sich neben sie auf dem Rasen nieder.

»Wie kommt es«, fragte er dann den Kundschafter, »daß wir Euch so bald wiedergesehen haben?«

»Wir sind an dem Ufer des Hudson liegen geblieben, um aus dem Hinterhalt die Bewegungen der Huronen zu beobachten«, antwortete der Jäger mit seinem geräuschlosen Lachen. »Leider kamen wir später von der Spur ab und hätten sie in der Tat bald gänzlich verloren, wenn nicht Unkas bei uns gewesen wäre. Er behauptete kühn«, fuhr Falkenauge fort und deutete aufmerksam und neugierig auf die Pferde der beiden Schwestern, »diese Tiere setzten gleichzeitig beide Füße auf einer Seite zur Erde. Das widerspricht zwar dem Gang aller vierfüßigen Tiere, den Bären ausgenommen, aber diese beiden Pferde hier gehen wirklich so, wie die Spuren beweisen, die wir zwanzig Meilen weit verfolgt haben.«

»Das ist ein besonderer Vorzug dieser Rasse. Die Tiere sind berühmt wegen ihrer Ausdauer und ihres leichten Ganges«, antwortete Heyward.

»Mir kam gleich der Gedanke«, fuhr Falkenauge fort, »die Mingos würden Euch an diese Quelle führen; denn die Schurken kennen die Eigenschaften ihres Wassers gut.«

»Ist es so berühmt?« fragte Heyward neugierig und nahm die Flasche, die ihm der Kundschafter reichte, warf sie aber nach einem kleinen Schluck mit Ekel weg.

»Der Geschmack behagt Ihnen nicht«, sagte Falkenauge lachend, »weil Sie nicht daran gewöhnt sind. Es gab eine Zeit, wo es mir ebenso ging, aber jetzt mundet es mir, und ich sehne mich danach wie der Hirsch nach dem Flußwasser.«

Die Zubereitung des Essens war inzwischen fertig. Nach dem Essen trank jeder der Waldbewohner einen tüchtigen Schluck aus der einsamen Quelle, um die sich später Schönheit und Reichtum aus ganz Nordamerika versammeln sollte, um hier Gesundheit zu suchen. Dann bestiegen die Schwestern wieder ihre Pferde, Duncan und David nahmen ihre Büchsen und folgten ihrer Spur. Der Kundschafter eröffnete den Zug, und die Mohikaner beschlossen ihn.

Dreizehntes Kapitel

Der Weg, den Falkenauge eingeschlagen hatte, lief schräg über die sandige, von Tälern und kleinen Anhöhen unterbrochene Ebene, über die die Reisenden diesen Morgen mit ihrem Führer Magua gekommen waren. Die Sonne war hinter den fernen Bergen untergegangen, und die Hitze war nicht mehr so drückend. Der Jäger schien sich nach geheimen Merkmalen fast instinktmäßig zu richten. Er ging schnell und stand nie still, um mit sich zu Rate zu gehen. Ein Seitenblick auf das Moos der Bäume, ein genaues Beobachten der vielen Bäche, die er durchwaten mußte, zeigte ihm, daß er auf dem rechten Wege war. Plötzlich trat er in ein dichtes Gehölz von jungen Kastanienbäumen. Nachdem er durch das mit Brombeersträuchern verwachsene Dickicht ein paar hundert Schritte vorgedrungen war, betrat er einen offenen Platz, den ein flacher, grüner Erdhügel umgab. In der Mitte stand ein verfallenes Blockhaus. Das Dach von Rinde war längst eingestürzt, aber die hohen Fichtenstämme, die man einst verbunden hatte, standen noch auf ihrer Stelle. Falkenauge und die Indianer gingen auf das verfallene Blockhaus zu, und der Jäger betrachtete die Ruinen von innen und außen mit der Neugier eines Menschen, dessen Erinnerungen mit jedem Augenblick lebhafter erwachen.

Chingachgook erzählte seinem Sohn in der Sprache der Delawaren die kurze

Geschichte des Scharmützels, das in seiner Jugend an diesem einsamen Ort stattgefunden hatte.
»Es leben wenige, die wissen, daß dieses Blockhaus einst errichtet wurde«, erzählte der Kundschafter schließlich seinen Begleitern. »Ich war damals noch ein Jüngling und zog aus mit den Delawaren, weil ich wußte, daß sie ungerecht verleumdet wurden. Vierzig Tage und vierzig Nächte dürsteten die Schurken, die Mohawks, nach unserm Blute um dieses Haus, zu dem ich den Plan entworfen habe. Wir verteidigten uns darin, zehn gegen zwanzig, bis unsere Anzahl fast gleich war. Dann machten wir einen Ausfall auf die Hunde, und nicht einer kehrte zurück. Ich begrub die Toten damals noch mit eigener Hand unter dem kleinen Hügel, auf dem ihr euch niedergelassen habt.«
Heyward und die Schwestern standen von dem mit Gras bewachsenen Hügel auf und konnten einen natürlichen Schauder nicht unterdrücken. Das dämmernde Licht, die kleine Lichtung mit dunklem Grase und mit einem Saum von Sträuchern, hinter denen die Fichten schweigend standen, die Totenstille des weiten Waldes — alles das wirkte unheimlich. So ging man jetzt schweigend daran, den beiden Mädchen in einer Ecke des Blockhauses ein Lager zu bereiten, auf dem sie, übermüdet, bald einschliefen. Die anderen streckten sich draußen hin, nur Chingachgook saß aufmerksam an einer Fichte und wachte. Man wollte wieder aufbrechen, wenn der Mond emporkam. Es vergingen ungefähr zwei Stunden, in denen man nur das ruhige Atmen der Schläfer hörte. Dann kam ein leises Licht auf zwischen den Bäumen des Waldes. Der Kundschafter erhob sich jetzt ungeweckt, und nach einer Weile war die ganze Gesellschaft ohne jedes Geräusch zum Aufbruch fertig.
»Die Mohikaner hören einen Feind!« sagte Falkenauge plötzlich leise, als er sich gerade mit den übrigen in Bewegung gesetzt hatte. »Der Wind läßt sie eine Gefahr spüren!«
»Es ist sicher nur ein Waldtier«, sagte Heyward leise, als er angestrengt gelauscht hatte.
»Still!« erwiderte der Kundschafter, »es sind Menschen. Der Hurone, der uns entwischte, ist wahrscheinlich einer umherstreifenden Gruppe von Montcalms Heer begegnet, die unsere Fährte gefunden hat. Ich möchte zwar nicht gern, daß noch mehr Blut hier vergossen wird, aber was sein muß, muß sein! Führe die Pferde in das Blockhaus, Unkas, und ihr geht auch hinein.«
Als schließlich alle in dem Blockhaus waren, wurde das Geräusch nahender Schritte deutlich hörbar. Bald vernahm man auch Stimmen, die sich in der Sprache der Huronen etwas zuriefen. Man hatte anscheinend bei den Ka=

stanien die Spur verloren. Nach dem Ton der Stimmen schienen es wenigstens zwanzig Indianer zu sein, die lärmend ihre verschiedenen Meinungen von sich gaben.
»Die Hunde kennen unsere Schwäche«, flüsterte Falkenauge, der neben Heyward in tiefem Schatten stand und durch eine Öffnung zwischen den Baumstämmen hindurchsah; »sonst würden sie nicht müßig dastehen und schwatzen.«
Jetzt verkündete das Rauschen der Blätter und das Knistern der dürren Zweige, daß die Wilden sich getrennt hatten, um die verlorene Spur wiederzufinden. Zum Glück für die Verfolgten war das Mondlicht noch nicht hell genug, und das Nachspüren blieb fruchtlos, denn der Pfad, auf dem die Flüchtlinge in das Dickicht eingedrungen waren, war kurz, und jede Spur blieb im Dunkel der Waldung unsichtbar. Es dauerte aber nicht lange, so hörte man die Wilden näher kommen, die nach und nach den dichten Kreis von jungen Kastanienbäumen erreichten, der den kleinen Platz einschloß.
»Sie kommen!« murmelte Heyward und suchte seine Büchse zwischen zwei Baumstämmen durchzustecken.
»Verbergt alles im Schatten«, flüsterte der Kundschafter; »das Abschnappen des Feuersteins oder gar der geringste Schwefelgeruch würde uns die hungrigen Wölfe auf den Leib schicken.«
Duncan warf einen ängstlichen Blick hinter sich und sah die beiden Schwestern zitternd im entferntesten Winkel der Hütte aneinandergeschmiegt. Die Mohikaner standen in dem Schatten wie zwei aufgerichtete Pfeiler, entschlossen, sich ihrer Büchsen zu bedienen, sobald es not täte. Der Offizier bezwang seine Ungeduld und sah wieder durch die Öffnung auf den Platz hinaus. Nach kurzer Zeit öffnete sich das Dickicht, und ein großer, bewaffneter Hurone trat heraus. Als er das alte Blockhaus betrachtete, fiel das Mondlicht auf sein schwärzliches Gesicht, und Überraschung und Neugier zeigten sich in seinen Zügen. Er rief mit leiser Stimme einen seiner Gefährten zu sich. Beide blieben mehrere Minuten lang stehen, die Augen auf das verfallene Gebäude geheftet, während sie leise miteinander sprachen. Sie näherten sich dann langsam und bedächtig, jeden Augenblick stehen bleibend, wie scheue Hirsche. Der eine stieß mit dem Fuß an den Erdhügel und bückte sich. In diesem Augenblick sah Heyward, wie der Kundschafter sein Messer in der Scheide locker machte und den Hahn seiner Büchse spannte.
Die Wilden waren so nahe, daß die geringste Bewegung der Pferde die Flüchtlinge verraten haben würde. Als der eine den Erdhügel näher untersucht hatte, schien eine Änderung in sein Benehmen zu kommen. Beide sprachen zusammen, und der Ton ihrer Stimmen war tief und feierlich. Dann zogen sie sich vorsichtig zurück und blickten sich nach dem verfalle=

nen Blockhaus mehrmals ängstlich um, als fürchteten sie, die Geister der Toten zu sehen. Endlich erreichten sie den Wald und verschwanden im Dickicht.
Falkenauge ließ seine Büchse sinken und atmete lang und tief. »Sie haben Ehrfurcht vor den Toten«, flüsterte er, »und das rettete diesmal ihr Leben und vielleicht auch unser Leben.«
Man hörte die beiden Huronen jetzt jenseits der Lichtung, und es war bald klar, daß der ganze Haufe sich um sie versammelt hatte. Nach einer ernsten und feierlichen Unterredung wurden die Geräusche nach und nach schwächer und verloren sich endlich ganz in der Tiefe des Waldes. Falkenauge wartete, bis ihm ein Zeichen Chingachgooks versicherte, daß die Wilden weit genug entfernt seien. Dann winkte er Heyward, die Pferde zu bringen und den beiden Schwestern beim Aufsteigen behilflich zu sein. Die beiden Mädchen warfen verstohlene Blicke auf das verfallene Gebäude, als sie den monderhellten Platz jetzt verließen, um sich dem Dunkel der Wälder wieder anzuvertrauen.

Vierzehntes Kapitel

Der Kundschafter nahm wieder seinen Platz an der Spitze des Zuges ein, doch seine Schritte, selbst als sie schon ein beträchtlicher Raum von ihren Feinden trennte, waren bedächtiger und langsamer als am vorigen Abend, da er diesen Teil der Waldung nicht genau kannte. Mehr als einmal machte er halt, um sich bei den Mohikanern Rat zu holen. In diesen kurzen Pausen lauschten Heyward und die Schwestern furchtsam, um irgendeinen Laut zu entdecken, der die Nähe der Wilden verkünde. Doch die ganze Gegend schien in Schlaf begraben zu sein, und nicht der geringste Ton ließ sich hören, außer dem leisen und entfernten Murmeln eines Bachs. Als man die Ufer des kleinen Flusses erreicht hatte, machte Falkenauge halt, zog die Halbstiefel von seinen Füßen und forderte Heyward und David auf, seinem Beispiel zu folgen. Er trat dann ins Wasser, und fast eine Stunde lang wateten sie in dem Flußbett, um keine Spur zu hinterlassen. Der Mond hatte sich bereits hinter einer Masse dunkler Wolken verborgen, die sich an dem westlichen Horizont auftürmten, als sie das niedrige Flußbett verließen, um am andern Ufer wieder den Wald zu betreten. Hier schien der Kundschafter mit der Gegend völlig bekannt zu sein, denn er setzte seinen Weg rasch und sicher fort. Der Pfad wurde bald unebener; die Reisenden sahen sich zu beiden Seiten von Bergen eingeschlossen und merkten, daß sie eine tiefe Schlucht passierten. Plötzlich hielt Falkenauge an und wartete, bis alle bei ihm an=

langten. Dann sprach er leise und vorsichtig: »Es ist möglich, daß sich das französische Heer jenseits dieser Berge gelagert hat.«
»Wir sind also nicht mehr weit vom Fort ›William Henry‹?« fragte Heyward.
»Es ist noch ein langer und beschwerlicher Weg«, war die Antwort. »Aber auf welcher Seite wir das Fort erreichen, das ist jetzt die größte Schwierigkeit. Seht«, fuhr er fort, indem er durch die Bäume auf einen kleinen See deutete – »das ist der Blutteich, und wir stehen auf einem Boden, auf dem ich gekämpft habe, vom Aufgang bis zum Untergang der Sonne.« Er hielt einen Augenblick inne. »Drei Schlachten lieferten wir hier den Holländern und Franzosen an einem Tage. Der Feind traf uns, als wir uns eben in den Hinterhalt legen wollten, und wir wurden bis an das Ufer des Horican zurückgetrieben. Hier sammelten wir uns wieder hinter einem Verhau von gefällten Bäumen und griffen den Feind an unter William—der seiner Tapferkeit wegen zu Sir William gemacht wurde – und rächten uns tüchtig für unsere Niederlage am Morgen. Hunderte von Franzosen und Holländern sahen die Sonne an diesem Tage zum letzten Male, und selbst ihr Anführer, Dieskau, fiel in unsere Hände, so schwer verwundet, daß er nach seiner Rückkehr in sein Vaterland für immer den Kriegsdienst aufgeben mußte.«
»Das war ein ruhmvoller Tag!« rief Heyward, »wir hörten davon in unserer Armee im Süden.«
»Ja, aber damit hatte es noch nicht ein Ende. Ich wurde von Major Effingham abgesandt, auf Sir Williams ausdrücklichen Befehl, längs der Flanke der Franzosen hin die Nachrichten von ihrer Niederlage über den Bergrükken nach dem Fort am Hudson zu bringen. Gerade dort, wo ihr die mit Bäumen bewachsene Anhöhe seht, begegnete ich einem Trupp, der uns zu Hilfe kam, und ich führte ihn an den Platz, wo der Feind Mittagsrast hielt und sich's nicht träumen ließ, daß das blutige Tagewerk noch nicht vollendet sei. Wir ließen ihnen kaum Zeit, Atem zu holen. Als alles vorüber war, warf man die Toten, und auch wohl die Sterbenden, in diesen Teich. Mit meinen eignen Augen sah ich sein Wasser mit Blut gefärbt.« Hier hielt der Kundschafter wieder inne, und Heyward bemerkte, daß er zitterte. – »Still!« flüsterte er plötzlich aufgeregt. »Seht ihr nicht etwas am Ufer des Sees umherwandeln?«
Er deutete jetzt auf den See hinüber und packte Heywards Schulter so krampfhaft, daß der junge Offizier schmerzlich fühlte, wie sehr abergläubische Furcht über einen sonst so unerschrockenen Mann die Oberhand gewonnen hatte.
»Bei Gott! Das ist eine menschliche Gestalt!« murmelte er und hob sein Gewehr.

»Qui vive?« rief jetzt die Stimme, und die Worte wurden vom Gerassel der Waffen begleitet.
»France!« rief Heyward zurück und trat aus dem Schatten der Bäume.
»Woher kommt Ihr, und wohin wollt Ihr so früh?« fragte der Grenadier in französischer Sprache.
»Ich komme vom Rekognoszieren und will mich schlafen legen.«
»Sie sind also königlicher Offizier?«
»Allerdings, Kamerad! Hältst du mich für einen Krieger aus den Provinzen? Ich bin Hauptmann bei den Jägern (Heyward wußte recht gut, daß der andere zu einem Linienregiment gehörte), ich habe die Töchter des Kommandanten der Festung bei mir. Hast du nichts davon gehört? Ich habe sie in der Nähe des andern Forts gefangengenommen und führe sie zum General.«
»Meine Damen, das tut mir sehr leid!« rief der Franzose, »aber das geht einmal im Kriege nicht anders!« Er grüßte sehr höflich, und Heyward sagte: »Gute Nacht, Kamerad!« während die anderen ihren Weg langsam fortsetzten.
Nachdem sie eine Weile schweigend gegangen waren, sagte der Kundschafter leise: »Es bleibt uns jetzt nur wenig Zeit übrig, und es gibt auch nur ein Mittel, aus dieser Verlegenheit zu kommen. Wir müssen uns so schnell wie möglich aus der Linie der Vorposten entfernen und uns nach Westen zu ins Gebirge wenden.«
Mit diesen Worten schritt Falkenauge voran, und die andern folgten ihm schweigend und ohne Geräusch. Der Kundschafter wich allmählich von dem Pfade ab, den er eingeschlagen hatte, und wandte sich den Bergen zu. Er führte seine Begleiter schnell vorwärts, und sie kamen bald in die dichten Schatten, die die hohen und steilen Gipfel warfen. Der Weg wurde jetzt beschwerlich, denn das Tal war mit ungeheuren Felsenblöcken übersät und durchschnitten von tiefen Schluchten. Hier kamen sie nur langsam voran. Endlich erstiegen sie einen steilen Abhang auf einem schmalen Pfade, der sich zwischen Bäumen und Felsen hinschlängelte. Als sie endlich aus einem Gehölz von verkrüppelten Bäumen am Berghang heraustraten, kamen sie auf den Gipfel. Sie sahen jetzt die Morgenröte durch die Fichten schimmern, die auf einem Hügel dem Tal gegenüber standen.
Der Kundschafter ließ die beiden Schwestern von den Pferden steigen und Sattel und Zaum den müden Tieren abnehmen. Er gab ihnen völlige Freiheit, da sie nicht mehr gebraucht wurden. Als die Reisenden den Rand des Abhangs ihrem Aufstieg gegenüber erreicht hatten, sahen sie auf einen Blick, daß Falkenauge die denkbar günstigste Stellung gewählt hatte. Der Berg erhob sich etwa tausend Fuß hoch über das Tal. Unmittelbar zu ihren

Füßen bildete das südliche Ufer des Horican einen großen Halbkreis. Gegen Norden breitete sich der Heilige See aus, dessen klarer Spiegel, von dieser schwindligen Höhe betrachtet, einem schmalen gezackten Bande glich. Gegen Süden zu lag die waldige und leicht hügelige Ebene, die sie auf ihrer Flucht durchmessen hatten.

Am Ufer des Sees, nach Westen zu, lagen die Erdwälle und niedrigen Gebäude vom Fort ›William Henry‹. Rings um die Festung hatte man in einer gewissen Entfernung die Bäume abgeholzt. Vor dem Fort sah man einige Schildwachen, die aufmerksam die Bewegungen des Feindes zu beobachten schienen. Nach Südosten zu, fast in unmittelbarer Berührung mit dem Fort, sah man ein verschanztes Lager auf einer Felsenhöhe, auf der man besser das Fort selbst erbaut hätte. In diesem Lager befanden sich die Hilfstruppen, die vor kurzem erst ihre Stellung am Hudson verlassen hatten. Auf einer Landzunge aber, am westlichen Ufer, sah man die weißen Zelte eines Lagers von ungefähr zehntausend Mann. Batterien waren bereits davor aufgeführt, und während die Reisenden mit verschiedenen Gefühlen auf die Szene herabsahen, die sich wie eine Karte zu ihren Füßen ausbreitete, schallte der Donner einer Artilleriesalve aus dem Tal herauf und wurde von dem Echo längs den östlichen Bergen wiederholt.

»Das Fort ist vollkommen eingeschlossen«, sagte Duncan endlich. »Gibt es denn aber gar kein Mittel, hineinzukommen?«

»Wir würden schwerlich mit dem Haar auf dem Kopfe hindurchkommen«, sagte der Kundschafter kaltblütig. »Hätt' ich nur eins von den tausend Booten, die dort am Strande liegen, so ließe sich's vielleicht wagen. – Aber das Feuern wird nicht lange dauern, denn dort steigt ein Nebel auf, der den Tag bald in Nacht verwandeln wird. Wenn Sie Mut haben und mir jetzt folgen wollen, so können wir einen Versuch machen, uns durchzuschlagen.«

»Es fehlt uns nicht an Mut«, sagte Cora entschlossen.

»Dann wollen wir aufbrechen«, sagte Falkenauge. »Der Nebel, der immer dichter wird, schützt uns auf der Ebene. Denkt daran, wenn mir etwas zustoßen sollte, daß ihr stets den Wind auf der linken Wange behalten müßt.«

Er winkte mit der Hand, und sie stiegen den steilen Abhang mit schnellen, aber vorsichtigen Schritten hinab. In wenigen Minuten hatten sie den Fuß des Berges erreicht. Der Weg, den Falkenauge eingeschlagen hatte, brachte sie einem an der Westseite des Forts gelegenen Ausfalltore gerade gegenüber. Es war nur eine halbe Meile von dem Platz entfernt, an dem der Kundschafter jetzt haltmachte. Sie waren dem Nebel zuvorgekommen, der sich erst dicht über den See verbreitete, und es war nötig zu warten, bis er das Lager des Feindes einhüllte. Als die Nebelschwaden dann die Ebene vor ihnen ganz überzogen hatten und jede Aussicht nahmen, brachen sie auf.

Sie hatten einen kleinen Bogen nach links gemacht und wollten eben wieder rechts einbiegen, da sie sich nach Heywards Berechnung auf halbem Wege zu dem Ausfalltor befanden, als sie etwa zwanzig Schritte vor ihnen den Ruf »Wer da?« hörten.

»Vorwärts, schnell!« flüsterte der Kundschafter und wandte sich wieder nach links. Plötzlich wurde der Nebel durch den Knall von fünfzig Musketen erschüttert. Glücklicherweise hatte man ins Blaue geschossen und die Richtung der Flüchtlinge verfehlt.

»Wir wollen auch Feuer geben«, rief jetzt Falkenauge, »sie werden es für einen Ausfall der Besatzung halten und erst Verstärkung erwarten. Inzwischen sind wir in Sicherheit.«

Der Plan war gut entworfen, doch er mißglückte. Sobald die Franzosen die erste Gewehrsalve hörten, schien es, als ob die ganze Ebene lebendig würde.

»Wir werden uns ihre ganze Armee auf den Hals ziehen«, sagte Duncan. Alle eilten, so schnell sie konnten, vorwärts. Geschrei, Flüche, Stimmen, die sich einander riefen, dazwischen Flintenschüsse ließen sich nun ununterbrochen hören. Plötzlich erhellte ein starker Blitz die Gegend. Der Nebel stieg augenblicklich in dicken Wirbeln empor, mehrere Kanonenschüsse fielen, und das Echo der Berge wiederholte vielstimmig den Donner des Geschützes.

»Das ist aus dem Fort!« rief Falkenauge plötzlich stehenbleibend, »und wir laufen wie Narren dem Walde zu.«

Kaum hatten sie ihren Irrtum eingesehen, als sie sich beeilten, ihn wiedergutzumachen. Duncan überließ Unkas die Sorge, Cora zu führen. Offenbar wurden sie von vielen verfolgt, und jeden Augenblick drohte Gefangenschaft oder Tod. Plötzlich hörte man Befehle, die von einer Bastion des Forts kommen mußten.

»Wartet, bis ihr die Feinde seht, und dann schießt tief und fegt das Glacis rein«, rief eine herrische Stimme.

»Vater! Vater!« schrie jetzt plötzlich Alice. »Hier sind deine Töchter!«

»Halt!« rief die erste Stimme sichtlich erschrocken. »Auf mit der Ausfallpforte! Macht einen Ausfall, Leute! Aber gebt keinen Schuß; ihr könntet meine Kinder verletzen. Treibt diese Hunde von Franzosen mit dem Bajonett zurück!«

Duncan hörte das Ächzen der rostigen Angeln und eilte rasch mit seinen Begleitern hinein. Er sah eine lange Reihe Soldaten in roter Uniform nach dem Glacis marschieren und erkannte das Bataillon, das er selbst kommandierte. Er stellte sich sofort an die Spitze und zwang die Verfolger, zurückzuweichen.

Cora und Alice standen verwirrt und zitternd, als sie sich von Heyward so plötzlich verlassen sahen. Ehe sie Zeit hatten, darüber zu sprechen, trat aus der Pforte ein weißhaariger Offizier von Riesengröße. Den Ausdruck von militärischer Strenge, der in seinen Zügen lag, hatte das Alter gemildert. Er ging ihnen entgegen und drückte sie zärtlich an seine Brust, während Tränen über seine Wangen rollten.

Fünfzehntes Kapitel

Die nächsten Tage verflossen unter all den Entbehrungen, der Verwirrung und den Gefahren der Belagerung, die der Feind, dem Munro keinen ernsthaften Widerstand entgegenstellen konnte, aufs lebhafteste betrieb. Es schien, als sei Webb mit seiner Armee am Ufer des Hudson eingeschlafen und habe seine bedrängten Landsleute gänzlich vergessen. Montcalm hatte die benachbarten Wälder mit den verbündeten Indianern belegt. Man hörte ihr Geschrei und Geheul im britischen Lager. Es schien aber, als ob der französische General sich damit begnüge, durch die Wildnis marschiert zu sein, um den Feind zu erreichen. Bei aller seiner Umsicht und Gewandtheit hatte er es versäumt, die benachbarten Berge zu besetzen, und konnte deshalb die Belagerten nicht entscheidend treffen. Doch seine Batterien waren mit Geschick auf der Ebene errichtet, und sie wurden gut bedient. Gegen seinen Angriff blieben den Belagerten nur die unvollkommenen und in der Eile geschaffenen Verteidigungsmittel, die eine mitten in der Einöde gelegene Festung damals aufweisen konnte.
Es war am fünften Tage der Belagerung und am vierten seit seiner Rückkehr in das Fort, als Major Heyward einen soeben getroffenen Waffenstillstand benutzte, um sich auf die Brustwehr einer der Bastionen am Seeufer zu begeben und die Fortschritte der Belagerer zu beobachten. Er war allein bis auf die Schildwache, die auf dem Wall auf und ab ging. Der Abend war still und der leichte Wind, der von dem See herüberwehte, sanft und erfrischend. Zwei kleine weiße Fahnen wehten; die eine auf einem vorspringenden Winkel des Forts, die andere auf der vorgerückten Batterie der Belagerer. Sie waren Zeichen des Waffenstillstandes. Hinter ihnen sah man die seidenen Standarten Englands und Frankreichs flattern. Hunderte von jungen Franzosen waren lustig und sorglos beschäftigt, unter den Kanonen des Forts, die jetzt schwiegen, ein Netz auf den kiesigen Strand des Sees zu ziehen. Duncan hatte in nachdenklicher Stellung dies Schauspiel einige Minuten betrachtet, als seine Augen durch herannahende Schritte auf das Glacis gelenkt wurden. Er sah den Kundschafter herankommen, aber bewacht von einem französischen Offizier. Er war sehr niedergeschlagen und fühlte sich

anscheinend herabgewürdigt, da er in die Hände der Feinde gefallen war. Er trug keine Waffe, und seine Hände waren mit einem Riemen auf den Rücken gebunden. Heyward war über den Anblick erstaunt und eilte schnell in das Innere des Forts, um Näheres zu erfahren.

Auf dem Wege begegnete er den Schwestern, die spazierengingen, um endlich einmal in Ruhe frische Luft zu schöpfen. Er hatte sie nicht wiedergesehen seit dem Augenblick, da er sie vor dem Tore verließ, um an der Spitze seiner Truppen zu kämpfen.

»Sie treuloser und abtrünniger Ritter, der seine Damen mitten in den Schranken stehen läßt, um sich ins Kampfgewühl zu stürzen!« rief ihm Alice neckend entgegen.

»Wir haben uns wirklich ein wenig gewundert«, sagte jetzt Cora, »Sie nicht früher gesehen zu haben. Sie konnten sich doch denken, daß wir Ihnen danken wollten.«

»Läßt sich die Nachlässigkeit des Ritters durch den Eifer des Soldaten entschuldigen?« fragte Duncan.

Cora antwortete nicht, sondern wandte ihr Gesicht dem Horican zu. Als sie endlich den jungen Mann mit ihren schwarzen Augen anblickte, lag in ihren Zügen ein Ausdruck von Angst und wahrer Besorgnis.

»Blicken Sie umher, Major Heyward«, antwortete sie endlich mit einer Anstrengung, als ob sie entschlossen wäre, ihre Schwäche zu unterdrücken, »und sagen Sie mir, welch ein Bild zeigt sich der Tochter eines Soldaten, dessen größtes Glück seine Ehre und sein militärischer Ruf ist!«

»Dieser Ruf steht fest und kann nicht durch Tatsachen verdunkelt werden, die nicht in seiner Macht stehen«, antwortete Duncan mit Wärme. »Aber Ihre Worte erinnern mich an meine Pflicht. Ich will jetzt zu Ihrem Vater gehen, um seinen Entschluß über wichtige Angelegenheiten unserer Verteidigung zu hören.«

Cora reichte ihm ihre Hand, aber ihre Lippen zitterten, und ihre Wangen waren blaß. Er verneigte sich gegen beide Schwestern, und ohne eine Antwort abzuwarten, stieg er rasch die Bastion hinab. Munro ging, als Heyward in sein Blockhaus eintrat, düster mit großen Schritten in seinem Zimmer auf und ab.

»Soeben wollte ich Sie bitten lassen«, begann der Kommandant.

»Mit Sorge sah ich, daß der Bote, den ich empfahl, als französischer Gefangener zurückgekehrt ist. Ich hoffe, Sie haben keinen Grund, Mißtrauen in seine Treue zu setzen«, erwiderte Heyward.

»Die Treue der Langen Büchse ist mir längst bekannt, sie ist über allen Verdacht erhaben. Aber das Glück, das ihn zu begleiten pflegte, scheint ihm am Ende untreu geworden zu sein. Montcalm hat ihn gefangengenommen und ihn mir höflich, wie ein Franzose eben ist, zurückgeschickt. Er wisse, hat er mir dabei sagen lassen, wieviel ich von dem Burschen halte; daher wolle er mich nicht seiner Dienste berauben.«

»Aber der General und seine Entsetzungstruppen?«

»Haben Sie nach Süden gesehen, und konnten Sie nichts entdecken?« sagte Munro bitter lächelnd. »Sie sind ungeduldig, junger Mann, und wollen diesen Herren nicht Zeit lassen zum Marschieren.«

»Sie kommen also?«

»Wann und auf welchem Wege sie kommen, konnte mir der Kundschafter nicht sagen. Es scheint auch, daß er mit einem Briefe beauftragt war, den der Franzose natürlich behielt.«

»Was sagt der Kundschafter sonst noch? Er hat doch Augen und Ohren!«

»Er hat die Morgen- und Abendparaden gesehen in Fort ›Edward‹, das war alles. Und doch könnte etwas in dem Briefe enthalten sein, das gut für uns wäre, wenn wir's wüßten«, sagte der Kommandant.

»Kann ich Ihnen vielleicht einige Dienste leisten?« fragte Heyward bereitwillig.

»Sie können es, Sir. Der Marquis von Montcalm hat mich eingeladen zu einer persönlichen Unterredung mit ihm zwischen den Festungswerken und seinem Lager. Ich wünsche, Sie als meinen Stellvertreter zu ihm zu schicken.«

Duncan versicherte sofort, er werde bei der erwähnten Zusammenkunft erscheinen. Es folgte eine lange, vertrauliche Unterredung, in der der junge Mann genau unterrichtet wurde, was er zu tun habe. Da er nur als Stellvertreter des Festungskommandanten auftreten konnte, so unterließ man die Förmlichkeiten, die sonst bei einer Unterredung der Führer zweier feindlicher Mächte nötig gewesen wären. Der Waffenstillstand dauerte noch an, und etwa zehn Minuten später, nach dem Wirbeln der Trommeln, trat Duncan mit einer weißen Fahne aus dem Ausfalltor. Er wurde von dem französischen Offizier, der die Vorposten kommandierte, mit den üblichen Förmlichkeiten empfangen und sogleich in das Zelt des berühmten Feldherrn geführt. Der feindliche General empfing, umgeben von seinen vornehmsten Offizieren und den Häuptlingen der verschiedenen indianischen Stämme, die mit den Franzosen im Bündnis waren, den jugendlichen Botschafter. Heyward blieb unwillkürlich einen Augenblick stehen, als er unter den Indianern Magua erblickte. Der Wilde betrachtete den Major mit kaltblütiger Ruhe.

»Mein Herr«, empfing Montcalm den Engländer in französischer Sprache, »es ist mir sehr angenehm — — aber wo ist der Dolmetscher?«

»Ich glaube, er wird nicht nötig sein«, erwiderte Heyward bescheiden. »Ich spreche ein wenig Französisch.«

»Das freut mich«, sagte Montcalm, indem er Duncan freundlich am Arm faßte und ihn an das Ende des Zeltes führte, wo sie, ohne gehört zu werden, miteinander sprechen konnten. Sie verhandelten ungefähr eine halbe Stunde mit aller Höflichkeit, die der damaligen Zeit und besonders den Franzosen so leicht zu Gebote stand. Aber weder konnte Montcalm den jungen Engländer von der Notwendigkeit überzeugen, daß Munro kapitulieren müsse, noch erfuhr dieser etwas von dem Brief, der bei dem Kundschafter gefunden worden war. Montcalm begleitete seinen Gast schließlich bis an den Ausgang des Zelts und wiederholte seine frühere Einladung an den Kommandanten der Festung, ihm eine unmittelbare Unterredung auf dem freien Platz zwischen den beiden Armeen zu gewähren. Sie trennten sich, und Major Heyward kehrte in Begleitung des Offiziers, der ihn hergeleitet hatte, wieder zu den Vorposten zurück, von wo er sich sofort ins Fort zu dem Kommandanten begab.

Sechzehntes Kapitel

Major Heyward fand Munro allein mit seinen beiden Töchtern. Alice saß auf seinem Knie, und Cora stand ernst und ruhig neben ihnen. Die Gefahren, die sie erst vor kurzem bestanden hatten, schienen vergessen über diesem reinen und harmlosen Familienglück. Duncan, der in seinem Eifer, den Kommandanten von seiner Ankunft zu benachrichtigen, unangemeldet eingetreten war, war einige Minuten lang ein unbeobachteter Zuschauer, bis die jüngere Schwester ihn in einem Spiegel sah und errötend von dem Knie ihres Vaters aufstand.

»Sir, Sie sind schnell«, sagte jetzt der Alte, als Duncan sich näherte. »Geht, Kinder, wir haben ernsthaft zu reden.«

Alice folgte lächelnd ihrer Schwester, die sie in ein Seitenzimmer führte. Munro ging einige Minuten lang im Zimmer auf und ab. Er hatte die Hände auf den Rücken gelegt und seinen Kopf tief auf die Brust gesenkt, als ob er in tiefen Gedanken verloren wäre.

Plötzlich sah er Duncan väterlich und gütig an und sagte: »Es sind doch ein paar herrliche Mädchen, Heyward, auf die ein Vater wirklich stolz sein kann.«

»Ich denke, Sie kennen meine Meinung und meine Gefühle, Oberst Munro.«

»Das ist wahr«, unterbrach ihn der Greis, »ich erinnere mich, daß Sie am Tage Ihrer Ankunft im Fort über diesen Punkt sprechen wollten. Aber ich brach damals ab, weil ich glaubte, es paßt nicht für einen alten Soldaten, an Hochzeitsfreuden zu denken, bei denen sich die Feinde vielleicht als unge=

betene Gäste einstellen könnten. Aber ich hatte damals unrecht, Duncan, und ich bin bereit zu hören, was Sie mir jetzt zu sagen haben.«

»Ich hoffe, Sir, Sie wissen, daß ich nach der Ehre strebe, mich Ihren Sohn nennen zu dürfen.«

»Freilich, aber eine Frage, Sir! Haben Sie sich meiner Tochter ebenso verständlich gemacht?«

»Bei meiner Ehre, nein!« rief Duncan ehrlich. »Ich konnte Ihr Vertrauen nicht mißbrauchen.«

»Sie sind ein wahrer Edelmann im Gegensatz zu diesem Franzosen, Major Heyward. Doch Cora Munro ist ein verständiges Mädchen, und ich möchte keinen Einfluß auf ihre Wahl nehmen.«

»Cora?«

»Ja, Sir, Cora! Wir sprachen doch jetzt von Ihren Ansprüchen auf Miss Munros Hand? Nicht wahr?«

»Ich – ich – wüßte nicht, daß ich ihren Namen genannt hätte«, stotterte Duncan äußerst verlegen.

»Wen wollen Sie denn heiraten, Major Heyward?« fragte der alte Soldat unmutig.

»Sie haben eine zweite Tochter«, rief Heyward entschlossen.

Munro ging einige Minuten lang mit großen Schritten im Zimmer umher, seine Gesichtsmuskeln zuckten krampfhaft. Endlich blieb er vor Heyward stehen, sah ihn fest an und sagte: »Duncan Heyward, ich habe Sie geliebt Ihrer guten Eigenschaften wegen – habe Sie geliebt, weil ich glaubte, Sie würden mein Kind glücklich machen. Aber diese Liebe würde sich in Haß verwandeln, wenn ich überzeugt wäre, daß das, was ich fürchte, wahr ist.«

Der junge Mann schwieg erschrocken und betroffen und sah den Kommandanten offen an.

»Sie wollen mein Sohn werden, Duncan, und kennen nicht die Geschichte des Mannes, den Sie Vater nennen werden«, sagte Munro nach einer Weile in ruhigem Ton.

Die Botschaft Montcalms war für den Augenblick vergessen, beide setzten sich, und der junge Offizier wartete ehrerbietig, bis der alte Mann zu sprechen anfing.

»Ich war ungefähr in Ihrem Alter, als ich mich mit Alice Graham verlobte. Sie war die einzige Tochter eines benachbarten Adligen, der einiges Vermögen besaß. Dieser Verbindung widersetzte sich aber der Vater. Ich tat daher, was jeder Mann von Ehre tun muß, ich gab Alice ihr Wort zurück, trat in königliche Dienste und verließ Schottland. Manche Länder hatte ich schon gesehen, manches Blut vergossen, als mich mein Dienst nach Westindien rief. Hier machte ich zufällig die Bekanntschaft eines Mädchens, das mein Weib und Coras Mutter wurde. Sie war die Tochter eines Mannes von guter Herkunft, dessen Frau von den unglücklichen Eingeborenen abstammte, die zur schändlichen Sklaverei verdammt sind. Ja, Sir, das ist ein Fluch, der auch auf Schottland lastet seit seiner unnatürlichen Verbindung mit dem fremden englischen Handelsvolk. Aber sollte jemand meiner Tochter ihre Geburt zum Vorwurf machen, er sollte meinen väterlichen Zorn erfahren!«

Der Alte machte eine Pause, während Duncan verlegen zu Boden sah.

»Sie wollten also nicht das Blut der Heywards mit dem Blut einer Frau dieser Rasse vermischen, so schön und tugendhaft sie auch sei?« fragte der Vater heftig.

»Gott schütze mich vor diesem Vorurteil!« erwiderte Duncan, wenn er auch ein Gefühl des Abscheus vor sich selbst nicht verleugnen konnte. »Die bezaubernde Schönheit Ihrer jüngsten Tochter, Oberst Munro, wird mein Gefühl genügend erklären«, fügte er entschlossen hinzu.

»Sie haben recht, Sir«, antwortete der Alte, wieder gütig, »sie ist das vollkommene Bild ihrer Mutter. Als der Tod mir meine erste Frau nahm, kehrte ich nach Schottland zurück. Dort fand ich Alice Graham noch unverheiratet, aus Liebe zu einem Mann, der sie hatte vergessen können! Aber sie vergab mir meine Treulosigkeit, und Alice ist ihre Tochter. Sie bezahlte aber dieses Kind mit ihrem Leben.«

Munro schwieg und schien Duncans Gegenwart gänzlich vergessen zu haben. Er war sehr bewegt, und große Tränen standen in seinen Augen. Endlich schien er wieder zu sich zu kommen und stand auf.

»Major Heyward«, sagte er militärisch, »haben Sie nicht eine Botschaft des Marquis von Montcalm?«

Duncan erschrak, faßte sich aber sofort und berichtete ausführlich.

»Sie haben mir genug gesagt, Heyward«, rief endlich der Alte entrüstet, »genug, um einen Kommentar über französische Höflichkeit zu schreiben! Ich will den Franzosen sofort sprechen. Gehen Sie, Heyward, lassen Sie eine Fanfare blasen und den Marquis durch einen Boten wissen, daß ich kommen werde. Aber hören Sie, Duncan«, fügte er halb flüsternd hinzu, obgleich sie allein waren, »wir tun klug, wenn wir eine Verstärkung bei der Hand haben, im Fall etwa bei der ganzen Sache Verräterei im Spiel wäre.«

Etwas später begab sich Duncan mit den kommandierten Truppen an das Ausfalltor, wo sein Oberst bereits wartete. Sie hatten sich kaum ein paar hundert Schritte von den Bastionen entfernt, als das kleine Korps, das dem französischen General folgte, aus einem Hohlweg hervorkam. Man hörte Trommelwirbel, und jede Partei schickte eine Ordonnanz mit einer weißen Fahne voraus.

Etwas später näherte sich Montcalm dem feindlichen Trupp und zog vor Munro den Hut tief ab.
Dann wandte er sich an Heyward: »Es freut mich, Sir, Sie bei dieser Gelegenheit wiederzusehen. Wir haben nun nicht nötig, einen gewöhnlichen Dolmetscher zu nehmen.«
Der junge Offizier verbeugte sich leicht, und die Verhandlung begann mit den üblichen Komplimenten. Beide Feldherren versicherten sich gegenseitig ihrer Hochachtung, und Montcalm forderte Munro schließlich zur Übergabe auf. Als letzten Beweis für die hoffnungslose Lage des Forts überreichte er den offenen Brief General Webbs. Munro ergriff das Schreiben eilig, als er es aber gelesen hatte, glich er einem Menschen, dessen Hoffnungen ein einziger Schlag vernichtet hat. Duncan nahm den Brief und warf nur einen Blick hinein. General Webb gab dem Kommandanten deutlich den Rat, sich zu ergeben, er könne ihnen auch nicht einen einzigen Mann zum Entsatz schicken.
Duncan, der den Brief sorgfältig untersuchte, rief endlich: »Das ist Webbs Siegel und Unterschrift. Es ist der echte Brief.«
Munro richtete sich jetzt ernst und entschlossen auf.
»Herr von Montcalm«, sagte er, »wir sind bereit, Ihre Bedingungen zu hören.«
Montcalm gewährte den Engländern freien Abzug, ein ehrenvolles Angebot. Duncan war schließlich zurückgeblieben, um die Bedingungen der Kapitulation mit festzusetzen. Zur Zeit der ersten Nachtwachen kehrte er in das Fort zurück, und nach einer kurzen Unterredung mit dem Kommandanten begab er sich wieder ins französische Lager. Es wurde öffentlich bekanntgemacht, daß alle Feindseligkeiten aufhören sollten. Laut der Kapitulation, die Munro unterschrieben hatte, sollte die Festung am nächsten Morgen dem Feinde übergeben werden.

Siebzehntes Kapitel

Der erste Trommelschlag im Lager der Franzosen, am 9. August 1757, wurde im Fort sofort beantwortet. Die Hörner und Hoboen der Sieger bliesen fröhliche Fanfaren, bis der letzte Mann auf seinem Posten war, und als die französische Armee in Reih und Glied zum Empfang ihres Generals bereitstand, glänzten die Gewehre in den ersten Strahlen der Sonne. Die bereits bekannte Kapitulation wurde nun förmlich verkündigt, und das Korps, das die Tore der eroberten Festung besetzen sollte, marschierte an dem General vorüber. Sobald das Signal zur Räumung des Forts gegeben war, sah man die englischen Soldaten, die ungeladenen Gewehre auf ihren Schultern, finster antreten. Weiber und Kinder liefen aufgeregt hin und her und suchten ihre Männer oder Väter, auf deren Schutz sie rechnen konnten. Munro erschien in der Mitte seiner schweigenden Truppen, entschlossen, aber doch niedergeschlagen. Die unerwartete Übergabe des Forts war der härteste Schlag, der ihn treffen konnte. Duncan hatte wie selbstverständlich die Sorge für seine Töchter übernommen und eilte jetzt in die Wohnung des Kommandanten, um die beiden Schwestern abzuholen. Er fand sie an der Türe des niedrigen Gebäudes zur Abreise bereit und umringt von einem Haufen von Weibern, die weinten und jammerten. Cora war bleich und unruhig. Alices Augen verrieten, daß sie ausgiebig geweint hatte. Beide empfingen den jungen Mann mit sichtbarer Freude.

»Ich kann Sie auf keinen Fall ohne Schutz lassen«, rief ihnen Heyward zu. »Ihr Vater und ich müssen wenigstens eine Strecke weit an der Spitze der Truppen marschieren, ich werde aber einen Beschützer für Sie finden.«

»Hören Sie nur«, antwortete Cora lächelnd, »der Zufall hat uns schon einen Freund in der Not gesandt.«

Duncan hörte jetzt die langsamen, ernsten Töne eines frommen Gesanges und wußte, wen sie meinte. Er fand David denn auch in einem Blockhaus nebenan und legte ihm die Sicherheit der beiden Mädchen ans Herz.

David war sofort bereit, und sie gingen zusammen zu den Schwestern. Cora empfing ihren Beschützer höflich; aber Alice konnte ein Lächeln nicht verbergen, als sie Heyward für seine Bemühungen dankte. Duncan versicherte, daß keine wirkliche Gefahr vorhanden sei, und verabschiedete sich dann, um später, einige Meilen vom Hudson entfernt, wieder zu ihnen zu stoßen. Das Zeichen zum Abmarsch war schon gegeben worden, und die Spitze der englischen Kolonne setzte sich bereits in Bewegung. Die Schwestern erschraken, als sie die ersten weißen Uniformen der französischen Grenadiere sahen, die bereits die Tore der Festung besetzt hatten. Beide schritten jetzt eng umschlungen auf das Tor zu, umringt von einem Haufen von Weibern und Kindern. Sie wurden von den französischen Offizieren, die ihren Rang kannten, mit Achtung begrüßt. Da fast alle Wagen und Pferde für die Verwundeten und Kranken gebraucht wurden, wollten auch Cora und ihre Schwester den Weg zu Fuß machen. Als sie aus den Verschanzungen ins Freie traten, sahen sie in einiger Entfernung die ganze französische Armee unter den Waffen. Aufmerksam und schweigend ließen die Soldaten die Besiegten vorbeimarschieren und erwiesen ihnen die üblichen Ehrenbezeigungen. Die englische Armee, etwa dreitausend Mann, marschierte in zwei Kolonnen, um auf dem Wege, der durch den Wald gehauen war, zusammenzutreffen. Längs des Waldes hatten sich Gruppen von Indianern gela=

gert, die in einiger Entfernung ihre Feinde vorüberziehen ließen. Nur die Furcht vor dem Heer hielt sie ab, über ihre Beute, die ihnen nach ihrer Ansicht zustand, herzufallen. Einige hatten sich aber unter die Besiegten gemischt und betrachteten ihre Feinde aufmerksam.

Der Vortrab, den Heyward anführte, verschwand nach und nach zwischen den Bäumen, als Cora einen Streit hörte, der sich unter mehreren Nachzüglern erhob. Einem Soldaten der Provinzialtruppen, der den strengen Befehl, daß keiner aus dem Armeekorps zurückbleiben solle, überschritten hatte, wurde von einem Indianer sein Gepäck entrissen. Der Weiße ließ sich das nicht gutwillig gefallen, und mehrere Soldaten mischten sich in den Streit. Plötzlich sah man, wie durch ein Wunder, Hunderte von Indianern auftauchen, und Cora erkannte mitten unter den Wilden deutlich die Gestalt Maguas. Die Weiber und die Kinder blieben stehen und drängten sich wie angstvolle Schafe zusammen. Aber schließlich wurde der Streit beigelegt, und der Zug setzte sich wieder langsam in Bewegung.

Der größere Teil der Wilden hatte sich wieder zurückgezogen; sie schienen ihre Feinde nicht länger belästigen zu wollen. Als aber die Weiber an ihnen vorüberzogen, lockte die glänzende Farbe eines Schals die Habgier eines Huronen. Er trat ohne weiteres auf die Frau zu, um ihn ihr zu entreißen. Die Frau hatte ein kleines Kind in den Schal gewickelt und drückte ihn erschrocken fest an sich. Der Hurone ließ sofort den Schal los und entriß das schreiende Kind den Armen der Mutter. Diese stürzte verzweifelt auf ihn zu, um ihr Kind zurückzufordern. Der Indianer lächelte wild und streckte ihr eine Hand entgegen, als ob er zu einem Tausch bereit sei, mit der andern aber schwang er das Kind, das er bei den Beinen hielt, um seinen Kopf, um den Preis des Lösegeldes zu erhöhen. Die unglückliche Mutter riß mit zitternden Händen alle Kleidungsstücke von ihrem Körper, die sie entbehren konnte. Der Wilde wies die wertlosen Kleidungsstücke verächtlich ab, da er sah, daß der Schal bereits die Beute eines anderen Indianers geworden war. Wütend zerschmetterte er dem Kinde den Kopf an einem Felsen und warf es dann der Frau zu Füßen. Dann schwang er seinen Tomahawk und spaltete der Unglücklichen den Kopf.

In diesem entscheidenden Augenblick hielt Magua seine Hände vor den Mund und stieß das furchtbare Kriegsgeschrei aus. Die verstreuten Indianer stutzten bei dem Ruf, aber gleich darauf ertönte im Wald und auf der Ebene ein wildes Geheul, das allen Entsetzen und Furcht einflößte. Mehr als zweitausend Wilde drangen wie rasend aus dem Walde und stürzten sich auf den Nachtrab der englischen Armee. Jeder Widerstand entflammte noch mehr die Wut der Mörder, und das Blut floß in Strömen.

Die Truppen stellten sich wohl schnell in Schlachtordnung auf und versuch-

ten dadurch, den Wilden Scheu einzuflößen. Aber der Versuch mißlang, ja mehrere Soldaten ließen sich sogar ihre ungeladenen Gewehre aus den Händen reißen.

Die Schwestern standen starr vor Entsetzen. Ihre Begleiterinnen hatten sich unter lautem Geschrei um sie geschart und verstellten ihnen jeden Ausweg zur Flucht. Ihr Schicksal, unter den Streitäxten der Wilden zu fallen, schien unvermeidlich. Überall hörte man Geschrei, Stöhnen und Flüche. In diesem Augenblick glaubte Alice die Gestalt ihres Vaters zu erkennen, der schnell ins französische Lager eilte. Er wollte die versprochene Eskorte verlangen, und wenn auch fünfzig Tomahawks und Speere sein Leben bedrohten, die Wilden schienen doch seinen Rang zu achten. Kräftig stieß er die gegen ihn erhobenen Waffen zurück und kam schließlich unverletzt ins Lager. Alice hatte ihn mehrmals von weitem gerufen, allein es war vergeblich, und sie war schließlich besinnungslos zu Boden gesunken. Cora hatte sich in ängstlicher Sorge über sie gebeugt. David, der sie eingedenk seines Versprechens nicht verlassen hatte, warf einen Blick auf die tobenden Teufel, die in geringer Entfernung immer neue Opfer schlachteten. Plötzlich faßte er einen ebenso frommen wie männlichen Entschluß. Er hob in aller Stärke seine Stimme und begann ein christliches Lied zu singen, das man durch das Geschrei und Ächzen der Sterbenden, ja selbst durch das Geheul der Wilden hörte. Einige Indianer kamen auf sie zu, um die beiden Schwestern zu töten und ihnen ihre Skalpe abzuziehen. Als sie aber die seltsame Gestalt Davids erblickten, blieben sie stehen, um seinem Gesange zuzuhören. Ihr Erstaunen verwandelte sich bald in Bewunderung für den weißen Krieger, der mutig sein Todeslied sang, und sie gingen fort, um sich andere Opfer zu suchen. David, dem dieser Erfolg Mut machte, tat jetzt sein möglichstes und sang ohne Pause weiter.

Unversehens aber stand Magua vor ihm. Er griff mit seiner blutbefleckten Hand nach Coras Kleid und rief: »Komm, die Hütte des Huronen wartet.« Dann lachte er wild und hielt ihr seine blutige Hand entgegen: »Sieh, sie ist rot, aber das Blut floß aus den Adern der Weißen!«

»Teufel«, rief jetzt das bleiche Mädchen, »du bist schuld an diesem Blutbad.«

»Magua ist ein großer Häuptling!« sagte der Wilde stolz. »Will das Mädchen mit den schwarzen Haaren mir folgen?«

Cora wandte sich wortlos ab, und Magua schien sich einen Augenblick zu besinnen. Dann aber nahm er die leblose Gestalt Alices in seine Arme und eilte mit ihr dem Walde zu.

David folgte mit der verzweifelten Schwester, beide eilten über das Feld, mitten durch Fliehende, Verwundete und Tote dem wilden Huronen folgend, dem von den Indianern Raum gegeben wurde.

Magua drang endlich durch eine kleine Schlucht in den Wald, wo er die beiden Pferde fand, die die Reisenden einige Tage zuvor ihrem Schicksal überlassen hatten. Ein Indianer, dessen Züge ebenso wild und boshaft waren wie Maguas Gesicht, bewachte sie. Alice wurde quer über das eine Pferd geworfen, und man gab Cora ein Zeichen, das andere zu besteigen. Cora fühlte sich trotz allem doch einigermaßen erleichtert, als sie das gräßliche Morden

nicht mehr vor Augen hatte. Sie stieg zu Pferde und streckte ihrer Schwester die Arme entgegen. Magua legte das ohnmächtige Mädchen auf dasselbe Pferd, ergriff den Zügel und lief in den Wald hinein.
Als David sah, daß man ihn allein gelassen hatte, warf er eins seiner langen Beine über das zweite Pferd und folgte den beiden Schwestern. Sie ritten bald eine Anhöhe hinauf, und Cora erkannte, als sie auf der ebenen Fläche des Berges ankamen, bald den Platz wieder, auf den sie vor wenigen Tagen der Kundschafter geführt hatte. Hier erlaubte Magua den Schwestern, einen Augenblick abzusteigen. Cora warf schaudernd einen Blick auf die Ebene und sah, wie auf allen Seiten die Besiegten den tobenden Indianern zu entfliehen suchten, während die Heereskolonnen des allerchristlichen Königs gleichsam ungerührt unter den Waffen stehen blieben, eine Tatsache, die nie ganz geklärt worden ist.

Achtzehntes Kapitel

Der dritte Tag nach der Übergabe des Forts neigte sich seinem Ende entgegen. Die Festung lag in rauchenden Ruinen begraben; halb verbrannte Balken, Trümmer von Kanonen und anderem Geschütz, eingefallenes Gemäuer lagen überall durcheinander. Der Herbst war überraschend schnell ins Land gekommen. Nebelwolken wurden von der Wut des Sturmes in einem langen, schwarzen Streifen nach Süden zu getrieben. Der Horican war aufgewühlt und glich unter dem kalten Nordwind einem tobenden Meer. Die Landschaft schien für immer öde und verwüstet. Etwa eine Stunde vor Sonnenuntergang näherten sich zum erstenmal nach dem Gemetzel von ›William Henry‹ wieder Menschen der verlassenen Ebene. Es waren fünf Männer, die den Pfad durch den Wald an das Ufer des Hudson zur zerstörten Festung entlang kamen. Es waren die beiden Mohikaner, ihr Freund der Kundschafter, der alte Munro und Heyward. Der Vater suchte mit Hilfe dieser Freunde seine Kinder.
Unkas, der voranging, hatte ungefähr die Mitte der Ebene erreicht, als er plötzlich einen lauten Schrei ausstieß, der seine Begleiter sogleich um ihn versammelte. Der junge Krieger betrachtete eine Gruppe von Weibern, die die Wilden niedergemetzelt hatten. Die Leichname waren fast schon in Fäulnis übergegangen. Munro und Heyward betrachteten eingehend die Toten, aber die Gesuchten waren nicht darunter. Alle gingen in quälender Ungewißheit weiter.
»Hugh!« rief der junge Mohikaner plötzlich und deutete auf den gerade gegenüberliegenden Waldsaum.

»Was gibt es?« fragte der Kundschafter leise.
Unkas eilte, ohne eine Antwort darauf zu geben, fort, und einen Augenblick später sah man, daß er aus einem Gebüsch ein Stück von Coras grünem Schleier hervorzog und es triumphierend über seinem Kopfe schwang.
»Mein Kind!« rief Munro, der schnell herbeigekommen war, »helft mir meine Tochter finden.«
»Unkas will es versuchen«, war die einfache Antwort des Mohikaners.
»Hier sind keine Toten«, sagte Heyward nach einer Weile, »das Gemetzel scheint sich nicht nach dieser Seite gewendet zu haben.«
»Das ist klar«, erwiderte der Kundschafter kaltblütig, »aber entweder Cora selbst oder diejenigen, die sie entführt haben, müssen durch dies Gebüsch gekommen sein. Wir wollen Spuren suchen und finden sie sicher; denn ich möchte fast behaupten, daß ein Indianerauge die Spuren sieht, die ein Vogel auf seinem Fluge durch die Luft zurückläßt.«
Der junge Mohikaner war schon am Saum des Waldes und erhob wieder ein Freudengeschrei. Er hatte ein anderes Stück des Schleiers gefunden, das an einer niedrigen Buche gehangen hatte.
»Sachte! Sachte!« rief der Kundschafter dem ungeduldigen Heyward zu. »Wir wissen nun, was wir zu tun haben, aber wir können auch den Weg verlieren, den wir einmal eingeschlagen haben. Ein unvorsichtiger Schritt kann uns stundenlang zu schaffen machen. Wir sind auf der Fährte, das wenigstens läßt sich nicht leugnen. Wir stehen hier an einem Ende der Spur, und wir finden das andere, wenn es auch hundert Meilen von hier entfernt wäre!«
»Hugh!« rief Chingachgook, der sich damit beschäftigt hatte, eine Öffnung in dem Gebüsch zu untersuchen. Er richtete sich jetzt auf und deutete mit der Hand auf die Erde. Der junge Mohikaner bückte sich jetzt und untersuchte die Spur genau. Endlich stand er auf und schien befriedigt zu sein.
»Nun«, fragte der Kundschafter, »was meinst du? Hast du etwas daraus machen können?«
»Es ist Magua.«
»Schon wieder dieser herumstreifende Teufel! Den werden wir nicht los, bis mein ›Wildtödter‹ ein Wort im Vertrauen mit ihm gesprochen hat!«
Der Kundschafter bückte sich nun ebenfalls, um die Spur genau zu betrachten. »Du hast recht, Unkas«, sagte er, »es ist die Spur, die wir oft gesehen haben, als wir Jagd auf ihn machten. Der Bursche säuft, wenn sich ihm Gelegenheit dazu bietet. Die Säufer unter euch Indianern treten immer fester auf als der Wilde sonst.«
Chingachgook kniete jetzt auch nieder, und nach kurzer Untersuchung sprach er mit ruhiger und ernster Miene das Wort Magua aus.

»Das ist eine ausgemachte Sache«, sagte Falkenauge, »das junge Mädchen mit den schwarzen Haaren und Magua sind hier vorbeigekommen.«
»Und Alice?« fragte Heyward besorgt.
»Von ihr haben wir noch keine Spuren«, erwiderte der Kundschafter, die Bäume, das Gebüsch und den Boden aufmerksam untersuchend. – »Aber was ist das hier? Unkas, hol einmal, was da an dem Dornenstrauch hängt!«
Der junge Indianer gehorchte sogleich. Als er aber seinen Fund dem Kundschafter brachte, hielt ihn dieser empor und lachte dabei lautlos, aber von ganzem Herzen.
»Es ist die Pfeife unsres Sängers!« rief er. »Er ist also auch hier gewesen, und da hätten wir ja nun eine Spur, der ein Blinder folgen könnte. Unkas, suche die Abdrücke eines Schuhs, der die Länge von zwei gewöhnlichen hat!«
»So hat er doch treu auf seinem Posten ausgehalten«, sagte Heyward, »und Cora und Alice haben einen Freund bei sich.«
»Ja«, entgegnete Falkenauge, indem er seine Büchse sinken ließ und sich mit sichtbarer Verachtung darauf stützte. »An Singen wird er's nicht fehlen lassen! Aber kann er einen Rehbock schießen? Kann er den Weg am Moos der Buchen erkennen?«
Duncan schnitt dem Kundschafter das Wort ab und sagte: »Da wir nun die Spuren gefunden haben, so wollen wir uns auf den Weg machen. Unter solchen Umständen dünkt den Gefangenen jede Minute eine Ewigkeit.«
»Nicht immer erreicht der Hund, der am schnellsten läuft, den fliehenden Hirsch«, entgegnete Falkenauge, ohne sein Auge von den entdeckten Spuren abzuwenden. »Wir wissen, daß der umherschleichende Hurone hier vorbeigegangen ist und ebenso das Mädchen mit dem schwarzen Haar und der Sänger. – Aber was ist aus der Schwester mit dem blonden Haar und den blauen Augen geworden? Wir wollen die Spur verfolgen, und finden wir keine andern mehr, so gehen wir zurück und schlagen einen andern Weg ein. Vorwärts, Unkas! Untersuche die dürren Blätter! Ich will die Gebüsche vornehmen. Vorwärts, Freunde! Die Sonne sinkt schon hinter die Berge.«
»Gibt es denn nichts für mich zu tun?« fragte Heyward.
»Sie«, sagte Falkenauge, »Sie gehen hinter uns her, und wenn Sie Spuren entdecken, so hüten Sie sich, etwas daran zu verderben.«
Sie waren kaum eine kleine Strecke gegangen, als die beiden Indianer stehenblieben und einige Zeichen auf dem Boden aufmerksam betrachteten. Vater und Sohn sprachen laut und lebhaft miteinander.
Der Kundschafter lief zu ihnen und rief: »Was gibt's? – Weiß Gott, auf dieser Stelle hat man im Hinterhalt gelegen! Hier sind Pferde gewesen, die den einen Vorder- und Hinterfuß derselben Seite zugleich aufheben. Nun ist alles klar. Ja, sie sind zu Pferde gewesen. An der Tanne hier ist der

Boden von den angebundenen Pferden zerstampft, und dort ist der große Pfad, der sich nördlich nach Kanada hinzieht.«
»Aber wir haben noch keine Spur von der jüngeren Miss Munro«, sagte Duncan.
»Nein«, erwiderte der Kundschafter, »es müßte uns denn das glänzende Ding dazu verhelfen, das Unkas dort soeben von der Erde aufhebt. Gib her, Junge, daß wir es untersuchen können!«
Heyward erkannte sogleich einen Schmuck, den Alice gern trug. Er nahm das teure Kleinod, und indem er seinen Gefährten den Fund meldete, verbarg er es an seinem Herzen. »Wir wollen uns nicht länger aufhalten«, sagte er. »Laßt uns sogleich dem Weg folgen.«
»Wir sind nicht hier, um auf eine Eichhörnchenjagd zu gehen«, erwiderte der Kundschafter. »Tage und Nächte müssen wir unterwegs bleiben, Gebiete durchkreuzen, die selten ein menschlicher Fuß betritt und wo alle Bücherweisheit nichts hilft. Ein Indianer macht sich nie an ein solches Unternehmen, ohne vor seinem Versammlungsfeuer geraucht zu haben. Wir wollen erst zurückgehen und unser Feuer unter den Ruinen des alten Forts anzünden. Dann sind wir morgen mit Tagesanbruch frisch und munter und imstand, unsere Verfolgung wie Männer auszuführen.«
Heyward sah an dem Benehmen des Kundschafters, daß jeder Einwand vergeblich sein würde. Munro war wieder in den Zustand der Gefühllosigkeit versunken, aus dem er sich seit seinem letzten Unglück selten aufrütteln ließ. Aus der Not eine Tugend machend, ergriff Duncan den Arm des alten Soldaten und folgte dem Kundschafter und den beiden Indianern, die bereits den Pfad zum Fort eingeschlagen hatten.

Neunzehntes Kapitel

Die Abendschatten hatten die schauerliche Öde der Ruinen von ›William Henry‹ noch vermehrt, als die Männer dort anlangten. Der Kundschafter und seine Gefährten trafen sogleich die nötigen Vorkehrungen, um hier zu übernachten. Einige Balken wurden gegen eine vom Rauch geschwärzte Mauer gelehnt; Unkas bedeckte sie mit Zweigen und deutete auf die einfache Hütte. Heyward drang in Munro, einzutreten und sich einige Ruhe zu gönnen. Er selbst trat sogleich wieder an die freie Luft, denn er war zu aufgeregt, um jetzt zu schlafen. Während Falkenauge und die Indianer ihr Feuer anzündeten und ihre Abendmahlzeit verzehrten, die aus gedörrtem Bärenfleisch bestand, stieg er auf die Trümmer einer der Bastionen, die einen Ausblick auf die Wasserfläche des Horican gewährten. Der Wind hatte

sich gelegt, und die Wogen bewegten sich an dem Sandufer zu seinen Füßen regelmäßiger und weniger ungestüm. Die Wolken zerteilten sich, hier und da kämpfte ein funkelnder Stern mit dem Nebel. Auf den benachbarten Bergen ruhte bereits undurchdringliche Finsternis, und die Ebene glich einem großen, verlassenen Totenhaus.
Nach einer Weile war ihm, als kämen von dorther unerklärliche Töne zu ihm herüber, leise und unbestimmt, so daß er völlig ungewiß blieb, ob er sich nicht täusche. Er schämte sich seiner Unruhe, die ihn bei diesen seltsamen Lauten ergriff, und um sich abzulenken, blickte er wieder auf den See und die funkelnden Sterne, die sich in den Wellen spiegelten. Doch dann vernahm er wieder die leisen Töne, als ob sie ihn vor irgendeiner verborgenen Gefahr warnen wollten. Endlich schien ein leises Geräusch deutlich das Nahen von Schritten anzukündigen. Jetzt rief Duncan leise den Kundschafter. Falkenauge nahm seine Büchse unter den Arm und näherte sich dem Major mit einer sorglosen ruhigen Miene.
»Hört«, sagte Duncan, als der Kundschafter sich ruhig an seine Seite gestellt hatte; »hört Ihr die halblauten Töne auf der Ebene? Es scheint uns jemand zu belauschen.«
»Wer sollte auf dem Leichenfeld sein?« antwortete der Kundschafter kaltblütig.
»Ein Hurone kann, um zu plündern, zurückgeblieben sein. Wir löschen besser das Feuer aus. Horcht! Hört Ihr das Geräusch nicht, das ich meine?«
»Ein Indianer schleicht selten unter den Toten umher. Er fürchtet, die Geister zu stören.«
Sie schwiegen eine Weile, bis Duncan plötzlich wieder flüsterte: »Hört Ihr's? Da ist es wieder.«
»Ja, ja, die Wölfe sind immer auf den Beinen«, entgegnete der Kundschafter. »Es würde einem ordentlich die Wahl schwer werden unter den Fellen der Satansbrut, wenn's hell wäre und man zu dem Spaß Zeit hätte!« Falkenauge, der schon zurückgehen wollte, blieb plötzlich stehen. »Still — was war das?«
»Ich denke, es sind Wölfe«, sagte Heyward.
Falkenauge schüttelte den Kopf und gab Duncan einen Wink, aus dem Schein des Feuers zu treten. Als der Kundschafter diese Vorsichtsmaßregel getroffen hatte, lauschte er mit gespanntester Aufmerksamkeit, ob der leise Ton sich nicht wiederholen würde. Aber es rührte sich nichts.
»Wir müssen Unkas rufen«, flüsterte er schließlich, »er besitzt die Organe eines Indianers und hört leicht, was wir nicht hören können.«
Der junge Mohikaner, der am Feuer saß und leise mit seinem Vater sprach, fuhr zusammen, als er den Ruf einer Eule hörte, und sprang sofort auf. Er

sah sich vorsichtig nach allen Seiten um, und als der Kundschafter den Ruf wiederholte, sah Duncan, daß Unkas leise näher kam. Falkenauge flüsterte ihm einige Worte zu, und Unkas warf sich mit dem Gesicht auf den Rasen. Er blieb, wie es Heyward schien, eine Zeitlang ruhig und bewegungslos liegen. Als dieser einen Augenblick später wieder hinsah, war der ausgestreckte Körper des Mohikaners verschwunden.

»Wo ist der junge Mohikaner?« fragte Duncan den Kundschafter.

»Pst! Sprechen Sie leise, denn wir wissen nicht, was für Ohren uns belauschen. Unkas ist fortgekrochen, und wenn sich irgendein Mingo blicken läßt, so wird er sehen, daß er jemand vor sich hat, der es mit ihm aufnehmen kann.«

»Aber um Gottes willen«, flüsterte Heyward erregt, »was wird aus Chingachgook. Man kann seine Gestalt bei dem hellen Feuer dort deutlich sehen, und er wird sicher das erste Opfer, wenn aus dem Dunkel ein Pfeil kommt!«

»Leise, leise«, erwiderte der Kundschafter, der eine nicht gewöhnliche Unruhe verriet. »Eine einzige verdächtige Bewegung von unsrer Seite kann einen Angriff herbeiführen, ehe wir Widerstand leisten können. Der Häuptling weiß bereits durch das Signal, das ich Unkas gegeben habe, daß etwas Ungewöhnliches vorgeht. Ich will ihn durch ein zweites Zeichen darauf aufmerksam machen, daß Mingos in unsrer Nähe sind.«

Der Kundschafter legte seine Finger an den Mund und ließ einen leisen, zischenden Ton hören, bei dem Duncan zusammenfuhr, weil er eine Schlange zu hören glaubte. Chingachgook hatte den Kopf auf die Hand gestützt und schien in Gedanken versunken. Als er den warnenden Ton vernahm, richtete er sich auf und blickte lebhaft nach allen Seiten. Diese plötzliche Bewegung war das einzige Zeichen von Überraschung. Er griff nicht nach seiner Büchse. Ebenso ließ er den Tomahawk, den er vom Gürtel losgemacht hatte, wieder sinken. Dann stützte er den Kopf auf die andere Hand und wartete das Kommende mit großer Ruhe ab. Allein Heyward bemerkte, daß der Mohikaner seinen Kopf ein wenig seitwärts neigte, um auf jedes Geräusch zu lauschen.

»Sehen Sie den Häuptling!« flüsterte Falkenauge, Duncans Arm drückend, »er weiß, daß die geringste Bewegung Gefahr bringen könnte und uns ohne Gnade dieser Satansbrut –«

Hier unterbrach ihn der Knall einer Büchse. Feuerfunken flogen durch die Luft, und Chingachgook war im gleichen Augenblick, wie Heyward mit einem Blick feststellen konnte, verschwunden. Der Kundschafter spannte seine Büchse und wartete ungeduldig, ob sich ein Feind zeigen würde. Aber es geschah nichts weiter. Einige Male glaubten die beiden ein entferntes Rauschen in den Gebüschen zu hören, aber Falkenauge deutete erklärend auf ein Rudel fliehender Wölfe, die der Schuß verscheucht hatte. In Ungewißheit und Ungeduld vergingen einige Minuten. Plötzlich hörte man etwas im Wasser plätschern, und gleich darauf krachte ein zweiter Flintenschuß.

»Das ist Unkas!« sagte der Kundschafter. »Der Junge hat eine gute Büchse. Ich kenne ihren Knall.«

»Was soll das alles heißen?« fragte Duncan aufgeregt.

»Der erste Schuß beweist, daß man nichts Gutes gegen uns im Schilde führte, doch der Häuptling kann beweisen, daß ihm nichts geschehen ist«, erwiderte der Kundschafter kaltblütig, als er Chingachgook in der Nähe des Feuers wieder zum Vorschein kommen sah.

»Nun, wie steht es?« fragte er, indem er auf ihn zuging. »Greifen uns die Mingos ernstlich an, oder ist es nur so ein Gewürm, das sich auf den Schlachtfeldern aufhält, um irgendeinem Toten die Kopfhaut abzuziehen.«

Chingachgook ging ruhig an seinen Platz und gab keine Antwort, bis er einen Feuerbrand untersucht hatte, den die Kugel vorhin aus dem Feuer geschleudert hatte. Dann hob er einen Finger und sagte in englischer Sprache bloß das Wort: »Einer!«

»Das dachte ich mir«, erwiderte Falkenauge, »und da er sich im See versteckt hatte, ehe Unkas seine Büchse abfeuern konnte, so ist der Schurke sicher entkommen.«

Chingachgook nahm wieder seine frühere Stellung ein. Seine Kaltblütigkeit war nicht gestört. In diesem Augenblick kam Unkas zurück und setzte sich mit derselben Ruhe und Gleichgültigkeit ans Feuer. Alle diese Bewegungen entgingen Heyward nicht. Es schien ihm, als hätten die Waldbewohner geheime Zeichen, durch die sie sich untereinander verständlich machten.

»Was ist aus dem Kerl geworden, Unkas?« fragte der Kundschafter nach längerem Schweigen. »Wir hörten den Knall deiner Büchse, hoffentlich hast du sie nicht umsonst abgefeuert?«

Der junge Mohikaner hob eine Falte seines Jagdrockes und zeigte ruhig auf den Skalp, den er als Siegeszeichen an seinem Gürtel befestigt hatte. Chingachgook legte seine Hand an die Kopfhaut und betrachtete sie einen Augenblick. Dann ließ er sie fahren und rief verächtlich: »Hugh! Oneida!«

»Ein Oneida!« wiederholte der Kundschafter ernst. »Bei Gott, wenn die Oneidas uns auflauern, während wir die Huronen verfolgen, so sind wir auf beiden Seiten von Teufeln umringt.«

Die beiden Indianer schwiegen und saßen unbeweglich am Feuer. Duncan begab sich wieder auf den Wall. Er fühlte sich beunruhigt an einem Ort, wo leicht ein ähnlicher Angriff stattfinden konnte. Die drei Waldläufer aber, die zurückblieben, glaubten sich in völliger Sicherheit und wollten, was nun weiter zu tun sei, gemeinschaftlich beraten. Nach einem kurzen Schweigen zündete Chingachgook eine Pfeife an, deren Kopf mit seltsamen Verzierungen aus einem weichen Stein geschnitzt war. Nachdem er einige Züge schweigend geraucht hatte, gab er sie dem Kundschafter. So machte die Pfeife dreimal die Runde, während das tiefste Schweigen herrschte. Endlich verkündete Chingachgook, als der älteste und angesehenste, in wenigen Worten mit Ruhe und Würde den Gegenstand der Beratung. Der Kundschafter antwortete, und Chingachgook machte einige Einwendungen, die der andere zu widerlegen suchte. Nur Unkas beobachtete ein ehrerbietiges Schweigen, bis ihn Falkenauge um seine Meinung fragte. Heyward schloß aus den Gebärden der Sprechenden, daß Vater und Sohn einer Meinung waren, während der Weiße eine andere vertrat. Der Wortwechsel wurde allmählich lebhafter, da keiner seine Ansicht aufgeben wollte. Aber was Unkas sprach, wurde mit der gleichen Aufmerksamkeit angehört wie die Worte seines Vaters. Niemand kam aus Ungeduld den Worten des andern zuvor. Jeder nahm sich einige Minuten Zeit, um über das Gesagte und über die Antwort schweigend nachzudenken. Die Sprache der Mohikaner begleiteten so natürliche und ausdrucksvolle Gebärden, daß Heyward leicht das Gespräch verfolgen konnte. Die Indianer wiederholten anscheinend mehrfach die Schilderung der verschiedenen Zeichen, nach denen man sich bei einer Reise durch die Wälder richten mußte, und es ging daraus deutlich hervor, daß sie die Verfolgung zu Lande fortsetzen wollten. Der Kundschafter dagegen wies öfters nach der Gegend des Horican und schien die Reise zu Wasser machen zu wollen. Als die Angelegenheit auf dem Punkte war, gegen ihn entschieden zu werden, stand er plötzlich auf und fing mit einem Male an, sich aller Künste der indianischen Beredtsamkeit zu bedienen. Seinen Arm emporhebend, bezeichnete er den Lauf der Sonne von Osten nach Westen und wiederholte dies Zeichen für jeden Tag, der zu ihrer Reise nötig war. Dann beschrieb er auf der Erde durch lange, krumme Linien die Hindernisse, die Berge und Flüsse ihnen in den Weg stellten. Das Alter und die Schwäche Munros suchte er ebenfalls durch Gebärden aufs Täuschendste anschaulich zu machen. Auch Duncans Ausdauer schien er in Zweifel zu ziehen, denn Heyward, der die Sprache beobachtete, hörte ihn das Wort ›Offene Hand‹ aussprechen — ein Name, den er wegen seiner Freigebigkeit von allen Stämmen der befreundeten Indianer erhalten hatte. Falkenauge ahmte darauf die leichte Bewegung eines Kahns nach und ging, um den Kontrast hervorzuheben, mit dem langsamen und schwankenden Schritte eines Ermüdeten umher. Zum Schluß deutete er auf die Kopfhaut des Oneida und wollte dadurch offenbar andeuten, wie nötig es sei, rasch aufzubrechen. Die Mohikaner hörten ihm ernst zu, und man las in ihren Gesichtern deutlich den Eindruck, den die Rede auf sie machte. Schließlich bekehrten sie sich zu

Falkenauges Meinung. Als der Entschluß gefaßt war, beschäftigte man sich nur noch kurz mit dem Ergebnis der Beratung. Dann streckte sich Falkenauge vor dem allmählich erlöschenden Feuer auf dem Boden aus und schlief sofort ein. Die beiden Mohikaner sprachen noch einige Zeit leise in den sanften Lauten ihrer Sprache miteinander. Dann hüllte Chingachgook den Kopf in die Decke, die er auf den Schultern trug, und streckte sich auf der Erde aus. Unkas schürte die Kohlen zusammen, um die Füße seines Vaters zu erwärmen, und suchte sich dann auch ein Lager unter den Trümmern.
Heyward, dem das Sicherheitsgefühl dieser Waldbewohner Vertrauen einflößte, folgte ihrem Beispiel, und die Nacht war noch nicht zur Hälfte vorüber, als bereits alle, die unter den Ruinen von ›William Henry‹ Schutz gesucht hatten, fest schliefen.

Zwanzigstes Kapitel

Der Himmel war noch mit Sternen besät, als Falkenauge die Schläfer weckte. Munro und Heyward waren schon auf den Beinen, als am Eingange des rohen Daches, unter dem sie die Nacht zugebracht hatten, geklopft wurde. Sie traten heraus, und der Kundschafter grüßte sie mit einer ausdrucksvollen Gebärde, die ihnen zu schweigen gebot.
»Sprechen Sie nicht eine Silbe«, flüsterte er, »denn selten treffen die Weißen in den Wäldern den rechten Ton. Das haben wir an dem Beispiel des Sängers deutlich gesehen. Kommen Sie«, fuhr er fort, indem er sich einer zerstörten Bastion näherte, »wir wollen hier in den Graben hinuntersteigen. Nehmen Sie sich in acht, daß Sie sich nicht an den Steinen und Trümmern stoßen.«
Die beiden folgten ihm, und als sie in dem Graben, der das Fort von drei Seiten umgab, einige Schritte gegangen waren, fanden sie ihn völlig mit Trümmern übersät, die den Weg sehr hemmten. Nach einer Weile erreichten sie mühsam genug das sandige Ufer des Horican.
»Das ist eine Fährte, die man bloß mit der Nase verfolgen kann«, sagte Falkenauge, der zufrieden den schwierigen Pfad zurückblickte. »Das Gras ist ein verräterischer Teppich für den Fliehenden, doch auf Holz und Stein bleibt keine Spur zurück. Hätten Sie Ihre schweren Stiefel angehabt, so hätten wir allerdings nicht mehr ganz ohne Sorge sein können, aber mit Mokassins an den Füßen kann man sich den Felsen ganz gut anvertrauen. – Rudere etwas näher dem Ufer zu, Unkas!« rief er dann. »In dem Sande bleibt leicht eine Spur zurück. Sachte, Junge, sachte! Der Kahn darf nicht ans Ufer stoßen.«
Der junge Indianer beobachtete diese Vorsicht, und der Kundschafter holte

aus den Trümmern ein Brett, legte es von dem Ufer aus auf den Kahn und gab den beiden Offizieren einen Wink, einzusteigen. Dann folgte er selbst, nachdem er sich vergewissert hatte, daß sie keine Spur zurückließen. Er warf endlich das Brett unter die Trümmer zurück, die bis zum Ufer verstreut umherlagen. Schweigend ruderten sie dann auf den See hinaus, und die Umrisse des zerstörten Forts verschwanden allmählich in der Dämmerung.
Der Tag war soeben angebrochen, als sie in der Gegend, wo der Horican enger wird, durch einige kleine Inseln schnell, aber vorsichtig hindurchfuhren. Auf diesem Wege hatte sich Montcalm mit seiner Armee zurückgezogen, und es konnte vielleicht hier ein Trupp Indianer zurückgeblieben sein. Chingachgook legte das Ruder hin, während Unkas und der Kundschafter das leichte Fahrzeug durch die zahlreichen Kanäle hindurchruderten. Der Häuptling musterte aufmerksam Insel um Insel, Busch um Busch, ja, sein Blick beobachtete auch scharf die Felsen, die sich am Seeufer erhoben. Heyward, den die Naturschönheiten der Gegend sehr anzogen, glaubte schon, daß jede Furcht hier ziemlich unbegründet sei, als die Ruder auf ein von Chingachgook gegebenes Zeichen plötzlich still hielten.
»Hugh!« rief Unkas fast im gleichen Augenblick.
»Was gibt's?« fragte der Kundschafter; »der See ist klar und ruhig. Ich kann eine Strecke von mehreren Meilen übersehen, ohne daß sich ein schwarzer Punkt im Wasser zeigt.«
Der Indianer hob bedächtig sein Ruder empor und deutete auf eine Insel hin.
»Ich sehe nichts als Land und Wasser«, sagte Heyward.
»Pst!« unterbrach ihn der Kundschafter. »Sehen Sie den leichten Nebelstreif, Major, der über dem Eiland emporsteigt?«
»Das ist Dunst, der aus dem Wasser steigt.«
»Aber sehen Sie nicht, daß dieser Dunst nach unten zu schwärzer ist und daß er aus dem Dickicht am Ende der Insel herkommt? Es ist der Rauch eines Feuers, und zwar eines Feuers, das nahe am Erlöschen ist. Jetzt tut Eile not.«
Das Kanu wurde schnell in Bewegung gesetzt, und in wenigen Minuten hatte man einen Punkt erreicht, von dem aus man das bisher verborgene nördliche Ufer der Insel sah.
»Ich habe mich nicht geirrt!« flüsterte der Kundschafter, »da sind sie! Jetzt sieht man den Rauch ganz deutlich, und da sind auch zwei Kähne. Die Schurken haben uns noch nicht gesehen, sonst hätten wir schon ihr verdammtes Kriegsgeheul gehört. Vorwärts, Freunde! Wir sind schon weit von ihnen weg, und eine Kugel kann uns nicht mehr erreichen.«
Er wurde durch einen Flintenschuß unterbrochen. Die Kugel fiel in geringer Entfernung vom Boot ins Wasser, und ein furchtbares Geheul bewies ihnen,

daß sie entdeckt waren. Mehrere Wilde stürzten zu den Kanus, die gleich darauf die Wellen durchschnitten. Der Kundschafter und die beiden Mohikaner blieben völlig ruhig und setzten nur die Ruder eifrig in Bewegung. Das kleine Boot schien nun leicht wie ein Vogel dahinzufliegen.
»Halte diese Entfernung, Chingachgook«, sagte Falkenauge und blickte ruhig über die Schulter des Mohikaners. »Die Huronen haben nie ein Gewehr gehabt, das so weit reichte, und auf meinen Wildtödter kann ich rechnen.«
»Hugh«, rief Unkas plötzlich und wies auf das östliche Felsenufer, wo eben ein anderes Boot abstieß und gerade auf sie zukam. Jetzt war ihre Lage höchst gefährlich. Der Kundschafter legte seine Büchse weg und ergriff das Ruder, während Chingachgook das Kanu mehr dem westlichen Ufer zusteuerte, um sich von den neuen Feinden so weit wie möglich entfernt zu halten. Bald ruderten die beiden Boote in paralleler Richtung, etwa zweihundert Ruten weit voneinander entfernt. Die Bewegung der leichten Fahrzeuge war so schnell, daß die kräuselnden Wellen lebhaft vor ihnen hertanzten, und jeder Kahn suchte dem andern den Vorsprung abzugewinnen. Wegen der Anstrengung des Ruderns, an dem sich alle beteiligen mußten, gaben die Huronen nicht sogleich Feuer. Die Zahl der Verfolger war aber bei weitem größer, und Duncan bemerkte, daß der Kundschafter sich unruhig umsah, um ein Mittel zu finden, ihre Flucht zu beschleunigen.
»Steuere noch ein wenig weiter von der Sonne weg, Chingachgook!« rief er, »denn ich sehe, daß einer der Schurken das Ruder beiseite legt, um nach seiner Büchse zu greifen. Wir wollen die Insel da zwischen ihnen und uns in der Mitte lassen.«
Eine lange, mit Wald bewachsene Insel lag vor ihnen, und während sie an der linken Seite hinruderten, waren die Huronen einige Zeit außer Sicht. Als die beiden Kähne endlich an der nördlichen Spitze der Insel anlangten, hatten die Flüchtlinge einen bedeutenden Vorsprung.
»Du weißt, was ein Kanu aus Birkenholz bedeutet, Unkas, sonst hättest du nicht unter den Booten, die die Huronen bei ›William Henry‹ zurückließen, gerade dieses gewählt«, sagte der Kundschafter lächelnd. »Die Schurken rudern jetzt mit aller Kraft, und wir müssen unsere Schädel, statt mit Pulver und Blei, mit den Rudern verteidigen.«
Eine Salve der Huronen unterbrach den Kundschafter, und eine Kugel traf das Ruder Chingachgooks, entriß es seinen Händen und schleuderte es einige Fuß weit in die Wellen. Die Huronen stießen ein Freudengeschrei aus. Unkas beschrieb mit seinem Ruder einen Halbkreis im Wasser, wodurch der Kahn sich dem Ruder seines Vaters näherte. Der zog es aus dem See und schwang es im Triumph über seinem Kopf. Dabei stieß er das Kriegsgeschrei

der Mohikaner aus. Der laute Ruf: »Die Große Schlange!« ließ sich aus den Kähnen der Wilden hören. Der Kundschafter, mit der rechten Hand rudernd, ergriff mit der linken seinen Wildtödter und schwang ihn triumphierend über dem Kopf. Die Wilden beantworteten diesen Hohn durch ein wildes Geheul, und dann folgte eine zweite Gewehrsalve. Die Kugeln fielen, mit Ausnahme einer, die den Boden des Bootes durchschlug, ins Wasser. Der Kundschafter wandte sich unerschrocken zu Heyward und sagte lächelnd:
»Die Schurken haben das Knallen ihrer Büchsen gern, aber sie können nicht von einem Kanu aus, das auf den Wellen tanzt, richtig zielen. Um laden und schießen zu können, haben die dummen Kerle einen ihrer Mannschaft von den Rudern wegnehmen müssen.«
Duncan war nicht völlig so ruhig wie seine Gefährten, weil er vielleicht die Geschwindigkeit der beiden Kähne nicht so gut berechnen konnte. Doch sah er, daß sie durch ihre Anstrengungen den Feinden einen kleinen Vorsprung abgewonnen hatten. Als die Huronen wieder ihre Gewehre abfeuerten, traf eine Kugel das Ruder des Kundschafters, ohne ihn zu verletzen.
»Das nenne ich einen Schuß!« sagte Falkenauge und betrachtete die leichte Vertiefung, die die Kugel in dem Ruder zurückgelassen hatte. »Nicht durch die Haut eines Kindes wäre diese Kugel gegangen. Major, wollen Sie einstweilen das Ruder zur Hand nehmen? Ich möchte meinen Wildtödter auch einmal zu Worte kommen lassen!«
Während Heyward das Ruder nahm, hatte der Kundschafter seine Büchse ergriffen. Kaum war das Gewehr abgefeuert, als ein Indianer im feindlichen Boot zurücksank. Zwar raffte er sich sogleich wieder auf, doch seine Bewegungen waren wild und verstört. In diesem Augenblick verließen seine Freunde die Ruder, und die drei Kanus blieben zusammen stehen. Chingachgook und Unkas benutzten die Pause, um Atem zu schöpfen. Duncan aber ruderte unablässig fort.
»Sachte! Sachte! Major!« rief der Kundschafter. »Wir sind schon zu weit entfernt, als daß eine Kugel die Schurken erreichen könnte.« Er warf einen Blick auf die feindlichen Boote, legte seine Büchse hin und löste den vom Rudern ermüdeten Duncan ab. In wenigen Minuten waren sie von den Huronen so weit entfernt, daß Duncan wieder freier Atem schöpfte.
Der See dehnte sich jetzt weiter aus, und das Ufer, dem sie näher kamen, begrenzten wie früher hohe und steile Berge. Aber die wenigen Inseln, die sich hier befanden, waren leicht zu vermeiden. Die Ruderschläge wurden jetzt allmählich regelmäßiger. Statt am westlichen Ufer hin zu fahren, an dem sie ans Land steigen mußten, lenkte der schlaue Mohikaner den Bergen zu, hinter denen Montcalm seine Armee in die sichere Festung Ticonderoga geführt hatte. Es gab zwar keinen eigentlichen Grund zu dieser Vorsichtsmaß=

regel, denn die Huronen hatten offenbar die Verfolgung aufgegeben. Doch der Mohikaner steuerte mehrere Stunden lang in dieser Richtung fort, bis das kleine Fahrzeug endlich in einer kleinen Bucht am nördlichen Seeufer anlangte. Hier stiegen die Reisenden ans Land, und das Kanu wurde ans Ufer gezogen. Falkenauge und Heyward begaben sich auf eine nahe Anhöhe und sahen mehrere Minuten lang schweigend auf die klare Wasserfläche des Sees. Endlich machte der Jäger Heyward auf einen schwarzen Punkt aufmerksam, der sich in der Entfernung von mehreren Meilen in der Nähe eines Vorgebirges zeigte.

»Sehen Sie dort?« fragte er. »Wofür würden Sie wohl nach Ihrer Erfahrung diesen Punkt halten?«

»In dieser Entfernung würde ich ihn seiner Größe nach für einen Wasservogel halten, wenn es überhaupt ein lebendes Wesen ist.«

»Es ist ein Kanu, und auf ihm befinden sich wilde und verschlagene Mingos. Die Schurken dort tun so, als dächten sie an nichts als an ihr Abendmahl, aber sobald die Dunkelheit eintritt, werden sie auf unsrer Fährte sein wie die besten Spürhunde. Wir müssen sie irreführen, oder unsere Verfolgung Maguas mißlingt. Diese Seen sind bisweilen von Nutzen, besonders für das Wild«, fuhr er fort und sah sich flüchtig um. »Aber sie verbergen niemanden, nur Fische. Gott weiß, was aus dem Lande werden wird, wenn die Kolonien der Weißen sich einst über die zwei Flüsse ausdehnen sollten. Jagd und Krieg würden ihren ganzen Reiz verlieren.«

»Wir wollen jetzt keinen Augenblick zögern«, erwiderte Heyward.

»Der Rauch gefällt mir nicht, den Sie dort längs dem Felsen hinter dem Kanu emporsteigen sehen«, sagte der Kundschafter. »Ich wette, daß ihn noch andere Augen sehen und wissen, was er bedeutet.«

Mit diesen Worten stieg Falkenauge, in tiefes Nachdenken versunken, von der Anhöhe herab und begab sich ans Ufer, wo er seinen Freunden in delawarischer Sprache seine Beobachtungen mitteilte.

Das Kanu wurde nun auf den Schultern fortgetragen, und die Reisenden hüteten sich, als sie den Wald betraten, sehr sorgfältig, deutliche Spuren ihres Weges zurückzulassen. Sie erreichten bald einen Gießbach, den sie durchschritten, und befanden sich in der Nähe eines kahlen Felsens. Hier konnten die Spuren ihrer Schritte von ihren etwaigen Verfolgern nicht bemerkt werden, und sie kehrten von da wieder zum Gießbach zurück, wobei sie sich der Vorsicht bedienten, rückwärts zu gehen. Der Gießbach, der sich hier zu einem kleinen Flusse erweiterte, konnte das Kanu tragen. Sie fuhren bis zur Mündung hinab und erreichten wieder den See. Durch einen vorspringenden Felsen konnten sie hier von dem Vorgebirge aus, wo sie das Kanu der Huronen erblickt hatten, nicht gesehen werden. Das Ufer des Sees war eine Strecke weit mit dichten und tief herabhängenden Gebüschen bedeckt. So fuhren sie schweigend am Strande hin, bis der Kundschafter es für ratsam hielt, abermals zu landen. Als die Dämmerung einbrach, bestiegen sie ihren Kahn wieder und ruderten schnell vorwärts, um das westliche Ufer zu erreichen. Chingachgooks geübtes Auge entdeckte bald einen kleinen Hafen, in den er das Kanu vorsichtig steuerte. Nachdem das leichte Fahrzeug wieder ans Ufer gezogen und eine Strecke weit in den Wald getragen worden war, verbarg man es sorgfältig unter einem Haufen Strauchwerk. Die Reisenden nahmen ihre Waffen und ihr Gepäck und machten sich auf den Weg.

Einundzwanzigstes Kapitel

Die Reisenden waren an der Grenze eines Gebiets angelangt, das fast menschenleer war. Falkenauge und die Mohikaner hatten aber mehr als einmal die Berge und Täler dieser weiten Wildnis durchwandert und drangen ohne Bedenken in den Wald ein. Mehrere Stunden lang setzten sie ihren beschwerlichen Weg fort, indem sie bald einem Stern, bald dem Lauf des Gießbachs folgten. Endlich machte der Kundschafter halt, und nach einer kurzen Beratung mit den Indianern wurde Feuer angezündet, und man traf die gewöhnlichen Vorkehrungen, die Nacht an dem Orte zuzubringen, an dem man sich gerade befand. Die Zuversicht ihrer Begleiter flößte auch Munro und Heyward Vertrauen ein, und sie begaben sich zur Ruhe.

Der Nebel hatte sich zerstreut, und die Sonne beleuchtete mit ihrem Strahlenglanz den Wald, als die fünf am anderen Tage ihre Reise fortsetzten. Nachdem Falkenauge, der stets voranging, einige Meilen zurückgelegt hatte, fing er an, langsamer und aufmerksamer vorwärts zu gehen. Öfters blieb er stehen, um die Bäume genau zu untersuchen, auch ging er über keinen Bach, ohne Schnelligkeit, Tiefe und Farbe des Wassers festzustellen. Zuweilen fragte er Chingachgook um seine Meinung und besprach sich sehr ernst und angelegentlich mit ihm. Während einer dieser Unterredungen bemerkte Heyward, daß Unkas schweigend, aber sehr interessiert zuhörte, ohne sich irgendeine Bemerkung zu erlauben. Er wollte sich schon an den jungen Indianer mit der Frage wenden, wie weit sie noch vom Ziel ihrer Reise entfernt wären, aber er unterließ es denn doch, um dem Kundschafter dadurch nicht Mißtrauen zu zeigen. Falkenauge wandte sich dann auch selbst an den Major und erklärte ihm die Verlegenheit, in der er sich befand.

»Als ich bemerkt hatte«, sagte er, »daß die Spuren der Huronen nach Norden hinführten, konnte ich mit gutem Grund annehmen, sie würden den

Weg in die Täler einschlagen und zwischen den Gewässern des Hudson und des Horican haltmachen, bis sie zu den Quellen der Ströme von Kanada und weiter in das Herz des von den Franzosen besetzten Landes gelangten. Hier sind wir nun nicht weit vom Scavoon, und wir haben nicht eine einzige Spur gefunden.«

»Hoffentlich machten wir keinen Fehler!« rief Duncan. »Wir wollen wieder umkehren und die Gegend sorgfältig untersuchen. Weiß Unkas keinen Rat zu geben?«

Der junge Mohikaner warf einen raschen Blick auf seinen Vater, der ihm schweigend winkte, und dann eilte er leicht wie ein Hirsch fort, erklomm eine kleine Anhöhe und blieb dort mit triumphierender Miene an einer Stelle stehen.

»Wirklich, das sind ihre Spuren!« rief der Kundschafter, der Unkas gefolgt war. »Der Junge hat für sein Alter ein scharfes Auge und einen guten Verstand.«

»Seht!« sagte Unkas, auf die Spuren verschiedener Füße deutend, »das Mädchen mit dem dunklen Haar ist nach der Seite der Kälte zu gegangen.«

»Nie fand ein Spürhund eine schönere Fährte!« rief der Kundschafter, indem er sich in der Richtung der bemerkten Spuren wieder auf den Weg machte. »Wir können von großem Glück sagen und dürfen jetzt unserer Nase nachgehen. Da sind ja auch die Spuren der beiden Pferde, die den wunderlichen Gang haben. Dieser Hurone reist wie ein General unter den Weißen! Er ist toll und mit Blindheit geschlagen. Sieh doch einmal zu, Chingachgook«, fuhr er fort, indem er sich lachend umdrehte, »ob du keine Spur von Wagenrädern findest; wir sehen am Ende bald den Narren in einer Kutsche einherfahren – während ihm die besten Augen im Lande dicht auf den Fersen sind.«

Des Kundschafters Mut und Fröhlichkeit über den Erfolg gaben Heyward und Munro neue Hoffnung, und sie folgten mit schnellen Schritten ihren Führern. Unterbrach ein Felsen, ein Bach, ein ungewöhnlich harter Boden die Spur, so gelang es dem geübten Auge des Kundschafters leicht, sie wiederzuentdecken, und selten waren sie gezwungen, stehenzubleiben. Der schlaue Hurone hatte übrigens die Kunstgriffe nicht unterlassen, deren sich die Indianer bedienen, wenn sie sich vor einem Feinde zurückziehen. Häufig stießen die Reisenden auf falsche, absichtlich gemachte Spuren. Aber Maguas Verfolger ließen sich dadurch nur selten täuschen oder entdeckten den Irrtum bald.

Ungefähr am Nachmittag waren sie über den Scavoon gegangen und nahmen nun ihre Richtung der untergehenden Sonne entgegen. Nachdem sie von einer Anhöhe in eine Schlucht hinabgestiegen waren, durch die ein klei=

ner Bach floß, gelangten sie an eine Stelle, wo le Renard offenbar mit seinen Gefangenen haltgemacht hatte. Erloschene Feuerbrände lagen um eine Quelle, sie fanden verstreute Überreste eines Damhirsches, und an dem Grase und den Gebüschen erwiesen unverkennbare Merkmale, daß die Pferde hier geweidet hatten. Wenn sich auch hier überall die bekannten Spuren zeigten, so hörten sie danach plötzlich auf und ließen die Reisenden abermals in Ungewißheit. Zwar war es leicht, die Spuren der Pferde zu verfolgen; aber sie schienen ohne Führer umhergelaufen zu sein. Endlich entdeckte Unkas eine Spur, die ganz frisch zu sein schien. Bevor er ihr nachging, machte er die andern mit dieser Entdeckung bekannt, und während sie noch über den sonderbaren Umstand sprachen, erschien der junge Indianer mit den beiden Pferden, deren Sättel zerrissen waren, als wären sie mehrere Tage lang allein umhergestreift.

»Was bedeutet das?« fragte Duncan bleich werdend.

»Das bedeutet«, erwiderte der Kundschafter, »daß unsere Reise zu Ende geht und daß wir uns in friedlichem Lande befinden. Wäre man dem Schurken früher auf den Leib gerückt, so wäre es leicht möglich gewesen, daß er die Skalpe der Mädchen mitgenommen hätte. Da ihm aber kein Feind auf dem Fuße folgte und er so gute Pferde hatte, steh' ich dafür, daß er ihnen kein Haar gekrümmt hat. Ich habe gehört, daß die mit den Franzosen befreundeten Indianer in diese Wälder herüberkommen, um hier Hirsche zu jagen, und wir können nicht sehr weit von ihrem Lager entfernt sein.«

Falkenauge und die Mohikaner machten sich nun ernstlich daran, die Menschenspuren zu finden. Ein Kreis von einigen hundert Fuß wurde um den Platz gezogen, und jeder begann die Untersuchung eines Abschnitts, doch ohne irgendeinen Erfolg. Endlich machte der Kundschafter mit seinen Gefährten noch einmal die Runde um den Platz und kehrte dann zu Heyward und Munro zurück, ohne durch diese Untersuchung um ein Haarbreit klüger geworden zu sein.

»Bei dieser List muß der Teufel sein Spiel gehabt haben!« rief Falkenauge, als er die bestürzten Blicke seiner Gefährten bemerkte. »Chingachgook, wir müssen noch einmal, von der kleinen Quelle an, den Boden Zoll für Zoll untersuchen.«

Unkas, der zuerst fertig war, geriet auf den Gedanken, einen kleinen Damm von Steinen und Erde über den Bach zu ziehen, der aus der Quelle entsprang. Er hemmte den Ablauf des Wassers, das sich einen andern Weg suchen mußte. Sobald das schmale Bett unter dem Damm trocken war, bückte er sich neugierig, um es zu untersuchen. Ein Schrei verkündete, daß er etwas entdeckt hatte. Die übrigen versammelten sich um ihn, während er ihnen auf dem feinen und feuchten Sande die Spuren eines Halbstiefels zeigte.

»Der Junge macht seinem Volk Ehre«, rief Falkenauge, »da haben wir die Spur des Psalmensängers. Jetzt ist mir die ganze Sache klar. Der Sänger ist ein Mann, den man bloß mit der Kehle und mit den Beinen brauchen kann. Man hat ihn vorausgehen lassen, und die, die ihm folgten, haben ihre Füße in seine Fußtapfen gesetzt.«
»Aber«, sagte Duncan, »ich sehe keine Spuren von ...«
»Von den beiden jungen Mädchen?« unterbrach ihn der Kundschafter. »Der Schurke wird schon Mittel gefunden haben, sie so weit zu tragen, bis er außer aller Besorgnis war.«
Man folgte nun dem Lauf des Baches, in dessen Bett sich fortwährend die gleichen Spuren zeigten. Das Wasser trat bald wieder herein, und man mußte am Ufer weitergehen. Über eine halbe Meile hatten sie so zurückgelegt, als sie an eine Stelle kamen, wo der Bach am Fuße eines großen, kahlen Felsens einen Winkel bildete. Hier machten sie halt, um näher zu untersuchen, ob der Hurone über diese Anhöhe hinweggegangen war. Wirklich gelang es Unkas, auf einem Büschel Moos die Fußtapfen eines Indianers zu entdecken. Die Fußspitze war gegen ein nahes Gebüsch gerichtet, und Unkas, der sogleich darauf zueilte, fand dort alle Spuren frisch und deutlich wieder. Man setzte den Weg fort, nachdem alle ein leichtes Mahl eingenommen hatten.
Der Kundschafter warf einen Blick nach der untergehenden Sonne und trieb seine Begleiter an, daß Heyward und Munro kaum mit ihm gleichen Schritt halten konnten.
»Ich wittere die Huronen«, sagte Falkenauge nach einiger Zeit. »Dort schimmert der Himmel durch die Bäume, und wir kommen am Ende dem Lager nahe. Chingachgook, steig auf die Anhöhe rechts, und du, Unkas, kannst dich auf der linken halten, die am Bach hinläuft, während ich die Spur verfolge. Wer etwas bemerkt, benachrichtigt die andern, indem er dreimal wie eine Krähe krächzt. Ich habe mehrere dieser Vögel über der abgestorbenen Eiche dort flattern sehen, und das ist auch ein Zeichen, daß wir uns in der Nähe eines indianischen Lagers befinden.«
Die Mohikaner entfernten sich, und Falkenauge setzte mit den beiden Offizieren seinen Weg fort. Heyward beschleunigte seine Schritte, um bei dem Jäger zu bleiben. Nach einiger Zeit bat Falkenauge den jungen Engländer, sich zum Waldsaum zurückzuziehen und ihn dort zu erwarten. Duncan wandte sich zurück und befand sich bald auf einer kleinen Anhöhe, von wo er eine Aussicht hatte, die ihn außerordentlich interessierte.
Auf eine große Strecke hin waren alle Bäume gefällt, und die Helle des milden Sommerabends, die sich über die große Lichtung breitete, war ein schöner Kontrast zu dem Halbdunkel des Waldes. Nicht weit von der Stelle, wo

Duncan stand, erweiterte sich der Bach zu einem kleinen See, der in einem zwischen zwei Bergen eingeengten Tale fortlief. Aus diesem geräumigen Becken floß das Wasser in sanftem und regelmäßigem Fall ab. Es war ein großes Bibergebiet, und er bemerkte Hunderte von den Bauten dieser Tiere, die ihre Wohnungen geschickter aufführen als die Indianer ihre Hütten, denen sie aber von fern täuschend glichen. Plötzlich fuhr Heyward zusammen, denn in den Büschen nicht weit von ihm hörte er deutlich ein Geräusch. Der junge Mann erschrak und prallte einige Schritte zurück, als er jetzt ziemlich nah einen fremden Indianer erblickte. Er blieb unbeweglich hinter seinem Gebüsch stehen und beobachtete die Bewegungen des Fremden aufmerksam. Der erste Blick überzeugte ihn, daß er nicht bemerkt worden war. Das Gesicht des Indianers war auf groteske Weise bemalt, und den Ausdruck seiner Züge konnte man schwer erkennen. Sein Haupt war kahl geschoren, außer auf dem Scheitel, wo drei oder vier verblichene Falkenfedern an dem Haarbüschel befestigt waren. Ein abgetragener Mantel bedeckte kaum zur Hälfte seinen Körper. Seine Schenkel waren nackt und von Dornen zerrissen, an den Füßen trug er ein Paar Halbstiefel von gutem Bärenfell. Er sah im ganzen elend und armselig aus. Duncan betrachtete neugierig seinen Nachbarn, als plötzlich der Kundschafter vorsichtig an seine Seite schlich.

»Ihr seht«, flüsterte der Major, »wir haben die Niederlassung oder das Lager erreicht. Dort steht schon ein Wilder.«

Falkenauge stutzte und hob geräuschlos seine Büchse empor, mit seinen Augen die Richtung verfolgend, die Duncan andeutete. Er reckte seinen Hals aus, um den verdächtigen Fremdling näher zu betrachten, ließ aber bald darauf sein Gewehr wieder sinken und sagte:

»Das ist kein Hurone, er gehört auch zu keinem der kanadischen Stämme. An seinen Kleidern aber können Sie sehen, daß der Schurke einen Weißen geplündert hat.«

»Er scheint keine Waffen zu führen«, entgegnete Heyward.

»Der Kerl hat lange Beine, ihm ist nicht zu trauen. Behalten Sie ihn mit Ihrer Büchse im Auge; ich will mich durch das Gebüsch hinten an ihn heranschleichen und mich seiner bemächtigen.«

Gleich darauf verbargen die Gebüsche Falkenauge. Duncan wartete einige Augenblicke mit ängstlicher Ungeduld. Endlich sah er, daß der Kundschafter wie eine Schlange hinter den Indianer kroch, den er zu seinem Gefangenen machen wollte. Als er nur noch wenige Schritte von ihm entfernt war, stand er still und richtete sich langsam auf.

In diesem Augenblicke ließ sich ein plötzliches Geräusch vom See her hören, und Duncan, der sein Auge rasch dahin wandte, sah Hunderte von Bibern in das Wasser tauchen.

Als Heyward sich wieder umblickte, beobachtete er gerade, wie der Kundschafter, statt sein Schlachtopfer bei der Kehle zu packen, ihm einen leichten Schlag auf die Schulter gab. Dann hörte er ihn laut rufen: »Heda, guter Freund, wollt Ihr die Biber singen lehren?«

Zweiundzwanzigstes Kapitel

Es war wirklich David, der Meister im Psalmengesang. Die unerwartete Begegnung gab allen die Hoffnung, die beiden Schwestern bald wiederzusehen.

Der Kundschafter, der seine Freunde schnell durch den Krähenschrei benachrichtigt hatte, drehte jetzt ohne weitere Umstände David auf den Fersen herum und betrachtete ihn von oben bis unten. Alle waren über die Ausstaffierung des Sängers trotz des Ernstes der Lage belustigt. Oberst Munro, der zum erstenmal aus seiner schmerzlichen Versunkenheit erwachte, fragte als erster nach seinen Töchtern.

»Sie sind von den Heiden gefangen worden«, entgegnete David, »aber wenn auch in ihrem Gemüt beunruhigt, so sind sie doch völlig in Sicherheit.«

»Beide?« fragte Heyward gespannt.

»Beide«, wiederholte David. »Obgleich unsere Reise sehr beschwerlich und unsere Nahrung nicht eben reichlich war.«

»Wo ist Magua?« fragte jetzt der Kundschafter hastig.

»Er ist auf Jagd mit seinen jungen Kriegern, und morgen sollen wir tiefer in die Wälder aufbrechen an die Grenzen Kanadas. Die ältere der beiden Schwestern ist zu einem benachbarten Volksstamm gebracht worden, dessen Hütten jenseits des großen schwarzen Felsens liegen, den Ihr dort seht. Die jüngere ist bei den Weibern der Huronen, zwei Meilen von hier.«

»Wie kommt es aber, daß man Euch so allein und unbewacht umherlaufen läßt?« fragte Heyward.

»Gering ist mein Verdienst«, antwortete David. »Aber die Macht des Gesangs beweist sich auch bei den Wilden. Ich kann daher kommen und gehen, wie es mir beliebt.«

Der Kundschafter lachte, deutete unmißverständlich auf seine Stirn und warf dem Major einen vielsagenden Blick zu. »Die Indianer tun nie jemand, dem es hier fehlt, etwas zuleide«, sagte er leise. Dann aber fuhr er lauter fort: »Warum seid Ihr nicht auf Eurer eigenen Spur zurückgegangen, um uns in Fort ›Edward‹ zu benachrichtigen?«

»Hätte mein Herz sich auch erfreut, die Wohnungen der Christen wieder-

zusehen«, antwortete David bedächtig, »so wäre doch mein Fuß den zarten Geschöpfen, die mir zur Obhut übergeben wurden, eher bis in die Provinz der Jesuiten gefolgt, als daß ich einen Schritt rückwärts getan hätte, während sie in Gefangenschaft und Trübsal schmachten.«
Selbst der Kundschafter mußte die Treue des Psalmensängers anerkennen, und er belohnte sie, indem er ihm seine Stimmpfeife wiedergab, die David erfreut entgegennahm. Er mußte jetzt die Ereignisse berichten und tat es einfach, ohne seine frommen Bilder. Magua hatte sich eine Zeit auf dem Berge aufgehalten. Gegen Mittag war er hinabgestiegen und hatte westlich vom Horican den Weg nach Kanada eingeschlagen. Der schlaue Hurone war mit dem Pfad genau bekannt, und da er wußte, daß ihm hier keine unmittelbare Gefahr drohte, so beeilte er sich in seinem Marsch nicht sonderlich. Nach Davids Bericht schien es, daß man seine Gegenwart mehr geduldet als gewünscht hatte, wenn auch Magua selbst nicht ganz frei von der abergläubischen Verehrung war, mit der die Indianer einen Menschen betrachten, dessen Verstand der Große Geist verwirrt hat. Nachts waren die größten Vorsichtsmaßregeln getroffen worden, um die Gefangenen vor dem feuchten Tau der Wälder zu schützen und auch um ihrer Flucht vorzubeugen. Bei der Ankunft im Lager der Huronen hatte Magua seine Gefangenen getrennt. Cora war zu einem Stamm geschickt worden, der in einem benachbarten Tal wohnte; aber David kannte die Geschichte und die Gebräuche der Indianer zu wenig, um über den Namen oder Charakter dieses Stammes Auskunft geben zu können. Er wußte nur, daß diese Indianer an dem Feldzug, der gegen ›William Henry‹ geführt worden war, nicht teilgenommen hatten, daß sie, wie die Huronen, Bundesgenossen Montcalms waren und in freundschaftlichem Verkehr mit dem kriegerischen und wilden Volk standen, in dessen Nachbarschaft sie der Zufall geführt hatte.
Die Mohikaner und der Kundschafter hörten mit einem Interesse zu, das jeden Augenblick stärker wurde. Als David eine nähere Schilderung des Stammes, zu dem Cora gebracht worden war, liefern wollte, unterbrach ihn Falkenauge durch die Frage:
»Habt Ihr ihre Messer genau betrachtet? Waren sie von englischer oder französischer Herkunft?«
Darauf wußte der Sänger keine Antwort zu geben. Er wußte nur zu berichten, daß ihm bei ihrer Bemalung die Form einer Schildkröte aufgefallen sei.
»Hugh!« riefen die beiden aufmerksamen Mohikaner in einem Atem, während der Kundschafter mit der Miene eines Menschen, der eine unangenehme Entdeckung gemacht hat, den Kopf schüttelte. Hierauf redete Chingachgook in der Sprache der Delawaren. Einmal hob er den rechten Arm empor, und als er ihn langsam wieder sinken ließ, schob er die Falten sei-

nes Mantels auseinander und ließ den einen Finger auf der Brust ruhen. Duncan sah erstaunt auf seiner Brust das eben erwähnte Tier in schwachen Umrissen mit blauer Farbe gemalt.
Alles, was er von der gewaltsamen Trennung der zahlreichen Stämme der Delawaren gehört hatte, fiel ihm jetzt ein. Der Kundschafter wandte sich, als der Mohikanerhäuptling ausgeredet hatte, in englischer Sprache an den Major.
»Wir haben da etwas entdeckt, das uns nutzen oder schaden kann. Chingachgook stammt aus dem ältesten Blute der Delawaren, und er ist das Oberhaupt ihrer Schildkröten. Daß einige aus diesem Stamme sich unter dem Volke befinden, von dem der Sänger spricht, daran läßt sich nach dem, was er gesagt hat, nicht zweifeln. Es ist auf jeden Fall ein gefährlicher Pfad, auf dem wir uns befinden, denn ein abtrünniger Freund ist oft schlimmer und blutdürstiger als der ärgste Feind.«
Alle schwiegen jetzt nachdenklich.
»Es ist am besten«, sagte endlich Falkenauge, »wir lassen den Sänger gehen, damit er sich wieder zu den Indianern begibt und die beiden Frauenzimmer benachrichtigt, daß wir uns in der Nähe befinden. Auf ein Zeichen kann er dann wieder hierherkommen, damit wir uns weiter mit ihm beraten. Ihr könnt doch wohl, guter Freund«, fuhr er fort, indem er sich zu David wandte, »das Geschrei einer Krähe von dem Ruf eines Kuckucks unterscheiden?«
»Der Kuckuck ist ein lieblicher Vogel«, erwiderte David. »Sein Ton hat etwas Sanftes und Schwermütiges; er ist nicht unangenehm, wenn er auch nur zwei Noten hat.«
»Nun, wenn Euch dieser Ton gefällt«, sagte der Kundschafter, »so soll er das Signal sein. Merkt Euch also: Hört Ihr den Kuckuck dreimal rufen, so kommt Ihr wieder in den Wald.«
»Halt!« unterbrach ihn Heyward. »Ich begleite David.«
»Sie?« rief Falkenauge erstaunt. »Sind Sie Ihres Lebens überdrüssig?«
»Oh, ich kann die Rolle eines Narren, eines Wahnsinnigen spielen, wenn es mir nur gelingt, die Mädchen aus der Gefangenschaft zu befreien.«
Falkenauge betrachtete den jungen Mann einen Augenblick in stummer Verwunderung. Duncan aber fuhr fort: »Ihr kennt alle Mittel, mich unkenntlich zu machen. Verändert mein ganzes Äußere, bemalt mich, macht einen Narren aus mir oder was Ihr sonst wollt.«
Der Mut des jungen Offiziers hatte etwas Achtunggebietendes, dem man nicht widerstehen konnte. Falkenauge, der die Schlauheit und List der Indianer zu gut kannte, um die Gefahren eines solchen Unternehmens zu übersehen, wußte nicht recht, wie er diesen plötzlichen Entschluß bekämp-

fen sollte. Vielleicht lag auch etwas in diesem Plan, das seiner eigenen kühnen Natur entsprach.
»Nun«, sagte er schließlich mit gutmütigem Lächeln; »Chingachgook hat in seiner Tasche alle Farben, und er versteht sich aufs Malen. Setzen Sie sich auf den Baumstamm dort, und er wird bald einen natürlichen Narren aus Ihnen gemacht haben.«
Duncan setzte sich, und der Mohikaner, der diesem Gespräch mit großer Aufmerksamkeit zugehört hatte, machte sich sogleich an die Arbeit. Lange geübt in einer Kunst, die fast alle Wilden verstehen, gab er mit großer Gewandtheit und Schnelligkeit Heywards Gesichtszügen jenen seltsamen Schatten, den die Eingeborenen als Zeichen einer friedlichen und fröhlichen Gemütsart ansehen. Jede Linie, die auf kriegerische Absichten hätte deuten können, wurde sorgsam vermieden, und durch mehrere phantastische Züge verwandelte sich der Krieger zuletzt gänzlich in einen Possenreißer. Leute dieser Gattung waren unter den Indianern keine ungewöhnliche Erscheinung, und da Duncan schon hinlänglich durch die Kleidung unkenntlich war, die er bei seiner Abreise von Fort ›Edward‹ angelegt hatte, so war es wahrscheinlich, daß man ihn bei seiner vollkommenen Kenntnis der französischen Sprache für einen Gaukler von Ticonderoga halten konnte.
Als Chingachgook seine Malerei vollendet hatte, empfing Heyward von dem Kundschafter mehrere freundschaftliche Ratschläge, wie er sich unter den Huronen zu verhalten habe. Signale wurden verabredet und der Ort, wo sie im Fall eines glücklichen Ausgangs wieder zusammentreffen wollten.
Der Abschied Munros von seinem jungen Freunde war schmerzlich. Doch fügte sich der Oberst ohne Einwände in diesen Plan, da er offenbar überhaupt nur an dem Erfolg des ganzen Unternehmens interessiert war. Der Kundschafter führte Heyward beiseite und teilte ihm seine Absicht mit, Munro unter Chingachgooks Schutz in irgendeinem sichern Versteck zurückzulassen, während er und Unkas nähere Erkundigungen einziehen wollten über den Stamm, den sie aus guten Gründen für Delawaren hielten.
»Und nun segne Sie Gott! Sie haben einen Mut gezeigt, der mir gefällt«, mit diesen Worten verabschiedete er sich schließlich von Heyward.
Der Weg, den Heyward und David einschlugen, lief über die Lichtung hin, dicht an den Ufern des Biberteichs. Dann stiegen sie auf eine kleine Anhöhe und setzten dort eine Zeitlang ihren Weg fort. In einer halben Stunde erreichten sie eine andere Lichtung, in deren Nähe, wie es schien, ebenfalls Biber gewohnt hatten. Duncan blieb einen Augenblick stehen, ehe er den Schutz des Waldes verließ. Am andern Ende der Lichtung, nahe einer Stelle, wo sich ein Gießbach über einige Felsen hinabstürzte, sah man fünfzig bis sechzig Hütten, die höchst einfach aus Baumstämmen, Zweigen, Reisig und

Erde errichtet waren. Sie standen unordentlich durcheinander und schienen auch nicht sehr sauber zu sein. Im dämmernden Zwielicht sah er zwanzig bis dreißig Gestalten, die sich aus dem hohen Grase, das vor den Wohnungen der Wilden wuchs, abwechselnd aufrichteten und wieder verschwanden. Er konnte sich diesen Vorgang nicht recht erklären. David, der seinen Blikken folgte, sagte ihm, daß es spielende Indianerkinder seien, die er schon öfters vergeblich im Singen unterrichtet hatte.
Beide setzten ihren Weg fort und gingen mutig auf die ›Zelte der Philister‹ zu, wie David die Hütten der Wilden zuweilen zu nennen pflegte.

Dreiundzwanzigstes Kapitel

Das Lager der Indianer war wie gewöhnlich in friedlichen Zeiten ohne Wachen. Als Duncan und David näher kamen, stieß die ganze Bande von Kindern wie aus einer Kehle ein gellendes Geschrei aus und war wie vom Erdboden verschwunden. Als aber Duncan genau hinsah, begegnete sein Blick überall im Grase schwarzen, lebhaften Augen, die scharf beobachteten.
Das gellende Geschrei hatte in der nächsten Hütte ein Dutzend Krieger vor die Tür gelockt. Dort standen sie in einer furchterregenden Gruppe und erwarteten schweigend und ruhig die beiden seltsamen Fremden. David, der diese Szenen schon gewöhnt war, ging voran und betrat die Hütte. Es war das Hauptgebäude des Dorfes, aber auch aus Baumrinde und Zweigen erbaut. Hier fanden die Beratungen und öffentlichen Zusammenkünfte während des vorübergehenden Aufenthalts an den Grenzen der englischen Provinzen statt.
Duncan wurde es schwer, gleichgültig auszusehen. Er schritt zwischen den kräftigen, großen Gestalten der Wilden hindurch, die sich an der Tür zusammengedrängt hatten. Der Gedanke, daß sein Leben von seiner Geistesgegenwart abhänge, und das Beispiel seines arglosen Führers beruhigten ihn aber, und er kam bis in die Mitte der Hütte, ohne sich irgendwie zu verraten. Nach Davids Beispiel ging er auf ein Bündel Zweige zu, das sich in einem Winkel der Hütte befand, und setzte sich dort schweigend nieder. Gleich darauf begaben sich die Wilden wieder in die Hütte und versammelten sich um Heyward. Doch warteten sie ruhig auf den Augenblick, wo die Würde des Fremden ihnen zu sprechen erlaubte. Der größte Teil hatte sich mit scheinbarer Gleichgültigkeit an die Baumstämme gelehnt, die das leichte Haus stützten, während drei oder vier der ältesten Häuptlinge sich etwas entfernt von den übrigen niedergesetzt hatten.
Eine Fackel brannte unruhig in der Hütte und warf abwechselnd einen ro=

ten Schein auf die Züge der Indianer. Duncan versuchte in den Mienen der Wilden zu lesen, aber die Selbstbeherrschung dieser Indianer ließ ihn zu keinem Ergebnis kommen. Die Anführer, die ihm gegenüberstanden, sahen ihn kaum an. Sie senkten ihr Auge zu Boden mit einer undurchdringlichen Miene. Weniger zurückhaltend waren die Indianer, die im Schatten standen. Duncan bemerkte, daß sie ihn neugierig betrachteten. Keine Bewegung oder Gebärde, nicht die leiseste Veränderung seines Gesichts entging ihrer Aufmerksamkeit.

Endlich trat ein Mann, dessen Haar fast ergraut war, auf ihn zu und redete ihn in der Sprache der Wyandots oder Huronen an. Sie war dem Major unverständlich, und er schüttelte den Kopf und suchte dem Wilden deutlich zu machen, daß er ihn nicht verstehe.

»Spricht keiner von meinen Brüdern Französisch oder Englisch«, fragte er, die Umstehenden der Reihe nach anblickend. Obgleich sich mehr als einer nach ihm umwandte, als wolle er den Sinn seiner Worte fassen, erhielt Duncan doch keine Antwort. »Es sollte mir leid tun, wenn ich glauben müßte«, fuhr er in französischer Sprache langsam fort, »unter dieser tapfern und weisen Nation befände sich niemand, der die Sprache versteht, deren sich der ›Große Monarch‹ bedient, wenn er mit seinen Kindern spricht. Schwer würde es sein Herz drücken, wenn er denken müßte, seine roten Krieger zollten ihm so wenig Achtung.«

Eine lange Pause folgte. Jedes Gesicht war ernst, keine Bewegung verriet den Eindruck, den diese Bemerkung gemacht hatte. Endlich richtete derselbe Krieger, der ihn vorhin angeredet hatte, in dem französischen Dialekt, der in Kanada gebräuchlich ist, an Heyward die trockene Frage: »Wenn der ›Große Vater‹ zu seinem Volke spricht, bedient er sich der Sprache der Huronen?«

»Er macht unter seinen Kindern keinen Unterschied und redet mit allen in derselben Sprache, ob die Farbe der Haut rot, schwarz oder weiß ist«, erwiderte Duncan; »aber er schätzt besonders seine tapferen Huronen.«

»Aber wie wird er sprechen«, fuhr der schlaue Häuptling fort, »wenn man ihm die Skalpe zeigen wird, die sich vor fünf Nächten noch auf den Schädeln der Engländer befanden?«

»Die Engländer waren seine Feinde«, sagte Duncan, »und ohne Zweifel wird er sprechen: ›Das ist gut, meine Huronen sind tapfer.‹«

»Unser Vater von Kanada denkt nicht so. Anstatt vorwärts zu schauen und seine Indianer zu belohnen, wendet er sich rückwärts. Er sieht die toten Engländer, aber keinen Huronen. Was bedeutet das?«

»Ein großer Häuptling wie er hat mehr Gedanken als Worte. Er wendet die Augen rückwärts, um zu sehen, ob ihm kein Feind auf der Spur nachfolgt.«

»Das Kanu eines toten Kriegers kann nicht mehr auf dem Horican schwim-

men«, entgegnete der Wilde düster. »Sein Ohr ist offen für die Delawaren, die nicht unsere Freunde sind, und sie füllen es mit Lügen.«
»Das kann nicht sein. Seht, er hat mir, da ich mich auf Heilkunde verstehe, befohlen, zu seinen Kindern, den roten Huronen der Großen Seen, zu gehn und sie zu fragen, ob irgendeiner unter ihnen krank ist.«
Ein langes Schweigen folgte auf diese Erklärung. Man sah ihn scharf und durchdringend an. Endlich nahm der Hurone wieder das Wort.
»Bemalen die schlauen Männer von Kanada ihre Haut?« sagte er kalt. »Wir haben gehört, sie rühmen sich, daß ihr Gesicht bleich sei.«
»Wenn ein indianischer Häuptling zu seinen Vätern, den Weißen, kommt«, erwiderte Duncan entschlossen, »so legt er seine Büffelhaut ab, um das Hemd anzunehmen, das ihm geboten wird. Meine indianischen Brüder haben mir diese Malerei gegeben, und ich trage sie ihnen zu Ehren.«
Ein leises Gemurmel des Beifalls verkündete, daß diese Erklärung günstig aufgenommen worden sei. Der alte Häuptling gab durch eine Gebärde seine Zufriedenheit zu erkennen, und die übrigen streckten eine Hand empor und drückten mit lautem Ausruf dem Redner ihre Zustimmung aus.
Nach einem Schweigen von einigen Minuten stand ein anderer Krieger auf, der darüber nachgedacht zu haben schien, wie er die Worte des Fremden beantworten solle. Seine Gebärde verkündete, daß er bereit sei, zu sprechen. Kaum aber hatte er seine Lippen geöffnet, als sich ein dumpfer, fürchterlicher Ton vom Walde her hören ließ. Gleich darauf ertönte ein gellendes, durchdringendes Geschrei, das eine Zeitlang anhielt und dem kläglichen Geheul eines Wolfes glich.
Diese plötzliche Unterbrechung veranlaßte Duncan, schnell von seinem Sitz aufzuspringen. Im gleichen Augenblick stürzten alle Krieger zur Hütte hinaus, und die Luft erfüllte ein lautes Jauchzen, das die schrecklichen Schreie von vorhin übertönte. Heyward, der wissen wollte, was draußen vorgehe, trat aus der Hütte und befand sich plötzlich mitten unter den tobenden Indianern. Männer, Weiber und Kinder waren zusammengelaufen. Einige stießen triumphierende Schreie aus, während andere in die Hände klatschten. — Der Himmel war noch hell genug, um zwischen den Bäumen auf einem Wege eine lange Reihe von Kriegern zu bemerken, die langsam dem Dorf zuschritten. Der erste trug an seinem kurzen Rock mehrere Skalpe. Die furchtbaren Töne waren Todesschreie, und die Wiederholung des Schreies zeigte dem Stamm die Zahl der getöteten Feinde an. Heyward wußte nun, daß die Unterbrechung durch das unerwartete Heimkehren eines Trupps von Kriegern veranlaßt worden war, die einen Streifzug unternommen hatten. Er wurde wieder ruhiger und hoffte, daß die allgemeine Aufmerksamkeit von ihm abgelenkt sei.

Als die Krieger noch einige hundert Schritte von den Hütten entfernt waren, machten sie halt. Ihr Klagegeheul und Jauchzen, das das Gewinsel der Sterbenden und die Freude der Sieger ausdrücken sollte, hatte gänzlich aufgehört. Einer aus dem Trupp rief jetzt mit lauter Stimme die Toten an, und das ganze Lager verwandelte sich plötzlich in einen Schauplatz größter Aufregung. Die Krieger zogen ihre Messer und, sie hoch emporschwingend, stellten sie sich in zwei Reihen auf, die von dem Platze, wo die Sieger haltgemacht hatten, bis zu der Versammlungshütte eine Gasse bildeten. Die Weiber ergriffen Keulen, Äxte, die erste beste Waffe, die ihnen in die Hände fiel, und beeilten sich, an der Belustigung teilzunehmen, die jetzt stattfinden sollte. Selbst die Kinder wollten nicht davon ausgeschlossen sein. Knaben, die kaum den Tomahawk schwingen konnten, rissen ihn ihren Vätern aus dem Gürtel und schlichen sich in die Reihen, dem Beispiel ihrer Eltern folgend. Hohe Haufen von Reisig waren in der Lichtung gesammelt worden, und ein altes Weib beschäftigte sich damit, die Bündel anzuzünden. Als die Flamme emporloderte, verschlang sie das wenige Tageslicht, und die Szene erhielt eine grausige Beleuchtung.

Im Hintergrunde bemerkte jetzt Heyward neben den angekommenen Kriegern zwei Indianer, die von den übrigen abgesondert waren. Das Licht war nicht hell genug, um in der Entfernung ihre Züge deutlich zu erkennen. Der eine stand aufrecht, anscheinend wild entschlossen, der andere senkte den Kopf furchtsam auf die Brust.

Nach einer Weile tiefen Schweigens ertönte ein allgemeines Geschrei: das Signal zu dem Lauf, den die beiden Gefangenen durch die Reihen ihrer Sieger antreten mußten.

Der eine der beiden Unglücklichen blieb bei diesem Zeichen bewegungslos stehen, während der andere schnell und gewandt seinen Lauf begann. Statt aber in der von den Kriegern gebildeten Gasse zu bleiben, sprang er unerwartet über die Köpfe mehrerer Kinder hinaus und versuchte zu entfliehen. Die Reihen der Krieger lösten sich sofort auf, und jeder rannte dem Flüchtling nach. Die Gestalten der Indianer glichen Gespenstern, die rasch vorüberglitten. In ihren Zügen zeigte sich ihre Wildheit, wenn sie am Feuer vorübereilten. Der Flüchtling hatte kaum Zeit, Atem zu holen. Ein einziges Mal glaubte er, eine Stelle erreicht zu haben, wo er in den Wald entschlüpfen konnte. Aber es gelang ihm nicht, und er wurde in die Mitte der Lichtung zurückgetrieben. Wie ein Hirsch sprang er jetzt über einen brennenden Reisighaufen, und schnell wie ein Pfeil erreichte er das andere Ende der Lichtung. Aber auch dort stieß er auf Huronen, so daß er sich umwandte und die Hetzjagd in die Kreuz und Quer weiterging. Die Schrecken dieser Verfolgung wurden für Heyward noch vermehrt durch das durchdringende

Geschrei der Weiber. Dann und wann erblickte er im Dunkel eine flüchtige Gestalt, die die Verfolger anscheinend nicht einholen konnten. Plötzlich stürmten alle zurück und näherten sich dem Platz, wo der Major stand. Einige Wilde warfen mehrere Weiber und Kinder zu Boden, und in dieser Verwirrung sah Heyward den Gefangenen. Er konnte nicht mehr lange diese unmenschliche Verfolgung ertragen. Der Unglückliche schien es selbst zu fühlen. Er stürzte durch eine Gruppe von Kriegern und machte einen letzten verzweifelten Versuch, den Wald zu gewinnen. Als ob er ahne, daß er von Heyward nichts zu befürchten habe, eilte er dicht an ihm vorüber. Ein schlanker Hurone folgte ihm auf den Fersen mit aufgehobenem Tomahawk, und als er ihm eben den Todesstreich versetzen wollte, stellte Duncan unwillkürlich dem Huronen ein Bein, so daß er dicht hinter dem Flüchtling zu Boden stürzte. Der Verfolgte verschwand wie ein Blitz. Heyward suchte ihn überall mit den Augen und war erstaunt, als er ihn bald darauf ruhig an einem mit verschiedenen Farben bemalten Pfosten bei der Versammlungshütte stehen sah.

Besorgt verließ Duncan seinen bisherigen Platz und mischte sich unter den Haufen der Wilden. Man schien sein entscheidendes Eingreifen in die Verfolgung nicht bemerkt zu haben. Heyward sah jetzt, daß der Flüchtling einen Arm um den Pfosten geschlungen hatte. Sichtbar erschöpft, konnte er kaum atmen, aber seine Person war jetzt geschützt, bis man nach gemeinschaftlicher Beratung sein Los entschieden hatte. Das war ein uraltes Gesetz unter den Indianern. Es gab in der Sprache der Huronen keinen verächtlichen Ausdruck, kein Schimpfwort, das die Weiber nicht dem Unglücklichen zuriefen. Auf alle Schmähungen gab der Gefangene keine Antwort und zeigte eine Haltung, in der sich Würde mit Verachtung mischte. Plötzlich bahnte sich die Alte, die das Feuer angezündet hatte, einen Weg durch die Menge und trat vor den Gefangenen. Ihre Runzeln und welken Züge, der Schmutz, der sie bedeckte, gaben ihr das Aussehen einer Hexe.

»Höre mich, Delaware!« rief sie in seiner Sprache. »Dein Stamm ist ein Geschlecht von Weibern, und die Hacke schickt sich besser für eure Hände als die Büchse. Eure Weiber sind die Mütter von Rehen; würde ein Bär, eine wilde Katze oder eine Schlange unter euch geboren, so würdet ihr die Flucht ergreifen. Die Töchter der Huronen werden dir einen Weiberrock machen, und wir wollen uns nach einem Mann für dich umsehen!«

Dieser Einfall wurde von wildem Gelächter begleitet. Der Fremde schien erhaben über diese Schmähungen und blieb unbeweglich. Wütend über die Selbstbeherrschung des Gefangenen, stemmte die Alte ihre Hände in die Seite und brach in einen neuen Strom von Schimpfreden aus. Ein junger Indianer kam schließlich der Hexe zu Hilfe und drohte dem Gefangenen, in=

dem er den Tomahawk über seinem Kopf schwang. Der Flüchtling warf ihm nur einen Blick der tiefsten Verachtung zu. Da in diesem Augenblick das Feuer hell aufflammte, erkannte Duncan plötzlich erschreckt in dem Gefangenen den jungen Mohikaner.

Jetzt bahnte sich ein Krieger den Weg durch die erbitterte Menge. Weiber und Kinder auf die Seite drängend, nahm er Unkas beim Arm und führte ihn in die große Hütte. Alle Häuptlinge und die besten Krieger des Stammes folgten ihm, und Heyward fand Mittel, sich ebenfalls hineinzuschleichen. Einige Zeit verging, ehe sich die Huronen nach dem Rang und dem Einfluß, den sie im Rat genossen, geordnet hatten. Die bejahrten Häuptlinge nahmen die Mitte des Raumes ein. Die jungen Krieger saßen hinter ihnen im Kreise. In der Mitte, unmittelbar unter einer Öffnung, die als Rauchfang diente, stand Unkas, der seine frühere Fassung und stolze Ruhe behauptete. Dies Benehmen entging den Siegern nicht, die ihn öfters mit bewundernden Augen betrachteten.

Anders verhielt es sich mit dem jungen Indianer, den Heyward neben Unkas bemerkt hatte und der ebenfalls dazu verurteilt gewesen war, zwischen den Reihen der Huronen hindurchzulaufen. Statt sein Heil in der Flucht zu suchen, war er während der allgemeinen Verwirrung ruhig stehengeblieben. Obgleich niemand daran gedacht hatte, ihn zu bewachen, war er jetzt selbst eingetreten, als ob ihn ein unwiderstehliches Verhängnis zöge. Nach der Bemalung zu schließen, schien es merkwürdigerweise ein Hurone zu sein. Statt sich indes unter seine Landsleute zu mischen, hatte er sich zusammengekauert allein in einen Winkel gesetzt und das Haupt auf die Brust gesenkt. Es herrschte eine allgemeine Stille in der Versammlung, bis der alte Häuptling mit weißem Haar Unkas in der Delawarensprache anredete:

»Delaware, du bist zwar in der Nation von Weibern, hast dich aber als ein Mann gezeigt. Ich würde dir gern Speise anbieten; aber wer mit einem Huronen ißt, wird sein Freund. Ruhe in Frieden aus bis Sonnenaufgang; dann sollst du dein Urteil vernehmen.«

»Sieben Nächte und ebenso viele Tage habe ich gefastet, als ich den Spuren der Huronen nachging«, entgegnete Unkas kaltblütig. »Die Kinder der Lenapes wissen auf dem Pfade der Gerechtigkeit zu wandeln, ohne still zu stehen, um zu essen.«

»Zwei meiner Krieger verfolgen noch deinen Gefährten«, erwiderte der alte Häuptling. »Wenn sie zurückgekehrt sind, wirst du aus dem Munde dieser weisen Männer vernehmen, ob du leben sollst oder sterben.«

»Hat der Hurone keine Ohren?« sagte Unkas halb verächtlich. »Zweimal schon, seit er euer Gefangener ist, hat der Delaware den Knall einer wohlbekannten Flinte gehört. Eure beiden Krieger werden nie wiederkehren.«

Ein kurzes und tiefes Schweigen folgte auf diese mutige Erklärung. Duncan wußte, daß Unkas auf den Wildtödter des Kundschafters anspielte.
»Wenn die Lenapes so erfahren und geschickt sind, warum ist einer ihrer tapfersten Krieger hier?« fragte der Häuptling unbewegt.
»Er folgte den Schritten eines Feigen, der die Flucht ergriff«, entgegnete Unkas, »und fiel dadurch in eine Schlinge. Auch den Biber, so schlau er ist, kann man fangen.«
Unkas deutete auf den Huronen, der sich feige in einen Winkel gedrückt hatte. Die Worte des jungen Mohikaners machten auf die Zuhörer einen tiefen Eindruck. Jeder sah zu dem Huronen hin, und ein dumpfes Gemurmel verbreitete sich. Diese drohenden Töne drangen bis zur äußersten Tür der Hütte, wo ein Haufen Weiber und Kinder dicht aneinandergedrängt stand. In kurzen Sätzen teilten sich jetzt die ältesten Häuptlinge gegenseitig ihre Meinung mit. Kein Wort wurde gesprochen, das nicht ausdrucksvolle Gebärden begleiteten. Eine feierliche Stille trat dann ein. Sie war die Pause vor dem wichtigen Urteilsspruch. Der Schuldige, der auf einen Augenblick seine Schande vergaß, hob unruhig den Kopf, um einen Blick auf die ernste Versammlung der Häuptlinge zu werfen.
In diesem Augenblick trat die Alte, die Unkas mit Schmähungen überhäuft hatte, in den Kreis und begann, eine brennende Fackel in der Hand tragend, einen Tanz aufzuführen, wobei sie undeutliche Worte vor sich hin murmelte. Als sie sich Unkas näherte, hielt sie ihm die Fackel entgegen, daß ein roter Schein auf sein Gesicht fiel. Der Mohikaner behielt sein ruhiges und stolzes Benehmen. Sein Auge, das die Alte keines Blickes würdigte, war fest und unverändert in die Ferne gerichtet. Die Fackelträgerin trat nun auf ihren Stammesgenossen zu. Der junge Hurone war zart und schön gebaut; die geschmeidigen Formen seines Körpers konnten die wenigen Kleidungsstücke nicht verbergen, aber er zitterte am ganzen Körper vor Furcht. Die Alte stimmte bei diesem Anblick ein dumpfes, klagendes Geheul an.
Der Häuptling streckte jetzt seine Hand aus und schob sie zurück.
»Schwankes Rohr«, sprach er langsam und feierlich in seiner Muttersprache, »obgleich der Große Geist dir eine Gestalt gegeben hat, die lieblich anzuschauen ist, wäre es besser, du wärest nie geboren worden. Deine Zunge läßt sich im Dorfe laut vernehmen, aber sie schweigt im Kampfe. Der Feind kennt die Gestalt deines Rückens, aber nie hat er die Farbe deiner Augen gesehen. Dreimal haben die Feinde dir zugerufen, dich ihnen zu nähern, und ebensooft bist du ihnen die Antwort schuldig geblieben. Dein Name wird nie mehr unter deiner Nation erwähnt werden — er ist bereits vergessen.«
Als der Häuptling diese Worte sprach, zwischen jedem Satze eine Pause machend, richtete der Schuldige aus Achtung vor dem Alter und dem Rang

des Greises sein Gesicht auf. Scham, Furcht, Entsetzen und zugleich Todesmut lagen in seinen Zügen. Er stand auf, und seine Brust entblößend, sah er ohne Zittern auf das blitzende Todesmesser, das sein strenger Richter in der Hand hielt. Als es sich langsam in sein Herz senkte, lächelte er, als freue er sich, den Tod nicht so furchtbar zu finden, wie er erwartet hatte. Dann fiel er bewegungslos neben Unkas nieder, der noch immer seine ruhige, stolze Haltung behauptete.

Die Alte stieß ein lautes, klagendes Geheul aus und warf die Fackel auf die Erde. Sie erlosch, und in der Hütte verbreitete sich tiefe Finsternis. Alle Indianer stürzten hinaus, nur Duncan blieb verstört zurück.

Vierundzwanzigstes Kapitel

Heyward fühlte plötzlich, wie sein Arm von einer Hand sanft gedrückt wurde. Er erkannte Unkas' Stimme, der ihm zuflüsterte: »Die Huronen sind Hunde. Der Anblick des Blutes eines Feigen kann nie einen Krieger zittern machen. Der Graukopf und Chingachgook sind in Sicherheit, und Falkenauges Büchse schläft nicht. Geh hinaus! Unkas und die Offene Hand müssen einander jetzt fremd erscheinen.«

Heyward hätte gern mehr erfahren, allein sein Freund drängte ihn mit sanfter Gewalt zur Tür und erinnerte ihn an die Gefahren, denen sie sich beide aussetzten. Langsam und widerstrebend fügte sich Heyward, verließ die Hütte und mischte sich unter die Indianer.

Die erlöschenden Feuer warfen nur noch ein düsteres, zweifelhaftes Licht auf die Gestalten, die schweigend hin und her gingen oder in einzelnen Gruppen zusammen standen. Einige Krieger trugen jetzt den Leichnam des jungen Huronen in den Wald. Duncan aber ging, in der Hoffnung, einige Spuren zu entdecken, ungehindert in verschiedene Hütten. Allein seine Nachforschungen blieben ohne Erfolg, und er kehrte wieder zu der Hütte zurück, wo die Beratung stattgefunden hatte. Dort hoffte er David zu treffen, um von ihm nähere Auskunft zu erhalten.

Als er an der Tür ankam, sah er, daß die Krieger sich wieder versammelt hatten. Sie rauchten in Frieden und besprachen die Ereignisse bei ihrem letzten Zuge nach ›William Henry‹. Ohne eine Unruhe zu verraten, trat Duncan in die Hütte und setzte sich mit einem Ernst nieder, der zu dem Benehmen der Huronen gut paßte. Ein verstohlener Blick zeigte ihm, daß Unkas noch an seinem alten Platze war.

Von David war nichts zu entdecken. Der junge Mohikaner war nicht gefesselt, nur ein junger Hurone, der nicht weit von ihm saß, hatte einen wach=

samen Blick auf ihn, und ein bewaffneter Krieger lehnte sich in der Nähe der Tür an die Wand.

Kaum hatte Heyward einige Minuten auf dem Platz gesessen, den er vorsichtig etwas im Schatten gewählt hatte, als einer der älteren Krieger ihn in französischer Sprache anredete: »Mein Vater von Kanada vergißt seine Kinder nicht, und ich danke ihm dafür. Die Frau eines meiner jungen Krieger ist von einem bösen Geist besessen. Kann der kluge Fremde sie davon befreien?«

Heyward kannte die Gaukeleien, deren sich die Indianer bedienen, wenn sie glauben, daß irgend jemand von einem bösen Geiste besessen ist. Er entgegnete in einem geheimnisvollen Tone, der zu seiner Rolle paßte: »Die Geister sind verschiedener Art; einige weichen vor der Macht der Weisheit, während andere ihr widerstehen.«

»Mein Bruder ist ein großer Arzt«, sagte der schlaue Wilde, »will er einen Versuch machen?«

Eine Gebärde, daß er einwillige, war Heywards Antwort. Der Hurone war mit dieser Versicherung zufrieden, und seine Pfeife wieder zur Hand nehmend, wartete er auf einen passenden Augenblick, sich zu entfernen. Endlich legte der Hurone seine Pfeife weg und zog sein Gewand über der Brust zusammen, als sei er bereit, sich zur Hütte der Kranken zu begeben. Aber in diesem Augenblicke trat ein Krieger von kräftigem Körperbau und hohem Wuchs in den Raum. Schweigend schritt er durch die Gruppe der Huronen und ließ sich auf demselben Bündel nieder, auf dem Duncan saß. Dieser warf einen ungeduldigen Blick auf seinen Nachbar und fuhr zusammen, als er Magua erkannte.

Die plötzliche Rückkehr des Häuptlings verzögerte das Auseinandergehen der Huronen. Mehrere Pfeifen wurden wieder angezündet; auch Magua zog eine hervor, und nachdem er sie gestopft hatte, fing er an, mit vieler Ruhe und Gleichgültigkeit zu rauchen. Etwa zehn Minuten, die dem Major eine Ewigkeit dünkten, waren auf diese Weise schweigend vergangen, und eine dicke Rauchwolke umgab sämtliche Krieger. Da wandte sich endlich einer Magua mit den Worten zu: »Willkommen, Freund! Hast du Elche getroffen?«

»Meine Krieger beugen sich unter ihrer Last«, erwiderte der Häuptling. »Laßt das Schwanke Rohr ihnen entgegengehen und ihnen helfen.«

Eine tiefe Stille folgte, als dieser verbotene Name ausgesprochen wurde. Dann unterrichtete der angesehenste Häuptling Magua mit wenigen Worten über das Vorgefallene.

»Die Delawaren sind herumgeschlichen wie Bären«, schloß er seinen Bericht, »die Bienenstöcke voll Honig suchen. Aber wer hat je einen Huronen im Schlaf überfallen?«

»Die Delawaren von den Seen!« rief jetzt Magua drohend.
»Nein, die, die Weiberröcke tragen und am Ufer des Delaware wohnen. Einer von ihnen ist hierhergekommen.«
»Haben unsre jungen Krieger ihm den Skalp genommen?«
»Nein«, entgegnete der Häuptling, auf Unkas deutend, der unbeweglich dastand. »Seine Beine waren gut, obgleich sein Arm mehr für den Spaten als für die Streitaxt geschaffen ist.«
Statt irgendeine unmännliche Neugier zu verraten, rauchte Magua nachdenklich weiter, und erst nach einigen Minuten klopfte er die Asche aus seiner Pfeife, zog den Gürtel, in dem seine Streitaxt steckte, fester zusammen und warf dann zum ersten Male einen Blick auf den Gefangenen, der hinter ihm stand. Einige Minuten lang betrachteten sich die beiden Todfeinde, ohne mit der Wimper zu zucken. Unkas' Gestalt schien größer zu werden, seine Nasenlöcher weiteten sich wie die Nüstern eines Tigers. In Maguas Züge kam allmählich ein Ausdruck wilder Freude. Dann rief er laut: »Der Schnelle Hirsch!«
Alle Krieger sprangen auf, als sie diesen gefürchteten, wohlbekannten Namen hörten, und brachen in ein lautes Geheul aus. Als es sich gelegt hatte, nahmen sie ihre Sitze wieder ein. Unkas genoß seinen Triumph, aber nur ein ruhiges, stolzes Lächeln deutete sein Gefühl an. Magua verstand den Ausdruck der Verachtung, der darin lag, und rief drohend in englischer Sprache: »Mohikaner, du stirbst!«
»Die Heilquellen werden nie wieder die erschlagenen Huronen ins Leben zurückrufen!« erwiderte Unkas in der melodischen Sprache der Delawaren verächtlich; »die rauschenden Flüsse umspülen ihre Gebeine! Ihre Männer sind Weiber, ihre Weiber Eulen. Geh und rufe die Hunde der Huronen hierher, daß sie einen Krieger zu sehen bekommen. Ein widriger Geruch beleidigt mich; ich wittere das Blut eines Feiglings!«
Die letzte Anspielung machte einen tiefen Eindruck, denn mehrere Huronen verstanden die Sprache des Gefangenen. Magua ließ jetzt seinen leichten Mantel von Tierfellen von der Schulter fallen, und den Arm ausstreckend, sprach er mit gefährlicher und listiger Beredsamkeit. Er sprach nie, ohne Zuhörer zu finden, und meist wußte er sie für sich zu gewinnen. Bei dieser Gelegenheit nahm er sein ganzes angeborenes Talent zu Hilfe, um seine Stammesgenossen zur Rache aufzupeitschen. Er berichtete von dem letzten Treffen mit Unkas und seinem Vater, das für viele Huronen tödlich ausging. Er ließ seine Stimme sinken, als er die Verdienste der Erschlagenen erwähnte. Keine Eigenschaft, die nur das Mitgefühl eines Indianers erregen konnte, entging seinem Scharfsinn.
»Sind die Gebeine meiner jungen Krieger«, schloß er seine Rede, »auf dem

Begräbnisplatz der Huronen? Sie sind es nicht. Ihre Geister sind nach der untergehenden Sonne gegangen und fahren schon über die großen Gewässer hinüber zu den glücklichen Jagdrevieren. Aber sie schieden ohne Lebensmittel, ohne Büchsen oder Messer, ohne Mokassins, nackt und arm, wie sie geboren wurden. Brüder, laßt uns nicht die Toten vergessen; eine Rothaut vergißt nie. Wir wollen den Rücken dieses Mohikaners beladen, bis er stirbt, und ihn dann zu unseren Brüdern senden. Wenn sie den Geist des Mohikaners keuchend unter seiner Last hinter sich herkommen sehn, werden sie erfahren, daß wir sie nicht vergessen haben. Was ist ein Engländer! Wir haben viele erschlagen, aber die Erde ist noch blaß. Nur das Blut eines Indianers kann den Flecken vertilgen, der auf unsern Namen haftet! Laßt daher diesen Delawaren sterben!«

Die Krieger waren von der Rede stark beeindruckt, und es war allen klar, daß Unkas sterben müsse.

»Die Sonne soll seine Schande beleuchten, die Weiber sollen sein Fleisch zucken sehn«, rief jetzt Magua. »Geht! Führt ihn hin, wo die Stille herrscht. Wir wollen sehn, ob ein Delaware diese Nacht schlafen und am andern Morgen sterben kann!«

Die jungen Krieger, denen die Bewachung des Gefangenen oblag, banden sogleich seine Arme mit Baststricken und führten ihn schweigend zur Hütte hinaus. Unkas ging mit festem Schritt; als er an der Tür war, blieb er einen Augenblick stehen und, sich umwendend, blickte er stolz und forschend auf den Kreis seiner Feinde. Magua war aber zufrieden mit dem Erfolg. Er schüttelte seinen Mantel und verließ den Raum.

Duncan atmete auf, als dieser gefährliche Feind verschwunden war. Die Aufregung, die durch Maguas Rede entstanden war, hatte sich wieder gelegt. Die Krieger nahmen ihre Sitze ein, und Rauchwolken füllten die Hütte. Fast eine halbe Stunde lang wurde keine Silbe gesprochen, und kaum bewegte sich ein Auge.

Als der Häuptling, der Duncans Hilfe vorhin erbat, seine Pfeife ausgeraucht hatte, machte er endlich Anstalten zum Aufbruch. Ein Wink mit dem Finger gab dem angeblichen Arzt zu verstehen, daß er ihm folgen solle, und als Duncan die dichten Rauchwolken hinter sich hatte, war er von Herzen froh, endlich wieder einmal die reine Luft des kühlen Sommerabends einzuatmen. Statt aber den Weg zwischen den Hütten einzuschlagen, wandte sich der Indianer seitwärts, gerade auf den Abhang des nahen Berges zu, dessen Gipfel das Lager der Huronen beherrschte. Die beiden Wanderer mußten ihren Weg schließlich auf einem schmalen gekrümmten Pfade fortsetzen. In einiger Entfernung von ihnen erhob sich ein kahler Felsen, und als sie eben im Begriff waren, einen offenen Rasenplatz zu betreten, flammte das Lagerfeuer frisch auf, und die emporlodernden Flammen erhellten selbst diese entfernte Stelle. Die Felsenwand warf den Widerschein des Lichts zurück, und plötzlich erblickte Heyward in einiger Entfernung ein dunkles Wesen von wunderlichem Aussehn. Der Indianer stand still und wartete, bis sein Begleiter sich ihm näherte, der Major ging beherzt weiter und erkannte schließlich einen Bären, der laut und grimmig brummte, aber kein Zeichen einer feindseligen Haltung verriet. Der Hurone schien von seinen friedlichen Absichten überzeugt, denn nachdem er das Tier aufmerksam beobachtet hatte, setzte er ruhig seinen Weg fort. Duncan wußte, daß die Indianer diese Tiere häufig zähmen, und glaubte sich sicher, und beide gingen an dem Bären vorüber. Heyward aber konnte nicht umhin, sich öfters umzublicken, um sich gegen einen möglichen Angriff im Rücken zu sichern. Das Tier folgte ihnen auf dem Fuße nach. Eben wollte er den Indianer darauf aufmerksam machen, als dieser eine Türe von Baumrinde öffnete, die in eine im Innern des Berges befindliche Höhle führte.

Der Häuptling trat hinein, und Duncan folgte ihm. Als er aber die leichte Türe wieder hinter sich schließen wollte, riß sie ihm der Bär, dessen zottige Gestalt den Eingang verdunkelte, aus der Hand. Sie befanden sich jetzt in einem engen, dunklen Gang. Ohne dem Tier gerade in die Klauen zu laufen, war keine Rückkehr denkbar. Der Bär brummte mehrere Male dicht hinter den Fersen des Majors und legte sogar ein- oder zweimal seine unförmigen Tatzen auf Heywards Schulter, als wollte er sein weiteres Vordringen in die Höhle verhindern.

Heywards Nerven waren aufs äußerste gespannt, als er endlich den Schimmer eines schwachen Lichtes wahrnahm. Sie erreichten bald eine große Felsenhöhle, die in mehrere Räume unterteilt war. Durch Öffnungen fiel das Tageslicht von oben herein, während in der Nacht Fackeln Helligkeit verbreiteten. Hierher hatten die Huronen ihre Kostbarkeiten geschafft, die Gemeingut des Stammes waren. Hierher hatte man auch die kranke Frau gebracht, die man für das Opfer einer übernatürlichen Macht hielt. Der Raum, den Duncan und sein Führer zuerst betraten, war ihr eingeräumt worden, und der Indianer näherte sich ihrem Lager, das eine Gruppe von Weibern umgab. Heyward bemerkte unter ihnen mit Erstaunen seinen vermißten Freund David.

Ein einziger Blick überzeugte ihn, daß die Kranke sich in einem hoffnungslosen Zustande befand. Sie lag da, von einer Lähmung befallen, in einem völlig bewußtlosen Zustand, ohne irgendeine Empfindung von dem zu haben, was um sie her vorging. David, der schon, als Duncan und sein Begleiter eintraten, im Begriff gewesen war, einen Gesang anzustimmen, blies jetzt einen Ton auf seiner wiedererlangten Stimmpfeife und begann eine

Hymne, um die Kranke zu heilen. Er konnte das Lied ruhig zu Ende singen, denn die Indianer ehrten seine Geistesschwäche. Duncan, der in der Höhle ein tiefes, aber merkwürdigerweise falsch klingendes Echo hörte, wandte sich erstaunt um. Er entdeckte den Bären auf seinen Hintertatzen sitzend, den Körper hin und her wiegend. Mit leisem Brummen wiederholte das Tier in dieser Stellung die Töne, die mit der Melodie des Sängers eine flüchtige Ähnlichkeit hatten.

Der Eindruck, den dies sonderbare Echo auf David machte, läßt sich kaum beschreiben. Seine Augen öffneten sich, als traue er ihnen nicht, und sein Mund schloß sich augenblicklich vor Verwunderung. Dann ergriff er, ohne zu zögern, die Flucht. Während er die Höhle schnell und ungehindert verließ, rief er Heyward leise zu: »Sie erwartet Sie! Sie ist hier!«

Fünfundzwanzigstes Kapitel

Der Häuptling, der nach dieser merkwürdigen Szene an das Lager der Kranken trat, gab den dort versammelten Weibern, die sich neugierig hinzudrängten, einen Wink, sich zu entfernen. Wenn auch ungern, leisteten sie ihm doch Gehorsam.

Dann sagte der Indianer, und er deutete dabei auf seine besinnungslose Tochter: »Jetzt zeige mein Bruder seine Macht!«

Duncan sammelte rasch seine Gedanken, um die Zauberformeln und wunderlichen Gebräuche nachzuahmen, unter denen die indianischen Beschwörer ihre Unwissenheit zu verbergen pflegen. Doch als er eben mit seinen Beschwörungen den Anfang gemacht hatte, unterbrach ihn ein grimmiges Brummen des Bären. Er wiederholte seine Sprüche zum zweiten und dritten Male, aber ebensooft fand dieselbe Störung statt, nur auf eine deutlichere und mildere Art.

»Die Medizinmänner sind argwöhnisch«, sagte der Hurone; »ich gehe. Bruder, das Weib hier ist die Frau eines meiner tapfersten jungen Krieger. Behandle sie gut. Still!« fügte er hinzu, indem er dem brummenden Bär winkte, sich ruhig zu verhalten, »ich gehe schon!«

Der Häuptling hielt Wort, und Duncan befand sich bald allein in dieser unfreundlichen Höhle mit der hilflosen Kranken und dem wilden Tier. Der Bär horchte mit schräggeneigtem Kopf auf die Schritte des Indianers, die sich immer mehr entfernten. Dann kam das Tier auf Duncan zu und setzte sich vor ihm aufrecht wie ein Mensch nieder. Der junge Mann sah sich ängstlich um, ob er nicht irgendwo eine Waffe fände. Allein der Bär schien plötzlich seine Gesinnungen gänzlich geändert zu haben. Statt sein unzu-

friedenes Brummen fortzusetzen, schüttelte er seinen zottigen Körper so heftig, als ob er von einem seltsamen, inneren Krampf ergriffen werde. Die unförmlichen, schweren Tatzen tappten plump an der Schnauze umher, und während Heyward mit mißtrauischem Blick diese Bewegungen beobachtete, fiel der furchtbare Bärenkopf auf die Seite, und das ehrliche Gesicht des Kundschafters erschien, der auf seine eigentümliche Art von ganzem Herzen lachte.

»Pst!« sagte der vorsichtige Jäger. »Die Schurken sind nicht weit von hier, und vernehmen sie irgendeinen Laut, der nicht zu Ihren Zaubereien gehört, so haben Sie die ganze Meute auf dem Halse!«

»Wie habt Ihr es gewagt«, fragte Heyward noch atemlos vor Schreck und Erstaunen, »Euch auf ein so gefährliches Unternehmen einzulassen?«

»Ach, der Zufall tut oft mehr als alle Überlegung«, erwiderte der Kundschafter. »Als Sie fort waren, verbarg ich den Kommandanten und Chingachgook in einer alten Biberhütte, wo sie sicherer vor den Huronen sind als in der Garnison ›Edward‹, denn die Indianer hier hegen noch immer große Verehrung für die Biber. Dann sind wir, Unkas und ich, aufgebrochen, um das andere Lager auszukundschaften. Haben Sie den Jungen gesehen?«

»Er ist gefangen und verurteilt worden, bei Aufgang der Sonne zu sterben.«

»Ich habe es geahnt«, sagte der Kundschafter. »Seine Gefangennahme ist der eigentliche Grund, warum Sie mich hier sehen. Der Bursche soll nicht in den Händen der Huronen bleiben. Wie sich die Teufel freuen würden, wenn sie uns beide an einen Pfahl binden könnten! Unkas und ich«, fuhr der Kundschafter fort, »stießen auf einen zurückkehrenden Trupp der Huronen. Der Junge war aber für einen Kundschafter viel zu hitzig. Kurz, am Ende lief einer der Huronen wie eine Memme davon und lockte ihn fliehend in einen Hinterhalt.«

»Der Feigling ist von seinen Leuten hingerichtet worden«, sagte Heyward, und Falkenauge nickte zustimmend. Dann berichtete er weiter:

»Nach dem Verlust des Mohikaners ging ich den Huronen zu Leibe. Mit zwei oder drei von ihren Kundschaftern kam es zu einem Gefecht. Sobald ich die Satansbrut mit meiner Büchse getötet hatte, kam ich ziemlich nah an die Hütten heran, ohne daß mir etwas zugestoßen wäre. Plötzlich traf ich im Walde auf eine Stelle, wo einer der berühmtesten Medizinmänner der Huronen sich anscheinend für seine Rolle fertigmachte. Ein Schlag auf den Kopf betäubte den Betrüger auf einige Zeit, und ich hing ihn vorsichtig geknebelt zwischen ein paar jungen Bäumen auf, nahm seine Ausrüstung und beschloß, selbst die Rolle des Bären zu spielen.«

»Und Ihr habt sie gut gespielt!« rief Heyward anerkennend.

»Du lieber Gott, Major«, erwiderte der Jäger, »wenn man so lange wie ich in der Wildnis lebt, müßte man ja ein erbärmlicher Schüler sein, wenn man nicht die Bewegungen eines Bären nachahmen könnte. Aber wir haben noch viel zu tun«, unterbrach er sich. »Wo ist denn das junge Mädchen?«

»Das weiß der Himmel! Jede Hütte im Dorf habe ich durchsucht, ohne die mindeste Spur zu entdecken.«

»Sie hörten doch aber, was der Sänger zu Ihnen sagte, als er fortlief. Sie ist bestimmt hier in der Höhle!«

Mit diesen Worten kletterte Falkenauge eine Wand hinauf, um sich zu vergewissern. Kaum war er oben, als er dem Major winkte, still zu sein. Dann stieg er wieder hinab.

»Sie ist hier!« flüsterte er, »und Sie werden sie finden, wenn Sie durch diese Tür gehen. Aber Sie werden das Mädchen mit Ihrem Aussehen erschrecken. Sehen Sie«, fügte er hinzu, indem er auf eine Stelle wies, wo Wasser, aus einer Felsenspalte hervortröpfelnd, sich in einem kleinen Becken sammelte. »Mit leichter Mühe können Sie sich hier von der Malerei befreien. Wenn Sie wieder zurückkommen, werde ich versuchen, Sie wieder von neuem aufs schönste zu malen.«

Duncan befolgte schnell den Rat und trat dann in den nächsten Verschlag der Höhle. Mitten unter den zerstreut umherliegenden Sachen fand er Alice, bleich, zitternd und erschrocken. Sie war durch David von Duncans Ankunft unter den Huronen benachrichtigt worden.

»Duncan!« rief sie, fast erschreckt über den Ton ihrer eigenen Stimme. »Ich wußte, daß Sie mich nicht verlassen würden. Ich sehe aber niemand bei Ihnen, der Ihnen helfen könnte.«

Duncan fühlte, daß sie zitterte und nicht länger imstande war, sich aufrecht zu halten. Er bat sie, sich niederzusetzen, und erzählte ihr in aller Kürze, wie er hierhergekommen war. Er sprach von ihrem Vater, von seiner Hoffnung, sie jetzt bald wiederzusehen, und endlich fragte er sie, überwältigt von seinem Gefühl, ob sie seine Frau werden wolle.

»Heyward«, sagte jetzt das Mädchen leise, die ihn bis dahin stumm und mit Tränen in den Augen zugehört hatte, »gönnen Sie mir erst das Wiedersehen mit meinem Vater, lassen Sie mich seine Einwilligung hören. Bis dahin bitte ich Sie, nicht weiter in mich zu dringen.«

Der Major, der vor ihr niedergekniet war, erhob sich und wollte gerade antworten, als ein leichter Schlag auf die Schulter ihn unterbrach. Er wandte sich rasch um und erblickte das boshafte Gesicht Maguas. Das hohle Lachen des Wilden klang Heyward in diesem Augenblick wie das höllische Hohngelächter eines Teufels. Da er gänzlich unbewaffnet war und nicht wußte, ob nicht noch mehr Huronen in der Nähe waren, blieb er wortlos in drohender

Haltung stehen. Nachdem Magua einige Minuten lang die beiden angestarrt hatte, trat er zurück und legte einen Baumstamm vor eine andere Tür, die von außen in diese Höhlenkammer führen mußte. Heyward hielt sich für unwiederbringlich verloren und, Alice an seine Brust ziehend, war er bereit, mit ihr sein Schicksal zu erdulden. Doch Magua schien nur darauf bedacht, seine neuen Gefangenen sicher einzuschließen.
»Die Bleichgesichter überlisten den schlauen Biber; aber die Rothäute verstehen die Engländer zu fangen«, sagte er schließlich in englischer Sprache.
»Möge mich der Tod treffen, Hurone!« rief Heyward empört, »ich verachte dich und deine Rache!«
»Wird der weiße Mann am Pfahle auch noch so sprechen?« sagte Magua. »Le Renard Subtil ist ein großer Häuptling, er wird seine jungen Krieger herbeirufen, damit sie sehen, wie standhaft ein Bleichgesicht die Martern erdulden kann.«
Damit wandte er sich ab und ging auf die Tür zu, durch die Duncan gekommen war. Doch blieb er einen Augenblick stehen, als ein leises, drohendes Brummen sich hören ließ. Der Bär zeigte sich jetzt in der Türöffnung, setzte sich nieder und schwankte brummend von einer Seite zur andern. Magua betrachtete das Tier aufmerksam. Allein, erhaben über den Aberglauben seines Stammes, wollte er, als er die Verkleidung des bekannten Medizinmannes durchschaute, mit kalter Verachtung bei ihm vorbeigehen. Doch ein lauteres und drohenderes Brummen zwang ihn stehenzubleiben. Plötzlich schien er jedoch entschlossen, sich nicht länger aufhalten zu lassen, und schritt mutig vorwärts. Der Bär zog sich langsam vor ihm zurück bis an den engen Durchgang, wo er sich auf seine Hinterbeine stellte.
»Narr!« rief der Häuptling in huronischer Sprache, »geh, treibe mit Kindern und Weibern deine Späße, und lasse verständige Männer in Ruhe.«
Er wollte an dem vermeintlichen Medizinmann vorübergehen, aber plötzlich streckte die Bestie die Vorderbeine aus und umschlang ihn mit aller Kraft. Duncan hatte die Bewegungen des Kundschafters verfolgt. Jetzt ergriff er einen ledernen Riemen, mit dem irgendein Bündel verschnürt gewesen war, stürzte auf Magua zu, den Falkenauge umklammert hielt, und umschlang Arme und Beine des Huronen zwanzigfach mit dem Riemen. Als der Indianer gebunden war, ließ Falkenauge ihn los, und Duncan legte seinen Feind auf den Rücken. Nicht der leiseste Laut war dem Huronen während dieses unerwarteten Angriffs entschlüpft. Er hatte alle seine Kräfte zum Widerstand aufgeboten, bis er sich endlich überzeugte, er habe es mit einem Gegner zu tun, der ihm an Muskelkraft weit überlegen war. Erst als der Kundschafter die zottigen Kinnbacken auf die Seite schob und sich dem Huronen zeigte, stieß dieser einen Schrei der Überraschung aus.

»Aha! Hast du die Sprache wiedergefunden?« sagte Falkenauge, und da keine Zeit zu verlieren war, machte er sich sogleich ans Werk, seinen Feind zu knebeln.
»Wie ist der Schurke hier hereingekommen?« fragte er dann, »es ist doch niemand in den anderen Raum gekommen, seit Ihr mich verlassen habt.«
Duncan zeigte ihm die Tür, durch die der Indianer eingetreten war. Sie war aber jetzt fest verrammelt, man konnte sie nicht so leicht öffnen.
»Bringt das Mädchen«, fuhr sein Freund fort, »wir müssen durch den andern Ausgang in den Wald fliehen. Da, wickeln Sie sie in diese indianischen Decken ein, doch so, daß man nichts von ihrer Gestalt sehen kann. – Nun rasch, nehmen Sie sie auf den Arm und folgen Sie mir. Das übrige ist meine Sache.«
Duncan nahm die leichte Gestalt in seinen Arm und folgte dem Kundschafter durch das Gemach der Kranken, die sie noch allein fanden. Vor der kleinen Tür aus Baumrinde hörten sie mehrere Stimmen. Mit einem zornigen Brummen trat der Kundschafter ins Freie und spielte im Gehen die Rolle des Bären. Duncan folgte ihm und sah sich bald von etwa zwanzig besorgten Freunden und Verwandten der kranken Frau umringt. Sie wichen ein wenig zurück und ließen den Vater und den Mann des Weibes näher treten.
»Hat mein Bruder den bösen Geist ausgetrieben?« fragte der Alte. »Was trägt er in seinen Armen?«
»Dein Kind!« erwiderte Duncan feierlich, »die Krankheit hat die Arme verlassen und ist in die Felsenhöhle eingeschlossen. Ich will das Weib eine Strecke weit tragen, um sie zu stärken gegen alle ferneren Anfälle ihres Übels. Sie soll wieder in der Hütte des jungen Mannes sein, wenn die Sonne wiederkommt.«
Der Vater übersetzte die Worte in die Huronensprache, und ein leises Gemurmel verkündete die Zufriedenheit der Indianer. Der Häuptling gab Duncan einen Wink mit der Hand, sich zu entfernen, und sagte dann mit fester Stimme: »Geh! Ich bin ein Mann. Ich will mich in die Höhle begeben und mit dem bösen Geist kämpfen.«
»Ist mein Bruder nicht bei Sinnen?« rief der Major. »Ist er grausam gegen sich selbst? Er wird die Krankheit dort treffen, und sie wird in ihn fahren oder, wenn er sie hinaustreibt, seine Tochter im Walde verfolgen. – Nein, wartet hier draußen, und zeigt sich der Geist, so schlagt ihn mit Keulen nieder. Er ist sehr schlau und wird sich in den Berg begeben, wenn er sieht, daß hier so viele bereitstehen, um mit ihm zu kämpfen.«
Der Vater und der Mann des Weibes gaben ihren Entschluß sofort auf. Die falschen Beschwörer entfernten sich darauf schnell, indem sie einen abgelegenen Pfad in den Wald einschlugen. Als Falkenauge sich in gehöriger Ent=

fernung von dem Lager der Huronen befand, machte er halt, um sich mit Heyward zu beraten. »Dieser Pfad«, sagte er, »wird Sie zu dem Bach führen. Gehen Sie seinem nördlichen Ufer nach, bis Sie zu einem Wasserfall kommen. Dort steigen Sie den Berg rechts hinauf, und Sie werden die Feuer eines anderen Stammes erblicken. Diese Indianer müssen Sie um Schutz bitten. Sind es wirklich Delawaren, so wird diese Bitte nicht vergeblich sein. Mit dem jungen Mädchen noch weiter zu fliehen, ist unmöglich. Die Huronen würden unsrer Spur nachgehen und würden unsre Kopfhäute haben, ehe wir noch ein Dutzend Meilen zurückgelegt hätten.«

»Und Ihr?« fragte Heyward erstaunt, »wir trennen uns doch nicht hier?«

»Die Huronen haben den Stolz der Delawaren; der Letzte von dem hohen Blute der Mohikaner ist in ihrer Gewalt«, versetzte der Kundschafter. »Ich will hingehen und will mein möglichstes tun, meinen jungen Freund zu retten.«

Mit diesen Worten wandte sich der Kundschafter um und ging den Pfad wieder zurück. Nachdem die beiden ihrem Freunde eine Zeitlang nachgesehen hatten, verloren sie ihn in der Dunkelheit aus den Augen. Dann machten sie sich auf den Weg nach dem fernen Lager der Delawaren.

Sechsundzwanzigstes Kapitel

Falkenauge sah alle Gefahren und Schwierigkeiten ein, denen er entgegenging. Auf seinem Rückwege zum Lager bot er seinen angeborenen und durch manche Erfahrungen geprüften Scharfsinn auf, ein Mittel zu finden, auf welche Weise er die List und Wachsamkeit seiner Feinde täuschen könnte. Nur der Farbe ihrer Haut dankten Magua und der Medizinmann das Leben; denn sie würden als erstes Opfer gefallen sein, wenn der Kundschafter nicht eine solche Kampfesweise eines weißen Mannes für unwürdig gehalten hätte. Er verließ sich auf die Zweige und Riemen, mit denen er seine Gefangenen fest gebunden hatte, und setzte seinen Weg in gerader Richtung nach den Hütten fort.

Als er sich näherte, schritt er langsamer und vorsichtiger vorwärts. Kein Zeichen entging seinem Auge. Etwas entfernt von den übrigen stand eine einzelne, verfallene Hütte. Aber sie schien nicht unbewohnt zu sein, wie ein schwaches Licht verriet, das durch die Zweige ihrer Wände schimmerte. Dorthin begab sich der Kundschafter, nachdem er wieder den Gang des Bären angenommen hatte. Er kroch zu einer kleinen Öffnung, durch die er das Innere der Hütte sehen konnte. Es war die Wohnung Davids. Der treue Singemeister hatte sich hierher mit all seinen Sorgen und Ängsten zurückgezogen.

Falkenauge machte zuerst die Runde um die Hütte, um sich zu überzeugen, daß sie ganz allein stehe; und dann ging er hinein und gab sich David zu erkennen. Nachdem sich der treue Psalmensänger von seiner Überraschung erholt hatte, erkundigte er sich nach den Freunden.

»Sagt mir zuerst«, fragte er, »wie es dem Mädchen geht und dem tapferen jungen Mann.«

»Sie sind glücklicherweise vor den Tomahawks der Schurken gerettet. Könnt Ihr mich aber auf Unkas' Spur bringen?«

»Der junge Indianer ist gefangen, und sein Tod ist schon beschlossen.«

»Könnt Ihr mich zu ihm führen?« fragte ihn der Kundschafter.

»Das ist nicht schwierig«, sagte David, »aber ich fürchte . . .«

»Zeigt mir den Weg!« unterbrach ihn Falkenauge entschlossen und ging schon dem Sänger voran.

Die Hütte, in der Unkas bewacht wurde, stand gerade in der Mitte des Dorfes. Es lag nicht in dem Plan des Kundschafters, sich verstohlen hineinzuschleichen. Er verließ sich auf seine Verkleidung und schlug den geraden Weg zur Hütte ein. Die späte Stunde begünstigte das Vorhaben. Die Knaben lagen schon in tiefem Schlaf, die Huronen und ihre Weiber hatten sich auch in ihre Hütten begeben. Nur vier oder fünf Krieger wachten am Eingang vor Unkas' Gefängnis und beobachteten das Benehmen ihres Gefangenen von Zeit zu Zeit scharf.

Als sie David und seinen Begleiter in der wohlbekannten Verkleidung ihres Medizinmannes erblickten, gaben sie den Eingang frei. Ein solcher Besuch verhieß ihnen ein ungewöhnliches Possenspiel. Da der Kundschafter nicht die Sprache der Huronen kannte, so mußte David reden, der sich genau an die empfangenen Vorschriften hielt.

»Die Delawaren sind Weiber!« rief er und wandte sich an den Wilden, der einige Kenntnis der englischen Sprache hatte. »Die Engländer, meine törichten Landsleute, haben ihnen gesagt: Sie sollten die Streitaxt ergreifen und damit gegen ihre Väter in Kanada ziehen; und sie haben ihr Geschlecht vergessen. Wünscht mein Bruder zu hören, wie der Schnelle Hirsch um den Weiberrock bittet? Will er ihn am Pfahl vor den Huronen weinen sehn?«

»Hugh!« rief der Wilde und zeigte schon die Freude, mit der er ein solches Zeichen von Schwäche an dem verhaßten und doch gefürchteten Feinde sehen würde.

»Laßt ihn auf die Seite treten, und der weise Mann wird den Hund anblasen! Sag es meinen Brüdern.«

Diese Worte Davids erklärte der Hurone den andern, und sie entfernten sich ein wenig von dem Eingang.

»Der weise Mann fürchtet«, sagte David, »sein Hauch werde seine Brüder berühren und ihnen gleichfalls ihren Mut nehmen. Sie müssen weiter zurücktreten.«

Die Huronen traten furchtsam sofort zurück und stellten sich so, daß sie zwar nichts hören konnten, doch den Eingang der Hütte im Auge behielten. Jetzt verließ der Kundschafter seinen Platz und begab sich langsam in die Hütte. Dunkelheit und Stille herrschte in dem Raum, in dem nur der Gefangene war. Unkas stand in einer fernen Ecke, mit dem Rücken an die Wand gelehnt. Seine Hände und Füße waren mit starken und schmerzhaften Banden fest zusammengeschnürt. Der junge Mohikaner würdigte das Tier kaum eines Blickes. Als aber der Kundschafter unter seinem Bärengebrumm leise wie eine Schlange zischte, richtete sich der Indianer langsam auf und sah fest auf den Bären. Als sich das Zischen wiederholte, stieß er ein leises »Hugh!« aus.

»Zerschneide seine Bande!« sagte der Kundschafter jetzt leise zu David. Der Sänger gehorchte, und Unkas fühlte seine Glieder von jedem Zwange befreit. Er schien ohne alle Erklärung das Wagestück zu begreifen, das sein Freund unternommen hatte, aber er verriet weder durch Worte noch durch Mienen irgendein Staunen oder eine Überraschung.

»Nimm dieses Fell«, flüsterte ihm jetzt der Kundschafter zu, »ich zweifle nicht, daß du die Rolle eines Bären so gut spielen kannst wie ich.«

Unkas hüllte sich schweigend in die Bärenhaut, und der Kundschafter wandte sich leise an David. »Hier, nehmt meinen Jagdrock und meine Mütze und gebt mir dafür Eure Decke und Euren Hut. Auch das Buch und die Brille und Euer Instrument müßt Ihr mir anvertrauen. Treffen wir uns in besseren Zeiten wieder, so erhaltet Ihr alles zurück.«

David trennte sich von den Dingen mit einer Bereitwilligkeit, die seiner Freigebigkeit große Ehre machte. Falkenauge legte die geborgten Kleider an, und als er seine scharfen Augen durch die Brille verdeckt hatte und der dreieckige Hut auf seinem Kopfe saß, konnte er wohl für den Sänger gehalten werden.

»Die größte Gefahr«, sagte der Kundschafter jetzt wieder leise zu dem Sänger, »wird Euch in dem Augenblick drohen, da die Wilden merken, daß sie betrogen sind. Ich hoffe, Eure Geistesschwäche wird Euch schützen. Setzt Euch in den Schatten und spielt Unkas' Rolle so lange, bis die Huronen den Betrug entdecken. Ihr habt aber noch die Wahl, ob Ihr mit uns fliehen oder hierbleiben wollt.«

»Ich will hierbleiben«, entgegnete David standhaft; »der junge Mohikaner hat tapfer für mich gekämpft, und ich will alles für ihn tun.«

Der Kundschafter schüttelte David herzlich die Hand und verließ dann, vom Bären begleitet, die Hütte. Sobald sie von den Huronen erblickt wurden, richtete der Kundschafter seine lange Gestalt in die Höhe. Dann streckte er seinen Arm aus, um den Takt zu schlagen, und stimmte eine Art von Psalmgesang an. Zum Glück hatte er es mit Ohren zu tun, die wenig an die Harmonie der Töne gewöhnt waren, sonst würde er sicher wenig Erfolg gehabt haben. Sie mußten dicht an den Wilden vorübergehen. Je näher sie kamen, desto stärker wurde Falkenauges Stimme. Als sie sich bis auf wenige Schritte genähert hatten, streckte der Hurone, der Englisch sprach, den Arm aus und hielt den vermeintlichen Singemeister an.

»Der Hund von einem Delawaren!« sagte er, dem andern neugierig ins Gesicht blickend. »Ist er nun furchtsam? Werden die Huronen ihn stöhnen hören?«

Der Bär brummte in diesem Augenblick grimmig und so natürlich, daß der Indianer einige Schritte zurücktrat. Der Kundschafter fürchtete, seine Sprache würde ihn verraten, und er fuhr noch lauter in seinem Gesang fort. Die kleine Gruppe von Indianern zog sich jetzt ehrerbietig vor dem anscheinend Wahnsinnigen zurück und ließ die beiden ungleichen Gefährten ungehindert vorüberziehen.

Unkas und der Kundschafter setzten ihren Weg in langsamen, feierlichen Schritten fort. Sie sahen bald, daß die Neugier der Wächter über ihre Furcht gesiegt hatte und daß sie sich der Hütte näherten, um sich von dem Erfolge des Zaubers zu überzeugen. Leicht konnten sie jetzt durch eine unvorsichtige Bewegung Davids verraten werden. Der Kundschafter hatte es für ratsam gehalten, seinen lauten Gesang fortzusetzen, der aus mehreren Hütten einige Neugierige an die Tür gelockt hatte. Ein- oder zweimal schritt sogar ein Krieger quer über ihren Pfad. Er ließ die beiden aber bei näherer Betrachtung ruhig ziehen, und die Dunkelheit der Nacht begünstigte ihr Unternehmen. Sie befanden sich schon in einiger Entfernung von den Hütten und eilten dem Walde zu, als sie aus dem Innern der Hütte, in der Unkas gefesselt gewesen war, ein lautes und anhaltendes Geschrei hörten. Kaum waren sie noch in ihrer Verkleidung einige Schritte weitergegangen, als ein furchtbares Geschrei die Luft erfüllte. Unkas warf jetzt sein Bärenfell ab und lief schnell vorwärts. Falkenauge gab ihm einen leichten Schlag auf die Schulter und eilte voran. Bald verschwanden sie in dem dichten Schatten des Waldes.

Siebenundzwanzigstes Kapitel

Als die Huronen den Betrug entdeckten, stürzten sie alle in die Hütte hinein und bemächtigten sich ohne weitere Umstände des Sängers. In den wildesten Gebärden drückten sie ihre Wut und ihren Durst nach Rache aus.

David aber erhob laut seine Stimme und sang den ersten Vers eines Sterbeliedes. Er erinnerte so die Indianer an seine Geistesschwäche, und sie liefen auch sofort hinaus ins Freie und brachten das ganze Dorf in Aufruhr. Kaum war das Geschrei erschollen, als schon zweihundert Huronen auf den Beinen waren. Die Entweichung des Gefangenen war bald allgemein bekannt, und der ganze Stamm versammelte sich um die Hütte, in der gewöhnlich die Beratungen stattfanden. Ungeduldig erwartete man hier die Beschlüsse, die die Häuptlinge treffen würden. Bei diesem außerordentlichen Fall vermißten sie bald Magua. Man rief seinen Namen, und jeder blickte verwundert umher, als er sich nicht zeigte. Es wurden daher Boten in seine Hütte gesandt, um ihn zu holen. Gleichzeitig waren einige junge Leute ausgeschickt worden, um in der Lichtung die Runde zu machen und den Wald zu durchstreifen. Das Getümmel im Lager beruhigte sich allmählich, und kaum waren einige Minuten vergangen, als die ältesten und angesehensten Häuptlinge sich in der Hütte versammelten.

Das Geschrei vieler Stimmen verkündete etwas später die Rückkehr der ausgesandten Krieger. In ihrer Mitte erblickte man den unglücklichen Medizinmann, den der Kundschafter gefesselt zurückgelassen hatte. Dieser Mann stand nicht bei allen Huronen in gleichem Ansehen. Einige hielten ihn für einen Betrüger, andere glaubten an seine Macht, alle aber hörten ihm jetzt gespannt zu. Als er mit seiner Geschichte zu Ende war, trat der Vater des kranken Weibes vor und berichtete ebenfalls mit wenigen Worten, was er von der Sache wußte. Diese beiden Berichte gaben ihnen einen richtigen Fingerzeig. Zehn der klügsten und entschlossensten Huronen wurden gewählt, und sie brachen sofort auf, ohne ein Wort zu sprechen. An dem Eingang der Höhle machten die jüngeren Männer, die vorausgingen, den älteren Platz, und entschlossen betrat der ganze Trupp den dunklen Felsengang. Stille herrschte in dem äußeren Raum der Höhle. Die Frau lag noch in ihrer früheren Stellung auf dem Lager. Der Vater beugte sich jetzt mit ungläubigen Blicken über die Kranke und stellte fest, daß sie tot war. Auf den Leichnam deutend, wandte er sich zu seinen Begleitern und sagte: »Das Weib meines jungen Mannes hat uns verlassen. Der Große Geist zürnt seinen Kindern.«

Diese Trauerkunde wurde mit feierlichem Schweigen vernommen. Plötzlich kam ein Gegenstand von dunklem Aussehen aus der Kammer nebenan hereingerollt. Die Indianer wichen erschrocken zurück. Aller Augen hefteten sich auf den Gegenstand, der sich, als er dem Lichte nahe genug gekommen war, auf eine furchtbare Art in die Höhe richtete. Jetzt zeigten sich deutlich die verzerrten Gesichtszüge Maguas. Ein allgemeiner Ausruf des Erstaunens folgte. Sobald man sah, in welcher Lage sich der Häuptling befand,

beeilte man sich, ihn von seinem Knebel zu befreien und die Riemen, mit denen seine Glieder gefesselt waren, zu zerschneiden. Er stand auf und schüttelte sich. Ohne ein Wort zu sprechen, faßte er krampfhaft den Griff seines Messers, und sein Auge irrte wild im Kreise umher, als suche er jemand. Aber nur seine Stammesgenossen umstanden ihn schweigend. Endlich unterbrach der älteste Häuptling die Stille.
»Mein Freund hat einen Feind gefunden!« sagte er. »Ist er in der Nähe, damit die Huronen Rache an ihm nehmen können?«
»Laßt den Delawaren sterben!« rief Magua laut.
»Der Mohikaner ist flink auf den Füßen und springt weit«, sagte der Häuptling nach längerem Schweigen, »aber meine jungen Männer sind ihm auf der Spur.«
»Ist er fort?« fragte Magua.
»Ein böser Geist ist unter uns gewesen, und der Delaware hat unser Auge geblendet.«
»Ein böser Geist?« wiederholte der andere mit bitterem Spott. »Ja, der Geist, der schon so vielen Huronen das Leben geraubt hat; der Geist, der meine jungen Männer an dem herabstürzenden Flusse tötete; der ihre Skalpe an der Heilquelle nahm und der jetzt die Arme Maguas gebunden hat.«
»Von wem spricht mein Freund?«
»Von dem Hunde, der unter einer weißen Haut den Mut und die Schlauheit eines Huronen hat – von der Langen Büchse.«
Der gefürchtete Name machte auf die Zuhörer einen tiefen Eindruck. Als sie aber nach einiger Zeit wieder ihre Ruhe gewonnen hatten, waren alle zur blutigen Rache entschlossen.
»Laßt uns zu meinem Volke gehen«, sagte Magua.
Seine Gefährten gaben schweigend ihre Einwilligung, und der ganze Trupp der Wilden verließ die Höhle und begab sich zur Beratungshütte. Nachdem sie ihre Sitze eingenommen hatten, richteten sich alle Augen auf Magua. Er stand jetzt auf und berichtete sein Abenteuer, ohne Entstellung oder Übertreibung, völlig der Wahrheit gemäß. Jetzt lag der ganze Betrug, den Duncan und der Kundschafter ausgesonnen hatten, völlig klar vor Augen. Als der Häuptling seine Erzählung beendet und wieder seinen Sitz eingenommen hatte, sahen alle anwesenden Krieger einander an. Sie waren erstaunt über die unbegreifliche Kühnheit ihrer Feinde, und es beschäftigte sie jetzt nur der Gedanke, wie sie sich rächen könnten.
Sofort machte sich eine Anzahl von Kriegern auf, um die Spur der Flüchtlinge zu verfolgen. Unterdessen ließen die Häuptlinge ihre Meinung und ihren Rat hören. Die älteren Krieger brachten verschiedene Pläne in Vorschlag, die von Magua schweigend und achtungsvoll angehört wurden. Er

hatte nun seine ganze Selbstbeherrschung wiedererlangt. Er hörte erst die Meinungen der übrigen an, ehe er mit seinen eigenen Ansichten hervortrat. Sie erhielten noch ein größeres Gewicht, als einige der ausgesandten Boten wieder zurückkehrten und meldeten, daß sie die Spuren der Flüchtlinge entdeckt und daß diese in dem benachbarten Lager der Delawaren Schutz gesucht hätten. Magua eröffnete nun den Häuptlingen seine Pläne. Er tat das mit seiner schlauen Beredsamkeit, so daß alle einstimmig und ohne einen Widerspruch zustimmten. Der ganze Stamm erklärte sich bereit, die Leitung des Kriegsplanes dem Häuptling Magua zu übertragen. Magua hatte nun das große Ziel erreicht, nach dem er so lange gestrebt hatte. Achtung und Ansehen hatte er in seinem eigenen Volksstamm wiedergewonnen. Er war in der Tat ihr Häuptling, und solange er seine Volkstümlichkeit erhalten konnte, war er ein unumschränkter Despot.

Es wurden jetzt nach allen Seiten Läufer ausgesandt, um das Lager der Delawaren zu beobachten. Den Weibern und Kindern wurde befohlen, sich zurückzuziehen. Man ermahnte sie, sich still und ruhig zu verhalten. Als alle Anordnungen getroffen waren, ging Magua im Dorf umher, trat zuweilen in eine Hütte und bestärkte klug seine Freunde in dem Vertrauen, das sie ihm geschenkt hatten. Dann begab er sich in seine eigene Behausung. Das Weib, das er zurücklassen mußte, als er von seinem Volke vertrieben wurde, war gestorben. Kinder hatte er nicht, er bewohnte daher seine Hütte allein. Während seine Stammesgenossen schliefen, kannte er keine Ruhe. Er saß einsam in einem Winkel seiner Hütte und sann über kühne Pläne für die Zukunft nach. Dann und wann, wenn ein Zugwind durch die Lücken der Hütte wehte und das halb erlöschende Feuer wieder anfachte, wurde die Gestalt des einsamen Häuptlings von einem ungewissen, flackernden Licht erhellt. Er glich in diesen Augenblicken dem Fürsten der Finsternis, dem Teufel, der das Verderben der Menschen in der Hand hält.

Lange vor Anbruch des Morgens trat ein Krieger nach dem andern in Maguas Hütte. Endlich hatten sich zwanzig Huronen um ihn versammelt, die alle bewaffnet waren, aber nicht ihre Kriegsbemalung zeigten. Einige setzten sich in einem Winkel nieder, andere blieben in tiefem Schweigen stehen. Magua gab schließlich das Zeichen zum Aufbruch und ging selbst voran. Sie folgten ihm und verließen das Lager still und ohne jedes Geräusch. Magua schlug nicht den Pfad ein, der geradewegs zum Lager der Delawaren führte. Er zog es vor, eine Strecke lang den Windungen des Baches zu folgen, und kam endlich an dem Biberteich vorüber. Der Tag war gerade angebrochen, als sie die Lichtung des Waldes betraten. Einer der Häuptlinge hatte zu seinem besonderen Sinnbild oder ›Totem‹ die Gestalt des Biber erwählt. Er wandte sich jetzt der Sitte gemäß an die unsichtbaren Tiere, mit einer förmlichen und lauten Rede, und bat um die Hilfe ihrer Klugheit. Die Huronen hörten aufmerksam zu. Ein- oder zweimal ließen sich einige Biberköpfe auf der Oberfläche des Wassers blicken, worüber der Hurone große Freude zeigte. Als er seine Ansprache beendet hatte, streckte ein großer Biber den Kopf aus einer halbverfallenen Hütte, die man für unbewohnt gehalten hatte. Das erschien als ein günstiges Zeichen, und der Zug setzte sich schweigend in Bewegung.

In dem Augenblick, als die Huronen im Walde verschwanden, kroch das ganze Tier aus der Hütte, nahm sein Fell vom Kopf, und Chingachgooks ernstes und lauschendes Gesicht kam zum Vorschein.

Achtundzwanzigstes Kapitel

Der Stamm der Delawaren, der sein Lager in der Nähe des Dorfes der Huronen hatte, zählte ungefähr ebenso viele Krieger wie der Nachbarstamm. Gleich andern Stämmen hatten sie sich zwar dem Zuge Montcalms angeschlossen und mehrere Einfälle in die Jagdreviere der Mohawks gewagt, aber von der Belagerung des Forts ›William Henry‹ hatten sie sich ausgeschlossen. Der Stamm hatte durch seine Abgesandten dem General Montcalm sagen lassen: Ihre Tomahawks seien stumpf, und sie brauchten Zeit, um sie wieder zu schärfen. Der staatskluge Kommandant von Kanada hielt es für ratsamer, sich lieber einen untätigen Freund zu erhalten, als durch strenge Maßnahmen ihn sich zum Feinde zu machen.

An dem Morgen, an dem Magua seinen schweigenden Trupp in den Wald führte, beleuchteten die Strahlen der Sonne, als sie über dem Lager der Delawaren aufging, ein so geschäftiges Volk, als ob bereits Mittag wäre. Die Weiber eilten von Hütte zu Hütte und standen flüsternd zusammen. Die Gruppen der Krieger schienen schweigsamer, und ihre wenigen Äußerungen waren sorgfältig überlegt. Obgleich man zwischen den Hütten Jagdgeräte liegen sah, machte doch keiner Anstalten zum Aufbruch. Da und dort betrachtete ein Krieger seine Waffen mit großer Aufmerksamkeit. Von Zeit zu Zeit richteten sich die Blicke auf eine große Hütte, die im Mittelpunkte des Lagers stand.

Plötzlich erschien am äußersten Ende des Felsplateaus, auf dem das Dorf erbaut war, ein Mann. Er war unbewaffnet, und die Bemalung seines Gesichts schien darauf berechnet zu sein, die Wildheit seiner Züge zu mäßigen. Als er sich den Delawaren so weit genähert hatte, daß er von allen gesehen werden konnte, blieb er stehen und machte ein Friedens- und Freundschaftszeichen, indem er den Arm zum Himmel emporstreckte und dann nachdrücklich seine Hand auf die Brust legte. Ein leises Gemurmel des Willkommens beantwortete diesen Gruß, und ähnliche Freundschaftsgesten forderten ihn auf, näher zu treten. Die dunkle Gestalt verließ nun den Rand der Felsenterrasse, auf der sie sich gegen den freien Horizont scharf abgezeichnet hatte. Langsam und mit feierlichem Schritt näherte sich der Fremdling den Hütten, und man hörte nichts als das Geklirr der leichten silbernen Zierate, die er um den Hals und die Arme trug, und das Klingeln der kleinen Glöckchen, die seine Mokassins schmückten. Die Männer, an denen er vorüberging, wurden mit wiederholten höflichen Gebärden von ihm begrüßt, während er den Weibern nicht die geringste Aufmerksamkeit schenkte. Nachdem er die Gruppe erreicht hatte, in der sich die angesehensten Häuptlinge befanden, wie ihr stolzes, würdevolles Ansehen verriet, blieb der Fremde stehen, und die Delawaren erkannten nun in der leichten, hohen Gestalt den Häuptling Magua. Er wurde schweigend und feierlich empfangen. Die in der ersten Reihe stehenden Krieger traten auf die Seite, um ihrem besten Redner Platz zu machen.

»Der weise Hurone ist willkommen!« sagte der Delaware in der Sprache der Huronen; »er ist erschienen, um seinen Suc-ca-tusch mit seinen Brüdern von den Seen zu essen!«

»Er ist erschienen«, erwiderte Magua, sich mit der Würde eines orientalischen Fürsten verneigend.

Der Häuptling streckte den Arm aus, und dem Huronen die Hand drückend, begrüßten sie sich durch gegenseitige Freundschaftsbezeigungen. Hierauf lud der Delaware seinen Gast ein, sich in die Hütte zu begeben und das Morgenmahl mit ihm zu teilen. Die Einladung wurde angenommen, und beide Krieger verließen in Begleitung von vier alten Männern die übrigen Delawaren, die vor Neugierde brannten, aber mit keinem Worte ihre Ungeduld verrieten.

Die Unterhaltung während des kurzen Mahls war einsilbig und beschränkte sich bloß auf die Ereignisse der Jagd. Als man gegessen hatte, räumten die Weiber die hölzernen Schüsseln und die Kürbisflaschen fort, und es begann der Wettkampf in witzigen Redensarten, bei dem alle ihre ganze Klugheit und ihren Scharfsinn aufboten.

»Hat sich das Antlitz meines ›Großen Vaters von Kanada‹ wieder zu seinen Kindern, den Huronen, gewandt?« fragte der Redner der Delawaren.

»Wann war es je anders?« entgegnete Magua; »er nennt mein Volk nur sein vielgeliebtes!«

Der Delaware gab gravitätisch durch eine Verbeugung zu erkennen, daß er einer Behauptung beipflichte, die, wie er wußte, nicht den Tatsachen entsprach.

»Die Tomahawks Eurer Krieger«, fuhr er fort, »sind sehr rot gewesen!«
»So ist es, aber jetzt sind sie glänzend und stumpf, denn die Engländer sind tot, und die Delawaren sind unsre Nachbarn.«
Der andere erwiderte dieses Kompliment, das auf friedliche Gesinnungen schließen ließ, nur durch eine Bewegung der Hand und schwieg.
Darauf fragte Magua, als würde er erst jetzt daran erinnert: »Ist meine weiße Gefangene vielleicht meinen Brüdern lästig?«
»Sie ist uns willkommen.«
»Der Weg zwischen den Huronen und den Delawaren ist nur kurz und ist frei. Belästigt sie meinen Bruder, so möge er sie zu meinen Weibern senden.«
»Sie ist uns willkommen«, wiederholte der Häuptling mit besonderem Nachdruck.
Magua schwieg einige Augenblicke. Die Verweigerung seines Wunsches, Cora wieder in seine Gewalt zu bekommen, schien ihm völlig gleichgültig.
»Lassen meine jungen Männer den Delawaren Raum genug, um auf den Bergen jagen zu können?« fuhr er fort.
»Die Lenapes sind Herren über ihre eigenen Berge«, entgegnete der andere etwas stolz.
»So ist es. Die Gerechtigkeit leitet die Rothäute. Warum sollten sie die Tomahawks schleifen und die Messer schärfen, um gegeneinander zu kämpfen? Gibt es nicht Bleichgesichter, die beider Feinde sind?«
»Gut!« riefen zwei oder drei seiner Zuhörer gleichzeitig.
Magua wartete ein wenig und fuhr dann schlau fort: »Haben nicht fremde Füße diese Wälder betreten? Haben meine Brüder nicht die Spur von weißen Männern entdeckt?«
»Laßt meinen Vater von Kanada kommen«, erwiderte der andere ausweichend; »seine Kinder sind bereit zu seinem Empfange.«
»Wenn der ›Große Häuptling‹ kommt, so geschieht es, um mit den Indianern in ihren Hütten zu rauchen. Die Huronen sagen ebenfalls, er ist willkommen. Die Engländer haben lange Arme und Beine, die nie müde werden. Meinen jungen Männern hat es geträumt, sie erblickten die Spur der Engländer dicht am Lager der Delawaren.«
»Sie werden die Lenapes nicht schlafend finden.«
»Das ist gut! Der Krieger, dessen Auge offen ist, kann seinen Feind sehen«, sagte Magua, der dem Gespräch eine andere Wendung zu geben suchte, da es ihm nicht gelang, die Vorsicht seines Gegners zu überlisten. »Ich habe meinem Bruder Geschenke mitgebracht. Sein Stamm wollte nicht mit uns den Kriegspfad wandeln, weil er es nicht für ratsam hielt; aber seine Freunde haben nicht vergessen, wo er wohnt.«

Der schlaue Häuptling stand auf und breitete feierlich vor den geblendeten Augen seiner Wirte die mitgebrachten Geschenke aus. Sie bestanden größtenteils in Schmuck von geringem Wert, der den bei ›William Henry‹ erschlagenen und beraubten Weibern gehört hatte. In der Art, wie der Hurone diesen glänzenden Tand verteilte, bewies er seine Gewandtheit. Die besten Stücke überreichte er den beiden ältesten Häuptlingen, von denen der eine sein Wirt war. Aber alle bekamen Geschenke, und allen schmeichelte er und befriedigte ihre Eitelkeit. Dieser politische Kunstgriff Maguas war so gut berechnet, daß der Erfolg nicht ausblieb. Die Delawaren wurden freundlicher und entgegenkommender, und besonders wiederholte der Wirt, nachdem er seinen reichlichen Anteil eine Weile mit sichtbarem Vergnügen betrachtet hatte, mit großem Nachdruck die Worte: »Mein Bruder ist ein weiser Häuptling. Er ist willkommen!«

»Die Huronen sind Freunde der Delawaren«, entgegnete Magua. »Warum sollten sie es nicht sein? Dieselbe Sonne färbt ihre Haut, und die gerechten Männer beider Stämme werden nach ihrem Tode in denselben Wäldern und Bergen jagen. Die Rothäute sollten Freunde sein und mit offenem Auge auf die Weißen blicken. Hat mein Bruder nicht die Spur von Spionen in den Wäldern gesehen?«

Der Delaware ließ sich jetzt herab, eine bestimmtere Antwort zu geben.

»Es sind fremde Mokassins um mein Lager herum gewesen. Man hat ihre Spur bis in meine Hütten hinein verfolgt.«

»Hat mein Bruder die Hunde wieder fortgejagt?« fragte Magua, ohne die frühere zweideutige Antwort des Häuptlings zu berücksichtigen.

»Das würde nicht angehen. Der Fremde ist stets willkommen bei den Kindern der Lenapes.«

»Der Fremde, aber nicht der Spion!«

»Brauchen denn die Engländer ihre Weiber zu Spionen? Sagte nicht der Huronenhäuptling, er habe in der Schlacht Weiber gefangengenommen?«

»Er hat keine Lüge gesagt. Die Engländer haben ihre Kundschafter ausgeschickt. Sie waren in meinen Hütten, aber dort hieß sie keiner willkommen. Daher flüchteten sie sich zu den Delawaren. Denn, sagen sie, die Delawaren sind unsere Freunde; ihr Gemüt hat sich abgewandt von ihrem Vater in Kanada!«

Diese geschickte Wendung ließ den tiefsten Eindruck zurück. Die Delawaren wußten recht gut, daß der neue Abfall ihres Stammes ihnen von seiten der Franzosen viele Vorwürfe zugezogen hatte. Man nahm daher Maguas beunruhigende Äußerung mit großer Besorgnis auf.

»Mein Vater von Kanada möge mir ins Antlitz blicken«, sagte der Gastgeber; »er wird keine Veränderung darin wahrnehmen. Meine jungen

Männer sind freilich nicht mitgewandelt auf dem Pfade des Krieges. Sie hatten Träume, die ihnen sagten, daß sie es nicht tun sollten. Aber trotzdem lieben und verehren sie den großen weißen Häuptling.«

»Wird er das glauben, wenn er vernimmt, daß sein ärgster Feind in dem Lager seiner Kinder gespeist wird? Wenn man ihm sagt, ein blutiger Engländer rauche mit euch an eurem Feuer? Wenn er erfährt, daß das Bleichgesicht, das so viele seiner Freunde getötet hat, bei den Delawaren ein- und ausgeht? — Geh! Mein Großer Vater von Kanada ist kein Tor!«

»Wer ist der Engländer, den die Huronen fürchten?« erwiderte der andere; »wer hat meine jungen Männer getötet? Wer ist der Todfeind meines Großen Vaters?«

»Die Lange Büchse!«

Die Delawaren fuhren erschrocken auf bei diesem bekannten Namen. Jetzt erst schienen sie, wie ihre Bestürzung verriet, zu erfahren, was für ein Mann sich in ihrer Gewalt befand.

»Was meint mein Bruder damit?« fragte der andere.

»Ein Hurone lügt nie«, entgegnete Magua, indem er den Kopf an die Wand der Hütte lehnte und sein leichtes Gewand über die von der Sonne gebräunte Brust zog. »Die Delawaren mögen ihre Gefangenen zählen; sie werden einen darunter finden, dessen Haut weder rot noch bleich ist.«

Ein langes Schweigen folgte auf diese Worte. Der Häuptling zog seine Gefährten auf die Seite, um sich mit ihnen zu besprechen. Boten wurden abgeschickt, um noch einige der angesehensten Häuptlinge des Stammes zusammenzurufen. Bald kamen die Krieger an, und jedem Eintretenden wurde sogleich die wichtige Nachricht verkündet. Die Neuigkeit flog von Mund zu Mund und verbreitete Aufruhr und Bewegung im ganzen Lager. Die Weiber verließen ihre Arbeit, die Knaben verließen ihre Spiele, und alle Tätigkeit ruhte. Als sich die erste Aufregung ein wenig gelegt hatte, versammelten sich die Älteren zu einer Beratung. Magua war ruhig sitzen geblieben. Er lehnte sich noch immer nachlässig an eine Wand der Hütte, völlig bewegungslos, als ob ihm die Aufregung gleichgültig sei.

Die Beratung der Delawaren dauerte kurze Zeit, und als sie zu Ende war, verkündete eine allgemeine Bewegung, daß unmittelbar eine feierliche Versammlung des ganzen Stammes stattfinden werde. Da sie äußerst selten und nur in besonders wichtigen Fällen einberufen wurde, sah der Hurone, daß jetzt der Augenblick gekommen sei, wo seine Entwürfe gelingen oder scheitern mußten. Er verließ die Hütte und begab sich schweigend zum Versammlungsplatz, der sich vor dem Lager befand. Hier kamen die Krieger bereits nach und nach zusammen. Eine halbe Stunde mochte etwa vergangen sein, ehe alle, die zum Stamm gehörten, Weiber und Kinder nicht ausgenommen, sich dort eingefunden hatten. Als die Sonne sich über die Gipfel des Berges erhob, an dessen Abhang die Delawaren ihr Lager aufgeschlagen hatten, waren die meisten Sitze bereits eingenommen. Ungefähr tausend Delawaren hatten sich zusammengefunden. Alle, selbst die alten Krieger, beobachteten ein tiefes Schweigen. Die Stille, die stets den Beratungen der Indianer vorangeht, dauerte schon länger als gewöhnlich. Nur dann und wann blickte ein Auge vom Boden auf und richtete sich auf eine abgelegene Hütte, die sich von den übrigen Wohnungen dadurch unterschied, daß sie sorgfältiger gedeckt war, um gegen die Witterung zu schützen.

Endlich vernahm man ein dumpfes Murmeln in der Menge, und alle standen plötzlich auf. Die Tür der abgelegenen Hütte öffnete sich, und drei Männer traten heraus und näherten sich langsam dem Beratungsplatze. Alle drei waren hochbejahrt und älter als irgendeiner der Anwesenden. Der in der Mitte gehende Greis aber, den die beiden andern im Gehen unterstützten, trug die Last von mehr als hundert Jahren, und seine Gestalt, die einst schlank und gerade wie eine Zeder gewesen war, beugte sich unter diesem Alter. Verschwunden war der leichte, elastische Schritt eines Indianers, mühsam schleppte er seine Füße Zoll für Zoll über den Boden. Einen auffallenden Kontrast bildete sein dunkles, von Furchen bedecktes Gesicht mit dem langen weißen Haar, das in Locken über seine Schultern fiel. Die Fülle dieses Haares bewies, daß schon mehrere Generationen vergangen waren, seit er zum letzten Male sein Haupt geschoren hatte. Sein Kleid bestand aus kostbarem Leder, auf das man in Zeichen seine früheren Kriegstaten gemalt hatte. Münzen von Silber und Gold zierten seine Brust. Es waren Geschenke, die er während seines langen Lebens von den Fürsten der Bleichgesichter erhalten hatte. Reifen von Metall umschlossen seine Arme und Beine, und sein Haupt trug ein silbernes Diadem mit einigen funkelnden Steinen. Drei Federn von glänzend schwarzer Farbe schmückten es. Sein Tomahawk war mit Silber beschlagen, und der Griff seines Messers glänzte von gediegenem Gold.

Sobald sich die erste Aufregung und Freude über das Erscheinen dieses verehrten Häuptlings gelegt hatte, flüsterten alle den Namen ›Tamenund‹. Schon öfters hatte Magua die Weisheit und Gerechtigkeit dieses Delawaren rühmen hören. Man glaubte, er stehe mit dem Großen Geist in geheimer Verbindung. Die Augen des Greises waren geschlossen, als seien sie müde, noch länger das Treiben der menschlichen Leidenschaften mit anzusehen. Die Farbe seiner Haut war verschieden von der der anderen Indianer; sie schien glänzender und dunkler zu sein. Er war mit feinen, durcheinanderlaufenden Linien in vielen Figuren tätowiert. Auf seine Gefährten gelehnt, ging er langsam auf den Platz zu, auf dem sich das Volk versammelt hatte, und nahm mit der würdevollen Haltung eines Fürsten seinen Sitz ein.

Es trat eine ehrfurchtsvolle Pause ein, worauf sich die angesehensten Häuptlinge dem Patriarchen näherten. Sie ergriffen seine Hand und legten sie auf ihren Kopf, als wollten sie ihn um seinen Segen bitten. Die jüngeren Männer begnügten sich mit der Berührung seines Kleides oder suchten wenigstens so nahe als möglich an ihn heranzutreten. Aber diese Freiheit nahmen sich nur die edelsten unter den jüngeren Kriegern, die übrigen begnügten sich mit dem Glück, das Antlitz des geliebten und verehrten Greises zu betrachten.

Als dem Patriarchen diese Huldigung dargebracht worden war, nahmen die Häuptlinge wieder ihre Plätze ein. Ein paar jüngere Krieger, denen einer der Begleiter des Greises einige Worte zugeflüstert hatte, verließen jetzt die Versammlung. In wenigen Minuten erschienen sie wieder und mit ihnen die Gefangenen. Die Menge machte Platz und schloß sich hinter der Gruppe wieder. Die Gefangenen befanden sich jetzt mitten in einem weiten Kreis, den der ganze Stamm der Delawaren bildete.

Neunundzwanzigstes Kapitel

An der Spitze der Gefangenen befand sich Cora, die ihren Arm zärtlich um ihre Schwester Alice geschlungen hatte. Trotz des drohenden Anblicks der Indianer, die sie von allen Seiten umgaben, empfand sie keine Furcht. Dicht an ihrer Seite stand Heyward. Falkenauge hatte sich hinter die drei gestellt, aus Achtung vor ihrem Rang. Unkas befand sich nicht unter ihnen. Als wieder eine vollkommene Stille eingetreten war, erhob sich nach einer langen und feierlichen Pause einer der bejahrten Häuptlinge, die neben dem Patriarchen ihren Sitz eingenommen hatten. Er fragte in sehr verständlichem Englisch mit lauter Stimme: »Welcher von meinen Gefangenen ist die Lange Büchse?«

Weder Duncan noch der Kundschafter erteilten eine Antwort. Der Major ließ seine Blicke in der schweigenden Versammlung umherwandern und fuhr einen Schritt zurück, als sein Auge Maguas boshaftem Gesicht begegnete. Daß die Vorladung vor die Versammlung das Werk dieses Huronen sei, war dem Major sofort klar, und er beschloß, alles aufzubieten, um seinen Freund zu beschützen.

»Gebt uns Waffen!« rief er stolz, »und laßt uns in die Wälder gehn. Unsre Taten sollen dann für uns sprechen.«

»Das ist der Krieger, dessen Namen bis zu unseren Ohren gedrungen ist!« sagte der Häuptling, indem er Duncan aufmerksam betrachtete. »Was führte den weißen Mann in das Lager der Delawaren?«

»Die Not. Ich bin gekommen um Nahrung, Obdach und Freunde zu suchen.«

»Das kann nicht sein. Die Wälder sind voll von Wild. Das Haupt eines Kriegers hat kein anderes Obdach nötig als einen wolkenlosen Himmel, und die Delawaren sind nicht die Freunde, sondern die Feinde der Engländer. Geh, dein Mund hat gesprochen, während dein Herz nichts sagte.«

Duncan schwieg, weil er nicht recht wußte, was er antworten sollte.

Aber der Kundschafter trat jetzt mutig vor und sagte laut: »Wenn ich nicht antwortete, als Ihr die Lange Büchse rieft«, sagte er, »so geschah das nicht aus Furcht; denn ein Krieger kennt die Furcht nicht. Aber ich gestehe den Mingos nicht zu, mir einen Namen beizulegen, der noch dazu eine Lüge ist, weil Wildtödter ein echtes gezogenes Gewehr ist, aber keine Büchse. Ich bin aber der Mann, der von seinen Verwandten den Namen Nathaniel erhielt und von den Delawaren, die am Ufer des gleichnamigen Flusses wohnen, den Beinamen Falkenauge.«

Die Augen aller richteten sich jetzt auf die kräftige Gestalt des Mannes, der einen so rühmlichen Namen für sich in Anspruch nahm. Es war nichts Ungewöhnliches, daß sich zwei Männer um die Ehre stritten, einen solchen Namen zu führen, denn Betrüger, wenn auch selten, waren nicht ganz unbekannt unter den Indianern. Aber es lag den Delawaren, die gerecht und streng zu Werke gehen wollten, daran, die Wahrheit zu erfahren. Einige der älteren Männer sprachen leise miteinander.

»Mein Bruder hat gesagt, eine Schlange sei in mein Lager gekrochen«, sagte der Häuptling darauf zu Magua. »Wer ist es?«

Der Hurone wies schweigend auf den Kundschafter.

»Will ein weiser Delaware dem Bellen eines Wolfes trauen?« rief Heyward entschlossen. »Ein Hund lügt niemals, wann hat aber je ein Wolf die Wahrheit geredet?«

Maguas Augen funkelten, aber er schwieg. Nach einer kurzen Beratung wandte sich der vorsichtige Delaware wieder an ihn.

»Mein Bruder ist ein Lügner genannt worden«, sagte er, »und seine Freunde sind darüber entrüstet. Sie wollen zeigen, daß er die Wahrheit gesprochen. Gebt meinen Gefangenen Gewehre, und sie werden beweisen, welcher von ihnen der rechte Mann ist.«

Magua gab durch eine Gebärde seinen Beifall zu erkennen. Er war sehr zufrieden damit, daß seine Glaubwürdigkeit durch einen so guten Schützen wie den Kundschafter erwiesen werden sollte. Die Gefangenen empfingen die Gewehre. Sic sollten über die Köpfe der umherstehenden Menge hinweg nach einem irdenen Gefäße schießen, das zufällig etwa fünfzig Schritt entfernt auf einem abgehauenen Baumstamm lag. Heyward lächelte, als er daran dachte, mit dem Kundschafter einen solchen Wettkampf zu bestehen.

Doch er nahm seine Büchse, zielte dreimal mit der größten Sorgfalt und gab Feuer. Die Kugel schlug nur einige Zoll weit von dem Gefäß in den Stamm, und ein allgemeines Freudengeschrei verkündete, daß dieser Probeschuß von sehr großer Geschicklichkeit zeuge. Selbst Falkenauge nickte anerkennend mit dem Kopf. Er blieb aber länger als eine Minute auf seine Büchse gelehnt stehen, wie jemand, der in tiefes Nachdenken versunken ist. Plötzlich klopfte ihm ein junger Indianer auf die Schulter und sagte in schlechtem Englisch: »Kann es das Bleichgesicht besser machen?«
»Ja, Rothaut!« rief der Kundschafter und hob seine Büchse mit der rechten Hand in die Höhe, während er sie auf Magua richtete. »Ja, Rothaut, jetzt könnte ich dich niederschießen, ohne daß mich irgendeine Macht daran hindern sollte. Es verbietet mir aber meine Farbe, und ich würde auch nur über schuldlose Wesen neues Unglück bringen.«
Des Kundschafters Antlitz, von dunkler Röte glühend, seine von Zorn blitzenden Augen und seine hohe Gestalt erfüllten seine Zuhörer mit geheimer Angst. Die Delawaren wagten kaum zu atmen. Magua blieb mitten unter der Menge ruhig und bewegungslos stehen.
»Besser machen«, wiederholte jetzt der Delaware, der dicht neben dem Kundschafter stand.
»Was besser machen, Narr? Was?« rief Falkenauge, seine Büchse entrüstet über dem Kopf schwingend.
»Ist der weiße Mann wirklich der Krieger«, sagte der bejahrte Häuptling, »so möge er das Ziel besser treffen.«
Der Kundschafter brach in ein lautes Gelächter aus. Er ließ in diesem Augenblick sein Gewehr schnell in die ausgestreckte linke Hand fallen, und diese Erschütterung bewirkte, daß es von selbst losging. Der Schuß traf das Gefäß und zerschmetterte es. Der Kundschafter aber warf verächtlich die Büchse auf die Erde. Das Gefühl ungeteilter Bewunderung machte sich überall geltend.
Bald aber verbreitete sich ein leises Gemurmel unter der Menge, das deutlich bewies, daß die Zuschauer sehr verschiedener Meinung waren. Der größte Teil hielt diesen Schuß für das Spiel des Zufalls, und Heyward unterließ es nicht, diese Meinung zu bestärken.
»Es war nichts als Zufall«, rief er. »Niemand kann schießen, ohne zu zielen.«
»Zufall!« wiederholte der gereizte Jäger, der es sich nun einmal vorgenommen hatte, hartnäckig und um jeden Preis zu beweisen, daß er der Gesuchte sei. »Ist der lügnerische Hurone auch der Meinung, daß es ein Zufall war? Gebt ihm ein Gewehr und stellt uns gegenüber ohne Deckung. Dann möge die Vorsehung und unser eignes Auge die Sache zwischen uns entscheiden.

Ihnen, Major, mache ich diesen Vorschlag nicht, denn unser Blut ist von einer Farbe, und wir dienen einem Herrn.«

»Daß der Hurone ein Lügner ist, das ist völlig klar«, antwortete Heyward kaltblütig. »Ihr hört ja selbst, daß er behauptete, Ihr wäret die Lange Büchse!«

»So wollen wir denn hier, vor dem versammelten Stamm der Delawaren, zeigen, wer der beste Schütze ist!« rief der Kundschafter. »Sie sehen doch die Kürbisflasche an dem Baum dort, Major? Sind Sie ein guter Schütze, wie wir ihn hier in den Grenzlanden brauchen, so wollen wir einmal sehen, ob Sie diese Kürbisflasche spalten können!«

Duncan faßte die Flasche ins Auge und machte sich bereit zu einem neuen Probeschuß. Das Ziel hing weit über hundert Schritt von ihnen an einem Riemen von Hirschleder an dem dürren Ast einer kleinen Fichte. Heyward hätte nicht sorgfältiger zielen können, wenn sein Leben von diesem Schusse abgehangen hätte. Endlich drückte er ab, und drei oder vier junge Indianer, die sogleich zum Ziel hinrannten, verkündeten mit großem Geschrei, die Kugel habe den Baum getroffen. Ein allgemeines Freudengeschrei erscholl, und die Krieger sahen jetzt forschend auf Duncans Gegner.

»Das ist gut genug für die königlichen Amerikaner!« sagte Falkenauge und schüttete Pulver auf die Zündpfanne. Als er damit fertig war, setzte er einen Fuß zurück und hob langsam das Gewehr. Diese Bewegung geschah mit fester und sicherer Hand, ohne im geringsten von der Linie abzuweichen. Als die Büchse waagerecht lag, ließ er sie, ohne nur im geringsten zu zittern oder zu schwanken, einen Augenblick fest und unbeweglich ruhen. Dann fuhr plötzlich der helle Feuerstrahl aus dem Gewehr. Doch die jungen Indianer riefen bald, daß sie nirgends eine Spur von der Kugel gefunden hätten.

»Geh«, sagte der alte Häuptling zu dem Kundschafter verächtlich, »du bist ein Wolf in der Haut eines Hundes. Ich will mit der Langen Büchse der Engländer sprechen.«

»Narren!« rief Falkenauge ungerührt. »Wenn ihr die Kugel finden wollt, die ein Schütze aus diesen Wäldern abgeschossen hat, so müßt ihr ins Ziel hineinsehen und nicht um dasselbe herum suchen!«

Die jungen Indianer verstanden sogleich, was er meinte, denn er hatte es in der Delawarensprache gerufen. Sie rissen die Flasche vom Baum und hoben sie unter allgemeinem Freudengeschrei hoch empor. In ihrem Boden erblickte man deutlich ein Loch, das die Kugel, die in die Mitte des obern Teils hineingefahren war, zurückgelassen hatte. Der strittige Punkt war nun entschieden, und Falkenauge sah seine Ansprüche auf seinen gefährlichen Ruf allgemein anerkannt.

»Warum hast du meine Ohren verstopfen wollen?« fragte der alte Häuptling, zu Duncan gewandt. »Glaubst du, die Delawaren sind Narren, die nicht imstande sind, den jungen Panther von einer Katze zu unterscheiden?«

»Sie werden gleichwohl finden, daß der Hurone ein betrügerischer Lockvogel ist«, erwiderte Duncan, der sich der bildlichen Sprache der Eingeborenen zu bedienen suchte.

»Es ist gut. Wir werden erfahren, wer die Ohren der Menschen schließen will. Bruder!« fuhr der Häuptling mit einem Blick auf Magua fort, »die Delawaren hören.«

Bei dieser Aufforderung erhob sich der Hurone und, mit feierlichem Ernst mitten in den Kreis tretend, stellte er sich dem Gefangenen gegenüber. Ehe er den Mund öffnete, glitten seine Augen langsam an den ernsten Gesichtern hin, die ihn umgaben. Mit Scheu betrachtete er dann den Kundschafter, während er Duncan einen Blick unversöhnlichen Hasses zuwarf. Die zitternde Alice schien er kaum zu beachten, dagegen sah er die aufrechte Gestalt Coras lange eindringlich an. Dann begann er in der kanadischen Sprache zu reden, die der größere Teil seiner Zuhörer verstand.

»Der Geist, der die Menschen schuf, gab ihnen verschiedene Farben. Einige sind schwärzer als der träge Bär. Diese sollen Sklaven sein, er bestimmte sie, wie den Biber, zur Arbeit. Wenn der Südwind weht, könnt ihr sie längs den Ufern des großen Salzwassers lauter als den brüllenden Büffel ächzen und stöhnen hören. An jenem Gestade sieht man die großen Fahrzeuge kommen und gehen, die ganze Herden von ihnen bringen. Andern gab der Große Geist ein bleicheres Gesicht als das Fell des Hermelins in den Wäldern; diese bestimmte er zu den Handelsleuten und gab ihnen Hunde zu Weibern und Wölfe zu ihren Sklaven. Diesem Volk gab er die Natur einer Taube; Flügel, die nie ermüden; Junge, zahlreicher als die Blätter der Bäume; und eine Gefräßigkeit, die ganze Erde zu verschlingen. Er gab ihnen eine Sprache gleich dem falschen Geheul der wilden Katze; das Herz eines Kaninchens; die Klugheit des Schweins und Arme, länger als die Beine des Elches. Mit seiner Zunge verstopft er die Ohren der Indianer; sein Herz lehrt ihn, Krieger zu bezahlen, damit sie für ihn kämpfen; seine Klugheit gibt ihm Mittel an die Hand, alle Güter der Erde an sich zu reißen, und sein Arm umschlingt das ganze Land von dem Gestade des Salzwassers bis zu den Inseln der Großen Seen. Seine Gefräßigkeit macht ihn krank. Gott gab ihm genug, und dennoch fehlt ihm alles. So sind die Bleichgesichter.

Andere aber schuf der Große Geist mit einer Haut, glänzender und röter als die Sonne«, fuhr Magua fort mit einer ausdrucksvollen Gebärde, »und diese schuf er zu seinem Wohlgefallen. Ihnen gab er diese Insel, wie er sie geschaffen hatte, bedeckt mit Bäumen und voll von Wild. Der Wind bahnte ihnen Lichtungen im Walde, wo sie wohnen konnten; die Sonne und der Regen brachte ihr Korn zur Reife, und der Schnee erinnerte sie daran, dankbar zu sein. Was bedurften sie breiter Wege, um darauf reisen zu können? Ihr Auge drang durch die Berge hindurch. Sie lagen im Schatten, wenn die Biber arbeiteten, und sahen ihnen zu. Die Winde kühlten sie im Sommer, und Wärme verliehen ihnen die Felle, in die sie sich im Winter hüllten. Kämpften sie untereinander, so wollten sie nur dadurch zeigen, daß sie Männer seien. Sie waren tapfer, sie waren gerecht, sie waren glücklich.«

Hier machte der Redner eine Pause und blickte umher. Er sah aller Augen fest auf sich gerichtet. Die emporgehobenen Häupter und die weitgeöffneten Nasenlöcher bewiesen den Eifer, von dem sich jeder beseelt fühlte, und den Wunsch, das seinem Geschlecht zugefügte Unrecht wiedergutzumachen.

»Wenn der Große Geist seinen roten Kindern verschiedene Sprachen gab«, fuhr Magua mit leiser schwermütiger Stimme fort, »so geschah es, damit alle Tiere sie verstehen könnten. Einigen wies er mitten in dem Schnee, bei ihrem Vetter, dem Bären, ihre Wohnungen an. Andern dicht an der untergehenden Sonne auf dem Wege, der nach den glücklichen Jagdgefilden führt. Noch andere versetzte er in die Länder, die um die Großen Seen herum liegen; aber seinen größten und geliebtesten Kindern räumte er den Strand des Salzsees ein. Ist meinen Brüdern wohl der Name dieses begünstigten Volkes bekannt?«

»Es waren die Lenapes!« riefen mehrere Stimmen in einem Atem.

»Es waren die Lenni Lenapes«, erwiderte Magua, indem er sein Haupt neigte, gleichsam aus Ehrfurcht vor ihrer ehemaligen Größe. »Es waren die Stämme der Lenapes! Die Sonne stieg aus einem Wasser empor, das salzig war, und ging unter in einem Wasser, das süß war, und verbarg sich nimmer ihren Augen. Aber warum sollte ich, ein Hurone aus den Wäldern, einem weisen Volke seine eigenen Sagen erzählen? Warum sollte ich es erinnern an die Schmach, die es erduldet, an seine alte Größe, an seine Taten, an seinen Ruhm, an sein Glück — an seine Verluste, seine Niederlagen, sein Elend? Gibt es keinen unter ihm, der das alles selbst mit angesehen und der weiß, daß es wahr ist? Ich bin zu Ende. — Mein Mund ist stumm, aber meine Ohren sind offen.«

Als der Redner plötzlich schwieg, sahen alle auf den ehrwürdigen Tamenund. Seit der Patriarch seinen Sitz eingenommen hatte, war kein Laut seinen Lippen entflohen, ja, er hatte kaum ein Zeichen des Lebens verraten. Von Altersschwäche niedergebeugt, war er während des ganzen Auftritts, in dem der Kundschafter seine Geschicklichkeit unwiderleglich bewies, bewegungslos sitzen geblieben. Erst als Magua seine Stimme steigerte, um dem Inhalt seiner Rede mehr Gewicht zu geben, schien er wieder zum Bewußtsein zurückzukehren. Ein paarmal hob er sein Haupt, als ob er besser hören wolle. Als aber der schlaue Hurone den Namen seiner Nation aussprach, schlug der Greis die Augenlider empor und warf einen kalten und gefühllosen Blick auf die Menge. Der Ausdruck seiner Züge hatte in diesem Augenblicke etwas Gespenstartiges. Er versuchte aufzustehen, was ihm mit Hilfe seiner Begleiter gelang, und nahm eine würdige, ehrfurchtgebietende Haltung an, wenn auch seine Glieder vor Altersschwäche zitterten.

»Wer spricht von den Kindern der Lenapes?« sagte er in leisen und dumpfen Gutturaltönen, die bei der atemlosen Stille der Versammlung fast schauerlich klangen. »Wer spricht von Dingen, die nicht mehr sind? Wird nicht aus dem Ei ein Wurm – aus dem Wurm eine Fliege – und kommt die Fliege nicht um? Warum den Delawaren von einem Glück erzählen, das dahin ist? Laßt uns vielmehr Manitu für das danken, was uns blieb.«

»Es ist ein Hurone«, sagte Magua, indem er näher trat – »ein Freund Tamenunds.«

»Ein Freund!« wiederholte der Weise, dessen Stirn sich verdüsterte. »Sind die Mingos die Beherrscher der Erde? Was führt einen Huronen her?«

»Gerechtigkeit! Seine Gefangenen sind bei seinen Brüdern, und er kommt, sie zurückzufordern.«

Tamenund wandte sein Haupt nach einem Greise, der ihm zur Seite stand, und hörte der kurzen Erklärung zu, die ihm gegeben wurde.

»Gerechtigkeit ist das Gesetz des großen Manitu«, sagte er dann. »Meine Kinder, gebt dem Fremden Speise. Dann, Hurone, nimm, was dir gehört, und verlaß uns.«

Der Patriarch nahm seinen Sitz wieder ein und schloß seine Augen. Gegen diesen Ausspruch sich aufzulehnen, war kein Delaware kühn genug. Kaum waren diese Worte gesprochen, als schon vier oder fünf der jüngeren Krieger sich hinter Heyward und den Kundschafter schlichen und deren Arme so geschickt und schnell mit Riemen umschlangen, daß keiner von beiden sich bewegen konnte. Magua warf einen triumphierenden Blick auf die Versammlung. Er sah, daß die männlichen Gefangenen nicht imstande waren, irgendeinen Widerstand zu leisten. Daher heftete er sein Auge auf Cora. Sie betrachtete ihn aber mit einem so ruhigen und festen Blick, daß er zu zögern schien. Dann ging er auf Alice zu, hob sie auf seine Arme, während er Heyward ein Zeichen gab, ihm zu folgen, und der Menge winkte, Platz zu machen.

Cora aber, statt ihm zu folgen, warf sich unerwartet zu den Füßen des Patriarchen und rief mit lauter Stimme: »Gerechter und ehrwürdiger Delaware! Deine Weisheit und Macht flehen wir an und bitten dich um deinen Schutz. Höre nicht auf den Huronen, der dein Ohr mit Lügen vergiftet, um

seinen Blutdurst zu stillen. Du hast so lange auf der Erde gelebt und das Böse dieser Welt kennengelernt, du weißt, wie man die Leiden der Unglücklichen mildern kann.«
Die Augen des alten Mannes öffneten sich langsam. Als der rührende Ton der Flehenden zu ihm drang, fiel sein Blick auf Cora und blieb auf ihrer Gestalt fest und unbeweglich ruhen. Seine Züge gewannen allmählich wieder Leben, von keiner fremden Hand unterstützt, stand er auf und sagte mit fester Stimme: »Wer bist du?«
»Eine Engländerin. Aber zugleich ein Geschöpf, das dich nie beleidigt hat, noch deinem Volke je etwas zuleide tun kann und das jetzt deine Hilfe anruft.«
»Sagt mir doch, meine Kinder«, fuhr der Patriarch mit schwacher Stimme fort – sich zu den Umstehenden wendend –, »wo haben sich die Delawaren gelagert?«
»Zwischen den Bergen der Irokesen, jenseits der klaren Quellen des Horican.«
»So mancher heiße Sommer ist gekommen und wieder gegangen«, fuhr der Weise fort, »seit ich das Wasser meines eigenen Flusses getrunken habe. Die Bleichgesichter waren durstig und nahmen den Fluß für sich. Folgen sie uns nun bis hierher nach?«
»Wir folgen niemand, wir begehren nichts!« entgegnete Cora lebhaft. »Wider Willen sind wir als Gefangene hierher zu euch gebracht worden, und unsere Bitte besteht nur darin, daß es uns vergönnt sei, in Frieden zu den Unsrigen zurückzukehren. Bist du nicht Tamenund – der Vater – der Richter dieses Volkes?«
»Ich bin Tamenund, der viele Tage des Lebens gesehen hat.«
»Sieben Jahre ist es nun her, daß einer von deinem Volk sich an den Grenzen dieser Provinzen in der Gewalt eines weißen Häuptlings befand. Er sagte, er stamme aus dem Blute des guten und gerechten Tamenund. ›Geh‹, sagte der weiße Häuptling, ›ich schenke dir um deines Stammes willen die Freiheit.‹ Entsinnst du dich wohl, wie dieser englische Krieger hieß?«
»Ich erinnere mich«, erwiderte der Patriarch, der zwischen seinen verschiedenen Lebensjahren keinen Unterschied mehr machte. »Ich stand einst als ein fröhlicher Knabe auf dem Sande des Seeufers und erblickte ein großes Kanu, mit Flügeln, weißer als die des Schwans und breiter als die von mehreren Adlern zusammen. Das Kanu kam von Sonnenaufgang her –«
»Nein, nein«, unterbrach ihn Cora, »ich spreche nicht von einer so lange vergangenen Zeit; ich rede von einem Geschenk, das einer meiner Angehörigen einem deiner Brüder noch vor kurzem gegeben hat.«
»War es damals, als die Engländer und die Holländer um die Jagdreviere der Delawaren kämpften? Damals war Tamenund ein Häuptling und legte

zum ersten Male den Bogen ab, um sich der blinkenden Waffe der Bleichgesichter –«

»Auch damals war es nicht!« unterbrach in Cora. »Um viele Jahre später! Ich rede von Dingen, die sich erst gestern zugetragen haben.«

»Noch gestern«, erwiderte der Greis mit einem rührenden Pathos seiner hohlen Stimme, »noch gestern waren die Kinder der Lenapes Herren der Welt. Die Fische des Salzsees, die Vögel, die Tiere und die Mingos in den Wäldern erkannten sie als Fürsten an.« Er machte eine Pause und fuhr dann fort: »Ich weiß, daß die Bleichgesichter ein stolzes und gieriges Geschlecht sind. Nicht nur die Herren der Erde wollen sie sein; selbst der Geringste unter ihnen dünkt sich besser als die Weisen unter den roten Männern. Von Sonnenaufgang her kamen sie in das Land, und leicht könnten sie genötigt sein, es bei Sonnenuntergang wieder zu verlassen. Oft sah ich, wie die Heuschrecken die Bäume von ihren Blättern entblößten; aber die Zeit der Blüten kehrte stets wieder!«

»So ist es«, versetzte Cora mit einem tiefen Seufzer. »Aber warum es so ist, das dürfen wir nicht erforschen. Es ist aber noch einer von deinem eigenen Volke da, der noch nicht vor dich geführt worden ist. Höre ihn, ehe du den Huronen im Triumphe fortziehen läßt.«

Tamenund warf einen fragenden Blick umher. Einer seiner Begleiter sagte: »Es ist eine Schlange – eine Rothaut im Solde der Engländer. Wir bewahren ihn für die Marter auf.«

»Er möge kommen!« sprach der Weise.

Hierauf sank Tamenund wieder auf seinen Sitz zurück, und es herrschte, während die jungen Indianer seinen Befehl ausführten, eine so tiefe Stille, daß man deutlich im nahen Walde das Rauschen der Blätter hören konnte, die der leichte Morgenwind sanft bewegte.

Dreissigstes Kapitel

Mehrere Minuten lang dauerte die Stille. Endlich teilte sich die Menge, und als sie sich wieder schloß, stand Unkas da. Jeder Blick richtete sich mit stummer Bewunderung auf die hohe Gestalt des Jünglings. Aber weder die Menge, die ihn umgab, noch die ausschließliche Aufmerksamkeit, die ihm galt, schienen den jungen Mohikaner auch nur im geringsten einzuschüchtern. Mit scharfen Blicken ringsumher spähend, ertrug er gleichmütig den unverkennbaren Ausdruck feindlicher Gesinnung und das neugierige Angaffen der staunenden Kinder. Endlich fiel sein Auge auf Tamenund. Er näherte sich langsam und geräuschlos dem erhöhten Sitz. Der Greis, den er

mit scharfem Blick betrachtete, schien ihn nicht zu bemerken, bis endlich einer der Häuptlinge den Patriarchen von der Ankunft des Gefangenen benachrichtigte.
»In welcher Sprache redet der Gefangene zu Manitu?« fragte Tamenund, ohne die Augen zu öffnen.
»In der Sprache seiner Väter«, entgegnete Unkas, »in der Sprache der Delawaren.«
Ein leises drohendes Gemurmel schien sich unter der Menge zu verbreiten. Der Greis bedeckte mit der Hand die Augen, als ob er den nicht sehen wolle, der seinem Geschlecht zur Schande gereichte, und in leisen, tiefen Gutturaltönen wiederholte er: »Ein Delaware! Ich habe es erleben müssen, daß die Stämme der Lenapes von ihren Beratungsfeuern vertrieben und zwischen den Bergen der Irokesen zerstreut wurden wie ein Rudel verscheuchter Hirsche! Gesehen habe ich, wie die Äxte eines fremden Volks in den Tälern die Waldungen niederschlugen, die von den Stürmen des Himmels verschont geblieben waren! Die wilden Tiere, die auf den Bergen umherlaufen, die Vögel, die über die Bäume hinwegfliegen, habe ich gefangen gesehen in den Hütten der Menschen; aber nie sah ich einen Delawaren, der sich so weit erniedrigte, wie eine giftige Schlange in das Lager seiner Nation zu kriechen!«
»Die betrügerischen Singvögel haben ihre Schnäbel geöffnet«, entgegnete Unkas in dem sanftesten Ton seiner melodischen Stimme, »und Tamenund hat ihren Gesang gehört.«
Der Weise fuhr zusammen und beugte sein Haupt seitwärts, als wolle er den verhallenden Tönen einer entfernten Melodie lauschen.
»Träumt Tamenund?« rief er. »Welche Stimme dringt zu seinem Ohr? Haben die Winter uns wieder verlassen? Wird der Sommer zurückkehren zu den Kindern der Lenapes?«
Diesen unzusammenhängenden Worten des Delawaren folgte eine feierliche und ehrerbietige Stille. Sein Volk war der Meinung, er sei in einer jener geheimnisvollen Unterhaltungen begriffen, die er mit höheren Wesen zu haben schien. Alle warteten daher ehrfurchtsvoll auf die ihm gewordene Offenbarung. Nach langer Pause wagte es einer der ältesten Häuptlinge, den Greis wieder an den vor ihm stehenden Gefangenen zu erinnern:
»Der falsche Delaware zittert, die Worte zu hören, die Tamenund aussprechen wird«, sagte er. »Es ist ein Hund, der zu heulen anfängt, wenn die Engländer eine Spur zeigen.«
»Und ihr«, entgegnete Unkas mit finsterem Blick, »ihr seid Hunde, die winseln, wenn euch die Franzosen den Abfall von ihrem Wilde vorwerfen.«
Zwanzig Messer blitzten bei dieser Antwort in der Luft, und ebenso viele

Krieger sprangen von ihren Sitzen. Allein ihr Zorn wurde durch den Wink eines Häuptlings unterdrückt und die Ruhe wieder hergestellt.

»Delaware«, sagte jetzt der Weise, »du bist deines Namens kaum würdig. Seit vielen Wintern hat mein Volk den Anblick einer strahlenden Sonne entbehrt; und der Krieger, der seinen Stamm verläßt, wenn ihn Wolken umhüllen, ist ein doppelter Verräter. Das Gesetz Manitus ist gerecht. So ist es; und solange die Ströme fließen und die Blüten der Bäume hervorbrechen und wieder verwelken – so muß es sein. Er ist euer, meine Kinder, verfahrt auf gerechte Weise mit ihm.«

Nicht ein Glied hatte sich gerührt, und jeder schien den Atem anzuhalten. Dann aber erscholl in der ganzen Versammlung ein einstimmiges Geschrei der Rache. Mitten unter diesem schrecklichen langanhaltenden Geheul verkündete ein Häuptling mit lauter Stimme: Der Gefangene sei verurteilt, die schreckliche Feuertortur zu erdulden. – Der Kreis löste sich auf, und Jubel mischte sich in den Lärm.

Heyward rang in wahnsinniger Verzweiflung an seinen Fesseln, während der Kundschafter ernstlich besorgt umherblickte. Nur dem jungen Mohikaner war während dieses Auftritts seine Fassung und Heiterkeit geblieben. Unerschrocken blickte Unkas auf die Vorbereitungen zu seinem Tode, und als die Henker nahten, erwartete er sie in seiner festen und aufrechten Haltung. Einer unter ihnen faßte das Jagdkleid des jungen Kriegers und riß es ihm mit einem einzigen Griff vom Leibe. Dann stürzte er mit einem Freudengeschrei auf sein Opfer los.

Doch plötzlich hielt der Wilde inne, als hätte sich ein übernatürliches Wesen zwischen ihn und Unkas gestellt. Die Augäpfel traten ihm aus den Höhlen; er öffnete den Mund, ohne einen Laut von sich zu geben. Langsam hob er seine rechte Hand und deutete mit dem Finger auf die Brust des Gefangenen. Die Menge drängte sich verwundert herum, und in aller Augen war dieselbe Überraschung zu lesen. Sie erblickten auf Unkas' Brust das Bild einer kleinen Schildkröte, die mit einer glänzend blauen Farbe sehr kunstvoll tätowiert war. Der junge Mohikaner stand mit ruhigem Lächeln vor der bestürzten Menge.

Dann aber wies er sie mit stolz emporgehobenem Arm zurück, und in der Haltung eines Königs rief er mit lauter Stimme, die das Gemurmel übertönte: »Männer der Lenni Lenapes! Mein Geschlecht trägt die Erde. Euer schwacher Stamm ruht auf meiner Schale. Welches Feuer, das ein Delaware anzünden kann, wäre wohl imstande, das Kind meiner Väter zu verbrennen?« fügte er hinzu, stolz auf das einfache Wappen zeigend, das seine Brust schmückte. »Das Blut, das aus einer solchen Quelle entsprang, würde eure Flamme verlöschen. Mein Geschlecht ist der Stamm von Völkern!«

»Wer bist du?« fragte Tamenund, sich von seinem Sitz erhebend und mehr erschüttert durch die Töne, als ergriffen durch die Worte des Gefangenen.
»Unkas, der Sohn Chingachgooks!« entgegnete der Gefangene bescheiden, sich von dem Volke hinwegwendend und sein Haupt ehrfurchtsvoll vor der Würde und dem hohen Alter Tamenunds verneigend; »ein Sohn des großen Unamis.«
»Tamenunds Stunde ist nahe!« rief der Weise. »Der Tag hat sich endlich der Nacht genähert. Ich danke dir, Manitu, daß einer hier ist, der meine Stelle am Beratungsfeuer ausfüllen kann. Unkas, der Sohn von Chingachgook, ist gefunden. Die Augen des sterbenden Adlers mögen noch einmal nach der aufgehenden Sonne blicken!«
Mit leichtem, aber stolzem Schritt trat der Jüngling auf die Erhöhung, wo ihn die ganze Versammlung, von Neugier und Verwunderung erfüllt, sehen konnte. Während Tamenund ihn lange mit ausgestrecktem Arm vor sich hielt, schien er nicht müde zu werden, den kleinsten Zug seines edlen Gesichts zu betrachten. Man sah deutlich, daß dieser Anblick ihm die glücklichen Tage seiner eigenen Jugendzeit wieder in Erinnerung brachte.
»Ist Tamenund noch ein Knabe?« rief der Greis endlich. »Hat es mir nur geträumt, daß so viele Winter über meinem Haupte dahingegangen sind, daß mein Volk gleich dem Flugsande nach allen Winden hin zerstreut ward, daß die Engländer, zahlreicher als die Blätter der Bäume, das Land überschwemmt haben? Tamenunds Pfeil erreicht nicht mehr das junge Reh; sein Arm ist vertrocknet wie der Zweig der absterbenden Eiche. Eine Schnecke würde ihn an Schnelligkeit übertreffen; und doch steht Unkas vor ihm, wie damals, als sie gegen die Bleichgesichter zu Felde zogen. Unkas, der Panther seines Stamms, der älteste Sohn der Lenapes, der weiseste Fürst der Mohikaner! Sagt mir, ihr Delawaren, hat Tamenund hundert Winter hindurch geschlafen?«
Das tiefe Schweigen, das auf diese Worte folgte, bewies die ehrfurchtsvolle Scheu der versammelten Delawaren. Niemand wagte zu antworten, alle horchten mit gespannter Erwartung. Unkas aber sah ihn an mit der Verehrung eines geliebten Sohnes.
Dann erwiderte er stolz: »Viele Krieger seines Geschlechts haben gelebt und sind gestorben, seit Tamenunds Freund sein Volk zur Schlacht führte. Das Blut der Schildkröte ist in den Adern vieler Häuptlinge gerollt, aber sie kehrten alle schon in die Erde zurück, von der sie stammen, außer Chingachgook und seinem Sohn.«
»Das ist wahr, das ist wahr!« erwiderte der Weise sich plötzlich erinnernd. »Unsere weisen Männer haben oft gesagt, es befänden sich noch zwei Krieger von dem einen Geschlecht in den Bergen der Engländer; warum sind

ihre Sitze an dem Beratungsfeuer der Delawaren so lange leer geblieben?«
Bei diesen Worten hob Unkas den Kopf. Dann sprach er mit lauter Stimme, so daß er von der ganzen Versammlung gehört werden konnte: »Einst schliefen wir da, wo wir die Wellen des Salzsees in ihrer Wut toben hören konnten. Damals waren wir Fürsten und Herren des Landes. Als sich aber am Ufer jedes Baches ein Bleichgesicht zeigte, da folgten wir dem Hirsche nach dem Flusse unserer Nation. Die Delawaren waren weggezogen; nur noch eine kleine Zahl von Kriegern blieb zurück, um aus dem Strome, den sie liebten, trinken zu können. Da sprachen meine Väter: ›Hier wollen wir jagen! Die Gewässer des Flusses ergießen sich in den Salzsee. Gehen wir nach der untergehenden Sonne zu, so finden wir Ströme, die in die großen Seen von süßem Wasser fließen. Da würde ein Mohikaner bald sterben wie die Fische, wenn sie sich in den klaren Quellen befinden. Wenn Manitu bereit ist und spricht ‚Kommt!', so wollen wir dem Flusse bis zum Meere folgen und unser Eigentum wieder in Besitz nehmen.‹ Das, Delawaren, ist der Glaube der Kinder der Schildkröte! Unser Auge heftet sich stets auf die aufgehende, nicht auf die untergehende Sonne! Wir wissen, woher sie kommt, aber nicht, wohin sie geht. Ich habe genug gesagt.«
Die Männer der Lenapes hörten seine Worte mit Achtung. Unkas selbst beobachtete mit scharfem Auge den Eindruck, den seine kurze Erklärung auf sie machte. Während seine Blicke über die schweigende Menge hinglitten, die Tamenunds erhöhten Sitz umgab, fiel sein Auge zum ersten Male auf den Kundschafter, der noch gefesselt war. Unkas bahnte sich einen Weg durch das Gedränge, eilte zu seinem Freunde und zerschnitt die Fesseln mit einem Messer. Dann winkte er der Menge, ihm Platz zu machen. Die ernsten und aufmerksamen Indianer gehorchten schweigend. Unkas ergriff des Kundschafters Hand und führte ihn zu den Füßen Tamenunds.
»Vater«, sagte er, »wende dein Auge auf dies Bleichgesicht; es ist ein gerechter Mann und ein Freund der Delawaren.«
»Welchen Namen erwarb er sich durch seine Taten?«
»Wir nennen ihn Falkenauge«, erwiderte Unkas, »denn nie täuscht ihn sein Auge. Den Mingos ist er noch bekannter geworden, weil mehrere ihrer Krieger durch ihn der Tod ereilte; sie nennen ihn daher die Lange Büchse.«
»Die Lange Büchse!« rief Tamenund, seine Augen öffnend und den Kundschafter mit finsterem Blick betrachtend. »Mein Sohn hat nicht wohlgetan, ihn Freund zu nennen!«
»Ich nenne den so, der sich mir als solcher gezeigt hat«, entgegnete der junge Häuptling mit vieler Ruhe und Entschlossenheit. »Wenn Unkas den Delawaren willkommen ist, so befindet sich auch Falkenauge unter Freunden.«

»Das Bleichgesicht hat meine jungen Krieger getötet; sein Name ist berühmt geworden durch die Streiche, die er gegen die Lenapes geführt hat.«
»Wenn ein Mingo das einem Delawaren heimlich zugeflüstert hat, so beweist es nur, daß er ein betrügerischer Singvogel ist«, sagte der Kundschafter. »Daß ich die Mingos getötet habe, das kann ich nicht leugnen. Aber niemals habe ich wissentlich einem Delawaren etwas zuleide getan. Allen, die zu dieser Nation gehören, bin ich freundschaftlich zugetan.«
Ein leises Gemurmel, das unter den Kriegern entstand, zeigte, daß diese Äußerung mit Beifall aufgenommen ward.
»Wo ist der Hurone?« fragte Tamenund. »Hat er seine Ohren verschlossen?«
Magua trat bei diesem Aufruf kühn vor den Patriarchen hin und sagte: »Der gerechte Tamenund wird nicht behalten wollen, was ein Hurone ihm geliehen hat.«
»Sage mir, Sohn meines Bruders«, sprach der Weise, indem er sein Auge von le Subtils finsterem Antlitz abwandte, zu dem jungen Mohikaner: »Hat der Fremdling über dich das Recht eines Siegers?«
»Er hat keins. Der Panther kann wohl in die Schlingen fallen, welche ihm von Weibern gelegt sind; allein er ist stark und weiß sich wieder daraus zu befreien.«
»Über die Lange Büchse?«
»Er verlacht die Mingos. Geh, Hurone, und frage deine Weiber, ob sie die Farbe eines Bären kennen!«
»Über den Fremden und das weiße Mädchen, die zusammen in mein Lager kamen?«
»Sie können frei und ungehindert reisen.«
»Und über das Weib, das der Hurone bei meinen Kriegern ließ?«
Unkas schwieg.
»Und über das Weib, das der Mingo in mein Lager gebracht hat?« wiederholte Tamenund in ernstem Tone.
»Sie ist mein!« rief Magua, indem er seine Hand triumphierend gegen Unkas ausstreckte. »Mohikaner, du weißt, daß sie mein ist.«
»Mein Sohn schweigt?« sagte Tamenund schmerzlich.
»Es ist so«, antwortete Unkas leise.
Eine kurze Pause trat ein. Man sah deutlich, daß die Menge nur mit Widerwillen die Ansprüche des Mingos anerkannte. Endlich sagte Tamenund, von dem die Entscheidung abhing, mit fester Stimme: »Geh, Hurone!«
»Wie er gekommen ist?« fragte der verschmitzte Magua, »oder mit gefüllten Händen, die er der Treue der Delawaren verdankt? Maguas Hütte steht leer. Mache ihn stark, daß er sein Eigentum wieder erlange.«

Der Greis sann einen Augenblick nach. Dann wandte er das Haupt zu einem seiner ehrwürdigen Begleiter und fragte:
»Sind meine Ohren offen?«
»Es ist die Wahrheit.«
»Ist dieser Mingo ein Häuptling?«
»Der Erste seiner Nation.«
»Mädchen, was willst du? Ein großer Krieger nimmt dich zum Weibe. Dein Geschlecht wird nie erlöschen.«
»Tausendmal besser, es erlischt«, rief Cora schaudernd, »als daß ich eine solche Erniedrigung erdulde.«
»Hurone, ihr Geist ist in den Zelten ihrer Väter. Ein Mädchen, das mit Widerwillen in eine Hütte einzieht, führt Unglück mit.«
»Sie spricht mit der Zunge ihres Volkes«, entgegnete Magua. »Sie stammt aus einem Geschlecht von Kaufleuten und will mit einem freundlichen Blick Handel treiben. Will Tamenund nicht entscheiden?«
»Was willst du?«
»Magua will nichts von hier mitnehmen als das, was er hierhergebracht hat.«
»So ziehe fort mit deinem Eigentum. Der große Manitu will nicht, daß ein Delaware ungerecht sei.«
Magua ging auf seine Gefangene zu und faßte sie mit starker Hand beim Arm. Die Delawaren wichen zurück, und Cora schien sich in ihr Schicksal zu ergeben.
»Halt! Halt!« rief Duncan hervorspringend. »Sei barmherzig, Hurone! Du sollst durch ihr Lösegeld reicher werden, als es je einer deines Stammes war.«
»Magua ist eine Rothaut, er braucht den Tand der Bleichgesichter nicht.«
»Gold, Silber, Pulver, Blei — alles, was ein Krieger irgend braucht, soll im Überfluß in deiner Hütte sein, wie es sich für den größten Häuptling ziemt.«
»Le Subtil ist sehr stark«, rief Magua, indem er Coras Arm, den seine Hand fest umklammerte, heftig schüttelte. »Er hat nun seine Genugtuung.«
»Allmächtiger!« rief Heyward verzweifelt, »kannst du dies geschehen lassen? Gerechter Tamenund, sei barmherzig!«
»Die Worte des Delawaren sind gesprochen«, entgegnete der Weise, indem er seine Augen schloß und, von geistiger und körperlicher Anstrengung erschöpft, auf seinen Sitz zurücksank. »Männer sprechen nicht zweimal.«
»Daß ein Häuptling nicht seine Zeit damit verliert, das, was er einmal gesagt hat, später zu widerrufen, das ist weise und vernünftig«, sagte Falkenauge, Duncan einen Wink gebend, zu schweigen; »aber die Klugheit verlangt auch von jedem Krieger, daß er alles reichlich in Erwägung ziehe, ehe er dem Kopf seines Gefangenen mit dem Tomahawk einen Hieb versetzt. —

Hurone, überlege einmal, was dir lieber wäre; dies Mädchen hier in dein Lager zu führen oder einen Mann wie mich, der gewiß von deinem ganzen Stamme freudig empfangen würde, wenn man ihn unbewaffnet erblickte.«

»Will die Lange Büchse sein Leben für das Weib hergeben?« fragte Magua.

»So ist es gerade nicht gemeint«, sagte Falkenauge. »Das wäre ein ungleicher Tausch! Ich will mich dazu verstehen, von jetzt an wenigstens sechs Wochen, ehe die Blätter von den Bäumen fallen, in das Winterquartier zu gehen unter der Bedingung, daß du dem jungen Mädchen die Freiheit schenkst.«

Ein kaltes, verächtliches Kopfschütteln war Maguas Antwort.

»Gut denn«, fügte der Kundschafter hinzu. »Ich will den Wildtödter noch in den Kauf geben. Das Gewehr hat in den ganzen Grenzprovinzen nicht seinesgleichen.«

Magua würdigte ihn keiner Antwort und suchte sich einen Weg durchs Gedränge.

»Vielleicht«, fuhr der Kundschafter fort, »könnten wir doch noch handelseinig werden, wenn ich mich hergebe, Eure jungen Krieger zu unterrichten, wie sie diese Büchse gebrauchen können.«

Le Renard befahl heftig den Delawaren, auf der Stelle Platz zu machen. Sein drohender Blick verriet, daß er noch einmal zu dem unfehlbaren Richterspruch ihres Häuptlings seine Zuflucht nehmen werde.

»Was einmal beschlossen ist, muß früher oder später auch in Erfüllung gehen«, sagte der Kundschafter zu Unkas. Dann wandte er sich zu Magua und rief: »Gib dem Mädchen die Freiheit, Hurone. Ich bin dein Gefangener!«

Ein unterdrücktes Beifallsgemurmel ließ sich bei diesem Anerbieten in der ganzen Versammlung hören. Magua stand still und schien einen Augenblick zu schwanken. Doch sein Entschluß stand sofort unwiderruflich fest.

»Le Renard Subtil ist ein großer Häuptling«, sagte er ruhig. »Er ändert sich nie in seinen Gesinnungen. Komm«, fügte er hinzu, seine Hand vertraulich auf die Schulter der Gefangenen legend. »Ein Huronenkrieger ist kein Schwätzer; wir wollen gehen.«

Das Mädchen trat zurück; ihr Auge blitzte, und ihre Wangen überzog eine glühende Röte.

»Ich bin deine Gefangene«, sagte sie, »und wenn es Zeit sein wird, will ich dir folgen, und ginge ich selbst dem Tode entgegen.« Sie wandte sich nun völlig gefaßt an den Kundschafter und dankte ihm. Dann beugte sie sich über ihre Schwester und drückte zärtlich einen Kuß auf ihre Lippen. Als sie sich bleich und wortlos wieder aufrichtete, wandte sie sich zu dem Wilden und sagte ruhig: »Ich bin bereit, dir zu folgen!«

»Ja, geh!« rief Duncan jetzt heftig, »geh, Magua, diesen Delawaren verbieten ihre Gesetze, dich zurückzuhalten – ich aber werde dir folgen und ...«
»Halt!« rief Falkenauge, indem er Duncans Arm ergriff und ihn mit Gewalt zurückhielt. »Sie kennen den Teufel nicht. Er würde Sie in einen Hinterhalt locken, und Ihr Tod –«
»Hurone«, unterbrach ihn Unkas, der den strengen Gebräuchen seines Volkes gemäß bis jetzt geschwiegen hatte. »Hurone, die Gerechtigkeit der Delawaren kommt von Manitu. Sieh nach der Sonne. Sie steht jetzt zwischen den oberen Zweigen jener Schierlingstanne. Dein Weg ist kurz und offen. Ist sie bis unter die Bäume herabgestiegen, werden Krieger deine Spur verfolgen.«
»Ich höre eine Krähe krächzen!« rief Magua höhnisch. »Platz da!« fuhr er fort, indem er mit der Hand die Menge hinwegdrängte. »Wo sind die Weiberröcke der Delawaren? Laßt sie ihre Pfeile und Gewehre zu den Wyandots schicken; sie sollen dafür Wildbret zu essen bekommen und das Korn behacken. Hunde, Kaninchen, Diebe – ich speie euch an!«
Schweigend hörte die Versammlung diesen Hohn Maguas, der triumphierend mit seiner Gefangenen dem Walde zueilte. Noch war er geschützt durch die unverbrüchlichen Gesetze der indianischen Gastfreundschaft.

Einunddreissigstes Kapitel

Solange Magua und seine Gefangene noch sichtbar waren, blieb die Menge unbeweglich auf ihrer Stelle. Kaum aber war er verschwunden, als alles in heftigem Aufruhr durcheinanderlief. Unkas, der auf seinem erhöhten Platz unbeweglich stehengeblieben war und Coras Gestalt mit den Augen verfolgte, stieg jetzt herab und ging schweigend durch die Menge in seine Hütte. Einige Krieger folgten ihm, und schließlich wurden Tamenund und Alice hinweggeführt.
Endlich trat aus Unkas Hütte ein junger Krieger, der sich bedächtig einer aus den Felsenspalten hervorgewachsenen Zwergtanne näherte. Er löste die Rinde von ihrem Stamm, und ohne ein Wort zu sprechen, kehrte er wieder zurück. Ein anderer, der bald darauf erschien, hieb die Äste des Baumes ab und ließ den Stamm nackt und kahl stehen. Endlich kam ein dritter und bemalte den Pfosten mit dunkelroten Streifen. Diese Zeichen, die auf ein feindliches Vorhaben deuteten, wurden von den draußen befindlichen Männern mit düsterem Schweigen aufgenommen. Endlich erschien der Mohikaner selbst, der alle Kleider, bis auf den Gürtel, abgelegt hatte. Eine drohende Wolke von schwarzer Farbe bedeckte die eine Seite seines Gesichts.

Unkas näherte sich langsam und mit Würde dem Baumstamm, und indem er ihn mit abgemessenem, taktmäßigem Schritt umkreiste, stimmte er einen wilden und regellosen Kriegsgesang an.
Die Töne hatten mitunter etwas Schwermütiges und Klagendes, während sie plötzlich wieder eine solche Tiefe und Stärke erhielten, daß die Zuhörer schauderten. Der Gesang bestand aus wenigen, oft wiederholten Worten.

»Manitu! Manitu! Manitu!
Du bist groß – du bist gut – du bist weise –
Manitu! Manitu!
Du bist gerecht!
An dem Himmel, im Gewölk, ach! da seh' ich
Viele Flecken – viele dunkle – viele rote –
An dem Himmel, ach! da seh' ich
Viele Wolken.
In den Wäldern, in der Luft, ach! da hör' ich
Das Geschrei, das lange Heulen und das Toben –
In den Wäldern, ach! da hör' ich
Das laute Kriegsgeschrei!
Manitu! Manitu! Manitu!
Ich bin schwach – du bist stark – ich bin langsam –
Manitu! Manitu!
Verleih mir Hilfe!«

Am Schlusse jedes Verses hielt Unkas den letzten Ton länger als gewöhnlich aus. Der Ton nach der ersten Strophe war feierlich und sollte den Gedanken der Ehrfurcht ausdrücken; der zweite war stärker und fast beunruhigend, und in dem dritten hörte man das furchtbare Schlachtgeschrei. Der letzte Ton hatte etwas Sanftes, Flehendes. Dreimal wiederholte der junge Mohikaner diesen Gesang, und ebensooft machte er tanzend die Runde um den Baumstamm. Als er zum ersten Male den Stamm umkreist hatte, folgte ein sehr geachteter Häuptling der Lenapes seinem Beispiel und stimmte ebenfalls einen Gesang an, der der Melodie nach dem früheren ähnlich, den Worten nach aber von ihm verschieden war. Allmählich schloß sich ein Krieger nach dem andern diesem Tanz an, bis zuletzt alle, die einen gewissen Ruf oder Ansehen hatten, daran teilnahmen. Das Schauspiel wurde immer kriegerischer, da die tiefen Gutturaltöne mehrerer Stimmen zusammenklangen und die Gebärden und Blicke der Häuptlinge immer drohender und wilder wurden. Jetzt hieb Unkas mit seiner Streitaxt tief in den Baumstamm und erhob ein Geschrei, das sein eigener Schlachtruf war. Diese Handlung zeigte, daß er in dem beschlossenen Zuge den Oberbefehl übernehme. Es war ein Signal, das alle Leidenschaften des Stammes weckte. Hunderte von Jünglingen stürzten wie Wahnsinnige auf den Baumstamm los, der ihren Feind vorstellen sollte, hieben einen Splitter nach dem andern herunter, bis nichts mehr übrigblieb als die Wurzeln. Unkas war aus dem Kreis herausgetreten und richtete seinen Blick nach der Sonne. Sie hatte gerade den Punkt erreicht, an dem die Frist, die Magua bewilligt war, zu Ende ging. Ein lauter Ruf verkündete es der versammelten Menge.

In einem Augenblick schien das Lager sich zu verwandeln. Die Krieger, die bereits bewaffnet und bemalt waren, verhielten sich ernst und ruhig. Die Weiber dagegen eilten aus den Hütten, und ihr Freuden- und Jammergeschrei tönte verworren durcheinander. Einige trugen ihre besten Sachen, andere beeilten sich, ihre Kinder oder alte und schwache Personen in Sicherheit zu bringen, und schlugen den Weg zum Walde ein. Dorthin begab sich auch Tamenund mit ruhiger Fassung, nach einem kurzen und rührenden Gespräch mit Unkas.

Falkenauge sandte jetzt einen indianischen Knaben ab, um den Wildtödter und Unkas' Büchse von dem Platz am Saum des Waldes zu holen, wo sie diese Waffen, als sie sich dem Lager der Delawaren näherten, aus Vorsicht versteckt hatten. Daß der Kundschafter einen andern wählte, um seine geliebte Büchse zu holen, war ein Beweis seiner Klugheit. Er wußte, daß Magua nicht ohne Begleitung gekommen war und daß am Waldsaum Späher die Bewegungen seiner Feinde auszukundschaften suchten. Es würde daher ein gefährliches Unternehmen gewesen sein, den Wald zu betreten, das ihm wie jedem andern Krieger leicht das Leben kosten konnte. Aber für ein Kind konnte erst dann Gefahr vorhanden sein, wenn es die verborgenen Waffen wirklich gefunden hatte.

Der Knabe, der die nötigen Anweisungen erhalten hatte, besaß viel Gewandtheit und eilte, stolz über das ihm geschenkte Vertrauen, sorglos am Rande der Lichtung hin. Er betrat nicht eher den Wald, als bis er sich nahe an der Stelle befand, wo die Gewehre verborgen waren. Bald verschwand er hinter dem Laub der Gebüsche und glitt nun wie eine Schlange vorwärts. Er fand die Büchsen bald und kam gleich darauf wieder zum Vorschein. Jetzt flog er, schnell wie ein Pfeil, in jeder Hand eins der Gewehre tragend, über den schmalen, offenen Raum. Schon hatte er den Abhang erreicht und wollte mit unglaublicher Behendigkeit den Felsen ersteigen, als ein Schuß vom Walde her bewies, wie richtig der Kundschafter geurteilt hatte. Der Knabe beantwortete ihn mit einem Ausruf der Verachtung, doch von einer andern Seite des Waldes her wurde ihm eine zweite Kugel nachgesandt. Glücklicherweise aber hatte er bereits das Felsplateau erreicht. Er hielt die Gewehre im

Triumph hoch und brachte sie mit dem Stolz eines Siegers dem berühmten Jäger. — Indessen versammelte Unkas alle Häuptlinge und teilte jedem eine bestimmte Zahl von Kriegern zu. Er stellte ihnen Falkenauge als einen be= währten Führer vor. Als er sah, daß sein Freund von allen günstig aufge=

nommen wurde, übertrug er ihm den Befehl über zwanzig Krieger. Er erklärte dann den Delawaren, welchen Rang Heyward unter den Truppen der Engländer bekleide, und wollte ihm die Führung einer gleichen Zahl von Kriegern anvertrauen. Allein Duncan wies dies Anerbieten zurück und wünschte als Freiwilliger an Falkenauges Seite zu kämpfen.

Nachdem die Anordnungen getroffen waren, gab der junge Mohikaner mehreren Häuptlingen wichtige Posten. Mehr als zweihundert Krieger setzten sich schließlich schweigend in Bewegung. Sie betraten ohne Hindernisse den Wald, nirgends zeigte sich ein lebendiges Wesen. Endlich stießen sie auf ihre eigenen Kundschafter, und es wurde haltgemacht. Die Häuptlinge versammelten sich, um sich leise miteinander zu beraten. Mehrere Pläne wurden vorgeschlagen, und einige Minuten lang hatte die Beratung schon gedauert, ohne zu einem bestimmten Ziel zu führen, als sie von der feindlichen Seite her einen einzelnen Mann erblickten. Falkenauge, der seine Büchse schon im Anschlag hatte, erkannte plötzlich David und rief ihm leise zu. Der Psalmensänger erkannte seine Stimme, und der Kundschafter, der ihm vorsichtig entgegenging, nahm ihn schnell beim Arm und führte ihn hinter die Front. David sah sich verwundert um, als er die Versammlung der wildaussehenden Häuptlinge erblickte. Doch er faßte sich bald.

»Die Heiden sind in großer Zahl ausgezogen«, sagte er, »und ich fürchte, sie haben schlimme Absichten. Sie liegen zwischen hier und ihrem Dorfe im Walde versteckt, und ihre Anzahl ist so groß, daß ich euch raten würde, sogleich wieder umzukehren.«

Unkas warf einen stolzen Blick auf seine Leute und fragte dann nach Magua.

»Er ist bei ihnen«, war Davids Antwort. »Er brachte das junge Mädchen mit, das sich bei den Delawaren aufhielt, und hat es in der Höhle versteckt.«

Unkas blickte jetzt den Kundschafter ernst und fragend an:

»Gib mir zwanzig Mann«, sagte Falkenauge nach einigem Überlegen. »Ich will rechts am Fluß entlanggehen, und wenn ich bei den Biberhütten vorbeikomme, Chingachgook und den Oberst mitnehmen. Dann sollst du bald ein Kriegsgeschrei von dort hören, das man bei diesem Wind wohl eine Meile weit vernehmen wird. Du greifst sofort an, Unkas, und treibst sie zurück. Und wenn sie uns dann in den Schuß kommen, so verlaß dich auf mich. Wir nehmen dann das Dorf ein und befreien das Mädchen.«

Nach einer kurzen Beratung war der Plan so weit durchgesprochen, daß er ausgeführt werden konnte. Die einzelnen Gruppen empfingen ihre Befehle, und dann trennten sich die Häuptlinge, um sich auf die angewiesenen Posten zu begeben.

Während Unkas die Verteilung seiner Streitkräfte anordnete, herrschte im Walde vollkommene Stille. Nur dann und wann hörte man einen Vogel in den Birken flattern, oder ein Eichhörnchen ließ eine Nuß fallen. Das Geräusch fesselte dann die Aufmerksamkeit der Wilden sofort; allein sie erkannten den Ursprung immer, und lauschend hörten sie nur das Säuseln des Windes, der über die Bäume hinstrich.

Als Falkenauge seinen kleinen Trupp um sich versammelt sah, nahm er seinen Wildtödter und gab seinen Begleitern schweigend einen Wink, ihm zu folgen. Er führte sie eine ganze Strecke zurück bis zu dem Bett eines kleinen Baches, den sie früher durchwatet hatten. Hier machte er halt und wartete, bis alle dicht an ihn herangekommen waren.

Dann fragte er in delawarischer Sprache: »Weiß einer von meinen jungen Männern wohl, wohin dies Wasser uns führen wird?«

Ein Delaware hielt die Hand empor, und zwei Finger spreizend, deutete er darauf, wie sie sich am Gelenk vereinigten.

»Ehe die Sonne ihren Lauf vollendet hat«, sagte er, »wird das kleine Wasser in dem großen sein. Dann aber werden die beiden zusammen groß genug sein für die Biber.«

»Das dachte ich mir«, erwiderte der Kundschafter. »Kommt, wir wollen, von dem Ufer des Baches gedeckt, unsern Weg fortsetzen, bis sich eine Spur der Huronen zeigt.«

Die Krieger gaben ihre Zustimmung, deuteten aber auf David, der dem Zug gefolgt war. Der Kundschafter machte ihn nachdrücklich auf den Ernst des Unternehmens aufmerksam. Der Singemeister ließ sich aber nicht abschrecken. Er erinnerte an David, seinen Namensvetter, der nur mit der Schleuder gegen die Philister gezogen war, und wurde schließlich mitgenommen.

»Denkt daran«, sagte der Kundschafter abschließend, »daß es hier gilt, zu kämpfen und nicht zu musizieren. Bevor das Kriegsgeschrei ausgestoßen wird, darf hier kein anderer Laut gehört werden als der Knall einer Büchse.«

David nickte einsichtsvoll mit dem Kopf. Falkenauge musterte mit einem letzten Blick seine Gefährten und gab dann das Zeichen zum Weitermarsch. Eine Meile lang setzten sie ihren Weg in dem Bett des Baches fort. Obgleich seine steilen Ufer mit dem dichten Gebüsch sie gut verbargen, wurde doch auf jeder Seite ein Krieger vorgeschickt, der die Sicherheit des Weges prüfen mußte. Der Marsch wurde aber nicht gestört, und sie erreichten endlich die Stelle, wo sich das kleine Wasser in das größere ergoß.

»Wir bekommen wahrscheinlich einen guten Tag zum Kampf«, sagte

Falkenauge in englischer Sprache zu Heyward, indem er nach den Wolken hinaufsah, die in breiten Massen am Himmel vorüberzogen. »Starker Sonnenschein und eine blinkende Flinte sind nicht günstig, um gut zu zielen. Aber hier ist's mit unserer Deckung zu Ende. Die Biber haben schon seit Jahrhunderten diesen Teil des Flusses in Besitz genommen und die Bäume gefällt.«

Der Kundschafter betrachtete jetzt die ganze Lichtung des Waldes mit viel Aufmerksamkeit. Er wußte, daß das Lager der Huronen nur noch eine halbe Meile weiter am Bache hinauf lag. Er war sehr unruhig darüber, daß er noch nicht die geringste Spur von seinen Feinden entdecken konnte. Ein- oder zweimal wollte er schon seinen Gefährten das Zeichen zum Angriff geben und einen Versuch machen, das Dorf durch einen Überfall zu nehmen. Doch seine Erfahrung erinnerte ihn daran, wie gefährlich ein solches Unternehmen werden könnte. Gespannt lauschte er, ob sich nicht von der Seite her, wo er Unkas verlassen hatte, irgendein feindlicher Laut hören ließ. Aber er hörte nur das Pfeifen des Windes, der sich in der Tiefe des Waldes in einzelnen Stößen erhob und einen Gewittersturm verkündete. Schließlich beschloß er, seine Schar offen zu zeigen.

Kaum hatten seine Krieger, die noch in der Schlucht versteckt lagen, seinen leisen Ruf vernommen, als sie wie dunkle Gespenster leise ans Ufer stiegen und sich um ihn versammelten. Er bezeichnete ihnen die Richtung, in der sie ihren Weg verfolgen sollten, und während er selbst voranging, folgten sie ihm auf dem Fuße. Einer ging dicht hinter dem andern, so genau in dessen Fußtapfen tretend, daß die Spur nur die eines einzigen Mannes zu sein schien. Kaum waren sie einige Schritte aus der Deckung, als hinter ihnen eine Salve von ungefähr einem Dutzend Büchsen krachte. Ein Delaware sprang hoch in die Luft, wie ein verwundeter Hirsch, und stürzte der Länge nach tot zu Boden.

»Ich habe es gefürchtet«, rief der Kundschafter. »Sucht euch zu decken und gebt Feuer!«

Der Trupp zerstreute sich bei diesen Worten, und ehe sich noch Heyward von seiner Überraschung erholt hatte, sah er, daß er mit David ganz allein geblieben war. Glücklicherweise hatten sich die Huronen schon zurückgezogen; es war daher für den Augenblick nichts mehr zu befürchten. Doch diese Ruhe dauerte nicht lange. Falkenauge ging mit seinem Beispiel voran und, seine Büchse abfeuernd, folgte er dem Feind, von Baum zu Baum springend. Dieser plötzliche Angriff schien von einer sehr geringen Zahl von Huronen unternommen worden zu sein. Doch sie bekamen auf ihrem Rückzuge Verstärkung von dem Haupttrupp, und ihr Feuer wurde endlich beinahe so stark wie das der vorrückenden Delawaren. Heyward warf sich mitten unter die Kämpfenden und feuerte vorsichtig einen Schuß nach dem andern ab. Die Hitze des Gefechts nahm zu, und beide Parteien blieben auf demselben Platze stehen. Nur wenige Krieger wurden auf beiden Seiten verwundet, da sie sich soviel wie möglich hinter den Bäumen verbargen. Falkenauges Lage wurde nach und nach immer ungünstiger. Der vorsichtige Kundschafter sah die Gefahr, aber er wußte nicht, wie er ihr abhelfen könnte. Er bemerkte, daß der Feind, der in jedem Augenblick neue Verstärkung erhielt, sich bereits über den einen Flügel seines kleinen Trupps ausdehnte, so daß es den Delawaren sehr schwer wurde, sich gegen seine Schüsse zu decken. Ihr Feuer wurde fast gänzlich zum Schweigen gebracht. In diesem bedenklichen Augenblick ertönte plötzlich Kriegsgeschrei im Walde von der Gegend her, wo Unkas stand.

Dieser Angriff verfehlte seine Wirkung nicht und befreite sie aus ihrer ernsten Lage. Falkenauge befahl jetzt, sich auf den Feind zu stürzen. Die Huronen wurden genötigt, sich zurückzuziehen, und der Kampf wandte sich bald von der Lichtung des Waldes nach einem Dickicht zu, das den Angegriffenen Schutz gewährte. Das Gefecht erneuerte sich hier mit großer Hartnäckigkeit. Keine Partei wich, und es war höchst zweifelhaft, für wen sich das Glück der Waffen entscheiden werde. Die Delawaren hatten keine nennenswerten Verluste, aber viele Krieger waren verwundet. In dieser bedenklichen Lage gelang es Falkenauge, seinen Leuten einen Befehl zuzurufen. Auf ein gegebenes Zeichen machte jeder Krieger schnell eine Bewegung um den Baum, hinter dem er stand. Beim Anblick so vieler dunkler Gestalten, die auf einmal zum Vorschein kamen, beeilten sich die Huronen, eine Salve zu geben, die aber, zu schnell abgefeuert, ihre Wirkung verfehlte. Nun stürzten die Delawaren in langen Sätzen auf das Dickicht zu, wie Panther, die auf ihren Raub zuschießen. Falkenauge war an der Spitze, flößte seinen Gefährten durch sein Beispiel Mut ein. Einige der älteren Huronen hatten sich durch diese Kriegslist nicht täuschen lassen, mit der man sie zum Abfeuern ihrer Gewehre zwingen wollte. Sie gaben jetzt tödliches Feuer, und der Kundschafter sah drei seiner Gefährten zu Boden stürzen. Doch der ungestüme Angriff konnte durch diesen Verlust nicht aufgehalten werden. Die Delawaren drangen in das Dickicht ein und vertrieben in ihrem wütenden Anlauf alles, was sich ihnen widersetzte.

Das Handgemenge dauerte nur einen Augenblick. Die Huronen ergriffen schnell die Flucht, bis sie das andere Ende des Dickichts erreicht hatten. Hier wandten sie sich wieder um und schienen abermals entschlossen, sich zu verteidigen. In diesem kritischen Augenblick, als der Sieg wieder zweifelhaft zu werden anfing, ließ sich hinter den Huronen der Knall einer Büchse hören, und von einigen auf der Lichtung gelegenen Biberhütten kam eine

Kugel gepfiffen. Von dort her erklang gleich darauf das wilde, Grausen erregende Kriegsgeheul.

»Das ist Chingachgook!« rief der Kundschafter, »sie sind nun eingeschlossen.«

Dieser plötzliche Angriff verfehlte nicht seine Wirkung auf die Huronen. Sie konnten sich nach keiner Seite mehr decken und brachen mutlos in ein verzweiflungsvolles Klagegeschrei aus. Ohne an Widerstand zu denken, eilten sie zerstreut über die Lichtung und suchten ihr Heil in der Flucht. Mehrere fielen bei diesem Versuche, sich zu retten, von den Kugeln und Streichen der Delawaren.

Als man auf den Oberst und den Mohikanerhäuptling stieß, wurden nur kurze Begrüßungsworte gewechselt. Nachdem der Kundschafter Chingachgook seiner Schar vorgestellt hatte, übertrug er das Kommando dem Häuptling. Mit feierlicher Würde nahm Chingachgook die Führung an. Den Schritten des Kundschafters folgend, führte er seine Krieger durch das Dickicht zurück. Fanden sie den Leichnam eines Delawaren, so verscharrten sie ihn unter dem Laub, während sie die gefallenen Huronen skalpierten.

Endlich hatten sie eine Stelle erreicht, wo es Chingachgook für gut fand, haltzumachen. Die Krieger, von dem hartnäckigen Kampf erschöpft, befanden sich auf einer kleinen Ebene, die mit einzelnen Bäumen bedeckt war, hinter denen sie sich verbergen konnten. An dem Fuße eines ziemlich steilen Abhanges breitete sich vor ihnen ein enges, düsteres und waldiges Tal mehrere Meilen weit aus. In dieser dichten Waldung war Unkas noch mit der Hauptmacht der Huronen im Kampf.

»Das Gefecht zieht sich am Abhang zu uns herauf«, sagte Heyward. »Wir sind zu sehr im Mittelpunkt ihrer Linie, um etwas ausrichten zu können.«

»Sie werden sich nach der Schlucht wenden, wo sie im dichteren Wald gedeckt sind«, sagte Falkenauge. »Da können wir sie dann in der Flanke fassen. – Chingachgook, es ist bald Zeit, daß du das Kriegsgeschrei erhebst und deine jungen Krieger zum Kampfe führst.«

Der Häuptling zögerte noch einen Augenblick, um den Gang des Kampfes zu beobachten, der sich jetzt immer mehr zu nähern schien, ein Zeichen, daß die Delawaren siegten. Chingachgook verließ den Ort nicht eher, als bis mehrere Kugeln, wie einzelne Hagelkörner vor dem Ausbruch eines Gewitters, auf das dürre Laub prallten. Falkenauge und seine Gefährten zogen sich hinter ein Gebüsch zurück, das sie vollkommen verbarg, und erwarteten hier ruhig die weiteren Ereignisse. Bald darauf hallte der Knall der Büchsen nicht mehr im Walde wider, es schien, als würden die Gewehre im Freien abgeschossen. Dann und wann zeigte sich ein Krieger, der bis zum Saum des Waldes zurückgetrieben wurde. Allmählich sammelten sich mehrere

Huronen, und endlich hatte sich eine lange Reihe dunkler Gestalten an dem Waldsaum aufgestellt, um den letzten Widerstand zu leisten. Duncan fing an, ungeduldig zu werden, aber der Häuptling sah dem Kampfe mit Ruhe zu, als ob er bloß als Zuschauer da wäre.

Einen Augenblick später erscholl das Kriegsgeschrei, Chingachgook und sein Trupp gaben Feuer, und ein Dutzend Huronen stürzte zu Boden. Ein einzelner Kriegsruf vom Walde her beantwortete das Triumphgeschrei, das jetzt folgte, und die Luft füllte ein Geheul, als ob tausend Kehlen ihre ganze Kraft anstrengten. Die Huronen wichen bestürzt vom Zentrum ihrer Schlachtlinie zurück, und durch die entstandene Lücke brach Unkas mit mehr als hundert Kriegern aus dem Walde hervor. Der Kampf war jetzt geteilt. Die beiden Flügel der durchbrochenen Huronenlinie warfen sich wieder in den Wald, um dort Schutz zu suchen, und die siegreichen Krieger der Lenapes folgten ihnen auf dem Fuße. Einige Minuten später entfernte sich der Kampflärm nach verschiedenen Richtungen hin und wurde allmählich immer schwächer und undeutlicher. Eine kleine Gruppe von Huronen hatte es verschmäht, im dichten Walde Schutz zu suchen. Wie eng eingeschlossene Löwen zogen sie sich langsam und schweigend längs der Anhöhe zurück, die Chingachgook mit seiner Schar soeben verlassen hatte. Deutlich war in diesem Trupp Magua zu erkennen.

In seinem Eifer war Unkas ganz allein zurückgeblieben, aber in dem Augenblick, als er Maguas Gestalt erblickte, erhob er sein Schlachtgeschrei, das sechs oder sieben Krieger wieder um ihn versammelte, dann stürzte er dem Feinde entgegen, ohne sich durch die überlegene Zahl zurückschrecken zu lassen. Als le Renard ihn entdeckte, blieb er stehen, um ihn zu erwarten. Er hoffte, daß sich der junge Häuptling in seinem Eifer eine Blöße geben werde. Da ließ sich ein neues Geschrei hören, und Falkenauge stürzte mit seinen Kampfgefährten zur Hilfe herbei. Der Hurone wandte sich jetzt eilig zum Rückzug. Unkas setzte sofort die Verfolgung fort. Vergebens rief ihm Falkenauge zu, sich nicht tollkühn bloßzustellen. Der junge Mohikaner bot dem heftigsten Feuer seiner Feinde Trotz und zwang sie bald alle, zu fliehen. Die Jagd war glücklicherweise nicht von langer Dauer, und die Weißen waren hinsichtlich der Entfernung und des Terrains im Vorteil; sonst würde der Delaware das Opfer seiner Tollkühnheit geworden sein. Verfolger und Verfolgte erreichten fast zu gleicher Zeit das Dorf Wyandot.

Hier machten die Huronen wieder halt und kämpften in der Nähe ihrer Beratungshütte mit wütender Verzweiflung. Beginn und Ausgang des Kampfes folgten hier so schnell wie das Toben eines rasenden Wirbelsturms. Bald war der Boden mit den Leichnamen der Huronen bedeckt. Magua aber entfloh auch hier seinen Feinden. Mit einem wilden Wutgeheul eilte er, nachdem er fast alle seine Gefährten hatte fallen sehen, vom Schlachtfeld, nur von zwei Freunden begleitet. Doch Unkas stürzte ihm nach, Falkenauge, Duncan und David folgten. Alles, was der Kundschafter tun konnte, war, seinen jungen Freund zu schützen.

Einmal schien es, als wolle Magua umkehren und einen letzten Versuch machen, sich wegen der Niederlage zu rächen. Doch er sprang in ein dichtes Gebüsch, in das seine Besieger ihm sofort folgten, dann verschwand er plötzlich im Eingang der Höhle. Der Kundschafter, der nur aus Rücksicht auf Unkas nicht Feuer gegeben hatte, brach jetzt in ein Freudengeschrei aus, da er den Feind in eine Falle laufen sah. Er stürzte sich mit seinen Begleitern in den langen und engen Gang der Höhle und bemerkte noch von fern die Gestalten der fliehenden Huronen. Als sie durch die Felsengänge der Höhle eilten, hörten sie das Geschrei und Wehklagen von Hunderten von Weibern und Kindern, die man hier der Sicherheit wegen eingeschlossen hatte. Der Weg in der dunklen Höhle wurde immer mühsamer, und nur selten sahen sie die Gestalten der fliehenden Krieger vor sich. Einmal glaubten sie ihre Spur schon ganz verloren zu haben, als sie am Ende eines schmalen Ganges, der auf den Berg hinaufzuführen schien, ein weißes, flatterndes Gewand erblickten.

»Es ist Cora!« rief Duncan.
»Cora! Cora!« wiederholte Unkas und eilte weiter.
Der Weg wurde jetzt rauh, uneben und an einigen Stellen fast ungangbar. Unkas warf seine Büchse weg, Heyward folgte seinem Beispiel, aber bald sahen sie ein, wie unbesonnen sie gehandelt hatten. Es fiel ein Schuß, und die Kugel brachte dem jungen Mohikaner eine leichte Wunde bei.
»Wir müssen dicht an sie heran!« sagte Falkenauge, mit einem gewaltigen Satze an seinen Freunden vorüberspringend. »Die Schurken schießen uns in dieser Nähe sonst alle nieder. Seht, sie halten das Mädchen so, daß sie selbst durch sie gedeckt sind.«
Ohne auf seine Worte zu achten, folgten die Gefährten dem Kundschafter. Mit unglaublicher Anstrengung näherten sie sich den Flüchtigen so weit, daß sie sehen konnten, wie Cora von zwei Kriegern fortgeschleppt wurde, während Magua voranschritt. In diesem Augenblick sah man alle vier Gestalten deutlich am Ausgang der Höhle. Doch verschwanden sie gleich darauf gänzlich.
Fast wahnsinnig über die fehlgeschlagene Hoffnung, verdoppelten Unkas und Heyward ihre Anstrengungen. Sie erreichten den Ausgang der Höhle, und der Pfad lief jetzt den Gipfel des Berges hinan. Der Kundschafter ließ seine Freunde vorbeieilen, weil ihn seine Büchse am Laufen hinderte. Unkas und Heyward setzten über Felsen und Abgründe. Ihre Anstrengungen wurden belohnt, als sie sahen, daß sie sich den Huronen, die durch Cora in ihrer Flucht aufgehalten wurden, näherten.
»Steh, Hund von einem Wyandot!« schrie Unkas und schwang seinen blinkenden Tomahawk gegen Magua.
»Ich will nicht weitergehn«, rief Cora, plötzlich an einer Felsenklippe stehenbleibend, die nicht weit vom Gipfel des Berges über einem tiefen Abgrund hing. »Töte mich, wenn du willst, Hurone! Ich gehe keinen Schritt weiter.«
Beide Huronen, die das Mädchen begleiteten, schwangen ihre Streitäxte, aber Magua hielt sie zurück. Er entriß ihnen die Waffen und schleuderte sie über den Felsen hinab. Dann zog er sein Messer und wandte sich zu der Gefangenen.
»Weib«, sagte er, »wähle! Maguas Hütte oder den Tod von seinem Messer.«
Cora sah ihn nicht an. Sie fiel auf die Knie und streckte die Arme zum Himmel. Der Hurone hob mit wilder Gebärde seinen Arm und zückte jetzt endlich entschlossen sein Messer. Aber in diesem Augenblick erscholl ein durchdringendes Geschrei, und Unkas sprang verzweifelt von einer furchtbaren Höhe herab und stürzte auf die Felsenklippe. Magua trat einen Schritt zurück, und einer seiner Begleiter stieß sein Messer dem Mädchen in die Brust.

Der Hurone stürzte sich wie ein Tiger auf seinen Stammesgenossen, der die Flucht ergriff. Magua stieß jetzt in rasender Wut sein Messer in den Rücken des am Boden liegenden Delawaren. Unkas aber erhob sich noch einmal, und wie ein verwundeter Panther, der auf seinen Feind losstürzt, streckte er den zweiten Huronen mit einem einzigen Streich nieder. Dann schwanden seine Kräfte. Magua ergriff den zu jedem Widerstand unfähigen Mohikaner und stieß ihm dreimal sein Messer in die Brust, bis er leblos zu seinen Füßen niedersank. Dann schleuderte er sein blutiges Messer fort und stieß ein gräßliches Freudengeschrei aus.

Der Kundschafter, dessen hohe Gestalt sich über die gefahrvollen Felsenklippen bewegte, ließ einen Schrei des Entsetzens hören. Als er aber den blutigen Schauplatz erreichte, fand er nur noch die Leichen der Ermordeten. Nachdem er sie mit einem einzigen Blick betrachtet hatte, wandte er sich erbittert nach den Felsenklippen und Klüften der Bergwand um, die sich vor ihm auftürmte. Auf ihrem Gipfel, dicht am Rande der schwindelnden Höhe, zeigte sich eine Gestalt, die in einer drohenden Stellung die Arme emporhob. Jetzt trat Magua aus einer Felsenkluft hervor und sprang über einen weiten Riß in dem Gestein und klomm den Felsen empor. Er hatte nur noch einen Sprung zu machen, um den anderen Rand des Abgrunds zu erreichen, wo ihm keine Gefahr mehr drohte. Ehe er sprang, blieb er einen Augenblick stehen und erhob drohend seine Hand gegen den Kundschafter.

»Die Bleichgesichter sind Hunde!« rief er mit lauter Stimme, »die Delawaren Weiber! Magua läßt sie auf dem Felsen den Krähen zur Beute!«

Höhnisch lachend nahm er einen furchtbaren Anlauf, doch er sprang zu kurz und wäre in die Tiefe hinabgestürzt, hätte er nicht einen Strauch am Rande des Felsens mit den Händen gefaßt und sich daran festgeklammert. Falkenauges Gestalt hatte sich zusammengekrümmt, aber seine Glieder zitterten so heftig, daß die Mündung seiner Büchse hin und her schwankte. Magua ließ seinen Körper langsam hinabgleiten, und er kam schließlich auf einen Absatz, wo seine Füße Halt fanden. Nun nahm er alle Kräfte zusammen, und es gelang ihm, den Rand der Bergwand mühsam emporzuklimmen. Jetzt erhob sich das Gewehr des Kundschafters noch einmal und lag unbeweglich in seiner Hand, als er es abfeuerte. Die Arme des Huronen erschlafften, und sein Körper sank ein wenig zurück, während er sich noch mit den Knien an den Felsen klammerte. Im nächsten Augenblick stürzte er mit dem Kopf voran in die furchtbare Tiefe.

Dreiunddreissigstes Kapitel

Der Aufgang der Sonne zeigte dem Stamm der Lenape den völligen Sieg. Der Kampflärm hatte aufgehört, und die Mingos waren vernichtet. Hunderte von Raben, die auf dem nackten Felsen umherflatterten oder krächzend über die unermeßlichen Wälder flogen, zeigten deutlich, wo der Kampf stattgefunden hatte. Aber kein Siegesruf, kein Triumphgesang ließ sich hören. Der letzte Nachzügler hatte das Schlachtfeld verlassen, und der Stolz und die Freude hatten der Trauer Platz gemacht. Die Hütten standen verlassen, und alle, die der Tod verschonte, hatten sich an einem nahegelegenen Orte versammelt und bildeten dort in düsterem, feierlichem Schweigen einen weiten Kreis.

In der Mitte standen sechs Delawarenmädchen, deren langes schwarzes Haar in offnen Locken herabhing, und streuten duftende Kräuter und Waldblumen auf eine Bahre, die aus wohlriechenden Zweigen geflochten war. Unter indianischen Decken lag hier die tote Cora. Der trostlose Munro saß zu ihren Füßen; sein ehrwürdiges Haupt beugte sich zur Erde, und seine Augen waren in tiefem Schmerz geschlossen. Neben ihm stand David mit entblößtem Haupt, und nicht weit davon hatte sich Heyward an einen Baum gelehnt und konnte seinen Schmerz kaum beherrschen.

Der Gruppe gegenüber saß Unkas, als wenn er noch am Leben wäre, mit dem prachtvollsten Schmuck geziert, den sein Stamm nur hatte zusammenbringen können. Sein Haupt schmückten reiche Federn, und der übrige Teil seines Körpers war mit Gürteln, Halsgeschmeide, Armbändern und Medaillen bedeckt. Aber zu diesem Prunk, der seinen hohen Rang andeutete, bildeten seine erloschenen Augen und seine starren, ausdruckslosen Züge einen furchtbaren Kontrast. Vor dem Toten saß Chingachgook, unbewaffnet und ohne jede Bemalung, die glänzend blaue Schildkröte ausgenommen, die unvertilgbar auf seiner nackten Brust eingegraben war. Seine Augen ruhten düster und unbeweglich auf dem Antlitz seines Sohnes. Seine ganze Gestalt blieb völlig regungslos. Nicht weit von ihm lehnte sich der Kundschafter nachdenklich auf sein Gewehr, während Tamenund in geringer Entfernung auf einem erhöhten Platze saß, von wo er auf sein Volk herabblicken konnte, das in Schmerz und Trauer versunken war.

Noch im Innern des Kreises stand ein Offizier, und etwas weiter im Wald sah man sein Pferd, umgeben von einer zahlreichen berittenen Dienerschaft, die zu einer weiten Reise gerüstet war. An der Uniform erkannte man einen Soldaten von hohem Rang in Diensten des Statthalters von Kanada. Er war als Friedensbotschafter zu spät gekommen und nahm nun an der Trauerfeier teil.

Die Sonne hatte bereits den vierten Teil ihrer Bahn durchlaufen, und noch immer herrschte unter der versammelten Menge völliges Schweigen. Endlich streckte Tamenund den Arm aus, und indem er sich auf die Schultern seiner Begleiter stützte, hob er sich matt und erschöpft empor.
»Männer der Lenapes!« sagte er mit hohler, prophetischer Stimme, »Manitus Antlitz hat sich hinter einer Wolke verborgen; seine Augen haben sich von euch abgewandt, seine Ohren sind verschlossen, sein Mund gibt euch keine Antwort. Ihr seht ihn nicht, doch sein Gericht trifft euch. Öffnet eure Herzen, und bewahret euren Geist vor der Lüge. Männer der Lenapes! Manitus Antlitz hat sich hinter einer Wolke verborgen!«
Auf diese furchtbare Anrede folgte ein tiefes Schweigen. Jeder stand starr und unbeweglich und sah, von Demut und Ehrfurcht erfüllt, zu Boden. All=

mählich erhob sich ein Gemurmel, das sich in eine Art Trauergesang zu Ehren der Toten verwandelte. Es waren weibliche Stimmen, und die Töne klangen sanft und klagend; doch waren die Worte nicht durch einen Zusammenhang verbunden. Wenn die eine Stimme aufhörte, fuhr die andere fort. Zuweilen ertönten Ausbrüche des Schmerzes, und in solchen Augenblicken rissen die Mädchen, die um Coras Bahre standen, die Blumen herunter und zerpflückten sie zum Zeichen ihrer tiefen Betrübnis. Sobald aber diese heftigen Ausbrüche vorüber waren, wurden der Entschlafenen wieder Blumen auf die Bahre gestreut. Zum Schluß erhob sich der Gesang in stärkeren Tönen, und mit vereinten Stimmen priesen sie die Gemütsart des Mohikaners. Sie schilderten ihn als männlich, edel und großmütig, wie es einem Krieger gezieme und wie es ein Mädchen liebe. So kurz seine Zeit auf der Erde auch gewesen, seine wahre Gesinnung und Herzensneigung sei doch offenbar geworden. Die Delawarenmädchen hätten keine Gnade vor seinen Augen gefunden! Er stammte aus einem Geschlecht, das einst an dem Ufer des Salzsees geherrscht hatte, und durch eigene Neigung war er zu dem Volk zurückgeführt worden, das bei den Gräbern seiner Väter wohnte. Warum hätte eine solche Liebe nicht begünstigt werden sollen? Daß ein reines und edles Blut in den Adern des toten Mädchens rolle, ließe sich leicht sehen; daß sie allen Anstrengungen und Gefahren gewachsen war, habe ihr Benehmen in den Wäldern bewiesen, und nun, fügten sie hinzu, habe sie der ›Weise der Erde‹ an einen Ort versetzt, wo sie zusammen ewig glücklich sein könnten. Die Delawaren hörten aufmerksam zu, als ob sie durch einen Zauber gefesselt würden, und ihre tiefe, aufrichtige Anteilnahme verriet sich in den wechselnden Gefühlen, die ihre ausdrucksvollen Gesichter belebten. Chingachgook allein saß teilnahmslos da. Sein Blick lag starr auf dem geliebten Antlitz seines Sohnes. Als der Gesang der Mädchen verstummte, trat ein Krieger, der sich durch manche Waffentaten im letzten Kampfe ausgezeichnet hatte, langsam aus der Menge und näherte sich dem toten Häuptling.

»Warum hast du uns verlassen, Stolz der Waganachki?« sagte er, indem er sich an Unkas wandte, als könne dessen Ohr seine Stimme noch hören. »Dein Leben glich der Sonne, wenn sie zwischen den Bäumen auf uns niederscheint; dein Ruhm war glänzender als ihr Mittagsstrahl. Du bist dahingegangen, junger Krieger, aber Hunderte von Wyandots räumen dir die Dornengebüsche von dem Pfade hinweg, der ins Land der Geister führt. Wer, wenn er dich in der Schlacht gesehn, hätte wohl geglaubt, daß du sterben könntest? Wer hat je vor dir Uttawa den Weg zum Kampfe gezeigt? Wie Schwingen des Adlers waren deine Füße, dein Arm schwerer als die fallenden Äste der Fichte, und deine Stimme glich der Stimme Manitus, wenn er aus den Wolken zu uns redet. Uttawas Stimme ist schwach«, fügte er hinzu, schwermütig rings umherblickend, »und sein Herz sehr bedrückt. Stolz der Waganachki, warum hast du uns verlassen?«

Ihm folgten andere in gehöriger Reihenfolge, bis der größte Teil der angesehensten Häuptlinge des Stammes dem Andenken des gefallenen Häuptlings Totenopfer dargebracht hatte. Jetzt hörte man einen leisen, dumpfen Ton, der von der gedämpften Begleitung einer fernen Musik herzurühren schien. Doch man konnte ihn nur undeutlich hören und nicht genau bestimmen, woher er eigentlich kam. Dann verstärkte er sich allmählich, und schließlich verrieten Chingachgooks zitternde Lippen, daß er jetzt seinen Totengesang anstimmte. Zwar wendete sich kein Auge zu ihm, und niemand zeigte das geringste Zeichen von Ungeduld, aber alle hoben ihre Köpfe, um den Tönen aufmerksam zu lauschen. Die Töne blieben aber kaum vernehmbar, bis sie endlich, wie von einem vorübersäuselnden Luftzug verweht, gänzlich verstummten. Chingachgooks Lippen schlossen sich wieder, und er blieb bewegungslos, mit starrem Auge sitzen, wie in seinem Schmerz erstarrt.

Einer der älteren Häuptlinge gab jetzt den Weibern ein Zeichen, sie hoben die Bahre Coras auf ihre Schultern, und mit langsamen Schritten bewegten sie sich fort und stimmten in sanften leisen Tönen wiederum einen Klagegesang an. Munro fuhr zusammen und warf einen unruhigen Blick umher, stand dann auf und folgte dem Leichenzuge in der Haltung eines Soldaten. Seine Freunde begleiteten ihn, und selbst der junge Franzose schloß sich an, innig gerührt von dem traurigen Schicksal dieses Mädchens. Der Ort, den man zu Coras Grabe gewählt hatte, war ein kleiner Hügel, auf dem eine Gruppe von jungen Fichten stand. Als der Zug dort angelangt war, setzten die Mädchen die Bahre nieder und warteten schweigend.

Endlich sagte der Kundschafter, der allein ihre Gebräuche kannte, in delawarischer Sprache: »Meine Töchter haben alles gut veranstaltet; die weißen Männer danken ihnen.«

Befriedigt legten nun die Mädchen Coras Leiche in einen offenen Sarg, der aus Birkenrinde verfertigt worden war, und senkten ihn in das Grab. Sie bedeckten die frisch aufgeworfene Erde mit Blättern und Zweigen und blieben dann schweigend stehen.

Der Kundschafter nahm wieder das Wort und sagte: »Meine jungen Weiber haben genug getan. Der Geist eines bleichen Gesichts bedarf weder der Kleidung noch der Nahrung; denn er ist mit allem versehen, was er im Himmel der Weißen braucht.«

Die Mädchen traten bescheiden auf die Seite. David stimmte jetzt eine Trauerhymne an, und während er seine frommen Gefühle im Gesang aus-

strömen ließ, verrieten die Indianerinnen weder durch Blicke noch durch Bewegungen irgendein Erstaunen, sie hörten nur andächtig zu.
Als der letzte Ton des Gesanges verklungen war, riß sich der Kommandant aus seiner schmerzlichen Versunkenheit und wandte sich an den Kundschafter: »Sagt diesen guten Mädchen, ein schwacher Greis, dessen Herz gebrochen ist, dankt ihnen für ihre Güte und Liebe. Belohnen wird sie dafür das hohe Wesen, das wir alle anbeten.«
Das Haupt des Greises hatte sich wieder auf seine Brust gesenkt, und die Schwermut schien ihn wieder zu überfallen. Doch der junge Franzose wagte es jetzt, seinen Arm zu ergreifen. Er wies auf einen Trupp junger Indianer, die sich eben mit einer leichten Sänfte näherten, und deutete dann mit einer ausdrucksvollen Gebärde nach der Sonne.
»Ich verstehe Sie, Sir«, sagte Munro gefaßt. »Unsere Pflichten hier sind erfüllt; laßt uns aufbrechen, Freunde.«
Heyward folgte seiner Aufforderung, und während seine Gefährten die Pferde bestiegen, benutzte er die Gelegenheit, dem Kundschafter die Hand zu drücken und ihn an das Versprechen zu erinnern, daß sie sich einander in den Forts der englischen Armee wiedertreffen wollten. Dann schwang er sich in den Sattel, spornte sein Pferd an und ritt neben der Sänfte her, in der Alice saß. So entfernten sich alle Weißen, an der Spitze Munro, in traurigem Schweigen, begleitet von dem Abgesandten Montcalms und von seinem Gefolge. Bald waren sie im Dunkel der dichten Wälder verschwunden.
Doch das Band zwischen den Delawaren und den Fremden konnte nicht leicht zerreißen. Noch viele Jahre später hörte man die Erzählung von dem weißen Mädchen und dem jungen Mohikaner während langer Winternächte in den Hütten der Lenapes. Aber auch die, die nur eine untergeordnete Rolle bei den Ereignissen gespielt hatten, lebten noch lange in der Erinnerung fort. Durch den Kundschafter, der mehrere Jahre hindurch eine Verbindung zwischen der zivilisierten Welt und den Delawaren unterhielt, erfuhr man, daß der Graukopf kurze Zeit später zu seinen Vätern versammelt worden sei und daß die Offene Hand seine zweite Tochter weit hinweg nach den Wohnungen der Bleichgesichter geführt habe, wo ihre Tränen sich in das liebliche Lächeln verwandelt hätten, das so gut zu ihrem fröhlichen Charakter paßte.
Verlassen von den meisten Freunden, kehrte jetzt Falkenauge zurück, nachdem die Reisegesellschaft aufgebrochen war. Er kam noch gerade zur rechten Zeit, um Unkas' Züge zum letztenmal zu sehen, denn die Delawaren standen bereits im Begriff, den Toten in seine letzte Hülle von Tierfellen zu kleiden. Sie hielten einen Augenblick inne, und als Falkenauge sich abwandte, wurde der Körper des Jünglings eingehüllt. Dann begann ein feier-

licher Leichenzug, und der ganze Stamm versammelte sich um das einst=weilige Grab seines Häuptlings; denn seine Gebeine sollten später unter denen seines eigenen Volks bestattet werden. Man begrub den Leichnam in einer halb sitzenden, halb liegenden Stellung. Das Gesicht des Toten war der aufgehenden Sonne zugekehrt, seine Waffen, seine Jagdgeräte lagen ihm zur Seite. In dem Sarge war eine Öffnung, damit der Geist wieder zu seiner irdischen Hülle zurückkehren könne.

Aller Augen richteten sich jetzt auf Chingachgook. Man erwartete einige Worte des Trostes und der Belehrung aus dem Munde des berühmten Häupt=lings. Der finstere, ganz in sich selbst versunkene Krieger richtete sich schließlich empor und blickte mit ernstem Antlitz umher. Seine krampfhaft zusammengepreßten Lippen öffneten sich, und zum ersten Male während der ganzen langen Feierlichkeit sprach er deutlich und laut.

»Warum trauern meine Brüder?« sagte er, die niedergeschlagenen Krieger betrachtend. »Warum weinen meine Töchter? Weil ein Jüngling zu den glückseligen Jagdgefilden dahingegangen ist? Weil ein Häuptling seine Laufbahn mit Ehren vollendet hat? Er war gut. Er war gehorsam. Er war tapfer. Wer kann das leugnen? Manitu bedurfte eines solchen Kriegers, darum rief er ihn zu sich. Ich, der Sohn und der Vater von Unkas, ich bin nur eine verdorrte Fichte auf einer Lichtung des Waldes, die von dem Feuer der Bleichgesichter zerstört wurde. Mein Stamm hat die Ufer des Salzsees und die Berge der Delawaren verlassen. Aber wer kann sagen, die Schlange seines Stammes habe seine Klugheit vergessen? Ich bin allein —«

»Nein!« rief Falkenauge und trat jetzt auf seinen Freund zu. »Chingach=gook, du bist nicht allein. Mag unsre Farbe verschieden sein, so stellte uns Gott doch auf *einen* Pfad. Ich habe keine Verwandten, und ich kann auch wohl, wie du, sagen, kein Volk. Unkas war dein Sohn und eine Rothaut, doch wenn ich je den Jungen vergesse, der so oft im Krieg an meiner Seite kämpfte, an meiner Seite schlief zur Zeit des Friedens — wenn ich ihn je ver=gesse, so möge mich auch der vergessen, der uns alle schuf. Der Junge hat uns auf eine Zeitlang verlassen, aber, Chingachgook, du bist nicht allein!«

Der Mohikaner ergriff die Hand, die ihm Falkenauge entgegenstreckte. Die feierliche Stille, die bei dem Anblick dieser Szene unter den Delawaren herrschte, unterbrach Tamenund.

»Es ist genug!« sprach er. »Geht, Kinder der Lenapes, Manitus Zorn ist noch nicht vorüber. Warum sollte Tamenund noch länger hier weilen? Die Bleichgesichter sind die Herren der Erde, und die Zeit der roten Männer ist noch nicht wieder zurückgekehrt. Meine Tage haben schon zu lange ge=währt. Am Morgen sah ich Unamis' Söhne in ihrer Kraft und glücklich, und ehe die Nacht einbrach, mußte ich es erleben, den letzten Krieger aus dem weisen Geschlechte der Mohikaner zu erblicken.«

DER LEDERSTRUMPF

James Fenimore Cooper

Der Lederstrumpf

ZWEITER BAND

Der Pfadfinder
Die Ansiedler
Die Prärie

Mit 39 Illustrationen nach
Steinzeichnungen von Max Slevogt

Ellermann Verlag

Der Ausgabe liegt die zeitgenössische Übersetzung der von Christian August Fischer in den Jahren von 1826 bis 1859 herausgegebenen »Sämtlichen Werke« zugrunde. Der Text ist vorsichtig überarbeitet und von unwesentlichen Längen befreit worden.
Alle Rechte, auch für die Illustrationen, vorbehalten.

© 1939 Verlag Heinrich Ellermann
© 1992 Verlag Heinrich Ellermann München
Veränderte Neuauflage in zwei Bänden
2. Auflage 1993
ISBN für diesen Band 3-7707-6342-4
Printed in Germany
ISBN für die Kassette 3-7707-6332-7

INHALT

DER LEDERSTRUMPF

Der Pfadfinder

Erstes Kapitel

Vier Menschen versuchten an einem Sommertag auf einer kleinen Lichtung der amerikanischen Urwälder mehrere umgestürzte Bäume zu ersteigen, um eine Aussicht auf die weitere Umgebung zu gewinnen. Man pflegt solche Stellen ›Windbrüche‹ zu nennen. Plötzlich auftretende Wirbelwinde legen alte Urwaldriesen wie Strohhalme um, und diese Plätze bilden dann eine Art Oase in dem feierlichen Düster der Wälder. Der Windbruch, von dem wir hier reden, lag am Gipfel eines sanften Abhanges. Obgleich er nicht groß war, eröffnete er doch denen, die die Höhe erreichten, eine ausgedehnte Aussicht. An dem oberen Rand der Lichtung hatte der Sturm Bäume auf Bäume gehäuft, die leicht zu ersteigen waren. Einer der Stämme war ganz ausgerissen, und sein nach oben gekehrtes Wurzelgeflecht war für die Wanderer ein sicherer und bequemer Aussichtsplatz. Zwei von der Gesellschaft, ein Mann und eine Frau, waren Indianer von dem bekannten Stamm der Tuscarora. Ihre Begleiter waren ein weißer Mann von ungefähr fünfzig Jahren und ein junges anmutiges und schönes Mädchen. Gerade als sie die Höhe erreichten, leuchteten ihre blauen Augen über die Schönheit der weiten Wälder, die man von hier aus übersehen konnte.

»Oheim«, sagte das Mädchen staunend und entzückt, »das gleicht sicher der Aussicht auf das Meer, das Ihr so sehr liebt.«

»Nichts als mädchenhafte Einbildung, Magnet«, sagte der Mann, der anscheinend ein Seemann war, »nur einem Kinde kann es einfallen, diese Handvoll Blätter mit einem Blick auf das Atlantische Meer zu vergleichen.«

»Sieh dorthin, Oheim! Es müssen Meilen über Meilen sein, und doch sehen wir nichts als Blätter! Was könnte man mehr sehen, wenn man auf den Ozean blickte?«

»Mehr?« erwiderte der Oheim fragend und bewegte ungeduldig den Ellenbogen, den das Mädchen berührte, denn er hatte die Arme gekreuzt und die Hände vorn in eine Weste von rotem Tuch gesteckt, »mehr, Magnet? Sage lieber, was weniger? Wo sind denn die Wellen, das blaue Wasser, die Walfische, die rollenden Wogen, der brandende Gischt und die Wasserhosen und die endlose Bewegung in dieser Handbreit Wald, Kind?«

»Und wo sind auf dem Meer diese Baumwipfel, dieses feierliche Schweigen, die duftenden Blätter und das schöne Grün, Oheim?«

»Still, Magnet, wenn du etwas von der Sache verstündest, so würdest du wissen, daß grünes Wasser des Seemanns Teufel ist.«

»Aber grüne Bäume sind etwas anderes. – Höre nur, dieser Ton der Luft, wenn sie durch die Blätter streicht.«
»Du solltest einen Nordwester pfeifen hören, Mädchen, wenn du den Wind toppwärts so gerne hast. Nun, wo sind denn die Böen, die fliegenden Stürme, die Passatwinde, die Levantes und solch ähnliche Begebnisse in dieser Nußschale von Wald?«
»Seht!« rief das Mädchen nach einer Weile, »dort steigt Rauch über die Wipfel der Bäume – sollte dort eine Hütte sein?«
»Ja, ja, es ist etwas Menschliches in diesem Rauch«, antwortete der alte Seemann, »das wohl tausend Bäume wert ist. Ich muß ihn der ›Pfeilspitze‹ zeigen, der imstande ist, an einem Hafen vorbeizusegeln, ohne es zu wissen. Wo Rauch ist, da findet sich wahrscheinlich auch ein Herd.«
Bei diesen Worten zog der Oheim eine Hand aus der Weste, berührte die Schulter des Indianers leicht und deutete auf die dünne Rauchlinie, die, ungefähr eine Viertelstunde entfernt, sachte über die Blätter emporstieg und sich in dem zitternden Luftkreis in fast unmerklichen, flüssigen Fäden verteilte. Der Tuscarora war ein edel aussehender Krieger, und wenn er auch mit den Kolonisten dauernd in Verbindung war, so hatte er doch wenig von der wilden Größe und einfachen Würde eines Häuptlings verloren. Das Verhältnis zwischen ihm und dem alten Seemann war freundlich, aber doch zurückhaltend. Der Indianer war zu sehr daran gewöhnt, mit den hohen Offizieren der verschiedenen Forts, die er besuchte, zu verkehren, um nicht zu wissen, daß sein jetziger Begleiter eine untergeordnete Stellung einnahm. Wirklich lag in der ruhigen Überlegenheit und Zurückhaltung des Tuscarora etwas Gebieterisches, und Charles Cap wagte auch in seinen lustigsten Augenblicken keine Vertraulichkeit, obgleich sie schon über eine Woche zusammen reisten. Das rasche Auge des Tuscarora beobachtete den Rauch, und eine volle Minute stand er schweigend auf seinen Zehenspitzen.
»Es müssen Oneidas oder Tuscaroras in unserer Nähe sein, Pfeilspitze«, sagte Cap, »wird es nicht gut sein, sich zu ihnen zu gesellen und in ihrem Wigwam eine behagliche Schlafstätte für die Nacht zu suchen?«
»Kein Wigwam dort«, antwortete Pfeilspitze trocken, »zu viel Wald.«
»Aber Indianer müssen dort sein, vielleicht alte Bekannte von Euch, Meister Pfeilspitze!«
»Nicht Tuscarora – nicht Oneida – nicht Mohawk: Bleichgesichtfeuer.«
»Den Teufel auch! Magnet, das geht über die Philosophie eines Seemanns. Wir alten Seehunde können wohl den Tabak eines Soldaten von dem eines Seemanns unterscheiden, aber ich glaube nicht, daß der älteste Admiral in der Flotte Seiner Majestät sagen kann, wie sich eines Königs Rauch von dem eines Köhlers unterscheidet.«

Der Gedanke, menschlichen Wesen in einer solchen Wildnis nahe zu sein, hatte die Röte auf die Wangen des Mädchens getrieben. Sie wandte sich jetzt an ihren Onkel und sagte: »Das Feuer eines Bleichgesichts? Nein, Oheim, *das* kann er nicht wissen.«

»Vor zehn Tagen, Kind, hätte ich darauf geschworen; jetzt aber weiß ich kaum, was ich glauben soll. Darf ich so frei sein zu fragen, Pfeilspitze, warum Ihr den Rauch für den eines Bleichgesichts und nicht für den einer Rothaut haltet?«

»Nasses Holz«, antwortete der Krieger ruhig, »viel naß, viel Rauch, viel Wasser – schwarzer Rauch.«

»Aber, mit Eurer Erlaubnis, Meister Pfeilspitze – der Rauch ist nicht schwarz, auch seh' ich nicht viel. Meinem Auge erscheint er nur als ein leichter, dünner Rauch, wie aus dem Teekessel eines Schiffskapitäns.«

»Zuviel Wasser«, erwiderte Pfeilspitze mit leichtem Kopfnicken: »Tuscarora zu klug, um mit Wasser Feuer zu machen; Bleichgesicht zuviel studiert, und brennt alles; viel studiert – wenig weiß.«

»Gut, das ist vernünftig, ich gebe es zu«, sagte Cap, der sich aus der Gelehrsamkeit nichts machte; »er scheint auf dein Lesen anzuspielen, Magnet, denn der Häuptling hat in seiner Weise verständige Ansichten von den Dingen. Sagt mir, Pfeilspitze, wie weit mögen wir nach Eurer Berechnung von der Handbreit Teich sein, den Ihr den Großen See nennt und dem wir so viele Tage schon entgegenwandern?«

Der Tuscarora blickte den Seemann mit ruhiger Überlegung an.

»Ontario wie der Himmel; eine Sonne – und der große Reisende wird es erfahren«, sagte er.

»Gut – ich bin ein großer Reisender gewesen; ich kann es nicht leugnen; aber unter allen meinen Reisen war diese die längste, die unergiebigste und die weiteste zu Land. Wenn dieser Frischwasserteich so nahe ist, Pfeilspitze, so sollte man glauben, ein paar gute Augen müßten ihn ausfindig machen.«

»Dort«, sagte Pfeilspitze, indem er mit Würde den Arm vor sich ausstreckte, »Ontario!«

Zum erstenmal seit ihrer Bekanntschaft blickte Cap mit Verachtung auf den Tuscarora. Ihm schien, der Indianer deutete auf einen leeren Punkt am Himmel, ein wenig über den Wäldern.

»Ja, ja, so etwas habe ich erwartet, als ich die Küste verließ, um einen Süßwasserteich aufzusuchen«, rief Cap, indem er die Schultern in die Höhe zog wie jemand, der mit sich im reinen war und es nicht für nötig hielt, mehr zu sagen. »Der Ontario kann dort liegen, oder er mag ebensogut in meiner Tasche liegen. Gut – aber, Pfeilspitze, wenn Bleichgesichter in unserer Nachbarschaft sind, würde es mir nicht unangenehm sein, mit ihnen zu reden.«

Der Tuscarora neigte ruhig sein Haupt, und die Gesellschaft verließ schweigend ihren Standpunkt auf den Wurzeln des umgestürzten Baumes. Pfeilspitze wollte, als sie unten waren, auf das Feuer zugehen, um sich erst zu vergewissern, wer dort sei. Der alte Cap schüttelte den Kopf.

»Häuptling«, sagte er, »das möchte beim Sondieren angehen oder in einer Bai, deren Einfahrt man kennt. In einer unbekannten Gegend aber wie dieser halte ich es nicht für sicher, daß sich der Pilot zu weit von dem Schiff entfernt. Wir wollen daher, wenn es Euch beliebt, zusammen aufbrechen.«

»Was will mein Bruder?« fragte der Indianer ernst, ohne durch das offensichtliche Mißtrauen beleidigt zu scheinen.

»Eure Gesellschaft, Meister Pfeilspitze, und sonst nichts. Ich werde mit Euch gehen und mit diesen Fremden sprechen.«

Der Indianer willigte ohne weiteres ein. Er deutete an, daß die beiden Frauen zu dem Kanu, das sie im nahen Bach gelassen hatten, zurückkehren sollten, um dort zu warten. Magnet zeigte sich aber jetzt schwierig. Obgleich tapfer, war sie doch nur ein Weib, und der Gedanke, in der Wildnis ohne männliche Begleiter zu sein, war ihr nicht angenehm.

»Nach so langem Sitzen im Kanu, lieber Oheim, wird mir ein Gang guttun«, sagte sie, um ihre Bitte zu begründen. »Vielleicht ist auch unter den Fremden ein weibliches Wesen.«

»So komm, Kind, es ist nur so weit, als ein Tau lang ist, und eine Stunde vor Sonnenuntergang sind wir wieder zurück.«

Mabel Dunham also schickte sich an, die beiden Männer zu begleiten, während ›Junitau‹ geduldig ihren Weg zum Bache antrat, denn sie war zu sehr an Gehorsam und an die Einsamkeit der Wälder gewöhnt. Die drei anderen suchten nun einen Weg durch das Labyrinth der übereinandergestürzten Stämme und erreichten schließlich den Waldsaum. Einige Blicke genügten dem Indianer; der alte Cap aber nahm bedächtig einen Taschenkompaß hervor und untersuchte die Richtung, ehe er in den Schatten der Bäume trat.

»So eine Stunde nach der Nase, Magnet, mag für einen Indianer ganz gut sein, aber ein tüchtiger Seemann kennt die Kraft der Nadel«, sagte der Oheim und folgte dem Indianer. »Amerika würde nie entdeckt worden sein – ich gebe dir mein Wort, Mädchen –, wenn Kolumbus nichts als Nasenlöcher gehabt hätte. Freund Pfeilspitze, habt Ihr je ein Instrument dieser Art gesehen?«

Der Indianer wandte sich um, warf einen Blick auf den Kompaß, den Cap in der Richtung des Weges hielt, den sie nehmen mußten, und antwortete ernst: »Blaßgesichtauge. Tuscarora sieht in seinem Kopf. Das ›Salzwasser‹« (denn so nannte der Indianer seinen Begleiter) »ganz Auge jetzt – keine Zunge.«

»Er meint, Schweigen sei jetzt das beste; vielleicht mißtraut er den Leuten da im Walde.«
Ohne Unruhe schritt Mabel leicht hinter ihren beiden Gefährten. Während der ersten halben Viertelstunde wurde keine andere Vorsicht beobachtet, als daß man schwieg. Als sie aber der Stelle näher kamen, wo das Feuer sein mußte, wurde eine größere Sorgfalt nötig. Da der Hochwald hier kaum Unterholz hatte, konnte man zwischen den Stämmen ziemlich weit sehen. Sie mußten sich also jetzt vorsichtig hinter den Bäumen halten.
»Sieh, Salzwasser«, sagte der Indianer leise nach einer Weile, »Bleichgesichtfeuer.«
»Bei Gott, der Bursche hat recht«, murmelte Cap, »da sind sie, beim Himmel, und verzehren ihr Mahl so ruhig, als wären sie in der Kajüte eines Dreideckers.«
»Pfeilspitze hat nur halb recht!« flüsterte Mabel, »denn es sind zwei Indianer und nur ein Weißer.«
»Bleichgesichter«, sagte der Tuscarora, indem er zwei Finger emporhielt. »Roter Mann«, indem er einen erhob.
»Gut«, versetzte Cap, »es ist schwer zu sagen, ob das eine oder das andere wahr ist. Der eine ist ganz gewiß weiß und ein hübscher, stattlicher Bursche. Der andere ist eine Rothaut. Aber der dritte ist anscheinend halb getakelt, er ist weder Brigg noch Schoner.«
»Bleichgesichter!« wiederholte Pfeilspitze, abermals zwei Finger emporhaltend; »roter Mann!« nur einen erhebend.
»Er muß recht haben, Oheim; denn sein Auge trügt ihn nie. Aber wir müssen jetzt wissen, ob wir Freunde oder Feinde vor uns haben. Vielleicht sind es Franzosen.«
»Ein Anruf wird uns schnell Aufklärung verschaffen«, erwiderte Cap. »Stell dich hinter diesen Baum, Magnet, wenn es den Schurken vielleicht einfallen sollte, eine volle Ladung abzufeuern, ehe sie sich in eine Unterredung einlassen. Ich werde bald hören, unter welcher Flagge sie segeln.«
Der Oheim hatte beide Hände an seinen Mund gebracht, um sie als Sprachrohr zu brauchen. Eine rasche Bewegung des Indianers vereitelte diese Absicht.
»Roter Mann Mohikaner«, sagte der Tuscarora, »gut, Bleichgesichter Engländer.«
»Gute Nachrichten!« sagte Mabel. »Wir wollen zu ihnen hingehen, lieber Oheim, und uns als Freunde vorstellen.«
»Gut«, sagte der Tuscarora, »roter Mann gut und Verstand; Bleichgesichter eilig und Feuer. Laßt die Squaw gehen.«
»Wie?« fragte Cap erstaunt, »wir sollen die kleine Magnet nach vorne

schicken wie einen Ausguck, während zwei Burschen wie Ihr und ich anlegen, um zu sehen, welche Art Land sie ausmacht? Wenn ich das zugebe, so will ich –«

»Es ist das klügste, lieber Oheim«, fiel ihm das Mädchen ins Wort, »und ich fürchte mich nicht. Kein Christ wird, wenn er ein Mädchen allein daherkommen sieht, Feuer geben. Laß mich vorangehen, und alles wird gut gehen. Bis jetzt hat man uns noch nicht bemerkt, und die Überraschung der Fremden wird nichts Beunruhigendes haben.«

»Gut«, sagte Pfeilspitze, dem der Mut des Mädchens gefiel.

»Es ist ganz unseemännisch«, versetzte Cap, »doch da wir eben in den Wäldern sind, so hat es nichts zu bedeuten und mag hingehen. Wenn du glaubst, Mabel –«

»Seid ruhig, Oheim. Es ist kein Grund vorhanden, besorgt zu sein – und Ihr seid ja in der Nähe, mich zu beschützen.«

»Gut, so nimm eine dieser Pistolen.«

»Nein, nein – ich verlasse mich lieber auf meine Jugend und Schwäche«, sagte Mabel lächelnd. »Unter Christen ist des Weibes bester Schutz ihr Recht auf Hilfe. Ich verstehe mich nicht auf Waffen und wünsche auch nichts davon zu lernen.«

Der Oheim mußte nachgeben, und Mabel nahm, nachdem der Indianer ihr noch einige Vorsichtsmaßregeln zugeflüstert hatte, allen Mut zusammen und ging allein auf die Gruppe zu, die um das Feuer saß. Im Walde herrschte vollständiges Schweigen, die drei Männer saßen wortlos bei ihrem Mahl. Als Mabel noch vierzig bis fünfzig Schritt vom Feuer entfernt war, berührte ihr Fuß ein dürres Holzstück, und das laute Knacken veranlaßte den Mohikaner und einen seiner Gefährten, rasch wie ein Gedanke aufzuspringen. Beide sahen nach ihren Büchsen, die an einem Baumstamm lehnten. Dann aber blieb jeder stehen, ohne eine Hand zu rühren; denn beide sahen die Gestalt des Mädchens. Der Indianer flüsterte seinem Gefährten einige Worte zu, nahm seinen Platz wieder ein und setzte sein Mahl so ruhig fort, als wenn nichts geschehen wäre. Der weiße Mann dagegen verließ das Feuer und kam Mabel entgegen. Er war in mittleren Jahren, und in seinem Antlitz spiegelte sich eine offene Ehrlichkeit. Mabel sah sogleich, daß sie nichts zu fürchten habe. Dennoch blieb sie jetzt wartend stehen.

»Fürchte nichts, junges Mädchen«, sagte der Mann, der ein Jäger zu sein schien. »Ihr seid auf Christen gestoßen. Ich bin in diesen Gebieten wohlbekannt. Von den Franzosen und den Rothäuten auf der anderen Seite der Großen Seen werde ich die ›Lange Büchse‹ genannt, ›Falkenauge‹ von den Mohikanern, während die Truppen und Fallensteller auf dieser Seite des Wassers mich ›Pfadfinder‹ nennen.«

»Pfadfinder«, rief das Mädchen erfreut. »Ihr seid also der Freund, den uns mein Vater entgegenzuschicken versprach?«
»Wenn Ihr die Tochter des Sergeanten Dunham seid, so hat der große Prophet der Delawaren nie ein wahreres Wort gesprochen.«
»Ich bin Mabel, und dort hinter den Bäumen sind mein Oheim Cap und ein Tuscarora, Pfeilspitze genannt..Wir erwarteten Euch erst in der Nähe der Ufer des Sees zu finden.«
»Ich wollte, ein zuverlässigerer Indianer wäre Euer Führer geworden«, sagte der Pfadfinder, »denn ich bin kein Freund der Tuscaroras, die sich von den Gräbern ihrer Väter zu weit entfernt haben. Ist Junitau bei ihm?«
»Sie begleitet ihn, und sie ist ein mildes, demütiges Wesen.«
»Ja, ja, unter den Tuscaroras wären noch schlimmere Führer zu finden gewesen.«
»So ist es gut, daß wir Euch gefunden haben«, sagte Mabel.
»Es ist jedenfalls kein Unglück; denn ich habe dem Sergeanten versprochen, sein Kind wohlbehalten in das Standquartier zu bringen, sollte es auch mein Leben kosten. Wir hofften, Euch zu treffen, ehe ihr die Wasserfälle erreichtet, wo wir unser Kanu gelassen haben.«
»Da kommt mein Oheim und der Tuscarora«, sagte Mabel, als sich jetzt Cap und Pfeilspitze vorsichtig näherten. Wenige Worte genügten, um die drei miteinander bekannt zu machen, und alle gingen zum Feuer zurück.

Zweites Kapitel

Der Mohikaner fuhr fort zu essen, aber der andere weiße Mann stand auf und nahm seine Mütze höflich vor Mabel Dunham ab. Er war jung und von einer festen, gesunden Männlichkeit.
»Hier«, sagte Pfadfinder, indem er Mabel treuherzig anlächelte, »sind die Freunde, die Euer Vater Euch entgegengesandt hat. Dieser ist ein großer Delaware, man nennt ihn die ›Große Schlange‹. Er ist klug und verschlagen. Pfeilspitze dort weiß, was ich damit sagen will.«
Während Pfadfinder redete, blickten sich die beiden Indianer fest an. Der Tuscarora trat dann vor und redete den anderen augenscheinlich auf eine freundliche Weise an.
»Das seh' ich gern«, sagte Pfadfinder, »die Begrüßungen zweier Rothäute in den Wäldern, Meister Cap, gleicht dem Anruf befreundeter Schiffe auf dem Ozean. Aber mir fällt, da wir vom Wasser sprechen, mein junger Freund Jasper Western ein, der etwas von diesen Dingen verstehen muß, da er sein Leben auf dem Ontario zugebracht hat.«

»Ich freue mich, Euch kennenzulernen, Freund«, sagte Cap, indem er dem Süßwassermatrosen einen herzlichen Händedruck gab, »obgleich Euch noch viel zu lernen bleibt, wenn ich bedenke, in welche Schule man Euch geschickt hat. Dies ist meine Nichte Mabel. Ich pflege sie Magnet zu nennen.«
»Das ist verständlich«, sagte der junge Mann und sah das errötende Mädchen an, »ich bin überzeugt, daß der Seemann, dessen Steuer Euer Magnet führt, das Land niemals schlecht ausmachen wird.«
»Ihr gebraucht einige Seeausdrücke, wie ich höre, und zwar richtig und verständlich. Merkwürdig, da Ihr doch sicher mehr grünes als blaues Wasser gesehen habt«, sagte der erfahrene Seemann mit der Miene eines Gönners.
»Ja, wir verlieren selten länger als vierundzwanzig Stunden das Land aus den Augen«, erwiderte der junge Mann bescheiden.
»Leider, Knabe, leider! Das kleinste Stückchen Land sollte für einen Seemann mehr als genug sein. Nun, Meister Western, rund um Euren ganzen See ist sicher mehr oder weniger Land, was?«
»Aber Oheim, auch um den Ozean ist mehr oder weniger Land«, sagte Magnet rasch; denn sie fürchtete, der junge Mann könnte ihrem Onkel die Pedanterie verargen.
»Nein, Kind, es ist mehr oder weniger Ozean um das ganze Land. Das sage ich den Leuten an der Küste immer. Sie leben sozusagen inmitten der See, ohne es zu wissen, als Geduldete, wenn ich mich so ausdrücken darf. Das Wasser ist doch das mächtigste und verbreitetste Element. Aber die Selbstgerechtigkeit in der Welt hört nie auf. Ein Bursche, der nie in seinem Leben Salzwasser gesehen hat, glaubt mehr davon zu wissen als einer, der Kap Hoorn umsegelt hat. Nein, nein — diese Erde ist so ziemlich eine Insel, und alles, was man nicht mit vollem Recht so nennen kann, ist Wasser.«
Der junge Western achtete Seeleute vom Ozean.
»Was Ihr sagt, Herr«, antwortete er ruhig, »kann richtig sein, wenn es sich um den Atlantischen Ozean handelt, aber hier, auf dem Ontario, halten wir das Land hoch.«
»Und warum? Weil ihr immer landumschlossen seid«, antwortete Cap herzlich lachend. »Aber dort ist Pfadfinder mit einer dampfenden Platte und lädt uns zum Essen. Ich muß zugeben, Wildbret findet man nicht auf der See.«
Alle setzten sich jetzt um das Feuer, und Jasper Western sorgte für Mabel, die sich noch lange der freundlichen Aufmerksamkeit des jungen Matrosen bei diesem ersten Zusammentreffen erinnerte. Er rückte ein Holzstück herbei und richtete es ihr zum Sitz ein, holte ihr ein gutes Stück Wildbret und unterhielt sich mit ihr höflich, während Pfadfinder und der alte Cap miteinander sprachen. Die Indianer aßen schweigend.

»Euer Leben muß wohl etwas Anziehendes haben, Herr Pfadfinder«, sagte Cap, als der Appetit so weit gestillt war, daß sie wählerisch unter den saftigen Bissen herumfuhren, »es hat etwas von dem Abenteuerlichen und Gefahrvollen, das uns Seeleuten gefällt, und wenn es bei uns ganz Wasser ist, so ist es bei Euch ganz Land.«
»Nein, wir haben auf unseren Reisen und Märschen auch Wasser«, erwiderte der Jäger, »wir Grenzleute handhaben das Ruder und den Speer fast ebensooft wie die Büchse und das Jagdmesser.«
»Gut – aber handhabt Ihr auch die Brasse und die Buglinie, das Lot und die Pinne, die Reefseising und das Stengenwindreep? Das Ruder ist eine gute Sache in einem Kanu, keine Frage, aber was nützt es bei einem Schiff?«
»Ich achte jeden Beruf und glaube wohl, daß die Dinge, die Ihr so wunderlich nennt, ihren Nutzen haben. Wer, wie ich, mit so vielen Menschen aus den verschiedensten Stämmen gelebt hat, weiß zu unterscheiden, was Sitte ist. Ich bin noch nicht sehr alt, aber ich habe in den Wäldern gelebt und kenne die Menschen einigermaßen. Ich hielt nie viel auf die Gelehrsamkeit der Städter, ich fand nie einen, der ein Auge für eine Büchse oder für eine Spur hatte.«
»So denke ich auch auf ein Garn, Meister Pfadfinder. Ein menschliches Wesen wird durch dieses Straßenlaufen und Kirchengehen am Sonntag und Predigtanhören niemals ein Mann. Schickt mir die Jugend hinaus auf den breiten, herrlichen Ozean, wenn ihr ihr die Augen öffnen wollt, und laßt sie fremde Völker sehen. Da haben wir meinen Schwager, den Sergeanten: Er ist in seiner Art ein guter Kerl; aber was ist er überhaupt? Nichts als ein Soldat. Als er die gute Bridget, meine Schwester, heiraten wollte, sagte ich ihr, was er war und was sie von einem solchen Gatten zu erwarten haben würde. Aber Ihr wißt, wie es bei Mädchen ist, die sich in eine Neigung hineinbugsieren ließen. Der Sergeant ist avanciert und soll im Fort ein wichtiger Mann sein, aber sein armes Weib hat das nicht mehr erlebt; denn sie ist nun seit fünfzehn Jahren tot.«
»Der Soldatenberuf ist ehrenvoll, vorausgesetzt, daß einer auf der Seite des Rechts kämpft«, erwiderte Pfadfinder, »und da die Franzosen immer unrecht haben und Seine Majestät und die Kolonien immer recht, so nehme ich an, der Sergeant hat ein gutes Gewissen und einen guten Charakter obendrein. Ich habe nie besser geschlafen, als wenn ich gegen die Mingos focht. Wenn Ihr etwas von den Grausamkeiten der Indianer gehört habt, Meister Cap, so könnt Ihr es unbewiesen von den Mingos glauben.«
»Glücklicherweise«, sagte Cap, indem er auf die beiden Indianer blickte, »werden die Verbündeten Seiner Majestät es schwerlich jemals wagen, einen getreuen Untertan Seiner Majestät auf ihre grausame Weise zu behandeln.

Ich habe zwar nicht lange in der Königlichen Marine gedient; aber ich habe gedient, und das ist etwas, und ich habe das Meinige vollständig getan, indem ich durch Kapern und Jagen der feindlichen Schiffe dem Lande Nutzen brachte. Aber ich hoffe, es gibt keine französischen Wilden auf dieser Seite des Sees, denn Ihr habt gesagt, der Ontario sei ein großes Stück Wasser?«

»Nun – er ist breit in unseren Augen«, sagte Pfadfinder lächelnd, »obgleich es wohl möglich ist, daß manche Leute ihn für klein halten. Und er ist wirklich klein, wenn er die Feinde fernhalten soll. Der Ontario hat zwei Enden, und der Feind, der sich fürchtet, über seine Breite zu segeln, kann ihn ganz bequem umgehen.«

»Ah, das kommt von diesen verdammten Süßwasserteichen«, brummte Cap und räusperte sich, »hat doch nie jemand etwas davon gehört, daß ein Pirat oder ein Schiff um das eine Ende des Atlantischen Ozeans gekommen wäre!«

»Das Meer hat vielleicht keine Enden?«

»Ganz gewiß nicht; weder Seiten noch Boden. Das Volk, das sich sicher an einer seiner Küsten vor Anker gelegt hat, hat nichts von einem anderen zu fürchten, das auf der Luvseite ankerte, wie wild es auch sein mag, es müßte denn die Schiffsbaukunst kennen. Nein, nein! Das Volk, das an den Ufern des Meeres lebt, hat nur wenig für seine Haut oder seinen Skalp zu fürchten. Man kann sich abends auf sein Lager strecken und sein Haar am nächsten Morgen noch unversehrt auf dem Haupt finden, man müßte denn eine Perücke tragen.«

»Hier ist es anders. Ich wünsche das junge Mädchen nicht zu ängstigen und will darum nicht in Einzelheiten gehen. Aber auf dieser Seite des Ontario sind ungefähr ebenso viele Irokesen wie auf der anderen. Gerade aus diesem Grunde, Freund Cap, hat der Sergeant uns Euch entgegengesandt und aufgetragen, Euch den Pfad zu zeigen.«

»Wie, die Schurken wagen es, sozusagen unter den Kanonen eines der Forts Seiner Majestät zu kreuzen?«

»Sie treiben sich überall herum«, antwortete der Jäger. »Die Große Schlange ist auf der einen Seite des Flusses heraufgekommen und ich auf der anderen, um die leichtfüßigen Schurken auszuspähen, und Jasper brachte das Kanu herauf. Wir nennen ihn übrigens meistens Eau douce[1]. Der Sergeant sagte ihm mit Tränen in den Augen alles, was sein Kind betraf und wie sehr sich sein Herz nach ihr sehne und wie sanft und gehorsam sie sei, bis mir es vorkam, er würde sich lieber allein in ein Mingolager stürzen als zu Hause bleiben.«

1 Eau douce = Süßwasser

»Wir danken ihm, obgleich sich der Knabe, wie es mir scheint, gerade keiner großen Gefahr aussetzte.«
»Sachte, sachte, Freund Cap. Unter allen gefahrvollen Reisen ist die einem waldbestandenen Fluß entlang die gefährlichste, und diese Gefahr hat Jasper überwunden.«
»Wie konnte aber der Sergeant mich nur veranlassen, hundertundfünfzig Meilen auf eine so ungewöhnliche Art zu reisen? Gebt mir offenes Meer, und laßt mich dem Feind ins Gesicht sehen, aber wie eine Schildkröte im Schlaf sich erschießen zu lassen, ist nicht nach meinem Sinn. Wäre es nicht der kleinen Magnet wegen, ich würde mich den Augenblick wieder einschiffen, in aller Eile nach York zurückkehren und den Ontario für sich selbst sorgen lassen, mag er nun Süß- oder Salzwasser haben.«
»Die Sache würde dadurch nicht besser, Meister Cap, da der Rückweg bei weitem länger und fast ebenso gefährlich ist wie der Pfad, der vorwärts führt. Vertraut uns, und wir werden Euch sicher durchbringen oder unsere Skalpe lassen.«
Cap trug einen dichten, festen Zopf, der mit Aalhaut umwickelt war, während der obere Teil seines Kopfes fast ganz kahl war. Mechanisch fuhr er mit der Hand über beides hin, als wolle er sich überzeugen, daß sie noch an ihrer Stelle seien. Er war aber von Herzen ein kühner Mann und hatte dem Tode oft kalt ins Auge gesehen. Da an eine Rückkehr nicht mehr zu denken war, beschloß er, zu dem bösen Spiele die möglichst beste Miene zu machen. Innerlich aber fluchte er über die Gleichgültigkeit und Unklugheit, mit der sein Schwager ihn in diese Lage gebracht hatte.
»Ich zweifle nicht, Meister Pfadfinder«, antwortete er, »daß wir wohlbehalten in den Hafen einlaufen werden. Wie weit sind wir jetzt noch vom Fort entfernt?«
»Wenig mehr als fünfzehn Meilen, und noch dazu Meilen so rasch, wie der Fluß strömt, wenn die Mingos uns in Ruhe lassen.«
»Und die Wälder, scheint es, dehnen sich Backbord und Steuerbord entlang, wie bisher, aus?«
»Wie?«
»Ich meine, wir werden unseren Weg durch die verteufelten Wälder suchen müssen?«
»Nein – nein – Ihr werdet in einem Kanu fahren; die Truppen haben den Oswego vom Treibholz gesäubert. Wir werden mit der Strömung hinabgehen, und zwar reißend schnell.«
»Und wer, zum Teufel, wird diese Mingos abhalten, uns totzuschießen, wenn wir um einen Bergvorsprung fahren? – Kommt, kommt, Pfadfinder«, fuhr er schnell fort, »wir haben die Sonne heute nur noch wenige Stunden

und würden besser tun, aufzubrechen, solange es noch angeht. Magnet, Herzkind – bist du noch nicht bereit, unter Segel zu gehen?«
Magnet fuhr auf, errötete und machte sich zur Abreise fertig. Keine Silbe von dem Gespräch ihres Onkels hatte sie gehört. Jasper hatte von ihrem Vater, den sie seit ihren Kindesjahren nicht gesehen hatte, erzählt und von der Lebensweise dort auf dem Grenzposten. Aber in wenigen Minuten waren alle zum Aufbruch fertig. Als man die Stelle verließ, sammelte Pfadfinder zum Erstaunen seiner Reisegefährten einen Armvoll Äste und Zweige und legte sie auf die Asche des Feuers, wobei er bedacht war, daß er einige feuchte Holzstücke dazulegte, um einen Rauch zu erzeugen, der so schwarz und dicht wie möglich war.
»Wenn Ihr Eure Spur verbergen wollt, Jasper«, sagte er, »so kann ein Rauch beim Weggehen aus dem Lager eher nützen als schaden. Wenn sich innerhalb zehn Meilen um uns ein Dutzend Mingos befinden, so ist gewiß ein Teil von ihnen auf den Höhen oder auf den Bäumen, um sich nach Rauch umzusehen. Nun, sie sind da willkommen, wo wir *waren.*«
»Könnten sie aber nicht unsere Spur suchen und uns folgen?« fragte der junge Mann. »Wir lassen einen breiten Pfad zum Flusse hinter uns.«
»Je breiter, desto besser. Wenn wir dort sind, wird es selbst keinem Mingo möglich sein, den Weg anzugeben, den unser Kanu genommen hat – flußauf oder flußab. Das Wasser ist das einzige Ding in der Natur, das eine Spur völlig vertilgt und auswäscht. Wenn den Mingos irgend etwas bekanntgeworden ist, so wissen sie, daß Leute das Fort verlassen haben, und sie werden sich nicht denken können, daß wir eben nur bis hier heraufkamen, um das Vergnügen zu haben, wieder zurückzukehren.«
»Gewiß«, sagte Jasper, der sich, als sie dem Windbruch entgegengingen, mit dem Pfadfinder abseits unterhielt, »sie können nichts von der Tochter des Sergeanten wissen, denn man hat ihre Reise streng geheimgehalten.«
»Und hier werden sie nichts erfahren«, antwortete Pfadfinder, der seinen Gefährten anwies, mit der größten Sorgfalt in die Spuren zu treten, die Mabels kleiner Fuß auf den Blättern zurückließ, »dieser alte Salzwasserfisch müßte denn seine Nichte im Windbruch herumgeführt haben wie ein Rehkalb, das an der Seite der Ricke spielt.« Jasper lachte und schüttelte den Kopf. »Hört einmal, Eau douce«, fuhr der Kundschafter fort und lachte in seiner geräuschlosen Weise, »wollen wir nicht den Charakter dieses Burschen auf die Probe stellen und ihn über die Wasserfälle schießen lassen?«
»Und was soll mittlerweile die schöne Nichte anfangen?«
»Nun – nun – ihr darf kein Leid geschehen; sie muß jedenfalls um die Fälle zu Fuß gehen, aber Ihr und ich wollen diesen atlantischen Meermann auf die Probe stellen, und dann werden wir alle bekannter miteinander. Wir

werden sehen, ob sein Feuerzeug auch wirklich Feuer gibt, und er kann auch lernen, wie man es an der Grenze zu treiben pflegt.«

Der junge Jasper lächelte; denn er war einem Scherz nicht abgeneigt, und die Altklugheit Caps hatte ihn auch ein wenig verdrossen.

»Das Mädchen könnte vielleicht erschrecken«, sagte er aber vorsichtig und besorgt.

»Sie? Gewiß nicht – sie hat durchaus nichts von einem furchtsamen Mädchen. Überlaßt also die Sache mir, Eau douce; ich will sie allein ins Werk setzen.«

»Ihr nicht, Pfadfinder; Ihr würdet beide ertrinken lassen. Wenn das Kanu über die Fälle geht, muß ich darin sein.«

»Gut – mag's so sein! Wollen wir die Pfeife zum Abschluß unseres Handels rauchen.«

Jasper lachte und nickte mit dem Kopf. Die Gesellschaft hatte inzwischen das Kanu erreicht.

Drittes Kapitel

Alle Wasser, die sich auf der südlichen Seite des Ontario in den See ergießen, sind im allgemeinen schmal, langsam und tief. Es gibt jedoch einige Ausnahmen, denn mehrere Flüsse haben Stromschnellen, und zu diesen letzteren gehörte der Oswego, auf dem die ganze Gesellschaft reisen wollte. Der Oswego wird aus dem Zusammenfluß des Oneida und des Onondaga gebildet, die beide ihren Ursprung den Seen verdanken. Er verfolgt etwa acht oder zehn Meilen weit seinen Weg durch ein wellenförmiges Land, bis er den Rand natürlicher Terrassen erreicht. Über diese stürzt er sich in eine etwa zehn bis fünfzehn Fuß tiefer gelegene Ebene, durch die er seinen Lauf mit der dem tiefen Wasser so eigenen stillen und heimlichen Art langsam fortsetzt, bis er im Ontario seinen Weg endet. Das Kanu, in dem Cap und seine Begleiter vom Fort Stanwix, dem letzten militärischen Posten an dem Mohawk, gereist waren, lag an der Seite dieses Flusses. Alle stiegen sofort ein, Pfadfinder ausgenommen, der auf dem Lande blieb, um das leichte Fahrzeug abzustoßen.

»Richtet das Boot stromaufwärts, Jasper«, rief der Jäger dem jungen Schiffer zu, der Pfeilspitze das Ruder abgenommen hatte und den Platz des Steuermanns einnahm, »und laßt es mit dem Strom gehen! Sollten die Mingos uns verfolgen, so werden sie nicht vergessen, im Schlamm nach Spuren zu suchen, und werden glauben, wir seien stromaufwärts gegangen.«

Diese Weisung wurde befolgt, und indem er dem Kanu einen kräftigen

Stoß gab, sprang Pfadfinder selbst mit solcher Leichtigkeit hinein, daß er das Gleichgewicht des Bootes nicht im geringsten störte. Sobald das Fahrzeug die Mitte des Flusses erreicht hatte, wurde es gewendet und begann nun, geräuschlos den Strom hinunterzugleiten. Das Boot, in dem Cap und seine Nichte sich für ihre lange und gewagte Reise eingeschifft hatten, war eines jener aus Rinde gebauten Kanus, wie sie die Indianer zu fertigen gewohnt sind und die durch ihre Leichtigkeit und Schnelligkeit vortrefflich für die Flüsse geeignet sind. Cap und Pfeilspitze hatten es oft, wenn es ausgeladen war, viele hundert Schritt getragen. Es war jedoch lang und für ein Kanu ziemlich breit. Mabel und ihr Onkel hatten gelernt, sich so weit in seine Bewegungen zu schicken, daß sie ihre Sitze vollkommen ruhig behaupteten. Das hinzugekommene Gewicht der drei Führer überstieg keineswegs die Tragfähigkeit des Bootes. Es war gut gearbeitet, die Planken waren schmal und mit Fellen zusammengehalten. Cap hatte seinen Sitz auf einer niedrigen, schmalen Ducht in der Mitte des Kanus, die Große Schlange kniete nahe bei ihm. Pfeilspitze und sein Weib saßen vor den beiden. Mabel lehnte sich halb auf einen Teil ihres Gepäcks hinter ihrem Onkel, während Pfadfinder und Eau douce aufrecht standen, der eine vorn, der andere hinten. Beide führten ihre Ruder in langen, geräuschlosen Schlägen. Die Unterhaltung wurde leise geführt. Der Oswego war, gerade an dieser Stelle, tief und dunkel und nicht sehr breit. Seine düster aussehenden Wasser wanden sich durch überhängende Bäume, die an einzelnen Stellen fast das Licht des Himmels verdeckten. Hier und da lag ein halbgefallener Riese des Waldes fast schräg über dem Fluß, und man mußte ihn vorsichtig umfahren.

»Ich sehne mich manchmal wieder nach dem Frieden«, sagte Pfadfinder, »wo man durch den Wald streifen kann, ohne andere Feinde als wilde Tiere aufzusuchen. Manchen Tag haben ich und die Große Schlange glücklich und zufrieden an den Ufern der Ströme zugebracht. Ich bin überzeugt, des Sergeanten Tochter hält mich nicht für einen Jäger, der gern auf menschliche Wesen Jagd macht?«

»Ich glaube nicht, daß mein Vater Euch dann gesandt hätte«, antwortete das junge Mädchen lächelnd.

»Sicher nicht; der Sergeant ist ein gefühlvoller Mann, und manchen Marsch und manch Gefecht haben wir bestanden – Schulter an Schulter, wie er es nannte –, obgleich ich immer meine Glieder freihalte, wenn ich einem Franzosen oder einem Mingo nahe bin.«

»Ihr seid also der junge Freund, von dem mein Vater so oft in seinen Briefen sprach.«

»Sein junger Freund – der Sergeant hat dreißig Jahre vor mir voraus, ja, er ist um dreißig Jahre älter als ich und um ebensoviel besser.«

»Nicht in den Augen seiner Tochter vielleicht, Freund Pfadfinder«, rief Cap jetzt, dessen Lebensgeister aufzuleben begannen, als er wieder Wasser um sich fühlte, »die dreißig Jahre, die Euch fehlen, werden in den Augen von Mädchen von ungefähr neunzehn Jahren nicht immer für einen Vorzug gehalten.«

Mabel errötete und wandte ihr Gesicht ab.

Gerade in diesem Augenblick kam ein dumpfer, schwerer Laut den Fluß herauf.

»Das hört sich angenehm an«, sagte Cap, »ich vermute, es ist die Brandung Eures Sees?«

»Nein, nein«, antwortete Pfadfinder, »es ist weiter nichts als der Sturz dieses Flusses über einige Felsen, eine halbe Meile weiter unten.«

»Ist ein Fall in dem Strom?« fragte Mabel, nicht ohne Furcht.

»Zum Teufel! Meister Pfadfinder oder Ihr, Mister Eau douce!« sagte der Seemann, »wäre es nicht besser, Ihr gäbt dem Kanu eine Seitenrichtung und nähertet Euch mehr dem Ufer? Diese Wasserfälle haben gewöhnlich Stromschnellen über sich, und man könnte ebensogut ohne weiteres in den Mahlstrom fahren, als da hineinzugeraten.«

»Vertraut auf uns, Freund Cap«, antwortete Pfadfinder, »wir sind zwar nur Süßwasserleute, und ich kann mich selbst nicht rühmen, einer der besseren zu sein; aber wir verstehen uns auf Riffe, Stromschnellen und Wasserfälle, und wenn wir über sie hinabfahren, werden wir uns bemühen, unserer Erziehung keine Schande zu machen.«

»Über sie hinabfahren?« rief Cap aus. »Zum Teufel, Mensch! Ihr denkt doch nicht, in dieser Eierschale einen Wasserfall hinabzufahren!«

»Aber sicher, der Weg geht über den Fall. Es ist leichter, über ihn hinwegzufahren als das Kanu auszuladen und alles, was es enthält, auf unseren Schultern eine Meile herumzutragen.«

Mabel wandte ihr bleiches Gesicht dem jungen Manne zu, der hinten im Kanu stand. Gerade in diesem Augenblicke war ein neues Brausen des Falles zu hören, und es klang in der Tat fürchterlich.

»Wir dachten«, bemerkte Jasper ruhig, »daß wir den weiblichen Teil unserer Fahrgäste und die beiden Indianer ans Land setzen. Wir drei weißen Männer, die wir alle mit dem Wasser vertraut sind, bringen das Kanu wohlbehalten hinüber. Wir fahren oft über diese Fälle hinab.«

»Und wir rechnen sehr auf Euch, Freund Seemann«, sagte Pfadfinder, indem er Jasper über seine Schultern zuwinkte, »denn Ihr seid daran gewöhnt, Wogen um Euch toben zu sehen. Ohne jemanden, der das Boot vor dem Schlingern bewahrt, könnten leicht alle Siebensachen in den Fluß gewaschen werden und verlorengehen.«

Cap war in Verlegenheit. Die Idee, über den Wasserfall hinabzufahren, erschien ihm absurd, denn er kannte die Gewalt des Elements und die völlige Ohnmacht des Menschen, wenn er seiner Wut ausgesetzt ist. Doch empörte sich sein Stolz bei dem Gedanken, das Boot zu verlassen, während andere nicht nur entschlossen, sondern sogar ruhig vorschlugen, weiterzufahren.

»Was soll aus Mabel werden?« fragte er zuerst einmal vorsichtig. »Wir können Mabel nicht hier an das Land gehen lassen, wenn feindliche Indianer in der Nähe sind.«

»Kein Mingo wird in der Nähe der Fälle sein; denn sie sind zu besucht für ihre Teufeleien«, antwortete Pfadfinder zuversichtlich. »Natur ist Natur, und es ist eines Indianers Natur, sich da finden zu lassen, wo er am wenigsten erwartet wird. Steuert zum Ufer, Eau douce, und wir wollen die Dame am Ende jenes Felsens absetzen, wo sie das Ufer trocken erreichen kann.«

In einigen wenigen Minuten hatten alle mit Ausnahme des Pfadfinders und der zwei Matrosen das Kanu verlassen. Cap wäre gern gefolgt, aber er konnte nicht eine so unzweideutige Schwäche in der Gegenwart eines Süßwassermatrosen zeigen.

»Ich rufe die ganze Mannschaft zu Zeugen«, sagte er, als die Gelandeten sich entfernten, »daß ich diese Sache für nichts mehr denn eine Kanufahrt in den Wäldern halte. Es ist keine Seemannskunst darin, über einen Wasserfall zu fahren, das ist ein Kunststück, das der dümmste Marinesoldat so gut wie der älteste Matrose machen kann.«

»Ihr braucht die Oswegofälle nicht zu verachten«, warf Pfadfinder ein; »denn wenn sie auch keine Niagaras sind, so jagen sie doch einem Neuling Angst genug ein. Des Sergeanten Tochter kann auf jenem Felsen zusehen, und nun, Eau douce, eine feste Hand und ein scharfes Auge! Alles beruht auf Euch, da wir Meister Cap nur als Passagier rechnen können.«

Bei diesen Worten stieß das Kanu vom Ufer ab, und Mabel ging eilig und zitternd zu dem bezeichneten Felsen und sprach mit ihrer Gefährtin von der Gefahr, während ihre Augen auf der gewandten und kräftigen Gestalt des jungen Eau douce ruhten, der aufrecht hinten in dem leichten Boot stand und dessen Bewegungen lenkte.

Sobald sie aber eine Stelle erreicht hatte, wo sich ihr die Aussicht auf den Fall bot, stieß sie einen Schrei aus; vor ihr lag die zischende, brodelnde und brüllende Stromschnelle, die unübersehbar erschien. Die beiden Indianer setzten sich ruhig auf einen Block und blickten kaum zum Fluß, während das Weib von Pfeilspitze sich Mabel näherte und die Bewegungen des Kanus interessiert, aber ohne Furcht verfolgte.

Sobald das Boot in der Strömung war, sank Pfadfinder auf seine Knie und fuhr fort zu rudern, jedoch langsam und auf eine Art, die seinen Gefährten

nicht behinderte. Eau douce stand noch immer aufrecht, und es war klar, daß er sorgfältig nach der günstigsten Stelle für ihren Weg sah.
»Mehr West, Knabe, mehr West«, murmelte Pfadfinder, »dahin, wo Ihr das Wasser schäumen seht. Bringt den Wipfel jener dürren Eiche in eine Linie mit dem Stengel des verwelkten Schierlings.«
Eau douce gab keine Antwort; denn das Kanu war in der Mitte der Strömung und kehrte seine Spitze dem Fall zu, und schon hatte es angefangen, seine Bewegung durch die verstärkte Gewalt der Strömung zu beschleunigen. In diesem Augenblick würde Cap mit Vergnügen jedem Anspruch auf den Ruhm, der nur immer aus dieser Tat entspringen konnte, entsagt haben, wäre er nur wieder glücklich an dem Ufer gewesen. Er hörte das Brausen des Wassers, das noch wie hinter einer Wand donnerte, aber deutlicher und deutlicher und lauter und lauter wurde.
»Hinunter mit dem Steuer, hinunter mit dem Steuer!« rief er, unfähig, seine Besorgnis länger zu unterdrücken, als das Kanu dem Rande des Falles zueilte.
»Ja, ja, hinunter geht es, das ist sicher«, antwortete Pfadfinder, indem er sich einen einzigen Augenblick mit seinem stillen, fröhlichen Lachen umblickte.
Das übrige war wie der Weg des unsichtbaren Windes. Eau douce gab dem Kanu mit seinem Ruder den verlangten Strich. Das Boot fuhr in den Kanal, und einige Augenblicke kam es Cap vor, als ob er in einem Kessel herumgerührt würde. Er fühlte den Bug des Kanus dann und wann aufstoßen, sah das tobende und schäumende Wasser wie toll an sich vorbeijagen, wurde gewahr, daß das leichte Boot wie eine Eierschale umhergeworfen wurde, und entdeckte dann zu seiner großen Freude erstaunt, daß es, von Jaspers Ruder vorwärtsgetrieben, auf dem stillen Wasser unterhalb des Falles dahinglitt. Pfadfinder lachte, aber er erhob sich von seinen Knien, und indem er eine Zinnkanne und einen hörnernen Löffel hervorzog, fing er an, das Wasser, das während der Hinunterfahrt in das Boot gekommen war, bedächtig zu schöpfen.
»Vierzehn Löffel voll, Eau douce, vierzehn ehrlich gemessene Löffel voll. Ihr müßt zugeben, daß ich Euch schon mit zehn hinabfahren sah.«
»Meister Cap lehnte sich so hart zur Seite«, erwiderte Jasper ernsthaft, »daß es mir schwerfiel, das Boot im Gleichgewicht zu halten.«
»Das kann sein, aber ich habe Euch schon mit nur zehn Löffeln voll hinabfahren sehen.«
Cap stieß nun ein ungeheures »Hem, hem« aus, fühlte nach seinem Zopf, als ob er sich über dessen unversehrten Zustand vergewissern wollte, und blickte dann hinter sich, um die Gefahr, der er soeben preisgegeben war,

näher zu untersuchen. Sein glückliches Entkommen ist leicht zu erklären. Der größte Teil des Flusses fällt zehn oder zwölf Fuß senkrecht herab, aber in seiner Mitte hatte die Gewalt des Stromes den Felsen so weit ausgewaschen, daß das Wasser durch einen engen Paß in einem Winkel von vierzig bis fünfundvierzig Grad schießen konnte. Diesen Abhang war das Kanu inmitten von Holzstücken, von Strudeln, Schaum und wütenden Stößen des Wassers hinabgefahren. Aber sein leichter Bau begünstigte die Abfahrt; denn auf den Wellen getragen und von einem sicheren Auge und einem kräftigen Arm geleitet, war es wie eine Feder über den Gischt geworfen worden, so daß sein Bord kaum bespritzt wurde. Wenige Felsen nur waren zu vermeiden, die gehörige Richtung streng zu beobachten, und die heftige Strömung tat das übrige.

Cap war jetzt von Respekt erfüllt, denn die große Angst, die er, wie die meisten Matrosen, vor Felsen hatte, gesellte sich zu der Bewunderung dieser Tat. Aber weder seine Verblüffung noch seine Furcht wollte er zeigen.

»Ja, Mister Eau douce«, sagte er überlegen, »am Ende ist die Kenntnis der Durchfahrt an einer solchen Stelle der Hauptpunkt. Ich habe Bootsmänner auf meinen Reisen gekannt, die auch den Fall hätten hinunterkommen können, wenn sie nur die Durchfahrt gewußt hätten.«

»Es ist nicht genug, die Durchfahrt zu kennen, Freund Seefahrer«, sagte Pfadfinder, »man muß auch die Kraft und Geschicklichkeit haben, das Kanu gerade zu führen und es außerdem vom Felsen klar zu halten. Es gibt keinen Bootsmann in dieser ganzen Gegend, der mit Sicherheit den Oswego abfahren kann, Eau douce da ausgenommen, wenn auch dann und wann einer durchgestolpert ist. Ich selbst kann's nicht tun, ohne den Beistand der Vorsehung, und Jaspers Hand und Jaspers Auge sind nötig, um eine trockene Durchfahrt zu haben. Vierzehn Löffel voll ist auch nicht viel, obgleich ich wünschte, es wären nur zehn gewesen, da das Mädchen Zuschauerin war.«

»Ich halte nicht viel von dieser Sache«, sagte jetzt Cap, der sich wieder ganz erholt hatte. »Es ist nichts als ein bißchen Spritzen des Schaums im Vergleich mit dem Hinunterfahren an der Londoner Brücke, wo jeden Tag Hunderte hinunterfahren, und oft sind die vornehmsten Damen darunter. Der König ist über diese Fälle in eigener Person hinabgefahren.«

»Ich brauche keine vornehmen Damen oder königliche Majestäten im Kanu, wenn wir diese Fälle hinabfahren, denn die Breite eines Bootes vom rechten Wege ab kann das Ertrinken der ganzen Sippschaft zur Folge haben. Eau douce, wir müssen des Sergeanten Schwager über den Niagarafall fahren, um ihm zu zeigen, was an der Grenze getan werden kann.«

»Zum Teufel! Meister Pfadfinder, Ihr scherzt doch, hoffe ich? Es ist unmöglich, daß ein Rindenkanu diesen mächtigen Wasserfall hinabgehen kann?«

»Ihr irrt, Meister Cap. Nichts ist leichter, und manches Kanu habe ich mit meinen eigenen Augen dort niederfliegen sehen. Wenn wir beide am Leben bleiben, so hoffe ich, Euch zu überzeugen.«
Cap bemerkte den Blick nicht, den Pfadfinder mit Eau douce wechselte, und er blieb für einige Zeit still. Er hatte nie an die Möglichkeit gedacht, daß man über den Niagara hinabfahren könne. Unterdessen hatten die anderen den Platz erreicht, wo Jasper sein Kanu im Gebüsch versteckt hatte, und sie schifften sich alle wieder ein. Cap, Jasper und seine Nichte in dem einen Boot und Pfadfinder, Pfeilspitze und sein Weib in dem anderen. Der Mohikaner war bereits zu Land am Ufer des Flusses hinaufgegangen, wo er vorsichtig nach den Spuren eines Feindes spähte.
Mabels Wangen färbten sich nicht eher wieder, bis das Kanu in der Strömung war, in der es schnell dahinschwamm. Sie hatte dem Hinabfahren über die Fälle mit Schrecken zugesehen. Aber ebenso mußte sie die Entschlossenheit des jungen Mannes, der das Boot gelenkt hatte, bewundern. Er hatte fest und aufrecht dagestanden, und nur seine Geschicklichkeit und Kraft hatten dem Kanu die Richtung gegeben, in der allein es unversehrt an den Felsen vorbeikam. Beide Boote fuhren jetzt dicht nebeneinander, und nach einer Weile sagte Pfadfinder zum alten Cap, der im andern Kanu saß: »Ja, ja, wir kennen die furchtsame Natur der Frauen. Mit des Sergeanten Tochter wären wir nicht über die Fälle gefahren.«
»Mabel ist zaghaft wie ihre Mutter«, antwortete Cap, »und Ihr tatet gut, ihre Schwäche zu berücksichtigen, das Kind war nie zur See.«
»Natürlich, Eure eigene Furchtlosigkeit zeigte ja jedem, wie wenig Ihr Euch aus der Sache machtet. Ich fuhr einst mit einem Neuling hinab, und er sprang aus dem Kanu, und Ihr könnt Euch denken, wie es ihm erging.«
»Wie erging es dem armen Kerl?« fragte Cap, da er kaum wußte, wie er die Bemerkung deuten sollte.
»Es war ein armer Sünder, obgleich er zu uns kam, um uns seine Geschicklichkeit zu zeigen. Wie es ihm erging? — nun, er purzelte oberst zuunterst die Fälle hinab.«
»Ja, wenn er aus dem Kanu springt —«, unterbrach ihn Jasper lächelnd, obgleich er augenscheinlich die Fahrt über die Fälle in Vergessenheit zu bringen wünschte.
Die Kanus waren sich jetzt so nahe, daß sie sich beinahe berührten.
»Aber Ihr habt uns noch nicht gesagt, was Ihr von dem Sprung denkt, den wir heute machten«, sagte Pfadfinder.
»Er war gefährlich und kühn«, sagte Mabel, »und während ich ihm zuschaute, wünschte ich beinahe, er wäre nicht versucht worden.«
»Wir taten es, weil es das beste war«, fuhr Pfadfinder fort. »Hätten wir

gewartet, um das Kanu herumzuschleppen, so wäre Zeit verloren worden, und nichts ist so kostbar wie Zeit, wenn Mingos in der Nähe sind. — Eau douce«, unterbrach sich der Jäger, »was ist das im Fluß, dort bei der Ecke, unter dem Gebüsch.«
»Es ist die Große Schlange, Pfadfinder.«
»Es ist die Schlange, er winkt und will, daß wir uns dem Ufer nähern. Nun gut, sind die Mingos da, sind wir auf unserer Hut. Mut, meine Freunde! Wir sind Männer und müssen einer Teufelei so begegnen, wie es unserer Farbe zukommt.«

Viertes Kapitel

Der Pfadfinder hatte kaum die Gestalt seines roten Freundes erkannt, als er, mit einem starken Zug seines Ruders, die Spitze seines Kanus nach dem Ufer richtete und Jasper aufforderte, ihm zu folgen. In einer Minute trieben beide Boote im Bereich der Büsche, die das Wasser überhingen, still am Ufer hinab. Alle schwiegen, einige aus Besorgnis und andere aus gewohnter Vorsicht. Als sie dem Indianer näher kamen, machte er ihnen ein Zeichen zu halten, und dann hatte er mit dem Pfadfinder eine kurze Unterredung in der Sprache der Delawaren.
»Mingos sind in den Wäldern«, sagte der Mohikaner und hielt ruhig den Kopf einer beinernen Pfeife empor. »Er lag auf einer frischen Spur, die nach der Garnison führte.«
»Das kann der Kopf einer Pfeife sein, die einem Soldaten gehört. Viele gebrauchen die Pfeifen der Rothäute.«
»Sieh«, sagte die Große Schlange, indem er abermals das Ding, das er gefunden hatte, seinen Freunden vor das Gesicht hielt.
Der Kopf der Pfeife war von Speckstein und mit großer Sorgfalt und Geschicklichkeit ausgeschnitten. In der Mitte war ein kleines lateinisches Kreuz eingekerbt, das keinen Zweifel an seiner Bedeutung zuließ.
»Das prophezeit Teufelei«, sagte der Pfadfinder, der das katholische Zeichen der Missionare in Kanada kannte. »Kein Indianer, der nicht von den schlauen Priestern Kanadas bekehrt wurde, würde daran denken, ein Zeichen, wie dieses hier, auf seine Pfeife zu schnitzen. Es sieht obendrein frisch aus, Chingachgook?«
»Der Tabak brannte, als ich es fand.«
»Arbeit ist nahe, Häuptling. Wo war die Spur?«
Der Mohikaner wies auf eine Stelle, kaum hundert Meter entfernt. Die Sache fing nun an, sehr ernsthaft auszusehen, und die zwei Hauptführer be-

sprachen sich einige Minuten abseits, worauf beide das Ufer erstiegen und die Spur mit der größten Sorgfalt untersuchten. Nach einer Viertelstunde kehrte der Weiße allein zurück. Sein roter Freund war im Walde verschwunden.

»Was gibt's, Meister Pfadfinder?« fragte Cap leise. »Haben einige dieser bemalten Pickelheringe vor dem Hafen, dem wir zusteuern, in der Hoffnung, uns beim Einlaufen abzuschneiden, Anker geworfen?«

»Eine verdächtige Mingospur fand sich innerhalb hundert Ellen von diesem Platz, und so frisch wie Wildbret ohne Salz. Wenn einer dieser verdammten Teufel da war, so war es auch ein Dutzend, und, was schlimmer ist, sie sind hinab nach der Garnison gegangen. Keine Seele kann um sie herumkommen, ohne daß man von einigen ihrer scharfen Augen entdeckt würde, und dann folgen gutgezielte Kugeln.«

»Kann dieses bemannte Fort nicht eine volle Lage geben und alles im Bereich seiner Klüsen wegtreiben?«

»Nein, die Forts hier herum sind nicht wie die Forts in den Ansiedlungen. Zwei oder drei leichte Kanonen sind alles, was sie dort an der Mündung des Flusses haben, und dann wäre das Abfeuern einer vollen Lage auf ein Dutzend Mingos, die hinter Baumstämmen und in einem Walde liegen, unnötige Verschwendung von Pulver. Wir haben nur einen Weg, und das ist ein sehr guter. Wir sind hier in einer günstigen Lage. Beide Kanus sind durch das hohe Ufer und das Gebüsch vor allen Augen so ziemlich verborgen. Hier können wir ohne viel Gefahr für jetzt bleiben. Seht Ihr den Kastanienbaum mit dem breiten Wipfel dort, Jasper, wo die letzte Krümmung des Flusses ist, auf unserer Seite des Wassers, meine ich?«

»Den bei der umgestürzten Fichte?«

»Ja. Nehmt den Feuerstein und die Zunderbüchse, schleicht das Ufer entlang und zündet dort ein Feuer an, vielleicht lockt der Rauch die Mingos wieder stromaufwärts. Unterdessen wollen wir die Kanus sorgfältig bis über den Platz dort unten bringen und ein anderes Versteck suchen.«

»Ich gehe, Pfadfinder«, sagte Jasper, indem er ans Ufer sprang. »In zehn Minuten soll das Feuer angezündet sein.«

»Und, Eau douce, nehmt recht viel feuchtes Holz dieses Mal«, flüsterte ihm der andere leise zu.

Die Kanus wurden jetzt aus dem Bereich des Gebüsches gebracht, und man ließ sie den Strom hinabtreiben, bis sie einen Ort erreicht hatten, wo der Kastanienbaum, an dessen Fuß Jasper das Feuer anzünden sollte, beinahe ganz unsichtbar war. Hier hielten sie an.

»Da ist der Rauch!« rief Pfadfinder, als ein Luftzug eine kleine Rauchsäule vom Lande her über das Flußbett trieb. »Ein guter Stein, ein kleines Stück=

chen Stahl und eine gehörige Anzahl trockener Blätter machen ein schnelles Feuer.«

»Zuviel Rauch – zuviel Licht«, sagte Pfeilspitze abfällig.

»Das wäre so wahr wie das Evangelium, Tuscarora, wenn die Mingos nicht wüßten, daß sie in der Nähe von Soldaten wären, aber Soldaten denken gewöhnlich beim Feuer mehr an ihr Essen als an ihre Gefahr.«

Bei diesen Worten ließ der Pfadfinder sein Kanu von dem Gebüsch, das es bedeckt hatte, wegtreiben, und in einigen Minuten verbarg die Biegung des Flusses den Rauch und den Baum. Glücklicherweise zeigte sich wenige Schritt entfernt ein kleiner Einschnitt im Ufer, und die zwei Kanus glitten hinein. Eine bessere Stelle hätte nicht gefunden werden können. Das Gebüsch war dicht, überhing das Wasser und bildete ein vollständiges Laubgewölbe. Die kleine Bucht hatte einen schmalen, kiesigen Strand, an dem die Reisenden landeten. Die einzige Stelle, von der sie möglicherweise gesehen werden konnten, war ein Punkt auf dem Flusse gerade gegenüber. Es war jedoch nicht zu befürchten, daß sie von dort aus entdeckt werden würden, da das Dickicht drüben undurchdringlich erschien und das Land oberhalb naß und sumpfig war und nur sehr schwer betreten werden konnte.

»Das ist ein gutes Versteck«, sagte Pfadfinder, »aber es dürfte gut sein, es noch sicherer zu machen. Meister Cap, ich verlange nichts von Euch, als daß Ihr schweigt.«

Der Führer ging dann eine kurze Strecke in das Gebüsch, von dem Indianer begleitet, wo sie größere Zweige von den Sträuchern abschnitten. Die Enden dieser kleinen Bäume, denn solche waren es schon in der Tat, wurden an der Außenseite des Kanus in den Schlamm getrieben, wo das Wasser nicht tief war, und in zehn Minuten war ein sehr wirksamer Schirm errichtet. Der Pfadfinder gebrauchte die List, nach Zweigen zu suchen, die scharf gewinkelt waren. Indem er sie nun etwas unterhalb der Biegung abschnitt und den Winkel dann das Wasser berühren ließ, hatte das künstliche, kleine Dickicht nicht den Anschein, als ob es im Fluß wachse. Es schien jetzt, als wären die Sträucher in horizontaler Lage vom Ufer aus gewachsen. Das Versteck war nun so geschickt angelegt, daß nur ein ungewöhnlich mißtrauisches Auge sich für einen Augenblick auf den Fleck gerichtet haben würde.

»Das ist das beste Versteck, in das ich je gekommen bin«, sagte der Pfadfinder mit seinem stillen Lachen, nachdem er an der Außenseite gewesen war. »Still, dort kommt Eau douce und watet wie ein vernünftiger Bursche, um seine Spur im Wasser zu lassen! Wir werden gleich sehen, ob unser Versteck etwas taugt.«

Jasper war in der Tat von seinem Auftrag zurückgekehrt, und da er die

Kanus vermißte, so schloß er, daß sie um die nächste Krümmung im Flusse getrieben seien. Der junge Mann watete knietief im Wasser, und man sah ihn seinen Weg langsam am Rande des Flusses hinab nehmen, indem er nach dem Platz suchte, wo die Kanus verborgen waren. Als der junge Mann gänzlich um die Krümmung des Ufers und aus dem Gesichtskreis des Feuers war, hielt er an und begann, das Ufer bedächtig und mit großer Sorgfalt zu untersuchen. Dann und wann ging er acht oder zehn Schritt vorwärts und stand wieder suchend still. Da das Wasser viel seichter als gewöhnlich war, so trat er auf die Seite, um bequemer zu gehen, und kam der künstlichen Pflanzung so nahe, daß er sie mit seiner Hand hätte berühren können. Doch entdeckte er nichts und war wirklich im Begriff, vorbeizugehen, als der Pfadfinder eine Öffnung unterhalb der Zweige machte und ihm mit leiser Stimme zurief, hereinzukommen.

»Das ist ziemlich gut«, sagte der Kundschafter lachend, »obgleich Bleichgesichtaugen und Rothautaugen so verschieden wie menschliche Fernrohre sind. Ich wollte mit des Sergeanten Tochter da ein Horn voll Pulver gegen eine Wampunstickerei für ihren Gürtel wetten, daß ihres Vaters Regiment bei dieser Verschanzung vorbeimarschieren würde, ohne den Betrug je zu merken! Aber wenn die Mingos wirklich in das Bett des Flusses steigen, so werde ich für unsere Pflanzung zittern.«

»Glaubt Ihr nicht, Meister Pfadfinder, daß es am Ende das klügste wäre, ohne weiteres die Anker zu lichten und mit vollen Segeln den Fluß hinabzugehen, sobald wir wissen, daß die verdammten Kerle uns im Rücken sind.«

Pfadfinder schüttelte den Kopf und bedeutete ihm nur, er müsse leise und vorsichtig sprechen. Alle Reisenden bildeten jetzt kleine Gruppen. Pfeilspitze und sein Weib hockten seitwärts von den anderen unter dem Gebüsch, wo sie sich leise unterhielten, Pfadfinder und Cap saßen in einem Kanu und plauderten vorsichtig von ihren Abenteuern zur See und zu Lande, während Jasper und Mabel in dem andern Boot saßen. Wenn auch ihre Lage durch die Nähe des Feindes bedenklich war, flog die Zeit doch schnell, und besonders die jungen Leute waren erstaunt, als Cap ihnen sagte, daß schon eine Stunde vergangen sei.

»Wenn man rauchen könnte, Meister Pfadfinder«, flüsterte der alte Seemann, »so wäre dieser Ankergrund gar nicht so übel; denn man muß auch dem Teufel Gerechtigkeit widerfahren lassen; Ihr habt die Kanus hübsch mit Land umgeben und so geankert, daß sie einem Passatwinde trotzen können. Das einzige Unglück ist das Rauchverbot.«

»Der Geruch des Tabaks würde uns verraten. Lernt von einer Rothaut, die eine Woche selbst ohne Essen bleibt, um einen einzigen Skalp zu erhalten. Hört Ihr nichts, Jasper?«

»Die Schlange kommt.«
»Dann laßt uns sehen, ob die Augen eines Mohikaners besser sind als die Euren.«
Der Mohikaner war in der Tat aus derselben Richtung erschienen, aus der Jasper sich wieder bei seinen Freunden eingefunden hatte. Anstatt jedoch gerade auf sie loszukommen, bewegte er sich ganz nahe unter dem Ufer. Indem er die größte Vorsicht beobachtete, sah er den Fluß zurück, während er selbst in den Büschen verborgen war.
»Die Schlange sieht die Mingos«, flüsterte Pfadfinder. »So wahr ich ein Christ bin, sie haben angebissen und sich in den Hinterhalt gelegt.«
Er lachte lautlos, und während er Cap leise mit seinem Ellenbogen anstieß, belauschten sie alle die Bewegungen Chingachgooks in tiefer Stille. Der Mohikaner blieb volle zehn Minuten unbeweglich auf dem Felsen, auf dem er stand. Dann sah man deutlich, daß etwas Interessantes sich seinem Auge gezeigt hatte, denn er zog sich eiligst zurück, blickte forschend am Ufer entlang und kam dann schnell stromabwärts. Er war offenbar in Eile, denn bald sah er hinter sich, und dann wieder suchte er jede Stelle am Ufer ab, wo ein Kanu verborgen sein könnte.
»Ruft ihn herein«, flüsterte Jasper ungeduldig, »sonst wird es zu spät. Er eilt wirklich an uns vorbei!«
»Es hat keine Gefahr, Junge, verlaßt Euch darauf«, erwiderte der Kundschafter, »sonst würde die Schlange anfangen zu kriechen. Der Herr helfe uns und erleuchte uns! Ich glaube sogar, Chingachgook übersieht uns.«
Dieser Triumph kam zu früh; denn der Indianer, der wirklich mehrere Fuß weitergegangen war, blieb plötzlich stehen, warf einen durchdringenden Blick auf die verpflanzten Sträucher und kam schnell zurück. Er bog seinen Körper vor, und die Zweige sorgfältig auseinanderschiebend, trat er in das Versteck.
»Die verdammten Mingos«, sagte Pfadfinder.
»Irokesen«, antwortete der Indianer kurz.
»Alles eins, alles eins: Irokesen, Teufel, Mingos, Mengwes oder Furien — alle sind so ziemlich von einem Schlage.«
Die beiden traten jetzt auf die Seite und besprachen sich ernstlich. Der Mohikaner war der Spur seiner Feinde eine Strecke in der Richtung des Forts gefolgt, bis sie den Rauch von Jaspers Feuer erblickten, worauf sie augenblicklich wieder umkehrten. Als sie an die Stelle kamen, wo die Fußtapfen Pfadfinders und des Mohikaners sich mit denen der Hauptspur vereinigten, waren die Irokesen nach dem Flusse eingelenkt, den sie gerade erreichten, als Jasper hinter der Krümmung weiter unten verschwunden war. Da der Rauch nun ganz deutlich zu sehen war, stürzten die Wilden — es waren

fünfzehn Mann – in das Gebüsch und versuchten, das Feuer zu erreichen. Chingachgook benutzte diese Gelegenheit, um in das Wasser hinabzusteigen und ebenfalls die Krümmung im Fluß zu erreichen. Er glaubte, daß er nicht gesehen wurde. Hier stand er still, bis er seine Feinde an dem Feuer sah, wo sie aber nur kurz blieben. Chingachgook hatte sie zuletzt in zwei Abteilungen zum Fluß eilen sehen. Als die anderen diese Tatsachen hörten, waren sie im Augenblick sehr bestürzt.

»Laßt uns ohne weiteres die Kanus hinausrudern«, sagte Jasper schnell, »die Strömung ist stark, und wenn wir die Ruder kräftig gebrauchen, so werden wir bald außer dem Bereich dieser Schurken sein!«

»Und diese arme Blume, soll sie in dem Wald verwelken?« wandte sein Freund mit einer Poesie ein, die er unbewußt durch seinen langen Umgang mit den Delawaren angenommen hatte.

»Erst müssen wir sterben«, antwortete der Jüngling. »Mabel und die Frau von Pfeilspitze mögen sich in den Kanus niederlegen, während wir Männer unsere Pflicht erfüllen.«

»Ihr seid rührig mit dem Schaufelruder und dem Schlagruder, Eau douce. Die Kanus sind schnell, aber eine Büchsenkugel ist schneller.«

»Als Männer müssen wir dieser Gefahr entgegengehen.«

»Aber man muß die Klugheit nicht übersehen.«

»Klugheit! Ein Mensch kann seine Klugheit so weit treiben, daß er den Mut vergißt.«

Die beiden standen auf dem engen Strand, der Pfadfinder auf seine Büchse gelehnt, deren Kolben zu seinen Füßen stand, während seine beiden Hände den Lauf in der Höhe der Schultern umfaßten. Als Jasper diese unüberlegten Worte ausstieß, bemerkte er, daß die Finger des Jägers den Lauf des Gewehrs mit eiserner Gewalt packten.

»Ihr seid jung und heftig«, erwiderte Pfadfinder ernst und langsam, »aber mein Leben ist unter Gefahren dieser Art vergangen, und meine Erfahrungen werden sich nicht durch die Ungeduld eines Knaben meistern lassen.«

»Ich bitte um Verzeihung, Pfadfinder«, sagte Jasper rasch, »ich bitte herzlich um Verzeihung.«

»Es ist gut, Jasper«, erwiderte der Jäger, »ich kenne Euch, und wir wollen nicht mehr davon sprechen.«

Ein leichter Schlag mit einer Gerte auf seine Schulter unterbrach ihn. Mabel stand aufrecht im Kanu, legte bedeutungsvoll den Finger an ihre Lippen und deutete vorsichtig mit der Rute in ihrer Hand durch die Büsche auf den Fluß. Pfadfinder brachte vorsichtig seinen Kopf an eine Öffnung und flüsterte dann Jaspers zu: »Die verfluchten Mingos! Nehmt eure Waffen, Freunde, aber bleibt noch ganz ruhig!«

Jasper schritt schnell und geräuschlos auf das Kanu zu und nahm seinen Posten nahe bei Mabel, den Hahn seiner Büchse gespannt, so daß er ganz zum Feuern fertig war. Pfeilspitze und Chingachgook krochen in das Versteck und lagen mit ihren Waffen bereit. Cap zog seine Pistolen aus dem Gürtel und wartete gefaßt auf den Augenblick zum Feuern. Pfadfinder aber beobachtete ruhig die Feinde durch die Büsche hindurch und war entschlossen, erst in der äußersten Not Feuer zu geben.

Fünftes Kapitel

Es war ein atemloser Augenblick! Mehrere der Wilden wateten suchend den Fluß stromab. Die Kriegslist mit dem Feuer war umsonst gewesen. Ohne das geringste Geräusch zu machen, gelang es dem Jäger, die zwei Indianer und Jasper in seine Nähe zu bekommen.

»Wir müssen uns bereithalten«, flüsterte er, »von den skalpierenden Teufeln sind im Augenblick nur drei da, und wir sind unserer fünf. Eau douce, Ihr nehmt den Kerl da, der wie der Tod gemalt ist, aufs Korn, Chingachgook, ich überlasse dir den Häuptling, und Pfeilspitze muß sein Auge auf den jungen haben. Keine Verwechslung darf stattfinden! Ich werde mich in Reserve halten, um im Notfalle bereit zu sein. Ein vierter Kerl kann jeden Augenblick erscheinen. Unter keinen Umständen feuert ihr eher, bevor ich das Wort gebe. Wir dürfen den Knall einer Büchse nur im äußersten Fall hören lassen, denn der ganze Rest der Schurken ist noch in der Nähe. Jasper, wenn Mingos hinter uns auf dem Ufer auftauchen, verlasse ich mich darauf, daß Ihr das Kanu mit des Sergeanten Tochter in den Fluß hinausbringt und mit Gottes Hilfe nach der Garnison rudert.«

Die Irokesen im Wasser bewegten sich langsam flußabwärts und kamen jetzt näher. Sie hielten sich dem Ufergebüsch nahe, das über dem Wasser hing, aber ein Knarren von Zweigen gab gleichzeitig die furchtbare Gewißheit, daß eine andere Abteilung sich dem Ufer entlang bewege, und zwar in gleicher Linie mit denen im Fluß. Wegen der Entfernung von dem Versteck in der Bucht und dem eigentlichen Ufer hielten beide Spähergruppen gerade auf dieser Höhe an, da sie sich hier bequem verständigen konnten. Der kurze Wortwechsel erfolgte gerade über den Köpfen der im Versteck Liegenden. Nichts schützte die Reisenden als Äste und Blätter von Büschen, die ein Windstoß auseinandertreiben konnte. Vielleicht aber verhinderte gerade die Kühnheit des Verstecks eine unmittelbare Entdeckung.

»Die Spur ist vom Wasser weggewaschen worden!« sagte einer von unten in seinem Dialekt. Er war dem künstlichen Versteck so nahe, daß er mit dem Lachsspeer, der in Jaspers Kanu lag, hätte getroffen werden können. — »Das Wasser hat sie so ausgewaschen.«

»Die Bleichgesichter haben das Ufer in ihren Kanus verlassen«, antwortete der Sprecher auf dem Ufer.

»Es kann nicht sein. Die Büchsen unserer Krieger unten sind sicher.«

Der Pfadfinder sah Jasper bedeutungsvoll an.

»Laß meine jungen Männer umherblicken, als ob ihre Augen Adleraugen seien«, sagte der älteste Krieger von den dreien, die im Flusse wateten. — »Wir sind einen ganzen Monat auf dem Kriegspfade und haben nur einen Skalp gewonnen. Es ist ein Mädchen unter ihnen, und einige unserer Krieger brauchen Weiber.«

Jasper runzelte seine Stirn, und sein Gesicht überzog sich mit einer lebhaften Röte. Mabel konnte die Worte glücklicherweise nicht verstehen. Die Wilden schienen weiterzugehen, und man hörte die langsamen und behutsamen Bewegungen auf dem Ufer, mit denen die Büsche im vorsichtigen Weiterschreiten auf die Seite geschoben wurden. Die Gruppe im Wasser blieb noch zurück und untersuchte das Ufer sorgfältig. Ihre Augen bohrten sich wie glühende Augen in die Uferbüsche. Nach zwei oder drei Minuten begannen sie den Fluß hinabzugehen, Schritt für Schritt, wie Leute, die einen verlorengegangenen Gegenstand suchen. Sie gingen an dem künstlichen Strauchwerk vorüber, und Pfadfinder lachte lautlos, aber triumphierend. In diesem Augenblick warf der letzte Krieger einen Blick zurück und stand plötzlich still. Seine unbewegliche Haltung und sein fester Blick gaben die schreckliche Gewißheit, daß irgend etwas seinen Verdacht erweckt hatte.

Es war ein Glück, daß der Krieger ein junger Mann war. Er kannte die Wichtigkeit der Besonnenheit und Vorsicht und fürchtete noch das Gespött und die Verachtung, die einem falschen Alarm folgen würden. Ohne einen Laut und äußerst vorsichtig ging er daher zurück, während die anderen den Fluß weiter hinabwateten. Er näherte sich dem Gebüsch, auf das sich seine Blicke wie durch Zauber gebannt immer noch hefteten. Einige der Blätter, an den Büschen, waren etwas verwelkt, und diese geringe Abweichung hatte das schnelle Auge des Indianers bemerkt. Die Gefahren eines Hinterhaltes, gegen die jeder Krieger in den Wäldern auf seiner Hut ist, ließen ihn langsam und vorsichtig näher kommen. Die beiden Abteilungen waren schon fünfzig oder sechzig Schritt flußabwärts, ehe der junge Wilde den Büschen Pfadfinders so nahe war, daß er sie mit seiner Hand berühren konnte. Alle hatten hinter dem Versteck ihre Augen auf das erregte Gesicht des jungen Irokesen gerichtet, der von widerstreitenden Gefühlen erfüllt war. Der junge Krieger schob schließlich vorsichtig die Zweige zur Seite und machte einen Schritt nach vorn, wo er jetzt plötzlich die Gesuchten vor sich sah. Nur ein leiser Ausruf war zu hören, und schon fuhr Chingachgooks Tomahawk auf den kahlen Schädel des Irokesen. Der Wilde erhob seine Hände in wahnsinnigem Schmerz, sprang zurück, stürzte in das Wasser, und die Strömung riß seinen Körper hinweg. Der Delaware machte einen angestrengten, aber erfolglosen Versuch, seinen Arm zu ergreifen, doch das blutgefärbte Wasser wirbelte talabwärts und führte die Beute mit. Alles geschah in weniger als einer Minute.

»Es ist kein Augenblick zu verlieren«, rief Jasper jetzt, indem er das Gebüsch zur Seite riß. »Kommt zu mir, Meister Cap, und Ihr, Mabel, legt Euch auf den Boden des Bootes nieder und rührt Euch nicht.«

Die Worte waren kaum gesprochen, als er den Bug des letzten Bootes faßte, es dem Ufer entlang nach sich zog, während Cap hinten half. Sie wateten nahe an dem Ufer hin, so daß sie von den Wilden unten nicht gesehen werden konnten, und strebten, die Windung im Fluß oberhalb zu gewinnen, die sie ganz vor den Feinden verbergen würde. Pfadfinders Kanu lag dem Ufer am nächsten und mußte zuletzt das Versteck verlassen. Der Delaware sprang ans Land und eilte in den Wald, da es seine Pflicht war, den Feind zu beob=

achten, während Pfeilspitze dem Jäger half, das Boot wegzubringen. Alles war das Werk eines Augenblicks. Als Pfadfinder die Strömung erreichte, die um die Biegung schoß, fühlte er einen plötzlichen Wechsel im Gewichte, das er nach sich zog. Er sah sich um und fand, daß beide, der Tuscarora und seine Frau, ihn verlassen hatten. Der Gedanke an Verrat fuhr ihm durch den Kopf, aber die Zeit erlaubte kein Zögern. Das klagende Geschrei, das die Indianer unterhalb im Fluß erhoben, bewies, daß der Körper des jungen Irokesen bis zu ihnen getrieben worden war. Der Knall einer Büchse folgte, und der Führer sah, daß Jasper, nachdem er die Biegung des Flusses umfahren hatte, jetzt über den Strom setzte. Der junge Seemann stand hinten im Kanu, während Cap an der Spitze saß, und beide trieben das Boot mit kräftigen Schlägen vorwärts. Pfadfinder sprang nun selbst schnell in sein Kanu und trieb es mit einem kräftigen Stoß in die Strömung. Er begann den Fluß an einer Stelle zu kreuzen, die weiter stromabwärts lag, um so seine Person dem Feind als Ziel zu bieten.
»Haltet Euch brav gegen den Strom, Jasper«, schrie er zu dem andern Boot hinüber, »steuert nach den Büschen gegenüber.«
Jasper schwang sein Ruder zum Zeichen, daß er verstanden habe, während Schuß auf Schuß schnell hintereinander folgten, die alle nur auf den einzelnen Mann in dem ersten Kanu gerichtet waren. Pfadfinder, der allmählich bis in die Mitte des Flusses gekommen war, befand sich nun beinahe in gerader Linie mit seinen Feinden. Das andere Kanu hatte inzwischen das gegenüberliegende Ufer fast erreicht. Einige Ruderschläge noch, und das Boot schoß in das bezeichnete Gebüsch. Mabel wurde von Jasper schnell an das Land gebracht, und für den Augenblick waren alle drei Flüchtlinge außer Gefahr.
Pfadfinder dagegen war jetzt in einer äußerst gefährlichen Lage. Die Wilden liefen uferabwärts und vereinigten sich mit denen, die noch im Wasser standen. Der Oswego war an dieser Stelle ungefähr eine Kabellänge breit, und da das Kanu sich noch in der Mitte befand, lag es durchaus in Schußweite von den Wilden. In dieser Not leistete die Geschicklichkeit Pfadfinders gute Dienste. Er wußte, daß seine Sicherheit gänzlich davon abhing, daß er in Bewegung blieb. Aber auch die einfache Bewegung war noch nicht hinreichend sicher. Es war nötig, den Kurs des Kanus dauernd zu ändern. Glücklicherweise konnten die Irokesen ihre Gewehre nicht in dem Wasser wieder laden, und das Ufergebüsch machte es schwer, vom Lande aus den Flüchtling im Gesicht zu behalten.
Pfadfinder wurde aber trotz der größten Anstrengung in die Nähe einer Stromschnelle getrieben. Ein Kriegsgeschrei zeigte ihm seine Feinde, die noch Zuzug von den Irokesen, die sich an den Fällen unten auf die Lauer

gelegt hatten, erhielten. Der Jäger sah, daß die Strömung ihn zwang, sich einer Stelle zu nähern, wo sich die Irokesen aufgestellt hatten. Die Felsen erlaubten nur eine sichere Durchfahrt, aber Tod oder Gefangenschaft waren das zweifellose Ergebnis dieses Versuches. All seine Anstrengungen richteten sich darauf, das westliche Ufer doch noch zu erreichen, da alle Feinde auf der östlichen Seite des Flusses waren. Aber es überstieg seine Kräfte, und ein Versuch, gegen den Strom zu kämpfen, würde die Bewegung des Kanus so verringert haben, daß ihn jede Kugel hätte treffen müssen. Plötzlich kam dem erfahrenen Kundschafter ein Einfall, und er steuerte in den seichtesten Teil des Stromes, griff rasch nach Büchse und Bündel, sprang in das Wasser und begann, von Felsen zu Felsen zu waten, wobei er die Richtung nach dem westlichen Ufer nahm. Das Kanu wurde wütend über die wirbelnden Wellen hinabgerissen und nur einige Schritte von den Irokesen entfernt auf das Ufer geschleudert.
Die Wilden stießen ein Triumphgeschrei aus, und die Kugeln pfiffen inmitten der tosenden Wasser um den Kopf des Jägers. Trotzdem setzte er seinen Weg unverletzt fort. Da er mehrmals genötigt war, beinahe bis an die Arme im Wasser zu waten, wobei er seine Büchse und den Schußvorrat hoch über der tollen Strömung hielt, war er bald ermüdet und freute sich, bei einem kleinen Felsen anhalten zu können. Er legte sein Pulverhorn auf den Stein und stellte sich dahinter, um sich vor den Kugeln zu schützen. Das westliche Ufer war nur zehn Meter entfernt, aber der ruhige, schnelle und dunkle Strom, der hier vorbeischoß, zeigte ihm, daß er schwimmen mußte, um hinüberzukommen. Eine kurze Feuerpause trat jetzt ein. Die Indianer hatten sich um das Kanu versammelt, und da sie die Ruder gefunden hatten, schickten sie sich an, über den Fluß zu setzen.
Pfadfinder hörte plötzlich vom westlichen Ufer aus leise seinen Namen rufen.
»Was wollt Ihr, Jasper?« antwortete er.
»Nicht ein einziger Mingo soll übersetzen, ohne dafür zu büßen. Wäre es nicht besser, Ihr laßt die Büchse auf dem Felsen und kämt herüber zu uns.«
»Ein echter Jäger verläßt nie sein Gewehr, solang er noch Pulver in seinem Horn oder eine Kugel in seiner Jagdtasche hat. Ich sehe den Schuft Pfeilspitze unter den Kerlen und möchte ihm wohl den Lohn geben.«
»Die Tochter des Sergeanten ist für jetzt wenigstens in Sicherheit. Alles hängt davon ab, den Fluß zwischen uns und dem Feind zu halten. Wenn Ihr unser Kanu hättet, könntet Ihr dann nicht schnell mit einer trocknen Büchse an das Ufer gelangen?«
»Es wäre nicht klug, wenn du dich auf dem Wasser einer Gefahr aussetzen würdest.«

»Es geht aber ohne mich. Meister Cap ist hinauf nach dem Kanu gegangen und wird einen Baumast in den Fluß werfen, um die Strömung zu beobachten. Seht, da kommt der Ast. Wenn er in Eurer Nähe ist, so müßt Ihr den Arm aufheben. Dann wird das Kanu folgen. Sollte es Euch verfehlen, kann ich es bestimmt wieder an der Stromschnelle auffangen. Aufgepaßt, Meister Pfadfinder!«
Während Jasper noch sprach, kam der schwimmende Ast zu Gesicht und trieb schnell auf Pfadfinder zu, der ihn ergriff und als Zeichen in die Höhe hielt. Cap verstand das Signal, und sofort wurde das Kanu mit einer Vorsicht und Sachkunde in den Fluß gestoßen, die dem Seemann Ehre machten. Es schwamm in derselben Richtung wie der Ast und war in einer Minute im Besitz Pfadfinders.
»Nun sollen die Mingos ihre Büchsen spannen und zielen. Dies ist sicher die letzte Gelegenheit, die sie haben, nach einem Mann ohne Deckung zu schießen«, rief Pfadfinder triumphierend.
»Nein, stoßt das Kanu zum Ufer quer über die Strömung, und werft Euch hinein, sobald es abfährt«, sagte Jasper eilig.
»Glaubt Ihr, das Kanu da auffangen zu können?« fragte Pfadfinder.
»Bestimmt. Ihr müßt dem Boot nur einen kräftigen Stoß geben.«
Pfadfinder stieß mit aller Kraft ab, und das leichte Boot schoß über das Wasser. Jasper ergriff es, und sie schüttelten sich die Hände so herzlich, als ob sie sich nach langer Trennung wiedersähen.
»Nun, Jasper, werden wir sehen, ob einer unter den Mingos es wagen wird, vor Wildtödters Augen über den Oswego zu setzen! Drei von den Schurken steigen wirklich in das Kanu. Sie müssen glauben, wir seien geflohen, sonst würden sie sich nicht so weit wagen.«
Die Irokesen schienen wirklich darauf erpicht zu sein, über den Strom zu setzen. Da Pfadfinder und seine Freunde sich sorgfältig versteckt hielten, glaubten ihre Feinde, sie wären geflohen. Diesen Ausweg hätten wahrscheinlich die meisten weißen Männer genommen. Aber Mabel war unter dem Schutz von Leuten, die zuviel Erfahrung in der Kriegsführung an den Grenzen hatten, um nicht den einzigen Paß zu verteidigen, der ihnen eine einigermaßen wahrscheinliche Aussicht zum Entkommen bot. Drei Krieger waren in dem Kanu, von denen zwei ihre Büchsen im Anschlag hielten und niederknieten, um für alle Fälle bereit zu sein, während der dritte hinten im Boot stand und das Ruder führte. Dieser Wilde hatte offenbar Erfahrungen im Kanufahren, denn der lange und ruhige Schlag seines Ruders trieb das leichte Boot über die glatte Oberfläche des Flusses oberhalb der Stromschnellen.
»Soll ich feuern?« fragte Jasper leise.

»Noch nicht, Knabe. Es sind nur drei, und wenn Meister Cap dort versteht, die Knallbüchsen, die er in seinem Gürtel trägt, zu gebrauchen, so können wir sie sogar landen lassen und uns dann des Bootes wieder bemächtigen.«
»Aber Mabel?«
»Fürchte nichts für des Sergeanten Tochter. Sie ist außer Gefahr in dem hohlen Baum, dessen Öffnung Ihr klug mit Gestrüpp verdeckt habt. Wenn das wahr ist, was Ihr mir von der Stelle gesagt habt, wie Ihr die Spur verborgen habt, so kann sie da einen Monat liegen und die Mingos auslachen.«
»Ich bin nicht sicher. Ich wünschte, wir hätten sie näher zu unserem Versteck gebracht!«

In diesem Augenblick hörte man den lauten Knall einer Büchse, worauf der Indianer hinten im Kanu hoch in die Luft sprang und mit dem Ruder in der Hand ins Wasser stürzte. Eine feine Rauchwolke stand über den Gebüschen des östlichen Ufers und war bald verschwunden.

»Das ist das Zischen der Schlange!« sagte der Pfadfinder triumphierend. — »Ein kühneres oder treueres Herz schlug nie in der Brust eines Delawaren.«

Das Kanu schwamm jetzt führerlos mit der Strömung dahin und geriet in die Stromschnelle. Gänzlich hilflos blickten die beiden anderen Indianer um sich, und schon im nächsten Augenblick wirbelte das Boot in den Strudeln. Die Wilden hatten sich auf dem Boden ausgestreckt, um das Gleichgewicht zu halten. Aber das leichte Fahrzeug stieß an einen Felsen, schlug um, und die beiden Krieger stürzten in den Fluß. Sie verloren ihre Waffen und mußten, so gut sie konnten, zum Ufer schwimmen. Das Kanu blieb an einem Felsen hängen, wo es für den Augenblick für beide Teile ohne Nutzen war. Die beiden Irokesen waren verschwunden. Nach einer Weile deutete Pfadfinder auf das andere Ufer, und Jasper bemerkte einen Indianer, der vorsichtig an den Gebüschen entlangschlich. Er pirschte sich an das Versteck, in dem Chingachgook sich anscheinend verborgen hatte. Bald hatte er eine günstige Stelle erreicht und machte sich fertig zum Feuern.

»Die Schlange muß da herum sein«, bemerkte der Pfadfinder, der sein Auge nicht einen Augenblick von dem jungen Krieger ließ, »und doch muß er auf seiner Hut sein, weil er einen Mingoteufel sich so nahe kommen läßt.«

»Dort«, unterbrach ihn Jasper, »das ist die Leiche des Indianers, den der Delaware erschoß! Sie ist auf einen Felsen geschwemmt worden, und die Strömung hat den Kopf und das Gesicht über das Wasser getrieben.«

»Dieser Irokese wird niemals mehr jemandem etwas zuleide tun. Aber der lauernde Wilde drüben ist erpicht, den Skalp meines besten Freundes zu nehmen.«

Der Pfadfinder unterbrach sich plötzlich, indem er seine Büchse mit bewundernswerter Genauigkeit hob und sie in dem Augenblick, als er die Schußlinie erreicht hatte, abfeuerte. Der Irokese auf dem jenseitigen Ufer war im Begriffe gewesen, zu zielen. Seine Büchse entlud sich jetzt, aber in die Luft, während der Schütze in das Gebüsch stürzte, augenscheinlich verwundet, wenn nicht getötet.

»Das lauernde Ungeziefer hat es sich selbst zuzuschreiben«, murmelte Pfadfinder ernst, als er den Kolben seiner Büchse auf die Erde gleiten ließ und sie sorgfältig frisch zu laden begann. — »Chingachgook und ich haben zusammengelebt, seit wir Knaben waren, und haben auf dem Horican, dem Mohawk, dem Ontario und all den anderen blutigen Pässen zwischen dem Lande der Franzosen und dem unsrigen gefochten. Glaubte der törichte

Kerl, daß ich dabeistehen würde, wenn mein bester Freund in einem Hinterhalt abgeschossen werden soll?«
Jasper deutete plötzlich auf den Strom, und Pfadfinder fuhr auf. Irgend etwas schwamm oberhalb der Stromschnellen mühsam gegen die Strömung ankämpfend über den Fluß. Ein zweiter Blick über das Wasser zeigte, daß es anscheinend ein Indianer war.
»Er stößt etwas im Schwimmen vor sich her, und sein Kopf gleicht einem schwimmenden Strauch«, sagte Jasper.
Als der Mann sich langsam näherte, brach der Jäger in sein stilles Lachen aus.
»Die Große Schlange, so wahr ich lebe!« sagte er, immer noch vom Lachen geschüttelt. »Er hat Zweige auf seinen Kopf gebunden, um sich zu verbergen, das Pulverhorn daraufgelegt, die Büchse an das Stück Holz gebunden, das er vor sich herstößt.«
Die Schlange erreichte nach kurzer Zeit das Ufer, gerade vor den beiden. Chingachgook mußte mit dem Versteck genau vertraut gewesen sein, ehe er das östliche Ufer verließ. Er stieg aus dem Wasser, schüttelte sich wie ein Hund und ließ nur seinen gewohnten Ausruf hören.

Sechstes Kapitel

Als der Häuptling das Land betrat, ging ihm der Pfadfinder entgegen und redete ihn in der Sprache der Delawaren an.
»War es klug gehandelt, Chingachgook«, sagte er vorwurfsvoll, »ganz allein gegen ein Dutzend Mingos auf der Lauer zu liegen?«
»Die Große Schlange ist ein Mohikaner. Wenn er auf dem Kriegspfade ist, sieht er nur seine Feinde, und seine Väter haben die Mingos von hinten getroffen, seit die Wasser laufen.«
Mit diesen Worten wandte sich der Delaware wieder zum Wasser, um offenbar wieder hinüberzuschwimmen.
»Er wird doch nicht so toll sein, zum anderen Ufer zurückzukehren?« rief Jasper.
»Er nicht, er ist im Grunde so klug wie tapfer. Chingachgook ist aber kein Christ wie wir, sondern ein mohikanischer Häuptling, der seine Überlieferungen hat, die ihm sagen, was er tun soll. Wir sind weiße Männer und können nicht einen toten Feind verstümmeln, aber in den Augen einer Rothaut ist es eine Ehre, den Skalp zu nehmen. Es mag Euch vielleicht sonderbar scheinen, Eau douce, aber ich habe weiße Männer von großen Namen gekannt, die auch merkwürdige Ideen in bezug auf ihre Ehre gehabt haben.«

»Ein Wilder wird immer ein Wilder bleiben, Pfadfinder, er mag umgehen, mit wem er will«, sagte Jasper und wandte sich ab.

In diesem Augenblick erhoben die Irokesen ein Geschrei, dem schnell aufeinanderfolgende Schüsse folgten. Sie wollten den Delawaren von seinem Opfer verscheuchen, und ein Dutzend Krieger stürzte sich in den Fluß. Aber Chingachgook erledigte seine Aufgabe mit der Gewandtheit, die ihm lange Gewohnheit verliehen hatte.

Dann schwang er seine rauchende Trophäe und stieß ein schreckliches Kriegsgeschrei aus. Eine Minute lang tönten der Wald und das Tal des Flusses von grausenerregenden Tönen wider, so daß Mabel in großer Furcht ihren Kopf senkte und ihr Onkel für einen Augenblick wirklich zu fliehen beabsichtigte.

Jasper wandte seinen Kopf weg, als der Delaware aus dem Wasser stieg, aber der Pfadfinder betrachtete seinen Freund mit dem philosophischen Gleichmut eines Menschen, der sich vorgenommen hat, gegen Dinge gleichgültig zu sein, die er für unwesentlich hält.

»Jasper«, sagte er schließlich, »geht zu Cap und bittet ihn, herzukommen. Wir haben wenig Zeit zum Beratschlagen und müssen unsere Pläne rasch entwerfen.«

In wenigen Minuten waren alle vier Mann am Ufer versammelt, wo sie völlig vor den Blicken ihrer Feinde verborgen waren. Die Sonne war bereits untergegangen, und das Zwielicht ging allmählich in die Dunkelheit einer tiefen Nacht über.

»In einer Stunde«, begann Pfadfinder, »wird der Wald so dunkel wie die Mitternacht sein. Wenn wir je wieder die Garnison erreichen wollen, so muß es jetzt geschehen. Was sagt Ihr, Meister Cap?«

»Meinem Urteil nach haben wir nichts zu tun, als an Bord der Kanus zu gehen, sobald es dunkel ist, daß die Wachen des Feindes uns nicht sehen können, und den Hafen anzusteuern.«

»Das ist schnell gesagt, aber nicht so schnell getan«, erwiderte der Führer. »Wir sind auf dem Fluß mehr der Gefahr ausgesetzt, als wenn wir dem Walde folgen. Wir müssen noch über den Oswegofall hinab, und ich bin durchaus nicht sicher, ob Jasper in der Dunkelheit ein Boot wohlbehalten durch die Stromschnellen bringen kann.«

»Ich bin ganz Meister Caps Meinung«, sagte jetzt Jasper. »Mabel ist zu zart, um durch Sümpfe und über Baumwurzeln in einer Nacht wie die heutige zu wandern, und mein Auge sieht immer schärfer, wenn ich auf dem Wasser bin.«

»Ich weiß nicht, Jasper, zu welchem Weg ich raten soll.«

»Wenn die Schlange und ich in den Fluß springen und das andere Kanu schwimmend holen könnten«, antwortete der junge Mann, »dann ist, wie mir scheint, das Wasser der sicherste Weg.«

»Ja, wenn! Und doch, es könnte glücken, sobald es ein bißchen dunkler ist. – Wollt Ihr wirklich versuchen, das Kanu herzubringen?«

Jasper nickte nur, und Chingachgook war selbstverständlich bereit. Man verständigte sich schnell über den Weg. Die Schatten des Abends fielen schon dichter, und man konnte unmöglich etwas auf dem gegenüberliegenden Ufer unterscheiden. Die Zeit drängte, Pfadfinder fing an, ungeduldig zu werden, und wollte den Platz verlassen. Während Jasper und der Delaware unbekleidet, nur mit Messern und dem Tomahawk des Indianers bewaffnet, vorsichtig in den Fluß stiegen, brachte der Führer Mabel aus ihrem Versteck. Er bat sie und Cap, das Ufer entlang bis zu den Stromschnellen zu gehen, und stieg selbst in das Kanu, um es an denselben Platz zu bringen. Das war leicht bewerkstelligt, und das Boot wurde am Ufer angelegt. Mabel und ihr Oheim stiegen ein, und Pfadfinder, der hinten stand, hielt sich an einem Strauch, damit die rasche Strömung sie nicht den Fluß hinabriß. Mehrere Minuten gespannter und atemloser Erwartung folgten, während sie ihrer Freunde harrten.

Jasper und die Schlange, die über den tiefen Teil des Flusses geschwommen waren, fanden nebeneinander zu gleicher Zeit Grund. Sie faßten sich an den Händen und wateten langsam und mit äußerster Vorsicht nach der Richtung, in der sie das Kanu vermuteten. Die Dunkelheit war sehr groß. Jasper ließ sich von dem Delawaren führen. Es war keine leichte Sache, in der Nacht inmitten des tobenden Wassers zu waten und eine genaue Erinnerung der Örtlichkeit zu behalten. Als sie glaubten, in der Mitte des Stromes zu sein, waren die beiden Ufer nur durch Umrisse gegen den etwas helleren Himmel zu erkennen. Sie änderten einige Male ihre Richtung, da sie unerwarteterweise in tiefes Wasser kamen. Jasper und der Delaware wateten beinahe eine Viertelstunde im Wasser ohne jeden Erfolg herum. Gerade als Chingachgook zum Ufer zurückkehren wollte, um die Richtung von neuem zu suchen, erblickte er unmittelbar vor sich die Gestalt eines Mannes, der sich im Wasser hin und her bewegte.

»Mingo!« flüsterte er in Jaspers Ohr, »die Schlange will ihrem Bruder zeigen, wie man schlau ist.«

Der junge Mann blieb, im ersten Augenblick sehr erschrocken, einige Schritte zurück, während der Delaware dem fremden Indianer folgte, der in der Dunkelheit verschwunden war. Plötzlich tauchte er wieder vor dem Häuptling auf. Er rief ihn in der Sprache seines Volkes an und sagte dann: »Das Kanu ist gefunden, aber niemand war da, mir zu helfen. Komm, wir wollen es von dem Felsen heben.«

»Gut«, antwortete Chingachgook, der den Dialekt verstand, »geht voran, wir werden folgen.«
Der andere konnte inmitten des Tobens der Stromschnellen zwischen Stimmen und Akzenten nicht unterscheiden. Er zeigte den Weg, und die beiden folgten ihm auf den Fersen. Alle drei erreichten schnell das Kanu. Der Irokese faßte das eine Ende, Chingachgook die Mitte und Jasper das andere Ende.

»Hebt«, rief der Irokese, und mit geringer Anstrengung wurde das Kanu vom Felsen gehoben, einen Augenblick emporgehalten, um es auszuleeren, und dann auf das Wasser niedergelassen. Alle drei hielten es fest gepackt, damit nicht die heftige Strömung es ihren Händen entrisse. Der Irokese, der natürlich die Leitung hierbei hatte und der am oberen Ende war, gab die Richtung nach dem östlichen Ufer an. Da der Delaware und Jasper wußten, daß noch mehr Irokesen im Wasser sein mußten, und da sie selbst von dem Wilden ohne Erstaunen angesprochen wurden, waren sie auf alles gefaßt. Jasper hatte sein Messer gezogen und war entschlossen, im Falle der äußersten Not dem Kanu ein Leck beizubringen. Der Irokese schritt langsam in der Richtung seiner Freunde durch das Wasser, wobei er fortwährend das Kanu festhielt und seine Feinde mit sich fortzog. Einmal hatte schon Chingachgook den Tomahawk gegen den Schädel des Irokesen gehoben, aber der Todesschrei und der schwimmende Körper hätten Aufsehen erregt. Im nächsten Augenblick bedauerte er seine Unentschlossenheit, denn sie fanden sich plötzlich in der Mitte von nicht weniger als vier Mingos, die auch das Kanu suchten.

Nachdem die Wilden in ihren kurzen und charakteristischen Ausrufen ihre Freude über den Fund ausgedrückt hatten, eilten sie ihrem Ufer zu. Sie wollten Ruder holen und drei oder vier Krieger mit Büchsen und Pulverhörnern mitbringen. Nur die Unmöglichkeit, die Waffen wohlbehalten über den Fluß zu bringen, hatte sie abgehalten, bei anbrechender Dunkelheit zum anderen Ufer zu schwimmen. Auf diese Art erreichten Freunde und Feinde vereint den Rand des östlichen Kanals, wo der Fluß wieder zu tief zum Durchwaten war. Hier hielten sie einen Augenblick an, um zu beraten, wie das Kanu hinübergeschafft werden sollte. Dieser Aufenthalt vermehrte die Gefahr, daß Jasper entdeckt wurde. Er hatte seine Kappe in den Boden des Kanus geworfen, und da er keine Jacke und kein Hemd anhatte, so war es weniger wahrscheinlich, daß die schattenhaften Umrisse seiner Gestalt in der Dunkelheit die Aufmerksamkeit auf sich ziehen würden. Chingachgook aber war in der Mitte seiner Todfeinde, und er konnte sich kaum bewegen, ohne einen von ihnen zu berühren.

»Laßt alle meine jungen Männer bis auf die zwei an den Enden des Bootes hinüberschwimmen und ihre Waffen holen«, rief einer der Irokesen, anscheinend ein Häuptling, »laßt die zwei das Boot hinüberschaffen.«

Die Indianer gehorchten ruhig und ließen Jasper und den Irokesen, der das Kanu gefunden hatte, allein, während Chingachgook so tief in den Fluß tauchte, daß alle an ihm vorbeikamen, ohne ihn zu bemerken. Als er wieder auftauchte, ließ er den Indianer vorn das Kanu in das tiefe Wasser schieben, und alle drei begannen zum östlichen Ufer zu schwimmen. Sobald aber der

Delaware und Jasper sich in der Strömung befanden, zogen sie das Boot vorsichtig und allmählich stromab. Anfänglich glaubte der Irokese, er kämpfe gegen die Gewalt der Strömung. Als aber das Boot nach einer Minute in dem Wasser unterhalb der Stromschnellen schwamm, merkte er, daß etwas Ungewöhnliches vor sich gehe. Er blickte sich um und sah sofort, daß seine Gefährten sich bemühten, dem Boot eine andere Richtung zu geben. In diesem Augenblick wußte er, daß er allein unter Feinden sei. Schnell wie der Blitz fuhr er durchs Wasser, sprang Chingachgook an die Kehle, und die beiden umschlangen sich im tödlichen Kampf.

Jasper trieb nun allein mit dem Boot schnell in der Strömung davon. Sein erster Gedanke war, dem Delawaren zu Hilfe zu schwimmen, aber er dachte an die Wichtigkeit des Kanus, und er eilte so schnell wie möglich an das westliche Ufer. Er erreichte es bald, und nach kurzem Suchen fand er das andere Boot. Ein paar Worte genügten, um die Wartenden zu verständigen, und alle lauschten dann, ob der Delaware als Sieger zurückkäme. Aber nichts war zu hören als das anhaltende Gebrüll des Flusses.

»Nimm das Ruder, Jasper«, sagte Pfadfinder ruhig, »und folge mit deinem Kanu. — Es ist nicht geraten, länger hierzubleiben.«

»Aber die Schlange?«

»Die Große Schlange ist unter dem Schutz ihrer Gottheit. Wir können ihm nicht nützen und setzen uns nur großer Gefahr aus.«

Ein lauter, anhaltender und durchdringender Schrei ertönte in diesem Augenblick vom östlichen Ufer und unterbrach die Stille.

»Was bedeutet dieses Geschrei, Meister Pfadfinder?« fragte Cap besorgt.

»Die Schlange ist ohne Zweifel — tot oder lebendig — in der Gewalt der Mingos.«

»Und wir —«, rief Jasper aus, »wir können dem Häuptling nicht helfen und müssen diese Stelle so schnell wie möglich verlassen, ohne einen Versuch zu seiner Befreiung zu machen? Ohne zu wissen, ob er tot ist oder lebt?«

»Jasper hat recht«, sagte Mabel, deren Stimme heiser und beklommen klang, »ich habe keine Furcht, Oheim, und ich will hier bleiben, bis wir wissen, was aus unserem Freund geworden ist.«

»Das scheint recht und billig zu sein, Pfadfinder«, sagte Cap. »Ein wahrer Seemann verläßt nicht seine Kameraden.«

»Ach was«, erwiderte der ungeduldige Führer, indem er das Kanu in die Strömung drückte. »Ihr wißt nichts und fürchtet nichts. Wenn Ihr Euer Leben liebt, so denkt daran, die Garnison zu erreichen, und laßt den Delawaren in den Händen der Vorsehung.«

Beide Kanus schossen jetzt in die brausende Strömung. Die Nacht war nicht mehr so schwarz, da die Wolken sich teilten, aber die überhängenden Wälder machten die Ufer so dunkel, daß jede Entdeckung unmöglich war. Dennoch schien das Dunkel voller Gefahren zu sein, und alle lauschten auf jedes verdächtige Geräusch aus den Wäldern.

»Mabel«, flüsterte Jasper leise, als die beiden Kanus so nahe beieinander dahinglitten, daß seine Hand sie zusammenhielt, »fürchtet Euch nicht, wir werden Euch schützen!«

»Ich bin die Tochter eines Soldaten«, antwortete das Mädchen leise, aber selbstbewußt.

»Des Sergeanten Tochter hat recht und ist wert, die Tochter des tapferen Thomas Dunham zu sein«, fiel Pfadfinder ein, denn er hatte die letzten Worte gehört. »Hundert- und hundertmal haben wir, Euer Vater und ich, an den Seiten und im Rücken der Feinde heimlich gelauert.«

»Er hat es mir geschrieben«, sagte Mabel. »Ich weiß viel von Euren Abenteuern.«

»Ja, der Sergeant hat mir auch viel von seinen jungen Tagen erzählt — und von Eurer armen Mutter — er betrachtete mich fast als seinen Sohn.«

»Vielleicht würde er sich freuen, Euch wirklich als Sohn zu sehen«, sagte Jasper jetzt.

»Und wenn er es täte, Eau douce. — Ich habe dann und wann gedacht, Junge, jeder sollte sich ein Weib suchen; denn der Mann, der ganz in den Wäldern lebt, kommt zuletzt leicht um einen Teil der besten menschlichen Gefühle.«

»Nach den Beispielen, die ich kennengelernt habe«, sagte Mabel, »würde ich das Gegenteil denken.«

Auf diese Bemerkung gab der Führer keine Antwort. Man hörte nur ein leises Murmeln, und das still geführte Gespräch verstummte jetzt ganz. Die Kanus glitten langsam mit der Strömung in die tiefen Schatten des westlichen Ufers, und die Ruder wurden bloß gebraucht, um den Fahrzeugen die gewünschte Richtung zu geben. Die Kraft der Strömung wechselte häufig, zuweilen war das Wasser anscheinend still, und an anderen Stellen schoß es ungestüm dahin. Über die Stromschnellen stürmte es mit einer Hast, die für das ungewohnte Auge etwas Beängstigendes hatte. Jasper war der Meinung, sie könnten in zwei Stunden bis zur Mündung fahren, und er und Pfadfinder waren übereingekommen, die Kanus eine Zeitlang ohne viel Ruderanstrengung treiben zu lassen. Die größte Ruhe herrschte in dem weiten, fast grenzenlosen Wald, und nur die Luft strich leise durch die Bäume; das Wasser flüsterte und schäumte zuweilen an die Ufer, dann und wann hörte man das Krachen eines Astes oder eines Stammes, wenn der Nachtwind die schlanken Bäume bewegte. Einmal glaubte der Pfadfinder das Heulen eines fernen Wolfes zu hören, doch es war nur ein vorübergehender, ungewisser Ton. Aber nach einiger Zeit völligen Schweigens fuhr er auf, denn er vernahm jenen charakteristischen Laut, den das Abfallen eines dürren Zweigs verursacht und der, wenn sein Gehör ihn nicht täuschte, vom westlichen Ufer herüberkam.

»Ich höre den Fußtritt eines Mannes auf dem Ufer«, sagte Pfadfinder sehr leise zu Jasper. »Wäre es möglich, daß die verwünschten Irokesen mit ihren Waffen und ohne ein Boot über den Fluß kamen?«

»Es kann der Delaware sein. Er folgte uns sicher das Ufer herab und weiß wohl, wo er sich nach uns umzusehen hat. Laßt mich näher zum Ufer halten und sehen, was es ist.«

»Gut, aber gebraucht das Ruder leicht, und wagt Euch in keinem Fall aufs Ungewisse hin ans Land.«

»Ist das aber klug gehandelt?« fragte Mabel sichtlich erschrocken.

»Sprecht nicht so laut, Mädchen, Euer Vater wird Euch sagen, daß auf dem Kriegspfad Schweigen eine doppelte Tugend ist. Geht, Jasper, und seid vorsichtig.«

Zehn peinliche Minuten folgten dem Verschwinden des Kanus, das geräuschlos wegglitt, ehe noch Mabel daran zu glauben wagte, daß der junge Mann sich wirklich allein einer so großen Gefahr aussetzen könne. Das andere Kanu schwamm indessen mit der Strömung des Flusses, und niemand unterbrach das Schweigen. Alle lauschten auf den geringsten Laut vom Ufer her. Aber es blieb still. Nur das Anprallen der Wellen an die felsigen Ufer und das Rauschen der Bäume im Nachtwind unterbrachen die Stille des Waldes. Nach einiger Zeit hörte man das Krachen dürrer Äste, und Pfadfinder glaubte gedämpfte Stimmen zu vernehmen.

»Ich kann mich täuschen«, sagte er, »denn man denkt sich das oft, was man wünscht; aber mir schien es wie die Stimme des Delawaren.«

»Ich sehe etwas auf dem Wasser«, flüsterte Mabel, die angestrengt in das Dunkel sah, seit Jasper verschwunden war.

»Es ist das Kanu«, erwiderte der Führer, der eine große Sorge loszuwerden schien. – »Alles muß gut stehen, sonst hätten wir gewiß von dem Burschen gehört.«

Eine Minute später glitten die beiden Kanus wieder nebeneinander, und man erkannte Jaspers Gestalt. Vorn saß die Gestalt eines zweiten Mannes. Es war der Delaware.

»Chingachgook –«, sagte der Führer leise in der Sprache der Delawaren, »Häuptling der Mohikaner! Mein Herz ist sehr erfreut. Wir sind oft miteinander durch Blut und Kampf gegangen – aber ich fürchtete, es würde nie wieder geschehen!«

»Hugh! – die Mingos sind weiter! – Drei ihrer Skalpe hängen an meinem Gürtel! – Sie verstehen es nicht, der Großen Schlange der Delawaren einen Streich beizubringen. Ihre Herzen haben kein Blut, und ihre Gedanken kehren auf dem Pfade zurück, den sie gegangen sind, über die Gewässer des Großen Sees.«

»Seid Ihr bei ihnen gewesen, Häuptling? Und was ist aus dem Krieger geworden, der im Flusse war?«

»Er ist zum Fisch geworden und liegt mit den Aalen auf dem Grunde. Laßt seine Brüder ihre Angeln für ihn mit Köder spicken. – Pfadfinder, ich habe die Feinde gezählt und ihre Büchsen berührt.«

»Ich wußte, daß er auf ein Wagnis ausgehen würde«, rief der Führer in der Sprache seiner weißen Freunde. »Er war mitten unter ihnen und bringt uns ihre ganze Geschichte mit.«

Der Delaware erzählte nun leise und ernst das Wesentliche, was er entdeckt hatte. Sobald er in dem furchtbaren Kampf im Wasser gesiegt hatte, schwamm er auf das östliche Ufer, stieg vorsichtig ans Land und stahl sich, unbemerkt und ungeahnt, unter die Irokesen. Einmal war er angerufen wor-

den. Da er sich aber für Pfeilspitze ausgab, so fragte man ihn nicht weiter. Die Worte, die er da und dort auffing, überzeugten ihn, daß die Schar ausdrücklich in den Wäldern war, um Mabel und ihren Oheim in ihre Gewalt zu bekommen. Man hatte sie aber offenbar über die Bedeutung der Reisenden falsch unterrichtet. Pfeilspitze hatte sie den Feinden verraten, obgleich der Grund unklar war, denn er hatte den Lohn für seine Dienste noch nicht erhalten.

»Wir werden sie alle wieder am Wasserfall finden – ich zweifle nicht daran«, sagte Pfadfinder schließlich, »dort müssen wir an ihnen vorüberkommen. Die Entfernung bis zur Garnison ist allerdings so gering, daß ich schon an den Plan gedacht habe, mit Mabel an das Land zu gehen und sie auf irgendeinem Seitenpfad hinter die Palisaden zu bringen, während die Kanus über die Stromschnellen gehen.«

»Das geht nicht, Pfadfinder«, fiel Jasper eifrig ein. »Mabel ist nicht kräftig genug, um in einer so dunklen Nacht durch die Wälder zu wandern. Laßt sie mein Boot besteigen, und ich bringe sie bestimmt wohlbehalten über die Fälle.«

»Niemand zweifelt an Eurem Eifer, alles für die schöne Tochter des Sergeanten zu tun. Aber nur die Vorsehung bringt sie wohlbehalten über die Oswegoriffe in einer so schwarzen Nacht.«

»Ist die Nacht am Ufer nicht ebenso schwarz wie auf dem Oswego?«
»Wenn ich meinen Weg wirklich im Dunkeln verlieren sollte, so kann doch kein anderes Unheil daraus entstehen, als daß wir die Nacht in dem Walde verbringen müssen. Eine falsche Wendung des Ruders aber wirft das junge Mädchen unfehlbar in den Fluß, aus dem sie schwerlich lebendig herauskommen würde.«
»Ich will es Mabel selbst überlassen; ich bin überzeugt, sie fühlt sich in dem Kanu sicherer.«
»Ich setze in euch beide das größte Vertrauen«, antwortete das Mädchen, »aber ich gestehe, daß ich das Kanu nicht gerne verlassen werde, solange wir wissen, daß in den Wäldern Feinde auf uns lauern.«
»Ich mache mir auch nichts aus den Wäldern«, fiel Cap ein. »Man hat in einem Wasser wie diesem eine klare Abtrift.«
»Mabel sollte das Kanu wechseln«, sagte Jasper jetzt. »Ich habe ein leeres Boot, und selbst der Pfadfinder wird zugeben, daß auf dem Wasser mein Auge am sichersten ist.«
»Das tue ich mit Freuden. Bringt Euer Kanu dicht heran, damit das Mädchen hinüber kann.«
Mabel verließ des Führers Boot, trat in Jaspers Kanu und nahm auf dem Gepäck Platz, das bisher seine einzige Ladung ausgemacht hatte. Dann trennten sich die Kanus auf eine kleine Strecke, und man brauchte die Ruder eifrig. Es war so unwahrscheinlich, daß jemand jetzt versuchen sollte, über die Fälle zu steuern, daß Pfadfinder fest annahm, auf beiden Seiten des Flusses würden die Wilden sich gesammelt haben, um sie beim Landen zu überfallen. Während die Kanus still weiterglitten, wurde das Gebrüll der Stromschnellen hörbar. Meister Cap mußte seine ganze Kraft zusammennehmen, um seinen Sitz zu behalten, als in der Dunkelheit das fürchterliche Tosen näher kam. Mabel war nicht ohne Angst und Besorgnis, aber ihre ganze Lage war so neu und ihr Vertrauen auf ihren Führer so groß, daß sie ihre Selbstbeherrschung behielt.
»Ist dies die Stelle?« fragte sie leise nach rückwärts.
»Sie ist dicht vor uns. Haltet Euch fest an dem Kanu, Mabel, und fürchtet nichts.«
Im nächsten Augenblick hatte die rasche Strömung sie in den Strudel gerissen, und drei bis vier Minuten sah und hörte Mabel rund um sich her nichts als den glänzenden Schaum und das Gebrüll des Wassers. Zwanzigmal schien es, als würde das Kanu in den wirbelnden Wellen kentern, die selbst in der Dunkelheit zu sehen waren. Aber immer glitt es, von dem kräftigen Arm Jaspers getrieben, über die gefährlichen Untiefen. Nur ein einziges Mal schien er das leichte Boot nicht mehr beherrschen zu können. Einen Augen-

blick lang wirbelte es hilflos herum, aber eine verzweifelte Anstrengung genügte, um wieder ins Gleichgewicht zu kommen. Schließlich schwamm das Kanu ruhig in dem Wasser unterhalb des Strudels dahin. Jede Gefahr war vorüber, und kaum ein Tropfen Wasser war über Bord gekommen.
»Alles ist vorüber, Mabel!« rief Eau douce freudig.
»Gott sei Dank, Jasper! – Aber dort schwimmt etwas auf dem Wasser – ist es etwa das andere Kanu?«
Einige Ruderschläge brachten Jasper an die Seite des dunklen Gegenstandes. Es war das andere Kanu – leer und umgestürzt. Der junge Mann hatte sich kaum von dieser Tatsache überzeugt, als er sich beeilte, den Schwimmenden beizustehen. Er entdeckte gleich zu seiner großen Freude Meister Cap, der mit der Strömung abwärtstrieb. Der alte Seemann wollte lieber ertrinken, als unter die Wilden an Land steigen. Er wurde nicht ohne Schwierigkeit in das Kanu geholt, und das weitere Suchen wurde eingestellt. Jasper war überzeugt, Pfadfinder und Chingachgook würden lieber an das Ufer waten, als ihre Waffen aufgeben.
Der letzte Teil des Wegs war kurz. Nach einer Weile hörte man ein dumpfes Brüllen, das dem Murren entfernten Donners glich. Es war die Brandung des nahen Sees. Niedrige Landzungen lagen jetzt vor ihnen, das Kanu glitt in eine Bucht und schoß dann geräuschlos auf das sandige Ufer. Das andere ging so rasch vor sich, daß Mabel kaum wußte, was geschah. Nach wenigen Minuten waren sie an den Schildwachen vorüber, ein Tor ging auf, und das erregte Mädchen fand sich in den Armen des Vaters, der ihr fast fremd war.

Achtes Kapitel

Am anderen Morgen verließ Mabel ihr einfaches Lager – ein Bett, wie die Tochter eines Sergeanten es im abgelegenen Fort verlangen konnte –, als die Besatzung schon lange beim Morgenexerzieren war. Sergeant Dunham hatte alles getan, was der Dienst von ihm forderte, und begann jetzt an das Frühstück zu denken, als seine Tochter ihre Blockhütte verließ und entzückt, überrascht und dankbar in die frische Luft hinaustrat. Das Fort hier an der Mündung des Oswego war eine der entlegensten Grenzstationen der britischen Besitzungen. Es bestand noch nicht lange und hatte als Besatzung ursprünglich das Bataillon eines schottischen Regiments. Seit der Ankunft in diesem Lande hatte man aber viele Amerikaner aufgenommen, und so war auch Mabels Vater zu der untergeordneten, aber verantwortlichen Stelle des Ersten Sergeanten gekommen. Man fand in dem Korps auch einige junge

Offiziere, die Amerikaner waren. Das Fort selbst war, wie die meisten dieser Art, eher geeignet, einem Angriff der Wilden zu widerstehen, als eine regelrechte Belagerung auszuhalten. Die große Schwierigkeit, schwere Geschütze zu transportieren, machte das unmöglich. Man fand hier Bastionen von Erde und Holzblöcken, einen trockenen Graben, Palisaden, einen ausgedehnten Exerzierplatz und eine Kaserne, die ziemlich fest und kugelsicher aus Holz errichtet war. Einige leichte Feldkanonen standen auf dem freien Platz des Forts, von dem man sie an jeden Punkt bringen konnte, wo sie gebraucht wurden. Eine oder zwei schwere Eisenkanonen sahen drohend von der Höhe der vorgeschobenen Bastionen hinaus.

Als Mabel die abgelegene Hütte verließ, wo man ihrem Vater erlaubt hatte, sie unterzubringen, fand sie sich am Fuße einer Bastion. Sie eilte den grasigen Abhang hinauf und sah sich plötzlich vor einem Panorama dieser einsamen Gegend. Südlich breitete sich der Wald aus, durch den sie so gefahrvoll gereist war. Er war von der Umzäunung des Forts durch ein Glacis getrennt, das ungefähr hundert Morgen groß war. Damit schien jede Spur der Zivilisation aufzuhören. Alles darüber hinaus war dichter, unendlicher Wald. Nördlich, östlich und westlich aber lag die ausgedehnte Wasserfläche des Ontario. Kein Land war zu sehen, die bewaldeten Ufer ausgenommen, die sich rechts und links mit weiten Buchten und kleinen Bergvorsprüngen ausdehnten. Der größte Teil des Ufers war felsig, und in die Höhlungen dort brach dann und wann das rollende Wasser mit einem Laut, der dem Abfeuern einer fernen Kanone glich. Kein Segel glänzte auf der weiten Fläche, der See lag einsam und verlassen da. Die Natur hatte hier in ihrer Größe etwas Erhabenes, und Mabel Dunham gab sich unverbildet den frommen Gefühlen hin, die diese Weiten von Wasser und Wald in ihr erweckten. Plötzlich rührte sie jemand leicht an der Schulter, und als sie sich umkehrte, erblickte sie den Pfadfinder. Er lehnte sich ruhig auf seine lange Büchse und lachte in seiner stillen Weise, während er einen Arm ausstreckte und auf Land und Wasser deutete.

»Hier habt Ihr unsere Gebiete, Jaspers und meines«, sagte er. – »Der See gehört ihm, und mir gehören die Wälder. Nun, Mabel, Ihr paßt für beide, denn ich sehe nicht, daß die Furcht vor den Mingos oder Nachtwanderungen Eurem hübschen Aussehen geschadet haben.«

»Der Pfadfinder sagt einem einfältigen Mädchen Artigkeiten«, erwiderte Mabel lächelnd.

»Nicht einfältig, Mabel – nein, nicht im entferntesten einfältig.«

»Dann muß ich mich in acht nehmen und auf schmeichelhafte Worte nicht viel geben. Aber, Pfadfinder, ich freue mich, Euch wiederzusehen. Jasper hegte keine große Besorgnis, aber ich fürchtete doch, es könnte Euch und

Eurem Freunde auf den furchtbaren Stromschnellen ein Unglück begegnet sein.«
»Der Bursche kennt uns beide und war überzeugt, daß ich nicht ertrinken würde. – Wir wateten an das Ufer, da die Strudel an den meisten Stellen seicht genug sind, und stiegen mit unseren Flinten an Land. Wir waren weder eilig noch unvorsichtig, als aber die Mingoteufel die Laternen erblickten, die der Sergeant an Euer Kanu schickte, wußten wir, daß sie Reißaus nehmen würden, da ein Besuch von seiten der Besatzung zu erwarten stand. Wir blieben nur eine kleine Stunde auf den Steinen sitzen, und alle Gefahr war vorüber.«
»Ich danke Euch für alles, was Ihr für mich getan habt, Pfadfinder. Aus der Tiefe meines Herzens danke ich Euch, und Ihr dürft es glauben, mein Vater soll es erfahren.«
»Der Sergeant kennt die Wälder und weiß auch, was echte Rothäute sind. Es ist nicht nötig, ihm etwas zu sagen. Nun, Ihr habt jetzt Euren Vater gesehen – und wie fandet Ihr ihn?«
»Er ist mein teurer, geliebter Vater und hat mich empfangen, wie ein Soldat und ein Vater sein Kind empfangen muß. Kennt Ihr ihn lange, Pfadfinder?«
»Ich war gerade zwölf Jahre alt, als der Sergeant mich zum ersten Male als Späher brauchte, das sind nun wohl mehr als zwanzig Jahre her. Es war eine harte Zeit damals, und Ihr hättet wahrscheinlich keinen Vater mehr, wüßte ich nicht mit der Büchse umzugehen.«
»Ihr habt meinem Vater das Leben gerettet, Pfadfinder!« rief Mabel und nahm unbewußt eine seiner harten, sehnigen Hände in ihre beiden. – »Gott segne Euch für Eure guten Handlungen.«
Pfadfinder schüttelte den Kopf und murmelte etwas Unverständliches. Dann wies er ablenkend auf das Ufer des Flusses, das zu ihren Füßen lag. Der Oswego mündete zwischen ziemlich hohen Ufern in den See. Auf dem westlichen lag das Fort, und unmittelbar am Wasser standen einige Blockhäuser, die Vorräte aufnahmen, welche ausgeschifft wurden oder nach den verschiedenen Häfen an den Ufern des Ontario verladen werden sollten. Man sah eine kleine Bucht auf der Westseite tief in das Land einschneiden, die einen natürlichen Hafen für das Fort bildete. Mehrere größere und kleinere Boote und Kanus waren an das Ufer geholt, und im Hafen selbst lag das kleine Fahrzeug, das Jasper führte. Es hatte die Takelage eines Kutters, mochte wohl vierzig Tonnen Schiffslast tragen und war so niedlich gebaut und gemalt, daß es fast wie ein kleines Kriegsschiff aussah. Tauwerk und Spieren waren sorgfältig und zweckmäßig aufgesetzt, so daß es sich selbst in Mabels Augen als ein seetüchtiges, niedliches Boot auszeichnete. Die

Malerei war dunkel und kriegerisch, und der lange Wimpel zeigte, daß es Eigentum des Königs sei. Sein Name war ›Wolke‹.

»Das ist Jaspers Schiff!« sagte Mabel. – »Gibt es viele auf dem See?«

»Die Franzosen haben drei. Das eine ist ein wirkliches Schiff, wie man sie auf dem Meere hat, das zweite ist eine Brigg und das dritte ein Kutter, wie die ›Wolke‹ hier. Sie nennen ihn ›Eichhörnchen‹. Es scheint einen angeborenen Haß gegen unser Boot zu haben; denn Jasper segelt selten, ohne es auf seinen Fersen zu haben.«

»Nimmt Jasper vor einem Franzosen Reißaus?«

»Wozu würde hier die Tapferkeit nützen? Jasper ist tüchtig, wie alle wissen, die hier an der Grenze leben; aber er hat kein grobes Geschütz, nur eine kleine Haubitze an Bord. Seine ganze Bemannung besteht, außer ihm, in zwei Mann und einem Schiffsjungen. Ich habe ihn auf einer seiner Fahrten begleitet, und der Bursche war waghalsig genug. Er brachte uns dem Feinde so nahe, daß die Büchsen zu reden begannen. Aber die Fransosen haben Kanonen und dergleichen und zeigen außerhalb Frontenac niemals ihr Gesicht, ohne einige zwanzig Mann neben dem ›Eichhörnchen‹ im Kutter zu haben.«

»Da kommt mein Oheim, dem das Schwimmen nicht geschadet hat«, rief Mabel plötzlich. »Er will sich gewiß diesen Binnensee anschauen.«

Meister Cap erschien und räusperte sich laut. Dann nickte er seiner Nichte und Pfadfinder zu und überblickte bedächtig die Wasserfläche vor sich. Um besser sehen zu können, stieg der Seemann auf eine alte eiserne Kanone, kreuzte die Arme über die Brust und wiegte seinen Körper, als wenn er die Bewegung eines Schiffes fühlte. Eine kurze Pfeife ließ er nicht aus dem Munde.

»Nun, Meister Cap«, sagte Pfadfinder harmlos, »ist dies nicht ein ansehnliches Stück Wasser, das man wohl einen See nennen darf?«

»Das also ist Euer See?« fragte Cap, indem er den nördlichen Gesichtskreis mit seiner Pfeife umschrieb.

Pfadfinder nickte nur.

»Wie ich es erwartete – gerade so! Ein Teich an Ausdehnung und ein Trichterloch an Geschmack. Man reist ganz vergeblich landein, wenn man hofft, irgend etwas Vollgewachsenes oder Nützliches zu finden. Ich wußte schon, daß es so kommen würde.«

»Was habt Ihr gegen den Ontario, Meister Cap? Er ist groß, schön und gut zum Trinken.«

»Nennt Ihr das groß?« fragte Cap und fuhr wieder mit seiner Pfeife durch die Luft: »Jasper hat selbst gestanden, die Entfernung von einem Ufer zum anderen beträgt nur zwanzig Stunden.«

»Aber Oheim«, fiel Mabel ein, »nirgends ist Land zu sehen. Mir kommt der See genau wie das Meer vor.«
»Dieses Stück Teich soll wie das Meer aussehen? Nun, Magnet – dies ist barer Unsinn im Munde eines Mädchens, in deren Familie echte Seeleute leben. Ich bitte dich – was ist hier zu sehen, das auch nur annähernd mit dem Meer verglichen werden könnte?«
»Da ist Wasser – Wasser – Wasser – nichts als Wasser – meilenweit – soweit das Auge reichen kann«, rief Mabel lachend.
Der alte Cap sah sie mit einem Blick an, in dem die ganze Verachtung für diesen See lag, und wandte sich zu Pfadfinder: »Ich bin wirklich im Zweifel, ob diese Wasserpfütze hier auch ein See ist. Mir scheint sie eine Art Fluß zu sein. Wie ich merke, nehmt Ihr es hier in den Wäldern nicht sehr genau mit der Geographie.«
»Ihr seid auf falschem Wege, Meister Cap. Wir haben hier an jedem Ende des Sees einen Fluß, und zwar einen stattlichen Fluß. Aber vor Euch liegt der alte Ontario und ist seit alters her ein See!«
»Sagt mir, Oheim – wenn wir zu Rockaway auf dem Gestade stehen, sehen wir dort mehr als hier?«
»Junge Mädchen sollten sich von allem klar abhalten, was nur im entferntesten wie Eigensinn aussieht. Jedes Meer hat Küsten, keine Ufer wie dieser lächerliche See hier. Magnet, ich muß mich wundern, daß du glauben kannst, dieses Wasser sehe auch nur aus wie Seewasser. Ein Ding wie ein Walfisch ist in Eurem ganzen See nicht anzutreffen, Meister Pfadfinder. Auch kein Hummer – kein Meerschwein, nicht einmal ein armer Teufel von Haifisch!«
Der Jäger zuckte lächelnd mit den Schultern.
»Auch kein Hering – kein Sturmvogel – kein fliegender Fisch?« fuhr Cap fort und blickte ihn triumphierend an.
»Ein Fisch, der fliegen kann! – Meister Cap! Meister Cap! Ihr dürft, weil wir bloß Grenzleute sind, nicht glauben, wir hätten keine Vorstellung von der Natur. Ich weiß nur, daß es Eichhörnchen gibt, die fliegen können –«
»Ein fliegendes Eichhörnchen! – der Teufel, Meister Pfadfinder. Glaubt Ihr vielleicht, einen Schiffsjungen vor Euch zu haben, der seine erste Seereise macht?«
»Ich weiß nichts von Euren Seereisen, Meister Cap. Ich sage nur das, was ich gesehen habe.«
»Ihr hättet ein fliegendes Eichhörnchen gesehen?«
Pfadfinder nickte.
»Nun gut, warum sollte mein Fisch nicht ebenso Flügel haben können wie Euer Eichhörnchen?« fragte Cap logischer, als er es sonst war. »Daß Fische fliegen können, ist ebenso wahr und auch ganz vernünftig – –«

»Daß ein Fisch in der Luft fliegen sollte, scheint mir gegen die Einrichtung der Natur zu sein«, sagte Pfadfinder zweifelnd.
»Der Fisch fliegt aus dem Wasser, um seinen Feinden im Wasser zu entgehen. Das ist doch leicht einzusehen.«
»So muß es wahr sein«, sagte der Führer ruhig. »Wie lang sind ihre Schwingen?«
»Nicht ganz so lang vielleicht wie die der Tauben, aber breit genug, um eine gute Strecke zu fliegen. Aber was für ein Ding liegt da unten vor Anker?« fragte schließlich ablenkend Meister Cap.
»Es ist Jaspers Kutter, Oheim«, sagte Mabel schnell. »Ein sehr schönes Schiff, nicht wahr? Es heißt ›Wolke‹.«
»Nun – gut genug für einen See! Aber es ist nicht viel damit los. Der Bursche hat einen stehenden Bugspriet, und wer hat je einen Kutter mit einem stehenden Bugspriet gesehen?«
»Oheim – könnte das nicht auf einem See seine guten Gründe haben?«
»Sicher, ich darf nicht vergessen, daß der Ontario nicht der Ozean ist, obgleich er ihm so erstaunlich ähnlich sieht.«
»Also doch, Oheim –«, rief Mabel lachend.
»In deinen Augen, meine ich natürlich«, verbesserte sich Meister Cap. »Und Jasper befehligt dieses Boot! Ich muß einen Abstecher mit dem Burschen machen, Magnet, ehe ich dich verlasse.«
»Da braucht Ihr nicht lange zu warten«, sagte Pfadfinder, »denn der Sergeant wird sich bald mit einer Truppenabteilung einschiffen, um einen Posten an den ›Tausendinseln‹ abzulösen, und er hat, wie ich hörte, die Absicht, Mabel mitzunehmen.«
In diesem Augenblick trat Sergeant Dunham auf die drei zu. Er war hoch und stark gebaut, sein Gesicht war ernst und etwas mürrisch, und sein Wesen erschien ganz militärisch.
»Guten Morgen, Bruder Cap«, sagte der Sergeant, »mein Morgendienst hat mich ganz in Anspruch genommen; aber wir haben jetzt ein oder zwei Stunden für uns, um bekannt zu werden.«
Mabel warf einen schüchternen Blick auf das strenge Gesicht ihres Vaters. So steif und abgemessen auch sein Wesen war, sehnte sich ihr Herz, sich ihm in die Arme zu werfen und sich auszuweinen. Aber er war in seinem Äußeren so viel kälter, so viel zurückhaltender und förmlicher, als sie ihn sich vorgestellt hatte, daß sie es, wären sie auch allein gewesen, nicht gewagt hätte.
»Wie ich höre, erhaltet Ihr wahrscheinlich bald Befehl, Eure Anker zu lichten, Sergeant, und Eure Back in einen Teil der Erde zu machen, wo es tausend Inseln geben soll?« fragte jetzt Cap.

»Pfadfinder – ist das ein Versehen von Eurer Seite?«
»Nein – nein, Sergeant – ich habe nichts versehen; ich hielt es aber nicht für nötig, Eure Pläne so streng vor Euren eigenen Leuten zu verbergen.«
»Alle militärischen Bewegungen müssen mit Verschwiegenheit behandelt werden«, erwiderte der Sergeant und klopfte dem Führer freundlich, aber vorwurfsvoll auf die Schultern. »Doch es tut diesmal nichts. Die Sache wird bald bekannt werden. Wir werden demnächst einen Posten am See ablösen, ich werde die Reise mitmachen und habe die Absicht, Mabel mitzunehmen, damit sie mir meine Suppe kocht. Ich hoffe, Bruder, Ihr verschmäht auf einen Monat oder länger den Tisch eines Soldaten nicht.«
»Das wird von der Art des Weges abhängen; ich bin kein Freund von Wäldern und Sümpfen.«
»Wir werden in der ›Wolke‹ segeln.«
»Wenn Ihr jemand habt, der dieses Stückchen Kutter handhaben kann, so will ich mich entschließen, die Reise mitzumachen, obgleich mir die ganze Sache hier auf dem Teich wie weggeworfene Zeit vorkommt.«
»Jasper kann die ›Wolke‹ führen, Bruder Cap. Ihr könnt nicht eher in die Ansiedlungen zurückkehren, als bis Truppen dorthin geschickt werden, und dies geschieht wahrscheinlich nicht, bevor ich zurückkomme. Es ist aber Zeit zum Frühstück, Bruder Cap, und ich will Euch zeigen, wie wir armen Soldaten hier an der entlegenen Grenze leben.«

Neuntes Kapitel

Sergeant Dunhams Worte waren kein leeres Prahlen. Der Oswegoposten war vorzüglich gelegen, um selbst die Vorratskammern eines Epikur reichlich zu versorgen. Der Fluß bot die verschiedensten Fische, und man brauchte nur die Angel in das Wasser zu werfen, um einen der köstlich schmeckenden Bewohner dieses Wassers herauszuziehen. Beliebt vor allem war der Seesalm, der dem köstlichen Salm des nördlichen Europa kaum nachsteht. An verschiedenen Zugvögeln, die Wälder und Gewässer besuchen, fand sich ein gleicher Überfluß, denn viele hundert Morgen Land an den großen Buchten waren von Gänsen und Enten bevölkert. Hirsche, Bären, Kaninchen, Eichhörnchen und Elche lieferten den Grenzposten reichliche Vorräte und entschädigten sie mehr oder weniger für manche Entbehrungen, denen sie in einer solchen Wildnis natürlich ausgesetzt waren.
Der Tisch des Sergeanten Dunham zeugte von dem Reichtum und der Üppigkeit der Grenze sowie von ihrer Armut. Ein köstlicher Salm duftete auf einer ziemlich hausbackenen Schüssel, Wildbraten verbreiteten ihren lockenden

Wohlgeruch, und mehrere kalte Fleischschüsseln, sämtlich Wildbret enthaltend, wurden den Gästen vorgesetzt.
»Ihr scheint in diesem Teile der Welt eben nicht auf knappe Kost gesetzt zu sein, Sergeant«, sagte Cap, »mit Eurem Salm kann ein Schotte zufrieden sein.«
»Leider nicht, Bruder Cap, denn unter zwei- oder dreihundert dieser Burschen, die wir in der Garnison haben, ist kein halbes Dutzend, das nicht darauf schwört, der Fisch sei nicht zu genießen. Selbst einige Kerle, die nie Wild zu Hause aßen, wenden die Nasen von den fettesten Bissen weg, die auf den Tisch kommen. Selbst der Major, der alte Duncan Lundie, schwört dann und wann, ein Weizenkuchen sei ein besseres Mahl als der köstlichste Fisch aus dem Oswego.«
»Hat Major Duncan Frau und Kinder?« fragte Mabel.
»Nein, man sagt, er habe zu Haus eine Verlobte. Die Dame ist, wie es scheint, nicht geneigt, mit ihm hier zu leben. Eure Mutter dachte anders.«
»Ich hoffe, Sergeant, Ihr denkt nicht daran, Mabel einem Soldaten zur Frau zu geben«, sagte Cap ernst. »Unsere Familie hat in dieser Hinsicht das Ihrige getan, und es ist hohe Zeit, daß man wieder an die See denkt.«
»Ich kann Euch versichern, Bruder, ich denke weder an das fünfundfünfzigste noch an ein anderes Regiment.«
»Das ist ein guter Satz, Sergeant«, sagte Cap, nicht ohne Eifer. »Wir alten Seeleute glauben, daß sechs Soldaten, und zwar tüchtige Soldaten, zuzustutzen sind, ehe man mit der Erziehung eines einzigen Matrosen fertig ist.«
»Ach, Bruder Cap, ich bin mit der hohen Meinung, die die Seeleute von sich haben, nicht ganz einverstanden«, erwiderte der Schwager mit einem Lächeln, »denn ich lag viele Jahre in einem Seehafen im Quartier. Ihr und ich, wir haben schon früher über diesen Gegenstand gesprochen, und ich fürchte, wir werden darüber nie einig werden.«
»Oheim«, sagte Mabel ablenkend, »wenn Ihr gefrühstückt habt, so würde ich mich freuen, wenn Ihr wieder mit mir auf die Bastion ginget. Wir haben nur die Hälfte des Sees gesehen, und es dürfte für ein junges Mädchen kaum anständig sein, am ersten Tage ihrer Ankunft im Fort allein umherzugehen.«
Cap verstand, was Mabel beabsichtigte, und da er seinen Schwager im Grunde herzlich liebte, so war es ihm nicht unangenehm, den Streit aufzuschieben, bis sie länger beisammen waren, denn ihn aufzugeben, fiel ihm nicht ein. Er begleitete daher seine Nichte, und der Sergeant blieb mit dem Pfadfinder allein.
»Nun, mein Freund«, sagte der alte Soldat und gab dem Jäger herzlich die Hand, »wie gefällt Euch das Mädchen?«

»Ihr könnt stolz auf sie sein, Sergeant.«
»Nun, die gute Meinung ist wechselseitig. Sie hat mir gestern nacht Eure Kühnheit, Euren Mut, Eure Güte hochgepriesen. Also die erste Musterung scheint beiden Teilen Freude gemacht zu haben. Ihr werdet bald des Mädchens Herz und Hand haben.«
»Nein, nein, Sergeant – ich habe nichts von dem vergessen, was Ihr mir gesagt habt, aber ich glaube, daß es mir nie gelingen wird.«
»Warum wollt Ihr den Mut in einer Sache verlieren, über die wir beide einig sind?«
»Wenn ich jünger und hübscher wäre, wie zum Beispiel Jasper Western, dann würde sich vielleicht alles fügen – aber ...«
»Ich sehe schon, die Hälfte der Werbung wird mir wohl zur Last fallen. Für einen Mann, der bei einem Gefecht stets im Dampf und Rauch ist, seid Ihr der schwachherzigste Bewerber, den ich je gesehen habe.« Mit diesen Worten erhob sich der Sergeant, klopfte dem Jäger auf die Schulter und verließ den Raum, um seinem Dienst nachzugehen. Der alte Soldat glaubte nicht, daß seine Tochter sich seiner Wahl ernstlich widersetzen würde. Er liebte Pfadfinder, den alle im Fort – der gemeine Mann wie der Offizier – schätzten, und hätte ihn gern als Vater seiner Enkelkinder gesehen.
Eine Woche verging in dem gewöhnlichen Gleise des Garnisonlebens. Mabel gewöhnte sich bald an ihre Lage, während die Offiziere und Soldaten nach und nach die Gegenwart eines jungen schönen Mädchens nicht mehr so auffallend fanden. Sie fühlte freudig, daß man sie achtete, und schrieb dies auf die Rechnung ihres Vaters, obgleich es eher ihrem bescheidenen Benehmen zuzuschreiben war. Der Aufenthalt einer Woche reichte für Mabel, um über die zu entscheiden, mit denen sie zu verkehren wünschte. Die neutrale Stellung, in der sich ihr Vater befand, der nicht Offizier und doch mehr als ein gemeiner Soldat war, hielt sie von dem Garnisonleben etwas ferner. Doch entdeckte sie bald, daß es selbst unter denen, die Anspruch auf einen Platz am Tische des Kommandanten hatten, wenige gab, die sie nicht verehrten. Besonders war der Quartiermeister, ein Mann von mittleren Jahren, der Witwer war, augenscheinlich nicht abgeneigt, seine Freundschaft zu dem Sergeanten zu steigern. Die jungen Leute bemerkten bald, daß er die Wohnung seines Untergebenen öfter besuchte, als dies sonst der Fall gewesen war. Ein Lachen oder ein Scherz zu Ehren der ›Sergeantentochter‹ waren das Höchste, was sie wagten; obgleich ›Mabel Dunham‹ bald ein Trinkspruch wurde, den selbst der Fähnrich und der Leutnant ausbrachten.
Am Ende der Woche ließ Major Duncan Lundie nach dem Abendverlesen den Sergeanten Dunham zu sich rufen. Der Kommandant wohnte in einer beweglichen Hütte, die auf Rädern stand und an jeden beliebigen Ort ge-

bracht werden konnte, so daß er bald hier, bald dort innerhalb des freien Platzes des Forts wohnte. Augenblicklich hatte er im Mittelpunkt der Befestigungen haltmachen lassen, und hier fand ihn der Sergeant, der ohne Zögern eingelassen wurde. Der Unterschied zwischen den Wohnungen der Offiziere und Gemeinen war nur unbedeutend. Mabel und ihr Vater wohnten fast so gut wie der Befehlshaber des Forts selbst.

»Kommt herein, Sergeant, mein guter Freund«, rief der alte Duncan herzlich, »setzt Euch auf diesen Stuhl. Ich habe nach Euch gesandt, um diesen Abend von etwas anderem als Zahlungslisten mit Euch zu sprechen. Wir hatten heute einen schönen Tag, Sergeant!«

»Ein sehr schöner Tag war es, Herr, und wir dürfen noch viele in dieser Jahreszeit erwarten.«

»Ich hoffe es von ganzem Herzen. Die Ernte sieht ganz gut aus. Das fünfundfünfzigste Regiment hat ebenso gute Ackersleute wie Soldaten. Ich habe selbst in Schottland nie bessere Kartoffeln gesehen als auf unseren neuen Feldern. Aber – ich will ohne Umschweife zur Sache kommen. Davy Muir, der Quartiermeister, will Eure Tochter zur Gattin nehmen und hat mich gebeten, Euch die Sache zu eröffnen.«

»Sie muß sich sehr geehrt fühlen«, versetzte der andere steif. »Ich danke Euer Gnaden – aber Mabel ist die Verlobte eines anderen.«

»Den Teufel ist sie! Das wird einen Aufruhr im Fort zur Folge haben. Darf ich fragen, Sergeant, wer der Glückliche ist.«

»Der Pfadfinder, Euer Gnaden.«

»Pfadfinder?«

»Ja, Major Duncan – mein braver, treuer Freund.«

»Besteht nicht ein wesentlicher Unterschied in den Jahren zwischen den beiden, Sergeant?«

»Ihr habt ganz recht, Herr! Pfadfinder ist nicht mehr weit von den Vierzigern, aber jedes junge Mädchen sollte zufrieden sein, einen Mann mit Erfahrungen zu heiraten. Ich war selbst fast vierzig Jahre alt, Herr, als ich ihre Mutter heiratete. Ich denke, Mabel wird sich meinem Wunsch gern fügen, und da Euer Gnaden die Güte hatten, mit mir über Herrn Muir zu reden, so werdet Ihr mir die Bitte nicht abschlagen, ihm zu sagen, daß das Mädchen so gut wie verlobt ist.«

»Gut – gut, das ist Eure Sache, und nun – Sergeant Dunham?«

»Euer Gnaden!« sagte der andere in militärischem Ton.

»Ich will Euch für den nächsten Monat zu den ›Tausendinseln‹ hinabschikken. Alle Unteroffiziere sind der Reihe nach dort gewesen – wenigstens alle, auf die ich Vertrauen setze; jetzt ist Eure Zeit gekommen. Ist die Mannschaft ausgesucht?«

»Alles ist in Ordnung, Euer Gnaden.«
»Gut! Ihr müßt übermorgen, wenn nicht morgen nacht, aufbrechen. Vielleicht ist es klug, in der Dunkelheit abzusegeln.«
»Das meint auch Jasper, Major Duncan, und ich weiß niemanden, auf den man in solchen Dingen sich mehr verlassen kann als auf Jasper Western.«
»Der junge Jasper Eau douce?« fragte Lundie lächelnd. »Will der Bursche die Reise mitmachen, Sergeant?«
»Euer Gnaden werden sich erinnern, daß die ›Wolke‹ den Hafen ohne ihn nie verläßt.«
»In der Tat – doch alle allgemeinen Regeln haben ihre Ausnahmen. Ist mir nicht in diesen letzten Tagen ein Seemann im Fort begegnet?«
»Ohne Zweifel, Euer Gnaden; es war Meister Cap, mein Schwager, der mir meine Tochter hierhergebracht hat.«
»Warum sollte man ihm das Kommando über die ›Wolke‹ nicht geben, Sergeant, und Jasper daheimlassen? Eurem Schwager würde die Abwechslung eines Süßwasserkreuzzuges gewiß zusagen, und Ihr könntet Euch seiner Gesellschaft um so länger erfreuen.«
»Ich hatte die Absicht, Euer Gnaden um die Erlaubnis zu bitten, ihn mit mir zu nehmen, aber er muß als Freiwilliger eingeschrieben werden. Jasper darf man das Kommando nicht ohne allen Grund abnehmen.«
»Ganz recht, Sergeant – ich überlasse das Euch. Ihr wollt auch Pfadfinder mitnehmen?«
»Wenn Euer Gnaden es erlauben. Es wird dort für ihn als Kundschafter zu tun geben.«
»Ihr habt recht, und ich wünsche Euch gutes Glück bei der Sache. Der Posten muß, wenn Euch das Kommando abgenommen wird, zerstört und verlassen werden, das wißt Ihr. Und nun könnt Ihr gehen.«
Sergeant Dunham grüßte militärisch und wendete sich kurz um. Er hatte die Tür fast schon hinter sich zugezogen, als er zurückgerufen wurde.
»Ich hatte vergessen, Euch zu sagen, Sergeant, daß die jungen Offiziere um ein Scheibenschießen gebeten haben, das morgen stattfinden soll. Alle Bewerber werden zugelassen, und die Preise sind – ein silberbeschlagenes Pulverhorn – eine ähnliche Lederflasche und ein seidener Schal für eine Dame. Wollt Ihr, bitte, die nötigen Anordnungen dazu treffen.«
Der Sergeant verließ nach einigen technischen Fragen den Major endgültig, und eine halbe Stunde war vergangen, als es wieder an der Tür klopfte. Auf das ›Herein‹ des Majors trat der Quartiermeister ein, ein Mann von mittleren Jahren, in Offiziersuniform.
»Ich komme, um zu hören, ob ich glücklich bin«, fragte er mit stark schottischem Akzent. »Major Duncan, dieses Mädchen erregt einen Lärm in der

Garnison wie die Franzosen vor Ty; ich habe nie etwas Ähnliches erlebt. Und doch ist sie erst wenige Tage hier.«
»Ich habe schon davon gehört, und Euer junges, unbefangenes Herz steht also in vollen Flammen? Und doch seid Ihr, wenn ich mich recht erinnere, bereits viermal verheiratet gewesen.«
»Nur dreimal, Major. Meine Zahl ist noch nicht voll – nein, nein – nur dreimal. Das ist eben meine Schwäche all mein Leben lang gewesen, ich habe stets geheiratet, ohne an die Folgen zu denken. Jeder Mensch hat seine Schwäche, und doch will ich meine Zahl vollmachen.«
»Ja, Davy, und es tut mir leid, sagen zu müssen, daß Ihr wenig Hoffnung habt.«
»Wenig Hoffnung? Ein Offizier und ein Quartiermeister obendrein, und wenig Hoffnung bei einer Sergeantentochter?«
»Das Mädchen ist verlobt, ich lasse mich zwar hängen, wenn ich etwas davon glaube – aber sie ist verlobt.«
»Und wer könnte es sein?« fragte der Quartiermeister, der die Sache ruhig ansah.
»Ihr seid zwar der einzige annehmbare Freier an der Grenze, Davy«, sagte der Major lächelnd, »Pfadfinder aber ist der glückliche Mann in diesem Fall.«
Der Quartiermeister nahm auch diese Mitteilung gelassen auf und begann schon seinen Schlachtplan zu entwerfen, um das Mädchen für sich zu gewinnen. Er bat den Major, ihm auch einen Auftrag für die ›Tausendinseln‹ zu geben, und als er sich mit einer halben Zusage verabschiedete, war er voller Hoffnungen.

Zehntes Kapitel

Das Wetter war am folgenden Tage so schön, wie es die jungen Leute der Garnison nur wünschen konnten. Die ganze Belegschaft von Oswego versammelte sich, um an dem friedlichen ›Waffengang‹ teilzunehmen. Der zum Preisschießen erwählte Platz war eine Art Glacis, etwas westlich vom Fort und unmittelbar an dem Ufer des Sees gelegen. Der Platz diente sonst zum Exerzieren. Waren die regelmäßigen Waffen des Regiments auch Flinten, so fanden sich doch bei dieser Gelegenheit gegen fünfzig Büchsen zusammen. Jeder Offizier hatte eine, da sie sämtlich die Jagd liebten, viele gehörten den Kundschaftern und befreundeten Indianern, die stets in größerer oder kleinerer Anzahl um das Fort lungerten. Unter den Besitzern von Büchsen waren fünf oder sechs, die als Schützen berühmt waren und an der Grenze

einen bedeutenden Namen hatten. Die Entfernung war hundert Ellen, und die Waffe mußte ohne Stützpunkt gebraucht werden. Die weißgemalte, mit Kreisen bezeichnete Schießscheibe hatte in der Mitte ein Ochsenauge. Das Spiel begann mit gegenseitigen Aufforderungen, und an dem ersten Wettstreit nahmen nur Soldaten teil. Etwas später erschien auch Major Duncan in Begleitung der meisten Herren und Damen des Forts auf dem Platz. Unter den Unteroffiziersfrauen sah man auch die schöne Gestalt Mabel Dunhams. Man hatte Vorbereitungen zum Empfang der Frauen getroffen. In unmittelbarer Nähe des Seeufers war ein niedriges Bohlengerüst aufgeschlagen, nicht weit davon waren die Preise an einem Pfosten aufgehängt. Die erste Reihe der Bühne nahmen die Offiziersdamen, die einzigen des Forts, ein, während die anderen Sitze für Mabel und die Frauen der Unteroffiziere des Regiments bestimmt waren. Hinter diesen standen und saßen die Frauen und Töchter der gemeinen Soldaten. Mabel war ein Gegenstand lebhafter Aufmerksamkeit für die Damen auf den ersten Sitzen, die ihre Bescheidenheit zu würdigen wußten, obgleich sie alle von den Ranggesetzen in einer Garnison völlig durchdrungen waren.
Acht bis zehn Schützen der Garnison, die den Ruf der Meisterschaft hatten, nahmen jetzt ihre Plätze ein und begannen der Reihe nach zu schießen. Offiziere und Gemeine nahmen ohne Unterschied teil, und die zufälligen Besucher des Forts waren keineswegs von der Bewerbung um die Preise ausgeschlossen. Nach den Vorschriften des Tages durfte niemand an dem zweiten Schießen teilnehmen, der beim ersten fehlgeschossen hatte; der Adjutant des Platzes, der die Stelle eines Zeremonienmeisters oder Festordners versah, rief die glücklichen Schützen bei ihren Namen auf, sich zu dem nächsten Schießen fertigzumachen. In diesem Augenblick erschienen Major Lundie, der Quartiermeister und Jasper Eau douce in der Gruppe auf dem Standplatze, während Pfadfinder behaglich umherging ohne seine geliebte Büchse. Er wollte anscheinend nicht am Schießen teilnehmen. Alle machten Major Duncan Raum, der die Büchse sorglos hob und feuerte. Die Kugel verfehlte das erforderliche Ziel um mehrere Zoll.
»Major Duncan ist von den weiteren Versuchen ausgeschlossen!« rief der Adjutant, und man wußte wohl, daß der Fehlschuß absichtlich gewesen war.
»Jetzt kommt die Reihe an Euch, Meister Eau douce«, rief Muir.
Jaspers schönes Gesicht glühte – er trat vor, warf einen raschen Blick auf Mabel, deren hübsche Gestalt sich eifrig vorbeugte, ließ den Lauf der Büchse, wie es schien, ziemlich sorglos in die linke Hand fallen, zielte einen Augenblick mit großer Sicherheit und schoß. Die Kugel fuhr gerade durch die Mitte des Ochsenauges – bei weitem der beste Schuß dieses Morgens.
»Gut gemacht, Meister Jasper«, sagte Muir, sobald das Ergebnis bekannt

wurde, »in der Tat ein guter Schuß, aber Eure Handhabung der Waffe ist nicht philosophisch, nicht wissenschaftlich.«

Leutnant Muir stellte sich nun an, und seine Auslage war nicht ohne studierte Eleganz; er hob die Büchse langsam, senkte sie, hob sie wieder und feuerte endlich.

»Die Scheibe ganz verfehlt!« rief der Mann, der die Scheibe zu bedienen hatte.

»Es kann nicht sein!« schrie Muir, und sein Gesicht wurde glühend vor Ärger. »Ich berufe mich wegen eines gerechten Urteils auf die Damen.«

»Die Damen schlossen ihre Augen, als Ihr Feuer gabt«, riefen die jungen Offiziere, »sie hatten Angst vor Euren Vorbereitungen.«

»Eine Verleumdung der Damen, an die ich nie glauben werde, so wenig wie an einen solchen Vorwurf gegen meine Geschicklichkeit«, versetzte der Quartiermeister. »Hier wurde eine Verschwörung angezettelt, um einen verdienten Mann seiner Ehre zu berauben.«

»Es war eine Niete, Muir, aber Ihr müßt das Pech ertragen«, sagte der Major lachend.

»Nein – nein, Major«, bemerkte endlich Pfadfinder, »der Quartiermeister ist ein guter Schütze für einen Mann, der so langsam und auf eine so kurze Entfernung schießt. Er hat Jaspers Kugel gedeckt, wie man sehen wird, wenn man die Scheibe untersucht.«

Die Achtung vor des Pfadfinders Geschicklichkeit und der Schärfe und Sicherheit seines Auges war groß, und mehrere eilten sofort an die Scheibe, um sich von der Sache zu überzeugen. Und man fand, daß die Kugel des Quartiermeisters durch die Öffnung geflogen war, die Jaspers Kugel gemacht hatte, und zwar so genau, daß es einer umständlichen Untersuchung bedurfte, um es genau festzustellen. Man fand schließlich in dem Baumstumpf, an dem die Scheibe hing, eine Kugel auf der anderen sitzen. Inzwischen sah man Wildtödter mit einer Büchse an den Stand treten.

»Ich protestiere, Major Duncan, ich protestiere«, rief Muir, als er es sah, »ich protestiere aus allen Kräften, daß Pfadfinder zu diesem Schießen zugelassen wird, denn ›Wildtödter‹ hat eine Büchse, gegen die keine vom Regimente aufkommen kann.«

»Wildtödter ruht, Quartiermeister«, versetzte Pfadfinder ruhig, »und es fällt niemand ein, seine Ruhe zu stören. Ich dachte nicht daran, heute einen Schuß zu tun; aber Sergeant Dunham sagte mir, ich würde seiner schönen Tochter nicht die gebührende Ehre antun, wenn ich bei einer solchen Gelegenheit zurückbliebe. Ich habe die Büchse Jaspers, Quartiermeister, wie Ihr seht, und sie ist nicht besser als Eure eigene.«

Leutnant Muir mußte sich nun zufriedengeben, und jedes Auge war auf

Pfadfinder gerichtet, der jetzt seinen Stand einnahm. Der Gedanke war kaum schneller als sein Schuß, und als der Rauch über seinem Haupte hinschwebte, war auch schon der Kolben der Büchse auf dem Boden, die Hand ruhte auf dem Lauf, und sein gewöhnliches stilles, herzliches Lachen belebte sein ehrliches Gesicht.

»Wenn man es glauben könnte«, rief Major Duncan, »so würde ich sagen, Pfadfinder habe auch die Scheibe verfehlt.«

»Nein – nein, Major«, sagte der Führer zuversichtlich. »*Ich* habe die Büchse nicht geladen und weiß nicht, was darin war; ist es aber Blei gewesen, so werdet Ihr die Kugel auf die von Jasper und dem Quartiermeister getrieben finden.«

Ein Ruf von der Scheibe her verkündete die Wahrheit dieser Behauptung.

»Das ist nicht alles, Kinder«, rief der Führer, der langsam auf die Bühne zuschritt, wo die Frauen saßen, »wenn Ihr die Scheibe berührt findet, so will ich fehlgeschossen haben. Der Quartiermeister berührte das Holz – aber von meiner Kugel werdet Ihr das Holz nicht angetastet finden.«

»Richtig, Pfadfinder«, antwortete Muir, »der Quartiermeister traf das Holz und bahnte Eurer Kugel auf diese Weise den Weg.«

»Gut, Quartiermeister, wir kommen jetzt zum Nagelschuß und werden sehen, wer das Eisen tiefer in das Holz treibt, Ihr oder ich. Mabel Dunham soll zwischen uns entscheiden.«

»Ihr sollt Euren Willen haben, Pfadfinder«, sagte der Quartiermeister entschlossen, »laßt des Sergeanten Tochter Schiedsrichterstelle vertreten und ihr den Preis widmen, den der eine oder der andere gewiß davonträgt.«

Die Schützen wurden jetzt vorgerufen, und nach wenigen Minuten begann die zweite Geschicklichkeitsprobe. Ein gewöhnlicher Nagel war leicht in die Scheibe getrieben worden. Der Kopf wurde weiß gefärbt, und der Schütze mußte ihn treffen, oder er schied aus. Niemand hatte bei dieser Gelegenheit das Recht zu schießen, wenn er bei dem ersten Versuch das Ochsenauge verfehlt hatte. Es mochte sich ein halbes Dutzend Bewerber zusammengefunden haben. Als vierter Schütze trat der Quartiermeister vor und zeigte sich in seinen verschiedenen Attitüden. Der Schuß gelang ihm auch insofern, als er einen kleinen Teil des Nagelkopfes traf und seine Kugel neben der Spitze eingrub. Der Schuß galt für nichts Besonderes, obgleich der Schütze dadurch das Recht erhielt, später mitzuschießen.

Jasper, der jetzt schoß, traf den Nagel gut und trieb ihn einige Zoll tief in die Scheibe hinein.

Gleich darauf erschien Pfadfinder und schritt auf den Stand. »Wir brauchen keinen neuen Nagel«, rief er, »ich sehe diesen, ist auch das Weiß verschwunden.«

Die Büchse knallte, und der Nagel war in das Holz getrieben und von einem Stück plattgedrückten Bleis bedeckt.
»Jetzt muß eine neue Kunstprobe an die Reihe kommen«, rief Lundie den Schützen zu, »und zwar die mit der Kartoffel!«
Sobald alles in Bereitschaft war, wurde Muir aufgefordert, sich anzustellen, und die Kartoffel wurde zum Wurf bereitgehalten. Es war eine ziemlich große Kartoffel, die ein Mann in Bereitschaft hatte, der zwanzig Ellen vor dem Schützen aufgestellt war. Auf den Ruf »Empor!« wurde die Frucht mit einem leichten Stoß in die Luft geschnellt, und der Schütze mußte sie treffen, bevor sie den Boden wieder erreichte. Die Kartoffel wurde jetzt in der gewöhnlichen Weise emporgeworfen, die Büchse des Quartiermeisters knallte, aber die Kartoffel kam unberührt wieder herunter.
»Rechtsum kehrt und aus dem Glied, Quartiermeister!« rief Lundie lachend.
Die Kartoffel wurde zum zweitenmal emporgeworfen, Jasper feuerte, und die Kugel traf die Mitte des fliegenden Zieles. Der junge Mann errötete vor Freude über den Erfolg, und Pfadfinder betrachtete ihn prüfend, ob ihm am endgültigen Sieg sehr viel gelegen sei. Er bemerkte, daß Eau douce strahlend zu Mabel hinübersah, und darauf trat er erst zum eigenen Schuß an. Die Kartoffel wurde zum letztenmal geworfen, die Büchse knallte — man sah, wie die Kartoffel einen Augenblick oben zu schweben schien, und dann hörte man den Ruf: »Die Schale, nur die Schale!«
»Der Schal gehört Jasper Western«, rief Pfadfinder jetzt, schüttelte den Kopf und trat ruhig zurück.
Der junge Seemann nahm freudig erregt den Schal in Empfang und trat auf Mabel Dunham zu: »Mabel«, sagte er bescheiden, »dieser Preis ist Euer.«
»Ich nehme ihn an, Jasper«, sagte das Mädchen errötend, »es soll eine Erinnerung an die Gefahren sein, die ich mit Eurer Hilfe überstanden habe.«
Nach dem Schießen kehrte Mabel am Ufer des Sees langsam in das Fort zurück und ließ das hübsche Geschenk zwischen den Fingern spielen, als der Pfadfinder ihr begegnete. Sie gingen eine Weile schweigend zusammen, und der Kundschafter schien freudigen Gedanken nachzuhängen.
»Glaubt mir, Pfadfinder«, sagte das Mädchen schließlich, »ich kann nie vergessen, was Ihr alles für mich getan habt — Ihr und Jasper, ich werde es nie vergessen. Hier ist eine silberne Nadel — und ich möchte sie Euch als ein Zeichen schenken, daß ich Euch Leben und Freiheit zu danken habe.«
»Was soll ich damit, Mabel?« fragte der Jäger verwundert und doch gerührt.
»Steckt die Nadel an Euer Jagdhemd, sie wird sich schön ausnehmen, und sie ist ein Freundschaftspfand, Pfadfinder.« Mabel lächelte, sprang auf das höhergelegene Ufer und war bald hinter den Wällen des Forts verschwunden.

Einige Stunden waren vergangen, als Mabel, augenscheinlich in tiefem Nachdenken, auf die Bastion trat, die den Fluß und den See beherrschte. Der Abend war ruhig und still, und es war die Frage, ob die nach den ›Tausendinseln‹ beorderte ›Wolke‹ wegen der gänzlichen Windstille diese Nacht auslaufen könne oder nicht. Vorräte, Waffen und Munition waren bereits eingeschifft und selbst Mabels Sachen an Bord, aber die Mannschaft befand sich noch am Ufer, da vorerst keine Aussicht war, daß der Kutter die Anker lichten werde. Jasper hatte die ›Wolke‹ aus der Bucht herausgeführt und so weit in die Strömung gebracht, daß er jeden Augenblick die Mündung passieren konnte. Dort lag sie nun an einem einzigen Anker, und die ausgewählte Mannschaft lungerte an den Ufern der Bucht. Das Mädchen beobachtete alles aufmerksam und war trotz des friedvollen Abends wegen der nahen Abreise unruhig. Nach einer Weile trat ihr Onkel zu ihr, und sie sprachen vom heutigen Scheibenschießen. Etwas später trat Pfadfinder zu den beiden, und bald war ein lebhaftes Gespräch über Binnenschiffahrt und über die unruhigen Zeiten im Gange.

»Ich will keine Feinde haben«, sagte der Jäger abschließend. »Ich bin bereit, das Beil mit den Mingos und den Franzosen zu begraben, denn ich habe im Grunde den Krieg satt und sehne mich nach den alten friedlichen Zeiten.«

»Nun, Pfadfinder«, antwortete Meister Cap gönnerhaft, »Ihr müßt nur Eure Anker lichten und mich an die Küste hinabbegleiten, sobald wir zurück sind, und Ihr werdet vor jeder indianischen Kugel sicher sein.«

»Und was soll ich am Salzwasser tun? In Euren Städten jagen? Der Spur der Leute folgen, die vom Markte kommen? Ihr meint es nicht gut mit mir, Meister Cap, wenn Ihr mich aus dem Schatten der Wälder in die Sonne der großen Lichtungen führen wollt.«

»Nein, nein – mit hinaus auf die See wollte ich Euch nehmen, wo allein man wahrhaft frei ist.«

»Ich bin ein Jäger und ein Kundschafter, Salzwasser«, antwortete Pfadfinder ernst, »und es paßt nicht für mich, etwas anderes zu werden. Ich mag hier in der Garnison nutzlos erscheinen, wenn wir aber zu den ›Tausendinseln‹ hinabkommen, bietet sich vielleicht Gelegenheit zu beweisen, daß eine sichere Büchse zuweilen gut ist.«

»Ihr macht also die Reise mit?« sagte Mabel und lächelte dem Führer zu. »Mit Ausnahme der Frau eines Soldaten werde ich das einzige weibliche Wesen in der ›Wolke‹ sein und mich darum nicht minder sicher fühlen, Pfadfinder, da ich Euch unter meinen Beschützern weiß.«

Pfadfinder nickte mehrmals mit dem Kopf und sagte dann: »Bis jetzt haben die Unsrigen auf den Inseln noch nicht viel getan, obgleich sie zwei beladene Barken wegnahmen. In den letzten Wochen kam aber ein Bote herauf und brachte bestimmte Nachrichten, so daß der Major noch einmal versuchen will, die Franzosen zu überlisten. Jasper kennt den Weg, und wir werden in den besten Händen sein; denn der Sergeant ist klug, und keiner versteht sich so gut auf einen Hinterhalt wie er.«

»Das ist alles?« fragte Cap verächtlich, »nach den Vorbereitungen und der Ausrüstung hätte ich denken sollen, man habe eine Handelsflotte auf der Luv, und es müßte ein ehrlicher Pfennig zu kapern sein.«

»Jasper bringt den Kutter hinaus«, bemerkte der Führer plötzlich. »Der Bursche spürt ohne Zweifel den kommenden Wind.«

»Da werden wir ja Gelegenheit haben, Seefahrerkünste zu sehen«, sagte Cap mit spöttischem Lächeln.

Das Wetter war noch ganz still, der Wind tot, und die Oberfläche des Sees spiegelte die Glut der untergehenden Sonne wider. Der Kutter lag etwa hundert Meter über der Mündung des Oswego. Aber die Windstille ließ an kein freies Auslaufen denken, und es leuchtete bald ein, daß das leichte Schiff durch Ruder in den See gebracht werden müsse. Kein Segel wurde losgemacht, aber man hörte bald den schweren Schlag der Ruder, und der Kutter begann der Mitte der Strömung zuzustreben. Als er sie erreicht hatte, ließen die Leute die Ruder ruhen, und er trieb der Mündung zu. In weniger als fünf Minuten schwamm die ›Wolke‹ außerhalb der zwei sandigen Landzungen, die die Wellen des Sees auffingen. Kein Anker wurde ausgeworfen, sondern das Schiff hielt vom Lande ab, bis man seine schwarze Masse eine volle Viertelmeile außerhalb auf der glänzenden Fläche des Sees schwimmen sah. Hier hörte die Strömung auf, und die ›Wolke‹ stand still. Nach einer Weile trieb der Kutter mit der Strömung des Sees, und der Bug wendete sich langsam. In diesem Augenblick wurde der Klüver ausgebracht, und im Nu schwoll die Leinwand dem Lande entgegen, obgleich noch keine Spur vom Wind zu spüren war. So unbedeutend jedoch der Luftstrom sein mochte, das Schiff gab nach, und nach einer Minute glitt die ›Wolke‹ mit einer so leichten und sanften Bewegung, daß man sie kaum bemerken konnte, über den Fluß. Als sie aus der Strömung war, wendete sie, glitt auf das Land zu, und Jasper legte unter der Anhöhe an, auf welcher das Fort stand.

»Nicht schlecht gemacht«, murmelte Cap vor sich hin, »nicht schlecht, obgleich er das Ruder auf die Steuerbordseite hätte stellen sollen und nicht backbords; denn ein Schiff muß immer mit dem Vorderteil strandab kommen.«

»Jasper ist ein tüchtiger Bursche«, bemerkte Sergeant Dunham, der plötzlich an der Seite seines Schwagers stand, »und wir setzen bei unseren Fahrten großes Vertrauen in seine Geschicklichkeit. Doch kommt, wir haben nur noch eine halbe Stunde Tageslicht, um uns einzuschiffen, und die Boote werden bereit sein.«

Nach dieser Aufforderung trennte man sich, und jeder suchte die Kleinigkeiten zusammen, die noch an Bord gebracht werden sollten. Einige Trommelschläge riefen die Soldaten zusammen, und nach einer Minute war alles in Bewegung.

Elftes Kapitel

Die Einschiffung einer so kleinen Anzahl Menschen erfordert nicht viel Zeit und Mühe. Die ganze Truppe bestand aus zehn Gemeinen und zwei Unteroffizieren, obgleich es bald bestimmt verlautete, Leutnant Muir werde die Reise mitmachen. Der Quartiermeister ging jedoch als Freiwilliger mit. Zu diesen kamen noch der Pfadfinder und Cap nebst Jasper und seinen Schiffern, von denen einer ein Knabe war. Mabel und die Frau eines Soldaten machten den weiblichen Teil der Expedition aus. Sergeant Dunham setzte sein Kommando in einem großen Boot über und kam dann zurück, um die letzten Befehle zu holen und für seinen Schwager und seine Tochter Sorge zu tragen. Nachdem er Cap und Mabel das Boot angegeben hatte, das sie an Bord des Kutters bringen sollte, meldete er sich zum letztenmal bei Lundie.

Es war beinahe dunkel, als Mabel zum Kutter gerudert wurde. Die Oberfläche des Sees war spiegelglatt, und kein Wind ließ sich spüren. Jasper war zum Empfang der Reisenden bereit, und es gab, da das Deck der ›Wolke‹ kaum zwei oder drei Fuß über dem Wasser war, keine Schwierigkeit, an Bord zu kommen. Der junge Mann zeigte Mabel und ihrer Begleiterin ihre Kajüte. Das kleine Schiff hatte vier Räume, wo alles für den Transport von Offizieren, Soldaten und deren Frauen und Familien eingerichtet war. Zuerst im Range kam die sogenannte Hinterkajüte — ein kleines Gemach mit vier Schlafstellen, wo man den Vorteil hatte, daß durch kleine Luken Luft und Licht eingelassen werden konnten. Dieser Raum war stets für Frauen bestimmt, und da Mabel und ihre Begleiterin allein waren, hatten sie Raum genug. Die große Kajüte war geräumiger und von oben beleuchtet. Sie war für den Quartiermeister, den Sergeanten, Cap und Jasper bestimmt, denn Pfadfinder wanderte von einem Teil des Schiffes in das andere. Die Unteroffiziere und Gemeinen nahmen den Raum zwischen der großen Luke ein, der zu diesem Zweck ein Deck hatte; die Schiffer waren in der Back untergebracht.

Sobald Mabel von ihrer wirklich behaglichen und hübschen Kajüte Besitz genommen hatte, ging sie wieder an Deck. Hier war für den Augenblick alles in Bewegung. Die Mannschaft lief hin und her, aber Gewohnheit und Disziplin brachten schnell alles in Ordnung, und es herrschte an Bord bald völlige Ruhe. Die Dunkelheit begann das Ufer einzuhüllen, und allmählich kamen die Sterne hervor. Mabel, die auf der Bordwand saß, fühlte den Frieden des Abends stark. Pfadfinder stand ihr nahe, wie gewöhnlich auf seine lange Büchse gelehnt, und sie glaubte, durch die wachsende Dunkelheit der Nacht in seinen Zügen mehr Ernst zu lesen als gewöhnlich.

»Für Euch können Reisen dieser Art nichts Neues sein«, sagte sie, »obgleich ich erstaunt bin, die Leute so still zu finden.«

»Wir lernen es im Kampf gegen die Indianer. Eine stille Armee ist in den Wäldern noch einmal so stark und eine laute noch einmal so schwach.«

»Wir sind aber weder ein Heer, noch sind wir in den Wäldern. In der ›Wolke‹ droht uns keine Gefahr von den Mingos.«

»Fragt Jasper, wie er Herr seines Kutters geworden ist, und Ihr werdet von Gefahren auf diesem See hören.«

»Und wie kam Jasper zum Befehl über den Schoner?«

»Es ist eine lange Geschichte, Mabel – eine Geschichte, die Euer Vater besser erzählen kann als ich, denn er war dabei, während ich weit entfernt auf Kundschaft war. Jasper ist zum Erzählen nicht zu gebrauchen, fragt Euren Vater.«

»Wird die ›Wolke‹ bei uns bleiben, wenn wir die Inseln erreicht haben?« fragte das Mädchen jetzt.

»Wie es kommt. Jasper läßt den Kutter nicht gerne untätig, wenn irgend etwas zu tun ist. Unter Jasper wird aber alles gut gehen, denn er findet auf dem Ontario eine Spur so gut wie ein Delaware auf dem Lande.«

»Und unser Delaware – die Große Schlange –, warum ist er heute nacht nicht bei uns, Pfadfinder?«

»Er ist mit einigen Leuten ausgezogen, um die Ufer des Sees zu durchstreifen, und wird unten auf den Inseln zu uns stoßen. Der Sergeant ist ein zu guter Soldat, um seinen Rücken nicht zu decken, während er den Feind vorn ins Auge faßt.«

»Werden wir es mit Feinden zu tun haben?« fragte Mabel lächelnd und fühlte zum erstenmal einige Besorgnisse wegen der Gefahren, denen sie vielleicht entgegenging. »Ist es wahrscheinlich, daß es zu einem Gefecht kommt?«

»Wenn es dazu kommt, Mabel, so werden wir Euch schützen«, sagte Pfadfinder einfach. Es war so dunkel, daß Mabel die Züge des Jägers nicht sehen konnte, aber ihr liebliches Antlitz war ihm zugewendet. Doch Pfadfinder brachte es nicht über sich, über seine Gefühle zu sprechen. Er trat beiseite, lehnte sich auf seine Büchse und blickte wohl zehn Minuten lang in tiefem Schweigen zu den Sternen empor.

Inzwischen fand die Zusammenkunft zwischen Lundie und dem Sergeanten Dunham auf der Bastion statt.

»Sind die Tornister der Leute untersucht worden?« fragte Major Duncan, nachdem er den Bericht des Sergeanten gehört hatte.

»Alles in Ordnung, Euer Gnaden.«

»Ihr braucht unsere besten Leute, Sergeant Dunham. Wir versuchen es jetzt mit einer dritten Expedition. Die früheren führten nie zum Ziele. Nach so vielen Vorbereitungen und Ausgaben gebe ich den Plan nicht gern auf; aber dieser Versuch muß der letzte sein, und von Euch und Pfadfinder hängt allein der Erfolg ab.«

»Ihr dürft auf uns beide zählen, Major Duncan.«

»Ihr setzt in die Geschicklichkeit dieses Jasper Eau douce keinen Zweifel?«

»Der Junge ist auf die Probe gestellt worden und leistet, was man nur von ihm verlangen kann.«

»Er trägt einen französischen Namen und hat einen großen Teil seiner Kindheit in den französischen Kolonien verbracht – hat er französisches Blut in seinen Adern, Sergeant?«

»Keinen Tropfen, Euer Gnaden. – Jaspers Vater war ein alter Kamerad von mir, und seine Mutter gehört zu einer ehrlichen Familie in dieser Provinz.«

»Wie kam er so lange zu den Franzosen? Er spricht, höre ich, auch ihre Sprache.«

»Das erklärt sich leicht, Major Duncan. Der Knabe wurde der Sorgfalt eines Matrosen aus dem letzten Kriege überlassen, und der nahm ihn wie eine Ente mit auf das Wasser. Wir haben keine Häfen am Ontario, und er brachte natürlich seine meiste Zeit auf der anderen Seite des Sees zu, wo die Franzosen seit den letzten fünfzig Jahren einige größere Schiffe haben.«

»Ich habe eine anonyme Mitteilung erhalten, Sergeant, die mich auffordert, vor Jasper Western oder Eau douce, wie er genannt wird, auf der Hut zu sein. Er soll, wie man meldet, vom Feinde bestochen sein, und ich werde bald genauere Nachrichten erhalten«, sagte der Major.

»Briefe ohne Unterschrift, Herr, sind im Kriege kaum einer Beachtung wert.«

»Im Frieden, Dunham, nur im Frieden. Aber in Kriegszeiten ist die Sache anders. Man hat mir zum Beispiel angegeben, die Irokesen hätten Eure Tochter und ihre Begleitung auf der Reise nur darum entwischen lassen, um Jasper bei mir höher zu stellen. Man hat mir gesagt, die Herren zu Frontenac legten mehr Wert darauf, die ›Wolke‹ nebst dem Sergeanten Dunham und seiner Mannschaft zu kapern und so einen unserer Lieblingspläne zu vereiteln, als ein Mädchen zu rauben und den Skalp ihres Onkels zu nehmen.«

»Ich verstehe den Wink, Major, aber ich schenke ihm keinen Glauben.«

»Seid vorsichtig und schenkt diesem Jasper nicht unnötig Vertrauen. Macht den Pfadfinder zu Eurem Vertrauten; er kann Euch nützlich sein.«

»Gott sei mit Euer Gnaden! Sollte mir etwas zustoßen, Major Duncan, so hoffe ich, die Ehre eines alten Kriegers ist bei Euch in den besten Händen.«

»Verlaßt Euch darauf, Dunham — ich werde als Freund handeln — und seid wachsam! Und nun lebt wohl, Dunham.«

Der Sergeant nahm die dargebotene Hand seines Vorgesetzten, und sie trennten sich. Dunham verließ das Fort und setzte zum Kutter über. Nachdem er sich vergewissert hatte, daß seine Tochter und ihre Begleiterin auf der Schanze seien, führte er den Pfadfinder in die Hinterkajüte, schloß die Tür mit großer Vorsicht und überzeugte sich, daß man sie nicht belauschen konnte.

»Major Duncan hat eine Nachricht erhalten«, begann der Sergeant, »die ihm den Argwohn beibrachte, Eau douce sei ein Verräter und stehe im Sold des Feindes.«

»Wie?«

»Ich sage, der Major argwöhnt, Jasper sei ein französischer Spion — oder, was schlimmer ist, er sei gekauft, uns zu verraten.«

Der Pfadfinder schüttelte den Kopf und sagte: »Ich kenne Jasper Western von Kindheit an, und ich setze ebensoviel Vertrauen in seine Ehrlichkeit wie in meine eigene. Ich werde nichts Böses von Jasper glauben, bis sich meine Augen überzeugt haben. Schickt nach Eurem Schwager, Sergeant, wir wollen ihn fragen; denn mit Mißtrauen gegen einen Freund im Herzen schlafen ist gerade, als schliefe man mit Blei darin.«

Der Sergeant wußte zwar nicht, was sein Schwager bei dieser Angelegenheit sollte, willigte aber ein, und Cap wurde aufgefordert, sich der Beratung anzuschließen. Der Pfadfinder berichtete Cap kurz, was dem Sergeanten durch Major Duncan mitgeteilt worden war. Meister Cap fühlte sich durch das Vertrauen geehrt, und als man ihn nach seiner Meinung fragte, setzte er seinen Ehrgeiz daran, mit kleinen, besonders hellsichtigen Beobachtungen den Verdacht zu bestätigen. Es kam ihm weniger auf den Verräter an als darauf, seinen Scharfsinn zu beweisen. Der Sergeant war voller Zweifel, nur Pfadfinder glaubte fest an Jaspers Unschuld. Als sie sich trennten, war es aber um den Frieden der drei getan, und jeder nahm sich vor, Jasper zu beobachten.

Zwölftes Kapitel

Indessen ging auf dem Schiff alles seinen gewöhnlichen Lauf. Jasper schien auf den Landwind zu warten, während die Soldaten, die an ein frühes Aufstehen gewöhnt waren, bis auf den letzten Mann ihr Lager aufgesucht hatten. Außer den zwei weiblichen Reisenden und Leutnant Muir war niemand von der Mannschaft auf dem Deck geblieben. Der Quartiermeister war bemüht, sich Mabel angenehm zu machen, die aber nur aus Höflichkeit auf ihn achtete. Die Segel waren aufgezogen worden; aber noch rührte sich kein Windhauch, und der See war so glatt und ruhig, daß der Kutter nicht das geringste Zeichen einer Bewegung gab. Er war in der Strömung des Flusses kaum über eine Viertelmeile vom Lande abgetrieben. Der junge Jasper war auf der Schanze und nahe genug, um dann und wann die Unterhaltung zwischen Mabel und Muir zu hören. Das Mädchen beobachtete interessiert seine Bewegungen und verfolgte neugierig die kleinen Begebnisse auf dem Kutter. Endlich schwieg selbst Muir, und tiefe Stille herrschte ringsum. Plötzlich fiel das Blatt eines Riemens unten am Fort in ein Boot, und der Ton erreichte den Kutter so deutlich, als wäre es auf seinem Deck niedergefallen. Dann kam ein Murmeln wie ein Seufzen der Nacht, ein Flattern der Segel, das Ächzen des Mastes und das Schlagen des Klüvers. Diesen wohlbekannten Zeichen folgte das Schwellen aller Segel.

»Das ist der Wind, Anderson«, rief Jasper dem älteren seiner Matrosen zu, »nehmt das Ruder.«

Diesem kurzen Befehl wurde Folge geleistet, und nach wenigen Minuten hörte man das Wasser unter dem Vorderteil des Kutters plätschern, und die ›Wolke‹ glitt mit einer Geschwindigkeit von fünf Meilen in der Stunde auf den See. All das ging in der größten Stille vor sich, als Jaspers Stimme wieder rief: »Die Schoten ein wenig auslassen und am Ufer entlang gehalten!«

In diesem Augenblick erschien der Sergeant mit seinen beiden Begleitern von der Hinterkajüte wieder auf dem Deck.

»Ihr habt doch nicht Lust, Jasper, Bursche, Euch unseren Nachbarn, den Franzosen, zu sehr zu nähern?« bemerkte Muir, der diese Gelegenheit benutzte, die Unterhaltung wieder aufzunehmen.

»Ich suche dieses Ufer wegen des Windes, Herr Muir. Der Landwind ist immer nicht weit von dem Ufer am frischesten; freilich darf man nicht zu nahe kommen, wo man die Bäume in Lee hat. Wir müssen die Merikobai kreuzen, und das wird uns bei dem jetzigen Kurs genug hohle See geben.«

»Ich freue mich, daß es nicht die Bai von Mexiko ist«, warf Cap ein, »denn die möchte ich nicht in einem Eurer Binnenfahrzeuge besuchen. Führt das Schiff ein Luvsteuer, Meister Eau douce?«

»Die ›Wolke‹ bewegt sich leicht nach dem Steuer, Meister Cap, sie geht aber so gut wie ein anderes Schiff gern in den Wind.«
Mabel gewahrte ein Lächeln, das einen Augenblick auf Jaspers schönem Gesicht erschien; niemand anders aber sah dieses schnelle Zeichen des Staunens und der Verachtung.
»Ich hoffe«, fuhr Jasper fort, »diesen Landwind bis zu den ersten Inseln hin zu halten, und dann wird die Gefahr, von einem der kleinen Boote von Frontenac gesehen und verfolgt zu werden, nicht mehr so groß sein.«
»Glaubt Ihr, Jasper, die Franzosen hätten Spione hier auf der Höhe des Sees?« fragte Pfadfinder.
»Wir wissen, daß es der Fall ist; einer war am letzten Montag in der Nacht vor Oswego. Ein Kanu näherte sich der östlichen Spitze und setzte einen Indianer und einen Offizier ans Land. Wäret Ihr in jener Nacht, wie gewöhnlich, im Freien gewesen, so hätten wir Gefangene machen können.«
»Ich muß zugeben, Jasper«, sagte Pfadfinder langsam und betreten, »wäre ich in jener Nacht im Freien gewesen, vielleicht hätten wir sie bekommen.«
»Ihr habt den Abend bei uns verbracht, Pfadfinder«, bemerkte Mabel unschuldig, »wer immer im Walde unter Feinden lebt, ist entschuldigt, wenn er einmal einem alten Freunde und seiner Tochter etwas Gesellschaft leistet.«
»Gut – gut!« fiel Cap ein, »wie wißt Ihr aber, Meister Eau douce, daß zu jener Zeit Spione in unserer Nähe waren?«
Als der Matrose diese Worte sprach, trat er dem Sergeanten leicht auf den Fuß und stieß den Führer mit dem Ellenbogen an.
»Man weiß es, weil die Schlange am anderen Tag ihre Spur fand, und es war die eines Soldatenstiefels und eines Mokassins. Überdies sah einer unserer Jäger am anderen Morgen das Kanu auf Frontenac zurudern.«
»Führte die Spur in die Nähe der Garnison, Jasper?« fragte Pfadfinder.
»Unserer Ansicht nach nicht, obgleich sie natürlich auch nicht über den Fluß ging. Man folgte ihr bis zu der östlichen Spitze, an der Mündung des Flusses hinab, wo man sehen konnte, was im Hafen geschah; aber über den Fluß führte sie nicht.«
»Und warum warft Ihr Euch nicht auf das Wasser und machtet Jagd auf den Schurken?« fragte Cap. »Am Dienstag morgen hatten wir einen steifen Wind, bei dem der Kutter neun Knoten hätte laufen können.«
»Das kann wohl auf dem Meer gehen, Meister Cap«, sagte Pfadfinder, »aber hier läßt es sich nicht tun. Das Wasser läßt keine Spur zurück, und einen Mingo und einen Franzosen mag der Teufel verfolgen, wenn sie einmal im Ausreißen sind.«
»Wozu braucht man eine Spur, wenn das gejagte Boot vom Deck gesehen werden kann, wie es nach Jaspers eigenen Worten der Fall war?«

»Die Jagd auf ein Rindenkanu ist lang und meistens erfolglos«, sagte Jasper.
Cap führte nun seinen Schwager und den Pfadfinder beiseite und versicherte ihnen, Jaspers Bemerkungen über die Spione seien ›ein Indiz‹, und zwar ›ein bedeutendes Indiz‹, und verdiene, als solches von dem Sergeanten scharf ins Auge gefaßt zu werden. Jasper hatte so gut unterrichtet von den zwei Spionen gesprochen, die an Land gegangen waren; das erschien Cap als ein sprechender Beweis, daß er mehr von ihnen wußte. Obgleich ein großer Teil seiner Logik an dem Sergeanten verloren war, so blieb sie doch nicht ganz ohne Wirkung. Es kam dem alten Soldaten selbst etwas sonderbar vor, daß Spione in so unmittelbarer Nähe des Forts entdeckt worden sein sollten, ohne daß er etwas davon wußte, auch konnte er sich nicht denken, warum Jasper davon erfahren hatte. Pfadfinder aber betrachtete die Sache von einem anderen Gesichtspunkt aus. Er sah gar nichts Außerordentliches darin, daß Jasper die Tatsachen kannte, während er fühlte, daß es fast gewissenlos sei, daß er selbst jetzt zum ersten Male davon hörte. Er glaubte auch jetzt nicht an einen Verrat Jaspers, während die beiden anderen im Laufe des Gesprächs immer mißtrauischer wurden. Meister Cap aber hielt nach den letzten Tatsachen den jungen Süßwassermatrosen fast für überführt.
Während dieses Gesprächs saß Mabel schweigend an der Kajütentreppe. Leutnant Muir war in den unteren Raum gegangen, um nach seiner Einrichtung zu sehen, und Jasper stand ein wenig seitwärts mit gekreuzten Armen und lebhaften Augen, die von den Segeln auf die Wolken und von den Wolken auf die düsteren Umrisse der Ufer und von den Ufern auf den See und vom See wieder zurück auf die Segel gingen. Das Wetter war warm, wie es selbst im Sommer nicht immer der Fall in jener Gegend ist, während die Luft, die lebhaft vom Lande herüberwehte, die Kühle und den Duft der Wälder mitbrachte. Der Wind war bei weitem nicht frisch, obgleich er steif genug blies, um die ›Wolke‹ rasch voranzutreiben.
»Bei dieser Geschwindigkeit, Eau douce«, sagte Mabel, »werden wir unseren Bestimmungsort bald erreicht haben.«
»Es kann nicht weit sein, wenn wir in diesen Kurs steuern, denn wenn wir noch sechzig oder siebzig Meilen weiter sind, treten wir in den Sankt-Lorenz-Strom, den die Franzosen uns heiß machen möchten. Auf diesem See kann keine Reise sehr lang sein.«
»So sagt auch mein Oheim Cap. Mir freilich kommt der Unterschied zwischen dem Meer und dem Ontario nicht groß vor.«
»Ihr seid also auf dem Ozean gewesen? Ihr müßt einen Seemann, wie mich, dann ziemlich verachten, Mabel.«
»Welches Recht hätte ich, ein Mädchen, ohne Erfahrung, jemanden zu ver=

achten, am wenigsten einen Mann wie Euch, dem der Major sein Vertrauen schenkt und der ein Schiff befehligt? – Ich bin nie auf dem Meer gewesen, aber ich habe es gesehen.«

»Ich war besorgt, Mabel, Euer Oheim habe so viel gegen uns Süßwasser=matrosen vorgebracht, daß Ihr keine Achtung vor uns habt.«

»Macht Euch deshalb keine Sorgen, Jasper, denn ich kenne meinen Oheim. Aber wann werden wir am Ziel sein?«

»Ich kann Euch nicht mehr sagen, denn es ist unsere Pflicht, reinen Mund zu halten, mag etwas davon abhängen oder nicht. Ich glaube aber, ich werde Euch nicht lange genug in der ›Wolke‹ behalten, um Euch zu zeigen, was sie im Notfall kann.«

»Boot – ho!« hörte man plötzlich Cap rufen.

Jasper sprang vor, und in der Tat war ungefähr hundert Meter vor dem Kutter ein kleiner Gegenstand erkennbar. Jasper sah auf den ersten Blick, daß es ein Kanu war; denn, obgleich man in der Dunkelheit keine Farben erkennen konnte, so war doch das Auge, das an die Nacht gewöhnt war, imstande, Formen in geringer Entfernung zu unterscheiden.

»Vielleicht ist es ein Feind«, sagte der junge Mann, »wir wollen ihn ein=holen.«

»Er rudert aus allen Kräften, Bursche«, rief jetzt Pfadfinder, »und glaubt, unseren Kurs kreuzen und luvwärts kommen zu können, wo Ihr dann eben=sogut einem ausgewachsenen Bock in Schneeschuhen nacheilen könntet.«

»Luv gehalten!« rief Jasper dem Mann am Steuer zu. »Luv, so weit es geht – so, fest und dranbleiben!«

Der Steuermann gehorchte, und in ein oder zwei Minuten war das Kanu so nahe in Lee, daß an ein Entkommen nicht mehr zu denken war. Jasper sprang nun selbst ans Steuer, und durch ein geschicktes und rasches Manö=ver kam er dem gejagten Boot so nahe, daß man es mit einem Enterhaken anholen konnte. Die zwei im Kanu befindlichen Personen erhielten Befehl, das Boot zu verlassen, und als sie auf das Deck des Kutters kamen, erkannte man Pfeilspitze und sein Weib.

Das Zusammentreffen mit den Indianern erregte natürlich Argwohn auf allen Seiten. Pfadfinder, der allein mit den Gefangenen – denn als solche waren sie vorerst zu betrachten – sprechen konnte, nahm den Indianer bei=seite und unterhielt sich lange mit ihm über die Gründe, warum er seinen Pflichten untreu geworden war. Mit der Kaltblütigkeit eines Indianers hörte und beantwortete der Tuscarora die Fragen. Seine Entschuldigungen waren einfach und erschienen zuerst glaubwürdig. Als er gesehen habe, so erklärte er, daß alle damals in ihrem Versteck entdeckt waren, dachte er natürlich an seine eigene Sicherheit und flüchtete in die Wälder; denn er zweifelte nicht,

daß alle auf der Stelle ermordet werden würden. Er war davongelaufen, um sein Leben zu retten.
»Gut«, sagte Pfadfinder und stellte sich, als glaube er dem Indianer: »Mein Bruder hat sehr klug getan; aber sein Weib folgte?«
»Folgen die Weiber der Bleichgesichter ihren Männern nicht? Hätte Pfadfinder nicht zurückgeschaut, um zu sehen, ob die, die er liebt, ihm folge?«
Der Führer war in der Gemütsstimmung, einen Grund dieser Art in seiner ganzen Kraft zu fühlen und gelten zu lassen.
»Eure Worte sind ehrlich, und was Ihr sagt, ist recht und hört sich gut an«, sagte er. »Warum ist mein Bruder aber dem Fort so lange ferngeblieben? Seine Freunde haben oft an ihn gedacht, ihn aber nicht zu sehen bekommen.«
»Wenn das Reh dem Bock folgt, muß der Bock nicht dem Reh folgen?« antwortete der Tuscarora lächelnd und legte seinen Finger bedeutungsvoll auf die Schulter des Fragenden. »Junitau folgte ihrem Manne, und Pfeilspitze mußte seinem Weibe folgen. Das war recht. Sie verirrte sich und mußte sich in einem fremden Wigwam ihr Mahl bereiten.«
»Ich verstehe Euch, Tuscarora. Das Weib fiel den Mingos in die Hände, und Pfeilspitze folgte ihrer Spur.«
»Pfadfinder sieht einen Grund so leicht, wie er das Moos der Bäume sieht. Es ist so.«
»Und seit wann habt Ihr das Weib wieder, und wie wurde sie gerettet?«
»Zwei Sonnen. Junitau zögerte nicht, zu kommen, als ihr Mann ihr den Pfad zuflüsterte.«
»Gut – gut! Aber wie seid Ihr zu diesem Kanu gekommen, Tuscarora, und warum rudert mein Bruder dem Sankt Lorenz und nicht dem Fort entgegen?«
»Pfeilspitze braucht wegen der Antwort nicht verlegen zu sein. Dieses Kanu ist mein; ich fand es am Ufer, in der Nähe des Forts.«
»Warum kamt Ihr aber nicht in das Fort?«
»Pfadfinder weiß, daß ein Krieger Scham fühlen kann. Der Vater hätte mich nach seiner Tochter gefragt, und ich hätte sie ihm nicht geben können. Ich schickte Junitau nach dem Kanu, und niemand redete das Weib an.«
»Das fließt wie Wasser, das bergab strömt, Pfeilspitze«, antwortete Pfadfinder nach kurzem Nachdenken. »Noch eins aber wird mein Bruder mir sagen, und dann wird keine Wolke mehr zwischen seinem Wigwam und dem festen Hause der Engländer sein. Wenn sein Atem diesen kleinen Nebel noch wegblasen kann, werden seine Freunde auf ihn schauen können, wie er an seinem eigenen Feuer sitzt, und er kann sie schauen, wie sie ihre Waffen beiseite legen und vergessen, daß sie Krieger sind. Warum war

meines Bruders Kanu dem Sankt-Lorenz-Strom zugewendet, wo er weiß, daß dort nur Feinde zu finden sind?«

»Warum fuhren Pfadfinder und seine Freunde in dieser Richtung?« fragte der Tuscarora ruhig. – »Ein Tuscarora kann denselben Weg gehen wie ein Engländer. Pfeilspitze sah das große Kanu, und er blickt gern in das Gesicht von Eau douce. Er ging am Abend der Sonne entgegen, um seinen Wigwam aufzusuchen; da er aber sah, daß der junge Matrose den anderen Weg ging, wendete er um, um in dieselbe Richtung zu schauen. Eau douce und Pfeilspitze waren bei dem letzten Zug beisammen.«

»Dies mag alles wahr sein, Pfeilspitze, und Ihr seid willkommen. Ihr sollt mit uns essen, und dann müssen wir uns trennen. Die untergehende Sonne ist hinter uns, und wir gehen beide rasch; mein Bruder entfernt sich zu weit von dem, was er sucht, wenn er nicht umkehrt.«

Pfadfinder begab sich nun zu den übrigen und berichtete ihnen, was er gehört hatte. Er schien zu glauben, was Pfeilspitze ihm gesagt hatte, obgleich er zugab, daß es klug sein dürfte, vorsichtig gegen ihn zu sein.

»Dieser Bursche muß sogleich in Eisen geschlagen werden, Bruder Dunham«, sagte Cap, sobald Pfadfinder mit seiner Erzählung fertig war.

»Das klügste ist es wohl, den Gesellen festzunehmen«, antwortete der Sergeant, »Fesseln sind aber unnötig, solange er im Kutter bleibt. Morgen soll die Sache untersucht werden.«

Man rief Pfeilspitze herbei und teilte ihm die Entscheidung mit. Der Indianer hörte ernst zu und machte keine Einwendung; er unterwarf sich mit ruhiger, zurückhaltender Würde seinem Schicksal. Die Stunde kam nun, in der die Wache heraufbeordert wurde und gewöhnlich jeder sich zur Ruhe begab. Die meisten gingen in die unteren Räume, und nur Cap, der Sergeant, Jasper und zwei Matrosen blieben auf Deck. Auch Pfeilspitze und sein Weib blieben hier, und der Indianer stand stolz und schweigend im Hintergrund.

»Ihr werdet unten einen Platz für Euer Weib finden, und meine Tochter wird für ihre Bedürfnisse Sorge tragen«, sagte der Sergeant, der im Begriffe war, das Deck zu verlassen, freundlich, »und Ihr selbst findet dort ein Segel, auf das Ihr Euch legen könnt.«

»Ich danke meinem Vater, die Tuscarora sind nicht arm. Das Weib wird nach meinen Decken im Kanu sehen.«

»Wie Ihr wollt, mein Freund. Schickt Euer Weib in das Kanu, die Decken zu holen, und Ihr selbst könnt ihr folgen und uns die Ruder heraufreichen. – Da es in der ›Wolke‹ schläfrige Augen geben könnte, Eau douce«, flüsterte der Sergeant etwas leiser, »wird es nicht schaden, die Ruder in Sicherheit zu bringen.«

Jasper nickte, und Pfeilspitze und sein Weib, die an Widerstand nicht zu denken schienen, kamen dem Befehl schweigend nach. Bald hörte man einige scharf tadelnde Worte des Indianers gegen sein Weib, während beide in dem Kanu beschäftigt waren.

»Kommt, hier ist meine Hand! steigt herauf, Pfeilspitze«, sagte der Sergeant, der an der Bordwand stand und die Bewegungen der beiden überwachte, »es wird spät, und wir Soldaten haben den Grundsatz – früh zu Bett und früh heraus.«

»Pfeilspitze kommt!« sagte der Tuscarora und kam an das vordere Ende des Kanus. Ein Schnitt seines scharfen Messers trennte plötzlich das Tau, das sein Boot hielt, vom Kutter, der nach vorne schoß und die leichte Nußschale sozusagen auf der Stelle ließ.
Dieses Manöver war so rasch und geschickt ausgeführt worden, daß das Kanu schon auf der Leeseite des Kutters war, als der Sergeant die List gewahrte, und schon ganz im Kielwasser schwamm, als er sie seinen Gefährten mitteilte.
»Hart Lee!« schrie Jasper und ließ das Klüversegel mit eigener Hand fliegen, wodurch der Kutter rasch in den Wind kam, und seine Leinwand flatterte, bis das leichte Fahrzeug hundert Fuß luvwärts von seiner früheren Stellung war. So rasch und geschickt diese Wendung war und so sicher sie zum Ziele zu führen schien, so war sie doch nicht rascher und eiliger als die des Tuscarora. Der Indianer hatte sein Ruder gefaßt und flog, von seinem Weib unterstützt, wie der Wind über die Wellen. Die Richtung, die er einschlug, war südwestlich oder in einer Linie, die ihn gegen den Wind und das Ufer führte. Da die ›Wolke‹ auch rasch in den Wind geschossen war, so sah Jasper, daß es nötig war, sie abfallen zu lassen, bevor sie ihre Fahrt ganz verloren hatte.
»Er wird entkommen!« sagte Jasper. »Der Schurke rudert gerade windwärts, und der Kutter ist nicht imstande, ihn einzuholen.«
»Ihr habt ein Kanu«, rief der Sergeant, der die Verfolgung mit dem Eifer eines Jungen betrieb: »Auf das Wasser mit dem Kanu und Jagd gemacht!«
»Es wird umsonst sein! Wäre Pfadfinder auf Deck gewesen, so hätten wir vielleicht noch Hoffnung gehabt; jetzt ist aber keine mehr. Vor drei oder vier Minuten kann das Kanu nicht im Wasser sein, und diese Zeit, die wir verlieren, reicht für die Indianer hin.«
Cap sowohl als der Sergeant sahen ein, daß Jasper recht hatte; in der Tat hätte der Unerfahrenste sich leicht davon überzeugt. Das Ufer war etwa eine halbe Meile entfernt, und das Kanu schoß bereits in dessen Schatten, und zwar mit einer Geschwindigkeit, die zeigte, daß es das Land erreichen würde, ehe seine Verfolger den halben Weg hinter sich sähen. Das Kanu hätte man haben können, es wäre aber eine nutzlose Beute gewesen, denn wenn Pfeilspitze in den Wäldern war, so konnte er das andere Ufer leichter und gefahrloser erreichen, als wenn er sich wieder mit einem Kanu auf den See wagte.
Das Steuer des Kutters wurde ungern wieder gehoben, die ›Wolke‹ wendete und kam gleichsam instinktartig in ihren alten Kurs.
All das vollbrachte Jasper in tiefem Schweigen, da seine Gehilfen verstanden, was der Augenblick forderte, und gleichsam mechanisch zur Hand wa-

ren. Inzwischen nahm Cap den Sergeanten beiseite und führte ihn an die Kajütentür, wo er keinen Lauscher fürchtete.
»Hört, Bruder Dunham«, sagte er mit einer ernsten Miene, »das ist eine Sache, die reiflich überdacht sein will und viele Umsicht fordert. Ich betrachte dieses Festnehmen des Indianers für ein Indiz, und sein Entweichen kommt mir fast auch als ein solches vor. Dieser Jasper Süßwasser mag sich in acht nehmen. Der Kutter läuft jetzt sechs Knoten, und da die Entfernungen auf diesem Stückchen Teich so ungemein gering sind, so können wir, ehe der Tag kommt, in einem französischen Hafen, und ehe es Nacht wird, in einem französischen Gefängnis sein.«
»Das kann ganz richtig sein; was würdet Ihr mir raten, Bruder?«
»Meiner Ansicht nach müßt Ihr diesen Meister Süßwasser auf der Stelle verhaften lassen; schickt ihn in den unteren Raum, gebt ihm eine Wache, und übertragt mir den Befehl über den Kutter. Ihr habt oberste Befehlsgewalt, da das Fahrzeug dem Heer untersteht.«
Sergeant Dunham dachte länger als eine Stunde über diesen Vorschlag nach. Die Gewohnheit, die persönliche Polizeigewalt in der Garnison auszuüben, hatte ihn gelehrt, Menschen zu beurteilen, und er war geneigt, von Jasper gut zu denken. Die List und die Ränke der Franzosen aber waren so gefürchtet, daß es nach der dringlichen Mahnung, die er von seinem Kommandanten erhalten hatte, nicht verwunderlich war, wenn er allmählich ernste Bedenken hegte. In dieser Verlegenheit zog der Sergeant den Quartiermeister zu Rat, dessen Ansicht er zu achten hatte, wenn er auch in diesem Augenblicke nicht unter seinem Befehl stand. Leutnant Muir war viel zu klug, um gegen den Onkel und den Vater des Mädchens, die er zu gewinnen hoffte, eine Ansicht zu vertreten, und wie ihm die Vorgänge dargelegt wurden, neigte er ernstlich dazu, daß es geraten sei, den Befehl über den Kutter einstweilen als Vorsichtsmaßregel gegen Verräterei in die Hände Caps zu geben.
Diese Ansicht machte der Ungewißheit des Sergeanten ein Ende. Er sagte Jasper, ohne sich auf weitere Erläuterungen einzulassen, er halte es für seine Pflicht, ihm für den Augenblick den Befehl über den Kutter abzunehmen und ihn seinem Schwager zu übertragen. Der unwillkürlichen Überraschung, die der junge Mann zeigte, begegnete er mit der ruhigen Bemerkung, der Militärdienst fordere oft das Verschweigen besonderer Gründe, und der jetzige Schritt sei eine für ihn unerläßliche Pflicht. Der Sergeant hütete sich, irgendeine Anspielung auf seinen Argwohn zu machen, und Jasper war an militärischen Gehorsam so gewöhnt, daß er sich ruhig in sein Schicksal ergab. Er befahl den Matrosen, nunmehr Caps Befehlen zu gehorchen, bis die Lage der Dinge sich ändere. Als man ihm aber sagte, daß auch sein Lotse

abtreten müsse, machte er ein sehr ernstes und besorgtes Gesicht. Sobald die beiden im unteren Raum waren, erhielt die Wache an der Luke geheimen Befehl, auf beide ein wachsames Auge zu haben, keinem zu erlauben, ohne Wissen des Befehlshabers des Kutters auf das Deck zu kommen, und darauf zu bestehen, daß sie so schnell wie möglich wieder hinabgingen. Diese Vorsicht war jedoch unnötig; denn Jasper und sein Lotse warfen sich schweigend auf ihr Lager, und keiner von ihnen verließ es diese Nacht wieder.

»Und nun, Sergeant«, sagte Cap, sobald er den Befehl über den Kutter in seinen Händen sah, »werdet Ihr vor allem die Güte haben, mir die Kurse und Entfernungen zu geben; damit ich sehe, daß das Boot den Kopf auf die rechte Seite dreht.«

»Ich weiß von all dem nichts, Bruder Cap«, versetzte Dunham, den die Frage nicht wenig verlegen machte. — »Unsere Aufgabe ist, so schnell wie möglich die Posten auf den ›Tausendinseln‹ zu erreichen, um uns dort weitere Instruktionen zu verschaffen.«

»Aber Ihr werdet doch eine Karte — etwas über die Haltung und die Distanzen beibringen können, damit ich meinen Weg kennenlerne?«

»Ich glaube nicht, daß Jasper irgend etwas der Art hat, das ihm den Weg zeigt.«

»Keine Karte, Sergeant Dunham?«

»Auch nicht einen einzigen Federstrich. Unsere Matrosen befahren diesen See ohne Karten.«

»Den Teufel tun sie! Glaubt Ihr, Sergeant Dunham, ich sei imstande, aus tausend Inseln eine herauszufinden, wenn ich ihren Namen, ihre Lage nicht weiß, nicht einmal einen Kurs oder eine Distanz habe?«

»Vielleicht kann einer der Matrosen auf dem Deck uns den Weg angeben.«

»Ruhig, Sergeant — ruhig, einen Augenblick, Sergeant Dunham. Ich habe über dieses Fahrzeug zu befehlen, und zwar ohne mit dem Schiffskoch und dem Kajütenjungen Kriegsrat zu halten. Der Steuermann ist der Steuermann, und er muß seine eigene Ansicht haben, wenn sie auch falsch wäre. Ich glaube, Ihr kennt den Dienst hinreichend, daß es besser ist, wenn der Befehlshaber einen falschen Weg geht, als wenn er gar keinen Weg geht. Nein, Mann — sinke ich, so sinke ich — aber ich will verdammt sein, wenn ich nicht mit Würde hinabgehe.«

»Aber, Bruder Cap, ich habe keine Lust, irgendwo anders hinabzugehen als zu dem Posten auf den ›Tausendinseln‹, wohin wir beordert sind.«

»Gut — gut, Sergeant — ehe ich einen Matrosen vom Fockmast oder irgend jemand anderes als einen Offizier um Rat — das heißt geradezu und unumwunden um Rat frage, will ich bei dem ganzen Tausend die Runde machen und eine nach der anderen untersuchen, bis wir in dem rechten Hafen sind.«

»Ich weiß, daß wir jetzt in der rechten Richtung steuern«, sagte der Sergeant, »aber in einigen Stunden werden wir an einer Landspitze vorbei sein, und dann müssen wir unseren Weg mit größerer Vorsicht suchen.«
»Laßt mich den Mann am Steuer vorsichtig anpumpen, Bruder, und Ihr werdet sehen, daß er in wenigen Minuten schwer hängt.«
Cap und der Sergeant gingen nach hinten und stellten sich zu dem Mann an dem Rad.
Cap zeigte eine Sicherheit und Ruhe, als wenn er keines Menschen Hilfe bedürfe.
»Eine ganz gesunde Luft, das, Bursche«, bemerkte Cap, gleichsam hingeworfen, so wie ein höherer Offizier an Bord eines Schiffes sich zuweilen herabläßt, mit einem Untergebenen zu sprechen. »Ihr habt diesen Wind landab gewöhnlich?«
»Ja – in dieser Jahreszeit, Herr!« antwortete der Mann und griff aus Achtung vor dem neuen Befehlshaber und dem Verwandten des Sergeanten an seinen Hut.
»Ebenso, denke ich, auch bei den ›Tausendinseln‹? Der Wind wird stehen, obgleich wir dann auf jeder Seite Land haben werden.«
»Wenn wir weiter östlich kommen, Herr, wird der Wind wahrscheinlich umspringen, denn dort kann von einem eigentlichen Landwind nicht die Rede sein.«
»Ja – ja – Süßwasser! Es hat immer eine Laune, die der Natur widerspricht. Bei den Westindischen Inseln ist man ebenso sicher, einen Landwind zu haben, wie man sicher ist, einen Seewind zu haben. Bursche, dir ist doch alles um die besagten ›Tausendinseln‹ herum bekannt?«
»Gott sei mit mir, Meister Cap! Niemand weiß alles davon. Sie setzen den ältesten Matrosen, der diesen See befährt, in Verlegenheit, und wir können nicht einmal sagen, daß wir ihre Namen kennen.«
»Ich glaube, Johann«, fuhr Cap fort, »Euer Name ist wohl Jakob?«
»Nein, Herr – ich heiße Robert!«
»Ah, Robert – nun, es ist einerlei, Jack oder Rob, wir machen keinen Unterschied unter diesen Namen. Ich sage, Rob, haben wir einen guten Haltegrund unten an dem Posten, wohin wir segeln?«
»Du meine Güte, Herr! Ich weiß nicht mehr davon als ein Mohikaner oder ein Soldat vom fünfundfünfzigsten Regiment.«
»Warft Ihr nie einen Anker dort?«
»Nie, Herr! Meister Eau douce legt immer am Ufer an.«
Der Sergeant lachte verdrießlich.
»Kein Kirchturm? Kein Leuchtturm? Kein Fort, he? Es ist doch eine Garnison dort, wie Ihr es zu nennen pflegt?«

»Fragt Sergeant Dunham, Herr, wenn Ihr dies wissen wollt. Die ganze Garnison ist an Bord des Kutters.«
»Aber welchen Eingang zu den Inseln haltet Ihr für den besten – den, durch welchen Ihr zuletzt einlieft – oder – oder den anderen?«
»Ich weiß es nicht, Herr – ich kenne beide nicht.«
»Ihr wart doch nicht am Ruder eingeschlafen, Bursche –«
»Nicht am Ruder, Herr – aber unten in der Vorderkajüte, wo meine Hängematte ist. Eau douce schickte uns, Soldaten und alle, den Lotsen ausgenommen, hinab, und wir wissen von der Reede nicht mehr, als wenn wir nie dort gewesen wären. So verfuhr er immer, wenn wir ein- und ausliefen. Außer Jasper und dem Lotsen kann Euch niemand etwas von der Sache sagen.«
»Das ist ein Indiz für Euch, Sergeant«, sagte Cap und führte seinen Schwager ein wenig beiseite. »Es ist niemand an Bord, von dem etwas zu erfahren wäre – sie sind alle die Unwissenheit selbst. Wie soll ich in Teufels Namen den Weg zu dem Posten finden, an den wir beordert sind?«
»Gewiß, Bruder Cap – es ist leichter, diese Frage zu stellen, als sie zu beantworten.«
»Wenn ich Euch recht verstanden habe, Sergeant, so liegt dieser Posten oder dieses Blockhaus äußerst versteckt.«
»Das ist in der Tat der Fall; denn man will den Feind über die Lage des Postens in Ungewißheit lassen.«
»Und von mir erwartet Ihr, daß ich diesen Ort ohne Karte, Kurs, Distanz, Länge, Breite – ohne Senklot – ja, ich will verdammt sein, ohne Talg finden soll?«
»Nun, Bruder – vielleicht könnt Ihr noch etwas erfahren, wenn Ihr den jungen Mann am Ruder fragt; ich glaube nicht, daß er so unwissend ist, wie er tut.«
Cap und der Sergeant gingen nun wieder an das Steuer zurück, und der erstere begann seine Fragen von neuem.
»Kennt Ihr vielleicht die Länge und Breite der bewußten Insel, mein Junge?« fragte er.
»Was, Herr?«
»Nun – die Länge und Breite – ich frage nur, um zu sehen, wie man junge Leute auf diesem Stück Süßwasser erzieht.«
»Herr, ich weiß zufällig nicht, was Ihr meint.«
»Ihr wißt nicht, was ich meine? – Wißt Ihr nicht, was Breite ist?«
»Nein, Herr«, erwiderte der Mann zögernd, »ich glaube, es ist Französisch von den oberen Seen.«
»Pfi – i – ih!« pfiff Cap. »Breite! Französisch von den oberen Seen! – Hört, junger Mensch, wißt Ihr, was Länge heißt?«

»Ich glaube, Herr! – Nämlich fünf Fuß sechs Zoll, die vorgeschriebene Höhe für Soldaten in des Königs Dienst.«
»Da habt Ihr die Länge, Sergeant, an einem Meßstockschieber gefunden.«
»Ihr habt doch einige Kenntnis von Graden – von Minuten und Sekunden, hoffe ich?«
»Ja, Herr – Grad ist der Rang über mir, und Minuten und Sekunden sind für die langen und kurzen Loglinien. Wir wissen das so gut wie die Salzwasserseeleute.«
»Ich will verdammt sein, Bruder, hier ist Hopfen und Malz verloren. – Ich werde noch zwei Stunden auf diesem Kurs bleiben, dann holen wir an und lassen das Lot fallen, wonach wir uns von Umständen werden leiten lassen.«
Der Sergeant hatte nichts dagegen einzuwenden, und da mit dem Fortschreiten der Nacht der Wind, wie gewöhnlich, leichter wurde und sich der Fahrt keine unmittelbaren Hindernisse entgegenstellten, machte er sich aus einem Schiffssegel ein Lager und fiel bald in den gesunden Schlaf eines Soldaten. Cap wanderte fortwährend auf dem Deck hin und her; denn er gehörte zu den Leuten, deren eiserne Muskeln jeder Ermüdung Trotz bieten, und er schloß sein Auge in dieser Nacht nicht eine Sekunde. Es war heller Tag, als Sergeant Dunham erwachte. Er fuhr mit einem lauten »Donnerwetter!« auf, als er sah, daß sich das Wetter vollständig geändert hatte. Die Aussicht war durch jagende Nebel verdeckt, und der See tobte und schäumte. Der Kutter lag beigedreht.
Nach dem Bericht des Meisters Cap war der Wind gegen Mitternacht, als sich eben von vorn die Inseln zeigten, ganz abgeflaut! Um ein Uhr nach Mitternacht blies er aus Nordosten, und ein feiner Regen stellte sich ein, worauf er nordwärts und westwärts abdrehte. Um halb zwei nahm er den oberen Klüver ein und reffte das große Segel. Um zwei Uhr mußte er hinten reffen, und um halb drei hatte er ein Sturmreff in das Segel gebracht und lag beigedreht.
»Ich kann nicht umhin, zu bekennen, daß das Boot sich gut hält, Sergeant«, setzte der alte Seemann hinzu, »aber es bläst Zweiundvierzigpfünder.« Er spie den sprühenden Schaum, der ihm eben ins Gesicht spritzte, aus dem Mund. »Wenn dieses verdammte Wasser nur im geringsten nach Salz schmeckte, so könnte man sich ganz behaglich fühlen.«
»Wie lange seid Ihr in dieser Richtung gesteuert, Bruder Cap?« fragte der Sergeant, »und wie bewegen wir uns vorwärts?«
»Nun – zwei oder drei Stunden, und das Schiff flog in der ersten Zeit schnell dahin. Wir haben jetzt einen hübschen, offenen Raum vor uns; denn, die Wahrheit zu sagen, ich hatte an der Nähe der besagten Inseln, obgleich wir sie windwärts hatten, gar keinen Gefallen, sondern nahm das Ruder

selbst und ließ es ein oder zwei Stunden frei ablaufen. Dort drüben liegen die Inseln im Nebel, und dort mögen sie bleiben — Charles Cap bekümmert sich nicht sehr darum.«
»Ehe ich mein Kommando an den kanadischen Ufern scheitern lasse, halte ich es für meine Pflicht, Jasper aus seiner Haft heraufzurufen.«
»Um in den Hafen von Frontenac einzulaufen. — Nein, Sergeant, die ›Wolke‹ ist in guten Händen und wird jetzt etwas von wahrer Seefahrerkunst lernen. Wir haben ein schönes, offenes Wasser vor uns, und nur ein Wahnsinniger würde in dieser Bö daran denken, an eine Küste anzulaufen. Überlaßt mir nur alles, Sergeant, und ich setze meinen Ruf als Seemann zum Pfand, daß alles gut gehen wird.«
Sergeant Dunham gab gern nach. Er setzte das größte Vertrauen in seines Schwagers seemännische Geschicklichkeit.

Dreizehntes Kapitel

Etwas später erschienen alle, denen es erlaubt war, heraufzukommen, auf Deck. Die Wellen waren jetzt noch nicht sehr hoch, woraus man schließen konnte, daß der Kutter noch unter dem Windschutz der Inseln war. Alle aber, denen der See bekannt war, sahen schnell, daß einer der heftigsten Herbststürme dieser Gegend hereingebrochen war. Nirgends war Land zu sehen, und der Horizont zeigte nach allen Seiten eine düstere Leere. Die Wellen waren kurz und brachen sich leichter als die längeren Wogen des Meeres. Die Soldaten hatten an der Aussicht bald genug, und einer nach dem anderen verschwand, so daß zuletzt niemand mehr auf dem Deck war als die Matrosen, der Sergeant, Cap, Pfadfinder, der Quartiermeister und Mabel. Das Mädchen hatte sich vergeblich bemüht, zu Jaspers Gunsten zu sprechen und den Befehl über das Schiff wieder in seine Hände zu bringen. Auch Pfadfinder hatten die Ruhe und das Nachdenken in der Nacht in seiner Ansicht von der Unschuld des jungen Mannes bestärkt. Er hatte sich warm, aber ebenso erfolglos für seinen Freund verwendet.
Mehrere Stunden vergingen; der Wind wurde allmählich heftiger, und die Wellen hoben sich, bis die Bewegung des Kutters auch Mabel und den Quartiermeister zwang, sich in die unteren Räume zu begeben. Alles das war jedoch Cap nicht unbehaglich. Er war nicht mehr der mäkelnde, argwöhnische, eigensinnige Tadler, der über Kleinigkeiten zankte und unwesentliche Dinge übertrieb, sondern zeigte die Eigenschaften des kühnen und erfahrenen Seemanns, der er wirklich war. Die Matrosen fühlten bald Achtung vor seiner Geschicklichkeit, und obgleich sie sich über das Verschwin-

den ihres alten Kapitäns und des Lotsen wunderten, für das man keinen Grund und keine Entschuldigung angegeben hatte, leisteten sie ihm doch unbedingten Gehorsam.

»Dieses Süßwasser hat doch, nach allem, Bruder Dunham, einiges Leben, finde ich«, rief Cap gegen Mittag und rieb sich die Hände in reinem Vergnügen. »Der Wind scheint eine ehrliche altmodische Bö zu sein, und die Wellen haben eine liebliche Ähnlichkeit mit denen des Golfstroms. Ich liebe das, Sergeant, und werde anfangen, Euren See einigermaßen zu achten, wenn er nur vierundzwanzig Stunden so aushält, wie er begonnen hat.«

»Land, ahoi!« rief der Mann, der auf der Back postiert war.

Cap eilte nach vorn. Und wirklich – durch die regnerische Luft sah man in der Entfernung von etwa einer halben Meile Land, und der Kutter hielt gerade darauf zu. Im ersten Augenblick wollte der alte Seemann rufen: »Beigehalten! Vom Ufer abgefiert!«, aber der Sergeant hielt ihn zurück.

»Wenn wir ein wenig näher ziehen«, sagte er, »so erkennt vielleicht einer von uns die Gegend. In diesem Teil des Sees ist den meisten von uns das amerikanische Ufer bekannt, und wir haben etwas gewonnen, wenn wir erfahren, wo wir sind.«

»Gut, und wenn dazu irgendeine Aussicht ist, so wollen wir darauf zuhalten. Was ist das dort – ein wenig in Luv? Es sieht aus wie ein niedriger Bergvorsprung.«

»Die Garnison, bei Gott!« rief der andere, dessen scharfes Auge die befestigten Anlagen des Forts erkannt hatte.

Der Sergeant hatte sich nicht geirrt. Dort lag wirklich das Fort, obgleich es durch den feinen Regen trüb und unbestimmt aussah. Die niedrigen, vorstrebenden, grünen Wälle – die düsteren Palisaden, durch den Regen jetzt fast geschwärzt – das Dach eines Hauses, eines zweiten – die schlanke, einsame Wimpelstange – alles war sichtbar, nur von lebendigen Wesen war nichts zu sehen. Selbst die Schildwache war untergetreten, und man glaubte anfangs, kein Auge würde die Anwesenheit des Kutters bemerken. Aber die Wachsamkeit einer Grenzgarnison ließ das nicht zu. Wahrscheinlich machte einer die interessante Entdeckung – bald zeigten sich zwei, drei Leute auf den hohen Standorten, und dann wimmelten alle Wälle, die nach dem See hin lagen, von Soldaten. Keinen Augenblick ließ das Brüllen des Windes nach, und die tobenden Wellen erwiderten sein dumpfes Heulen. Das Sprühen des Regens wirkte wie ein dünner Nebel, durch den das nahe Ufer geheimnisvoll herübersah.

»Sie sehen uns«, sagte der Sergeant, »und glauben, wir kehrten des Sturmes wegen zurück. Ja – ja, dort ist Major Duncan selbst – ich erkenne ihn an seiner Größe und an den Offizieren, von denen er umgeben ist.«

»Ich sehe es, Sergeant, und doch müssen wir weg von hier. Was mich selbst angeht, so bin ich bei schwerem Wetter nie glücklicher, als wenn ich sicher weiß, daß das Land weit hinter mir ist.«

Der Kutter hatte sich jetzt so nahe herangearbeitet, daß es nötig wurde, ihn wieder landab zu bringen. Die unteren Stagsegel wurden vorwärts aufgesetzt, die Gaffel niedergelassen, das Ruder gehoben, und das leichte Fahrzeug fiel ein wenig ab, wendete rasch, und bald sah man es toll vor dem Winde auf den Wellen dahinschießen. Obgleich das Land auf der Backbordseite noch sichtbar blieb, so verschwanden doch bei dieser reißenden Schnelligkeit das Fort und die Gruppen der ängstlich schauenden Leute im Nu aus den Augen. Das Ufer war nach einer Weile ebenfalls nicht mehr zu sehen, die ›Wolke‹ befand sich wieder auf dem offenen See und hielt ihren Kurs nach Norden. Stunden vergingen nun, ehe irgend etwas geändert wurde, und der Wind nahm so mächtig zu, daß selbst der eigensinnige Cap endlich ehrlich zugab, jetzt sei ein echtes Unwetter zur Hand. Gegen Sonnenuntergang wendete die ›Wolke‹ wieder, um während der Nacht vom nördlichen Ufer fern zu bleiben. Gegen Mitternacht glaubte Cap, er befände sich etwa in der Mitte zwischen den beiden Ufern. Die Höhe und Länge der Wellen bestätigten diese Ansicht, und der alte Seemann begann jetzt eine Achtung vor dem süßen Wasser zu fühlen, über das er früher nur gespottet hatte.

Kurz nach Mitternacht wurde die Wut des Windes so groß, daß Cap es für unmöglich hielt, ihm zu widerstehen. Das Wasser stürzte sich in solchen Massen über das kleine Fahrzeug, daß es in seinen Verbänden erzitterte und unter der Wucht der Wellen zu versinken schien. Die Matrosen des Kutters gestanden, daß sie noch nie in einem solchen Sturm draußen gewesen waren. Jasper, der alle Flüsse, Vorberge und Buchten kannte, würde den Kutter längst an das Ufer gebracht und an einem sicheren Ankerplatz geborgen haben. Aber Cap wies es immer noch verächtlich von sich, den jungen Mann um Rat zu fragen.

Es war ein Uhr nach Mitternacht, als der Kutter wieder vor den Wind gebracht wurde. Obgleich die Leinwand, die jetzt ausgesetzt blieb, ein bloßer Fetzen war, wurde die Schnelligkeit des Kutters nicht geringer. Der grauende Tag brachte keine Abwechslung; denn die Sicht blieb beschränkt, und nur das wütende Element umgab das Schiff in seiner grauen, eintönigen Farbe. Das Frühstück wurde schweigend eingenommen, und jeder blickte den anderen an, als wolle er ihn schweigend fragen, wie dieser wilde Kampf enden werde. Cap war jedoch vollkommen gefaßt, und sein Gesicht glänzte, sein Schritt wurde fester und sein ganzes Wesen zuversichtlicher, als der Sturm wuchs und seine seemännische Geschicklichkeit und seinen persönlichen Mut ganz in Anspruch nahm. Die Arme gekreuzt und langsam den

Körper wiegend, so stand er auf der Back, während seine Augen auf die Wellen gerichtet waren, die sich brachen und an dem treibenden Kutter vorbeischoben.
Plötzlich rief einer der Matrosen laut: »Ein Schiff!« und deutete nach vorn in die trübe Dämmerung.
Cap erkannte sofort, daß er recht hatte. Das fremde Schiff war ungefähr zwei Kabellängen vor der ›Wolke‹ und steuerte seinen Kurs nach dem Wind. Es war ein seefestes Schiff und schien in Bau und Takelung musterhaft zu sein. Es hatte kein anderes Tuch gesetzt als ein enggerefftes großes Bramsegel und zwei kleine Sturmsegel, das eine vorn und das andere achtern.
»Der Bursche muß seine Position gut kennen«, sagte Cap, als der Kutter mit einer Geschwindigkeit, die fast der des Sturmes glich, auf das Schiff zuflog, »denn er hält kühn nach Süden ab, wo er Ankergrund oder einen Hafen zu finden hofft.«
»Wir haben eine furchtbare Fahrt gemacht, Kapitän«, sagte der Mann, an den Cap seine Worte gerichtet hatte. – »Das ist das Schiff des Königs von Frankreich, ›Le Montcalm‹, und es hält nach dem Mägara ab, wo eine Garnison und ein Fort liegen.«
»Das Wetter auf ihn! Echt französisch – sobald er ein englisches Boot sieht, läuft er dem Hafen zu.«
»Es wäre gut für uns, wenn wir ihm folgen könnten«, antwortete der Mann und schüttelte den Kopf verzweifelt, »denn wir kommen in eine Bucht am oberen Teil des Sees, und es ist die Frage, ob wir je wieder herauskommen.«
»Mann, wir haben Seeraum genug vor uns und unter uns ein gutes englisches Schiff. Vergeßt das Ruder nicht, Bursche!«
Die ›Wolke‹ ging nun gerade in die Kiellinie des Franzosen, und da die Entfernung zwischen den beiden Schiffen nur noch hundert Meter betrug, war fast ein Zusammenstoß zu fürchten.
»Hart backbord – Ruder!« rief Cap.
Die Schiffsbesatzung des Franzosen sammelte sich luvwärts, und einige Gewehre wurden gerichtet, als wolle man den Leuten der ›Wolke‹ befehlen, abzuhalten. Der See war jedoch zu wild, um irgendeine Feindseligkeit zuzulassen. Das Wasser strömte aus den Mündungen der zwei oder drei leichten Kanonen an Bord des Schiffes. Niemand dachte daran, sie bei solchem Wetter brauchbar zu machen. Nur der Wind heulte in der Takelage und pfiff in tausend Tönen.
»Hart backbord – Ruder!« rief Cap.
Der Mann am Rade gehorchte, und die nächste Woge brachte die ›Wolke‹ so nahe, daß selbst der alte Cap einen Schritt zurücktrat, da er erwartete, daß sie bei dem nächsten Anprall in die Rippen des anderen Schiffes treiben

würden. Aber im nächsten Augenblick schoß die ›Wolke‹ in nächster Nähe des Feindes vorüber, ohne das Schiff zu berühren.
Der junge Franzose, der die ›Montcalm‹ befehligte, sprang auf die Kajüte und zog seine Mütze und lächelte, als die ›Wolke‹ vorüberschoß. Für Cap aber war diese Höflichkeit verloren.
»Es ist ein verdammtes Glück für Euch, daß wir keine Kanonen an Bord haben, sonst würde ich Euch etwas zuschicken, das neue Kajütenluken nötig machte«, rief der alte Seemann wütend.
»Er war höflich, Bruder Cap«, sagte der Sergeant, der den Gruß erwidert hatte. »Aber was er eigentlich damit sagen wollte, weiß ich nicht.«
»Er hat sich bei einem solchen Wetter nicht ohne Zweck auf den See treiben lassen. Gut, laß ihn einlaufen, wenn er hinkommen kann; wir wollen den See halten wie echte englische Seeleute.«
Das klang ganz zuversichtlich, aber im Grunde war Cap schon recht bedenklich geworden. Nach wenigen Stunden begann die Dunkelheit, und die Gefahren für die ›Wolke‹ wurden wieder größer. Ein kurzes Nachlassen der Bö hatte Cap veranlaßt, wieder in den Wind zu gehen, und die ganze Nacht lag der Kutter beigedreht. Cap schlief trotz des heulenden Sturms mehrere Stunden dieser Nacht ausgezeichnet. Der Tag graute eben, als er fühlte, daß ihn jemand am Arm schüttelte. Er raffte sich auf und sah den Pfadfinder an seiner Seite stehen. Während des Sturmes hatte sich der Führer selten auf dem Deck gezeigt; denn er fühlte sich dort nicht recht am Platze. Jetzt aber deutete er wortlos leewärts und sah den alten Seebären fragend an. Cap rieb sich die Augen.
»Land – so gewiß ich Cap heiße! Und Hochland sogar!«
Der Pfadfinder antwortete nicht gleich. Er schüttelte den Kopf und schien ernstlich besorgt zu sein.
»Land!« wiederholte Cap, »ein Seeufer und obendrein nur eine Stunde entfernt, mit einer so schönen Brandungskette, wie man sie nur an dem Strande von Long Island finden kann.«
»Ist dies ermutigend oder entmutigend?« fragte Pfadfinder.
»Wir sind in einer sehr ernsten Lage, wie es scheint, Bruder Cap«, sagte der Sergeant, der jetzt zu den beiden herantrat, »wenigstens sagten es die zwei Matrosen auf der Back. Sie meinen, der Kutter könne keine Segel mehr tragen, und seine Trift sei so groß, daß wir in einer oder zwei Stunden an das Ufer getrieben würden.«
Cap antwortete nicht, sondern wendete sein Auge dem Lande zu, und in seinen Zügen war ein besorgter Ausdruck nicht zu verkennen.
»Es dürfte gut sein, Bruder«, fuhr der Sergeant fort, »nach Jasper zu schikken und seinen Rat zu hören, was zu tun ist. Hier sind keine Franzosen zu

fürchten, und unter allen Umständen wird uns der Bursche, wenn möglich, vor dem Ertrinken retten.«

»Ja – ja – die verwünschten Indizien sind an all diesem Unheil schuld. Aber – laßt den Burschen nur kommen – laßt ihn kommen; einige gut gestellte Fragen werden ihm die Wahrheit abpressen, ich steh' Euch dafür.«

Es wurde sogleich nach Jasper geschickt. Der junge Mann erschien augenblicklich.

Sobald er auf Deck trat, blickte er besorgt umher, als wolle er schnell die Position des Kutters kennenlernen. Ein einziger Blick genügte, ihn alle Gefahren erkennen zu lassen.

»Ich habe nach Euch geschickt, Meister Jasper«, sagte Cap, indem er seine Arme kreuzte und langsam und würdevoll seinen Körper wiegte, »um etwas über den Hafen leewärts von Euch zu erfahren. Wir glauben, daß Ihr uns nicht zu ertränken wünscht, und ich glaube, Ihr seid Mann genug, uns zu helfen.«

»Ich würde lieber sterben, ehe ich es zugebe, daß Mabel Dunham ein Leid geschieht«, antwortete Jasper ernst.

»Ich wußte es«, rief der Pfadfinder und schlug ihm freundlich auf die Schulter; »der Bursche ist so treu wie der beste Kompaß.«

Cap räusperte sich und sagte dann: »Wir werden uns verstehen, wenn wir wie ehrliche Seeleute miteinander sprechen. Kennt Ihr irgendeinen Hafen in Lee?«

»Nein. Es gibt an diesem Ende des Sees eine große Bucht, aber ich kenne sie nicht, und die Einfahrt ist auch sehr schwierig.«

»Und diese Küste leewärts – es kommt mir vor, als habe sie nicht viel Empfehlenswertes?«

»Nördlich und westlich ist nichts als Wald und Prärie.«

»Gut, also können keine Franzosen dort sein. Findet man viele Wilde in diesen Küstengegenden?«

»Man findet in allen Richtungen Indianer, wenn auch nirgends in großer Anzahl. Zufällig kann man aber überall welche finden.«

»Wir müssen uns also dem Zufall anheimgeben; aber, um offen mit Euch zu sein, Meister Western, was würdet Ihr, wenn dieser kleine, unangenehme Vorfall mit den Franzosen nicht passiert wäre, jetzt mit dem Kutter anfangen?«

»Ich bin ein viel jüngerer Seemann als Ihr, Meister Cap«, sagte Jasper bescheiden, »und bin kaum imstande, Euch zu raten.«

»Ja, ja, wir wissen das alle. In einem gewöhnlichen Fall wahrscheinlich nicht. Aber dies ist ein ungewöhnlicher Fall. Jedenfalls könnt Ihr sprechen, und ich kann Eure Ansicht nach meiner eigenen Erfahrung beurteilen.«

»Ich glaube, Herr, ehe zwei Stunden vorüber sind, muß der Kutter vor Anker gehen.«

»Vor Anker? – Doch nicht hier auf dem offenen See?«

»Nein, Herr – aber dort hinaus – in der Nähe des Landes.«

»Ihr wollt mir doch nicht sagen, Meister Eau douce, Ihr wollt an einem Ufer bei einem solchen Wetter ankern?«

»Wenn ich mein Schiff retten wollte, so würde ich es tun.«

»Das ist unmöglich! Ich würde eher alles Ankertauwerk über Bord werfen, als mich einer so feigen Handlungsweise schuldig machen.«

»Wir pflegen auf diesem See so zu handeln, wenn wir gedrängt werden«, versetzte Jasper bescheiden.

»Nein – nie. Ich würde es nie wagen, mein Gesicht wieder innerhalb Sandy Hook zu zeigen, würde ich einen unseemännischen Ausweg wählen. Da hat Pfadfinder mehr Seemannskunst in sich! Ihr könnt wieder hinabgehen, Meister Eau douce.«

Jasper verbeugte sich ruhig und ging, sein Gesicht aber verriet seine große Besorgnis.

Als Jasper in die äußerste Kajüte zurückkehrte, befand sich niemand dort als Mabel, denn der Sergeant Dunham hatte in einer seiner guten Stunden dem jungen Mann erlaubt, sich auch in diesem Teil des Schiffes aufzuhalten. Er setzte sich in die Nähe des Mädchens, ohne es anzusehen, und starrte finster vor sich hin.

»Ihr nehmt Euch diese Sache zu sehr zu Herzen«, sagte Mabel voller Mitleid nach einer Weile, »niemand, der Euch kennt, kann Euch für schuldig halten. Pfadfinder sagt, er setze sein Leben für Euch zum Pfand.«

»Ihr haltet mich also nicht für einen Verräter?«

»Ich denke von Euch, wie ich von dem Mann denken muß, der mir das Leben gerettet hat«, sagte das Mädchen einfach.

»Mabel«, sagte jetzt der junge Mann zögernd und leise, »ich hatte nie eine Schwester, und meine Mutter starb, als ich noch ein Kind war, ich weiß nicht, wie ich mit Euch reden soll!«

»Sagt mir eins, Jasper, und ich werde zufrieden sein«, antwortete Mabel. »Ihr verdient den Verdacht nicht, der auf Euch ruht?«

»Nein, Mabel!« sagte Jasper und sah sie offen und ehrlich an. »Bei Gott – nein!«

»Ich wußte es – ich hätte darauf schwören wollen!« erwiderte das Mädchen warm. – »Und doch ist mein Vater ein rechtlich denkender Mann – nehmt Euch die Sache aber nicht zu Herzen, Jasper! Glaubt Ihr, daß die ›Wolke‹ in Gefahr ist?«

»Ich fürchte, ja.«

»Man darf nicht zugeben, daß meines Oheims Eigensinn ein Unglück herbeiführt. Geht auf das Deck, Jasper, und bittet meinen Vater, in die Kajüte zu kommen.«
Während der junge Mann diesen Wunsch erfüllte, lauschte Mabel auf das Heulen des Sturmes, und es überkam sie zum erstenmal Furcht. Die wenigen Minuten, die der Sergeant brauchte, um herabzukommen, schienen ihr eine Stunde zu sein, und sie konnte kaum atmen, als sie ihn und Jasper die Leiter niedersteigen sah. Schnell klärte sie ihren Vater über Jaspers Ansicht auf und bat ihn, ihren Oheim zu veranlassen, den Befehl über den Kutter wieder abzugeben.
»Jasper ist treu, Vater«, schloß sie ernst. »Ich verbürge mich mit meinem eigenen Leben für seine Treue.«
»Das ist alles schön und gut für ein furchtsames Mädchen«, antwortete der Sergeant ruhig, »aber Bruder Cap wird nicht so leicht zu bewegen sein, sich an Bord eines Schiffes belehren zu lassen.«
»Wenn aber das Leben von uns allen in der äußersten Gefahr schwebt, Vater?«
»Um so schlimmer. Bei schönem Wetter ein Schiff zu befehligen, ist nichts Besonderes; wenn das Schlimmste gekommen ist, zeigt der beste Offizier seinen wahren Wert. Überdies sagt Meister Cap, Euer Vorschlag, Jasper Eau douce, habe an sich selbst etwas Verdächtiges und klinge eher verräterisch als vernünftig.«
»Er kann so denken; laßt ihn aber nach dem Lotsen schicken und dessen Meinung hören. Es ist bekannt, daß ich den Mann seit gestern abend nicht eine Sekunde gesehen habe.«
»Das klingt vernünftig, und der Versuch soll gleich gemacht werden. Folgt mir auf das Deck.«
Jasper gehorchte, und Mabels Spannung war so groß, daß sie sich bis an die Treppe wagte, um den Ausgang dieser Angelegenheit zu beobachten. Der Pilot erschien bald, und sein bestürzter Blick war nicht zu übersehen, sobald er das Deck betreten hatte. Man ließ ihm einige Minuten Ruhe, um sich umzusehen, und dann wurde er gefragt, welchen Ausweg er unter den gegenwärtigen Umständen für den zweckmäßigsten halte.
»Ich sehe kein anderes Mittel, den Kutter zu retten, als vor Anker zu gehen«, versetzte er einfach und ohne Zögern.
»Wie? Hier auf dem See?« fragte Cap.
»Nein! Weiter gegen das Ufer zu – gerade an der äußeren Brandungslinie.«
Nach diesen Worten nahm Cap ohne Zweifel ein geheimes Einverständnis zwischen Jasper Western und dem Piloten an.
»Ich sage Euch, Bruder Dunham«, entgegnete er, »kein Seemann, der es

ehrlich meint, läßt eine solche Ansicht laut werden. Dicht an der Brandung zu ankern, wäre reiner Wahnsinn.«
»Das Schiff gehört Seiner Majestät, Bruder, und ich bin für das Leben meiner Leute verantwortlich. Diese Männer sind mit dem Ontariosee besser vertraut als wir, und ich glaube, ihre übereinstimmende Aussage verdient Gehör.«
»Wir treiben so schnell auf die Brandung zu«, sagte Jasper, »daß es nicht nötig ist, noch viel zu sprechen. Die nächste halbe Stunde muß die Entscheidung bringen — so oder so — aber ich warne Meister Cap — niemand von uns wird imstande sein, auch nur einen Augenblick auf diesem niedrigen Deck zu bleiben, wenn wir in die Brandung kommen. Ich zweifle kaum, daß das Schiff sich füllt und sinkt, ehe wir noch in die zweite Linie der Brandungskette kommen.«
»Und wie sollte das Ankerwerfen dem abhelfen?« fragte Cap wütend.
»Es würde wenigstens nichts schaden«, versetzte Eau douce ruhig. »Wenn wir den Bug des Kutters seewärts bringen, vermindern wir die Abtrift, und selbst wenn wir an die Brandung getrieben würden, so geschähe dies mit möglichst geringer Gefahr. Ich hoffe, Meister Cap, Ihr erlaubt mir und dem Lotsen, die Vorbereitungen zum Auswerfen der Anker zu treffen, da die Vorsicht nützen kann und nichts schaden wird.«
»Überholt Eure Taue, wenn Ihr wollt, und macht die Anker klar. Wir sind jetzt in einer Lage, wo das nicht viel zu bedeuten hat.«
Der Regen hatte nachgelassen, aber die Luft über der Oberfläche des Sees war mit Wasserdunst gefüllt. Darüber stand strahlend die Sonne an einem unbewölkten Himmel. Jasper hatte das Vorzeichen beachtet und ein schnelles Ende des Sturmes vorhergesagt. Die nächsten Stunden mußten über ihr Schicksal entscheiden. Zwischen dem Kutter und dem Ufer war der Anblick erschreckend. Die Brandung erstreckte sich fast einen halben Kilometer. Das Wasser innerhalb ihrer Linie war weiß von Schaum. Dahinter stieg das Land undeutlich empor und war mit dem grünen Mantel des unermeßlichen Waldes bedeckt. Jasper hatte einige Soldaten zu Hilfe gerufen und begann seine Arbeit sofort. Anker und Tauwerk waren bald vorbereitet.
Das Wetter schien nicht besser zu werden. Jasper warf einen ernsten Blick auf den See und gab dann neue Befehle. Zwei Ketschen wurden an Deck gebracht und Taue daran befestigt, die mit den beiden Ankern verbunden wurden. Alles wurde bereitgehalten, um im geeigneten Augenblick über Bord geworfen zu werden. Jasper eilte nun nach hinten und hatte bald das Steuer in seiner Hand. Der Lotse war vorbereitet, und auf ein Zeichen wurde der letzte Fetzen Segel geborgen. In diesem Augenblick ließ Jasper das Ruder etwas nach, das Vorstagsegel wurde ein wenig vorwärts gelöst, und der

leichte Kutter fiel ab und lag bald zwischen zwei Wellen. Ein Zeichen von Jasper setzte auf der Schanz alles in Bewegung, und von Backbord und Steuerbord wurde je eine Ketsch ausgeworfen. Die furchtbare Trift war jetzt selbst Mabel deutlich, denn die zwei mächtigen Taue liefen aus wie Tau=leinen. Sobald sie sich leicht steiften, wurden die Anker losgemacht und jedem so viel Tau wie möglich gegeben. Es war nicht schwer, ein so leichtes Fahrzeug mit einem Tau, das gut war, zu halten. In weniger als zehn Minu=ten lag die ›Wolke‹ mit der Spitze seewärts und mit zwei Kabeln, die sich wie Eisenketten spannten, vor Anker.

»Das ist nicht richtig, Meister Jasper!« rief Cap jetzt ärgerlich. »Ich befehle Euch zu kapen und den Kutter am Ufer auflaufen zu lassen.«

Es schien niemand geneigt zu sein, diesem Befehl zu folgen. Solange Eau douce das Kommando hatte, wollten seine Leute nur ihm gehorchen. Als Cap sah, daß die Leute untätig blieben, wandte er sich, da er das Schiff in der größten Gefahr glaubte, zornig an Jasper.

»Werft ein Lot über Bord und meßt die Trift!« brüllte er.

Da Jasper diesen Befehl durch ein Zeichen weitergab, gehorchte man augen=blicklich. Alle an Deck harrten in fast atemloser Spannung auf das Ergebnis. Sobald das Blei auf dem Grunde war, gaffte die Leine vorwärts, und nach etwa zwei Minuten stellte man fest, daß der Kutter um seine eigene Länge gegen die Uferhöhen getrieben war. Jasper sah ernst aus, denn er wußte, daß nichts das Schiff aufhalten konnte, wenn es einmal in dem Strudel der Brandung war, deren erste Linie eine Kabellänge vor dem Schiff erschien und verschwand.

»Verräter!« rief Cap und drohte dem jungen Mann mit der Faust.

»Die Anker fassen noch nicht!« antwortete Jasper gefaßt.

»Und auf was verlaßt Ihr Euch sonst noch?« fragte Cap bitter.

»Ich vertraue auf die Unterströmung, die das Schiff wieder in den See drängt. Ich hielt auf die Uferhöhen zu, weil ich wußte, daß sie hier stärker ist als irgendwo anders, und weil wir uns so dem Lande mehr nähern konn=ten, ohne in die Brandungen zu kommen.«

Cap brummte und fluchte, da es aber nichts half, mußte er sich beruhigen. Endlich stellte der Mann am Blei fest, daß die Anker nicht mehr nachgaben. Das Schiff lag fest. In diesem Augenblick war die erste Linie der Brandung ungefähr hundert Meter entfernt und schien fast noch näher, da der Schaum auf den tobenden Wogen verschwand und wiederkehrte. Nachdem das Lot noch eine Weile beobachtet worden war, ergab es sich einwandfrei, daß der Kutter gerettet war.

Vierzehntes Kapitel

Nachdem der Kutter einige Stunden in dem heftigen Rollen der Wellen sicher vor Anker gelegen hatte, beruhigte sich das Wetter zusehends. Die Brandung war immer noch zu hören, aber die ungestüme Bewegung des Wassers ließ allmählich nach. Jasper hatte die Segel bereits gesetzt, um die Reise anzutreten, sobald der erwartete Landwind aufkommen würde. Die Sonne ging aber unter, als sich die ersten Anzeichen bemerkbar machten. Ein leichter Wind blies aus Süden, und das Schiff setzte sich langsam parallel zum Ufer in Bewegung, da es die Absicht war, so rasch wie möglich ostwärts zu kommen. Die Nacht, die folgte, war ruhig und der Schlaf aller tief und ungestört. Einige Schwierigkeiten erhoben sich wegen des Kommandos über das Schiff, aber die Sache wurde endlich durch einen freundschaftlichen Vergleich beigelegt. Das Mißtrauen gegen Jasper war noch nicht beseitigt, und Cap hatte eine Art Oberaufsicht, während der junge Mann Erlaubnis erhielt, das Schiff zu führen, stets aber den Befehlen des alten Seemanns untergeordnet blieb. Jasper zog es vor, diesen Vorschlägen zuzustimmen, um Mabel nicht länger unnötigen Gefahren preiszugeben. Er war jedoch besonnen genug, seine Besorgnisse in dieser Beziehung nicht laut werden zu lassen. Er glaubte, der Franzose, der das feindliche Schiff befehligte, würde seinen Ankergrund bei Niagara verlassen und, sobald der Wind sich legte, in den See halten, um sich wegen des Schicksals der ›Wolke‹ zu vergewissern. Er zog deshalb das südliche Ufer bei der Fahrtrichtung vor, weil es luvwärts lag und weil er annahm, daß der Feind am wenigsten vermuten würde, er werde sich dorthin wenden. Von alledem ahnte Cap glücklicherweise nichts.

Bei Anbruch des Tages erschienen alle wieder auf Deck, und man untersuchte den Horizont neugierig. Östlich, westlich und nördlich sah man nichts als Wasser, das in der aufgehenden Sonne glänzte, nach Süden hin aber dehnte sich der endlose Waldgürtel aus, der den Ontario mit seinem dunklen Grün umschloß. Plötzlich zeigte sich vorn eine Bucht, und dann sah man die festen Mauern eines schloßartig aussehenden Hauses mit Bastionen, Blockhäusern und Palisaden auf einem Bergvorsprung, an der Mündung eines breiten Stromes. Als das Fort eben sichtbar war, wurde eine Fahne aufgezogen, und alle erkannten das weiße Banner Frankreichs. Cap stieß einen lauten Ruf aus und warf seinem Schwager einen raschen, argwöhnischen Blick zu.

»So wahr ich Charles Cap heiße, dort hängt das schmutzige Tischtuch und flattert in der Luft«, murmelte er, »und wir hängen uns an dieses verdammte Ufer. Weg da, Jasper, wollt Ihr eine Ladung Frösche einnehmen, wenn Ihr diesem neuen Frankreich nahe genug kommt?«

»Ich halte dem Lande zu, um an dem feindlichen Schiff ungesehen vorbeizukommen«, sagte Jasper.
»Wir haben jetzt wenigstens eine gute Gelegenheit, den feindlichen Posten am Niagara zu rekognoszieren, Bruder, denn dies muß das Fort sein«, warf der Sergeant ein.
Der Wind war jetzt so frisch, daß er die ›Wolke‹ durch das Wasser jagte. Ein fernes, dumpfes, schweres Brüllen kam die Mündung des Flusses entlang und schwoll an wie die tiefen Töne einer ungeheuren Orgel. Zuweilen war es, als ob die Erde davon erbebte.
»Das klingt wie die Brandung an einer lang hingestreckten Küste«, rief Cap erstaunt.
»Ja, es ist eine Brandung, wie wir sie hier haben«, antwortete Pfadfinder. »Der alte Niagara ist's, der den Berg herabstürzt.«
»Ihr habt diese berühmten Fälle gesehen, Pfadfinder?« fragte Mabel.
Der Pfadfinder nickte nur, und alle lauschten gespannt auf das ferne Tosen. In diesem Augenblick wurde eine Kanone vor dem Blockhaus in der Nähe des Forts abgefeuert, und die nicht sehr schwere Kugel pfiff über den Mast des Kutters. Es war ein Wink, nicht näher heranzukommen. Jasper hielt ab und lächelte, als wenn er sich aus dieser Begrüßung nicht viel machte. Die ›Wolke‹ war jetzt in der Strömung des Flusses, an dem das Fort lag, und ihre Wendung nach außen brachte sie bald genug leewärts, um die Gefahr einer Beschießung zu vermeiden. Dann setzte sie ruhig ihren Weg dem Ufer entlang fort. Sobald man den Fluß offen vor Augen hatte, überzeugte sich Jasper, daß die ›Montcalm‹ dort nicht Anker geworfen hatte, und ein Mann, der auf den Mast geschickt wurde, berichtete, daß der Horizont kein Segel zeige. Nun konnte man annehmen, Jaspers List sei gelungen, und der französische Kapitän habe den Kutter verfehlt. Den ganzen Tag ging der Wind nach Süden, und der Kutter verfolgte seinen Weg etwa eine Stunde vom Lande in vollkommen glattem Wasser und mit einer Geschwindigkeit von sechs Knoten die Stunde. Als die Sonne unterging, war er bereits hundert Meilen auf dem Wege nach dem Oswego, denn Sergeant Dunham wollte das Fort anlaufen, um von Major Duncan neue Befehle zu erhalten. Um die Garnison zu erreichen, hielt Jasper sich die ganze Nacht in der Nähe des Landes. Als der Tag graute, hatte die ›Wolke‹ die Mündung des Oswego gut unter Lee und mochte zwei Meilen vom Fort entfernt sein.
Plötzlich zog ein Ruf auf der Schanze alle Augen auf einen Punkt an der Ostseite der Mündung: Dort, gerade außerhalb der Schußweite vom Fort, lag die ›Montcalm‹, die Segel gekürzt, anscheinend auf Ankunft des englischen Schiffes wartend. Es war unmöglich, vorbeizukommen, denn wenn das französische Schiff Segel setzte, so konnte es die ›Wolke‹ in wenigen Minuten

überholen. Ein rascher Entschluß war notwendig. Nach einer kurzen Beratung änderte der Sergeant seinen Plan und beschloß, nun in möglichster Eile der Station zuzusegeln, wohin er ursprünglich bestimmt war. Er vertraute auf die Schnelligkeit der ›Wolke‹. Der Kutter hielt also sofort ab, und alles, was seine Fahrt beschleunigen konnte, wurde gesetzt. Auf dem Fort feuerte man Kanonen ab, zog die Fahnen auf, und die Wälle füllten sich wieder mit Menschen. Aber das war alles, was Lundie seinen Leuten bieten konnte.
Die ›Montcalm‹ ließ vier oder fünf Kanonen abbrennen und zog mehrere französische Flaggen auf. Im Nu hatte sie Segel gesetzt und begann ihre Jagd. Mehrere Stunden segelten die beiden Schiffe hintereinander. Um Mittag trieb das französische Schiff vor Top und Takel leewärts, da der Unterschied der Geschwindigkeit vor dem Winde sehr groß war. Einige Inseln waren ganz nahe. Jasper, der wohl noch beobachtet wurde, dem man aber die Führung ganz überlassen hatte, zeigte bald, was er wirklich konnte. Er hielt auf die Inseln zu und nutzte den Wind so gut aus, daß er hinter der Inselbrücke nach Osten hin dem Gegner ganz aus den Augen kam. Mit Sonnenuntergang war der Kutter vor der ersten Insel, die an dem Ausfluß des Sees liegt, und ehe es dunkel wurde, lief er durch die engen Wasserstraßen auf die lange gesuchte Station zu.
Um neun Uhr bestand Cap jedoch darauf, man müsse vor Anker gehen. Das Labyrinth der Inseln wurde so verwickelt, daß er fürchtete, man könnte unversehens unter die Kanonen eines französischen Forts kommen. Jasper willigte gern ein, da ihm unter anderem befohlen war, die Station so anzulaufen, daß die Mannschaft ihre genaue Lage nicht kennenlernte, damit niemand dem Feind die kleine Garnison verraten könnte. Die ›Wolke‹ wurde in eine kleine, abgelegene Bucht gebracht, wo es selbst am hellen Tage schwer gewesen wäre, sie zu finden, und wo sie in der Nacht vollkommen geborgen war. Eine einzige Schildwache auf dem Deck ausgenommen, suchten alle die Ruhe. Cap war während der vergangenen achtundvierzig Stunden so hart mitgenommen worden, daß sein Schlaf lang und tief war. Er erwachte nicht eher, als bis der Tag anbrach. Kaum aber hatte er die Augen geöffnet, sagte ihm sein seemännischer Instinkt, der Kutter sei bereits unter Segel. Rasch sprang er auf und bemerkte, daß das Schiff in die Inseln eingelaufen und niemand auf dem Deck war als Jasper, der Lotse und die Schildwache.
»Was ist das, Meister Western?« fragte Cap herrisch. »Wollt Ihr endlich in Frontenac einlaufen, während wir alle unten schlafen wie Seesoldaten, die auf den Ruf der Schildwache warten?«
»Ich handle meinen Befehlen gemäß, Meister Cap; denn Major Duncan hat mir befohlen, mich der Station nie zu nähern, ohne vorher die Leute alle

unter Deck zu wissen. Er wünscht nicht, daß es mehr Lotsen auf diesem Gewässer gebe, als der Dienst des Königs erfordert.«
Cap mußte sich zufriedengeben, da alles den Anschein hatte, daß Jasper es ehrlich meine. Jasper hatte den breiten Arm verlassen und suchte jetzt mit Hilfe eines guten, steifen Windes und einer günstigen Strömung die Einfahrten, die zuweilen so eng waren, daß sie kaum Raum genug boten, um mit den Spieren der ›Wolke‹ durchzukommen. Das Wasser war so durchsichtig, daß man kein Lot brauchte, und in der Tat war die Gefahr, da es fast überall gleich tief war, gering. Cap allerdings war in ständiger Aufregung, sie könnten auflaufen.
»Ich will nichts mehr damit zu tun haben, Pfadfinder«, rief der alte Seemann endlich aus, als das Schiff die zwanzigste oder vierundzwanzigste dieser Inseln hinter sich ließ.
»Niedergeholt«, rief Jasper in diesem Augenblick, »das Steuer hart Backbord — so — sachte! Bursche — da sind ja unsere Leute!«
Alles ging so rasch vor sich, daß die Zuschauer kaum Zeit hatten, die verschiedenen Wendungen der ›Wolke‹ zu bemerken, bis sie in den Wind gebracht wurde, das große Segel killte und dann mit Hilfe eines Handruders nur ein wenig beidrehte, worauf sie leicht an einem natürlichen Felsenkai anlegte, an dem sie sofort vertäut wurde. Die Station war erreicht, und die Leute des fünfundfünfzigsten Regiments wurden mit der Freude, die eine Ablösung gewöhnlich mit sich bringt, von ihren Kameraden begrüßt. Mabel sprang ans Ufer, und ihr Vater ließ seine Mannschaft schnell folgen.
Keine dieser Inseln in dem Labyrinth hatte Hochufer. Alle waren mehr oder weniger bewaldet. Die für die Soldaten bestimmte war klein — sie mochte kaum zwanzig Morgen Land umfassen —, und beinahe die Hälfte der Oberfläche war mit Gras bedeckt. Nach der Ansicht des Offiziers, der diese Insel zu einem militärischen Posten gewählt hatte, waren die Indianer schon früher wegen einer Quelle hierhergekommen, und sie hatten diesen Ort bei ihren Zügen oder bei dem Salmfang lange besucht.
Die Ufer der Insel waren ganz mit Gebüsch besetzt. Unter einigen Baumgruppen hatte man sechs bis acht niedrige Hütten gebaut, die für die Offiziere und Soldaten als Unterkunft dienten. Diese Hütten waren wie gewöhnlich aus Baumstämmen hergestellt und mit Rinde gedeckt. Auf dem östlichen Teil der Insel befand sich eine kleine bewaldete Landzunge, deren Unterholz so dicht verwachsen war, daß es fast unmöglich schien, hindurchzudringen. Auf dem schmalen Teil, der die Halbinsel mit der Insel verband, war ein kleines Blockhaus gebaut worden, bei dessen Anlage man die Möglichkeit eines feindlichen Überfalls im Auge gehabt hatte. Die Holzstämme waren schußfest, viereckig gehauen und mit einer Sorgfalt ineinanderge-

paßt, daß kein Punkt unbeschützt blieb. Die Fensteröffnungen waren Schießscharten, die Tür massiv und klein, und das Dach, wie das ganze übrige Gebäude, von behauenen Balken und gehörig mit Rinde gedeckt, um den Regen abzuhalten. In dem unteren Raum wurden die Vorräte und Lebensmittel aufbewahrt. Der zweite Stock diente als Wohnung, und ein niedriger Raum oben war in zwei oder drei Kammern geteilt, wo zehn bis zwölf Mann ihr Lager finden konnten. Das ganze Gebäude war kaum vierzig Fuß hoch und wurde von den Wipfeln der Bäume verborgen. Nur vom Innern der Insel aus konnte man es sehen. Da man vor allem auf Verteidigung bedacht war, hatte man das Blockhaus so nahe an eine Öffnung in dem Kalksteinfelsen erbaut, daß man Eimer ins Wasser lassen konnte. Um das möglich zu machen und den unteren Stock von oben bestreichen zu können, sprangen die oberen mehrere Fuß vor, und die in die Balkendecke gehauenen Öffnungen, die als Schießlöcher und Falltüren dienten, wurden mit Holzstücken gedeckt. Die verschiedenen Stockwerke waren durch Leitern verbunden. Die Insel lag in der Mitte von zwanzig anderen und war nicht leicht aufzufinden. Der ganze Ort war für seine jetzige Bestimmung sehr gut geeignet, und seinen natürlichen Vorteilen hatte man überall nachgeholfen, soweit es die beschränkten Mittel eines Grenzpostens erlaubten.

Die Stunde, die der Ankunft der ›Wolke‹ folgte, war voller Bewegung. Kaum waren der Sergeant und der Offizier, den er ablöste, mit den Förmlichkeiten der Übergabe des Kommandos fertig, so eilten die Abgelösten an Bord der ›Wolke‹, und Jasper, der gern einen Tag auf der Insel verbracht hätte, wurde aufgefordert, sofort unter Segel zu gehen. Ehe man sich aber trennte, hatten Leutnant Muir, Cap und der Sergeant eine geheime Unterredung mit dem Fähnrich, der abgelöst worden war, und man machte ihn mit dem Verdacht gegen Jasper bekannt. Der Offizier versprach gehörige Vorsicht, schiffte sich ein, und der Kutter war bald auf dem Rückweg.

Mabel hatte von einer Hütte Besitz genommen, und nachdem sie ihre hausfraulichen Pflichten erfüllt hatte, streifte sie durch die Insel und schlug einen Pfad ein, der durch die grünen Wiesenplätze zu der einzigen Stelle führte, auf der das Ufer nicht von Buschwerk bedeckt war. Hier stand sie und schaute auf das durchsichtige Wasser, das kaum von einem Windhauch bewegt war, und überdachte ihre neue Lage. Inzwischen fand eine Unterredung zwischen Sergeant Dunham und Leutnant Muir statt. Als sie auseinandergingen, erhielt die Mannschaft geheime Befehle. Das Blockhaus wurde eingerichtet, die Hütten besetzt. Als die Sonne eben unterging, kam der Sergeant von dem sogenannten Hafen, wo er bisher beschäftigt war, in seine Hütte. Pfadfinder und Cap folgten ihm. Mabel fand sich auch ein, und alle setzten sich an den reinlichen Tisch, den das Mädchen gedeckt hatte.

»Du wirst wahrscheinlich hier von Nutzen sein, Kind«, begann der alte Soldat. »Damit du aber nicht erschrickst, wenn du morgen früh erwachst und uns nicht siehst, so muß ich dir jetzt sagen, daß wir noch in dieser Nacht abziehen werden.«

»*Wir*, Vater? Und mich und Jennie wollt Ihr auf dieser Insel allein lassen?«

»Nein. Leutnant Muir, Bruder Cap, Korporal McNab und drei Gemeine werden während unserer Abwesenheit die Garnison hier ausmachen. Jennie wird bei dir in dieser Hütte bleiben und Bruder Cap meinen Platz einnehmen.«

»Und Herr Muir?« fragte Mabel, fast ohne zu wissen, was sie sagte.

»Nun – er kann dir den Hof machen, wenn es dir gefällt, Mädchen. Aber ich weiß sehr gut, daß meine Tochter nie die Gattin des Quartiermeisters werden wird.«

»Warum wollt Ihr mich aber hierlassen, lieber Vater? Ich bin so weit gereist, warum sollte ich nicht weiterreisen?«

»Du bist ein gutes Mädchen, Mabel, und den Dunhams sehr ähnlich. Aber du mußt hierbleiben. Wir werden die Insel morgen früh vor Tagesanbruch verlassen, um nicht von Späheraugen gesehen zu werden. Wir nehmen die zwei größten Boote mit, das andere und das Rindenkanu bleiben hier. Wir wollen die von den Franzosen benutzte Wasserstraße einschlagen, dort werden wir uns vielleicht eine Woche versteckt halten, um ihre Vorratsboote, die auf dem Wege nach Frontenac sind, abzufangen.«

Mabel schwieg, da sie zu den militärischen Plänen ihres Vaters nichts zu sagen wußte. Sobald man mit dem Abendessen fertig war, sagte der Sergeant seinen Gästen gute Nacht und hatte dann noch ein vertrauliches Gespräch mit seiner Tochter. Er verabschiedete sich mit schwerem Herzen von ihr, redete ihr aber Mut zu, denn der militärische Dienst forderte eine kurze Trennung.

Mabel warf sich in die Arme ihres Vaters – es war das erstemal in ihrem Leben – und schluchzte an seiner Brust wie ein Kind. Das Herz des alten Soldaten wurde schwer. Dann aber drängte er seine Tochter sanft von sich, sagte ihr gute Nacht und suchte sein Lager auf. Mabel ging schluchzend in ihre Kammer, aber nach wenigen Minuten störte kein Ton die Ruhe der Hütte.

Fünfzehntes Kapitel

Als Mabel erwachte, war die Sonne längst aufgegangen. Sie hatte ruhig geschlafen, und in wenigen Minuten war sie im Freien und atmete den Morgenduft. Zum ersten Male fiel ihr die große Schönheit und die tiefe Einsam-

keit ihres jetzigen Aufenthaltes auf. Es war einer jener stillen schönen Herbsttage, die in diesen Gegenden so häufig sind. Die Insel erschien ganz verlassen. Am vergangenen Abend hatte das Geräusch der Ankunft dem Ort einen Schein von Leben gegeben, der nun verschwunden war, und Mabel schaute nach allen Seiten, ehe sie ein einziges menschliches Wesen entdeckte. Dann erblickte sie plötzlich alle, die auf der Insel zurückgeblieben waren, in einer Gruppe um ein Feuer versammelt. Außer Cap und dem Quartiermeister sah sie dort noch den Korporal, die drei Gemeinen und die Frau, die mit Kochen beschäftigt war. Die Hütten waren still und leer, und das nicht hohe, aber doch turmähnliche Blockhaus hob sich malerisch von den Bäumen ab, die es halb versteckten. Die Sonne überglänzte eben in voller Pracht die offenen Rasenplätze der Insel, und der Himmel strahlte im reinsten Blau. Keine Wolke war zu sehen, und alles schien auf Ruhe und Sicherheit hinzudeuten.
Da Mabel sah, daß alle mit dem Frühstück beschäftigt waren, ging sie unbemerkt einem Ende der Insel zu, wo sie durch Bäume und Buschwerk von allen Blicken abgeschlossen war. Hier drängte sie sich durch das Laubwerk an den Rand des Wassers und achtete auf das kaum merkbare Heben und

Senken der Wellen. Während sie die Aussicht über das Wasser genoß, kam es ihr plötzlich so vor, als hätte sie eine menschliche Gestalt in den Büschen gesehen, die das Ufer der ihr gerade gegenüberliegenden Insel umsäumten. Die Entfernung betrug kaum hundert Schritte, und sie glaubte, sich nicht getäuscht zu haben. Das Mädchen wußte wohl, daß ihr Geschlecht sie nicht gegen eine Büchsenkugel schützen werde, wenn ein Irokese sie sähe. Sie zog sich eilig zurück und suchte sich so gut wie möglich im Gebüsch zu verstecken, während ihr Blick auf das gegenüberliegende Ufer gefesselt war. Lange hatte sie vergebens gewartet, und sie war im Begriff, ihr Versteck zu verlassen, als sie sah, daß man auf der anderen Insel einen Erlenzweig über die Büsche hob und ihn bedeutungsvoll und, wie sie glaubte, als Zeichen der Freundschaft gegen sie schwenkte. Es war ein atemloser Augenblick, und Mabel fühlte, wie notwendig es sei, mit Besonnenheit zu handeln. Sie brach nach augenblicklichem Zögern einen schlanken Zweig ab und schwenkte ihn über den Büschen, wobei sie die Bewegung des Zweiges drüben nachahmte.

Nach zwei oder drei Minuten wiederholten sich die gegenseitigen Zeichen, und dann bemerkte Mabel, daß das Gebüsch auf dem gegenüberliegenden Ufer vorsichtig zurückgebogen wurde, und ein menschliches Gesicht erschien in der Öffnung. Ein Blick reichte hin, um Mabel zu vergewissern, daß es das Gesicht einer Rothaut war, und dann erkannte sie Junitau, das Weib der Pfeilspitze. Mabel war, während sie in Gesellschaft dieser jungen Indianerin reiste, durch die Anmut ihres Wesens, durch die Einfachheit und Sanftheit ihres Charakters für sie eingenommen worden. Die Indianerin hatte ihr große Anhänglichkeit bewiesen, und Mabel war von Junitau mit der festen Überzeugung geschieden, sie habe in ihr eine Freundin gewonnen.

Sie zögerte nicht länger, sich zu zeigen, und hatte die Freude, zu sehen, daß auch Junitau furchtlos aus dem Versteck trat. Die beiden jungen Geschöpfe — denn die Tuscarora war, obgleich verheiratet, noch jünger als ihre weiße Freundin — tauschten nun offen Zeichen der Freundschaft aus. Mabel winkte ihrer Freundin, herüberzukommen, obgleich sie nicht wußte, wie die Indianerin dies bewerkstelligen sollte. Junitau aber verschwand einen Augenblick und erschien wieder mit einem leichten Rindenkanu, das sie aus den Büschen zog.

Mabel wollte sie eben einladen, herüberzukommen, als die Stimme ihres Oheims ihren Namen rief. Sie gab dem Tuscaroraweib einen eiligen Wink, sich zu verstecken, und eilte über den Rasen zurück. Sie fand alle um das Frühstück versammelt und sah, daß jetzt der günstigste Zeitpunkt für eine Unterredung mit der Indianerin sei, deshalb entschuldigte sie sich, eilte in das Dickicht zurück und winkte der Tuscarora. Junitau verstand die Freun=

din schnell, und bald lag ihr Kanu im Schutz der Büsche der Stationsinsel. Mabel führte die Indianerin schnell durch die Baumgruppen in ihre Hütte. Diese lag glücklicherweise so, daß man sie vom Feuer aus nicht sehen konnte, und beide traten unbemerkt ein. Mabel erklärte ihrer Freundin schnell und so gut sie konnte, daß sie sie auf eine kurze Zeit verlassen müsse, und führte sie in ihre Kammer. Dann ging sie zu dem Feuer und nahm ruhig unter den übrigen Platz.

»Wer zu spät kommt, hat den Schaden«, rief ihr Cap zu.

Mabel schenkte der allgemeinen Unterhaltung nur geringe Aufmerksamkeit, und bei der ersten Gelegenheit erhob sie sich und war bald wieder in ihrer Hütte. Mabel schloß die Türe sorgfältig, sah nach, ob der Vorhang vor dem einzigen kleinen Fenster vorgezogen war, und führte dann Junitau oder Juni, wie sie meistens genannt wurde, in den vorderen Raum.

»Ich freue mich, dich zu sehen, Juni«, sagte sie lächelnd. »Ich freue mich sehr, dich zu sehen. Was bringt dich hierher, und wie hast du die Insel gefunden?«

»Sprecht leise«, sagte Junitau und drückte die kleine Hand der Weißen in der ihrigen, »mehr leise — zu schnell.«

Mabel wiederholte ihre Fragen und bemühte sich, so deutlich zu sprechen, daß sie verstanden wurde.

»Juni, Freund«, erwiderte die Indianerin.

»Ich glaube dir, Juni — von ganzer Seele glaube ich dir.«

»Freund kommen zu sehen Freund«, sagte Juni und lächelte Mabel offen an.

»Du mußt einen anderen Grund haben. Bist du allein, Juni?«

»Juni bei dir und niemand sonst. Juni allein kommen, Kanu rudern.«

»Ich hoffe es — ich glaube es. — Du kannst mich nicht verraten, Juni?«

»Was verraten?«

»Du wirst mich nicht betrügen — mich nicht den Franzosen oder den Irokesen oder Pfeilspitze ausliefern?«

Juni schüttelte ernst den Kopf.

»Du wirst meinen Skalp nicht verkaufen?«

Hier schlang Juni ihren Arm innig um die schlanke Hüfte der Weißen und drückte sie mit einer Zärtlichkeit und Liebe an das Herz, daß Mabel Tränen in die Augen traten. Es war nicht möglich, dem jungen, offenen Wesen zu mißtrauen. Mabel erwiderte die Umarmung und fuhr dann in ihren Fragen fort.

»Wenn Juni ihrer Freundin etwas zu sagen hat, mein Ohr ist offen.«

»Juni fürchten, Pfeilspitze sie töten.«

»Aber Pfeilspitze wird es nie erfahren. Ich meine, Juni, Mabel wird es ihm nicht sagen.«

»Er Tomahawk in Junis Kopf schleudern.« Die Indianerin machte eine Pause. »Blockhaus gut, zu schlafen – Blockhaus gut, zu bleiben.«
»Willst du sagen, ich könnte mir das Leben retten, wenn ich das Blockhaus nicht verließe? Aber Pfeilspitze wird mir kein Leid zufügen. Er kann mir nicht böse sein, da ich ihn nie beleidigt habe.«
»Pfeilspitze nicht Leid tun dem schönen Bleichgesicht«, antwortete Juni und wendete das Gesicht ab. »Pfeilspitze lieben Bleichgesicht.«
Mabel errötete. »Pfeilspitze kann keinen Grund haben, mich zu hassen oder zu lieben«, sagte sie. – »Ist er hier in der Nähe?«
»Mann immer nahe Weib, hier«, sagte Juni und legte ihre Hand an ihr Herz.
»Aber sage mir, Juni – soll ich heute – diesen Morgen – jetzt in das Blockhaus.«
»Blockhaus sehr gut – gut für Weib. Im Blockhaus nicht bekommen Skalp.«
»Ich fürchte, ich verstehe. Willst du meinen Vater sehen?«
»Nicht hier, weggegangen.«
»Du kannst das nicht wissen, Juni; du siehst, die Insel ist voll von Soldaten.«
»Nicht voll – weggegangen.« Juni hob vier Finger empor. »So viel Rotröcke.«
»Du mußt wissen, Juni, wieviel oder wie wenig du mir sagen darfst«, sagte Mabel erschrocken, denn sie sah, daß ihre Lage den Feinden bekannt war. »Ich hoffe, du liebst mich und wirst mir alles sagen. Auch mein guter Oheim ist auf der Insel, und du bist seine Freundin. Wir beide werden uns deiner Hilfe erinnern, wenn wir wieder in Oswego sind.«
»Kann sein, nie kommen zurück – wer wissen?«
Diese Worte klangen zweifelhaft, bezweckten aber offenbar nicht, Mabel einzuschüchtern.
»Nur Gott weiß, was geschehen wird. Unser aller Leben ist in seiner Hand. Doch glaube ich, du bist von ihm ausersehen, uns zu retten.«
»Blockhaus sehr gut«, wiederholte die Indianerin und legte einen starken Nachdruck auf diese Worte.
»Gut – ich verstehe dich, Juni, und will diese Nacht in dem Blockhaus schlafen.«
»Ort gut für Weib. Im Blockhaus nicht bekommen Skalp. Balken dick.«
»Du sprichst zuversichtlich, Juni, als wärest du darin gewesen und hättest die Wände gemessen.«
Juni lachte und nickte mit Bestimmtheit, aber sie sagte nichts.
»Kennt jemand außer dir die Lage der Insel? Sind Irokesen hier gewesen?«
Junis Miene war traurig; sie blickte ängstlich umher, als fürchte sie einen Lauscher. »Tuscarora überall – Oswego, hier, Frontenac, Mohawk – überall. Juni töten, wenn er sie sehen.«

»Wir glaubten, niemand wüßte von dieser Insel.«
»Irokesen viele Augen, und ein Mann sagen kann; einige Engländer französisch sprechen.«
Mabel erschrak. Der Argwohn gegen Jasper, den sie bisher verteidigt hatte, überfiel sie lähmend. Sie nahm sich zusammen, erhob sich und ging eine Minute an das Fenster, gegen das sie ihren Kopf lehnte. Sie wünschte in der Tiefe ihres Herzens, er möge schuldlos sein.
»Ich verstehe, was du meinst, Juni«, sagte sie endlich. »Irgend jemand hat den Deinigen verraten, wo und wie diese Insel zu finden ist.«
Juni lachte, denn in ihren Augen war List eher ein Verdienst als ein Verbrechen. »Bleichgesicht jetzt alles wissen«, sagte sie. – »Blockhaus gut für Mädchen – nichts an den Männern und Kriegern gelegen.«
»Mir ist aber viel an ihnen gelegen, Juni. Ich muß ihnen sagen, was vorgefallen ist.«
»Dann Juni getötet werden«, versetzte die junge Indianerin ruhig.
»Nein, man wird nicht erfahren, daß du hier gewesen bist. Doch müssen sie alle auf ihrer Hut sein, und wir können alle in das Blockhaus gehen.«
»Pfeilspitze alles wissen – alles sehen – und Juni töten. Juni kommen, jungem Bleichgesicht – Freund zu sagen, nicht Männern zu sagen. Jeder Krieger seinen eigenen Skalp bewachen. Juni Weib und sagen Weib, nicht sagen Mann.«
Diese Erklärung betrübte Mabel, denn es war klar, daß Juni die Unterhaltung nicht fortsetzen werde. Die Indianerin sah offenbar die Lage ernst an, denn sie begann sich zum Weggehen anzuschicken.
»Juni«, sagte jetzt Mabel eifrig und schlang ihre Arme um sie, »wir sind Freundinnen. Von mir hast du nichts zu fürchten, denn niemand soll von deinem Besuch erfahren. Gib mir im Augenblick, wo die Gefahr naht, ein Zeichen.«
Juni blieb stehen und sagte dann ruhig: »Bring Juni Taube!«
»Eine Taube? Wo soll ich eine Taube für dich finden?«
»Nächste Hütte; alte Taube bringen; Juni geht zu Kanu.«
»Ich verstehe dich, Juni; wär' es aber nicht besser, ich geleite dich selbst durch das Gebüsch, damit du keinem der Leute begegnest?«
»Erst selbst hinausgehen; zählen eins, zwei, drei, vier, fünf, sechs«, Juni hielt ihre Finger empor und lachte, »alle aus dem Weg – gut; alle außer einem, rufen ihn seitwärts. Dann singen und Taube holen.«
Mabel lächelte über den Scharfsinn. Sie öffnete die Tür, sagte Junitau mit einem Zeichen Lebewohl und verließ die Hütte. Sie sah, daß nur drei Leute noch am Feuer saßen, während zwei – unter ihnen Muir – zum Boot gegangen waren. Der sechste – ihr Oheim – war nicht weit vom Feuer damit

beschäftigt, Fischergeräte zurechtzumachen, und die Frau des Gemeinen war eben im Begriff, in ihre Hütte zu gehen. Mabel tat jetzt, als hätte sie etwas vergessen, und kehrte singend in die Nähe der Hütte zurück. Dort blieb sie stehen, als hätte sie etwas aufzuheben, und eilte dann zu der von Juni bezeichneten Hütte. Es war ein verfallenes Gebäude, das man für das Geflügel eingerichtet hatte. Unter anderen enthielt es einige Dutzend Tauben, die sich an einem Haufen Weizen gütlich taten. Mabel fand es nicht sehr schwierig, eine Taube zu fangen. Sie verbarg sie und schlich mit der Beute in ihre Hütte zurück. Ein einziger Blick sagte ihr, daß sie leer sei, und das Mädchen eilte schnell an das Ufer. Es war nicht schwer, unbeachtet zu bleiben; denn die Bäume und das Buschwerk deckten sie nach allen Seiten. Bei dem Kanu fand sie Juni. Die Indianerin nahm die Taube und tat sie in ein Körbchen.

»Blockhaus gut«, wiederholte sie mehrmals, und dann glitt sie über das Wasser geräuschlos davon.

Mabel wartete eine Weile, in der Hoffnung, ihre indianische Freundin werde ihr am anderen Ufer ein Zeichen des Abschieds oder der Freundschaft geben, es war aber nichts zu sehen. Die Inseln rundum waren ohne Ausnahme so still und ruhig, als ob nie jemand den Frieden dieser Natur gestört hätte. Nirgends war ein Zeichen oder eine Andeutung zu sehen, welche die Nähe einer Gefahr ahnen ließ. Als sie aber vom Ufer zurückkehrte, fand sie ein kleines Stück roten Fahnentuches. Es wehte an den unteren Ästen eines Baumes und war so befestigt, daß man es wie den Wimpel eines Schiffs auf- und niederholen konnte. Sie bemerkte auf den ersten Blick, daß man dieses Stückchen Tuch von einer nahen Insel sehen konnte. Es hing über dem Pfade von ihrer Hütte zum Kanu, und Juni mußte unter ihm vorbeigekommen sein. Es konnte nur ein Signal sein für die Feinde, die wahrscheinlich in einem nahen Versteck lagen.

Mabel nahm das kleine Flaggentuch ab und ging schnell weiter. Juni konnte sie getäuscht haben — aber ihr Benehmen, ihr Aussehen, ihre Innigkeit und ihre Anhänglichkeit verscheuchten diesen Gedanken.

»Wohin so schnell, schöne Mabel«, rief der Quartiermeister, der plötzlich vor ihr auftauchte. »Was habt Ihr denn da in der Hand?«

»Nichts — ein Stückchen Tuch — eine Flagge anscheinend, aber es ist unwichtig und ...«

»Unwichtig?« sagte Muir, nahm ihr das Flaggentuch aus der Hand und breitete es mit beiden Händen ernst und aufmerksam aus. »Ihr habt das doch nicht im Frühstück gefunden, Miss Mabel?«

Mabel sagte ihm, wo sie das Stückchen Tuch gefunden hatte.

»Wir sind hier nicht in einem Teil der Welt, wo Fahnen und Flitter so dem

Winde preisgegeben werden dürfen, Mabel Dunham«, antwortete der Quartiermeister kopfschüttelnd.
»Ich dachte das selbst, Herr Muir, und nahm die Flagge weg. Sollte man nicht meinen Oheim mit der Sache bekannt machen?«
»Ich halte es eben nicht für notwendig, Mabel; denn es ist, wie Ihr selbst richtig bemerkt habt, ein Indiz, und die Indizien nehmen den würdigen Seemann oft arg mit. Aber dieses Flaggentuch sieht der Flagge der ›Wolke‹ auf ein Haar ähnlich, und mir fällt ein, daß von der Schiffsflagge ein Stück abgeschnitten war.«
Mabels Herz klopfte, aber sie besaß Selbstbeherrschung genug, um zu schweigen.
»Man muß die Sache untersuchen«, fuhr Muir fort, »und überhaupt halte ich es doch für gut, mit Meister Cap zu Rate zu gehen.«
»Ich habe diesen Vorfall so ernst genommen«, bemerkte Mabel, »daß ich im Begriff bin, mit der Frau des Soldaten das Blockhaus zu beziehen.«
»Ich sehe nicht, was dabei gewonnen wird, Mabel. Das Blockhaus wird der erste Platz sein, den man angreift, wenn ein Angriff wirklich stattfinden sollte, und zu einer Belagerung ist es nicht geeignet. Ich bin stets der Ansicht gewesen, Lundie habe zuviel gewagt, als er einen so abgelegenen Posten in Besitz nahm.«
»Es ist jetzt zu spät, dies zu bedauern, Herr Muir, und wir haben nur an unsere eigene Sicherheit zu denken.«
»Und an des Königs Ehre«, rief der Quartiermeister mit Nachdruck. Mabel eilte aber ohne Antwort fort und war bald seinem Blick entschwunden. Der Quartiermeister blieb nachdenklich stehen und sah auf das Stück Flaggentuch, das er unentschlossen in der Hand hielt. Dann ging er und band die kleine Flagge wieder an einen Zweig des Baumes, von dem Mabel sie herabgenommen hatte. Sie war jetzt aber mehr als vorher von der Wasserseite her zu sehen.
Mabel ließ inzwischen die Soldatenfrau alles Erforderliche in das Blockhaus bringen und ermahnte sie, sich den Tag hindurch in dessen Nähe zu halten. Sie gab keine Gründe an, sondern sagte nur, sie habe auf ihrer Wanderung durch die Insel mehrere Zeichen entdeckt, die sie besorgt gemacht hätten. Sie beide täten gut daran, bei dem geringsten Vorfall in das Haus zu flüchten. Dann beschloß sie, ihren Onkel, den Korporal und seine Leute vorsichtig zu warnen. Unglücklicherweise war in der ganzen britischen Armee niemand, der für diese Lage jetzt weniger geeignet gewesen wäre als Korporal McNab, dem das Kommando während der Abwesenheit des Sergeanten überlassen worden war.
»Mein Vater hat Euch eine große Verantwortung übertragen, Korporal«,

begann Mabel, sobald sie McNab ein wenig abseits von den Soldaten sprechen konnte, »denn wenn die Insel in die Hände des Feindes fallen sollte, so würden wir nicht nur gefangen werden, sondern auch die Truppe meines Vaters würde den Franzosen aller Wahrscheinlichkeit nach in die Hände fallen.«
»Man braucht nicht von Schottland hierherzukommen, um zu wissen, was von dieser Sache zu denken ist«, antwortete McNab trocken.
»Ich habe immer gehört«, sagte Mabel, »die Schotten hätten zwei von den guten Eigenschaften eines Soldaten – Mut und Besonnenheit, und ich bin überzeugt, Korporal McNab wird den Nationalruhm aufrechterhalten.«
»Fragt Euren Vater, Miss Dunham; er kennt den Korporal McNab.«
»Ich weiß sehr gut, daß mein Vater auf Eure Klugheit rechnet. Er erwartet sicher, daß Ihr das Blockhaus im Auge behaltet.«
»Wenn er die Ehre des fünfundfünfzigsten Regiments hinter Balken zu schirmen wünscht, hätte er bleiben und selbst hier befehligen sollen. Diese amerikanische Art zu kämpfen, wird den Ruhm und den Mut der Armee Seiner Majestät vernichten. Wir Schotten kommen aus einer kahlen Gegend, brauchen keine Verstecke und haben auch keinen Gefallen daran, und Ihr werdet sehen, Miss Dunham – – –«
In diesem Augenblick machte der Korporal einen Luftsprung, fiel auf sein Gesicht und rollte dann auf seinen Rücken. Alles ging so schnell, daß Mabel kaum den scharfen Knall der Büchse gehört hatte. Sie schrie nicht auf – sie zitterte nicht einmal, denn das Furchtbare kam zu plötzlich, zu unerwartet, zu schrecklich, um Schwäche zeigen zu lassen. Sie beugte sich sofort zu dem Mann nieder, um ihm zu helfen. Sein Gesicht hatte den wilden Ausdruck des vom Tode plötzlich Überraschten.
»Ihr müßt schnell, so schnell wie möglich in das Blockhaus«, flüsterte der Sterbende.
Jetzt überkam Mabel das volle Bewußtsein ihrer Lage. Sie warf einen schnellen Blick auf den zu ihren Füßen hingestreckten Mann, überzeugte sich, daß er kein Lebenszeichen mehr von sich gab, und floh. Nach wenigen Minuten hatte sie das Blockhaus erreicht und wollte durch die Tür, als ihr diese von Jennie, der Soldatenfrau, die in ihrem blinden Schrecken nur an ihre eigene Sicherheit dachte, vor dem Gesicht zugeschlagen wurde. Während Mabel rief, Jennie möge sie einlassen, hörte sie den Knall von fünf oder sechs Büchsen, und der neue Schrecken hinderte die kopflose Frau, die Riegel wieder zurückzuschieben. Endlich aber öffnete sie die Tür ein wenig, und Mabel drängte sich durch die Öffnung. Ihr Herz hatte nun aufgehört, ungestüm zu schlagen, und sie hatte Selbstbeherrschung genug, um mit Besonnenheit zu handeln.

Statt den heftigen Anstrengungen ihrer Gefährtin, die Tür wieder zu schließen, nachzugeben, hielt sie sie noch offen, um sich zu überzeugen, daß keiner ihrer Freunde herbeigerufen werden konnte. Erst dann ließ sie die Tür schließen. Was sie nun tat und sagte, war völlig überlegt. Nur ein einziges Querholz wurde vorgelegt, und Jennie erhielt den Befehl, zu öffnen, sobald einer der Freunde Einlaß verlangte. Dann bestieg sie mit Hilfe der Leiter den oberen Raum, wo sie durch eine Schießscharte die Insel so weit übersehen konnte, wie das Buschwerk es gestatten wollte. Sie ermahnte ihre Gefährtin unten, mutig und besonnen zu sein, und untersuchte dann die Umgebung sorgfältig. Sie sah, zu ihrem großen Erstaunen, anfangs auch nicht eine lebendige Seele, weder Freund noch Feind. Als sie an eine Schießscharte kam, die eine Aussicht auf die Stelle gab, wo McNab gefallen war, erstarrte sie. Sie sah seine drei Soldaten augenscheinlich leblos neben ihm hingestreckt. Bei dem ersten Lärm waren die drei Männer zum Sammelplatz geeilt und waren fast im gleichen Augenblick von dem unsichtbaren Feind niedergeschossen worden. Weder Cap noch Leutnant Muir waren zu sehen. Mit klopfendem Herzen untersuchte Mabel jede Öffnung und bestieg selbst den obersten Stock des Blockhauses, wo sie, soweit das Laubwerk dies erlaubte, die ganze Insel überblicken konnte, jedoch ohne jeden Erfolg. Als sie ihre Blicke der Gegend zuwendete, wo das Boot lag, sah sie es noch an derselben Stelle befestigt, aber sonst sah sie niemand.

»Um des Himmels willen, Miss Mabel«, rief die Frau unten, »sagt mir, ob einer der Unsrigen noch am Leben ist!«

Mabel wußte, daß einer der Soldaten Jennies Mann war, und sie fürchtete sich, ihr die Wahrheit zu sagen.

»Habt ein sorgsames Auge auf die Tür, und öffnet sie nicht ohne meinen Befehl«, rief sie.

»Oh, sagt mir, Miss Mabel, ob Ihr Sandy nicht irgendwo seht?«

»Ich sehe einige der Unsrigen um die Leiche McNabs versammelt«, antwortete Mabel.

»Sandy!« rief jetzt die Frau außer sich. »Sandy! Sandy!«

Mabel hörte den Riegel, und dann ächzte die Tür in den Angeln. Sie blieb aber wie gebannt an der Schießscharte. Bald sah sie, wie Jennie durch das Gebüsch auf den Getöteten zueilte. Sobald die Frau die furchtbare Wahrheit erkannte, schlug sie die Hände zusammen und stürzte schreiend auf die Leiche des Soldaten. Im gleichen Augenblick erscholl aus den Verstecken der Insel ein furchtbares Kriegsgeschrei. Gegen zwanzig Indianer, schrecklich bemalt, stürzten hervor. Pfeilspitze war an der Spitze, und sein Tomahawk traf die arme Jennie. Ihr dampfender Skalp hing, nachdem sie kaum zwei Minuten das Blockhaus verlassen, an seinem Gürtel. Seine Krieger waren nicht untätig, McNab und seine Soldaten waren bald verstümmelte Leichen, die in ihrem Blute lagen.

Alles das geschah in kürzester Zeit. Mabel stand wie festgebannt und blickte auf die schauderhafte Szene. Sobald sie aber sah, daß der Raum, wo die Männer gefallen waren, von Wilden wimmelte, die über den glücklichen Erfolg triumphierten, fiel ihr ein, daß Jennie das Blockhaus unverriegelt gelassen hatte. Ihr Herz schlug ungestüm, und sie eilte auf die Leiter zu, um hinabzusteigen und die Riegel vorzulegen. Sie hatte jedoch den zweiten Stock noch nicht erreicht, als sie die Tür in ihren Angeln knarren hörte. Jetzt hielt sie sich für verloren. Von Schrecken erfaßt, sank sie auf ihre Knie, um sich auf den Tod vorzubereiten. Doch der Lebensinstinkt war zu mächtig, als daß sie hätte beten können; während sich ihre Lippen bewegten, lauschte sie auf jeden Ton von unten. Sie hörte, daß die Vorlegebalken, die auf Angeln liefen, in der Mitte der Tür festgemacht und eingelegt wurden, und zwar nicht nur der eine, sondern alle drei. Sie sprang auf, da sie glaubte, ihr Onkel sei in das Blockhaus gekommen. Sie wollte schon die Leiter hinabeilen, als sie der Gedanke zurückhielt, ein Indianer könnte eingetreten sein, um ungestört plündern zu können.

Die tiefe Stille unten deutete auf eine indianische List. Ein atemloses Schweigen herrschte zwei Minuten lang im Blockhaus. Während dieser Zeit stand das Mädchen am Fuße der oberen Leiter und blickte auf die Falltür, die in den unteren Raum führte. Jeden Augenblick erwartete sie, das scheußliche Gesicht eines Wilden zu sehen. Die Furcht wurde so mächtig, daß sie sich nach einem Versteck umsah. In dem Raum stand eine Anzahl Flinten. Hinter diese versteckte sich Mabel so, daß sie durch eine Öffnung die Falltüre im Auge hatte. Jetzt glaubte sie ein leises Rascheln zu hören, als wenn jemand bei dem Ersteigen der unteren Leiter viel Vorsicht anwendete. Dann hörte sie ein Krachen – es kam, wie sie wußte, von einer Stufe der Leiter. Bis jetzt war nichts an der Falltür sichtbar. Ihr Ohr aber, das die Angst unendlich schärfte, sagte ihr bestimmt, es sei jemand nur wenige Zoll vor der Falltür.

Nach wenigen Sekunden, die wie Ewigkeiten schienen, sah sie schwarzes Indianerhaar sehr langsam in der Öffnung auftauchen. Dann kamen die dunkle Haut der Stirn und die wilden, schwarzen Augen. Als sich aber der ganze Kopf über dem Flur zeigte, erkannte Mabel das besorgte und listige Gesicht Junis.

Mabel sprang auf und eilte erlöst auf die Indianerin zu. Sie umarmten sich, und Juni lachte in ihren süßen Tönen, als sie sich überzeugt hatte, daß sie ihre Freundin wirklich in den Armen hielt.

»Blockhaus gut«, sagte sie, »bekommen nicht Skalp.«

»Es ist wirklich gut, Juni«, erwiderte Mabel, »sage mir aber um Gottes willen, was aus meinem guten Oheim geworden ist.«

»Nicht hier im Blockhaus?« fragte Juni mit einiger Neugierde.

»Nein – er ist nicht hier. Ich bin ganz allein. Jennie, die Frau, die bei mir war, eilte hinaus zu ihrem Mann und mußte ihre Unklugheit mit dem Leben büßen.«

»Juni wissen – Juni sehen, sehr schlimm. Pfeilspitze nicht fühlen für irgendein Weib – nicht fühlen für sein eigenes.«

»Juni, dein Leben ist hier sicher.«

»Nicht wissen – Pfeilspitze mich töten, wenn er alles erfahren.«

»Gott schütze dich, Juni. Sage mir, ob mein Oheim noch lebt?«

»Nicht wissen, Salzwasser haben Boot – gehen vielleicht auf Wasser.«

»Das Boot liegt noch am Ufer, aber mein Oheim und der Quartiermeister sind nirgends zu sehen.«

»Nicht tot, sonst Juni es sehen. Versteckt! Rothäute verstecken – keine Schande für Bleichgesichter.«

»Der Angriff war furchtbar rasch, Juni!«

»Tuscarora«, sagte die Indianerin, entzückt über die Geschicklichkeit ihres Gatten lachend – »Tuscarora großer Krieger!«

»Du bist zu sanft und zu gut für diese Lebensweise, Juni.«

»Yankees zu gierig – alle Jagdgründe wegnehmen. – Sechs Nation jagen von Morgen bis Nacht – schlecht König, schlecht Volk, Bleichgesichter sehr schlecht«, antwortete Juni erregt.

Mabel wußte, daß viel Wahres in dieser Ansicht liege, aber sie fragte ablenkend: »Und was soll ich tun, Juni?«

»Blockhaus gut – nicht bekommen Skalp.«

»Aber man wird bald sehen, daß keine Besatzung hier ist, wenn das nicht schon bekannt ist.«

»Pfeilspitze wissen«, antwortete Juni und hielt sechs Finger empor, um die Zahl der Männer anzudeuten. »Rote Männer alles wissen. Vier Skalp schon verlieren – zwei noch behalten.«

»Sprich nicht davon, Juni. Deine Leute können nicht wissen, daß ich allein in dem Blockhause bin; sie denken sicher, mein Oheim und der Quartiermeister seien bei mir. Sie werden Feuer an das Haus legen.«

»Nicht brennen Blockhaus«, sagte Juni ruhig.
»Aber sage mir, warum? Ich fürchte, sie zünden es an.«
»Blockhaus naß — viel Regen — Balken frisch — nicht leicht brennen. Rote Männer es wissen — schön Ding — es verbrennen, um Yankees zu sagen, daß Irokese hier. Vater zurückkommen — Blockhaus vermissen — nicht finden. Nein — nein! Indianer zu klug — nichts anrühren.«
»Ich verstehe dich, Juni, hoffentlich hast du recht.«
»Nicht anrühren, Vater — wissen nicht, wohin er sein — Wasser keine Spur haben — rote Männer nicht folgen können. Nicht brennen Blockhaus — Blockhaus gut — hier nicht bekommen Skalp.«
»Hältst du es für möglich, daß ich hier sicher bin, bis mein Vater zurückkehrt?«
»Nicht wissen — Tochter am besten sagen, wann Vater wiederkommen.«
Mabel wollte eben eine ausweichende Antwort geben, als ein harter Schlag an die Tür plötzlich alle Gedanken auf die unmittelbare Gefahr hinzog. »Sie kommen«, rief sie, »vielleicht ist es mein Oheim, Juni, oder der Quartiermeister.«
»Warum nicht sehen? Viele Löcher da, um zu sehen gemacht.«
Mabel ließ sich das nicht zweimal sagen. Sie eilte an eine Schießscharte, die in die Balken gehauen war, die über den unteren Stock vorsprangen, hob vorsichtig das Holz, das die Öffnung verschloß, und sah nach, wer an der Tür war. Sie fuhr aber gleich zurück.
»Rote Männer!« sagte Juni und hob einen Finger, um Mabel zur Vorsicht zu ermahnen.
»Vier deiner Leute sind es, Pfeilspitze ist bei ihnen«, sagte Mabel leise.
Juni ging zur Ecke, wo mehrere Büchsen standen. Sie hatte bereits eine in die Hand genommen, als der Name ihres Mannes sie aufzuhalten schien. Sie zögerte nur einen Augenblick, dann ging sie zur Öffnung und steckte die Mündung des Gewehrs durch.
»Nicht Pfeilspitze treffen«, sagte sie leise, »nicht roten Mann treffen. Nicht Feuer auf sie geben, nur erschrecken.«
Mabel durchschaute jetzt Junis Absicht. Die Indianerin ließ es nicht an Geräusch fehlen, um die Aufmerksamkeit auf die Schießscharte zu ziehen, dann drückte sie los.
»Alle fortlaufen, ehe ich Feuer geben«, rief Juni lachend und ging an eine andere Öffnung, um die Bewegungen ihrer Freunde zu beobachten. »Sieh! Sich verstecken — alle Krieger. Glauben Salzwasser und Quartiermeister hier. Nur recht achtgeben!«
»Du verrätst mich nicht, Juni?« sagte Mabel aufatmend und drückte die Hand der Indianerin.

»Nicht Tomahawk dich berühren. Pfeilspitze sie nicht das lassen. Wenn Juni haben soll Schwester, Squaw dich haben wollen.«
»Nein, Juni, meine Gefühle verbieten das — und müßte ich eines Indianers Weib werden, so würde ich nie den Platz in deinem Wigwam einnehmen.«
Juni gab keine Antwort, aber ihr Blick sprach Zufriedenheit und Dankbarkeit aus. Pfeilspitze selbst hatte sie abgesandt, um Mabel vor der Gefahr zu warnen. Aber er wußte nicht, daß sie sich früher schon auf die Insel gestohlen hatte, um die Freundin davon zu unterrichten, und daß sie jetzt mit ihr in dem Blockhaus eingeschlossen war. Im Gegenteil — er glaubte, wie Juni ihm gesagt hatte, Cap und Muir seien bei Mabel im Blockhause.
»Juni leid tun, daß ›Lilie‹«, so hatten die Indianer Mabel genannt, »Pfeilspitze nicht heiraten. Sein Wigwam groß, und großer Häuptling haben müssen Weiber genug, es zu füllen.«
»Ich danke dir, Juni, aber ich werde vielleicht nie heiraten.«
»Müssen haben guten Mann«, sagte Juni, »heiraten Eau douce, wenn nicht mögen Pfeilspitze.«
»Juni, wir wollen nicht davon sprechen. Wenn ich nur wüßte, ob mein guter Oheim lebt und gerettet ist!«
»Juni gehen und sehen.«
»Kannst du das?« fragte Mabel. »Werden die Indianer dich nicht sehen?«
Junitau beruhigte sie und erzählte ihr kurz ihre Geschichte. Pfeilspitze war als Häuptling bei seinem Stamm in Ungnade gefallen und handelte im Augenblick im Einverständnis mit den Irokesen. Er hatte zwar ein Wigwam, war aber selten zu Haus. Pfeilspitze tat so, als sei er ein Freund der Engländer, und brachte den Sommer scheinbar in ihrem Dienste zu, während er in Wirklichkeit für die Franzosen tätig war. Auf seinen meisten Wanderungen hatte er sein Weib bei sich und legte die größeren Strecken im Kanu zurück. Junitaus Anwesenheit war so kein Geheimnis, da der Tuscarora selten ohne sie eine Reise machte. Diese Mitteilungen ermutigten Mabel zu dem Wunsch, ihre Freundin möchte hinausgehen und Nachricht über das Schicksal ihres Onkels einziehen. Sie kamen überein, daß die Indianerin, sobald sich eine günstige Gelegenheit zeigte, das Blockhaus verlassen sollte.
Von den verschiedenen Öffnungen aus untersuchten sie zuerst die Insel so genau wie möglich. Sie überzeugten sich bald, daß die Wilden, welche die Vorräte der Engländer weggenommen und die Hütten geplündert hatten, ein Gelage bereiteten. Die meisten Vorräte waren zwar in dem Blockhaus. Allein auch draußen fanden sich Lebensmittel genug, um die Indianer für ihren Angriff zu entschädigen. Einige Wilde hatten schon die Leichen weggeschafft. Juni zeigte ihrer Freundin einen Indianer auf einem Baum, von wo er beizeiten Nachricht von der Annäherung jedes Bootes geben konnte.

Sie war entschlossen, sich jetzt zu ihren Freunden zu begeben, da der Augenblick sehr günstig war, unbemerkt aus dem Blockhaus zu schleichen.
Mabel fühlte einiges Mißtrauen, als sie die Leiter hinabstiegen. Im nächsten Augenblick aber schämte sie sich dieses Gefühls. Bei der Entriegelung der Tür wurde die größte Vorsicht angewendet, und als der letzte Balken sich drehte, stellte Juni sich der Öffnung der Tür so nahe als möglich. Der Riegel hob sich aus der Klammer, und die Tür öffnete sich nicht weiter als nötig war, um durchzugleiten. Juni schlüpfte hinaus, Mabel schloß mit einer krampfhaften Anstrengung die Tür wieder, und als der erste Riegel vorfiel, schlug ihr Herz hörbar. Als alles wieder befestigt war, stieg sie die Leiter empor und beobachtete vom ersten Stockwerk aus alles, was um sie vorging.
Lange Stunden vergingen, und Mabel harrte vergeblich auf Nachrichten von Juni. Sie hörte das wilde Geschrei der Indianer, denn der Genuß geistiger Getränke ließ sie alle Vorsicht vergessen. Gegen Mittag glaubte sie einen weißen Mann auf der Insel zu sehen, obgleich sie ihn nach seiner Kleidung und seinem wilden Aussehen anfangs für einen neu angekommenen Indianer hielt. Ein näherer Blick auf sein Gesicht, das von Natur dunkel und durch das Leben im Freien gebräunt war, ließ aber keinen Zweifel zu. Es war ihr, als sei nun ein Wesen in ihrer Nähe, ein Mann, den sie in der

äußersten Not um Hilfe ansprechen könne. Sie wußte nicht, wie unbedeutend der Einfluß weißer Männer auf ihre wilden Verbündeten war.
Mabel schien der Tag eine Ewigkeit zu dauern. Junis Ansicht, daß das Blockhaus bis zur Rückkehr ihres Vaters unbelästigt bleiben würde, um ihn in eine Falle zu locken, erschien ihr immer berechtigter. Ihre Furcht vor augenblicklicher Gefahr war daher geringer; aber die nächste Zukunft bot wenig Hoffnung, und sie dachte bereits an die Möglichkeit einer Gefangenschaft. In solchen Augenblicken fiel ihr Pfeilspitze ein und seine beleidigende Bewunderung. Mabel wußte, daß die Indianer diejenigen Gefangenen, die sie nicht töteten, in ihre Dörfer führen, um sie in ihre Familien aufzunehmen. Bei diesem Gedanken erbleichte sie immer wieder. Solange es hell blieb, war ihre Lage schon beunruhigend genug; als aber die Schatten sich allmählich über die Insel senkten, wurde sie schrecklich.
Die Wilden hatten sich des größten Teils der Branntweinvorräte der Engländer bemächtigt, und ihr Treiben kannte keine Grenzen. Nach ihrem Gebrüll schienen sie von bösen Geistern besessen zu sein. Alle Bemühungen ihres französischen Anführers, sie zu zügeln, waren erfolglos, und er hatte sich klug auf eine nahe Insel, wo er eine Art Zelt hatte, zurückgezogen. Es war ihm aber, ehe er den Platz verließ, mit großer Gefahr gelungen, das Feuer auszulöschen. Durch diese Vorsichtsmaßregel wollte er die Indianer abhalten, das Blockhaus anzuzünden. Gern hätte er auch alle Waffen weggebracht, aber das war unmöglich. Auch Pfeilspitze hatte sich entfernt und eine Hütte aufgesucht, wo er sich auf das Stroh hinstreckte und den Schlaf suchte, den zwei anstrengende Nächte nötig gemacht hatten.
So war niemand bei den Indianern, der für Mabel gesorgt hätte, als ein Krieger vorschlug, das Blockhaus anzuzünden. Der Vorschlag wurde von acht oder zehn anderen ebenso betrunkenen Kerlen mit einem mächtigen Freudengeschrei aufgenommen. Es war ein furchtbarer Augenblick für Mabel. Die Indianer machten sich in ihrer jetzigen Stimmung nichts aus den Gewehren im Blockhaus. Wie Teufel heulend und springend, nahten sie sich. Zuerst versuchten sie, die Tür zu sprengen, und rannten in Masse gegen sie an. Die Festigkeit der Riegel widerstand aber diesen Versuchen. Nach dem vergeblichen Toben folgte plötzlich ein Schweigen und eine Ruhe, deren Grund Mabel nicht sogleich erkannte. Endlich sah sie, daß einige Irokesen die Asche durchwühlten, kleine Kohlen fanden und sich bemühten, sie wieder anzublasen. Das Interesse, das sie dieser Arbeit widmeten, die Hoffnung, ihren Zweck zu erreichen, und die Macht der Gewohnheit setzten sie in den Stand, umsichtig zu handeln. Ein weißer Mann würde den Versuch, diese bloßen Fünkchen wieder zu beleben, bald verzweifelnd aufgegeben haben. Sie aber wußten mit Hilfe trockner Blätter die Flamme wieder zu

entzünden. Als Mabel sich wieder der Öffnung näherte, sah sie die Indianer Holz an der Tür aufhäufen. Das Gestrüpp fing bald Feuer. Von Zweig zu Zweig leckte sich die Flamme fort. Bald hatte sie die ganze Masse ergriffen und krachte und loderte wild empor.

Die Indianer jubelten vor Freude. Mabel war kaum fähig, sich von der Stelle zu bewegen. Je mehr sich aber das Holz entzündete, desto höher stiegen die Flammen, und sie sah sich endlich gezwungen, die Öffnung zu verlassen. Als sie eben die andere Seite des Raumes erreicht hatte, schoß durch die Schießscharte, die sie offengelassen hatte, ein Feuerstrahl, der alles grell erleuchtete.

Mabel glaubte jetzt natürlich, ihre letzte Stunde sei gekommen. In einer Ecke aber stand ein Wasserfaß, und mehr von Instinkt als von Überlegung getrieben, ergriff sie ein Gefäß, füllte es und schüttete das Wasser auf die Öffnung. Es gelang ihr, die bereits schwelenden Balken zu löschen. Einige Minuten lang hinderte sie der Rauch, wieder hinabzusehen, als sie aber schließlich hinuntersah, schlug ihr Herz freudig. Sie sah, daß der brennende Holzstoß zerstreut war und daß man Wasser auf die Balken an der Tür gegossen hatte, die noch rauchten, aber nicht mehr brannten.

»Wer ist unten?« rief Mabel durch die Öffnung. Ein leichter Schritt wurde unten hörbar, und Mabel vernahm ein leises Klopfen an der Tür. »Seid Ihr es, Oheim?« fragte sie leise.

»Salzwasser nicht hier. Schnell öffnen — eintreten müssen.«

Nie war Mabels Schritt leichter. In diesem Augenblick dachte sie nur an Flucht und öffnete die Tür rasch und ohne Vorsicht. Ihr erster Entschluß war, in das Freie zu eilen.

Juni vereitelte aber diesen Versuch, trat ein und machte besonnen die Tür wieder zu.

»Gruß und Dank, Juni«, rief Mabel und umarmte die Freundin.

»Nicht so fest umklammern«, antwortete das Tuscaroraweib. »Bleichgesichter alle weinen oder alle lachen. Lassen Juni Tür festmachen.«

Mabel wurde ruhiger, und nach wenigen Minuten waren beide wieder im oberen Stock und saßen wie vorher Hand in Hand beisammen.

»Nun, sage mir, Juni«, begann Mabel, »hast du etwas von meinem Oheim gesehen oder gehört?«

»Nichts wissen. Niemand ihn sehen — niemand ihn hören — niemand etwas wissen. Salzwasser in den Fluß laufen, ich denken, denn ich ihn nicht finden. Quartiermeister auch fort. Ich sehen und sehen und sehen, aber nicht sie finden, einen, den anderen, nirgends.«

»Gelobt sei Gott! Sie fanden gewiß Gelegenheit zur Flucht. Mir war, als hätte ich einen Franzosen auf der Insel gesehen, Juni!«

»Ja – französisch Kapitän kommen, aber auch wieder weg. Viel – viel Indianer auf der Insel.«
»Juni, gibt es kein Mittel, um zu verhindern, daß mein Vater in die Hände der Feinde fällt?«
»Nicht wissen – glauben, Krieger warten im Hinterhalt, und Yankees verlieren viel Skalp.«
»Gewiß, Juni, du hast zu viel für die Tochter getan, um dem Vater nicht auch zu helfen.«
»Nicht kennen Vater – nicht lieben Vater – Juni ihrem eigenen Volk helfen – Pfeilspitze helfen – Mann Skalp gern haben.«
»Juni, so kannst du nicht sprechen. Nie werde ich glauben, daß du einen der Unsrigen gemordet sehen willst.«
Juni wendete ihre dunklen Augen ruhig auf Mabel, und einen Augenblick lang war ihr Antlitz streng und ernst. »Lilie – Yankeemädchen?« sagte sie, wie man eine Frage stellt.
»Gewiß – und als Yankeemädchen möchte ich meine Landsleute vor Mördern retten.«
»Sehr recht – wenn können. Juni nicht Yankee; Juni Tuscarora – haben Tuscaroramann – Tuscaroraherz – Tuscaroragefühl – ganz, ganz Tuscarora. Lilie nicht laufen würde und Franzosen sagen, ihr Vater kommen, zu siegen?«
»Schwerlich, Juni; aber du rettetest mein Leben! Warum hast du das getan?«
»Nicht nur fühlen wie Tuscarora – fühlen wie Frau – fühlen wie Weib. Lieben die schöne Lilie und in meinen Schutz nehmen.«
Mabel weinte und drückte die Freundin an ihr Herz. »Laß mich das Schlimmste wissen, Juni«, sagte sie endlich.
»Nicht wissen – fürchten, Pfeilspitze zu sehen – fürchten, zu fragen. Glauben, verstecken, bis Yankees kommen.«
»Werden sie noch etwas gegen das Blockhaus unternehmen?«
»Zuviel Rum! Pfeilspitze schlafen oder nicht Mut haben – französisch Kapitän schlafen oder auch nicht Mut haben. Alle gehen nun schlafen.«
»Und du glaubst, ich sei diese Nacht wenigstens in Sicherheit?«
»Zuviel Rum! – Wenn Lilie, wie Juni, können viel tun für ihr Volk.«
»Ich bin wie du, Juni, und ich will . . .«
»Nein – nein – nein!« murmelte Juni leise, »nicht haben Herz, und Juni dich nicht lassen, wenn auch Herz da. Junis Mutter einst Gefangene und Krieger betrunken worden; Mutter sie alle mit Tomahawk erschlagen. So – so Rothautweiber tun, wenn Volk in Gefahr und Skalp wollen.«
»Du sagst die Wahrheit – ich kann das nicht«, versetzte Mabel schaudernd.

»Glauben das auch – drum bleiben Lilie, wo sie sein – Blockhaus gut – nicht bekommen Skalp.«
»Du glaubst, ich sei sicher hier, bis mein Vater und seine Leute zurückkommen?«
»Nicht wissen. Nicht wagen, Blockhaus anrühren in Morgen. Horch – alle still jetzt – trinken Rum, bis tot fallen nieder und schlafen wie Klotz.«
»Könnte ich nicht fliehen? Sind nicht mehrere Kanus in den Buchten der Insel? Könnte ich nicht eins nehmen und meinem Vater Nachricht von dem Vorgefallenen bringen?«
»Wissen wie rudern?« fragte Juni und sah ihre Freundin fragend an.
»Vielleicht nicht so gut wie du, aber gut genug, um am Morgen weit, weit von der Insel zu sein.«
»Was dann tun? – Nicht können rudern sechs – zehn – acht Meilen.«
»Ich weiß es nicht – ich könnte es wohl, um meinen Vater und Pfadfinder und alle anderen vor der Gefahr zu warnen.«
»Gut sein Pfadfinder?«
»Alle sind ihm gut, die ihn kennen – du würdest ihm auch gut sein, wenn du sein Herz kenntest.«
»Ihn nicht mögen – gar nicht. Zu gut Büchse – zu gute Augen – zuviel erschießen Irokesen und Junis Volk. Müssen bekommen seinen Skalp, wenn Juni können.«
»Und ich muß ihn retten, Juni, wenn ich kann. Ich will, solange die Indianer schlafen, ein Kanu suchen und die Insel verlassen.«
»Nicht können – Juni dich nicht lassen. Rufen Pfeilspitze.«
»Juni – du wirst mich nicht verraten.«
»Doch!« antwortete Juni ernst. »Rufen Pfeilspitze mit lauter Stimme. Ein Ruf von seinem Weib den Krieger wecken. Juni Lilie nicht lassen helfen dem Feind. – Indianer nicht lassen Lilie wehe tun.«
»Ich verstehe dich, Juni, du bist gerecht. Ich bleibe hier, aber sage mir: Wirst du mich die Türe des Blockhauses öffnen lassen, wenn mein Oheim in der Nacht kommt?«
»Ja – er Gefangener hier, und Juni Gefangener lieber haben als Skalp. Skalp gut für Ehre – Gefangener gut für Herz. Aber Salzwasser so gut verstecken, ich selbst nicht wissen, wo er sein.«
Junitau lachte wieder in ihrer fröhlichen kindlichen Weise. Es folgte nun eine lange und lebhafte Unterhaltung, in der Mabel sich bemühte, bestimmtere Nachrichten von ihrer jetzigen Lage zu erhalten. Juni beantwortete alle ihre Fragen einfach, aber mit einer Vorsicht, die bewies, daß sie wohl zu unterscheiden wußte, was die Sicherheit ihrer Freunde gefährden konnte. Mabel aber erfuhr ungefähr den Hergang der Ereignisse.

Pfeilspitze stand seit langer Zeit mit den Franzosen in Verbindung, obgleich er bei dieser Gelegenheit zuerst die Maske ganz fallen ließ. Er wollte sich nun nicht mehr unter die Engländer wagen, denn er hatte, besonders bei Pfadfinder, Spuren des Mißtrauens entdeckt, und er wollte nun mit echt indianischer Prahlerei den Verrat offen zugeben. Bei dem Angriff auf die Insel war er Anführer der Krieger gewesen, obgleich der erwähnte Franzose die oberste Leitung übernommen hatte. Die Franzosen hatten erst in der neuesten Zeit sichere Nachrichten über die Lage der Insel erhalten. Mabel fühlte aus den Worten Junis, daß dabei Verrat mitgespielt hatte, und war über die Tatsache tief betroffen. Aber sie konnte nichts Genaueres von Junitau erfahren, und das Gespräch wandte sich zwischen ihnen bald anderen Dingen zu. Auf diese Weise vergingen ihnen die Stunden rasch, denn beide waren zu gespannt, als daß sie an Ruhe gedacht hätten. Gegen Morgen machte jedoch die Natur ihre Rechte geltend, und Mabel ließ sich bereden, auf einem Strohlager auszuruhen, wo sie bald in tiefen Schlaf versank. Juni lagerte sich an ihre Seite, und auf der ganzen Insel herrschte eine so tiefe Ruhe, als wenn nie ein Mensch sich hierher gewagt hätte.

Als Mabel erwachte, strömte das Morgenlicht durch die Schießscharte herein, und sie stellte fest, daß der Tag bedeutend vorgerückt war. Juni lag noch neben ihr und schlief fest. Mabels Bewegungen weckten aber die an Wachsamkeit so sehr gewöhnte Indianerin bald auf, und beide eilten an die Schießscharten, um festzustellen, was draußen vorging. Sie gingen von einer Öffnung zur anderen, ohne Spuren von menschlichen Wesen auf der Insel zu sehen. Da, wo McNab und seine Gefährten gekocht hatten, war ein schwaches Feuer, als wenn der Rauch, der emporkräuselte, bestimmt wäre, die Abwesenden heranzulocken, und rings um die Hütten war alles wieder wie früher geordnet und zurechtgestellt.

Mabel aber schreckte plötzlich zurück, als sie eine Gruppe von drei Soldaten in der roten Uniform des fünfundfünfzigsten Regiments bemerkte, die in dem Grase in gebeugter Stellung saßen, als wenn sie in der größten Sicherheit miteinander plauderten. Ihr Blut erstarrte, als sie bei einem zweiten Blick die blutlosen Gesichter und die glasigen Augen der Toten erkannte. Sie saßen dem Blockhause ganz nahe, so nahe, daß Mabel sie zuerst übersehen hatte. In ihren Stellungen und Gebärden war eine natürliche Lebhaftigkeit, denn ihre Glieder waren so gewendet, daß man glauben konnte, sie lebten. – Es war ein furchtbarer Anblick. So schauderhaft es aber für Mabel war, die sich nahe genug befand, um die Tatsachen feststellen zu können, so war doch alles so geschickt geordnet, daß ein zufälliger Beobachter in einer Entfernung von hundert Schritten sich leicht täuschen konnte.

Nachdem Juni die Ufer der Insel sorgfältig untersucht hatte, zeigte sie ihrer

Freundin den vierten Soldaten, dessen Füße über das Wasser hingen, während er rücklings an einen jungen Baum angebunden war und eine Angelrute in der Hand hielt. Die skalpierten Köpfe der Leute waren sorgfältig gewaschen worden. Mabel erblaßte und wandte sich ab, bis ein leiser Ruf der Freundin sie wieder an eine der Schießscharten lockte. Diese hatte Jennies Leiche entdeckt, die an die Türe einer Hütte gestellt war und sich vorbeugte, als wenn sie nach der Gruppe der Männer schaute. Das Band ihrer Haube flatterte im Winde, und in der Hand hielt sie einen Besen.
»Juni, Juni«, rief Mabel jetzt entsetzt, »von einer solchen schauerlichen Tat habe ich nie gehört, sie nie für möglich gehalten!«
»Tuscarora sehr listig«, sagte Juni ruhig. »Soldaten nun nicht wehe tun – Irokesen gut tun – bekommen den Skalp erst – nun machen Leichen helfen. Hernach sie verbrennen.«
Diese Worte ließen Mabel fühlen, wie fern sie ihrer Freundin stand. Es dauerte mehrere Minuten, bis sie wieder sprechen konnte. Juni hatte keine Ahnung von diesem augenblicklichen Widerwillen und begab sich daran, das einfache Frühstück zu bereiten. Mabel aß kaum, aber Juni ließ es sich schmecken, als wenn nichts vorgefallen wäre. Sie hatten nun wieder Muße, ihren Gedanken nachzuhängen und die Insel zu überschauen. So stark auch bei Mabel der Wunsch war, stets an den Schießscharten zu sein, so ging sie doch selten dahin, ohne sich schnell vor Widerwillen und Abscheu wegzuwenden. Sobald aber die Blätter rauschten oder der Wind sich rührte, trieb die Furcht sie wieder an die Öffnungen. Es war in der Tat ein schauderhafter Anblick, diese verlassene Insel, die von Toten in der vollen Kleidung Lebender und in Stellungen und Gebärden sorgloser Heiterkeit bevölkert war.
Den ganzen langen Tag war weder ein Indianer noch ein Franzose zu sehen, und über die furchtbare, aber stumme Mummerei senkte sich die Nacht mit jener Regelmäßigkeit, mit der die Erde ihren Gesetzen gehorcht. Die zweite Nacht war bei weitem ruhiger als die vergangene, und Mabel schlief zuversichtlicher, denn sie wußte jetzt, daß über ihr Schicksal nicht entschieden werden würde, bevor ihr Vater zurückkehrte. Am kommenden Tag wurde der Sergeant erwartet, und als Mabel erwachte, eilte sie an die Schießscharten, um sich über den Stand des Wetters, das Aussehen des Himmels und die Lage der Insel zu vergewissern. Dort saß noch die schreckliche Gruppe auf dem Grase, der Fischer hing noch über dem Wasser, scheinbar eifrig auf die Angel achtend, und das verzerrte Gesicht Jennies blickte in schauderhaftem Grinsen aus der Hütte. Der Wind blies frisch aus Süden, doch die Luft war mild.
»Es wird immer unerträglicher, Juni«, sagte Mabel, als sie die Öffnung ver-

ließ. — »Lieber wollte ich den Feind sehen, als länger auf dieses furchtbare Schauspiel blicken.«
»Still — hier sie kommen — Juni glauben, ein Schrei hergekommen, wie Krieger schreien, wenn nehmen Skalp.«
»Was sagst du? Es ist nicht möglich!«
»Salzwasser!« rief Juni, indem sie lachend durch eine Schießscharte schaute.
»Mein lieber Oheim! Gott sei Dank! Er lebt also! Juni, du wirst nicht zugeben, daß man ihm ein Leid zufügt.«
»Juni arme Squaw. Was Krieger denken, was sie sagen? Pfeilspitze ihn hier bringen.«
Mabel war jetzt an der Schießscharte und sah, daß acht oder zehn Indianer ihren Oheim und den Quartiermeister zum Blockhaus brachten. Ihre Gefangennahme hatte dem Feinde gezeigt, daß keine Männer im Hause sein könnten. Mabel wagte kaum, Atem zu holen, bis die ganze Schar unmittelbar vor der Türe stand, wo sie zu ihrer Beruhigung gewahrte, daß der französische Offizier sich unter ihnen befand. Eine leise Zwiesprache folgte, und der weiße Anführer sowie Pfeilspitze schienen ihren Gefangenen ernst zuzureden, worauf der Quartiermeister vortrat.
»Schöne Mabel«, rief er laut, »blickt aus einer Schießscharte und erbarmt Euch unserer Lage. Man droht uns mit augenblicklichem Tode, wenn Ihr den Siegern die Tür nicht öffnet.«
Mabel war entschlossen, den Platz solange als möglich zu halten. »Sagt mir ein Wort, lieber Oheim«, rief sie durch die Öffnung, »laßt mich hören, was ich tun soll.«
»Gott sei Dank, Mabel, du lebst!« rief Cap. »Ich würde niemand, der nicht in den Händen dieser Teufel ist, raten, etwas zu entriegeln. Bleib nur, wo du bist.«
Der Quartiermeister wollte widersprechen, aber Mabel rief: »Ich werde in dem Blockhaus bleiben, bis das Schicksal dieser Insel entschieden ist!«
»Nicht verlassen Blockhaus«, flüsterte Juni, die an Mabels Seite stand und auf alles achtete, was um sie vorging, »Blockhaus gut — hier nicht bekommen Skalp.«
Ohne Junis Einsprüche hätte Mabel vielleicht nachgegeben, denn Muir begann, ihr das Unsinnige ihrer Weigerung klarzumachen. Sie ließ sich aber auf keine weiteren Verhandlungen ein und rief schließlich: »Herr Muir, Ihr scheint die Stärke des Blockhauses nicht zu kennen. Wollt Ihr sehen, was ich tun kann, um es zu schützen?«
»Das möchte ich sehen!« sagte der Quartiermeister ungeduldig, da er durch sein Zureden zur Kapitulation in eine ungemütliche Lage gekommen war.
»Seht auf die Schießscharte im oberen Stock«, rief Mabel.

Sie hatte diese Worte kaum gerufen, so wendeten sich alle Augen empor und sahen, wie die Mündung einer Büchse vorsichtig aus der Öffnung schaute. Juni hatte ihre Zuflucht wieder zu der List genommen. Der Erfolg täuschte die Erwartung nicht. Die Indianer sahen kaum das verhängnisvolle Rohr, so sprangen sie zur Seite, und jeder war sehr schnell in einem Versteck verschwunden. Der französische Offizier faßte den Lauf der Büchse ins Auge, um sich zu überzeugen, daß sie nicht auf ihn gerichtet war. Dann nahm er kaltblütig eine Prise Tabak.

»Seid klug, schöne Mabel«, rief Muir jetzt. »Reizt die Leute nicht zum Kampf!«

»Was haltet Ihr von Pfadfinder, Herr Muir, als Besatzung eines so starken Postens?« rief Mabel entschlossen als Antwort.

Bei diesem bekannten und gefürchteten Namen zog sich der französische Offizier sofort zurück. Er befahl seinen Gefangenen, ihm unverzüglich zu folgen, und Mabels List war völlig gelungen. Der Feind erschien geneigt, für den Augenblick alle Versuche auf das Blockhaus aufzugeben, und Juni, die auf das Dach gestiegen war, wo man eine ausgedehnte Aussicht hatte, berichtete, die ganze Schar habe sich in einem entfernten, geschützten Teil der Insel versammelt, um zu essen. Drei bis vier Stunden vergingen. Die Insel war wieder in tiefe Ruhe begraben, und der Tag ging zur Neige. Juni bereitete in dem Erdgeschoß das einfache Mahl, und Mabel war auf das Dach gestiegen, das mit einer Falltür versehen war. Von hier bot sich die beste Aussicht, die man auf der Insel finden konnte. Das Mädchen wagte nicht, sich von der Insel aus sehen zu lassen. Sie hob den Kopf nur vorsichtig über die Falltür, von wo aus sie im Laufe des Abends die verschiedenen Zugänge zu den Inseln immer wieder überblickte.

Die Sonne war endlich untergegangen, und von den Booten war nichts zu sehen noch zu hören. Mabel stieg zum letztenmal auf das Dach, in der Hoffnung, ihr Vater würde in der Dämmerung kommen. Ihr Auge hatte sich sorgsam rings um den ganzen Horizont bewegt, und sie war eben im Begriff, den Kopf zurückzuziehen, als etwas ihre Aufmerksamkeit fesselte. Die Inseln lagen so dicht beisammen, daß man sechs bis acht verschiedene Kanäle überblicken konnte, und in einem der verborgensten lag ein Rindenkanu. Es war kein Zweifel – ein menschliches Wesen saß in dem Kanu. Ungewiß, ob Freund oder Feind, ließ Mabel schnell eine kleine Flagge, die sie für ihren Vater gemacht hatte, wehen und paßte auf, daß man sie von der Insel aus nicht sehen konnte. Sie hatte das Zeichen acht- bis zehnmal ohne Erfolg wiederholt und begann schon zu verzweifeln, als sie bemerkte, daß plötzlich ein Ruder sich erhob und hin und her bewegt wurde. In dem Indianer erkannte sie schließlich Chingachgook.

Endlich war ein Freund erschienen, der ihr Hilfe bringen konnte. Von diesem Augenblick an lebte sie neu auf, ihr ganzer Mut war zurückgekehrt. Der Mohikaner hatte sie gesehen — er mußte sie erkannt haben, da er wußte, daß sie die Reise mitmachte. Sicher, sobald es dunkel genug war, tat er die nötigen Schritte, sie zu befreien. Das Haupthindernis war jetzt Juni; denn Mabel kannte ihre Treue gegen ihr Volk zu gut, als daß sie hätte glauben können, sie würde einen feindlichen Indianer in das Blockhaus eintreten lassen. Sie kannte Junis Entschlossenheit, so lieb sie auch gegen Mabel war, so echt weiblich sie auch fühlte. Sie mußte also, wenn es ihr auch schwer fiel, die bewährte Freundin täuschen. Die Zeit drängte, denn der Mohikaner konnte jeden Augenblick kommen und sich, wenn sie nicht bereit war, ihm zu öffnen, wieder entfernen. Es mußte für ihn höchst gefährlich sein, lange auf der Insel zu bleiben. Sie mußte auf jeden Fall Juni auf eine Weile aus dem unteren Raum entfernen.

»Fürchtest du nicht, Juni, daß die Irokesen wieder versuchen werden, das Blockhaus in Brand zu stecken?« fragte sie vorsichtig.

»Nicht denken so etwas. Nicht brennen Blockhaus; Blockhaus gut; nicht bekommen Skalp.«

»Juni, wir können es nicht wissen. Sie versteckten sich, weil sie glaubten, was ich ihnen wegen Pfadfinder gesagt habe.«

»Glauben, Furcht haben. Furcht kommen schnell — gehen schnell. Furcht machen weglaufen. Verstand machen wiederkommen. Furcht machen Krieger Narr, so wie jung Mädchen.« Juni lachte.

»Mir ist unbehaglich zumute, Juni, vielleicht gehst du wieder aufs Dach und hältst Ausschau.«

»Lilie wünschen, Juni gehen; aber wissen sehr wohl, Indianer schlafen und warten auf Vater. Krieger essen, trinken, schlafen immer und immer, wenn nicht kämpfen oder auf Kriegspfad wandeln. Dann nie schlafen, essen, trinken — nie fühlen. Krieger jetzt schlafen.«

»Trotzdem geh lieber hinauf, Juni, und schau dich um. Ich will hinabgehen und an der Tür lauschen. Auf diese Weise sind wir oben und unten auf unserer Hut.«

Die beiden trennten sich, und kaum war Mabel in dem untersten Raum, als sie ein leises vorsichtiges Pochen an der Tür zu hören glaubte. In der Angst und in dem Eifer, Chingachgook wissen zu lassen, daß sie in der Nähe sei, begann sie leise zu singen. So tief war die Stille, daß die Töne auf dem Dach zu hören waren. Juni begann sofort niederzusteigen. Unmittelbar darauf hörte Mabel wieder ein leises Pochen an der Tür und war außer sich. Kein Augenblick war zu verlieren, und sie begann, mit zitternder Hand die Tür zu entriegeln. Auf dem Flur über sich hörte sie Junis Mokassin, und erst ein Riegel war gehoben. Als sie den zweiten hob, erschien die Indianerin auf der unteren Leiter.

»Was du tun!« rief Juni. »Weglaufen — toll — Blockhaus verlassen? Blockhaus gut.«

Beide hatten ihre Hände an dem letzten Riegel, der entfernt worden wäre, hätte nicht ein kräftiger Druck von außen den Balken eingepreßt. Ein kurzer Wettstreit folgte, und wahrscheinlich hätte Juni den Sieg davongetra-

gen, wenn nicht ein zweiter, kräftiger Stoß von außen in dem Augenblick, als der Riegel sich etwas hob, die Tür geöffnet hätte. Mabel und Juni sahen einen Mann eintreten und flohen die Leiter hinauf.

Der Fremde schloß die Tür, untersuchte sorgfältig das ganze Erdgeschoß und stieg dann bedächtig die Leiter hinauf. Juni hatte die Schießscharten geschlossen und ein Licht angezündet, und hier harrten beide in atemloser Spannung auf den Mann, dessen leisen Schritt sie hören konnten. Als der Fremde endlich durch die Falltür heraufstieg, erkannten sie überrascht den Pfadfinder.

»Gott sei Dank!« rief Mabel froh. »Ach, Pfadfinder, was ist aus meinem Vater geworden?«

»Der Sergeant ist bis jetzt wohlbehalten und siegreich; aber sagt mir, Mabel, ist das nicht das Weib des Tuscarora, das sich dort in die Ecke verkriecht?«

»Ich habe ihr mein Leben und meine Sicherheit zu verdanken. Sagt mir aber erst, warum Ihr hier seid, dann will ich Euch alle Ereignisse erzählen.«

Pfadfinder hatte keine Eile, setzte sich umständlich nieder und begann zu erzählen: »Alles schlug auf unserer Fahrt so aus, wie wir gehofft hatten. Die Schlange war auf dem Posten und brachte uns alle Neuigkeiten. Wir überfielen drei Boote, jagten die Franzosen heraus und versenkten sie. Die Wilden von Oberkanada werden diesen Winter keine überreiche Ernte haben. Auch Pulver und Blei werden seltener bei ihnen werden. Wir haben nicht einen Mann verloren. Es war ein Ausflug, wie ihn Lundie liebt — der Feind litt viel und wir selbst wenig. Sobald der Sergeant sah, daß ihm der Handstreich gelungen war, schickte er mich und die Schlange in Kanus herauf, um Euch zu benachrichtigen. Er selbst wird in zwei Booten folgen, die vor morgen nicht anlangen können. Diesen Nachmittag trennte ich mich von Chingachgook, und wir verabredeten miteinander, uns der Insel auf verschiedenen Wegen zu nähern, um zu sehen, ob der Pfad rein sei. Seit dieser Zeit habe ich den Häuptling nicht mehr gesehen.«

Mabel unterbrach den Pfadfinder hier und erzählte ihm, wo sie den Mohikaner entdeckt und wie sie ihm Zeichen gegeben hatte. Sie meinte, er werde auch in das Blockhaus kommen.

»Nein, Mabel! Ein ordentlicher Kundschafter begibt sich nie hinter Balken und Mauern, solange er im Freien bleiben und nützliche Beschäftigung finden kann. Ich selbst wäre nicht hierhergekommen, Mabel, hätte ich nicht dem Sergeanten versprochen, nach Euch zu sehen und für Eure Sicherheit zu sorgen. Ich untersuchte die Insel diesen Nachmittag mit schwerem Herzen, und es war eine bittere Stunde, als ich mir dachte, Ihr könntet unter den Erschlagenen sein. Diese Künste und Teufeleien mit toten Menschen können nur die Soldaten des fünfundfünfzigsten Regiments und die Offiziere des Königs täuschen. Ich kam den Wasserpfad, gerade dem angeblichen Fischer gegenüber, herunter, und obgleich die Teufel den armen Schelm kunstvoll hingepflanzt hatten, war es doch nicht natürlich genug, um ein geübtes Auge zu täuschen. Die Angelrute stand zu hoch, und dann war der Mann zu ruhig für einen, der nichts fing und bei dem nichts anbiß. Wir nähern uns einem Posten nie blindlings. Weder die Schlange noch ich lassen uns durch solche Streiche fangen.«

»Glaubt Ihr, mein Vater und die Seinigen könnten noch getäuscht werden?« fragte Mabel rasch.

»Nein, wenn ich es hindern kann, Mabel. Ihr sagt, auch die Schlange sei auf der Lauer; es ist also eine doppelte Möglichkeit vorhanden, daß es uns gelingen wird, ihn von der Gefahr zu benachrichtigen, obgleich es nicht gewiß ist, auf welchem Wege die Boote kommen.«

»Mein Vater konnte nicht ahnen, daß die Lage der Insel dem Feinde bekannt war«, sagte Mabel mit einem tiefen Seufzer.

»Das ist wahr, und ich sehe nicht, wie die Franzosen sie ausfindig machen konnten. Ich fürchte, wir sind verraten worden. — Still«, unterbrach sich der Jäger plötzlich, »was ist das?«

»Es hört sich an wie Ruderschlag – ein Boot scheint durch den Kanal zu gehen.«

Pfadfinder schloß die Tür, die in den unteren Raum führte, um Juni nicht entschlüpfen zu lassen, löschte das Licht aus und eilte an eine Schießscharte. Mabel schaute in atemloser Spannung über seine Schulter. Zwei Boote kamen anscheinend den nahen Kanal herauf und legten etwa fünfzig Schritte

vor dem Blockhaus am Ufer an, wo der gewöhnliche Landungsplatz war. Nach einer Weile sah man eine Anzahl Leute die Boote verlassen, und dann hörten sie englische Rufe, die keinen Zweifel mehr ließen, wer die Gelandeten seien. Pfadfinder sprang sofort an die Tür, hob sie auf, glitt die Leiter hinab und begann, die untere Tür zu entriegeln. Mabel war ihm gefolgt, aber in diesem Augenblick hörte man schon eine Salve von Büchsenschüssen. Sie standen vor Schreck regungslos, als das Kriegsgeschrei der Indianer auf der ganzen Insel widerhallte.

Kaum waren die Riegel beseitigt, als Pfadfinder und Mabel ins Freie eilten. Kein Ton, kein Laut war jetzt zu hören. Als Pfadfinder einen Augenblick stillstand, glaubte er, ein leises Ächzen in der Nähe der Boote zu hören. Mabel wurde von ihren Gefühlen fortgerissen. Sie eilte an ihm vorbei zu den Booten.

»Nur das nicht, Mabel«, rief der Kundschafter leise und hielt sie zurück. »Sicherer Tod ist die Folge, und Ihr könnt niemandem nützen. Wir müssen in das Blockhaus zurück.«

»Vater! Mein armer, guter Vater!« sagte das Mädchen außer sich.

In diesem Augenblick bemerkte Pfadfinder vier oder fünf Gestalten, die niedergebückt an ihm vorbeischleichen wollten, um ihnen den Rückweg in das Blockhaus abzuschneiden. Im Nu ergriff er Mabel, nahm sie, als wäre sie ein Kind, auf den Arm, und mit ein paar mächtigen Schritten gelang es ihm, das Blockhaus zu erreichen. Die Verfolger schienen unmittelbar auf seinen Fersen zu sein. Im Hause ließ er seine Last sofort niedergleiten, schloß die Tür und hatte erst einen Riegel vorgelegt, als ein Stoß die feste Holzmasse traf, der sie aus den Angeln zu sprengen drohte. Im Augenblick lagen die anderen Riegel vor.

Mabel stieg jetzt in den ersten Stock empor, während Pfadfinder als Schildwache unten blieb. Mechanisch zündete sie das Licht an. Sobald Pfadfinder das Licht hatte, untersuchte er den Ort sorgfältig, um sich zu überzeugen, daß sich niemand eingeschlichen hatte. Er stieg von einem Stock zum andern, um sicher zu sein, daß er keinen Feind im Rücken hatte. Aber außer ihm und Mabel – denn Juni war entwischt – war niemand in dem Blockhaus.

»Das Schlimmste, was zu befürchten war, ist eingetroffen«, sagte Mabel in großer Erregung, »mein Vater und alle, die mit ihm waren, sind tot oder gefangen.«

»Wir wissen das nicht, erst morgen früh werden wir alles erfahren. Ich glaube nicht ...«

»Still«, unterbrach ihn Mabel, »ich höre Ächzen.«

»Einbildung, Mabel. Es ist totenstill.«

»Nein – nein, ich irre mich nicht, es ist jemand unten!«

Pfadfinder mußte jetzt zugeben, daß Mabels scharfes Ohr sie nicht getäuscht hatte.

»Wir werden bald wissen«, sagte er, »ob es ein Freund oder ein Feind ist. Versteckt das Licht, Mabel, und ich werde durch eine Schießscharte mit dem Mann sprechen.« Er brachte dann seinen Mund der Öffnung so nahe, daß er gehört werden konnte, ohne laut zu sprechen. »Wer ist unten?« rief er mehrmals leise.

»Pfadfinder!« antwortete die Stimme des Sergeanten. »Um Gottes willen, sagt mir, was ist aus meiner Tochter geworden?«

»Vater – ich bin hier –«, rief Mabel laut ohne jede Vorsicht.

Beide hörten jetzt ein leises Ächzen. Sie stiegen sofort in den unteren Raum, und Pfadfinder begann, die Tür zu entriegeln. Er benahm sich mit seiner gewöhnlichen Vorsicht. Als er die massive Tür behutsam in den Angeln zurückweichen ließ, stürzte Sergeant Dunhams Körper in den Raum. Der Schwerverwundete hatte an der Tür gelehnt. Pfadfinder brauchte nur eine Sekunde, um den Freund ganz hereinzuziehen und die Riegel vorzulegen.

Mabel benahm sich jetzt sehr tapfer, sie hielt das Licht, benetzte die trockenen Lippen des Vaters mit Wasser, half dem Pfadfinder, ein Strohlager für ihn bereiten, und machte aus den Kleidern ein Kissen für sein Haupt. Ernst und fast ohne ein Wort zu sprechen, vollbrachten sie alles.

Siebzehntes Kapitel

Seit das Licht angezündet war, hingen die Augen des Sergeanten unaufhörlich an der Gestalt seiner Tochter, dann blickte er auf die Tür des Blockhauses, um sich zu überzeugen, daß sie fest geschlossen war. Man hatte ihn im Erdgeschoß gelassen, da es an den nötigen Mitteln fehlte, ihn in den oberen Raum zu bringen.

»Gott sei gelobt, mein Kind! Du wenigstens bist den mörderischen Büchsen entgangen«, sagte der Sergeant nach einer Weile. »Erzählt mir, was geschah, Pfadfinder.«

»Ach, Sergeant, Verräterei ist im Spiele – man hat dem Feind die Insel gezeigt – das ist nach meinem Urteil so sicher wie die Tatsache, daß wir das Blockhaus noch halten. Aber –«

»Major Duncan hatte recht«, sagte Dunham stöhnend.

»Nicht in dem Sinne, wie Ihr es nehmt, Sergeant – nein, nach meinem Dafürhalten lebt kein treueres Herz auf der Grenze als Jasper Western.«

»Dank, Pfadfinder!« rief Mabel leidenschaftlich, während sie sich tränenüberströmt zu ihrem Vater setzte.

Die Augen des Sergeanten hingen ängstlich an seiner Tochter, bis diese das Angesicht mit den Händen bedeckte. Pfadfinder erzählte jetzt kurz die Ereignisse auf der Insel. Dunham hörte aufmerksam zu. Nach einer Weile streckte er seine Hand aus, Mabel nahm sie in die ihrige und küßte sie. Dann kniete sie sich an seine Seite und weinte, als wenn ihr das Herz brechen müßte.

»Mabel«, sagte der Sergeant leise – »Gottes Wille muß geschehen. Meine Zeit ist gekommen, und es ist ein Trost für mich, wie ein Krieger zu sterben. Lundie wird mir Gerechtigkeit widerfahren lassen; denn unser guter Freund Pfadfinder weiß, was getan wurde und wie sich alles zutrug. – Pfadfinder! – Mabel!« fuhr er nach einer Weile fort, während die Schmerzen ihm den kalten Schweiß auf die Stirn trieben, »kommt beide an meine Seite. Ihr versteht einander, hoffe ich. Ich setze mein ganzes Vertrauen auf Euch, mein treuer Freund, und ermächtige Euch, in allem zu handeln, wie ich selbst handeln würde. Mabel, Kind – reiche mir das Wasser – du wirst diese Nacht nie bereuen.«

In der Innigkeit dieser Worte lag für Mabels Gefühl etwas unendlich Ergreifendes und Rührendes. Eine kurze Pause folgte, worauf der Sergeant in gebrochenen Worten kurz erzählte, was sich begeben hatte, seit die Schlange und der Führer ihn verlassen hatten. Der Wind war günstiger geworden, und statt, wie es ursprünglich seine Absicht gewesen war, auf einer Insel zu bleiben, beschloß er, die Reise fortzusetzen und in der Nacht an der Station anzulegen. Man würde ihre Annäherung nicht bemerkt haben und das Unglück wäre verhütet worden, wären sie nicht an der Spitze einer benachbarten Insel auf den Sand gelaufen, wo ohne Zweifel der Lärm, den die Leute sich zuschulden kommen ließen, als sie das Boot flott machten, ihr Kommen verriet. Ohne auch nur im entferntesten Gefahr zu ahnen, waren sie gelandet, doch überraschte es sie, daß sie keine Schildwache fanden. Sie ließen indessen ihre Waffen in dem Boot, um ihre Tornister und die Lebensmittel in Sicherheit zu bringen. Die Schüsse fielen so nahe, daß sie trotz der Dunkelheit tödlich wurden. Alle ohne Ausnahme waren gefallen, und nur zwei oder drei erhoben sich später wieder und verschwanden. Vier bis fünf Soldaten waren getötet oder doch so schwer verwundet worden, daß sie nur wenige Minuten am Leben blieben; dabei war es auffallend, daß der Feind nicht, wie sonst gewöhnlich, herbeistürmte, um die Skalpe zu nehmen. Sergeant Dunham war mit den anderen hingestürzt; er hatte die Stimme Mabels erkannt, als sie aus dem Blockhaus eilte. Ihr Angstruf hatte ihn in den Stand gesetzt, langsam bis an die Tür des Gebäudes zu kriechen. Der Sergeant war nach dieser einfachen Erzählung so müde, daß er der Ruhe bedurfte. Eine lange stumme Pause folgte.

Pfadfinder benutzte die Zeit, um durch die Schießscharten und von dem Dache aus den Stand der Dinge zu erspähen und die Büchsen zu untersuchen. Mabel aber wich keinen Augenblick von ihres Vaters Seite, und als sie ihn schlafend glaubte, kniete sie nieder und betete. Die folgende halbe Stunde war ungemein feierlich und still. Man hörte nur des Pfadfinders Mokassins in dem oberen Stock, wo er emsig beschäftigt war, die Büchsen zu prüfen, um sich zu überzeugen, daß sie geladen und schußfertig seien. Außer dem Fußtritt des Führers und einem gelegentlichen Knacken des Hahnes einer Büchse hörte man nur das schwere Atmen des Verwundeten. Plötzlich vernahm Mabel ein leises Pochen an der Tür. In der Meinung, es sei Chingachgook, stand sie auf, entfernte zwei Riegel und fragte, den dritten in der Hand haltend, wer klopfe. Sie erkannte die Stimme ihres Onkels. Ohne zu zögern, entfernte sie den Riegel, und Cap trat ein. Sobald er durch die Öffnung hereingekommen, schloß Mabel die Tür wieder. Dem rauhen Seemann waren die Tränen nahe, als er sah, in welchem Zustande sich sein Schwager befand und daß Mabel der dringendsten Gefahr überhoben war. Er erzählte, man habe ihn sorglos bewacht, da man glaubte, er und der Quartiermeister schliefen infolge der geistigen Getränke, die man ihnen, in der Hoffnung, sie bei dem bevorstehenden Angriff ruhig zu halten, in Fülle gegeben hatte. Muir hatte er in wirklichem oder geheucheltem Schlafe verlassen, er selbst aber war bei dem ersten Lärm des Angriffs in die Gebüsche geeilt. Dann hatte er Pfadfinders Kanu gefunden und hatte das Blockhaus erreicht, um zu Wasser mit seiner Nichte zu entfliehen. Jetzt war er natürlich bereit, das Blockhaus zu verteidigen.

»Im schlimmsten Falle, Meister Pfadfinder«, sagte er, »müssen wir die Flagge streichen, und das gibt uns Anspruch auf Gnade. Ich erwartete, Muir würde ebenso handeln, als wir von diesen Burschen, die Ihr Landstreicher nennt, gefangen wurden. Als aber diese Wilden den Angriff auf uns machten und Korporal McNab und seine Leute töteten, als wenn sie bloße Kaninchen wären, flüchteten Leutnant Muir und ich in eine der Höhlen dieser Insel, deren sich viele hier befinden. Dort blieben wir eingestaut wie zwei Meuterer in einem Schiffsgefängnis, bis Mangel an Nahrung uns heraustrieb. Ich forderte den Quartiermeister auf, wegen der Übergabe zu unterhandeln, denn wir hätten uns eine oder zwei Stunden an dem Platze verteidigen können, so schlecht er auch war. Aber er lehnte es ab, weil die Schurken, wie er sagte, nicht Wort halten würden, wenn einer von ihnen verwundet wäre.«

»Oheim«, sagte Mabel mit einer traurigen Stimme und in bittender Gebärde, »mein armer Vater ist schwer verwundet.«

»Ja, Magnet, ja; ich will mich zu ihm setzen und alles aufbieten, ihn zu trösten. Sind die Riegel fest eingelegt, Mädchen? Gut, Magnet – gehe in den oberen Stock und suche, dich zu fassen, während Pfadfinder ganz oben auf und ab geht und vom Mastkorb aus lugt. Der Vater hat mir vielleicht etwas im Vertrauen mitzuteilen, und da wird es gut sein, uns allein zu lassen.«

Mabel entfernte sich, und Pfadfinder war bereits auf das Dach gestiegen, um den Feind zu beobachten. Cap setzte sich an des Sergeanten Seite, und beide sprachen ernst von den letzten Sorgen des Sterbenden, die natürlich um Mabel kreisten. Nach einer Weile erschien der Führer auf der Leiter, hob den Finger, um Schweigen zu gebieten, und winkte dann Cap, seinen Platz Mabel zu überlassen.

»Wir müssen klug sein – und wir müssen kühn sein«, sagte er mit leiser Stimme, »das Gewürm hat die ernstliche Absicht, das Blockhaus anzustecken.«

Cap eilte die Leiter empor, und Mabel nahm schweigend seine Stelle an der Seite ihres Vaters ein. Pfadfinder, der das Licht so geborgen hatte, daß es ihn keinem verräterischen Schuß aussetzen konnte, öffnete eine Schießscharte und hielt sich, da er eine Aufforderung zur Übergabe erwartete, zur Antwort bereit. Muirs Stimme unterbrach endlich das Schweigen.

»Meister Pfadfinder«, rief der Schotte, »ein Freund fordert Euch auf, ihm Gehör zu geben.«

»Was wollt Ihr, Quartiermeister? Es muß etwas sehr Dringendes sein, was Euch in dieser nächtlichen Stunde unter die Schießscharten des Blockhauses bringt.«

»Der Feind ist zu stark, Freund, und ich komme, Euch zu raten, das Blockhaus zu übergeben; Ihr sollt als Kriegsgefangener ehrenvolle Behandlung erfahren.«

»Ich danke Euch für diesen Rat, Quartiermeister, aber ich gebe den Platz nicht auf, solange Nahrung und Wasser vorhanden sind.«

»Gut, ich würde der letzte sein, Pfadfinder, der etwas gegen einen so tapferen Entschluß sagt, sähe ich die Möglichkeit, ihn durchzuführen.«

»Wenn jeder von uns seines Entschlusses sicher ist, Quartiermeister, so bedarf es keiner weiteren Worte. Wenn das Gewürm in Eurer Nähe geneigt ist, sein teuflisches Werk zu beginnen, so laßt sie sofort Hand anlegen. Sie können Holz anstecken und ich Pulver.«

Pfadfinder hatte während dieses Wortwechsels seinen Körper zu schützen gewußt. Jetzt hieß er Cap auf das Dach gehen und sich für den ersten Angriff bereithalten. Obgleich Cap nicht langsam war, fand er doch bereits nicht weniger als zehn flammende Pfeile in der Rinde stecken, während die Luft von dem Geschrei und Kriegsgebrüll der Wilden widerhallte. Eine rasche Büchsensalve folgte, und die Kugeln schlugen an das Gebäude. Diese

Töne konnten jedoch weder Pfadfinder noch Cap schrecken. Plötzlich aber unterbrach der schwere Knall einer Haubitze die Stille der Nacht, und man hörte das Krachen des zersplitternden Holzes, als eine starke Kugel die Balken in dem oberen Gemach zerriß und das ganze Gebäude von der Gewalt des Einschlags zitterte. Mabel schrie laut auf, denn sie glaubte, alles, was über ihrem Haupte war, müsse vernichtet sein.

»Mabel«, rief Pfadfinder, der sich über die Falltür beugte, »das ist echtes Mingowerk – mehr Lärm als Schaden. Die Schurken haben die Haubitze, die wir den Franzosen nahmen, gefunden und sie gegen das Blockhaus abgefeuert. Glücklicherweise aber haben sie auch die einzige Kugel abgefeuert, die wir hatten, und so ist es damit zu Ende. Euer Oheim und ich, wir sind unverwundet.«

Mabel winkte ihm Dank zu und wendete ihre ganze Aufmerksamkeit auf ihren Vater. Während der furchtbaren Minuten, die nun folgten, war sie so sehr von der Sorgfalt für den Kranken in Anspruch genommen, daß sie kaum das Geschrei hörte, das rings um sie erscholl. Caps Ruhe und Besonnenheit waren bewundernswürdig.

Man sah ihn überall auf dem Dache eifrig rechts und links Wasser verspritzen. Er schien ein gefeites Leben zu haben; denn obgleich die Kugeln von allen Seiten um ihn pfiffen, blieb er unverletzt. Als die Bombe unten durch das Gebälk fuhr, stellte der alte Seemann seinen Eimer hin, schwenkte seinen Hut und ließ einen dreimaligen Freudenruf hören.

Das Benehmen Pfadfinders war gänzlich anders. Alles, was er tat, war auf das genaueste berechnet – das Ergebnis langer Erfahrung und gewohnter Besonnenheit. Er hielt sich stets außer der Linie der Schießscharten, und die Stelle, die er zu seinem Lugaus wählte, war die gefahrloseste. Als er jedoch am Fuß des Gebäudes Mokassintritte und das Rascheln von dürrem Holz hörte, wußte er, daß die Feinde versuchten, Feuer an die Balken zu legen. Er rief Cap vom Dach, wo in der Tat keine Gefahr mehr zu befürchten war, und ließ ihn an einer unmittelbar über dem anzuzündenden Feuer befindlichen Schießscharte mit Wasser bereit sein. Er hörte die Irokesen dürres Gestrüpp sammeln, es an dem Blockhaus aufhäufen, die Flammen anfachen und wieder in ihr Versteck zurückkehren. Aber er griff noch nicht ein. Cap hatte ein mit Wasser gefülltes Faß an die Öffnung gebracht und hielt sich bereit. Der richtige Augenblick war erst gekommen, wenn die aufprasselnde Flamme die Gebüsche ringsum erhellte. Pfadfinders geübtes Auge entdeckte jetzt drei oder vier lauernde Wilde.

»Seid Ihr bereit, Freund Cap?« fragte er. »Die Hitze dringt allmählich durch die Spalten. Seht Euch vor, daß Ihr das Faß richtig ausgießt und daß kein Wasser verlorengeht.«

»Fertig!« erwiderte Cap.

»Dann wartet noch! Nicht zu ungeduldig!«

Während Pfadfinder diese Anweisungen gab, machte er seine eigenen Vorbereitungen, denn er sah, daß es nun Zeit sei. ›Wildtödter‹ wurde vorsichtig gehoben, gerichtet und losgebrannt. Das Ganze war das Werk einer halben Minute, und der Schütze brachte, als er den Lauf der Büchse zurückzog, das Auge an die Öffnung.

»Ein Gewürm ist weniger«, murmelte er. »Noch einen der Schurken, und wir werden diese Nacht Ruhe haben.«

Er hatte eine andere Büchse bereit, und ein zweiter Indianer fiel. Jetzt floh die ganze Schar Wilder, die in dem Gebüsch ringsumher versteckt lag, in verschiedene Richtungen.

»Nun das Wasser ausgeschüttet, Meister Cap!« rief Pfadfinder. »Die Schurken werden heute nacht kein Feuer mehr anstecken.«

»Brühe!« rief Cap und stürzte das Faß so sorgfältig um, daß das Feuer gleich vollständig gelöscht war.

Der übrige Teil der Nacht verlief ruhig. Pfadfinder und Cap wachten abwechselnd, obgleich man von keinem sagen konnte, er habe geschlafen. Mabel wachte an ihres Vaters Seite, und die Zukunft lag so düster vor ihr, daß sie sich fast den Tod wünschte.

Als der Morgen kam, bestiegen Pfadfinder und Cap das Dach, um zu sehen, wie der Stand der Dinge auf der Insel sei. Ein frischer Wind blies aus Süden, und auf vielen Stellen war die Oberfläche des Wassers grün und bewegt. Die Gestalt der kleinen Insel war fast oval, und die Hauptachse zog sich von Osten nach Westen. Als sie so standen und besorgt umherschauten, rief Cap plötzlich: »Schiff, ahoi!«

Pfadfinder folgte schnell dem Auge des Seemanns. Der hohe Standpunkt ließ sie mehrere umliegende Inseln überschauen. Die Segel eines Schiffes waren tatsächlich durch das Buschwerk einer Insel in südwestlicher Richtung zu sehen. Das fremde Fahrzeug hatte wenig Segel gesetzt, kam aber sehr schnell vorwärts.

»Es ist nicht möglich, daß es Jasper ist«, sagte Pfadfinder betrübt. »Der Bursche kennt unsere Lage nicht. Wir haben ein Schiff vor uns, das die Franzosen geschickt haben.«

»Dieses Mal irrt Ihr, Freund Pfadfinder«, antwortete Cap. »Ich sehe dort die Spitze des großen Kuttersegels, denn es ist weniger ausgegillt als üblich, und dann könnt Ihr sehen, daß die Gaffel gekappt worden ist – ganz hübsch gemacht, ich geb' es zu, aber doch gekappt.«

»Ich sehe von alldem nichts«, sagte Pfadfinder, für den die Ausdrücke seines Freundes unverständlich waren. »Wenn aber Jasper wirklich kommt,

so fürchte ich gar nichts mehr. Gott gebe, daß der Bursche nicht das Ufer entlang anläuft und in einen Hinterhalt gerät.«
Die ›Wolke‹ kam jetzt auf der Luvseite der Insel mit großer Schnelligkeit näher. Aber niemand war auf dem Deck sichtbar, dem man ein Zeichen geben konnte. Selbst das Steuer schien verlassen zu sein, obgleich der Kurs festlag. Cap stand schweigend da, das ungewöhnliche Schauspiel bewundernd. Als aber die ›Wolke‹ näher kam, gewahrte sein geübtes Auge, daß das Ruder bewegt wurde, obgleich die Hand, welche es steuerte, nicht sichtbar war. Da der Kutter Schutzbretter von einiger Höhe hatte, erklärte sich das Geheimnis leicht; denn die Mannschaft lag ohne Zweifel hinter diesen, um gegen die Kugeln des Feindes gedeckt zu sein.
»Ich habe es – ich habe es«, rief der Pfadfinder frohlockend. »Dort auf dem Deck des Kutters liegt das Kanu der Schlange, und der Häuptling ging an Bord der ›Wolke‹ und hat ohne Zweifel Bericht von unserer Lage abgestattet. Gott gebe, daß Jasper Western noch an Bord der ›Wolke‹ ist.«
»Ja – ja; es wäre nicht übel, treu oder nicht – der Bursche weiß sich bei einer Bö zu benehmen, das muß man zugeben.«
»Und auch beim Überschiffen eines Wasserfalls!« sagte Pfadfinder und stieß Cap dabei mit dem Ellenbogen in die Seite, während er in seiner stillen, herzlichen Weise lachte.
Die ›Wolke‹ war schon so nahe, daß Cap nicht antwortete. Der Wind wehte jetzt recht ungestüm. Kleinere Bäume beugten ihre Wipfel, als wollten sie die Erde fegen. Die Luft war mit Blättern angefüllt, die in dieser späten Jahreszeit von den Zweigen fielen und wie Scharen von Vögeln von einer Insel zur anderen flogen. Daß die Wilden noch da waren, konnte man annehmen, da ihre Kanus sowie die Boote des fünfundfünfzigsten Regiments noch in der kleinen Bucht beisammen lagen. Sonst aber war kein Zeichen ihrer Anwesenheit zu entdecken. Daß sich an Bord des Kutters kein Zeichen menschlichen Lebens gewahren ließ, war merkwürdig. Er hielt sich in der Mitte des Kanals, und die Bewegung war so schnell, daß er nach kaum zehn Minuten gerade an dem Blockhaus vorbeisegelte.
Cap und Pfadfinder lehnten sich, als der Kutter näher kam, vor, um das Deck genauer zu sehen. Zu ihrer großen Freude erschien Jasper Eau douce und stieß einen dreimaligen Freudenruf aus. Cap sprang, unbesorgt um jede Gefahr, auf die Brüstung und gab den Gruß jubelnd zurück. Sobald Pfadfinder seinen Freund Jasper sah, rief er ihm mit Stentorstimme zu:
»Zu uns gehalten, Bursche, und der Sieg ist unser. Gib ihnen eine Salbung in die Büsche, und du wirst sie wie Schnepfen aufjagen.«
Während dieser Worte war die ›Wolke‹ vorbeigeschossen, und im nächsten Augenblick verschwand sie hinter einer Baumgruppe, in der das Blockhaus

teilweise versteckt lag. Zwei angstvolle Minuten folgten. Nach dieser kurzen Pause glänzten aber die Segel wieder durch die Bäume, denn Jasper hatte gewendet und auf dem anderen Kanal unter Lee aufgeholt. Der Wind war stark genug, um die Wendung zuzulassen, und der Kutter hielt seinen neuen Kurs. Jasper schien vorerst Kundschaft einziehen zu wollen. Als jedoch die ›Wolke‹ die ganze Insel umsegelt hatte und die Luvseite des Kanals erreichte, wendete sie wieder. Das Knallen des schlagenden Großsegels, das sich füllte, so sehr es auch eingerefft war, glich einem Kanonenschuß.
»Der kommt herum«, rief Cap entzückt, »und nun werden wir sehen, was der Knabe eigentlich vorhat; er kann doch nicht hier auf- und abfahren wollen wie ein Mädchen auf dem Tanzboden!«
Die ›Wolke‹ hielt jetzt so weit ab, daß die beiden Beobachter auf dem Blockhaus einen Augenblick glaubten, Jasper wolle landen. Jasper hatte aber diese Absicht nicht. Mit dem Ufer und mit der Tiefe des Wassers auf allen Seiten der Insel genau bekannt, wußte er wohl, daß die ›Wolke‹ ohne Gefahr an das Ufer geführt werden konnte. Er wagte sich furchtlos so nahe, daß er bei dem Gang durch die kleine Bucht die zwei Boote der Soldaten von den Tauen losriß, sie nachzog und am Kutter befestigte. Da alle Kanus an die zwei Boote Dunhams angebunden waren, wurden die Wilden durch diesen kühnen und gelungenen Streich plötzlich aller Mittel beraubt, die Insel anders als durch Schwimmen zu verlassen. Die ganze Schar erhob sich jetzt, füllte die Luft mit ihrem Geschrei und begann ein unschädliches Feuer.
In diesem Augenblick schoß Pfadfinder. Seine Kugel kam von der Höhe des Blockhauses, und ein Irokese stürzte, durch den Kopf getroffen, augenblicklich tot nieder. Eine zweite Kugel kam von der ›Wolke‹ und machte einen Feind kampfunfähig. Die Mannschaft des Kutters jubelte, und die Wilden waren wieder bis auf den letzten Mann unsichtbar, als hätte sie die Erde plötzlich verschlungen.
»Das war die Stimme der Schlange«, sagte Pfadfinder, sobald die zweite Büchse geknallt hatte. »Ich kenne den Ton seiner Büchse gut.«
Während dieser Zeit blieb die ›Wolke‹ in Bewegung. Sobald sie das Ende der Insel erreicht hatte, hängte Jasper die Boote ab, und sie gingen mit dem Wind abwärts, bis sie eine halbe Meile leewärts auf den Sand liefen. Jetzt wendete er und kam, wieder gegen die Strömung haltend, durch den anderen Kanal. Die auf dem Dach des Blockhauses konnten nun bemerken, daß etwas auf dem Deck der ›Wolke‹ in Bewegung war. Zu ihrer großen Freude wurde gerade vor der Hauptbucht, wo die Mehrzahl der Feinde versteckt lag, die Haubitze, das einzige Geschütz des Kutters, demaskiert, und ein Kartätschenregen flog pfeifend in das Gebüsch. Ein Flug Wachteln hätte sich nicht schneller erhoben als die Wilden, die dieser unerwartete Eisen=

hagel aufjagte. Ein zweiter Indianer fiel durch eine Kugel des ›Wildtödters‹, und ein dritter wurde von Chingachgooks Büchse getroffen. Sie fanden jedoch bald neue Verstecke.

Plötzlich erschien Juni mit einer weißen Fahne in der Hand, von dem französischen Offizier und Muir begleitet. Eine neue Verhandlung begann. Sie fand bei dem Blockhause statt. Jasper ging gerade vor dem Hause vor Anker, und die Haubitze war auf die Unterhändler gerichtet.

»Ihr habt gesiegt, Pfadfinder«, rief der Quartiermeister, »und Kapitän Sanglier kommt selbst, den Frieden anzubieten. Ihr werdet einem tapferen Feind einen ehrenvollen Rückzug nicht verweigern. Ich bin ermächtigt, von seiten des Feindes die Räumung der Insel, den Austausch der Gefangenen und die Rückgabe der Skalpe anzutragen.«

Da infolge des Windes und der Entfernung die Unterhaltung sehr laut geführt werden mußte, so konnten die auf dem Blockhaus jedes Wort hören.

»Was sagt Ihr dazu, Jasper?« rief Pfadfinder. »Ihr habt den Vorschlag gehört – sollen wir die Landstreicher ziehen lassen?«

»Kein Blutvergießen mehr im Namen der Religion«, rief Mabel, die in diesem Augenblick auf dem Dach erschien. »Es ist Blut genug geflossen!«

»Gut!« rief jetzt Pfadfinder. »Ich neige zu Mabels Ansicht. Es ist Blut genug vergossen worden, um unseren Zweck zu erreichen und dem König zu dienen. Laßt uns wissen, Leutnant Muir, was Eure Freunde, die Franzosen und Indianer, für sich vorzubringen haben.«

»Meine Freunde?« sagte Muir gekränkt. »Ihr werdet des Königs Feinde nicht meine Freunde nennen, Pfadfinder, weil das Kriegsglück mich in ihre Hände geworfen hat?« Dann nannte er die Vorschläge für die Übergabe, und nach einer kurzen Besprechung wurden alle Wilden auf der Insel ohne Waffen unter der Kanone der ›Wolke‹ etwa hundert Schritt vom Blockhaus zusammengebracht. Pfadfinder ging jetzt an die Tür des Blockhauses herunter und stellte die Bedingungen fest, unter denen die Insel endlich vom Feinde geräumt werden sollte. Diese Bedingungen waren für beide Teile nicht unvorteilhaft. Die Indianer mußten, der Vorsicht wegen, da sie um das Vierfache zahlreicher waren als ihre Feinde, alle Waffen, selbst ihre Messer und Tomahawks abliefern. Der französische Offizier, Monsieur Sanglier, sträubte sich erst, indem er sagte, es könne ein ungünstiges Licht auf sein Kommando werfen. Aber Pfadfinder, der einige indianische Metzeleien mit angesehen hatte und wußte, wie wenig man sich auf Wort und Pfand der Wilden verlassen konnte, wenn ihr Interesse mit im Spiele war, ließ sich nicht bewegen. Die zweite Bedingung war fast ebenso wichtig. Sie zwang Kapitän Sanglier, alle seine Gefangenen, die in der Höhle, in die Cap und Muir sich geflüchtet hatten, sorgsam bewacht wurden, herauszugeben. Als man die Leute herbeiführte, ergab es sich, daß vier unverletzt waren. Sie hatten sich bloß niedergeworfen, um ihr Leben zu retten. Von den übrigen waren zwei nur leicht verwundet, so daß sie nicht dienstunfähig waren. Da sie ihre Gewehre mitbrachten, so beruhigte dieser Zuwachs an Streitkräften den Pfadfinder sehr. Nachdem er alle Waffen des Feindes in dem Blockhause gesammelt hatte, ließ er seine Leute Besitz von dem Haus nehmen und stellte eine Schildwache an der Tür auf. Die übrigen Soldaten waren tot, denn die Schwerverwundeten waren augenblicklich ermordet worden, um die so ersehnten Skalpe zu bekommen.

Sobald Jasper mit den Bedingungen bekanntgemacht worden war und die Vorbereitungen so weit gediehen waren, daß er sich ohne Gefahr entfernen konnte, ließ er die Anker lichten, und die ›Wolke‹ segelte zu der Stelle, wo die Boote angelaufen waren, um sie wieder in das Tau zu nehmen. Es bedurfte nur geringer Mühe, sie in die Durchfahrt leewärts zu bringen. Hier wurden alle Wilden eingeschifft, Jasper nahm die Boote zum dritten Male ins Schlepptau, lief vor dem Winde weiter und hängte sie ungefähr eine Meile von der Insel entfernt ab. Die Indianer hatten für jedes Boot nur ein einziges Ruder zum Steuern erhalten, da der junge Seemann wohl wußte, daß sie, wenn sie den Wind benutzten, im Laufe des Vormittags noch am kanadischen Ufer landen könnten.

Kapitän Sanglier, Pfeilspitze und Juni blieben zurück. Der Franzose hatte mit Leutnant Muir gewisse Papiere zu ordnen und zu unterzeichnen, der Tuscarora aber zog es aus nur ihm bekannten Gründen vor, nicht in Gesellschaft seiner Freunde, der Irokesen, wegzufahren. Während der Kutter mit den Booten im Tau unterwegs war, beschäftigten sich Pfadfinder und Cap mit der Bereitung des Frühstücks; denn die meisten hatten seit vierundzwanzig Stunden nichts gegessen. Pfadfinder fand aber auch noch Zeit, den Sergeanten zu besuchen und Mabel einige Ratschläge zu geben, um die letzten Stunden des Sterbenden zu erleichtern. Die Wache an der Tür des Blockhauses, die jetzt nicht mehr nötig war, ließ er abziehen.

Achtzehntes Kapitel

Als Pfadfinder aus dem Blockhause zurückkehrte, ging ihm Muir entgegen und führte ihn beiseite. Er machte ihn mit seiner Absicht bekannt, den Befehl über den Rest der Truppe zu übernehmen, jetzt, da der Sergeant außer Gefecht sei. Pfadfinder, der dem Leutnant gegenüber nie ein gutes Gefühl hatte, mußte wohl oder übel zustimmen. Muir drückte seine Zufriedenheit darüber aus, und beide begaben sich zu der Gruppe, die um das Feuer ver=

sammelt war. Hier begann der Quartiermeister zum ersten Male seit der Abfahrt von Oswego die Würde herauszukehren, die ihm seinem Range nach zu gebühren schien. Er nahm den Korporal beiseite und gab ihm einige Befehle. Die übrigen blieben ruhig beim Feuer sitzen, und der französische Offizier musterte aufmerksam seinen gefährlichsten Gegner, den berühmten Jäger. Nachdem sie eine Weile schweigend gefrühstückt hatten, wandte er sich an ihn mit der eigenen Höflichkeit seines Volkes, die sich auch unter den rauhen Grenzsitten nicht verleugnete.

»Monsieur le Pfadfinder«, sagte er mit einem freundlichen Lächeln. »Ein Soldat ehrt den Mut und die Tapferkeit. Sie sprechen Irokesisch?«

»Ja, ich verstehe die Sprache und kann mir darin forthelfen, wenn es die Gelegenheit fordert«, erwiderte Pfadfinder. »Aber, um aufrichtig zu sein, ich finde, Ihr seid in verdammt schlechter Gesellschaft.«

»Ja, Herr«, erwiderte der Franzose, der mit Mühe verstand, was der Führer sagte. »Ihr zu gütig. Aber un brave immer comme ça. Was das heißen?« unterbrach er sich plötzlich. »Was macht dieser junge Mensch?«

Beide blickten gleichzeitig auf die andere Seite des Feuers, wo Jasper gerade in diesem Augenblick von zwei Soldaten rauh ergriffen wurde, die auf Befehl Muirs seine Arme banden.

»Was soll das heißen?« rief der Führer, stand auf und schob die zwei Männer entschlossen weg.

»Es geschieht auf meinen Befehl, Pfadfinder!« antwortete der Quartiermeister. »Und ich befehle es auf meine Verantwortung. Ihr werdet es nicht auf Euch nehmen, Befehle zu beanstanden, die königlichen Soldaten von einem königlichen Offizier gegeben werden.«

»Ich würde des Königs Worte beanstanden, wenn sie aus des Königs eigenem Munde kämen und sagten, Jasper verdiene das. Hat der Bursche nicht eben uns alle gerettet? – Nein, Leutnant, wenn Ihr solchen Gebrauch von Eurer Befehlsgewalt macht, so bin ich der erste, der sie nicht anerkennt.«

»Das klingt ein wenig wie Insubordination«, sagte Muir. »Aber wir können viel vom Pfadfinder ertragen. Hat aber nicht selbst Major Duncan Jasper als verdächtig bezeichnet? Haben wir nicht selbst genug gesehen, um sicher zu sein, daß wir verraten wurden? Pfadfinder, Ihr werdet nie ein Staatsmann oder ein Feldherr werden, wenn Ihr Euch zu sehr auf den Schein verlaßt.«

Kapitän Sanglier zuckte mit den Schultern und blickte dann ernsthaft von Jasper auf den Quartiermeister und von dem Quartiermeister auf Jasper.

»Jasper Eau douce ist mein Freund«, antwortete Pfadfinder. »Jasper Eau douce ist ein treuer Bursche, und keine Hand des fünfundfünfzigsten Regiments soll ihn ohne Lundies besonderen Befehl berühren, solange ich es verhindern kann. Ihr könnt Euren Soldaten befehlen, aber über Jasper und mich habt Ihr nicht zu verfügen, Meister Muir.«

»Bon!« rief Kapitän Sanglier, und die Energie des Tones sprach sich ebensosehr durch die Kehle wie durch die Nase aus.

»Wollt Ihr der Vernunft nicht Gehör geben, Pfadfinder? Seht dieses Stückchen Flaggentuch. Mabel Dunham hat es gefunden, und zwar an dem Ast eines Baumes auf dieser Insel, kaum eine Stunde vor dem Angriff. Das Tuch wurde aus der Fahne des Kutters herausgeschnitten. Ein sachlicher Beweis war nie stärker.«

»Ma foi, c'est un peu fort, cela«, murmelte Sanglier zwischen seinen Zähnen.

»Sprecht mir nichts von Flaggen und Fahnen, wenn ich das Herz kenne«, rief Pfadfinder. »Weg mit den Händen, sonst werden wir sehen, wer sich am besten im Kampf hält.«

»Gut – wenn ich offen sprechen muß, Pfadfinder, so muß ich es eben. Kapitän Sanglier hier und Pfeilspitze, dieser tapfere Tuscarora, haben mir beide angezeigt, daß Jasper ein Verräter sei.«

»Zu viel Lügen!« rief Pfeilspitze plötzlich laut und fuhr mit seiner Hand in einer wütenden Gebärde auf Muirs Brust: »Wo meine Krieger – wo Yankees Skalps? – Zu viel Lügen!«

Es fehlte Muir nicht an persönlichem Mut noch an einem gewissen persönlichen Ehrgefühl. Er nahm das Ungestüme der Gebärde für einen Angriff und trat einen Schritt zurück, um nach seinem Gewehr zu greifen. Sein Gesicht war rot und blau vor Wut. Pfeilspitze war aber schneller als er. Mit einem wilden Leuchten in seinen Augen griff der Tuscarora in den Gürtel, zog ein verstecktes Messer hervor und stieß es bis an den Griff in die Brust des Quartiermeisters.

Kapitän Sanglier nahm, als Muir so unerwartet vor ihm niederstürzte, eine Prise Tabak und sagte mit ruhiger Stimme: »Voilà l'affaire finie, mais«, fuhr er fort und zuckte mit den Schultern, »ce n'est qu'un traître de moins.«

Pfeilspitze sprang mit einem lauten Siegesschrei in die Büsche. Die Weißen waren zu bestürzt, um zu schießen. Chingachgook jedoch nahm sofort die Verfolgung auf.

»Le voilà«, sagte der kaltblütige Franzose, »dies ist unser Spion – unser Helfershelfer – unser Freund – ma foi, c'était un grand traître – voici.«

Bei diesen Worten beugte er sich über die Leiche, griff in die Tasche des Quartiermeisters und zog eine Börse heraus. Als er den Inhalt auf die Erde schüttete, rollten mehrere Doppel-Louisdors zu den Soldaten hin, die nicht faul waren, sie aufzuraffen. Der Franzose warf die Börse verächtlich weg und wendete sich gleichmütig dem Frühstück zu.

Während die Soldaten die Leiche zur Seite brachten und mit einem Mantel bedeckten, kam Chingachgook zurück und nahm stumm seinen Platz wieder am Feuer ein. Pfadfinder und Sanglier bemerkten, daß ein frischer Skalp an seinem Gürtel hing. Pfadfinder fragte, nachdem das Frühstück wortlos beendet war, den Franzosen nach Leutnant Muir. Dieser mit den Grenz=

kämpfen völlig verwachsene Soldat gab ungerührt einen Bericht über einen toten Verräter, den er wohl gebraucht hatte, der ihn aber jetzt nicht mehr im mindesten interessierte.
Muir hatte, bald nach der Ankunft des fünfundfünfzigsten Regiments an der Grenze, dem Feinde seine Dienste unaufgefordert angeboten. Er rühmte sich der Freundschaft Lundies und der Mittel, die diese ihm bot, die genauesten und wichtigsten Mitteilungen geben zu können. Man hatte seine Bedingungen angenommen, und Monsieur Sanglier hatte in der Nähe des Forts Oswego mehrere Zusammenkünfte mit ihm. Er hatte sogar schon eine Nacht bei Muir in der Garnison verbracht. Pfeilspitze war der gewöhnliche Zwischenträger. Der anonyme Brief an Major Duncan war ursprünglich von Muir verfaßt, nach Frontenac geschickt worden, abgeschrieben und von dem Tuscarora nach Oswego zurückgebracht worden, der von dieser Reise zurückkehrte, als die ›Wolke‹ ihn gefangennahm. Jasper Western sollte geopfert werden, um des Quartiermeisters Verrat zu bemänteln. Eine außerordentliche Belohnung hatte Muir schließlich verleitet, sich dem Sergeanten Dunham anzuschließen, um das Zeichen zum Angriff zu geben.
»Touchez-là«, sagte der kaltblütige Franzose, indem er am Schlusse seiner Erzählung dem Pfadfinder seine sehnige Hand hinstreckte, »Ihr sein honnête, und das sein beaucoup. Wir nehmen den Spion, wie wir la médicine nehmen – weil es gut so – mais je le déteste! Touchez-là!«
»Ich geb' Euch meine Hand, Kapitän! Hier! Denn Ihr seid ein ehrlicher, aufrichtiger Feind«, sagte der Pfadfinder. Dann stand er auf und winkte Jasper, ihm zu folgen.
»Ihr kennt mich, Eau douce, und ich kenne Euch«, sagte er, »und diese Nachrichten haben meine Ansicht über Euch in keinerlei Weise geändert. – Und noch ein Wort: Was fühlt Ihr für Mabel Dunham? Mir scheint, Ihr habt beim Preisschießen Euer Herz verraten!«
Jasper Western errötete und sah den väterlichen Freund nicht an. Pfadfinder aber nickte nur mit dem Kopf und legte ihm seine Hand beruhigend auf die Schulter. Er hatte in den letzten vierundzwanzig Stunden deutlicher denn je seine Aufgabe hier in den Wäldern erkannt, und er wußte jetzt, daß Mabel Dunham nicht seine Frau werden konnte.
»Ich weiß, Ihr werdet sie glücklich machen«, sagte er leise. »Sprecht mit ihr, denn ich weiß auch, daß sie Euch liebt.«
Jasper erwiderte kein Wort. Er drückte Pfadfinder stumm die Hand, und beide gingen langsam zum Feuer zurück. Sie begegneten Meister Cap, der gerade aus dem Blockhaus kam.
»Ich sehe nirgends den Quartiermeister«, rief der alte Seemann, »er ist doch zu mannhaft, um davonzulaufen, wenn der Sieg unser ist!«

»Dort, unter jenem Mantel liegt alles, was noch von ihm übrig ist«, antwortete der Führer ernst und erzählte ihm kurz die letzten Vorgänge.

Cap hörte mit offenem Munde zu, und als Pfadfinder schwieg, räusperte er sich heftig.

»Ihr führt hier ein unsicheres, unbehagliches Leben, Meister Pfadfinder, zwischen diesem süßen Wasser und den Wilden«, sagte er schließlich, »und je eher ich mich davonmache, desto besser werde ich von mir denken. – Mein Schwager liegt im Sterben, ich wollte euch alle gerade bitten, ins Blockhaus zu kommen. Ja, das Leben ist eine verteufelte Angelegenheit.«

Sobald alle bei dem Sterbenden versammelt waren, erzählte vorerst Meister Cap weniger aus Taktlosigkeit als aus Unbeholfenheit dem Sergeanten mit lauter Stimme das Ende des Quartiermeisters und des Tuscarora. Juni, die in einer Ecke des Raumes kauerte, erhob sich bei diesen Mitteilungen und stahl sich leisen Schrittes aus dem Blockhause. Dunham hörte leeren Blickes zu; denn er war schon so weit entrückt, daß er den Tuscarora gänzlich vergessen hatte und sich um Muir nicht bekümmerte. Mit schwacher Stimme fragte er aber nach Eau douce. Der junge Mann trat sogleich an das Lager. Der Sergeant blickte ihn freundlich an, und man las in seinen Augen die Reue über die Kränkung, die er ihm angetan hatte. Dann sah er seine Tochter, die neben ihm kniete, lange an, als ob er in ihrem Herzen lesen wollte. Schließlich nahm er wortlos ihre Hand und legte sie in die Rechte Jaspers. Über Pfadfinders Antlitz zog ein Leuchten trotz des Ernstes der Stunde, und er nickte den beiden jungen Menschen unbewußt zu. Mabel aber hatte ihr Haupt weinend auf das Lager ihres Vaters gebeugt, der jetzt mit geschlossenen Augen dalag, und betete laut das Vaterunser. Als sie zu der letzten Bitte kam, starb Sergeant Dunham, ohne die Augen noch einmal geöffnet zu haben. Alle verharrten erschüttert in ehrfurchtsvollem Schweigen. Nach einer Weile nahm Pfadfinder Jaspers Arm, und beide verließen das Blockhaus. Schweigend gingen die beiden Freunde am Feuer vorbei, über die Rasenfläche an das andere Inselufer. Hier standen sie still und sahen über das Wasser.

»Alles ist vorüber, Jasper«, sagte endlich Pfadfinder, »der arme Sergeant Dunham hat seinen Marsch vollendet. Ihr werdet ihm den argen Verdacht nicht nachtragen; er ist mit Euch versöhnt gestorben. Ihr werdet Euch bald mit Mabel und den übrigen einschiffen. Sorgt mir für das Mädchen wie für Euer eigenes Leben. Das ist Eure Aufgabe. Meine ist hier in den Wäldern.«

Jasper war zu bewegt, um zu antworten. Beide schwiegen, und jeder wußte, daß er sich auf den andern verlassen konnte.

Am Nachmittag wurden sämtliche Toten begraben und der Sergeant auf dem Wiesenplan unter dem Schatten einer großen Ulme in die Erde ver=

senkt. Die Nacht verging ruhig sowie der ganze folgende Tag, denn Jasper erklärte, der Wind sei zu heftig, um sich auf den See zu wagen. Dieser Umstand hielt auch Kapitän Sanglier zurück, der die Insel erst am Morgen des dritten Tages nach Dunhams Tode verließ, da der Sturm erst jetzt nachgelassen hatte.

Jasper hatte auch seine Vorbereitungen getroffen; die verschiedenen Habseligkeiten waren an Bord des Kutters gebracht worden, und Mabel hatte

Juni Lebewohl gesagt, die sich von dem Grab ihres Mannes nicht trennen wollte. Alle anderen waren schon im Schiff und warteten ungeduldig auf die Abfahrt. Pfadfinder brachte Mabel und Jasper zu ihrem Kanu, denn der Jäger war entschlossen, noch auf der Insel zu bleiben. Sie nahmen in aller Herzlichkeit voneinander Abschied, und der Jäger war von den tiefsten Wünschen erfüllt. Dann sah er den beiden nach und stand, auf seine Büchse gelehnt, bis das Kanu an der Seite der ›Wolke‹ war. Mabel weinte und wendete ihr Auge nicht von der Stelle des Ufers, wo die Gestalt des Pfadfinders noch zu sehen war, bis der Kutter um eine Landspitze bog und die Insel verschwand.

Pfadfinder war an Einsamkeit gewöhnt und wußte auch den Delawaren in seiner Nähe, der ebenfalls nicht mit der ›Wolke‹ abgefahren war. Die beiden Freunde jagten mehrere Wochen in der Nähe der Insel und versorgten auch das Weib des Tuscarora mit Wildbret, denn die trauernde Indianerin verließ das Grab des Häuptlings nicht. Als die Anzeichen des Winters sich aber näherten, brannten sie eines Morgens das Blockhaus und die Hütten nieder, denn der Posten war jetzt dem Feinde bekannt und für sie wertlos. Gegen Mittag bestiegen sie ihre Kanus, und in Begleitung von Junitau, die ihnen nur widerstrebend folgte, ruderten sie in die Garnison zurück, wo ihrer neue Aufgaben harrten.

DER LEDERSTRUMPF

Die Ansiedler

Erstes Kapitel

An einem hellen, kalten Dezembertage im Jahre 1793, ein Jahrzehnt nach der Erklärung der Unabhängigkeit Amerikas, fuhr ein Schlitten im gebirgigen Teil des Staates New York langsam einen Bergabhang hinauf. Das Wetter war für diese Jahreszeit ausnehmend schön; nur wenige Wolken schwammen im reinen Blau des Himmels. Der tiefverschneite Weg wand sich um eine Felsenspitze und war an einer Seite durch übereinandergeschichtete Baumstämme eingefaßt. Die Fahrbahn war zum Teil in den Felsen gehauen und gerade breit genug für einen Wagen. In der Luft lag ein Glanz, als wäre sie aus unzähligen leuchtenden Teilchen zusammengesetzt. Die edlen Pferde vor dem Schlitten schienen wie mit einer Eisdecke überzogen, denn der Winter in dieser gebirgigen Gegend war sehr streng.
Der Schlitten wurde von einem jungen Neger geführt, dessen glänzend schwarzes Gesicht jetzt durch die scharfe Luft ganz fleckig erschien. Seine großen leuchtenden Augen tränten in der Kälte, aber er war fröhlicher Laune, denn das Ziel war bald erreicht, und zudem stand das Weihnachtsfest vor der Tür.
Zwei Reisende saßen im Schlitten; ein Mann in mittleren Jahren und ein ganz junges Mädchen. Von ihren Gestalten war wenig zu erkennen, da sie gegen die Kälte fast völlig eingehüllt waren. Der Mann trug einen weiten Pelzmantel und eine Mütze von Marderfellen, an der oben ein Marderschwanz befestigt war und zur Seite auf die Schulter fiel. Von seiner Reisegefährtin war nichts zu sehen, da sie sich unter einer Masse wärmender Hüllen vergraben hatte. Beide Reisenden schwiegen, während der Schlitten lautlos durch den Hochwald glitt, in dem es allmählich zu dämmern begann. Nach der einen Seite hatte man zwischen den hohen Stämmen der Fichten eine weite Aussicht in das tiefgelegene Tal. Die Wipfel der Bäume wölbten sich wie ein Dach über die blendend weiße Schneedecke.
Plötzlich tönte durch die Stille ein lautes, anhaltendes Gebell. Der Mann fuhr auf und rief dem Schwarzen schnell zu:
»Halt an, Aggy, ich höre den alten Hektor bellen. Gewiß hat Lederstrumpf den schönen Tag zur Jagd benutzt, und seine Hunde sind jetzt hinter dem Wild her. Anscheinend ist es ein Hirsch. Paß auf, Elisabeth, das gibt einen herrlichen Braten zum Weihnachtsfest.«
Der Schwarze hielt seine Pferde mit freundlichem Grinsen an und rieb sich die erstarrten Hände. Marmaduke Temple, so hieß der Reisende, warf sei-

nen Mantel ab und sprang auf einen Schneehaufen am Wege. Er zog eine doppelläufige Vogelflinte unter einer Menge von Kisten und Bandschachteln hervor, prüfte Schloß und Ladung des Gewehrs und wollte sich eben umsehen, als ein schöner Hirsch in Flintenschußweite vorüberhetzte. Herr Temple legte die Flinte sofort an und drückte los, aber das Tier jagte anscheinend unverletzt weiter. Er schoß zum zweiten Male, aber ohne jede Wirkung.

Die ganze Szene hatte sich mit unglaublicher Schnelligkeit abgespielt. Eben setzte der geängstigte Hirsch wieder über den Weg, und Elisabeths Augen verfolgten ihn mit innerer Freude, da hörte man einen dumpfen, matten Knall, ganz verschieden von dem starken, vollen Ton der Flinte ihres Vaters. Der Hirsch sprang im Schnee hoch in die Luft, ein zweiter Schuß fiel, worauf das Tier tot zu Boden stürzte. Gleich darauf traten zwei Männer hinter den Fichtenstämmen hervor.

»Natty, hätte ich gewußt, daß du auf dem Anstand wärst, hätte ich nicht gefeuert«, rief jetzt der Reisende, indem er auf das tote Tier zuging. »Ich weiß nicht einmal, ob einer meiner Schüsse den Hirsch getroffen hat!«

»Nein, Richter!« erwiderte der Jäger. »Ihr branntet Euer Pulver nur ab, Euch die Nase an diesem kalten Tage etwas zu erwärmen. Glaubt Ihr denn wirklich, einen Hirsch im vollen Lauf, dem Hektor auf den Fersen folgt, mit Eurer Vogelflinte erlegen zu können? Wenn Ihr auf einen Hirsch oder einen Bären ausgeht, Richter, dann müßt Ihr eine Flinte mit langem Lauf und ein Stück gefettetes Leder zum Pfropfen nehmen, sonst vergeudet Ihr zuviel Pulver.«

Bei diesen Worten strich er sich mit der flachen Hand über das Gesicht und bedeckte den ungeheuer großen Mund, um das Lachen zu verbergen.

»Die Flinte reicht weit genug, Natty«, sagte Temple gutmütig, »und hat auch früher schon einen Hirsch getroffen. Der eine Lauf war mit Rehposten geladen, der andere freilich nur für Vögel. Hier sind zwei Schüsse, einer am Hals und der zweite gerade durchs Herz. Es ist nicht unwahrscheinlich, daß einer von mir stammt.«

»Mag ihn getötet haben, wer will«, sagte der Jäger etwas mürrisch, »ich bin der Meinung, daß er geschossen ist, um gegessen zu werden.«

Bei diesen Worten zog er ein großes Messer aus einer ledernen Scheide, die er im Gürtel stecken hatte, und schnitt dem Tier die Gurgel durch.

»Nein, Natty«, erwiderte der Reisende mit unbesiegbar guter Laune, »mir geht es nur um die Ehre. Mit wenigen Dollars ist das Wild bezahlt, aber die Ehre, einen Hirschschwanz auf der Mütze zu tragen, ist unschätzbar.«

»Ja, Richter«, sagte Natty mit einem tiefen Seufzer, »das Wild ist jetzt nicht mehr so leicht zu finden. Einst konnte ich dreizehn Hirsche, die Hirschkälber nicht mitgerechnet, aus der Tür meiner Hütte schießen. Und wollte ich einen Bärenschinken haben, so brauchte ich nur eine Nacht aufzubleiben; das Geheul der Wölfe sorgte schon dafür, daß ich nicht einschlief.«

Es lag etwas Eigentümliches in dem Benehmen des Jägers, das Elisabeths Aufmerksamkeit erregte. Er war ungewöhnlich lang und mager. Sein Gesicht war sehr abgezehrt, und seine grauen Augen leuchteten unter roten buschigen Augenbrauen hervor. Seine Kleidung war äußerst einfach und bestand aus einem hirschledernen Rock und aus ebensolchen Hosen. Seinem Aussehen verdankte er den Beinamen Lederstrumpf, den ihm die Ansiedler gegeben hatten. Er begann jetzt langsam seine lange Flinte von neuem zu laden.

Unterdessen hatte der Reisende den Hirsch genauer untersucht und rief jetzt, ohne die üble Laune des Jägers zu beachten:

»Ich wollte so gern mein Recht auf die Ehre des Schusses geltend machen, und ist die Wunde am Hals wirklich von meiner Hand, so ist sie hinreichend: Denn alsdann war der Schuß ins Herz unnötig – war das, was wir einen überflüssigen Actus nennen. – Was sagt Ihr, mein Freund?« rief der Reisende jetzt und wandte sich freundlich an Nattys Gefährten, »sollen wir diesen Dollar in die Höhe werfen und danach schießen. Das Silber ist Euer, wenn Ihr verliert. – Was sagt Ihr dazu, mein Freund?«

»Daß *ich* den Hirsch erlegte«, erwiderte der junge Mann stolz und stützte sich auf seine lange Büchse.

»Hier sind zwei gegen einen«, rief der Richter lachend, »ich bin überstimmt. Aggy und Elisabeth können nicht Zeuge sein, er ist ein Sklave, und sie ist minderjährig. Ich muß mich wohl ergeben. Aber verkaufen werdet Ihr mir doch das Wild. Dann will ich schon eine Geschichte erzählen, die recht glaubhaft klingen soll.«

»Erst wollen wir die Frage, wem der Hirsch von Rechts wegen zukommt, entscheiden«, erwiderte der junge Mann bestimmt. »Mit wieviel Posten war Eure Flinte geladen?«

»Mit fünf«, antwortete der Richter etwas betroffen. »Sollten fünf nicht genügen, einen Hirsch zu töten?«

»Einer würde genügen«, erwiderte der Jäger und ging auf den Baum zu, hinter dem er vorhin hervorgetreten war.

»Ihr erinnert Euch, daß Ihr in diese Richtung geschossen habt – hier sind vier Posten im Baum.«

Der Richter untersuchte die frischen Spuren in der rauhen Rinde der Fichte und sagte kopfschüttelnd:

»Ihr sprecht gegen Euch selbst, mein junger Advokat, denn wo ist der fünfte?«

»Hier«, erwiderte der Jüngling, indem er den groben Mantel zurückschlug und auf ein Loch in seinem Kleide wies, durch das Blut tropfte.

»Guter Gott!« rief der Richter voll Entsetzen. »Schnell in den Schlitten; es ist nur eine Meile bis ins Dorf, wo wir ärztliche Hilfe haben können. Ihr sollt auf meine Kosten verbunden werden und bei mir bleiben, bis Eure Wunde geheilt ist.«

»Ich danke für Eure gute Absicht, doch ich kann die Einladung nicht anneh-

men. Ich habe einen Freund, der beunruhigt wäre, wenn ich in dieser Lage nicht zu ihm käme. Die Wunde ist unbedeutend, die Kugel hat den Knochen nur gestreift. Doch darf ich jetzt wohl hoffen, daß Ihr mein Recht auf das Wild anerkennen werdet.«
»Anerkennen«, wiederholte der Richter bewegt. »Ich gebe Euch für immer das Recht, Hirsche und Bären, oder was Euch sonst gefällt, in meinen Wäldern zu schießen. Lederstrumpf ist der einzige Mensch, dem ich bis jetzt dieses Privilegium gegeben habe. Doch ich kaufe Euch den Hirsch ab. Hier ist eine Banknote, die Euren und meinen Schuß bezahlt.«
Der Jüngling weigerte sich aber, die Banknote anzunehmen, und antwortete: »Verzeiht, aber ich brauche das Wildbret selbst.«
Jetzt erhob sich Elisabeth im Wagen, warf, trotz der schneidenden Kälte, ihren Übermantel ab und rief lebhaft:
»Mein Herr, Ihr wollt gewiß nicht meinen Vater durch Eure hartnäckige Weigerung kränken. Aber er steht in Eurer Schuld und will Euch so gern helfen. Deshalb geht mit uns und laßt Euch verbinden – ich bitte Euch sehr.«
»Ärztliche Hilfe könnt Ihr nicht näher und besser als in Templeton finden«, redete der Richter dem jungen Manne noch einmal zu. »Von Nattys Hütte sind wir noch drei Stunden entfernt. Kommt mit uns, junger Freund, und laßt den neuen Doktor Eure Wunde untersuchen.«
Lederstrumpf stand während dieser Verhandlungen, auf seine lange Büchse gelehnt, in tiefes Nachdenken verloren. Aber plötzlich sagte er:
»Es wird das beste sein, Ihr geht mit nach Templeton; denn, ist die Kugel in der Wunde geblieben, so hat meine Hand nicht genug Festigkeit mehr, sie herauszuschneiden, wie ich das sonst getan habe.«
Während Lederstrumpf sprach, hatte Elisabeth eiligst Schachteln und Pakete übereinander getürmt, um einen bequemen Platz zu schaffen. Der junge Jäger weigerte sich jetzt nicht länger und stieg mit Herrn Temple in den Schlitten. Der Neger warf den Hirsch hinten auf das übrige Gepäck. Aber Lederstrumpf, den man auch aufforderte, einzusteigen, erwiderte kopfschüttelnd:
»Nein, nein! Ich habe am Weihnachtsabend zu Haus zu tun; nehmt nur meinen jungen Gefährten mit, und laßt seine Schulter vom Doktor untersuchen. Er hat weiter nichts zu tun, als die Kugel herauszuschneiden; dann werden meine Kräuter besser und schneller heilen als all seine Salben. Noch eins! Solltet Ihr den Indianer John treffen, so nehmt ihn mit. So alt er ist, kann er dem Doktor doch zur Hand gehen, und er hat für alle Quetschungen und Wunden vortreffliche Mittel.«
»Halt!« rief jetzt der Jüngling dem Neger zu, der die Pferde antreiben

wollte, »Natty, wenn du mein Freund bist, so sage nicht, daß ich verwundet bin, und verrate nicht, wo ich mich aufhalte.«
»Verlaß dich auf den alten Lederstrumpf«, erwiderte der Jäger bedeutsam. Dann wandte er sich um und verschwand schnell im Walde. Der Schlitten setzte sich langsam in Bewegung.

Zweites Kapitel

Die Reisenden waren schon eine ziemliche Strecke gefahren, als sich Marmaduke Temple von seinem Schrecken so weit erholt hatte, daß er den neuen Gefährten genauer betrachten konnte. Finster schweigend saß der junge Mensch der schönen Elisabeth gegenüber.
Nachdem der Richter den jungen Jäger, der seine düstere Miene allmählich verlor, lange gemustert hatte, sagte er schließlich:
»Ihr kommt mir sehr bekannt vor, und doch kann ich mich nicht auf Euren Namen besinnen.«
»Ich halte mich erst seit drei Wochen in dieser Gegend auf«, erwiderte der Jüngling abweisend, »und Ihr wart, wie ich vorhin erfuhr, während dieser Zeit abwesend.«
»Ja, und trotzdem habe ich Euch früher schon einmal gesehen. Was sagst du dazu, Bess? Bin ich compos mentis oder nicht? Hältst du mich für fähig, bei einer großen Sitzung mitzureden, oder, was für den Augenblick noch nötiger ist, am Weihnachtsabend die Honneurs in Templeton-Hall zu machen?«
»Beides eher, mein lieber Vater, als einen Hirsch mit der Vogelflinte zu erlegen«, erwiderte eine scherzende Stimme unter den vielen Tüchern. »Doch«, fügte das Mädchen nach kurzem Schweigen mit verändertem Tone hinzu, »wir haben mehr als einen Grund, Gott in unserem Abendgebet zu danken.«
Ein spöttisches Lächeln überflog das Gesicht des Jünglings bei der mutwilligen Bemerkung Elisabeths, verschwand jedoch augenblicklich, als sie mit bewegter Stimme den Nachsatz hinzufügte. Die Pferde hatten allmählich einen Punkt erreicht, von wo aus sie den Stall witterten, und griffen mit neuen Kräften aus. Der Richter erwachte nicht eher aus seinem tiefen Nachdenken, als bis er vier Rauchsäulen aus seinen Schornsteinen aufsteigen sah. Das ganze Tal, das Dorf und Marmadukes Haus lagen plötzlich vor ihnen.
»Sieh, Bess«, rief der Richter seiner Tochter zu, »dies ist nun dein Haus fürs ganze Leben! Und es gehört Euch auch, junger Mann, wenn Ihr bei uns bleiben wollt.«
Bei diesen in der Wärme des Gefühls ausgesprochenen Worten sahen sich

die beiden jungen Menschen stumm an. Das Mädchen erschien ablehnend, und der Fremde hatte ein spöttisches Lächeln auf den Lippen. Der Berg, über den die Reisenden jetzt fuhren, war sehr steil und der Weg so schmal, daß die größte Sorgfalt beim Fahren angewendet werden mußte. Der Neger zog die Zügel scharf an, und Elisabeth betrachtete die Landschaft, die sie seit ihrer Kindheit nicht mehr gesehen hatte. Rechts nach Norden zu lag eine schmale Ebene zwischen bewaldeten Bergen. Das dunkle Grün der Wälder stach grell gegen das glänzende Weiß der weiten Felder ab. Gegen Westen erhoben sich ebenso hohe, aber nicht so steile Berge, deren Abhänge terrassenförmig angebaut waren. Dicht vor den Reisenden aber im Tal lag an einem der hier häufigen Seen das Dorf Templeton. Es bestand aus ungefähr fünfzig Holzhäusern, deren Architektur wenig Geschmack verriet. Sämtliche Gebäude standen schon so wie in den Straßen einer Stadt, und drei bis vier stattliche Häuser waren mit grünen Jalousien versehen. Mitten in dieser noch ganz dörflichen Ansiedlung erhob sich stolz das Haus des Richters, von einem Garten mit Obstbäumen umschlossen. Eine doppelte Reihe von Pappeln (diese Bäume waren erst kürzlich nach Amerika verpflanzt worden) faßte den Weg ein, der von dem Haupttore des Anwesens zum Hause hinführte. Das Haus selbst verdankte seine Gestalt einem Herrn Richard Jones, ein Vetter des Richters, der eine gewisse Gewandtheit und manche kleinen Talente besaß. Er erzählte oft und gern, daß dieses Haus das Werk seiner Erfindung sei. Es war ein Steinbau, groß, viereckig und regelmäßig; diese Haupteigenschaften hatte sich Marmaduke ausbedungen, alles übrige aber seinem Vetter überlassen, der am Dach und an den Portalen einige skurrile Einfälle angebracht hatte.
Der Schlitten kam jetzt langsam in das Tal. Der Jäger warf einen bewundernden Blick über die ganze Gegend und barg dann sein Gesicht wieder in die Falten des weiten Mantels, während der Richter mit innerer Freude die unverkennbaren Zeichen des Wohlstandes um sich her betrachtete, an dem er so tätig mitgearbeitet hatte. Der fröhliche Ton fernen Schellengeläutes zog plötzlich die Aufmerksamkeit der Reisenden auf sich und verriet einen näher kommenden Schlitten.

Drittes Kapitel

An einer Wegbiegung wurden vier Pferde sichtbar, die einen großen Schlitten den Berg hinaufzogen. Unzählige Glöckchen an allen Teilen des Geschirrs vollführten einen nicht geringen Lärm. Es war eine wunderliche Equipage, in der vier Männer saßen. Vorn saß ein kleiner, ganz in einen

Pelzmantel gehüllter Mann, der seinen Kopf sehr aufrecht trug. Er leitete mit fester Hand die feurigen Pferde auf dem gefährlichen Weg am Abhang des Berges. Hinter ihm saß eine lange, hagere Gestalt, die trotz der doppelten Mäntel, worüber noch eine Pferdedecke hing, nicht sehr umfangreich wirkte; unter einer wollenen Nachtmütze schaute ein Gesicht hervor, das, außer den hellblauen, gläsernen Augen, nur aus Haut und Knochen zu bestehen schien. Diesem Manne gegenüber saß eine große, formlose Figur, von der jetzt nichts sichtbar war als ein Paar lebhafte schwarze Augen. Der vierte, ein Mann mit langem Gesicht und sanftem Blick, war gegen die Kälte nur durch einen einfachen schwarzen, etwas abgetragenen Überrock geschützt.

Kaum waren sich die Wagen so nahe gekommen, daß man sich gegenseitig verstehen konnte, als der Führer des phantastischen Fuhrwerks laut ausrief: »Weich aus, weich aus in den Steinbruch, Agamemnon, König der Griechen, ich kann sonst nicht vorbei. Willkommen in der Heimat, Vetter Duke! Willkommen, willkommen, schwarzäugige Elisabeth. Marmaduke, du wirst bemerken, daß ich mit einer ausgesuchten Ladung ins Feld gezogen bin, dich einzuholen. Herr le Quoi hatte kaum so viel Zeit, seine einzigartige Mütze aufzusetzen; der alte Fritz mußte die Flasche ungeleert stehenlassen, und Herr Grant verließ sogar die angefangene Predigt. Und die Pferde — apropos Pferde! —, Richter, du mußt die Schwarzen auf der Stelle verkaufen; sie tun nicht gut zusammen und wollen nicht im Wege stehen. Ich kann sie jetzt gerade anbringen und —«

»Verkaufe, was du willst, Dick«, unterbrach ihn der Richter lachend. »Nur laß mir meine Tochter und Haus und Hof. Ach, Fritz, mein alter Freund! Der Siebzigjährige kommt dem Fünfundvierzigjährigen entgegen! — Das nenne ich einen Freundschaftsdienst. Herr le Quoi, Euer gehorsamer Diener; Herr Grant, ich danke Euch für diese Aufmerksamkeit. Meine Herren! Hier stelle ich euch meine Tochter vor. Eure Namen sind ihr sämtlich bekannt.«

»Willkommen, willkommen«, rief der älteste der Herren mit auffallend deutschem Akzent. »Ich hoffe, Miss Petsy wird mir einen Kuß nicht verweigern?«

»Gewiß nicht«, erwiderte das Mädchen. »Für meinen alten Freund, den Major Hartmann, habe ich immer einen Kuß.«

Unterdessen hatte sich Herr le Quoi nicht ohne Mühe aus seinen unzähligen Hüllen hervorgearbeitet und trat nun aufrecht in den Schlitten. Erst verbeugte er sich höflichst gegen Herrn Temple, dann noch tiefer gegen Elisabeth und sagte mit freundlichem Lächeln, das die ganze, nicht gewöhnliche Größe seines Mundes verriet, in halb französischem, halb englischem Kauderwelsch:

»Seid mir willkommen, Monsieur Temple! Mademoiselle Lisbeth, Euer untertänigster Diener.«
»Bedeckt Euch, Herr le Quoi! Bedeckt Euer kahles Haupt«, rief ihm Richard Jones, der Pferdebändiger, zu, »sonst raubt Euch die Kälte noch den letzten Rest Eurer paar Haare.«
Der Geistliche hatte jetzt ebenfalls seine herzlichen Glückwünsche über die Ankunft der Reisenden angebracht, und so ging Richard Jones daran, den Schlitten zu wenden. Bei dem Unternehmen kam ihm der Steinbruch zustatten. Doch ohne Gefahr war das Umwenden keineswegs, besonders nicht mit vier Pferden, da nur ein schmaler Pfad für die Wagen, welche Steine zum Bauen herausführten, am Rande des Steinbruchs hinlief. Der Neger bot höflichst seine Dienste an und wollte die Vorderpferde ausspannen, aber Richard wies ihn ärgerlich zurück.
»Wozu das?« rief er, »die Pferde sind sanft wie die Lämmer. Du weißt ja, daß ich die Grauschimmel selbst eingefahren habe, und die Rappen sind meiner Peitsche zu nahe, um dumme Streiche machen zu können. Übrigens verstehe ich das Fahren auch; Herr le Quoi kann es bezeugen, er ist oft genug mit mir gefahren, und hier ist auch nicht ein Schatten von Gefahr.«
Richard gelang es mit Hilfe der Peitsche wirklich, die Pferde auf den mit Schnee überdeckten Rand des Steinbruchs zu bringen; als sie aber einige Schritte vorwärtskamen, versanken sie in tiefen Schnee und weigerten sich, weiterzugehen. Auf die lauten, mit Peitschenhieben begleiteten Zurufe drückten die Vorderpferde auf die Schwarzen, und diese drängten wieder gegen den Schlitten, so daß schließlich eine Hälfte des Gefährts über einem hundert Fuß tiefen Abgrund schwebte. Die geringste Bewegung drohte den Schlitten hinabzuschleudern. Der Franzose, der auf seinem Platz die ganze Gefahr übersehen konnte, rief angstvoll:
»Ah, mon cher monsieur Duk! Mon Dieu! Prenez garde à vous!«
»Donner und Blitz!« fluchte der Major, »Richard, wollt Ihr denn Schlitten und Pferde zum Teufel jagen?«
»Liebster Herr Jones«, sagte der Geistliche, indem alles Blut aus seinen Wangen wich, »ich bitte Euch, seid vorsichtig!«
»Vorwärts, ihr halsstarrigen Bestien!« rief Richard, der nun mit einem Blicke die ganze Gefahr übersah, und hieb auf die Pferde ein. »Vorwärts, ihr verdammten Bestien! Vetter Duke, ich sage dir, die Grauschimmel müssen auch verkauft werden — es sind die schlechtest eingefahrenen Pferde, die mir je vorkamen. Aber, Herr le Quoi! Packt mich doch nicht so fest am Bein; wenn Ihr wie ein Bleiklumpen an mir hängt, kann ich die Teufel nicht bändigen!«
Elisabeth stieß einen Schrei aus, und der Schwarze verzerrte vor Angst das

Gesicht. Immer höher bäumten sich die gereizten Tiere und drohten, jeden Augenblick in den Abgrund zu stürzen.
In diesem entscheidenden Moment sprang der junge Jäger, der während der Begrüßungsszene geschwiegen hatte, aus Marmadukes Schlitten und griff mit starker Hand in die Zügel. Er versetzte den widerspenstigen Grauschimmeln einen so tüchtigen Schlag vor den Kopf, daß sie zur Seite prellten und dabei wieder in den eben verlassenen Weg gerieten. Der Schlitten wurde aus seiner gefährlichen Lage zurückgerissen, kippte aber auf der anderen Seite in den tiefen Schnee. Der Deutsche und der geistliche Herr lagen plötzlich auf der Straße. Richard Jones flog auf einen Schneehaufen, hielt aber die Zügel instinktmäßig fest, und der Franzose landete mit dem Kopf zuerst in einem zweiten Schneehaufen.
Major Hartmann, der als erster wieder auf die Beine kam, rief mit halb weinerlicher, halb komischer Stimme:
»Zum Teufel, Richard! Ihr habt eine wunderliche Art, Euren Schlitten auszuladen.«
Richard Jones hatte sich schnell gefaßt:
»Das nenne ich glücklich davongekommen! Vetter Duke, du mußt meine Geistesgegenwart bewundern! Im rechten Moment das Rechte tun, ist nicht jedermanns Sache. Ich muß mich wirklich selbst bewundern.«
»Dich und deine Geistesgegenwart bewundern!« rief der Richter. »Ohne diesen jungen Mann sähe es übel um dich und die übrige Gesellschaft aus. Aber wo steckt Herr le Quoi?«
»Oh, mon cher juge! Mon ami«, rief eine dumpfe Stimme, »Gott sei gedankt, ich lebe. Liebster Herr Agamemnon! Wollt Ihr wohl so gut sein, mir wieder auf die Beine zu helfen?«
Der Geistliche und der Neger zogen den halbverschütteten Franzosen bei den Beinen aus einem drei Fuß hohen Schneehaufen hervor, aus dem seine Stimme wie aus dem Grabe gedrungen war.
Der Richter nahm jetzt den Hirsch und mehrere andere Pakete von seinem Schlitten und legte alles auf den Schnee.
»Hier ist Platz genug für die Herren!« sagte er dann, »der Abend wird schneidend kalt, und die Stunde naht, wo der Gottesdienst Herrn Grant zurückruft. Wir lassen Freund Jones hier. Er kann mit Agamemnons Hilfe den Schaden wiedergutmachen. Hier, Dick, sind einige Pakete von Elisabeths Sachen, die du nachher auf deinen Schlitten werfen kannst, und vergiß auch diesen Hirsch nicht, den ich geschossen habe. Aggy«, rief er noch dem Neger warnend zu, »gib auch auf *meinen* Hirsch gut acht.«
Der Schwarze fletschte die Zähne. Richard ließ die Pferde stehen und näherte sich dem Wild.

»Wahrlich, ein Hirsch! Ich bin ganz erstaunt! Er hat zwei Schüsse, und beide haben getroffen. Wie wird Freund Marmaduke prahlen! Er tut es bei solchen Gelegenheiten zu gern. Wer hätte auch gedacht, daß Duke noch vor Weihnachten einen Hirsch schießen würde – nun ist gewiß kein Auskommen mehr mit ihm! Und doch ist es bloßer Zufall, nichts als Zufall. Höre einmal, Aggy! Wie weit stand der Richter ab, als er den Hirsch schoß?«
»Ei, etwa zehn Ruten, Herr Richard«, erwiderte der Schwarze und bückte sich unter die Pferde, um sein Lachen zu verbergen.
»Zehn Ruten«, wiederholte Richard, »Aggy, erinnerst du dich noch des Hirsches, den ich vorigen Winter schoß? Der war zwanzig, ja ich glaube gar dreißig Ruten entfernt; ich könnte um keinen Preis ein Wild in solcher Nähe schießen. Weißt du, Aggy, ich schoß nur einmal.«
»Ja, Herr Richard, ich erinnere mich dessen recht wohl! Natty Bumppo schoß die andere Flinte los. Ihr werdet es noch wissen – die Leute sagten, Natty habe das Tier getroffen.«
»Die Leute lügen, du schwarzer Teufel!« fuhr Richard in großer Hitze auf. »Es ist nicht zu ertragen. Der junge Mann, den Marmaduke in seinem Schlitten hatte, wird auch überall erzählen, daß er meine Pferde rettete; und doch brauchte er nur einen Augenblick zu warten, so hätte ich sie mit Peitsche und Zügel herumgebracht. Aggy! Wer ist der Mensch? Ich habe ihn nie vorher gesehen. Trug er ein Bündel wie ein reisender Kaufmann oder eine Axt oder sonst etwas?«
»Nein, Herr«, erwiderte der verwirrte Neger, »nur eine Flinte.«
»Eine Flinte!« rief Richard, der erst jetzt die Verlegenheit des Negers bemerkte. »Nun wird mir die Sache klar. Er schoß den Hirsch – wußte ich doch gleich, daß Marmaduke kein Wild im Laufen schießen kann. Lüg nicht, du schwarzer Hund!« schrie Richard den Schwarzen an, der widersprechen wollte, und sprang mit aufgehobener Peitsche auf den Neger zu. »Sag die Wahrheit, oder ich haue dich zusammen.«
Auf diese fürchterliche Drohung berichtete der Schwarze schlotternd mit wenigen Worten den wahren Zusammenhang, und er beschwor den immer noch drohenden Richard, ihn vor dem Zorn des Richters zu schützen.
»Das will ich tun«, erwiderte der kleine Mann frohlockend, »sage nichts, aber laß mich gewähren. Jetzt schnell nach Haus, Aggy. Ich muß den jungen Mann verbinden helfen.«

Der Weg senkte sich jetzt allmählich und führte über die Brücke eines schmalen, reißenden Flusses, gerade in das Dorf Templeton hinein. Hier erreichten die raschen Pferde Richards den ersten Schlitten, und bald befanden sich beide Gefährte mitten zwischen den Häusern des Dorfes. Die letzten Strahlen der untergehenden Sonne waren verschwunden, und der dunkle Dezembertag lag wie ein schwarzer Schleier über dem gefrorenen See. Unbestimmte Dämmerung herrschte jetzt, und kaum unterschied man noch die heimkehrenden Holzhauer mit ihrer Axt auf der Schulter, die ehrerbietig vor Marmaduke die Mütze zogen. Schließlich bogen die Pferde des Richters mit einer raschen Wendung in den offenen Torweg ein, und dann ging es durch die kahle Pappelallee auf das steinerne Haus zu. Fünf bis sechs Stufen führten hier zu einem Vorplatz hinauf, der ein etwas baufälliges Bretterdach trug. In der großen Tür des Vorhauses standen zwei bis drei weibliche Dienstboten und ein Mann, der groß und vierschrötig aussah und besonders auffällig gekleidet war. Er trug einen Rock von sehr hellem, grobem Tuch mit talergroßen Knöpfen, auf denen ein mächtiger Anker zu sehen war. Die langen Schöße reichten beinahe bis an seine Waden. Weste und Beinkleider waren von rotem Plüsch, schon etwas abgetragen und schmutzig. Dieser merkwürdige Mann gab sich für einen Engländer aus der Grafschaft Cornwall aus. Er hatte anscheinend ein recht abenteuerliches Leben hinter sich gebracht, bevor er in das Haus des Richters kam und von Richard Jones als Majordomus angestellt wurde. Sein eigentlicher Name war Benjamin Penguillan, doch hatte er wegen einer merkwürdigen Geschichte, die er häufig zu erzählen pflegte, allgemein den Spitznamen Ben-Pump bekommen. Er rühmte sich nämlich, nach dem Siege des Admirals Rodney sein Schiff durch anhaltendes Pumpen gerettet zu haben.

Neben Benjamin drängte sich eine Frau von mittleren Jahren. Sie sprach der Tabakdose so fleißig zu, daß man ihre gelbe Hautfarbe als eine Folge des Schnupfens ansehen konnte. Ihr Name war Remarkable Pettibonne. Sie war alles in einem: Oberaufseherin über den weiblichen Teil der Dienerschaft, Haushälterin und Spinnerin. Da sie erst nach dem Tode von Elisabeths Mutter, und als diese selbst schon in New York war, ihre Ämter im Hause angetreten hatte, war sie der jungen Herrin völlig fremd.

Jetzt kam ein stattlicher Bullenbeißer, der ein Halsband mit den Buchstaben M.T. um seinen Hals trug, zur Begrüßung die Stufen herunter und ging langsam auf den Richter zu, der ihn freundlich streichelte. Als er zu Elisabeth kam, küßte sie ihn zärtlich und nannte ihn ihren lieben, alten Bravo. Das Tier schien sie wiederzuerkennen und sah ihr aufmerksam nach,

als sie von ihrem Vater und Herrn le Quoi die glatten Stufen hinaufgeführt wurde.
Elisabeth folgte den Herren in einen großen Saal, der nur sparsam durch zwei Lichter auf hohen, altmodischen Leuchtern erhellt war. Die Tür schloß sich, und die Gesellschaft sah sich plötzlich aus der strengsten Kälte in die glühendste Hitze versetzt. Mitten im Gemach stand ein ungeheurer eiserner Ofen, der rötlich glühte. Der Raum war mit Teppichen belegt und mit bequemen, dauerhaften Möbeln ausgestattet. Zwei kleine, gläserne Kronleuchter waren in gleicher Entfernung zwischen dem Ofen und den Türen aufgehängt und vergoldete Wandleuchter am Getäfel angebracht. In einigen Wandnischen standen auf hohen Sockeln schwarzgestrichene Gipsbüsten von Homer und Shakespeare, von Franklin und Washington. Der Raum hatte so etwas Feierliches. Auch konnte man daraus auf die Wohlhabenheit des Richters schließen.
Jetzt erhob sich plötzlich die Stimme Richard Jones, der, heftig mit seiner Peitsche knallend, eintrat.
»Wie, Ben-Pump! Ist das die Art, wie man eine Erbin empfängt? Verzeiht ihm, Elisabeth! Geschwind, Penguillan! Zündet mehr Lichter an, daß man sich gegenseitig erkennen kann. Hier, Vetter Duke, habe ich dir auch den Hirsch mitgebracht; was soll damit werden!«
Nachdem sämtliche Kron- und Wandleuchter angezündet waren, glänzte der Saal in hellem Licht. Man begann jetzt die vielen Mäntel abzulegen, und als endlich Elisabeth im reichen, blauen Reitkleide in jugendlicher Schönheit und Anmut dastand, da merkte auch die alte Haushälterin, daß ihre Herrschaft zu Ende sei. Das junge Mädchen sah sich prüfend im Zimmer um und betrachtete neugierig und liebevoll alle Gegenstände. Schließlich bemerkte sie in einer Ecke des Zimmers, nahe am Eingang, den jungen Jäger. Er hatte mechanisch die Mütze abgenommen, unter der eine Fülle schöner, dunkler Locken hervorquoll, und sie erkannte jetzt erst die einnehmenden, edlen Gesichtszüge des jungen Mannes, die sonderbar gegen die grobe Kleidung abstachen. Seine ganze Haltung verriet einen gewissen Stolz, und er verachtete offenbar die Wohlhabenheit seiner neuen Umgebung.
»Aber, lieber Vater!« rief Elisabeth erschrocken aus, »wir vergessen den fremden Herrn, den wir mit hierhernahmen, um ihm schnelle Hilfe zu verschaffen.«
Aller Augen wandten sich jetzt von Elisabeth zu dem Jüngling, der stolz erwiderte:
»Meine Wunde ist unbedeutend, und wenn ich nicht irre, sandte der Richter Temple gleich nach seiner Ankunft nach einem Arzt.«

»Oh!« rief Richard jetzt spöttisch. »Nicht wahr, Vetter Duke, du bist dem jungen Jäger verpflichtet für den Hirsch, den du schossest. Marmaduke! Marmaduke! Das ist wieder eine herrliche Geschichte mit diesem Hirsch! Hier, junger Mann, habt Ihr zwei Dollar für das Wild, und der Richter kann nicht weniger tun, als den Doktor bezahlen. Ich will für meine Mühe und Arbeit nichts. Du weißt, Vetter Duke, daß schon mein Großvater ein Arzt war, und dergleichen ist erblich. Meine ganze Familie väterlicherseits war mit den Handgriffen der Doktoren bekannt, und mein Oheim, der in der Schlacht bei Brandywine blieb, starb viel leichter als alle anderen Offiziere des Regiments, bloß weil er die Sache machte, wie sie gemacht werden muß.«

»Schon gut«, unterbrach ihn Elisabeth. »Jetzt muß aber endlich ein Zimmer für den Herrn bereitet werden.«

In diesem Augenblick trat der Arzt ein und unterbrach Herrn Jones, der gerade wieder mit seinen guten Ratschlägen zur Hand sein wollte.

Fünftes Kapitel

Doktor Elnathan Todd war ein großer Mann. Seine viereckigen Schultern standen vollkommen waagerecht, waren aber so schmal, daß er mit seinem dünnen, langen Hals noch größer aussah. Er war der jüngere Sohn eines Pächters im westlichen Teil von Massachusetts, hatte sich aber nie mit den gewöhnlichen Feldarbeiten und Waldrodungen zu quälen brauchen. Die zärtliche Mutter nannte ihn einen kränklichen Knaben, der nicht zur Feldarbeit geschaffen sei und sein Brot auf eine leichtere, bequemere Art verdienen müsse.

Elnathan wurde deshalb, als er ungefähr fünfzehn Jahre alt war, in neue Kleider von selbstgemachtem Zeug gesteckt, man schnitt und ordnete sein buschiges Haar, gab ihm eine Bibel und ein Lesebuch und schickte ihn so ausgerüstet in die Schule. Bald darauf kam er mit einem vorteilhaften Zeugnis des Schulmeisters zu einem Dorfchirurgen in die Lehre, dessen eigene Laufbahn ungefähr ebenso begonnen hatte. Hier sah man ihn nun auf verschiedene Weise beschäftigt. Bald ritt er ein Pferd in die Schwemme, dann wusch er Kräuter; häufig saß er auch unter dem großen Apfelbaum mit einer lateinischen Grammatik oder einer Anweisung zur Geburtshilfe. Auf diese Weise verlebte Elnathan ungefähr ein Jahr, worauf er mit einem stumpfen Rasiermesser rasieren gehen durfte. Ein Jahr noch blieb er bei seinem Meister, bis er mündig wurde. Dann aber begab er sich nach Boston, um Arzneien einzukaufen oder, wie andere behaupten, um die Hospitäler zu besuchen. Nach vierzehn Tagen kehrte er schon zurück mit einer verdächtig aussehenden Schachtel, die gewaltig nach Schwefel roch.

Zeit und Erfahrung bewirkten allmählich Wunder bei dem jungen Doktor. Von Natur war er etwas zaghaft, aber es fehlte ihm nicht an Entschlossenheit, alle ihm zu Gebote stehenden Arzneimittel an diesem oder jenem unglücklichen Landstreicher, der in seine Hände fiel, zu probieren. Auf diese Art hatte Elnathan bei hitzigen und kalten Fiebern einige Fertigkeit erlangt und verstand, seine vielen Kunstausdrücke sehr geschickt anzubringen. Doch sein Hauptgebiet waren die in den neuen Ansiedlungen so häufig vorkommenden Hautkrankheiten, und hierin galt er für unfehlbar. Auch hätte keine Frau in der ganzen Gegend gewagt, ohne Doktor Todds Hilfe niederzukommen. In der Chirurgie war er allerdings weit weniger bewandert. Als sich einmal ein Holzhauer beim Fällen eines Baumes das Bein zerschmetterte, so daß es abgenommen werden mußte, erschien ihm diese Aufgabe doch bedenklich. Doch in der Stunde der Entscheidung kehrte seine ganze Kraft zurück. Er schritt mit äußerer Würde und scheinbarem Selbstvertrauen zur schwierigen Amputation. Das Bein wurde glücklich abgeschnitten, und der Patient überlebte die Operation, nur klagte er häufig über Schmerzen im Stumpf. Marmaduke leitete diesen Umstand von den zerschnittenen Nerven ab, doch Richard, der bei der Operation das Bein gehalten hatte, erklärte dem Patienten, daß das abgeschnittene Bein in einer zu engen Schachtel begraben worden sei, deshalb spüre er nun einen empfindlichen Druck an der Stelle, wo es gesessen habe.

Trotz seiner sechsjährigen Praxis trat Doktor Todd etwas ängstlich in den hellerleuchteten Saal. Doch ehe er Zeit gewann, sich umzusehen, ergriff Marmaduke freundlich seine Hand und sagte:

»Seid mir willkommen, guter Doktor! Herzlich willkommen. Hier ist ein junger Mann, der Eurer Hilfe bedarf; ich war so unglücklich, ihn heute nachmittag zu verwunden, als ich nach einem Hirsche schoß.«

Der junge Jäger hatte unterdessen seinen Mantel abgenommen, unter dem er einen fast neuen Anzug von hellem, selbstgemachtem Tuch trug. Eben wollte er diesen ausziehen, als sein Blick auf Elisabeth fiel. Flüchtig errötend, hielt er inne und sagte:

»Wir wollen lieber in ein anderes Zimmer gehen; der Anblick des Blutes könnte die junge Dame erschrecken.«

»Nicht doch«, entgegnete Doktor Todd. »Das helle Licht dieses Zimmers ist für die Operation günstig, darauf haben wir besonders Rücksicht zu nehmen.«

Elisabeth verließ jetzt hocherrötend den Saal, und dem Doktor war freies Feld gelassen. Er schickte sich zur Untersuchung an. Die Anwesenden tra=

ten um den Patienten herum, nur Major Hartmann blieb ruhig stehen und blies den Rauch in dichten Wolken aus seiner Pfeife. Elnathan, dem der Anblick einer Schußwunde vollkommen neu war, traf mit großer Weitläufigkeit die nötigen Vorkehrungen. Er schnitt mit pedantischer Genauigkeit seine Binden zurecht, reichte Richard ein kleines Stück Leinwand und sagte: »Ihr, Herr Jones, seid ja wohl in solchen Dingen bewandert, deshalb bitte ich Euch, mir etwas Charpie zu zupfen.«
Der junge Mann hatte während dieser Zeit seinen verwundeten Arm entblößt. Durch die strenge Kälte hatte er zu bluten aufgehört, doch bemerkte Doktor Todd auf den ersten Blick, daß die Wunde weniger gefährlich sei, als er sich vorgestellt hatte. Sein Mut wuchs; er näherte sich dem Patienten und machte Miene, die Wunde mit einer Sonde zu untersuchen. Der Jäger aber stieß seine Hand heftig zurück und sagte im verächtlichen Ton:
»Mein Herr, ich halte solche Untersuchungen für völlig unnötig. Der Schuß ist ins Fleisch gegangen, ich fühle die Kugel auf der anderen Seite — es bedarf also nur eines Einschnitts, um sie herauszuziehen.«
»Das müßt Ihr freilich am besten wissen«, erwiderte Doktor Todd, die Sonde beiseite legend. »Doch jetzt, verehrter Herr«, wandte er sich an Richard, »bedarf ich Eurer Hilfe. Ihr werdet so gut sein, den Arm des Verwundeten zu halten, während ich die Kugel herausschneide.«
Während dieser Worte hatte er einen Einschnitt ins Fleisch gemacht, und die Kugel lag entblößt vor ihm, so daß er sie hätte mit der Hand herausnehmen können. Doch er griff mit ernster Miene nach einer Zange, um kunstgerecht zu verfahren, als der Jäger eine rasche Bewegung machte, wobei die Kugel von selbst auf die Erde fiel. Der Operateur hob die Kugel schnell auf und machte mit der anderen Hand eine Bewegung, daß die Umstehenden in Ungewißheit blieben, ob er sie herausgenommen habe oder nicht.
»Sehr geschickt gemacht, lieber Doktor!« hörte man jetzt Richard Jones sagen.
»Ich danke für Eure Mühe«, erwiderte der Jüngling darauf. »Hier kommt ein Mann, der alles Weitere übernehmen wird.«
Aller Augen wendeten sich zur Tür, in der der Indianer John stand.

Sechstes Kapitel

Erst seit wenigen Monaten war der Indianer in der Gegend von Templeton erschienen. Er war immer mit dem alten Jäger zusammen. Sie bewohnten dieselbe Hütte und teilten dasselbe Mahl. Der alte Natty nannte ihn mit seinem Indianernamen Chingachgook, was Große Schlange bedeutet. Er verdankte diesen Namen seiner Geschicklichkeit und Tapferkeit im Kriege. Als er alt geworden war und als letzter seines Stammes dastand, gaben ihm die wenigen an den Ufern des Delaware noch lebenden Wilden den bedeutungsvollen Namen *Mohegan*. Wahrscheinlich erweckte aber diese Benennung in dem Herzen des Waldbewohners zu schmerzliche Erinnerungen an seine untergegangene Nation; denn er gebrauchte ihn selten und nur bei feierlichen Gelegenheiten. Die Ansiedler setzten seinen Tauf- und Nationalnamen zusammen und nannten ihn John Mohegan. Seine Kleidung war halb europäisch, halb wild. Den Kopf trug er, trotz der Kälte und seines hohen Alters, ganz unbedeckt; nur eine Fülle langer, schwarzer, buschiger Haare hing über Stirn und Wangen. Die Augen waren klein, aber kohlschwarz und stechend und glänzten beim Schein der Lichter, als er erstaunt im Saal umherblickte. Sobald Mohegan sah, daß er von der Gesellschaft bemerkt worden war, warf er seine wollene Decke ab und ging auf den verwundeten jungen Jäger los. Seine Schultern und Brust waren jetzt unbekleidet. Man sah ein silbernes Medaillon mit Washingtons Bildnis an einem ledernen Riemen zwischen vielen Narben auf der bloßen Brust hängen. In der Hand trug er ein kleines Körbchen, aus geschälten Eschenruten geflochten und seltsam mit bunten Farben bemalt. Er besah zunächst die Schulter des jungen Jägers lange und genau und wandte sich dann zum Richter, der ihn jetzt begrüßte.

»Seid willkommen, John! Dieser Jüngling hat anscheinend eine hohe Meinung von deiner Geschicklichkeit; denn er zieht dich sogar unserem guten Freund, dem Doktor Todd, vor, um seine Wunde verbinden zu lassen.«

»Miquons Kinder sehen nicht gern Blut«, erwiderte Mohegan in leidlichem Englisch, mit leisem tiefem einförmigem Ton, »und doch ist der junge Adler von einer Hand getroffen, die sich hüten sollte, Unglück anzurichten!«

»Mohegan! Alter John!« rief der Richter erschrocken aus und wandte sein offenes männliches Gesicht gegen den Sprecher, »glaubst du denn, daß meine Hand mit Vorsatz Menschenblut vergießen könne? Schäme dich, alter John! Deine Religion sollte dich besseren Glauben gelehrt haben!«

»Der böse Geist lebt oft im besten Herzen«, entgegnete John mit Nachdruck, das Auge fest auf den Richter geheftet, »aber mein Bruder spricht die Wahrheit. Er ist unschuldig!«

Marmaduke ergriff die dargebotene Hand des Indianers mit einem wohlwollenden Lächeln. John schickte sich jetzt rasch an, die Wunde des Jägers zu verbinden. Doktor Todd fühlte sich keineswegs durch das Eingreifen in sein Fach beleidigt und machte dem Indianer willig Platz. Richard hatte sogar große Verehrung für Mohegans Kenntnisse. Er näherte sich neugierig dem Indianer und bewunderte langatmig seine Geschicklichkeit. Mohegan hörte die lange Rede geduldig an, reichte ihm dann schweigend sein Körbchen mit den Kräutern, damit er es halten sollte. Der Patient litt unter den Händen des Indianers allerdings etwas mehr als unter denen des Doktors. Doch war der Verband bald angelegt. Er bestand bloß aus zerstampften Baumrinden, die mit der Flüssigkeit einiger ausgepreßter Waldpflanzen angefeuchtet waren.

»Ich will jetzt Zeit und Geduld der Herren nicht länger in Anspruch nehmen«, sagte der Fremde aufstehend. »Es bleibt mir noch etwas zu regeln übrig, und das mit Euch, Herr Temple, über Eure Ansprüche an das Wild.«

»Ich gebe sie ganz auf, erkläre Euch für den rechtmäßigen Besitzer und mich außerdem noch tief in Eurer Schuld. Morgen früh kommt Ihr wohl wieder hierher, damit wir das und anderes miteinander abmachen können. — Elisabeth«, wandte sich der Richter an seine Tochter, die jetzt wieder in den Saal zurückgekommen war, »Elisabeth, besorge ein Abendessen für den jungen Mann, ehe wir in die Kirche gehen, und Aggy soll den Schlitten bereithalten, um ihn zu seinem Freund zu bringen.«

»Aber ich kann nicht ohne einen Teil des Hirsches fortgehen«, entgegnete der Jüngling, augenscheinlich mit sich selbst kämpfend, »ich habe Euch schon gesagt, daß ich das Wild selbst haben muß.«

»Muß!« wiederholte Richard, »das Wort ist schwerer zu verdauen als das ganze Hirschgeweih.«

»Ja, muß!« versetzte der Jüngling stolz, »wenn nämlich ein Mann Anspruch auf ein Stück Wild machen kann, das seine Hand erlegte.«

»Benjamin«, rief jetzt der Richter etwas ärgerlich, »sorge dafür, daß der Hirsch auf den Schlitten geworfen wird, und sieh nach, ob Aggy bereit ist, diesen Jüngling nach Nattys Hütte zu fahren. Aber, junger Mann, bevor Ihr scheidet, möchte ich nach Eurem Namen fragen, damit ich Euch anreden kann, wenn ich Euch wiedersehe, was hoffentlich morgen geschieht.«

»Ich heiße Eduard«, entgegnete der Jäger, »Oliver Eduard. Man kann mich öfters sehen, denn ich lebe hier in der Nähe und brauche niemand zu scheuen, da ich keinem Menschen je Leids zugefügt habe.«

»Wir fügten Euch Leids zu«, sagte Elisabeth jetzt, »und daß Ihr unseren Beistand und unsere Erkenntlichkeit verschmäht, macht meinem Vater viel Sorge. Es würde ihn freuen, Euch morgen früh zu sehen.«

Der junge Jäger starrte das schöne Mädchen unverwandt an, neigte dann den Kopf und sagte:

»Ich werde morgen früh kommen, den Richter Temple zu besuchen, und zum Zeichen unserer Freundschaft nehme ich sein Anerbieten mit dem Schlitten an.«

»Zum Zeichen der Freundschaft!« wiederholte Marmaduke.
Der Fremde zögerte einen Augenblick, verbeugte sich dann tief und stürzte schnell zum Zimmer hinaus, als fürchte er, aufgehalten zu werden.
»Es ist doch seltsam, daß dieser junge Mensch seinen Groll gar nicht überwinden kann«, sagte Marmaduke, als die Tür sich hinter dem Fremden schloß, »ich hoffe, er wird morgen zugänglicher sein, wenn der Schmerz nicht mehr so neu ist.«
Elisabeth, an die diese Worte gerichtet waren, antwortete nicht. Der Richter aber rief:
»Es ist jetzt höchste Zeit, unsere Abendmahlzeit einzunehmen. Ich lese in Remarkables Gesicht, daß im Nebenzimmer angerichtet ist. Monsieur le Quoi! Miss Temple ist bereit, Euren Arm zu nehmen.«
»Ah, ma chère Demoiselle! Ich bin glücklich über diese Ehre«, sagte der höfliche Franzose.
Die Gesellschaft begab sich jetzt ins Eßzimmer, und nur Herr Grant und der Indianer John blieben noch zurück.
»John«, sagte der Geistliche, als sie allein waren, »morgen ist das Fest der Geburt unseres Erlösers. Die Kirche ruft ihre Kinder zum Gebete und zum Dank. Du hast dich zum Kreuze bekehrt, und so hoffe ich, dich am Fuß des Altars mit demütigem Herzen zu finden.«
»John wird kommen«, sagte der Indianer ernst.
»Ja«, fuhr Herr Grant fort, seine Hand sanft auf die Schulter des alten Häuptlings legend, »aber es genügt nicht, dabei zu erscheinen, auch im Geist und in der Wahrheit mußt du dort sein.«
Der Indianer trat einige Schritte zurück, richtete sich stolz in die Höhe, erhob den rechten Arm und wies mit der Hand zum Himmel, während er mit der anderen auf die nackte Brust schlug. Dabei sagte er heftig: »Das Auge des Großen Geistes dringt durch die Wolken – und Mohegans Herz liegt offen vor ihm da.«
»Gut, John, und so hoffe ich, wird dir die Erfüllung deiner Pflicht Trost und Freude gewähren. Gott gebe dir seinen Segen!«
Der Indianer neigte sein Haupt, und so gingen sie auseinander, der eine, um seine Hütte aufzusuchen, der andere, um mit den Freunden an der Tafel Platz zu nehmen.

Das Speisezimmer war sehr geräumig, enthielt aber weiter nichts als ein Dutzend grün angestrichener Armstühle, deren Polster mit einem halbseidenen Stoff überzogen waren, und einen schweren Eßtisch, auf dem die Speisen schon aufgetragen standen. An der Wand über dem Kamin, in dem ein großes Feuer von Zuckerahorn brannte, hing ein ungeheurer Spiegel mit vergoldetem Rahmen.

Als der Richter mit den Herren den Raum betrat, wendete er sich etwas ärgerlich zu Richard Jones und sagte:

»Wie oft habe ich schon verboten, in meinem Haus mit Zuckerahorn zu heizen. Man sollte wirklich nicht so leichtsinnig mit den schönsten, edelsten Bäumen umgehen, als ob die Wälder nicht zu zerstören wären. Wenn wir auf diese Weise weiterwirtschaften, haben wir vielleicht in zwanzig Jahren kein Brennholz mehr.«

»Kein Brennholz in diesen Wäldern«, rief Richard spottend, »Marmaduke, für diese Dinge solltest du mich sorgen lassen, ich verstehe es besser. Für heute abend ließ ich das edle Holz heizen, um meine schöne Kusine würdig zu empfangen.«

»So bist du dieses Mal entschuldigt«, sagte der Richter. – »Aber, meine Herren, wir lassen auf uns warten. Elisabeth, setze dich oben hin, Richard wird das Geschäft des Vorschneidens übernehmen und sitzt dir gegenüber.«

»Herr Grant! Wo steckt Herr Grant?« rief jetzt Richard. »Wollt Ihr wohl so gut sein, ein Tischgebet zu sprechen, aber kurz, wenn ich bitten darf, sonst wird alles kalt.«

Elisabeth hatte noch nicht gleich Platz genommen. Sie musterte belustigt das Arrangement der Tafel und die Fülle der aufgetragenen Speisen.

»Du siehst, mein liebes Kind«, sagte der Richter, der sie lächelnd beobachtete, »wie vielen Dank wir Remarkable für dieses Festessen schulden.«

»Es freut mich, den Herrn Richter zufrieden zu sehen«, entgegnete die Wirtschafterin. »Ich meinte, ein übriges tun zu müssen wegen Elisabeths Rückkehr.«

»Meine Tochter ist jetzt vollkommen erwachsen und von nun an Herrin des Hauses«, sagte der Richter etwas streng, »deshalb wünsche ich, daß sie von allen, die in meinen Diensten stehen, Miss Temple genannt wird.«

In diesem Augenblick trat Herr Grant an den Tisch, und die ganze Gesellschaft nahm Platz. Die Tafel bedeckte ein Tischtuch von feinstem Damast, Teller und Schüsseln waren von echtem Porzellan, in damaligen Zeiten ein großer Luxus in Amerika, Messer und Gabeln vom schönsten Stahl, mit elfenbeinernen Griffen. Gerade vor Elisabeth war ein ungeheurer ge-

bratener Truthahn und vor Richard ein gekochter aufgetragen. In der Mitte der Tafel thronte ein silberner Aufsatz, von vier Schüsseln umgeben, die ein Frikassee von grauen Eichhörnchen, gebackenem Fisch, gesottenem Fisch und gedämpftem Wildbret enthielten. Zwischen den Schüsseln und den Truthähnen stand an der einen Seite ein mächtiger Bärenrücken und an der anderen eine große geschmorte Hammelkeule. Überall dazwischen waren Gemüseschüsseln gestellt. Vier zinnerne Teller mit Kuchen erhoben sich pyramidenförmig an den Ecken der Tafel. Kannen mit Branntwein, Rum, Wacholderbranntwein und Wein, Krüge mit Bier und ein Gefäß voll zischendem Flips (ein starkes Getränk aus Bier, Branntwein und Zucker) waren über die ganze Tafel verteilt.
Sämtliche Gäste und der Richter begannen jetzt mit großem Appetit zu essen.
Während der Tischunterhaltung kam man auf den jungen Jäger zu sprechen. Der Hausherr erkundigte sich bei seinem Neffen nach diesem Menschen und erzählte dann, sich an alle wendend:
»Ich fand ihn am Berge mit Natty jagend, als wenn sie zu einer Familie gehörten. Der Jüngling spricht sehr gewählt, wie man es in diesen Bergen

selten, von einem so grob und ärmlich gekleideten Menschen niemals hört. Mohegan kennt ihn auch; vermutlich wohnt er mit in Nattys Hütte. Habt Ihr auf seine Sprache geachtet, Monsieur le Quoi?«

»Allerdings, Mister Temple«, entgegnete der Franzose, »er sprach das beste Englisch.«

»Mir schien es nicht so auffallend«, rief Richard, »aber dieser Jäger verdient, eingesteckt zu werden, wenn er sich je wieder einfallen lassen sollte, einen Zügel in die Hand zu nehmen. Ein solch linkisches Benehmen bei Pferden ist mir noch nie vorgekommen. Sicher fuhr er bis jetzt nur mit Ochsen.«

»Mir scheint, du tust dem jungen Mann unrecht«, sagte der Richter, »er zeigte doch viel Klugheit im kritischen Augenblick. – Was meinst du dazu, Bess?«

Elisabeth fuhr errötend auf und erwiderte verwirrt: »Mir schien sein Benehmen sehr besonnen, geschickt und mutig.«

»Der Junge ist gut«, sagte jetzt Major Hartmann. »Er hat unser aller Leben gerettet, und deshalb, Richard, soll es ihm nie an einem Bette fehlen, solange der alte Fritz selbst noch eins hat. Vielleicht aber kann uns Benjamin etwas von ihm erzählen.«

Der Hausmeister, der nur darauf wartete, seine Kenntnisse anzubringen, begann sofort: »Er ist immer mit Natty Bumppo zusammen, wenn er in den Wäldern nach Wild herumstreift. Er führt eine gute Büchse. Natty sagte neulich in meiner Gegenwart, als wir um Betty Hollistars Kaminfeuer saßen, ich glaube, es war Dienstagabend, daß der Junge das Wild immer todsicher erlegt.«

»Lebt er in Natty Bumppos Hütte?« fragte der Richter mit Interesse, während die dunklen Augen Elisabeths unverwandt auf dem verbrannten Gesicht des Hausmeisters ruhten.

»Ganz nahe dabei«, sagte Benjamin, »nächsten Freitag werden es drei Wochen sein, als er sich zuerst mit Lederstrumpf sehen ließ. Sie hatten einen Wolf gefangen und brachten sein Fell als Geschenk mit. Dieser Bumppo hat eine sehr geschickte Hand zum Skalpieren, und es gibt hier im Dorfe Leute, die behaupten wollen, daß er diese Fertigkeit an Menschen- und Christenskalps erlernt hätte.«

»Du mußt nicht alles glauben, was du von Natty hörst«, erwiderte der Richter ernst, »er hat das Recht, sich seinen Unterhalt in diesen Bergen und Wäldern zu suchen, und sollten es sich einige Leute im Dorf einfallen lassen, ihn zu schikanieren, so werden sie es mit mir zu tun bekommen.«

In diesem Augenblick hörte man eine gewöhnliche Schiffsglocke läuten, die die Stunde des Gottesdienstes anzeigte.

»Herr Grant, wollt Ihr so gut sein, das Gebet zu sprechen? Es wird Zeit sein, aufzubrechen«, sagte jetzt der Richter.
Der Geistliche erhob sich und sprach das Tischgebet, worauf sich die Gesellschaft auf den Weg zur Kirche machte.

Achtes Kapitel

Wir haben die Leser bereits mit mannigfachen Charakteren und Nationen bekannt gemacht, indem wir die bedeutendsten Personen dieser Erzählung vor ihr Auge brachten. Allein, um recht getreu zu erzählen, wollen wir kurz versuchen, auseinanderzusetzen, durch welchen Zufall die handelnden Personen aus so verschiedenen Ländern hier zusammengekommen waren.
In Europa hatten zur Zeit, als unsere Erzählung beginnt, jene mächtigen Erschütterungen stattgefunden, durch welche späterhin alle Staatsverhältnisse umgewälzt wurden. Ludwig XVI. war enthauptet worden, und man sah die gesittetste aller europäischen Nationen ihre Natur verändern und plötzlich von Feinheit, Herzensgüte und Frömmigkeit in Roheit, Grausamkeit und Irreligiosität übergehen. Viele Tausend Franzosen suchten in fernen Landen Zuflucht. Unter der Menge, die sich von Frankreich und den dazugehörigen Inseln nach den Vereinigten Staaten geflüchtet hatte, befand sich auch Herr le Quoi. Er war dem Richter Temple durch ein angesehenes Handelshaus in New York empfohlen worden, und dieser erkannte beim ersten Zusammentreffen einen gebildeten Mann in ihm, der bessere Tage in seinem Vaterlande gekannt hatte. Einigen Äußerungen zufolge, die Herr le Quoi unvorsichtigerweise entschlüpft waren, mußte man ihn für einen jener Pflanzer in Westindien halten, von denen jetzt viele St. Domingo und die anderen Inseln verlassen hatten und nun in den Vereinigten Staaten in Armut und manche sogar in der größten Dürftigkeit lebten. Doch dieser letzte böse Umstand war wenigstens nicht das Los unseres Franzosen, und hatte er auch, wie er selbst gestand, nicht viel, so reichte doch das wenige hin, ihn anständig zu erhalten.
Marmaduke Temple besaß viele praktische Kenntnisse und konnte einem jeden neuen Ansiedler in diesem Lande mit Rat und Tat beistehen. Unter seiner Leitung begann Monsieur le Quoi einen kleinen Handel mit mancherlei Schnittwaren, Spezereien, Tee und Tabak, Eisenwaren, Kupfergeschirr und einer Menge Töpfergeschirr von den seltsamsten Formen, fein und grob; daneben führte er auch mehrere unentbehrliche Luxusartikel für beide Geschlechter, wie Spiegel, Maultrommeln und dergleichen Kram mehr. So ausgerüstet, erschien Herr le Quoi in seinem kleinen Laden und konnte

sich mit Recht rühmen, daß vor ihm in Templeton noch niemand als Kaufmann so befriedigend aufgetreten war. Sein feines, anständiges Wesen machte ihn bald allgemein beliebt, und die Damen besonders bemerkten, daß er viel Geschmack hatte. Außerdem waren seine Zeuge immer die besten und feinsten, und niemand getraute sich, dem höflichen Manne, der alle Welt mit zierlichen Redensarten empfing, etwas abzuhandeln. Durch solche Umstände begünstigt, nahmen die Geschäfte des Herrn le Quoi bald einen vortrefflichen Gang, und es dauerte nicht lange, so galt er bei den Ansiedlern für einen bedeutenden Mann, den bedeutendsten nach dem Richter Temple, in diesem Distrikt.

Major Hartmann war der Abkömmling eines Mannes, der mit vielen anderen Landsleuten und deren Familien von den Ufern des Rheins an die Ufer des Mohawk gezogen war. Jene Auswanderungen hatten während der Regierung der Königin Anna stattgefunden, und jetzt lebten die Nachkommen friedlich und im Wohlstand an den ruhigen Ufern dieses schönen Stromes.

Die Deutschen oder ›Hochländer‹, wie man sie nannte, um sie von den niederländischen Kolonisten zu unterscheiden, waren ein eigentümliches Volk. Sie hatten den ganzen Ernst der letzteren, ohne irgend etwas von deren Phlegma; und gleich ihnen waren die Deutschen fleißig, redlich und sparsam.

Fritz oder Friedrich Hartmann besaß alle Tugenden und Fehler, Vorzüge und Schwächen, die man seinem Volke zuschreibt. Er war heftig, wortkarg, halsstarrig und gegen Fremde sehr mißtrauisch, aber dagegen bewies er einen unerschütterlichen Mut, einen hohen Grad von Aufrichtigkeit und große Anhänglichkeit an seine Freunde. Der einzige Wechsel, den man bei ihm wahrnahm, war vom Ernst zur Heiterkeit. Er konnte monatelang ernsthaft sein und dann wieder wochenlang lustig. Marmaduke war der einzige Mann, der, ohne deutsch sprechen zu können, sein ganzes Vertrauen gewonnen hatte; sie lernten sich schon früh kennen und schlossen ein enges Freundschaftsbündnis. Viermal im Jahr, zu bestimmten Zeiten, verließ er sein niedriges Steinhaus am Ufer des Mohawk und reiste dreißig Meilen zwischen den Bergen längs dem Fluß bis Templeton. Hier pflegte er gewöhnlich eine Woche zu bleiben und manche Stunde mit Richard Jones zu zechen. Sein offenes, freimütiges Wesen hatte ihm alle Herzen gewonnen, und selbst Remarkable, der sein Besuch die meiste Last verursachte, sah ihn gern kommen. Er war eben jetzt, der alten Ordnung gemäß, zum Weihnachtsfest erschienen und kaum eine Stunde im Dorf gewesen, als ihn Richard aufgefordert hatte, dem Richter und seiner Tochter entgegenzufahren.

Ehe wir des Geistlichen Stand und seine Verhältnisse sowie seinen Charak-

ter näher schildern, wird es nötig sein, erst einen Blick auf den Anfang dieser Niederlassung zurückzuwerfen.
Es liegt in der menschlichen Natur, erst für die Bedürfnisse der gegenwärtigen Welt zu sorgen, ehe sich die Aufmerksamkeit auf die zukünftige richtet. Während der ersten Jahre, die Marmaduke Temple in dieser Gegend verlebte, war noch wenig an Religionsübungen gedacht worden; da aber die meisten Einwohner Templetons aus Connecticut und Massachusetts, wo sehr religiöse Grundsätze herrschten, hierhergekommen waren, so begannen sie auch, nachdem nur die notwendigsten Bedürfnisse der Natur befriedigt waren, ernstlich an die Einführung der bei ihren Voreltern gebräuchlich gewesenen Religionsübungen zu denken. Daß eine große Verschiedenheit der Meinungen und Ansichten unter diesen Menschen herrschte, läßt sich bei so verschiedenartigem Unterricht wohl nicht anders erwarten.
Sobald das Dorf so weit gediehen war, daß Häuser und Straßen ein stadtartiges Ansehen gewannen, wurden dessen Einwohner zu einer Versammlung eingeladen, um sich über die Errichtung einer Akademie zu beraten. Den Plan hierzu hatte Richard Jones entworfen, der auch willens war, die Anstalt mit dem wichtigen Namen einer Universität oder wenigstens eines Kollegiums zu belegen. Wegen dieser Beratungen waren nun bereits mehrere Jahre lang Versammlungen abgehalten worden, deren Beschlüsse wöchentlich einmal mit deutlichen Lettern auf bläulichem Papier in einer Zeitung erschienen, welche von der Bodenkammer eines kleinen Hauses ausgehängt wurde. Damit nun aber auch der Reisende hiervon Kenntnis erhalte, wurde eine hohe Stange am Scheideweg, wo sich der Fußpfad von der Landstraße trennt, wie ein Postzeichen oder eine Warnungstafel aufgepflanzt und in deren Spalte das Blatt gesteckt. Manchmal erhielt sie auch ein kleines Kästchen, aus welchem der reitende Postbote die ganze Nachbarschaft mit literarischen wöchentlichen Beiträgen versah. Außer den wortreichen Beschlüssen, die deutlich den allgemeinen Nutzen der Erziehung aussprachen, enthielten die Blätter ferner die neuesten Nachrichten von der politischen und geographischen Beschaffenheit des Dorfes Templeton, Aufforderungen zur Teilnahme an der Errichtung der Universität sowie die allgemeine Einladung, sich an diesem Ort niederzulassen, den gesunde Luft, herrliches Wasser, verbunden mit großer Wohlfeilheit der Lebensmittel und höherem Grad von Kultur, zum vorzüglichsten in der ganzen Gegend machte. Marmaduke Temples Name als Präsident und Richard Jones' als Sekretär standen mit großen lateinischen Lettern daruntergeschrieben.
Zum größten Glück für diese Unternehmung waren die Statthalter nicht gewohnt, ihre Großmut vergebens in Anspruch nehmen zu lassen. Nachdem die Beratungen keinen Rat für das Wesentlichste geschaffen hatten, ent-

schloß sich der Richter, das Gebäude auf eigene Kosten errichten zu lassen sowie den Platz dazu herzugeben. Mister Doolittle, oder vielmehr Squire Doolittle, wie er jetzt hieß, seitdem er den Posten eines Friedensrichters bekleidete, ward abermals in Aktivität gesetzt und Richard aufgefordert, ihm mit seinen Kenntnissen beizustehen.

Schon in der nächsten Woche ward der Bau mit solchem Eifer und Fleiß begonnen, daß er noch vor Einbruch des Winters fertig dastand. Ein herrliches Gebäude, in aller Pracht der Schönheit und Regelmäßigkeit, der Stolz des Dorfes, das Vorbild aller jungen, nach architektonischem Ruhme dürstenden Leute und ein Gegenstand der höchsten Bewunderung jedes Ansiedlers.

Es war ein langes, schmales Haus von Holz, weiß angestrichen und mit Fenstern so reichlich versehen, daß man den schönen Anblick der aufgehenden Sonne von draußen durch dieselben genoß, ohne einen besonders günstigen Platz dazu wählen zu müssen. Das ganze Gebäude hatte in der Tat nur den einen Vorzug, daß das Tageslicht ohne Schwierigkeit von allen Seiten hineinfallen konnte. An der Vorderseite waren verschiedene Zierate in Holz angebracht, die Richard angegeben und Hiram ausgeführt hatte; aber der Stolz der Baumeister waren ein Fenster in der Mitte des zweiten Stocks, gerade über der Tür oder dem großen Eingang, und der Glockenturm. Ersteres, nach der zusammengesetzten Ordnung, wie es uns wegen der mannigfachen Verzierungen und einer großen Verschiedenheit der Figuren bedünken will, bestand aus einer gewölbten Abteilung im Mittelpunkte und einem kleineren viereckigen Fache an jeder Seite. Die ungeheuer dicken Rahmen von Fichtenholz waren mit Schnitzwerk aller Art überladen, so daß kein Feld dem andern glich, und mit kleinen viereckigen grünen Glasscheiben ausgefüllt. Jalousien sicherten das Fenster vor Zerstörung von außen; auch diese hatten grün sein sollen und würden gewiß sehr dazu beigetragen haben, den Effekt des Ganzen zu erhöhen, wäre das schönere, aber kostbarere Grün nicht aus ökonomischen Rücksichten in die gewöhnliche Bleifarbe verwandelt worden. Der Glockenturm glich einer kleinen Kuppel und erhob sich im Mittelpunkt des Gebäudes auf vier schlanken, mit Schnitzwerk schön verzierten Säulen von Fichtenstämmen. Einer umgestülpten Teetasse gleich saß die Kuppel auf den Säulen, aus deren Mitte ein hölzerner Pfeiler, mit eisernen Stäben durchstochen, in die Höhe stieg, die an den äußersten Enden die Buchstaben N.S.O.W. trugen. Über dem Ganzen schwebte ein hölzerner, mit Schuppenfarbe angestrichener Fisch, der nach Richards Aussage dem in dortiger Gegend so beliebten Seefisch aufs Haar glich. Wahrscheinlich mußte er auch eine ähnliche Natur in sich verspüren; denn anstatt die Dienste eines Wetterhahns zu leisten und sich vom Winde hin und her bewegen zu lassen, blieb er immer in derselben Richtung, den Kopf nach der reizenden Wasserfläche gewendet, die von Templetons Bergen eingeschlossen lag.

Bald nach der Beendigung des Gebäudes schritt man zur Wahl eines würdigen Lehrers der Akademie. Das erste Stockwerk bestand aus einem einzigen langen Saal, zu öffentlichen Feierlichkeiten an Galatagen bestimmt. Das Erdgeschoß hingegen enthielt zwei Zimmer, in deren ersterem Latein und in deren zweitem Englisch gelehrt wurde. Ersteres soll nie sehr überfüllt gewesen sein, obgleich die Vorübergehenden zu ihrer großen Ergötzlichkeit durch die vielen Fenster deutlich die Wörter Nominativ, Pennaa, Genitiv, penny vernommen haben.

Ein einziger Arbeiter in diesem Tempel Minervas soll es bis zum Versuch einer Übersetzung des Vergil gebracht haben. Er trat bei dem jährlichen Examen zur größten Freude seiner Angehörigen, einer Pächterfamilie in der Nachbarschaft, auf und deklamierte mit vielem Pathos das ganze erste Hirtengedicht. Doch blieb dies auch der erste und letzte Versuch dieser Art: Denn bald genug gewahrten die hohen Vorsteher der Akademie, daß sie hinsichtlich der klassischen Bildung dem Jahrhundert vorausgeeilt waren. Deshalb mußte der gelehrte Magister seinen Platz einem demütigen Schulmeister einräumen, der sich auf den gewöhnlichen Dorfschulunterricht beschränkte.

Seit dieser Zeit betrachtete man die Akademie als eine gewöhnliche Landschule, und der Saal wurde zuweilen bei wichtigen Untersuchungen als Gerichtshof, wohl auch abends zu Beratungen über religiöse Gegenstände gebraucht. Manchmal diente er sogar nachmittags als Ballsaal, doch sonntags immer als Kirche.

Ließ sich ein wandernder Priester, Methodist oder Wiedertäufer, Universalist oder Presbyterianer, in der Umgegend blicken, so wurde er eingeladen, zu predigen, und man belohnte dann seine Bemühung durch eine bei den Zuhörern im Hute gesammelte Gabe. War kein ordentlicher Geistlicher vorhanden, so sprach eines der vorzüglichsten Gemeindemitglieder ein paar Gebete aus dem Stegreif, oder Richard Jones las eine Predigt von Sterne vor.

Aus diesem unbestimmten Gottesdienst entstand, wie wir schon oben bemerkt haben, große Verschiedenheit der Glaubensmeinungen. Jede Sekte hatte ihre Anhänger, obgleich keine vollkommen geordnet und geregelt war. Die religiöse Erziehung Marmadukes haben wir bereits erwähnt; auch war der zweifelhafte Charakter seines Glaubens durch seine Heirat keineswegs aufgeklärt worden. Elisabeths Mutter bekannte sich zur bischöflichen Kirche, wie im Grunde die Mutter des Richters auch, und nahm Marmaduke ihre Lehren auch nicht an, so hielt er sich doch an ihre Formen. Richard hingegen trat als eifriger Anhänger derselben auf. Halsstarrig und unbeugsam in seinen Meinungen, hatte er sogar einigemal, als die Kanzel sonntags leer stand, versucht, die bischöflichen Gebräuche einzuführen. Da er aber alles im Leben zu übertreiben pflegte, hatte er auch hierbei so viel katholische Manieren angenommen, daß er sich schon am zweiten Sonntag von seinen meisten Zuhörern verlassen sah und am dritten nur noch — den treuen Ben-Pump vorfand.

Vor dem Revolutionskriege hatten einige treue Anhänger aus dem Vaterlande der bischöflichen Kirche diese auch in den Kolonien aufrechterhalten, aber während des Krieges und nachdem die Abhängigkeit der Staaten anerkannt worden war, wartete diese Sekte auf ein Oberhaupt der Priesterschaft. Man wählte hierauf fromme Priester und sandte sie nach England, diejenige Würde zu empfangen, welche nach den Grundsätzen dieser Kirche nur ein Bischof verleihen kann. Doch unerwartete Schwierigkeiten wurden ihnen dort in den Weg gelegt, und es verstrich eine lange Zeit, bis das gewissenhafte Pflichtgefühl den englischen Prälaten gestattete, die so eifrigst gesuchte Würde auf andere zu übertragen. Zeit, Geduld und Eifer überwanden jedoch alle Hindernisse, und die von den amerikanischen Kirchen nach England gesandten ehrenwerten Männer kehrten endlich, mit den höchsten Würden bekleidet, in ihre harrenden Diözesen zurück. Sie hatten nun das Recht erhalten, Priester zu ernennen und Missionare in die neu entstandenen Niederlassungen zu schicken, um hier den Samen des göttlichen Wortes auszustreuen.

Unter diesen befand sich Herr Grant. Er war in die Grafschaft, deren Hauptstadt sich Templeton nannte, geschickt und von Marmaduke freundlichst aufgefordert worden, seine Wohnung im Dorfe aufzuschlagen. Ein kleines Haus ward für ihn und seine Familie eingerichtet, welches der würdige Mann erst wenige Tage, bevor der Richter zurückkehrte, bezogen hatte. Da seine Lehren den meisten Einwohnern noch neu waren und ein Geistlicher anderen Glaubens den ersten Sonntag nach seiner Ankunft die Kanzel noch besetzt hielt, mußte er anfänglich schweigen und dulden. Als aber sein Gegner, gleich einem Meteor, der nur für den Augenblick glänzt und keine Spur zurückläßt, verschwand, da ward Richard beauftragt, in Templetons Straßen und der Umgegend bekanntzumachen, »daß der ehrwürdige Herr Grant am Weihnachtsabend den Gottesdienst im großen Saal der Akademie zu Templeton nach den Gebräuchen der bischöflichen, protestantischen Kirche halten werde«.

Diese Ankündigung erregte großes Aufsehen bei den verschiedenen Parteien. Einige wunderten sich über die Art und Weise derselben, andere lächelten spöttisch, doch der größere Teil hielt es für klüger, darüber zu schweigen. Alle aber erwarteten den bestimmten Abend mit Ungeduld und Neugier, die nicht vermindert wurde, als man Richard und Benjamin am Morgen des merkwürdigen Tages aus dem nächsten Walde mit großen Büscheln Wintergrün zurückkehren, in die Akademie gehen und die Tür sorgfältig hinter sich verschließen sah. Was sie dort trieben, blieb den Dorfbewohnern ein tiefes Geheimnis, denn Jones hatte dem Schulmeister, zur höchsten Freude seiner Herde, schon vorher verkündet, daß an diesem Tage keine Schule gehalten werden könne. Marmaduke war hiervon schon durch Briefe unterrichtet und alles so eingerichtet worden, daß er mit Elisabeth noch zur rechten Zeit ankommen konnte, um an den Feierlichkeiten des Abends teilzunehmen.

Nach dieser Abschweifung kehren wir wieder zu unserer Erzählung zurück.

Neuntes Kapitel

Während Richard und Monsieur le Quoi, von Benjamin begleitet, auf einem näheren Fußpfad zur Akademie gingen, wählten der Richter mit seiner Tochter, der Geistliche und der Major einen weiteren, aber bequemeren Weg durch das Dorf.

Der Mond war aufgegangen, und sein Schein lag auf den dunklen Fichten an den östlichen Bergen. Der Widerschein auf der weißen Oberfläche des Sees und der Felder erleuchtete die unermeßliche, fleckenlose Schneefläche wie am Tage.

Elisabeth las, während der Schlitten langsam durch die Hauptstraße fuhr, die Schilder, die beinahe über jedem Hause angebracht waren. Sie entdeckte neue Handwerker, Kaufleute und auch viele fremde Namen. Alle Bewohner schienen unterwegs zu sein, denn man sah ihre vermummten Gestalten in den Straßen demselben Ziel zueilen. Etwas später kam der Schlitten an einem erleuchteten Gebäude vorüber, und Elisabeth erkannte den alten Gasthof ›Zum kühnen Dragoner‹. Die Wirtin, die mit ihrem Mann gerade herauskam, rief ihnen mit unverkennbar irischem Akzent zu: »Willkommen in der Heimat, Richter! Seid mir herzlich gegrüßt, Miss Lizzy. Ihr seid ein schönes Frauenzimmer geworden. Was für ein Herzweh würdet Ihr den jungen Männern machen, wenn ein Regiment in der Stadt läge.«

»Es freut mich, Euch zu sehen, Frau Hollistar«, entgegnete Elisabeth; »Ihr seid das erste bekannte Gesicht, das mir begegnet, seit wir aus dem Hause fuhren. Ich freue mich auch, das alte liebe Wirtshausschild wiederzusehen, das mein Vetter Richard gemalt hat. Ihr wart damals noch wegen des Namens verschiedener Meinung.«

»Ihr meint den kühnen Dragoner? Ja, wie hätten wir es denn nennen sol= len, und . . .« Indem erblickte sie den Geistlichen. »Ist das nicht der neue Pfarrer Grant? Liebe Miss Lizzy, ich will Euch in der Kälte nicht länger auf= halten, sondern morgen nach dem Gottesdienst zu Euch kommen. Soll ich den Wacholderbranntwein heute abend für Euch zurechtmachen, Herr Major?«

Der Deutsche rief ihr seine Einwilligung zu, und der Schlitten fuhr jetzt wieder schneller weiter. Bald langten sie bei der Akademie an, wo die Ge= sellschaft ausstieg und sich ins Haus hinein begab.

Jones und seine beiden Begleiter waren auf dem näheren Wege einige Mi= nuten früher angekommen. Anstatt gleich in den langen Saal zu eilen, steckte Richard beide Hände in die Rocktaschen und spazierte gleichgültig vor der Akademie auf und ab.

Die Dorfbewohner schritten würdig und ernst in das Gebäude, doch schie= nen sie neugierig auf den neuen Pfarrer zu sein. Nur die aus der Umgegend gönnten sich einige Augenblicke Ruhe, ehe sie hineingingen, und breiteten erst wollene Decken über ihre Pferde. Richard näherte sich diesen Leuten und erkundigte sich nach dem Befinden ihrer Familien. Er wußte die Namen aller Kinder und schien mit ihren Verhältnissen genau bekannt zu sein. Man merkte aus den Antworten, daß er sehr beliebt war.

Jetzt trat ein Fußgänger aus dem Dorf auf die wartende Gruppe zu und blickte prüfend auf ein neuerrichtetes Gebäude, das im Schein des Mondes einen langen Schatten auf die Schneefelder warf. An der Nordseite der Aka= demie war ein viereckiger leerer Raum gelassen. Diesem gegenüber erhob sich die neue, bis jetzt noch unvollendete St.-Pauls-Kirche. Sie war im Som= mer mit Hilfe einer Sammlung errichtet worden — so hieß es; doch der Grundherr hatte fast alles Geld dazu selbst gegeben. Es war notwendig ge= worden, einen passenderen Platz als den langen Saal der Akademie zum öffentlichen Gottesdienst zu haben. Die Errichtung des Gebäudes war ein= stimmig den Herren Jones und Hiram übertragen worden. Sie hatten zu= sammen bereits das Herrenhaus, die Akademie und das Gefängnis gebaut, und sie allein verstanden, den Plan zu einem Bau, wie er jetzt verlangt wurde, zu entwerfen. Gleich zu Anfang waren die beiden Architekten darin übereingekommen, eine gewissenhafte Teilung der Geschäfte vorzunehmen. Richard lieferte danach sämtliche Pläne. Ihm schwebte nichts Geringeres vor als eine Nachahmung der St.-Pauls-Kathedrale in London. Da die Propor= tionen nicht ganz genau getroffen wurden, mußte die Nachahmung natür= lich etwas kläglich ausfallen, und nach vielen Schwierigkeiten hatte Jones die Genugtuung, einen Turm aufgerichtet zu sehen, der in seinen äußeren Umrissen die größte Ähnlichkeit mit einem altmodischen Essigfläschchen hatte. Hiermit war die Arbeit fürs erste beendet, und die schwierigen Fragen wegen der inneren Einrichtung blieben weiteren Beratungen überlassen. Die Gemeinde konnte sich nämlich nicht so schnell einigen, welcher Glaubensform die Kirche geweiht werden sollte. .

»Guten Abend, Squire!« begrüßte Richard den langen, hageren Mann, der auf sie zugetreten war, »Ihr betrachtet unsere Kirche! Ja, sie nimmt sich gut aus – seht nur, wie die Kuppel glänzt! Ich möchte wetten, daß die andere St.-Pauls-Kuppel in Londons Nebel niemals so herrlich glänzt!«

»Es ist eine schöne Kapelle, die man gern ansieht«, sagte Hiram, der ebenfalls zu der Gruppe getreten war, »und ich glaube, Monsieur le Quoi wird das zugeben müssen.«

»Certainement!« rief der verbindliche Franzose, »sie ist sehr schön!«

»Ihr habt den Plan für das Innere der Kirche wohl noch nicht beendet?« fuhr Hiram, gegen Richard gewendet, fort.

»Nein – nein – nein!« entgegnete dieser schnell, doch zwischen jeder Verneinung bedeutungsvoll innehaltend, »es erfordert Nachdenken. Man hat einen großen Raum auszufüllen, und ich fürchte, es wird uns schwer werden, ihn vorteilhaft aufzuteilen. Wir werden einen großen Platz um die Kanzel herum erhalten, die ich, beiläufig gesagt, nicht an die Wand zu stellen gedenke wie ein Schilderhaus an der Seite einer Festung. – Aber hier kommt Herr Grant«, unterbrach er sich, »nun wird der Gottesdienst anfangen. Wir wollen in den Saal gehen.«

Zehntes Kapitel

Der lange Saal war ein höchst einfacher, schmuckloser Tempel. Grob gearbeitete Bänke standen reihenweise geordnet, die Gemeinde aufzunehmen, während in der Mitte eine Art Verschlag von rohem, ungemaltem Holz als Kanzel angebracht war. Ein kleiner Mahagonitisch aus dem Herrenhause, mit einem damastenen Tuche bedeckt, diente als Altar. Fichten- und Tannenzweige waren in alle Ritzen und Spalten der rohgezimmerten Wände gesteckt. Das lange, nur durch zehn bis fünfzehn Lichter elend erleuchtete Zimmer, dessen Fensterladen nicht einmal geschlossen waren, würde einen höchst unbehaglichen und dunklen Raum für die kirchliche Feier eines Weihnachtsabends abgegeben haben, wenn nicht an jedem Ende ein hellbrennendes Feuer wohltuende Wärme und Licht verbreitet hätte.

Eine Bank vorn bei der Kanzel nahm die Gesellschaft des Richters und seine Tochter auf, und außer Doktor Todd schien niemand anmaßend genug, einen dieser höchsten Plätze einnehmen zu wollen. Richard, in der Eigenschaft als Küster, nahm den Stuhl hinter einem anderen Tisch ein, und Benjamin postierte sich in der Nähe des Feuers, um im Notfall bei der Hand zu sein.

Es war eine bunt zusammengewürfelte Gemeinde, die sich eingefunden hatte. Man konnte das schon an der verschiedenartigen Kleidung erkennen. Hier erblickte man einen verwitterten Seidenstoff, der wohl schon drei Generationen überstanden hatte, über schwarzen, wollenen Strümpfen, dort einen Schal, so mannigfaltig an Farben wie der Regenbogen, über einem plump gemachten Kleid von rohem braunem Tuch. Männer und Frauen erschienen in ihrem besten Staat, der freilich meist nur aus selbstgemachten Stoffen bestand. Auf den Gesichtern waren Andacht und Aufmerksamkeit zu lesen, aber auch der Ausdruck gespannter Neugier. Nur da und dort fiel ein Gesicht oder Anzug besonders auf. Der Pockennarbige, mit blühender Gesichtsfarbe, langen Beinen und einem engen, um den Leib schließenden Rock, war unbedingt ein englischer Emigrant. Der Farblose, mit scharfen Zügen und starken Backenknochen, verriet sich deutlich als eingeborener Schotte, und der kleine, schwarzäugige Mann, dessen südländische Züge und dunkle Haut ihm ein spanisches Aussehen gaben, war ein Ire, der eben erst als Kaufmann in Templeton seßhaft geworden war. Die Hälfte der nordeuropäischen Völker war in dieser Versammlung vertreten.

Elisabeth bemerkte bald, daß sie mit dem Geistlichen die allgemeine Aufmerksamkeit der Versammlung teile. Daher wagte sie anfänglich nur verstohlen aufzublicken. Allmählich verstummte jedes Geräusch; man hörte nur das Prasseln des Feuers, und aller Augen waren auf den Geistlichen gerichtet.

Da erscholl ein starkes Fußstampfen von außen, als wenn Neuankommende den Schnee von den Füßen schüttelten, und gleich darauf erschien Mohegan, von Lederstrumpf und dem jungen Jäger begleitet. So leise sie auch durch den Saal schritten, erregte ihr Kommen dennoch Aufsehen. Der Indianer bewegte sich würdevoll durch die Menge, und als er neben dem Richter noch einen leeren Platz gewahrte, nahm er ihn ohne jede Scheu ein. Die wollene Decke fest um sich herumgeschlagen, so daß sie selbst einen Teil des Gesichts verbarg, saß er während des Gottesdienstes unbeweglich, aber sehr aufmerksam. Natty setzte sich nahe am Ofen auf ein Scheit Holz, die Büchse zwischen den Füßen. Er schien an unerfreuliche Dinge zu denken. Der Jüngling hatte einen leeren Sitz bei der Gemeinde eingenommen, und zum zweiten Male trat eine tiefe Stille ein.

Jetzt erhob sich Herr Grant und begann den Gottesdienst mit den Worten der Propheten:

»Der Herr ist in seinem heiligen Tempel, laßt die ganze Erde vor ihm schweigen!« Jones stand auf, um der Gemeinde dadurch ein Zeichen zum Aufstehen zu geben. Nach einer kurzen Pause begann Herr Grant, die Bitten der Liturgie zu lesen. Tiefe Stille herrschte um ihn herum, man hörte nur die volle, ergreifende Stimme des Pfarrers. Da verließ Richard, dem plötzlich etwas einfiel, seinen Platz und schlich auf den Zehen aus dem Saal.

Von seinem Küster verlassen, fuhr Herr Grant zu lesen fort, doch keine Antwort erfolgte. Er dehnte die kurzen, feierlichen Pausen, welche jeder Bitte folgten – aber immer noch blieb die Antwort aus.

Elisabeths Lippen bewegten sich zwar, aber sie bewegten sich nicht hörbar. In der bedrückenden Stille vernahm sie aber plötzlich eine sanfte weibliche Stimme, die dem Prediger leise nachsprach:

»Wir haben ungelassen getan solche Dinge, die wir hätten tun sollen!«

Erstaunt wandte sich Miss Temple um und sah eine jugendliche Frauengestalt in einiger Entfernung auf den Knien, die andächtig in ihrem Gebetbuch las. Die Gestalt der Fremden war leicht und zart, ihr einfaches Kleid war sehr sauber und kleidsam, und ihr Gesicht war blaß und etwas schwermütig im Ausdruck, aber ungemein lieblich und anziehend. Jetzt hörte man auch eine schöne männliche Stimme vom anderen Ende des Saales. Elisabeth erkannte sogleich die Stimme des jungen Jägers und bemühte sich nun, ihre Schüchternheit zu bekämpfen, und sprach leise und bebend mit. Ehe noch der Geistliche zum Schluß kam, erschien Richard wieder an der Tür und übernahm, indem er durch den Saal ging, die Antworten mit starker Stimme.

Lange Erfahrung hatte Herrn Grant gelehrt, sein geistliches Amt mit Erfolg zu führen. Er kannte den Charakter seiner Zuhörer und wußte auch, daß dieses Volk sehr zu Spitzfindigkeiten und Genauigkeiten neigte. Seine Orthodoxie hing nicht vom Priesterrock ab; er konnte mit Inbrunst und Vertrauen beten, falls auch die Umstände ihn des Beistands seines Küsters beraubten. Er gab den Vorurteilen der Gemeinde in manchen Punkten nach, und seine Zuhörer mußten sich eingestehen, daß die Zeremonie weit weniger päpstlich und anstößig war, als sie es sich von dem mit so vielen Formen überladenen englischen Gottesdienst vorgestellt hatten. Herr Grant wußte die Meinungen des christlichen Glaubens mit den Lehrsätzen seiner eigenen Kirche so geschickt zu verbinden, daß sich nur sehr wenige durch gewisse Neuerungen beunruhigt fühlten.

»Meine teuren Zuhörer!« – so schloß er seine Predigt – »wenn wir die große Verschiedenheit der menschlichen Charaktere bedenken, so kann es keine Verwunderung erregen, daß Glaubensformeln so ganz verschiedener Art aus einer Religion entstehen konnten, deren Offenbarungen durch die Jahrhunderte hindurch verdunkelt wurden. Doch für uns, meine Brüder, entspringt glücklicherweise der Brunnen der göttlichen Liebe aus einer so reinen Quelle, daß keine Verunreinigung möglich ist, und ich spreche hier nicht allein von der christlichen Liebe, die uns lehrt, den Bedürftigen beizustehen und die Leidenden zu trösten, sondern von der allgemeinen Menschenliebe, die uns auffordert, alle Menschen zu lieben, gerecht zu richten und keinen zu verdammen. Wie heilsam diese Lehre für uns ist, haben wir bereits dargetan. Möge Gott in seiner unendlichen Weisheit gewähren, daß sie uns und allen, die ihre Gebote und Liturgien wahrnehmen, auch in Zukunft von Nutzen sei.«

Mit dieser geschickten Anspielung auf die eigene Glaubensform der anglikanischen Kirche beschloß Herr Grant seine Predigt. Still und aufmerksam hatte man ihm zugehört. Hiram Doolittle wechselte wohl mit einem und dem anderen wichtigen Mitglied der Gemeinde Blicke geheimen Mißfallens, doch blieb es hierbei, und die Gemeinde ging, nachdem sie von Herrn Grant gesegnet worden war, still und mit allem Anstand auseinander.

Elftes Kapitel

Herr Grant näherte sich jetzt mit dem fremden, jungen Mädchen dem Platze, wo der Richter und Elisabeth saßen, und stellte sie ihnen als seine Tochter vor. Die Begrüßung war herzlich und freundschaftlich. Die beiden alleinstehenden Mädchen fühlten sich zueinander hingezogen. Elisabeth, von der demütigen Bescheidenheit und dem lieblichen Ausdruck des Mädchens angenehm berührt, bemühte sich, die Schüchternheit der Fremden zu überwinden. Beide Mädchen waren nach zehn Minuten bereits so weit miteinander bekannt, daß sie schon für den halben Winter Verabredungen zu häufigen Zusammenkünften trafen.

»Nicht zu eilig, meine liebe Miss Temple«, unterbrach sie der Geistliche, »Ihr macht mir mein Kind ganz zerstreuungssüchtig. Vergeßt nicht, daß sie meine Haushälterin ist.«

»Und warum?« fragte Elisabeth. – »Ihr seid nur zu zweit, und ich bin überzeugt, daß meines Vaters Haus solchen lieben Gästen mit Freuden offen steht. Gesellschaft ist ein Gut, das man in dieser Wildnis nicht leerer Formen wegen aufgeben darf.«

»Die Art und Weise, wie Richter Temple die Gastfreundschaft ausübt, bestätigt Eure Meinung«, entgegnete der Geistliche, »aber wir müssen nichts übertreiben. Ihr sollt uns oft genug sehen, besonders meine Tochter, wenn Geschäfte mich zu kleinen Reisen in den verschiedenen Teilen des Landes nötigen. Um Einfluß auf eine Gemeinde zu erlangen, muß sich ein Geist-

licher vor allen Dingen hüten, Neid zu erregen, und das wäre unvermeidlich, wohnte ich in dem prächtigen Haus des Richters.«
»Nun, liebster Herr Grant«, sagte Richard, der das Auslöschen der Feuer besorgt hatte, »ich denke, wir können, ohne uns zu rühmen, sagen, daß der Gottesdienst heute abend sehr gut ausgefallen ist, wenigstens so gut, wie es ohne Orgel möglich ist. Der Schulmeister sang den Psalm recht brav vor. – Doch meine Herren, wir wollen gehen, der gute Schlitten wartet. Guten Abend, Herr Grant! Gut Nacht, Miss Grant! Vergeßt nicht, Euch morgen zum Mittagessen unter dem korinthischen Säulendach einzustellen.«
Hierauf trennte sich die Gesellschaft. Aber Mohegan hatte seinen Sitz im Saal noch nicht verlassen. Den Kopf in die wollene Decke gehüllt, saß er in tiefen Gedanken verloren und schien das Auseinandergehen der Gemeinde nicht bemerkt zu haben. Auch Natty saß noch auf seinem Holzscheit, den Kopf in die eine Hand gestützt, mit der anderen die Büchse haltend. Sein Gesicht drückte eine große Unzufriedenheit aus. Daß er bis jetzt sitzen geblieben war, war aus Ehrfurcht vor dem indianischen Häuptling geschehen, dem er bei jeder Gelegenheit die höchste Achtung bewies.
Der junge Begleiter dieser beiden alten Waldbewohner stand, wartend auf den Aufbruch seiner Kameraden, vor dem ausgelöschten Feuer. Der lange Saal war bis auf diese Gruppe und den Geistlichen mit seiner Tochter ganz leer. Jetzt erhob sich John, warf die wollene Decke zurück, strich die Fülle schwarzer Haare aus dem Gesicht und näherte sich dem Prediger mit ausgestreckter Hand.
»Ich danke dir, Vater!« sagte er feierlich. »Die Worte, die du gesprochen hast, nachdem der Mond aufgegangen ist, sind aufwärts gestiegen, und der Große Geist ist zufrieden. Was du deinen Kindern gesagt hast, werden sie behalten und gut sein.« Er hielt einen Augenblick inne und fügte dann, sich in die Höhe richtend, hinzu: »Wenn es Chingachgook beschieden ist, der aufgehenden Sonne entgegen, zu seinem Stamm zurückzukehren, und der Große Geist ihn mit Atem in der Brust über Seen und Berge führt, wird er seinem Volke von deinen guten Worten erzählen, und es wird ihm glauben; denn wer könnte sagen, daß Mohegan jemals gelogen hätte?«
»Mohegan, überlasse dies der Güte und Barmherzigkeit Gottes«, sagte Herr Grant. »Doch Euch, junger Mann«, fuhr er fort, sich zu Eduard wendend, »dem ich schon die Rettung meines Lebens verdanke, sage ich hiermit auch meinen herzlichsten Dank für die gottesfürchtige Art, mit der Ihr mir heute in einem Augenblick peinlicher Verlegenheit hilfreich beigestanden habt. In diesen Wäldern einen Mann Eures Alters und Ansehens zu finden, der alles, was zu unserer heiligen Liturgie gehört, genau kennt, ist sehr ungewöhnlich.«

»Es wäre sonderbar, wenn ich die Gebräuche der Kirche nicht kennen sollte, in der ich und meine Vorfahren getauft und erzogen worden sind«, entgegnete der Jüngling bescheiden. »Ich habe bis jetzt noch nie einem anderen öffentlichen Gottesdienst beigewohnt.«

»Das freut mich, lieber Herr!« sagte der Geistliche, die Hand des Jünglings mit Wärme ergreifend. – »Ihr müßt mich nach Hause begleiten – meine Tochter ist Euch noch den Dank für die Rettung meines Lebens schuldig. Nur keine Einwendung. Der Indianer und Euer Freund Natty werden uns begleiten.«

»Was mich betrifft«, unterbrach ihn Natty, »ich habe zu Hause notwendigere Dinge zu tun. Der Junge aber mag meinetwegen mit Euch gehen; er ist gewohnt, mit Priestern zu verkehren und von geistlichen Sachen zu schwatzen, wie auch der alte John, der schon zur Zeit des alten Krieges getauft wurde. Ich bin ein ungelehrter Mann, der nur seinem König und Vaterland in früheren Jahren treulich gegen die Franzosen und Wilden gedient hat.«

»Ich bezweifle nicht, mein Freund, daß Ihr in jüngeren Jahren ein tapferer Krieger gewesen seid«, sagte der Geistliche, »aber es wird noch mehr gefordert, um sich würdig auf das nahende Ende vorzubereiten. – Ihr habt wohl gehört, daß junge Leute sterben können, alte dagegen sterben müssen.«

»Ich bin nicht so töricht, mir einzubilden, ewig leben zu können. Ich habe zwar eine feste Gesundheit, kann viel aushalten, doch sterben muß und will ich ebensogut wie andere Menschenkinder. – Doch ich muß fort, mich rufen Geschäfte.«

Lederstrumpf bestand hartnäckig auf seinem Vorsatz, in die Hütte zurückzukehren. Der junge Jäger und der alte John willigten aber auf des Geistlichen wiederholte Bitte ein, ihn zu begleiten, und so trennte sich Natty von ihnen.

Der Geistliche schlug, nachdem sie durch die erste Straße gegangen waren, einen schmalen Feldweg ein, auf dessen festgefrorenem Schnee selbst das zarte Mädchen leicht vorwärts kam. Der Mond beleuchtete die sonderbare Gesellschaft, in der jetzt, einer hinter dem anderen, her ging. Voran schritt der Prediger in seinem dunklen Mantel von feinem Tuch, hinter ihm bewegte sich der alte Indianer mit unbedecktem Kopf, das schwarze Haar über das Gesicht hängend, die wollene Decke fest über die Brust zusammengezogen. Er erschien wie ein alter Mann, doch wenn er das Haupt wandte und der Mond auf die schwarzen, feurigen Augen fiel, dann las man darin unbezähmte Leidenschaften und kühne freie Gedanken. Die schlanke Gestalt Miss Grants folgte dem düsteren Alten, und der junge Jäger machte den Beschluß.

Der Geistliche unterbrach das Stillschweigen zuerst, indem er zum Jüngling sagte: »Eure Erziehung muß vortrefflich gewesen sein, das verrät schon Eure Sprache und Euer ganzes Benehmen. Aus welchen Staaten seid Ihr gebürtig, Herr Eduard?«

»Aus diesen.«

»Aus diesen? Eurem Dialekt nach vermutete ich es nicht«, antwortete der Pfarrer erstaunt.

Sie waren jetzt an einen der kleinen Bäche gekommen, die sich in den See ergießen. Er war zugefroren, und man konnte leicht hinüber. Der Pfarrer sah sich nach seiner Tochter um und bemerkte, daß der Jäger ihr hilfreich die Hand gab.

Als alle glücklich hinübergekommen waren, fuhr der Pfarrer, der um den jungen Jäger väterlich besorgt war, fort: »Ihr scheint dem Richter Temple nicht wohl gesinnt. Es ist immer unrecht, solche Gefühle in sich aufkommen zu lassen, aber hauptsächlich in diesem Fall, er verletzte Sie doch nicht absichtlich.«

»Mein Vater spricht gut«, sagte Mohegan stehenbleibend, »er spricht wie Miquon. Der weiße Mann mag tun, wie es ihn seine Väter gelehrt haben. Aber in dem jungen Adler fließt das Blut eines Delawarenhäuptlings; es ist rot, und den Fleck, den es macht, kann nur das Blut eines Mingo reinwaschen.«

Erstaunt blickte Herr Grant den Sprecher an, dann erhob er warnend die Hand und sagte: »John, John, ist dies die Religion, die du von den Mährischen Brüdern gelernt hast? Es heißt in der Schrift: ›Liebet eure Feinde!‹«

Der Indianer hörte den Geistlichen aufmerksam an. Das ungewöhnliche Feuer seiner Augen milderte sich. Dann schüttelte er leise den Kopf und folgte schweigend den rascheren Schritten des innerlich bewegten Geistlichen.

Eduard bemerkte, daß das junge Mädchen den schnellen Schritten der Männer auf dem glatten Weg nicht folgen konnte. Er blieb daher bei ihr zurück und sagte:

»Ihr seid ermüdet, Miss Grant! Geht hier auf dem Rand und nehmt meinen Arm. Das Haus Eures Vaters scheint noch ziemlich weit zu sein.«

»Ich bin keineswegs müde«, entgegnete sie mit leiser, zitternder Stimme, »der indianische Häuptling hat mich nur erschreckt. Doch ich vergesse, daß er Euer Freund, vielleicht gar Euer Verwandter ist.«

Der junge Mann drang jetzt ernstlich in sie, seinen Arm anzunehmen, und so schritt sie, durch ihn unterstützt, wieder rascher vorwärts.

»Ihr scheint diese Indianer nur sehr wenig zu kennen«, sagte er, »sonst würdet Ihr wissen, daß Rache bei ihnen eine Tugend ist. Sie wird von

Jugend auf gelehrt, keine Beleidigung ungerächt zu lassen, und nur die strengen Pflichten der Gastfreundschaft können gegen ihre Rache sichern.«
»Ihr seid doch nicht in diesen unheiligen Grundsätzen erzogen?« sagte das Mädchen zurückweichend.
»Mir sind die Lehren christlicher Vergebung früh eingeprägt worden«, sagte der junge Mann sehr bestimmt, und dann schritten sie schweigend weiter.
Nach kurzer Zeit waren sie beim Hause angekommen. Es stand in einiger Entfernung vom Dorf, mitten auf einem Felde, das von abgehauenen Bäumen umgeben war, deren Stümpfe sich mit ihren weißen Schneekappen über die Fläche erhoben. Kein Baum oder Gesträuch war zu sehen, und das Haus gewährte äußerlich den unerfreulichen, unvollendeten Anblick, den die meisten schnell entstandenen Wohnungen in dieser neuen Ansiedlung boten. Doch das Innere zeichnete sich durch große Sauberkeit und behagliche Wärme aus. Sie traten in ein Zimmer, das eigentlich wohl als Besuchszimmer dienen sollte, wenn es auch einen großen Kamin mit einer Kocheinrichtung hatte. Der helle Schein des Feuers machte das Licht, das Louise anzündete, unnötig. Den Fußboden bedeckte ein einfacher Teppich aus zusammengesetzten Tuchstückchen. Der Tee- und Arbeitstisch und ein altmodischer Mahagonibücherschrank waren von vornehmer Herkunft, die Stühle, der Eßtisch und alle anderen Möbel dagegen sehr einfach. An den Wänden hingen einige Stickereien und Zeichnungen. Eine der Stickereien stellte ein Grab dar, über das ein junges weibliches Wesen sich weinend beugte. Auf dem Grabstein standen die Daten, die Geburts- und Sterbetage, mehrerer Personen, die sämtlich den Namen Grant führten. Man konnte daraus leicht feststellen, daß der arme Mann Witwer war und das unschuldige, schüchterne Mädchen seine einzige Tochter, die ihm von sechs Kindern geblieben war.
Die kleine Gesellschaft nahm jetzt am wärmenden Feuer Platz, Louise setzte sich zwischen den jungen Jäger und ihren Vater, der die Unterhaltung wieder aufnahm.
»Ich hoffe, mein junger Freund, Ihr habt durch Eure gute Erziehung den alten Grundsätzen der unbedingten Rache abgeschworen. Wenn ich John recht verstand, so fließt das Blut der Delawaren in Euren Adern. Versteht mich nicht unrecht: Nicht Farbe noch Abstammung bestimmen das Verdienst, und nicht jeder, der Anspruch auf Blutsverwandtschaft mit den frühen Besitzern dieses Bodens macht, kann diese Berge mit gutem Gewissen betreten.«
Mohegan wandte sich daraufhin feierlich zu dem Sprecher und sagte mit der den Indianern eigenen bedeutungsvollen Miene: »Vater, du stehst noch im Sommer des Lebens, deine Glieder sind jung. Steig auf die höchsten

Berge und schaue um dich herum. Alles, was du siehst, vom Aufgang bis zum Untergang der Sonne, vom Ufer des großen Flusses bis an die kleinsten Quellen im Innern der Berge – alles gehört ihm. In seinen Adern fließt das Blut der Delawaren, und sein Recht ist groß. Aber der Bruder Miquons ist gerecht; er wird das Land in zwei Teile teilen, wie es der Fluß schon tut, und wird zu dem jungen Adler sagen: ›Kind der Delawaren! Nimm es und sei ein Häuptling in dem Lande deiner Väter.‹«

»Nie wird er das sagen!« rief der Jäger mit großer Heftigkeit aus. »Der Wolf im Walde ist nicht gieriger auf seine Beute als dieser Mann auf Gold, und sein Schleichen nach Reichtum gleicht den Bewegungen einer Schlange.«

»Nur ruhig Blut, mein Sohn!« unterbrach ihn Herr Grant. – »Solch zornige Ausbrüche sind unwürdig. Die zufällige Beleidigung, die Ihr von dem Richter erfahren habt, hat das Euren ererbten Haß erhöht? Aber bedenkt, daß das eine unvorsätzlich war und daß das andere eine Folge der politischen Veränderungen ist. Stolze Könige und mächtige Nationen fanden ihren Untergang. Das Unrecht, das den Eingeborenen zugefügt worden ist, muß dem ganzen Volke und nicht allein dem Richter Temple beigemessen werden. Euer Arm wird bald seine alte Kraft und Stärke wiedererlangen.«

»Dieser Arm!« wiederholte der Jäger höhnisch, indem er in heftiger Bewegung aufsprang und im Zimmer umherging. »Glaubt Ihr, Herr, daß ich den Mann für einen Mörder halte? – O nein, zu solch einem Verbrechen ist er viel zu feige. Doch laßt ihn und seine Tochter immerhin im Reichtum schwelgen – es kommt eine Zeit der Vergeltung! Nein, nein, nein«, fuhr er, ruhiger werdend, fort, »Mohegan hätte allenfalls Grund zu der Vermutung, daß er mich vorsätzlich verwundete, aber es lohnt sich nicht, daß man noch davon spricht.«

Er setzte sich wieder und bedeckte das Gesicht mit beiden Händen.

»Es ist die ererbte heftige Leidenschaft eines Eingeborenen, mein Kind«, sagte Herr Grant leise beruhigend zu seiner Tochter, die ihn angstvoll ansah. »Es fließt indianisches Blut in seinen Adern.«

Obgleich der Geistliche leise gesprochen hatte, der Jüngling hatte doch alles verstanden und erwiderte, den Kopf erhebend, mit einem lächelnden Ausdruck: »Erschreckt nicht, Miss Grant, über das Rauhe meines Wesens. Ich habe mich von einer Leidenschaft hinreißen lassen, die ich hätte unterdrücken müssen. Euer Vater hat recht, das kommt vom indianischen Blut, obgleich ich meine Herkunft deshalb nicht beklage. Ja, ich bin stolz auf meine Abstammung von einem Delawarenhäuptling, von einem edlen Krieger! Der alte Mohegan war sein Freund und kann seine Tapferkeit bezeugen.«

Bei diesen Worten erhoben sich die beiden Männer und brachen nach einem freundschaftlichen Abschied auf. Mohegan nahm den nächsten Weg zum

Dorfe, während der Jüngling dem See zuschritt. Der Pfarrer sah ihnen aus der Haustür nach, und als er zurückkam, fand er Louise an einem Fenster, von wo aus man den See und den Weg dahin übersehen konnte. In der Ferne erblickte er noch die leichte Gestalt des Jünglings, der schnell ausschritt und bald darauf im Gebüsch verschwand, in der Richtung, wo Nattys Hütte stand.

Zwölftes Kapitel

Der Gasthof ›Zum kühnen Dragoner‹ lag am äußersten Ende des Dorfes, wo sich die beiden Hauptstraßen schnitten. Es war nächst dem Herrenhause das ansehnlichste Gebäude in ganz Templeton. Bei der Beliebtheit des Wirtes und der Wirtin war es leicht begreiflich, daß die Schenke vor allen anderen den Vorzug behielt. Nur ein Versuch wurde gemacht, sie zu stürzen, und zwar ganz in der Nähe von den Bewohnern eines gegenüberstehenden neuen Gebäudes. Dies Haus war von Holz, nach dem damals herrschenden Geschmack verziert und hinsichtlich des Daches und der Balustraden eine der drei Nachahmungen des Herrenhauses. Die obersten Fenster waren mit rohen Brettern vernagelt, denn das Gebäude war noch keineswegs fertig, obgleich schon Glasfenster die unteren Zimmer zierten. Vor der Haustür standen zwei hohe Pfähle, oben durch einen Balken verbunden, von welchem ein ungeheures Schild herabhing, dessen Ecken wunderlich geschnitzte Figuren schmückten. Hier las man in großen Buchstaben geschrieben: ›Kaffeehaus von Templeton‹ und ›Wirtshaus für Reisende‹. Darunter die Namen der Eigentümer: ›Habakuk Foote und Joshua Knapp‹. Eine furchtbare Konkurrenz des ›Kühnen Dragoners‹, da diese klangvollen Namen schon über der Tür eines neu erbauten Magazins im Dorfe, eines Hutmacherladens und eines Lohgerberhofes standen. Doch nicht allein der Richter Temple und seine Freunde, sondern auch die meisten Dorfbewohner blieben dem ›Dragoner‹ treu.

Am heutigen Weihnachtsabend war der hinkende Veteran, den man Hauptmann Hollistar nannte, kaum mit seiner Ehehälfte vom Gottesdienst zurückgekehrt, als auch schon das Abschütteln des Schnees von den Füßen an der Haustür die Ankunft der Besucher verkündete, die hier ihre Meinungen über die soeben gehörte Predigt aussprechen wollten.

Das allgemeine Gastzimmer war ein geräumiges Gemach. An drei Wänden liefen Bänke entlang. Ein Paar ungeheuer große Kamine nahm die vierte Wand bis auf zwei Türen ein. In einer Ecke stand ein mit Flaschen und Gläsern reichlich besetzter Schenktisch. In diesem durch einen Verschlag ab-

gesonderten Heiligtum präsidierte Frau Hollistar mit betontem Ernst, während ihr Mann damit beschäftigt war, die brennenden Holzscheite mit einem großen Pfahl zurechtzuschieben.
»So, lieber Sergeant«, sagte die Wirtin, nachdem der Veteran das Holz geordnet hatte, »laß nun das Feuer nur so brennen. Dort auf dem Tische stehen noch Gläser und Becher – gib sie mir gleich herein, denn wir werden heute abend noch viel Besuch haben.«
Gleich darauf traten die ersten Gäste ein, und zehn Minuten vergingen, bis sie am Feuer des ›Kühnen Dragoners‹ Platz genommen hatten. Allmählich waren die Bänke fast ganz mit Männern besetzt, als Doktor Todd mit einem schmutzig aussehenden, halb elegant gekleideten jungen Mann hereintrat. Er nahm sehr häufig große Prisen Schnupftabak, trug einen Rock aus ausländischem Tuch von leidlich modernem Schnitt und zog alle Augenblicke eine große silberne französische Uhr aus der Tasche. Gleich beim Hereinkommen hatte er sich eine hölzerne Bank mit hoher Lehne im bequemsten Winkel des Zimmers ausgesucht.
Braune Becher mit Wein und Bier wurden herumgereicht. Niemand hatte ein eigenes Glas für sich, ein besonderes Gefäß für jedes Getränk hielt man für ausreichend. Der Becher ging von Hand zu Hand, bis die Reihe zu Ende war. Hierbei wurde gewöhnlich zur Gesundheit zugetrunken, vorher aber wurde der alte Wirt immer aufgefordert, die Sitte der königlichen Mundschenke nachzuahmen und das Getränk zu kosten, was ihm mit den bedeutungsvollen Worten: »Nach Euch zu trinken ist Gebrauch« angeboten wurde. Dieser Aufforderung folgte er gewöhnlich, indem er die Lippen anfeuchtete, vorher aber den Wunsch: »Auf das, was wir hoffen!« aussprach und es der Phantasie der Zuhörer überließ, sich das Beste dabei zu denken.
Endlich, nachdem der allgemeine Durst fürs erste gestillt war und das allgemeine Hin und Her aufgehört hatte, führten, von allen bemerkt, der Arzt und sein Gefährte, einer der beiden Advokaten des Dorfes, fast ausschließlich die Unterhaltung.
Der Advokat begann mit der lauten Frage: »Wie ich höre, Doktor Todd, habt Ihr heute abend eine wichtige Operation gemacht; dem Sohne des alten Natty eine Kugel aus der Schulter geschnitten.«
»Allerdings, mein Herr«, entgegnete der andere, »ich kann nicht leugnen, daß ich so ein kleines Geschäft beim Richter hatte. Es war jedoch nur eine Kleinigkeit. Aber es hätte daraus etwas werden können, wenn die Kugel durch den Leib gegangen wäre. Die Schulter ist kein wesentlicher Teil, und ich hoffe, der junge Mann wird bald wiederhergestellt sein. Aber daß der Patient Natty Bumppos Sohn ist, wußte ich nicht. Hat denn Lederstrumpf eine Frau?«

»Dies ist keineswegs eine notwendige Folge«, erwiderte der andere mit einem verstohlenen Blick auf die Wirtin, »es gibt etwas, das von uns Juristen, wie Ihr wissen werdet, ein ›filius nullius‹ genannt zu werden pflegt.«
»Sagt es in gutem, königlichem Englisch«, rief die Wirtin sofort. »Was soll das heißen, Indianisch zu sprechen in einem Zimmer, worin sich lauter Christen befinden, und wäre es auch über einen armen Jäger, der kaum ein bißchen besser ist als die wilden Tiere im Wald. – Doch wir wollen hoffen, daß die Missionare diese armen Teufel noch bekehren, und dann kommt es wenig darauf an, von welcher Farbe die Haut ist und ob der Mann Wolle oder Haare auf dem Kopfe hat.« –
»Oh! Frau Hollistar! Es war Lateinisch und nicht Indianisch«, entgegnete der Advokat und sah Herrn Doktor Todd voll Einverständnis an. »Doktor Todd versteht Latein, sonst könnte er die kleinen Zettel auf den Apothekerbüchsen nicht lesen. Nein, nein, Frau Wirtin, der Doktor versteht mich; nicht wahr, mein Herr?«
»Hm! Hm! – ich glaube, auf dem rechten Wege zu sein«, erwiderte Elnathan. »Latein ist eine seltsame Sprache, ihr Herren, und ich bin überzeugt, daß keiner von den Anwesenden, Squire Lippet vielleicht ausgenommen, wissen wird, daß ›Far Ao‹ Habergrütze heißt.«
Obgleich der Advokat eine Universität im westlichen Teil des Landes besucht hatte, brachten ihn die lateinischen Wörter Doktor Todds einigermaßen aus der Fassung. Schließlich aber lachte er aus vollem Halse, so, als ob er den geheimen, nur ihm und Doktor Todd verständlichen Sinn der Wörter erfaßt hätte. Die aufmerksamen Zuhörer belohnten ihn durch bewundernde, beifällige Blicke. Der Advokat, der sich jetzt sicher fühlte, sprang von seinem Sitz auf, stellte sich mit dem Rücken gegen das Feuer, blickte die Männer der Reihe nach an und fuhr fort:
»Nattys Sohn, oder wer er nun sein mag, wird doch hoffentlich seine Sache nicht fallenlassen. Wir leben in einem Lande, wo es Gesetze gibt, und meine Pflicht ist es, sie so gut wie möglich befolgt zu sehen. Hier kommt es nicht auf den Stand und Reichtum an, und der Mann, der da sagt, er besäße hunderttausend Acker Landes, hat nicht mehr Recht, seinen Nebenmenschen in die Schulter zu schießen, als jeder andere. Was meint Ihr dazu, Doktor Todd?«
»Oh, lieber Herr, ich bin der Meinung, daß der junge Mann, wie ich schon gesagt habe, bald ganz hergestellt sein wird.«
»Ich wende mich an Euch, Hiram Doolittle«, fuhr der Advokat ärgerlich fort, »Ihr seid eine Magistratsperson und wißt, was zum Gesetz gehört und was nicht dazu gehört. Deshalb frage ich Euch, Herr, ob es recht ist, einen Schuß auf seinen Nebenmenschen unbestraft zu lassen? Setzt den Fall, daß

der junge Mann Frau und Kinder hätte, und setzt den Fall, daß er ein Hand=werker wäre und seine Familie ernähren müßte, und setzt den Fall, daß die Kugel, statt die Schulter zu streifen, das Schulterblatt getroffen und ihn zum Krüppel gemacht hätte — ich frage euch alle, ihr Herren, gesetzt, der Fall wäre so: ob das Gericht ihm dann nicht einen ansehnlichen Schaden=ersatz zusprechen müßte?«

Alle Zuhörer sahen jetzt erwartungsvoll auf Hiram, der nach einigen Augen=blicken des Nachdenkens mit würdevoller Miene sagte: »Wenn ein Mann den anderen anschießt und wenn er es vorsätzlich tut und die Tat bekannt wird und das Gericht ihn für schuldig erklärt, so könnte dies Gefängnis geben.«

»Gewiß, mein Herr«, entgegnete der Advokat. »Das Gesetz kümmert sich in einem freien Lande nicht um Rang und Würde der Person. Einer der größten, uns von unseren Vorfahren vererbten Grundsätze besteht darin, daß alle Menschen vor dem Gesetz so gleich sind, wie die Natur sie erschaf=fen hat. Und sind auch einige, Gott weiß auf welche Weise, zu großem Reichtum gelangt, so dürfen sie dennoch die Gesetze ebensowenig über=treten wie der ärmste Mann. Dies ist meine Meinung, ihr Herren! Und ich glaube, wenn der junge Jäger als Kläger aufträte, würde wohl so viel heraus=kommen, die Salben zu bezahlen. Doktor! Was sagt Ihr dazu?«

»Wieso«, entgegnete der Arzt, etwas verlegen über die Wendung des Ge=sprächs, »der Richter Temple gab mir das Versprechen in Gegenwart von Monsieur le Quoi und Herrn Jones und Major Hartmann und Miss Petti=bonne und mehreren Schwarzen: daß ich aus seiner Tasche reichlichen Lohn für meine Bemühungen erhalten sollte.«

»Gab er das Versprechen vorher oder nachdem Ihr das chirurgische Ge=schäft verrichtet hattet?« fragte der Advokat.

»Darauf kommt es hier nicht an«, erwiderte der diskrete Arzt, »doch glaube ich, daß er es aussprach, bevor ich den Verband anlegte.«

»Er sagte also, daß Ihr aus seiner Tasche den Lohn für Eure Bemühung be=kommen solltet?« fragte Hiram. »Wenn er Euch nun seine Tasche offeriert, worin vielleicht nur sechs Pence sind, und Euch auffordert, Eure Bezahlung daraus zu nehmen, was will dann das Gesetz machen?«

Alle sahen jetzt lachend den Advokaten an. Der aber ließ sich nicht von seinem Ziel abbringen und sagte bestimmt: »Ich bin der Meinung, daß sich auf dieses Versprechen ein Prozeß anfangen ließe, und bin erbötig, ihn kostenfrei zu führen.«

Ein kurzes Schweigen folgte diesem Vorschlag, das durch Nattys plötzliches Eintreten unterbrochen wurde. Der alte Jäger schritt, die Büchse im Arm, durch die ganze Gesellschaft und setzte sich in die Nähe des Feuers auf ein großes Holzscheit nieder. Man richtete mehrere Fragen über seine heutige Beute an ihn, die er bereitwillig und mit Interesse beantwortete. Zwischen ihm und dem Wirt schien eine gewisse Freundschaft zu herrschen, denn der alte Veteran brachte ihm unaufgefordert ein Glas Branntwein. Der alte Natty trank und setzte sich dann wieder still hin. Der Advokat fuhr jetzt in der unterbrochenen Unterhaltung fort.

»Das Zeugnis der Schwarzen kann hier nichts gelten; sie sind sämtlich Leibeigene des Herrn Jones! Aber es gibt noch einen anderen Weg, den Richter Temple oder jeden anderen Mann zur Entschädigung für solch einen Schuß und für die Heilung der beigebrachten Wunden zu zwingen. Ja, ich sage, es gibt noch einen anderen Weg, ohne vors Gericht zu gehen.«

»Es würde Euch«, unterbrach ihn hier die Wirtin, »schlecht anstehen, den Richter, der einen Beutel so lang wie die Fichten auf den Bergen hat, zu verklagen. Übrigens ist er ein Mann, mit dem sich gut auskommen läßt, wenn man sich nur ein bißchen nach seinen Launen richtet. Er ist ein guter Herr und ein leutseliger dazu, der sich durch Eure Drohung, ihn zu verklagen, von nichts abhalten lassen wird. Ich weiß nichts an ihm zu tadeln als seine Gleichgültigkeit wegen seines Seelenheils. Er ist weder Methodist noch

Päpstlicher, noch Presbyterianer, sondern nichts von allem. Aber ich hoffe doch, Lederstrumpf, Ihr werdet nicht so töricht sein, den Jungen darin zu bestärken, daß er vor Gericht klagt; denn es kann beiden Teilen nur böse Tage machen. Der Junge soll sein Glas hier umsonst finden, bis seine Schulter die Büchse wieder tragen kann.«

Die Männer nickten jetzt fast alle der Wirtin zu, und Natty, der lautlos, aber ablehnend zu lachen schien, sagte schließlich nach einer kurzen Pause:

»Ich weiß, der Richter führte nichts Böses im Schilde, als er mit seiner Vogelflinte aus dem Schlitten sprang, auch habe ich in meinem Leben nur eine einzige Flinte dieser Art gesehen, die etwas taugte. Es war eine französische mit einem Lauf, halb so lang wie meine Büchse, die eine Gans auf hundert Schritte traf. Als ich unter Sir William in der Festung Niagara gegen die Franzosen focht, schossen die Jäger alle mit richtigen Büchsen, und es ist die beste Waffe. Der Hauptmann Hollistar kann es bezeugen, denn er sagt, er sei auch Soldat gewesen. Wenn er auch nur Bajonettträger war, muß er doch wissen, wie wir die Irokesen und Franzosen in den Gefechten damals schlugen. Chingachgook, heute der alte John Mohegan, der jetzt bei mir in der Hütte wohnt, war damals ein berühmter Krieger und mit bei uns. Er kann davon erzählen, wenn er auch vorzog, mit dem Tomahawk zu fechten. Schießen wollte er nie mehr als zweimal und versicherte sich dann erst des Skalps, ehe er wieder lud. Ach, die Zeiten haben sich seitdem schrecklich verändert. Die Mährischen Brüder, die immer sehr vertraut mit den Delawaren waren, tauften auch ihn, die tapferste Rothaut, die ich kannte. Hätte man die Indianer nur sich selbst überlassen, so wäre es sicher nicht zu den Veränderungen gekommen, wie wir sie nun an den beiden Flüssen erleben mußten; und diese Berge dienten noch ihren rechtmäßigen Besitzern als gutes Jagdrevier.«

Hier wurde der alte Lederstrumpf durch das Eintreten der Gesellschaft aus dem Herrenhause unterbrochen, der der Indianer John folgte.

Dreizehntes Kapitel

Während die neuen Gäste hereinkamen, war der Advokat verschwunden. Die meisten Männer traten jetzt auf den Richter zu und schüttelten die ihnen dargebotene Hand. Major Hartmann hatte unterdessen Hut und Perücke abgelegt, eine spitze, wollene Nachtmütze aufgesetzt und sich behaglich auf den hölzernen Lehnstuhl niedergelassen, den der Advokat gerade erst geräumt hatte.

Hierauf zog er seinen Tabaksbeutel hervor, stopfte die ihm vom Wirt über=

reichte neue Pfeife, und als er endlich so weit gediehen war und eine dichte Rauchwolke vor sich hin blies, wandte er den Kopf nach dem Schenktisch und rief:

»Betty, bring mir den Branntwein.«

Nachdem der Richter die Gesellschaft begrüßt hatte, nahm er neben dem Major Platz. Richard richtete sich mit vielem Lärm in dem bequemsten Winkel des Zimmers ein. Monsieur le Quoi blieb am längsten stehen und rückte seinen Stuhl nicht eher zurecht, bis er genau untersucht hatte, ob er keinem anderen Gast die Wärme des Kaminfeuers etwa wegnehme. Mohegan setzte sich auf eine Bank in der Nähe des Schenktisches. Nachdem nun alle bequem untergebracht waren, wandte sich der Richter scherzend an die Wirtin:

»Ich finde, Betty, Ihr versteht, Euch zu behaupten in jedem Wetter, gegen alle Nebenbuhler und alle Sekten. – Doch, wie gefiel Euch die Predigt?«

»Die Predigt?« rief die Wirtin, »ja, die war ganz vernünftig, aber die Gebete waren unbequem. Es ist keine Kleinigkeit für eine Frau in ihrem neunundfünfzigsten Jahr, alle Augenblicke in der Kirche aufzustehen. – Hier, John, ist ein Becher Wein, mit Branntwein gemischt. Ein Indianer kann das trinken, wenn er auch keinen Durst hat.«

»Ich muß gestehen«, begann Hiram vorsichtig, »daß es eine gut vorgetragene Predigt war, und ich möchte fast behaupten, daß sie Beifall gefunden hat. Nur ein Teil hätte daraus wegbleiben können, aber die Predigt war wahrscheinlich aufgeschrieben, und dann läßt sich nicht so leicht etwas ändern.«

»Ja, das ist eben das Hindernis, Richter!« rief die Wirtin, »wie kann ein Mann auftreten und predigen, wenn er alles niedergeschrieben hat, was er sagen will!«

»Nun gut«, rief Marmaduke jetzt, »es ist schon genug darüber gestritten worden, und es gibt verschiedene Ansichten darüber. Nach meinem Urteil sprach er sehr vernünftig.«

Nach einer kurzen Pause wagte Hiram die Frage:

»Was hat uns der Richter für neue Nachrichten mitgebracht? Es ist nicht wahrscheinlich, daß der Kongreß in dieser Session viel ausgerichtet haben sollte. Und wie steht es mit den Franzosen? Haben sie in der letzten Zeit wieder Schlachten gewonnen?«

»Nach der Enthauptung ihres Königs haben sie nichts getan als Krieg geführt«, erwiderte der Richter. »Der Charakter des Volkes scheint sich gänzlich verwandelt zu haben. Diese Jakobiner sind so blutdürstig wie die Bullenbeißer.«

»Ah, mon pauvre roi!« murmelte Monsieur le Quoi.

»Übrigens hat der Kongreß«, fuhr Marmaduke fort, »mehrere Gesetze erlassen, die für das Land sehr nützlich sind. Unter anderem, daß in manchen Flüssen und kleinen Seen nur zu bestimmten Jahreszeiten mit dem Netz gefischt und auf den Bergen und in den Wäldern nicht während der Säugezeit gejagt werden darf. Diese Gesetze wurden von verständigen Männern eingebracht, und ich hoffe nun auch noch ein Dekret zu erlangen, mit dem das ungesetzmäßige Fällen des Bauholzes verboten wird.«

Der alte Jäger hörte gespannt und aufmerksam zu. Als der Richter geendet hatte, erwiderte er höhnisch lachend:

»Ihr könnt ja Eure Gesetze machen, Richter, aber wo werdet Ihr Leute finden, die Euch die Berge während der langen Sommertage bewachen oder die Seen während der Nacht? Wild ist Wild, und wer es findet, kann es schießen. Dieses Gesetz hat meines Wissens schon über fünfzig Jahre bestanden, und ich meine, ein altes Gesetz ist mehr wert als zwei neue. Nur ein unverständiger Gelbschnabel wird ein Weibchen während der Säugezeit schießen, denn das Fleisch ist zäh und hart.«

»Mit der Macht des Gesetzes, Herr Bumppo«, entgegnete der Richter ernst, »kann man manchem Unfug steuern, der das Wild auszurotten droht. Ich hoffe, den Tag noch zu erleben, wo die Rechte des Grundeigentümers auf sein Wild ebenso respektiert werden wie die auf seine Meierhöfe.«

»Eure Rechte und Eure Meierhöfe sind eins so neu wie das andere«, rief Natty, »aber die Gesetze sollten wenigstens unparteiisch sein und einem jeden sein Recht widerfahren lassen. Nein, nein, Richter, es sind die Ansiedler und nicht die Jäger, die das Wild selten machen.«

»Die Hirsche sind freilich nicht mehr in solchem Überfluß vorhanden wie im vorigen Kriege, Bumppo«, sagte der Major unter mächtigen Rauchwolken, »aber die Welt ist auch nicht für die Hirsche, sondern für die Christen geschaffen.«

»Major, ich halte Euch für einen Freund der Gerechtigkeit. Glaubt mir, es kommt einem alten Mann schwer an, seine gerechten Ansprüche auf Lebensunterhalt durch solche Gesetze beschränken zu lassen.«

»Ich verstehe dich, Lederstrumpf«, entgegnete der Major und sah den Jäger aufmerksam an, »aber sonst pflegtest du dich doch nicht so streng nach dem Gesetz zu richten!«

»Mag sein, daß es sonst nicht so nötig war«, sagte der Jäger abweisend und blickte dann schweigend und düster vor sich hin.

»Oh, Ihr habt eine Hand, Betty, die ganz dazu geeignet ist, Flips zu machen«, sagte Richard jetzt ablenkend. »Hier, John, trink einmal! Mann, so trinke doch. Ich und du und Doktor Todd, wir drei haben heute abend unsere Kunst an der Schulter des jungen Menschen gezeigt. Duke, ich habe ein Lied gemacht, während du weg warst, eines Tages, als ich gerade nichts anderes zu tun hatte. Ich will dir ein paar Verse davon vorsingen.

›Die Welt, das ist ein Jammertal,
Doch wollen wir nicht klagen.
Vergessen sei die Sorg und Qual,
Man muß das Leben wagen.
Drum, Burschen, laßt uns lustig sein,
Denn die Sorge nur allein
Macht uns graue Haare.‹

Nun, Duke, was hältst du davon? Das Lied hat noch eine Strophe, da fehlt mir aber noch die letzte Zeile. Alter John, gefällt dir die Musik?«

»Gut!« sagte Mohegan, der den Getränken der Wirtin sehr reichlich zugesprochen hatte, Marmadukes und des Majors zirkulierende Becher hatte er nie ausgelassen.

»Bravo! Bravo! Richard!« rief der Major mit funkelnden Augen. »Bravissimo! Das ist ein gutes Lied, aber Natty kann doch noch ein besseres. Lederstrumpf, willst du nicht singen? Sag, alter Junge, willst du das Waldlied nicht singen?«

»Nein, Major!« erwiderte der Jäger mit trübem Kopfschütteln. »Ich habe erleben müssen, was ich in diesen Bergen nicht für möglich gehalten hätte, und das nimmt mir allen Mut zum Singen. Wenn der, welcher von Rechts wegen hier als Herr gebieten sollte, Schneewasser trinken muß, um seinen Durst zu stillen, so steht es uns, die wir von seiner Gnade leben, schlecht an, lustig zu sein.«

Der alte Jäger wandte sich ab und ließ den Kopf auf die Knie sinken und bedeckte sein Gesicht mit der Hand. Richard aber ergriff zwei Becher, hielt einen davon Lederstrumpf hin und rief:

»Auf ein fröhliches Christfest, alter Knabe! Hört, wie der alte John trillert. Die Indianer machen doch eine verdammte Musik. Major, ich möchte wohl wissen, ob sie von Noten singen können!«

Mohegan gab tiefe, eintönige Laute von sich, wozu er mit Kopf und Hand den Takt schlug. Man hörte nur wenige Worte, und diese waren in der Delawarensprache, so daß sie außer Natty niemand verstand. Ohne auf jemand zu achten, setzte er seinen Gesang, ein wildes, melancholisches Lied, fort, wobei er manchmal in die höchsten Töne überging und dann wieder in die tiefen, tremolierenden zurückfiel, aus denen die indianische Musik hauptsächlich bestand. Er hatte die wollene Decke abgeworfen, das buschige schwarze Haar hing verwirrt um seinen Kopf herum und gab ihm ein wil=

des Aussehen. Immer lauter und lauter wurden seine Töne, so daß endlich alles Gespräch aufhören mußte. Jetzt sah Natty auf und redete den alten Krieger in seiner Landessprache an.

»Chingachgook, wie kannst du von deinen Schlachten und den Kriegern, die du erschlagen hast, singen, solange man dem jungen Adler sein Recht vorenthält? Auch ich habe in diesen Schlachten so gut gefochten wie jeder andere Krieger unseres Stammes. Hier ist aber nicht der Ort und die Zeit, sich seiner Taten zu rühmen.«

»Falkenauge«, sagte der Indianer und kam mit schwankenden Schritten auf ihn zu, »ich bin die Große Schlange der Delawaren; ich kann die Mingos aufspüren wie die Natter Vogelnester und sie mit einem Schlag töten wie die Klapperschlange. Der weiße Mann wollte Chingachgooks Tomahawk so glänzend machen wie das Wasser des Otsego, wenn die Sonne darauf scheint, aber er ist rot vom Blute der Maquas.«

»Und weshalb hast du die Krieger der Mingos erschlagen? Geschah es nicht, um diese Wälder und Seen den Kindern deiner Väter zu erhalten? Und fließt nicht kriegerisches Blut in den Adern eines jungen Häuptlings, der laut sprechen sollte und dessen Stimme nur zu schwach ist, um gehört zu werden?«

Die verworrenen Gedanken des Indianers schienen einigermaßen wieder in Ordnung zu kommen. Er wandte sich nach den Zuhörern, starrte den Richter unverwandten Blickes an und schüttelte wild das Haupt. Dann machte er einen fruchtlosen Versuch, die Streitaxt vom Gürtel loszumachen, und nahm eine drohende Stellung an. In diesem Augenblick schob ihm Richard wieder einen vollen Becher zu, und seine wilden Züge verwandelten sich in ein einfältiges Lachen. Er nahm den Becher mit beiden Händen an den Mund, trank ihn aus und fiel rückwärts auf die Bank nieder.

»So geht es mit den Wilden«, rief der alte Jäger, »gebt ihnen Branntwein, und sie werden wie das Vieh. Doch der Tag wird erscheinen, wo wir Recht bekommen werden.«

Natty sprach immer noch in der Landessprache, die nun auch der Häuptling nicht mehr verstand. Sobald er schwieg, rief ihm Richard zu:

»Was hilft Euer Reden! Seht Ihr nicht, daß er taub und blind ist? Hauptmann Hollistar, gebt ihm diese Nacht ein Unterkommen in Eurer Scheune, ich will für ihn bezahlen. Heute abend bin ich reich, zehnmal reicher als Duke mit allen seinen Ländereien, Renten und baren Geldern.

›Wir wollen immer lustig sein!
Denn die Sorge nur allein
Macht uns graue Haare.‹

Trinkt, König Hiram — trinkt, Herr Doolittle — trinkt, Herr!, sage ich. Dies ist ein Fest, das nur einmal im Jahr kommt.«

Der Wirt richtete dem Indianer eine Schlafstelle in einem Nebengebäude ein, wo er auch den Rest der Nacht, mit einer wollenen Decke zugedeckt, liegen blieb. Jetzt begann auch Major Hartmann, lustig und lärmend zu werden. Ein Glas jagte das andere: Becher auf Becher ging herum, und das Trinkgelage dauerte schon bis tief in die Nacht, als der deutsche Veteran endlich den Wunsch aussprach, in das Herrenhaus zurückzukehren. Die Mehrzahl der Gäste war schon fort. Frau Hollistar begleitete die vornehme Gesellschaft bis vor die Haustür und warnte, unvorsichtig zu gehen.

»Haltet Euch an Herrn Jones, Major!« sagte sie, »er ist jung und kann Euch stützen. Gute Nacht, Richter, und allen ein fröhliches Fest.«

Die Herren empfahlen sich, so gut sie konnten, und schritten auf dem breiten, festgetretenen Weg ziemlich sicher vorwärts, bis sie den äußeren Torweg des Herrenhauses erreichten. Hier aber gab es einige Schwierigkeiten zu überwinden. Ehe sie noch die eigentliche Haustür erreichten, vermißte Marmaduke seine beiden Gefährten und fand sie nach einigem Suchen auf einem Nebenpfad, tief im Schnee eingesunken. Richard aber sang noch immer:

»Wir wollen immer lustig sein!
Denn die Sorge nur allein
Macht uns graue Haare.«

Vierzehntes Kapitel

Am anderen Morgen hatte die strenge Kälte bedeutend nachgelassen. Wolken begannen den Himmel zu überziehen, die der warme Südwestwind nach Norden trieb. Es war schon spät am Morgen, als Elisabeth, die gestern abend gleich nach dem Gottesdienst nach Hause gefahren war, auf den Hof des großen Grundstückes trat. Sie wollte ihre nächste Umgebung bei Tageslicht in Augenschein nehmen, ehe die späten Gäste vom Christabend am Frühstücktisch erschienen. Unerwartet rief ihr Jones von oben mit lauter Stimme zu:

»Ein fröhliches Christfest! Viel Glück zum Weihnachtstag, Muhme Bess! Ihr seid früh auf, aber ich bin Euch zuvorgekommen. Es hat mir noch nie jemand den Rang mit dem Glückwunsch abgelaufen. Wartet einen Augenblick. Ich merke, Ihr wollt die neuen Anlagen und Verbesserungen ansehen, die kann Euch niemand besser zeigen als ich, denn ich habe sie alle selbst angelegt.«

Elisabeth sah in die Höhe und erblickte ihren Vetter, der trotz der Kälte den Kopf mit der Nachtmütze zum Kammerfenster herausgesteckt hatte, damit ihm niemand mit dem Glückwunsch zuvorkommen sollte. Sie versprach lachend, seine Begleitung abzuwarten, und trat in dieser Absicht noch einmal ins Haus. Mit einem gesiegelten Schreiben in der Hand kam sie nach wenigen Augenblicken wieder heraus und fand Richard schon wartend.

»Kommt, Bessy, kommt!« rief er, ihren Arm nehmend. »Der Schnee will weich werden, aber uns trägt er noch. Merkt Ihr nicht, daß der Wind aus Pennsylvanien weht? He! Holla! Aggy! Ein fröhliches Christfest, Aggy! Hörst du mich nicht, schwarzer Hund! Hier hast du einen Dollar, und wenn die Herren aufstehen sollten, ehe ich zurückkomme, so rufst du mich gleich.«

Der Neger hob das Geld vom Schnee auf, versprach, aufzupassen, und warf den Dollar wohl zwanzig Fuß in die Höhe, um ihn mit der flachen Hand wieder aufzufangen. Dann sprang er fröhlichen Herzens in die Küche, sein Geschenk zu zeigen.

»Seid nur ruhig, lieber Vetter«, sagte das Mädchen. »Ich warf im Vorbeigehen einen Blick in das Zimmer meines Vaters und sah, daß er noch fest schlief. Ich glaube, niemand wird Euch die Ehre des ersten Grußes streitig machen.«

»Gut, Ihr seid ein kluges Kind und macht Euren Lehrern Ehre. Es war auch mein Vorschlag, Euch auf das Pensionat zu schicken, als Eure Mutter so früh starb. Duke war anfangs ein bißchen halsstarrig, wie gewöhnlich; aber endlich gab er doch nach.«

»Sagt nichts über meinen Vater!« rief Elisabeth. »Wüßtet Ihr, was er für Euch getan hat, als wir in Albany waren!«

»Für mich!« rief Richard, plötzlich stehenbleibend. »Ich errate es, er verschaffte mir gewiß einen Plan von der neuen holländischen Kapelle, doch danach frage ich nicht viel. Einem Manne von Talent helfen fremde Eingebungen selten, seine eigene Phantasie ist der beste Architekt.«

»Falsch geraten«, entgegnete Elisabeth spöttisch.

»Nicht? – Einen Augenblick – vielleicht hat er mich zum Oberaufseher der Straßenbauanstalt vorgeschlagen?«

»Nein, nein!« rief Elisabeth jetzt, indem sie den Brief lachend in die Höhe hielt, »es ist ein ehrenvolles und einträgliches Amt.«

»Ehrenvoll und einträglich!« rief Richard in freudiger Erwartung. »Zeigt mir das Schreiben. Ist es ein Amt, das Arbeit macht?«

»Allerdings, Vetter Richard; so sagte wenigstens mein Vater, als er mir gestern die Urkunde gab, um sie Euch als Weihnachtsgabe zu überreichen. Er meinte, wenn etwas dem Vetter Richard Freude machen kann, so ist es sicher das Amt der vollziehenden Gewalt.«

»Was? Das Amt der vollziehenden Gewalt!« rief der kleine Mann ungeduldig und riß ihr das Papier aus der Hand. »Es ist wirklich die Vollmacht, die Richard Jones zum Sheriff der Grafschaft ernennt. Das ist ein schöner Zug vom Vetter Duke. Ich muß schon sagen, er hat ein gutes Herz und vergißt seine Freunde nicht. Oberster Sheriff der Grafschaft von —! Es klingt gut, Bess; aber die Geschäfte sollen auch gut geführt werden. – Duke ist ein verständiger Mann und kennt die Menschen durch und durch. Ich bin ihm sehr dankbar«, fuhr er fort, indem er, ohne es zu wissen, die nassen Augen mit dem Rockzipfel abwischte.

»Nun, Richard! Nun werdet Ihr hoffentlich zu tun haben«, sagte das Mädchen lachend.

»Ich werde mich heute nachmittag schon hinsetzen«, antwortete Richard eifrig, »und die Grafschaft systematisch einteilen. Ich muß einige Gehilfen haben, das versteht sich. Ich werde die Grafschaft in Distrikte einteilen und die Gehilfen als Aufseher verteilen. Einen erwähle ich für Templeton, vielleicht Benjamin! Ja, Benjamin wird einen guten Gehilfen abgeben. Wenn er nur reiten könnte!«

»Aber, Vetter Richard«, rief Elisabeth noch immer lachend, »Ihr habt es sehr eilig mit Eurem neuen Amt. Ich finde, Ihr solltet mir jetzt endlich die Schönheiten und Verbesserungen zeigen. Wo sind sie?«

»Wo? Überall. Hier habe ich neue Straßen angelegt, die nur erst ausgehauen und mit Häusern bebaut werden müssen. – Duke ist doch ein freigebiger Mann trotz seiner Widerspenstigkeit. – Ja, ja, ich brauche wenigstens vier Gehilfen außer einem Kerkermeister.«

»Ich sehe keine Straßen«, sagte Elisabeth. »Es kann doch Euer Ernst nicht sein, Wohnhäuser auf diesem bergigen, sumpfigen Boden bauen zu wollen?«

»Seid einmal still«, sagte jetzt Richard. »Ich höre hier Stimmen im Gebüsch. Vielleicht eine Verschwörung! Wir wollen leise näher gehen und die Sache genau untersuchen.«

Richard war mit Elisabeth inzwischen bis zu einem ziemlich weit vom Hause gelegenen offenen Platze hinter dem Dorfe gekommen. Die Ausrodung der himmelhohen Fichten zeigte, daß hier neue Anlagen beabsichtigt waren. Doch die Sprößlinge an den abgehauenen Baumstämmen waren in solcher Masse hervorgeschossen, daß das ganze Feld ein fast undurchdringliches Dickicht bildete. Die beiden hatten unbemerkt den Platz erreicht, wo der junge Jäger, Natty Bumppo und der indianische Häuptling im ernsten Gespräch vertieft standen. Ersterer sprach sehr eifrig, und Natty hörte mit ungewöhnlicher Aufmerksamkeit zu. Mohegan stand etwas seitwärts, mit gesenktem Haupt. Die Haare hingen wild über sein Gesicht und verbargen die düsteren Züge.

»Wir wollen umkehren«, flüsterte Elisabeth, »wir haben kein Recht, die Geheimnisse dieser Männer zu belauschen.«
»Kein Recht?« entgegnete Richard ungeduldig, aber leise, indem er ihren Arm so fest an sich zog, daß sie nicht zurück konnte. »Ihr vergeßt, Muhme Bess, daß meine Pflicht es jetzt erfordert, für Aufrechterhaltung des Friedens in der Grafschaft zu sorgen. Solchen Landstreichern ist nicht zu trauen, obgleich ich nicht glaube, daß John etwas Heimliches im Schilde führt. Der arme Teufel! Er war gestern abend ganz betrunken und scheint sich noch nicht völlig wieder erholt zu haben. Wir wollen näher treten und hören, was sie sagen.«
Trotz allem Widerstreben mußte sich Elisabeth fügen, und sie waren jetzt nahe genug, um die Worte der Sprechenden hören zu können.
»Den Vogel *müssen* wir haben«, sagte Natty, »sei es nun mit Güte oder Gewalt. Ich kenne noch die Zeit, wo die wilden Truthühner hierzulande nicht so rar waren. Es ist ein großer Unterschied zwischen einem Rebhuhn und einem gemästeten Truthahn, aber für mich ist ein Biberschwanz und ein Bärenschinken das beste Essen. Das ist nun Sache des Geschmacks. Ich habe leider heute morgen den letzten Heller bis auf diesen Schilling dem französischen Kaufmann für Pulver geben müssen. Wenn Ihr also kein Geld habt, können wir nur einen Schuß tun. John muß schießen; er hat einen sicheren Blick. Meine Hand wankt manchmal, wenn ich etwas Wichtiges vorhabe, und könnte daher fehlen.«
»Hier!« rief der junge Mann, über seine Armut selbst spottend, indem er einen Schilling hoch in die Höhe hielt, »hier ist mein ganzer Reichtum! Dieser Schilling und meine Büchse sind alles, was ich besitze. – Doch ich bin ja nun ein Bewohner des Waldes geworden und muß meinen Unterhalt dort suchen. Kommt, Natty, laßt uns das Letzte an den Vogel setzen; mit Eurer Hilfe muß der Schuß gelingen.«
»Ich wollte lieber, John schösse dieses Mal. Ich bin nicht sicher. Mit den Indianern ist es anders; sie schießen heute so gut wie morgen – nichts stört sie. Hier, John, ist der Schilling; nimm meine Büchse und schieße nach dem fetten Truthahn, den sie im Dorf an den Baumstumpf binden werden.«
Der Indianer erwiderte, nachdem er einige Augenblicke finster und schweigend um sich geblickt hatte:
»Als John jung war, hatte niemand ein schärferes Gesicht und eine schnellere Kugel. Die Weiber der Mingos schrien beim Knall seiner Büchse, und die Krieger der Mingos wurden zu Weibern. Was half es dem Adler, wenn er sich auch noch so hoch in die Luft schwang, er mußte seine Federn doch zum Schmuck der Weiber hergeben. Aber seht jetzt diese Arme«, fuhr er lauter fort, »sie zittern wie der Hirsch beim Geheul des Wolfes. Ist John

alt? Sind siebenzig Winter hinreichend, einen Mohikaner alt zu machen? Nein! Der weiße Mann bringt Alter und Schwäche mit sich – der Schnaps ist seine Waffe!«

»Und weshalb trinkst du, alter Mann?« rief der Jüngling aus, »warum hilft eine so edle Natur dem Teufel beistehen, indem sie sich selbst zum Tiere herabwürdigt?«

»Zum Tiere! Ist John ein Tier?« wiederholte der Indianer langsam. »Doch, Kind, du sprichst wahr, John ist ein Tier. Sonst stieg selten Rauch in diesen Bergen auf. Das Wild leckte die Hand des weißen Mannes, und die Vögel setzten sich auf seinen Kopf, obwohl er ein Fremdling war. Meine Vorfahren kamen von den Ufern des Salzsees und kehrten wieder zu ihren Vätern zurück. Dort lebten sie in Frieden, und wenn sie die Streitaxt erhoben, so geschah es, um eines Mingos Kopf zu spalten. Damals war John ein Mann und kein Tier. Aber da kamen Krieger und Handelsleute mit hellen Augen. Der böse Geist saß in ihren Rumflaschen, und sie ließen ihn heraus. – Ja, ja, junger Adler, du sprichst wahr – John ist ein Tier!«

»Vergib mir, alter Mann«, rief der junge Jäger und ergriff die Hand des Indianers. »Mir kommt es am wenigsten zu, dir Vorwürfe zu machen, denn ich stamme von deiner Familie ab. Das ist jetzt mein größter Stolz.«

»Du bist ein Delaware, mein Sohn!« sagte John. »Deine Worte werden nicht gehört. – John kann nicht schießen.«

»Dachte ich doch gleich, daß indianisches Blut in des Jungen Adern fließt«, flüsterte Richard jetzt, »ich merkte es an der Unbeholfenheit, mit der er die Pferde behandelte. Aber der arme Teufel soll zwei Schüsse auf den Truthahn haben; ich selbst will ihm noch einen Schilling geben.«

»Halt, Vetter Richard«, rief Elisabeth, indem sie sich fester an seinen Arm hing. »Es ist nicht richtig, diesem Gentleman einen Schilling anzubieten!«

»Schon wieder ›Gentleman‹! Meint Ihr denn, daß solch ein Halbwilder Geld ausschlägt? Nein, nein! Er wird den Schilling nehmen, und er soll den Truthahn gewinnen.«

»Wenn Ihr durchaus nicht anders wollt«, sagte Elisabeth schnell, »so laßt mich wenigstens mit ihm sprechen.«

Mit diesen Worten ging sie rasch durch das Gebüsch, das sie verdeckt hatte, zu den drei Jägern. Ihr plötzliches Erscheinen schien den Jüngling zu erschrecken.

Er schien fortgehen zu wollen, verbeugte sich dann aber mit Anstand gegen Miss Temple. Natty und Mohegan ließen sich durch ihr Hinzutreten nicht irremachen.

»Ich höre«, begann Elisabeth, »daß der alte Weihnachtsbrauch, einen Truthahn zu schießen, bei Euch noch herrscht, und möchte mein Glück auch ver-

suchen. Wer von Euch will so gut sein, dieses Geld zu nehmen und für mich zu schießen?«
»Das ist kein Spiel für Damen!« sagte der junge Jäger heftig.
»Warum nicht, mein Herr?« entgegnete das Mädchen. »Ich habe es mir nun einmal in den Sinn gesetzt. Ich will Eure Hilfe nicht. Der alte Lederstrumpf«, fügte sie, zu Natty gewendet, fort, »wird wohl nicht so ungalant sein, einer Dame den begehrten Schuß zu verweigern.«
Natty Bumppo steckte das Geld in die Tasche, lud seine Büchse und sagte, indem er sie über die Schulter warf, mit seinem gewöhnlichen lautlosen Lachen:
»Wenn Billy Kirby den Vogel nicht *vor* mir herunterschießt und das Pulver des Franzosen nicht durch die feuchte Morgenluft gelitten hat, so sollt Ihr in wenigen Minuten einen fetten Truthahn haben. Doch müssen wir uns beeilen, sonst ist der schöne Vogel weg, ehe wir hinkommen.«
»Aber ich habe den Schuß vor Euch, Natty«, sagte der Jüngling. »Verzeiht, Miss Temple, daß ich so ungalant bin, aber wichtige Gründe zwingen mich, auf meinem Recht zu bestehen.«
»Tut, was Ihr wollt«, entgegnete Elisabeth. »Dies ist mein Ritter. Seiner Hand und seinem Auge vertraue ich. Führt den Zug an, Herr Lederstrumpf. Wir folgen nach.«
Natty, dem die freimütige Aufforderung des schönen Mädchens zu gefallen schien, schritt jetzt durch den Schnee voran dem Platze zu, woher schon lautes Gelächter erscholl. Seine Begleiter folgten ihm schweigend.
»Ich sollte meinen, Miss Temple«, sagte Richard, »wenn Ihr wirklich einen Truthahn haben wollt, hättet Ihr zu diesem Dienst nicht einen Fremden, und noch dazu einen Menschen wie Lederstrumpf, wählen sollen. Doch ich kann kaum glauben, daß es Euer Ernst ist.«
»Aber, Vetter Richard!« unterbrach ihn Elisabeth, »ich will diesen Truthahn haben, deshalb gab ich Herrn Bumppo den Auftrag, für mich zu schießen.«
»Gewiß traut Ihr mir nicht zu, selbst mitzuschießen«, sagte Jones. »Aber wir wollen uns beeilen. Ihr habt nichts zu fürchten. Euch, der Tochter Eures Vaters, kann in meiner Gegenwart nichts Unangenehmes begegnen.«
»Meines Vaters Tochter fürchtet nichts«, entgegnete Elisabeth, »besonders, wenn sie sich unter dem Schutz des Obersheriffs der Grafschaft befindet.«
Hiermit nahm sie seinen Arm, und sie kamen bald auf den Platz, wo sich die jungen Leute des Dorfes versammelt hatten.

Der alte Brauch, am Weihnachtstage nach einem Truthahn zu schießen, gehörte zu den wenigen Volksfesten, die die Ansiedler in den neuen Niederlassungen beibehalten hatten. Am heutigen Tage hatte das Fest früher als gewöhnlich begonnen, damit es vor Anfang des Gottesdienstes, der den jungen Schützen ebenso wichtig war, beendet sein konnte. Der Eigentümer des Truthahns war ein freier Schwarzer, der noch anderes Geflügel für das Schießen bereithielt. Die jüngeren Schützen schossen nach Preisen von geringerem Wert, und die ganze Sache war einfach genug. Man band das Tier auf einem Baumstumpf fest, der oben flach abgehauen war, um dem Auge eine feste Zielscheibe zu geben. Die Entfernung zwischen dem Baumstamm und den Schützen betrug genau hundert Ellen. Der Neger bestimmte den Einsatz für jedes Tier und setzte die Bedingungen fest. Er war verpflichtet, jeden, der sein Glück versuchen wollte, anzunehmen.

Zwanzig bis dreißig, meistens mit Büchsen bewaffnete junge Leute und sämtliche Jungen des Dorfes hatten sich auf dem Platz versammelt. Dieses kleine Publikum in groben, warmen Festkleidern, die erstarrten Hände in den Hosentaschen, umgab gaffend die guten Schützen, die mit ihren großen Taten gehörig laut prahlten.

Billy Kirby war von allen der Hauptsprecher. Dieser junge Holzhauer war riesengroß und hatte ein verwegenes Gesicht. Er war ein unruhiger, heftiger, leichtsinniger Bursche, prahlte gern und viel, im Grunde aber war er gutmütig. Zwischen ihm und Natty Bumppo herrschte schon lange große Eifersucht, da beide fast gleich gut schossen. Sie hatten noch keine Gelegenheit gehabt, sich in einen Wettkampf einzulassen. Es war immer nur bei Vergleichen ihrer Leistungen auf der Jagd und bei ähnlichen Fällen geblieben. Jetzt aber traten sie zum erstenmal als wirkliche Nebenbuhler auf.

Als Natty mit seinen beiden Gefährten zu den Schützen trat, war Billy Kirby soeben nach langem Streiten mit dem Eigentümer des Vogels über den Einsatzpreis einig geworden. Der Truthahn saß festgebunden auf dem Baumstumpf, doch so, daß der Körper fast ganz vom Schnee verdeckt war. Nur der rote aufgeschwollene Kopf und der lange Hals waren sichtbar. Traf eine Kugel den Vogel durch die Schneewand, so blieb er Eigentum des Besitzers. Er gehörte aber dem Schützen, wenn die Kugel auch nur eine Feder des Kopfes berührte.

Diese Bedingungen wurden laut durch den Neger ausgerufen, der sich in gefährlicher Nähe seines Truthahns auf den Schnee setzte. Jetzt näherten sich auch Elisabeth und ihr Vetter, der neue Sheriff, den lärmenden Schützen. Bei der unerwarteten Erscheinung Elisabeths trat einen Augenblick

Stille ein. Da sie aber nur freundlich lächelnd zuschaute, begann das fröhliche Jauchzen von neuem.

»Packt euch aus dem Wege, Jungens!« rief der Holzhauer, indem er sich aufstellte. »Weg da, oder ich schieße mitten zwischen euch durch. Nun, Bromm, du kannst deinem Truthahn Lebewohl sagen!«

»Halt!« rief der junge Jäger, »ich will auch mein Glück versuchen. Hier ist der Schilling.«

»Bitte schön«, rief Kirby übermütig. »Ihr habt wohl viel Geld, daß Ihr schon im voraus bezahlt?«

»Was kümmert dich, Kerl, wieviel Geld ich habe!« erwiderte der Jüngling. »Hier ist mein Schilling, Bromm. Ich habe nun den zweiten Schuß.«

»Nur nicht gleich so hitzig, werter Herr!« sagte der Holzhauer. »Ich weiß, Ihr habt eine Wunde in der Schulter. Bromm könnte Euch den Schuß fürs halbe Geld geben. Es ist nicht leicht, den Truthahn zu treffen. Ihr wollt es selbst probieren, gut, ich hoffe, Ihr werdet nicht dazu kommen.«

»Prahle nicht, Billy Kirby«, sagte Natty, der, auf seine Büchse gelehnt, in der Nähe stand. »Du hast einen Schuß. Wenn der junge Mann sein Ziel verfehlen sollte, was bei seinem steifen, geschwollenen Arm kein Wunder wäre, so kommt nach ihm eine gute Büchse und ein altes, aber geübtes Auge.«

»Was, alter Lederstrumpf, bist du auch da?« fragte Billy frech. »Da muß ich mich ja zusammennehmen. Aber ich habe den ersten Schuß, alter Knabe, und werde dir den fetten Braten vor der Nase wegfischen.«

»Zurück, Billy Kirby, Ihr steht zu nah, zurück, Jungens«, schrie der Neger jetzt. »Paß schön auf, mein Vogel!«

Durch dieses Geschrei hoffte der Schwarze die Aufmerksamkeit des Schützen von dem Truthahn abzulenken. Die Nerven des Holzhauers waren aber nicht leicht zu erschüttern. Er zielte mit größter Besonnenheit. Totenstille herrschte einige Augenblicke im ganzen Kreise. Dann schoß er. Der Kopf des Truthahns bewegte sich auf die eine Seite, und seine Flügel flatterten auseinander, aber gleich darauf setzte er sich wieder auf sein Schneebett zurecht. Der Neger brach als erster das Schweigen. Er lachte und schrie vor Vergnügen und wälzte sich wie ein Besessener im Schnee.

»Bravo, mein Vogel«, rief er und sprang mit ausgebreiteten Armen auf, als wolle er das geliebte Tier umarmen. »Gib noch einen Schilling, Billy, dann sollst du noch einen Schuß haben.«

»Nein! Der nächste Schuß gehört mir«, sagte der junge Jäger. »Du hast mein Geld schon. Jetzt macht Platz.«

»Es ist weggeworfenes Geld, Junge«, sagte Lederstrumpf. »Kopf und Hals eines Truthahns sind kein leichtes Ziel für einen lahmen Arm.«

Während noch über den vorigen Schuß hin und her gesprochen und gestritten wurde, hatte der Jüngling sorgfältig gezielt und wollte eben abdrücken, als ihn Natty aufhielt.
»Eure Hand schwankt ja, junger Mann! Ihr geht zu schnell ans Werk. Kugelwunden machen schwach. Ihr werdet nicht so gut schießen wie gewöhnlich. Schießt gleich nach dem Zielen, sonst verliert Eure geschwächte Hand das Ziel.«
»Ehrliches Spiel!« rief der Neger, »ehrliches Spiel! Was schwatzt Natty Bumppo dem jungen Manne vor! Laßt ihn schießen und macht Platz.«
Der Jüngling feuerte im gleichen Augenblick los, aber der Truthahn blieb unbeweglich sitzen. Als man nach der Kugel suchte, ergab sich, daß Eduard den Baumstumpf verfehlt hatte.
Elisabeth bemerkte zu ihrem Erstaunen eine merkliche Veränderung in seinem Gesicht. Wie ist es möglich, dachte sie, daß ein gebildeter junger Mann einen verfehlten Schuß schmerzlich empfinden kann! Jetzt bereitete sich ihr Ritter vor, in die Schranken zu treten. Bromms laute, jedoch weniger schreiende Freude über das Mißlingen des zweiten Schusses verstummte, als er Natty auftreten sah. Seine Haut bekam braune Flecken, während der alte Jäger seine Büchse fertig machte. Nachdem er mit allen Vorbereitungen fertig war, nahm er eine schußfertige Stellung ein. Alle Augen wandten sich vom Schützen zum Ziel, aber als jeder auf den Knall der Büchse lauschte, hörte man nichts als den dumpfen Ton des Flintensteins.
»Umsonst!« brüllte der Neger, indem er vom Boden aufsprang und wild um seinen Vogel herumtanzte. »Das gilt soviel wie ein Schuß – Natty Bumppos Flinte schnappte hörbar ein, Natty Bumppo verfehlte den Truthahn.«
»Natty Bumppo wird dich nicht verfehlen, wenn du dich nicht aus dem Wege machst«, sagte unwillig der alte Jäger. »Es ist unmöglich, daß der Versager als ein Schuß gelten soll. Marsch, fort, Jungens! Ich will Billy Kirby zeigen, wie man einen Weihnachtstruthahn schießt.«
»Nein!« rief der Schwarze und behauptete seinen Platz. »Jeder weiß, daß ein Versager so gut wie ein Schuß ist. Fragt nur Herrn Jones und die junge Dame.«
»Gewiß, Lederstrumpf«, sagte der Holzhauer, »das ist Gesetz bei uns. Wenn du noch einmal schießen willst, mußt du auch noch einen Schilling bezahlen. Aber vorher komme ich zum Schuß. Hier, Bromm, ist mein Geld, ich habe den nächsten Schuß.«
»Es ist nicht mehr als billig«, mischte sich jetzt Richard Jones ein, »daß ich diese Streitfrage entscheide. Ich muß neuerdings als Sheriff für den Frieden in der Grafschaft sorgen. Da es nun scheint, als ob weder eine schrift-

liche noch eine mündliche Übereinkunft über den bestrittenen Punkt existiert, so müssen wir ihn nach ähnlichen Fällen entscheiden. Nehmen wir zum Vergleich ein Duell an, wo beide Teile das Recht haben, zu gleicher Zeit zu schießen. Hier muß der Versager so viel wie der Schuß gelten. Deshalb erscheint es mir vernunftwidrig, einem Mann zu gestatten, den ganzen Tag auf einen Truthahn zu zielen, wenn ihm das Zündkraut immer versagt. Ich bin der Meinung, daß Nathaniel Bumppo seinen Schuß verloren hat und erst einen zweiten Schilling bezahlen muß, ehe er wieder schießen darf.«

Natty konnte sich nicht wie alle andern bei diesem Rechtsspruch beruhigen und sagte: »Ich sollte meinen, man frage Miss Temple, was sie dazu sagt. Es wäre nicht das erste Mal, daß ich den vernünftigsten Ausspruch von einem Weibe gehört hätte. Wenn die Indianer verschiedener Meinung sind, lassen sie die Weiber oft entscheiden.«

»Dann erkläre ich, daß Ihr verloren habt«, rief das Mädchen laut, »doch bezahle ich einen zweiten Schuß, oder Bromm überläßt mir den Vogel für einen Dollar.«

Dieser Vorschlag fand augenscheinlich wenig Beifall bei den Zuhörern; selbst der Neger schien das Vergnügen um diesen Preis nicht gern aufgeben zu wollen.

Unterdessen hatte sich Billy Kirby von neuem aufgestellt.

Der Holzhauer fühlte, daß sein Ruf von diesem Schuß abhing, und strengte daher alle Kräfte an. Er spannte den Hahn, zielte scharf, zauderte aber, abzuschießen. Kein Laut war zu hören, selbst Bromm verhielt sich ganz ruhig. Jetzt schoß Billy Kirby, aber nicht erfolgreicher als das erste Mal. Der Neger brach in lautes Jubelgeschrei aus. Er lachte, tanzte auf dem Schnee herum, bis er völlig erschöpft war.

Der Holzhauer konnte seinen Verdruß kaum meistern.

»Mach deine Bude zu, du schwarze Krähe«, rief er dem Neger zu. »Man kann ja auch den Kopf eines Truthahns in solcher Entfernung nicht treffen. Kerl, mach nicht solchen Lärm, zeige mir lieber den Mann, der es kann.«

»Platz gemacht, Billy Kirby«, rief jetzt Lederstrumpf, »ich will ihn dir zeigen.«

Mit diesen Worten trat Natty Bumppo an den Stand. Dreimal legte er an und zielte so vorsichtig wie nie im Leben. Dann feuerte er. Im ersten Augenblick nach dem Knall konnte man nicht feststellen, ob er getroffen habe. Doch als Elisabeth sah, wie ihr Ritter den Kolben der Flinte auf den Schnee stieß und wie gewöhnlich lautlos lachte, um dann kaltblütig die Büchse wieder zu laden, da wußte sie, daß er gesiegt hatte. Die Jungenschar stürzte auf das Ziel los und hob den Truthahn in die Höhe; er war tot, die Kugel hatte beinahe den ganzen Kopf weggenommen.

»Bringt das Tier und legt es der Dame zu Füßen«, rief Lederstrumpf. »Sie wählte mich zu ihrem Schützen. Der Vogel ist ihr Eigentum.«
»Und ein guter Schütze seid Ihr gewesen«, entgegnete Elisabeth mit freundlichem Lächeln. »Vetter Richard, vergeßt diesen Schuß nicht.«
Sie schwieg einen Augenblick, wandte sich dann errötend an den jungen Jäger und sagte in ihrer gewinnenden Herzlichkeit:
»Nur um die berühmte Geschicklichkeit Nattys zu prüfen, versuchte ich mein Glück. Darf ich Euch bitten, den Truthahn als einen kleinen Ersatz für die Wunde anzunehmen, die Euch das Ziel verfehlen ließ?«
Der Jüngling verbeugte sich tief vor ihr, aber anscheinend mit widerstreitenden Gefühlen. Dann hob er das tote Tier schweigend auf.
»Verzeiht einen Augenblick, Muhme Bess«, rief Richard, »es scheint hier noch ein Zweifel über die Gesetze dieser Veranstaltung zu herrschen. Wenn Ihr, meine Herren, einen Ausschuß wählen wollt ...«
Er hielt plötzlich inne und sah sich erstaunt um, denn jemand wagte es, die Hand vertraulich auf die Schulter des Obersheriffs zu legen.
»Ein fröhliches Weihnachtsfest, Vetter Richard«, sagte der Richter, der unbemerkt angekommen war. »Ich muß ein wachsames Auge auf meine Tochter haben, wenn diese galanten Anfälle sich bei dir wiederholen sollten. Aber ich bewundere deinen Geschmack, eine junge Dame zu Lustbarkeiten dieser Art zu führen.«
»Aber sie wollte es ja durchaus, Duke!« rief der enttäuschte Sheriff, der nun den ersten Glückwunsch dem Richter gegenüber versäumt hatte. »Es ging auch sehr anständig hier zu. Wenn ich auch der Meinung bin, daß diese gefährlichen Belustigungen verboten werden müßten. Ich glaube sogar, daß sie nach dem einheimischen Recht unerlaubt sind!«
»Richtig, Jones! Das mußt du genau untersuchen! Das ist die Pflicht des Sheriffs«, entgegnete Marmaduke lachend. »Ich sehe, Bess hat ihren Auftrag ausgerichtet.«
Richard warf einen Blick auf das versiegelte Schreiben, das er noch immer in der Hand hielt, und aller Unmut verschwand augenblicklich.
»Ach, Duke, mein lieber Vetter!« rief er, »ich muß dir etwas sagen, wenn du einen Moment mit mir zur Seite treten willst.«
Die beiden wandten sich ein paar Schritte ab, und der kleine, dicke Mann fuhr aufgeregt fort:
»Erstlich, Duke, danke ich dir für deine freundschaftliche Verwendung beim Gouvernement, ohne die das größte Verdienst oft unbelohnt bleibt. Wir sind Geschwisterkinder; und ich bin dir verschrieben wie eins deiner Pferde; zum Reiten und zum Fahren, wozu du willst, Duke!«
Und dann fügte er leiser hinzu:

»Aber nach meiner Ansicht muß man auf den jungen Begleiter Nattys ein wachsames Auge haben.«
»Überlaß ihn mir, Richard«, entgegnete der Richter ernst und trat wieder zu den andern zurück.

Sechzehntes Kapitel

Des Richters Gegenwart störte die Belustigung nicht, die mit lautem, lärmendem Streit über einen geringeren Preis fortgesetzt wurde. Nur Natty und Mohegan waren vom Schießplatz fort zu ihrem jungen Freund gegangen, auf den jetzt gerade der Richter mit seiner Tochter zutrat.
»Ich habe das Unglück gehabt, Euch zu verwunden, Herr Eduard«, begann Herr Temple.
Der junge Jäger fuhr bei diesen Worten auf und starrte den Richter schweigend an, der nach einer Pause fortfuhr:
»Doch ich hoffe, Euch entschädigen zu können. Mein Vetter, Richard Jones, hat eine neue Anstellung bekommen, so daß ich jetzt seine Hilfe vermissen muß. Werdet mein Gehilfe, wenigstens auf eine Zeitlang, und erlaubt mir, Euch eine angemessene Belohnung dafür zu bieten.«
In der Art des Vorschlags lag nichts Kränkendes.
Aber erst nach innerem Kampf erwiderte der Jüngling: »Um ein ehrliches Auskommen zu haben, würde ich Euch, Herr Richter, ebensogern wie jedem anderen Menschen Dienste leisten. Doch fürchte ich, daß Eure Geschäfte mich von der Erfüllung wichtiger Pflichten abhalten werden, und deshalb muß ich Euren Antrag ablehnen und meinen Unterhalt in Zukunft weiter mit meiner Büchse erwerben.«
Richard trat näher zu Elisabeth und flüsterte ihr ins Ohr:
»Seht Ihr, Bess! Den angeborenen Widerwillen eines Halbwilden. Diese Menschen können ihre Lebensweise nicht aufgeben, weil ihnen das Vagabundieren zur anderen Natur geworden ist.«
»Es ist ein unsicheres Leben«, entgegnete Marmaduke, der des Sheriffs Bemerkung nicht gehört hatte, »und ein Leben, das Euch vielen Entbehrungen aussetzt. Vertraut mir, junger Freund, ich habe mehr Erfahrung als Ihr.«
»Nein, Richter!« unterbrach ihn Lederstrumpf, der bis jetzt unbemerkt geblieben war: »Nehmt ihn in Euer großes Haus, aber sagt ihm die Wahrheit. Ich habe vierzig Jahre in den Wäldern gelebt und finde auch heute als Mann von achtundsechzig Jahren leicht meinen Unterhalt trotz aller Eurer Verbesserungen und Wildgesetze.«

»Du gehörst zu den Ausnahmen, Lederstrumpf«, erwiderte der Richter, dem Jäger freundlich zunickend, »aber du bist sehr abgehärtet. Dieser junge Mann ist aus zarterem Stoff und würde bei der Lebensweise bald krank werden. Deshalb kommt zu mir, Herr Eduard! Wenigstens so lange, bis Euer Arm geheilt ist. Meine Tochter wird Euch auch sagen, daß Ihr willkommen seid.«

»Gewiß«, erwiderte Elisabeth ernst, aber weich, »jeder Unglückliche ist uns willkommen und doppelt willkommen der, dessen Unglück wir veranlaßt haben.«

Auf diese Weise unterstützt, verfolgte Marmaduke sein Ziel. Er setzte dem jungen Mann alle Pflichten seiner neuen Lage auseinander und erwähnte leichthin das ihm bestimmte Gehalt. Eduard hörte ihn mit sichtbarer Bewegung an. Der Kampf in seinem Innern war unverkennbar. Manchmal schien es, als wolle er das Angebot freudig annehmen, dann zog wieder ein unerklärlicher Ausdruck des Widerwillens über sein schönes Gesicht. Der Indianer vernahm den Antrag des Richters mit augenscheinlichem Interesse. Er hatte sich nach und nach der Gruppe genähert, und als er mit scharfem Blick den inneren Kampf des jungen Jägers sah, veränderte er plötzlich Miene und Stellung, Scham und Niedergeschlagenheit waren verschwunden, und mit der furchtlosen, stolzen Stirn des indianischen Kriegers trat er hervor und sprach:

»Höre deinen Vater, denn seine Worte sind alt. Der junge Adler und der große Landbesitzer mögen immerhin zusammen essen und ohne Furcht unter einem Dache schlafen. Die Kinder Miquons lieben kein Blut; sie sind gerecht und werden Gerechtigkeit ausüben. Die Sonne muß oft auf- und niedergehen, bis die Menschen eine Familie ausmachen; es ist dies nicht das Werk eines Sommers, sondern vieler Winter. Die Mingos und die Delawaren sind geborene Feinde; ihr Blut wird in der Schlacht nicht in denselben Strom fließen. Aber, was macht den Bruder Miquons und den jungen Adler zu Feinden? Sind sie nicht aus einem Geschlecht entsprossen? Lerne warten, mein Sohn. Es fließt das Blut der Delawaren in deinen Adern, und Geduld ist die erste Tugend eines indianischen Kriegers.«

Diese Rede schien großen Eindruck auf den jungen Mann zu machen. Er nahm Marmadukes Vorschläge plötzlich an. Doch hielten es beide Teile für ratsam, fürs erste keine feste Verbindung einzugehen. Sie wollten nur erst versuchsweise zusammen arbeiten. Nach diesen Abmachungen trennte man sich vorerst.

»Ein halsstarriger junger Mann«, sagte Marmaduke. »Was ihm mein Haus so furchtbar verleidet, kann ich nicht begreifen, es müßte denn deine Anwesenheit sein, Bess!«

»Nicht doch«, fiel Richard treuherzig ein, »kein Halbblut erträgt den Gedanken an ein zivilisiertes Leben. In diesem Punkt sind sie ärger als die Wilden selbst.«

»In der Tat, lieber Vater«, sagte jetzt Elisabeth, »es kam mir vor, als ob er Eure Geduld fast erschöpft hätte. Seine Ablehnung ging zu weit. Wir müssen uns anscheinend durch seine Einwilligung geehrt fühlen. Welches Zimmer wünscht Ihr für ihn richten zu lassen, und an welchem Tisch soll er speisen?«

»Mit Benjamin und Remarkable zusammen«, unterbrach sie Richard, »du wirst doch den jungen Menschen nicht mit den Schwarzen essen lassen wollen! Er ist zwar nur ein Stück von einem Indianer, aber die Eingeborenen sehen mit großer Verachtung auf die Neger herab.«

»Er wird mit uns essen, an unserem Tisch«, sagte der Richter.

»Gut!« rief der Sheriff, »du wirst schon einsehen, daß es keine leichte Aufgabe ist, einen Gentleman aus ihm zu machen. Das alte Sprichwort sagt: Es gehören drei Generationen dazu, einen Gentleman zu machen.«

»Aber hierzulande soll jeder gleichgeachtet sein, der sich mit Anstand zu betragen weiß, und Oliver Eduard soll in meinem Hause auf derselben Stufe stehen wie der Obersheriff und der Richter.«

»Duke, das ist Demokratie und nicht Republikanismus, aber ich sage nichts weiter. Er soll sich nur in acht nehmen, das Gesetz nicht im geringsten zu übertreten, sonst will ich ihm zeigen, daß auch die Freiheit dieses Landes unter einiger Einschränkung steht.«

»Allerdings, Richard, aber du wirst doch nicht richten, bevor ich verdammt habe?« sagte Marmaduke. »Was meint Bess zu dem neuen Hausgenossen? Wir müssen uns auch in diesem Punkte dem Ausspruch der Damen fügen.«

»Oh, lieber Vater«, entgegnete Elisabeth, »ich glaube, ich bin ganz Eurer Ansicht.«

Der Richter zog ihren Arm fester an sich und schwieg, während sich Richard noch in bedeutungsvollen Winken und Warnungen erschöpfte.

Die drei Waldbewohner gingen unterdessen schweigsam nebeneinander her, bis sie den See erreicht hatten. Erst als sie über die gefrorene Oberfläche an den Fuß des Berges kamen, wo Nattys Hütte stand, rief der Jüngling:

»Wer hätte dies einen Monat früher gedacht! Ich bin in Marmaduke Temples Dienste getreten – im Hause des größten Feindes meines Geschlechts. Was konnte ich aber Besseres tun?«

»Ist er ein Mingo, weil du ihn deinen Feind nennst?« fragte Mohegan. – »Der Krieger aus dem Geschlecht der Delawaren sitzt ruhig und erwartet die Zeit des Großen Geistes. Er ist kein Weib und schreit nicht wie ein Kind.«

»John, ich bin nicht mißtrauisch«, sagte Natty zweifelnd, »aber, sie sprechen schon wieder von neuen Gesetzen im Lande, und was heißt das anderes als neue Wege in die Wälder und auf die Berge. Sie verändern das Land auf eine Weise, daß man kaum Seen und Flüsse wiedererkennt.«
»Ich will vergessen, wer ich bin«, sagte der Jüngling. »Vergiß auch du, alter Mohegan, daß ich der Abkömmling eines Delawarenhäuptlings bin, der einst Herr dieser majestätischen Berge, dieser schönen Täler und dieses Stromes war. Ich trete doch in ehrenvolle Dienste, alter Mann?«
»Alter Mann!« wiederholte der Indianer feierlich und blieb stehen. – »Ja, John ist alt, Sohn meines Bruders! Als John jung war, ruhte seine Büchse nimmer. Wo hätte sich das Wild vor ihm verbergen können! Aber nun ist John alt; seine Hand ist die Hand eines Weibes, sein Tomahawk ist eine Axt. Binsen und Weidenruten sind seine Feinde – er schlägt keine anderen. Hunger und Alter kommen zusammen. – Junger Mann, nimm die Hand des weißen Mannes – er wird dir helfen!«
»Gut, Freunde!« rief der junge Jäger. »Ich sehe, daß ihr das Opfer von mir verlangt, und es soll gebracht werden. Aber sprechen wir nicht mehr davon.«
Sie hatten jetzt die Hütte erreicht und traten hinein, nachdem Natty erst ein sinnreich erfundenes Schloß von der Tür genommen hatte. Ungeheure Schneemassen verdeckten die eine Wand des einsam gelegenen Holzhauses. Eine schmale Rauchsäule stieg durch einen einfachen Schornstein an den Felsen in die Höhe.
Während des Abendgottesdienstes, zu dem die Ansiedler fast alle wiederkamen, waren die Wolken, die sich den ganzen Morgen zusammengezogen hatten, dichter und dunkler geworden, und bald regnete es in Strömen. Die dunklen Baumstümpfe wurden unter dem schnell weichenden Schnee sichtbar; Zäune traten hervor, Eis und Schnee fielen von den Bäumen, und das Tauwetter veränderte die ganze Landschaft.

Siebzehntes Kapitel

In einem warmen Zimmer des Herrenhauses saß Elisabeth mit Louise Grant am Fenster und schaute verwundert auf die Veränderung draußen. Selbst das Dorf, das eben noch im Glanz des Frostes dagelegen hatte, warf jetzt seine Maske ab, und die Häuser traten mit ihren dunklen Dächern und verräucherten Schornsteinen hervor.
Nach einer Weile standen die beiden Mädchen auf, Elisabeth ergriff Louisens Arm, und sie gingen langsam im Zimmer auf und ab. Die Szenen des heutigen Tages zogen an ihrem Innern vorüber, und sie dachten wohl beide

an den Fremden, dessen Benehmen so sonderbar gegen sein Äußeres abstach. Die Wärme des Zimmers hatte ihre Wangen gerötet, und die Blicke der Männer, die an ihrem Tisch am unteren Ende des Zimmers saßen, kamen oft zu den Mädchen herüber. Die ganze Gesellschaft war wieder beisammen, trank und lachte. Als Benjamin mit einem großen Arm voll Holz ins Zimmer kam, rief ihm der neugebackene Sheriff zu:
»Traut Ihr Vetter Dukes bestem Madeira nicht Hitze genug zu, Herr Pump, uns bei diesem Tauwetter gehörig warm zu halten? Erinnert Euch, alter Knabe, der Richter ist mit seinen Buchen und Ahornbäumen geizig.«
Benjamin aber hörte nicht auf Richard Jones. Er wandte sich mit lauter Stimme an die Gesellschaft und rief:
»Glaubt mir, ihr Herren, ich versteh' etwas vom Wetter. Es ist Zeit, die Luken zu schließen, die Schießlöcher zu verstopfen und die Feuer anzuschüren. Ich habe nicht umsonst siebenundzwanzig Jahre auf der See und wieder sieben Jahre hier in den Wäldern gelebt!«
»Meinst du, daß sich das Wetter ändern wird, Benjamin?« fragte der Richter.
»Der Wind ist herumgegangen, Herr«, erwiderte der Hausmeister, »und das bedeutet hierzulande immer anderes Wetter.«
»Und wie ist es jetzt draußen?« unterbrach ihn Marmaduke.
»Seht, Herr, der Wind kam den ganzen Tag aus Süden, und jetzt ist es still draußen. Da war aber ein Streifen am Himmel, nördlich am Berge, anfänglich nicht größer als das Innere einer Hand, denn oben trieben die Wolken darüber hin, wie wenn Ihr das große Segel aufspannt, und die Sterne kamen wie Lichter und Leuchttürme hervor. Wenn ich ein richtiger Wetterprophet bin, so ist es höchste Zeit, ein tüchtiges Feuer anzumachen.«
Der Südwind hatte in der Tat aufgehört, und ehe man sich im Herrenhaus zur Ruhe begab, war eine strenge Kälte eingetreten. Als Monsieur le Quoi beim hellen Mondschein nach Hause gehen wollte, mußte er noch einmal umkehren und sich eine wollene Decke ausbitten, in die er sich fest einwikkelte.
Der Geistliche und seine Tochter blieben über Nacht, und da sämtliche Gäste den Abend vorher ungebührlich lange aufgeblieben waren, zogen sich bald alle in ihre Zimmer zurück.
Elisabeth und ihre Freundin schliefen noch nicht, als sie schon das Heulen des Nordwestwindes hörten. Sie fühlten sich behaglich in dem gut durchheizten Zimmer. Als sie aber einzuschlafen begannen, schreckte sie ein langes, klägliches Geheul wieder auf. Die Mädchen drängten ängstlich zusammen, und Louise flüsterte:
»Es sind Wölfe, die sich aus dem Wald an den See gewagt haben. Eines Nachts trieb sie der Hunger sogar bis an unsere Tür. Das war eine schreck-

liche Nacht! Hier ist mir aber nicht bange. Das Haus ist sicher sorgfältig verschlossen.«

Elisabeth nickte nur. Das Geheul war noch einige Minuten zu hören, dann wurde es leiser und schien sich zu entfernen, und die Mädchen schliefen bald tief. Am anderen Morgen weckte sie erst das Geräusch der einheizenden Magd.

Sie standen auf und kleideten sich schnell an, da es jetzt am Morgen empfindlich kalt im Zimmer war. Elisabeth ging zuerst an das Fenster und zog die Vorhänge auf, aber dickes Eis bedeckte die Scheiben, so daß man nichts sehen konnte. Sie öffnete das Fenster und stand überrascht vor der Aussicht. Der See hatte seine blendendweiße Schneefläche mit einer dunklen Eisdecke vertauscht, die wie ein glänzender Spiegel die Strahlen der aufgehenden Sonne zurückwarf. Sämtliche Häuser trugen ungeheure Eiszapfen, die von jedem Dach herabhingen und wie blanker Stahl glänzten. Die großen Zweige der Fichten und Tannen an den westlichen Bergen beugten sich unter der Last des Eises, und ihre Spitzen ragten wie Türme aus glänzendem Silber über die hohen Eichen, Buchen und Ahornbäume. Die ganze Landschaft lag im zitternden Glanz, den die Sonne aus den vielen Eiskristallen lockte.

Elisabeth rief Louise an das Fenster, und beide Mädchen standen versunken in den Anblick der Winterlandschaft. Plötzlich bemerkten sie den jungen Jäger im Hof, der in neuen Kleidern ganz verwandelt aussah. Sie schlossen gleich darauf das Fenster und gingen zusammen hinunter. Der Richter empfing die Damen vor der Tür, nahm seine Tochter beiseite und sagte leise: »Er scheint nicht gern von seiner früheren Lage zu sprechen, doch ergibt sich aus manchen Äußerungen, daß er bessere Tage gekannt hat, und ich stimme jetzt Richards Meinung über seine Herkunft bei. Über sein früheres Leben darf nicht gesprochen werden, das hat er sich als besondere Gunst von mir erbeten. Er ist jetzt vielleicht noch ein wenig verstimmt über seine Wunde am Arm, aber sie wird bald geheilt sein, und dann ist er sicher freundlicher und mitteilsamer.«

»Ich bin nicht neugierig«, erwiderte Elisabeth. »Ich sehe in ihm den Sohn irgendeines berühmten oder berüchtigten Häuptlings und werde ihn so behandeln, daß er sich den hübschen Lockenkopf scheren läßt, ein halbes Dutzend meiner besten Ohrringe borgt, seine Büchse wieder über die Schulter wirft und ebenso schnell verschwindet, wie er erschienen ist.«

Der Richter freute sich über die Spottlust seiner Tochter, nahm ihren Arm und trat mit ihr in das Frühstückszimmer, wo sie den jungen Jäger schon fanden, der nun entschlossen war, im Kreis der Familie zu leben.

Nach dem Eintritt des fremden Jägers in das Haus des Richters verging der Winter sehr schnell. Der See blieb fest zugefroren, und die Mädchen brachten im einspännigen Schlitten, von Richard gefahren und, wenn der Schnee es zuließ, von Eduard auf Schlittschuhen begleitet, manche Stunde in der schönen, klaren, hellen Bergluft zu. Die Zurückhaltung des jungen Mannes verschwand allmählich, obgleich es einem aufmerksamen Beobachter nicht entgangen sein würde, daß ihn oft bittere Gefühle auf Augenblicke übermannten. Elisabeth sah in diesen drei Monaten, wie große Strecken auf den Bergen abgeholzt wurden. Immer mehr Ansiedler fanden sich mit zahllosen Schlitten voll Kornsäcken und Pottaschefässern ein. Das ganze Land gewährte den Anblick einer blühenden Kolonie. Wagen mit Hausgerät folgten den neuen Ankömmlingen, wieder andere Wagen führten die reichen Erzeugnisse des Landes auf den Markt von Albany. Im Dorf herrschte ein reges Leben. Der Wohlstand der Handwerker nahm mit der Bevölkerung des Landes zu, und immer mehr gestaltete sich das Leben stadtmäßiger. Zweimal die Woche ging ein Postbote nach den Ufern des Mohawk, um dort alle aus den Südstaaten zusammengekommenen Briefe in Empfang zu nehmen. Man sah ihn sogar einige Male während des Winters mit einem Passagier in seinem Schlitten schnell über die Schneefläche hingleiten. Gegen den Frühling kehrten mehrere Familien, die ihre Verwandten in anderen Teilen des Landes besucht hatten, noch auf dem Schnee zurück, häufig von einer ganzen Nachbarschaft begleitet, die in den Wäldern ihr Glück versuchen wollte.

Während dieser Zeit war Oliver Eduard am Tage sehr eifrig im Dienste Marmadukes beschäftigt, doch die Abende und manchmal sogar einen Teil der Nacht brachte er häufig in Nattys Hütte zu. Das freundschaftliche Verhältnis zwischen den drei Jägern blieb bestehen. Mohegan aber kam selten ins Herrenhaus und Natty nie. Eduards Besuche in der Waldhütte erregten allerdings oft Argwohn, wenn auch im Haus des Richters nicht darüber gesprochen wurde.

Achtzehntes Kapitel

Mit dem nahenden Frühling begannen auch die ungeheuren Schneemassen, die durch abwechselnden Tau und Frost eine bedeutende Festigkeit bekommen hatten, allmählich den milderen Winden und der wärmeren Sonne zu weichen. Aber das Wetter blieb trotzdem noch sehr unbeständig. Es war Ende März, als der Sheriff Elisabeth und ihre junge Freundin überredete, ihn zu Pferde auf einen Berg der Umgebung zu begleiten, von dem man eine sehr schöne Aussicht haben sollte.

»Außerdem, Bess«, fuhr der unermüdliche Richard fort, »können wir auf diesem Wege noch Billy Kirbys Zuckersiederei besichtigen. Er kocht jetzt gerade in dieser Gegend für Fared Ransom Zucker. In der ganzen Grafschaft versteht kein Mensch dieses Geschäft besser als er.«

So brach denn eines Tages die Gesellschaft aus dem Herrenhause auf — der Richter und Eduard hatten sich angeschlossen —, und der Zug bewegte sich in größter Ordnung durch das Dorf. Vor Monsieur le Quois Hause hielt man an, um den Freund mitzunehmen. Die Wärme des Tages hatte das Eis schon aufgetaut, und die Reiter mußten einzeln vorsichtig dort reiten, wo Rasen und festerer Boden ihren Pferden ein sicheres Auftreten erlaubten. Ein großer Teil der urbar gemachten Äcker lag noch unter einer Schneedecke begraben; nur hier und da, wo der Schnee der Sonne gewichen war, gewahrte man ein schönes, lebendiges Grün. Richard ritt voran und versuchte wie immer die Gesellschaft zu unterhalten.

»Heute ist ein wahres Zuckerwetter, Duke«, rief er, »ich wette, jetzt läuft der Saft aus den Ahornbäumen wie der Wein aus einem angebohrten Faß. Es ist jammerschade, Richter, daß du deine Zuckermanufakturen nicht geschickter führen läßt. Es ließe sich machen, ohne daß man so gelehrt zu sein braucht wie Doktor Franklin — es ließe sich wirklich machen.«

»Meine erste Sorge, Freund Jones!« entgegnete Marmaduke, »soll darin bestehen, mir diese Quelle des Reichtums zu erhalten und vor Verwüstung durch die Ansiedler zu schützen.«

Richard ließ sich durch diesen Einwand nicht stören und setzte das Gespräch mit großer Lebhaftigkeit fort, bis sie den Gipfel des Berges erreicht hatten. Hier waren alle Fichten und Tannen abgeholzt, und nur ein kleines Gehölz von Ahornbäumen war stehengeblieben. Alles Unterholz war so ziemlich zur Feuerung für die Kessel weggeräumt, so daß man eine Fläche von mehreren Äckern übersah, die einem mächtigen Tempel glich, dessen Säulen die hohen, schlanken Stämme der Ahornbäume waren. Jeder Baum zeigte tiefe Einschnitte, in denen kleine Röhren aus Erlenholz oder Sumachrinde steckten, unter die rohe, aus Lindenholz plump ausgehauene Tröge gestellt waren, um den Saft aufzufangen, den diese einfache, aber mörderische Einrichtung herauslockte. Die Gesellschaft hielt einen Augenblick an, um die Pferde verschnaufen zu lassen. Der Zuckersieder, der nicht weit von der Gesellschaft auf seinem Felde beschäftigt war, drehte sich gleichgültig um und nickte den Reitern zu, ohne seinen Hut abzunehmen.

»Was sehe ich!« rief jetzt Richard dem langsam hantierenden Manne zu, »wo sind deine vier Kessel, deine Tröge und deine eisernen Kolben, Billy Kirby? Machst du jetzt den Zucker auf diese einfache und langsame Art? Ich hielt dich für den besten Zuckersieder in der Grafschaft.«

»Das bin ich auch, Sheriff«, sagte Kirby, »ich stehe keinem Menschen in diesen Bergen nach, was Holzhauen, Zuckersieden, Ziegelbrennen, Schlagbäume ziehen, Pottasche machen und Kornschneiden betrifft, obgleich ich mich meistens an das erste Geschäft halte, da die Axt meiner Natur am besten zusagt.«

»Es betrübt mich, überall in diesem Lande auf Verschwendung zu stoßen«, mischte sich jetzt der Richter ins Gespräch, »diese Ansiedler schalten mit den schönsten Gaben der Natur wie herumziehende Zigeuner. Auch du bist nicht von diesem Tadel ausgeschlossen, Kirby; denn du bringst diesen Bäumen tödliche Wunden bei, wo ein kleiner Einschnitt dasselbe tun würde. Bedenke, daß Jahrhunderte dazu gehören, bis sie eine solche Größe erreichen.«

»Ich begreife Euch nicht, Richter«, entgegnete Billy, »wenn diese Berge an irgend etwas Überfluß haben, so ist es an Bäumen. Ist es Sünde, sie zu fällen, so werde ich nicht in den Himmel kommen, denn ich habe mit eigener Hand gewiß fünfhundert Äcker in Varmont und York abgeräumt und hoffe, das Tausend noch voll zu machen, ehe ich meine Axt niederlege.«

»Wir plündern hier die Wälder, als ob ein einziges Jahr alles wieder ersetzen könnte, was wir zerstören«, rief der Richter ärgerlich. »Aber die Stunde kommt, wo ein Gesetz nicht nur die Wälder, sondern auch das Wild in besonderen Schutz nehmen wird.«

Mit diesen Worten gab er seinem Pferd die Sporen, die anderen folgten, und die reitende Gesellschaft zog über das Zuckerschlachtfeld davon. Der Holzhauer blieb ungerührt bei seiner Arbeit zurück, und man hörte ihn sogar nach einiger Zeit mit kräftiger Stimme ein Lied singen. Eine Zeitlang folgten die Reiter schweigend dem schwierigen Pfade, der manchmal nur mit Mühe zu erkennen war. Der Wald wurde immer unwegsamer und glich schließlich einer völligen Wildnis. Elisabeth, die dicht vor ihrem Vater ritt, wandte sich plötzlich um und sagte:

»Ich entsinne mich dunkel, von Eurem ersten Aufenthalt in diesen Wäldern gehört zu haben. Wie wild diese Gegend auch heute erscheint, damals muß sie ja tausendmal schrecklicher gewesen sein. Könnt Ihr uns nicht etwas davon erzählen?«

Bei dieser Frage näherte Eduard unauffällig sein Pferd dem Richter und blickte ihn mit seinen dunklen Augen aufmerksam und gespannt an. Der Richter, der schweigend und langsam weiterritt, fing nach einer kurzen Pause an zu erzählen.

»Du warst damals zwar noch sehr jung, mein Kind, erinnerst dich aber wohl noch der Zeit, als ich von dir und deiner Mutter Abschied nahm, um mich zuerst in diesen wilden, unbewohnten Bergen umzusehen. Ich hatte anfänglich mit Sorgen, Hunger und Krankheiten zu kämpfen. Die Bewoh=

ner in diesen Wäldern hatten früher nur die wenigen Früchte hier zur Verfügung und das Wild, das sie auch nur mit Mühe erlegen konnten.«

»Ja«, rief Richard, »das war eine ordentliche Hungerzeit, Elisabeth. Ich wurde so schlank wie ein Wiesel und mein Gesicht so blaß, als hätte ich Fieber. Monsieur le Quoi fiel zusammen wie ein vertrockneter Kürbis, und es scheint, als ob er sich immer noch nicht erholt hätte. Unserem Benjamin wollte die Hungerpartie am wenigsten behagen; er schwor, er wolle lieber für immer auf halbe Portion gesetzt sein, als auf kurze Zeit ganz zu hungern.«

»Es war eine Zeit allgemeiner Mißernte«, fuhr der Richter fort, »alle Lebensmittel standen in Europa in hohem Preise und wurden von den Spekulanten aufgekauft. Von Osten und Westen strichen unaufhörlich Auswanderer durch das Mohawktal und führten alle Lebensmittel mit sich fort wie ein Heuschreckenschwarm. Auch den deutschen Bewohnern in den Ebenen erging es nicht besser. Sie waren selbst in Not, gaben aber doch gern und freudig ihren leidenden Mitmenschen, was sie nur erübrigen konnten. Wir hatten damals weder Mühlen noch Korn, noch Straßen, noch Wege; nichts nahm bei uns zu als die hungrigen Mäuler, die gestopft werden sollten. Hundert Hungrige verlangten in dieser schrecklichen Zeit ihr tägliches Brot von mir. Die Leiden ihrer Familien und die dunkle Zukunft, der sie entgegengingen, hatten ihren Mut und Unternehmungsgeist gelähmt. Der Hunger trieb sie am Tage in die Wälder, um Nahrung zu suchen, aber Verzweiflung führte sie abends schwach und matt in ihre Hütten zurück. Hier mußte schnell Rat geschafft werden. Ich kaufte Korn in den Magazinen von Pennsylvanien, ließ es in Albany einschiffen und den Mohawk hinauf in Booten bringen und von da auf Packpferden durch die Wildnis führen und unter das Volk verteilen. Netze wurden geknüpft, um Fische aus Flüssen und Seen zu fangen. Ein Wunder kam uns zu Hilfe. Man entdeckte eine ungeheure Menge Heringe, die fünfhundert Meilen durch die vielen Windungen des ungestümen Susquehannah gewandert waren und den See in Massen belebten. Sie wurden gefangen und mit angemessenen Rationen Salz unter die Menschen ausgeteilt. Von diesem Augenblick an begann unser Wohlstand.«

»Ja«, rief Richard. »Ich teilte Fisch und Salz aus, und als sich die armen halbverhungerten Teufel um mich herumdrängten, ihre Portionen in Empfang zu nehmen, mußte Benjamin, der mein Gehilfe bei diesem Geschäft war, eine Leine um mich herumziehen, damit sie mir nicht zu nahe kamen; denn, weil sie so lange im Walde nichts als wilde Zwiebeln gefressen hatten, stanken sie so nach Knoblauch, daß ich während der Austeilung beinahe umgefallen wäre.«

»Ja, Bess!« sagte der Richter, »wer von den Ansiedlungen in einem neuen Lande hört, weiß wenig von den Sorgen und Arbeiten, womit sie verbunden sind. Ich ließ damals meine Begleiter gleich nach unserer Ankunft in dem Tal zurück, das wir später Kirschtal nannten, und ritt einen engen Pfad, den nur das Wild gebahnt hatte, den Berg hinauf. Die Aussicht, die sich dort meinen Blicken auftat, erschien mir wie ein Traumbild. Ich bestieg einen Baum und schaute wohl eine Stunde lang in die Wildnis hinab. Auch nicht eine Öffnung war in dem grenzenlosen Wald zu sehen, nur der See lag wie ein glänzender Spiegel vor mir. Myriaden wilder Vögel bedeckten das Wasser, und von meiner Höhe herab sah ich eine Bärin mit ihren Jungen ans Ufer trotten, um ihren Durst zu löschen. Nirgends war eine Lichtung, eine Hütte oder auch nur die Windung eines Weges zu entdecken. Nichts als Berge und Wälder. Selbst der kleine Susquehannah war damals durch den hohen, dichten Wald verdeckt. Später stieg ich den Berg hinab. Mein Pferd hatte ich am Ufer des Sees zurückgelassen, während ich den Platz untersuchte, wo jetzt Templeton steht. Eine Fichte von ungewöhnlicher Höhe erhob sich an der Stelle, wo jetzt unser Haus steht. Unter diesem Baum verzehrte ich meine mitgebrachte Mittagsmahlzeit und hatte sie gerade beendet, als ich am östlichen Ufer des Sees unter den Bergen eine Rauchsäule aufsteigen sah. Das einzige Merkmal menschlicher Nähe, das mir bis jetzt erschienen war. Mit großer Anstrengung bahnte ich mir einen Weg dorthin und fand am Fuß des Berges eine leere Hütte von rohen Baumstämmen, die aber anscheinend bewohnt war.«

»Das war Nattys Hütte!« sagte Eduard, der gespannt zugehört hatte.

»Ganz richtig; anfänglich hielt ich sie zwar für die Wohnung eines Indianers; doch während ich noch herumging, kam Natty, keuchend unter der Last eines eben erlegten Hirsches. Unsere Bekanntschaft stammt von diesem Augenblick; denn früher hatte ich nie davon gehört, daß ein Mensch in den Wäldern hauste. Er machte seinen Kahn los, fuhr mich über den See an den Platz, wo ich mein Pferd angebunden hatte, zeigte mir eine Stelle, wo es bis zum anderen Morgen sparsames Futter finden konnte, und ich kehrte darauf mit ihm zurück und brachte die Nacht in seiner Hütte zu.«

»Und wie erfüllte Lederstrumpf die Pflichten des Wirts?« fragte jetzt Eduard lächelnd.

»Nun, herzlich und freundlich, bis er meinen Namen und den Zweck meines Besuches erfuhr. Diese Entdeckung veränderte ihn ganz. Ich glaube, er sah meine Niederlassung in dieser Gegend für einen Eingriff in seine Rechte an. Er sprach sein Mißfallen darüber offen aus. Ich konnte seine verwirrten und dunklen Einwürfe nicht ganz verstehen, doch schien es mir, als ob sie hauptsächlich auf die Beschränkung der Jagd Bezug hatten.«

»Gehörten Euch diese Ländereien damals schon, oder untersuchtet Ihr sie in der Absicht, sie zu kaufen?« unterbrach ihn Eduard.
»Sie gehörten mir schon seit einigen Jahren, und ich besuchte sie in der Absicht, wenn möglich, eine Niederlassung zu gründen. Nachdem Natty diesen Zweck meiner Reise erfahren hatte, behandelte er mich zwar noch als seinen Gast, aber doch auffallend kälter. Ich schlief die Nacht auf seiner Bärenhaut und stieß am anderen Morgen wieder zu meinen Gefährten.«
»Sprach er nicht von den Rechten der Indianer?« fuhr Eduard fort. »Ich weiß, daß er den Europäern ihre Ansprüche auf diese Ländereien streitig machte.«
»Ich erinnere mich, daß er davon sprach, verstand ihn aber nicht völlig. Die Rechte der Indianer waren seit dem letzten Kriege aufgehoben, und mir gehörte dieser Landstrich nach einem von der Regierung ausgefertigten und vom Kongreß bestätigten Grundbrief.«
»Ich zweifle nicht an der Rechtmäßigkeit Eurer Ansprüche«, entgegnete der junge Mann, indem er heftig sein Pferd an den Zügeln riß und hinter dem erstaunten Richter zurückblieb.
Die Gesellschaft erreichte jetzt bald das Ziel des Rittes, und man fand eine jener malerischen Aussichten, die in dieser Gegend häufig sind. Die noch

winterliche Landschaft lag aber zum Teil unter Nebel verborgen, und man beschloß, die Stelle im Spätfrühling oder Sommer noch einmal zu besuchen, um die Aussicht in ihrer ganzen Schönheit zu sehen. Auf dem Rückweg verschlechterte sich das Wetter plötzlich. Ein Sturm schien zu kommen. Wolken bedeckten schon fast den ganzen Himmel, und ein dichtes Schneegestöber verhüllte den Berg an der nördlichen Seite des Sees. Ein kalter Nordwind hatte sich aufgemacht, und die Reiter suchten so schnell wie möglich das Dorf zu erreichen, obgleich die grundlosen Wege sehr oft die Pferde hemmten. Richard blieb immer voraus; ihm folgte le Quoi, dann kam Elisabeth. Marmaduke hielt sich dicht hinter seiner Tochter und mahnte sie öfters, recht vorsichtig zu sein. Das augenscheinliche Vertrauen, das Louise Grant Eduard gegenüber hatte, veranlaßte den Jäger, an ihrer Seite zu bleiben, als der Weg durch eine besonders düstere Waldstrecke führte. Selten nur durchbrach ein Sonnenstrahl dieses dichte Gehölz, und selbst das Tageslicht drang nur spärlich hindurch. Bis jetzt hatte noch kein Windstoß die Reiter getroffen, aber die tiefe, totenähnliche Stille, die häufig dem Sturm voranzugehen pflegt, erschreckte sie. Plötzlich hörte man Eduard laut rufen:
»Vorsicht! Ein Baum! Schnell vorwärts! Ein Baum!«
»Ein Baum! Ein Baum!« rief auch Richard jetzt laut, indem er seinem Pferde die Sporen gab, so daß das Tier wütend durch den Sumpf setzte und Schlamm und Wasser hoch in die Luft spritzten.
»Un arbre! Un arbre!« schrie auch der Franzose und legte sich mit geschlossenen Augen flach auf den Rücken seines Pferdes und sprengte mit unglaublicher Schnelle dem Sheriff nach.
Elisabeth hielt einen Augenblick an und schaute sich ängstlich um. Es war nichts zu sehen, nur die Stille des Waldes wurde durch fernes Krachen unterbrochen. Im nächsten Augenblick faßte Marmaduke mit kräftiger Hand ihren Zügel und riß sie mit sich fort. Die Reiter bückten sich so tief wie möglich auf die Sättel, und einen Augenblick später brach mit donnerähnlichem Prasseln eine sehr große Fichte in ihrer Nähe um. Der Richter sah schnell auf und stellte fest, daß seine Tochter und alle vor ihm gerettet waren. In tödlicher Angst wandte er sich jetzt um, das Schicksal der beiden letzten Reiter zu erfahren. Eduard lag, soweit er konnte, auf seinem Sattel, die Linke hielt krampfhaft den eigenen Zügel, während die Rechte den Zaum von Miss Grants Pferd festhielt. Beide Tiere, die dicht aneinander gedrängt standen, zitterten vor Angst und schnaubten furchtbar. Der Baumriese lag wenige Schritte von ihnen quer über dem Weg. Das geängstigte Mädchen hatte die Zügel fallen lassen und saß vorwärts gebeugt im Sattel, das Gesicht mit beiden Händen bedeckt.
»Seid Ihr gerettet?« rief der Richter.

»Gott sei gedankt«, erwiderte Eduard. »Wenn der Baum große Äste gehabt hätte, wären wir verloren gewesen.«
Jetzt richtete sich Louise langsam im Sattel auf, sank aber gleich wieder schwach zurück und wäre ohne Eduards Hilfe hinabgefallen. Doch hatte nur der Schrecken diese Ohnmacht verursacht, und durch Elisabeths Hilfe kam sie bald wieder so weit zu sich, um aufrecht im Sattel sitzen zu können. Von Marmaduke und Oliver Eduard unterstützt, folgten sie langsam dem Zuge.
»Das plötzliche Umstürzen der Bäume«, sagte der Richter, »gehört zu den gefährlichsten Ereignissen dieser Wälder. Man kann einen solchen Fall nicht voraussehen und sich davor schützen. Es gibt in diesen undurchdringlichen Waldungen zu viele alte und morsche Bäume. Doch glücklicherweise sorgt der Sturm, seit er durch die Aushauungen in das Innere der Wälder dringen kann, meistens dafür, uns von diesen gefährlichen Riesen zu befreien.«
Da Louise sich so weit erholt hatte, daß sie schneller reiten konnte, setzten sie die Pferde in Trab. Doch lange bevor die Reiter das Dorf erreicht hatten, überraschte sie der Sturm, und beim Absteigen vor dem Herrenhause hingen die schwarzen Federn auf Elisabeths Hut und die Röcke der Männer voll feuchten Schnees. Als Eduard Louise absteigen half, drückte sie seine Hand und flüsterte:
»Jetzt, Herr Eduard, verdanken Vater und Tochter Euch das Leben.«
Der Sturm wütete heftig, und noch vor Sonnenuntergang war jede Spur des Frühlings verschwunden. Der See, die Berge, das Dorf und die Felder, alles lag von neuem mit tiefem Schnee bedeckt.

Neunzehntes Kapitel

Von dieser Zeit bis zu Ende April blieb das Wetter wechselnd. Der Schnee verschwand aber endlich ganz, und das schöne Grün der Kornfelder kam überall zum Vorschein. Der See hatte seine glänzende Eisfläche verloren, und große Herden wilder Gänse zogen durch das Land und ließen sich von Zeit zu Zeit an seinen Ufern nieder.
Eines Morgens erwachte Elisabeth von dem fröhlichen Zwitschern der Schwalben vor ihren Fenstern.
Richards Stimme rief dazwischen laut über den Hof: »Aufgewacht, meine Damen! Die Seevögel sind alle schon um den See versammelt, und der Himmel ist voller Tauben. Ihr könnt die Sonne nicht mehr sehen, so dicht ist dieser Schwarm. Wir warten nur noch auf unser Frühstück, und dann geht's auf die Taubenjagd.«
Nach wenigen Minuten erschien Miss Temple mit ihrer Freundin im Früh=

stückszimmer. Die Türen des Vorzimmers standen auf, und die milde Luft eines hellen Frühlingsmorgens drang erfrischend in das Zimmer. Sämtliche Herren, Monsieur le Quoi ausgenommen, erwarteten mit Ungeduld ihr Frühstück. Der Sheriff lief hin und her und machte alle auf das, was draußen vorging, aufmerksam. Schließlich zogen alle los. Die Luft war mit Tauben angefüllt und das Dorf mit Menschen. Männer, Frauen und Kinder — alles wollte an der Jagd teilnehmen. Jede Art von Feuergewehr, von der französischen Entenflinte mit ihrem sechs Fuß langen Lauf bis zur gewöhnlichen Sattelpistole, war in den Händen der Männer, während sich die Jugend meistens mit Bogen und Pfeil und alten Armbrusten behelfen mußte. Der Anblick der Häuser und das rege Leben im Dorf trieb die geängstigten Vögel aus der geraden Linie ihres Flugs gegen die Berge, längs dem See hin. Und hier war das Morden schon im vollen Gange.
Natty Bumppo, die Büchse über die Schulter geworfen, trat als Zuschauer zwischen die Schießenden. Seine Hunde beschnüffelten die in Massen herabgefallenen blutenden Vögel, ließen sie aber unberührt liegen und drängten sich näher an ihren Herrn. Sobald sich ein großer Schwarm blicken ließ, brach das Gewehrfeuer los, aber selbst ein blindlings abgeschossener Pfeil verfehlte hier sein Ziel nicht, und einige, die an den Bergen standen, schlugen die Tauben mit Stangen tot.
Natty war anfänglich ein stummer Zuschauer dieser Verwüstung, schließlich aber konnte er seinen Unmut nicht länger zurückhalten.
»Ihr wollt Jäger sein«, rief er einigen Schützen zu. »Vierzig Jahre habe ich die Tauben hier durchziehen sehen, ohne daß jemand ihren Flug störte. Aber seit ihr hier im Lande haust, hört das Morden unter den Tieren des Waldes nicht auf.«
Mit diesen Worten wandte er sich von der wilden Schießerei ab, die ihm im Herzen zuwider war, und verschwand im Wald. Die Taubenschlacht wurde aber weitergeführt, denn niemand hörte auf den alten Jäger, und Tausende von Tieren wurden sinnlos getötet.
Die Tage waren von jetzt an warm und mild, während die Nächte zwar noch kalt, aber doch ohne Frost blieben. Das Blatt der inländischen Pappel begann sich zu entfalten; die Bergflächen vertauschten ihr dunkles Braun gegen das lebendige Grün, und selbst die Knospen der späten Eichen schwollen und verhießen den nahen Sommer. Die fröhliche Blaumeise, das gesellige Rotkehlchen und der kleine Zaunkönig waren wieder eingetroffen, und auch der Fischreiher schwebte schon über den Gewässern des Otsego. Die Fische des Sees waren weit berühmt wegen ihrer Anzahl, aber auch wegen ihres Geschmacks. Kaum war das Eis verschwunden, als man auch schon viele kleine Fischerkähne auf dem Wasser sah. Als aber die Jahreszeit kam,

in der das Gesetz das Fischen auf dem See erlaubte, wollte Richard die erste dunkle Nacht benutzen, um einen richtigen Fischzug zu veranstalten.

»Ihr sollt auch dabei sein, Muhme Bess!« fügte er hinzu, »und Miss Grant und Herr Eduard auch. Ich will euch zeigen, was Fischen heißt, denn Vetter Dukes langsame Art mit der Angel kann ich nicht so nennen. Da lobe ich mir ein Netz, fünfzig bis sechzig Faden lang, und eine Anzahl lustiger Bootsleute, die in der Zwischenzeit ihre Späße machen, Benjamin am Steuer=ruder und die Fische zu Tausenden – das nenne ich Fischen.«

»Ach, Richard«, rief Marmaduke, »du weißt nicht, was für ein Vergnügen es ist, mit Angel und Haken zu fischen, sonst würdest du sparsamer mit den Fischen umgehen.«

»Ich will mit dir darüber nicht streiten, Richter Temple«, sagte der Sheriff würdevoll, »aber ich fordere alle auf, mich diese Nacht auf den Fischfang zu begleiten und dann zu entscheiden.«

Die Einladung wurde angenommen, und Richard benutzte den größten Teil des Tages zu den nötigen Vorbereitungen für sein wichtiges Geschäft. Kaum war die Sonne untergegangen, als die Fischer in einem Boot nach dem be=stimmten Punkt am westlichen Ufer des Sees, eine gute halbe Meile vom Dorf entfernt, abfuhren. Marmaduke, Elisabeth, Miss Grant und Eduard zogen den Weg am Ufer vor, der jetzt trocken und eben war, und verfolgten das schnell rudernde Boot, bis es sich dem Auge nur noch als ein dunkler Punkt zeigte und endlich ganz verschwand. Der Weg zu Lande betrug un=gefähr eine Meile, und alle schritten kräftig aus.

»Seht!« rief Eduard, »sie zünden schon ihr Feuer an, es glimmt auf und ver=löscht wieder wie ein Johanniswürmchen.«

Alle vier beeilten sich jetzt, da sie wußten, daß Richard mit dem Beginn auf sie warten würde. Sobald sie ankamen, bestiegen auf Richards Befehl die Fischer das Boot und brachten das Netz in Ordnung. Unterdessen war es völlig dunkel geworden, und was nicht vom Feuer beleuchtet wurde, war kaum erkennbar. So weit der Schein der Flamme reichte, sah man die Fläche des Sees glänzen, doch ungefähr hundert Schritt vom Ufer schien es gänz=lich dunkel zu sein. Die Lichter im Dorfe blinkten wie aus weiter Ferne.

Wenn der Sheriff den Fischfang nicht selbst leitete, war Benjamin Pump ein für allemal als Steuermann und Netzwerfer angestellt. Dem Holzhauer und noch einem anderen kräftigen jungen Mann hatte man die Ruder übertra=gen. Die übrigen Fischer standen bei den Stricken, um das Netz im entschei=denden Augenblick ans Ufer zu ziehen. Jetzt waren alle Vorbereitungen zur Abfahrt getroffen, und Richard gab das Zeichen. Elisabeth verfolgte das Boot mit ihren Blicken, aber nicht lange, dann verschwand es ganz, und man hörte nur noch den Ruderschlag. Endlich verkündete ein lautes Plät=

schern, daß das Netz ausgeworfen wurde, und bald darauf hörte man das Kommando, zum Ufer zurückzukehren.
Richard ergriff ein Stück brennendes Holz und eilte damit in die Richtung, wo er die Fischer vermutete. Bald war das Boot sichtbar und landete am Ufer. – Mehrere Hände griffen nach dem Tau, an dem das Netz befestigt

war. Richard trat zwischen seine Mannschaft, rechts und links Befehle erteilend. Auch Marmaduke hatte sich mit seinen Leuten der Gruppe genähert.
»Jetzt sehe ich die Stangen«, schrie Richard, »angezogen, ihr Leute.«
Bei diesem Ruf richtete Elisabeth ihre Blicke auf die arbeitenden Männer und sah die Enden der beiden Stangen aus der Finsternis auftauchen. Immer schwerer und schwerer wurde das Netz, und die Fischer strengten die letzten Kräfte an. Marmaduke und Eduard legten ebenfalls mit Hand an, und das schwere Netz wurde endlich glücklich ans Land gebracht. Es enthielt viele Zentner Fische. Der Reichtum der Natur war ebenso groß wie die Verschwendung, die die Menschen damit trieben.
Während die Fischer damit beschäftigt waren, den Fang einzuteilen, verließen Elisabeth und ihre Freundin den Landungsplatz und gingen am Ufer des Sees spazieren. Die Nacht war milde und warm, und als sie sich weiter vom Feuer entfernt hatten, umgab sie dichte Dunkelheit. Wenn sie zurückschauten, sahen sie im Schein des Feuers die Fischer malerisch hantieren.
»Seht, Louise!« rief Elisabeth plötzlich. »Dort, gerade gegenüber, zünden andere Fischer ihr Feuer an; es muß nicht weit von Nattys Hütte sein.«
Ein kleines Licht drang durch die dichte Finsternis an den westlichen Bergen. Es bewegte sich, loderte bald schwach, bald wieder stärker auf und schien sich dem Ufer zu nähern. Jetzt wurde es plötzlich größer und heller wie eine farbige Kugel von der Größe eines Menschenkopfes. Der Schein hatte keine Ähnlichkeit mit Richards angelegtem Feuer und war weit glänzender, heller und gleichmäßiger. Louise drängte sich näher an ihre Freundin und flüsterte, indem sie einen ängstlichen Blick um sich warf: »Habt Ihr nie von Nattys seltsamem Treiben gehört, Miss Temple? Man sagt, er sei in seiner Jugend ein indianischer Krieger gewesen und habe mit den Wilden zusammen gelebt.«
»Das erscheint mir nicht unwahrscheinlich«, erwiderte Elisabeth, »er war nicht der einzige, der das tat.«
»Nein, gewiß nicht, aber ist es nicht sonderbar, daß er so geheimnisvoll mit seiner Hütte tut? Er geht nie aus, ohne sie vorher mit besonderer Sorgfalt zu verschließen, und einigemal, als er von Kindern und von Männern aus dem Dorfe um ein Obdach bei einem plötzlichen Unwetter gebeten wurde, hat er es ihnen verweigert und sie mit Drohungen zurückgetrieben.«
»Ein herrliches Schauspiel!« rief Elisabeth, sie unterbrechend, und beide erkannten eine helle Flamme, die auf dem See schwamm und immer näher kam.
»He, Natty! Seid Ihr es?« hörten sie jetzt den Sheriff rufen. »Rudert näher, alter Knabe, ich will Euch eine Ladung Fische geben, wie sie der König nicht besser auf seiner Tafel hat.«

Das Licht veränderte plötzlich seine Richtung und steuerte auf Richards hellodderndes Feuer. Ein langes, leicht gebautes Fahrzeug tauchte aus der Finsternis auf.
Der rote Lichtschein fiel auf Nattys dunkles Gesicht. Seine hagere Gestalt stand aufrecht in dem zerbrechlichen Kanu. Am anderen Ende des Bootes saß der alte John.
»Komm, Mohegan«, sagte Marmaduke, »und Ihr, Natty, beladet Euer Fahrzeug mit Fischen. Wir haben sie in solchem Überfluß, daß es an Menschen fehlen wird, sie aufzuessen.«
»Nein, Richter!« erwiderte Natty, als er den niedrigen Rand am Ufer hinaufstieg, wo die Fische in Haufen abgeteilt lagen, »ich habe kein Verlangen danach. Habe ich Appetit auf einen Aal oder eine Lachsforelle, so weiß ich sie mir schon zu verschaffen. An Eurer sündhaften Fischerei möchte ich nicht Anteil haben.«
»Ich bin Eurer Meinung«, rief Marmaduke, »und ich wünschte, daß es uns gelänge, dem Sheriff diese Meinung ebenfalls beizubringen. Ein halb so großes Netz würde das ganze Dorf eine Woche lang mit Fischen versorgen.«
»Wahrhaftig, eine gute Zusammenstellung!« rief Richard ärgerlich. »Richter Temple, der Besitzer und Gründer eines Stadtgebiets, und Nathaniel Bumppo, ein gesetzloser Landstreicher und privilegierter Wilderer. Laß dir sagen, Vetter Duke: Wenn ich fische, treibe ich es ordentlich! Frisch ans Werk, Leute, damit wir noch einen Zug tun. Dann schicken wir morgen früh Wagen und Karren, unseren Fang abzuholen.«
In der festen Überzeugung, daß es vergebens sein würde, den Sheriff von seinem Vorsatz abzubringen, ließ ihn Marmaduke gewähren und wandte sich zu Nattys Fahrzeug, das die beiden Mädchen und Eduard bereits betrachteten. Es schien Elisabeth unbegreiflich, wie ein Mensch die Kühnheit haben könne, sein Leben einem so zerbrechlichen Fahrzeug anzuvertrauen. Als ihr aber Eduard die Sicherheit eines solchen von erfahrenen Ruderern geleiteten Bootes deutlich gemacht hatte, verschwand alle Furcht. Sie wollte gern eine Fahrt in dem Kanu auf dem See versuchen. Lachend bat sie den Vater, ihr das zu erlauben.
Der Richter willigte gern ein und fügte hinzu: »Diese Kanus sind die sichersten Fahrzeuge, wenn sie von geschickten, starken Männern gerudert werden. Ich bin in einem noch kleineren Fahrzeug über den Oneida, wo er am breitesten ist, gefahren.«
»Und ich über den Ontario«, unterbrach ihn Lederstrumpf, »und noch dazu mit Weibern. Aber die Frauen der Delawaren verstehen, mit dem Ruder umzugehen. Wenn die junge Lady eine Fahrt mitmachen will, so kann ich ihr zeigen, wie ein alter Mann sich eine Lachsforelle zum Frühstück fängt.

Ich lade sie dazu ein. John wird ihr die Versicherung geben, daß keine Gefahr dabei ist. Er hat das Kanu gebaut und gestern erst probiert.«

Mohegan näherte sich jetzt Elisabeth mit der Grazie des Indianers und sagte: »Komm, Enkelin des Miquons, und erfreue den alten John. Vertraue dich einem Indianer; sein Kopf ist zwar alt, aber die Hand ist noch sicher, wenn sie auch zu zittern anfängt. Der junge Adler soll uns begleiten und wachen, daß seiner Schwester kein Unheil widerfährt.«

»Herr Eduard, habt Ihr gehört?« sagte Elisabeth, leicht errötend. »Seid Ihr bereit?«

»Und wenn es mein Leben kostete, Miss Temple!« erwiderte der junge Mann und sprang ihr nach in das Boot.

Mohegan leitete das Fahrzeug so leicht und sicher, daß es schien, als gleite es wie durch Zauberei getrieben über die Wasserfläche hin. Schweigend, um den Erfolg ihrer Fischerei nicht zu stören, wies Natty ihm mit der Stange die Richtung. Bald erreichten sie eine Stelle, wo das Wasser weniger tief war und man die Fische deutlich auf dem Grunde erkennen konnte. Hier war der eigentliche Sammelplatz der Barsche. Beim hellen Licht der Fackeln sah Elisabeth Tausende dieser Fische haufenweise in dem seichten und warmen Wasser schwimmen. Der See war bis auf seinen Grund beleuchtet. Jeden Augenblick erwartete sie, Natty würde den aufgehobenen Spieß schleudern. Bald rechts, bald links um sich schauend, stand er im Boot und schien mit den Augen die Tiefe abzusuchen. Endlich zeigte er mit dem Spieß in eine Richtung.

»Hier, John, hier«, sagte er leise. »Ich sehe einen Fisch, den man selten im seichten Wasser und auf Harpunenweite findet.«

Der Indianer winkte mit der Hand, und im nächsten Augenblick war das Kanu wieder im tiefen Wasser. Neu angesteckte Fichtenwurzeln erhellten auch hier den See bis auf den Grund. Jetzt erblickte Elisabeth einen Fisch von seltener Größe etwa zwanzig Fuß tief auf dem Grund stehen. Er war nur durch eine leichte Bewegung des Schwanzes und der Flossen zu erkennen. Lederstrumpf hob vorsichtig seine Waffe und schleuderte sie kräftig fort. Elisabeth sah das glatte, blinkende Eisen am Ende der Stange ins Wasser tauchen. Natty stand mit vorgebogenem Körper über der Wasserfläche. Jetzt erschien der Griff des Speeres wieder auf der Oberfläche. Er faßte ihn und zog die aufgespießte Lachsforelle in die Höhe.

»Nun habe ich genug«, sagte er, den Fisch aufhebend und ihn von allen Seiten beleuchtend. »Mehr will ich nicht.«

Der Indianer machte abermals eine Bewegung mit der Hand und erwiderte langsam und feierlich: »Gut!«

Dann ruderten sie zum Ufer zurück.

Marmaduke hatte den zweiten Fischzug anscheinend doch verhindern können und gab jetzt den Befehl zum schleunigen Aufbruch. Die Verteilung der Beute geschah wie gewöhnlich. Einer der Fischer stellte sich mit dem Rücken gegen die aufgeschichteten Haufen und rief die Besitzer einzeln nach der Reihe auf.

Billy Kirby, dem die Wache bei den Fischen und dem Netz bis zum Morgen aufgetragen war, streckte sich der Länge nach neben dem Feuer auf den Rasen hin, alle übrigen bestiegen das Boot, um ins Dorf zurückzufahren. Man sah den Holzhauer noch aus der Ferne seine Abendmahlzeit auf den Kohlen rösten, und Mohegans leichtes Kanu glitt pfeilschnell über das Wasser zum andern Ufer.

Elisabeths Gedanken wanderten zu dem Jäger und dem alten Indianerhäuptling; und sie fühlte den Wunsch in sich aufsteigen, die Hütte zu besuchen, in der die Männer von so verschiedener Lebensweise und verschiedenem Temperament zusammenwohnten.

Zwanzigstes Kapitel

Richard stand am folgenden Morgen mit Tagesanbruch auf und trat, nachdem er den Befehl erteilt, sein eigenes und Marmadukes Pferd zu satteln, in des Richters Zimmer.

»Zu Pferde, Duke!« rief er ihm entgegen. »Aber, was zum Teufel fehlt dir, Marmaduke? Bist du krank? Laß mich deinen Puls fühlen.«

»Ich befinde mich körperlich ganz wohl, Richard«, unterbrach ihn der Richter, seine Hand zurückziehend. »Ich fand aber gestern abend, als wir vom Fischfang nach Hause kamen, mehrere Briefe und unter anderen diesen hier.«

Der Sheriff nahm den Brief, doch ohne einen Blick auf die Aufschrift zu werfen. Marmaduke war noch in den Kleidern von gestern – die niedergebrannten Lichter, sein blasses, verstörtes Aussehen – alles verriet, daß er eine schlaflose Nacht zugebracht hatte. Der Sheriff konnte sich von seinem Erstaunen nicht erholen.

»Was! Ein zu Schiff gekommener Brief!« rief er endlich, »und aus England!«

»Lies!« sagte Marmaduke, der in großer Bewegung auf und ab ging.

»London, den 12ten Februar 1793«, begann Richard halblaut zu lesen, und dann vertiefte er sich ganz ernst in den Brief. Schließlich nickte er bedächtig und wiederholte mehrmals den Namen des Absenders. »Andreas Holt – ein verständiger Mann, dieser Andreas Holt, aber es sind böse Nachrichten. Was willst du tun, Vetter Marmaduke?«

»Was bleibt mir übrig, Richard, als abzuwarten. Der einzige tröstliche Gedanke ist, daß mein letzter Brief angekommen sein muß, ehe das Schiff abging.«
»Das ist alles sehr schlimm! Nun gehen meine schönen Pläne, auf beiden Seiten des Hauses Flügel anzubauen, zum Teufel, und . . .«
»Rede jetzt nicht von solchen Sachen«, unterbrach ihn der Richter, »ich habe für den Augenblick wichtigere Dinge zu tun, die keinen Aufschub vertragen.«
»Wir werden wohl Dirky Van nötig haben«, sagte Richard.
Marmaduke bejahte diese Frage, und der Sheriff schickte sogleich einen Boten nach Dirk van der School. Das Dorf Templeton besaß zu dieser Zeit zwei Advokaten, und der angesehenere von beiden war der ›Holländer‹, wie Dirk van der School genannt wurde.
Den größten Teil des Tages brachte also der Richter mit seinem Vetter und dem Advokaten im Arbeitszimmer zu, wohin niemand außer Elisabeth Zutritt erhielt. Ihr allein hatte Marmaduke einen Teil seines Kummers anvertraut.
Als der Richter wieder im Familienkreise erschien, sah man ihm seine Sorgen an, und für mehrere Tage war seine gewöhnliche Heiterkeit völlig verschwunden. Aber mit den milden Strahlen der Frühlingssonne kehrte auch seine gute Stimmung wieder zurück. Das fühlte auch Richard und trat endlich eines Abends zu Anfang des Monats Juli mit einem Anliegen hervor, das ihm sehr am Herzen lag. Marmaduke versprach, am folgenden Tag mit ihm zu reiten, und dem Sheriff klopfte das Herz in Erwartung der Dinge, die er seinem ungläubigen Vetter zeigen wollte.
Es war ein schöner, warmer Morgen, als Marmaduke und Richard ihre Pferde bestiegen, um eine Entdeckungsreise anzutreten. In demselben Augenblick traten Elisabeth und Louise in das Vorzimmer, für einen größeren Spaziergang angezogen. Miss Grant trug einen kleinen, zierlichen Hut von grüner Seide, aber Miss Temple hatte am Arm den großen Strohhut hängen, der ihr Gesicht vor der Sonne schützen sollte.
»Wie, Bess, hast du einen weiten Spaziergang vor?« rief der Richter. »Denk an die Hitze, und wage dich nicht zu weit, damit du vor Mittag wieder zu Hause sein kannst. Und sieh dich in den Wäldern vor, sie sind manchmal nicht ohne Gefahr.«
»Doch nicht in dieser Jahreszeit, Vater?« fragte Elisabeth. »Louise und ich hatten die Absicht, ein bißchen in den Bergen herumzustreichen.«
»In dieser Jahreszeit ist allerdings weniger Gefahr dabei als im Winter. Aber seht euch vor!«
Mit diesen Worten ritten der Richter und der Sheriff langsam durch den Torweg und verschwanden bald hinter den Häusern.

Während dieses kurzen Gesprächs stand Eduard, der mit der Angelrute her= ausgekommen war, um den schönen Morgen ebenfalls im Freien zu ver= bringen, ganz in der Nähe. Sobald die Reiter zum Torweg hinaus waren, näherte er sich den jungen Damen, die eben auf die Straße traten.
»Darf ich mich Euch als Begleiter anbieten?« fragte er vorsichtig und höflich.
»Ich danke Euch, Herr Eduard«, entgegnete Elisabeth mit einem bezaubern= den Lächeln. »Wo keine Gefahr vorhanden ist, braucht man keinen Be= schützer. Gott sei Dank, daß man jetzt in diesen freien Bergen ohne Leib= wache herumstreichen kann. Und im übrigen habe ich auch einen Schutz. Komm, Bravo, komm, mein Hund!«
Der große alte Kettenhund kam auf ihren Ruf aus der Hütte heraus und streckte sich träge zu ihren Füßen. Dann wedelte er mit dem Schwanz und blickte sie so freundlich und klug an, als ob er sie verstände.
Elisabeth blieb noch stehen, da sie fühlte, daß sie zu schroff gewesen war. Darum sagte sie zu Eduard: »Ihr könnt uns einen Barsch, Euren Lieblings= fisch, zum Mittagessen fangen, wenn Ihr wollt.«
Nach diesen Worten wandte sie sich um und ging die Straße entlang, ohne noch einmal zurückzusehen.
Louisens weiches Herz hatte Mitleid mit Eduard, und sie blickte öfters zu= rück, solange sie ihn noch entdecken konnte.
Einige Minuten stand Eduard regungslos und sah dem Mädchen nach. Dann warf er seine Angelrute über die Schulter, murmelte einige unverständliche Worte und ging eilig durch das Dorf dem See zu. Mehrere Kähne des Rich= ters lagen hier angebunden. Der Jüngling sprang in einen von ihnen, nahm das Ruder und trieb das Boot kräftig in der Richtung auf Lederstrumpfs Hütte zu. Nach und nach verloren sich die bitteren Gefühle. Als er sein Ziel erreicht hatte, zog er das Boot ans Land. Nachdem er sich sorgfältig in alle Richtungen umgesehen hatte, setzte er ein kleines Pfeifchen an den Mund und ließ einen durchdringenden Pfiff hören, der in den Bergen widerhallte. Bei diesem Lärm fuhren Nattys Hunde wütend aus ihrer Hütte heraus, be= mühten sich aber vergeblich, ihren ledernen Riemen zu zerreißen.
»Ruhig, Hektor, ruhig!« rief Oliver und pfiff noch einmal. Aber es erfolgte keine Antwort. Die Hunde beruhigten sich, da sie ihn erkannt hatten. Eduard näherte sich jetzt der Hütte, machte das Schloß los und ging hinein. Alles war ruhig und still, als wenn kein menschlicher Fuß je diese Wildnis be= treten hätte. Man hörte nichts als den fernen Hammerschlag im Dorfe, der schwach über den See herübertönte. Die Hunde lagen lautlos in ihrer Hütte. Nach einer Viertelstunde trat Eduard wieder heraus, schloß die Türe sorg= fältig hinter sich und sprach freundlich mit den Hunden, die, seine Hände

leckend, an ihm heraufsprangen. Plötzlich spitzte der alte Hektor die Ohren, hob den Kopf und begann zu heulen, daß man es eine Meile weit hören konnte.
Eduard sprang auf einen umgestürzten Baumstamm, kletterte von da aus auf einen kleinen Felsen, der die Hütte schützend überhing, und entdeckte plötzlich Hiram Doolittle, der ungewöhnlich schnell zwischen den Büschen und Bäumen verschwand.
»Was kann der Kerl hier zu suchen haben?« murmelte Oliver. Darauf stieg er wieder hinab und befestigte die Tür noch stärker mit einer Kette und einem Vorlegeschloß. Dann verließ er die Hütte, bestieg sein Boot und ruderte in den See hinaus.
Es gab mehrere Stellen im Otsego, die wegen ihres Reichtums an Fischen berühmt waren. Die eine lag der Hütte gerade gegenüber und die andere, noch berühmtere, etwa anderthalb Meilen entfernt, auf derselben Seite des Sees wie Nattys Hütte. Eduard trieb sein Boot noch unschlüssig vorwärts, als er plötzlich das leichte Kanu seiner alten Freunde entdeckte, die offenbar der fischreichsten Stelle zuruderten. Er folgte ihnen schnell und befestigte nach wenigen Minuten sein kleines Boot an dem leichten Fahrzeug des Indianers.
Die alten Männer empfingen Eduard mit freundlichem Kopfnicken, doch ohne sich im mindesten in ihrer Beschäftigung stören zu lassen. Sobald er sein Boot befestigt hatte, setzte er sich schweigend zu ihnen und warf seine Angelrute ins Wasser.
»Hieltet Ihr im Vorbeifahren an der Hütte an?« fragte Natty endlich.
»Ja. Ich fand alles sicher, aber der Zimmermann und Friedensrichter, Herr Doolittle, spürte in der Nähe im Walde herum. Doch ich sicherte die Tür noch einmal und glaube, daß er zu feige ist, den Hunden nahe zu kommen.«
»Von dem Mann läßt sich nicht viel Gutes erwarten«, sagte Natty, indem er einen Fisch aus dem Wasser zog. »Wenn er sich gar zuviel um meine Hütte herum zu tun macht, schieße ich den Schuft einfach tot.«
»Nein, nein, Natty! Ihr müßt an das Gesetz denken«, sagte Eduard besänftigend.
Lederstrumpf nickte mit dem Kopf, und sie angelten schweigend weiter.
Nach einer Weile neigte Natty sein Ohr zum Wasser, hielt den Atem an und lauschte aufmerksam wie auf einen fernen Ton.
»Wenn ich die Hunde nicht eigenhändig angebunden hätte, würde ich darauf schwören, Hektors Gebell in den Bergen zu hören«, sagte er endlich.
»Das ist unmöglich«, sagte Eduard, »es ist noch keine Stunde, daß ich ihn in der Hütte sah.«
Jetzt wurde auch Mohegan aufmerksam, doch Eduard hörte nichts.

»Die Hunde sind los und jagen ein Tier«, sagte Lederstrumpf. »Ich täusche mich nicht. Hört Ihr sie auch jetzt noch nicht?«
Eduard erschrak, als das Gebell plötzlich an sein Ohr schlug. Er blickte über den See zum Ufer und bemerkte eine Bewegung in den Zweigen der Erlen ganz in der Nähe. In demselben Augenblick sprang ein schöner Hirsch ans Ufer und warf sich in den See. Das laute Geheul der Hunde folgte ihm. Sie brachen durch das Gebüsch und stürzten sich dem Hirsch nach ins Wasser.
»Das wußte ich«, rief Natty, als er den Hirsch und die nachsetzenden Hunde sah, »das Tier wird in die Nähe der Hütte gekommen sein, und da konnten sich die Hunde nicht länger halten. – Hierher, hierher –«, rief er dann den Hunden zu, »Hektor, hierher!«
Die Hunde erkannten die Stimme ihres Herrn und gehorchten widerstrebend. Sie kehrten ans Land zurück, heulten aber und bellten weiter. Unterdessen war der Hirsch, von Todesangst getrieben, weit in den See geschwommen, ehe er die neue Gefahr entdeckte. Er nahm eine schräge Richtung zum westlichen Ufer. Als er mit unglaublicher Schnelligkeit an den Fischern vorüberschwamm, den Kopf hoch über dem Wasser, fing Lederstrumpf an, sehr unruhig zu werden.
»Ein edles Tier!« sagte er bedauernd, »was für ein schönes Geweih! Laßt mal sehen – der Juli ist der letzte Monat, und das Fleisch muß nun gut werden.«
Mohegan löste schon das Seil, womit Eduards Boot befestigt war, und das leichte Kanu flog sofort pfeilschnell über das Wasser.
»Halt!« rief Eduard, »die Jagd ist noch verboten, ihr dürft nicht schießen.«
Die Warnung kam zu spät. Das Kanu war schon zu weit entfernt, und die Jäger waren ganz in die Verfolgung vertieft.
Der Hirsch, etwa fünfzig Schritte vor seinen Verfolgern, durchschnitt das Wasser mit aller Anstrengung. Das leichte Kanu hinter ihm auf dem Wasser tanzte in den Wellen. Lederstrumpf hob seine Büchse, schien aber noch unentschlossen zu sein.
»Er wendet den Kopf. Falkenauge, nimm den Speer!« rief der alte John plötzlich.
Natty ging nie vom Hause fort, ohne seine Büchse und seinen Speer mitzunehmen. Er bereitete sich jetzt vor, dem Hirsch das Eisen in den Hals zu stoßen.
»Mehr links, John«, rief er, »noch ein Ruderschlag. Er kann uns nicht entgehen.« Während er noch sprach, schleuderte er plötzlich den Speer wie einen Pfeil ins Wasser. Er streifte aber nur das Geweih.
»Halt!« rief Natty, als das Kanu die Stelle erreicht hatte, wo der Speer im Wasser verschwunden war, »halt, John!«

Die Lanze erschien wieder auf der Oberfläche, Natty griff rasch danach. Schnell wandte der Indianer das Fahrzeug und begann die Jagd von neuem. Aber dieser kleine Aufenthalt gewährte dem Hirsch einen bedeutenden Vorsprung. Unterdessen war auch Eduard herangekommen.

»Haltet ein, Natty«, rief der junge Mann. »Darauf steht jetzt Strafe.«

Er kam jetzt mit seinem Boot dem Hirsch ganz nahe, der tapfer mit den Wellen kämpfte.
»Hurra!« schrie Eduard, mit einemmal vom Jagdfieber gepackt. »Haltet zu, weiter rechts, ich kann ihm das Seil über das Geweih werfen.«
Der alte John trieb das Kanu hinter dem Hirsch her, der seine Rettung immer von neuem unvermuteten Wendungen verdankte. Plötzlich wandte sich das Tier zum nahen Ufer, das noch immer die bellenden und heulenden Hunde besetzt hielten.
Einen günstigen Augenblick abzuwarten, erschien jetzt als das beste. Eduard machte eine Schlinge in das Seil und warf sie dann dem Hirsch so geschickt über, daß der Knoten sich um die Enden des Geweihs legte. Im ersten Augenblick zog das gefangene Tier das Fahrzeug hinter sich her. Doch das Kanu schoß pfeilschnell heran. Natty beugte sich weit vor und schnitt dem Tier mit seinem Messer tief in den Hals, daß das Wasser augenblicklich vom Blute gefärbt wurde. Lederstrumpf zog den toten Körper aus dem Wasser und legte ihn auf den Boden des Kanus.
»Nicht so viel kümmere ich mich um Marmaduke Temples Gesetze«, sagte er dann lachend. »Solche Jagd macht das Blut wieder warm, alter John. Einen Hirsch auf dem Wasser habe ich seit vielen Jahren nicht gefangen.«
Selbst dem alten Indianer, den die Jahre und das Unglück seines Stammes ernst und still gemacht hatten, leuchtete die Freude aus dem dunklen Gesicht.
»Ich fürchte, Natty«, sagte Eduard, nachdem der erste Freudenrausch vorüber war, »wir haben uns alle einer Übertretung des Gesetzes schuldig gemacht. Aber wenn wir von der Sache schweigen, kann uns niemand verraten. Doch, wie kamen die Hunde los? Sie waren fest angebunden. Ich untersuchte die Riemen ganz genau, als ich in der Hütte war.«
»Es wurde den Tieren zu schwer, einen Hirsch in ihrer Nähe zu dulden«, sagte Natty. »Sie haben noch ein Stückchen vom Riemen um ihren Hals. John, rudere ans Ufer, ich will die Sache in der Nähe untersuchen.«
Sie landeten, und nachdem der alte Jäger das Leder um den Hals der Hunde genau geprüft hatte, veränderte sich seine Miene, und er sagte kopfschüttelnd: »Hier hat ein Messer geholfen; der Riemen ist nicht zerrissen.«
Unterdessen hatte Mohegan mit indianischer Gründlichkeit die Stelle, wo der Riemen getrennt war, untersucht und sagte entschieden: »Der Riemen ist mit einem Messer durchgeschnitten — eine scharfe Schneide und ein langer Griff — der Mann fürchtete sich vor den Hunden.«
»Bei Gott!« rief Natty, »John ist auf der richtigen Spur! Es war der Zimmermann. Er hat auf dem Felsen hinter der Hundehütte gestanden und sein Messer an einem Stock befestigt.«
»Aber weshalb sollte er es tun?« fragte Eduard zweifelnd.

»Vielleicht wollte er in die Hütte, die seine Neugier seit langem reizt.«
»Gebt mir das Kanu«, rief Eduard jetzt. »Ich bin jung und stark und kann vielleicht die Hütte noch zeitig genug erreichen, um sein Vorhaben zu verhindern.«
Sein Vorschlag wurde angenommen, der Hirsch in das große Boot gelegt, um das Kanu zu erleichtern, und nach wenigen Minuten glitt das Boot rasch über das Wasser. Mohegan folgte langsam mit dem Kahn, während Natty, die Büchse im Arm, von den Hunden begleitet, über den Berg zu seiner Hütte zurückkehrte.

Während sich die eben beschriebene Jagd auf dem See abspielte, setzten Miss Temple und ihre Freundin den Spaziergang fort. Die Mädchen plauderten fröhlich und folgten einem Weg, der sie auf den Berg führte. Als sie die Höhe erreicht hatten, verließen sie den breiten Fahrweg, um auf Seitenpfaden den Schatten der herrlichen Bäume zu suchen. Der Tag war heiß geworden, und die frische Kühle zog die beiden Mädchen immer tiefer in den dichten Wald. Dann und wann bot eine Lichtung die Aussicht auf die glänzende Fläche des Otsego. Menschen waren nirgends zu sehen. Plötzlich fuhr Elisabeth zusammen.
»Horch! Klingt das nicht wie das Geschrei eines Kindes?« fragte sie ihre Freundin leise. »Wir wollen dem nachgehen.«
Mit schnellen Schritten gingen sie dem Ton nach, der aus dem Dickicht des Waldes zu kommen schien. Mehr als einmal glaubten sie sich schon am Ziel, als plötzlich Louise stehenblieb und auf den Hund deutete. Bravo hielt den Kopf tief, fast am Boden, und seine Haare sträubten sich. Dabei stieß er tiefe, heulende Laute aus und fletschte mit den Zähnen.
»Bravo!« rief Elisabeth, »sei ruhig, Bravo! Was hast du?«
Der Hund sprang bei dem Ton ihrer Stimme auf und setzte sich zu ihren Füßen. Dann knurrte er warnend, immer noch mit gesträubtem Fell.
Plötzlich stieß Louise einen leisen Schrei aus und deutete mit dem Finger in die Bäume vor ihnen. Elisabeth folgte dieser Richtung mit den Blicken und sah die glühenden Augen eines Panthers.
»Wir wollen fliehen!« rief Elisabeth, Louisens Arm ergreifend, doch im gleichen Augenblick sank das Mädchen ohnmächtig zu Boden. Elisabeth konnte ihre Freundin in dieser verzweifelten Lage nicht verlassen und ließ sich neben ihr auf ihre Knie nieder, um sie wieder zu sich zu bringen. Plötzlich entdeckte sie ein Pantherjunges, das aus den Zweigen eines Baumes spielerisch herabsprang. Das Muttertier auf dem Baume verfolgte fauchend seine Bewegungen. Neckend näherte es sich dem Hunde, in der Spiellust der Katzen, aber mit der eigentümlichen Wildheit seiner Rasse. Erst setzte

es sich auf die Hinterpfoten und zerkratzte die Baumrinde mit den Vor=dertatzen wie ein spielendes Kätzchen. Der Hund stand unterdessen furcht=los und unerschrocken mit aufgerichtetem Schwanz und folgte mit seinen Augen allen Bewegungen des jungen Panthers. Je näher ihm das Tier kam, desto schrecklicher wurde das Fauchen auf dem Baum. Schließlich über=schlug sich das Junge und rollte dicht vor den Hund. Im gleichen Augen=blick zerriß Bravo das Tier mit den Zähnen und schleuderte es gegen einen Baum, daß es tot zu Boden fiel.

Der Anblick dieser Heldentat Bravos gab Elisabeth wieder Mut. Doch plötzlich sah sie das Pantherweibchen mit einem gewaltigen Satz vom Baum herab auf den Rücken des Hundes springen. Sofort begann ein wütender Kampf, von lautem Fauchen und Knurren begleitet. Aus vielen Wunden blutend, warf der alte Bravo seine wütende Gegnerin immer wieder ab, wenn sie auf seinen Rücken sprang, und wehrte sich mit seinen Zähnen und Vorderpfoten. Mit ihren Sprüngen entzog sich die wütende Bestie den Angriffen des Hundes, der verzweifelt, aber furchtlos kämpfte. Jetzt saß sie wieder auf seinem Rücken, doch nur einen Augenblick. Mit der letzten Anstrengung seiner Kräfte schleuderte Bravo die Katze ab und packte sie wütend mit den Zähnen. Aber nun sah Elisabeth auch, daß das Blut in Strömen unter seinem Halsband hervorquoll und daß er sich nicht länger aufrechthalten konnte. Er stürzte zu Boden und riß die Bestie mit sich. Vergebens suchte sie sich loszuarbeiten; erst als der letzte Hauch den armen Bravo verlassen hatte, gelang es ihr, sich zu befreien.
Elisabeth sah sich nun ohne Schutz dem Raubtier gegenüber. Die Augen des Panthers und des knieenden Mädchens begegneten sich. Das wilde Tier peitschte wütend mit seinem Schwanz den Boden. Das fürchterliche Ende schien gekommen zu sein, als plötzlich hinter ihr die Blätter rauschten.
»Pst! Pst!« sagte eine leise Stimme. »Bückt Euch, Euer Hut verdeckt den Kopf des Tieres.«
Unwillkürlich ließ Elisabeth den Kopf sinken, als sie schon den Knall der Büchse, das Zischen der Kugel und das Schreien des wütenden Tieres hörte. Sie blickte wieder auf und sah, wie die Bestie zu Boden stürzte. Im nächsten Augenblick stand Natty neben ihr.
»Komm, Hektor«, rief er zuerst, »so ein Tier hat ein zähes Leben und könnte noch einmal aufspringen.«
Trotz der Bewegungen der verwundeten Katze, die mit zurückgekehrter Kraft sich noch einmal erheben wollte, blieb Natty furchtlos und ruhig vor den beiden Mädchen stehen, bis er seine Büchse wieder geladen und mit einem zweiten Schuß jedes Leben in dem Raubtier getötet hatte.
Louise war bei dem Schuß erwacht, und die Dankbarkeit der beiden Mädchen kannte keine Grenzen. Natty hörte sie mit gutmütiger Freundlichkeit an.
»Schon gut, schon gut!« sagte er, »laßt es nur gut sein. Kommt, laßt uns auf den Fahrweg gehen; ihr habt Angst genug ausgestanden und werdet nach Hause wollen.«
Mit diesen Worten führte er die Freundinnen, die wegen Louisens Schwäche nur langsam gehen konnten, bis an den Fahrweg und trennte sich hier von ihnen. Sie fühlten sich jetzt stark genug, den Rest des Weges ohne Schutz

zurückzulegen. Schweigend schritten die Mädchen nebeneinander her, voll Dankgefühl gegen die Vorsehung für ihre wunderbare Rettung vom Tode.

Lederstrumpf blieb noch einige Augenblicke stehen, ihnen nachblickend, bis eine Biegung des Weges sie seinen Augen entzog. Dann pfiff er seinen Hunden, warf die Büchse über die Schulter und kehrte wieder in den Wald zurück. Plötzlich sah er Hiram Doolittle hinter einem Baum.

»Wie fühlt Ihr Euch, Natty?« rief Doolittle, als er sich entdeckt sah. »Ihr habt an diesem warmen Tage gejagt! Nehmt Euch in acht, alter Mann, daß Euch das Gesetz nicht strafbar findet.«

»Das Gesetz, Mann! Ich habe in den letzten dreißig Jahren nichts mit dem Gesetz zu schaffen gehabt«, antwortete Natty stehenbleibend, »was kümmert einen Mann, der in der Wildnis lebt, das Gesetz?«

»Nicht viel anscheinend«, sagte Hiram. »Ihr wißt, daß eine Geldstrafe von fünf Pfund oder zwölf Dollar darauf steht, wenn ein Mann vom Januar bis zum August ein Stück Wild erlegt.«

»Und wieviel bekommt der Angeber?« fragte der alte Jäger.

»Wieviel?« wiederholte Hiram, seine Augen vor den durchdringenden, scharfen Blicken des Jägers niederschlagend, »der Angeber bekommt die Hälfte. — Aber ich sehe Blut an Eurem Ärmel, Mann — Ihr habt diesen Morgen doch nichts geschossen?«

»Allerdings habe ich etwas geschossen«, erwiderte der Jäger, »und es war ein guter Schuß.«

Während dieses Gesprächs hatten sie sich dem früheren Kampfplatz genähert, und Natty wies mit dem Ende seiner Büchse durch die Büsche. »Hier liegt etwas davon«, sagte er. »Wie gefällt Euch solch ein Braten?«

»Das!« rief Hiram entsetzt, »das ist ja Bravo, des Richters alter Hund. Nehmt Euch in acht, Lederstrumpf, und macht Euch den Richter nicht zum Feinde.«

»Seht selbst zu, Herr Doolittle«, sagte Natty kaltblütig, indem er sein Messer aus dem Gürtel zog und es auf seiner Lederhose wetzte, »dort liegen zwei Panther.«

»Zwei Panther!« schrie Hiram und wandte sich entsetzt ab, als er die toten Raubtiere sah. »Aber wo ist das Wild?«

»Wild? Nirgends!« entgegnete Natty.

»Schoßt Ihr nicht einen Hirsch?« fragte Doolittle unsicher.

»Das Gesetz verbietet es doch!« sagte der alte Jäger. »Ich hoffe, es steht jedem frei, einen Panther zu töten.«

»Freilich, und es steht eine Belohnung auf das Fell — aber, jagen Eure Hunde Panther, Natty?«

»Alles, selbst einen Mann können sie aufspüren!«

»In der Tat, es sind gute Hunde — ich bin ganz erstaunt.«
Natty antwortete nicht. Er hatte sich auf den Boden gesetzt und löste mit geübter Hand das Fell der Wildkatze mit seinem scharfen Messer von den Ohren los und zog es ab. Als er seine Arbeit beendet hatte, bemerkte er leichthin:
»Der Teufel hole den Riemen um den Hals Hektors; er wird den Hund noch strangulieren. Könnt Ihr mir rasch ein Messer borgen, Mann?«
Hiram gab eingeschüchtert sein Messer ohne Zögern her. Natty schnitt den Riemen am Halse des Hundes durch.
»Das ist ein gutes Stück Stahl«, bemerkte er nachlässig, als er das Messer zurückgab, »das hat sicher solch Leder schon öfters durchgeschnitten!«
»Wollt Ihr damit sagen, daß ich Eure Hunde losgelassen hätte!« rief Hiram heftig und verriet so seine Schuld.
»Losgelassen?« sagte der Jäger lachend, »ich ließ sie selbst los und tue es immer, ehe ich die Hütte verlasse.«
Mit diesen Worten nahm Natty seine Felle und ließ den verdutzten Doolittle stehen. Als er zu seiner Hütte kam, fand er alles ruhig und still. Er legte seine Hunde an, klopfte leise an die Türe und fragte den öffnenden Eduard: »Ist alles sicher, Oliver?«
»Alles«, antwortete der junge Mann. »Irgend jemand hat das Schloß vergeblich zu öffnen versucht.«
»Ich kenne den Jemand«, sagte Natty, »aber er wird sich nicht wieder in die Nähe meiner Büchse wagen.«
Damit schloß er die Tür hinter sich.

Einundzwanzigstes Kapitel

Als Marmaduke Temple und sein Vetter zum Torweg hinausgeritten waren, fühlte sich keiner zur Unterhaltung gestimmt. Sie verfolgten schweigend ihren Weg und hatten wohl schon eine Meile zurückgelegt, ohne ein Wort zu wechseln.
»Nun, Richard«, begann endlich der Richter. »Zu welchem Zweck reiten wir eigentlich so feierlich diesen abgelegenen Weg?«
Der Sheriff begann sofort weitausholend mit seinen wichtigen Entdekkungen.
»Du weißt, Duke, daß sich ein Mann mit Namen Natty Bumppo in deinem Gebiete aufhält. Dieser Mann hat hier, wie ich erst noch kürzlich von ihm selbst gehört habe, länger als vierzig Jahre gelebt und noch dazu mit sonderbaren Gefährten.«

»Teilweise sehr wahr und alles sehr wahrscheinlich«, sagte der Richter verwundert, denn er wußte nicht, worauf das hinausgehen sollte.
»Nun gut, in den letzten Monaten erscheinen als seine Gefährten ein alter indianischer Häuptling, der Letzte oder einer der Letzten seines Stammes, und ein junger Mann, den man für den Sohn eines Engländers und einer Eingeborenen hält.«
»Wer sagt das?« rief Marmaduke mit einem so lebhaften Interesse, wie er es vorher nie geäußert hatte.
»Wer? Der gesunde Menschenverstand und das Gerücht. Aber ruhig, bis du alles weißt. Dieser Jüngling besitzt beachtliche Talente und hat eine gute Erziehung genossen, ist anscheinend in leidlicher Gesellschaft groß gezogen und weiß sich zu benehmen, wenn er Lust hat. Nun, Richter Temple, kannst du mir erklären, was diese drei Menschen zusammengebracht hat?«
Marmaduke wandte sich erstaunt zu seinem Vetter und erwiderte ihm rasch: »Richard, du hast unerwartet eine Sache berührt, die mich schon oft beschäftigte. Weißt du wirklich irgend etwas von diesem Geheimnis?«
»Fakta, unbestreitbare Fakta, Duke. Du weißt, daß diese Berge Erze enthalten; ich habe dich selbst oft sagen hören, daß du ihr Vorhandensein nicht bezweifelst –«
»Bloße Vermutung, Richard«, entgegnete der Richter.
»Du hast allgemein davon reden hören und hast Proben von Metall gesehen, das kannst du nicht leugnen! Außerdem gibt es Minen in Südamerika, deshalb ist es sehr wahrscheinlich, daß auch in Nordamerika welche zu finden sind. Das läßt sich nicht leugnen.«
»Nein, nein, ich leugne nichts, lieber Vetter. Es sollte mich auch gar nicht wundern, Zinn und Silber oder, was ich noch für wichtiger halte, gute Kohlen –«
»Über deine verdammten Kohlen«, rief der Sheriff. »Wer zum Teufel braucht in diesen Wäldern Kohlen? Nein, nein, Silber, Duke, Silber ist das Notwendigste, und Silber werden wir finden. Ich habe meine guten Gründe zu vermuten, daß Mohegan sowohl wie Lederstrumpf schon seit mehreren Jahren eine solche Erzgrube in diesen Bergen entdeckt und insgeheim ausgebeutet haben.«
Der Sheriff hatte nun einen empfindlichen Punkt bei seinem Vetter berührt, und Marmaduke hörte ihm aufmerksam zu.
»Ich habe Mohegan und Lederstrumpf mit meinen eigenen Augen gesehen«, fuhr Richard fort, »wie sie beide mit Hacken und Grabscheit den Berg hinaufgingen und auch wieder herunterkamen, und andere haben gesehen, wie sie bei dunkler Nacht sehr geheimnisvoll in ihrer Hütte hantiert haben. Kannst du mir sagen, was es war?«

Der Richter gab keine Antwort, aber seine Augenbrauen zogen sich zusammen.

»Es war Metall!« trumpfte Richard auf. »Nun frage ich dich, ob du mir sagen kannst: Wer dieser Herr Oliver Eduard ist, der deinen Hausstand seit Weihnachten vermehrt? — Daß er ein Halbwilder ist, wissen wir, denn Mohegan nennt ihn unverhohlen seinen Verwandten; daß er wohlerzogen ist, wissen wir auch; aber nicht, was er hier will. Erinnerst du dich noch, daß Natty einen Monat vorher, ehe dieser junge Mensch in unserer Gegend erschien, mehrere Tage fort war? Gewiß weißt du es noch; denn du fragtest nach ihm, da du deinen Freunden Wild mitbringen wolltest, als du Bess abholtest. Er aber war nicht zu finden, und der alte John befand sich allein in der Hütte. Als Natty wieder erschien, sah man, obwohl es dunkel war, wie er einen Sack von der Art, worin man das Korn zur Mühle bringt, auf einem kleinen Schlitten brachte und aus demselben etwas hervorzog. Nun sage mir, Richter Temple, aus welchem Grunde ein Mann wie Lederstrumpf sich einen Schlitten machen sollte, um eine schwere Last darin über den Berg zu ziehen? Ein Mann, der sonst nichts als seine Büchse und Pulver und Blei mit sich zu führen pflegt!«

»Die Jäger schaffen manchmal ihre Beute auf diese Weise nach Hause.«

»Wie hätte er sie schießen können? Seine Büchse war im Dorfe, um ausgebessert zu werden. Nein, nein — daß er an einem außergewöhnlichen Ort war, ist ganz sicher; daß er von dort einige geheime Werkzeuge mitbrachte, ist ebenso sicher, und seitdem hat sich kein Mensch seiner Hütte nähern dürfen.«

»Er liebte niemals ungebetenen Besuch —«

»Das weiß ich wohl«, unterbrach ihn Richard, »aber wann hätte er jemand vorher so verdrießlich und mürrisch weggetrieben? Vierzehn Tage nach seiner Rückkunft erschien dieser Herr Eduard. Sie brachten ganze Tage in den Bergen zu, angeblich jagend, aber in der Wirklichkeit gruben sie nach Erzen. Der Frost verhinderte diese Arbeit für eine Zeitlang, und so benutzte er einen glücklichen Zufall, um ein gutes Winterquartier zu bekommen. Aber selbst jetzt noch bringt er beinahe die Hälfte seiner Zeit in der Hütte zu, wenigstens jede Nacht einige Stunden. Sie schmelzen Metall, Duke, ja, sie schmelzen Metall, und während sie reich werden, wirst du arm.«

»Wieviel hast du von allem selbst entdeckt, Richard? Ich möchte den Weizen von der Spreu sondern!«

»Einen großen Teil dieser Fakta kann ich beschwören; denn ich sah den Schlitten, obgleich er vor ein paar Tagen verbrannt wurde. Auch habe ich dir schon erzählt, daß ich den alten Kerl mit Hacke und Grabscheit über den Berg kommen sah. Hiram begegnete ihm an dem Abend, als er mit dem

Schlitten ankam, und erbot sich gutmütig, ihm einen Teil seiner Last abzunehmen, denn der alte Mann zog schwer den Berg hinauf. Aber er wollte nichts davon hören und wies das freundliche Anerbieten barsch zurück. Seit der Schnee weg ist und hauptsächlich, seit der Frost die Erde freigegeben hat, haben wir ein wachsames Auge auf die Herren gehabt, wobei wir Jotham sehr nützlich und brauchbar fanden.«

Marmaduke liebte Richards Bundesgenossen bei diesem Geschäft nicht, doch kannte er sie als listige, verschlagene Männer, die imstande waren, die geheime Verbindung zwischen den beiden alten Jägern und Oliver Eduard auszukundschaften. Zwar erschien ihm die Sache nicht ganz so wie seinem Vetter, aber er begann doch die näheren Umstände zu überlegen, und einmal mißtrauisch gemacht, konnte er sich nicht verhehlen, daß Richards Erzählung viel Wahrscheinliches enthalte. Doch gewohnt, alles von allen Seiten zu prüfen, sagte er endlich:

»Es kann doch nicht sein, sonst würden wir den jungen Mann nicht völlig mittellos gefunden haben.«

»Meinst du denn, daß man sich nicht ebenso leicht arm wie reich stellen kann?« rief der Sheriff.

»Außerdem zeugt Eduards ganzes Wesen von so guter Erziehung, daß ich ihm solch ein heimliches Unternehmen nicht zutrauen kann.«

»Ein unwissender Mensch schmilzt kein Metall«, fuhr Richard fort.

»Auch weiß ich von Bess, die es beim Schießen des Truthahns hörte, daß er seinen letzten Schilling ausgegeben hatte, als er zu uns kam.«

»Er hatte Werkzeuge gekauft. Und glaubst du denn, daß er seinen letzten Schilling an einen Truthahnschuß gesetzt haben würde, wenn er nicht gewußt hätte, wo mehr Geld zu finden sei?«

»Wenn ihm daran gelegen gewesen, uns zu hintergehen, so würde er seine Kenntnisse verleugnet haben.«

»Das kann er nicht. Kenntnisse lassen sich nicht so leicht verbergen, wie man ein Licht unter einen Scheffel stellt.«

»Richard«, sagte der Richter abschließend, »es lassen sich manche Gründe gegen deine Vermutungen einwenden; aber du hast den Verdacht in mir geweckt. Doch wozu sind wir hier?«

»Jotham, den Hiram und ich in der letzten Zeit oft hierhergeschickt haben, hat eine Entdeckung gemacht, die er nicht mitteilen will, weil er durch einen Schwur gebunden ist. Aber die Hauptsache ist die, daß er weiß, wo das Metall liegt, und heute hat er zu graben angefangen. Ohne dein Wissen wollte er nicht in die Sache einwilligen; denn das Land gehört dir. – Und nun weißt du den Zweck unseres Rittes.«

»Und wo ist dieser Platz?« fragte der Richter, halb scherzend, halb ernsthaft.

»Ganz in der Nähe; und dann will ich dir noch eine Stelle zeigen, die wir vor acht Tagen entdeckten und wo sich unsere Herren Jäger vor sechs Monaten so gut amüsierten.«
Unter diesen Gesprächen setzten die Reiter ihren Weg auf den unebenen Bergpfaden fort, bis sie ihr Ziel erreichten. Sie fanden Jotham Riddel wirklich schon in einem ziemlich tief gegrabenen Loche. Marmaduke examinierte den Arbeiter genau nach seinen Gründen, weshalb er das Metall gerade an diesem abgelegenen Orte vermutete. Aber der Kerl verharrte in einem mystischen Schweigen, und keine Antwort über diesen Punkt war aus ihm herauszubringen. Er behauptete, die besten Gründe zu haben, und fragte den Richter, welchen Anteil er — im Falle eines glücklichen Erfolges — von dem Gewinn erwarten dürfe. Nachdem sich Marmaduke etwa eine Stunde an dieser Stelle aufgehalten hatte, während er die Steine genau prüfte und nach den gewöhnlichen Spuren des Metalls suchte, bestieg er sein Pferd und ließ sich von seinem Vetter an den Ort führen, wo das geheimnisvolle Kleeblatt seine Ausgrabungen gemacht hatte.
»Wir können uns ganz sicher der Stelle nähern«, sagte Richard, indem sie abstiegen und ihre Pferde festbanden, »denn ich sah durchs Fernrohr, ehe wir von Hause wegritten, daß Natty und John auf dem See fischten, und auch Eduard hatte diese Absicht. Doch das kann alles Betrug sein, um uns zu täuschen. Deshalb ist es besser, vorsichtig zu Werke zu gehen, denn es wäre doch unangenehm, wenn sie uns hier überraschten.«
»In meinem eigenen Gebiete fürchte ich keinen Menschen«, sagte Marmaduke. »Wenn ich es so finde, wie du sagst, so will ich ihre Gründe wissen, weshalb sie hier nachgegraben haben.«
»Pst«, machte Richard und führte den Richter einen schmalen Pfad hinab zu einer ziemlich geräumigen Felsenhöhle. Vor dem Eingang lag ein Haufen Erde, die augenscheinlich noch nicht lange ausgegraben sein konnte, weil sie teilweise noch frisch war. Nachdem der Richter das Innere der Höhle sorgfältig untersucht hatte, stellte er einwandfrei fest, daß kürzlich darin gegraben worden war. Man sah deutlich die Spuren der Spaten. Vor der Höhle befand sich eine kleine Terrasse. Der Felsen erhob sich scharf über der Vorderseite der Terrasse, und der Eingang war schwer und umständlich zu finden. Während der Richter noch über diese seltsame Entdeckung nachsann, hatte der Sheriff im nahen Gebüsch mehrere Spaten gefunden.
»Nun, Richter Temple, bist du zufrieden?« rief er.
»Vollkommen; es ist nicht zu leugnen, daß diese Höhle etwas Geheimnisvolles enthält. Es ist ein verborgener und schlau angelegter Platz, Richard, aber von Metall fand ich keine Spuren.«
Der Richter notierte sich darauf alle Merkmale der Stelle in sein Taschen=

buch, um nötigenfalls einmal ohne Richards Führung hierherzukommen. Dann bestiegen sie ihre Pferde und ritten zurück. Beim Torweg vor dem Herrenhause verließ der Sheriff seinen Vetter, um vierundzwanzig gute und sichere Männer zusammenzurufen, die ihn bei einer gerichtlichen Untersuchung in der Grafschaft am folgenden Montag begleiten sollten. Der Richter kehrte in sein Haus zurück, um über alles ungestört nachzudenken.

In dem Augenblick gewahrte er seine Tochter und ihre Freundin, die langsam den Berg herabkamen. Er gab seinem Pferde die Sporen, ritt zu ihnen hin, stieg ab und führte das Tier den schmalen Pfad an der Hand. Bei der lebhaften Beschreibung, die ihm Elisabeth von der eben erlebten Gefahr und ihrer unerwarteten Rettung gab, vergaß er Erzgruben, unbestrittene Rechte, Höhlen und alles, was ihn noch wenige Minuten vorher so beschäftigt hatte. Lederstrumpf war plötzlich der Retter seines Kindes.

Remarkable Pettibonne brachte die immer noch angegriffene Louise in die Wohnung ihres Vaters zurück. Unterdessen blieb Marmaduke über eine Stunde mit seiner Tochter eingeschlossen und freute sich an dem Wiederbesitz seines Mädchens.

Ein lautes Pochen an der Tür unterbrach die beiden. Der Richter rief »Herein!«, und Benjamin trat mit einer Miene ein, als ob er fürchtete, etwas Unangenehmes zu sagen.

»Unten ist Hiram Doolittle, Herr«, begann der Haushofmeister. »Er wartet schon lange und will eine Klage vorbringen. Ich habe ihm aber gesagt: ›Mann, werft Eure Klagen über Bord! Ist dies die rechte Zeit dazu, wenn der Richter sein einziges Kind eben aus den Klauen des Löwen gerettet sieht?‹ Doch er läßt sich nicht abweisen und bleibt immer in der Küche liegen wie ein Schiff vor Anker.«

»Es muß ein wichtiges Geschäft sein«, sagte Marmaduke. »Vermutlich etwas wegen des bevorstehenden Gerichtshofs.«

»Ja, ja! So ist es auch, Herr!« rief Benjamin, »er schwatzte von einer Klage, die er gegen Lederstrumpf anbringen wollte.«

»Eine Klage gegen Lederstrumpf?« rief Elisabeth, sich vom Sofa erhebend.

»Bleib ruhig liegen, mein Kind«, sagte der Richter lächelnd, »deinem Ritter soll kein Haar gekrümmt werden. Führe Herrn Doolittle herauf, Benjamin.«

Alle Ungeduld, seine Klage anzubringen, war verschwunden, als Hiram vor dem Richter stand. Nachdem er ihn und seine Tochter begrüßt hatte, nahm er den Stuhl, den ihm Marmaduke schweigend anwies, dann begann er weitläufig über den Unglücksfall von Miss Temple zu reden und erkundigte sich nach ihrem Befinden. Dann sprach er von den verschiedenen Fällen für den nahen Gerichtstag. Schließlich erwähnte er ganz nebenbei, daß in der Nähe, wieder außerhalb der Jagdzeit, ein Hirsch geschossen wurde.

»Laßt augenblicklich eine Klage aufsetzen, es koste, was es wolle«, rief der Richter, »ich bin entschlossen, das Gesetz buchstäblich zu vollziehen.«
»So irrte ich mich nicht, wenn ich überzeugt war, daß der Richter auf diese Weise handeln würde«, sagte Doolittle schlau. »Ich selbst kam hauptsächlich in dieser Angelegenheit hierher.«
»Ihr!« rief der Richter, dem es klar wurde, daß er sich hatte einfangen lassen. »Was habt Ihr vorzubringen, Herr?«
»Ich bin überzeugt, daß Natty Bumppo in diesem Augenblick einen abgeschossenen Hirsch in seiner Hütte hat. Ich kam, um mir einen Haussuchungsbefehl zu erbitten.«
»Wißt Ihr, daß das Gesetz einen Eid verlangt, ehe ich einen solchen Befehl erteilen kann? Die Wohnung eines Bürgers darf nicht wegen einer Vermutung der gerichtlichen Untersuchung freigegeben werden.«
»Ich glaube, den Eid selbst leisten zu können«, entgegnete Hiram, »und Jotham wartet unten auf der Straße und ist jeden Augenblick bereit, hereinzukommen und dasselbe zu tun.«
»Gut«, sagte Marmaduke, der wußte, daß sein Ruf als unparteiischer Richter auf dem Spiele stand, »geht in meine Schreibstube, Herr Doolittle, ich komme gleich nach, den Haussuchungsbefehl zu unterschreiben.«
Als Doolittle eifrig das Zimmer verlassen hatte, fuhr der Richter fort: »Es klingt wohl schrecklicher, als es in der Tat ist, mein Kind. Ich vermute, daß Lederstrumpf einen Hirsch geschossen hat, da die Schonzeit nächstens vorbei ist. Man wird seine Hütte durchsuchen und den Hirsch finden, und dir, Bess, bleibt dann das Verdienst, aus deinem Beutel seine Geldstrafe zu bezahlen. Zwölf und ein halber Dollar leisten dem Gesetz Genüge, und meine Ehre als Richter ist doch wohl eine solche Kleinigkeit wert?«
Elisabeth beruhigte sich mit dieser Versicherung und hielt ihren Vater nicht länger zurück. Als Marmaduke die Schreibstube wieder verließ, trat ihm Eduard hastig entgegen.
»Von Grund des Herzens gratuliere ich Euch zur glücklichen Rettung Eurer Tochter, Richter Temple«, sagte der junge Mann bewegt. »In der Tat, Herr! Ich kann Euch mit Worten nicht ausdrücken –« Der Jüngling hielt einen Augenblick inne, als fühle er, daß er im Begriff sei, die vorgeschriebenen Grenzen zu überschreiten; dann fuhr er etwas errötend und verlegen fort, »was ich bei der Gefahr von Miss – Grant und – Eurer Tochter empfand.«
Marmadukes Herz war durch die Bewegungen, die es erlitten, zu weich geworden, um Kleinigkeiten dieser Art zu bemerken, daher erwiderte er, ohne die Verlegenheit des anderen zu beachten:
»Ich danke Euch herzlich, Oliver«, sagte der Richter. »Kommt, Ihr sollt meiner Tochter die Hand geben.«

Die kalte Zurückhaltung, die Elisabeth so häufig im Gespräch mit Eduard gezeigt hatte, war jetzt verschwunden, und zwei Stunden verstrichen allen dreien in vertraulicher Unterhaltung. Der Richter hatte allen Verdacht und Argwohn vergessen.
Endlich verließ Eduard das Herrenhaus, um in die Pfarrwohnung zu gehen und nach Louisens Befinden zu sehen.

Sobald Hiram den Haussuchungsbefehl hatte, ließ er es sein erstes Geschäft sein, den rechten Mann zu seiner Ausführung aufzusuchen. Der Sheriff war abwesend, um in eigener Person die große Kommission für die Grafschaft vorzufordern, sein im Dorf wohnender Gehilfe hatte in demselben Geschäft nach einem entfernteren Teil der Niederlassung reiten müssen. Nun gab es zwar noch einen ständigen Polizeibeamten des Stadtbezirks, doch verdankte dieser seinen Posten nur dem Mitleid und der Barmherzigkeit, da er als Invalide mit einem lahmen Fuß zu keinem anderen Geschäft tauglich war. Hiram beabsichtigte, den Vollstrecker des Haussuchungsbefehls als Zuschauer zu begleiten, fühlte aber kein Verlangen, sich dem eigentlichen Angriff auszusetzen. Seine Wahl fiel auf den baumstarken Billy Kirby, den er leicht zum Mitgehen überreden konnte. Sie hatten bald die Hütte erreicht, und Hiram hielt es für geraten, seinen Platz hinter einer umgestürzten Tanne zu suchen, die eine Art Barriere bildete und ihm auf alle Fälle den Rückzug ins Dorf frei ließ. Kirby klatschte in die Hände und rief ein lautes »Hallo«, was die Hunde augenblicklich aus der Hütte heraustrieb. Gleich darauf trat auch Natty vor die Türe.
»Ruhig, alter Hektor«, rief der Jäger.
»Lederstrumpf, ich habe einen Auftrag an dich«, sagte Billy Kirby, »die guten Leute, die den Staat verwalten, haben dir hier ein kleines Briefchen geschrieben, und ich bin zum Überbringer erwählt worden.«
»Was kann ich mit dir zu tun haben, Billy Kirby?« sagte Natty, seine Hand schützend über die Augen haltend, da ihn die letzten Strahlen der untergehenden Sonne blendeten.
»Hier ist ein Brief an dich, Lederstrumpf«, rief Billy. »Wenn du ihn lesen kannst, ist es gut, und wenn du es nicht kannst, so wird dir Herr Doolittle. der sich hier in der Nähe aufhält, schon den Gefallen tun, dir ihn vorzulesen. Es scheint, du hast den zwanzigsten Juli für den ersten August gehalten, das ist alles.«
Unterdessen hatte Lederstrumpf Hiram entdeckt. Er wandte sich einen Augenblick in die Hütte, sprach einige Worte leise hinein und erschien dann wieder vor der Tür.
»Mit dir habe ich nichts zu schaffen«, sagte er zu dem Holzhauer. »Wir

stehen auf einem friedlichen Fuß miteinander, Billy Kirby, darum solltest du einen alten Mann in Ruhe lassen, der dir nichts getan hat.«
Kirby trat einige Schritte näher und setzte sich auf einen Holzblock.
»Du hast mich im Schießen übertroffen«, sagte der Holzhauer, »aber ich hege deshalb keinen Groll gegen dich, Natty. Jetzt scheint es aber, als hättest du einmal zu oft geschossen; denn es geht das Gerücht, du hättest einen Hirsch erlegt.«
»Ich habe heute nur zweimal geschossen, und beide Schüsse galten einem Panther«, entgegnete Lederstrumpf. »Hier sind die Felle! Ich wollte sie eben zum Richter tragen und mir meine Belohnung dafür holen.«
Jetzt wagte Hiram hervorzutreten und das Gespräch mit wichtiger Amtsmiene und allem ihm zu Gebote stehenden Nachdruck fortzusetzen. Zuerst las er laut den schriftlichen Haussuchungsbefehl vor und schloß mit dem Namen des Richters als Unterschrift.
»Hat Marmaduke Temple seinen Namen selbst auf dieses Stückchen Papier geschrieben?« fragte Natty kopfschüttelnd, »nun, es scheint, der Mann liebt die neuen Einrichtungen sehr.«
»Es ist eine bloße Form, Natty«, sagte Hiram und versuchte, seiner Miene und seinem Ton einen freundschaftlichen Anstrich zu geben. »Laßt uns hineingehen und die Sache vernünftig besprechen.«
Der alte Jäger hatte von Anfang an die Bewegungen seiner drei ungebetenen Gäste mit scharfem Auge bewacht und solch eine entschlossene Stellung an der Schwelle seiner Hütte angenommen, daß man deutlich sah, es würde keine leichte Sache sein, ihn von diesem Platz zu vertreiben.
»Habe ich Euch nicht mehr als einmal gewarnt, mich nicht in Versuchung zu führen«, sagte er. »Ich beunruhige keinen Menschen; warum laßt Ihr mich nicht ungeschoren mit Euren Gesetzen, von denen ich nichts verstehe?«
»Ich begehre Einlaß in dieses Haus«, sagte Hiram, allen Mut und alle Würde zusammennehmend, »im Namen des Volkes kraft dieses Haussuchungsbefehls und meines Amtes als Friedensrichter.«
Hiram hatte Nattys ernste, entschlossene Miene nicht beachtet und seinen Fuß schon auf die Schwelle gesetzt, um hineinzugehen, als dieser ihn unsanft bei den Schultern packte und über eine kleine Erhebung gegen den See etwa sechs Meter entfernt schleuderte. Gleich darauf erscholl Kirbys Gelächter, das aus dem Innersten der Seele zu kommen schien.
»Vortrefflich gemacht, alter Baumstumpf!« rief der Holzhauer. »Kommt, hier ist ein grüner Platz; macht Eure Sache aus wie unter Männern.«
»William Kirby, ich befehle Euch, Eure Pflicht zu tun«, rief Hiram hinter seinem Erdhügel; »ergreift den Mann, ich befehle Euch, ihn im Namen des Volkes zu ergreifen.«

Aber nun nahm Lederstrumpf eine drohende Stellung an, die Büchse in der Hand, richtete er die Mündung auf den Holzhauer. Solange der Handel ungefährlich blieb, schien der Holzhauer geneigt, sich auf die Seite der schwächeren Partei zu schlagen, als er aber das Gewehr in Nattys Hand sah, änderte er seinen Entschluß. Er erhob seine lange Gestalt von dem Holzblock und redete Natty ernst an.

»Ich kam nicht als dein Feind hierher, Lederstrumpf, aber ich fürchte mich auch nicht vor deinem eisernen Lauf. Herr Doolittle, sprecht das Wort, wie es das Gesetz verlangt, und dann wollen wir bald sehen, wer von uns beiden der Stärkste ist.«

Aber kein Friedensrichter war zu sehen. Bei dem Anblick der Flinte hatten sich Hiram und Jotham aus dem Staube gemacht.

»Die Memmen hast du vertrieben«, sagte Billy verächtlich, »aber mich vertreibst du so leicht nicht, Herr Bumppo; leg dein Gewehr hin, oder es wird bald zum Kampf zwischen uns kommen.«

Natty ließ die Büchse auf den Boden gleiten und erwiderte: »Ich frage dich, ob ein alter Mann seine Hütte von solchem Volk betreten lassen soll? Ich will den Hirsch gegen dich nicht verleugnen, Billy, und du kannst das Fell mitnehmen und es zum Beweis zeigen. Die Belohnung für das Pantherfell wird die Strafe bezahlen, und damit kann jeder zufrieden sein.«

»Das ist brav, alter Knabe«, rief Kirby, und Natty ging in seine Hütte und erschien gleich wieder mit der Hirschhaut. Hierauf schieden sie völlig miteinander versöhnt.

Lange bevor Billy das Dorf erreichte, hatte sich das Gerücht von seiner Lebensgefahr, Nattys Auflehnung gegen das Gesetz und Hirams Niederlage schon verbreitet. Man sprach davon, nach dem Sheriff zu schicken, ließ Winke fallen, den Landsturm einzuberufen, und viele Bürger wurden zur Beratung berufen.

Zweiundzwanzigstes Kapitel

Die unruhige Bewegung unter den Bewohnern Templetons hatte sich eben wieder verloren, als Oliver Eduard auf seinem Rückweg aus dem Pfarrhause dem jungen Advokaten Lippet begegnete. Der Jurist begrüßte den jungen Mann diensteifrig und erzählte ihm die Geschichte mit Natty Bumppo brühwarm. Oliver erschrak bei dem Gedanken, seinen alten Freund im Konflikt mit dem Gesetz zu sehen, und er versprach Herrn Lippet, ihn als Verteidiger zu nehmen, wenn es zu einer Untersuchung kommen sollte. Sie verabschiedeten sich, und Eduard eilte besorgt zum Haus des Richters. Als er in den

Vorsaal trat, dessen ungeheure Türen geöffnet standen, um die milde Abend=
luft einzulassen, fand er Benjamin mit einigen häuslichen Arbeiten beschäf=
tigt und fragte ihn, wo er den Richter Temple finden könnte.

»Der Richter ist soeben mit Herrn Doolittle in seine Schreibstube gegan=
gen, aber Miss Lizzi ist dort im Zimmer.«

Eduard trat, ohne zu antworten, durch die bezeichnete Tür. Elisabeth war
allein und lag immer noch auf dem Sofa. Eduard sprach ihr sofort von sei=
ner Besorgnis Nattys wegen. Das junge Mädchen beruhigte ihn, da sie
glaubte, daß eine Geldstrafe alles erledigen würde. In diesem Augenblick
kam der Richter zurück und ging wortlos mehrmals im Zimmer auf und ab.

»Unsere Pläne sind vernichtet, Mädchen«, sagte er endlich. »Nattys Hals=
starrigkeit hat die Strafe des Gesetzes herausgefordert. Ich kann es nicht
ändern.«

»Wie? Auf welche Weise?« rief Elisabeth.

Marmaduke berichtete, was er von Doolittle gehört hatte.

»Welche Strafe wird ihm auferlegt werden, Herr?« fragte Eduard besorgt.

Marmaduke wandte sich rasch um.

»Worin die Strafe bestehen wird, weiß ich noch nicht«, sagte er. »Es ziemt
einem Richter nicht, zu entscheiden, bevor er die Zeugen gehört hat. Ich
kann Euch indessen versichern, Herr Eduard, daß ich keine Rücksicht auf den
großen Dienst nehmen kann, den der Mann meiner Tochter geleistet hat.«

»Es bezweifelt niemand das Gerechtigkeitsgefühl des Richters!« entgegnete
Eduard bitter. »Ist es aber ein Verbrechen, einen niederträchtigen Menschen
von seiner Türe zu treiben! Wenn irgend jemand in dieser Sache des Ver=
brechens angeklagt werden muß, so ist es Natty Bumppo wahrlich nicht.«

»Und wer sonst?« fragte der Richter.

Diese Frage war mehr, als der junge Mann ertragen konnte.

»Was?« rief er, »fragt Euer eigenes Gewissen, Richter Temple. Tretet vor
Eure Tür und schaut in dieses Tal, auf diesen ruhigen See, auf diese dunk=
len Berge, und fragt Euer Herz, wenn Ihr ein Herz habt, woher diese Reich=
tümer, dieses Tal und diese Berge stammen und wie Ihr in deren Besitz ge=
langt seid? Ich sollte meinen, der Anblick Mohegans und Nattys, wie sie
jetzt verarmt und vereinzelt durch dieses Land gehen, muß Euch einen Stich
ins Herz geben.«

Marmaduke hörte diesen Ausbruch der Leidenschaft voll Erstaunen an.

»Oliver Eduard, du vergißt, in wessen Gegenwart du dich befindest«, sagte
er dann ernst. »Ich habe gehört, daß du von den früheren Besitzern dieses
Bodens abstammen willst. Aber die gute Erziehung, die du erhalten hast,
ist fruchtlos geblieben. Dieses Land gehört mir rechtmäßig und ist mir von
deinen Vorfahren, wenn du wirklich von ihnen abstammst, gerichtlich ab=

getreten worden. Nach dem, was du jetzt geäußert hast, können wir nicht länger zusammenbleiben. Folge mir in meine Schreibstube, wir wollen in Frieden scheiden.«

Der Jüngling wollte etwas erwidern, als er bemerkte, daß auch Elisabeth das Zimmer verließ. Einen Augenblick stand er, ihr nachschauend, in höchster Bestürzung; dann eilte er rasch zum Hause hinaus, und anstatt Marmaduke in der Schreibstube aufzusuchen, schlug er den Weg zur Hütte des Jägers ein.

Richard kehrte erst spät am Abend des folgenden Tages von seiner Geschäftsreise zurück. Der Hauptzweck hatte in der Verhaftung einer Bande Falschmünzer, die zu jener Zeit in den Wäldern ihre Werkstatt aufgeschlagen hatte, bestanden. Die Expedition war erfolgreich gewesen, und gegen Mitternacht kehrte der Sheriff an der Spitze eines bewaffneten Haufens von Gehilfen und Polizeidienern, in deren Mitte vier gefesselte Missetäter ritten, in das Dorf zurück. Am Torwege des Herrenhauses trennten sie sich. Richard wies seine Gehilfen an, ihre Gefangenen in das Gefängnis der Grafschaft zu bringen. Im Haus selbst traf er niemanden mehr an als Benjamin. Der Haushofmeister hatte auf ihn gewartet und berichtete ihm nun umständlich die aufregenden Erlebnisse des Tages. Kaum hatte Richard aus den verworrenen Reden den Zusammenhang herausgehört, als er nach seinem Hut griff, dem Haushofmeister befahl, die Türen zu verschließen und sich zu Bett zu verfügen, und eiligst das Haus verließ. Benjamin stand mit verschränkten Armen, die Augen auf die Tür gerichtet, aus der Richard verschwunden war, und schaute ihm wenigstens fünf Minuten im höchsten Erstaunen nach. Als er endlich aufgehört hatte, sich zu verwundern, tat er, wie ihm befohlen war, und legte sich zur Ruhe.

Der hohe Gerichtshof, bei dem Richter Temple den Vorsitz führte, sollte am folgenden Morgen tagen. Die Begleiter Richards waren Gerichtsdiener, die teils wegen ihres Amtes bei Gericht, teils als Eskorte der Gefangenen ins Dorf gekommen waren. Der Sheriff kannte die Gewohnheiten dieser Leute gut und wußte, daß er sie alle noch in der Gefängnisstube bei dem Branntwein des Gefangenenwärters finden würde. Er nahm daher seinen Weg durch die stillen Straßen des Dorfes zu dem kleinen, unbefestigten Hause, das die unglücklichen Schuldner und einige aus der Grafschaft eingebrachte Verbrecher verwahrte. Als der Sheriff im Gefängnis ankam, fand er seine Untergebenen wirklich alle versammelt. Ein Wink des Sheriffs rief zwei seiner Gehilfen vor die Tür, die noch sechs bis sieben Polizeidiener mit sich nahmen. Mit diesen Hilfstruppen schritt Richard durch das Dorf gegen den See. Alles war ruhig und still, nichts zu hören als das ferne Gebell einiger Hunde und das leise Gemurmel und die Tritte der Hüter des Gesetzes. Als sie die Brücke von Holzstämmen, die über den Susquehannah führte, passiert hatten, verließen sie die Landstraße und wandten sich seitwärts gegen das Feld. Von hier führte sie Richard in den dichten Wald. Der Sheriff hielt für einen Augenblick an, versammelte seine Truppen um sich und hielt mit leiser Stimme eine Ansprache.

»Ich habe eure Hilfe gefordert, meine Freunde, um Nathaniel Bumppo, gewöhnlich Lederstrumpf genannt, zu arretieren. Er hat eine Magistratsperson angegriffen und sich der Vollziehung eines Haussuchungsbefehls widersetzt, indem er das Leben eines Polizeidieners mit seiner Büchse bedrohte. Auch ist er noch anderer Vergehungen und Beleidigungen gegen Privatpersonen beschuldigt worden, und ich habe es kraft meines Amtes als Sheriff auf mich genommen, besagten Natty Bumppo noch diese Nacht zu arretieren und in das Gefängnis zu bringen, auf daß er morgen früh vor Gericht gestellt werde. Ihr müßt einen Kreis um seine Hütte schließen und bei dem Worte ›Vorwärts‹ mit Gewalt eindringen und ihn gefangennehmen. Verteilt euch zu diesem Zweck nach verschiedenen Seiten, während ich mit einem Gehilfen ans Ufer hinabsteige, um diesen Punkt zu behaupten.«

Diese wohlgesetzte Rede, die sich Richard unterwegs ausgedacht hatte, verfehlte ihre Wirkung nicht. Die kleine Mannschaft teilte sich, einige verloren sich tiefer in den Wald, um sich auf geringen Umwegen dem bestimmten Orte geräuschlos zu nähern, und die anderen schritten behutsam vorwärts voll Furcht und Erwartung. Als der Sheriff die Belagerungstruppen weit genug vorgerückt glaubte, ließ er das Losungswort hören. Seine Stimme hallte unter den Bäumen wider, aber anstatt des erwarteten Hundegeheuls hörte man nur das Rascheln der dürren Blätter. Als der Sheriff an den Ort kam, wo Natty so lange gelebt hatte, fand er statt der Hütte nur noch rauchende Trümmer.

Die kleine Mannschaft umgab die Stelle und schaute auf den noch leise glimmenden Aschehaufen. Nur dann und wann stieg eine kleine Flamme daraus in die Höhe und beleuchtete die erstaunten Gesichter. Keine Stimme erhob sich, und noch stand die kleine Gruppe in der ersten Bestürzung, als eine hohe Gestalt aus der Finsternis in den Kreis trat und die heiße Asche und die glimmenden Holzstücke mit dem Fuß auslöschte. Geisterhaft, mit entblößtem Haupt und aufgehobener Hand, blickte Natty den dunklen Kreis der verblüfften Gerichtsdiener an.

»Was sucht ihr hier bei einem alten, hilflosen Mann?« fragte er ernst. »Ihr habt Gottes Geschöpfe aus der Wildnis vertrieben und Verwirrung und Unruhe in ein Land gebracht, wo vorher kein Mensch den anderen störte. Ihr habt mich, der ich vierzig Jahre in diesem Winkel gehaust habe, aus meiner

Heimat und Wohnung vertrieben, denn ehe ich euch gestatte, eure Füße in meine Hütte zu setzen und dort eure verdammten Gesetze auszuüben, legte ich selbst lieber Feuer an dieses Dach, unter dem ich so lange gelebt habe. Und nun da ich um Mitternacht herkomme, von der Asche meiner Hütte Abschied zu nehmen, verfolgt ihr mich wie hungrige Hunde den sterbenden Hirsch! Was wollt ihr von mir? Habt ihr nicht schon alles? Hier stehe ich, einer gegen viele. Ich kam, um zu trauern, nicht um zu kämpfen. Ist es Gottes Wille, daß ich in eure Hände fallen soll, so tut mit mir nach eurem Willen.«

Als der alte Mann geendet hatte, blickte er ernst um sich. Nach einer Pause von wenigen Minuten hatte Richard seine Lebensgeister wieder gesammelt. Er trat vor, sprach einiges zur Entschuldigung seiner harten Pflicht und nahm Lederstrumpf gefangen. Jetzt setzte sich die Mannschaft, der Sheriff an der Spitze und Natty in der Mitte, in Marsch und schlug den Weg nach dem Dorfe ein.

Dreiundzwanzigstes Kapitel

Die früh aufgehende Sonne gewährte den Neugierigen Zeit, sich zu versammeln, ehe die kleine Glocke der Akademie verkündete, daß der Gerichtshof zusammentrete. Seit Anbruch des Tages waren die Landstraßen und Bergpfade, die von allen Seiten nach Templeton führten, mit Reitern und Fußgängern bedeckt gewesen, die sämtlich Sitz und Stimme bei der Versammlung hatten. Um zehn Uhr füllten sich die Straßen Templetons mit Gruppen geschäftiger Menschen. Einige unterhielten sich von ihren Privatangelegenheiten, andere horchten auf die Erzählung politischer Ereignisse, und wieder andere standen gaffend und bewundernd vor den offenen Läden. Beim ersten Glockenton trat Richard aus der Haupttür des ›Kühnen Dragoners‹, in der Hand ein bloßes Schwert, von dem er zu erzählen pflegte, daß es seine Vorfahren in Cromwells Schlachten geführt hatten, und befahl gebieterisch, Platz zu machen für den Gerichtshof. Eine Anzahl Gerichtsdiener mit ihren Stäben folgte dem Sheriff. Hierauf kam Marmaduke, von vier einfach gekleideten, ernst aussehenden Beisitzern begleitet. Drei bis vier glattrasierte Advokaten folgten dem Zuge. Das Volk strömte ihnen nach in das Zimmer, wo das Gericht seine Sitzung hielt.

Das Gebäude ruhte auf einer Grundlage von viereckigen Bauhölzern, hier und da mit kleinen, vergitterten Fenstern versehen, durch die einige Gesichter nach dem Menschenauflauf draußen schauten. Unter diesen befanden sich die Falschmünzer und unser alter Freund Natty. Eine Bank lief an der einen

Seite des Gerichtssaals hin und war für die Richter bestimmt. Ein in der Mitte besonders abgeteilter Sitz diente dem jeweilig präsidierenden Richter. Weiter vorn stand ein Tisch, mit grünem Tuch bedeckt, an dem die Geschworenen saßen. Alle diese Sitze waren mit Gittern umgeben. Der übrige Raum im Zimmer war mit Zuschauern angefüllt. Sobald die Richter und die Advokaten Platz genommen hatten, begann die Gerichtsverhandlung. Die Verordnungen wurden verlesen, den Geschworenen der Eid abgenommen, die Klagepunkte vorgebracht und dem Gericht zur Entscheidung überlassen. Nachdem einige leichtere Fälle verhandelt waren, wurde der Name Natty Bumppo ausgerufen.

Jetzt entstand eine große Bewegung in der draußen stehenden Menge, und sogleich erschien Lederstrumpf in Begleitung zweier Gerichtsdiener. Es wurde ihm sein Platz auf der Bank der Angeklagten angewiesen. Das Geräusch verstummte, und das Volk drängte sich wieder in den offenen Raum. Es trat jetzt eine solche Totenstille ein, daß die Atemzüge der Menge hörbar waren. Natty in seinem hirschledernen Anzug, ohne Wams, nur in einem groben, leinenen Hemd, das am Halse mit einer Hirschsehne zusammengebunden war, trat furchtlos auf. Es war das erstemal in seinem Leben, daß er vor Gericht stand. Er erhob seine Augen zu der Gerichtsbank, von da zu den Sitzen der Geschworenen, zu den Schranken, zu den Zuschauern und begegnete überall Blicken, die auf ihn gerichtet waren.

»Gefangener, nehmt Eure Mütze ab«, sagte Marmaduke. Der Befehl wurde aber nicht gehört.

»Nathaniel Bumppo, entblößt Euer Haupt«, wiederholte der Richter.

Natty fuhr bei Nennung seines Namens in die Höhe, blickte ernsthaft auf die Gerichtsbank und rief: »Hier!«

Jetzt erhob sich der Advokat Lippert von seinem Sitz am Tisch und flüsterte dem Gefangenen etwas ins Ohr, worauf Natty einwilligend mit dem Kopf nickte und seine hirschlederne Mütze abnahm.

»Herr Distriktsanwalt«, sagte der Richter, »der Gefangene ist bereit; wir warten auf die Anklage.«

Herr Dirk van der School trat jetzt auf, um sein Amt als öffentlicher Ankläger zu vollziehen. Nachdem er seine Brille zurechtgesetzt und seine Amtsbrüder der Reihe nach angesehen hatte, begann er, über die Brillengläser wegschauend, die Anklage laut vorzulesen. Herr van der School trug große Sorge, daß kein Teil der Schrift den Zuhörern entgehe. Die Anklage beschuldigte den Gefangenen, sich der Ausführung des Haussuchungsbefehls mit bewaffneter Hand widersetzt zu haben. Dies war eine schwerere Beschuldigung, und man las auf den Gesichtern der Zuschauer lebhaftes Interesse an dem Ausgang der Sache. Dem Gefangenen wurde die Anklage noch einmal kurz wiederholt und seine Antwort verlangt. Herr Lippert hatte dem alten Jäger, ehe er antworten konnte, ins Ohr geflüstert, was er erwidern müsse. Aber einige Ausdrücke der Klageschrift hatten Lederstrumpf so erzürnt, daß er nicht darauf achtete.

»Das ist eine verdammte Lüge!« rief er. »Ich verlange keines Menschen Blut. So etwas können mir selbst die Irokesen nicht ins Gesicht nachsagen. Ich habe immer wie ein braver Soldat gefochten. Ich glaube, es gibt hier Menschen, die daran zweifeln, daß ein Gott in dieser Wildnis lebt!«

»Bleibt bei Eurer Antwort, Bumppo«, sagte der Richter, »Ihr hört, daß Ihr angeklagt seid, Eure Büchse auf einen Gerichtsdiener angelegt zu haben; seid Ihr schuldig oder nicht schuldig?«

Unterdessen hatte sich Nattys Unwillen abgekühlt; er blieb einige Augenblicke in nachdenklicher Stellung stehen und schüttelte den Kopf.

»Schreibt seine Antwort ›Nicht schuldig‹ nieder«, sagte der Richter.

Darauf wurden die Zeugen Hiram Doolittle und Billy Kirby vernommen, die den einfachen Hergang, jeder nach seiner Weise, wiedergaben. Lippert, der Advokat Nattys, bemühte sich, durch einige geschickt gestellte Fragen die Unschuld Lederstrumpfs an den Tag zu bringen. Schließlich erhob sich van der School, um die Anklage noch einmal zu begründen.

»Meine Herren Geschworenen! Ich würde die ableitenden Fragen, welche der Anwalt des Gefangenen den Zeugen vorlegte, unterbrochen haben, wenn ich nicht überzeugt gewesen wäre, daß das Landesgesetz erhaben ist über alle Vorteile (ich meine gesetzlichen Vorteile), welche er durch seine Kunst und Geschicklichkeit erlangen kann. Der Anwalt des Gefangenen, meine Herren, hat versucht, euch gegen eure Vernunft zu überzeugen, daß der Umstand, einem Gerichtsdiener die Mündung einer Büchse zu zeigen, höchst unschuldiger Natur sei, und daß die Gesellschaft – ich meine der Staat – dadurch nicht gefährdet werde. Aber erlaubt mir, eure Aufmerksamkeit noch einmal in Anspruch zu nehmen und die Einzelheiten dieser gehässigen Beleidigung genauer zu beleuchten.«

Und nun beglückte Herr van der School die Geschworenen mit einem Auszug der Zeugenaussagen, auf eine Weise abgefaßt, die ganz dazu geeignet war, die Köpfe seiner würdigen Zuhörer zu verwirren.

Als er schloß, war es des Richters Pflicht, seine Meinung als höchste Autorität auszusprechen. Er stellte die Umstände in ein so helles Licht, daß sie nicht mißverstanden werden konnten.

»Abgeschnitten von der übrigen Welt, wie wir hier leben, meine Herren«, sagte er, »ist es doppelt nötig, die Vollstrecker des Gesetzes zu beschützen, weil wir sonst unzähligen Gefahren ausgesetzt sein würden. Doch wenn ihr glaubt, daß der alte Mann, der heute vor euch erscheint, nur aus alter

Gewohnheit gehandelt hat, so ist es eure Pflicht, ihn mit Nachsicht zu richten.«

Die Geschworenen verließen ihre Sitze nicht. Nach einer leisen Beratschlagung von wenigen Minuten erhob sich der Vorsitzende und erklärte den Gefangenen für ›schuldig‹.

»Nathaniel Bumppo«, begann der Richter, nachdem er die herkömmliche Pause beobachtet hatte, »in Erwägung Eurer Unkenntnis des Gesetzes hat sich der Gerichtshof bewogen gefühlt, Euch ein milderes Urteil zu sprechen, als Euer Vergehen verdient. Es ist verordnet worden, daß Ihr aus diesem Zimmer in den ›Stock‹ gesetzt werden sollt, wo Ihr eine Stunde bleibt. Ferner sollt Ihr dem Staate eine Geldstrafe von hundert Dollar zahlen und im Gefängnis der Grafschaft einen Monat lang sitzen. Ich halte es für meine Schuldigkeit, Nathaniel Bumppo —«

»Und woher sollte ich das Geld nehmen!« unterbrach ihn Lederstrumpf rasch. »Ich gebe Euch die Belohnung für die Pantherfelle als Strafe für den erlegten Hirsch. Wie sollte ein alter Mann in diesen Wäldern zu so viel Gold oder Silber kommen? Nein, nein, Richter, denkt besser darüber nach und sprecht nicht davon, mich den letzten Rest meines Lebens in ein erbärmliches Gefängnis einzusperren.«

»Wenn Ihr irgend etwas gegen das Urteil vorzubringen habt, wird Euch das Gericht Gehör geben«, sagte der Richter.

»Ich habe genug dagegen zu sagen«, rief Natty. »Woher soll ich das Geld nehmen? Laßt mich hinaus in die Wälder und Berge, wo ich gewohnt bin, die frische Luft zu atmen. Wenn Ihr noch Wild genug im Lande gelassen habt, will ich trotz meiner siebzig Jahre Tag und Nacht wandern, bis ich die verlangte Summe aufgetrieben habe. Ihr müßt das Unvernünftige Eurer Forderung einsehen und wie gottlos es wäre, einen alten Mann einzusperren. Habt Ihr die Zeit vergessen, wie Ihr zuerst an das Seeufer kamt? Damals hattet Ihr noch kein Gefängnis, einen ehrlichen Mann einzusperren, und gab ich Euch nicht meine eigene Hirschhaut, um darauf zu schlafen, und ein gutes Stück von einem Rehrücken, um Euren Hunger zu stillen? Es gibt Leute, die harte Dinge von Euch erzählen, Marmaduke Temple, aber Ihr könnt nicht so schlecht sein, einen alten Mann im Gefängnis sterben zu lassen, weil er sich verteidigte. Kommt, Freunde, laßt mich hinaus, ich bin lange nicht unter so vielen Menschen gewesen, und mich verlangt wieder nach meinen Wäldern.«

»Es muß ein Ende gemacht werden«, sagte der Richter, sichtbar bemüht, den Kampf in seinem Innern zu verbergen. »Führt den Gefangenen in den Stock.«

Natty schien sich jetzt in sein Geschick zu ergeben. Er ließ den Kopf auf die

Brust sinken und folgte dem Gerichtsdiener schweigend aus dem Saal. Die Menge machte ihm Platz, und sobald seine hohe Gestalt durch die äußere Tür verschwand, drängte ihm der große Haufen nach, um Zeuge seiner Schande zu sein.

Vierundzwanzigstes Kapitel

Natty, umgeben von der neugierigen Menge, folgte den Gerichtsdienern. Er neigte sein Haupt, als Zeichen der Unterwerfung gegen eine Macht, der er sich nicht gewachsen fühlte. Man hob den obersten Teil des Stockes in die Höhe und zeigte mit der Hand auf die Löcher, in die der alte Mann seine Füße setzen sollte. Ohne die geringste Einwendung setzte sich Lederstrumpf ruhig auf den Boden nieder und ließ seine Füße ohne Murren in die Löcher legen. Nur einen Blick warf er um sich, als suche er auf den Gesichtern der Umstehenden einen Zug des Mitgefühls. Aber er sah nirgends Schadenfreude, auch keinen Vorwurf, keine Schimpfworte hörte er.
Der Gerichtsdiener war eben im Begriff, das oberste Brett niederfallen zu lassen, als Benjamin, der sich immer dicht hinter dem Gefangenen gehalten hatte, mit heiserer Stimme rief: »Zum Henker, wozu nützt es, eines Mannes Beine wie eine Tonne mit Reifen zu belegen? Wozu soll denn das Ding?«
»Herr Penguillan, das Gesetz verlangt es«, sagte der Gerichtsdiener mit Würde.
»Ich weiß, daß es nicht Eure Erfindung ist, aber ich sehe den Nutzen nicht ein. Es tut keinen Schaden; es ist nur ärgerlich. Aber sonst macht es nichts aus.«
»Euch scheint es nichts auszumachen, Benny Pump«, sagte Natty langsam, »einen Mann in seinem einundsiebzigsten Jahre einzusperren und ihn wie einen gezähmten Bären den Ansiedlern zu zeigen? Ist es nicht unrecht, einen alten Soldaten, der im sechsundfünfziger Kriege gedient und den Feind in der Schlacht von sechsundsiebzig gesehen hat, in ein solches Loch zu stekken?«
Benjamin blickte wütend um sich, und hätte er auf irgendeinem Gesicht Verachtung gelesen, so hätte er Streit angefangen. Aber er fand überall nur stillen Ernst, und so setzte er sich denn bedächtig neben den Jäger, legte seine Beine in die zwei leeren Löcher des Stocks und sagte: »Laßt nur herunter, Herr, laßt nur herunter! Und wenn jemand Verlangen haben sollte, einen Bären zu sehen, so soll er nur kommen, er wird zwei finden, von denen der eine nicht nur brummen, sondern auch beißen kann.«

»Aber ich habe keine Order, Euch in den Stock zu schließen, Herr Pump«, rief der Gerichtsdiener, »Ihr müßt heraus, damit ich meine Schuldigkeit tun kann.«

»Ihr habt meine Order, und was braucht Ihr mehr, wenn es darauf ankommt, über meine Füße zu bestimmen?«

»Wenn Ihr so große Lust habt, Euch mit einschließen zu lassen, kann man es Euch nicht verwehren«, sagte der Mann lachend und schloß die Kette.

Die Umstehenden fingen jetzt an zu lachen, und der Haushofmeister strampelte heftig mit Händen und Füßen, um sich zu befreien. Er wollte den Nächststehenden den Lohn für das freche Lachen geben, aber der Schlüssel war schon herumgedreht.

»Hört, Herr Gerichtsdiener«, rief er, »laßt die verdammten Fußfesseln nur noch einmal in die Höhe, damit ich den Halunken da draußen zeigen kann, daß man ein paar ehrliche Kerls nicht ungestraft auslachen darf.«

Als er keine Antwort erhielt, sah er das Vergebliche seiner Drohungen und seiner Wut ein und war vernünftig genug, Geduld von seinem Gefährten zu lernen. Er setzte sich jetzt ruhig an Nattys Seite nieder und wandte sich zu seinem Mitgefangenen, um ihm auf seine Weise Trost zuzusprechen.

»Ich sage Euch, es ist nichts als ein Windstoß, der bald vorübergehen wird«, begann er. »Für Euch, der Ihr so einen langen Kiel habt, muß es so gut wie nichts sein, aber für mein kurzes Untergestell ist diese Einrichtung nicht ganz bequem. Doch was tut es, Herr Bumppo, wenn das Schiff auch ein bißchen schief vor Anker liegt! Es dauert ja nur eine kurze Schiffswache, und ich will verdammt sein, wenn es nachher nicht munter und frisch mit Euch auf die Biberjagd segelt.«

Natty seufzte nur und schaute auf die Menge, die gerade anfing, sich zu verlieren. Er sah den Haushofmeister ernst an, aber ohne etwas zu erwidern. Ein bitteres Gefühl schien ihn gegen alles andere abgestumpft zu haben, und stille Trauer lag auf seinem Gesicht.

In diesem Augenblick trat Hiram Doolittle, von Jotham begleitet, aus dem Gedränge. Er ging quer über den offenen Platz und näherte sich dem Stock. Benjamin hob den Kopf, als Hiram sich so weit näherte, daß er ihn mit den Händen fassen konnte. Dann packte er den Friedensrichter unerwartet mit der Faust am Bein und riß ihn, ehe der sich besinnen konnte, zu Boden.

»Nun müßt Ihr die Segel streichen, Ihr verdammter Schmuggler!« rief Benjamin. »Versucht nur nicht, die Anker zu lichten, oder ich segle Euch in Grund und Boden. Ich kenne Euch durch und durch und weiß, daß Ihr mit allen Flaggen fahrt, wenn es die Umstände fordern.«

»Jotham!« rief der erschrockene Doolittle ängstlich, »ruft die Gerichtsdiener. Herr Penguillan, ich befehle Euch, Frieden zu halten.«

»Mehr Frieden als Liebe hat bis jetzt zwischen uns geherrscht, Herr Doolittle«, rief der Haushofmeister, indem er den Friedensrichter mit seinen Fäusten bearbeitete.
In diesem Augenblick gelang es Richard glücklicherweise, sich durch die dichte Volksmenge bis auf den Kampfplatz zu drängen.
»Doolittle!« rief er. »Schämt Ihr Euch nicht, ein Mann in Amt und Würden! Muß ich es erleben, daß Ihr den Frieden stört und meinen armen Benjamin schlagt?«
Hiram fand Gelegenheit, seinen Kopf zu heben und sein übelzugerichtetes Gesicht zu zeigen, so daß Richard sich von dem wahren Stand der Dinge unterrichten konnte.
»Benjamin, wie kommt Ihr in den Stock?« fragte er jetzt seinen Schützling streng. »Was sehe ich? Herr Doolittle, er scheint ja Euer Gesicht auf der einen Seite ganz breit geschlagen zu haben.«
Während dieser Zeit hatte Hiram sich völlig aufgerafft und fühlte wieder festen Boden unter seinen Füßen. Er brach jetzt in wilde Anschuldigungen aus, und die Szene endete damit, daß Natty Bumppo sowie Benjamin ins Gefängnis geführt wurden. Benjamin verbrachte den Nachmittag in freundschaftlichen Gesprächen mit den Vorübergehenden durch die eisernen Gitter des Gefängnisses; aber der alte Jäger maß den engen Raum ihres Gewahrsams mit raschen, ungeduldigen Schritten, den Kopf auf die Brust gesenkt. Gegen Abend erschien Eduard vor dem Fenster und hatte ein langes leises Gespräch mit seinem Freund. Gleich darauf legte sich Lederstrumpf auf sein Nachtlager und verfiel bald in tiefen Schlaf.
Noch am gleichen Abend hatte der Richter mit seiner Tochter eine ernste Aussprache. Elisabeth erhielt die Erlaubnis, nach dem Abendessen mit Louise Grant ins Gefängnis zu gehen, um dem Jäger die nötige Summe zu überbringen. Als die beiden Mädchen schweigend zwischen den Häusern hinschritten, deren dunkle Schatten ihre Gestalten verbargen, vernahmen sie nichts als den langsamen Tritt eines Ochsengespanns und das Rasseln eines Karrens, der sich in ihrer Richtung die Straße hinaufbewegte. Das Gespann hielt vor dem Gefängnis, als sie hineingehen wollten. Sie achteten nicht weiter darauf und trugen dem Wärter ihre Bitte vor.
Da es allgemein bekannt war, daß Natty den Damen das Leben gerettet hatte, so wunderte sich niemand über das Interesse, das sie an dem Gefangenen nahmen. Sie wurden ohne weiteres in die Zelle geführt.
»Natty!« sagte Elisabeth, sobald die Türe sich hinter dem Wärter schloß, »mein guter Natty! Mich treibt die Dankbarkeit zu Euch. Die Strafe war nicht zu umgehen, aber wir werden sie Euch so angenehm wie möglich machen.«

»Ach, meine Zeit ist schon gekommen«, sagte Lederstrumpf lauschend, »ich höre die Ochsen mit den Hörnern gegen die Mauern stoßen. Ihr werdet uns nicht verraten, Mädchen! Ihr werdet einen alten Mann nicht verraten, der alles versucht, um Gottes freie Luft wieder zu atmen. Ich tue gewiß kein Unrecht, und wenn das Gesetz verlangt, daß ich die hundert Dollar bezahlen soll, so will ich die Jahreszeit benutzen, um auf die Biberjagd zu gehen, wobei mich Benjamin begleiten will.«

»Was meint Ihr?« rief Elisabeth verwundert aus. »Ihr müßt doch dreißig Tage hier bleiben. Das Geld für Eure Strafe bringe ich Euch. Nehmt es; bezahlt morgen früh Eure Strafe, und harrt geduldig den Monat aus. Ich will Euch mit meiner Freundin oft besuchen.«

»Wollt ihr wirklich, ihr guten Kinder?« sagte Natty, aufstehend und Elisabeths Hand ergreifend. »Ich war einmal von den Franzosen gefangen worden, und sie steckten zweiundsechzig von uns in ein Blockhaus in der Nähe von Alt-Frontenac; aber es war für Leute, die gewohnt sind, mit Bauholz umzugehen, eine leichte Sache, einen Fichtenstamm durchzuschneiden.«

Der Jäger hielt inne und blickte sorgfältig im ganzen Raum umher. Dann zog er lachend den Haushofmeister, der von seinen Freunden zu reichlich mit Alkohol versehen worden war, von seinem Sitz in die Höhe, hob einige Betten auf und zeigte den erstaunten Mädchen ein mit Meißel und Hammer frisch gemachtes Loch in den Balken. »Von dieser Seite ist die Öffnung zwar nicht groß, aber von draußen ist sie weiter.«

»Es kann Euer Ernst nicht sein, uns zu verlassen, Lederstrumpf«, sagte Elisabeth, »ich bitte Euch, überlegt, was Ihr tut.«

»Mädchen, gibt es hier Biber zu fangen?«

»Nein, das nicht, aber hier ist Geld, um Eure Strafe zu bezahlen, und in einem Monat seid Ihr frei.«

»Kind, behaltet Euer Geld. Die Stunde ist gekommen; ich höre ihn draußen mit den Ochsen reden, und so muß ich fort. Ihr werdet nichts erzählen – nicht wahr, Mädchen! Ihr verratet uns nicht?«

»Verraten!« wiederholte Elisabeth, »nein, verraten werden wir Euch nicht, aber nehmt dieses Geld, selbst wenn Ihr in die Berge geht.«

»Nein, nein«, sagte Natty kopfschüttelnd, »ich würde es nicht von Euch nehmen, und könnte ich mir zwanzig Büchsen dafür kaufen. Aber halt! Etwas könntet Ihr für mich tun, wenn Ihr wollt.«

»Sagt es mir, bitte.«

»Es ist keine schwere Aufgabe. Kauft mir so viel Pulver, wie in mein Horn geht. Es kostet zwei Silberdollar. Benny Pump hat das Geld dazu, aber wir dürfen uns nicht in die Stadt wagen. Ihr bekommt es bei dem Franzosen. Es ist die beste Sorte für die Büchse. Wollt Ihr es für mich holen?«

»Ich bringe es Euch, Lederstrumpf, und sollte ich Euch einen ganzen Tag in den Wäldern suchen. Aber sagt mir, wo ich Euch finden werde?«

»Wo?« sagte Natty, einen Augenblick überlegend, »morgen, auf dem Visionsberg oben sollt Ihr mich treffen, Kind, wenn die Sonne gerade über unseren Köpfen steht. Achtet darauf, daß das Pulver feine Körner hat, Ihr könnt es am Glanz erkennen.«

»Ich werde alles gut besorgen«, sagte Elisabeth bestimmt.

Natty setzte sich nun, stellte die Füße in die Öffnung, um auf die Straße zu kommen. Die Freundinnen hörten Eduards Stimme, der ein Bündel Heu unter das Loch warf, und sie begriffen nun, wer der Ochsentreiber gewesen war.

»Kommt, Benny«, sagte der Jäger, »es wird diese Nacht nicht dunkler, denn der Mond geht in einer Stunde auf.«

In diesem Augenblick hörten sie den Gefangenenwärter kommen. Natty hatte kaum so viel Zeit, seine Füße zurückzuziehen und das Loch mit den Betten zu verdecken.

»Ist Miss Temple bereit, zu gehen?« fragte der höfliche Wärter, »es ist Zeit, die Türen zu verschließen.«

»Ich folge Euch«, erwiderte Elisabeth. »Gute Nacht, Lederstrumpf.«

Bei diesen Worten wandte sich das Mädchen schnell ab und folgte mit Louise dem Schließer. An der äußeren Türe des Gefängnisses trennten sie sich; der Gefängniswärter kehrte ins Haus zurück, und die Mädchen gingen mit pochendem Herzen um die Straßenecke.

»Horch!« rief Elisabeth, »ich höre das Rascheln des Heues; in diesem Augenblick entfliehen sie. O Gott! Sie werden gewiß gleich entdeckt werden!«

Jetzt waren sie um die Ecke gebogen und sahen Eduard und Natty beschäftigt, den betrunkenen, hilflosen Benjamin durch die Öffnung zu ziehen. Die Ochsen standen etwas seitwärts, die Köpfe nach der Straße.

»Werft das Heu auf den Wagen«, sagte Eduard, »sonst merken sie, wie wir die Flucht bewerkstelligt haben. Nur schnell, damit nichts davon zu sehen ist.«

Natty war damit eben fertig, als Licht durch das Loch fiel und man die Stimme des Wärters nach den Gefangenen rufen hörte.

»Was jetzt?« fragte Eduard. »Dieser Trunkenbold wird uns aufhalten, und wir haben keinen Augenblick zu verlieren.«

»Wer ist betrunken, ihr Schlingel?« murmelte der Haushofmeister.

In diesem Augenblick tat sich die Haustüre des »Kühnen Dragoners« auf, und mehrere Männer, unter denen sich Billy Kirby durch seine laute Stimme verriet, traten heraus.

»Es ist kein Mond zu sehen«, rief der Holzhauer, »aber es ist doch eine

klare, helle Nacht. Kommt, wer geht mit nach Hause? Aber horcht! Was ist das für ein Lärm im Gefängnis – ich muß hin und sehen, was es gibt.«
»Wir sind verloren«, sagte Eduard, »wenn wir Benjamin nicht zurücklassen.«
In diesem Augenblick drängte sich Elisabeth dicht an ihn und sagte schnell, mit leiser Stimme:

»Legt ihn in den Wagen und treibt die Ochsen an, kein Mensch wird hineinsehen.«
Der Vorschlag wurde schnell ausgeführt. Sie legten den Haushofmeister, der jetzt stumm sich alles gefallen ließ, in den Wagen auf ein Bündel Heu. Eduard gab ihm die Peitsche in die Hand, trieb die Ochsen an und verschwand dann mit dem alten Jäger im Schatten der Häuser. Die Ochsen trabten vorwärts, und jetzt hörte man das Geschrei der Verfolger auf der Straße. Die Mädchen beschleunigten ihre Schritte, um den Gerichtsdienern und den Mitläufern zu entgehen, die über die Flucht der Gefangenen teils lachten, teils fluchten.
Als Elisabeth ihres Vaters Torweg erreicht hatte, sah sie den Holzhauer den Wagen anhalten, worauf sie Benjamin für verloren hielt. Sie überließ ihn seinem Schicksal und eilte mit Louise weiter, als sie zwei dunkle Gestalten schnell, aber vorsichtig unter den Bäumen verschwinden sah. In demselben Augenblick erkannten sie sich gegenseitig, und Eduard trat rasch auf sie zu.
»Miss Temple, ich werde Euch vielleicht nie wieder sehen«, sagte der junge Mann leise. »Ich danke Euch für alle Güte. Meine Handlungsweise muß Euch seltsam erscheinen – aber Ihr kennt meine Beweggründe nicht.«
»Flieht! flieht!« rief Elisabeth, »das ganze Dorf ist in Bewegung!«
»Nein! Ich muß sprechen, und würde ich auch auf der Stelle entdeckt.«
»Die Flucht über die Brücke ist Euch schon abgeschnitten; ehe ihr den Wald erreicht, sind eure Verfolger schon dort. – Wenn ...«
»Wenn was?« rief Eduard.
»Die Straße ist leer und still«, sagte Elisabeth nach einer kleinen Pause. »Ihr seid hier sicher und findet das Boot meines Vaters am See.«
Oliver antwortete nicht, sondern sah nur dankbar auf. Als sie sich trennten, trat Natty auf das Mädchen zu.
»Vergeßt das Pulver nicht«, sagte er. »Die Biber müssen beschafft werden, und ich und die Hunde fangen an, alt zu werden. Wir brauchen das beste Pulver und Blei.«
»Kommt, Natty!« sagte Eduard ungeduldig.
»Ich komme gleich!« rief Lederstrumpf leise. »Gott segne Euch, ihr lieben Kinder! Ihr meint es gut mit einem alten Mann.«
Die Mädchen sahen den beiden nach, bis sie ihren Blicken entschwanden, und traten dann in das Herrenhaus.
Elisabeth stand noch über eine Stunde am Fenster ihres Zimmers und sah die Lichter der Verfolgenden in allen Richtungen schimmern und hörte ihr Schreien und Lärmen. Aber nach dieser Zeit kehrten die letzten ermüdet von dem erfolglosen Streifzug zurück, und das Dorf wurde wieder ruhig und still.

Fünfundzwanzigstes Kapitel

Es war noch früh am folgenden Morgen, als sich Elisabeth und Louise in Monsieur le Quois Laden begaben. Schon waren viele Leute auf der Straße, aber zum Einkaufen war es noch zu früh, und so fanden die Mädchen den Laden des Kaufmanns leer. Elisabeth nahm die günstige Gelegenheit wahr und kaufte unauffällig von dem Gehilfen das bestellte Pulver. Nachdem sie sich von Herrn le Quoi verabschiedet hatte, der im letzten Augenblick doch noch erschienen war, verließ sie mit ihrer Freundin den Laden, der sich nun allmählich mit Landleuten zu füllen begann.

Schweigend gingen sie bis an die Brücke. Doch hier erklärte Louise, daß sie sich nicht entschließen könne, auf den Berg zu gehen. Elisabeth blieb einige Augenblicke überlegend stehen, dann aber war sie entschlossen.

»Gut, ich werde allein gehen«, sagte sie. »Außer Euch wage ich nicht, jemanden in das Geheimnis zu ziehen. Wartet aber am Rand des Waldes auf mich, daß ich wenigstens bis dahin nicht allein gehe.«

Louise war damit einverstanden, und als sie den Wald erreicht hatten, blieb sie zurück. Elisabeth setzte ihren Weg allein fort. Sie befürchtete, den Berggipfel nicht zur bestimmten Stunde zu erreichen, und gönnte sich deshalb kaum so viel Ruhe, um Atem zu schöpfen. Die anhaltende Dürre hatte das üppige Grün der Landschaft in ein fahles Braun verwandelt. Die Sonne war wie durch einen dünnen Rauch verhüllt, und den Himmel bedeckten dichte Wolken, die sich drohend am Horizont zusammenzogen. Je höher Elisabeth stieg, desto heißer und trockener wurde die Luft, und als sie die Stelle erreicht hatte, wo die Landstraße vom Wege abzweigt, glaubte sie, ersticken zu müssen.

Auf dem Gipfel des Berges, den der Richter mit dem Namen »Visionsberg« belegt hatte, befand sich ein kleiner ausgehauener Platz, um eine freie Aussicht auf Dorf und Tal zu geben. Diesen Punkt hatte Natty als den Ort ihres Zusammentreffens angegeben. Elisabeth ging so schnell, wie es der mit Baumstämmen bedeckte Weg möglich machte, und sie erreichte die Lichtung noch einige Minuten vor der verabredeten Zeit. Nachdem sie einen Augenblick auf einem Baumstamme ausgeruht hatte, begann sie sich nach ihrem alten Freund umzusehen. Aber sie sah ihn nirgends, ihr Suchen blieb fruchtlos.

»Natty! Lederstrumpf!« rief sie endlich laut nach allen Richtungen; aber keine Antwort erfolgte, und sie vernahm nichts als den Widerhall ihrer eigenen Stimme. Immerfort rufend, näherte sich Elisabeth allmählich dem Abhang des Berges, wo sie einen schwachen Ton, gleichsam als Antwort auf ihre eigene Stimme, hörte. Da sie ihn für ein Zeichen von Natty hielt, stieg sie eilends dreißig Meter hinab, bis sie eine kleine Felsterrasse erreichte, die von wenigen Bäumen, die in den Felsspalten wuchsen, beschattet wurde. Erstaunt über diese Entdeckung, die sie hier nicht erwartet hatte, trat sie an den äußersten Rand der Terrasse und schaute in den zu ihren Füßen liegenden Abgrund hinab. Plötzlich war ein Rascheln in den dürren Blättern dicht neben ihr zu hören. Sie drehte sich augenblicklich um und blieb erschreckt stehen.

Auf dem Stamm einer gefallenen Eiche saß John Mohegan. Er hatte das gelbbraune Gesicht ihr zugewandt, und seine Augen ruhten wie abwesend auf ihr. Die wollene Decke war von seinen Schultern gefallen, und Arme, Brust und Hals waren entblößt. Washingtons Bildnis prangte auf seiner nackten Brust, ein besonderer Schmuck, den er, wie Elisabeth wohl wußte, nur bei feierlichen Gelegenheiten anzulegen pflegte. Sein langes Haar war geflochten und hing in zwei Zöpfen an beiden Seiten seines Gesichtes herunter. In den Ohren trug er Verzierungen von Silber, Perlen und Borsten von Stachelschweinen, und auch seine Nasenlöcher waren geschmückt. Rote Striche zogen sich kreuzweise in allen Richtungen über sein runzliges Gesicht; der Körper war auf dieselbe Weise bemalt.
»John! Wie geht es dir?« rief Elisabeth, indem sie sich ihm näherte, »du bist lange nicht im Dorfe gewesen. Du versprachst mir ein Körbchen aus Weidenruten, und ich habe ein Hemd schon länger als einen Monat für dich bereit.«
Der Indianer sah sie einige Augenblicke starr an, ohne zu antworten; dann erwiderte er, den Kopf schüttelnd, mit leisem, tiefem Gurgelton:
»Johns Hand kann keine Körbe mehr flechten, er braucht kein Hemd. – Tochter«, fuhr er nach einer kurzen Pause fort, »höre meine Worte: Sechsmal zehn heiße Sommer sind verstrichen, seit John jung war; damals war er schlank wie eine Tanne, gerade wie der Lauf der Kugel aus Falkenauges Büchse, stark wie der Büffel, behende wie das Wild auf den Bergen. Er war kräftig und ein Krieger wie der junge Adler. Wenn sein Stamm die Spur der Mingos noch nach mehreren Sonnen verfolgte, entdeckte Chingachgooks Auge den Abdruck ihrer Mokassins. Wenn die Weiber schrien, weil sie keine Nahrung für ihre Kinder hatten, war er der erste auf der Jagd. Seine Kugel war schneller als der Hirsch. Er wußte die Mingos zu finden – aber er machte keine Körbe.«
»Diese Zeiten sind vorüber«, entgegnete Elisabeth, betroffen von dem Ton des alten Indianers.
»Stell dich hierher, Tochter, wo du das große Wasser und die Häuser deines Vaters sehen kannst. John war noch jung, als sein Stamm das Land, worin die blauen Berge über dem Wasser stehen und der Susquehannah von Bäumen verdeckt ist, in der Versammlung weggab. Alles dieses und alles, was darin wuchs, und alles, was darum herumging, und alles, was sich darin nährte, gaben sie dem Feuerfresser – denn sie liebten ihn. Er war stark, und sie waren Weiber, und er half ihnen. Kein Delaware konnte einen Hirsch töten, der in seinen Wäldern lief, oder einen Vogel fangen, der in den Lüften flog, denn ihm gehörte alles. Hat John in Frieden gelebt? Tochter, seit John jung war, hat er den weißen Mann von Frontenac herabkommen se-

hen nach Albany, um mit seinen weißen Brüdern zu fechten. Fürchteten sie Gott? Er hat seine englischen und amerikanischen Väter die Häupter mit dem Tomahawk zerspalten sehen im Streit um dieses Land. Fürchteten sie Gott, und lebten sie in Frieden? Er hat dieses Land vom Feuerfresser und seinen Kindern auf ihre Kindeskinder übergehen und ein neues Haupt erwählen sehen. Lebten sie im Frieden, die so handelten? Fürchteten sie Gott?«

Der Indianer heftete seine schwarzen Augen auf das Mädchen und sah sie durchdringend an.

»Wo sind die Decken und Waren, welche die Rechte des Feuerfressers bezahlt haben?« fragte er mit Nachdruck. »Sind sie mit ihm in seiner Hütte? Sagten die weißen Männer zu ihm: ›Bruder, verkauf uns dein Land, und nimm dafür dieses Gold, dieses Silber, diese Decken, diese Flinten oder diesen Rum?‹ Nein, sie rissen es ihm weg, wie man dem Feinde einen Skalp abzieht, und diejenigen, die das taten, sahen nicht hinter sich, ob er leben blieb oder starb. Heißt das in Frieden leben und den Großen Geist fürchten?«

»Du weißt die Umstände nicht«, sagte Elisabeth verlegen. »Glaube aber nichts Böses von meinem Vater, alter Mohegan, er ist gerecht und gut.«

»Der Bruder Miquons ist gut und will recht tun. John aber hat gelebt, bis sein ganzer Stamm von ihm in das Land der Geister eingegangen ist, und seine Zeit ist gekommen; er ist bereit.«

Mohegan verhüllte das Haupt mit der Decke und schwieg. Elisabeth wußte nicht, was sie erwidern sollte. Endlich, nach einer langen Pause, sagte sie: »John, wo ist Lederstrumpf? Ich bringe ihm dieses Pulverhorn, aber er ist nirgends zu sehen. Willst du so gut sein, es in Empfang zu nehmen, um es ihm in meinem Namen zu übergeben?«

Der Indianer hob das Haupt langsam in die Höhe und blickte das Mädchen ernst an. Dann nahm er das Pulverhorn und legte es neben sich.

Dichte Rauchwolken erhoben sich in diesem Augenblick über ihnen und verdunkelten die Aussicht. Erschreckt sprang Elisabeth von ihrem Sitz auf und schaute um sich. Der ganze Berg war in dicken Rauch eingehüllt, und ein Rauschen in den Blättern war zu hören, das wie wütender Sturm klang.

»Was bedeutet das, John?« rief sie aus, »wir sind in Rauch gehüllt, und ich fühle eine Hitze wie in der Nähe eines glühenden Ofens.«

Ehe der Indianer noch antworten konnte, hörte man eine Stimme aus dem Walde: »John! Wo bist du, alter Mohegan? Der Wald steht in Brand.«

Der Häuptling hielt die Hand an den Mund und pfiff, und gleich darauf hörte man einen raschen, eiligen Schritt. Etwas später trat Eduard aus dem Gebüsch auf die Felsenterrasse.

»Schnell auf und fort«, rief Oliver, »die Flammen haben bereits den unteren Teil des Berges umschlossen.«
Mohegan deutete auf Elisabeth, die hinter ihm am Felsen lehnte.
»Rette sie — laß John sterben«, sagte er langsam.
»Miss Temple«, rief Eduard, das Mädchen erblickend. »Ihr seid hier?«
»Hier ist nur Rauch und noch kein Feuer. Laßt uns versuchen, zu fliehen.«
»Nehmt meinen Arm«, sagte Eduard, wir müssen irgendwo einen Durchgang finden.«
Ungeheure Wolken weißen Rauches hatten sich über den Gipfel des Berges verbreitet. Man hörte jetzt auch auf der Terrasse das laute Prasseln des Feuers. Man sah die Flamme hoch aus dem Rauch schlagen, und das Feuer griff rasend um sich. Durch die heiße Sonne der letzten Monate war alles Holz ausgetrocknet und ging leicht in hellen Flammen auf. Die Felsenterrasse schien schon völlig abgeschlossen zu sein, denn auf dieser Seite des Berges wütete der Band in ganzer Stärke.
Eduard zog das Mädchen hinter sich her, drang entschlossen durch den Rauch und versuchte an mehreren Stellen, sich einen Weg zu bahnen. Aber immer kehrte er ohne Erfolg zurück.
Das Brausen der Flammen und das Krachen der einstürzenden Bäume verriet die nahe Gefahr. Unter den dreien auf der Felsenterrasse war Eduard offenbar der unruhigste. Elisabeth war, nachdem ihr jede Hoffnung auf Rettung entschwunden zu sein schien, ruhig und gefaßt, während Mohegan seinen Platz mit der unüberwindlichen Festigkeit eines indianischen Kriegers behauptete. Ein- oder zweimal wandte der alte Häuptling den Blick, der auf die fernen Berge gerichtet war, und sah die beiden jungen Menschen mit einem flüchtigen Ausdruck des Mitleids an. Dann aber richtete er seine Augen in die Ferne, als wenn er schon in die Tiefen der Zukunft schaute. Dazu sang er eine Art von Totenlied in der Sprache der Delawaren und in den tiefen, seinem Volke eigentümlichen Tönen.
Die glühende Hitze hatte endlich die geringe Feuchtigkeit des Bodens hier überwältigt, und das Feuer verbreitete sich langsam über das halbversengte Moos, während sich die tieferen Äste einer Tanne entzündeten. Auch Eduard mußte jede Hoffnung auf Rettung aufgeben. Plötzlich aber hörte man unterhalb der Terrasse rufen.
»Mädchen! Wo seid Ihr, Mädchen!«
»Horcht!« sagte Elisabeth, »das ist Natty; er sucht mich!«
Eine große, weit um sich greifende Flamme verdunkelte einen Augenblick lang selbst das Feuer des brennenden Waldes, und ein lauter Knall folgte.
»Das ist das Pulver! Das ist das Pulver!« rief dieselbe Stimme, näher kommend. Im nächsten Augenblick drang Natty durch den Rauch und er-

schien auf der Terrasse, ohne Kopfbedeckung, das Haar versengt, sein Hemd schwarz und verbrannt, und seine rote Gesichtsfarbe war durch die Hitze noch dunkler geworden.
»Habe ich Euch gefunden!« rief der alte Mann, indem er sich durch den dicken Rauch arbeitete, »Gott sei Dank, daß ich Euch gefunden habe; aber folgt mir schnell, uns bleibt keine Zeit.«
»Meine leichte Kleidung!« sagte Elisabeth, »ich darf mich damit den Flammen nicht nähern.«
»Ich dachte mit Schrecken an Eure dünnen, fliegenden Kleider«, rief Natty. Er nahm eine hirschlederne Decke von seinen Schultern und wickelte sie um das Mädchen. »So, jetzt folgt mir, es handelt sich um Leben und Tod.«
»Aber John! Was soll aus John werden?« rief Eduard.
Nattys Augen erblickten jetzt den Indianer unbeweglich auf demselben Fleck, obgleich die Erde unter seinen Füßen schon brannte. Der alte Jäger sah, in welcher Verfassung sein Freund war, und er lud ihn sich wortlos auf seinen Rücken. Dann wandte er sich und trat den Weg, den er soeben gekommen war, mit einer für seine Jahre und seine Last übernatürlichen Kraft an.
»Tretet auf den weichen Boden«, rief er, »und haltet Euch soviel als möglich in dem weißen Rauch. Zieht die Hirschhaut fest um sie herum, Eduard.«
Sie befolgten des Jägers Rat und gelangten auf diese Weise, obgleich der schmale Weg längs den Windungen des Baches durch brennende Bäume und fallende Zweige führte, glücklich hindurch. Nur ein Mann wie Natty, der die Wälder und die geheimsten Wege so genau kannte, war imstande, sie trotz des dichten Rauches, der das Atmen beschwerlich machte und keinen Pfad erkennen ließ, aus dem Walde zu führen. Sie gelangten schließlich an eine Öffnung in den Felsen, durch die sie mit einiger Schwierigkeit auf eine andere Terrasse hinabstiegen, wo ihnen auf einmal eine reinere Luft entgegenkam. Niemand schien eine lebhaftere Freude zu empfinden als der Führer, der immer noch den Indianer auf seinem Rücken hatte und sich jetzt mit dem ihm eigentümlichen Lachen zu dem jungen Paar wandte.
»Ich wußte es«, sagte er, »es war des Franzosen Pulver, Mädchen! Es ging so mit einem Male in die Höhe; Eure groben Körner stiegen eine Minute lang wie Raketen auf.«
»Erzählt jetzt nichts, Natty, bis wir ganz sicher sind – wohin sollen wir nun?« fragte Elisabeth.
»Wohin? Auf das flache Felsendach über der Grotte, nirgends anderswohin – dort werdet Ihr sicher sein.«
»Sind wir sicher auf dem Felsen? Kann das Feuer uns dort nicht erreichen?« fragte Eduard.

»Hier könnt Ihr sicher bleiben, es müßten denn die Felsen auch anfangen zu brennen wie die Wälder.«

Nach dieser Versicherung begaben sie sich an den bezeichneten Ort, wo Natty seine Bürde ablegte und den Indianer, mit dem Rücken gegen den Felsen, sanft auf den Boden niederließ. Elisabeth sank aufs Gras und bedeckte ihr Gesicht mit den Händen. Lederstrumpf war vorerst um den Indianer bemüht.

»Seine Zeit ist gekommen«, sagte er schmerzlich bewegt. »Ich sehe es an

seinen Augen. Wenn ein Indianer den Blick unverwandt auf einen Fleck gerichtet hält, so deutet das an, daß er dorthin zu gehen meint.«
Der Indianer kehrte sein Gesicht dem Sprecher zu und heftete seine dunklen Augen fest, aber starr auf ihn. Er gab kein Zeichen von sich, und nach einer kurzen Pause wandte er den Kopf wieder zum Tal hin. Jetzt begann er, in seiner eigenen Sprache zu singen, erst leise und monoton, dann aber immer lauter und stärker.
»Ich will kommen! Ich will kommen! Ins Land der Gerechten will ich gehen! Kein Delaware fürchtet sein Ende, kein Mohikaner schaudert vor dem Tode, und wenn der ›Große Geist‹ ruft, geht er willig. Ich habe meinen Vater geehrt, ich habe meine Mutter geliebt; meinem Stamm bin ich treu geblieben. Die Mingos habe ich erschlagen! – Ich komme! In das Land der Gerechten will ich gehen!«
»Er ist glücklich jetzt«, sagte der alte Jäger erschüttert, »ich sehe es an seinem Auge, und er war es nicht mehr, seit die Delawaren von ihren Flüssen aufbrachen und westwärts zogen. Ach, es ist lange her, und viele dunkle Tage haben wir seitdem zusammen verlebt.«
»Falkenauge!« sagte Mohegan, die letzte Lebenskraft zusammenraffend, »Falkenauge! Hör auf die Worte deines Bruders.«
»Ja, John«, entgegnete der Jäger in englischer Sprache, tief ergriffen von dieser Anrede, indem er sich nahe an seine Seite setzte, »wir sind Brüder gewesen und mehr, als dieses Wort in der indianischen Sprache ausdrückt. Was willst du von mir, Chingachgook?«
»Falkenauge! Meine Väter rufen mich; ich soll zu ihnen kommen in die ewigen Jagdgründe. Der Weg ist frei, und die Augen Mohegans werden wieder jung. Ich schaue um mich herum – aber ich sehe keine Bleichgesichter, ich erblicke nichts als gerechte und tapfere Indianer. Leb wohl, Falkenauge – du wirst mit dem Feuerfresser und dem jungen Adler in den Himmel der weißen Männer eingehen, aber ich folge meinen Vätern. Gib mir meinen Pfeil und Bogen, den Tomahawk und die Pfeife mit ins Grab; denn Chingachgook wird zur Nachtzeit von der Erde scheiden wie ein Krieger, der in den Kampf geht, und dann kann er sich nicht aufhalten, diese Dinge...«
Hier hielt der sterbende Indianer inne. Während der letzten halben Stunde hatten sich die dunklen Wolken am Horizont immer dichter zusammengezogen. Die Flammen schossen nicht mehr hin und her, sondern stiegen hoch und gerade gen Himmel. In diesem Augenblick erhellte ein Blitz den dunklen Himmel mit einem Schlage. Ein lauter Donner folgte, der die Erde in ihrem tiefsten Innern erschütterte. Mohegan erhob sich jetzt und breitete seine Arme nach Westen aus. Sein dunkles Gesicht erhellte ein Strahl der Freude. Eine leichte Bewegung zuckte einen Augenblick spielend um seine

Lippen. Dann fielen die Arme langsam und bewegungslos zur Seite, und die Gestalt des toten Kriegers sank gegen den Felsen, die gläsernen Augen weit geöffnet und starr auf die fernen Berge gerichtet. Natty ergriff die Hand seines toten Freundes und sah ihm lange schweigend ins starre Gesicht.
Große Regentropfen fielen jetzt auf den trockenen Felsen, während der Donner immer näher kam und lauter wurde. Der Körper des Indianers wurde schnell in das Innere der Höhle gebracht, von den heulenden Hunden Nattys begleitet, als wollten sie dem alten Häuptling ihre Trauer beweisen.
Eduard entschuldigte sich hastig und verwirrt gegen Elisabeth, daß er sie unter diesen Umständen nicht auch hineinführen könne. Sie fand aber hinreichenden Schutz gegen den Regen unter einem überhängenden Felsen. Doch ehe er noch aufgehört hatte, wurde lautes Rufen nach Elisabeth unten hörbar, und gleich darauf sah man mehrere Männer, die sich vorsichtig durch das schwelende Gebüsch arbeiteten.
Sobald der erste heftige Regenschauer nachgelassen hatte, führte Oliver das Mädchen auf den Fahrweg, wo er es verließ. Ehe sie schieden, sagte er leise:
»Die Zeit meines Geheimnisses ist vorüber, Miss Temple. Morgen um diese Zeit werde ich den Schleier gelüftet haben. Dem Himmel aber sei Dank, daß ich Euch gerettet und sicher weiß.«
Er wartete ihre Antwort nicht ab, sondern ging schnell in den Wald zurück. Elisabeth blieb trotz des ängstlichen Rufens ihres Vaters unbeweglich stehen, bis seine Gestalt unter den rauchenden Bäumen verschwand. Dann erst eilte sie ihm nach, in die Arme ihres trostlosen Vaters. Ein Wagen kam schnell heran, und Vater und Tochter stiegen ein. Laute Freudenrufe verkündeten den suchenden Dorfbewohnern, daß Elisabeth gefunden sei, und jeder kehrte dankbar für die glückliche Rettung in seine Wohnung zurück.

Sechsundzwanzigstes Kapitel

Die anhaltenden Regengüsse des Tages löschten zum Teil die Flammen, und nur einzeln glimmende Feuer sah man noch in den fernen Teilen des Berges während der Nacht leuchten. Am nächsten Morgen standen die Wälder im Umkreise schwarz und rauchend. Nur die Tannen und Fichten erhoben ihre Häupter da und dort noch stolz in die Höhe, die kleineren Bäume des Waldes aber behielten lange ein trauriges, lebloses Aussehen.
Über Elisabeths wunderbare Rettung liefen die übertriebensten Gerüchte um, und Mohegan sollte und mußte in den Flammen umgekommen sein. Dieser Glaube erschien dadurch bestätigt, daß man Jotham Riddel, den Mi=

nensucher, halb erstickt und verbrannt in seiner Höhle fand, so daß wenig Hoffnung für sein Leben blieb. Während die allgemeine Aufmerksamkeit auf die Ereignisse der letzten Tage gerichtet war, benutzten die Falschmünzer das von Natty gegebene Beispiel, brachen in der Nacht nach dem Feuer aus dem Gefängnis und entflohen. Sobald sich diese unglückselige Neuigkeit im Dorfe verbreitet hatte, wurde einstimmig beschlossen, die Flüchtlinge zu verfolgen. Man sprach von der Höhle als von einem geheimen Schlupfwinkel aller Schuldigen. Man hielt diesen Platz für einen Zufluchtsort der Verbrecher, für ein höchst gefährliches Versteck und beschloß, sich vor der Gefahr zu schützen.

Während sich die allgemeine Stimmung in diesem fieberhaften Zustand befand, verbreitete sich auf einmal das Gerücht, daß Eduard und Natty den Wald angezündet hätten und daher für allen Schaden verantwortlich seien. Jedermann brannte vor Verlangen, die Täter bestraft zu sehen. Richard blieb keineswegs taub bei diesen Anklagen und beschloß sofort, zweckmäßige Anstalten zur Inhaftierung der Schuldigen zu treffen. Mehrere starke junge Männer wurden auserwählt, der Sheriff nahm sie mit geheimnisvoller Miene beiseite und gab ihnen unter vier Augen einige wichtige Aufträge, worauf sie mit geschäftiger Eile in den Wald verschwanden. Mit dem Glockenschlag zwölf ertönte der dumpfe Schall einer Trommel vor dem ›Kühnen Dragoner‹, und Richard erschien, begleitet von Hauptmann Hollistar, der seine Uniform als Oberster Befehlshaber der leichten Infanterie von Templeton trug. Alles war schon genau vorbereitet, und sobald der rotröckige Tambour seine mächtigen Trommelwirbel erschallen ließ, fanden sich sogleich fünfundzwanzig bis dreißig Freiwillige zusammen und stellten sich in Schlachtordnung auf. Mit dieser Truppe zogen Richard und Hollistar in den Wald, um die Verbrecher, die man bestimmt in der Höhle vermutete, regelrecht zu belagern. Vor dem Eingang formierte man eine Schützenlinie, wohlgedeckt durch die Unebenheiten des Terrains, und einige Schüsse wurden abgegeben als Aufforderung zur Übergabe. Nattys wohlbekannte Büchse zeigte sich als Antwort hinter dem Wall vor der Höhle, und sein Schuß brachte Hiram, der sich hinter einer Fichte geschützt glaubte, eine leichte Verletzung bei. In diesem Augenblick erschien Richter Temple auf der anderen Seite des Berges.

»Ruhe und Frieden!« rief er laut. »Weshalb wird hier Blut vergossen?«

»Es ist der Landsturm«, rief der Sheriff erklärend, der hinter einem entfernten Felsblock in Deckung lag.

»Ich befehle Euch, Frieden zu halten«, antwortete der Richter.

»Halt! Vergießt kein Blut!« rief gleichzeitig eine Stimme von der Höhe des Visionsberges. »Wir ergeben uns! Ihr könnt in die Höhle gehen!«

Allgemeines Erstaunen folgte auf diesen Ruf. Natty, der seine Büchse wieder geladen hatte, setzte sich ruhig auf einen Baumstamm nieder und stützte den Kopf in die Hand, während die leichte Infanterie ihre militärischen Bewegungen einstellte und den Fortgang unschlüssig abwartete. In demselben Augenblick kam Eduard mit raschen Schritten den Berg herunter, von Major Hartmann begleitet.

Jetzt erschienen sie auf der Terrasse und verschwanden in der Höhle. Unterdessen hatten Marmaduke und der Sheriff mit den meisten Freiwilligen die Terrasse erstiegen, als die Friedensvermittler wieder erschienen.

Auf einem hölzernen, mit rohem Hirschleder bedeckten Armstuhl trugen sie einen Greis, den sie behutsam und ehrerbietig in die Mitte der Versammlung niedersetzten. Sein Kopf war mit schneeweißen Haaren bedeckt; seine Kleidung glich der der reicheren Stände, war aber abgetragen und vielfach ausgebessert, und an den Füßen trug er Mokassins. Seine Züge waren ernst und würdevoll, obgleich sein starres, ausdrucksloses Auge deutlich verkündete, daß er an den Vorgängen keinen Anteil mehr nahm. Natty stand in einiger Entfernung von dieser Gruppe auf seine Büchse gelehnt. Major Hartmann hatte neben dem fremden Mann Platz genommen, sein Haupt war entblößt, seine feuchten Augen verrieten eine ungewöhnliche Bewegung. Eduard lehnte über dem Stuhl des Greises und bemühte sich vergebens um innere Festigkeit.

Die Augen aller waren auf diese Gruppe gerichtet, aber kein Mund öffnete sich zum Sprechen. Endlich machte der Greis, nachdem er die Umstehenden gemustert hatte, einen schwachen Versuch, aufzustehen, und sagte mit hohler zitternder Stimme:

»Seid so gefällig, Platz zu nehmen, meine Herren. Der Kriegsrat wird gleich beginnen. Wer seinen König liebt, wird mit mir wünschen, den Frieden in diesen Kolonien hergestellt zu sehen. Setzt euch – ich bitte, setzt euch, meine Herren. Die Truppen werden diese Nacht haltmachen.«

»Das ist die Sprache des Wahnsinns!« sagte Marmaduke, »wer erklärt uns diese Szene?«

»Nicht des Wahnsinns, Herr«, sagte Eduard fest, »sondern die Hinfälligkeit der Natur.«

»Wollen die Herren mit uns zu Mittag speisen, mein Sohn?« fragte der Greis, zu Eduard gewendet. »Bestelle ein Mittagessen, wie es sich für Offiziere Seiner Majestät ziemt.«

»Wer ist der Mann?« fragte Marmaduke heftig.

»Dieser Mann!« entgegnete Eduard ruhig, »dieser Mann, Herr, der in jener Höhle verborgen war, von allem, was das Leben wünschenswert macht, entblößt, er war einst der Gefährte und Ratgeber der Männer, die Euer Land regierten. Dieser Mann, der jetzt hilflos und schwach vor Euch erscheint, war einst ein tapferer und furchtloser Soldat, daß selbst die unerschrockenen Eingeborenen ihm den Namen des ›Feuerfressers‹ gaben. Dieser Mann, den Ihr jetzt arm und selbst ohne Obdach seht, war einst sehr reich und der rechtmäßige Eigentümer dieses Bodens, auf dem wir stehen. Dieser Mann war der Vater von...«

»Er ist«, rief Marmaduke jetzt in heftiger Bewegung, »der totgeglaubte Major Effingham?!«

»Er ist es«, sagte der junge Mann.

»Und Ihr? Und Ihr?« fuhr der Richter mit unterdrückter Stimme fort.

»Ich bin sein Enkel.«

Tiefes Schweigen folgte diesen Worten. Alle Blicke waren auf die Sprechenden gerichtet, und selbst der alte Deutsche schien den Ausgang mit innerer Angst abzuwarten.

Doch bald richtete Marmaduke sich auf, Tränen rannen über sein männliches Gesicht. Er ergriff die Hand des Jünglings mit Wärme und sagte: »Oliver, ich vergebe dir deine Härte, deinen Argwohn. Jetzt begreife ich alles. Ich vergebe dir alles, nur nicht, daß du diesen alten Mann an solch einem Ort wohnen ließest, da nicht allein mein Haus, sondern auch mein ganzes Vermögen ihm und dir gehörte.«

»Ich will nicht leugnen, Richter Temple, daß meine Meinung über Euer Betragen durch alles, was ich erfahren habe, wankend geworden ist. Da ich es unmöglich fand, meinen Großvater, ohne ihn der Entdeckung auszusetzen, an den Ort zurückzubringen, woher ihn Natty gebracht hatte, reiste ich an die Ufer des Mohawk, um einen seiner früheren Gefährten aufzusuchen, auf dessen Ausspruch ich mich verlassen konnte. Er ist Euer Freund, Richter Temple, aber wenn alles, was er mir sagte, wahr ist, so haben mein Vater sowohl wie ich Euch unrecht getan.«

»Euer Vater!« rief Marmaduke bewegt. »Hat er wirklich den Tod in den Wellen gefunden?«

»Ja, er ließ mich nach jahrelangem, fruchtlosem Kampf in bitterer Armut in Amerika zurück und ging allein nach England, um eine Entschädigung für seine im Dienste des Königs erlittenen Verluste zu erhalten. Nachdem er ein volles Jahr in England gewesen war, kehrte er auf seinem Weg nach Westindien, wohin er als Gouverneur einer Provinz geschickt wurde, nach Halifax zurück, um meinen Großvater, der dort in der Nähe während des Krieges gelebt hatte, mitzunehmen.«

»Aber Ihr?« rief Marmaduke mit steigendem Interesse. Dann aber wandte er sich zuerst an Hauptmann Hollistar: »Führt Eure Soldaten zurück und entlaßt sie. Der Eifer des Sheriffs hat ihn diesmal zu weit geführt. Doktor

Todd, es würde mir lieb sein, wenn Ihr Herrn Doolittle begleiten wolltet, um seine Wunden zu untersuchen. Richard ist wohl so gefällig, mir einen Wagen heraufzuschicken, und Ihr, Benjamin, sorgt dafür, daß ich alles zu Hause bereitfinde.«

Nachdem alle neugierigen Zuhörer den Kampfplatz verlassen hatten, sagte Marmaduke, auf den alten Major Effingham weisend:

»Würde es nicht besser sein, den Greis wieder in die Höhle zu tragen, bis der Wagen kommt? Ich fürchte, die Luft könnte ihm schaden.«

»Verzeiht, Herr, die Luft tut ihm wohl, und er hat sie genossen, sooft wir keine Entdeckung zu befürchten hatten. Ich weiß nicht, wie ich mich verhalten soll, Richter Temple; darf ich es zugeben, daß Major Effingham ein Mitglied Eurer Familie wird?«

»Ihr sollt selbst darüber entscheiden«, entgegnete Marmaduke. »Euer Vater war mein Jugendfreund. Er ernannte mich zum Verwalter seines Vermögens und trieb sein Vertrauen so weit, bei unserer Trennung keinen Empfangsschein oder sonstiges schriftliches Sicherungsmittel von mir anzunehmen. – Davon habt Ihr gewiß gehört?«

»Allerdings«, entgegnete Eduard mit einem bitteren Lächeln.

»Unsere verschiedenen politischen Ansichten trennten uns äußerlich. Siegte Amerikas Sache, so wagte Euer Vater nichts dabei; denn niemand wußte, daß sein Vermögen in meinen Händen war. Behielt England das Übergewicht, so würde es leicht gewesen sein, einem so treuen Anhänger der Krone wie Oberst Effingham sein Eigentum zurückzugeben. – Uns allen ist der Ausgang des Krieges bekannt«, fuhr Marmaduke fort; »Euer Vater ließ Euren Großvater in Connecticut zurück und versah ihn mit allem, was er zum Leben brauchte. Diese Umstände weiß ich genau, obgleich ich nie, selbst in unseren glücklichsten Tagen nicht, mit ihm zusammengekommen bin. Euer Vater verließ hierauf seine Truppen und ging nach England, um seine Ansprüche geltend zu machen. Auf jeden Fall muß sein Verlust groß gewesen sein, denn seine Grundstücke wurden versteigert, und ich wurde ihr rechtmäßiger Besitzer. Aber ich betrachtete diese Ländereien, deren Wert sich durch die Zeit und meine angestrengten Bemühungen vervielfältigt hat, nur als Darlehn. Ihr wißt, daß ich ihn gleich nach dem Kriege mit bedeutenden Summen versah.«

»Das stimmt, bis ...«

»Bis meine Briefe ungeöffnet zurückgeschickt wurden. Oliver, dein Vater war wie du, heftig und rasch. – Übrigens hatte ich meinerseits vielleicht auch unrecht, die Berechnung so weit zu treiben. Es war allerdings eine harte Prüfung für mich, den Mann, dem ich befreundet war, sieben Jahre in Unwissenheit über meine wahre Gesinnung zu lassen. Hätte er meine letzten Briefe gelesen, so würde er die Wahrheit erfahren haben. Die Briefe, die ich ihm nach England schickte, hat er, wie mir mein Anwalt schreibt, gelesen und daher alles erfahren, ehe er starb. Oliver, er starb als mein Freund!«

»Unsere Armut war groß; meines Vaters letztes Geld reichte nicht zur Überfahrt für zwei Personen«, sagte Eduard in ungewöhnlicher Bewegung. »Ich blieb in Amerika zurück, und als die traurige Nachricht von seinem Tode kam, war ich beinahe ganz ohne Geld.«

»Und was begannst du, armer Junge?« fragte Marmaduke besorgt.

»Ich wandte mich hierher, meinen Großvater aufzusuchen. Als ich seine Wohnung erreichte, erfuhr ich, daß er sie heimlich verlassen hatte, in Begleitung seines ehemaligen Dieners. Ich wußte, daß es Natty sei; denn mein Vater sprach oft –«

»War Natty ein Diener deines Großvaters?« rief der Richter.

»Er ist in der Familie meines Großvaters aufgezogen worden, diente ihm mehrere Jahre während der Feldzüge und blieb dann in den Wäldern. Man ließ ihn in dem Landstrich zurück, den der alte Mohegan, dessen Leben mein Großvater einst gerettet hat, ihm durch Fürsprache bei den Delawaren verschaffte. Er wurde später als Ehrenmitglied ihres Stammes aufgenommen.«

»Daher also stammt dein indianisches Blut?«

»Ich habe kein anderes aufzuweisen«, sagte Eduard lächelnd. »Major Effingham wurde von Mohegan, der zu dieser Zeit der größte Held seiner Nation war, als Sohn angenommen, und mein Vater, der dieses Volk einmal als Knabe besuchte, erhielt von ihnen den Namen des ›Adlers‹. Sie haben nun diesen Titel auf mich übertragen. Aus demselben Grunde nannte mich der alte John einen Delawaren und den ›jungen Adler‹.«

»Und was tatest du weiter?« fragte Marmaduke.

»Ich habe nicht mehr viel zu sagen. Ich kam an den See, wo Natty, wie ich hörte, wohnen sollte, und fand ihn, seinen alten Herrn im geheimen bei sich erhaltend. Er ertrug den Gedanken nicht, der Welt einen Mann in seiner Armut und Geistesschwäche zu zeigen, auf den ein ganzes Volk einst stolz gewesen war. – Ich wandte nun mein letztes Geld dazu an, eine Büchse zu kaufen, und lernte von Lederstrumpf, ein Jäger zu werden. Das übrige kennt Ihr, Richter Temple.«

Da die Luft rein und der Tag warm und schön war, blieb die kleine Gesellschaft so lange auf der Terrasse, bis man den Wagen des Richters den Berg heraufkommen hörte. Dann fuhren alle in das Herrenhaus.

Sobald Effingham seinen Großvater zur Ruhe gebracht hatte, folgte er dem Richter in die Bibliothek.

»Lies dieses Blatt, Oliver«, sagte Marmaduke, als er eintrat, »du wirst daraus ersehen, daß ich deiner Familie auch nach meinem Tode Gerechtigkeit widerfahren lassen wollte.«

Eduard hielt das Testament des Richters in der Hand. Marmaduke Temple vermachte dem Major Oliver Effingham oder dessen Sohn, dem Obersten Eduard Effingham, oder falls beide verstorben, dem Sohne des letzteren, Oliver Eduard Effingham, oder deren Nachkommen in gerader Linie die Hälfte seines Vermögens, die andere Hälfte aber seiner einzigen Tochter, Elisabeth Temple, und falls bis zum Jahre 1810 niemand erscheinen sollte, der auf die Verlassenschaft gültige Ansprüche machen könnte, so sollte die andere Hälfte ebenfalls auf besagte Elisabeth oder ihre Erben übergehen unter der Bedingung, daß sie den rechtmäßigen Seitenverwandten Effinghamschen Hauses die vom Obersten geliehenen Summen nebst den Zinsen auszahle.

Eduard las dieses Bekenntnis der Rechtlichkeit eines Mannes mit tiefer Bewegung.

»Zweifelt Ihr immer noch an uns, Oliver?« fragte Elisabeth, die leise in das Zimmer gekommen war.

»An Euch habe ich nie gezweifelt!« rief der junge Mann.

»Und mein Vater?«

»Gott segne ihn!«

»Ich danke dir, mein Sohn«, sagte der Richter gerührt. »Von diesem Augenblick an gehört die eine Hälfte meines Besitztums dir, und wenn mich meine Vermutung nicht trügt, wird die andere Hälfte dir einst von selbst zufallen.«

Bei diesen Worten legte er Elisabeths Hand in die seines jungen Freundes und winkte dem Major, ihm zu folgen.

»Ich will Euch was sagen, Mädchen!« rief der alte Deutsche lachend, »wenn ich noch wäre, was ich sonst war, als ich mit seinem Großvater zu Felde zog, so sollte der Junge den kostbaren Preis nicht so leicht davontragen.«

»Kommt, kommt, alter Fritz!« rief der Richter, »Ihr seid siebzig und nicht siebzehn! Richard erwartet Euch mit der Punschbowle.«

»Richard! Der Teufel!« brach der andere los, indem er schnell hinauseilte, »er macht den Punsch wie für die Pferde. Ich will dem Sheriff zeigen, wie er bereitet werden muß. Der Teufel! Er ist imstande, ihn mit Sirup süß zu machen!«

Marmaduke lächelte und nickte dem jungen Paar zärtlich zu und schloß die Tür.

An einem schönen Oktobermorgen trat Oliver in das Vorzimmer, wo Elisabeth mit den Anordnungen für den Tag beschäftigt war, und forderte sie, die nun seine Frau war, auf, mit ihm einen Spaziergang an den See zu machen. Elisabeth warf einen leichten Schal um, bedeckte das schwarze, glänzende Haar mit einem großen Strohhut und nahm schweigend den ihr angebotenen Arm. Sie gingen über die Brücke und hatten die Landstraße mit dem Uferweg am See vertauscht, ohne ein Wort zu wechseln. Nach einer Weile erreichten sie den Platz, auf dem Nattys Hütte so lange gestanden hatte. Elisabeth fand ihn von allen Trümmern und Baumstämmen gesäubert, zierlich mit schönem Rasen ausgelegt, blühend und grünend, wie im Frühling, von einer Mauer umschlossen, in der eine Tür angebracht war. Zu ihrem großen Erstaunen sahen sie Nattys Büchse an der Mauer lehnen und die Hunde daneben. Der Jäger selbst hatte sich auf den Boden gestreckt neben einem Leichenstein von weißem Marmor. Mit der Hand riß er das Gras ab, welches üppig wuchernd die Anschrift schon halb verdeckte. Den Leichenstein zierte eine geschmackvolle Urne, umgeben von den Attributen eines indianischen Häuptlings. Der alte Mann wandte sich um, als er die beiden kommen hörte.
»Gefällt Euch der Stein?«, fragte Effingham.
»Da ich dergleichen nicht kenne, kann hier von meinem Urteil nicht die Rede sein«, sagte Lederstrumpf. »Ihr legtet doch den Kopf des Majors nach Westen und den von Mohegan nach Osten?«
»Es geschah, wie Ihr es angeordnet habt.«
»So ist es gut«, sagte der Jäger, »sie glaubten, verschiedene Wege zu gehen. Ehe ich scheide, möchte ich gern wissen, was Ihr von dem alten Häuptling und dem besten weißen Mann, der je diese Berge betrat, geschrieben habt.«
Effingham und Elisabeth wunderten sich über die ungewöhnlich feierliche Weise ihres alten Freundes. Eduard fragte ihn aber nicht, sondern las die Inschrift vor.
»Dem Andenken Oliver Effinghams, Major in Sr. Majestät des Königs von Großbritannien sechzigstem Infanterieregiment, geweiht. – Er zeichnete sich als Soldat durch seine Tapferkeit, als Untertan durch seine Treue, als Mensch durch seine Treue und seinen Glauben aus. Den Morgen seines Lebens verbrachte er in Reichtum, Macht und Ehre, doch den Abend trübte Armut, Kummer und Schmerz. Von allen verlassen und vergessen, blieb ihm nur sein alter, treuer Freund und Diener, Nathaniel Bumppo. Zum Andenken an die Tugenden des Herrn und die treue Anhänglichkeit des Dieners errichtete dieses Denkmal der Enkel des ersteren.«

Natty fuhr hoch, als er seinen eigenen Namen hörte. Ein Strahl der Freude glänzte in seinen Augen, und mit bewegter Stimme rief er aus:
»Das habt Ihr wirklich von mir gesagt, junger Mann? Habt den Namen eines alten Mannes neben dem seines Herrn in Stein gegraben? Gott segne Euch, meine Kinder! Es war ein freundlicher Gedanke, der das Herz eines alten Mannes in seinen letzten Tagen beglückt. Und was schriebt Ihr von dem Indianer?«
»Dieser Stein ist dem Andenken des indianischen Häuptlings, vom Stamm der Delawaren errichtet. Er war bekannt unter den verschiedenen Namen John Mohegan und Chingagook.«
»Chingachgook muß es heißen«, unterbrach ihn Lederstrumpf, »denn Chingachgook heißt ›Große Schlange‹. Der Name muß richtig auf den Stein gesetzt werden, sonst könnte sich ein Indianer über den Mann, der darunter liegt, irren.«
»Ich will es ändern lassen«, sagte Eduard und fuhr fort: »Er war der letzte seines Stammes, der in diesem Lande wohnte. Von ihm kann mit Recht gesagt werden, daß seine Fehler die eines Indianers und seine Tugenden die eines Menschen waren.«
»Ihr spracht nie ein wahreres Wort, Herr Oliver«, rief Natty. »Wenn ich jetzt diese Berge um mich herum betrachte, wo sonst mehr als zwanzig Feuer aus den Lagern der Delawaren aufstiegen, und dann bedenke, daß jetzt auch nicht eine Rothaut mehr existiert, so möchte ich trauern. — Doch die Zeit ist gekommen, ich muß fort.«
»Fort!« wiederholte Eduard. »Wohin wollt Ihr gehen?«
»Ich wußte, daß der Abschied mir schwer werden würde, Kinder; ich sah es voraus!« sagte Natty, »und so wollte ich nur von den Gräbern Abschied nehmen und dann meine Wanderung antreten. Ihr hättet mich nicht für undankbar und gefühllos gehalten, denn Ihr wißt, wo auch der Körper des alten Mannes weilt, sein Herz bleibt bei Euch zurück.«
»Natty, wohin wollt Ihr?« fragte Elisabeth.
»Seht«, sagte Natty, »ich habe mir immer von den Großen Seen erzählen lassen, dort ist das beste Jagdrevier, und kein Weißer im ganzen Bezirk als etwa so ein Jäger wie ich. Ich bin es überdrüssig, in den Ansiedlungen zu leben, wo man den Hammer vom frühen Morgen bis zum späten Abend hört. Und, obgleich ich Euch herzlich liebhabe, meine Kinder, ich sehne mich doch nach den Wäldern.«
»Nach den Wäldern!« wiederholte Elisabeth erstaunt, »nennt Ihr diese unermeßlichen Waldungen keine Wälder?«
»Ach, Kind, diese hier sind nichts für einen Mann, der an das Leben in der Wildnis gewohnt ist. Mir ist nicht wohl geworden, seit Euer Vater mit

seinen Ansiedlern hier haust. Aber solange noch Leben in dem Körper da unten war, konnte ich nicht gehen. Nun aber ist er mir vorangegangen, und auch Chingachgook ist tot, und Ihr beide seid jung und glücklich. Da dachte ich, die Zeit sei gekommen, mir den Abend meines Lebens angenehm zu machen.«

»Der Gedanke, daß Ihr uns verlaßt, ist so neu, so unerwartet«, sagte Elisabet mit zurückgehaltenen Tränen, »ich habe gehofft, Ihr würdet mit uns leben und bei uns sterben, Natty.«

»Kinder, sorgt nicht für den alten Lederstrumpf; Gott wird für ihn sorgen und ihm ein glückliches Ende geben. Ich weiß, Ihr wünscht das Beste, aber unsere Ansichten sind verschieden. Ich liebe die Wälder, und Ihr braucht die Menschen. Ich esse, wenn ich hungrig bin, und trinke, wenn ich dürste, und Ihr tut beides zu bestimmten Stunden, nein, nein, Ihr überfüttert selbst die Hunde aus guter Absicht — und Hunde müssen Nager sein, wenn sie gut laufen sollen. — Wenn Ihr mich liebt, so laßt mich ziehen, wohin mein Herz mich ruft!«

Dieser Ausspruch war entscheidend, keiner wagte noch ein bittendes Wort zu sagen. Elisabeth hob nur den Kopf und reichte dem Jäger ihre Wange zum Kuß. Er zog die Mütze und berührte sie ehrfurchtsvoll. Eduard drückte seine Hand schweigend. Dann zog Natty die Riemen seines Bündels fester, den Gürtel enger zusammen und rief seine Hunde. Langsam wandte er sich ab, schulterte seine Büchse und ging. Am Rand des Waldes blieb er stehen und winkte den beiden mit der Hand das letzte Lebewohl, dann verschwand er hinter den Bäumen.

DER LEDERSTRUMPF

Die Prärie

Erstes Kapitel

Viel wurde seinerzeit darüber gesprochen und geschrieben, ob es ratsam sei, die weitläufige Landschaft von Louisiana dem unermeßlichen Gebiet der Vereinigten Staaten anzugliedern. Als aber das heftige Hin und Her vorüber war, wurde die Richtigkeit der Maßnahme allgemein anerkannt. Die Staaten erhielten einen fruchtbaren Landstrich und hatten damit die ausschließliche Herrschaft über den inländischen Verkehr. Die zahllosen Stämme, die an den Grenzen lagerten, kamen in gänzliche Abhängigkeit von den Staaten, und es öffneten sich so tausend Wege dem Binnenhandel und der Schiffahrt, daß der Aufschwung schon bald unverkennbar wurde. Obgleich der Kauf schon 1803 abgeschlossen wurde, kam doch der Frühling des folgenden Jahres heran, ehe der vorsichtige spanische Gouverneur die Autorität der neuen Eigentümer anerkannte. Als die Förmlichkeiten der Übergabe vollzogen waren, drangen sofort Schwärme rastlosen Volkes, das sich an den Grenzen der amerikanischen Staaten herumtrieb, in das offene Land am rechten Ufer des Mississippi. Dieser Einfall von Osten war ein neuer und plötzlicher Aufbruch eines Volkes, das sich nur vorübergehend auf ein Gebiet beschränkt hatte. Die Mühen und Unglücksfälle bei der früheren Kolonisation waren vergessen, denn die endlosen und unerforschten Landschaften lockten die Abenteuerlust. Bei weitem der größere Teil der Auswanderer siedelte sich aber an den Ufern der Ströme an, zufrieden mit der reichen Ausbeute, die der angeschwemmte Boden leicht und fast ohne Mühe hergab. So bildeten sich wie durch einen Zauber schnell Gemeinden, und die meisten von denen, die noch das leere Land gekannt hatten, erlebten das Wachstum eines volkreichen, unabhängigen Staates, der seine Aufnahme in den Staatenbund mit den gleichen politischen Rechten vollzog.

Die Erntezeit im ersten Jahr war längst vorüber, und die falben Blätter weniger zerstreut stehender Bäume zeigten schon die Farben des Herbstes, als eine Reihe von Wagen aus einem trockenen Flußbett hervorkam, um über die wellenförmige Oberfläche der Prärie ihren Zug fortzusetzen. Die Fuhrwerke, mit Hausgerät und Werkzeugen beladen, die wenigen, langsam sich fortschleppenden Schafe und Kühe, die die Nachhut bildeten, das rauhe Aussehen und die sorglose Miene der Männer, die an der Seite ihrer langsamen Gespanne hinschlenderten — alles das zeigte einen Zug Auswanderer auf dem Weg nach dem Dorado ihrer Wünsche. Sie hatten aber erstaunlicherweise den fruchtbaren Boden des Unterlandes verlassen und über Abgründe und Gießbäche, über tiefe Moräste und Einöden ihren Weg in die Prärie gefunden, die sich weit entfernt von den Grenzen menschlicher Wohnungen ausdehnte. Vor ihnen breiteten sich die weiten Ebenen aus, die eintönig und planmäßig bis zum Fluß der Felsgebirge fortlaufen, und viele öde Meilen hinter ihnen schäumten die wilden Wasser des La Plata.

Dieser Zug in der kahlen, einsamen Gegend war auffallend, da die Landschaft ringsum wenig bot, was gewöhnliche Auswanderer reizen konnte. Die mageren Gräser der Prärie deuteten auf einen harten, widerspenstigen Boden, über den die Räder der Fuhrwerke so leicht hinrollten, als ob sie auf ebener Heerstraße führen. Weder Wagen noch Tiere ließen eine tiefere Spur hinter sich, nur das welke, ausgedörrte Gras, das vom Vieh verschmäht wurde, legten sie auf ihrem Wege um. Der Zug bestand, Weiber und Kinder eingerechnet, aus über zwanzig Menschen. An der Spitze des Ganzen schritt ein Mann, der nach Haltung und Äußerem der Führer zu sein schien. Er war schlank, von der Sonne verbrannt, über das mittlere Alter hinaus. Sein ausdrucksloses Gesicht verriet weder Furcht noch Bedenken, und trotz seiner nachlässigen Bewegungen schien er über eine brutale Kraft zu verfügen. Seine grobe Kleidung deutete auf einen Farmer, obgleich einiger auffälliger Schmuck dagegen sprach. So trug er statt des gewöhnlichen hirschledernen Gürtels um den Leib eine verblichene, seidene Schärpe. Der Griff seines Messers war mit Silber ausgelegt, der Pelz an seiner Mütze war fein und zart, und die Knöpfe seines groben, schmutzigen wollenen Rocks waren aus Silber.

Wenig hinter ihm kam ein Trupp junger Männer in ähnlicher Kleidung, die untereinander und ihrem Führer so ähnlich waren, daß man sie als seine Söhne erkennen konnte. Nur zwei Frauen befanden sich in dem Zug, obgleich verschiedene weißgelockte, braune Kindergesichter, die Augen voll Neugier und Leben, in dem vordersten Wagen von Zeit zu Zeit auftauchten. Die ältere der beiden Frauen war die Mutter der meisten Kinder — die jüngere, ein lebhaftes Mädchen von achtzehn Jahren, unterschied sich in allem vorteilhaft von ihrer Umgebung. Das zweite Fuhrwerk war mit einer Zeltleinwand überspannt, daß man den Inhalt nicht erkennen konnte. Die übrigen Wagen waren mit Geräten beladen.

Der Führer der Auswanderer, nur von der Sonne geleitet, setzte seinen Weg entschlossen fort. Als aber der Tag sich immer mehr dem Ende neigte, schien er beunruhigt zu sein. Als er eine Anhöhe erreicht hatte, stand er einen Augenblick still und sah nach allen Seiten, um eine Stelle zu entdecken, wo er Wasser, Holz und Futter für ein Nachtlager finden konnte. Aber er musterte die eintönige Weite vergeblich, und nach einigen Augenblicken stieg er die Anhöhe wieder hinab. Seinem Beispiel folgten schweigend die anderen, aber auch sie entdeckten keinen geeigneten Lagerplatz, und der Zug der Wagen und Tiere setzte sich wieder langsam in Bewegung.

Die Sonne war jetzt hinter dem Gipfel des nächsten Hügels hinabgesunken, und plötzlich entdeckte man vor dem glühenden Abendrot die scharfgezeichnete Silhouette einer menschlichen Gestalt so nah und deutlich, als ob man sie mit der Hand erreichen könnte. Die Gestalt erschien in ihrer Stellung nachdenkend und traurig, aber geblendet von der Lichtflut hinter ihr konnte man nichts Näheres erkennen. Der Mann an der Spitze machte halt und starrte betroffen auf die Erscheinung. Seine Söhne stellten sich, sobald die erste Überraschung vorüber war, leise um ihn, und der ganze Zug hielt an. Einige der jungen Männer nahmen ihre Gewehre vor, um auf alle Fälle bereit zu sein.

»Schick die Jungen nach rechts«, rief das ältere Weib, die Mutter, mit einer scharfen Stimme, »Asa oder Abner werden uns nähere Auskunft über das Ding geben.«

»Man sollte einfach schießen«, murmelte ein finsterer Mann, der eine große Ähnlichkeit mit dem Weibe hatte, »die Pawnee-Loups sollen doch zu Hunderten in der Ebene jagen, sie werden einen Mann nicht vermissen.«

»Halt!« rief jetzt das junge Mädchen, »wir sind nicht alle beisammen, es könnte ein Freund sein.«

»Wer rührt sich da?« fragte der Vater und maß seine Söhne mit unwilligen Blicken. »Weg mit der Flinte«, fuhr er dann fort. »Mein Werk ist noch nicht zu Ende, und ich will es friedlich beschließen.«

Der Mann, der die feindliche Absicht ausgesprochen hatte, ließ von seinem Vorhaben ab. Die Söhne richteten ihre Blicke fragend auf das Mädchen, das aber zurückgelehnt im Wagen saß und schwieg. Inzwischen waren die Farben am Himmel verschwunden, und der Führer, der sich schämte, länger zu zögern, gab ein Zeichen, der Zug setzte sich wieder in Bewegung. Er behielt aber die einsame Gestalt im Auge, die noch immer deutlich zu erkennen war. Von dem Augenblick an, als sie so unbegreiflich gleichsam zwischen Himmel und Erde erschienen war, hatte sie sich nicht im geringsten bewegt. Als der Zug allmählich näher kam, erkannte man einen Mann, der den Auswanderern nicht gefährlich werden konnte.

Es war ein alter Mann. Aber ungeachtet seiner Jahre erschien er noch sehnig und kräftig. Seine Kleidung bestand hauptsächlich aus Fellen, das Haar nach außen gewendet; ein Ranzen und ein Pulverhorn hingen um seine Schultern, und ein Gewehr von ungewöhnlicher Länge, das ebenfalls Spuren eines langen und harten Dienstes trug, diente ihm zur Stütze. Als der Zug sich diesem einsamen Mann näherte, hörte man ein dumpfes Knurren aus dem Grase zu seinen Füßen, und ein hoher, magerer, zahnloser Hund erhob sich schwerfällig, schüttelte sich und machte Miene, auf die Auswanderer loszufahren.

»Weg, Hektor, weg!« rief sein Herr mit einer vor Alter etwas zitternden Stimme, »was hast du mit Leuten zu schaffen, die ihres Weges ziehen?«

»Seid Ihr bekannt in dieser Gegend?« rief der Führer der Auswanderer dem alten Manne zu.

»Ist das Land auf der anderen Seite des großen Flusses schon voll?« fragte der Alte ernst, ohne auf die Rede des anderen zu achten.

»Es ist freilich noch Land übrig, für die, die Geld haben und nicht zu wählerisch sind«, erwiderte der Auswanderer, »aber für mich ist alles schon überfüllt. Wie weit ist es wohl von hier bis zum nächsten Punkt am Hauptstrom?«

»Ein Reh könnte im Mississippi nicht baden, ohne fünfhundert Meilen zurückzulegen.«

»Wie nennt Ihr die Gegend hier ringsum?«

»Wie nennt Ihr«, erwiderte der alte Mann und zeigte bedeutungsvoll in den Himmel, »die Stelle, wo Ihr die Wolke dort seht?«

Der Auswanderer sah den anderen an, als ob er den Sinn der Rede nicht gefaßt hätte und halb argwöhnte, zum besten gehalten zu werden. »Ihr seid sicher auch nur ein neuer Bewohner, sonst würdet Ihr Euch nicht weigern, einem Wanderer mit Eurem Rat zu helfen.«

»Was wollt Ihr wissen?« fragte jetzt der Alte.

»Wo ich die Nacht lagern kann. Ich mache nicht viel Schwierigkeiten, aber Wasser und Futter fürs Vieh muß da sein.«

»So kommt mit, Ihr sollt beides finden.« Während der Alte noch sprach, hob er sein schweres Gewehr mit Leichtigkeit auf die Schulter und nahm ohne weitere Worte den Weg über die Anhöhe in die angrenzende Niederung. Die Wanderer entdeckten bald eine Quelle an der Seite eines Abhangs, die ihr Wasser mit anderen kleinen Quellen in der Nähe vereinigte und einen Bach bildete, den das Auge leicht Meilen weit über die Prärie verfolgen konnte. Dorthin nahm der Fremde seinen Weg, und sofort folgten ihm die Gespanne. Als er eine passende Stelle erreicht hatte, machte der alte Mann halt und schien mit einem Blick zu fragen, ob der Ort geeignet sei. Der Führer der Auswanderer sah sich wie ein Sachverständiger um und untersuchte die Stelle.

»Hier mag's gehen«, sagte er nach einer Pause befriedigt, »Jungens, macht euch ans Werk!«

Mit diesen Worten stellte der Auswanderer sein Gewehr beiseite und

machte sich daran, allmählich die Tiere auszuspannen. Nach einer Weile bewegte sich der älteste der Söhne schwerfällig auf einen Baum zu und trieb ohne Anstrengung seine Axt bis an das Heft in das zarte Holz. Dann stand er einen Augenblick still, betrachtete die Wirkung seines Hiebes mit Verachtung und fällte schließlich den Baum mit wenigen Streichen. Seine Brüder hatten den Vorgang mit Gleichgültigkeit angesehen, bis der Stamm auf dem Boden vor ihnen lag, dann aber gingen sie alle ans Werk und befreiten in kurzer Zeit eine ausreichende Stelle von den Bäumen. Der Fremde war ein stiller, aber aufmerksamer Beobachter ihres Tuns. Als Baum auf Baum rauschend herunterkam, sah er traurig auf den leeren Raum und wandte sich endlich mit einem bitteren Lächeln ab. Als er sich durch die Gruppe der geschäftigen Kinder, die schon ein Feuer angezündet hatten, durchdrängte, wurde seine Aufmerksamkeit auf den Führer der Auswanderer und auf dessen Schwager gelenkt.
Die beiden waren jetzt um den geheimnisvollen Planwagen beschäftigt. Sie stemmten sich mit aller Kraft gegen die Räder und schoben ihn beiseite auf eine trockene und erhöhte Stelle, nahe am Ausgang des kleinen Gehölzes.

Hier nahmen sie Pfähle, trieben sie fest in den Boden und errichteten über dem Wagen, dessen Deckenreifen geschickt benutzend, ein geräumiges Zelt. Nachdem sie ihr Werk aufmerksam und fast eifersüchtig nochmals betrachtet hatten, wandten sie sich wieder zum Wagen, zogen ihn an an seiner Deichsel aus der Mitte des Zeltes heraus, bis er ganz frei stand ohne alle andere Ladung als einiges geringes Hausgerät. Das nahm sofort der ältere Auswanderer und brachte es selbst in das Zelt, als ob es nur sein Vorrecht sei, dies zu betreten.

Der alte Bewohner der Prärie sah dieses vorsichtige und geheimnisvolle Verfahren aufmerksam an. Er näherte sich schließlich dem Zelt und wollte eben seinen Inhalt genauer untersuchen, als ihn der jüngere der beiden Auswanderer beim Arm faßte und ihn etwas roh von der Stelle wegzog.

»Es gibt ein gutes Sprichwort, Freund«, bemerkte er dabei trocken: »Kümmre dich nur um das Deine.«

»Die Leute bringen selten etwas in diese Wildnis, das sie verbergen müssen«, antwortete der alte Mann.

»Die Leute bringen sich selten selbst hierher, denke ich«, antwortete der andere barsch, »es sieht aus wie ein altes Land, das gerade nicht übermäßig bevölkert zu sein scheint.«

»Viele Monde sind vorübergegangen, seit ich ein Antlitz von meiner Farbe gesehen habe. Ich wollte nichts Böses, ich hoffte nur etwas in dem Zelt zu finden, das mir vielleicht vergangene Tage in Erinnerung zurückbrächte.«

Mit diesen Worten ging der Fremde ruhig weg. Als er in das kleine Lager der Auswanderer kam, hörte er die Stimme des Führers laut den Namen ›Ellen Wade‹ rufen. Das Mädchen sprang willig bei diesem Ruf auf, eilte an dem Fremden vorüber und verschwand hinter den Falten des verbotenen Zeltes. Ihr plötzliches Verschwinden schien nicht das geringste Erstaunen unter den übrigen hervorzurufen. Die jungen Männer beschäftigten sich alle in ihrer schlendernden und dumpfen Weise. Einige legten den Tieren Futter vor, andere ließen den schweren Stößer eines Maismörsers arbeiten, und wieder andere brachten die übrigen Wagen beiseite und stellten sie so, daß sie eine Art Außenwerk für das Lager bildeten. Diese verschiedenen Arbeiten waren bald getan, und als die Finsternis jetzt undurchdringlich wurde, verkündete die Alte mit greller Stimme, daß das Abendessen fertig sei. Der Führer suchte darauf den Fremden auf, um ihm der Grenzsitte gemäß als Gast den Ehrensitz bei dem einfachen Mahl anzubieten.

»Ich danke Euch, Freund«, erwiderte der alte Mann auf die trockne Einladung, »aber ich habe schon gegessen, doch will ich mich gern zu Euch setzen.«

»Ihr seid ein alter Ansiedler in diesen Gegenden?« fragte der Auswanderer,

den Mund voll Mais. »Sie sagten uns unten, wir würden hierherum die Ansiedler nur sehr dünn gesät finden, und ich muß gestehen, die Nachricht war so ziemlich wahr, denn wenn wir die Händler am großen Strom nicht rechnen, seid Ihr das erste weiße Gesicht, dem wir begegneten.«
»Wenn ich auch einige Jahre in diesem Gebiet zugebracht habe, kann man mich doch kaum einen Ansiedler nennen«, sagte der Alte. »Ich habe keine regelmäßige Wohnung und bin selten länger als einen Monat an ein und demselben Ort.«
»Ein Jäger also?« fuhr der andere fort, »aber Eure Waffen scheinen nicht gerade tauglich zu diesem Geschäft.«
»Sie sind alt wie ihr Besitzer«, antwortete der alte Mann und betrachtete traurig sein Gewehr. »Ihr irrt, wenn Ihr mich einen Jäger nennt, ich bin nur noch ein Trapper.«
»Die beiden Gewerbe gehen Hand in Hand in diesen Gegenden.«
»Seit mehr als fünfzig Jahren führte ich meine Büchse, ohne auch nur einem Vogel eine Schlinge zu legen«, antwortete der Trapper. »Jetzt aber bin ich alt und muß mich auf die Fallen verlassen.«
»Ihr scheint nur wenig Gepäck zu haben«, unterbrach ihn der Auswanderer.
»Ich brauche nur wenig«, antwortete ruhig der andere. »In meinem Alter ist Nahrung und Kleidung alles, was man braucht.«
»Ihr seid also nicht aus dieser Gegend, Freund?« fragte der Auswanderer.
»Ich wurde an der Küste geboren und brachte den größten Teil meines Lebens in den Wäldern zu.«
Jetzt sah die ganze Gesellschaft mit Interesse auf den alten Trapper. Nach einer Pause fragte ihn der alte Auswanderer:
»Seid Ihr auch weit gegen Sonnenuntergang gewesen, Freund? Ich finde, es ist eine weite Ebene, in der wir hier stecken.«
»Ihr könnt wochenlang reisen, und das Bild ändert sich nicht. Ja, Wochen, wenn nicht Monate, könnt Ihr in der Prärie ziehen, ohne eine Wohnung oder eine Herberge für Menschen und Vieh zu finden.«
»Ich hielt mich am linken Ufer des großen Flusses«, sagte der Auswanderer nach einer Weile, »bis ich fand, daß er zu weit nach Norden führte. Wir machten uns dann mitten hindurch, ohne viel einzubüßen. Das Weib verlor ein oder zwei Felle von der nächsten Schur, und die Mädchen haben eine Kuh weniger beim Melken. Seit der Zeit haben wir uns tapfer gehalten und fast jeden Tag über einen Bach eine Brücke geschlagen.«
»Ihr wollt also immer weiter nach Westen, bis Ihr in ein Land kommt, das sich zur Ansiedlung besser eignet?«
»Bis ich einen Anlaß finde, zu halten oder umzukehren«, antwortete der Auswanderer kurz, stand auf und machte der Unterhaltung ein Ende. Sei-

nem Beispiel folgten der Trapper und auch die übrigen, die, ohne viel Rücksicht auf ihren Gast zu nehmen, mit den Vorbereitungen für die Nacht begannen. Einige Hütten aus Baumästen, Leinen und Büffelhäuten waren schon aufgeschlagen. Die Kinder mit ihrer Mutter begaben sich sofort in diese Zelte. Ehe aber die Männer das Nachtlager aufsuchen konnten, waren noch tausend kleine Geschäfte zu erledigen. Das Feuer wurde sorgfältig verwahrt, das Futter für das Vieh besorgt und die Wache bestimmt. Zur Sicherheit wurden noch Baumstämme zwischen die Wagen gelegt, und innerhalb des Stalles sammelten sich Tiere und Menschen. Zwei der jungen Männer nahmen ihre Gewehre, schütteten neues Pulver auf, untersuchten sorgfältig die Steine und wandten sich dann zur Rechten und zur Linken des Lagers, wo sie sich so in den Schatten des Waldes stellten, daß sie die Prärie übersehen konnten.

Der Trapper, der die Streu der Auswanderer nicht hatte teilen wollen, trieb sich auf dem Platz herum, bis die Vorbereitungen zur Nacht zu Ende waren; dann zog er sich, ohne Abschied zu nehmen, zurück. Es war jetzt um die erste Nachtwache. Das blasse, trügerische Licht des zunehmenden Mondes spielte über die endlosen Wellen der Prärie, bestrich die Erhöhungen mit sparsamem Schein und ließ das Zwischenland in tiefem Schatten. An die Einsamkeit gewöhnt, ging der alte Mann, als er das Lager verließ, allein in die weite Ebene. Er schien sich einige Zeit ohne Ziel fortzubewegen, endlich aber, als er eine Anhöhe erreicht hatte, blieb er stehen. Zum erstenmal, seit er die Auswanderer verlassen hatte, die so viele Erinnerungen in ihm geweckt hatten, wurde er sich seiner Lage bewußt. Er stellte die Flinte auf die Erde, lehnte sich darauf und stand mehrere Minuten in tiefes Nachdenken verloren. Sein Hund kauerte sich fest zu seinen Füßen. Ein tiefes, drohendes Knurren des treuen Tieres ließ den Alten nach einer Weile aufhorchen. Er entdeckte eine helle Gestalt, die bei dem täuschenden Licht auf der Anhöhe zu schweben schien. Schließlich erkannte er ein weibliches Wesen, das zu zögern schien, näherzukommen.

»Komm näher, wir sind Freunde«, rief der Trapper leise, »keiner wird dir was zuleide tun.«

Mutig kam das Mädchen jetzt näher, und der alte Mann erkannte Ellen Wade aus dem Lager der Auswanderer.

»Ich dachte, Ihr wärt fort«, sagte sie und sah furchtsam und ängstlich um sich, »ich glaubte nicht, daß Ihr es wäret.«

»Menschen sind in dieser Gegend selten«, erwiderte der Trapper, »aber warum seid Ihr nicht im Lager Eures Vaters.«

»Vater?« rief das Mädchen, »ich habe keinen Vater, und kaum einen Freund!« Der alte Mann wandte sich zu ihr mit einem Blick voll Freundlichkeit und Teilnahme. Er sagte aber nichts, und das Mädchen fuhr fort: »Behüte der Himmel, daß einer von denen, die Ihr gesehen habt, ein Bruder von mir sein sollte. Aber sagt mir, lebt Ihr denn wirklich allein in dieser leeren Gegend, alter Mann. Ist wirklich außer Euch niemand hier?«

»Hunderte, ja Tausende der rechtmäßigen Eigentümer des Landes schweifen in der Prärie umher, aber wenige von meiner Farbe.«

»Und seid Ihr keinem Weißen außer uns begegnet?« unterbrach ihn das Mädchen zweifelnd.

»Seit vielen Tagen nicht. – Still, Hektor«, fügte er hinzu, auf ein dumpfes, kaum hörbares Knurren seines Hundes. »Das Tier riecht Unheil. Die schwarzen Bären von den Bergen kommen manchmal tief herunter.«

Das Mädchen schien sich ängstlich und unruhig umzusehen, und der Alte entdeckte plötzlich eine zweite menschliche Gestalt, die langsam näher kam.

Zweites Kapitel

Der Trapper war etwas erstaunt, als er diese zweite Gestalt näher kommen sah und noch dazu aus einer dem Lager der Auswanderer entgegengesetzten Richtung.

»Es ist ein Mann«, sagte er, »und ein Weißer, sonst wäre sein Schritt leichter.«

Er nahm sein Gewehr, während er sprach, und untersuchte den Zustand des Steines und des Zündpulvers durch Betasten mit der Hand.

»Um Gottes willen, seid nicht zu hastig«, sagte das Mädchen leise, »es kann ein Freund sein.«

»Ein Freund!« wiederholte der alte Mann, »Freunde sind selten in diesem Land.« Dann betrachtete er ernst einen Augenblick den angsterfüllten Blick des Mädchens und ließ das Gewehr auf den Boden gleiten. Der Mann war jetzt nur noch fünfzig Schritte entfernt. Hektor schlich dem Fremden leise entgegen, zur Erde geduckt wie ein Panther, der seine Beute anschleicht.

»Ruft den Hund zurück«, rief eine tiefe, männliche Stimme, mehr im Ton der Freundschaft als der Drohung; »ich liebe die Hunde, und es würde mir leid tun, wenn dem Tier etwas geschehen sollte.«

»Ihr könnt ruhig kommen, Freund«, antwortete der Trapper, »er hat keine Zähne mehr.«

Der Fremde kam jetzt schnell näher und stand im nächsten Augenblick neben Ellen Wade, die er anscheinend kannte. Er sah aber forschend und erstaunt auf ihren Begleiter.

»Von welcher Wolke seid Ihr gefallen, guter alter Mann?« fragte er sorglos, »oder lebt Ihr wirklich in der Prärie?«
»Ich war lange auf der Welt und bin dem Himmel schon recht nahe«, erwiderte der Trapper, »meine Wohnung ist nicht weit. Nun kann ich mir aber auch die Freiheit nehmen, Euch zu fragen, woher Ihr kommt und wo Eure Heimat ist?«
»Langsam, langsam; erst muß ich mit meinem Examen fertig sein. Ihr nahmt wohl dieses Mädchen mit, Euch den Weg zu Eurer Wohnung zu zeigen, was?«
»Ich traf sie, wie ich Euch traf, zufällig. Zehn Jahre habe ich hier gelebt und nie, bis auf diesen Tag, Weiße getroffen. Wenn meine Gegenwart Euch belästigt, tut's mir leid, und ich will meiner Wege gehen. Wenn aber Eure junge Freundin hier ihre Geschichte erzählt hat, werdet Ihr mir sicher glauben.«
»Freundin!« sagte der Jüngling, nahm seine Fellmütze vom Haupt und wühlte in seinen dichten schwarzen Locken, »wenn ich je dieses Mädchen gesehen habe, so will ich . . .«
»Genug, Paul«, unterbrach ihn Ellen Wade und legte ihm die Hand auf den Mund mit einer Vertraulichkeit, die seine beabsichtigte Beteuerung Lügen strafte. »Unser Geheimnis wird bei diesem ehrlichen alten Mann sicher sein.«
»Unser Geheimnis! Hast du vergessen, Ellen...?«
»Nein. Ich habe nichts vergessen, was ich behalten sollte. Aber doch sage ich, wir sind sicher bei diesem ehrlichen Trapper.«
»Trapper! Ist er denn ein Trapper? Gebt mir die Hand, Vater, unser Beruf sollte uns miteinander bekannt machen.«
»Die Kunst, die Geschöpfe des Herrn in Fallen und Netzen zu fangen, erfordert mehr List als Kraft, und ich bin gezwungen, sie in meinem Alter zu treiben«, erwiderte der andere. »Aber Euch würde es besser stehen, einem Erwerb zu folgen, der sich mehr für Eure Jahre schickt.«
»Ich! Ich fing nie, nicht einmal eine Bisamratte in der Falle. Nein, Alter, nichts, was auf der Erde kriecht, gehört zu meiner Jagd.« Mit diesen Worten hielt er dem Alten ein kleines, zinnernes Gefäß unter die Nase, aus dem der herrliche Geruch von frischem Honig drang.
»Ein Bienenjäger!« rief der Trapper nicht ohne Erstaunen, daß ein kräftiger Mann sich mit diesem Geschäft abgebe. »Es lohnt sich an den Grenzen der Ansiedlungen, aber in diesen offenen Gegenden halte ich's für einen unsicheren Handel.«
»Ihr meint, es ist kein Baum da, in den sich ein Schwarm niederlassen könnte. Aber ich denke anders und bin mehrere hundert Meilen weiter

westlich gestreift als gewöhnlich, um Euren Honig zu versuchen. Und nun verlaßt Ihr uns wohl, wie!«

»Es ist nicht nötig«, sagte Ellen schnell, »Ihr könnt mir nichts zu sagen haben, was nicht die ganze Welt hören darf.«

»Nein! Mögen mich die Drohnen zu Tode stechen, wenn ich je etwas von den Launen eines Weibes begreife. Was mich betrifft, Ellen, ich bin bereit, zu Eurem angeblichen Onkel zu gehen. Du brauchst nur ein Wort zu sagen, und es ist geschehen, es mag ihm gefallen oder nicht.«

»Du bist immer so hastig und rasch, Paul Hover«, sagte das Mädchen beschwichtigend. »Du kennst die Gefahr, wenn wir nur zusammen gesehen werden, wie kannst du davon sprechen, zu meinem Onkel und seinen Söhnen zu gehen?«

»Hat er etwas getan, worüber er sich schämen muß?« fragte der Alte, der keinen Zoll von der Stelle gewichen war.

»Nein, es hat nur seine Gründe, warum er sich jetzt nicht sehen lassen soll«, antwortete Ellen bestimmt. »Wenn Ihr also dort an jenem Weidenbusch warten wollt, bis ich gehört habe, was Paul mir zu sagen hat, so komme ich erst noch und sage Euch gute Nacht, ehe ich ins Lager zurückkehre.«

Der Trapper zog sich langsam zurück, scheinbar zufrieden mit dem etwas unklaren Grund, den Ellen genannt hatte. Als er weit genug entfernt war und die ernste, lebhafte Unterredung der beiden nicht mehr hören konnte, blieb er stehen und wartete geduldig, denn die zwei jungen Menschen begannen ihn lebhaft zu interessieren. Sein Hund begleitete ihn und legte sich zu seinen Füßen.

Nach einer Weile stand das treue Tier auf, ging aus dem Schatten, den die schlanke Gestalt des Trappers warf, und sah leise knurrend in die Prärie hinaus.

»Ein Wink dieses Freundes ist besser als eines Menschen Rat«, murmelte der Alte und näherte sich leise dem Paar, das vertieft in seine Unterredung war, um sein Nahen zu bemerken. »Kinder«, rief er leise, als er nahe genug war, »wir sind nicht allein, andere stöbern noch hier herum, und vielleicht ist Gefahr nahe.«

»Treibt sich einer von Ismaels faulen Söhnen noch außerhalb des Lagers herum?«, sagte der junge Bienenjäger drohend, »so könnte ihm leicht ein Ende gemacht werden.«

»Sie sind bestimmt alle bei den Tieren«, antwortete schnell das Mädchen, »ich verließ sie alle in tiefem Schlaf.«

»Ich weiß bestimmt, daß uns Gefahr droht«, sagte der alte Mann. »Wir müssen auf der Hut sein. Ich hatte geglaubt, der Hund sei nicht mehr an Menschen gewöhnt, und Eure Gegenwart habe ihn unruhig gemacht..Aber

seine Nase hat schon den ganzen Abend geschnuppert, und was ich erst für ein Zeichen Eures Kommens hielt, bedeutete sicher Ernsthafteres.«
»Still«, flüsterte plötzlich der junge Mann, »hört Ihr nichts? Eine Büffelherde ist unterwegs.«
Die beiden anderen lauschten angestrengt.
»Eure Ohren trügen«, sagte der alte Mann nach einer Weile. »Die Sprünge sind zu lang für Büffel und zu regelmäßig. Still, jetzt sind sie im hohen Grase, der Schall ist gedämpft. Jetzt kommen sie auf eine kahle Fläche – da, sie kommen die Anhöhe herauf, verdammt, sie werden hier sein, ehe wir fort sind!«
»Komm, Ellen«, rief der junge Mann und ergriff seine Freundin bei der Hand, »wir wollen versuchen, ins Lager zu kommen.«
»Zu spät, zu spät«, rief der Trapper, »die Kerle sind schon vor uns. Es ist eine blutige Bande der verdammten Sioux.«
»Sioux oder Teufel, sie sollen uns als Männer finden«, rief der Bienenjäger. »Ihr habt ein Gewehr, Alter, und werdet wohl einen Schuß für ein hilfloses Mädchen tun.«
»Ins Gras, ins Gras«, rief der Trapper leise und deutete zur Seite auf ein hohes Gestrüpp, das dichter als gewöhnlich war. Der Mond war hinter

einer Schicht dünner Wolken verschwunden, aber es herrschte gerade noch so viel flimmerndes Licht, um die Gegenstände dunkel zu erkennen. Die beiden jungen Menschen verbargen sich schnell im Grase, und der Alte folgte ihnen gerade in dem Augenblick, als der wilde Reitertrupp zu sehen war, der wie eine Horde von Rasenden auf sie zuritt. Der Trapper, der seinen Hund zu sich gerufen und ihn auf die Erde neben sich gedrückt hatte, kniete in dem hohen Gras und richtete sein wachsames, festes Auge auf den Zug der Bande, beschwichtigte die Furcht des Mädchens und die Ungeduld des Mannes.

»Wo einer ist, da sind gleich dreißig von diesen Teufeln«, flüsterte er, »sie wenden sich jetzt gegen den Bach — still, Hektor — still — nein, da kommen sie gerade hierher — die Kerle scheinen ihren Weg nicht zu wissen.«

Der alte Mann drückte sich jetzt ins Gras, und im nächsten Augenblick fuhr eine Bande wilder Reiter an ihnen vorbei mit geräuschloser Schnelligkeit wie reitende Gespenster. Die dunklen Gestalten waren schon verschwunden, als der Trapper seinen Kopf zu heben wagte.

»Sie sind den Hügel hinunter zum Lager«, sagte er behutsam, »nein, sie halten unten und stecken die Köpfe zusammen. Bei Gott! Sie kehren um, und wir sind das Ungeziefer noch nicht los!«

Er tauchte wieder im Gras unter, und etwas später sah man den Trupp oben auf dem Gipfel der kleinen Anhöhe reiten. Einige stiegen ab, während andere hin und her ritten, um die Gegend zu untersuchen. Zum Glück für die Versteckten war das Gras hoch genug, um sie gänzlich zu verbergen. Endlich rief ein Indianer, der der Führer zu sein schien, seine Häuptlinge zu einer Beratung zusammen, die zu Pferde abgehalten wurde. Nach einer Weile zerstreuten sich die Sioux nach allen Seiten, als ob sie etwas suchten.

»Sie haben den Hund gehört«, flüsterte der Trapper. »Liegt still, nieder mit dem Kopf bis auf die Erde wie ein Hund, der schläft.«

»Laßt uns lieber aufstehen und kämpfen«, erwiderte Paul Hover ungeduldig.

Er wollte fortfahren, doch da fühlte er eine Hand fest auf seiner Schulter, und als er sich aufrichtete, sah er in das dunkle, wilde Gesicht eines Indianers. Schnell wie ein Blitz sprang er auf und packte seinen Gegner an der Kehle. Im selben Augenblick aber fühlte er die Arme des Trappers um seinen Leib, die seine Bewegungen hemmten. Ehe er noch Zeit hatte, seinem Gefährten wegen des Verrats Vorwürfe zu machen, stand ein Dutzend Sioux um sie herum, und alle drei mußten sich gefangengeben.

Trotz der friedlichen Unterwerfung kannte der Alte den Charakter der Bande sehr gut, in deren Hände sie gefallen waren. Er ließ sich, ohne zu murren, ausplündern. Auf der anderen Seite zeigte Paul Hover nicht diese

Ergebung in sein Schicksal, und mehr als einmal wollte er verzweifelten Widerstand leisten, hätten ihn nicht die Bitten des zitternden Mädchens davon abgebracht. Als die Indianer den Gefangenen Waffen, Munition und einige Kleidungsstücke weggenommen hatten, ließen sie ihnen einen Augenblick Ruhe.

Eine zweite Beratung der Häuptlinge wurde abgehalten, und man erkannte aus der ernsten, heftigen Art derjenigen, die sprachen, daß man den Erfolg noch nicht für vollständig hielt. Anscheinend hatten sie Kenntnis vom Lager der Auswanderer.

»Wenn sie den Stamm dieses wandernden Ismael in die Felsengebirge führen«, sagte der junge Bienenjäger bitter lachend, »dann könnte ich vielleicht diesen Schurken verzeihen.«

»Paul! Paul!« rief das Mädchen vorwurfsvoll, »du vergißt alles. Denk an die traurigen Folgen!«

»Ich fürchte, Eure Freunde auf der anderen Seite werden den Augen dieser Teufel nicht entgehen«, sagte der Trapper ruhig, »sie riechen Beute, und es wäre ebenso schwer, den Hund vom Wild als dies Geschmeiß von einer Spur abzubringen.«

»Können wir denn gar nichts tun?« fragte Ellen besorgt.

»Mir wär's ein leichtes, so zu schreien, daß der alte Ismael träumen sollte, die Wölfe wären unter seiner Herde«, erwiderte Paul.

»Und Ihr bekommt zum Lohn dafür den Kopf eingeschlagen«, erwiderte der Alte; »nein, nein, List muß List besiegen, oder die Hunde morden die ganze Familie. Eure Freunde sind stark an Zahl und gut bewaffnet, glaubt Ihr, daß sie kämpfen werden?«

»Seht, alter Trapper, niemand liebt Ismael Busch und seine sieben Tölpel von Söhnen weniger als ein gewisser Paul Hover. Aber ich mag nicht einmal einen Mann aus Tennessee verleumden. Sie sind so mutig wie irgendeine Familie in Kentucky. Sie sind eine langgewachsene, doppeltgenähte Rasse, und wer von einem unter ihnen das Maß auf der Erde nehmen wollte, müßte ein tüchtiger Handwerksmann sein. Aber nennt keinen von ihnen meinen Freund. Was ich von ihnen sage, geschieht nur aus Aufrichtigkeit.«

»Ich weiß nur, daß das Mädchen zu ihnen gehört«, erwiderte der Alte trocken.

»Wir sollten alle eine Familie sein«, sagte das Mädchen leise, »wenn wir uns gegenseitig helfen können. Wir verlassen uns ganz auf Eure Erfahrung, guter, alter Mann. Ihr werdet ein Mittel finden, unsere Freunde von der Gefahr zu benachrichtigen.«

»Es ist auch wirklich Zeit«, murmelte der Bienenjäger, »wenn die Jungen im Ernst mit diesen roten Häuten zusammenkommen.«

Er wurde durch eine allgemeine Bewegung bei den Indianern unterbrochen. Sie stiegen alle ab und gaben ihre Pferde an drei oder vier, die man auch mit der Bewachung der Gefangenen beauftragte. Dann bildeten sie einen Kreis um einen Krieger, der das größte Ansehen zu besitzen schien, und auf ein gegebenes Zeichen bewegte sich der ganze Schwarm langsam und vorsichtig nach verschiedenen Richtungen vorwärts. Die meisten der dunklen Gestalten verschwanden bald in der Prärie, obwohl die Gefangenen, die die geringsten Bewegungen ihrer Feinde aufmerksam verfolgten, manchmal eine Gestalt bemerken konnten, die sich am Horizont abzeichnete. So gingen mehrere angstvolle Minuten vorüber, während die Lauscher jeden Augenblick erwarteten, den Ruf der Angreifenden und das Geschrei der Überfallenen durch die Stille der Nacht zu hören. Aber es wollte scheinen, als ob das Suchen ohne Erfolg geblieben sei, denn nach einer halben Stunde kamen alle einzeln wieder zurück.

»Nun kommt die Reihe an uns«, bemerkte der Trapper, »wir werden jetzt ausgefragt.«

Er sprach noch, als sich schon ein schlanker, halbnackter Wilder der Stelle näherte, wo sie standen. Nachdem er sie länger als eine Minute in vollkommener Stille gemustert hatte, brachte er den gewöhnlichen Gruß in den rauhen Kehllauten seiner Sprache vor.

Der Trapper antwortete, so gut er konnte, was anscheinend verstanden wurde.

»Haben die Bleichgesichter schon alle ihre Büffel gegessen und allen ihren Bibern die Häute abgezogen«, fuhr der Wilde nach einer Pause fort, »haben sie schon alles aufgegessen, daß sie hierherkommen und zählen wollen, wieviel sich noch unter den Pawnees findet?«

»Einige von uns sind hier, um zu kaufen, andere, um zu verkaufen«, erwiderte der Trapper, »aber keiner wird mehr kommen, wenn sie hören, daß es nicht sicher sei, sich der Wohnung eines Sioux zu nähern.«

»Die Sioux sind Diebe und wohnen im Schnee, warum sprechen wir von einem so entfernten Volk, wenn wir im Land der Pawnees sind?«

»Sind die Pawnees die Eigentümer dieses Landes, dann sind Weiße und Rote mit gleichem Recht hier.«

»Haben die Bleichgesichter die roten Leute nicht genug bestohlen, daß Ihr von so weit herkommt, um uns eine Lüge zu sagen? Ich habe gesagt, dies ist der Jagdgrund meines Stammes.«

»Ich habe dasselbe Recht hier zu sein wie Ihr selbst«, entgegnete der Trapper mit ungestörter Ruhe; »ich spreche nicht so, wie ich könnte. – Es ist besser zu schweigen. Die Pawnees und die weißen Leute sind Brüder, aber ein Sioux darf sein Gesicht nicht in einem Dorf der Wölfe zeigen.«

»Die Dakotas[1] sind Männer«, rief der Wilde stolz und vergaß in seinem Zorn, die Rolle beizubehalten, die er angenommen hatte, »die Dakotas kennen keine Furcht; sprecht, was bringt Euch so weit her von den Dörfern der Bleichgesichter?«

»Ich sah bei manchen Beratungen die Sonne aufgehen und sinken und habe nur Worte weiser Männer gehört. Laßt Eure Häuptlinge kommen, und mein Mund soll ihnen nicht verschlossen sein.«

»Ich bin ein großer Häuptling«, sagte der Wilde in gekränkter Würde; »Weucha ist ein oft gerufener Held, dem man viel vertraut.«

»Bin ich ein Tor, daß ich einen verbrannten Teton[2] nicht erkennen sollte?« fragte der Trapper. »Geht, es ist dunkel, und Ihr seht nicht, daß mein Haupt grau ist.«

Der Indianer schien jetzt überzeugt, daß er eine zu einfache List gebraucht hatte, um einen so erfahrenen Mann zu täuschen. Er sah sich um, als fürchte er eine schnelle Unterbrechung, und sagte in einem weit weniger anmaßenden Tone als früher:

»Gebt Weucha die Milch der Langmesser, und er wird Euren Namen in die Ohren des Helden seines Stammes singen.«

»Geht«, sagte der Trapper und wies ihn mit Unwillen fort; »Eure jungen Leute sprechen von Mahtoree, meine Worte sind für die Ohren eines Häuptlings.«

Der Wilde warf einen Blick auf ihn, in dem unversöhnliche Feindschaft lag. Er stahl sich dann weg unter seine Gefährten, voll Angst, den Betrug verraten zu sehen, dessen er sich durch seine beabsichtigte Aneignung eines Teils der Beute schuldig gemacht hatte.

Jetzt kam der Häuptling Mahtoree zu den Gefangenen, ein Krieger mit kraftvollem Bau und stolzer Haltung. Ihm folgte der ganze Haufen und stellte sich in tiefem, ehrfurchtsvollem Schweigen um ihn herum.

»Die Erde ist groß«, begann der Häuptling nach einem Schweigen voll Würde. »Warum können die Kinder meines weisen Vaters nie Raum genug darauf finden?«

»Einige von ihnen hörten, ihre Freunde in den Steppen brauchten manches«, entgegnete der Trapper, »und sie kamen, um zu sehen, ob es wahr ist. Manche von ihnen dagegen brauchen, was die roten Leute gern verkaufen, und so kommen sie, ihre Freunde mit Pulver und Decken zu bereichern.«

---

[1] Ein anderer Name der Sioux.

[2] Teton, wie Dakota, eine andere Benennung für Sioux.

»Setzen Kaufleute mit leeren Händen über den Fluß?«
»Unsere Hände sind leer, weil Eure Jünglinge dachten, wir wären ermüdet, und uns unsere Last abnahmen. Sie irrten sich, ich bin alt, aber stark.«
»Es kann nicht sein. Euer Gepäck blieb in der Prärie. Zeigt meinen jungen Leuten die Stelle, daß sie es wegnehmen, ehe die Pawnees es finden.«
»Der Weg zur Stelle ist voller Windungen, und es ist jetzt Nacht. Die Stunde des Schlafs ist gekommen«, sagte der Alte mit voller Ruhe. »Heißt Eure Krieger über jenen Hügel gehen; dort ist Wasser und Holz; laßt sie ihr Feuer anzünden und schlafen mit warmen Füßen. Wenn die Sonne wieder kommt, will ich Euch sprechen.«
Ein dumpfes Murmeln, das jedoch deutlich großen Unwillen ausdrückte, erhob sich unter den aufmerksamen Zuhörern. Mahtoree aber, ohne auch nur die geringste Bewegung zu verraten, setzte seine Unterredung mit demselben Stolz wie vorher fort: »Ich weiß, mein Freund ist reich«, sagte er, »und hat viele Krieger nicht weit von hier und mehr Pferde, als Hunde sind unter den Roten.«
»Ihr seht meine Krieger und meine Pferde.«
»Was! Hat das Mädchen die Füße eines Dakota, daß sie dreißig Nächte ziehen kann in der Prärie und nicht niedersinkt. Ich weiß, die roten Leute der Wälder machen lange Züge zu Fuß, aber wir, wir leben, wo das Auge nicht von einer Wohnung zur anderen sieht, wir lieben unsere Pferde.«
»Es kann sein«, antwortete der Trapper, »daß weiße Leute in der Steppe schlafen, aber was es für Leute sind, die sich so auf den Edelmut der Tetons verlassen, kann ich nicht sagen. Wenn Fremde hier in der Nähe schlafen, so schickt Eure junge Mannschaft hin, sie aufzuwecken, und laßt sie selbst sagen, wer sie sind; jedes Bleichgesicht hat eine Zunge.«
Der Häuptling schüttelte den Kopf mit einem wilden, stolzen Lächeln und sagte, als er sich wegwandte, um der Unterredung ein Ende zu machen: »Die Dakotas sind ein weises Volk, und Mahtoree ist ihr Häuptling. Er wird die Fremden nicht rufen, daß sie aufstehen und ihm Antwort geben mit ihren Büchsen. Er wird ihnen ganz leise in die Ohren lispeln. Dann mögen die Leute von ihrer Farbe kommen und sie wecken.«
Darauf gab er den Umstehenden seine Befehle, und der ganze Haufen, Menschen und Pferde, veränderte seine Stellung. Die Bewegung ging in tiefer Stille vor sich. Doch hielten sie bald wieder, und als die Gefangenen Zeit hatten, sich umzusehen, fanden sie sich in der Nähe des kleinen dunklen Gehölzes, in dem Ismael mit den Seinen lagerte. Hier wurde eine neue kurze, aber sehr ernste Beratung abgehalten. Die Pferde, die an stille Angriffe gewöhnt waren, wurden einigen zur Obhut übergeben, die unter Weucha auch die Gefangenen bewachen mußten. Der Wilde, der ohne

Zweifel seine geheimen Verhaltungsbefehle hatte, begnügte sich fürs erste, mit seiner Streitaxt eine bedeutungsvolle Bewegung zu machen, die ihnen bei Todesgefahr Schweigen gebot. Mahtoree nahm jetzt die Vorkehrungen ganz allein auf sich. Er bestimmte genau die Stelle, die jeder einnehmen sollte, die schickte er nach rechts, jene nach links, und die Indianer verschwanden mit geräuschlosen Schritten. Drei blieben in der Nähe ihres Führers. Als die übrigen weg waren, wandte sich Mahtoree zu seinen auserwählten Gefährten. Jeder legte daraufhin die leichte Flinte beiseite und entledigte sich aller Kleidungsstücke. Mahtoree sah, ob seine Streitaxt an ihrem Ort, ob sein Messer sicher in der Scheide war, und so in allem bereit und fertig, gab der Tetonhäuptling das Zeichen zum Anfang.
Die vier gingen in einer Linie vorwärts, bis ihre schwarzen Gestalten den Augen der Gefangenen entschwanden.

Drittes Kapitel

Das hohe Gestrüpp verbarg die Tetonkrieger gut, und sie waren durch das dichte Gras lautlos wie Schlangen fortgekrochen, bis sie einen Punkt erreichten, wo außerordentliche Vorsicht nötig war. Mahtoree war noch ganz in Unsicherheit über die Anzahl und die Verteidigungsmittel seiner Feinde. Seine Bemühungen, sich über diese zwei wesentlichen Punkte die nötige Kenntnis zu verschaffen, wurden durch die Ruhe im Lager gänzlich vereitelt – es herrschte tiefe Stille, wie im Lager der Toten. Darauf befahl er seinen Gefährten zu bleiben, wo sie lagen, und setzte das Wagnis allein fort. Er schob sich Meter um Meter durch das hohe Gras und hielt nach jeder Bewegung an, um das geringste Geräusch aufzufangen. So kam er endlich aus dem fahlen Mondlicht in den Schatten des Gehölzes. Hier stand er lange, um vorsichtig seine Beobachtungen zu machen, ehe er sich weiterwagte. Von der Seite her konnte er jetzt das ganze Lager mit seinem Zelt, seinen Wagen und Hütten übersehen und ziemlich genau die Stärke berechnen. Der Häuptling neigte sein Ohr zur Erde und lauschte aufmerksam. Er hörte die Atemzüge einer nahen Wache, die offenbar schlief. Er schlug daraufhin die Richtung zum Lager ein, indem er sich längs des Gehölzes hinstahl, um bei dem geringsten Geräusch in sein Dunkel flüchten zu können. Das einsame Zelt zog beim Vorübergehen seine Aufmerksamkeit auf sich. Nachdem er das Äußere untersucht und mit der größten Spannung gelauscht hatte, wagte er das Tuch am Boden zu lüften. Eine Minute mochte verflossen sein, ehe der Häuptling sich zurückzog. Er setzte sich mehrere Augenblicke nachdenklich nieder, dann steckte er seinen Kopf nochmals unter die Leinwand des Zeltes. Die zweite Untersuchung dauerte länger, dann aber wandte sich der Wilde von den Geheimnissen des Zeltes ab. Der Weg des Tetons durch die Stämme des schützenden Verhaus konnte nur mit den geräuschlosen Windungen der Schlangen verglichen werden. Als er aber durchgedrungen war und sich einen Augenblick Zeit genommen hatte, das innere Lager zu übersehen, bahnte er sich vorsichtig einen offenen Weg durch die Zweige, um bei einem Rückzug nicht aufgehalten zu werden. Dann stand er auf und ging durchs Lager wie der Fürst der Bösen. Er hatte schon das Zelt untersucht, in dem das Weib und ihre kleinen Kinder schliefen, und war an mehreren schlafenden, gigantischen Gestalten vorbeigekommen, als er endlich die Stelle erreichte, wo Ismael lag. Mahtorees Scharfblick konnte es nicht entgehen, daß er jetzt den Führer der Auswanderer in seiner Gewalt habe. Lange stand er über den ausgestreckten riesigen Körper gebeugt. Er steckte aber das Messer wieder ein und wollte schon weitergehen, als Ismael sich auf dem Lager herumdrehte und schlaf-

trunken fragte, wer da umhergehe. Nur die Schnelligkeit und List eines Wilden konnte verhindern, daß sich jetzt alles entschied. Die unverständlichen Laute nachahmend, warf sich Mahtoree schwerfällig zu Boden und schien sich schlafen zu legen. Ismael sah die Bewegung, aber die List war zu kühn. Der schlaftrunkene Mann schloß die Augen und schlief bald wieder tief.

Der Teton mußte lange und angstvolle Minuten in der Lage bleiben, die er angenommen hatte. Sobald er aber sicher war, nicht mehr gehört zu werden, setzte er sich wieder in Bewegung. Er ging in die kleine Hürde, in der die Haustiere waren, und stellte beutegierig die Zahl der Tiere fest.
Während der Tetonkrieger seine schwierige Aufgabe löste, unterbrach kein Laut die Stille. Die ganze Bande lag auf ihren verschiedenen Posten und wartete mit der Geduld der Indianer auf das Zeichen, das sie zum Kampf aufrufen sollte. Die Prärie lag dunkel unter dem unsicheren Licht des umwölkten Mondes. Die Stelle des Lagers lag im tiefsten Dunkel, von der Anhöhe aus, auf der die Gefangenen mit ihren Wächtern zurückgeblieben waren, kaum zu erkennen. Die Besorgnis der drei Schicksalsgefährten wurde immer größer, als Minute auf Minute vorüberging und nicht der geringste Laut zu hören war. Ellen Wade gab schon jede Hoffnung auf und fuhr zusammen, als sich plötzlich Weucha dem alten Trapper näherte und ihm etwas zuflüsterte.
»Wenn die Tetons ihren Häuptling durch die Hand der Langmesser verlieren, dann stirbt alt und jung.«
»Das Leben gibt Wahcondah«, war die ruhige Antwort. »Der rote Krieger muß sich seinem Gesetz unterwerfen wie seine anderen Kinder. Der Mensch stirbt nur, wenn er es befiehlt, und kein Dakota kann die Stunde ändern.«
»Sieh«, erwiderte der Wilde und zeigte die Klinge seines Messers, »Weucha ist der Wahcondah eines Hundes.«
Der alte Mann sah den Indianer mit stolzer Verachtung an, als plötzlich ein langer, greller Schrei die Luft durchdrang, der aus der umliegenden Prärie widerhallte, als ob tausend Dämonen sich vereinigt hätten. Weucha stieß ebenfalls einen wilden Schrei aus.
»Jetzt!« rief Paul, der sich nicht länger beherrschen konnte, »kannst du zeigen, alter Ismael, daß das Blut von Kentucky in deinen Adern fließt. Feuert niedrig, Jungens, zielt ins Gestrüpp, denn die Rothäute kriechen am Boden.«
Seine Stimme verlor sich im Schießen und Lärmen, das sich jetzt auf allen Seiten erhob. Die Wächter behaupteten noch ihren Posten bei den Gefangenen, schlugen aber mit ihren Armen wild in der Luft herum, sprangen umher wie Kinder, und stießen ein lautes, wildes Geschrei aus. Mitten in dieser Unordnung hörte man ein dumpfes Trampeln, und dann kam Ismaels Vieh in wirrer Flucht den Hügel herauf.
»Sie haben die Tiere losgelassen«, sagte der alte Trapper. »Die Schlangen haben den Leuten nicht einen Huf gelassen.«
Jetzt kam das erschreckte Vieh näher, und man sah, daß es von einer Bande

schwarzer, teuflisch aussehender Gestalten getrieben wurde. In diesem Augenblick, während alle auf den Wirbel von Menschen und Tieren sahen, entwand der Trapper seinem Wächter das Messer mit einer Gewalt, die seinem Alter nicht zu entsprechen schien. Mit einem einzigen Hieb durchschnitt er den Lederriemen, der die aufgeregten Pferde der Tetons in einem Rudel zusammenhielt. Die wildgewordenen Tiere wieherten, schlugen den Boden mit ihren Hufen und stoben in die Prärie nach verschiedenen Richtungen davon. Weucha wandte sich gegen den Angreifer mit der Wut eines Tigers. Einen Augenblick schien er zum äußersten Kampf bereit, dann aber wandte er sich mit den anderen zur Verfolgung der Pferde, die das teuerste Gut der Sioux sind.

»Rot ist rot, mag es sich in der Prärie zeigen oder im Wald«, sagte der Alte lachend. »Da geht der Teton nach seinen Pferden, und die Halunken werden jeden Huf von ihnen vor Sonnenaufgang wiederhaben.«

»Wär's nicht besser, wir nähmen Ismaels Partei?« fragte der Bienenzüchter; »es gibt einen richtigen Kampf.«

»Nein, nein, nein«, rief hastig Ellen.

Sie wurde vom alten Trapper unterbrochen, der leise seine Hand auf sie legte. »Still, reden könnte uns Gefahr bringen. Ist Euer Freund«, fuhr er, zu Paul gewandt, fort, »klug und...«

»Nennt Ismael nicht meinen Freund«, unterbrach ihn der junge Mann. »Ich wohnte nie mit einem, der weder Brief noch Siegel für das Land hatte, das ihn nährte.«

»Gut, gut. Laßt ihn einen Bekannten sein, aber ist er ein Mann, der sein Eigentum tapfer mit Pulver und Blei verteidigt?«

»Sein Eigentum, und auch das, was nicht sein Eigentum ist, das auch! Könnt Ihr mir sagen, alter Mann, wer die Flinte trug, die dem Abgesandten des Sheriffs damals den Garaus machte?«

Der Trapper hatte auf diese dunkle Andeutung nichts zu sagen, und auch das Mädchen schwieg.

»Die Leute aus dem Lager kommen«, rief Ellen nach einer Weile leise, »geh, Paul, man darf dich nicht sehen.«

»Wenn ich dich hier verlasse, Ellen, ehe ich dich wenigstens sicher beim alten Ismael weiß, so will ich nie wieder das Summen einer Biene hören.«

»Der gute Alte wird mich nicht verlassen, und dann, Paul...«

»Still, werft Euch ins Gras«, flüsterte der Trapper, »die Kerle schießen!« Mehrere Schüsse folgten jetzt schnell aufeinander, und die drei duckten sich dicht auf den Boden.

»Das muß ein Ende nehmen«, sagte der Alte und stand auf. Ohne eine Antwort abzuwarten, schritt der Trapper kühn den Hügel hinab und nahm

seinen Weg zum Lager. Das Mondlicht fiel für einen Augenblick heller auf seine hohe Gestalt, unbekümmert aber setzte er seinen Weg fort, bis er aus dem Lager drohend angerufen wurde und sich furchtlos zu erkennen gab.
»Ihr habt die Teufel über uns gebracht«, rief ihm Ismael zu, »und werdet morgen mit ihnen die Beute teilen.«
»Was habt Ihr verloren?« fragte ruhig der Trapper, ohne auf das Mißtrauen einzugehen.
»Mein ganzes Vieh«, antwortete der Auswanderer. »Ich kam in die Prärie, alter Mann, weil mir das Gesetz zu schwer auf dem Nacken lag, aber ich kam nicht hierher, um mich meines Eigentums berauben zu lassen.«
Vier oder fünf der Söhne Ismaels kamen jetzt aus verschiedenen Schlupfwinkeln hervor und warfen forschende Blicke auf die Gestalt des Alten.
»Wenn dieser Mann alles ist, was von dem Trupp, den ich dort oben sah, übrigblieb, so haben wir unser Pulver nicht weggeworfen«, sagte der Älteste von ihnen nach einer Weile.
»Asa, du hast recht«, antwortete der Vater und wandte sich plötzlich an den Trapper. »Wie ist das, Fremder, Ihr wart eben noch da oben zu dreien!«
»Hättet Ihr die Tetons durch die Steppen wie böse Geister hinter Eurem

Vieh herrasen sehen, so hättet Ihr sie leicht für tausend halten können«, sagte der Alte dunkel.

»Ich bin kein Weib«, antwortete der Auswanderer, »aber kommt, alter Mann«, fuhr er freundlicher fort, »wir wollen morgen wegen des Pferdediebstahls weiterreden. Für heute können wir nichts Besseres und Vernünftigeres tun als schlafen.«

Der Trapper folgte Ismael darauf schweigend ins Lager und streckte bald seine lange Gestalt ruhig auf ein Grasbündel aus. Doch er schloß nicht eher die Augen, als bis er sich überzeugt hatte, daß sich Ellen Wade unter den Weibern befand und daß der junge Mann offenbar verschwunden war.

Das Lager lag in tiefer Ruhe während des letzten Teils der Nacht, der Schlaf forderte endlich sein Recht und wurde auch durch nichts gestört. Sobald jedoch der Tag zu dämmern begann und ein graues Licht über die Prärie fiel, erhob sich Ellen Wade. Sie stand leise auf, wand sich vorsichtig durch die schlafenden Kinder und ging mit derselben Vorsicht bis zu den äußersten Verteidigungswerken Ismaels. Hier lauschte sie, ob es ratsam sei, weiterzugehen. Doch dauerte dies nur einen Augenblick, und ehe der Sohn Ismaels, der gerade die Wache hatte, sie entdeckte, eilte sie schon davon und stand wenig später auf dem Gipfel der nächsten Anhöhe. Hier lauschte sie lange und aufmerksam, um einen anderen Laut zu vernehmen als das Säuseln der Morgenluft, die leise im Grase zu ihren Füßen spielte. Schon wollte sie wieder umkehren, als das Geräusch von Schritten durch das nasse Gras zu ihrem Ohr drang. Sie eilte schnell vorwärts und sah die Umrisse einer Gestalt, die auf die Anhöhe zuschritt. Sie hatte schon Pauls Namen gerufen, als sie sah, daß sie sich getäuscht hatte. Sie begrüßte darauf den Näherkommenden ziemlich kühl.

»Ich hätte nicht gedacht, Doktor, Euch zu dieser ungewöhnlichen Stunde zu begegnen.«

»Alle Stunden, jede Zeit, meine gute Ellen, sind dem wahren Freund der Natur gleich«, erwiderte ein kleiner, hagerer, aber außerordentlich lebendiger Mann. Es war ein Naturforscher, ein Sammler und Gelehrter, bei dem sich Sinn und Unsinn seltsam mischten. Er hatte sich dem Zug Ismaels angeschlossen, um Flora und Fauna der Prärie zu studieren, und kehrte gerade von einer seiner häufigen, einsamen Exkursionen zurück.

»Habt Ihr eine Mine entdeckt, Doktor Bat?« rief Ellen.

»Mehr als eine Mine, unschätzbare Beobachtungen für mein Taschenbuch, aber, Kind, ich hörte schießen, was gab es?«

Ellen erzählte dem verängstigten Naturforscher jetzt im einzelnen die Geschichte des Angriffs. Doktor Bat hörte in stillem Staunen zu, unterbrach nicht die Erzählung und unterdrückte jeden Ausruf der Verwunderung.

Als er aber alle Umstände des Überfalls erfahren hatte, nahm seine Besorgnis eine andere Richtung. Er hatte eine Menge Folianten und sehr viele Kisten mit Pflanzenexemplaren und toten Tieren unter Ismaels Obhut gelassen. Nun fiel ihm plötzlich ein, daß die Sioux sie ihm vielleicht geraubt hätten. Nichts konnte ihn aufhalten, und die beiden trennten sich, er, um seine Besorgnisse zu beruhigen, sie, um schnell und leise in ihr Zelt zurückzuschleichen.

Viertes Kapitel

Allmählich wurde es völlig Tag über der scheinbar unbegrenzten Ebene der Prärie. Die Ankunft des Doktors im Lager zu einer solchen Stunde, begleitet von klagendem Schrei über den vermeintlichen Verlust, weckte die schlaftrunkene Familie des Grenzbewohners. Ismael und seine Söhne und der finstere Bruder seines Weibes waren bald auf und wurden sich allmählich der ganzen Größe ihres Verlustes bewußt. Ismael sah auf die schwerbeladenen Wagen und knirschte mit den Zähnen. Er warf einen Blick auf die hilflose Gruppe der Kinder, die sich um ihre Mutter drängte, und ging hinaus aufs freie Feld, als fände er die Luft im Lager zu eng. Ihm folgten einige der Männer, die ihn aufmerksam beobachteten. Sie gingen in tiefem Schweigen auf die nächste Anhöhe, wo sie eine fast schrankenlose Aussicht über die nackte Ebene hatten. Sie entdeckten nur einen einzigen Büffel in nicht großer Entfernung, der seine magere Nahrung im verbrannten Grase suchte, und auch der Esel des Naturforschers, den die Sioux verschont hatten, kam ihnen zu Gesicht.

»Da haben uns die Kerle zum Hohn ein Stück übrig gelassen«, sagte Ismael und deutete auf den Esel, »und zwar das schlechteste Stück aus der ganzen Herde. Hier ist ein zu harter Boden, um zu ernten, Jungens, und doch müssen wir Nahrung schaffen für so viele hungrige Mäuler.«

»Die Büchse ist an einem solchen Ort besser als die Hacke«, erwiderte der älteste der Söhne.

»Was sagt Ihr, Trapper«, rief Ismael, »ist dies ein Land, wie es der wählen würde, der nie den Amtmann mit Landverschreibungen bemüht?«

»Reicheres Land findet sich in den Niederungen«, erwiderte der alte Mann ruhig, »um an diesen traurigen Ort zu gelangen, habt Ihr Millionen Morgen fruchtbaren Landes durchzogen. Wenn Ihr gekommen seid, um Land zu suchen, machet Ihr entweder hundert Meilen zuviel oder ebenso viele zuwenig.

»Also gegen den anderen Ozean gibt es besseres?« fragte der Grenzbewohner und deutete nach Westen.

»Ja, dort; ich hab' alles gesehen«, war die Antwort des anderen, der seine Flinte auf den Boden setzte und sich darauf lehnte.
»Alter Mann«, sagte Ismael ernst, »zu welchem Volk gehört Ihr? Ihr habt Farbe und Sprache eines Christen, während Euer Herz mit den Rothäuten zu sein scheint.«
»Es ist wenig Unterschied unter den Völkern. Das Volk, das ich am meisten liebte, ist zerstreut, wie der Sand eines trockenen Flußbetts zerfliegt vor dem Orkan, und das Leben ist zu kurz, um Sitten und Gewohnheiten von Fremden anzunehmen. Doch fließt kein Indianerblut in meinen Adern, und was ein Krieger seiner Nation schuldig ist, bin ich den Staaten schuldig.«
»Da Ihr Eure Abstammung genannt habt, darf ich wohl eine einfache Frage tun«, sagte jetzt der Grenzbewohner. »Wo sind die Sioux, die mein Vieh gestohlen haben?«
»Wo ist die Büffelherde, die der Panther über die Ebene erst gestern morgen jagte?«
»Freund«, sagte Doktor Battius, der bisher ein aufmerksamer Zuhörer war, aber sich jetzt plötzlich getrieben fühlte, an der Unterredung teilzunehmen, »es tut mir leid, wenn ich einen Venator oder Jäger von Eurer Erfahrung und Euren Beobachtungsgeist finde, der dem Strom der gemeinen Unwissenheit folgt. Das Tier, welches Ihr beschreibt, ist freilich eine Art ›Bos ferus‹ oder ›Bos sylvestris‹, wie ihn die Dichter sehr glücklich nennen, aber wenn auch sehr verwandt, ist er doch verschieden von dem gewöhnlichen Bubulus. Bison ist der richtige Name, und ich würde Euch raten, in Zukunft diesen zu gebrauchen, wenn Ihr auf diese Spezies anspielt.«
»Freund«, sagte der Trapper etwas bestimmt, »würde der Schwanz eines Bibers ein schlechteres Mahl geben, wenn Ihr ihn Mink nennt?«
Da diese Frage ernst und etwas launig gestellt wurde, so war es ziemlich wahrscheinlich, daß ein heißer Streit entbrannt wäre, da der eine praktisch urteilte, der andere so sehr der Theorie ergeben war. Aber Ismael kam dem zuvor.
»Biberschwänze und Minksfleisch – davon kann man reden, wenn das Herz ruhig ist«, unterbrach er die beiden. »Sagt mir, Trapper, wo haben sich Eure Sioux verborgen?«
»Ebenso leicht könnte ich Euch sagen, von welcher Farbe der Falke ist, der dort oben kreist. Eine Rothaut pflegt nicht zu warten, bis das Unrecht ihr in Blei vergolten wird.«
»Ihr seid ein Mann«, fuhr Ismael fort, »der lange in der Prärie gelebt hat, und nun frage ich Euch um Eure Meinung, Auge um Auge, ohne Furcht, wäret Ihr an meiner Stelle, was würdet Ihr tun?«
Der alte Mann zögerte und schien die verlangte Antwort mit großem

Widerstreben zu geben. Als ihn aber alle erwartungsvoll ansahen, antwortete er schließlich traurig:
»Ich sah zuviel Blut in unnötigen Streitigkeiten vergossen, um gern nochmals den Lärm des Kampfes zu hören. Zehn traurige Jahre hab' ich allein in diesen Ebenen zugebracht und glaubte, meine Stunde würde kommen. Was soll ich lange Rat geben? Selbst die Tiere kämpfen für ihre Jungen!«
»Nie soll man also sagen, Ismael Busch habe seine Kinder im Stich gelassen«, rief der Auswanderer.
»Aber das Lager ist nicht sehr geeignet für einen Kampf gegen Übermacht.«
»Ja, so ist es«, erwiderte Ismael, »aber etwas können schon die Wagen und die Bäume helfen.«
Der Trapper schüttelte ungläubig den Kopf und deutete auf die hügelige Ebene nach Westen zu, als er antwortete: »Eine Flinte würde eine Kugel von diesen Hügeln bis in Euer Zelt schicken. Auch Pfeile aus dem Dickicht hinter Euch würden Euch alle vertreiben wie Steppenhunde. Es geht nicht. Drei lange Meilen von hier ist eine Stelle, an die ich oft dachte, wenn ich durch die Prärie ging. Da kann man tage-, ja wochenlang eine Stellung behaupten, wenn man geschickt und tapfer ist.«
Der Grenzbewohner griff begierig den Wink auf, den er mit viel Mühe dem Trapper abgepreßt hatte. Einige Fragen genügten, um die Lage des Ortes zu erfahren, und dann ging Ismael ohne Aufschub an die Ausführung des Werkes. Die Arbeit war sehr mühsam und beschwerlich. Die beladenen Wagen mußten mit eigener Hand gezogen werden. Bei dieser Anstrengung war die gigantische Stärke der Männer äußerst nötig, und auch den Weibern und Kindern mußte ein Teil der Arbeit zugeteilt werden. Während die Söhne sich an die schwerbeladenen Wagen verteilten und sie auf den nahen Hügel zogen, folgten die Mutter und Ellen, umgeben von den Kleinen, langsam hintennach und trugen solche Stücke, die sie gerade bewältigen konnten. Ismael selbst übersah und leitete das Ganze; gelegentlich, wenn ein Fuhrwerk steckenblieb, kam seine kolossale Schulter zu Hilfe, bis er endlich die Hauptschwierigkeit, die steile Anhöhe, überwunden sah. Dann bezeichnete er die Richtung des Weges und warnte seine Söhne, unvorsichtig zu sein. Als das geschehen war, gab er seinem Schwager einen Wink, und beide kehrten zusammen in das leere Lager zurück.
Während der ganzen Zeit hatte der Trapper, auf seine Flinte gelehnt, den Hund zu seinen Füßen, beiseite gestanden — ein stiller, aufmerksamer Beobachter. Als Fuhrwerk auf Fuhrwerk die Stelle des Lagers verließ, warf er einen forschenden Blick auf das kleine abgelegene Zelt, das mit seinem dazugehörigen Wagen nach wie vor einsam und scheinbar vergessen

blieb. Erst nach einem vorsichtigen Blick näherten sich jetzt der Auswanderer und sein Schwager dem kleinen Wagen und brachten ihn ganz auf dieselbe Art unter das Zelttuch, wie sie ihn am vorhergehenden Abend herausgebracht hatten. Sie verschwanden dann beide hinter der Leinwand. Viele Minuten gingen vorüber, und der alte Mann begann, um die Ursache dieses geheimnisvollen Betragens zu erfahren, sich unmerklich dem Orte zu nähern, bis er wenige Schritte von der verbotenen Stelle stehenblieb. In diesem Augenblick erschienen die Männer wieder außerhalb des Zeltes. Das Tuch wurde vom Boden losgemacht und das Zeltdach des Wagens wieder hergerichtet. Gerade als die Arbeit fertig war, entdeckte Ismaels Begleiter den aufmerksamen Beobachter. Er ließ die Deichsel des Wagens wieder fallen, die er schon vom Boden aufgehoben hatte.

»Seht Euch vor, Ismael«, rief er, »wenn dieser Mann nicht unser Feind ist, will ich Vater und Mutter nicht kennen!«

»Fremder, ich dachte, das Einschleichen in die Geheimnisse anderer sei nur Sache der Weiber in den Städten und Ansiedlungen«, sagte Ismael jetzt drohend zu dem alten Trapper. »Welchem Sheriff verkauft Ihr Eure Entdeckungen?«

»Ich habe nur wenig mit Richtern zu tun, einen ausgenommen, und der hilft Euch anscheinend wenig«, war die ruhige Antwort. Die beiden wilden Männer kümmerten sich aber nach diesen Worten nicht mehr um den Alten. Wortlos zogen sie den Wagen mit seinem Geheimnis fort, und der Trapper blieb allein zurück. Er stützte sich auf seine Flinte und sah dem Zug mit gemischten Gefühlen nach.

Ein Geräusch in dem niedrigen Gebüsch, das in einiger Entfernung wuchs, ließ ihn nach einer Weile aufhorchen. Aber im gleichen Augenblick sah er auch schon den jungen Bienenjäger, der ihn herzlich begrüßte. Der alte Trapper freute sich, den jungen Mann wiederzusehen, und beide wandten sich in lebhafter Unterhaltung in das nahe Gehölz, denn hier waren sie vor jedem Blick fürs erste geschützt.

Die Auswanderer hatten schon vor einigen Tagen ihr neues Lager bezogen. Zwischen den einförmigen Hügeln der Prärie erhob sich ein einzelner nackter Felsen am Rande eines kleinen Flusses. Diesen Felsen, der sich an so günstiger Stelle wie ein Turm erhob, hatten Ismaels Leute befestigt. Von unten gesehen, entdeckte man eine Brustwehr von Balken und Steinen, die geschickt miteinander verbunden waren. Dahinter gewahrte man einige niedrige Dächer aus Rinde und Ästen und noch andere schützende Verhaue. Ein Zelt stand auf dem höchsten Punkt des Felsens, die weiße Leinwand schimmerte in der Entfernung wie ein Schneefleck.

Eines Morgens stand der Grenzbewohner am Fuße seines Felsens auf seine Flinte gelehnt und betrachtete kritisch den unfruchtbaren Boden. »Wir müssen uns umstellen«, bemerkte er zu seinem Schwager, der immer in seiner Nähe war, »und Wiederkäuer werden. Ich denke, Abiram, Ihr könntet schon ein Leben unter den Grashüpfern mitmachen, denn Ihr seid behende.«

»Das Land hier können wir nicht brauchen«, erwiderte der andere ernst, »wir müssen weiter!«

»Soll ich die Karren durch die Prärie wochen-, ja monatelang hinter mir herziehen?« antwortete Ismael unwillig.

»Wenn Euch die Pflanzung hier so gefällt, braucht Ihr ja nur die Ernte einzubringen.«

»Das ist leichter gesagt als getan in diesem Winkel des Landes. Ich sage Euch, Abiram, wir müssen noch aus vielen Gründen vorwärts. Du weißt, ich bin ein Mann, der selten einen Handel eingeht, aber der immer seine Verpflichtungen besser erfüllt als ihr Spieler mit wortreichen Kontrakten auf Papierlumpen.«

Der andere nickte nur, weil er wußte, daß er von seinem mächtigen Schwager abhängig war.

»Ihr werdet zugeben, daß es gerecht ist, jeden mit seiner Münze zu bezahlen«, fuhr Ismael fort, »man hat mir meine Herde geraubt, und ich habe einen Plan, um Huf für Huf wiederzubekommen.

In diesem Augenblick kamen vier oder fünf der Söhne, die sich an dem Fuß des Felsen hingestreckt hatten, mit dem der ganzen Familie eigenen schläfrigen Gang heran.

»Ich habe eben Ellen Wade, die auf dem Felsen Wache steht, zugerufen, ob etwas zu sehen ist«, sagte der älteste der jungen Leute. »Sie schüttelt aber nur den Kopf statt einer Antwort.«

Ismael sah nach oben auf den Felsen, wo Ellen Wache hielt. Sie saß auf der höchsten Erhebung neben dem kleinen Zelt, wenigstens sechzig Meter über der Ebene.

Man konnte gerade ihre Gestalt erkennen, ihr schönes Haar, das im Winde flatterte.

»Was gibt's, Nell?« rief Ismael laut. »Habt Ihr etwas erblickt?«

Ellen erhob sich und schien aufmerksam in die Prärie hinauszusehen. Aber ihre Stimme war im Rauschen des Windes nicht zu hören.

Während die Männer unten überlegten, ob sich etwas Verdächtiges in der Prärie gezeigt haben könnte, war Ellen plötzlich oben verschwunden.

»Himmel!« rief Asa, der ihr Verschwinden zuerst entdeckte, »das Mädchen ist vom Wind heruntergeweht worden!«

»Es könnte leicht sein«, sagte ein anderer, »sie saß auf einem losen Stein; ich wollte es ihr schon vor einer Stunde sagen, wie gefährlich es sei.«
In diesem Augenblick erschien aber das Mädchen wieder. Sie kam aus dem Zelt hervor, eilte furchtlos auf ihren früheren Platz und deutete in die Prärie. Sie schien eifrig und schnell mit einem unsichtbaren Zuhörer zu sprechen.
»Nell ist toll«, sagte Asa, halb unwillig, halb besorgt. »Das Mädchen träumt mit offenen Augen.«
»Vielleicht hat sie etwas von den Sioux gesehen«, sagte Ismael, aber plötzlich bemerkte er, daß sich das Tuch des Zeltes heftig bewegte. »Laßt sie nur, wenn sie's wagt«, murmelte er leise zwischen den Zähnen. Er stieß den Kolben seiner Flinte heftig auf den Boden und rief so laut, daß es Ellen hätte hören müssen, wäre ihre Aufmerksamkeit nicht von den Entdeckungen in der Prärie gefesselt gewesen.
»Nell«, rief Ismael wütend, »was soll das heißen? Nell! Sie hat ihre Muttersprache vergessen, wollen sehen, ob sie eine andere Sprache versteht.«
Er nahm das Gewehr an die Schulter, und im nächsten Augenblick schoß er auf das wehrlose Mädchen. Ellen stieß einen durchdringenden Schrei aus

und eilte in das Zelt. Gleich darauf trat ein noch nie gesehenes, fremdes Mädchen aus dem Zelt und zeigte sich auf dem Felsen, von dem Ellen auf so furchtbare Art vertrieben worden war. Sie war klein und trug ein schwarzes glänzendes Kleid. Ihre schwarzen Locken fielen offen auf ihre Schultern, und sie schien von außerordentlicher Schönheit zu sein.
Das schweigende Staunen, womit die Gruppe der Grenzbewohner zu einem so außerordentlichen Schauspiel hinaufblickte, wurde nur unterbrochen, als Ellen furchtsam wieder aus dem Zelt hervorkam. In Angst für sich und ihre Gefährtin, war sie ungewiß, solle sie sich verbergen oder zeigen. Sie sprach, aber man konnte ihre Worte nicht hören. Das fremde Mädchen aber kehrte jetzt, gleichsam zufrieden, sich Ismaels Wut zum Opfer angeboten zu haben, ruhig zurück und war wie eine übernatürliche Erscheinung ebenso schnell verschwunden, wie sie aufgetaucht war.
Einen Augenblick herrschte tiefes Schweigen; die Söhne Ismaels staunten immer noch in dumpfer Verwunderung nach oben. Endlich nahm Asa, der der älteste war, das Fragen auf sich. Anstatt jedoch den Vater zu reizen, dessen wilden Charakter er zu oft kennengelernt hatte, wandte er sich mit einem verächtlichen Blick zu dem schwächeren Abiram.
»Das ist also das Tier, das Ihr als Köder in die Steppen brachtet. Ich hätte nie gedacht, daß Ihr Euch selbst so übertreffen würdet. Die Zeitungen von Kentucky nannten Euch hundertmal einen Händler mit schwarzem Fleisch, aber ich wußte nicht, daß Ihr Euren Handel bis in die weißen Familien ausdehnen würdet.«
»Wer ist ein Menschenhändler?« fragte Abiram beleidigt. »Soll ich jede Lüge verantworten, die sie im Druck durch die Staaten verbreiten? Seht eure eigene Familie, Knabe. Die Pfähle von Kentucky schreien gegen euch. Auf allen Stämmen und Pfählen in den Ansiedlungen stehen Dollars genug zur Belohnung auf eure löbliche Familie und ...«
Er wurde durch einen heftigen Schlag mit der verkehrten Hand auf den Mund unterbrochen. Er wankte, und Blut stürzte ihm aus Nase und Mund.
»Asa!« rief der Vater drohend, »Ihr habt den Bruder Eurer Mutter geschlagen!«
»Ich habe den Beleidiger unserer Familie bestraft«, rief der Sohn zornig und wandte sich ab.
Ismael gebot mit einer Handbewegung Ruhe und sah seine Söhne einen nach dem anderen drohend an. Dann versprach er seinem Schwager Genugtuung, schob aber die Angelegenheit mit wenigen Worten bis auf weiteres auf und verkündete seinen Entschluß, sofort mit der Hauptbelegschaft des Lagers auf die Büffeljagd zu gehen.
Er teilte seine Mannschaft in zwei Teile; die einen sollten zur Bewachung

des Lagers zurückbleiben, die andern ihn begleiten. Vorsorglich nahm er Asa und Abiram in seine Abteilung. Als diese Vorkehrungen getroffen waren, zogen die Jäger aus und teilten sich nicht weit vom Felsen, um die entfernte Büffelherde einzuschließen.

Fünftes Kapitel

An demselben Tage, an dem Ismael mit seinen Söhnen auf die Büffeljagd ging, saßen nicht weit von seinem Lager, in einer Senkung gut beschützt, der alte Trapper und der Bienenjäger. Sie hatten sich ein saftiges Stück Büffelfleisch gebraten und verzehrten es jetzt mit dem größten Appetit. Als ungebetener Gast hatte sich noch der Naturforscher eingefunden, der auf einer seiner selbständigen Exkursionen zufällig auf die beiden gestoßen war. Während sie zusammen sprachen, unterbrach plötzlich der Hund des alten Trappers die Unterhaltung durch ein lautes Knurren.

»Ein Mensch ist in unserer Nähe«, rief der Alte aufstehend, »ich kenne das Zeichen von Hektor.«

Paul Hover stand blitzschnell auf und rief, indem er die Flinte hob: »Kommt heran, Freund oder Feind, macht Euch auf das Schlimmste gefaßt.«

»Ein Freund, ein weißer Mann«, entgegnete eine Stimme aus dem Dickicht. Mit diesen Worten trat ein Mann auf den offenen kleinen Lagerplatz und näherte sich vorsichtig und beobachtete aufmerksam alle Bewegungen der anderen. Paul spielte mit dem Schloß seiner Flinte, um sich keine Furcht anmerken zu lassen.

Der Fremde trug eine Kappe von feinem blauem Tuch, an der eine schmutzige goldene Quaste hing. Die Mütze saß auf reichem, lockigem, pechschwarzem Haar. Um den Hals hatte er nachlässig ein schwarzes seidenes Tuch gewunden. Im übrigen trug er ein Jägergewand, das mit gelben Fransen und anderen Zieraten besetzt war, wie man es manchmal unter den Grenztruppen der Staaten traf. Ein reich geschmückter und außerordentlich gefährlicher langer Dolch steckte in seinem Gürtel von rotseidener Nesselarbeit. Ein anderer Gürtel von ungefärbtem Leder trug mehrere Pistolen. Um seine Schultern hatte er ein kurzes, schweres Soldatengewehr geworfen, auch hatte er Pulverhorn und Jagdtasche. Auf dem Rücken trug er einen Tornister mit den wohlbekannten Anfangsbuchstaben, die den Vereinigten Staaten seitdem den witzigen Namen Uncle Sam (Onkel Sam) verschafft haben.

»Ich komme als Freund«, rief der Fremde und schien sich nicht um die lächerlich kriegerische Haltung des Doktor Battius zu kümmern.

»Hört, Fremder«, sagte Paul Hover barsch, »könnt Ihr einen Schwarm von hier bis in den Wald dort verfolgen.«

»Die Biene ist ein Vogel, der mich nichts angeht«, erwiderte der andere lachend, »obwohl ich auch einmal so etwas wie ein Vogeljäger war.«

»Das meine ich auch«, rief Paul und streckte dem Fremden offen die Hand hin. »Ihr und ich, wir werden uns nie um die Scheiben zanken, da Ihr Euch so wenig aus dem Honig macht. Aber kommt und nehmt an unserer Mahlzeit teil, es ist Fleisch genug da. Wann verließt Ihr die Ansiedlungen?«

»Ich bin seit vielen Wochen unterwegs, und ich fürchte, es kann noch einmal so lange dauern, bis ich wieder hinkomme. – Ich nehme übrigens Eure Einladung gern an, denn ich habe seit gestern früh gefastet und verachte einen Bisonrücken nicht.«

»Ah, Ihr kennt das Gericht! Ich wäre in der Tat der glücklichste Bursche zwischen Kentucky und den Felsgebirgen, wenn ich nur eine kleine Hütte an einem alten Wald mit hohlen Bäumen hätte, so einen Bisonrücken jeden Tag zum Mittagessen, eine Last frisches Stroh für die Bienen und ...«

»Und was noch?« fragte der Fremde, dem der gesprächige und offene Bienenjäger zu gefallen schien.

»Etwas, das ich eines Tages haben werde und das nur mich angeht«, erwiderte Paul, pickte an seinem Flintenstein und pfiff vor sich hin.

Unter diesem einleitenden Gespräch hatte der Fremde vor dem Bisonrücken Platz genommen und machte sich an die Überbleibsel der Mahlzeit.

»Das ist wirklich ein gutes Essen«, bemerkte er nach einer Pause, »entweder macht mein Hunger den Küchenmeister, oder der Bison kann sich mit dem besten Ochsenbraten vergleichen!«

»Die Naturforscher, Herr, wenn sie unter sich sind, geben wohl der Kuh den Vorzug, nach ihr das Genus zu benennen«, sagte Doktor Battius jetzt, sich räuspernd, ehe er weitersprach. »Ihre Gestalt ist vollkommener; auch ist der ›bos‹ nicht imstande, die Art fortzupflanzen, während die ›vacca‹ immer das edlere Tier von den beiden ist.«

»Ich glaube wohl, Ihr habt ganz recht«, erwiderte der andere mit empörender Gleichgültigkeit. »Ihr habt ganz recht, und ›vacca‹ würde hier besser passen.«

»Verzeiht mir, Herr, Ihr gebt meinen Worten einen falschen Sinn, wenn Ihr meint, ich brächte ohne nähere Bestimmungen den ›Bibulus americanus‹ in die Familie der vacca. Denn, wie Ihr wohl wißt, Herr – oder wie ich lieber hätte sagen sollen, Doktor –, Ihr habt doch ohne Zweifel das medizinische Diplom?«

»Ihr schreibt mir da eine Ehre zu, auf die ich keinen Anspruch mache«, unterbrach der andere.

»Einen unteren Grad also! – Oder vielleicht habt Ihr in einer anderen freien Kunst promoviert?«
»Nein, nein – keineswegs!«
»Ihr habt aber doch gewiß irgendeinen Beweis Eurer Tüchtigkeit, irgend etwas, das Euch ausweist.«
»Ich weiß nicht, warum Ihr Euch um meine Pläne kümmert«, rief der Jüngling und erhob sich. »Eure Sprache, Herr, ist mir unverständlich.«
»Es ist Sitte, sich mit einem Dokument zu versehen«, erwiderte der Doktor ernst, »um es bei allen schicklichen Gelegenheiten vorzeigen zu können.«
»Eine sonderbare Forderung!« murmelte der Jüngling und wandte sich zu den anderen, als ob er deren Charakter erforschen wollte. Dann zog er ein kleines Kästchen aus seiner Jacke und überreichte es dem Doktor. »Ihr werdet darin Papiere finden, Herr, aus denen Ihr sehen könnt, daß ich einiges Recht habe, in einem Lande zu reisen, das jetzt Eigentum der amerikanischen Staaten ist.«
»Was haben wir da!« rief der Naturforscher, während er ein großes Papier entfaltete. »Hier steht ja die Unterschrift des Philosophen Jefferson. Und das ist das Staatssiegel! Mit unterschrieben vom Kriegsminister! Es ist ein Dokument, das Duncan Unkas Middleton zum Kapitän der Artillerie macht.«
»Wen?« rief jetzt der Trapper, der den Fremden während der ganzen Unterredung aufmerksam betrachtet hatte. »Wie ist der Name? Nanntet Ihr ihn Unkas?«
»Das ist mein Name«, erwiderte der Jüngling stolz. »Es ist der Name eines Landeshäuptlings. Mein Onkel und ich sind stolz, ihn zu tragen, da er ein Andenken an einen wichtigen Dienst ist, der meiner Familie von einem Krieger in den alten Kämpfen der Provinzen geleistet wurde.«
»Unkas! Nanntet Ihr ihn Unkas?« wiederholte immer noch der Trapper; er näherte sich dem Jüngling und sah ihm aufmerksam ins Gesicht. »Ach, meine Augen sind alt und nicht mehr so scharf. Aber ich kann das Bild des Vaters im Sohn erkennen; ich sah es, als Ihr zuerst nahe kamt. Sagt mir, Junge, unter welchem Namen ist Euer Vater bekannt?«
»Er war Offizier bei den Staaten im Revolutionskrieg, und natürlich trug er meinen Namen. Meiner Mutter Bruder hieß Duncan Unkas Heyward.«
»Immer Unkas, Unkas!« entgegnete der andere zitternd vor Erwartung; »und sein Vater?«
»Hieß ebenso, ohne den Namen des Landeshäuptlings. Ihm und meiner Großmutter wurde der Dienst erwiesen, von dem ich eben sprach.«
»Ich wußte es, ich wußte es!« sagte der alte Mann mit zitternder Stimme. Er schien sehr bewegt zu sein, als ob die Namen, die der andere nannte, lange schlafende Erinnerungen wieder aufweckten. »Es ist sein Blut, es ist sein

Blick! Sagt mir, lebt der, den sie Duncan nennen, ohne den Namen Unkas, lebt der noch?«

Der junge Mann schüttelte traurig das Haupt. »Er starb hochbetagt.«

»Hochbetagt!« wiederholte der Trapper und sah auf die eigenen mageren, aber noch kräftigen Hände. »Ach, er lebte in den Ansiedlungen und war nur weise nach ihrer Art. Aber Ihr habt ihn oft gesehen, ihn sprechen hören von dem Unkas und von der Wildnis?«

»Oft! Er war damals Diener des Königs. Aber als der Krieg ausbrach zwischen der Krone und den Kolonien, da vergaß mein Großvater nicht den Geburtsort und war seinem Vaterlande treu. Er focht auf der Seite der Freiheit.«

»Darin war Vernunft, und, was noch besser ist, Natur! Kommt, setzt Euch nieder zu mir, Junge, setzt Euch und sagt mir, was Euer Großvater zu erzählen pflegte, wenn seine Gedanken in der Wildnis verweilten.«

Der Jüngling lächelte, ebensosehr über das Drängen wie über die Teilnahme des alten Mannes. Dann setzte er sich hin und begann ohne Zögern.

»Es ist eine lange und eine unangenehme Geschichte. Blutvergießen und alle Schrecken indianischer Grausamkeit und indianischer Kriege sind damit verbunden.«

»Ach, erzählt sie nur«, rief Paul. »Wir sind an solche Dinge in Kentucky gewöhnt, und ich muß sagen, ich halte deswegen eine Erzählung nicht für schlechter, wenn manchmal darin ein Kopf skalpiert wird.«

»Aber er erzählte Euch von Unkas, nicht?« nahm der Trapper wieder das Wort, ohne auf die kurze Unterbrechung des Bienenjägers zu achten.

»Er rühmte sich seiner Freundschaft und gab seinem Erstgeborenen einen Namen, der wie ein Erbstück auf seine übrigen Nachkommen übergehen soll.«

»Er tat recht. Er sagte oft, der Delaware sei schnellfüßig. Sagte er das?«

»Wie die Antilope! Er sprach oft von ihm und nannte seinen französischen Namen, der ›Schnelle Hirsch‹, einen Namen, den er sich durch seine Schnelligkeit erworben hatte.«

»Und kühn und furchtlos, Junge«, fuhr der Trapper mit einem Eifer fort, der verriet, mit welchem Vergnügen er das Lob eines Mannes hörte, den er offenbar einst gekannt hatte.

»Tüchtig wie ein Löwe. Ohne Furcht. Er nannte immer Unkas und seinen Vater, der wegen seiner Weisheit ›Große Schlange‹ genannt wurde, Muster an Mut und Tapferkeit.«

»Er ließ ihnen Gerechtigkeit widerfahren! Treuere Männer waren nicht zu finden, in keinem Stamm, in keinem Volk, ihre Haut mag eine Farbe haben, wie sie will. Ich sehe, Euer Großvater war gerecht! Es war eine gefährliche Zeit. Sagt mir, Junge, oder Kapitän vielmehr, war das alles?«

»Nein, es war, wie ich Euch gesagt habe, eine furchtbare Geschichte voll rührendster Vorfälle, und das Gedächtnis meines Großvaters und meiner Großmutter — —«
»Ach!« rief der Trapper und hob die Hand in die Höhe, während sein ganzes Antlitz in der Erinnerung, die in ihm bei diesem Namen wieder auflebte, leuchtete. »Sie nannten sie Alice! Ein lachendes, spielendes Kind war sie, sanft und voll Gefühl! Ich erinnere mich noch recht gut an sie.«
Der Jüngling betrachtete den alten Mann mit einem forschenden Blick.
»Erzählte Euch Euer Großvater von allen Freunden aus dieser Zeit?« fragte der Alte vorsichtig. »Waren es alles Rothäute?«
»Nein. Es hatte sich auch noch ein Weißer zu den Delawaren gesellt. Ein Spion der englischen Armee, aber ein Eingeborener aus den Provinzen.«
»Ein Herumstreicher, wie die meisten seiner Farbe, die zu den Wilden halten.«
»Alter Mann, Eure grauen Haare sollten Euch von einer Verleumdung bewahren. Der Mann, von dem ich spreche, war ein edler, guter Mensch. Er konnte das Gute vom Bösen unterscheiden, und er war einer der entschlossensten und tapfersten Krieger.«
Der Trapper senkte die Augen zu Boden. Er spielte mit den Ohren seines Hundes, zupfte an seiner Kleidung und öffnete und verschloß die Pfanne seiner Flinte mit zitternder Hand. Als der andere schwieg, fragte er ruhig: »Euer Großvater vergaß also nicht ganz den Weißen?«
»Im Gegenteil, drei von uns führen immer den Namen des Kundschafters.«
»Den Namen?« rief der alte Mann staunend, »den Namen eines ungelehrten Jägers! Führen die Großen, Reichen, Gelehrten und, was noch mehr ist, die Gerechten, wirklich denselben Namen?«
»Ihn führen mein Bruder und zwei meiner Vettern.«
»Ja, ist es aber auch derselbe Name, sind's dieselben Buchstaben, fängt er mit einem N an und endet er mit L?«
»So ist es«, erwiderte der Jüngling. »Nein, nein, wir haben nichts vergessen. Ich habe in diesem Augenblick einen Hund, der von einem abstammt, den dieser Kundschafter seinen Freunden zum Geschenk machte, und der von derselben Rasse ist, die er immer hatte.«
»Hektor!« sagte der alte Mann und bemühte sich, seiner Bewegung Herr zu werden. »Hektor, hörst du, Alter, dein Fleisch und Blut ist in der Prärie!« Dann wandte er sich zu dem Fremden: »Junge, ich bin der Kundschafter, einst Soldat, jetzt ein armer Trapper.«
Die Tränen flossen über seine gefurchten Wangen, sein Haupt sank auf seine Knie, er bedeckte es und schluchzte laut. Dieser Anblick ergriff die drei anderen sehr. Paul Hover hatte jede Silbe der Unterredung eifrigst verschlun-

gen, und seine Gefühle hatten gleichen Schritt mit der Szene gehalten. An so eigenartige Auftritte nicht gewöhnt, wandte er sein Gesicht nach allen Seiten, um zu vermeiden – er wußte nicht recht, was. Als er die Tränen sah und das Schluchzen des alten Mannes hörte, sprang er auf, ergriff seinen Gast heftig an der Kehle und fragte, mit welchem Recht er seinen bejahrten Freund zu Tränen bringe. In demselben Augenblick erkannte er seinen Irrtum und griff aus Verlegenheit dem Doktor ins Haar, wodurch dessen künstliche Natur an den Tag kam.

Der Bienenjäger hatte eine Perücke in der Hand und ließ dem weißen, glänzenden Schädel des Naturforschers keine wärmere Bekleidung als die eigene Haut.

»Was denkt Ihr davon, Herr Ungeziefersammler«, triumphierte er schreiend, »ist das nicht eine sonderbare Biene, um sie in ihre Höhle zu verfolgen?«

»Es ist merkwürdig, wunderbar, erbauend!« erwiderte der Freund der Natur und nahm ihm gutmütig die Perücke wieder ab, während seine Augen glänzten. »Es ist seltsam und wert der Aufbewahrung.«

Alle drei umringten jetzt den Trapper mit einer Art Ehrfurcht, da sie die Tränen eines so bejahrten Mannes sahen.

»Es muß so sein, wie könnte er sonst die Geschichte so genau kennen«, sagte endlich der Jüngling und scheute sich gar nicht, durch ein Wischen der Augen zu zeigen, wie sehr er gerührt war.

»Freilich«, entgegnete Paul, »und wenn Ihr noch einen Beweis braucht, so will ich schwören. Ich bin überzeugt, daß jedes Wort so wahr ist wie das Evangelium!«

»Und doch hatten wir ihn längst für tot gehalten!« fuhr der Soldat fort.

»Nicht oft hat die Jugend Gelegenheit, so auf die Schwäche des Alters herabzusehen«, bemerkte der Alte. »Daß ich noch hier bin, junger Mann, ist das Geschenk des Herrn, der mich so lange bewahrt, mich achtzig arbeitsvolle Jahre erleben ließ. Daß ich der bin, für den ich mich ausgebe, bezweifelt nicht, warum sollte ich mit einer Lüge zu Grabe gehen?«

»Aber warum finde ich Euch, ehrwürdiger Freund, in der Prärie, so weit von aller Bequemlichkeit und Sicherheit des Landes?«

»Ich kam in diese Gegend, um dem Schall der Axt zu entgehen; denn hierhin kann ein Holzfäller mir sicherlich nicht folgen. Aber ich kann dieselbe Frage an Euch stellen. Gehört Ihr zu denen, welche die Staaten schickten, um diese neuen Gebiete zu untersuchen?«

»Ich nicht. Lewis zieht den Fluß hinauf, einige hundert Meilen von hier; ich komme als ein Privatabenteurer. Ihr würdet aber meine Gründe für ausreichend halten, wenn ihr sie wüßtet, und ihr sollt sie wissen, wenn ihr meine Geschichte anhören wollt. Ich halte euch alle für edel, für Männer, die eher den unterstützen als verraten, der einen guten Zweck verfolgt.«

»So kommt und berichtet uns«, sagte der Trapper, setzte sich und gab dem Jüngling einen Wink, seinem Beispiel zu folgen. Nachdem Paul und der Doktor ihre Plätze eingenommen hatten, begann der junge Kapitän die Gründe auseinanderzusetzen, die ihn so weit in die Prärie geführt hatten.

Sechstes Kapitel

Die Sonne, die den ganzen Tag über durch große Massen von Gewölk verdeckt gewesen war, trat endlich gegen Abend noch einmal hervor und sank leuchtend hinter den weiten Horizont der Ebene. Die Herden, die auf den wilden Weiden der Prärie gegrast hatten, verschwanden allmählich, und die endlosen Schwärme der Wasservögel, die ihre gewöhnliche jährliche Reise von den Seen des Nordens zum Golf von Mexiko fortsetzten, durchschnitten nicht mehr die Luft, die sich allmählich mit Nebel füllte. Die Schatten der Nacht fielen auch auf den Felsen, den die Auswanderer besetzt hatten, und hüllten ihn in den Mantel der Finsternis. Esther sammelte die jüngeren Kinder um sich und setzte sich und erwartete ruhig die Ankunft der Jäger. Ellen Wade saß nicht weit davon entfernt.

»Euer Oheim ist und bleibt ein dummer Projektemacher, Nell«, bemerkte die Mutter nach einer langen Pause, die auf ein Gespräch über die Arbeiten des Tages eingetreten war. »Im Rechnen und in Vorkehrungen ist Ismael Busch ein armer Kerl. Da sitzt er faul auf dem Felsen vom Morgen bis zum Abend, nichts macht er als Pläne, er und seine sieben edlen Söhne, und was ist von allem das Ende? Die Nacht kommt, und er ist noch nicht fertig!«

»Holla, alte Esther«, ertönte in diesem Augenblick die wohlbekannte Stimme ihres Gemahls von unten herauf, »komm herunter, altes Mädchen, mit deinen Jungen, hilf uns, das Fleisch hinaufzubringen. – Wir haben hier Arbeit für noch einmal so viele Hände.«

Ismael hätte seine Lungen schonen können. Er hatte kaum den Namen seines Weibes gerufen, als der ganze zusammengekauerte Kreis sich erhob und übereinanderfallend die gefährlichen Gänge des Felsens hinabstürzte. Esther folgte dem jungen Schwarm in abgemessenem Schritt, und auch Ellen hielt es nicht für gut, zurückzubleiben. Alle hatten sich bald am Fuß der ›Zitadelle‹ versammelt. Sie trafen Ismael fast niedergedrückt unter der Last eines schönen, fetten Bockes mit zwei seiner jüngeren Söhne. Abiram erschien auch bald, und ehe einige Minuten vergingen, kamen auch die meisten anderen Jäger.

»Die Ebene ist frei von Rothäuten, heute nacht wenigstens«, sagte Ismael, »ich habe die Prärie viele Meilen weit durchforscht. So, Weib, Ihr könnt uns einige Stücke vom Wildbret geben, und dann wollen wir auf unser Tagwerk schlafen.«

»Ich möchte nicht schwören, daß keine Wilden in unserer Nähe sind«, sagte Abiram. »Ich verstehe mich auch auf die Spur einer Rothaut, und wenn meine Augen nicht etwas von ihrer Sehkraft verloren haben, möchte ich schwören, daß Indianer in der Nähe sind. Aber wartet, bis Asa kommt. Er ging über die Stelle, wo ich die Spuren fand, und der Junge versteht auch etwas von diesen Dingen.«

»Ach, der Junge versteht zuviel von manchen Dingen«, erwiderte Ismael finster, »es wäre besser für ihn, wenn er dächte, er verstünde weniger. Aber was tut's, wären auch alle Siouxstämme westlich vom großen Fluß nur eine Meile von uns, sie werden es nicht leicht finden, diesen Felsen zu nehmen, den zehn kühne Männer verteidigen.«

»Sagt zwölf, Ismael, sagt zwölf«, rief seine tapfere Gemahlin, »denn wenn Euer Freund, der Mottensammler und Insektenjäger, als ein Mann gerechnet wird, müßt Ihr mich für zwei zählen. Das junge Kalb, das die schielenden Kerle, die Tetons, gestohlen haben, war der Feigste unter uns, und nach ihm kam Euer blödsinniger Doktor. Ach, Ismael, Ihr geht selten einen Handel ein, ohne dabei zu verlieren. Dieser Mann ist, das behaupte ich, der dümmste Handel von allen! Der Kerl wollte mir ein Pflaster um den Mund legen, weil ich Schmerzen im Fuß fühlte.«

»Es ist schade, Esther«, antwortete ihr Gemahl trocken, »daß Ihr es nicht nahmt; ich denke, es hätte Euch sehr gut getan. Aber, Jungens, es könnte sein, wie Abiram meint, es könnten sich Indianer in der Nähe befinden. Deshalb wollen wir das Wild in Sicherheit bringen und über die Kuren des Doktors sprechen, wenn wir nichts Besseres zu tun haben.«

Der Wink wurde befolgt, und in wenigen Minuten waren alle auf der sicheren Höhe des Felsens. Hier machte sich Esther ans Werk, schaffte und zankte mit gleichem Eifer, bis das Mahl fertig war.

Als jeder seinen gewöhnlichen Platz um das dampfende Fleisch eingenommen hatte, gab der Grenzbewohner das Zeichen, indem er sich das köstlichste Stück Wildbret nahm. Die lodernde Flamme erhellte ein verbranntes Antlitz nach dem anderen und zeigte die Verschiedenheit des Ausdrucks von der jugendlichen Einfachheit der Kinder bis zur stumpfen, unbeweglichen Ruhe, die in den Mienen des Grenzbewohners lag, wenn er nicht gereizt wurde. Manchmal ging ein Windstoß über die Glut, und dann wurde, da eine hellere Flamme emporschoß, das kleine einsame Zelt sichtbar, das abgelegen auf der höchsten Stelle des Felsens stand. Die weite Prärie

war, wie gewöhnlich zu dieser Stunde, in das undurchdringliche Gewand der Dunkelheit gehüllt.
»Es ist unbegreiflich, daß Asa noch zu solcher Zeit auswärts ist«, bemerkte Esther nach einer Weile.
»Hoffentlich ist der Junge den Tetons entwischt«, murmelte Abiram. »Es würde mir leid tun, wäre Asa, der kräftigste unseres Zuges, in die Gewalt der roten Teufel gefallen.«
»Sorgt für Euch, Abiram, und spart Eure Worte, wenn Ihr sie nur gebraucht, um das Weib und ihre zusammengekauerten Mädchen zu erschrekken. Ihr habt schon Ellens Antlitz ganz weiß gemacht.«
Ismael erhob sich mit diesen Worten, streckte seine schwere Gestalt wie ein wohlgenährter, gemästeter Stier und äußerte den Wunsch, schlafen zu gehen. Einer nach dem anderen verschwand jetzt, jeder suchte sein rauhes Lager auf, und ehe einige Minuten vergingen, fand sich Esther, die um diese Zeit die Kleineren in den Schlaf gezankt hatte, mit der Wache allein auf dem Felsen. Sie saß in voller Dunkelheit, und ihre geschäftige Phantasie begann, sich namenlose Gefahren für ihren abwesenden Sohn auszumalen. Es konnte möglich sein, daß er, wie Abiram angedeutet hatte, von den Indianern, die in der Nähe auf die Büffel Jagd machten, gefangen worden war oder daß selbst ein noch größeres Unglück ihn getroffen hatte. Von diesen Gedanken bewegt, die den Schlaf fernhielten, blieb Esther auf und lauschte, ob sie ein Geräusch von untenher höre. Endlich schien es, als ob die langersehnten Tritte näher kamen, und alsbald unterschied sie die dunkle Gestalt eines Mannes am Fuße des Felsens.
»Nun, Asa, du verdienst es, diese Nacht auf bloßer Erde zuzubringen«, sagte Esther zu sich und stand auf.
»Weib!« rief jetzt eine fremde Stimme von unten, »Weib, ich verbiete Euch, etwas gegen mich herabzuwerfen. Ich bin ein Bürger, und ein Landbesitzer, ein Graduierter von zwei Universitäten. Hütet Euch vor zufälliger Verletzung und vor Totschlag. – Ich bin es, Euer Amicus, ein Freund und Genosse, der Doktor Obed Battius.«
Der Naturforscher hätte wohl noch länger reden müssen, ohne die gewünschte Wirkung zu erreichen, wäre Esther seine einzige Zuhörerin gewesen. Getäuscht und beunruhigt, hatte aber das Weib schon ihr Lager aufgesucht und schickte sich in einer Art verzweifelter Gleichgültigkeit an, zu schlafen. Aber Abner, der die Wache unten hatte, ließ den Doktor ohne weiteres herein. Battius stolperte ungeduldig durch den engen Eingang und stieg die schwierige Anhöhe hinauf. Oben dachte Obed, Esther noch zu finden und war angenehm überrascht, daß sie schon fort war. Er trat leise auf und sah oft furchtsam über die Schulter, bis er glücklich an den Ort

kam, der ihm als Lagerstätte angewiesen worden war. Statt zu schlafen, saß der würdige Naturforscher sinnend über dem, was er während des Tages gehört und gesehen hatte, bis das Bewegen und Murmeln in Esthers Hütte, die neben seiner Schlafstelle stand, ihn überzeugte, daß sie noch wach war. Er sah die Notwendigkeit ein, diesen weiblichen Zerberus zu entwaffnen, ehe er seinen Plan ausführte, und so mußte er sie, so ungern er auch ihrer Zunge begegnete, zu einer Unterhaltung auffordern.

»Ihr scheint nicht zu schlafen, meine gütigste, würdigste Frau Busch«, sagte er entschlossen, »Ihr scheint nicht gut zu ruhen, verehrte Wirtin, kann ich etwas für Euch tun?«

»Was würdet Ihr mir geben«, brummte Esther. »Ein beschmiertes Läppchen, weiter nichts.«

»Sagt lieber: ein Kataplasma. Aber wenn Ihr Schmerzen habt, hier sind herrliche Tropfen, die, in einem Glas von meinem Kognak genommen, Euch Ruhe verschaffen werden.«

Der Doktor hatte sie an ihrer schwachen Seite getroffen, und da er die Annahme seines Rezeptes nicht bezweifelte, machte er sich ohne allen unnötigen Aufschub an die Zubereitung. Seine Medizin wurde dann, wenn auch barsch, angenommen und schnell und leicht verschlungen. Das Weib dankte mürrisch, und ihr Arzt setzte sich ruhig hin, um die Wirkung der Dosis abzuwarten. In weniger als einer halben Minute atmete Esther so tief, daß der Doktor, hätte er diesen neuen Anfall der Schlafsucht nicht der mächtigen Dosis Opium zuschreiben müssen, fast in sein Rezept hätte Mißtrauen setzen können. Im Lager war es vollkommen still. Nun hielt sich Battius für sicher. Mit der leisen Vorsicht eines Diebes stieg er die Anhöhe zu dem obersten Punkt des Felsens hinauf. Sein Schritt, obgleich außerordentlich vorsichtig, war doch nicht ganz geräuschlos, und als er sich schon Glück wünschte, daß er seinen Zweck erreicht hatte, hielt ihn eine Hand zurück.

»Ist jemand krank im Zelt?« flüsterte ihm eine Stimme ins Ohr, »daß Doktor Battius zu einer solchen Stunde seinen Besuch macht?«

»Meine schöne Nelly, ich freue mich außerordentlich, daß es niemand anders ist als du«, antwortete der erschreckte Doktor. »Still, Kind, wenn Ismael etwas von unserem Plan erfährt, würde er uns beide vom Felsen hinabstürzen.«

»Doktor Battius«, fragte das Mädchen ernst, »darf ich die Ursache wissen, warum Ihr Euch der Gefahr aussetzt?«

»Nichts soll dir verborgen bleiben, Nelly; aber seid Ihr sicher, daß Ismael nicht erwacht?«

»Fürchtet nichts von ihm, er wird schlafen. Gefahr kommt allein von meiner Tante.«

»Esther schläft«, erwiderte der Doktor bedeutungsvoll. »Ellen, Ihr habt auf diesem Felsen heute Wache gestanden?«
»Es wurde mir befohlen.«
»Und ihr saht den Bison, die Antilope, den Wolf und das Reh wie gewöhnlich, Tiere aus den Ordnungen ›Bellua pecora und ferae‹?«
»Ich sah die Tiere, die Ihr in unserer Sprache genannt habt.«
»Still Nelly, du wirst uns noch verraten. Sagt mir, Mädchen, saht Ihr nicht gewisse Zweifüßler, genannt Menschen, in den Steppen?«
»Freilich, mein Oheim und seine Söhne haben bis Sonnenuntergang Büffel gejagt.«
»Ich muß in der Landessprache reden, um verstanden zu werden; Ellen, ich wollte sagen: von der Species Kentucky.«
Ellen errötete.
Sie zögerte einen Augenblick und faßte sich dann, um bestimmt zu sagen:
»Wenn Ihr in Gleichnissen reden wollt, Doktor Battius, müßt Ihr Euch einen anderen Zuhörer suchen. Legt mir Eure Fragen deutlich in unserer Sprache vor, und ich will sie beantworten.«
»Ich bin in dieser Wüste umhergezogen, Nelly, wie du weißt, um Tiere zu suchen, die sich bis jetzt vor dem Auge der Wissenschaft versteckt haben. Unter anderen entdeckte ich einen Zweifüßler von dem Genus homo, Species Kentucky, den ich Paul nenne — —«
»Still, um Himmels willen«, sagte Ellen, »sprecht leise, Doktor, oder wir werden gehört.«
»Ja, Paul Hover, von Beruf Sammler von ›apes‹ oder Bienen«, fuhr der andere fort. »Spreche ich jetzt verständlich, verstehst du es nun?«
»Vollkommen, vollkommen«, erwiderte das bestürzte Mädchen, das in seinem Erstaunen kaum atmen konnte. »Aber was ist mit ihm, er weiß selbst nichts, denn ich schwor meinem Onkel, und mein Mund blieb verschlossen.«
»Ei, aber da ist einer, der hat keinen Eid geschworen und hat alles entdeckt. Ellen, Ellen, der Mann, mit dem ich unklugerweise ein ›compactum‹ oder einen Vertrag geschlossen habe, ist außerordentlich vergeßlich in den Pflichten der Ehrlichkeit! Dein Oheim, Kind.«
»Ihr meint Ismael Busch, meines Vater Schwager«, erwiderte das beleidigte Mädchen stolz. »Es ist nicht recht, mir eine Verwandtschaft vorzuwerfen, die der Zufall geknüpft hat.«
Ellen konnte nichts weiter sagen, sie sank auf einen Felsen und schluchzte. Der Doktor murmelte einige Worte, die eine Entschuldigung sein sollten, aber ehe er noch Zeit hatte, seine mühsame Rechtfertigung zu schließen, stand sie auf und sagte mit großer Entschlossenheit:

»Ich kann die Zeit nicht mit Tränen verlieren. Was hat Euch also hierher geführt?«
»Ich muß den Bewohner dieses Zeltes sehen.«
»Ihr wißt, was es enthält?«
»Ich habe einen Brief, den ich selbst übergeben muß.«
Ellen gab dem Doktor ein Zeichen, zu bleiben und stille zu sein. Dann schlüpfte sie in das Zelt und blieb mehrere Minuten, die für den Wartenden draußen außerordentlich unangenehm und voller Angst waren. Doch sie kehrte zurück, nahm ihn bei der Hand, und beide verschwanden in dem geheimnisvollen Zelt.

Die Zusammenkunft der Auswanderer am folgenden Morgen war still, dumpf und traurig. Selbst Esther war schweigsam, denn die Wirkungen des mächtigen Schlaftrunks, den der Doktor ihr beigebracht hatte, benebelten noch ihren sonst lebhaften Geist. Die jungen Leute machten sich über die Abwesenheit ihres ältesten Bruders Gedanken, und selbst Ismaels Brauen waren ernst zusammengezogen, als er seine forschenden Augen von einem zum anderen wandern ließ. Mitten unter ihnen nahmen Ellen und der Doktor jeder seinen gewöhnlichen Sitz ein, ohne Verdacht zu erregen.
»Asa soll mir dies ungebührliche Betragen entgelten!« bemerkte endlich Ismael kalt. »Da ist die liebe lange Nacht vorübergegangen, und er hat draußen gelegen in der Prärie, während sein Arm und seine Büchse uns sehr nötig hätten sein können.«
»Spare die Worte, Guter«, entgegnete sein Weib, »denn du kannst lange nach deinem Sohn rufen, ehe er dir antwortet.«
»Vater«, sagte Abner, dessen schläfrige Natur allmählich aufgerüttelt war, »die Jungen und ich haben beschlossen, Asa zu suchen. Uns gefällt gar nicht, daß er in der Prärie kampiert, statt in sein Bett zu kommen.«
»Pah«, murmelte Abiram, »der Junge hat einen Bock erlegt oder vielleicht einen Büffel und schlief bei der Beute, um die Wölfe abzuhalten. Wir werden ihn bald sehen oder nach Hilfe rufen hören, um die Last hereinzubringen.«
»Meine Söhne brauchen keine Hilfe, um einen Bock zu tragen«, entgegnete die Mutter. »Und du, Abiram, sagtest doch selbst, die Rothäute seien noch gestern in der Nähe umhergestreift.«
»Ich!« rief ihr Bruder hastig, als wolle er gern seinen Irrtum zurücknehmen, »ich sagte es und sage es auch noch. Die Tetons sind in unserer Nähe, und es ist noch ein Glück für den Jungen, wenn sie ihn gut getroffen haben!«
»Wir müssen ihn suchen«, sagte die Mutter entschlossen. »Ich will selbst

eine Büchse auf die Schulter nehmen, und wehe der Rothaut, die mir in den Weg kommt.«

Esthers Mut teilte sich ihren trägen Söhnen mit. Sie erhoben sich alle zugleich und erklärten ihre Bereitwilligkeit, mitzugehen. Ismael fügte sich ohne Einwände, und wenige Augenblicke später erschien die Mutter mit ihrer Waffe auf der Schulter.

»Laßt bei den Kindern zurückbleiben, wer will, und mitgehen, wer nicht feige ist«, rief sie.

»Abiram, es geht nicht, die Hütten ohne Wache zu lassen«, sagte Ismael leise und warf einen Blick auf das Zelt.

»Ich will bleiben und das Lager bewachen«, antwortete der Schwager bereitwillig.

Ein Dutzend Stimmen erhob sich aber gegen diesen Vorschlag. Man brauchte ihn, um den Ort zu finden, wo die feindlichen Spuren gesehen worden waren. Abiram mußte nachgeben, und Ismael traf eine neue Anordnung zur Verteidigung des Lagers. Er bot den Posten eines Kommandanten Doktor Battius an, der jedoch stolz die zweifelhafte Ehre ausschlug und dabei Blicke von ganz eigener Bedeutung mit Ellen wechselte. In dieser Verlegenheit mußte der Auswanderer das Mädchen selbst zum Wächter ernennen und ließ es, als er ihr dies wichtige Amt übergab, nicht an Ermahnungen zur Vorsicht fehlen. Man verabredete Signale im Falle der Gefahr, und Felsstücke wurden an den Abhang gebracht und so geschichtet, daß sie auf die Häupter jedes Angreifers gewälzt werden konnten. Außerdem wurden die Eingänge verstärkt und fast unzugänglich gemacht. Sobald man die Felsen hinlänglich gesichert hatte, machten sich alle auf den gefährlichen Zug.

»Nun, Abiram!« schrie Esther mit rauher Stimme, »lauf, die Nase am Boden; zeig dich als ein Hund von guter Rasse.«

Der Bruder, der eine heilsame Ehrfurcht vor seiner Schwester hatte, folgte schnell, aber mit Widerstreben. Ismael selbst schritt unter seinen Söhnen daher, als erwarte er nichts von dem Zug. So marschierte der Haufen, bis der Felsen mit dem Lager nur noch ein dunkler Punkt am Rande der Prärie war. Nachdem man schon zwei Stunden unterwegs war, blieb Ismael plötzlich stehen.

»Es ist genug. Wildfährten sieht man, aber wo sind die Indianerspuren, die du gesehen hast, Abiram?«

»Noch weiter nach Westen«, entgegnete dieser. »Das ist die Stelle, wo ich die Fährte des Bocks traf, und später kam ich auf die Tetonspur.«

»Folgt mir!« rief Esther und schritt unaufhaltsam vorwärts. »Ich bin heute der Anführer und verlange Gehorsam.«

Ismael sah seine schwer zu behandelnde Ehehälfte mit nachsichtigem Lächeln an, und der Zug setzte sich wieder in Bewegung. Noch eine halbe Stunde fuhr Esther in ihrem anscheinend fruchtlosen Suchen fort. Ihre Blicke wurden unsteter und ungewisser, als plötzlich ein Bock aus dem nahen Gebüsch brach und in langen Sätzen hinter einer Anhöhe verschwand. Die Auswanderer folgten noch dem Wild mit den Blicken, als zwei fremde Hunde laut bellend auf der Fährte auftauchen. Plötzlich aber irrten die Hunde ab, umkreisten unruhig eine Stelle in geringer Entfernung und setzten sich dann laut aufheulend.

»Es muß eine neue starke Fährte sein«, sagte Abner, der mit den übrigen erstaunt die Bewegungen der Hunde verfolgte.

»Tötet sie!« rief Abiram. »Ich schwöre, der eine alte Hund gehört dem Trapper.«

»Kommt, Jungens, kommt und laßt die Hunde ihre Noten zu ihrer eigenen Belustigung absingen«, sagte Ismael ruhig. »Ich möchte nicht gerne einem Tier das Leben nehmen, weil sein Herr sich zu nahe an meiner Ansiedlung festgesetzt hat.«

»Geht nicht fort!« schrie Esther. »Ich sage Euch, das ist eine Warnung.« Mit diesen Worten ging das gereizte Weib zu der Stelle, wo die Hunde die Luft mit ihrem langgezogenen Heulen erfüllten. Der ganze Haufen folgte ihr.

»Sagt mir, Abner — Abiram — Ismael!« rief das Weib, als sie an die Stelle kam, wo die Erde zertreten und zerstampft und mit Blut befleckt war, »ihr seid Jäger, was für ein Tier hat hier seinen Tod gefunden?«

Die Männer standen stumm um die Stelle. Nach einer Weile deutete einer der Söhne erschreckt auf eine nahe Baumgruppe, die ein undurchdringliches Unterholz hatte. Über dem kleinen Gehölz kreisten Scharen von Vögeln und machten zuweilen kühne Angriffe auf das Dickicht, stoben aber immer wieder erschreckt und schreiend davon. Ismael stand mit Weib und Kindern zusammengedrängt voll Staunen da und sah auf das seltsame, fast furchterregende Schauspiel. Esthers Stimme brach endlich den Zauber. »Ruft die Hunde«, rief sie, »treibt sie in das Dickicht, wir müssen wissen, was da los ist.«

Mehrere von den Söhnen trieben jetzt die Hunde ins Dickicht. Die Tiere gehorchten nur widerwillig und brachen kurz darauf wieder heulend aus dem geheimnisvollen Gebüsch. Es war ein atemloser Augenblick, als die Söhne selbst in das Labyrinth eindrangen. Eine tiefe, feierliche Pause folgte. Dann hörte man zweimal einen lauten, durchdringenden Schrei schnell hintereinander, dem eine schreckliche Stille folgte.

»Kommt zurück, Kinder, kommt zurück!«, rief das Weib. Aber ihre Stimme versagte ihr, sie erschien starr vor Schreck, als in diesem Augenblick das

Gebüsch sich auftat und die beiden Söhne wieder erschienen und den regungslosen Leichnam des verlorenen Asa zu ihren Füßen niederlegten. Die Hunde stießen ein langes, letztes Geheul aus und verschwanden dann auf der verlassenen Fährte des Wildes.

»Tretet zurück!« sagte Esther barsch zu dem Haufen, der sich nahe an den Leichnam drängte. »Wer hat das getan? Wer beging diese blutige Tat?«

Ihr Mann gab keine Antwort; er stand auf seine Büchse gelehnt, düster schweigend, während die Mutter sich klagend über ihren Sohn warf.

»Das verdanken wir den verfluchten Sioux!« sagte Ismael endlich, »zweimal haben sie mich zu ihrem Schuldner gemacht, beim drittenmal werden wir quitt sein!«

Die Männer gingen jetzt daran, den Kampfplatz und den Leichnam zu untersuchen. Abner und Enoch hatten den Toten aufrecht sitzend gefunden. Eine Hand hielt noch einen abgebrochenen Weidenast, und deshalb war wahrscheinlich der Leichnam der Gier der Raubvögel entgangen. Das unglückliche Opfer schien schwer verwundet in das Gehölz geflohen zu sein. Man fand auch bei näherer Untersuchung, daß ein verzweifeltes Ringen am Rand des Wäldchens selbst stattgefunden hatte. Das zeigte sich deutlich an den zertretenen Zweigen, den tiefen Fußstapfen auf dem nassen Boden und den Blutflecken.

»Er ist in der Prärie verwundet worden und hierher geflohen«, sagte Abiram. »Der Junge ist von einer ganzen Schar Wilder angegriffen worden und hat wie ein Held gefochten, bis sie ihn überwältigten. Dann haben sie ihn ins Gebüsch gezogen.«

Ismael entdeckte jetzt, daß eine Büchsenkugel gerade durch den Oberkörper des Verstorbenen gegangen war, unter einer seiner breiten Schultern hinein und durch die Brust heraus. Es erforderte einige Kenntnis von Schußwunden, um diesen Punkt zu entscheiden, aber die Erfahrung der Grenzer war in diesen Fragen groß.

»Sieh«, sagte Enoch und brachte aus Asas Kleidern eine Bleikugel zum Vorschein. »Da ist die Kugel.«

Ismael nahm sie in die Hand und betrachtete sie lange und genau. »Es kann kein Zweifel sein«, murmelte er endlich, »die Kugel stammt aus der Flinte des verfluchten Trappers. Wie viele Jäger, hat er ein Zeichen an seinen Kugeln, und hier seht ihr es deutlich: sechs kleine Löcher kreuzweis.«

»Ich will darauf schwören!« rief Abiram triumphierend. »Er zeigte mir das Merkmal selbst. Ismael, jetzt werdet Ihr mir glauben, wenn ich Euch sage, daß der alte Schurke ein Spion der Rothäute ist!«

Das Blei ging von Hand zu Hand, und zum Unglück für den Alten erinnerten sich noch mehrere, die Kugelzeichen bei ihm gesehen zu haben.

Außer der einen Wunde fanden sie noch andere weniger gefährliche, die alle die vermeintliche Schuld des Trappers bestätigen sollten.
»Er starb, wie ein Sohn von mir sterben sollte«, sagte Ismael, und es war ein düsterer Trost. »Ein Schrecken seines Feindes bis an sein Ende. Kommt, Kinder, erst müssen wir sein Grab bereiten, dann seinen Mörder verfolgen!«
Die Söhne des Auswanderers gingen an ihr Werk, still und betrübt. Mit großer Mühe wurde ein Loch in die harte Erde gegraben und die Leiche in die ärmlichen Gewänder gehüllt. Als diese Vorkehrungen getroffen waren, näherte sich Ismael seinem Weib und teilte ihr die Absicht mit, den Toten einzusenken. Sie hörte ihn, ließ ruhig den Leichnam los und stand schweigend auf. Dann setzte sie sich wieder an das Grab und bewachte jede Bewegung der Jungen. Ismael stand mit gefalteten Händen, und als das Ganze vorüber war, rückte er seine Mütze vor seinen Söhnen und dankte ihnen für ihren Dienst. In seinen groben Zügen lag der Ausdruck großen Kummers, aber er verriet keine Schwäche, bis er dem Grabe seines Erstgeborenen den Rücken wandte.
»Esther, wir haben jetzt alles getan, was wir tun konnten«, sagte er schließlich. »Wir zogen den Knaben auf, und jetzt haben wir ihm ein Grab bereitet. Laß uns gehen.«
Das Weib wandte langsam seine Augen von der frischen Erde weg, legte ihre Hand auf die Schulter ihres Mannes und sah ihm ängstlich für einige Augenblicke in die Augen. In trauriger Gemütsverfassung brachen jetzt alle auf und gingen zum Lager zurück. Der lange, fruchtlose Marsch, den sie unter Abirams Leitung hinter sich hatten, die Entdeckung des Leichnams und die Beerdigung hatten den Tag über gedauert. Die Sonne war schon untergegangen, als der Felsen sich allmählich vor ihnen erhob. Als sie näher kamen, wurden die Hütten auf seiner Höhe dunkel sichtbar.
»Es wird eine traurige Rückkehr für die Mädchen sein«, sagte Ismael. »Die Kinder liebten Asa sehr — aber was ist aus Nelly geworden und den Kleinen! Sie hat den Auftrag vergessen, den ich ihr gab. Die Kleinen schlafen anscheinend, und sie selbst träumt wohl auch in diesem Augenblick von den Feldern Tennessees. Abner, schieß deine Flinte ab, damit sie hören, daß wir kommen!«
Der junge Mann schoß sofort, aber dem Knall folgte weder ein Zeichen noch eine Antwort. Für einen Augenblick stand der ganze Haufen still, auf den Erfolg gespannt, und dann trieb ein plötzlicher Entschluß sie alle, ihre Gewehre zu gleicher Zeit abzufeuern.
»Da kommen sie endlich!« rief Abiram.
»Es ist nur ein Rock, der auf der Leine flattert«, sagte Esther, »ich hing ihn selbst auf.«

»Du hast recht, aber jetzt kommt sie. Sie war anscheinend im Zelt.«
»Nein«, sagte Ismael unruhig. »Es ist das Zelt selbst, das leicht im Winde flattert. Sie haben es vom Boden losgemacht, und wenn wir uns nicht beeilen, wird das Ganze herunterkommen.«
Die Worte waren kaum ausgesprochen, als ein kurzer Windstoß das geheimnisvolle Zelt hochhob und weit über die Felsen in die Prärie hinausschleuderte.
»Die Mörder sind hier gewesen«, sagte Esther. »Meine Kleinen, meine Kleinen!«
Einen Augenblick stand Ismael starr, dann aber sprang er vorwärts und eilte wie ein Löwe auf den Felsen.

Siebentes Kapitel

In den ersten Stunden ihrer Wache hatte Ellen Wade sich auf die einfache Pflicht beschränkt, für die ungeduldigen Kinder zu sorgen. Endlich benutzte sie eine Pause in ihren Quälereien, um sich in das Zelt zu stehlen. Plötzlich hörte sie ein Geschrei unter den Kindern.
»Sieh, Nelly, sieh!« rief ein halbes Dutzend Stimmen, als sie zu ihnen eilte, »dort sind Männer, und Phöbe sagt, es seien Siouxindianer!«
Ellen sah jetzt zu ihrer Bestürzung die Gestalten mehrerer Männer, die offenbar und schnell in gerader Linie auf den Felsen zukamen. Sie zählte vier, aber konnte zu keiner Gewißheit über ihre Absichten kommen.
Es war ein furchtbarer Augenblick für sie. Sie entschloß sich aber sofort zum äußersten Widerstand und postierte die größeren Mädchen an die kleinen Hebebäume, welche die Felsen auf die Angreifenden stürzen sollten. Als diese Anstalten getroffen waren, bemühte sie sich, den Verlauf mit fester Haltung zu erwarten. Die ›Indianer‹ waren schon auf zweihundert Schritt dem Felsen nahe, als sie hinter einer Bodenerhebung stehenblieben. Von hier aus beobachteten sie den Felsen, ängstliche und für Ellen fast unendliche Minuten, dann trat einer allein vor, anscheinend in der Eigenschaft eines Parlamentärs.
»Phöbe, feuere«, und »nein, Hetty, du«, hörte man die Stimmen der Töchter Ismaels, als Ellen im sich nähernden Fremden Doktor Battius erkannte. Der Naturforscher, der vorsichtig näher kam, um die geringste feindliche Bewegung der ›Garnison‹ zu bemerken, hielt endlich ein weißes Tuch am Ende seiner eigenen Flinte empor. Dann nahm er eine recht imponierende Autoritätsmiene an.
»Ich fordere euch alle auf«, rief er mit lauter Stimme, »im Namen der

Konföderation der Vereinigten Unabhängigen Staaten von Nordamerika, euch den Gesetzen zu unterwerfen!«

»Doktor oder nicht Doktor, er ist ein Feind, Nelly, er spricht vom Gesetz!«

»Schweig, wart, bis ich ihn gehört habe«, sagte Ellen fast atemlos und drückte die gefährlichen Waffen zur Seite, die wieder auf die Gestalt des Herolds gerichtet waren.

»Ich ermahne und warne euch alle«, fuhr der erschreckte Doktor fort, »ich bin ein friedlicher Bürger und ein Freund der Ordnung.« – Dann, als er bemerkte, daß die Gefahr vorüber war, erhob er wiederum seine Stimme und rief laut: »Ich fordere daher, daß ihr euch den Gesetzen unterwerft.«

»Ich dachte, Ihr wäret ein Freund«, rief Ellen jetzt, »und reistet mit meinem Oheim auf Grund eines Vertrages?«

»Er ist nichtig! Ich bin in den Hauptsachen betrogen worden und erkläre hiermit, ein gewisses Compaktum – eingegangen und geschlossen zwischen Ismael Busch, Grenzer, und Obed Battius, Doktor med. – sei von diesem Augenblick an null und nichtig! Was aber dich betrifft, Nelly, gegen dich bin ich gut gesinnt, deswegen hör, was ich zu sagen habe. Du kennst den Charakter des Mannes, bei dem du wohnst, Mädchen, du weißt auch, wie gefährlich es ist, in so übler Gesellschaft angetroffen zu werden. Übergib also den Felsen meinen Begleitern.«

Die ungewöhnliche Anrede verfehlte die gewünschte Wirkung. Sie blieb den Kindern fast unverständlich, und obwohl Ellen besser den Sinn begriff, schien sie doch ebensowenig von der Rhetorik gerührt zu sein wie ihre Untergebenen.

»Ich verstehe nicht, was Ihr sagen wollt, Doktor Battius«, erwiderte Ellen ruhig, »aber das ist sicher, wenn Ihr mich veranlassen wollt, untreu zu werden, so spart Euch die Mühe.«

»Ellen Wade«, rief Paul Hover jetzt, der an die Seite des Naturforschers trat, »ich erwartete nicht, einen Feind in dir zu finden.«

»Du solltest es auch nicht, wenn du verlangst, was ich ohne Verräterei bewilligen kann. Du weißt, daß mein Onkel seine Familie mir anvertraut hat. Ich kann sein Vertrauen nicht mißbrauchen und seine erbittertsten Feinde hereinlassen, die seine Kinder vielleicht morden und ihm das wenige rauben, was die Indianer ihm gelassen haben.«

»Bin ich ein Mörder? Dieser Greis? Dieser Offizier der Staaten?« fragte Paul und deutete dabei auf den Trapper und seinen neuen Freund, die neben ihm standen.

»Was verlangt ihr denn von mir?« rief Ellen in großer Ungewißheit.

»Wir haben dem Grenzer nachgespürt«, antwortete Paul. »Wir sind gekommen, die Gefangene zu befreien. Wenn du das treue Mädchen bist, wie ich immer geglaubt habe, wirst du uns keine Hindernisse in den Weg legen.«

»Ich habe einen Eid geleistet –«

»Ein Compaktum, das man in Unwissenheit oder Not eingeht, ist null und nichtig nach der Meinung aller guten Juristen«, schrie der Doktor.

»Ist dies das einzige Gelübde, das du abgelegt hast, Ellen?« fuhr Paul jetzt vorwurfsvoll fort, »hast du nur dem Grenzbewohner geschworen?«

»Ich weiß nicht, welches Recht irgend jemand hat, mich über Eide und Versprechungen zu befragen«, rief Ellen errötend.

»Nun, alter Trapper, hört Ihr das?« sagte der Bienenjäger und wandte sich plötzlich an seinen bejahrten Freund. »Die Windungen eines Weiberherzens sind so verwickelt wie eine knotige Eiche und krummer als der Lauf des Mississippi.«

»Ja, ja, Kind«, nickte der Alte und legte besänftigend seine Hand auf Pauls Schulter.

»Ellen!« rief der junge Fremde, der bis jetzt ein aufmerksamer Zuhörer gewesen war, »Ellen Wade, erlaubt mir, allein auf den Felsen zu kommen; ich verspreche Euch vollkommene Schadloshaltung Eures Verwandten für jeden Schaden.«

Ellen schien zu schwanken, als sie aber einen Blick auf Paul warf, der stolz auf seine Büchse gelehnt da stand und dem Anschein nach mit größter Gleichgültigkeit ein Schifferlied summte, kam sie zu rechter Zeit noch zu sich.

»Ich bin für den Felsen verantwortlich, während mein Onkel und seine Söhne jagen, und ich will niemanden ins Lager lassen, bis er zurückkommt und mir das Amt abnimmt.«

»Das heißt, Zeit verlieren und eine Gelegenheit versäumen, die sich nie wieder bieten könnte«, bemerkte der junge Soldat ernst.

»Also nicht gezögert!« rief der Bienenjäger ungeduldig und machte einen Sprung, der ihn mit einemmal außer Gefahr setzte. Er stand jetzt unter dem überhängenden Felsen.

»Paul!« schrie Ellen, »noch ein Schritt, und die losen Felsen werden dich treffen; sie hängen nur noch an einem Faden.«

»Treib die verdammte Brut da oben weg, ich will den Felsen ersteigen, und wenn er auch mit Hornissen bedeckt ist.«

»Sie soll es nur, wenn sie's wagt!« schrie trotzig das älteste der Mädchen und schwang eine Büchse, »ich kenne dich, Ellen Wade, du bist im Herzen mit den Gesetzleuten.«

»Rühr dich nicht, Paul, halte dich unter dem Felsen!« rief Ellen angstvoll. Sie wurde aber durch dieselbe Erscheinung unterbrochen, die gestern den Söhnen Ismaels die Sprache verschlagen hatte.

»Im Namen des Friedens, haltet ein«, rief eine sanfte, beschwörende Stimme in einem etwas fremdartigen Akzent und zog sofort alle Augen auf sich.
»Inez, Inez!« schrie der Offizier, »seh' ich dich wieder! Ich will dich befreien, und hätten tausend Teufel sich auf dem Felsen postiert.«
Die plötzliche Erscheinung der Gestalt aus dem Zelt hatte die Töchter Ismaels verwirrt, und, aufgeregt durch Middletons Ruf, schoß Phöbe ihre Büchse auf das Weib ab. Ellen stieß einen Schrei des Entsetzens aus und eilte zu ihrer Freundin. Paul hatte die Bewegung benutzt, um seine Stellung zu ändern. Er hatte Middleton Platz gemacht, dem der Naturforscher folgte, der in seinem Zustand geistiger Abwesenheit instinktmäßig nach dem Felsen eilte, um sich zu schützen. Der Trapper blieb zurück, ein unbewegter, aber aufmerksamer Beobachter der verschiedenen Vorgänge. Während Doktor Battius die Bewegungen seiner Gefährten nachahmte und seinen Weg mit der größten Vorsicht aufwärts nahm, entdeckte er plötzlich eine unbekannte Pflanze wenige Meter über seinem Haupt an einer Stelle, die ganz besonders den Geschossen ausgesetzt war, die Ismaels Töchter unentwegt auf die Angreifer herabschickten. Für einen Augenblick vergaß er alles und wollte nur der erste sein, der dieses Juwel für die Kataloge der Wissenschaft fände. Er sprang aufwärts, und die Felsstücke, die sofort donnernd herunterkamen, zeigten, daß er gesehen worden war, und seine Gestalt war einen Augenblick lang von einer Staubwolke, die auf den Steinregen folgte, verdeckt. Aber im nächsten Augenblick sah man ihn sicher auf einem gedeckten Felsvorsprung sitzen und triumphierend den eroberten Stengel in der Hand halten. Paul benutzte diese Gelegenheit, kletterte schnell zu der Stelle, die Obed so sicher einnahm, machte ohne Umstände einen Schemel aus seinen Schultern und drang durch die von den stürzenden Steinen geschlagene Bresche und erreichte den Gipfel. Ihm folgte Middleton, der ihm im Ergreifen und Entwaffnen der Mädchen beistand. So erlangten sie einen unblutigen vollkommenen Sieg.
Der Offizier führte zuerst fürsorglich Inez aus dem Trubel zurück in das Zelt. Das Mädchen lehnte sich in seinen Arm, und der junge Mann war glücklich, sein Weib wiederzuhaben. Sie war ihm am Tage seiner Hochzeit auf unerklärliche Weise geraubt worden, und dieser Fall machte in Conisane, da Inez die einzige Tochter eines reichen Kreolen war, begreifliches Aufsehen. Middleton war als entschlossener Protestant nicht zur Religion seiner Braut übergetreten, und die katholischen Bewohner der kleinen amerikanischen Garnison sahen leicht darin den Grund des ganzen Unglücks. Durch einen Zufall kam der so früh verwitwete junge Soldat auf die Spur seiner über alles geliebten Frau und war mit tiefem Mißtrauen und begreiflicher Sorge mehrere Wochen hindurch den unsicheren Spuren

Ismaels durch die menschenleere Prärie gefolgt. Vor einiger Zeit hatte er sich von seinen wenigen Begleitern getrennt, die verschiedenen Spuren nachgingen, und war nun so glücklich, durch die günstigen Umstände am Ziel seiner Wünsche zu sein. Eine Stunde war in hastigen und fast unzusammenhängenden Fragen und Antworten vorübergeflogen, ehe Middleton die oft unterbrochene Erzählung seiner Abenteuer schloß.

»Und du, Inez, wie wurdest du behandelt?« fragte er besorgt.

»In allen Dingen so gut, wie es die Umstände meiner Räuber erlaubten. Der Grenzbewohner zankte furchtbar in meiner Gegenwart mit dem Elenden, der mich raubte, und dann machten sie einen gottlosen Handel, dem ich beizustimmen gezwungen wurde. Sie verpflichteten sich, mich unbelästigt zu lassen, wenn ich ihnen zusicherte, keinen Versuch zur Flucht zu machen und immer ungesehen in meinem Zelt bliebe. Ich glaube, sie dachten, ein alter, reicher Vater könnte bewogen werden, ihnen ein reiches Lösegeld für sein Kind zu zahlen!«

Middleton nickte.

»Unsere Gefahren sind noch nicht vorüber«, sagte er ernst. »Du wirst allen Mut aufbieten müssen, um die letzten Prüfungen zu bestehen.«

»Ich bin bereit, sofort aufzubrechen. Der Brief, den du mir durch den Doktor schicktest, hat mich vorbereitet, und ich habe alles zur Flucht fertig gemacht.«

»Gut, wir wollen das Lager sofort verlassen und zu unseren Freunden eilen.«

»Freunde!« fiel Inez ein und blickte sich nach Ellen um. »Ich habe auch eine Freundin, die nicht vergessen werden darf und die ihr weiteres Leben bei uns zubringen soll.«

Ellen Wade hatte bald eingesehen, wie wenig ihre Gegenwart bei der Zusammenkunft nötig sei, und hatte sich zurückgezogen. Das erste, was Paul Hover tat, als er sich im Besitz von Ismaels Zitadelle sah, war die Nachricht des Sieges auf jene sonderbare lächerliche Art zu verkünden, die so oft unter den Ansiedlern des Westens vorkommt. Er schlug sich die Seiten mit den Händen und stieß einen lauten Schrei aus. Dann winkte er dem alten Trapper zu, der noch immer am Fuß des Felsens seinen Posten einnahm. Schließlich entdeckte er den Naturforscher, der noch immer auf seinem Felsenabsatz saß.

»Kommt herauf, würdiger Maulwurffänger«, rief er übermütig. »Kommt und genießt die Aussicht des schielenden Ismael. Kommt, seht der Natur kühn ins Antlitz und schnüffelt nicht länger unter dem Steppengras.«

Dann durchwühlte er den Kasten der Esther mit nicht sehr delikater Hand, warf den Staat ihrer Mädchen auf dem Boden umher, ohne nur die geringste Rücksicht zu nehmen, und stieß ihre Töpfe und Kessel hierhin und dorthin. Als er das Innere jeder Hütte untersucht hatte und von neuem die Stelle in Augenschein nahm, wo er die Kinder mit Fesseln unschädlich gemacht hatte, sah er sich suchend nach Ellen um und entdeckte sie abseits auf einem Felsen sitzend. In diesem Augenblick aber wurde er von Middleton gerufen, der als anerkannter Führer die nötigen Befehle zu ihrem unmittelbaren Abzug gab. In dem Lärm und Gewirr, die nun folgten, war wenig Gelegenheit für ruhige Betrachtungen. Der Trapper hatte sich schon des geduldigen Esels bemächtigt, der nicht weit vom Felsen ruhig weidete, und legte ihm den Sattel auf. Der Naturforscher selbst ergriff seine Mappen, Herbarien und Insektensammlungen, die er schnell aus dem Lager des Auswanderers brachte und sie in verschiedenen Satteltaschen verwahrte. Der Alte warf aber gleichmütig alles weg, sobald er den Rücken gewendet hatte. Paul schaffte alles fort, was Inez und Ellen zu ihrer Flucht vorbereitet hatten. Middleton war den Mädchen beim Hinabsteigen behilflich. Da die Zeit zu drängen begann, wurden alle Vorkehrungen mit großer Eile getroffen. Der Trapper steckte alles, was er zur Bequemlichkeit der Mädchen für nötig hielt, in die Taschen, aus denen er mit so wenig Umständen die Schätze des nichtsahnenden Naturforschers verwiesen hatte, und ließ dann Middleton Inez auf den Sattel hinaufheben.

»Geh, Kind«, sagte der Alte dann und winkte Ellen, dem Beispiel zu folgen. »Es kann nicht lange dauern, und der Eigentümer dieses Platzes wird zurückkommen. Er ist nicht der Mann, sein Eigentum, wie er es auch erlangt haben mag, ohne Kampf aufzugeben.«

Ellen trat zu dem Tier, ergriff Inez' Hand und sagte mit herzlicher Rührung, nachdem sie ein Gefühl bekämpft hatte, das sie fast erstickte:

»Gott segne dich, Mädchen; ich hoffe, du wirst alles vergessen und vergeben, was dir mein Oheim tat.«

Das niedergeschlagene, kummervolle Kind konnte nichts weiter vorbringen, ihre Stimme wurde gänzlich unhörbar in einem nicht zu beherrschenden Ausbruch ihres Kummers.

»Was soll das«, rief Middleton, »sagtest du nicht, Inez, Ellen Wade würde mit uns gehen?«

»Ich kann nicht – ich darf nicht«, sagte Ellen. »Es hat Gott gefallen, mich unter diese Leute zu geben, und ich darf sie nicht verlassen. Es ist niemand, der für ein Mädchen sorgt, das vater- und mutterlos ist und dessen Verwandte der Auswurf der Menschen sind.«

»Nun, alter Trapper«, sagte Paul gefaßt, »es liegt wohl in der Natur der Dinge, daß ...«

»Still!« unterbrach ihn der Alte.

»Hektor ist unruhig. Was gibt's, mein Hund, was?«

Das Tier war aufgestanden und schnupperte die frische Luft, die schwer über die Steppe zog. Auch der jüngere Hund, der nach der Jagd von diesem Morgen ausruhte, gab einige Zeichen. Der Trapper ergriff die Zügel des Esels und rief: »Es ist keine Zeit für Worte. Ismael und seine Schar sind nur eine oder zwei Meilen entfernt.«

Middleton vergaß Ellen ganz bei dieser Gefahr, die jetzt drohte. Alle wandten sie sich zusammen in Richtung um den Felsen und setzten ihren Weg so schnell wie möglich über die Prärie fort.

Paul Hover aber blieb zurück, düster auf seine Büchse gelehnt. Einige Minuten vergingen, ehe Ellen ihn bemerkte, da sie ihr Gesicht mit ihren Händen bedeckte.

»Warum fliehst du nicht?« rief sie jetzt weinend. »Mein Oheim wird gleich hier sein.«

»Laß ihn nur kommen, er kann mich ja erschlagen.«

»Wenn du dein Leben liebst, flieh!«

»Warum soll ich leben, wenn ich dich verliere!«

»Paul!«

»Ellen!«

Sie reckte weinend ihre beiden Hände aus. Der Bienenjäger schlang seinen kräftigen Arm um ihre zarte Gestalt und eilte dann mit ihr schnell über die Ebene seinen fliehenden Freunden nach.

Achtes Kapitel

Die kleine Quelle, die das Lager mit Wasser versah, lag nicht weit vom Felsen entfernt in einem Dickicht von Baumwollsträuchern und wilden Reben. Dorthin führte der Trapper die Fliehenden, da der Ort jetzt den nötigen Schutz gewährte. Zwischen ihnen und dem nahenden Feind lag der Felsen. Durch diesen Umstand gelang es, das Gebüsch noch zu rechter Zeit zu erreichen. Paul Hover hatte eben die atemlose Ellen in das verwachsene Dickicht gebracht, als Ismael den Gipfel des Felsens erreichte. Die Flüchtlinge drängten sich dicht zusammen und waren hinlänglich durch das verwachsene Unterholz geschützt. Der Trapper nahm zuerst das Wort, nachdem er seine Gefährten, die um ihn standen, überblickt hatte, sich zu vergewissern, daß keiner fehle.

»Natur ist Natur und hat gewirkt!« sagte er und nickte dem erfreuten Paul mit einem billigenden Lächeln zu. »Ich dachte mir, es würde schwer werden, sich für immer noch im Unwillen zu trennen. Jetzt ist aber nicht viel Zeit mit Reden zu verlieren. Es kann nicht lange dauern, bis einige von den Söhnen unsere Spur finden werden. Kapitän, könnt Ihr uns zu dem Ort führen, wo einige von Euren Soldaten sich befinden?«

»Die Stelle für die Zusammenkunft ist Meilen von hier entfernt an den Ufern des La Plata.«

»Das ist schlimm, sehr schlimm. Müssen wir kämpfen, so ist's immer besser, gleich stark zu sein, aber wir müssen einen Ausweg finden. Dieses Dickicht erstreckt sich fast eine Meile weit, gerade in entgegengesetzter Richtung vom Felsen, und führt nach Sonnenuntergang, nicht nach den Ansiedlungen.«

»Genug«, rief Middleton ungeduldig. »Die Zeit ist kostbar, laßt uns fliehen!«

Der Trapper gab durch eine Gebärde seine Einwilligung, wandte sich zurück, führte den Esel über die nachgebende Erde des Gebüsches und kam bald auf festen Boden. Da sich jeder beeilte, dauerte es nur einige Minuten und sie kamen an einer Erhöhung in der Prärie hervor, stiegen, ohne einen Augenblick zu zögern, auf der entgegengesetzten Seite hinab und waren nun mit einemmal außer Gefahr, von Ismaels Söhnen gesehen zu werden, wenn nur ihre Verfolger nicht zufällig auf ihre Spur kamen. Der alte Trapper machte sich jetzt die Beschaffenheit der Ebene zunutze, um eine andere Richtung einzuschlagen. Nach zwei Stunden hatten sie die Hälfte des Kreises um den Felsen zurückgelegt und einen Punkt erreicht, der ihrer ersten Wegrichtung entgegengesetzt war. Der Alte aber schritt ohne Bedenken vorwärts, und sein alter Hund lief ihm voraus. Plötzlich aber setzte sich Hektor nieder, schnüffelte einen Augenblick und begann dann dumpf zu heulen.

»Ja, Bursche, ich kenne den Ort«, sagte der Alte und blieb neben seinem Hunde stehen, bis alle herangekommen waren. »Dort ist ein Gehölz vor uns«, fuhr er fort und deutete vorwärts, »wo wir liegen bleiben können, keiner von des Auswanderers Söhnen wird es wagen, uns dort zu belästigen.«

»Die Stelle dort, wo der Tote begraben liegt?« rief Middleton, denn es war die Stelle, wo man gestern Asa gefunden hatte.

»Gerade die! Aber ob seine Freunde ihn in die Erde gesenkt haben oder nicht, bleibt noch zu untersuchen.«

Für diesen Fall schien der Mediziner am geeignetsten, und Doktor Battius erklärte sich auch sofort bereit, da er Tote noch nie gefürchtet hatte. Gleich darauf war er schon im Gebüsch verschwunden, und alle warteten geduldig.

Nach einer Weile zog er sich aus dem Dickicht rücklings zurück, die Augen auf die Stelle gerichtet, die er eben verlassen hatte, als sei sein Blick durch die Kraft eines Zaubers gebannt.

»Nach seinem wilden Blick zu urteilen, muß es etwas Furchtbares sein«, rief der Alte, ließ Hektor los und schritt auf den Naturforscher zu. »Was gibt es, Freund, habt Ihr ein neues Blatt in Eurem Buch der Weisheit gefunden?«

»Es ist ein Basilisk!« murmelte der Doktor verwirrt.

»Was ist es? Man sollte denken, der Mann wäre verrückt«, sagte der Alte unwillig.

»Dort!« rief der Doktor und deutete nach einer Stelle im Gebüsch, die etwa zwanzig Meter von ihnen entfernt war. Der Trapper sah ruhig hin, prallte aber selbst zurück und nahm schnell seine Büchse hoch, ließ sie dann aber wieder sinken. Am Rande des Dickichts lag dicht auf der Erde scheinbar eine belebte Kugel, die wegen ihrer Seltsamkeit den wirren Zustand des Naturforschers rechtfertigen konnte. Es war schwer, die Gestalt und die Farben dieses ungewöhnlichen Wesens zu beschreiben. Die vorherrschenden Töne waren ein Schwarz und ein glänzendes Rot, ein Paar schwarze, glänzende Augen aber verfolgten die geringsten Schritte des Trappers und seines Gefährten.

»Es ist ein spionierender Indianer, oder ich verstehe mich nicht mehr auf indianische Teufelei«, murmelte der Alte und stieß den Kolben seines Gewehrs auf den Boden.

»Das Tier wäre ein Mensch?« fragte der Doktor noch voller Angst, »von dem ›Genus homo‹? Ich hätte es für ein noch nicht beschriebenes Exemplar gehalten.«

»Es ist ein Indianer«, sagte der Trapper. »Es wird gut sein, zu reden, damit er weiß, daß er es mit Leuten zu tun hat, die Bärte haben. Kommt hervor aus Eurem Versteck, Freund«, fuhr er in der Sprache der Dakotas fort, »es ist auf der Steppe noch Platz genug für einen Krieger.«

Die Augen schienen noch stärker zu glühen als vorher, aber die Kugel blieb noch ohne Regung und ohne jedes andere Zeichen von Leben. Der Trapper untersuchte jetzt genau den Hahn seiner Flinte und trug Sorge, seine feindlichen Absichten recht bemerkbar zu machen. Als er glaubte, der Unbekannte fange wirklich an, Gefahr zu fürchten, schlug er vorsichtig die Büchse an und rief laut:

»Nun, Freund, Frieden oder Krieg, wie Ihr wollt. – Nein, es ist kein Mensch, wie der gelehrte Mann hier sagte, und es kann nichts schaden, wenn ich in den Blätterhaufen hineinschieße.«

In diesem Augenblick sprang ein schlanker Indianer unter den Blättern hervor, unter denen er sich geschickt verborgen hatte.

Der Trapper, der keine Gewalttätigkeit im Sinne hatte, senkte seine Büchse

wieder und sagte lachend zu dem erstaunten Naturforscher: »Die Indianer liegen stundenlang wie schlafende Krokodile und brüten über ihren Teufe= leien, bis wirkliche Gefahr droht. Dann sorgen sie für sich wie andere Leute. Das ist ein Spion in seinem Kriegsanstrich! Es werden noch mehr von seinem Stamm in der Nähe sein.«
Der Alte warf einen scharfen Blick um sich, gab dann das gewöhnliche Frie- denszeichen, indem er seine flache nackte Hand hinhielt, und schritt mutig

voran. Der Indianer zeigte nicht die geringste Unruhe. Er ließ furchtlos den Trapper herankommen. Es war ein Krieger von schöner Gestalt, und als er seine Maske abwarf, die aus verschiedenfarbigen Blättern bestand, die er eilig zusammengerafft hatte, erschien sein Antlitz in all dem Ernst und der Würde des freien und tapferen Indianers. Seine Gesichtszüge waren auffallend edel trotz der furchterregenden Kriegsbemalung, die fast ganz in Schwarz gehalten war. Sein Kopf war bis zum Wirbel rasiert, wo eine große, mächtige Skalplocke furchtlos den Griff seiner Feinde herauszufordern schien. Er war trotz der späten Jahreszeit fast nackt und trug nur einen leichten Wams aus Wildleder. Seine Beinbekleidung bestand aus glänzendem Scharlachtuch, aber gleichsam um einen Gegensatz gegen diesen einzigen weibischen Schmuck zu bilden, war sie von dem geschnürten Knie bis zur Sohle der Halbstiefel mit Haar vom Menschenschädel verziert. Er lehnte sich leicht mit der einen Hand auf einen kleinen Bogen, während die andere die zierlich gearbeitete lange Eschenlanze berührte. Einen Köcher aus Pumafell, an dem der Schwanz des Tieres noch herabhing, hatte er auf dem Rücken, und ein Schild aus Stierhaut, schön bemalt, hing an einem Sehnenbündel um seinen Nacken. Als der Trapper sich näherte, behielt der Krieger seine ruhige aufrechte Stellung, aber seine Augen liefen unaufhörlich von einem zum andern der Fremden.

»Ist mein Bruder weit von seinem Dorf?« fragte der Alte in der Pawneesprache, nachdem er untrüglich die Kriegsbemalung erkannt hatte.

»Es ist weiter nach den Städten der Langmesser zu«, war die lakonische Antwort.

»Warum ist ein Pawnee so weit von der Gabel seines Flusses, ohne Pferd?«

»Können die Weiber und Kinder eines Bleichgesichts ohne Bisonfleisch leben? Es war Hunger in meiner Hütte.«

»Mein Bruder ist zu jung, um schon eine eigene Hütte zu haben«, entgegnete der Trapper und sah fest den jungen Wilden an, »aber ich muß sagen, Er ist tapfer, und mancher Häuptling mag ihm seine Töchter angeboten haben. Aber hat Er nicht vergessen (er deutete auf den Pfeil, den der Indianer in der Hand hatte, die zugleich den Bogen hielt), daß er einen Pfeil mit loser Spitze und Widerhaken führt, um damit den Büffel zu töten. Wollen die Pawnees durch die Wunden das Wild verderben?«

»Er ist für die Sioux gut, sieht man sie auch nicht, kann doch ein Busch sie verbergen.«

»Ihr seht, meine Kinder sind müde«, fuhr der Alte jetzt ablenkend fort und deutete auf die übrigen, die kamen. »Wir möchten uns lagern und etwas essen. Gehört meinem Bruder diese Stelle?«

»Die Wandernden von dem Volk am großen Fluß sagen uns, daß eure

Nation mit den Gelbgesichtern, die über dem Salzsee wohnen, gehandelt hat und daß die Prärie jetzt die Jagdgründe der Langmesser sind.«
»Es ist wahr, ich hab's auch von den Jägern und Trappern am La Plata gehört.«
»Und Krieger ziehen den langen Fluß hinauf, um zu sehen, ob sie nicht bei ihrem Kauf betrogen worden sind. Aber wo waren die Häuptlinge der Pawnees, als dieser Handel geschlossen wurde?« fragte plötzlich der junge Krieger stolz. »Kann man eine Nation verkaufen wie ein Biberfell?«
»Nein – aber Gewalt ist Recht nach dem Gang der Welt, und was die Mächtigen tun wollen, muß der Schwache Gerechtigkeit nennen. Wenn man auf das Gesetz Wahcondahs ebenso hörte, Pawnee, wie auf die Gesetze der Langmesser, würde euer Recht auf die Prärie so gut sein wie das des größten Häuptlings in den Kolonien auf sein Haus.«
Der Alte hatte sehr entschieden gesprochen.
»Die Haut des Reisenden ist weiß«, sagte der junge Eingeborene und legte ausdrucksvoll einen Finger auf die Hand des Trappers. »Spricht sein Herz das und seine Zunge etwas andres?«
»Der Wahcondah der Weißen hat Ohren und verschließt sie vor der Lüge! Seht auf mein Haupt, gleicht es nicht der Tanne im Rauhreif, muß es nicht bald in der Erde ruhen? Warum sollte ich vor den Großen Geist treten wollen, von Angesicht zu Angesicht, wenn sein Blick finster auf mir läge?«
Der Pawnee warf seinen Schild über die eine Schulter, steckte die Hand in seinen Gürtel und beugte sein Haupt ehrerbietig vor den grauen Haaren. Er behielt aber sein Mißtrauen und seine Wachsamkeit bei. Der Trapper gab jetzt Paul die nötige Anweisung für die Rast. Inez und Ellen stiegen ab, und der Bienenjäger und Middleton sorgten für ihre Bequemlichkeit. Während der nötigen Vorbereitungen sprach der Alte weiter mit dem Pawneehäuptling, aber er erfuhr nichts über dessen Absichten. Auch der Wilde konnte sich kein Bild über den Charakter der Fremden machen. Während er sprach, ließ er seine unsteten Blicke über die beiden Mädchen gleiten und staunte offen die Schönheit der Inez an. Er sah jetzt sicher zum erstenmal eine von jenen Frauen, von denen die Väter seines Stammes so oft sprachen und die für so herrlich gehalten wurden, daß sie allem gleich kamen, was die rohe Einbildungskraft sich als lieblich denken konnte.
»Die Pawnees sind ein weises, großes Volk«, sagte schließlich der Alte zu dem aufmerksamen Wilden. »Die Jäger und Trapper sprechen von einem großen Krieger eures Stammes!«
»Mein Stamm besteht nicht aus Weibern. Ein Tapferer ist kein Fremdling in meinem Dorf.«
»Aber der, von dem sie sprechen, ist ein Häuptling, weit über den Ruf ge-

wöhnlicher Krieger, einer, der jenem einst mächtigen, aber jetzt verschwundenen Volk der Delawaren hätte Ehre machen können.«
»Solch ein Krieger müßte einen Namen haben.«
»Sie nennen ihn Hartherz, wegen der Festigkeit seines Willens, und mit Recht wird er so genannt, wenn das, was ich von ihm hörte, wahr ist.«
Der Indianer warf einen forschenden Blick auf den Alten, als er fragte: »Hat das Bleichgesicht den Häuptling meines Stammes gesehen?«
Der Trapper schüttelte den Kopf. Ein lauter Ruf Pauls unterbrach ihn, und im nächsten Augenblick erschien der Bienenjäger und führte ein indianisches Pferd am Zügel.
»Hier ist ein Pferd für eine Rothaut gesattelt!« rief er, während er das Tier einige wilde Sprünge machen ließ. »Es gibt keinen Brigadier in ganz Kentucky, der solch ein Pferd hat.«
»Langsam, Junge, langsam. Die Pawnees sind berühmt wegen ihrer Pferde, und ihr könnt oft einen Krieger in der Prärie besser beritten sehen als einen Amerikaner in den Ansiedlungen. Aber das ist in der Tat ein Tier, das nur ein mächtiger Häuptling reiten sollte. Ich wette, dieser junge Bursche ist der Sohn eines großen Häuptlings.«

Während dieser plötzlichen Unterbrechung zeigte der junge Pawnee keine Ungeduld. Aber als er dachte, das Tier habe genug Stoff zu Bemerkungen gegeben, nahm er Paul einfach den Zügel ab, warf ihn um den Hals des Tieres und sprang auf. Nichts konnte schöner und freier sein, als der Sitz des Wilden. Das Pferd bäumte sich etwas, aber der Pawnee zügelte es leicht. Er ritt mehrmals auf dem kleinen freien Platz im Gebüsch umher, immer wenn der Trapper erwartete, er werde seinen Vorteil benutzen und fliehen, wandte er sein Pferd und durchritt nochmals dieselbe Strecke, manchmal schnell und dann wieder langsam, mit der größten Würde in Miene und Haltung. Der Alte beschloß, ihre Unterredung wieder aufzunehmen, und machte eine Gebärde, die seine friedliche Gesinnung ausdrücken sollte. Der Indianer hielt sein Pferd an.

»Es ist weit zum Dorf der Wölfe«, sagte er und streckte die Hand entgegengesetzt der Richtung aus, in der, wie der Trapper wohl wußte, der Stamm wohnte, »und der Weg ist sehr winklig. Was hat das Langmesser zu sagen?«

»Ja, winklig genug«, murmelte der Alte auf englisch, »wenn Ihr Eure Reise auf diesem Weg antreten wollt. Sagt, mein Bruder, sehen die Pawneehäuptlinge gerne fremde Gesichter in ihren Wohnungen?«

Der junge Krieger verbeugte sich leicht, als er mit großer Würde antwortete:

»Wann hat mein Volk vergessen, dem Fremden Speise zu geben?«

»Wenn ich meine Töchter an die Türen der Wölfe führe, werden die Weiber sie bei der Hand fassen und die Krieger mit meinen Leuten rauchen?«

»Das Land der Bleichgesichter liegt hinter ihnen, warum ziehen sie so weit nach Sonnenuntergang? Haben sie ihren Weg verfehlt, oder sind dies die Weiber der weißen Krieger, die, wie ich höre, den Fluß mit trübem Wasser hinaufkommen?«

»Nein, die den Missouri hinaufgehen, sind Krieger meines großen Vaters, der sie auf seine Botschaft ausgeschickt hat, aber wir sind friedliche Wandrer. Die Weißen und Roten sind Nachbarn und möchten Freunde sein. Besuchen nicht die Omahas die Wölfe, wenn der Tomahawk begraben ist, auf dem Pfad zwischen den beiden Stämmen?«

»Die Omahas sind willkommen.«

»Und die Yanktons und Tetons, die am Bogen des Flusses mit schmutzigem Wasser leben, kommen sie nicht in die Wohnungen der Wölfe und rauchen?«

»Die Tetons sind Lügner« rief der andre. »Sie wagen nicht, die Augen bei der Nacht zu schließen. Nein, sie schlafen in der Sonne. Seht«, fügte er hinzu, in stolzem Triumph auf die furchtbaren Verzierungen seiner Mokassins hindeutend, »ihr Haarwuchs ist so reichlich, daß die Pawnees darauf treten! Der Sioux mag auf dem Schnee leben, die Prärien und Büffel sind für Männer.«

»Jetzt haben wir das Geheimnis heraus«, sagte der Trapper zu Middleton, der ein aufmerksamer und interessierter Beobachter der Vorgänge war. »Dieser junge Indianer sucht die Spuren der Sioux, ihr könnt es an seinen Pfeilköpfen und an seiner Bemalung sehen. – Mein Bruder hat recht. Die Sioux sind Diebe, Leute von allen Farben und Nationen sagen es und sagen es mit Recht. Aber die Leute vom Aufgang sind keine Sioux, und sie wünschen, die Wohnungen der Wölfe zu besuchen.«

»Das Haupt meines Bruders ist weiß«, entgegnete der Pawnee und warf einen Blick auf den Trapper, der Mißtrauen und Stolz ausdrückte, und deutete, als er fortfuhr, nach dem östlichen Horizont, »und seine Augen haben vieles gesehen, kann er mir den Namen von dem sagen, was ich dort sehe, ist es ein Büffel?«

»Es gleicht eher einer Wolke, die über dem Horizont der Prärie liegt. Es ist der Dunst des Himmels.«

»Es ist ein Felsen, und auf seinem Gipfel sind die Wohnungen der Bleichgesichter. Laßt die Weiber meines Bruders ihre Füße bei dem Volk von ihrer Farbe waschen.«

»Die Augen eines Pawnees sind gut, wenn er so weit sehen kann.«

Der Indianer wandte sich langsam zu dem Sprechenden und fragte dann ernst nach einer Pause: »Kann mein Bruder jagen?«

»Ich bin nichts weiter als ein armer Trapper.«

»Wenn die Ebene mit Büffeln bedeckt ist, kann er sie sehen?«

»Freilich, freilich, es ist leichter, einen herumstreichenden Ochsen zu sehen, als ihn zu fangen.«

»Und wenn die Vögel vor der Kälte fliehen und die Wolken schwarz sind von ihrem Gefieder, kann er sie auch sehen?«

»Es ist nicht schwer, eine Ente oder Gans zu sehen, wenn Millionen den Himmel verfinstern.«

»Wenn der Schnee fällt und die Wohnungen der Langmesser bedeckt, kann dann der Fremde Federn in der Luft sehen?«

»Meine Augen sind nicht die besten jetzt«, erwiderte der Alte ein wenig böse, »aber es gab eine Zeit, Pawnee, wo ich einen Namen hatte, weil ich gut sah.«

»Die Rothäute finden die Langmesser so leicht, wie der Fremde den Büffel sieht oder die Wandervögel und den gefallenen Schnee. Eure Krieger meinen, der Herr des Lebens habe die ganze Erde weiß gemacht, sie irren sich. Sie sind bleich und sehen ihr eigenes Gesicht. Ein Pawnee ist nicht blind, daß er sich lang nach Eurem Volk umsehen müßte!«

Der Krieger schwieg plötzlich und wandte sich zur Seite, als lausche er mit all seinen Sinnen. Dann wandte er sein Pferd, ritt zur nächsten Ecke des

Dickichts und schaute aufmerksam über die Prärie, gerade der Seite entgegengesetzt, wo die übrigen standen. Als er diese unerklärliche und für die Beobachter merkwürdige Haltung aufgab, warf er seine Augen auf Inez und ritt mehrmals auf und ab, als kämpfe er in den geheimsten Tiefen seiner Gedanken. Er hatte die Zügel der ungeduldigen Stute angezogen und wollte, wie es schien, sprechen, als sein Haupt sich wieder senkte und er seine frühere aufmerksame Stellung annahm. Dann ritt er für einen Augenblick schnell in kurzen, flüchtigen Kreisen, als sei er über seinen Weg ungewiß und schoß dann weg wie ein Vogel. Nach einem Augenblick schon verschwand er hinter einer kleinen Erhöhung. Die Hunde, die seit einiger Zeit große Unruhe zeigten, folgten ihm auf kurze Entfernung, gaben ihre Jagd dann auf und brachen in ein dumpfes, klagendes Geheul aus.

Neuntes Kapitel

Als der Pawnee verschwunden war, schüttelte der Alte den Kopf und murmelte, während er langsam an den Rand des Dickichts ging:
»Es sind Witterungen und Töne in der Luft, obgleich meine armen Sinne nichts mehr wahrnehmen.«
»Es ist nichts zu sehen«, sagte Middleton, der dicht bei ihm stand. »Meine Augen und Ohren sind gut, und ich kann Euch versichern, daß ich nichts sehe und höre.«
»Eure Augen sind gut! Und Ihr seid nicht taub«, entgegnete der andere etwas verächtlich, »aber wenn Ihr ein Jahr in diesen Prärien zugebracht habt, werdet Ihr sehen, daß man sich hier leicht täuschen kann. Aber dort ist ein Zeichen, das der Jäger nie verkennt.«
Der Trapper deutete auf einen Zug Geier, die nicht weit entfernt über die Prärie hinsegelten. Anfangs konnte Middleton die kleinen, dunklen Punkte nicht unterscheiden, die sich in den finstern Wolken kaum abzeichneten.
»Hört«, sagte der Trapper jetzt, »hört ihr die Büffel, es muß eine größere Herde sein. – Nun, Kapitän, könnt Ihr das Geheimnis der Geier durchschauen?« sagte der Alte nach einer Weile. »Da kommen die Büffel, es ist eine schöne Herde. Ich wette, der Pawnee hat einen Trupp seines Volkes in einigen Schluchten in der Nähe und ist zu ihnen geeilt. Wir werden bald eine herrliche Jagd sehen.«
Jedes Auge richtete sich nun auf das Schauspiel, das folgte. Selbst die furchtsame Inez eilte an Middletons Seite, um zuzusehen, und Paul rief Ellen von ihren Küchengeschäften weg. Es zeigten sich plötzlich einige un-

geheure Bisonochsen längs der entferntesten Anhöhe der Prärie, und dann folgten in langen Reihen unzählige Tiere, daß der Horizont der Prärie sich verdunkelte. Wolken von Staub stiegen aus der Herde auf, und von Zeit zu Zeit wurde ein tiefes, hohles Brüllen vom Wind herübergetragen.
»Da gehen zehntausend Ochsen in einem Trieb«, sagte der Alte nach längerem Schweigen, »ohne Aufseher, ohne Herrn, ihn ausgenommen, der sie erschuf und ihnen diese offenen Prärien zur Weide gab. – Die Herde kommt hier vorbei. Es ist gut, wenn wir uns auf ihren Besuch vorbereiten. Wenn wir uns alle verstecken, würden sie durch das Gehölz brechen und uns zertreten. Wir wollen die Mädchen beiseite tun und vorn Posten fassen, wie es Männern und Jägern zukommt.«
Da nur wenig Zeit übrig war, machten sich alle mit Ernst an die nötigen Vorkehrungen. Inez und Ellen begaben sich in das Gehölz auf die der nahenden Herde entgegengesetzten Seite. Der Esel kam in die Mitte, mit Rücksicht auf seine Nerven, und dann verteilten sich die vier Männer vorn, um die Herde abzuwenden, sollte sie etwa ihrer Position zu nahe kommen. Nach den unsicheren Bewegungen der Leitochsen blieb es zweifelhaft, welchen Weg sie einschlagen würden. Aber ein furchtbares, schreckliches Gebrüll, das hinter der Staubwolke herkam, die sich über der Herde erhob, schien der Flucht einen neuen Antrieb zu geben. Die Gefahr wurde jetzt in der Tat groß, denn die Masse der Tiere hatte sich schnell genähert, und alle strebten plötzlich, von Angst getrieben, in den vermeintlichen Schutz des kleinen Gehölzes. Jeder fühlte das Bedrohliche der Lage. Der Alte, der die ganze Zeit auf seine Büchse gelehnt dagestanden und die Bewegungen der Herde verfolgt hatte, hielt es jetzt an der Zeit, etwas zu tun. Er richtete sein Gewehr auf den vordersten Büffel und feuerte schnell ab. Das Tier fiel auf die Knie, schüttelte seinen zottigen Kopf und stand wieder auf. Nun war keine Zeit mehr zum Zaudern. Der Trapper warf seine Flinte weg, streckte seine Arme aus und trat unbewaffnet aus dem Dickicht hervor, gerade auf die heranrauschende Säule der Tiere zu.
Die Leitochsen wichen vor der Gestalt zurück, und für einen Augenblick trat ein plötzlicher Stillstand in der Bewegung der dichten Massen ein. Dann erhob sich ein hohles Gebrüll vom Nachzug her und setzte die Herde wieder in Bewegung. Ihre Spitze teilte sich aber, da die unbewegliche Gestalt des Trappers nicht wich, gleichsam in zwei vorübergleitende lebendige Ströme. Middleton und Paul machten sich das ihnen gegebene Beispiel zunutze und deckten ähnlich die Flanken der kleinen Bauminsel. Für einige Augenblicke diente der Eindruck, den die Tiere an der Spitze empfangen hatten, zum Schutz des Dickichts. Aber als die Hauptmasse der Herde mehr und mehr die offne Linie der Verteidiger bedrängte und der Staub dichter aufwirbelte,

wurde die Gefahr wieder größer, daß die Tiere durchbrechen könnten. Der Trapper und seine beiden Gefährten wichen allmählich vor der heranstürmenden Menge zurück, bis ein Büffel wütend an Middleton vorbeistürzte und in das Dickicht einbrach.

»Steht fest, laßt euer Leben für den Stand», rief der Alte, »sonst werden die Teufel ihm folgen!«

Alle ihre Anstrengungen gegen den lebendigen Strom würden jedoch vergebens gewesen sein, hätte nicht der Esel, dessen Revier so frech verletzt worden war, seine Stimme in dem Aufruhr erhoben. Die Büffel zitterten bei diesem erschreckenden und unbekannten Geschrei, und dann sah man die Tiere wie toll von dem Gebüsch wegdrängen. Die zwei dunklen Kolonnen bewegten sich jetzt seitwärts von dem Gehölz, um sich eine Meile entfernt an der entgegengesetzten Seite wieder zu vereinigen.

»Da gehen sie wie Hunde, denen man gefüllte Donnerschläge an den Schwanz gebunden hat«, rief der Alte lachend.

»Der Esel hat gesprochen, aber Bileam schweigt«, schrie der Bienenjäger und deutete auf den Naturforscher, »der Mann ist ganz stumm, als wenn ein Schwarm junger Bienen sich an die Spitze seiner Zunge gehängt hätte.«

»Nun, Freund«, sagte der Trapper und wandte sich zu dem immer noch regungslosen und starren Doktor, »seid Ihr, der sein Leben darauf verwendet, die Namen und Naturen der Tiere des Feldes und der Vögel der Luft zu notieren, über eine Herde springender Büffel erschreckt?«

Obed Battius aber antwortete nicht, sondern wandte sich stumm ab. Das Ende der Herde war jetzt allmählich sichtbar, und plötzlich entdeckte der Alte reitende Indianer, die den Büffeln folgten.

»Es ist eine Bande verdammter Sioux!« rief er nach einem scharfen Blick. »Ins Versteck, Jungens, das bedeutet Gefahr für unser Leben.«

Middleton war schon bei Inez, und Paul ergriff den Doktor beim Arm, und da der Trapper so schnell wie möglich folgte, waren alle bald im Schutz des Dickichts versammelt. Der Lärm, der den Zug der Herde begleitet hatte, war nur noch von fern zu hören. Die Staubwolken hatte der Wind schon verweht, und man konnte frei im Schutz der Büsche die Prärie übersehen. Die Sioux hatten einen Büffel getötet und schienen nun zufrieden zu sein. Ein Dutzend war um die Beute bemüht, über der einige Krähen flogen, die übrigen ritten umher, als wenn sie etwas suchten. Der Trapper beobachtete die Gestalten, die dem Dickicht näher kamen. Endlich zeigte er Middleton einen von ihnen, den er für Weucha hielt.

»Nun wissen wir genau, wer sie sind und was sie wollen«, sagte der Alte leise. »Sie haben die Spur des Auswanderers verloren und sind auf der Jagd nach ihm.«

Der Alte irrte sich nicht. Weucha und ein Wilder, der ihn begleitete, hatten jetzt die Stelle erreicht, welche die schrecklichen Spuren von Gewalt und Blutvergießen zeigte. Sie saßen ab und untersuchten die Zeichen sorgfältig. Endlich erhoben beide zugleich ein Geschrei, das kaum weniger traurig und ergreifend war als das Heulen der Hunde vorher bei diesen verhängnisvollen Spuren. Gleich darauf war die ganze Bande um sie versammelt. Es dauerte nicht lange und der Trapper zeigte den anderen Mahtoree, den Häuptling der Sioux, der ebenfalls sorgfältig die Spuren untersuchte, während die übrigen Indianer schweigend die Stelle umstanden. Die ganze Bande schritt dann auf das Dickicht zu und machte einige Schritte davor halt. Der Alte rief jetzt alle, die Waffen trugen, zu sich und fragte sie leise, aber bestimmt, ob sie geneigt wären, für ihre Freiheit zu kämpfen oder ob sie eine Unterhandlung versuchen wollten. Paul und der Doktor waren in ihrer Meinung einander schnurstracks entgegengesetzt, und Middleton, der sah, daß ein heißer Wortstreit zwischen beiden zu befürchten sei, hielt es für gut, das Amt eines Mittlers zu übernehmen. Auch er neigte sich auf die Seite des Friedens, denn er sah deutlich, daß jede Gewalt wegen der großen Übermacht der Feinde zu ihrem Untergang führen würde.
»Es ist vernünftig«, begann der Alte wieder, als der andere seine Gründe dargelegt hatte, »es ist sehr vernünftig, denn, was der Mensch nicht durch Gewalt erhalten kann, muß er durch List erreichen. Es kann sein, daß ich noch die Augen der Sioux von dieser Stelle ablenken und euch Zeit zum Fliehen geben kann.«
Der Alte schulterte ruhig seine Büchse, ging gemächlich durch das Dickicht und trat auf die Prärie an einer Stelle, wo er zuerst den Sioux in die Augen fallen mußte, ohne gleich ihren Verdacht zu erregen, daß er etwa aus dem Gehölz kam. Sobald die Gestalt des Mannes im Jägergewand und mit der wohlbekannten und sehr gefürchteten Büchse vor den Sioux erschien, entstand eine merkliche Bewegung in der Bande. Die List des Trappers war insoweit gelungen, als es außerordentlich zweifelhaft blieb, ob er von der offenen Prärie her oder aus dem Dickicht käme. Der Alte schritt ruhig vorwärts, bis er nahe genug gekommen war, um ohne Schwierigkeit gehört zu werden. Hier blieb er stehen, brachte die Büchse zur Erde und erhob die Hand zum Friedenszeichen, das Innere auswärts gekehrt. Nachdem er einige Worte zu seinem Hund gemurmelt hatte, begann er in der Siouxsprache:
»Meine Brüder sind willkommen. Sie sind weit von ihren Dörfern und hungrig, wollen sie mir zu meinem Lager folgen und essen und schlafen?«
Kaum war seine Stimme gehört worden, als ein Freudengeschrei aus einem Dutzend Kehlen den scharfsichtigen Trapper überzeugte, daß er erkannt worden war. Er sah ein, daß es zum Rückzug zu spät sei und schritt weiter

vor, bis er Angesicht zu Angesicht vor Mahtoree stand. Beide sahen sich einen Augenblick an, ohne zu sprechen.
»Wo sind Eure jungen Leute?« fragte endlich ernst der Tetonhäuptling, als er sah, daß die unbeweglichen Züge des Trappers kein Geheimnis verraten wollten.
»Die Langmesser kommen nicht in Banden, um dem Biber Fallen zu stellen, ich bin allein.«
»Euer Haupt ist weiß, aber Eure Zunge ist spitz. Mahtoree ist in Eurem Lager gewesen. Er weiß, daß Ihr nicht allein seid. Wo ist Euer junges Weib und der Krieger, den ich auf der Steppe fand?«
»Ich habe kein Weib. Ich habe meinem Bruder gesagt, daß das Weib und ihr Freund Fremde sind. Die Worte eines grauen Hauptes sollten gehört und nicht vergessen werden. Die Dakotas fanden die Wanderer schlafend und dachten, sie brauchten keine Pferde. Die Weiber und Kinder eines Bleichgesichts sind nicht gewohnt, weit zu Fuß zu gehen. Laßt sie suchen, wo sie wollen.«
Die Augen des Tetons sprühten Feuer, als er antwortete: »Sie sind fort, aber

Mahtoree ist ein weiser Häuptling, und seine Augen können weit sehen!«
»Sieht der Führer der Tetons Leute auf diesen nackten Feldern?« entgegnete der Trapper mit großer Festigkeit. »Ich bin alt, und meine Augen werden dunkel. Wo stehen sie?«
Der Häuptling blieb einen Augenblick stumm, als halte er es für erniedrigend, eine Tatsache länger zu bestreiten, deren er schon sicher war. Dann deutete er auf die Spur am Boden und sagte plötzlich versöhnlicher:
»Mein Vater hat in vielen Wintern Weisheit gelernt, kann er mir sagen, wessen Stiefel diese Spur zurückgelassen haben?«
»Es sind Wölfe und Büffel in der Prärie gewesen.«
Mahtoree sah auf das Dickicht und befahl seinen Leuten, die Stelle sorgsamer zu untersuchen. Drei oder vier halbnackte Indianer ließen ihren Pferden auf seinen Wink die Zügel schießen und eilten davon. Der Alte zitterte für die Klugheit Pauls, als er diese Bewegung sah. Die Tetons umkreisten zwei- oder dreimal die Stelle, sich jedesmal mehr nähernd, und galoppierten dann zu ihrem Häuptling mit der Nachricht zurück, daß das Gehölz leer sei. Statt auf die Nachricht etwas zu erwidern, sprach Mahtoree freundlich zu seinem Pferd, winkte einem Indianer, den Zaum zu halten, nahm den Trapper beim Arm und führte ihn etwas seitwärts.
»Ist mein Bruder ein Krieger gewesen?« fragte der listige Teton verbindlich.
»Die Dakotas haben nicht so viele lebende Krieger gesehen, wie ich getötet habe! Aber was hilft die Erinnerung«, fügte der Alte hinzu, »wenn die Glieder steif werden und das Gesicht fehlt?«
Der Häuptling betrachtete ihn einen Augenblick ernst.
»Wenn mein Vater seine jungen Leute im Gebüsch versteckt hat, so lasse er sie hervorkommen«, sagte er endlich mit Nachdruck. »Ihr seht, ein Dakota fürchtet sich nicht. Mahtoree ist ein großer Häuptling. Ein Krieger, dessen Haupt weiß ist und der bald in das Land der Geister geht, kann nicht doppelzüngig sein wie eine Schlange.«
»Dakota, ich habe keine Lüge gesagt. Seit der Große Geist mich zum Mann gemacht hat, habe ich in der Wildnis gelebt ohne Haus und Familie. Ich bin ein Jäger und gehe meinen Pfad allein!«
»Mein Vater hat eine gute Büchse. Er richte sie ins Gebüsch und feuere.«
Der Alte zögerte einen Augenblick und machte sich dann langsam bereit, um den gefährlichen Beweis für die Wahrheit seiner Worte anzutreten. Seine geschwächten Augen entdeckten einen kleinen Baumstamm am Rande des Gehölzes, er hob die Büchse und feuerte. Die Kugel hatte kaum den Lauf verlassen, als seine Hand das Zittern des Alters befiel. Ein schreckliches Schweigen folgte auf den Schuß, er glaubte schon das Geschrei der Weiber zu hören, als aber der Rauch wegzog, sah er die zerschossene Rinde und

überzeugte sich, daß seine frühere Geschicklichkeit ihn nicht ganz verlassen hatte. Er wandte sich jetzt gleichmütig zu dem Wilden und fragte:
»Ist mein Bruder zufrieden?«
»Mahtoree ist ein Häuptling der Dakotas«, entgegnete der listige Teton und legte die Hand auf die Brust, zum Zeichen, daß er des andern Aufrichtigkeit anerkenne. »Er weiß, daß ein Krieger, der an so vielen Ratsfeuern geraucht hat, bis sein Haupt weiß wurde, nicht in schlechter Gesellschaft gefunden wird. Aber ritt nicht einst mein Vater ein Pferd, gleich einem reichen Häuptling der Bleichgesichter, statt wie ein hungriger Konza zu Fuß zu gehn?«
»Nie. Wahcondah hat mir Beine gegeben, sie zu gebrauchen. Sechzig Sommer und Winter zog ich in Amerikas Wäldern umher, und dann haben traurige Jahre mich in diese Prärie gebracht, aber immer war ich zu Fuß.«
»Das Haupt meines Vaters ist sehr grau, er hat immer unter Menschen gelebt und alles gesehen. Was er tut, ist gut, und was er spricht, ist weise. Nun laßt ihn sagen, ob er mit den Langmessern unbekannt ist, die überall in den Steppen nach ihrem Vieh suchen und es nicht finden können.«
»Dakota, was ich gesagt habe, ist wahr. Ich lebe allein und habe nie zu schaffen mit den Leuten, deren Haut weiß ist, wenn —«
Sein Mund schloß sich plötzlich durch eine Unterbrechung, die ihm sehr unerwartet kam. Die Büsche des Dickichts teilten sich, wo sie standen, und die ganze Gesellschaft, die er eben verlassen hatte, trat hervor. Eine Pause stummen Erstaunens folgte auf diesen überraschenden Anblick. Dann deutete Mahtoree, der durch nichts seine Verwunderung verriet, auf die herankommenden Freunde des Trappers mit einem fröhlichen Lächeln, das sein stolzes, finsteres Gesicht überflog. Die Freunde des Alten kamen näher. Middleton war der erste und führte die leichte Gestalt der Inez. Paul geleitete Ellen dicht hinter ihnen. Obed und der Esel kamen zuletzt. In diesem Augenblick entdeckte man auch den Grund, warum die fünf ihr gutes Versteck verlassen hatten. Ein Haufen bewaffneter Männer kam eben um die Spitze des Gehölzes herum. Es waren die Söhne des Auswanderers, die offenbar den dreisten Überfall rächen wollten.
Mahtoree und sein Haufen zogen sich langsam von dem Dickicht auf eine Erhöhung zurück, die eine weite und ungehinderte Aussicht auf die nackte Prärie gewährte. Hier schien der Dakota entschlossen zu sein, zu bleiben, es zur Entscheidung kommen zu lassen. Trotz dieses Rückzuges, dem sich der Trapper anschließen mußte, folgte Middleton den Indianern und blieb schließlich auch auf derselben Anhöhe, nur in gehöriger Entfernung von den kriegerischen Sioux, mit seinen Leuten stehen.
Die Grenzbewohner nahmen eine günstige Stellung in größerer Entfernung

ein. Während dieser verschiedenen Bewegungen fuhr das schwarze drohende Auge Mahtorees von einem Haufen der Fremden zum andern, scharf und hastig beobachtend, und wandte dann seinen durchbohrenden Blick auf den Alten.

»Die Langmesser sind Toren«, sagte er in hohem, bittrem Unwillen. »Es ist leichter, den Kuguar schlafend als einen blinden Dakota zu finden. Glaubten die Weißen, sie würden auf dem Pferd eines Sioux reiten?«

Der Trapper, der Zeit gefunden hatte, sich zu sammeln, sah ein, daß Middleton, als er Ismael bemerkte, sich lieber der Gastfreundschaft der Wilden als dessen Behandlung hatte überlassen wollen. Er entschloß sich daher, der Aufnahme seiner Freunde das Wort zu reden.

»Machte mein Bruder sich je auf den Weg, um mein Volk zu schlagen?« fragte er ruhig den unwilligen Häuptling.

»Welcher Stamm und welche Nation hat nicht die Schläge der Dakotas gefühlt? Mahtoree ist ihr Haupt«, antwortete der Wilde stolz.

»Und hat er die Bleichgesichter als Weiber gefunden oder als Männer?«

Eine Menge wilder Leidenschaften kämpften auf dem trotzigen Gesicht des Indianers, als er diese Frage hörte. Einen Augenblick lang schien unauslöschlicher Haß die Oberhand zu gewinnen, dann hob er sein leichtes Gewand und deutete auf die Narbe eines Bajonettstichs.

»Es wurde gegeben, wie es genommen wurde, Angesicht zu Angesicht«, sagte er ernst.

»Es ist genug. Mein Bruder ist ein tapferer Häuptling und sollte auch ein weiser sein. Möge er sehen. Ist das ein Krieger der Bleichgesichter? War es so einer, der dem großen Dakota die Wunde beibrachte?«

Die Augen Mahtorees folgten der Richtung der ausgestreckten Hand des Alten und fielen auf die zitternde Gestalt der Inez. Er blickte das fremdartige, schöne Mädchen lange an. Auffahrend, als bemerke er plötzlich seine Selbstvergessenheit, wandte er seine Augen auf die anderen und sah jeden einzelnen der Reihe nach an.

»Mein Bruder sieht, daß meine Zunge nicht falsch ist«, fuhr der Trapper fort. »Die Bleichgesichter schicken ihre Weiber nicht in den Krieg. Ich weiß, der Dakota wird mit dem Fremden rauchen.«

»Mahtoree ist ein großer Häuptling. Die Bleichgesichter sind willkommen«, sagte der Teton und legte seine Hand mit einer Art nachlässiger Höflichkeit auf die Brust. »Die Pfeile meiner jungen Leute sind in den Köchern.«

Der Trapper winkte Middleton, heranzukommen, und in wenigen Augenblicken waren die beiden Parteien vereinigt, nachdem jeder der Männer freundliche Grüße nach Art der Krieger der Prärie gewechselt hatte. Aber selbst während dieser freundschaftlichen Begrüßung unterließ es der Dakota nicht, die entfernte Gruppe der Weißen zu beobachten, als argwöhne er noch eine List. Der Alte beratschlagte vorsichtig mit Middleton und Paul über die Mittel, einem Angriff der Grenzbewohner zu entgehen, und er trug Sorge, daß er ihre Unterredung in den Augen derer, die den Ausdruck ihrer Gesichter mit eifersüchtiger Aufmerksamkeit bewachten, nicht feindlich gedeutet werden konnte.

»Ich weiß, daß die Dakotas ein weises und großes Volk sind«, begann endlich der Trapper und wandte sich wieder an den Häuptling, »aber kennt ihr Häuptling keinen einzigen Bruder, der schlecht ist?«

Mahtorees Auge überflog stolz seine Krieger, bevor er antwortete:

»Der Herr des Lebens hat Häuptlinge gemacht und Krieger und Weiber.«

»Und er hat auch Bleichgesichter gemacht, die schlecht sind. Die sind es, die mein Bruder dort sieht.«

»Kommen sie zu Fuß, um Übel zu tun?« fragte der Teton mit einem wilden Blick.

»Ihre Tiere sind fort, aber ihr Pulver und Blei und ihre Decken sind noch da.«

»Tragen sie ihren Reichtum in der Hand, wie die ärmlichen Konza? Oder sind sie tapfer und lassen ihn bei den Weibern, wie Leute tun sollen, die wieder zu finden wissen, was sie verloren haben.«

»Mein Bruder sieht die blaue Stelle dort über der Steppe, seht, die Sonne hat sie zum letzten Male für heute berührt.«

»Mahtoree ist kein Maulwurf.«

»Es ist ein Felsen, und auf ihm ist die Habe der Weißen.«

Ein Ausdruck wilder Freude schoß in das finstere Antlitz des Tetons, als er das hörte. Er wandte sich zu dem Alten, als wolle er in seiner Seele lesen und sich versichern, daß er nicht getäuscht würde. Dann richtete er seinen Blick auf Ismaels Begleiter und zählte sie.

»Einer fehlt«, sagte er.

»Sieht mein Bruder die Krähen? Dort ist sein Grab. Fand er Blut auf der Steppe, es war seins.«

»Genug. Mahtoree ist ein weiser Häuptling. Setzt Eure Weiber auf die Pferde der Dakotas, wir werden sehen, unsere Augen sind weit offen.«

Der Trapper verlor keine unnötigen Worte mit weiteren Erklärungen. Bekannt mit der Schnelligkeit der Eingeborenen, teilte er sogleich das Ergebnis seinen Gefährten mit. Paul saß sofort auf einem Pferde und Ellen mit ihm. Middleton hob Inez vorsichtig auf das Pferd des Häuptlings, als Mahtoree an die Seite des Tieres trat, das er selbst zu diesem Dienst bestimmt hatte, und die Absicht zeigte, seinen gewöhnlichen Platz einzunehmen.

Der junge Soldat ergriff die Zügel des Pferdes, und wütende und stolze Blicke wurden plötzlich zwischen ihnen gewechselt. – »Niemand nimmt diesen Sitz ein als ich selbst«, sagte Middleton streng auf Englisch.
»Mahtoree ist ein großer Häuptling«, antwortete der Wilde, ohne auch nur den Sinn seiner Worte zu verstehn.
»Der Dakota wird zu spät kommen«, flüsterte der Alte an seiner Seite, »seht, die Langmesser sind erschreckt und werden bald davonlaufen.«
Der Tetonhäuptling gab sogleich seinen Anspruch auf, warf sich auf ein anderes Pferd und wies einen seiner Leute an, für den Trapper auch eines herbeizuschaffen. Doktor Battius bestieg seinen Esel, und bald waren alle bereit, aufzubrechen. Als er sah, daß alles fertig war, gab Mahtoree das Zeichen zum Aufbruch. Einige der Sioux, unter ihnen der Häuptling, ritten so weit vor, als wollten sie Ismael und seine Söhne angreifen. Der Auswanderer, der sich in der Tat langsam zurückzog, machte sogleich halt. Statt jedoch in den Bereich der gefährlichen Büchse zu kommen, jagten die gewandten Wilden um die Fremdlinge herum, bis sie einen Halbkreis um sie beschrieben hatten.
Dann erhoben die Tetons ein lautes Geschrei und schossen in gerader Linie über die Prärie auf den fernen Felsen los.
Als der Felsen sich am Himmel zeigte, erhoben die Wilden ein Triumphgeschrei. Aber die Nebel des Abends sammelten sich schon über den ganzen östlichen Rand der Prärie, und ehe die Bande die Hälfte des Wegs zurückgelegt hatte, war der dunkle Rand des Felsens mit dem Gewölk am Horizont zusammengeflossen. Gleichgültig gegen diese Tatsache, die ihre Pläne eher begünstigte als störte, setzte Mahtoree, der wieder an der Spitze geritten war, seinen Weg fort und mäßigte nur ein wenig das Tempo, da die Pferde jetzt ganz außer Atem waren. Um diese Zeit ritt der Alte an Middletons Seite.
»Das gibt einen Raubzug, an dem ich nicht gern teilnehmen möchte«, sagte der Trapper nach einer Weile auf Englisch.
»Was wollt Ihr machen? Es würde gefährlich sein, sich den Leuten hinter uns zu überlassen.«
»Tut, Junge, als sprächt Ihr von unserer Arznei oder als lobtet Ihr die Tetonpferde, denn sie hören gern das Lob ihrer Tiere. So, streichelt das Vieh und legt Eure Hand auf seine Mähne. Hört, wenn wir es klug anfangen, können wir mit Einbruch der Nacht diese Tetons verlassen.«
»Ein guter Gedanke!« rief Middleton unvorsichtig.
»Himmel! Nehmt Euch zusammen. Gebt acht, daß Ihr Euer Tier nicht ermüdet. Seid bereit auf das Signal, wenn Ihr den alten Hektor heulen hört. Beim erstenmal macht Euch bereit, beim zweitenmal müßt Ihr Euch von

dem Haufen trennen, und beim drittenmal... na, Ihr versteht mich sicher?«
»Vollkommen«, sagte Middleton eifrig und drückte die kleine Hand, die ihn umfaßte.
»Nun, das Tier ist nicht faul«, fuhr der Trapper laut in der Tetonsprache fort und drückte sich zu gleicher Zeit vorsichtig durch den Haufen, bis er an Pauls Seite war. Er teilte ihm seinen Plan vorsichtig mit. Der mutige Bienenjäger war sehr froh und erklärte seine Bereitwilligkeit. Der Alte sah sich nun nach dem Naturforscher um. Der Doktor ritt am Ende des Zuges, sozusagen in der Nachhut.
»Freund«, begann der Alte, als er sich neben ihm befand, »würdet Ihr gerne ein Dutzend Jahre unter den Wilden mit geschorenem Kopf, einem bemalten Gesicht und vielleicht einem Schock Weiber, und fünf oder sechs Kindern, halberzogen, die Euch Vater nennen, zubringen wollen?«
»Unmöglich!« rief der erstaunte Naturforscher, der nicht wußte, worauf der andere hinaus wollte. Der Alte vertraute ihm nun vorsichtig seinen Plan an. Er baute darauf, daß die Tetons den Arzt für einen Zauberer hielten, und hatte sie selbst mit versteckten Bemerkungen darin bestärkt. So wollte er sich von dem schwerfälligen Doktor so schnell wie möglich trennen und ihn vorerst allein reiten lassen, weil er hoffte, die Wilden würden ihm nicht folgen.
»Seht ihr den glitzernden Stern«, sagte er abschließend, »der etwa auf vier Büchsenschuß Länge über der Steppe hierherum sein mag, gegen Norden mein' ich.«
»Ja, er ist von der Konstellation –«
»Den Teufel mit Euren Konstellationen, Mann, seht Ihr den Stern, den ich meine? Sagt mir auf gut Englisch ja oder nein!«
»Ja.«
»Sobald ich mich umwende, laßt Eurem Esel den Zügel schießen, bis Ihr den Wilden aus dem Gesicht kommt. Dann wählt den Herrn zu Eurem Schutz und diesen Stern zum Führer. Weicht weder zur Rechten, noch zur Linken und benutzt Eure Zeit, denn Euer Tier ist nicht schnell. Jeder Zoll der Prärie, den Ihr gewinnt, bedeutet Freiheit und Leben für Euch.«
Ohne Fragen abzuwarten, ließ der Alte seinem Pferde die Zügel schießen und verlor sich in der Gruppe vorn.
Obed war jetzt allein. Der Esel gehorchte willig dem Wink seines Herrn. Er lief langsamer und blieb schnell zurück. Etwas später wandte der Doktor sein treues Tier und ritt nun, so schnell er konnte, allein über die einsame Prärie auf den Stern zu. Die Tetons entdeckten erst nach einer Zeit das Fehlen des Medizinmannes, und sie verständigten vorsichtig ihren Häuptling.

»Wo ist Euer Beschwörer?« fragte Mahtoree und wandte sich plötzlich zu dem Trapper, der neben ihm ritt, als wolle er ihn für das Verschwinden Obeds verantwortlich machen.
»Kann ich meinem Bruder die Zahl der Sterne sagen? Die Wege eines großen Arztes sind nicht gleich den Wegen andrer Leute.«
»Hör, Graukopf, und erwäge meine Worte«, fuhr der andre fort und neigte sich auf seinen rohen Sattelknopf, »die Dakotas haben kein Weib zu ihrem Anführer gemacht. Wenn Mahtoree die Macht eines großen Zauberers empfindet, wird er zittern — bis dahin will er selbst sehen, ohne sich die Augen von einem Bleichgesicht zu borgen. Wenn Euer Beschwörer nicht bis morgen bei seinen Freunden ist, sollen meine Leute nach ihm sehen. Eure Ohren sind offen. Genug.«
Dem Trapper gefiel es nicht übel, daß er eine Frist hatte. In diesem Augenblick tauchte der Felsen aus der Dunkelheit auf und machte dem Gespräch ein Ende. Ein Murmeln lief durch die Bande, als sie das Lager Ismaels erkannten, dann blieb aber alles still, und man hörte nur leises Rascheln im Gras der Prärie.
Aber Esthers Wachsamkeit, die das Lager besetzt hielt, konnte nicht getäuscht werden. Sie hatte die verdächtigen Töne, die sich über die nackte Prärie dem Felsen näherten, schon vernommen. Die Wilden, die in geringer Entfernung abgestiegen waren, hatten nicht Zeit, näher heranzuschleichen.
»Wer ist unten?« rief sie laut. »Antwortet, es gilt euer Leben! Sioux oder Teufel, ich fürchte euch nicht!«
Alles schwieg. Jeder Krieger wußte, daß seine dunkle Gestalt in dem Schatten der Prärie verschwand, und blieb, wo er stand. In diesem Augenblick entschloß sich der Trapper zu entwischen. Er war mit seinen Freunden unter Bewachung zurückgelassen worden, und da sie alle zu Pferde blieben, erschien der Augenblick günstig. Die Aufmerksamkeit der Wachen war auf den Felsen gerichtet. Der Alte lehnte sich auf den Nacken seines Pferdes und flüsterte vorsichtig seinem Hunde zu. Das Tier hörte die wohlbekannte Stimme und antwortete mit einem freundlichen Winseln, das in ein Heulen auszubrechen drohte. Der Trapper wollte sich gerade erheben, als er Weuchas Hand an seiner Kehle fühlte. Er stieß sofort einen zweiten leisen Ruf aus und erhielt Antwort von seinem Hunde. Weucha ließ sofort den Alten los, um den Hund zum Schweigen zu bringen. In diesem Augenblick hörte man wieder Esthers Stimme.
»Ei, winselt und verstellt eure Kehlen, soviel ihr wollt«, rief sie, »ich kenn' euch, wartet, ihr sollt Licht zu euren Untaten haben. Werft die Kohlen hinein, der Vater und die Burschen sollen sehen, daß man sie zu Hause braucht, um Gäste zu empfangen!«

Als sie noch sprach, sah man ein helles Licht auf dem Felsen, dann folgte eine züngelnde Flamme, die für einen Augenblick in den Windungen eines ungeheuren Strohhaufens sich hinschlängelte, dann in einer hellen Flamme aufschoß und die ganze Umgebung beleuchtete.
Der Trapper sah sich um, um sich über die Lage seiner Freunde zu unterrichten. Den Zeichen treu, hatten Middleton und Paul sich ein wenig beiseite gestohlen und standen jetzt allem Anschein nach bereit, ihre Flucht zu beginnen. Hektor war seinem wilden Verfolger entwischt und lag bei dem Pferd seines Herrn. Plötzlich sah man Mahtorees dunkle Gestalt in das Licht auf dem Felsen springen. Er fesselte im Handumdrehen die schreiende Esther. Drei andere Krieger erschienen gleich nackten Dämonen. Sie zerstörten den lodernden Strohhaufen, einen Moment wirbelten die Flammen in der Luft, dann herrschte tiefes Dunkel. Die Wilden stießen jetzt ihr Triumphgeschrei aus, das von einem langen, lauten Winseln Hektors begleitet wurde. In diesem Augenblick war der Alte zwischen Middletons und Pauls Pferden und streckte seine Hand nach den Zügeln aus, um die Ungeduld der Tiere zu besänftigen.
»Langsam, langsam«, flüsterte er, »ihre Augen sind für einen Augenblick geschlossen, als hätte der Herr sie mit Blindheit geschlagen, aber ihre Ohren

sind offen. Fünfzig Schritte wenigstens dürfen wir nicht schneller sein, als man geht.«

Die fünf Minuten, die folgten, schienen allen, den Trapper ausgenommen, eine Ewigkeit. Allmählich ließ der Alte die Pferde schneller werden, bis sie den Mittelpunkt eines Steppengrundes erreicht hatten. Dann, auf seine stille Weise lachend, ließ er die Zügel los und sagte:

»Nun laßt sie galoppieren, aber haltet euch auf dem trockenen Gras, um das Geräusch zu dämpfen.«

In wenigen Minuten ritten sie eine Anhöhe hinauf und überquerten sie. Die Flucht wurde mit der größten Eile fortgesetzt, und immer behielten sie den angezeigten Stern im Auge.

Zehntes Kapitel

In tiefer Stille setzten die Flüchtlinge ihren Ritt fort, aber selbst vom Felsen her war nichts zu hören. Auch der Trapper bot seine Erfahrung vergebens auf, um etwas von dem Kampf zwischen Mahtoree und Ismael zu entdecken. Man vernahm nicht das geringste Zeichen. Der Alte murmelte von Zeit zu Zeit, aber verriet seine Unruhe nicht. Schweigend und eilend, ritten sie alle durch die wellige Prärie, und der Alte war anscheinend nicht gesonnen, Rast zu machen.

»Haben wir nicht genug getan?« fragte Middleton endlich mit Rücksicht auf Inez und Ellen, die nach einigen Stunden die große Ermüdung nicht mehr ertragen konnten. »Wir sind hart zugeritten und haben eine weite Strecke zurückgelegt. Es ist Zeit, einen Lagerplatz zu suchen.«

»Den müßt ihr im Himmel suchen, wenn ihr nicht mehr reiten könnt«, murmelte der alte Trapper. »Wären die Tetons und der Grenzbewohner aneinandergeraten, dann hätten wir wohl Zeit gehabt, Rast zu machen. Aber wie es jetzt steht, würde es Tod oder Gefangenschaft bedeuten, wenn wir uns dem Schlaf überließen, ehe wir sicher in einem Versteck sind.«

»Ich weiß nicht«, entgegnete der andere ungeduldig, »wir sind weit geritten, und ich kann keine Zeichen einer Gefahr sehen. Wenn Ihr für Euch fürchtet, guter Freund, glaubt mir, Ihr irrt, denn — «

»Euer Großvater, lebte er und wäre hier«, unterbrach ihn der Alte mit Nachdruck, »er hätte nicht so gesprochen.«

Der junge Offizier schwieg beschämt, und schweigend ritten sie alle weiter. Aber alle richteten sich plötzlich auf, um etwas zu untersuchen, worauf Paul hingewiesen hatte. Meistens waren sie in den kleinen Tälern geritten, um in den Schatten Schutz zu suchen, aber gerade jetzt waren sie eine Anhöhe

hinaufgestiegen, als der Bienenjäger auf einen dunklen Gegenstand vor ihnen deutete.
»Laßt uns absteigen«, sagte Middleton, »mag es ein Tier oder ein Mensch sein, wir sind zu stark, um uns zu fürchten.«
»Wenn es nicht indiskutabel wäre«, rief der Trapper, der nicht sehr häufig Fremdwörter gebrauchte, »so würde ich behaupten, es sei der Mann, der auf Ungeziefer und Insekten Jagd macht.«
»Warum unmöglich? Habt Ihr ihm nicht diesen Weg gewiesen, um zu uns zu stoßen?«
»Richtig«, rief der alte Jäger, der jetzt Obed und den Esel deutlich erkannte, »was tut doch die Furcht! Nun, Freund, Ihr seid tüchtig geritten, um so weit zu kommen. Ich bewundere die Schnelligkeit des Esels.«
»Asinus ist erschöpft«, erwiderte der Naturforscher ohne jede Überraschung traurig. »Das Tier ist wahrhaftig nicht faul gewesen, seit wir uns trennten, aber er weist alle Ermahnungen und Aufforderungen zurück, weiterzugehen. Ich hoffe, wir brauchen für den Augenblick uns vor den Wilden nicht zu fürchten.«
»Ich kann es nicht sagen, ich weiß nicht, es ist nicht so zwischen uns und den Tetons, wie es sein sollte. Ich kann nicht für die Sicherheit unserer Köpfe stehen. Das Tier ist erschöpft, Ihr habt es über seine Kräfte angestrengt, es ist wie ein ausgemergelter Hund. Nun, Kapitän, müssen wir zwischen zwei Übeln wählen, entweder den Esel zurücklassen, der bis jetzt unser Glück und Unglück geteilt hat und nicht leicht aufgegeben wird, oder ein Versteck aufzusuchen, um das Tier ausruhen zu lassen.«
»Er ist ein alter, treuer Diener«, sagte der Doktor schmerzlich bewegt, »und ungern würde ich ihm ein Leid widerfahren lassen. Bindet seine Füße, und laßt ihn im hohen Gras. Ich stehe dafür, wir werden ihn am Morgen finden, wo wir ihn gelassen haben.«
»Und die Sioux? Was würde aus dem Tier werden, wenn die Rothäute seine Ohren wie zwei Wollkrautstengel über dem Gras sähen?« rief der Bienenjäger.
Middleton, der ungeduldig zu werden begann, legte sich jetzt ins Mittel. Der demütige Asinus, zu sanft und müde, um Widerstand zu leisten, war bald gefesselt und wurde im welken Gras verborgen, wo man ihn wiederzufinden hoffte. Der Alte war sehr dagegen und gab mehr als einmal zu verstehen, daß das Messer sicherer sei als der Strick. Als Asinus so gesichert und versteckt war, suchten alle eine Stelle, wo auch sie während der Nacht sich erholen könnten.
Nach den Berechnungen des Trappers waren sie zwanzig Meilen seit ihrer Flucht geritten. Man verfolgte die wellenförmige Erhöhung der Prärie noch

eine Weile, bis sie sich in eine große weite Ebene verlor, die meilenweit mit dem gleichen Gras bedeckt war.

»Hier können wir lagern«, sagte der Alte, als sie an diesen See von fahlem Gras kamen, »ich kenne die Stelle und habe oft in ihren verborgenen Schluchten gelegen, tagelang, während die Wilden auf dem offenen Grund jagten. Wir müssen die Stelle sehr vorsichtig betreten, denn eine tiefe Spur könnte gesehen werden.«

Selbst vorangehend, wählte er eine Stelle aus, wo das wilde Gras am höchsten stand, und wies die andern an, möglichst in seine eigenen Fußstapfen zu treten. Als sie einige hundert Schritte zurückgelegt hatten, hieß er Paul und Middleton weiterreiten, er selbst stieg ab und ging an den Rand zurück. Hier brachte er mehrere Minuten damit zu, das niedergetretene Gras wieder aufzurichten und, soweit es möglich war, jede Spur zu verwischen. Die übrigen setzten indessen ihren Weg nicht ohne Mühe fort, bis sie eine Meile weit eingedrungen waren. Hier fanden sie eine Stelle, die für ihre Absicht paßte, stiegen ab und fingen an, ihre Vorkehrungen zu treffen, um den übrigen Teil der Nacht hier zuzubringen. Nach einer Weile stieß auch der Trapper wieder zu ihnen. Das Gestrüpp und Gras war bald auf einem passenden Platz ausgerissen und abgeschnitten, und eiligst wurde für Inez und Ellen ein wenig zur Seite ein Lager bereitet. Die erschöpften Frauen begaben sich nun, nachdem sie einiges aus Pauls und des Alten Vorräten zu sich genommen hatten, zur Ruhe und ließen ihre Begleiter für ihre eigenen Bedürfnisse sorgen. Middleton und Paul folgten bald ihrem Beispiel und ließen den Alten und den Naturforscher um ein saftiges Stück Bisonfleisch sitzen, das, schon gebraten, wie gewöhnlich kalt gegessen wurde. Die beiden so verschiedenen Männer unterhielten sich noch eine Zeitlang leise und wickelten sich dann auch in ihre Decken. Der Schlaf der Flüchtlinge dauerte mehrere Stunden.

Der Trapper erwachte zuerst. Er stand auf, als gerade das graue Licht des Tages den östlichen Horizont erhellte. Er rief seine Gefährten und machte ihnen deutlich, wie sehr sie sich auch heute anstrengen müßten. Während Middleton sich mit den Vorkehrungen für Inez' und Ellens Bequemlichkeit auf der langen, mühsamen Reise, die vor ihnen lag, beschäftigte, sorgten der Alte und Paul für das Frühstück. Die verschiedenen Anordnungen nahmen nicht viel Zeit weg, und die kleine Gruppe saß bald um ein schmackhaftes Essen.

»Wenn wir tiefer in die Jagdgründe der Pawnees eindringen«, sagte der Trapper und legte ein Stück zartes Fleisch vor Inez auf einen kleinen, niedlich in Horn gearbeiteten Teller, der besonders zu seinem Gebrauch gemacht war, »dann werden wir die Büffel fetter finden, die Rehe häufiger und alle

Gaben des Herrn im Überfluß. Vielleicht können wir sogar einen Biber erwischen und ein Stück von seinem Schwanz als Leckerbissen bekommen.«
»Welchen Weg gedenkt Ihr einzuschlagen, wenn Ihr jetzt diese Bluthunde von unserer Spur abgebracht habt?« fragte Middleton.
»Wenn ich raten darf«, rief Paul, »wär's zu Wasser. Wir sollten den Strom abwärts fahren so bald wie möglich. Gebt mit einen Baumstamm, und ich will ein Kanu daraus machen, das uns alle tragen soll. Außerdem läßt das Wasser keine Spur zurück.«
»Dafür will ich nicht stehen«, entgegnete der alte Jäger, »ich habe oft gemeint, eine Rothaut könne in der Luft eine Spur finden.«
»Seht, Middleton«, rief Inez plötzlich entzückt, »wie schön ist der Himmel, das verspricht sicher Glück!«
»Ja, wirklich, selten habe ich einen so schönen Sonnenaufgang gesehen«, antwortete der Offizier.
»Sonnenaufgang!« wiederholte bedächtig der Alte und erhob sich mit einem nachdenklichen Blick von seinem Sitz und betrachtete besorgt die wechselnden Farben an der Wölbung des Himmels. Nach einer Weile sagte er:
»Die verdammten Schurken haben uns mit ihrer Rache umzingelt. Die Steppe ist angezündet!«
»Gott im Himmel schütze uns!« rief Middleton und drückte Inez bei der drängenden Gefahr an seine Brust. »Es ist keine Zeit zu verlieren, alter Mann, jeder Augenblick ist kostbar, wir wollen fliehen!«
»Wohin«, fragte der Trapper und winkte ihm, stillzustehen. »In dieser Wildnis von Gras und Disteln könnte ein einziger Schritt nach der unrechten Seite uns alle dem Untergang entgegenführen. Folgt mir jetzt ein wenig zur Linken und auf die kleine Anhöhe, dort können wir uns umsehen.«
Der Alte winkte mit der Hand, und als sie den Ort erreichten, den die anderen niemals entdeckt hätten, wurde schnell erst das harte, trockene Gras, das noch über Middletons und Pauls Kopf reichte, niedergebrochen, um von der geringen Erhebung her eine Aussicht zu erlangen. Der Anblick, der sich ihnen bot, war furchtbar. Obgleich der Tag zu dämmern begann, wurde es zusehends unter riesigen Rauchwolken dunkler. Helle Flammensäulen schossen hier und da am Rand der Graswüste auf. Die Besorgnis in den starren Zügen des Trappers wurde allmählich größer, als er sich bedächtig von der Größe der Feuersbrunst überzeugt hatte, die sich in einem breiten Gürtel um ihre Zufluchtsstelle ausdehnte und schon den ganzen Horizont umfaßt hatte.
»Wir haben uns betrogen, als wir glaubten, wir hätten diese Tetons von unserer Spur abgebracht«, sagte er endlich kopfschüttelnd. »Sie wissen, wo

wir sind, und wollen uns durch den Rauch hinaustreiben. Sie haben das Feuer um die ganze Stelle herumgeführt, und wir sind gänzlich von den Teufeln eingeschlossen.«

Alle umstanden jetzt besorgt den alten Trapper. Paul und Middleton wollten zur waghalsigen Flucht raten, mußten sich aber der Erfahrung des Alten fügen.

»Die Flammen kümmern mich nur wenig«, rief er endlich. »Wir müssen nur den Tetons zu entgehen suchen! Nennt Ihr das ein Feuer? Hättet Ihr gesehn, wie die mächtigen Berge im Osten des Landes einer Schmiedeesse glichen, dann wüßtet Ihr, was ein Feuer heißt. Kommt, Jungens, jetzt müssen wir handeln. Reißt das dürre Gras hier völlig aus bis auf die bloße Erde!«

Alle machten sich schweigend an die Arbeit, obgleich sie den Zweck nicht einsahen. In wenigen Minuten war eine Stelle von ungefähr zehn Metern im Durchmesser frei. In die eine Ecke dieses kleinen Platzes brachte der Trapper die Frauen und wies Middleton und Paul an, ihre leichten und brennbaren Kleider mit Decken, die sich fanden, zu umwickeln. Dann trat der Alte an den Rand des Grases, das sie noch in einem hohen, gefährlichen Kreis umgab, riß eine Handvoll trockener Halme aus und legte sie auf die Pfanne seiner Büchse. Sie fingen leicht beim Abdrücken Feuer. Nun legte er die geringe Flamme den Frauen gegenüber in das hohe Gestrüpp, trat in den Mittelpunkt des Kreises und wartete geduldig auf den Erfolg. Das Feuer ergriff im Nu den neuen Zunder, und sofort glitten überall spitze Flammen durch das trockene Gras.

»Nun«, sagte der Alte, hielt den Finger in die Höhe und lachte auf seine eigene stille Art, »nun sollt ihr Feuer gegen Feuer kämpfen sehen.«

Das Feuer verbreitete sich schnell auf drei Seiten und erlosch von selbst auf der vierten aus Mangel an Nahrung. Als es schließlich stärker wurde und rauschte und prasselte, brannte es alles vor sich weg und ließ nur den schwarzen, rauchenden Boden zurück. Die Lage der Flüchtlinge war nicht mehr gefährlich, die Flammen wichen nach allen Seiten zurück und ließen sie in eine Rauchwolke eingehüllt, aber vollkommen sicher vor dem Feuer, das wütend weiterrollte. Alle sahen erstaunt und dankbar den Trapper an.

»Es ist geglückt«, sagte der Alte endlich, »haltet die Pferde bereit. Laßt noch die Flammen eine kurze halbe Stunde ihr Werk tun, und dann wollen wir aufsitzen. So lange braucht die Steppe, um abzukühlen. Die unbeschlagenen Tetonpferde haben empfindliche Hufe.«

Nach einer Weile gab der Alte seinen Gefährten das Signal, aufzusitzen. Die Pferde, die während des Feuers sehr gezittert hatten, nahmen ihre Reiter freudig auf. Der Trapper lud den Doktor ein, seine Stute zu besteigen

und erklärte, selbst zu Fuß zu gehen. Die Anordnung wurde stillschweigend angenommen. Der Doktor, wenn er auch um seinen verlorenen Esel klagte, war doch zu sehr darüber erfreut, daß er, statt zwei, vier Beine gefunden hatte, und in wenigen Minuten verkündete der Bienenjäger, daß sie bereit seien, aufzubrechen.
»Seht dorthin nach Osten«, sagte der Alte, als er sie über die schwarze und noch rauchende Ebene führte, »wenn Ihr etwas durch den Rauch schimmern und glänzen seht, dann ist das ein gutes Zeichen. Ein Strom fließt hier in der Nähe. Es ist ein breiter, schneller Fluß, und wir sind nicht sicher, bis er zwischen unserer Spur und diesen Tetons fließt.«
Alle ritten jetzt aufmerksam und in tiefem Schweigen durch die Rauchwolken, die noch wie Nebel über die Ebene hinzogen. Sie waren fast eine Meile geritten, ohne den ersehnten Strom zu erblicken. Das Feuer wütete noch in der Ferne, und wenn der Wind auch den Rauch wegtrieb, zogen doch bald neue Massen über die Prärie und beschränkten die Aussicht. Endlich machte der Alte, der einige Unruhe gezeigt hatte, plötzlich halt und stieß seine Büchse auf den Boden. Middleton und die übrigen ritten zu ihm und fragten ihn, was es gebe.
»Seht dorthin», sagte der Trapper und deutete auf ein totes Pferd, das mehr als halb verbrannt in einer kleinen Schlucht lag, »da könnt Ihr die Gewalt eines Steppenbrandes sehen. Die Erde ist naß hierherum, und das Gras stand höher als gewöhnlich. Dies arme Tier ist schlafend überrascht worden.«
»Seht her, alter Trapper«, rief Paul und deutete ein wenig weiter, wo der Grund trockner und das Gras weniger reich war, »sagt zwei Pferde, dort liegt noch eins.«
»Der Junge hat recht. Es ist möglich, daß die Tetons in ihrer eigenen Falle gefangen worden sind! So etwas kommt vor. Es muß so sein. Ein Teil der Schurken hat uns im Gras aufgelauert, während die anderen die Prärie anzündeten, und das sind hier die Folgen. Sie haben ihre Tiere verloren und sind vielleicht selbst umgekommen.«
Sie ritten schweigend weiter und waren schon an dem Kadaver des zweiten Pferdes vorüber, als Paul, der als letzter mit Ellen ritt, anhielt.
»Hallo, Alter«, rief er dem Trapper, der schon weiter vorn war, zu, »das ist hier kein Pferd, ich sehe weder Huf noch Kopf.«
»Was? Kein Pferd! Eure Augen sind gut für Bienen und hohle Bäume, mein Junge«, antwortete der Alte, kam aber doch vorsichtig zurück.
»Hebt den Zipfel der Haut auf, alter Trapper«, sagte Paul von seinem Pferd herunter in einem Ton, als könne er jetzt mitsprechen, »wenn noch etwas von dem Höcker übrig ist, soll es gut gebraten werden!«

Der Alte lachte über den Irrtum seines jungen Freundes. Er stieß mit dem Fuß unter die Haut, sie bewegte sich und fiel plötzlich zur Seite. Ein indianischer Krieger sprang überraschend schnell aus seinem Versteck auf die Füße.

Elftes Kapitel

Ein Blick genügte, und alle erkannten, daß der junge Pawnee, auf den sie schon einmal gestoßen waren, wieder vor ihnen stand. Der Indianer musterte die Weißen mißtrauisch, und alle waren gleichermaßen überrascht. Diesmal fand der Doktor zuerst das Wort:

»Ordnung: ›primates‹, Genus: ›homo‹; Species: Steppe!« sagte er.

»Ja, da haben wir das Geheimnis«, sagte der alte Trapper und nickte mit dem Kopf. »Der Bursche hat sich in das Gras versteckt, das Feuer ist im Schlaf über ihn gekommen, und da er sein Pferd verloren hatte, ist er genötigt gewesen, sich unter diese frische Büffelhaut zu retten. Keine üble Erfindung, wo Pulver und Feuerstein fehlte, um einen Kreis abzubrennen. – Mein Bruder ist nochmals willkommen«, fügte er in der dem andern verständlichen Sprache hinzu, »die Tetons haben ihn geräuchert, wie sie es mit einem Tapir machen.«

Der junge Pawnee blickte über die Prärie, als wolle er die furchtbare Gefahr untersuchen, der er eben erst entronnen war.

»Ein Teton ist ein Hund. Wenn das Kriegsgeschrei der Pawnees in ihre Ohren tönt, dann heult die ganze Nation«, sagte er schließlich stolz.

»So ist es. Die Schurken sind uns auf der Spur, und ich bin froh, einen Krieger zu treffen, der die Streitaxt in der Hand hat und jene nicht liebt. Will mein Bruder meine Kinder in sein Dorf führen? Wenn die Sioux uns folgen, werden meine jungen Leute seine Verbündeten sein.«

Der junge Pawnee wandte seine Blicke von einem der Fremden zum andern, scharf forschend, ehe er auf eine so wichtige Frage eine Antwort gab.

»Mein Vater soll willkommen sein, die jungen Leute meines Volkes sollen mit seinen Söhnen jagen, die Häupter mit den Greisen rauchen. Die Pawneemädchen werden singen vor den Ohren seiner Töchter.«

»Und wenn wir auf die Tetons treffen?« fragte der Trapper vorsichtig.

»Der Feind der Langmesser soll den Arm der Pawnees fühlen!«

»Gut. Nun wollen mein Bruder und ich uns beraten, damit wir nicht auf krummem Pfad gehen, sondern damit unser Weg nach seinem Dorf gleich dem Flug der Tauben sei.«

Der junge Pawnee machte eine ausdrucksvolle Gebärde der Zustimmung und folgte dem andern etwas beiseite. Ihre Unterredung dauerte nicht lange. Als sie zu den andern zurückkamen, sagte der Alte auf Englisch:

»Ich täusche mich nicht, dieser junge Krieger ist wegen der Tetons unterwegs. Sein Stamm war nicht stark genug, um die Teufel zu schlagen. Es scheint, der Junge kennt keine Furcht, denn er hat ihre Spur allein verfolgt, bis er, wie wir, im Gras ein Lager hat suchen müssen. Aber er sagte mir noch mehr, der schlaue Mahtoree hat sich mit den Auswanderern verbunden, und alle sind uns auf den Fersen.«

»Wie kann er das wissen?« fragte Middleton.

»Das ist seine Gelehrsamkeit, Kapitän, und was er sagt, ist wahr. Er erklärte mir auch, daß meine alten Augen mir nochmals treu gewesen sind: Der Fluß ist hier in der Nähe, etwa eine halbe Meile entfernt. Ihr seht, das Feuer ist in dieser Gegend so ziemlich ausgebrannt, und unser Weg ist durch den Rauch gedeckt. Er hält es auch für nötig, unsere Spur im Wasser zu löschen.«

»Worte bringen uns keinen Schritt weiter«, sagte Middleton ungeduldig, »wir wollen aufbrechen.«

Der Alte stimmte zu, und alle machten sich auf den Weg. Der Pawnee warf die Büffelhaut über seine Schulter und führte sie an, blickte sich aber oft um, die mädchenhafte Erscheinung der Inez anstaunend. In einer Stunde war man am Ufer des Flusses. Er war nicht tief, aber trübe und reißend. Die Flammen hatten den Boden bis ans Ufer verbrannt, und über dem Wasser zogen Rauch und Nebelschwaden. Dieser Umstand war für ihre Zwecke besonders günstig, und alle saßen schnell ab. Der junge Krieger warf die Büffelhaut von der Schulter und fing sogleich an, die nötigen Vorkehrungen für das Übersetzen zu treffen. Die beiden Mädchen hätten sich nie auf den Pferden der Strömung anvertraut, und der Indianer kannte anscheinend einen Ausweg. Die Haut war bald mit Hilfe von Lederriemen in die Gestalt eines Regenschirmes zusammengezogen. Einige leichte Stöcke dienten dazu, das Ganze am Zusammenfallen zu hindern, und als das einfache Boot fertig war, wurde es aufs Wasser gesetzt, und der Indianer gab durch Zeichen zu verstehen, es sei für die Überfahrt bereit. Inez und Ellen zögerten, sich dem leichten Fahrzeug anzuvertrauen, und auch Middleton und Paul wollten es nicht zugeben, bis sie sich durch einen Versuch überzeugt hatten, daß das eigenartige Boot selbst eine weit schwerere Last hätte tragen können. Da endlich faßten auch die Mädchen Mut und stiegen ein.

»Nun laßt den Pawnee führen«, sagte der Trapper, »meine Hand ist nicht so fest wie früher, aber er hat Glieder wie gehärtetes Eichenholz. Überlaßt alles dem Können des Indianers.«

Der Pawnee wählte sich Mahtorees Pferd, warf sich darauf und ritt an das Ufer des Flusses. Das eine Ende seiner Lanze in die Haut steckend, zog er das leichte Fahrzeug den Strom hinauf, ließ dem Pferde die Zügel schießen und ritt kühn in das Wasser. Middleton und Paul folgten und hielten sich so nahe wie möglich an der Barke. Auf diese Weise brachte der junge Krieger seine kostbare Ladung vollkommen sicher an das andere Ufer. Der Häuptling kehrte sofort zurück, um auch die beiden anderen zu holen. Aber der Doktor sträubte sich, in diese Nußschale einzusteigen, und verhinderte immer wieder die Abfahrt mit irgendwelchen gelehrten Gründen. Der Indianer stand gelassen abwartend, aber der Alte verlor fast die Geduld. Plötzlich hob der junge Pawnee das Haupt und lauschte auf einen ihm unbekannten Schrei. Der Doktor aber erkannte sofort die wohlbekannte Stimme des eigenen Esels, und er wollte die kleine Erhöhung, die den Fluß einschloß, hinaufeilen, als Asinus selbst in nicht allzu großer Entfernung auf ihn zu galoppierte, durch den ungeduldigen und groben Weucha getrieben, der ihn ritt. Der Teton stieß einen langen, lauten, durchdringenden Schrei aus. Nun zögerte der Doktor nicht mehr und stieg schnell an des Alten Seite in die schwimmende Büffelhaut, und im nächsten Augenblick kämpfte die Stute des jungen Pawnees kräftig mit der Strömung.

Die äußerste Anstrengung des Pferdes war nötig, um die Flüchtlinge aus dem Bereich der feindlichen Pfeile zu bringen. Weuchas Geschrei hatte fünfzig seiner Gefährten ans Ufer gebracht, aber zum Glück war unter ihnen keiner, der eine Büchse trug. Die Hälfte des Stromes jedoch war noch nicht überquert, als Mahtoree selbst am Ufer erschien. Mehr als einmal hatte der Trapper seine Flinte erhoben, aber ebensooft ließ er sie sinken, ohne zu feuern. Die Augen des Pawnees glänzten wie die eines Kuguars beim Anblick so vieler Feinde. Er streckte eine Hand verachtungsvoll in die Luft und stieß das Kriegsgeschrei seiner Nation aus. Die Tetons sprangen jetzt alle zugleich in den Fluß, und die Flut füllte sich mit den dunklen Gestalten von Tieren und Reitern. Es entstand ein furchtbarer Kampf um das andere Ufer. Der Alte, der klar die ganze Gefahr der Lage begriff, wandte ruhig die Augen von den Tetons auf seinen jungen eingeborenen Gefährten. Er sah, daß der Pawnee zum Äußersten entschlossen war. Die Pferde der Feinde hatten jetzt die Mitte des Stromes erreicht, und ihre Reiter erfüllten schon die Luft mit Triumphgeschrei. In diesem Augenblick erschienen Middleton und Paul, die die Mädchen in ein kleines Dickicht geführt hatten, wieder am Ufer und drohten den Sioux mit der Büchse.
»Nieder mit dem Kopf, alter Trapper«, rief Paul laut, »duckt Euch. Der Teton ist in einer Linie mit Euch, macht einer Kentuckykugel Platz.«
Der Alte wandte sich um und sah, daß Mahtoree, der seinen Kriegern etwas voraus war, fast in gerade Linie mit der Barke und dem Bienenjäger gekommen war. Er duckte sich, ein Schuß fiel, und das schnelle Blei pfiff an ihm vorüber. Der Teton hatte sich aber rechtzeitig vom Pferd geworfen und verschwand im Wasser. Das Tier schnaubte vor Schreck und Angst, hob sich halb aus dem Fluß, trieb dann in der Strömung fort und färbte das Wasser mit seinem Blut. Der Häuptling erschien bald wieder auf der Oberfläche und schwamm, als er seinen Verlust bemerkte, mit kräftigen Zügen auf den nächsten seiner Leute zu, der ihm seine Stute überließ. Inzwischen aber hatte das Fahrzeug das Ufer gewonnen, und die Flüchtlinge vereinten sich. Die Wilden schwammen jetzt ziellos herum, sie zögerten augenscheinlich, ein Ufer zu stürmen, das so gut verteidigt war. Mahtoree führte schließlich seine Krieger zurück an das Ufer, das sie eben verlassen hatten, um die Pferde zu beruhigen, die anfingen, scheu zu werden.
»Jetzt sitzt auf und reitet auf jenen Hügel zu«, sagte der Trapper zu seinen jungen Freunden, »hinter ihm findet ihr eine sandige Ebene, dort werden wir euch treffen. Der Pawnee, ich und mein tapferer Freund, der Doktor, werden das Ufer verteidigen.«
Middleton und Paul, die froh waren, daß ihr Rücken gedeckt blieb, setzten schnell ihre Pferde in Bewegung und verschwanden bald in der verabredeten

Richtung. Zwanzig bis dreißig Minuten vergingen, ehe die Tetons auf dem andern Ufer bereit waren, etwas Neues zu unternehmen. Mahtoree war deutlich in der Mitte seiner Krieger zu sehen, wo er Befehle ausgab. Endlich erhob sich ein Geschrei unter den Wilden, dann sah man Ismael und seine Söhne in kurzer Entfernung, und bald war die ganze vereinte Macht am Ufer versammelt. Der Auswanderer untersuchte die Stellung seiner Feinde in seiner gewöhnlichen Ruhe und sandte, gleichsam seine Büchse untersuchend, eine Kugel herüber.

»Jetzt müssen wir fort«, rief Obed besorgt.

Der Alte warf einen Blick hinter sich, und da er sah, daß die Reiter den Schutz des Hügels gewonnen hatten, machte er keine weiteren Einwände. Das letzte Pferd bekam der Doktor mit dem Befehl, dieselbe Richtung wie Middleton und Paul einzuhalten. Als der Naturforscher in voller Flucht war, stahlen der Trapper und der junge Pawnee sich auf eine Weise vom Ufer, die ihre Feinde noch einige Zeit im Zweifel über ihren Standort ließ. Statt gerade über die Prärie zu gehen, nahmen sie einen kürzeren Weg, auf dem sie gedeckt waren, und nach kurzer Zeit waren alle Flüchtlinge wieder beisammen. Der Trapper sah sich jetzt nach einer passenden Stelle um, wo sie fünf oder sechs Stunden haltmachen könnten.

»Halt!« rief der Doktor beunruhigt, »ehrwürdiger Jäger, wir müssen jetzt weiterfliehen!«

Middleton und Paul waren auch beide dieser Meinung. Der Alte hörte sie mit Geduld an, schüttelte aber den Kopf.

»Warum sollten wir fliehen?« fragte er. »Meint Ihr, die Tetons werden schlafen oder über das Wasser setzen und nach unserer Spur forschen? Wenn wir die Stelle vorsichtig verlassen, können wir sie noch von unserer Spur abbringen, aber erst muß die Nacht kommen, ehe wir weiter können?«

»Was rät mein Bruder?« wandte er sich abschließend an den Häuptling.

Der junge Krieger studierte einen Augenblick den Himmel und schien ungewiß. Er überlegte einige Zeit und antwortete dann entschlossen:

»Die Dakotas schlafen nicht, wir müssen uns im Gras verstecken.«

»Der Junge ist meiner Meinung«, sagte der Alte, und Middleton und die übrigen mußten zustimmen.

Da es offenbar gefährlich war, stehenzubleiben, machte jeder Vorbereitungen zu seiner Sicherheit. Inez und Ellen wurden schnell unter die warmen und nicht unbequemen Büffelhäute gebracht, die eine dichte Decke bildeten, und hohes Gras wurde über die Stelle gestreut. Paul und der Pawnee banden die Tiere und warfen sie zu Boden, wo man sie, nachdem sie mit Futter versehen worden waren, im Nebel der Steppe versteckt ließ.

Man verlor keine Zeit, als dies fertig war, suchte jeder eine Stelle für sich selbst, dann schien die Prärie einsam zu sein wie immer. Sie mußten stundenlang in ihrem Versteck bleiben. Alle ihre Hoffnung hing von dem Gelingen dieser List ab. Wenn sie ihre Verfolger durch dieses einfache Mittel hintergehen konnten, würden sie ihre Flucht, sobald der Abend kam, fortsetzen können. Ein tiefes Schweigen hatte schon stundenlang geherrscht, als der Trapper und der Pawnee durch einen hellen Schrei von Inez aufgeweckt wurden. Aufspringend wie Leute, die für ihr Leben kämpfen, fanden sie die weite Prärie, die wellenförmig vor ihnen lag, in ein weißes, blendendes Schneegewand gehüllt.

»Nun, Pawnee«, rief der Alte, »weiß ich, warum Ihr so scharf die Wolken untersucht habt, aber es ist zu spät!«

Eine halbe Meile entfernt sah man die Tetons in einem Kreis herumreiten, der sich allmählich zusammenzog. Es war nicht schwer, das Geheimnis dieser Bewegung zu erkennen. Der Schnee war frisch gefallen, und sie wußten so, daß die Gesuchten hinter ihnen seien. Sie beschäftigten sich nun mit der unermüdlichen Ausdauer und Geduld indianischer Krieger damit, die sicheren Grenzen des feindlichen Verstecks zu umzingeln. Jeder Augenblick vergrößerte die Gefahr der Flüchtlinge. Paul und Middleton machten bedachtsam ihre Büchsen schußfertig, und als Mahtoree ihnen endlich auf fünfzig Schritte nahe kam und seine Augen immer aufs Gras geheftet hielt, schlugen sie zugleich an und drückten los, aber nur die Hähne ihrer Büchsen klappten.

»Genug«, sagte der Alte und erhob sich. »Ich habe die Steine weggeworfen, denn ein Schuß bedeutet Tod für uns alle. Wir wollen unserem Geschick wie Männer begegnen.«

Sein Erscheinen wurde durch Geschrei begrüßt, das weit über die Prärie hallte. Einen Augenblick später sah man Hunderte von Wilden wie toll auf die Stelle zureiten. Mahtoree empfing seine Gefangenen mit großer Würde. Aber die Freude, die weißen Gefangenen wiederzuhaben, war so groß, daß er einige Zeit die dunkle, unbewegliche Gestalt des Indianers nicht beachtete. Der Pawnee stand allein und regungslos. Doch nach einiger Zeit zog diese Gestalt die Aufmerksamkeit der Tetons auf sich. Da erst erfuhr der Trapper durch das Triumphgeschrei aus hundert Kehlen und durch den furchtbaren Namen, der die Luft erfüllte, daß der Pawnee niemand anders war als der gefürchtete, unbesiegte und mächtige Hartherz.

Zwölftes Kapitel

Am Fuße einer kleinen Hochebene, unmittelbar am Ufer eines Flusses, lag das Dorf der Sioux. Baumgruppen waren hier im Gegensatz zur Prärie zu sehen, und ein dichter Waldstreifen begrenzte nördlich die Aussicht. Hier und da sah man Spuren eines oberflächlichen Anbaues einheimischer Gewächse, die schnell und ohne Mühe in dem guten, angeschwemmten Boden gediehen. Ungefähr hundert Hütten standen hier in dem üblichen regellosen Durcheinander beisammen. Die Stelle war mehrere Meilen von dem Ort entfernt, wo wir die Flüchtlinge verlassen hatten.

Mehrere Tage waren seitdem vergangen, und das Lager bot eines Morgens das bekannte Bild reger Geschäftigkeit. Einige verwelkte alte Weiber standen beisammen, bereit, jeden Augenblick heiser zu keifen, und die Männer waren in Gruppen geteilt, nach ihren Taten und ihrem Ruf.

Unter den Häuptlingen gab es zwei Klassen. Die einen hatten ihren Einfluß kühnen Waffentaten zu verdanken, die anderen hatten sich durch ihre Weisheit ausgezeichnet.

In der Mitte des Kreises sah man die Gestalt des scheinbar ruhigen Mahtoree. In seinem Charakter waren die verschiedenen Eigenschaften der andern vereinigt. Seine Narben waren so zahlreich und tief wie die des Weisesten seines Stammes. Mut und List hatten seine Herrschaft begründet, und er war klug genug, sie zu behaupten.

Etwas abseits sah man die Mitglieder der Familie des Auswanderers. Sie standen lässig, träge und untätig vor einigen Hütten, die sie der Gastfreundschaft der Tetons verdankten. Die Bedingungen ihrer unerwarteten Verbindung waren deutlich aus der Gegenwart der Pferde und der Haustiere zu schließen, die ruhig in der Nähe weideten. Ihre Wagen standen um die Hütten in einer Art Verschanzung, die zugleich zeigte, daß ihr Zutrauen zu den Verbündeten nicht ohne Wachsamkeit war. Es lag eine sonderbare Mischung von Untätigkeit und Neugier in ihren finsteren Zügen, während jeder, auf seine Büchse gelehnt, die Bewegungen in der Versammlung der Sioux beobachtete.

Auf einer Bank zur Rechten der Versammlung lagen Middleton und Paul. Ihre Glieder waren mit Lederriemen gefesselt. Ein Dutzend Schritte von ihnen entfernt war ein Pfahl fest in den Boden gerammt, an den Hartherz gebunden war. Zwischen ihnen stand der Trapper, ohne Büchse, Tasche und Horn, aber sonst völlig frei. Einige junge Krieger aber standen ernst und wachsam in der Nähe, jeder Versuch zur Flucht wäre fruchtlos gewesen. Nach einer Weile trat er unauffällig zu den Gefesselten.

»Es wird allem Anschein nach eine erbarmungslose, höllische Geschichte werden!« sagte er und schüttelte den Kopf. »Unser Pawneefreund ist schon zur Folter an den Pfahl gebunden, und ich sehe deutlich an dem Auge und der Miene des großen Sioux, daß er sich zu weiteren Greueln hinreißen lassen wird.«

»Hört, alter Jäger«, sagte Paul und wand sich in seinen Fesseln. »Geht zu dem Häuptling und sagt ihm in meinem Namen, daß mir – vorausgesetzt, sie versprechen die sichere Rückkehr von Ellen Wade in die Ansiedlungen – alles willkommen ist. Meinen Kopf können sie nehmen.«

»Mahtoree würde wenig auf den Vorschlag hören, da sie wissen, daß Ihr wie ein Bär in der Falle seid. Aber seid nicht mutlos, obwohl sie uns nicht lieben, bindet ihnen oft Furcht vor der Macht der Staaten die Hände. Deswegen ist unser Schicksal noch ungewiß.«

Als der Alte schloß, näherte er sich langsam dem jungen Häuptling und blieb nicht weit von ihm stehen und beobachtete ihn eine Weile. Hartherz' Auge war in die Ferne gerichtet, und seine Miene verriet, daß er gänzlich der Gegenwart entrückt war.

»Die Sioux beraten über meinen Bruder«, bemerkte endlich der Trapper, nachdem er die stolze Haltung des Häuptlings bewundert hatte.

Der junge Wilde wandte sein Haupt mit einem ruhigen Lächeln.

»Sie zählen die Skalpe über dem Wigwam von Hartherz«, antwortete er.

»Ohne Zweifel! Ihr Zorn steigt, wenn sie an die Menge der Tetons denken, die Ihr erschlagen habt, und Euch würde besser sein, wenn Ihr mehr Tage auf der Jagd als im Kriege zugebracht hättet. Dann könnte eine kinderlose Mutter dieses Stammes Euch an die Stelle ihres verlorenen Sohnes annehmen, und Eure Tage wären voll Frieden.«

»Meint mein Vater, ein Krieger könne je sterben? Der Herr des Lebens öffnet seine Hand nicht, um seine Gaben wieder zu nehmen. Braucht er seine Leute, ruft er sie, und sie gehen.«

»Das ist ein tröstlicher Glaube«, sagte der Alte und schwieg eine Weile. – »Junger Krieger«, fuhr er dann zitternd fort, »ich bin nie Vater oder Bruder gewesen. Wahcondah wollte, daß ich allein lebte. Er band nie mein Herz an Haus und Hof und Feld, aber doch weiß ich, was Liebe zu einem Menschen ist. Ihr gleicht einem Jüngling, den ich schätze, und mein Herz neigt sich zu Euch. Gern würde ich Euch etwas Gutes tun.«

Der jugendliche Krieger hörte auf die ehrlichen, einfachen Worte und neigte sein Haupt zum Zeichen der Ehrfurcht.

»Vater«, antwortete er endlich nach einem langen Schweigen, »ich habe Eure Worte gehört. Sie sind in meine Ohren gedrungen und sind jetzt in mir. Das weißköpfige Langmesser hat keinen Sohn, Hartherz, der Pawnee, ist jung, aber ist schon der Älteste seiner Familie. Er fand die Gebeine seines Vaters auf dem Jagdgrund der Osagen und hat sie zu den Fluren des ›Guten Geistes‹ geschickt. Kein Zweifel, das große Haupt, sein Vater, hat sie gesehen und weiß, was ein Teil von ihm ist. Aber Wahcondah wird uns bald beide rufen. Euch, weil Ihr alles gesehen habt, was in diesem Lande zu sehen ist, und Hartherz, weil er einen Krieger braucht, der jung ist. Der Pawnee hat nicht Zeit, dem Bleichgesicht die Pflichten zu zeigen, die ein Sohn seinem Vater schuldig ist.«

»Ich bin alt, arm und hilflos gegen einst, aber ich kann noch die Sonne hinter der Prärie niedersinken sehen. Erwartet mein Sohn, noch die Nacht zu sehen?«

»Die Tetons zählen die Skalpe über meiner Hütte!« antwortete der junge Häuptling mit einem Lächeln.

»Und es sind viele. Zu viele für die Sicherheit dessen, der in rachsüchtigen Händen ist. Mein Sohn ist kein Weib und sieht fest auf den Pfad, den er bald wandeln soll. Hat er nichts seinem Volke zu sagen, ehe er aufbricht? Diese Beine sind alt, aber sie können mich noch zum Wolfsfluß tragen.«

»Das Bleichgesicht höre«, antwortete der Pawnee, nachdem er einen Augenblick gezögert hatte. »Er wird hier bleiben, bis die Sioux die Skalpe der toten Krieger gezählt haben. Er wird warten, bis sie versucht haben, mit der Haut eines Pawnees achtzehn Totenköpfe zu bedecken. Er wird seine Augen weit aufmachen, daß er die Stelle sieht, wo sie die Gebeine eines Kriegers begraben.«

»Das will ich tun«, sagte der Alte bestimmt.

»Dann wird mein Vater zu meinem Volk gehen. Sein Haupt ist grau, und seine Worte werden nicht in den Wind geblasen werden. Er gehe in mein Wigwam und rufe den Namen Hartherz laut. Kein Pawnee wird taub sein. Dann rufe mein Vater nach dem Füllen, das nie geritten wurde, das zierlicher ist als der Bock und schneller als der Büffel.«

»Ich verstehe Euch«, fiel der Alte ein, »und was Ihr sagt, will ich tun.«

»Und wenn meine Leute meinem Vater den Zaum jenes Füllens gegeben haben, wird er es auf Umwegen zu Hartherz' Grab führen.«

»Es soll geschehn. Und mit diesen alten Händen, die nicht mehr Blut vergießen sollten, will ich es auf Eurem Grabe schlachten.«

»Gut«, entgegnete der andere zufrieden. »Hartherz wird sein Roß nach den ewigen Jagdgründen lenken und vor dem Herrn des Lebens wie ein Häuptling erscheinen.«

Eine plötzliche und auffallende Veränderung im Gesicht des Indianers ließ den Trapper zur Seite blicken. Die Versammlung der Sioux war zu Ende, und Mahtoree mit zwei seiner Häuptlinge kam auf den jungen Gefangenen zu. Zwanzig Schritte vor ihm hielten sie an, und der Teton winkte dem

Alten, näher zu treten. Der Trapper gehorchte und verließ den jungen Pawnee mit einem bedeutungsvollen Blick. Mahtoree streckte den Arm aus, legte eine Hand auf die Schulter des aufmerksamen Alten und sah ihn einen Augenblick lang forschend an.

»Ist ein Bleichgesicht mit zwei Zungen gemacht?« fragte er schließlich, da sich der alte Jäger nicht einschüchtern ließ.

»Ehrlichkeit liegt tiefer als die Haut.«

»So ist es. Nun möge mein Vater hören. Mahtoree hat nur eine Zunge, der Graubart viele. Sie können alle gerade sein und keine gespalten. Ein Sioux ist nur ein Sioux, aber ein Bleichgesicht alles! Er kann zum Pawnee sprechen und zum Konza und zum Osagen, und er kann sprechen zu seinem eigenen Volk.«

»Es gibt Sprachgelehrte in den Kolonien, die noch mehr können. Der Herr des Lebens aber hat ein Ohr für jede Sprache.«

»Der Graubart hat Unrecht getan, er hat das eine gesagt, während er das andre meinte. Er hat vor sich gesehen mit seinen Augen, hinter sich mit seinem Geist. Er hat das Pferd eines Sioux geritten und ist ein Freund der Pawnees und ein Feind meines Volkes.«

»Teton, ich bin Euer Gefangener. Sind auch meine Worte weiß, sie werden sich nicht beklagen. Macht mit mir, was Ihr wollt.«

»Nein, Mahtoree wird ein weißes Haar nicht rot machen, mein Vater ist frei, die Steppe steht ihm offen nach jeder Seite, aber ehe das Grauhaupt den Sioux den Rücken wendet, möge es aufmerksam auf sie schauen, um seinem Häuptling zu sagen, wie groß ein Dakota ist.«

»Ich bin nicht eilig, aufzubrechen. Teton, Ihr seht einen Mann mit einem weißen Haupt und kein Weib. Ich würde mir nicht den Atem auslaufen, um den Völkern den Ruhm der Sioux zu verkünden.«

»Gut. Mein Vater hat mit den Häuptlingen in vielen Beratungen geraucht«, antwortete der Teton. »Mahtoree wird in der Sprache seines lieben Freundes und Vaters reden. Ein junges Bleichgesicht wird hören, wenn ein Greis seines Volkes seinen Mund öffnet, mein Vater wird verständlich machen, was ein armer Indianer für ein weißes Ohr sagt.«

»Sprecht laut!« sagte der Trapper, »sprecht, meine Leute hören.«

»Mein Bruder hat seine Augen auf den unrechten Pfad gewendet«, sagte Mahtoree freundlich.

»Der Dakota will zu meinen Leuten sprechen?«

»Nachdem er in die Ohren der Blüte der Bleichgesichter gesungen hat.«

»Der Herr verzeih dem Schuft!« rief der Alte englisch.

»Würde mein Vater reden«, fuhr Mahtoree fort, »daß Weiber und Kinder die Weisheit der Häuptlinge hörten? Ins Haus wollen wir gehen und flüstern.«

Der Teton deutete vielsagend auf ein Zelt, das mit der Geschichte seiner ruhmvollen Taten bemalt war und etwas abseits von den andern stand. Schild und Köcher an seinem Eingang waren reicher als gewöhnlich, und eine Feuerwaffe kündigte die wichtige Stellung des Bewohners an.

Der Alte wußte wohl, daß es Mahtorees Zelt sei, und er folgte dem Häuptling mit langsamen zögernden Schritten.

Das Innere des Zeltes entsprach dem Äußeren. Es war geräumiger als die meisten andern, aber sehr einfach und spartanisch eingerichtet.

Unter dem Lieblingsbogen des Häuptlings, von Speeren, Schilden, Lanzen und Pfeilen umgeben, die alle zu ihrer Zeit gute Dienste geleistet hatten, hing ein geheimnisvoller geweihter Heilring, mit Knöpfen und Stachelschweinspitzen geschmückt.

Seit seiner Rückkehr war Mahtoree noch nicht in dem Zelt gewesen, das Inez und Ellen als Gefangene aufgenommen hatte. Die Kreolin saß auf einem einfachen Lager von wohlriechenden Kräutern, das mit Fellen bedeckt war. Ihre Wangen waren bleich, ihre dunklen, sonst so belebten Augen in stummem Gram geschlossen.

Ellen, die neben ihr saß, hatte geweint, bis ihre Augen geschwollen und rot waren. Sie war nicht wie ihre Freundin fromm ergeben, sondern zornig und aufgebracht. Aber noch eine dritte Frau war in dem Zelt, nämlich die jüngste und bevorzugte unter den Frauen des Tetons. Ihre Reize hatten den größten Eindruck auf ihn gemacht, bis er unerwartet die Schönheit eines Bleichgesichtes erkannte. Von diesem unseligen Augenblick an hatten die Anmut, die Liebe, die Treue der jungen Indianerin für ihn allen Reiz verloren.

Das junge Siouxweib saß auf einem einfachen Hocker, zu ihren Füßen schlief ihr kleines Kind. Ihre sanften Augen waren auf die seltsamen Wesen gerichtet, die ihr junges, unerfahrenes Gemüt mit so viel Bewunderung und Neugierde erfüllt hatten. Obwohl Inez und Ellen einen ganzen Tag bei ihr zugebracht hatten, schien es, als hätte sich ihre Wißbegierde noch immer nicht gestillt.

Ein leiser Freudenschrei entfuhr den Lippen Tachechanas, als plötzlich Mahtoree eintrat. Statt aber den verstohlenen Blick seines Weibes zu erwidern, trat der Häuptling zu dem Lager, das seine Gefangenen einnahmen. Der Alte war hinter ihm hereingeschlüpft und hatte schon eine Stelle eingenommen, wie sie zu dem Amte paßte, das er ausfüllen sollte. Staunen machte die Frauen einen Augenblick still und fast atemlos. Wenn auch an den Anblick wilder Indianer gewöhnt, war doch etwas Erschreckendes und Kühnes in dem unerklärlichen Blick des Häuptlings, daß beide ihre Augen zu Boden senkten. Dann erholte sich Inez, wandte sich zum Trapper und fragte mit Würde, welchem Umstand sie diesen außerordentlichen und unerwarteten Besuch verdankten. Der Alte zögerte, räusperte sich und sagte: »Lady, ein Wilder ist ein Wilder, und Ihr müßt nicht die Gewohnheiten und die Sitten der Ansiedlungen in der leeren, windigen Prärie erwarten. Hätte ich bei diesem Besuch zu befehlen gehabt, ich würde erst laut an die Türe geklopft haben, damit Ihr hörtet, Fremde kämen, und dann –«

»Die Art ist gleichgültig«, unterbrach ihn Inez, »wozu der Besuch?«

»Das mag der Wilde selbst sagen.« Der Alte wandte sich nun an den Häuptling.

»Die Töchter der Bleichgesichter wünschen zu wissen, warum der große Teton zu ihnen kommt.«

Mahtoree sah den Frager erstaunt an, da er die Frage für vorschnell hielt. Dann nahm er eine herablassende Haltung an und antwortete nach kurzem Zögern:

»Sag ihr, die Wohnung Mahtorees ist sehr groß und noch nicht voll. Sie soll Raum darin finden und keine größer sein als sie. Sag dem Blondhaar, auch sie kann bleiben in der Wohnung eines Tapferen und von seinem Wildbret essen. Mahtoree ist ein großer Häuptling, seine Hand ist stets offen.«

»Teton«, antwortete der Trapper und schüttelte den Kopf zum Zeichen der großen Mißbilligung, mit der er diese Rede gehört hatte. »Die Zunge einer Rothaut muß weiß werden, ehe sie singen kann in die Ohren eines Bleichgesichts. Würden Eure Worte ausgesprochen, meine Töchter würden die Ohren verschließen und Mahtoree ein Handelsmann sein in ihren Augen. Nun hört, was von einem grauen Haupte kommt. Mein Volk ist ein mächtiges Volk. Die Sonne geht auf an seiner östlichen, unter an seiner westlichen Küste. Das Land ist voll von helläugigen lachenden Mädchen wie die, die ihr seht. Teton, ich lüge nicht«, fuhr er fort, als er bemerkte, daß sein Zuhörer ungläubig aussah, »helläugig und lieblich anzusehen, wie die vor Euch.«

»Hat mein Vater hundert Weiber?« fiel der Wilde ein und legte seinen Finger mit einem auf Antwort begierigen Blick auf die Schulter des Trappers.

»Nein, Dakota. Der Herr des Lebens hat zu mir gesagt: Lebe allein, dein Haus soll der Wald sein, das Dach deines Wigwams die Wolken. Aber geht in das Land meines Volkes, Ihr werdet die Töchter des Landes sehen, flatternd durch die Städte, wie bunte, fröhliche Vögel zur Zeit der Blüte. Ihr findet sie singend und vergnügt auf den großen Wegen und höret die Wälder schallen von ihrem Lachen. Sie sind sehr herrlich zu betrachten, und die Jugend freut sich an ihrem Anblick.«

»Hugh!« machte der gespannte Mahtoree.
»Ihr könnt glauben, was Ihr hört. Aber wenn ein junger Mann ein Mädchen gefunden hat, spricht er zu ihr mit so leiser Stimme, daß niemand es sonst hören kann. Deshalb muß mein Bruder, sollen seine Worte gehört werden, sprechen mit weißer Zunge.«
Mahtoree sann ernst und mit Staunen nach. Aber, da Inez vor ihm saß, in sich zurückgezogen, fühlte der Wilde den Eindruck eines Betragens, an das er nicht gewohnt war. Er verbeugte sich, gleichsam seinen Irrtum eingestehend, und trat ein wenig zurück. Dann nahm er eine Haltung ruhiger Würde an – und begann mit dem Selbstvertrauen eines Mannes, der sich weniger durch seine Beredsamkeit als seine Waffentaten ausgezeichnet hatte:
»Ich bin ein Mann von roter Haut, aber meine Augen sind dunkel. Sie sind offen gewesen seit vielen Wintern. Sie haben vieles gesehen, sie unterscheiden einen Tapferen von einem Feigling. Als ich noch ein Knabe war, sah ich nichts als Bisons und Wild. Ich ging auf die Jagd und sah Kuguare und Bären. Das machte Mahtoree zum Mann. Er sprach mit seiner Mutter nicht mehr. Seine Ohren waren offen der Weisheit der Greise. Sie sagten ihm alles – sie sagten ihm von den Langmessern. Er ging in den Krieg, war damals der letzte, jetzt ist er der erste. Welcher Dakota darf sagen, er wolle von Mahtoree in den Jagdgrund der Pawnee gehen! Die Häuptlinge gingen ihm entgegen vor ihre Türe und sagten, mein Sohn ist ohne ein Haus. Sie gaben ihm ihre Zelte, sie gaben ihm ihre Reichtümer, sie gaben ihm ihre Töchter. Da ward Mahtoree ein Häuptling, wie seine Väter gewesen. Er erstaunte die Krieger aller Stämme, und er hätte Weiber wählen können von den Pawnees, von den Omahas und von den Konza, aber er sah auf den Jagdgrund, nicht auf sein Dorf. Er hielt ein Pferd für lieblicher als ein Dakotamädchen. Aber er fand eine Blume auf den Steppen, und er pflückte sie und brachte sie in sein Zelt. Er vergißt, daß er nur Herr ist von einem Pferd, er gibt sie alle den Fremden, denn Mahtoree ist kein Dieb, er will nur die Blume behalten, die er auf der Steppe gefunden hat.«
Als er diese sonderbare Ansprache gehalten hatte, wartete der Teton mit der Miene eines Freiers, der nicht große Zweifel wegen seines Erfolges hegt, bis sie übersetzt würde. Der Trapper schickte sich jetzt an, die Rede so auf Englisch wiederzugeben, daß der Hauptgedanke noch dunkler als im Original bliebe. Aber als er beginnen wollte, hob Ellen den Finger und unterbrach ihn mit einem scharfen Blick aus ihren hellen, lebhaften Augen.
»Spart Eure Worte«, sagte sie, »nicht alles, was ein Wilder sagt, darf vor einem christlichen Mädchen wiederholt werden.«
Inez sprang auf, errötete, verbeugte sich leicht, während sie dem Alten für seinen guten Willen dankte, und erklärte, daß sie jetzt wünsche, allein zu sein.

»Meine Töchter brauchen ihre Ohren nicht, um zu verstehen, was ein großer Dakota sagt«, antwortete der Trapper und wandte sich zu dem wartenden Mahtoree. »Der Blick, den er gezeigt, die Bewegungen, die er gemacht, sind genug. Sie verstehen ihn, sie wünschen, seine Worte zu überlegen, denn die Kinder der Tapferen tun nichts ohne vieles Besinnen.«
Mit dieser Erklärung zeigte sich der Teton zufrieden. Er gab durch den gewöhnlichen Ausruf seine Zustimmung, grüßte die Frauen zurückhaltend, zog sein Gewand um sich und wollte sich zurückziehn. Plötzlich aber stand sein junges Weib vor ihm. Sie stand in der demütigen Haltung und dem furchtsamen Wesen eines indianischen Mädchens gerade vor ihm und hielt ihr Kind in den Armen.
»Ist nicht Tachechana die Tochter eines Häuptlings?« fragte sie demütig, »waren ihre Brüder nicht Helden?«
»Geh, die Männer rufen nach ihrem Führer, er hat kein Ohr für ein Weib«, antwortete der Häuptling kalt.
»Es ist nicht die Stimme Tachechanas, die Ihr hört, sondern dieser Knabe spricht durch die Zunge seiner Mutter. Er ist der Sohn eines Häuptlings, und seine Worte werden zu seines Vaters Ohren dringen. Hört, was er sagt: ›Wann war Mahtoree hungrig und Tachechana hatte nicht Speise für ihn? Wann ging er auf den Pfad der Pawnees und fand ihn leer, und meine Mutter weinte nicht? Wann kam er zurück mit den Narben ihrer Schläge, und sie sang nicht? Welches Siouxmädchen hat einen so tüchtigen Sohn geboren wie mich? Sieh mich recht an, daß du mich kennst! Meine Augen sind die des Adlers. Ich sehe in die Sonne und lache. In kurzer Zeit wird der Dakota mir auf die Jagd folgen und in den Krieg. Warum wendet mein Vater sein Auge weg von dem Weibe, das mich säugt, warum hat er die Tochter eines mächtigen Sioux so bald vergessen?‹«
Einen einzigen Augenblick, als er auf das Antlitz des lachenden Knaben sah, schien der Teton gerührt. Aber das Gefühl abschüttelnd, als wenn er eine peinliche Bewegung, die ihm Vorwürfe mache, los sein wollte, legte er seine Hand ruhig auf seines Weibes Arm und führte sie vor Inez. Auf das sanfte Antlitz deutend, das sie mit einem Blick voll Zärtlichkeit und Mitleid anstrahlte, blieb er stehen, um sein Weib die fremde Schönheit betrachten zu lassen. Als er glaubte, es habe lange genug gedauert, erhob er plötzlich einen kleinen Spiegel, der an ihrer Brust hing, einen Schmuck, den er ihr selbst in einer freundlichen Stunde gegeben hatte, und ließ ihr eigenes Bild hineinfallen. Er warf nun wieder seinen Rock um sich, winkte dem Trapper, ihm zu folgen, und schritt stolz aus seinem Zelt.
Tachechana stand einen Augenblick erstarrt. Ihr mildes, meist frohes Antlitz arbeitete. Inez und Ellen, die die Vorgänge dunkel ahnten, glaubten, sie

trösten zu müssen. Doch plötzlich verschwand die heftige Bewegung in den Zügen der jungen Sioux, und ihr Gesicht wurde kalt und starr. Dann legte Tachechana ihren Schmuck ab und reichte ein Stück nach dem anderen sanft und ohne Vorwurf Inez. Die Spangen wurden von den Armen abgezwängt, die verwickelten Massen von Knöpfen von den Beinen und die breite Silberplatte von der Stirn. Dann sann sie lange nach, aber es wollte scheinen, als wenn der Entschluß, den sie einmal gefaßt hatte, nicht besiegt werden könnte. Sie nahm ihren Knaben und legte ihn zu den Füßen ihrer vermeintlichen Nebenbuhlerin. Während Inez und Ellen dastanden und diese verschiedenen Bewegungen verwundert ansahen, hörte man eine leise sanfte Stimme, die voll Wohllaut in einer ihnen unverständlichen Sprache sagte: »Eine fremde Zunge wird meinen Sohn zum Manne erziehen. Er wird Töne hören, die neu sind, aber er wird sie lernen und die Stimme seiner Mutter vergessen. So ist Wahcondahs Wille, und eine Siouxtochter sollte sich nicht beklagen. Sprecht zu ihm sanft, seine Ohren sind so klein, ist er groß, dann mögen Eure Worte lauter sein. Laßt ihn nicht zum Mädchen werden, denn traurig ist das Leben eines Weibes. Lehrt ihn auf die Männer sehen, zeigt ihm, wie er die schlage, die ihm übel tun, und laßt ihn nie vergessen, Schlag mit Schlag zu vergelten. Wenn er jagen geht, wird die Blume der Bleichgesichter sanft in seine Ohren lispeln, daß seine Mutter rot war, daß sie einst das ›Reh der Dakotas‹ hieß.«
Tachechana drückte einen Kuß auf die Lippen ihres Sohnes und eilte dann zurück in die entfernteste Ecke des Zelts. Hier zog sie ihren leichten Rock über das Haupt und nahm zum Zeichen ihrer Niedrigkeit ihren Sitz auf der bloßen Erde. Alle Bemühungen ihrer Gefährtinnen, ihre Aufmerksamkeit zu erregen, waren fruchtlos. Sie hörte nicht ihre Vorstellungen, fühlte nicht ihre leise Berührung, nur ein- oder zweimal erhob sich ihre Stimme leise zu einer Art Trauergesang. So blieb sie unbeachtet stundenlang, während Inez und Ellen um ihre Befreiung beteten.

Dreizehntes Kapitel

Mahtoree fand an der Türe seines Zeltes Ismael, Abiram und Esther. Der erste Blick auf das drohende Antlitz des Auswanderers verriet, daß der gefährliche Waffenstillstand zwischen ihnen in Gefahr sei, plötzlich gebrochen zu werden.
»Höre, du alter Graubart«, sagte Ismael, ergriff den Trapper und drehte ihn herum, als sei er ein Spielzeug, »höre, ich bin müde, eine Unterredung mittels Finger und Daumen statt mit der Zunge über ein so deutliches Ge-

schäft zu führen. Wenn du den Sprachmeister spielen willst, lege meine Worte klar dar im Indianischen, ohne erst zu bedenken, ob sie einer Rothaut gefallen oder nicht!«
»Sprich, Freund«, entgegnete ruhig der Trapper, »sie sollen so klar wiedergegeben werden, wie Ihr sie aussprecht.«
»›Freund‹«, wiederholte der Wanderer und betrachtete den andern einen Augenblick mit einem nicht zu beschreibenden Ausdruck, »sag diesem biblischen Sioux, daß ich komme, die Erfüllung der Bedingungen zu verlangen, die wir bei unserm feierlichen Vertrag am Fuß des Felsens aufgestellt haben.«
Als der Trapper seine Rede in die Siouxsprache übertragen hatte, fragte Mahtoree mit einem Blick des Erstaunens:
»Friert mein Bruder? Büffelhäute sind in Menge da. Hat er Hunger? Meine Leute sollen Wild in seine Zelte tragen.«
Der Auswanderer erhob drohend seine geballte Faust und schlug sie mit Gewalt auf seine flache Hand.
»Sagt dem betrügerischen Lügner, ich sei nicht hierhergekommen wie ein Bettler, seine Knochen aufzulesen, sondern wie ein freier Mann, der sein Eigentum verlangt, und haben will ich es. Und weiter sagt ihm, ich verlange, daß auch Ihr, elender Kerl, der Ihr seid, der Gerechtigkeit übergeben werdet. Es kann da gar kein Irrtum sein. Meine Gefangene, meine Nichte und Euch. Ich verlange die drei nach einem beschworenen Vertrag.«
Der unbewegliche Alte lächelte mit einem eigenen Ausdruck, als er antwortete:
»Freund, Ihr verlangt, was nur wenige gewähren würden. Ihr wollt zuerst dem Teton die Zunge aus dem Mund und dann das Herz aus der Brust reißen.«
»Ismael Busch kümmert sich wenig, wer oder was gefährdet wird, wenn er sein Eigentum verlangt. Aber stellt die Frage im klaren Indianisch, und wenn Ihr von Euch sprecht, macht ein Zeichen, wie es ein Weißer versteht, daß ich sehen kann, daß es kein falsches Spiel ist.«
Der Trapper lachte in seiner stillen Art und murmelte einige Worte, ehe er sich an den Häuptling wandte.
»Möge der Dakota weit seine Ohren öffnen, damit Worte Raum finden, gehört zu werden. Sein Freund, das Langmesser, kommt mit leerer Hand und sagt, der Teton müsse sie füllen.«
»Hugh! Mahtoree ist ein reicher Häuptling. Er ist Herr der Steppen.«
»Er muß das Schwarzhaar geben.«
Die Stirn des Häuptlings zog sich in Falten zusammen, dann aber entgegnete er listig mit einem verräterischen Lächeln:

»Ein Mädchen ist zu leicht für die Hand dieses Tapferen, ich will sie mit Büffeln füllen.«
»Er sagt, er braucht auch das Blondhaar, das sein Blut in den Adern habe.«
»Sie soll Mahtorees Weib werden, dann wird das Langmesser der Vater eines Häuptlings sein.«
»Und mich«, fuhr der Trapper fort und machte ein ausdrucksvolles Zeichen, wandte sich auch zugleich zu dem Wanderer, damit er sehen möge, es gehe aufrichtig zu. »Er verlangt einen armen, ausgezehrten alten Mann.«
Der Dakota schlang seinen Arm um die Schulter des Alten und antwortete dann:
»Mein Freund ist alt und kann nicht weit wandern. Er wird bei den Tetons bleiben, daß sie Weisheit lernen mögen aus seinen Reden. Welcher Sioux hat eine Zunge wie mein Vater! Nein, er lasse seine Worte mild sein, aber sehr klar. Mahtoree will Häute und Büffel geben. Er will den Leuten der Bleichgesichter Weiber geben, aber kann nicht ausliefern, nicht einen von denen, welche in seinem eigenen Zelt wohnen.«
Vollkommen zufrieden mit dieser Antwort, wollte der Häuptling sich wegwenden, als er plötzlich umkehrend die Übersetzung des Trappers unterbrach, indem er hinzufügte:
»Sagt dem Großen Büffel« (so hatten die Tetons Ismael getauft), »daß Mahtorees Hand immer offen ist. Seht«, fügte er hinzu und deutete auf das harte runzlige Gesicht der aufmerksamen Esther, »sein Weib ist zu alt für solch einen großen Häuptling. Er bringe sie aus seinem Zelt, Mahtoree liebt ihn wie einen Bruder, er ist sein Bruder. Er soll das jüngste Weib des Tetons haben, ein Dakota ist großmütig.«
Die Kälte, mit der der Teton diesen Vorschlag schloß, erstaunte selbst den erfahrenen Trapper. Er starrte hinter ihm her und versuchte nicht eher sein Dolmetscheramt wieder aufzunehmen, als bis Mahtoree sich unter dem Haufen der Krieger verloren hatte, die mit Geduld seine Rückkehr erwartet hatten.
»Der Häuptling hat sehr klar gesprochen«, fuhr der Alte dann fort. »Er will auch die Lady nicht hergeben, auf die Ihr, der Herr im Himmel weiß es, auch kein Recht habt. Er will Euch das Kind nicht geben, das Ihr Eure Nichte nennt, und er verweigert Euch geradezu, mich auszuliefern. Aber er macht Euch ein Anerbieten: Da Euer Weib über das schöne Alter hinaus ist, sollt Ihr sie aus Eurer Wohnung hinausgeben, und wenn sie leer ist, will er sein eignes Weib schicken, das Flinke Reh, wie die Sioux sie nennen.«
Ismael hörte diese Antworten auf seine verschiedenen Forderungen mit gesammeltem Unwillen an. Er tat selbst, als lache er über den Plan, seine Esther für die jugendliche Tachechana umzutauschen, aber seine Stimme war

hohl und unnatürlich. Doch Esther war weit entfernt, den Vorschlag artig aufzunehmen. Sie keifte im höchsten Diskant in einem Schwall von Worten auf ihren Mann ein.

Ihr Geschrei war von dem scharfsinnigen Trapper geahnt worden. Er hatte leicht vorausgesehen, ihr zartes Gemüt werde bei einem so skandalösen Vorschlag überfließen, und benutzte jetzt den Sturm, sich an einen Ort zurückzuziehen, wo er wenigstens vor jeder unmittelbaren Gewalttätigkeit sicher war. Ismael, der seine Forderungen mit fester Entschlossenheit vorgebracht hatte, um sie zu erzwingen, war durch diesen wilden Sturm von seinem Vorsatz abgelenkt.

»Laßt Eure Kupferfarbige hervorkommen und ihre Kastanienschönheit vor einem Weib zeigen, das mehr als einmal die Kirchenglocke gehört hat und ihre wahre Kraft empfand«, schrie Esther und schwang triumphierend die Hände, als sie Ismael und Abiram vor sich her wie zwei ausgerissene Jungen in ihr Lager trieb. »Ich wette, hier ist eine, die sie bald niederreden würde.«

Gegen dieses Aufbrausen verwundeten Stolzes leistete der erfahrene Gatte keinen Widerstand. Die Wut des Weibes wollte sich nicht besänftigen lassen. Sie hörte nur auf sich, und man hörte ihre Befehle zum Aufbruch. Der Auswanderer hatte sein Vieh zusammengetrieben, seine Wagen beladen, um sich vorzubereiten, falls es mit dem Teton zum Äußersten kommen sollte. Folglich fand Esther schon alles vorbereitet. Die Söhne starrten einander an, als sie die außerordentliche Erregung ihrer Mutter sahen, nahmen aber wenig Anteil an einem Vorfall, der in ihrer Erfahrung so manches Gegenstück hatte. Auf Befehl ihres Vaters wurden auch die Zelte schnell auf die Wagen geworfen, gleichsam als Repressalie für die Treulosigkeit ihrer Verbündeten, und dann verließ der Zug in seiner gewöhnlichen gleichgültigen, lässigen Art die Stelle.

Die Sioux sahen sie abziehen, ohne die geringste Verwunderung oder Rachsucht zu verraten. Der Wilde, wie der Tiger, macht selten einen Angriff auf den Feind, der ihn erwartet.

Aber es schien, als wenn Ismael gar nicht so leicht seine eigentlichen Pläne aufgeben wollte. Sein Zug folgte auf eine Meile dem Lauf des Baches und machte dann auf der Spitze einer Anhöhe halt, an einer Stelle, die einige Vorteile bot. Hier schlug er seine Zelte wieder auf, spannte seine Tiere aus und ließ das Vieh auf die Weide, kurz, er bezog hier regelrecht Lager.

Mittlerweile hatte sich eine stolze, wilde Freude im Lager der Tetons verbreitet. Seit vielen Stunden waren die Megären des Stammes herumgegangen, um alle Krieger gegen den gefangenen verhaßten Feind zu reizen. Alle waren schon wild erregt, aber es gab verschiedene Meinungen über die Art, ihre Gefangenen zu martern. Bis jetzt waren die Beratungen nur einleitend gewesen, aber der Augenblick der feierlichen Hauptversammlung war nun gekommen, und die Vorbereitungen zur Zusammenberufung wurden mit einer Würde und Feierlichkeit getroffen, die den hohen Interessen bei dieser Gelegenheit angemessen waren. Für die ernste Beratung war der Platz gerade um den Pfahl herum gewählt, an dem der Pawnee angebunden war. Middleton und Paul wurden in ihren Fesseln herbeigeschleppt und vor den Pfahl gelegt, und dann nahmen die Männer nach einer strengen Rangordnung ihre Sitze ein. Jeder Krieger setzte sich in den weiten Kreis mit ernster, bedächtiger Miene.

Als alle zugegen waren, zündete ein bejahrter Krieger die große Pfeife seines Volkes an und blies den Rauch nach den vier Gegenden des Himmels. Sobald dies Sühnopfer dargebracht worden war, reichte er sie Mahtoree, der sie einem Greise zu seiner Seite weiterreichte. Nachdem alle geraucht hatten, folgte ein ernstes Schweigen.

Schließlich erhob sich ein alter Indianer und sprach:

»Der Adler am Fall des endlosen Stromes war noch in seinem Ei, viele Winter sind es, seit meine Hand einen Pawnee erschlug. Was meine Zunge sagt, haben meine Augen gesehen. Boreecheena ist sehr alt. Die Hügel haben länger an ihren Stellen gestanden, als er in seinem Stamme gewesen ist, und die Ströme wurden voll und leer, ehe er geboren war, aber wo ist der Sioux, der es weiß wie er? Was er sagt, werden sie hören. Fällt ein Wort von ihm auf den Boden, werden sie es aufnehmen und in ihren Ohren bewahren. Verweht eins in den Wind, werden meine jungen Leute, die sehr flink sind, es auffassen. Nun hört: Seit das Wasser floß und die Blumen wuchsen, hat der Sioux den Pawnee auf dem Kriegspfad getroffen. Wie der Kuguar die Antilope liebt, liebt der Dakota seinen Feind. Wenn der Panther das Rehkalb an der Quelle findet, legt er sich nieder und schläft? Ihr wißt, er tut es nicht. Er trinkt auch, aber Blut! Ein Sioux ist ein springender Panther, ein Pawnee ein zitterndes Reh. Mögen meine Kinder mich hören. Sie werden meine Worte gut finden. Ich habe geredet.«

Tiefe, aus der Kehle kommende Schreie der Zustimmung wurden in dem weiten Kreis gehört, denn die Rachgier ist ein hervorstechender Zug im Charakter der Sioux.

»Ich bin nur ein Kind«, begann jetzt der zweite Sprecher, ein alter Häuptling, der aber noch nicht das biblische Alter erreicht hatte, und sah verstohlen um sich. »Ich lebte noch bei den Weibern, als mein Vater schon ein Mann war. Wenn mein Haupt grau wird, geschieht es nicht, weil ich alt bin. Etwas von dem Schnee, der darauf fiel, als ich auf dem Kriegspfad schlief, ist darauf gefroren, und die heiße Sonne bei den Osagendörfern ist nicht kräftig genug gewesen, den Schnee zu schmelzen.« Ein dumpfes Murmeln hörte man, das die Bewunderung für seine Verdienste ausdrückte, auf die er klug anspielte. Der Redner wartete ein wenig, bis die Erregung sich gelegt hatte, und fuhr dann mit größerer Kraft fort. »Aber die Augen eines jungen Kriegers sind gut. Er kann weit sehen. Er ist ein Luchs. Seht auf mich. Ich will mich umwenden, daß ihr mich von beiden Seiten sehen könnt. Nun wißt ihr, ich bin euer Freund, denn ihr seht auf eine Seite, die nie ein Pawnee sah. Nun seht in mein Antlitz, nicht in diese Narbe, denn da können eure Augen nie meinen Geist sehen. Es ist ein Loch, das ein Konza geschnitten. Aber hier ist eine Öffnung, die Wahcondah gemacht hat, durch die ihr in meine Seele blicken könnt. Was bin ich? Ein Dakota von innen und außen, ihr wißt es. Das Blut jedes Geschöpfes auf der Steppe ist rot. Wer kann die Stelle unterscheiden, wo ein Pawnee erschlagen wurde, von der, wo meine jungen Leute einen Bison fingen? Sie ist von derselben Farbe. Der Herr des Landes machte sie füreinander. Er machte sie gleich. Aber wird das Gras grün werden, wo ein Bleichgesicht getötet wird? Meine jungen Leute müssen nicht denken, diese Nation sei so zahlreich, daß sie einen Krieger nicht vermissen werde. Sie überzählen sie oft und sagen: Wo sind meine Söhne? Wenn sie einen vermissen, werden sie in die Prärie schicken, nach ihm zu sehen, wenn sie ihn nicht finden können, werden sie ihren Boten sagen, nach ihnen unter den Sioux zu fragen, meine Brüder, die Langmesser sind keine Toren, es ist ein mächtiger Arzt von ihrer Nation jetzt unter ihnen, wer kann sagen, wie laut seine Stimme, wie lang sein Arm ist –«

Die Rede wurde durch Mahtoree unterbrochen, der sich plötzlich erhob und in einem Tone, in dem sich Verachtung und Ironie mischte, ausrief:

»Meine jungen Leute sollen den bösen Geist der Bleichgesichter in die Versammlung führen. Mein Bruder soll seinen Arzt von Angesicht sehen!«

Eine totengleiche, feierliche Stille folgte auf diese unerwartete Unterbrechung. Sie war nicht nur ein schweres Vergehen gegen die heilige Ordnung der Versammlung, sondern der Befehl sollte auch der unbekannten Macht eines jener unbegreiflichen Wesen trotzen, das wenige Indianer ohne Ehrfurcht anstaunen. Dem Befehl wurde aber gehorcht, und Obed wurde zu Esel aus seinem Zelt herbeigeführt, in einer Aufmachung, die sicher auf Spott berechnet war. Als er in den Kreis kam, warf Mahtoree, der den Einfluß des Doktors vorausgesehen hatte und ihm zuvorkommen wollte, indem er ihn der Verachtung preisgab, seine Blicke auf die Versammlung, um seinen Erfolg festzustellen. In der Tat, Natur und Kunst hatten sich vereint, durch Miene und Haltung des Naturforschers eine Wirkung hervorzubringen, die ihn überall zum Gegenstand der Verwunderung gemacht haben würde. Sein Kopf war sorgfältig nach der unter den Sioux beliebtesten und

geschmackvollsten Art geschoren worden. Eine prächtige Kopflocke war alles, was von seinem üppigen Haarwuchs übriggeblieben war. Das Gesicht war auffällig bemalt, es glich in seiner totenbeschwörenden Grimmigkeit dem eines Zauberers. Er trug einen phantastisch bemalten Lederschurz, und gleichsam zum Spott über sein Treiben hingen Kröten, Frösche, Eidechsen, Schmetterlinge, die er alle sorgsam präpariert hatte, an der einsamen Locke seines Hauptes, an seinen Ohren und an seinem ganzen Körper.
Weucha führte den Esel gerade in den Mittelpunkt des Kreises und ließ ihn dort stehen. Die Beine des Naturforschers waren an das Tier gebunden, so daß man beide für ein Geschöpf halten konnte. Die Verwunderung schien gegenseitig bei den Zuschauern wie bei dem Doktor. Die meisten aber aus der Versammlung wurden doch durch die geheime Ehrfurcht, mit der sie den mysteriösen Charakter Obeds betrachteten, in Bann gehalten. Eine tiefe, regungslose Stille folgte.

Vierzehntes Kapitel

Dann erhob sich Mahtoree. Er nahm eine würdevolle Haltung ein und warf einen festen, strengen Blick auf die ganze Versammlung. Doch änderte sich der Ausdruck seines Auges, als es über die verschiedenen Mienen seiner Anhänger und Gegner hinging. Auf die einen fiel sein Blick ernst, den anderen schien er zu drohen, sollten sie seiner Rache zu trotzen wagen. Noch mitten unter so viel Stolz und Vertrauen verließ ihn der Scharfsinn und die List eines Tetons nicht. Als er so gleichsam den Handschuh dem ganzen Stamm hingeworfen hatte, wurde seine Miene leutseliger.
»Was ist ein Sioux?« begann der Häuptling, »er ist der Beherrscher der Prärie und der Herr des Wildes. Die Fische in dem Strom der trüben Wasser kennen ihn und kommen auf seinen Ruf. Er ist ein Fuchs an Rat, ein Adler an Gesicht, ein grauer Bär im Kampf. Ein Dakota ist ein Mann!«
Nachdem er das dumpfe Beifallsmurmeln, das auf diese schmeichelhafte Schilderung gefolgt war, abgewartet hatte, fuhr er fort:
»Was ist ein Pawnee? Ein Dieb, der nur Weiber bestiehlt, eine Rothaut ohne Tapferkeit, ein Jäger, der Wildbret erbettelt. Im Rat ist er ein Eichhörnchen, das von Stelle zu Stelle hüpft, er ist eine Eule, die zur Nachtzeit auf die Steppe geht, im Kampf ist er ein Elch, dessen Beine lang sind. Ein Pawnee ist ein Weib!«
Eine zweite Pause folgte, während der ein Freudengeschrei ausbrach. Man verlangte, daß diese Worte beißender Verachtung dem Pawnee übersetzt werden sollten. Der Alte nahm den Befehl aus Mahtorees Augen entgegen

und gehorchte. Hartherz hörte ihn ernst an, und dann richtete er wieder seinen Blick in die leere Ferne. Mahtoree beobachtete sein Antlitz mit einem Ausdruck, der zeigte, wie unauslöschlich der Haß sei, den er gegen den einzigen Häuptling fühlte, dessen Ruf mit dem seinen verglichen werden konnte. Befremdet, daß er den Stolz eines Nebenbuhlers nicht hatte verletzen können, den er wie einen Knaben ansah, fuhr er fort, die Gemüter seiner Krieger zu reizen.

»Wäre die Erde mit Ratten bedeckt, die zu nichts nütze sind«, sagte er, »so wäre kein Raum für Büffel mehr, die dem Indianer Nahrung und Kleidung geben. Wären die Steppen mit Pawnees bedeckt, würde kein Raum mehr sein für den Fuß eines Dakotas. Ein Wolfindianer ist eine Ratte, ein Sioux ein Büffel, laßt die Büffel auf die Ratten treten und sich Raum machen.

Meine Brüder, ein kleines Kind hat zu euch gesprochen. Es sagte euch, sein Haar sei nicht grau, aber gefroren – es sagte, das Gras werde nicht wachsen, wo ein Bleichgesicht gestorben ist. Kennt er die Farbe des Blutes von einem Langmesser? Nein, ich weiß, er kennt es nicht, er hat es nie gesehen. Welcher Dakota, außer Mahtoree, hat je ein Bleichgesicht erschlagen? Nicht einer. Aber Mahtoree muß schweigen. Jeder Teton wird sein Ohr schließen, wenn er spricht. Die Skalpe in seinem Wigwam wurden von Weibern genommen. Sie wurden von Mahtoree genommen, und er ist ein Weib. Sein Mund ist zu, er wartet auf das Fest, um mit den Mädchen zu singen.«

Trotz der Rufe des Bedauerns und der Rache, die auf eine so beschämende Erklärung folgten, nahm der Häuptling seinen Sitz ein, als sei er entschlossen, nicht mehr zu sprechen. Aber als das Murren lauter und allgemeiner wurde und sich drohende Anzeichen zeigten, daß die Versammlung sich in Verwirrung auflösen würde, erhob er sich und nahm seine Rede wieder auf.

»Mögen meine jungen Leute nach Tetao sehen!« schrie er jetzt, »sie werden seinen Skalp in Pawneerauch trocknen sehen. Wo ist der Sohn von Boreecheena? Seine Gebeine sind weißer als die Gesichter seiner Mörder! Schläft Mahhah in seinem Zelt? Ihr wißt, es sind viele Monde, seit er nach den ewigen Jagdgründen aufbrach. Ich wollte, er wäre hier, daß er sagen könnte, von welcher Farbe die Hand war, die seinen Skalp nahm!«

Auf diese Weise fuhr der listige Häuptling mehrere Minuten fort und nannte die Krieger bei Namen, von denen bekannt war, daß sie ihren Tod im Kampf mit den Pawnees gefunden hatten. Mitten in seiner Rede trat ein sehr alter Mann, der nur mit größter Beschwerde noch gehen konnte, gerade in den Mittelpunkt des Kreises und stellte sich vor den Häuptling. Der alte Indianer war einst ausgezeichnet gewesen durch Schönheit und seinen Adlerblick. Jetzt aber war seine Haut runzlig, und seine Züge waren von vielen Narben durchfurcht. Das Murmeln und sein Name »*Le Balafrè*«, die

durch die Versammlung liefen, als er erschien, zeigten, für wie außerordentlich sein Besuch gehalten wurde. Da er jedoch weder sprach noch sich bewegte, legte sich bald die Aufmerksamkeit, die durch sein Erscheinen erregt worden war. Mahtoree sprach weiter und schloß dann mit einem plötzlichen Hinweis auf den Stolz und die Tapferkeit seines Stammes.
Mitten unter dem Beifallsmurmeln hörte man eine tiefe, schwache, hohle Stimme. Eine feierliche Stille folgte auf die Töne, und dann sah man erst die Lippen des Greises sich bewegen.
»Der Tag Le Balafrès ist seinem Ende nahe«, waren die ersten Worte, die deutlich gehört wurden. »Er ist gleich dem Büffel, dessen Haar nicht länger wachsen will. Er wird bald bereit sein, seine Wohnung zu verlassen, um eine andere aufzusuchen, die weit ist von den Dörfern der Sioux, deswegen geht es ihn nichts mehr an, was er zu sagen hat, sondern die, welche er zurückläßt. Seine Worte sind gleich der Frucht am Baum, reif und an der Zeit, den Häuptlingen gegeben zu werden.
Viel Schnee ist gefallen, seit Le Balafrè auf dem Kriegspfad war, sein Blut ist sehr heiß gewesen, aber es hat Zeit gehabt, kalt zu werden, Wahcondah gibt ihm nicht mehr Träume des Krieges, er sieht, daß es besser ist, im Frieden zu leben.
Meine Brüder, ein Fuß ist dem glücklichen Jagdgrund zugewendet, der andre wird bald folgen, und dann wird man einen alten Häuptling nach den Spuren von seines Vaters Mokassins spähen sehen, auf daß er sich nicht irre, sondern sicher sei, vor den Herrn des Lebens auf demselben Pfad zu kommen, den schon so viele gute Indianer eingeschlagen haben. Aber wer wird folgen? Le Balafrè hat keinen Sohn, sein ältester hat zu viele Pawneepferde geritten, die Gebeine des Jüngsten sind von Konzahunden benagt worden. Le Balafrè ist gekommen, sich nach einem jungen Arm umzusehen, auf den er sich lehnen könnte, und einen Sohn zu suchen, daß sein Zelt nicht leer bleibt, wenn er heimgegangen ist. Tachechana, das flüchtige Reh der Tetons, ist zu zart, einen Krieger zu ertragen, der alt ist. Sie sieht vor sich und nicht hinter sich. Ihr Gemüt ist in der Wohnung ihres Mannes.«
Die Rede des alten Kriegers war ruhig, aber bestimmt und entschlossen. Seine Erklärung wurde mit Schweigen aufgenommen, und obwohl mehrere Häuptlinge, die mit Mahtoree einverstanden waren, ihre Augen auf ihren Führer richteten, wagte doch keiner, sich einem so alten Häuptling in einem Entschluß zu widersetzen, der ganz mit den Gewohnheiten des Stammes im Einklang stand.
Le Balafrè ging jetzt langsam und mühsam auf die Gefangenen zu. Er blieb vor Hartherz stehen, dessen untadelige Gestalt und dessen unverändertes Auge er lange mit großer augenscheinlicher Zufriedenheit betrach-

tete. Dann winkte er gebieterisch und wartete, bis der Pawnee mit einem Messerschnitt vom Pfahl und von seinen Fesseln befreit worden war. Als der junge Krieger seinem dunklen schwachen Blick näher trat, wurde die Untersuchung mit aller Genauigkeit und Bewunderung wiederholt.

»Gut«, murmelte endlich der vorsichtige alte Krieger, als er entdeckte, daß seine Erfahrung nichts zu tadeln finden konnte, »das ist ein springender Panther! Spricht mein Sohn mit der Zunge eines Tetons?«

Das Verständnis, das aus den Augen des Gefangenen leuchtete, verriet, wie gut er die Frage verstand, aber noch war er viel zu stolz, seine Gedanken in einer Sprache mitzuteilen, die einem feindlichen Volke angehörte. Einige der umstehenden Krieger erklärten dem alten Häuptling, der Gefangene sei ein Pawneewolf.

»Mein Sohn öffnete die Augen an den Wassern der Wölfe«, sagte Le Balafrè in der Sprache dieser Nation, »aber er wird sie schließen an der Krümmung des Stroms der trüben Wasser. Er wurde als Pawnee geboren, aber er wird sterben als Dakota. Sieh mich an. Ich bin ein Baum, der einst viele mit seinem Schatten deckte. Die Blätter sind gefallen, und die Zweige beginnen sich zu neigen. Aber eine einzige Stütze sprießt aus meinen Wurzeln hervor, es ist eine kleine Rebe, und sie windet sich um einen Baum, der grün ist. Ich habe mich lange umgesehen, wo eine würdig wäre, an meiner Seite zu wachsen. Nun habe ich sie gefunden. Le Balafrè ist nicht länger ohne einen Sohn, sein Name wird nicht vergessen werden, wenn er fort ist. Männer der Tetons, ich nehme diesen in mein Zelt.«

Keiner wagte, das Recht zu bestreiten, und Le Balafrè nahm seinen zukünftigen Sohn beim Arm, führte ihn gerade in den Mittelpunkt des Kreises und stand neben ihm mit einem triumphierenden Blick. Mahtoree verriet durch nichts seine Gesinnung, aber die Erfahrenen in der Versammlung sahen deutlich ein, daß zwei so berühmte Häuptlinge, die in allem Nebenbuhler waren, nicht in demselben Stamm leben konnten. Doch war Le Balafrès Wunsch geheiligt, und keiner wagte, seine Stimme gegen ihn zu erheben.

»Mein Vater ist sehr alt, aber noch hat er nicht auf alles gesehen«, sagte Hartherz nach längerem Schweigen plötzlich mit so lauter Stimme, daß sie von allen gehört wurde. »Er hat nie einen Büffel zur Fledermaus werden sehen. Er wird nie einen Pawnee einen Sioux werden sehen!«

Es lag etwas Ruhiges in der Art, wie er diese Entscheidung aussprach, daß die meisten von der Unabänderlichkeit seines Entschlusses überzeugt waren. Aber Balafrès Herz verlangte nach einem Sohn.

»Es ist recht«, sagte er, »so muß der Tapfere sprechen, daß die Krieger seinen Mut sehen. Es gab eine Zeit, wo Balafrès Stimme die lauteste in den

Zelten der Konza war. Aber die Wurzel seines weißen Haares ist Weisheit. Mein Kind wird den Tetons zeigen, daß er gehorsam ist, indem er ihre Feinde schlägt. Männer der Dakotas, dies ist mein Sohn!«

Der Pawnee zögerte einen Augenblick, trat dann vor den Häuptling, nahm seine harte runzelige Hand und legte sie mit Ehrfurcht auf sein Haupt, um die Größe seines Dankes anzuerkennen. Dann trat er einen Schritt zurück, reckte sich zu seiner ganzen Höhe auf und sah auf die feindliche Bande mit einem Blick voll Verachtung, während er laut in der Sprache der Sioux sagte: »Hartherz hat sich von außen und innen betrachtet. Er hat alles überdacht, was er getan hat auf der Jagd und im Krieg. Überall ist er derselbe. Nirgends Veränderung. Er ist in allem ein Pawnee. Er hat so viele Tetons erschlagen, daß er nie in ihren Zelten essen könnte. Seine Pfeile würden zurückfliegen, die Spitze seiner Lanze würde am unrechten Ende sein, ihre Freunde würden weinen bei jedem Kriegsgeschrei, ihre Feinde würden lachen. Kennen die Tetons einen Wolf? Mögen sie ihn nochmals ansehn! Sein Haupt ist bemalt, sein Arm ist Fleisch, aber sein Herz ist Fels. Wenn die Tetons die Sonne von den Felsgebirgen kommen und nach dem Land der Bleichgesichter gehen sehen, dann wird Hartherz sanft und sein Geist ein Sioux werden. Bis dahin wird er leben und sterben als ein Pawnee.«

Ein Freudenschrei, der die Rachlust der Tetons ankündigte, unterbrach den Sprecher. Der Gefangene wartete einen Augenblick, daß die Bewegung sich legte, wandte sich dann wieder zu Le Balafrè und fuhr in sanfterem Tone fort, um den Stolz eines Mannes nicht zu verletzen, der so gern sein Wohltäter sein wollte.

»Möge sich mein Vater schwerer auf das Reh der Dakotas lehnen«, sagte er. »Sie ist schwach jetzt, aber wenn sich ihr Zelt mit Kindern füllt, wird sie stärker werden. Seht«, fuhr er fort und lenkte die Augen des andern auf das ernste Gesicht des aufmerksamen Trappers, »Hartherz ist nicht ohne ein Grauhaupt, ihm den Weg zu zeigen zu den gesegneten Gefilden. Wenn er je einen anderen Vater hat, soll es dieser Krieger sein.«

Le Balafrè wandte sich, in seiner Hoffnung getäuscht, von dem Jüngling weg und näherte sich dem Fremden, der ihm zuvorgekommen war. Mehrere Augenblicke vergingen, ehe der Teton sprach, und dann geschah es voll Zweifel.

»Das Haupt meines Bruders ist sehr weiß«, sagte er, »aber Balafrès Auge gleicht nicht mehr dem des Adlers. Von welcher Farbe ist seine Haut?«

»Wahcondah machte mich wie die, die da auf ihr Urteil warten, aber Gutes und Schlimmes haben mich dunkler gefärbt, als die Haut eines Fuchses ist. Was macht das! Obwohl die Rinde rauh und geborsten ist, das Herz des Baumes ist gesund.«

»Mein Bruder ist ein Langmesser! Laßt ihn nach Sonnenuntergang sehen und seine Augen öffnen. Seht ihr den Salzsee jenseits der Berge?«

»Die Zeit ist gewesen, Teton, wo wenige das Weiße auf des Adlers Haupt von weiter sehen konnten als ich, aber der Glanz von siebenundachtzig Wintern hat meine Augen verdunkelt. Meint der Sioux, ein Bleichgesicht sei ein Gott, daß er den Hügel sehen kann?«

»So möge mein Bruder auf mich sehen. Ich bin ihm nahe, und er kann sehen, daß ich eine Rothaut bin. Warum kann sein Volk nicht alles sehen, da es nach allem verlangt?«

»Ich verstehe, Häuptling, und ich will nicht die Wahrheit Eurer Worte bestreiten. Aber, obgleich ich von der Rasse bin, die Ihr so wenig liebt, würde mein schlimmster Feind nicht zu sagen wagen, daß ich je die Güter eines andern angetastet habe.«

»Und doch ist mein Bruder unter die Rothäute gekommen, einen Sohn zu suchen?«

Der Trapper legte einen Finger auf Le Balafrès nackte Schulter, sah in sein narbenreiches Gesicht mit einem stillen, vertrauensvollen Blick und antwortete: »Es geschah nur dem Jungen zum Besten. Ich habe ihn zu meinem Sohn gemacht, damit er wisse, daß er jemanden zurücklasse – – –«

In diesem Augenblick erhob sich ein wirres Geschrei unter den Megären im Kreis der Versammlung. Als die beiden Alten sich zu dem Pawnee wandten, sahen sie ihn in dem Mittelpunkt des Kreises stehen, das Haupt erhoben, das Auge ins Leere gerichtet, als wenn alle seine Kräfte im Hören versunken wären. Ein Lächeln erhellte für einen einzigen Augenblick sein Gesicht, dann nahm er seine frühere Haltung ein. Diese Bewegung hatte man für Verachtung ausgelegt, und selbst die Häuptlinge begannen sich zu ereifern. Unfähig aber, ihre Wut zu zähmen, brachen die Weiber zusammen in den Kreis und fingen ihren Angriff damit an, daß sie den Gefangenen mit den bittersten Schimpfreden belegten. Le Balafrè wandte sich enttäuscht weg, während der Trapper, dessen edle Züge mit seiner inneren Erregung kämpften, sich näher an seinen jungen Freund drängte. Die Erregung verbreitete sich bald unter die jüngeren Krieger, obgleich die Häuptlinge noch zögerten, das Zeichen zu geben. Mahtoree, der diese Rachgier abgewartet hatte, um seinen eigenen Haß zu verbergen, ermutigte jetzt mit einem Wink die Krieger, anzufangen.

Weucha sprang auf dies Zeichen vor und, sich mitten unter die Weiber drängend, hieß er sie warten, bis ein Krieger mit der Marter anfange, dann sollten sie ihr Opfer Tränen wie ein Weib vergießen sehen. Der Wilde fing damit an, daß er seinen Tomahawk über dem Haupt des Gefangenen auf eine Art schwang, daß man glaubte, die Waffe müßte sich jeden Augen-

blick tief in den Schädel bohren. Hartherz schien aber dagegen unempfindlich. Sein Auge hatte den gleichen festen Blick in die Weite. Jetzt legte der Sioux die kalte Schneide auf das nackte Haupt seines Opfers und fing an, die verschiedenen Arten des Skalpierens zu zeigen. Die Weiber hielten zu diesen Grausamkeiten mit ihrem Geschrei den Takt und versuchten vergeblich, eine Spur von Angst aus den unempfindlichen Zügen des Pawnees hervorzulocken.
Die Augen des Trappers folgten jeder Bewegung des Tomahawks mit der ganzen Teilnahme eines wirklichen Vaters, bis er endlich unwillig ausrief: »Sieh auf den Pawnee, Teton, und merke dir, was eine Rothaut werden kann, die den Herrn des Lebens fürchtet und seinen Gesetzen folgt. Wie viele eures Volkes hat er in die fernen Gefilde geschickt«, fuhr er lauter fort, um Weucha zum Äußersten zu reizen und so die Marter abzukürzen, »wie viele heulende Sioux hat er erschlagen, wie ein Krieger in offener Schlacht, während mehr Pfeile in der Luft waren als Flocken fallenden Schnees. Geht, wird Weucha je den Namen eines Kriegers sagen, den er erschlug?«
»Hartherz!« rief der Sioux, wandte sich in seiner Wut um und richtete einen tödlichen Schlag auf das Haupt seines Opfers. Sein Arm fiel in die hohle Hand des Gefangenen. Einen Augenblick standen beide wie gebannt in dieser Stellung. Der eine wie leblos durch den unerwarteten Widerstand, der andere sein Haupt neigend, um den Tod mit der innigsten Ergebung zu empfangen. Die Weiber erhoben ein Triumphgeschrei, denn sie glaubten, die Nerven des Gefangenen hätten endlich nachgegeben. Der Trapper zitterte für die Ehre seines Freundes, und Hektor brach in ein erbärmliches Geheul aus. Aber der Pawnee schwankte nur einen Augenblick. Dann erhob er die andere Hand blitzschnell, der Tomahawk funkelte in der Luft, und Weucha sank zu seinen Füßen, das Haupt gespalten bis zum Auge. Dann bahnte der Häuptling sich mit der blutigen Waffe einen Weg, schoß durch die Öffnung im Kreis, ließ die erschreckten Weiber hinter sich und schien den Abhang mit einem einzigen Sprung hinabzueilen.
Wäre ein Blitz vom Himmel mitten unter die Tetonbande gefahren, er hätte nicht größere Bestürzung als dieser Akt verzweifelter Kühnheit erregt. Die Weiber stießen einen schrillen, klagenden Schrei aus, und einen Augenblick verloren selbst die ältesten Krieger ihre Besinnung. Dann aber folgte ein Rachegeschrei aus hundert Kehlen. Die Verfolger aber hielt ein gebieterischer Ruf Mahtorees zurück. Der Häuptling, in dessen Antlitz Befremden und Wut kämpften, streckte seinen Arm nach dem Fluß aus, und das ganze Geheimnis war erklärt. Hartherz hatte schon fast die Hälfte des Grundes, der zwischen der Anhöhe und dem Wasser lag, hinter sich

gelassen. In diesem Augenblick kam eine Bande bewaffneter und berittener Pawnees eine Anhöhe auf dem anderen Ufer herauf und galoppierte an den Rand des Flusses, in den sich gleich darauf der Flüchtling stürzte. Mit wenigen starken Stößen gewann er das rettende Ufer, und das Kriegsgeschrei der Pawnees verkündete den Tetons den Triumph ihrer Feinde.

Während die Krieger im Lager der Sioux sich bewaffneten, wurden die Jungen auf den Weidegrund nach den Pferden geschickt. Die Zelte wurden eiligst von den Weibern abgebrochen. Die Säuglinge kamen auf den Rücken ihrer Mütter, und die Kinder, die zum Gehen groß genug waren, wurden in die Nachhut getrieben. Die verschiedenen Vorbereitungen gingen unter entsetzlichem Geschrei vor sich, wurden aber mit unglaublicher Schnelligkeit ausgeführt.

Mahtoree versäumte keine Pflicht, die zu seiner verantwortlichen Aufgabe gehörte. Von der Anhöhe am Ufer konnte er vollkommen die Stärke und Schwenkungen des feindlichen Haufens übersehen. Er lächelte grimmig, als er sah, daß die Sioux zahlenmäßig bei weitem überlegen waren. Trotz dieses Vorteils jedoch gab es in anderer Hinsicht eine Ungleichheit, die wahrscheinlich seinen Erfolg im nahen Kampf außerordentlich zweifelhaft machen konnte. Sein Stamm bewohnte die mehr nördlichen und unwirtlichen Gegenden und war nicht sehr reich an Pferden und Waffen, die den größten Reichtum der westlichen Indianer ausmachten.

Die feindlichen Pawnees waren alle beritten, und es handelte sich anscheinend um auserlesene Krieger. Dagegen waren viele aus seinem Gefolge weit besser zur Jagd als zum Kampf bewaffnet.

Noch strahlte sein kühnes Auge über den Kriegern, auf die er sich oft verlassen hatte, dennoch fühlte er in der besonderen Lage, in der er sich befand, kein Verlangen, den Kampf zu beschleunigen, da er auch durch die Gegenwart der Weiber und Kinder behindert war und die Wahl der Stellung gänzlich den Feinden überlassen mußte.

Auf der anderen Seite zeigten auch die Pawnees im Augenblick kein Verlangen, die Sache zur Entscheidung zu treiben. Es war gefährlich, den Fluß im Angesicht eines entschlossenen Feindes zu überschreiten. Aber ihr Häuptling brannte vor Verlangen, die Schande auszumerzen, die ihm widerfahren war. Hartherz hatte sich kaum mit den Seinen vereinigt, als er sich auch schon nach einigen kurzen Mitteilungen zum Entscheidungskampf vorbereitete. Sein Leitpferd, das lange zur Jagd abgerichtet worden war, wurde ihm gebracht, Waffen wurden ihm feierlich überreicht, und sein Antlitz erhellte sich in wilder Freude, als er die Federkraft des Bogens und den gut ausgewogenen Speer versuchte. Er ritt unter seinen Kriegern auf und ab und lenkte das Tier mit großer Anmut und Geschicklichkeit. Er schwang die Lanze, als wolle er sich im Sitz versuchen, und dann untersuchte er wieder genau die Feuerwaffe, die man auch wie alle anderen Waffen für ihn mitgebracht hatte.

Inzwischen war Mahtoree mit den nötigen Vorbereitungen fertig geworden.

Er winkte einem alten Krieger, dem er die Gefangenen übergeben wollte, führte ihn auf die Seite, legte bedeutungsvoll einen Finger auf seine Schulter und sagte vertrauensvoll: »Wenn meine jungen Leute die Pawnees schlagen, gebt den Weibern Messer. Genug! Mein Vater ist sehr alt, er braucht nicht Weisheit von einem Knaben zu lernen.«

Der Alte antwortete mit einem rohen Blick, und der Häuptling schien wegen einer wichtigen Sache beruhigt zu sein. Er warf sich jetzt auf sein Roß und gab mit dem Blick eines Herrschers seinem Gefolge das Zeichen, ihm zu folgen.

Die feindlichen Stämme waren jetzt nur durch das Wasser getrennt, aber der Strom war zu breit, um ein wirkungsvolles Feuer zu eröffnen. Trotzdem wurden einige nutzlose Schüsse gewechselt.

Beim Aufbruch der Siouxkrieger hatte sich der alte Trapper vorsichtig seinen gefesselten jungen Freunden genähert. Er ahnte, daß Mahtoree sie, während der Kampf brannte, rücksichtslos von den blutdürstigen Weibern umbringen lassen wollte. Er hatte den Häuptling beobachtet, als er mit dem Sioux sprach, der sie bewachen sollte, und wußte, daß keine Zeit mehr zu verlieren war.

»Still«, flüsterte der Alte, als er nahe genug war, und schnitt geschickt und schnell die Riemen durch, die Pauls einen Arm an seinen Körper fesselten. Dann legte er sein Messer in den Bereich der befreiten Hand.

»Still, Junge, das war ein glücklicher Augenblick! Das Geschrei lenkt die Blutsauger von uns ab, und so weit sind wir sicher. Befreit Euch jetzt selbst weiter, aber vorsichtig, es muß unbemerkt geschehen.«

»Schönen Dank für das bißchen Hilfe«, murmelte der Bienenjäger, der den Alten nicht verstand.

»Still und vorsichtig«, rief der Alte vorwurfsvoll, der sich etwas von seinen Freunden entfernt hatte und eifrig die Bewegungen der Feinde beobachtete. »Wenn Ihr frei seid, könnt Ihr noch lange nicht gehen, denn das Blut war zu lange abgesperrt. Geht vorsichtig und langsam zu Werk.«

Mit diesen Worten ging er fort und suchte den verbissenen Gefangenenaufseher.

Er traf ihn, wie er Messer unter die Weiber austeilte, die die Waffen mit einem dumpfen, eintönigen Gesang empfingen, in dem sie die Verluste ihres Volkes in den Kämpfen mit den Weißen aufzählten und die Lust und den

Ruhm der Rache feierten. Jedes der Weiber begann nach Empfang des Messers einen langsamen, gemessenen Tanz um den Wilden, den sie schließlich in einen Kreis einschlossen. Sie bewegten sich im Takt des Gesanges, und ihre Gebärden deuteten Trauer oder wilde Rache an. Der Trapper trat in den Mittelpunkt ihres Kreises mit derselben Ruhe und Überlegenheit, mit der er in eine Dorfkirche gegangen wäre.

Der alte Mann gab den Megären ein Zeichen, aufzuhören, und fragte dann: »Warum singen die Mütter der Tetons mit bittren Zungen? Die Gefangenen sind noch nicht in ihrem Dorf, ihre jungen Leute sind noch nicht mit Skalpen zurückgekommen!«

Ein allgemeines Geheul antwortete ihm, und einige der kühnsten Weiber schwangen ihre Messer in gefährlicher Nähe seiner Augen.

»Ihr seht einen Krieger vor euch und keine Flüchtlinge der Langmesser, die beim Anblick von Messern bleich werden«, rief der Trapper, ohne einen Muskel zu verziehen. »Mögen die Siouxweiber bedenken, wenn ein Bleichgesicht stirbt, springen Hunderte dort auf, wo es gefallen ist.«

Die Weiber gaben keine Antwort, nur zogen sie ihren Kreis schneller und schneller. Plötzlich brach eine der ältesten und wildesten von ihnen aus dem Ring und stieß auf die Opfer ihrer Rache wie ein Raubvogel. Die andern folgten wie eine ungeordnete schreiende Herde. In diesem gefährlichen Augenblick fiel dem Trapper der Naturforscher ein, der immer noch abseits hoch zu Esel saß.

»Mächtiger Zauberer meines Volkes!« rief der Alte in der Tetonsprache, »erhebe deine Stimme und sprich, das Siouxvolk möge hören.«

Entweder hatte Asinus durch seine früheren Erfahrungen so viel gelernt, daß er den Wert seiner sonoren Eigentümlichkeiten kannte, oder das sonderbare Schauspiel von einem Dutzend Megären, die an ihm vorübereilten und die Luft mit Geschrei erfüllten, das selbst den Ohren eines Esels zu störend war, rührte sein Gemüt, so viel ist jedenfalls sicher, er schrie, und zwar laut genug, um gehört zu werden. Es war das erste Mal, daß der Esel seit seiner Ankunft im Lager schrie. Durch den fremden, anscheinend furchtbaren Ruf gewarnt, zerstoben die Furien und ließen wie erschreckte Geier schreiend von ihrem Raub ab. Inzwischen hatte die plötzliche Gefahr das Blut in Pauls und Middletons Adern in Bewegung gesetzt. Beide schüttelten die durchschnittenen Fesseln ab und sprangen auf, um ihr Leben teuer genug zu verkaufen. Der Alte eilte zu ihnen, um bei dem drohenden Kampf an ihrer Seite zu stehen. In diesem Augenblick aber legte sich eine gigantische Hand auf seine Schultern. Er wandte sich um und fand sich in den Händen von Ismael Busch. Weder der Grenzer noch seine Söhne hielten es für nötig, weitläufige Erklärungen zu geben. Middleton und Paul wurden in außerordentlicher Stille und Schnelligkeit wieder gebunden, und diesmal blieb auch der alte Trapper nicht verschont. Das Zelt Mahtorees wurde abgebrochen, die Frauen kamen auf die Pferde, und der Zug machte sich auf den Weg nach dem Lager des Auswanderers. Während dieser summarischen kurzen Anordnung sah man den alten Indianer und seine wilden Gefährtinnen über die Prärie in der Richtung auf die Nachhut der Sioux fliehen. Der alte Lagerplatz lag jetzt still und leer, wie jede andere Stelle in diesen weiten Einöden.

Während dies auf der Hochebene vor sich ging, waren die feindlichen Parteien unten am Flusse noch nicht aneinandergeraten. Der Pawneehäuptling bemerkte bald, daß sein Gegner gerne Zeit gewinnen wollte. Er veränderte deshalb seinen Plan und zog sich vom Ufer zurück, um die Sioux zum Übergang zu veranlassen. Die Herausforderung wurde aber nicht angenommen, und die Wölfe waren gezwungen, einen andern Weg einzuschlagen. Statt länger kostbare Zeit zu vergeuden, führte der junge Häuptling der Pawnees seine Krieger in schnellem Galopp wieder an das Ufer des Flusses, um eine günstige Stelle für den Übergang zu suchen. Sobald der Plan auf dem anderen Ufer entdeckt wurde, nahm jeder berittene Teton einen Krieger hinten auf sein Pferd, und Mahtoree konnte seine ganze Streitkraft gegen den Versuch konzentrieren. Hartherz hatte die Bewegung verfolgt und machte hart am Ufer plötzlich halt. Der Fluß war an dieser Stelle doppelt so breit wie gewöhnlich und anscheinend sehr flach. In der Mitte lag eine ziemlich große nackte Sandbank, nur wenig über die Wasserfläche ragend. Hartherz sprach mit seinen Kriegern und machte sie mit seinem verwegenen Plan bekannt. Dann stürzte er allein in die Flut und erreichte teils schwimmend die Sandbank. Als seine schnaufende Stute aus dem Wasser kam, fand er sich auf einem ziemlich festen Sandboden. Er lenkte das stolze Tier mutwillig über die Fläche, bewußt seine Feinde so herausfordernd. Die Tetons antworteten mit einem Schrei wilder Wut. Sie eilten zum Ufer, und eine Ladung von Pfeilen und einigen Flinten wurde nutzlos abgefeuert. Als sich die tapfersten Sioux in den Fluß stürzen wollten, hielt sie ein Befehl Mahtorees zurück. Der Häuptling teilte nicht erst lange seine Pläne den Vertrauten mit, sondern schickte sie einfach in den Nachtrupp zurück. Dann ritt er eine kurze Strecke in den Fluß. Anhaltend erhob er mehrere Male seine Hand, mit der Fläche auswärts, und gab so das Zeichen zum Waffenstillstand. Dann, gleichsam um seine Aufrichtigkeit zu beweisen, warf er sein Gewehr an das Ufer und ritt tiefer in das Wasser. Dann hielt er wieder, um zu sehen, auf welche Weise der Pawnee seine Friedensanträge aufnehmen würde. Als Hartherz die wohlbekannte Gestalt des Tetonhäuptlings in den Fluß reiten sah, winkte er triumphierend mit der Hand und erhob, die

Lanze schwenkend, das durchdringende Kriegsgeschrei seines Volkes als Herausforderung, näher zu kommen. Aber als er die Zeichen zum Waffenstillstand sah, wollte er kein geringeres Vertrauen als sein Feind zeigen. Er ritt zur äußersten Spitze der Sandbank, warf seine Büchse weg und ritt dann wieder zurück.

Die beiden Häuptlinge waren jetzt gleichmäßig bewaffnet. Jeder hatte einen Speer, einen Bogen, einen Köcher, eine kleine Streitaxt und ein Messer. Jeder hatte auch einen Lederschild, der zur Verteidigung gegen einen unvorhergesehenen Angriff mit diesen Waffen dienen konnte. Der Sioux zögerte nicht länger, ritt tiefer in den Fluß und erreichte bald die Sandbank nicht weit von Hartherz. Der Pawnee hatte sich etwas zurückgezogen und erwartete seinen Feind mit Ruhe und Würde. Der Teton machte eine kurze Schwenkung, um die Ungeduld seiner Stute zu bändigen, dann ritt er in die Mitte der Sandbank und lud den andern durch einen höflichen Wink ein, nahe zu kommen. Hartherz näherte sich vorsichtig, hielt in einiger Entfernung und richtete sein glänzendes Auge auf seinen Feind. Eine lange, feierliche Pause folgte, die beiden Gegner musterten sich schweigend. Mahtoree warf schließlich seinen Schild auf die Schulter, als wolle er noch mehr Vertrauen erwecken, machte eine begrüßende Bewegung und sprach zuerst.

»Möge der Pawnee auf die Hügel gehen«, sagte er, »und von der Morgen- bis zur Abendsonne vom Land des Schnees bis in das der Blumen schauen, er wird sehen, daß die Erde sehr groß ist. Warum können die Rothäute nicht Raum finden für alle ihre Dörfer?«

»Hat der Teton je gehört, daß ein Krieger der Wölfe in seine Dörfer gekommen ist, um Raum für sein Zelt zu erbitten?« antwortete Hartherz mit Stolz und Verachtung.

»Wenn die Pawnees jagen, schicken sie dann den Boten zu Mahtoree, ihn zu fragen, ob Sioux in den Prärien sind?« rief jetzt der Häuptling zornig.

»Wenn Hunger ist im Zelt eines Kriegers, sieht er sich nach Büffeln um, die ihm zur Nahrung gegeben sind«, fuhr der Teton fort und bemühte sich, den Zorn niederzuhalten. »Wahcondah hat ihnen mehr gegeben, als Indianer sind. Er hat nicht gesagt, dieser Büffel soll für den Pawnee und jener für den Dakota sein, dieser Büffel für einen Konza und jener für einen Omaha. Nein, er sagte, es sind ihrer genug, ich liebe meine roten Brüder, und ich habe ihnen große Reichtümer gegeben. Das schnellste Pferd kann in vielen Tagen nicht aus dem Dorf der Tetons in das Dorf der Wölfe reiten. Es ist weit von den Städten der Pawnees zum Fluß der Osagen. Es ist Raum für alles, was ich liebe. Warum also sollte ein roter Mann seinen Bruder schlagen?«

Hartherz ließ das eine Ende seiner Lanze zur Erde und, nachdem auch er

seinen Schild auf die Schulter geworfen hatte, saß er nachlässig auf seine Waffe gelehnt, während er mit einem unzweideutigen Lächeln antwortete: »Sind die Tetons müde der Jagd und des Krieges? Wünschen sie das Wild zu kochen und nicht zu töten? Wollen sie ihr Haar ihr Haupt bedecken lassen, daß ihre Feinde die Köpfe nicht entdecken können? Geht, ein Pawneekrieger wird nie unter solche Siouxweiber kommen, sich eine Frau zu holen.«
Mahtoree blickte wütend auf, als er diese beißende Beleidigung hörte, unterdrückte aber wieder das heftige Gefühl.
»So sollte ein junger Häuptling vom Krieg sprechen«, antwortete er gefaßt, »aber Mahtoree hat das Elend von mehr Wintern gesehen als sein Bruder. Als die Nächte lang waren, wenn Dunkelheit war in seinem Zelt, während die Jüngeren schliefen, hat er nachgedacht über die Not seines Volkes. Er hat zu sich gesagt: ›Teton, zähle die Skalpe im Rauch. Sie sind alle rot, außer zweien! Tötet der Wolf den Wolf, oder beißt die Schlange ihre Schwester? Sie tun es nicht, darum Tetons, tut ihr unrecht, auf dem Pfad zu gehen, der in das Dorf einer Rothaut führt, mit dem Tomahawk in der Hand.‹«
»Der Sioux möchte den Krieger seines Ruhms berauben? Er möchte zu seinen jungen Leuten sagen: ›Geht, grabt Wurzeln in den Steppen, sucht Höhlen, euren Tomahawk zu begraben, ihr seid nicht länger Krieger!‹«
»Wenn Mahtorees Zunge je so sagt«, antwortete der listige Häuptling mit einem unwilligen Blick, »dann mögen seine Weiber sie ihm ausschneiden und mit den Büffelstücken verbrennen. Nein«, fuhr er fort und ritt einen Schritt näher, »die Rothäute können nie einen Feind entbehren, sie sind zahlreicher als die Blätter der Bäume, die Vögel an den Himmeln oder die Büffel in der Prärie. Möge mein Bruder seine Augen weit öffnen, sieht er nirgends einen Feind, den er töten möchte?«
»Wie lange ist es her, seit der Teton die Skalpe seiner Krieger zählte, die im Rauch eines Pawneezeltes trockneten? Die Wölfe, die sie nahmen, sind hier und bereit, sie zu achtzehn zu machen, zu zwanzig.«
»Nun möge mein Bruder nicht auf falschem Pfad gehen. Wenn eine Rothaut immer die andere schlägt, wer wird Herr der Prärie sein, wenn keine Krieger mehr sind, die sagen: ›Sie ist unser!‹ Höre die Stimme der Alten. Sie sagen uns, daß in ihren Tagen viel Indianer aus den Wäldern vom Aufgang der Sonne her gekommen sind und daß sie die Prärie erfüllt haben mit ihren Klagen über die Räubereien der Langmesser. Wohin ein Bleichgesicht kommt, da kann ein roter Mann nicht bleiben. Das Land ist zu klein. Sie sind immer hungrig, seht, sie sind schon hier.«
Während der Teton sprach, deutete er auf Ismaels Zelte, die von hier sichtbar waren, und dann schwieg er, die Wirkung seiner Worte auf seinen Feind abzuwarten.

Hartherz sann beinahe eine Minute, ehe er fragte: »Was meinen die weisen Häupter der Sioux, daß geschehen müsse?«
»Sie meinen, der Stiefel jedes Bleichgesichts soll verfolgt werden, wie die Spur des Bären. Das Langmesser, das in die Steppe kommt, darf nie wieder zurück. Der Pfad soll den Kommenden offen, den Weggehenden verschlos-

sen sein. Dort sind viele. Sie haben Pferde und Gewehre. Sie sind reich, wir arm. Werden sich die Pawnees mit den Tetons verständigen? Ehe die Sonne hinter die Felsengebirge gegangen ist, werden sie sagen, das gehört den Wölfen, das den Sioux.«
»Teton – nein! Hartherz hat nie die Fremden getötet. Sie kommen in sein Zelt und essen und gehen hinaus in Sicherheit. Sein Arm wird sich nie gegen den Fremden erheben.«
»Tor, dann stirb mit leeren Händen!«
Mit diesen Worten schickte Mahtoree einen Pfeil mit einem plötzlichen tödlichen Druck gegen die nackte Brust seines nichtsahnenden Feindes. Aber Hartherz hatte doch die überraschende Bewegung bemerkt und riß mit einem schnellen Griff sein Pferd in die Höhe. Das Tier diente aufgerichtet als Schild, und so sicher und kräftig war der Schuß, daß der Pfeil durch den Hals des Tieres drang. Schneller als ein Gedanke sandte Hartherz einen Pfeil zurück. Der Schild des Tetons wurde durchbohrt, aber er selbst blieb unverletzt. Einige Augenblicke hielt das Geräusch der Bogen und das Pfeifen der Pfeile ununterbrochen an. Die Köcher waren aber bald leer. Nun begann ein meisterhafter Kampf von Pferd zu Pferd. Schwenkungen, Angriffe, Rückzüge folgten unaufhörlich. Mit der Lanze wurden Schläge ausgeteilt, der Sand flog in die Luft, aber noch behaupteten beide Teile ihren Sitz. Endlich wurde der Teton genötigt, sich vom Pferde zu werfen, um einem sicheren Stoß zu entgehen. Der Pawnee trieb seine Lanze durch das Pferd und stieß ein Triumphgeschrei aus, als er vorbeigaloppierte. Als er sich wandte, brach seine Stute, vom Blutverlust geschwächt, unter ihm zusammen. Mahtoree erwiderte sein Siegesgeschrei und stürzte mit Messer und Tomahawk auf ihn zu. Hartherz sah, daß seine Lage verzweifelt war. Er griff nach seinem Messer, nahm die Klinge zwischen Finger und Daumen und warf sie auf den Feind. Die scharfe Waffe sauste durch die Luft, ihre Spitze traf auf die nackte Brust des Sioux, und die Klinge grub sich bis an den hörnernen Griff ein.
Mahtoree griff mit seiner Hand an die Waffe und schien ungewiß, ob er sie herausziehen sollte. Für einen Augenblick verfinsterte sich sein Antlitz mit Haß und Zorn, dann stürzte er nach dem Rande der Sandbank. Dort blieb er einen Augenblick stehen und wandte sich um.
»Sohn der Wölfe!« rief er mit einem grimmigen Lächeln, »der Skalp eines mächtigen Dakotas wird niemals im Pawneerauch trocknen!«
Dann zog er das Messer aus der Wunde und warf es wütend nach seinem Feind. Gleich darauf stürzte er sich in das Wasser und verschwand im reißenden Strudel. Hartherz hatte sich jetzt freigemacht. Die Stille, die bisher an beiden Ufern geherrscht hatte, wurde plötzlich durch wildes Schreien un-

terbrochen. Die feindlichen Krieger stürzten sich in den Fluß, um ihren Häuptlingen zu Hilfe zu kommen. Hartherz aber achtete nicht der nahen Gefahr, sondern sprang auf, ergriff sein Messer und tauchte in den reißenden Strom, entschlossen, zu sterben oder mit dem Skalp seines Todfeindes zurückzukommen.

Inzwischen hatte auf dem andern Ufer ein wildes Blutvergießen begonnen. Die Pawnees waren besser beritten und hatten die Feinde auf der Sandbank rasch zum Rückzug gezwungen. Die Sieger verfolgten die Fliehenden und gewannen bald festen Grund auf der feindlichen Seite des Flusses. Hier stießen sie aber auf die unberittenen Tetons und mußten sich vor der Übermacht zurückziehen. Der Kampf wurde jetzt vorsichtiger, die Gegner versuchten, alle Vorteile auszunutzen. Die Sioux suchten im Gras oder hinter Büschen und leichten Bodenerhöhungen Schutz, und die Angriffe der Pawnees wurden notwendigerweise behutsamer. Auf diese Art dauerte der Kampf mit wechselndem Erfolg und ohne große Verluste an. Den Sioux war es gelungen, sich in dem dichten hohen Gras zu verstecken, in dem die Pferde ihrer Feinde nutzlos waren. Die Tetons mußten aus diesem Versteck hinausgetrieben werden, aber verschiedene verzweifelte Angriffe waren zurückgeschlagen worden.

Die entmutigten Pawnees dachten schon daran, sich zurückzuziehen, als das bekannte Kriegsgeschrei ihres Häuptlings in der Nähe ertönte und im nächsten Augenblick Hartherz in ihrer Mitte erschien, den Skalp des großen Mahtoree als Siegesbeute schwenkend.

Er wurde von einem Freudengeschrei begrüßt, und die Pawnees wandten sich unter seiner Führung mit neuer Wut gegen ihre Feinde, die im Augenblick alles vor sich wegfegte. Die blutige Trophäe in der Hand von Hartherz zeigte den Angegriffenen wie auch den Angreifenden, daß der Kampf jetzt den äußersten Einsatz forderte. Nach einem wechselvollen Hin und Her der Kämpfenden waren die Pawnees genötigt, sich vor der Übermacht zurückzuziehen, und wurden dabei hart von den Sioux bedrängt. Wären die Tetons dabei in dem schützenden Präriegras geblieben, so wäre es wahrscheinlich gewesen, daß sie trotz des unersetzlichen Verlustes Mahtorees gesiegt hätten. Aber die wütenden Häuptlinge begingen eine Unvorsichtigkeit, die den Kampf wendete.

Ein Pawneehäuptling war bei dem Rückzug unter zahllosen Wunden gefallen und war sofort eine Zielscheibe für ein Dutzend Pfeile. Daraufhin sprangen die Sioux unvorsichtig vor, da jeder den hohen Ruhm, den Skalp des Feindes, erobern wollte. Sie stießen dabei auf Hartherz und auf einige auserlesene Krieger. Der Kampf begann jetzt Mann gegen Mann, und das Blut floß reichlicher. Da die Pawnees sich mit dem Leichnam ihres Häuptlings zurückzogen, folgten ihnen die Sioux auf den Fersen, und endlich brachen alle aus dem Versteck hervor und drohten, die Wölfe durch die große Übermacht niederzuschlagen.

Das Schicksal von Hartherz und seinen Kriegern schien entschieden zu sein. Da hörte man einen Schrei von einer kleinen Anhöhe zur Linken, dem

eine Gewehrsalve folgte. Fünf oder sechs Sioux liefen vor und fielen getroffen tot zu Boden.
Im gleichen Augenblick zeigten sich Ismael und seine Söhne und fielen über ihre früheren verräterischen Verbündeten her.
Dieser plötzliche Angriff war für die Tetons zu heftig. Mehrere ihrer tapfersten Häuptlinge waren schon gefallen, und die, die noch kämpften, wurden jetzt von ihrem Gefolge verlassen. Einige der Verzweifelten zögerten noch und verteidigten den Rückzug, fanden aber den Tod unter den Händen der wieder angreifenden Pawnees. Eine zweite Gewehrsalve des Auswanderers und seiner Söhne vollendete den Sieg. Die Sioux flohen jetzt in völliger Auflösung, und die triumphierenden Pawnees eilten zu ihrer Verfolgung. Auf jeder Seite hörte man das Siegesgeschrei. Einige Flüchtlinge bemühten sich, die Leichname der gefallenen Krieger wegzuschleppen, aber die heftige Verfolgung zwang sie bald, die Erschlagenen liegen zu lassen. Ihr tapferster Häuptling, der in der bildlichen Sprache seines Volkes ›der Schreckliche Adler‹ genannt wurde, war der letzte, der die Hoffnung auf Sieg aufgab. Als Ismael Busch in den Kampf eingriff, zog ›der Schreckliche Adler‹ sich vorsichtig unter einem Schauer von Pfeilen zu der Stelle zurück, wo er sein Pferd im hohen Gras verborgen hatte. Hier fand er Boreecheena, den bejahrten Freund Mahtorees. Von einem Pfeil tödlich durchbohrt, litt er augenscheinlich große Schmerzen.
»Ich bin auf meinem letzten Kriegspfad gewesen«, sagte der alte Krieger, »soll ein Pawnee das weiße Haar eines Sioux in sein Dorf tragen, auf daß es der Spott seiner Weiber und Kinder sei?«
Der andere ergriff entschlossen seine Hand und half dem Verwundeten schweigend aufs Pferd. Sobald er das Tier an den Rand des Verstecks geführt hatte, sprang er auf und trieb es, nachdem er den Alten an seinen Gürtel gebunden hatte, auf die offene Prärie. Die Pawnees bemerkten ihn sofort und wandten ihre Pferde zur Verfolgung. Die Flucht dauerte schon über eine Meile an, ohne daß der Verwundete auch nur stöhnte. Die Feinde kamen aber mit jedem Schritt näher.
»Halt«, sagte er endlich und erhob schwach seinen Arm. »Der Adler meines Volkes muß seine Fittiche weiter entfalten. Möge er die weißen Haare eines alten Kriegers in ein Dorf der Dakotas bringen.«
Wenige Worte waren zwischen diesen beiden Kriegern nötig.
›Der Schreckliche Adler‹ warf sich vom Pferd und half dem andern herunter. Der Alte kniete schwankend nieder, warf einen letzten Blick auf seinen Stammesgenossen und hielt dann seinen Nacken dem Schlage hin, den er erbeten hatte. Wenige Hiebe mit dem Tomahawk genügten, um das Haupt vom Rumpf zu trennen.

Der Teton saß gerade zur rechten Zeit wieder auf. Das blutige Haupt schwingend, jagte er mit einem Triumphgeschrei weiter über die Prärie. Er erreichte wohlbehalten sein Dorf, einer der wenigen Sioux, die dem Gemetzel dieses furchtbaren Tages entgangen waren.

Fünfzehntes Kapitel

Als am folgenden Morgen die Sonne aufging, fiel ihr Licht auf die weite Prärie, die in Ruhe und Einsamkeit dalag. Ismaels Zelte standen noch, die einzige Spur menschlichen Daseins in der Einöde. Hier und da flogen Scharen von Raubvögeln vorüber und schrien über den Stellen, wo ein Teton seinen Tod gefunden hatte, aber jede andere Spur des frischen Kampfes war verschwunden. Den Fluß konnte man an seinem geschlängelten, rauchenden Bett weit durch die endlose Prärie verfolgen, und die kleinen Dunstwolken, die über den Sümpfen und Quellen hingen, begannen sich in der warmen Luft aufzulösen. Die Prärie war, nachdem der Nebel verschwunden war, wie der Himmel, mild, ruhig und friedlich.

Zwischen den Zelten Ismaels versammelte sich die Familie des Auswanderers, um endlich einen Beschluß zu fassen wegen der verschiedenen Personen, die durch die wechselnden Umstände wieder in ihre Hände gekommen waren. Alles, was Leben und Freiheit besaß, war, seit der erste graue Streif den Osten erhellt hatte, auf den Beinen, und selbst die Jüngsten schienen überzeugt, daß wichtige Dinge geschehen sollten. Ismael schritt durch sein kleines Lager mit dem Ernst eines Mannes, der unerwartet vor eine Aufgabe gestellt wird, die weit über den Rahmen seines sonstigen Lebens hinausgeht. Selbst Esther war offensichtlich durch die wichtigen Fragen aufgeregt, die ihre Familie so sehr angingen. Ihre Stimme war etwas herabgedämpft, und das häufige Schreien ihrer Kinder unterdrückte sie heute durch die etwas mildere Würde mütterlichen Ansehens.

Endlich führten die Söhne Ismaels auf einen Befehl ihres Vaters die verschiedenen Gefangenen in die freie Luft. Middleton und Inez, Paul und Ellen, Obed und der Trapper wurden herbeigebracht und nahmen ihre angewiesenen Sitze ein. Die jüngeren Kinder sammelten sich neugierig um die Stelle, und selbst Esther ließ ihre Küchenarbeiten liegen, um zuzuhören. Von den Pawnees war nur Hartherz zugegen, um bei dem gar nicht unfeierlichen Schauspiel Zeuge zu sein. Er stand ernst auf seine Lanze gelehnt, während die dampfende Stute, die in der Nähe graste, zeigte, daß er weither gekommen und schnell geritten war. Ismael hatte seinen neuen Verbündeten recht abweisend empfangen, er bemühte sich weder um die Pawnees noch fürchtete er anscheinend ihre Feindschaft. Er ging mit großer Ruhe an sein Geschäft, als wenn die patriarchalische Gewalt, die er sich anmaßte, von allen anerkannt wäre.

Als er alle auf ihren Plätzen sah, warf er einen finsteren Blick auf seine Gefangenen und wandte sich zuerst an den Kapitän, den er als die Hauptperson ansah.

»Ich bin heute berufen, das Amt auszuüben, das Ihr in den Ansiedlungen den Richtern übergebt, die gewählt werden, um über strittige Fragen zu entscheiden. Es sei deswegen feierlich ausgesprochen, daß ich heute richte und allen das geben werde, was ihnen gebührt und nicht mehr.«
Als Ismael diesen Entschluß verkündet hatte, machte er eine Pause und sah sich um, als wollte er die Wirkungen in den Zügen seiner Zuhörer lesen.
Als er Middleton ansah, antwortete ihm dieser: »Wenn der Übeltäter bestraft und der, der niemanden beleidigt hat, freigegeben werden muß, müßt Ihr mit mir tauschen und Gefangener sein, statt Richter.«
»Ihr wollt sagen, ich habe Euch Unrecht getan, da ich die Dame aus dem Haus ihres Vaters gegen ihren Willen in diese Einöde führte«, antwortete unbewegt der Auswanderer. »Ich will nicht noch eine Lüge zu einer bösen Tat hinzufügen und Eure Worte bestreiten. Da die Sachen so zwischen uns gekommen sind, habe ich Zeit gehabt, über den Vorfall nachzudenken, und ich bin zu dem Schluß gekommen, daß es falsch war, ein Kind von seinem Vater wegzuführen. Die Dame soll zurückkehren, so bequem und sicher wie möglich.«
»Wer wird es Euch danken, nach dem, was schon geschehen ist?« murrte Abiram, »wenn der Teufel einmal seine Rechnung macht, setzt er sie nur über Bausch und Bogen auf.«
»Ruhe!« donnerte Ismael und streckte seinen Arm gegen seinen Schwager aus. »Hättet Ihr niemals gesprochen, so wäre mir diese Schande erspart geblieben!«
»Da Ihr also anfangt, Eure Irrtümer einzusehen«, sagte Middleton entschlossen, »so tut es nicht bloß zur Hälfte.«
»Was uns betrifft, Kapitän«, antwortete Ismael, »so war auf beiden Seiten Unrecht. Ihr seid in mein Lager eingebrochen und habt mein Eigentum zerstört.«
»Aber was ich tat, geschah zur Befreiung — — —«
»Die Sache ist zwischen uns im reinen«, fiel Ismael mit der Miene eines Mannes ein, der sich wenig um die Meinung anderer kümmert. »Ihr und Euer Weib seid frei, könnt gehen, wohin Ihr wollt. Abner, gib dem Kapitän die Freiheit.«
Middleton eilte zu der weinenden Inez, sobald er befreit war, um sie zu trösten.
Ismael aber fuhr ungerührt in seiner Verhandlung fort.
»Und nun, Doktor, bin ich in meiner Rechnung zu Eurem Blatt gekommen. Es ist Zeit, das wenige abzumachen, das sich seit einiger Zeit zwischen uns aufgesummt hat. Mit Euch ging ich einen offenen, ehrlichen Vertrag ein, wie habt Ihr ihn gehalten?«

»Daß ein gewisses Compactum oder Vertrag zwischen Doktor med. Obed Batt und Ismael Busch, Viator oder wandernder Anbauer, bestand«, sagte der Naturforscher, der sich völlig im Recht fühlte, »bin ich nicht willens zu leugnen. Ich will zugeben, daß darin bedungen oder stipuliert worden ist, eine gewisse Reise sollte zusammen und in Gesellschaft gemacht werden, bis soundso viele Tage abgelaufen sind. Da die genannte Zeit völlig vorüber ist, so denke ich, kann man wohl annehmen, der Handel sei zu Ende und absolet.«

»Ismael«, fiel die ungeduldige Esther ein, »mach nicht viel Worte mit dem Mann, und laß den giftigen Teufel gehen! Er ist ein Betrüger mit Büchse und Arzneiglas. Gib ihm die halbe Prärie, und nimm die andere für dich. Das wenigstens ist sicher, Ismael, ich liebe keine Reisegefährten, die die Zunge eines ehrlichen Weibes schwer machen können, ohne sich zu kümmern, ob ihr Haushalt in Ordnung ist oder nicht.«

Das ernste Gesicht Ismaels erheiterte sich für einen Augenblick im finstern Spott, als er antwortete:

»Andre Leute mögen anders über die Kunst des Mannes urteilen, Esther, aber, da du willst, daß er fort soll, so will ich die Steppe nicht erst durchschneiden. Freund, Ihr seid frei, könnt in die Ansiedlungen gehen, und ich würde Euch raten, dort zu bleiben. – Und nun, junger Mann«, fuhr Ismael zu Paul gewandt fort. »Ihr seid mir oft ins Gehege gekommen unter dem Vorwand, die Bienen zu verfolgen. Mit Euch ist eine schwere Rechnung abzumachen. Nicht nur, daß Ihr mein Lager in Unordnung gebracht habt, Ihr habt auch ein Mädchen gestohlen, das eine Verwandte meines Weibes ist und das ich zu meiner Tochter machen wollte.«

»Hört, Freund Ismael Busch«, antwortete der Bienenjäger, der sich gleichzeitig wegen Raubes und Entführung zu verantworten hatte. »Daß ich Eure Töpfe und Kisten nicht höflich behandelt habe, will ich nicht leugnen. Wenn Ihr den Wert dieser Dinge sagen wollt, so könnte der Schaden friedlich ersetzt werden. Was aber Ellen Wade betrifft, so können wir so leicht nicht einig werden. Das Mädchen . . .«

»Nelly«, rief der Auswanderer und unterbrach den Bienenjäger, den er kaum beachtete, »Ihr habt ein Jahr lang in meinem Zelt gesessen und geschlafen, und ich hoffte, Ihr hättet die freie Luft der Grenzbewohner gut gefunden, um unter uns zu bleiben.«

»Laß dem Mädchen seinen Willen«, murmelte Esther, »der sie hätte überreden können, zu bleiben, der liegt in der kalten, nackten Prärie. Man kann ihren Sinn nicht ändern.«

Der Auswanderer schien nicht willens, seine Absichten mit dem Mädchen so leicht aufzugeben.

»Nelly«, sagte er nach einer Pause, »wenn dein Herz wirklich an den Kolonien hängt, so sag es! Ich will dir nicht im Wege stehen. Sprich, Nelly, willst du uns verlassen und mit diesem Burschen in die Ansiedlungen ziehen, oder willst du bei uns bleiben?«
So zur Entscheidung aufgefordert, konnte Ellen nicht länger zögern. Ihr Blick war anfangs furchtsam und verstohlen. Dann errötete sie über und über und trat schweigend, aber entschlossen auf Paul zu.
»Nehmt dem Burschen die Fesseln ab«, sagte Ismael ernst. Als der Befehl ausgeführt war, wandte er sich an Paul. »Nimm sie, und behandle sie gut!« Mit diesen Worten trat Ismael entschlossen einen Schritt zurück und musterte seine ehemaligen Gefangenen, einen nach dem andern. »Nun habe ich Euch alle gerecht beurteilt«, sagte er nach einer langen Pause, »und es bleibt noch eine Frage zu tun, und die ergeht an den Kapitän. Wollt Ihr meine Gespanne zur Reise in die Kolonien benutzen oder nicht?«
»Ich höre, einige Soldaten suchen nach mir in der Nähe von den Dörfern der Pawnees«, sagte Middleton, »ich will diesen Häuptling begleiten, um meine Leute zu treffen.«
»Dann, je eher wir uns trennen, desto besser. Pferde sind genug da, geht, wählt, und verlaßt uns in Frieden!«
»Das ist unmöglich, solange der Greis, der ein halbes Jahrhundert fast der Freund meiner Familie gewesen ist, Gefangener bleibt. Was hat er getan, daß er nicht befreit wird?«
»Stellt keine Fragen, die zu bösen Antworten führen«, antwortete finster der Auswanderer. »Geht, so lange Euch der Weg offen steht.«
»Der Rat ist gut«, sagte jetzt der alte Gefangene, der gar nicht unruhig über seine ungewöhnliche Lage zu sein schien. »Die Sioux sind eine blutgierige Rasse, niemand kann sagen, wie lange es dauert, bis sie wieder auf der Spur der Rache sind. Deswegen sage ich Euch auch, geht und gebt besonders acht, wenn ihr über die Niederungen kommt, daß Ihr nicht wieder vom Feuer umzingelt werdet. Die Jäger brennen oft zu dieser Zeit das Gras nieder, damit die Büffel weichere und grünere Weiden im Frühling finden.«
»Ich kann diesen Gefangenen selbst nicht mit seiner Einwilligung in Eurer Hand lassen, ohne die Art seines Verbrechens zu kennen«, sagte Middleton entschlossen.
»So seht denn hier«, sagte Ismael und hielt dem Kapitän die Kugel hin, die sie in dem toten Asa gefunden hatten, »mit diesem Stück Blei hat er meinen besten Jungen erschossen!«
»Ich kann nicht glauben, daß er es getan hat, höchstens in der Notwehr. Daß er von dem Tode Eures Sohnes wußte, sah ich, denn er deutete nach dem Gehölz, in dem der Leichnam lag, aber niemals kann er ein Mörder sein.«

»Ich habe lange gelebt«, begann der Trapper, der an dem allgemeinen Schweigen erkannte, daß man erwartete, er werde sich gegen die schwere Beschuldigung verteidigen, »und viel Böses habe ich zu meiner Zeit gesehen. Ich habe nur wenig zu sagen, und wer mir glaubt, wird die Wahrheit glauben, wer nicht, wird sich irreführen lassen. – Wir umgingen alle Euer Lager, Freund, und wollten nichts mehr und nichts weniger, als Eure Gefangenen befreien. Weil man bemerkt hatte, daß ich besser im Spähen war als die andern, wurde ich, während sie im Hinterhalt blieben, auf die Prärie geschickt. Ihr dachtet wohl nicht, daß einer so nahe wäre, der Eure ganze Jagd mit ansah, aber bald war ich flach auf der Erde hinter einem Busch, bald rollte ich einen Hügel hinunter, und Ihr dachtet wenig daran, daß Eure Schritte bewacht würden. Ich lag im Gras versteckt, als zwei Jäger aneinandergerieten. Ihr Begegnen war nicht so, wie es bei Männern, die in einer Einöde aufeinandertreffen, sein sollte, aber ich dachte, sie würden doch in Frieden scheiden. Da sah ich den einen seine Flinte auf den Rücken des andern richten und nach meiner Meinung einen verräterischen Mord begehen. Es war ein edler, männlicher Junge, der Bursche! Obwohl das Pulver auf seinen Rock brannte, hielt er den Schuß länger als eine Minute aus, ehe er fiel. Dann ging er in die Knie und focht noch einen verzweifelten männlichen Kampf am Gehölz, wie ein verwundeter Bär, der ein Versteck sucht.«
»Und warum, um Himmels willen, spracht Ihr nicht früher?« rief Middleton.
»Was! Meint Ihr, Kapitän, ein Mann, der sechs Jahrzehnte in der Wildnis zugebracht hat, habe nicht Verschwiegenheit gelernt? Ich nahm den Doktor mit zur Stelle, um zu sehen, ob seine Kunst nicht von Nutzen sein könnte, und unser Freund, der Bienenjäger, der dabei war, wußte auch, daß die Büsche einen Leichnam enthielten.«
»Ja, es ist wahr«, sagte Paul, »aber, da ich nicht wußte, welche besonderen Gründe der Alte haben konnte, um die Sache zu verschweigen, sagte ich auch nichts.«
»Und wer war der Täter?« fragte Middleton.
»Dort steht der Mann, und es ist eine Schande für unser Geschlecht, daß er zum Blut und zur Familie des Ermordeten gehört.«
»Er lügt, er lügt!« schrie Abiram, »ich mordete ihn nicht, ich gab ihm nur das zurück, was er mir getan hat.«
Die Stimme Ismaels war tief und erschütternd, als er antwortete: »Genug. Laßt den Alten gehen. Jungens, bindet Abiram statt seiner!«
»Berührt mich nicht!« rief Abiram. »Gott verfluche euch, wenn ihr mich berührt!«
Sein wilder, verstörter Blick brachte zuerst die jungen Leute zum Stehen.

Aber als Abner, älter und entschlossener als die übrigen, gerade auf ihn losschritt, wandte sich der erschrockene Verbrecher um, machte einen vergeblichen Versuch zu fliehen, fiel aber mit dem Gesicht auf den Boden und blieb regungslos liegen. Unter dem dumpfen Ausruf des Schreckens winkte Ismael den Söhnen, Abiram in ein Zelt zu bringen.

»Nun«, sagte er dann, zu den Freunden im Lager gewandt, »nun bleibt nichts übrig, als daß jeder seinen Weg geht. Ich wünsche euch allen Wohlergehen.«

Middleton mit seinen Freunden zögerte nicht länger und bereitete sich zum Abzug. Die Vorbereitungen waren kurz und bald vollendet. Als sie alle fertig waren, nahmen sie kurz und schweigend Abschied von dem Grenzbewohner und seiner Familie, und dann sah man die sonderbar zusammengesetzte Gruppe langsam dem Pawneehäuptling in seine fernen Dörfer folgen.

Ismael wartete lang und geduldig, bis der langsame Zug außer Sicht war. Als einer seiner Söhne verkündete, daß der letzte Nachzügler der Indianer, die sich mit ihrem Häuptling vereinigt hatten, hinter der entferntesten Anhöhe der Prärie verschwunden sei, gab er den Befehl zum Abbruch der Zelte. Die Tiere waren schon an den Deichseln, und das Gerät war bald auf die verschiedenen Wagen verladen. Als alles zum Aufbruch bereit war, vermißte man Abiram, der beim Abbruch der Zelte nicht aufgetaucht war. Sein Name wurde nicht genannt, aber die Söhne Ismaels scharten sich zusammen und dachten wohl daran, den Flüchtenden zu verfolgen. Ihr Vater befahl ihnen aber in einem erschreckenden Ernst, aufzubrechen. Er deutete wortlos nach Osten, und die Jungen gehorchten schweigend. Sie wußten, nach Osten ging es zurück in die Ansiedlungen, aber keiner wagte eine Frage, auf die er doch keine Antwort erhalten hätte. Die Wagen fuhren einer nach dem andern rüttelnd die Anhöhe hinunter. Ismael und sein Weib nur blieben allein auf ihrem Lagerplatz zurück, bis alle verschwunden waren. Dann deutete der Grenzbewohner zu einer kleinen Baumgruppe, die nicht weit zum Fluß hin stand, und Esther erkannte, daß sich an einem der Äste ein Mensch erhängt hatte. Es war Abiram. Sie nahmen ihn schweigend ab und gruben ihm schweigend sein Grab. Dann folgten sie den Spuren ihrer Wagen, die sie noch am Abend desselben Tages erreichten. Wochenlang zogen sie weiter nach Osten zu, bis sie sich in den Ansiedlungen verloren. Von Ismael Busch und seiner Familie wurde aber seitdem nichts mehr gehört.

Sechzehntes Kapitel

Der Zug der Pawnees in ihr Dorf ging ungestört vor sich. Middleton und die Seinen waren so sicher, als wenn sie in den Staaten selbst reisten. Die Märsche waren ganz der Ausdauer der Frauen angepaßt, und alle erreichten wohlbehalten das Dorf. Die Freude des Stammes war sehr groß. Mütter rühmten sich des ehrenvollen Todes ihrer Söhne, Weiber verkündeten den Ruhm ihrer Männer und zeigten auf deren Narben, und die indianischen Mädchen belohnten die jungen Männer mit Triumphgesang. Die Trophäen der gefallenen Feinde wurden ausgestellt, und die Greise erzählten die Taten früherer Helden, die verdunkelt wurden durch diesen Sieg. Hartherz aber wurde am meisten gepriesen.

Middleton war es sehr angenehm, seine getreuen, festen Artilleristen unter den Indianern zu sehen. Die Anwesenheit dieser Streitkräfte, so gering sie waren, entfernte jeden Schatten von Gefahr. Sie machten ihn zum Herrn über seine Bewegungen, gaben ihm Ansehen und Wichtigkeit in den Augen seiner neuen Freunde und setzten ihn in den Stand, die Schwierigkeiten der weiten Landschaft zu überwinden, die noch zwischen dem Dorf der Pawnees und dem Fort seiner Landsleute lag. Ein Zelt wurde Inez und Ellen zum ausschließlichen Besitz gegeben, und selbst Paul, als er eine Wache in der Uniform der Staaten vor dem Eingang sah, gab sich zufrieden. Er streifte in den Hütten der Rothäute umher, mischte sich in ihre häuslichen Angelegenheiten mit sehr wenig Zurückhaltung, machte bald scherzend, bald ernst seine Bemerkungen mit großer Freimütigkeit über ihre verschiedenen Gebräuche.

Als die Aufmerksamkeiten, die nach ihren einfachen Sitten und spärlichen Mitteln gewährt werden konnten, erwiesen waren, zogen sich alle von den Weißen zurück. Sie feierten auf ihre Weise den großen Sieg, und ihre Gesänge waren weit in die Nacht zu hören. Alle waren aber am anderen Tag mit Sonnenaufgang auf, da sie erfahren hatten, daß die Bleichgesichter, die mit ihrem Häuptling befreundet waren, Abschied für immer nehmen wollten. Middletons Soldaten hatten mit einem Kaufmann wegen Benutzung seines Bootes eine Übereinkunft getroffen, es lag im Fluß bereit, seine Ladung aufzunehmen. Nichts blieb mehr für die lange Reise vorzubereiten.

Middleton sah diesem Augenblick nicht ganz ohne Mißtrauen entgegen. Die Bewunderung, mit der Hartherz Inez betrachtete, war ihm nicht entgangen. Geheime Anweisungen wurden daher seinen Leuten gegeben, und die Sicherheitsmaßnahmen wurden geschickt hinter einer militärischen Paradeschau verborgen, die bei der Abreise stattfinden sollte. Der junge Soldat machte sich aber Vorwürfe, als der ganze Stamm seine Schar bis an das

Ufer des Flusses unbewaffnet und traurig begleitete. Sie versammelten sich in einem Kreis um die Fremden und beobachteten friedlich und teilnehmend alles, was vorging. Da es augenscheinlich war, daß Hartherz zum Abschied noch sprechen wollte, trat Middleton ihm näher, während der Trapper das Amt eines Dolmetschers versah. Der junge Häuptling sprach zu ihnen in der gewöhnlichen bildreichen Sprache der Indianer. Er begann das Alter und den Ruhm seines Volkes zu preisen. Er sprach von dem Glück auf der Jagd und im Krieg, von der Art, wie die Wölfe ihre Rechte verteidigt und ihre Feinde bestraft hätten. Nachdem er genug gesagt hatte, um seine Ehrfurcht vor dem Ruhm der Wölfe zu beweisen und den Stolz seiner Hörer zu befriedigen, sprach er plötzlich von den Bleichgesichtern. Er verglich ihre zahllose Menge mit den Wandervögeln zur Zeit der Blüte oder bei der Neige des Jahres. Er sprach vorsichtig von der Ungerechtigkeit, mit der die Weißen oft die Indianer behandelten, er versicherte aber, daß er in den Abschiednehmenden seine Freunde erkannt hätte. Er schilderte seinem Volk die Erlebnisse des jungen Offiziers und huldigte mit wenigen ernsten Worten der Schönheit seines Weibes.

Das Abschiednehmen war nach der Rede allgemein, und jeder Pawnee bestrebte sich, keinem der fremden Krieger nachzustehen, und folglich dauerte die Feierlichkeit einige Zeit. Eine Ausnahme machte Doktor Battius. Nicht wenige der jungen Leute waren zurückhaltend in ihren Höflichkeiten gegen einen so verdächtigen Mann, aber der würdige Naturforscher fand einigen Trost in der Aufmerksamkeit der Greise. Als Middleton und die Seinen sich eingeschifft hatten, hob der Trapper ein kleines Bündel auf, das während der Feierlichkeiten zu seinen Füßen gelegen hatte, rief Hektor und nahm zuletzt seinen Sitz ein. Die Artilleristen erhoben das gewöhnliche Geschrei, das von dem Stamm beantwortet wurde, und dann wurde das Boot in die Flut gestoßen und glitt schnell den Fluß hinab.

Lange, sinnende, wenn nicht melancholische Stille folgte auf die Abreise. Sie wurde zuerst vom Trapper unterbrochen, dessen Gram in seinem niedergeschlagenen, trüben Auge zu lesen war.

»Sie sind ein starker, tüchtiger Stamm«, sagte er langsam, »und stehen gleich hinter dem jetzt zerstreuten Volk der Delawaren.« Der Alte machte eine Pause, aber keiner antwortete ihm. »Nun, Freund Steuermann«, fuhr er fort, »haltet das Boot auf jene niedrige, sandige Spitze zu und erfüllt mir eine kleine Bitte.«

»Wozu?« fragte Middleton, »wir sind jetzt in bester Fahrt.«

»Der Aufenthalt wird nicht lang sein«, antwortete der Alte, und ehe noch zu weiterer Überlegung Zeit war, hatte schon das Boot das Land erreicht.

»Kapitän«, fing der Trapper wieder an und band sein kleines Bündel langsam auf. »Ich möchte Euch einen kleinen Handel anbieten, ehe wir uns trennen.«

»Trennen?« riefen alle erstaunt.

»Was der Teufel, alter Mann«, sagte Paul als erster, »wollt Ihr zu Fuß in die Ansiedlungen, während hier ein Boot ist, das die Entfernung in der halben Zeit macht, die der Packesel, den der Doktor dem Pawnee gegeben hat, brauchen würde.«

»Ich dachte nicht an Trennung«, sagte jetzt auch Middleton, »im Gegenteil, ich hatte gehofft und geglaubt, Ihr würdet uns hinabbegleiten, wo Euch nichts fehlen soll, um Eure Tage angenehm zu machen.«

»Ja, Junge, Ihr würdet Euer Möglichstes tun, aber was sind Reichtümer ohne Zufriedenheit! Meine Zeit ist nur noch kurz, und ich will die wenigen Stunden, die noch bleiben, in Frieden leben. Ich brauche die Einsamkeit in Gottes freier Natur und kann in den Ansiedlungen nicht sein.«

»Ich habe so viel von Euch gesehen und gehört«, sagte Middleton, »daß ich weiß, Überredung wird Euren Entschluß nicht ändern. Aber was kann ich für Euch tun?«

»Es ist nicht viel, Kapitän«, antwortete der Alte und brachte endlich sein Bündel auf. »Hier sind die Felle von vier Bibern, die ich etwa einen Monat, ehe wir uns trafen, fing, und hier ist noch eins von einem Waschbären, das freilich nicht viel wert ist, aber den Handel abrunden kann.«

»Und was soll damit geschehen?«

»Ich biete sie zu einem ehrlichen Handel. Die Schurken, die Sioux, haben mir leider die besten Felle gestohlen. Ihr sollt die Felle nehmen und sie einem der Fallensteller unten anbieten. Was Ihr an Fallen dafür bekommt, sollt Ihr für mich in das Pawneedorf schicken. Sorgt dafür, daß mein Zeichen darauf kommt, ein N mit einem Hundsohr und einem Flintenschloß. Dann wird keine Rothaut mein Recht bestreiten. Für alle diese Mühe habe ich wenig mehr zu bieten als meinen Dank.«

»Es soll alles nach Eurem Wunsch geschehen«, sagte Middleton gerührt, »legt die Felle zu seinem Gepäck.«

»Danke, danke, Kapitän, Euer Großvater war ein freier, edler Mann. Die Delawaren nannten ihn die ›Offene Hand‹. Ich wünschte, ich könnte der Dame einige Marderpelze schicken, aber ich bin zu alt und kann Eure Gefälligkeit nicht mehr erwidern. Je früher ...«

Aber Middleton unterbrach ihn, und alle nahmen von dem Alten, der ihnen durch seine einfache, hilfsbereite Art so nahegekommen war, herzlichen Abschied. Der Trapper sprang schließlich ans Land, rief Hektor aus dem Boot und wandte sich noch einmal zurück.

»Kapitän«, sagte er, »ich weiß, wenn ein Armer von Kredit spricht, braucht er ein für ihn delikates Wort. Da ist nun Hektor, ein guter treuer Kerl, der sich in der letzten Zeit so sehr an Euren Hund gewöhnt hat, daß es mir schwer fällt, das Paar zu trennen. Wenn Ihr auf Euren Hund einen Preis setzt, so will ich mich bemühen, Euch den Betrag im Frühling zu schicken, besonders wenn die Fallen sicher ankommen.«

»Nehmt ihn, nehmt ihn«, rief Middleton bewegt.

Der Greis rief den jüngeren Hund an Land und nahm dann Abschied. Er gab jedem feierlich die Hand und sprach einige freundliche Worte zu allen. Middleton wandte sich ab und beschäftigte sich anscheinend mit dem Gepäck. Paul pfiff aus aller Macht, und selbst Obed mußte seine ganze philosophische Entschlossenheit zusammennehmen. Schließlich drückte der Alte mit eigener Hand das Boot in den Strom und wünschte eine gute und schnelle Heimkehr. Nicht ein Wort wurde gesprochen, nicht ein Ruderschlag geschah. Das Boot glitt schnell mit der Strömung, und alle sahen noch lange den Trapper am niedrigen Ufer stehen, auf seine Büchse gelehnt. Hektor lag zu seinen Füßen, aber der junge Hund sprang lustig auf dem Ufersand herum.

Der Fluß führte Hochwasser, und die Fahrt war bald glücklich beendet. In weniger als einem Drittel der Zeit, die für die Reise zu Land nötig war, kamen die Reisenden von Fluß zu Fluß in die Garnison von Middleton. Dort begrüßte der Vater gerührt die totgeglaubte Tochter. Ellen und Paul heirateten, und der Bienenjäger gab auf Drängen seiner jungen Frau und der Freunde seinen Beruf auf und arbeitete später nützlich und mit Erfolg in der Verwaltung des jüngsten amerikanischen Staates. Middleton, der schließlich einen Sitz in der gesetzgebenden Körperschaft einnahm, hat nie den alten Trapper, den Freund seiner Familie, vergessen.

Im Herbst des nächsten Jahres weilte er, damals noch im Militärdienst stehend, an den Ufern des Missouri, nicht weit von den Dörfern der Pawnees entfernt. Er entschloß sich, mit von Paul bestimmt, der in seiner Kompagnie stand, Pferde zu nehmen und sich nach dem Schicksal seines alten Freundes zu erkundigen. Da sein Gefolge seinem Rang entsprach, ging die Reise ohne alle Gefahren vor sich. Als er in die Nähe der Pawnees kam, schickte er einen indianischen Boten ab, der zu einem befreundeten Stamm gehörte, um seine Ankunft anzumelden. Zu seinem Erstaunen blieb die Botschaft unbeantwortet. Eine Stunde ging nach der andern vorüber, eine Meile wurde nach der andern zurückgelegt, ohne daß sie ein Zeichen von den Pawnees erhielten. Endlich bewegte sich die Kavalkade, an deren Spitze Middleton und Paul ritten, von der Hochebene herab in einen üppigen Weidegrund, der auf gleicher Höhe mit dem Dorf der Wölfe lag. Die Sonne begann zu sinken, und ihr goldenes Licht glitt über die ruhige Fläche der Prärie. Herden von

Pferden und Maultieren grasten friedlich auf der weiten und natürlichen Weide, gehütet von wachsamen Pawneeknaben. Paul entdeckte den wohlbekannten Esel des Doktors, der sich an dem saftigen Gras gütlich tat. Der Weg führte die Reiter in die Nähe eines der wachsamen Burschen. Er hörte das Trampeln der Pferde, aber statt Neugier oder Unruhe zu verraten, blickte er ruhig in die Richtung des Dorfes.

»Das ist alles etwas sonderbar«, sagte Middleton.

Endlich sah man eine Gruppe Reiter um eine kleine Anhöhe herumschwenken und über die Prärie langsam und würdevoll auf sie zureiten. Als die Indianer näher kamen, erkannten sie den Häuptling der Wölfe an der Spitze. Sein Gefolge bestand aus einem Dutzend jüngerer Krieger. Alle waren unbewaffnet und trugen weder Schmuck noch Federn. Die Begrüßung war freundlich, aber etwas zurückhaltend auf beiden Seiten. Middleton, der weniger eifersüchtig auf seine eigene Ehre als auf das Ansehen seiner Regierung war, argwöhnte den Einfluß von seiten der Agenten aus Kanada. Da er entschlossen war, sein Ansehen aufrechtzuerhalten, fühlte er sich genötigt, eine Haltung einzunehmen, die ihm wirklich gar nicht natürlich war. Es war nicht leicht, die Beweggründe der Pawnees zu durchschauen, die sich ruhig und würdevoll gaben. So setzten beide Gruppen ihren Weg schweigend fort.

Als sie in das Dorf ritten, sah man alle Indianer auf einem freien Platz versammelt, in der üblichen Rangordnung. Sie bildeten einen weiten Kreis, in dessen Mitte die berühmtesten Häuptlinge saßen. Hartherz gab, als er sich näherte, ein Zeichen mit der Hand, der Kreis öffnete sich, und er ritt, von seinen Gefährten begleitet, in die Mitte. Hier stiegen sie ab, und nachdem die Tiere zur Seite geführt waren, fanden sich die Fremden von Tausenden ernster, gefaßter, aber bekümmerter Gesichter umgeben. Middleton sah in wachsender Besorgnis um sich, denn kein Schrei, kein Gesang, kein Ruf begrüßte ihn. Hartherz winkte Middleton und Paul, ihm zu folgen, und führte sie auf die Gruppe von Gestalten, die den Mittelpunkt des Kreises einnahmen. Hier fanden die Besucher die Ursache für das auffällige Benehmen der Pawnees.

Der Trapper saß auf einem hohen Sitz, der so beschaffen war, daß seine Gestalt in einer aufrechten, ruhigen Lage bleiben konnte. Der erste Blick sagte seinen Freunden, daß der Alte endlich abgerufen werden würde. Sein Auge war starr, und seine Züge waren verfallener und schärfer markiert als früher. Aber das war auch alles. Noch zögerte das Leben in dem alten Mann. Er saß so, daß das Licht der sinkenden Sonne voll auf seine ernsten Züge fiel. Sein Haupt war entblößt, die langen, grauen Locken wehten leicht in der Abendluft. Seine Büchse lag auf seinem Knie, zwischen seinen Füßen lag

Hektor ausgestreckt, als schliefe er, und so vollkommen ruhig und natürlich war seine Lage, daß ein zweiter Blick nötig war, um Middleton zu überzeugen, daß die Indianer den Hund ausgestopft hatten. Sein eigner Hund spielte in einiger Entfernung mit dem Kind der Tachechana und des Mahtoree. Die Mutter selbst stand daneben und hielt in ihren Armen einen Sohn von Hartherz. Ein alter Häuptling saß dem sterbenden Trapper nahe, und die Stunde seines eigenen Abschieds war auch nicht mehr fern.
Der alte Jäger erntete jetzt die Früchte seines Lebens in einem stillen, ruhigen Tod. Er hatte mit dem Stamm im Frühling noch gejagt, ja selbst durch einen Teil des Sommers, als seine Glieder plötzlich den gewohnten Dienst versagten. Eine gleichförmige Schwäche nahm Besitz von ihm, und die Pawnees glaubten, sie würden einen Weisen verlieren, den sie schon liebten und achteten. Am Morgen des Tages, an dem Middleton ankam, war aber ein allgemeines Wiederaufleben der Kräfte bemerkbar.
Als die Freunde sich vor den Sterbenden gestellt hatten, beugte Hartherz sich nach einer Weile vor und sagte: »Hört mein Vater die Worte seines Sohnes?«
»Sprecht!« antwortete der Trapper in einem Ton, der aus der innersten Brust hervorkam, aber deutlich hörbar war in der totenbleichen Stille, die in dem Kreis herrschte. Der junge Häuptling trat bescheiden zurück und machte den Neuangekommenen Platz. Middleton nahm eine der abgemagerten Hände des Alten und bemühte sich, ruhig zu sein. Es gelang ihm endlich, den Trapper von seiner Gegenwart in Kenntnis zu setzen. Ein Ausdruck freudigen Wiedererkennens ging über dessen verfallene Züge.
»Ich erinnere mich Eurer, ja und auch Eures Großvaters, der vor Euch kam. Ich bin froh, daß Ihr zurückgekommen seid in die Prärie, denn ich brauche jemanden, der Englisch spricht. Wollt Ihr einem alten, sterbenden Mann eine Bitte erfüllen?«
»Sprecht«, sagte Middleton, »es soll geschehen.«
»Es ist eine weite Reise, um solche Kleinigkeiten zu überbringen«, antwortete der Alte, der mit kleinen Unterbrechungen sprach, je nachdem er Kraft und Atem hatte. »Eine weite, beschwerliche Reise ist es, aber Güte und Freundschaft dürfen nicht so leicht vergessen werden. Es ist eine Kolonie unter den Otsego-Hügeln – – –«
»Ich kenne sie«, fiel Middleton ein, als er bemerkte, daß der Sterbende mit wachsender Beschwerde sprach, »sagt nur, was Ihr von mir verlangt.«
»Nimm die Büchse, den Ranzen und das Horn und schicke sie dem Manne, dessen Name auf der Platte eingegraben ist. Ein Kaufmann schnitt die Buchstaben mit seinem Messer ein.«
»Es soll geschehen.«

»Meine Fallen gebe ich meinem indianischen Sohn, denn ehrlich hat er Treue gehalten. Er soll zu mir kommen.«
Middleton winkte dem Häuptling.
»Pawnee«, fuhr der Alte fort und änderte immer seine Sprache je nach der Person, zu der er sprach, und nicht selten auch nach den Ideen, die er ausdrückte, »es ist in meinem Volk Sitte, daß der Vater seinem Sohn den Segen

gibt, ehe er für immer die Augen schließt. Diesen Segen gebe ich Euch, nehmt ihn, denn die Bitten eines Christen werden nie den Pfad eines großen Kriegers nach den gesegneten Gefilden länger oder schwieriger machen. – Ja, Hektor«, fuhr er fort und beugte sich etwas vor und fühlte nach den Ohren des Hundes, »unsere Stunde ist endlich gekommen, Hund, und es wird ein langer Abschied sein. Pawnee, Ihr sollt den Hund auf meinem Grab nicht schlachten, aber Ihr könnt gütig gegen ihn sein, wenn ich fort bin.«

»Meines Vaters Worte sind in meinen Ohren«, antwortete der junge Häuptling und nickte ernst und ehrerbietig.

»Hörst du, was der Häuptling versprochen hat?« fragte der Trapper seinen Hund. Als er kein freundliches Winseln hörte, fühlte der Alte nach der Schnauze Hektors und bemühte sich, seine Hand zwischen die kalten Lippen zu bringen. Da drängte sich ihm die Wahrheit auf. Zurücksinkend ließ er den Kopf hängen, als fühlte er einen harten, unerwarteten Stoß. Diese Pause benutzten zwei junge Indianer, den toten Hund wegzunehmen, da ihr frommer Betrug entdeckt war.

»Der Hund ist tot!« flüsterte der Alte endlich. »Der Hund hat seine Zeit, wie der Mensch, und gut hat er seine Tage ausgenutzt! Kapitän«, fuhr er dann fort, »ich bin froh, daß Ihr gekommen seid, um mein Haupt in das Grab zu legen. Ich habe auch an den Hund zu meinen Füßen gedacht, legt ihn zu meinen Füßen oder auch Seite an Seite. Ein Jäger braucht sich nie zu schämen, in Gesellschaft eines Hundes gesehen zu werden.«

»Ich übernehme die Erfüllung Eures Wunsches.«

Dann machte der Alte eine lange Pause. Endlich sprach er wieder: »Ich bin ohne Verwandte in der weiten Welt!« sagte er, »wenn ich abgeschieden bin, wird mein Geschlecht zu Ende sein. Mein Vater liegt begraben nah an der See, und die Gebeine seines Sohnes werden in der Prärie bleichen.«

»Nennt den Ort, und Eure Hülle soll an der Seite Eures Vaters ruhen«, fiel Middleton ein.

»Nicht so, Kapitän. Laßt mich schlafen, wo ich gelebt habe. Doch sehe ich nicht ein, warum das Grab eines ehrlichen Mannes versteckt sein sollte, wie das einer Rothaut im Dickicht. Ich bezahlte einst einen Mann in den Ansiedlungen, um einen Grabstein auf meines Vaters Ruheplatz zu bauen. Es war eine schöne Arbeit und . . .«

»Hier steht einer, der Euch gerne seine Liebe durch Erfüllung eines Wunsches beweisen möchte: Ein Stein soll auf Euer Grab kommen!«

Der Alte reckte seine hagere Hand aus und drückte Middleton dankbar die seinige.

»Ich dachte, Ihr würdet es tun, aber ich zögerte mit der Bitte«, sagte er, »da Ihr nicht mein Verwandter seid. Setzt keine großen Worte darauf, sondern nur den Namen, das Alter und die Zeit des Todes und etwas aus dem heiligen Buch, nichts weiter. Mein Name wird dann nicht ganz auf Erden verloren sein.«

Der Alte schwieg jetzt und blieb fast eine Stunde regungslos. Seine Augen allein öffneten sich bald, bald schlossen sie sich. Sein Blick schien auf die Wolken gerichtet, die jetzt am westlichen Horizont standen und die Farben des Sonnenunterganges zurückstrahlten. Die Stunde, die schöne Jahreszeit, die Umgebung – alles vereinte sich, die Anwesenden mit hoher Ehrfurcht zu erfüllen. Endlich, während er über seine sonderbare Lage nachdachte, fühlte Middleton seine Hand mit unglaublicher Kraft umfaßt. Der Alte, gestützt von beiden Seiten durch seine Freunde, stand aufrecht da. Einen Augenblick sah er um sich, dann rief er in militärischer Haltung laut und vernehmlich: »Hier.« Dann sank er tot auf seinen Sitz zurück. Der alte Häuptling erhob sich, um seinem Stamm das Ende des Trappers zu verkünden.

»Ein kräftiger, gerechter, weiser Krieger hat den Pfad eingeschlagen, der ihn führen wird zu den gesegneten Gefilden seines Volkes!« sagte er. »Als Wahcondahs Stimme ihn rief, war er fertig zur Antwort. Geht, meine Kinder, gedenkt des gerechten Häuptlings der Bleichgesichter, und reinigt Euren Weg von Dornen.«

Das Grab grub man unter einer Eiche. Es wird sorgfältig von den Pawnees bewacht. Bald lag ein Stein darauf, und einfach war, wie der Alte es gewollt hatte, die Inschrift. Middleton hatte nur hinzugesetzt:

»Möge keine rohe Hand je seine Ruhe stören!«